宋元

笔记小说

大观

三

上海古籍出版社
本社编

第 三 册 目 录

春 渚 纪 闻

[宋]何薳　撰

钟振振　校点

校 点 说 明

《春渚纪闻》十卷,宋何薳撰。薳字子楚,见宋张邦基《墨庄漫录》、洪迈《容斋随笔》。清厉鹗《宋诗纪事》言其字子远,未详何据。浦城(今属福建)人。其父去非,字正臣。以知兵,于神宗元丰、哲宗元祐间任武学博士,奉旨校正古代兵书。又以文章受知于苏轼,尝为表荐于朝。卒葬富阳(今属浙江)韩青谷。薳乃卜筑韩青,以保先茔,自号韩青老农。其生活年代,约在哲宗、徽宗、钦宗、高宗四朝,即北宋末、南宋初。他博学多闻,工诗,喜鼓琴。隐居未仕,优游山林,浙人比之于林逋。《纪闻》约成书于南宋高宗绍兴年间,所谓"春渚"者,疑指富春渚,在富阳、桐庐(今属浙江)一带,为东汉高士严光渔隐之地。

是书多涉神怪方术及因果报应,荒诞不经,诚有不足取者。但时亦导人向善,又不可一概斥之。其卷四"宗威愍政事"条记宗泽当乱离之世尹开封,平抑物价以安百姓之事;卷五"唐子西论史"条记唐庚品第《史记》等四史书之优劣;卷六记述苏轼之遗文逸事;卷七记述诗词创作事略,考辨辞章句读正误;卷八、卷九记述有关古琴、墨、砚等艺文器物之事等,皆有相当的史料价值。

此次整理,系以《学津讨原》本为底本,又据别本改正了少量错字,不出校记。

目　　录

卷四　杂记

卷十　记丹药

春渚纪闻卷一　杂记

木果异事

元丰间，禁中有果名"鸭脚子"者，四大树皆合抱。其三在翠芳亭之北，岁收实至数斛，而托地阴翳，无可临玩之所。其一在太清楼之东，得地显旷，可以就赏，而未尝著一实。裕陵尝指而加叹，以谓事有不能适人意者如此，戒圃者善视之而已。明年一木遂花，而得实数斛。裕陵大悦，命宴太清以赏之，仍分颁侍从。又朝廷问罪西夏，五路举兵。秦凤路图上师行营憩形便之次，至关岭，有秦时柏一株，虽质干不枯，而枝叶略无存者。既标图间，裕陵披图顾问左右，偶以御笔点其枝间，而叹其阅岁之久也。后郡奏秦朝柏忽复一枝再荣。殿中有记当时奏图叹赏之语，私相耸异，以谓天人笔泽所加，回枯起死，便同雨露之施。昔唐明皇晓起苑中，时春候已深而林花未放，顾视左右曰："是须我一判断耳。"亟命取羯鼓，鼓曲未终而桃杏尽开，即弃杖而诧曰："是岂不以我为天公耶！"由是观之，凡为人君者，其一言动固自与造化密契，虽于草木之微，偶加眷瞩而荣谢从之，若响应声，况于升黜贤否，意所与夺，生杀贵贱之间哉！

祐陵符兆

哲宗皇帝即位既久而皇嗣未立，密遣中贵往泰州天庆观问徐神公。公但书"吉人"二字授之。既还奏呈，左右皆无知其说者。又元符已来，殿庭朝会及常起居，看班舍人必秉笏巡视班列，惧有不尽恭者，连声云"端笏立"。继而哲宗升遐，徽宗即位，自端邸入承大统，而"吉人"二字合成潜藩之名，无小差。

定 陵 兆 应

信州白云山人徐仁旺尝表奏，与丁晋公议迁定陵事，仁旺欲用牛头山前地，晋公定用山后地，争之不可。仁旺乞禁系大理，以俟三岁之验。卒不能回。仁旺表有言山后之害云："坤水长流，灾在丙午年内；丁风直射，祸当丁未年终。莫不州州火起，郡郡盗兴。"闻之者初未以为然，至后金人犯阙，果在丙午，而丁未以后，诸郡焚如之祸相仍不绝，幅员之内半为盗区，其言无不验者。

梦宰相过岭四人

蔡丞相持正为府界提举日，有人梦至一官府，堂宇高邃，上有具衮冕而坐者四人，旁有指谓之曰："此宋朝宰相次第所坐也。"及仰视之，末乃持正也。既寤，了不解。至公有新州之命，始悟过岭宰相卢寇丁，至公为四也。其侄子口云。

两刘娘子报应

入内都知宣庆使陈永锡言：上皇朝，内人有两刘娘子。其一年近五旬，志性素谨，自入中年，即饭素诵经，日有程课，宫中呼为"看经刘娘子"。其一乃上皇藩邸人，敏于给侍，每上食，则就案析治脯脩，多如上意，宫中呼为"尚食刘娘子"，乐祸而喜暴人之私。一日,有小宫嫔微忤上旨,潜求救于尚食,既诺之,而反从之下石。小嫔知之,乃多取纸笔焚之云:"我且上诉于天帝也。"即自缢而死。不逾月,两刘娘子同日而亡,时五月三日也。至舁尸出阁门棺敛,初举尚食之衾,而其首已断,旋转于地。视之,则群蛆丛拥,而秽气不可近。逮启看经之衾,则香馥袭人,而面色如生。于是内人知者皆稽首云:善恶之报,昭示如此,不可不为之戒也。

乱 道 侍 郎

元符间,宗室有以妾为妻者,因罢开府仪同三司及大宗正职事。蔡元长行词曰:"既上大宗之印,复捐开府之仪。"章申公谓曾子宣曰:"此语与'手持金骨之朵,身坐银交之椅'何异?"曾复顾申公曰:"顷时记得是有行侍御史词头云'爰迁侍御之史',不记得是谁。"申公顾许冲元曰:"此是侍郎向日乱道。"曾时为枢密,许为黄门也。

乌 程 三 魁

余拂君厚,霅川人也。其居在汉铜官庙后,溪山环合,有相宅者言此地当出大魁。君厚之父朝奉君云,与其善之于一家,不若推之于一郡。即迁其居于后,以其前地为乌程县学。不二三年,君厚为南宫魁,而莫俦、贾安宅继魁天下,则相宅之言为不妄。然君厚之家,不十年而朝奉君殁,君厚兄弟亦继殂谢,今无主祀者。则上天报施之理,又未易知也。

丑 年 世 科 第

先友提学张公大亨,字嘉甫,霅川人。先墓在弁山之麓,相墓者云,公家遇丑年有赴举者,必登高第。初未之信。熙宁癸丑,嘉甫之父通直公著登第。元丰乙丑,嘉甫登乙科。大观己丑,嘉甫之兄大成中甲科。重和辛丑,嘉甫之弟大受复中乙科。此亦人事、地理相符之异也。

张无尽前身

张无尽丞相为河东大漕日,于上党访得李长者古坟,为加修治,且发土以验之,掘地数尺,得一大盘石,石面平莹,无它铭款,独镌“天觉”二字。故人传无尽为长者后身。

坡谷前身

世传山谷道人前身为女子,所说不一。近见陈安国省干云,山谷自有刻石记此事于涪陵江石间。石至春夏为江水所浸,故世未有模传者。刻石其略言:山谷初与东坡先生同见清老者,清语坡前身为五祖戒和尚,而谓山谷云:“学士前身一女子,我不能详语。后日学士至涪陵,当自有告者。”山谷意谓涪陵非迁谪不至,闻之亦似愦愦。既坐党人,再迁涪陵,未几,梦一女子语之云:“某生诵《法华经》而志愿复身为男子,得大智慧,为一时名人。今学士,某前身也。学士近年来所患腋气者,缘某所葬棺朽,为蚁穴居于两腋之下,故有此苦。今此居后山有某墓,学士能启之,除去蚁聚,则腋气可除也。”既觉,果访得之,已无主矣。因如其言,且为再易棺。修掩既毕,而腋气不药而除。

李偕省试梦应

李偕晋祖,陈莹中之甥也。尝言:其初被荐赴试南宫,试罢,梦访其同舍陈元仲,既相揖,而陈手执一黄背书,若书肆所市时文者,顾视不辍,略不与客言。晋祖心怒其不见待,即前夺其书曰:"我意相念,故来访子,子岂不能辍书相语也?"元仲置书,似略转首,已而复视书如初。晋祖复前夺书而语之曰:"子竟不我谈,我去矣!"元仲徐授其书于晋祖曰:"子无怒我乎视此,乃今岁南省魁选之文也。"晋祖视之,即其程文,三场皆在,而前书云"别试所第一人李偕"。方欲更视其后,梦觉,闻扣户之声,报者至焉。后刊新进士程文,其帙与梦中所见无纤毫异者。

马魁二梦证应

马魁巨济之父,既入中年未得子,母为置妾媵。偶获一处子,质色亦稍姝丽,父忻然纳之。但每对镜理发即避匿,如有沮丧之容。父密询其故,乃垂泣曰:"某父守官某所,既解官,不幸物故,不获归葬乡里。母乃见鬻,得直将毕葬事。今父死未经卒哭,尚约发以白缯,而以绛彩蒙之,惧君之见耳,无他故也。"涓父恻然,乃访其母,以女归之,且为具舟,载其资装遣之。是夕,涓母梦羽人告之云:"天赐尔子,庆流涓涓。"后生巨济,即以涓名之。涓既赴御试毕,梦人告之曰:"子欲及第,须作十三魁。"涓历数其在太学及预荐送,止作十二魁,心甚忧之。殆至赐第,则魁冠天下,果十三数也。

贡父马谑

刘贡父初入馆,乃乘一骡马而出。或谓之曰:"此岂公所乘也?亦不虑趋朝之际有从群者,或致奔蹄之患耶?"贡父曰:"诺,吾将处之也。"或曰:"公将何以处之?"曰:"吾令市青布作小襜,系之马后耳。"或曰:"此更诡异也。"贡父曰:"奈何! 我初幸馆阁之除,不谓俸入不给桂玉之用,因就廉直取此马以代步,不意诸君子督过之深,姑为此以掩言者之口耳,有何不可?"

种 柑 二 事

东坡先生《惠州白鹤峰上梁文》云:"自笑先生今白发,道旁亲种两株柑。"时先生六十二岁也,意谓不十年不著子,恐不能待也。章申公父银青公俞,年七十,集宾亲为庆会。有饷柑者,味甘而实极瑰大。既食之,即令收核种之后圃。坐人窃笑盖七八也。后公食柑十年而终。

元 参 政 香 饭

陈秀公丞相与元参政厚之同日得疾,陈忽寄声问元安否,曰:"参政之疾,当即痊矣。某虽小愈,亦非久世者。"续请其说,秀公曰:"某病中梦至一所,金碧焕目,室间罗列瓷器甚多,上皆以青帛幂之,且题曰'元参政香饭'也。某问其故,有守者谓某曰:'元公自少至老,每食度不能尽,则分减别器,未尝残一食也。此瓮所贮,皆其余也。世人每食不尽,则狼籍委弃,皆为掠剩所罚至于减算夺禄,无有免者。今元公由此,当更延十年福算也。'"后数月而秀公薨,元果安享耆寿。其孙中大公绍直云。

杨 文 公 鹤 诞

杨文公之生也,其胞荫始脱,则见两鹤翅交掩块物而蠕动。其母急令密弃诸溪流,始出户而祖母迎见,亟启视之,则两翅欻开,中有玉婴转侧而啼。举家惊异非常器也。余宣和间于其五世孙德裕家,见其八九岁时病起谢郡官一启,属对用事如老书生,而笔迹则童稚也。

了斋排蔡氏

陈莹中为横海军通守,先君与之为代,尝与言蔡元长兄弟。了翁言:"蔡京若秉钧轴,必乱天下!"后为都司,力排蔡氏之党。一日朝会,与蔡观同语,云:"公大阮真福人!"观问何以知之,了翁曰:"适见于殿庭,目视太阳久之而不瞬。"观以语京,京谓观曰:"汝为我语莹中,既能知我,何不容之甚也?"观致京语于陈了翁,徐应之曰:"射人当射马,擒贼当擒王。"观默然。后竟有郴州之命。

姚麟奏对

姚麟为殿帅,王荆公当轴,一日折简召麟,麟不即往。荆公因奏事白之裕陵。裕陵询之,麟对曰:"臣职掌禁旅,宰相非时以片纸召臣,臣不知其意,故不敢擅往。"裕陵是之。又有语麟驭下过严者,裕陵亦因事励之。麟恐伏而对曰:"诚如圣训。然臣自行列蒙陛下拔擢,使掌卫兵于殿庭之间,此岂臣当以私恩结下为身计耶!"裕陵是之。

李右辖抑神致雨二异

李右辖公素初为吉州永丰尉,夜梦二神赴庭,一神秉牒见诉云:"某,县境地神也。被邻邑地神妄生威福,侵境以动吾民,民因为大建祠宇,日餍牲牢之奉,某之祠香火不属也。以公异日当宰衡天下,故敢求决于公。"公素为折邻神越疆之罪,二神拜伏而出。既觉,闻报新祠火起,神座一爇而尽。又大观间公自工部郎中出典泗州,是岁淮甸久不雨,至于苗谷焦垂,郡幕请以常例启建道场,祷于僧伽之塔。公曰:"唯。容作施行。"郡民悯雨之心,晨夕为迟,而至旬日,略无措置事件。殆至父老扣马而请,及怨讟之言盈于道路。往来亲旧与寮属,乘间委曲言者再三。公但笑答曰:"某忝领郡寄,凶旱在某之不德,无日不念也。且容更少处之。"一日晨起视事毕,呼郡吏:只今告报塔下,具佛盘,启建请雨道场,仍报郡官,俱诣行香,且各令从人具雨衣从行。一郡腹诽,以为狂率。既至塔下,焚香致敬讫,复令具素饭,留郡官就食,待雨而归。饭罢,烈日如焚。公再率郡寮诣僧伽前,炷香默祷者久之,休于僧寺。须臾,雷起南山,甘泽倾注。举郡欢呼,集香花,迎拥公车还郡而散。一雨三日,千里之外蒙被其泽。时郡倅曾级帅郡官贺雨之次,密以前日公漫不省众请,而一出便致霈泽如宿约者,何谓也?公徐语之曰:"某自两月前,意念天久不雨,必为秋田之害,即于治事厅后斋居饭素,取僧伽像,严洁致供,晨夕祈祷,非不尽诚。前夕忽梦僧伽见过,具言:'上帝以此方之民罪罚至重,敕龙镇水,老僧晨夕享公诚祷,特于帝前,以公罪己忧岁之心陈于帝,今已得请,来日幸下访,当以随车为报也。'某拜谢再三,既觉,知普照王非欺我者,遂决意帅诸公同诣塔下,焚祷俟之,无他异也。"

生　魂　神

　　余尝与许师正同过平江,夜宿村墅,闻村人坎鼓群集为赛神之会,因往视之。神号陆太保者,实旁村陆氏子,固无恙也。每有所召,则其神往,谓之"生魂神"。既就享,村人问疾,虽数

百里,皆能即至其家,回语患人状。师正之室余氏,归雪川省
其母,忽得疾。师正忧之,因祷神往视以验之。神应祷而去,
须臾还曰:"我至汝妇家,方洁斋请僧诵《法华经》一作"僧选法华
者"。施戒。诸神满前,皆合爪以致肃敬,我不得入。顷刻,邻
人妇来观,前炳二烛,乃是牛脂所为,但闻血腥迎鼻,而诸神惊
唾而散。我始敢前。病人能啜少粥,自此安矣。"余与师正始
未深信,及归验之,皆如其言,因相戒以脂为烛云。

春渚纪闻卷二 杂记

天绘亭记

昭州山水佳绝,郡圃有亭名天绘。建炎中,吕丕为守,以"天绘"近金国年号,思有以易之。时徐师川避地于昭,吕乞名于徐。久而未获,复乞于范滋,乃以"清辉"易之。一日,徐策杖过亭,仰视新榜,复得亭记于积壤中,亟使涤石视之,乃丘濬寺丞所作也。其略云:余择胜得此亭,名曰"天绘",取其景物自然也。后某年某日,当有俗子易名"清辉",可为一笑。考范易名之日,无毫发差也。

赤天魔王

蒋颖叔为发运使,至泰州,谒徐神公,坐定了无言说,将起,忽卣言曰:"天上也不静,人世更不定叠!"蒋因扣之,曰:"天上已遣五百魔王来世间作官,不定叠!不定叠!"蒋复扣其身之休咎,徐谓之曰:"只发运亦是一赤天魔王也。"

二富室疏财

宣和间,朝廷收复燕、云,即科郡县敷率等第出钱,增免夫钱。海州怀仁县杨六秀才妻刘氏,夫死,独与一子俱,而家素饶于财。闻官司督率严促,而贫下户艰于输纳,即请于县,乞以家财十万缗以免下户之输。县令欣然从之,调夫辇运数日,

尽空其库藏者七间。因之扫治,设佛供三昼夜。既毕,明旦视
之,则屋间之钱已复堆垛盈满,数之正十万缗,而皆用红麻为
贯,每五缗作一辫,辫首必有一小木牌,上书"麻青"二字。观
者惊异,莫知其然。或有释之者曰:如闻青州麻员外家至富,
号"麻十万"家,岂非神运其钱至此耶?刘氏因密令人往青州
踪迹之,果有州民麻氏,其富三世,自其祖以钱十万镇库,而未
尝用也。一夕失之,不知所往。刘氏即专人致殷勤于麻氏,请
具舟车,复归此钱。麻惊嗟久之,而遣介委曲附谢云:"吾家福
退,钱归有德,出于天授。今复往取,违天理而非人情,不敢祗
领也。"刘氏知其不可,曰:"我既诚输此钱以助国用,岂当更有
之?"即散施贫民及助修佛道观宇,一钱不留于家,家益富云。
昔唐明皇顾视一龙横亘南山,而首尾皆具,询之左右侍臣,或
有见有否者。所见者俱止见龙之一体,未见全龙也。帝曰:
"朕闻至富可敌至贵。"令召王元宝视之。元宝奏称所见,与帝
一同。然则所谓富家大室者,所积之厚,其势可以比封君,而
钱足以使鬼神,则于剥取之道,唯恐无间。若二家之视十万缗
之积,于天授人与之际,其处之如此,盖有可嘉者。

后 土 词 渎 慢

　　金陵邵衍字仲昌,笃实好学,终老不倦,年八十二,以大观
四年五月十五日无疾而终。临终时,一日顾谓其甥黄子文曰:
"老子明日与甥诀矣。畴昔之夜,梦黄衣人召至一官府,侍卫
严肃,据案而坐者冠服类王者,谓余曰:'世传后土词渎慢太
甚,汝亦藏本何也?'即命黄衣人复引余讨数城阙,止一殿庭。
余旁视殿庑,金碧夺目,但寂不闻人语声。须臾,帘间忽有呼
邵衍者,曰:'帝命汝为圆真相,俾汝禁绝世所传后土词,当何

以处之'？余对以传者应死。呼者曰：'可也，仍即日莅职。'余
拜命出门，足蹶而觉。所梦极明了，亦欲吾家与甥知此词之不
可复传。志之志之！"子文未之深信。翌日凌晨往视之，衍谓
子文曰："甥更听吾一颂。"即举声高唱曰："虽然万事了绝，何
用逢人更说。今朝拂袖便行，要趁一轮明月。"言讫而终。子
文，余侄婿也，余亦素与仲昌游云。

沈晦梦骑鹏抟风

沈晦赴省，至天长道中，梦身骑大鹏，抟风而上，因作《大
鹏赋》以记其事。已而果魁天下。

吴观成二梦首尾

儒林郎吴说字观成，始为青阳县丞。江西贼刘花三挟党
暴掠，所在震惊。吴时被檄捕贼，梦肩舆始出，而回视其后，皆
无首矣。心甚恶之，意谓贼必入境。已而获于他郡，观成即解
官而归。至临安，会富阳宰李文渊以忧去郡，以吴摄邑事。月
余，清溪贼方腊引众出穴，官军不能拒。吴有去官意，而素奉
北方真武香火，即诚祷乞梦，以决去留。至晚，梦一黄衣人云：
上司有牒。吴取视之，则空纸耳。逮覆纸视之，纸背有题云
"富阳知县第一将"。既觉，思之曰："吾祷神去留，而以'第一
将'为言，岂不当去此，更合统兵前锋拒贼否？"已而县民逃避
者十七八，吴引狱囚疏决，始讯问次，贼已奄至，急匿小舟泛江
得免。其从者半为贼杀，则前在青阳时梦视后无首者验也。
后官军既平贼，而郡县避贼官吏俱从安抚司克复之功，尽获还
任。吴适丁母忧，不能从也。既行赏黜，而有司莫能定罪，即
具奏裁。有旨：县官临贼擅去官守，例同将官擅去营陈，法除

名编置邻郡。同例者六人，富阳系第一人。始悟"第一将"之
告云。

风和尚答陈了斋

金陵有僧，嗜酒佯狂，时言人祸福，人谓之"风和尚"。陈
莹中未第时，问之云："我作状元否？"即应之曰："无时可得。"
莹中复谓之曰："我决不可得耶？"又应如初。明年，时彦御试
第一人，而莹中第二，方悟其言"无时可得"之说。

毕斩赵谂

毕渐为状元，赵谂第二。初唱第而都人急于传报，以蜡刻
印"渐"字所模点水不着墨，传者厉声呼云："状元毕斩，第二人
赵谂。"识者皆云不祥。而后谂以谋逆被诛，则是"毕斩赵谂"
也。

霍端友明年状元

毗陵李端行与乡人霍端友，同在太学，时霍四十余矣，一
日倦卧，忽起坐微笑。端行询之，霍云："我适睡，闻窗外有人
云'霍端友于明年作状头'，故自笑也。"端行素轻之，因谓之
曰："尔迟暮至此，得一第幸甚。若果为大魁，则何天下之才之
如此也。"既而二人俱中礼部选。御试唱第之次，端行志锐意
望魁甲，即前立以候胪传。忽闻唱"霍端友"，而色若死灰矣。

预传汪洋大魁

汪洋未唱第十日前，余于广坐中，见中贵石企及甫云："外
间皆传'汪洋作状元'，何也？"至考卷进御，汪洋在第二，魁乃

黄中，以有官人奏取旨。圣语云：科第本以待布衣之士。即以洋为魁。

黄涅槃谶语

黄公度，兴化人。既为大魁，郡人同登第者几三十人。余一日于江路茶肆小憩，继一士人坐侧，因揖之，且询其乡里。云：兴化落第人也。余因谓之曰："仙里既今岁出大魁，而登科之数复甲天下，是可庆也。"其人叹息曰："昔黄涅槃有谶语云：'拆了屋，换了椽，朝京门外出状元。'初徐铎振文作魁时，改建此门。近军贼为变，城门焚毁，太守复新四门，而此门尤增崇丽。黄居门外区市中，而左右六人同遇，虽一时盛事，亦皆前定，非人力所能较也。"

梦中前定

江淮发运使卢秉，元祐初发解赴阙，至泗州，夜梦肩舆诣郡守而回，过漕司，有顶帽执枑而督视工役丹饰门墙者，问之，云修此以俟新官也。卢曰："新官为谁？"执枑者厉声而对曰："卢秉。"秉意甚怒其以名呼，既觉，以语其室，亦云："我亦梦君得此官，即入新宇，而二小女在舆前。尝闻入新舍恐有所犯，小儿不可令前，因呼令后。即梦觉。"继晓未及盥濯，而郡将公文一角至，即除卢领大漕事。急遽交职而趋漕衙，所监视执枑者与其室呼女之事，皆与梦无差也。

银盘贮首梦

馀杭裴豹隐尝为余言：建炎己酉秋，诏檄自建康至临安昌化县，与县宰鲁士元坐教场按阅士兵。士元云：畴昔之夜，梦

身乘大舟,满舟皆人首也,内有银盘贮数首者。同舟人云,系
今次第一纲也。士元熟视银盘中首,内一首乃乡人钱塘令朱
子美之首也。士元因戏谓豹隐曰:"如闻北寇将欲南犯。若冢
突南渡,则子美将不免矣。"十一月,士元暴卒。旅榇归安吉,
未及葬,十二月九日,虏寇东至,贼发士元之柩,掠取衣衾,暴
尸于外。明年二月,始闻子美初报贼至,弃县先遁村落,为乡
兵所杀。则银盘之贮不可逃。士元同舟,虽不为兵死,亦是一
会中同舟之人。而银盘所贮,又不知有何甄别也。

金 刚 经 二 验

湖州安吉县沈二公者,金寇未至,梦一僧告之曰:"汝前身
所杀,冤报至矣。汝家皆可远避,汝独守舍,见有一人长大,以
刀破门而入者,汝无惧,即语之曰:'汝是燕山府李立否?'但延
颈受刃。俟其不杀,则前冤解矣。"不数日,金人奄至,其家先
与邻人窜伏远山,二公者虽欲往不可得也。因坐其家,视贼之
过。明日,果有一少年破门而入,见公怒目以视。沈安坐不
动,仰视之曰:"汝非燕山府李立耶?"其人收刃视之,曰:"我未
杀汝,汝安知我姓名、乡里如是之详也?"沈告以梦。李方叹息
未已,顾案间有佛经一帙,问沈曰:"此何经也?"沈曰:"是我日
诵《金刚经》也。"李曰:"汝诵此经何时也?"曰:"二十年矣。"李
即解衣,取一竹笥,中出细书《金刚经》一卷,指之曰:"我亦诵
此经五年矣。然我以前冤报汝,汝后复杀我,冤报转深,何时
相解? 今我不杀汝,与结为义兄弟。汝但安坐无怖,我留为汝
护。"至三日,贼尽过,取资粮金帛与之而去。又方腊据有钱塘
时,群贼散捕官吏,惨酷害之。有任都税院者,其家居祥符寺
之北,远府十里,每晓起赴衙集,即道中暗诵《金刚经》,率得五

卷,二十年不废。贼七佛子者执之,令众贼射于郡圃。任知不
免,但默诵经不辍。而前后发矢数百,无一中其体者。贼惊问
之,疑有他术。语以诵经之力,贼皆合爪叹息。释之,且戒余
贼勿得复犯其居也。至今犹在,年八十余矣。

金甲撞钟梦

　　建安徐国华,宣和间,将入太学,梦高楼中悬大金钟,有金
甲人立钟旁,视国华,击钟而言曰:"二十七甲。"复一击云:"系
第七科。"国华悟而心私喜之曰:"吾此行,取一科第必矣。官
不过郎列,亦何所憾也。"因记于书帙之末。独不晓其"二十七
甲"与"系第七科"之语。既而丙午年金寇犯阙,太学生病脚气
而死者大半。徐以病终,乡人董纵举为棺殓葬于东城墓园。
至即垣中已无葬穴,后至者俱葬垣外。董因记其葬所,冀后日
举归里中。数其行列,则第二十七行中第七穴也。归唁其父,
且出其手书,神告与葬所略无少差者。

龙神需舍利经文

　　涵山令李充伯源,余妻之内兄也。宣和间,侍其季父仲将
为广东宪,解秩由江道还楚。舟过小孤,风势虽便而篙橹不
进,即与季父焚香龙以祈安济,当致牢醴之谢。乞筊不获。旁
有言者曰:龙知还自番禺,或有犀珠之要。顾视行李,实无所
携,独有番琉璃贮佛舍利百余,供事奕世矣。因以启龙,一掷
而许。伯源乃跪船舷,以瓶下投,而水面忽大开裂,顾见其间
神鬼百怪,宝幢羽盖,鸣螺、击鼓钹、执金炉迎导者甚众,而不
沾湿。一人拱手上承,舍利既下,水即随合。舟舵轻扬,转首
之间,已行百里矣。又阁门宣事陈安上言:元丰初,安焘厚卿、

陈睦和叔二学士奉使三韩,济海舟中安贮佛经及所过收聚败经余轴,以备投散。放洋之二日,风势甚恶,海涛忽大汹涌,前后舟相失。后舟载者俱见海神百怪,攀船而上,以经轴为求。先举轴付之。继来者众,度不能给,即拆经,随纸付之。又度不给,则剪经行与之,至剪经字。而得一字之授者,莫不顶戴忻悦而去。字又随尽,独余一鬼,恳求甚切,云:"都纲某所顶之帽,愿以丐我也。"舟人询其由,云此人尝赴传经之集,是帽戴经久矣,此有大功德也。亟取付之,称谢而去。指顾之间,风涛恬息,即安行。晚与前舟相及,往还皆获安济焉。

龙 蜕 放 光

横海清池县尉张泽,居于郓州东城,夜自庄舍还,而月色昏暗,殆不分道。行遇道旁木枝煜然有光,因折以烛路。至家插壁间,醉不复省也。晨起怪而取视,则枝间一龙蜕,才大如新蝉之壳,头角爪尾皆具,中空而坚,扣之有声如玉石,且光莹夺目,遇暗则光烛于室。遂宝之于家,传玩好事。沈中老云,绍圣间从其兄为青州幕官,因修庭前葡萄架,亦得一蜕,形体皆如张者,独无光彩耳。神龙变化,故无巨细,但不知有光无光又何谓也。

瓦 缶 冰 花

宣义郎万延之,钱塘南新人,刘辉榜中乙科释褐。性素刚,不能屈曲州县,中年拂衣而归。徙居馀杭,行视苕霅陂泽可为田者即市之。遇岁连旱,田围大成,岁收租入数盈万斛。常语人曰:"吾以'万'为氏,至此足矣。"即营建大第,为终焉之计。家蓄一瓦缶,盖初赴铨时遇都下铜禁严甚,因以十钱市之，以代沃盥之用。时当凝寒，注汤颒面，既覆缶出水，而有余水留缶，凝结成冰。视之，桃花一枝也。众人观异之，以为偶然。明日用之，则又成开双头牡丹一枝。次日又成寒林满缶，水村竹屋，断鸿翘鹭，宛如图画远近景者。自后以白金为护，什袭而藏，遇凝寒时，即预约客，张宴以赏之，未尝有一同者，前后不能尽记。余与赏集数矣。最诡异者，上皇登极，而致仕官例迁一秩，万迁宣德郎。诰下之日，适其始生之晨，亲客毕集，是日复大寒，设缶当席，既凝冰成象，则一山石上坐一老人，龟鹤在侧，如所画寿星之像。观者莫不咨嗟叹异，以为器出于陶，革于凡火，初非五行精气所钟，而变异若此，竟莫有能言其理者。然万氏自得缶之后，虽复资用饶给，其剥下益甚。后有诱其子结婚副车王晋卿家，费用几二万缗而娶其孙女，奏补三班借职。延之死，三班亦继入鬼录，余资为王氏席卷而归。二子日就沦替，今至寄食于人。众始悟万氏之富，如冰花在玩，非坚久之祥也。后归蔡京家云。

正　透　翔　龙　犀

　　都下犀玉工董进，项有一瘤瘿，其辈行止以“董吃提”呼之。一日，御药郝随呼至其第，出数犀示之。内指一犀曰：“此犀大异余常物也。”郝语之曰：“汝先名其中物状为何。”董曰：“不知此犀曾经众工审定否？”郝曰：“众工皆具名状，供证已毕，独候汝，以验汝之精识也。”即尽出众所供具，凡三十余状。董阅毕，内指一工所供云：“是正透牙鱼者。”且言：“不意此人目力至此！以进观之，乃一翔龙，所恨者左角短耳。”郝未诚其言，亦大异之，即令具军令状，云：“若果如所供，当为奏赏。”盖御库所藏先朝物，有旨令解为带也。刓成，则尽如所言。即以进御。哲庙大嘉赏之,锡赐之外,更以太医助教补之。

刘仲甫国手棋

　　棋待诏刘仲甫初自江西入都,行次钱塘,舍于逆旅。逆旅主人陈馀庆言:仲甫舍馆既定,即出市游,每至夜分方扣户而归,初不知为何等人也。一日晨起,忽于邸前悬一帜云:"江南棋客刘仲甫,奉饶天下棋先。"并出银盆、酒器等三百星,云以此偿博负也。须臾,观者如堵,即传诸好事。翌日,数土豪集善棋者会城北紫霄宫,且出银如其数,推一棋品最高者与之对手。始下至五十余子,众视白势似北;更行百余棋,对手者亦韬手自得,责其夸言,曰:"今局势已判,黑当赢矣。"仲甫曰:"未也。"更行二十余子,仲甫忽尽敛局子。观者合噪曰:"是欲将抵负耶?"仲甫袖手,徐谓观者曰:"仲甫江南人,少好此伎,忽似有解,因人推誉,致达国手。年来数为人相迫,欲荐补翰林祇应。而心念钱塘一都会,高人胜士,精此者众,棋人谓之一关。仲甫之艺若幸有一着之胜,则可前进。凡驻此旬日矣。日就棋会观诸名手对弈,尽见品次矣,故敢出此标示,非狂僭也。"如某日某局,白本大胜,而失应棋着;某日某局,黑本有筹,而误于应劫,却致败局。凡如此覆十余局,观者皆已愕然,心奇之矣。即覆前局,既无差误,指谓众曰:"此局以诸人视之,黑势赢筹,固自灼然。以仲甫观之,则有一要着,白复胜,不下十数路也。然仲甫不敢遽下,在席高品幸精思之,若见此者,即仲甫当携孥累还乡里,不敢复名棋也。"于是众棋极竭心思,务有致胜者。久之,不得已而请仲甫尽着。仲甫即于不当敌处下子,众愈不解。仲甫曰:"此着二十着后方用也。"即就边角合局,果下二十余着正遇此子,局势大变。及敛子排局,果胜十三路。众观于是始伏其精，至尽以所对酒器与之，延款十数日，复厚敛以赆其行。至都，试补翰林祗应，擅名二十余年，无与敌者。

祝不疑弈胜刘仲甫

近世士大夫棋，无出三衢祝不疑之右者。绍圣初，不疑以计偕赴礼部试。至都，为里人拉至寺庭观国手棋集。刘仲甫在焉。众请不疑与仲甫就局。祝请受子，仲甫曰："士大夫非高品不复能至此，对手且当争先，不得已受先。"逮至终局，而不疑败三路。不疑曰："此可受子矣。"仲甫曰："吾观官人之棋，若初分布，仲甫不能加也，但未尽着耳。若如前局，虽五子可饶，况先手乎？"不疑俯笑，因与分先。始下三十余子，仲甫拱手曰："敢请官人姓氏与乡里否？"众以信州李子明长官为对。刘仲甫曰："仲甫贱艺，备乏翰林，虽不出国门，而天下名棋无不知其名氏者。数年来，独闻衢州祝不疑先辈名品高着，人传今秋被州荐来试南省，若审其人，则仲甫今日适有客集，不获终局，当俟朝夕，亲诣行馆，尽艺祗应也。"众以实对。仲甫再三叹服，曰："名下无虚士也。"后虽数相访，竟不复以棋为言，盖知不敌，恐贻国手之羞也。

张鬼灵相墓术

张鬼灵，三衢人，其父使从里人学相墓术，忽自有悟见，因以"鬼灵"为名。建中靖国初至钱塘，请者踵至。钱塘尉黄正一为余言：县令周君者，括苍人，亦留心地理，具饭延款，谓鬼灵曰："凡相墓，或不身至，而止视图画，可言克应否？"鬼灵曰："若方位山势不差，合葬时年月，亦可言其粗也。"因指壁间一图问之。鬼灵熟视久之,曰:"据此图,墓前午上一潭水甚佳,然其家子弟若有乘马坠此潭,几至不救者,即是吉地,而发祥自此始矣。"令曰"有之"。鬼灵曰:"是年,此坠马人必被荐送,次年登第也。"令不觉起,握其手曰:"吾不知青乌子、郭景纯何如人也,今子殆其伦比耳。是年春祀,而某乘马从之,马至潭仄,忽大惊跃,衔勒不制,即与某俱坠渊底,逮出,气息而已。是秋发荐,次年叨忝者,某是也。"蔡靖安世,先墓在富春白昇岭。其兄宏延鬼灵至墓下,视之,谓宏:"此墓当出贵人,然必待君家麦瓮中飞出鹌鹑,为可贺也。"宏曰:"前日某家卧房米瓮中忽有此异,方有野鸟入室之忧。"鬼灵曰:"此为克应也。君家兄弟有被魁荐者,即是贵人也。"是秋,安世果为国学魁选。鬼灵常语人曰:"我亦患数促,非久居世者,但恨无人可授吾术矣。"后二岁果殁,时年二十五矣。

谢 石 拆 字

谢石润夫,成都人,宣和间至京师,以相字言人祸福。求相者但随意书一字,即就其字离拆而言,无不奇中者。名闻九重,上皇因书一"朝"字,令中贵人持往试之。石见字,即端视中贵人曰:"此非观察所书也。然谢石贱术,据字而言,今日遭遇,即因此字;黥配远行,亦此字也。但未敢遽言之耳。"中贵人愕然,且谓之曰:"但有所据,尽言无惧也。"石以手加额曰:"'朝'字离之为十月十日字,非此月此日所生之天人,当谁书也?"一座尽惊。中贵驰奏,翌日召至后苑,令左右及宫嫔书字示之,皆据字论说祸福,俱有精理。锡赉甚厚,并与补承信郎。缘此四方来求相者,其门如市。有朝士,其室怀妊过月,手书一"也"字,令其夫持问石。是日座客甚众,石详视字,谓朝士曰：“此阁中所书否？”曰：“何以言之？”石曰：“谓语助者，焉、哉、乎、也。固知是公内助所书。尊阁盛年三十一否？”曰：“是也。”“以‘也’字上为‘三十’，下为‘一’字也。然吾官人寄此，当力谋迁动而不可得否？”曰：“正以此为挠耳。”“盖‘也’字着‘水’则为‘池’，有‘马’则为‘驰’，今‘池’运则无‘水’，陆‘驰’则无‘马’，是安可动也！又尊阁父母兄弟，近身亲人，当皆无一存者。以‘也’字着‘人’则是‘他’字，今独见‘也’字而不见‘人’故也。又尊阁其家物产亦当荡尽否？以‘也’字着‘土’则为‘地’字，今又不见‘土’也。二者俱是否？”曰：“诚如所言也。”朝士即谓之曰：“此皆非所问者。但贱室以怀妊过月，方切忧之，所以问耳。”石曰：“是必十三个月也。以‘也’字中有‘十’字，并两旁二竖，下一画，为十三也。”石熟视朝士，有曰：“有一事似涉奇怪，因欲不言，则吾官人所问，正决此事，可尽言否？”朝士因请其说。石曰：“‘也’字着‘虫’为‘虵’字，今尊阁所妊，殆蛇妖也。然不见虫蛊，则不能为害。谢石亦有薄术，可为吾官人以药下验之，无苦也。”朝士大异其说，因请至家，以药投之，果有数小蛇而体平。都人益共神之，而不知其竟挟何术也。

雍邱驱蝗诗

　　米元章为雍邱令，适旱蝗大起，而邻尉司焚瘗后，遂致滋蔓，即责里正并力捕除。或言尽缘雍邱驱逐过此，尉亦轻脱，即移文载里正之语，致牒雍邱，请各务打扑，收埋本处地分，勿以邻国为壑者。时元章方与客饭，视牒大笑，取笔大批其后付之，云：“蝗虫元是空飞物，天遣来为百姓灾。本县若还驱得去，贵司却请打回来。”传者无不绝倒。

中雷神

　　中雷之神，实司一家之事而阴佑于人者，晨夕香火之奉，故不可不尽诚敬。余少时过林棣赵倅家，见其庄仆陈青者，睡中多为阴府驱令收摄死者魂识，云：每奉符至追者之门，则中雷之神先收讯问，不许擅入。青乃出符示之，审验反覆得实，而后窸蹙而入。青于门外呼死者姓名，则其神魂已随青往矣。其或有官品崇高之人，则自有阴官迎取，青止随从而已。建安李明仲秀才山居，偶赴远村会集，醉归侵夜，仆从不随，中道为山鬼推堕涧仄。醉不能支，因熟睡中，其神径还其家。见母妻于烛下共坐，乃于母前声唔，而母略不之应；又以肘撞其妇，亦不之觉。忽见一白髯老人自中雷而出，揖明仲而言曰："主人之身今为山鬼所害，不亟往则真死矣。"乃拉明仲自家而出，行十里许，见明仲之尸卧涧仄，老人极力自后推之，直呼明仲姓名。明仲忽若睡醒，起坐惊顾，而月色明甚，乃扶路而归，至家已三鼓矣。乃语母妻其故，晨起率家人具酒醴，敬谢于神云。又朝奉郎刘安行，东州人，每遇啜茶，必先酹中雷神而后饮。一夕忽梦一老人告之曰："主人禄命告终，阴符已下，而少迟之，幸速处置后事，明日午时，不可逾也。"刘起拜老人，且询其谁氏，曰："我主人中雷神也。每承主人酹茶之荐，常思有以致效，今故奉报也。"刘既悟，点计其家事，且语家人神告之详，云："生死去来，理之常也。我自度平生无大过恶，独有一事，吾家厨婢采蘋者，执性刚戾，与其辈不足，若我死，必不能久留我家，出外则必大狼狈。今当急与求一亲，使之从良，且有所归，则我瞑目矣。"因呼与白金十星，以为资遣。语毕，沐浴易服以俟。时至过午，忽觉少倦，就憩枕间,复梦其神欣跃而告曰:"主人今以嫁遣厨婢之事,天帝嘉之,已许延一纪之数矣。"已而睡起安然,后至宣和间,无病而卒。

春渚纪闻卷三　杂记

乖　崖　剑　术

祝舜俞察院言：其伯祖隐居君与张乖崖公居处相近，交游最密，公集首编《寄祝隐居》二诗是也。隐居东垣。有枣合拱矣，挺直可爱。张忽指枣谓隐居曰："子丐我，勿惜也。"隐居许之。徐探手袖间，飞一短剑，约平人肩，断枣为二。隐居惊愕，问之。曰："我往受此术于陈希夷，而未尝为人言也。"又一日，自濮水还家，平野间遥见一举子乘驴径前，意甚轻扬，心忽生怒。未至百步而举子驴避道，张因就揖，询其姓氏，盖王元之也。问其引避之由，曰："我视君昂然飞步，神韵轻举，知必非常人，故愿加礼焉。"张亦语之曰："我初视子轻扬之意，忿起于衷，实将不利于君。今当回宿村舍，取酒尽怀。"遂握手俱行，共话通夕，结交而去。

杨　醇　叟　道　术

余杭沈野字醇仲，权智之士也。喜蓄书画，颇有精识。尝于钱塘与一道士杨希孟醇叟相遇，喜其开爽善谈，即延与同邸而居。沈善谈人伦，而不知醇叟妙于此术也。时蔡元长自翰长黜居西湖，日遣人邀致醇叟。　日晚归，沈语杨曰："余尝观翰林风骨气宇皆足以贵，而定不入相。"杨徐曰："子目力未至。此人要如美玉琢成，百体完就，无一不佳者。是人当作二十年太平宰相在，但其终未可尽谈也。"杨复善笛，蓄铁笛，大如常笛，每酒酣必引笛自娱，听者莫不称善。一日与沈饮于娼楼，月色如昼，而笛素不从。客有举酒而言曰："今夕月色佳甚，杯筋之乐至矣，独恨不闻笛声也。"杨徐笑曰："俟令往取。"实无所遣也。酒再行，忽引袖出笛，快作数弄，座客皆不知笛所从来。徐扣之，云："小术耳。乃某左右常驱役吏鬼也，俾之取物，虽千里外可立待，但不可使盗取耳。子欲学之，当以奉授。然又有切于性命者，子不问何也？"沈始敬异之，择日焚香，跪请其术。且言："吾术断欲为先，子欲得之，当先誓于天尊像前，无不可者。"沈与一姓阚人同授盟戒，而行其教。阚未满百日而辄有所犯，即夜梦受杖于像前，晨起背发痈，数日而卒。既而杨辞以有行，沈问所之，杨亦知沈有河朔之游，云："我此行且先适淮南，子若北行过楚，幸访我于紫极宫。以八月十五日为约，逾期恐行止无定，不能再见也。"杨既行，而沈以事留，逮至楚，则九月初矣。径往紫极宫访之，了无所闻。回过殿角，有老道士坐睡，因挹以询杨之存亡。道士惊顾，对曰："左右与醇叟何处相期，且当约以何日也？"沈告之故。道士叹息而言曰："杨诚奇士奇士！左右之违来，惜较旬日之迟也。杨至此月余，一日无疾，焚香趺坐，与众道士语。久之，揖座人曰：'希孟今当有所适。然此行学道未竟，更当一来也。'语讫长啸而逝，正八月十五日也。今殡东城矣。"沈于是即观中设位，拜泣醮谢而后行。沈后亦不能毕行其所授而终。

王乐仙得道

　　道人王乐仙，或云潭州人。初为举子，赴试礼部，一不中，即裂冠从太一宫王道录行胎养之术，岁余勤至不息。王云：

"我非汝师。相州天庆观李先生，汝师也。汝持我书访之，当有所授。"乐仙得书，径至汤阴求之，无有也。一日坐观门，有老道士见之，呼与语曰："子寻李先生，此去市口茶肆中候之。"果见赤目蓬首，携瓶至前瀹茶者，因揖之，便呼"李先生"。李佯惊曰："汝何人也？"乐仙探怀出王书授之。李微笑曰："王师乃尔管人闲事耶！此非相语处，三日黎明，候我于观门也。"乐仙辞谢而归。三日鸡鸣，坐门未久，李至，以手撩发，则两目煜然如岩电烛人。握手人观中，谓乐仙曰："汝刻心求道，而烧假银何也？"乐仙谢诚有，以备乏绝无告耳，然是干水银法，非若世人点铜为之，以误后人也。李探怀出银小铤："请以是易子所作，如何？"乐仙取以示之，范制轻重与李所授无异也。即令取油铛于前，投乐仙所作烹之，须臾粉碎还元，曰："岂不误后人耶！"乐仙悔谢久之。李勉之曰："知子不妄用，亦欲子知此术于子无益耳。我且归，后更就汝语也。"明日访之，主人云：夙昔折券而去，不云所适也。乐仙既踪迹数日，不复再见，乃西游党山中，寓一僧舍。主僧亦喜延客，因留止旬日。而主僧复善壬遁，且日必焚香转式，以占一日之事。忽谓乐仙曰："今日当有一大贵人临门。不然，亦非常之士见过。当与子候之。"并戒其徒扫室以待。至日欲入，略无贵达至者。忽远望林下有一举子，从羸童，负书箧竹笥而来。主僧揣之曰："我所占贵人，岂此举子异日非常之兆耶？更当复占以验之。"即喜跃而出，谓乐仙曰："贵者审此人也。"因相与迎门，延至客室，相语甚久。云姓蔡，尝举进士也。既而主僧请具饭，蔡曰："某行李中亦自有薄具。二公居山之久，若不拘荤素，当可共享也。"即呼烛设席，命其僮于竹笥中出果实数种，既皆远方珍新。至倾酒榼，乐仙味之，元是潭州公厨十香酒也。酒行，笥

中出三大煎鲐,鱼尚未冷。酒再行,又出三肉饼,亦若新出炉
者。至余品,烧羊鹅炙,皆若公侯家珍馔,而取诸左右。笑语
至夜半而罢。二公大异之,而不敢诘其所从至也。蔡继云:
"某亦于此候一亲知罢官者,当与二公少周旋也。"日复一日,
亦问及养炼事。乐仙心独喜之,亦意其有道者。至夕,主僧与
仆从皆已熟寝,乐仙即炷香前拜而请其从来,即以先生礼之,
且哀恳,言其罢举求道,了未有遇,愿赐怜悯,生死骨肉也。蔡
徐笑曰:"我南岳蔡真人也。固知子栖心之久,更俟与子勘问
之也。"乐仙稽首谢其垂接。次夕复扣户伺之,忽见一大人,膝
与檐齐,而不见其面目,音响极厉云:"仙童万福。"投一白纸于
蔡前,蔡取以示乐仙,曰:"与子勘问至矣。"纸间有书云:"某于
十洲三岛究访,并无此人名籍。后捡蓬莱谪籍中,始见其名氏
乡里也。某人供呈。"蔡语乐仙曰:"子无忧也。"因授以内丹真
诀。数日别去,云:"汝有未解处,但焚香启我,我当自告汝
也。"后乐仙闻通直郎章子才自九江弃官,迁居钱塘金地山,行
符水救人疾苦,外丹已成,因南游过之。夜语及蔡真人事,取
所授白纸示章。视其供呈人姓名,乃其法箓中六丁名字也,即
炽炭于炉,取纸投之,炭尽而纸字如故。因相与惊异,且乞之
以藏其家。乐仙既去,了不知所向,或传其解化矣。章亦数岁
而终。将葬之夕,有一道人不言姓字,来护葬事,且留物以助
其子。或疑是乐仙也。

啖蛇出虱身轻

　　沧州泥姑寨,循塘泺而至界河,与北寨相望。自乾宁军穿
泺而往,止一径,每春初启蛰时,塘路群蛇横道,递送者甚苦
之。寨卒有萧志者,为人性率,同侪多狎侮之。一日,当送檄

文至郡，而有大蛇枕道，其首如瓮，两目煜然可畏也。既不敢前，即醉宿旁铺。铺卒夜以利刃杀蛇而脯之，至满数缶。萧醉醒，闻肉香甚，问安所从得。铺卒绐云，夜渔于海，得大鱼，方将共羹而食也。萧不待羹，取数脔就火燎食之，美甚。自郡回，因求其余。归食数日而尽，不知其为蛇也。食蛇之后，更不喜闻食气，但觉背膂间肿痒，至不可忍，时就树揩痒，疮破，中涌细虱，不知其数。时郡卒陆靖者适居寨中，与之助取余虱，计前后出虱数斗，痒止疮复。因憩树阴，见泺中鹤雏群戏，念欲取之，即身在鹤仄，揽雏而归。复视鹤巢，又念可登而取，即身已在树杪矣。寨卒视之，率皆惊异，以谓此人偶食成器之物，尽出尸虫而轻身自如，得地仙矣。因逃兵籍而去。

翊圣敬刘海蟾

真庙朝，有天神下降，凭凤翔民张守真为传灵语。因以翊圣封之，度守真为道士，使掌香火，大建祠宇奉之。自庙百里间，有食牛肉及着牛皮履鞁过者，必加殃咎，至有立死者。一日，有人苎袍青巾，曳牛革大履，直至庙庭，进升堂宇，慢言周视而出。守真即焚香启神曰：“此人悖傲如此，而神不即殛之，有疑观听。”神乃降灵曰：“汝识此人否？实新得道刘海蟾也。诸天以今渐入末运，向道者少，上帝急欲度人，每一人得道，九天皆贺。此人既已受度，未肯便就仙职，折旋尘中，寻人而度，是其所得，非列仙之癯者。我尚不敢正视之，况敢罪之也！”

嘘气烧肠

陈无求宣事云：尝赴鹤林寺供佛，既饭，有一举子，虽衣褐不完，而丰神秀颖，居于座末。主僧顾谓无求曰：“此道人颇有

戏术,今日告行,当薄赠之,且求其一戏为别也。"举子亦欣然,
呼一僧雏,取碗器付之,令相去二丈余而立。举子谓之曰:"我
此嘘气,汝第张口受之。觉腹热,急言。不尔,当烧烂汝肠
也。"言讫嘘气向之。须臾,僧雏觉肠间如沸汤倾注,乃大呼
曰:"热甚,不可忍!"因使溺碗中。举子徐举碗示座人曰:"谁
能饮此者?"举座秽唾之。乃大笑,举碗自饮,言别而去。明日
僧雏遂大恶闻食气,日唯饮水数杯。月余出寺,不复见也。

仙 丹 功 效

　　余族兄次翁鼻间生一瘤,大如含桃,而惧其浸长,百方治
之不差。行至襄阳,于客邸遇一道人,喜饮而日与周旋。临
别,解衣出一小瓢如枣大,倾药如粟粒三,授次翁曰:"汝夜以
针刺瘤根,纳药针穴,明日瘤当自落。其二粒留以救奇疾也。"
次翁如其言,因夜取针剔瘤根纳药。至夜半,但觉药粒巡瘤根
而转,至晓扪之,则瘤已失去,取镜视之,了无瘢痕也。因大神
之,秘其余药,不令人知。其女为儿时蹙倒,折齿不生。次翁
取药纳齿根,一夕齿平。复因以水银一两置铫间,取药投之,
则化为紫金。方知神仙所炼大丹也。

居 四 郎 丹

　　密院编修居世英彦实之父,人谓之"居四郎"者,遇异人,
得丹灶术。常使一仆守火,岁久不懈,因度之为僧,居京师定
历院几二十年。时曾子宣当轴,有堂吏通解可喜,其妇得急
劳,数日而殂。继而病传堂吏,国医不能疗。吏与居素善,居
视之云:"应须我神丹疗之。"为启炉,取刀圭与服。十数日,即
完复如初。出参丞相,子宣大惊云:"汝非遇仙丹不能起此

病!"吏拜谢起,白云:"某实幸获居四郎之丹服之,夺命鬼手耳。"子宣神之,使人邀居,不能至也。即使门下之人宛转唉其僧,前后资给备至,约窃丹为赠。而僧誓不负心,丞相亦延顾不替。僧一日谒丞相,而许分窃为献。子宣喜甚,送僧降阶。而僧退揖,为马台蹶倒,应时折足,舁之而归,数日遂卒。子宣即遣人厚赂其徒,并炉取之,不知所用,但取丹膏,圆如粟粒,服之一粒,即引水燥甚。分诸子服皆然。独子纡公衮服两粒无异也。后不复加火,亦不敢服。子宣薨,丹尽付石藏用矣。

孙道人尸解

孙道人,不知何许人,寄居严州天庆观。为人和易,初不挟术及言人祸福,但袖中尝畜十数白鼠子,每与人共饮,酒酣出鼠为戏。人欲捕取,即走投袖中,了无见也。至约人饮,则就酒家市一小尊,酌之不竭。人告酒困,即覆尊而去。否则自晨至夕,亦不别取也。酒家是日必大售。人颇以此异之。绍兴三年三月三日,观中士庶骈集,道人拱手告众曰:"我今年九十岁矣,久寓此土,荷郡人周旋,暂当小别。各勉力事善!"言讫坐逝。一郡惊异,瘗之城南,而塑其像观中。岁余,有南商手持香一瓣,封题甚固,云:"我去年三月三日于成都府观禊事,有一道人云:'我始自严州来,知子不久回浙,幸为我达严州天庆观,寻孙道人付之也。'"人观见塑像,惊礼之曰:"此我成都所见付书人也。"因共发其藏,则空棺矣。

綦革遇三皇阏宫

綦革先生,内相叔厚之族兄也。大观中,叔厚之父守甘陵,革自密往省之。过北州河滩,见三老人,皆布裘青巾,独坐而语。革视其神矩清峻，疑非常人，即憩马前揖之，初不相领略。革心益竦异，复前致敬。一老人徐顾革而言曰："汝往恩州省汝兄耶？汝兄感时疾，已向安矣。然时将乱离，汝之业儒竟无补于事，当求遁世修真，超脱尘累也。"革尝留意于内外丹事，益异其说。且曰："日晏矣，汝行二十里可少止，当再相见也。"革再拜而前，果二十里至一旅邸，遂休仆马，散步邸旁，瞻视丛祠，因前视其榜，乃三皇阆宫也。革即整衣冠，肃容进谒祠下，仰视塑像，其容服俨然河滩三老人也。革自甘陵，即屏居绝欲，专以修真为务，隐于密之九仙山，后又徙海中徐福山。宣和乙巳，故人陈某者调雄州兵曹，闻金人犯边，意未敢往，乃诣革，密扣其去留之事。乃书一绝与之云："三月杨花满路飞，胡人游骑拍鞍归。高天二圣犹难保，谁道雄关是可依？"陈解其意，遂辍行李。至明年丙午三月，二圣北狩，始知革有前知之见。后范温起海州，李实以布衣被虏，温待实甚厚，每事多访之。温意欲归朝，又拟投伪齐，议未决。实与革有旧，密往见之，且告以情。革曰："公来年今日已升朝，合食宋禄，余人无使知也。"实由是为温决归朝之策。及温引众归朝，朝廷定赏，以实尝与温谋，自白身授朝奉郎，一如革言。

仙桃变人首

　　余妻之祖父朝议君马馀庆，元祐末为巴郡守，遣健步王信者持书至都。始出郡城数十里，道旁顾见二道士野酌，食桃甚大。信亦休其仄，因乞之。道士以残桃与之，信声嗒而食之。道士复探怀，取一大如盂者授之。信益喜，跪谢，引裾裹桃而行。未数里，探桃将食，则一人首也，血渍殷然。即惊惧，急投之涧水，疾走还郡，状若狂人，见人即作怖畏状，口称"怖人怖人”，而不食不饮。郡守呼之，徐问其故。既语所遇，即复奔逸狂言。因使以病告而纵之。后蜀中时有见之者。

圣 和 尚 前 知

汴渠第五铺有异僧，众名之“圣和尚”，时语人祸福，扣之则不复道也。熙宁初，余伯父朝奉君与先博士君同章申公诣阙，时申公改官未久，先博士未第也。申公所在喜访异人，至铺具饭，遇僧过门，即延之入座。熟视先君曰：“福人福人！宰相是你手里出。”已而回视申公曰：“承天一柱，判断山河。”视伯父，独无言。既去，先君戏申公曰：“‘承天一柱，判断山河’，则当是正拜之征。然‘一柱’为何？”申公曰：“我作宰相，更容两人也？”后果如其言。而先君“宰相之出”，独未有征验云。

张 道 人 异 事

张道人，福州福清人，生以樵采为给。一日樵归，于山道遇二道人对棋，弛担就观。棋者忽顾之而语曰：“子颇忆与吾二人同学之勤否？我亦以子沉滞人间，未能远引也。今子困踬亦已至矣，复能从我竟学乎？”张忽醒然悟解，通知宿命，且语之曰：“我安能从尔学神仙也，我将学大乘法为浮图氏，不久吾师至矣。”棋者问：“子师为谁？”曰：“今敕住秀州崇德福严寺真觉大师志济是也。”即负樵还家。翌日入城市，以相字为名，而言人祸福，率皆如见。岁余，黄八座裳自明守移镇至郡，实携志济而来。张即投之祝发，郡人但以“道人”呼之。每择佛宇敝坏者辄入居之，不俟遣化而施者云集，至鼎新而迁他所，福人甚钦敬之。一夕郡城火，自郡将、监司而下，环视无策。或有言：“何不呼张道人也？”郡官曰：“张道人何知郁攸之事，而须呼之也?"既而火迫郡署,至取郡额投火以从厌胜之说,其烈愈炽。不得已使召之,应呼而至,即长揖郡官曰:"俱面火致敬,同音诵'心火灭,凡火灭'六字!"张乃携瓶水上履层檐,腾踔如飞,亦大称诵六字。水所过处,火不复延,须臾遂止。今尚存,所传异事不止此也。

雀鳅蛇蟹之异

戒杀之事,得于传闻者甚众。目视五事,不可不记为后人之戒也。富阳春明村赵二,以网捕为业,年五十,卧病逾年,艰饿备至,求死者屡矣。一日,觉头痒不可堪忍,爬搔之极,至指甲流血,乃取梳齿痛戞,终不快意。遂呼其妇挡发摇头,痒似少止。顷之复甚,则以手助力提捽,遂致脑脱落,而脑间雀嘴丛咂,不知其数。邻里环观,助其诵佛忏罪,以觊速死。两日始遂气绝。钱塘北郭吕五,以炙鳅鳗为给。而鳅至难死,每以一大斛,置鳅满中,投以盐醢,听其咀唼,至困然后始加刀炙,云令盐醢之味渍入骨中,则肉酥而味美,以故市之者众。不数年,吕五得疾,但觉胸腹间燥渴不胜,饮水不快,而口复念盐醢为味,以杯盂置床,时时饮之。且言:"燋也,与翻过着。"令家人转仄其体,日夜数十百番,至体肉消溃,肠胃流迸而卒。湖州脍匠严进,忽得狂疾,曝日城壁下,自啮其指,至十指皆尽,血流被体,号呼而终。苏州薛氏小儿,年十三,探鹊雏于木杪,不知先有大蛇啖雏巢中,儿始惊视张口,则蛇径投入儿口,与儿俱堕木下。人救之,则蛇食儿心,与蛇俱死矣。河朔雄、霸与沧、棣,皆边溏泺,霜蟹当时不论钱也。每岁诸郡公厨糟淹,分给郡僚与转饷中都贵人,无虑杀数十万命。余寮婿李公慎供奉侍其季父守雄州,会客具饭,始启一藏瓮,大蟹满中,皆已通熟可啖,而上有一巨鳌,肌体为糟浆浸渍,亦已透黄,而躄索瓮面,往来不可执。众客惊异,徐出而纵之泺中,用以戒杀者甚众。

牛王宫饡饭

陶安世云:张觐钤辖家人尝梦为人追至一所,仰视榜额,金书大字云"牛王之宫"。既人,见其先姨母惊愕而至,云:"我以生前嗜牛,复多杀,今此受苦未竟。所苦者,日食饡饭一升耳。"始语次,即有牛首人持饭至。视之,皆小铁蒺藜,其大如麦粒,而锋饡甚利。饭始人咽,则转次而下,痛贯肠胃。徐觉臂体间燥痒,即以手爪爬搔,至于痒极,血肉随爪而下,淋漓被体。牛首人则取铁杷助之,至体骨现露,饡饭尽出。一呼其名,则形体复旧。家人视之,恐怖欲逃。牛首人即呼持之,曰:"汝亦尝食此肉四两,今当食饭二合而去。"号呼求解,不可得,即张口承饭。饭才下咽,则痛楚不胜。宛转之次,忽复梦觉,腮颊舌皆肿,不能即语。至翌日,始能言,因述其梦云。

殡柩者役于伽蓝

余马嫂之季父承奉郎察,字彦明,钱塘人。赴调至山阳,感时疾而终。妇家即山阳李氏也。遗孤始十岁,未克扶护归祔先陇,因权厝城北水陆寺。凡十五年,其母金华君终,始获从葬。其子初至启殡,致梦其子曰:"我自旅殡此寺,即为伽蓝神拘役,至今未得生路。今获归掩真宅,始神魄自如,而转生有期矣。"又丹阳方可大言:建中靖国间,有时相夫人,终于相府,未获护葬还里,权厝城外普济寺,忽见梦于其门人云:"为语我家,我日夕苦于伽蓝神之役,得速归瘗,则免此矣。"门人

请曰:"夫人而见役何也?"夫人曰:"我生享国封,不为不尊,而
死亦鬼耳。况以遗骸渟秽佛界之地,得不大谴罪? 而姑役使
之,亦幸矣。"二事适相类者。则知精庐所在,在人则以为托之
闃寂,闻钟梵之声,可资亡者依向之福,必不虑因循失葬。明
则致羁魂之尤,幽则苦护神之役,反俾亡者不安。不得不为戒
也。

鱼菜斋僧

　　吴兴蔺村沈氏子,尝具舟载往平江,中道有僧求附舟尾,
生因容之。行十余里,生晨炊,僧求饭,遂分共之,且谓僧曰:
"适与舟人羹鱼为馔,无物为盘羞,不罪也。"僧曰:"无问鱼与
菜,施当在子心耳。"生意僧欲得羹,因分饷之。食竟,僧谓生
曰:"汝量出数金为衬施。"生曰:"食鱼而须衬施,非余所当献
也。"僧曰:"无问鱼与菜,在汝心施耳。"生复意其欲金,量与
衬。僧问生斋僧一员,欲何所献。生曰:"食鱼非斋,何献之
有?"僧曰:"无问鱼菜,在汝心献耳。"生不得已,戏谓之曰:"请
献蔺村大王。"僧遂合爪祝献。既行数里,登岸而去。明年正
月,生与社人祭神庙中,神降于稠人中,谢生曰:"去岁深承辍
饭斋僧,而无心布施,得福最多。以是一僧之故,我甚增威
力。"生已忘前事。神人谓生曰:"汝至某村,有僧附舟,汝以鱼
饭之次,有恶兽欲截汝舟,我时已阴护之矣。"生始记忆,因语
其详于社人云。

挽经牛

　　裴亚卿言:绍兴九年,湖州普安院尼沈大师者,闻吴江县
潘氏兄弟析居,而家有《华严经》一部,惜不忍分,试往求之。

众议皆允,而尼请归具香花及舟载迎取。潘老谓尼曰:"尔往则恐有中变者,我今并具小舟假汝载往,如何?"尼欣然,更过所望。经既登舟,而岁适大旱,川港干涸,不能寸进。翁曰:"我更假汝一牛,挽引而前也。"经既至院,牛船还家。公中夜忽语其媪曰:"吾之舍经,得供养矣。而吾牛何虑也?"媪问之,云:"我适梦牛而人言曰:'谢公数年豢养之力,又承公遣以挽经之功,今得脱此畜身,径生安乐处,感德无穷也。'"亟往视之,牛已死矣。

蝤蛑黑鲤见梦

馀杭尉范达夜梦介胄而拜于庭者七人,云:"某等皆钱氏时归顺人,今海行失道,死在君手,幸见贷也。"既觉,有人以蝤蛑七枚为献,因遣人纵之于江。编修元时敏夜梦顶星冠而见谒者九人,且稽首祈命,其词甚哀。元虽异之,而了不知其由。晓起经厨间,正见以盘覆一大盆,启视之,乃黑鲤九枚,泼剌盆中。因举盆放之而记其事。

悬豕首作人语

秀州东城居民韦十二者,于其庄居豢豕数百,散市杭、秀间,数岁矣。建炎初,因干至杭,过肉案,见悬一豕首,顾之而人言曰:"韦十二,我等偿汝债亦足矣。"从者亦闻其言。韦愕然悔过,还家尽毁圈牢,取所存豕市之,得钱数千缗,散作佛事及印造经文,冀与群豕求免轮回刀刃之苦。知者谓韦善补过矣。

春渚纪闻卷四　杂记

宗威愍政事

宗尹君汝霖，其遇事虽用权智，而济难于谈笑之间，士大夫多能道之。建中靖国间为文登令，同年青州教授黄策上书，自姑苏编置文登州，遣牙校押赴贬所。过县，而黄适感寒疾，不能前进。牙校督行，虽加厚赂，祈为一日之留，坚不可得。不得已，使人致殷勤于公。公即具供帐于行馆，及命医诊候，至调理安完而了不知牙校所在。密讯其从行者，云：自至县，即为县之胥魁约饮于营妓。而已次胥史，日更主席。此校嗜酒而贪色，至今不肯出户。屡迫促之，乃始同进。金寇犯阙，銮舆南幸，贼退，以公尹开封。初至而物价腾贵，至有十倍于前者，郡人病之。公谓参佐曰："此易事耳。都人率以食饮为先，当治其所先，则所缓者不忧不平也。"密使人问米面之直，且市之，计其直与前此太平时初无甚增，乃呼庖人取面，令准市肆笼饼大小为之，及取糯米一斛，令监库使臣如市酤酝酒。各估其值，而笼饼枚六钱，酒每角七十足。出勘市价，则饼二十，酒二百也。公先呼作坊饼师至，讯之曰："自我为举子时来往京师，今三十年矣。笼饼枚七钱，而今二十，何也？岂麦价高倍乎？"饼师曰："自都城离乱以来，米麦起落，初无定价，因袭至此。某不能违众独减，使贱市也。"公即出兵厨所作饼示之，且语之曰："此饼与汝所市，重轻一等。而我以日下市直会计新面工直之费,枚止六钱。若市八钱,则已有两钱之息。今为将出令,止作八钱,敢擅增此价而市者,罪应处斩。且借汝头以行吾令也。"即斩以徇。明日饼价仍旧,亦无敢闭肆者。次日呼买扑正店任修武至,讯之曰:"今都城糯价不增,而酒值三倍,何也?"任恐悚以对曰:"某等开张承业,欲罢不能。而都城自贼马已来,外居宗室及权贵亲属,私酿至多,不如是,无以输纳官曲之直与工役油烛之费。"公曰:"我为汝尽禁私酿,汝减直百钱,亦有利入乎?"任扣额曰:"若尔,则饮者俱集,多中取息,足办输役之费。"公熟视久之,曰:"且寄汝头颈上。出率汝曹,即换招榜,一角止作百钱足,不患乎私酤之挽夺也。"明日出令:"敢有私造酒曲者,捕至不问多寡,并行处斩!"于是倾糟破瓿者不胜其数。数日之间,酒与饼直既并复旧,其它物价不令而次第自减。既不伤市人,而商旅四集,兵民欢呼,称为神明之政。时杜充守北京,号"南宗北杜"云。

胶秫取虎

忻、代种氏子弟,每会集讲武,多以奇胜为能。一夕步月庄居,有庄户迎白曰:"数夕来,每有一虎至麦场软藁间辗转取快,移时而去。宜徐往也。"从者有言:"请付我一矢,当立毙以献。"其一子弟在后,笑谓群从曰:"我不烦一矢之遗,当以胶秫取之,如黏飞雀之易也。"众责其夸言,曰:"请酿钱五千,具饭会饮,若不如所言,我当独出此钱也。"众许之而还。翌晨集庄户散置胶秫,至暮得斗余,尽令涂场间麦秆上,并系羊以饵之,共伺其旁。至月色穿林,果有徐行叉尾而至者。遇系羊,攫而食之。意若饱适,即顾麦场,转舒其体。数转之后,胶秆丛身,牢不可脱,至于尾足头目朦暗无视,体间如被锢束。畜性刚烈，大不能堪，于是伏地大吼，腾跃而起，凡至丈许。已而屹立不动。久之，众合噪前视之，则立死矣。

铜章异事

青社土军高阁耕地得古铜印，文曰："宣州观察使印。"即谨藏之，不以示人。后金寇犯阙，高统勤王之师，屡立战功，遂除察使，如印章云。每有移文，即借用此章。又承务郎王渊，洛阳人，锁试赴省，过黄河滩，因憩所乘蓝舆渡口。舆脚小兀，旁拾块土就支舆。而土破，中得一铜章，视之，乃其姓名也。

死马医

有名士为泗倅者，卧病既久。其子不慧。郡有太医生杨介，名医也，适自都下还。众令其子谒之，且约介就居第诊视。介亦谦退，谓之曰："闻尊君服药，且更数医矣，岂小人能尽其艺耶？"其子曰："大人疾势虽淹久，幸左右一顾，且作死马医也。"闻者无不绝倒。

盐　龙

萧注从狄殿前之破蛮洞也，收其宝货珍异，得一龙，长尺余，云是盐龙，蛮人所豢也。藉以银盘，中置玉盂，以玉箸撝海盐饮之，每鳞甲中出盐如雪，则收取，用酒送一钱七，专主兴阳。而前此无说者何也？后因蔡元度就其体舐盐而龙死。其家以盐封其遗体，三数日用，亦大有力。后闻此龙归蔡元长家云。

宿 生 盲 报

　　於潜主簿沈纯良，字忠老，余从兄之婿也。初，兄之子许归内兄黄陞有年矣。继而黄被荐，中礼部选，以书约唱第后成礼。女一夕得目疾，便不分明。医视之云："目睛已破，不可疗也。"即以疾报黄，乞罢婚。而黄云："昔许我，固无恙人也。我岂以一第而黜盲妻哉！"后竟不敢违其母兄之命，因循告罢。女年齿浸长，谋与披带入道，不复有适人之议也。然端丽明悟，不知者以为无病人也。余兄弟寓居乌墩，与忠老游，爱其和易多学。忠老诸兄各宦游相远，亦欲相依为生，愿得盲女为家。既成婚数日，忠老梦至一官府，两庑皆囚系人也。忠老方顾视之次，忽见有绯衣人升厅事，据案而坐者。群吏庭集，声喏而退。绯衣者遽呼市物之人，怒其物不至，使杖之。其人应言不顺，怒益甚，亟呼左右，取束藁周其身，以火熏灼其目。忠老视之，忽若微笑者。旁一人谓忠老曰："子视此不加恻然，更复嬉笑以助其怒心。此绯衣人，乃子今日之妻也。"语竟而觉。忠老遽以所梦语盲妻曰："异哉，冥报之事，不为诬也！汝以一怒之炽，至以火灼人目，遂获半生无目之报。我以一笑之缘，不免今日有盲妻之累。且以一笑一怒之失，其报如此；况夫妻以乐祸为心，而积恶如陵京者哉？岂不为他生之虑耶！"

马 武 复 得 妻

　　陶节夫为定帅，而本州驻泊都监马武，官期逾年始至。既交割参府，公退衙至屏后，而侍人高姐者就收袍带，涕泗交颐。公讶而讯之，云："适参府都监，某之本夫也。"公愕然，问其故，乃言马历官并相失之详。公颔之。明日具酒肴，独约马将会饮阁中。三爵之后，徐谓马曰："公之官之期，何为更稽缓尔耶？"马离席，陨涕曰："某去春携家京师，因与家人辈至大内前观灯，稠人中忽与老妻相失，求访不获，因循几年。迫于贫乏，不免携孥就禄，无它故也。"公即呼取大金卮，注酒满中，揖马而笑谓之曰："能尽此卮，当有好事相闻。"饮讫，语马曰："天下事有出于非意而适然相遇如此！贤阁县君于睽索中，适某过澶州，得之逆旅间，了不言其所自也。昨日窥屏见公，且语其详。某适已令具兜乘，护归将司矣。"马始惊喜次，而军校声唶云："已送驻泊宅眷归衙讫。"一郡惊嗟，共叹其异也。

僧净元救海毁

钱塘杨村法轮寺僧净元，年三十通经，祝发即为禅比邱，遍参明目。得法之后，归隐旧庐，人不之异也。政和癸巳，海岸崩毁，浸坏民居，自仁和之白石至盐官上管，百有余里。朝廷遣道士镇以铁符及大筑堤防，且建神祠以禳御之，毁益不支。至绍兴癸丑，师忽谓众曰："我释迦文佛历劫以来，救护有情，捐弃躯命，初无少靳，而吾何敢爱此微尘幻妄，坐视众苦而不赴救？"即起禅定，振履经行，视海毁最甚处，至于蜀山，时六月五日也。从而观者数百人。而海风激涛，喷涌山立，师将褰衣而前，众争挽引，且请偈言以示后来。师笑之曰："万法在心，底须言句？我不能世俗书，亦姑从汝请耳。"即高举曰："我舍世间如梦，众人须我作颂。颂即语言边事，了取自家真梦。"又曰："世间人心易了，只为人多不晓。了即皎在目前，未了千般学道。"颂毕，举手谢众，踊身沉海。众视惊呼，至有顿足涕流者，谓即葬鱼腹矣。移时风止，海波如镜，遥见师端坐海面，如有物拱戴者，顺流而来，直抵崩岸。争前挽掖而上，视师衣履，不濡也。逮视岸侧，有数大鲤，昂首久之，沉波而去。即扬声谓众曰："自此海毁无患也。"不旬日，大风涨沙，悉还故地。蜀山之民深德之，即其地营庵居留事之。至绍兴乙卯四月八日，忽集众说偈告寂曰："会得祖师真妙诀，无得无物又无说。喝散乌云千万重，一点灵心明皎洁。咄！"安坐而化。

受 杖 准 地 狱

杭州宝藏寺主藏僧志诠，其所得施财，无毫发侵用也。偶寺僧有谓诠曰："子所积施，贷我十千，后当以三千为息归子。"拒之不获，即如数付之。数月，果以十三千偿诠。诠曰："三千之息，非常住物。"因以为香烛之费。而常蓄一猫，甚驯，起居之间，未常辄相舍也。后猫死，诠昼梦至一官府，有金紫人出迎，执礼甚恭，如旧相识。诠回语之曰："弟子今此何所职掌，且于老僧有何缘契，而勤勤若此也？"金紫人曰："某前身有过，合受畜身。而经为猫，偿报既尽，以宿性直刚，今得为冥官。方为猫时，蒙师六年爱育之恩，每思有以报效。今日召师之来，盖有说也。师前受寺僧贷藏施钱三千之息，虽用为佛供，利归一己，是亦准盗法，当受地狱一劫之苦。更作无量功德，不可免也！"诠因求哀，金紫人曰："某亦常为师参问比折之报，只有于世间受十三杖之苦可代，此外无策也。"语讫梦觉，诠即私念曰："我幸主藏之久，颇为僧俗所敬，若一受杖责，何面目于丛林也？当作苦行，以规救免。"于是尽舍衣钵为佛供及躬修长竿，甚自刻苦。岁余，会钱塘县官携家累入寺，僧适尽赴供，无一人迎门者。县官已怀怒心，始登方丈，而足为猫粪所污，意大愤躁。从者径于竿堂捽志诠而出，云："此住持僧也。怠于却扫，故此避匿耳。"诠亦不测其由，应对不顺，即呼五百

杖之十三而去。诠始悟前梦，不复介意，而常戒其徒不可以常
住之物为己用者如此云。

古道者披胸然臂

　　钱塘净慈寺古道者，主供侍病僧寮。一日，病僧有告之
曰："我病少愈，念少兔血为味，汝能为我密致之，幸甚!"至暮
夜，袖血饷僧，食之美甚。一二日，复多以金付之，再有所须。
同寮僧雏窥道者于隙处披其胸，取漆盂，以利刃刺心血，覆盂
其上，解衣带缠绕，久之开视，盂中血凝矣，即以葱醢，依前法
制之，以进病僧。僧雏大骇，出以所见语其徒，且告病僧，皆大
惊异。后堂头阙人，府请明老住持，明辞之坚甚，至东坡先生
以简督之，尚未之许。道者闻之曰："须我一行耳。"时明老出
寓北山昭庆寺，道者即以油布裹手及□臂，至前礼请曰："道者
请燃此手，以为和尚导。"即跪膝然火，了不变色。燃至手腕，
明老即命驾从之。观者云集，莫不咨嗟骇异，至有流涕者。逮
至明处安息方丈，始称谢而退，燃至半臂矣。

花木神井泉监

　　建安黄正之之兄行之，客寄桐庐。方腊之乱，为贼所害。
贼平，正之素奉天师道，即集道侣与邑人启建黄箓道场，追荐
贼杀之众，俱有报应。而正之特梦其兄告之曰："我以骂贼不
屈而死，上帝见赏，已补仙职矣。汝无忧也。"凡世人至忠至孝
及贞廉之士，与夫有一善可录者，死有所补授，如花木之神、井
泉之监，不可不知也。

磨刀劝妇

　　裴亚卿言:为童稚时,侍其祖母文安县君,闻语:居宣城之日,邻有俗子,忘其姓名,娶妇甚都,而悍于事姑。每夫外归,必泣诉其凌虐之苦。夫常默然。一夕,于灯下出利刃,示其妇。妇曰:"将安用此?"夫好谓之曰:"我每见汝诉我以汝姑之不容,我与汝持此去之,如何?"妇曰:"心所愿也。"夫曰:"今则未也。汝且更与我谨事之一月,令汝之勤至而俾姑之虐暴,四邻皆知其曲。然后我与汝可密行其事,人各快其死,亦不深穷暴死之由也。"妇如其言,于是怡颜柔语,晨夕供侍,及市珍鲜以进饮馔。姑不知其然,即前抚接,顿加和悦。几致月矣,复乘酒取刃,玩于灯下,其气愤愤,呼其妇语之曰:"汝姑日来于汝若何?"曰:"日来视我非前日比也。"又一月,复扣□刃问之。妇即欢然曰:"姑今于我,情好倍加。前日之事,慎不可作也!"再三言之。夫徐握刃怒视之曰:"汝见世间,有夫杀妇者乎?"曰:"有之。""复见有子杀母者乎?"曰:"未闻也。"夫曰:"人之生也,以孝养为先。父母之恩,杀身莫报。及长而娶妇,正为承奉舅姑,以长子息耳。汝归我家,我每察汝,恃少容色,不能承顺我母,乃反令我为此大逆。天地神明,其容之乎? 我造此刃,实要断汝之首,以快我母之心。姑贷汝两月,使汝改过怡颜,尽为妇之道于我母。待汝之心知曲不在母,而安受我刃也。"其妇战惧,泪如倾雨,拜于床下曰:"幸恕我此死,我当毕此生前,承顺汝母,常如今日,不敢更有少懈也。"久之乃许。其后妇姑交睦,播于亲党。有密知此事者,因窃语之。闻者皆谓:此虽俗子,而善于调御,转恶为良,虽士君子有不能处者矣。

紫 姑 大 书 字

　　政和二年,襄邑民因上元请紫姑神为戏,既书纸间,其字径丈。或问之曰:"汝更能大书否?"即书曰:"请连粘襄表二百幅,当为作一'福'字。"或曰:"纸易耳,安得许大笔也?"曰:"请用麻皮十斤缚作,令径二尺许。墨浆以大器贮,备濡染也。"诸好事因集纸笔,就一富人麦场铺展聚观。神至,书云:"请一人系笔于项。"其人不觉身之腾踔,往来场间,须臾字成,端丽如颜书。复取小笔书于纸角云:"持往宣德门,卖钱五百贯文。"既而县以妖捕群集之人,大府闻之,取就鞫治,讫无他状,即具奏知。有旨令就后苑再书验之。上皇为幸苑中临视,乃书一"庆"字,与前书"福"字大小相称,字体亦同。上皇大奇之,因令于襄邑择地建祠,岁祀之。

梦 鲙

　　吴兴溪鱼之美,冠于他郡,而郡人会集,必以斫鲙为勤。其操刀者,名之鲙匠。沈忠老言:其外祖丁学士君,虽湖人,而生平不喜食脍。一日忽梦登对,已而少休,殿庑间传言,以鲙缕一盘为赐。食之美甚。既觉,忽念其味。会乡人有以鲜鲤饷其子者,即取具鲙,举箸而尽。自后日进一器。岁余复梦登对,赐鲙如初。食讫而寤,但闻腥气逆鼻,遂不复食,至终身云。

谑 鱼

　　姑苏李章,敏于调戏。偶赴邻人小集,主人者虽富而素鄙,会次章适坐其旁。既进馔,章视主人之前一煎鲑特大于众客者,章即请于主人曰:"章与主人俱苏人也,每见人书'苏'字不同,其'鱼'不知合在左边者是,在右边者是也?"主人曰:"古人作字,不拘一体,移易从便也。"章即引手取主人之鱼,示众客曰:"领主人指拨,今日左边之鱼,亦合从便,移过右边如何?"一座辍饭而笑,终席乃已。

龚正言持钵巡堂

龚彦和正言自贬所归卫城县,寓居一禅林,日持钵随堂供。暇日偶过库司,见僧雏具汤饼。问其故,云:"具殿院晚间药食。"龚自此不复晚飧云。

绘 像 答 语

毗陵胡门下宗回夫人,钱塘关氏女。数岁时,晨起致敬尊长前。而壁间有天妃像,家人戏指之曰:"此亦可致礼。"夫人即前敛躬起居,忽若卷子有云"夫人万福"之应者。左右皆闻,惊异。既长,果归胡氏,卒享翚翟之荣。关仲子云。

花 月 之 神

建安章国老之室,宜兴潘氏女,二族称其韶丽。既归国老,不数岁而卒。其终之日,室中飞蝶散满,不知其数。闻其始生亦复如此。既设灵席,每展遗像,则一蝶停立久之而去。后遇远讳之日,与曝像之次,必有一蝶随至,不论冬夏也。其家疑其为花月之神。建安张端公伯玉,始生而鬼哭于家,三日而止。既死,鬼啸于梁,全大敛始寂然。盖其母初祷了于郡之黎山王庙,梦神指其旁鬼官与之。二家俱余姻家也,得之不诬。

施 奶 婆

　　湖州乌墩镇沈氏婢，其邻里呼之"施奶婆"者，年六十余，鬟两髻，明其尚处子也。年二十为沈氏婢，会大疫，主公主母继亡，独余二女子，各十数岁，无旁亲可依为生。施即佣舂旁舍，或织草屦与缝纫之事，得钱以给二女，且教护之。至于长大，择良为配，更为抚抱其子，尽力奴事。镇人皆知敬爱之。每大家出游，则假守舍，余物满前，一毫不移也。至今尚在。

孙 家 吕 媪

　　湖州孙略教授家婢名吕媪者，服勤孙氏有年矣。性谨朴，无他能，但常日晨起，就厨中取食器洁之，聚所弃余粒。间有落沟渠者，亦拾取淘濯，再于釜中或加五味煮食之。未尝一日废也。年七十余，一日微疾，即告其家人曰："为我髡发，着五戒衣，我将去矣。"家人从之。因起，以左手结印而化。家人遂龛置开元寺中。观者余月，了无秽气，而发渐生。因与剃之。后一月一剃。

春渚纪闻卷五　杂记

章 有 篆 字

吴兴张有,以小篆名世。其用笔简古,得《石鼓》遗法,出文勋章友直之右。所作《复古编》以正篆隶之失,识者嘉之。尝为余言:"'心'字于篆文只是一倒'火'字耳。盖心火也,不欲炎上,非从包也。"毕少董,文简之孙,妙于鼎篆,而亦多见周秦以前盘盂之铭。其论"水"字云:"中间一竖,更不须曲,只是画一坎卦耳。盖坎为水,见于鼎铭多如此者。"并记之。

唐 子 西 论 文

唐子西言:司马迁敢乱道,却好;班固不敢乱道,却不好;不乱道又好,是《左传》;乱道又不好,是《唐书》。八识田中若有一毫《唐书》,亦为来生种子矣。

玉 川 昌 黎 月 蚀 诗

施彦质言:玉川子诗极高,使稍入法度,岂在诸公之下!但讳以诗人见称,故时出狂语,聊以惊世耳。韩退之有《效玉川子月蚀》诗,读之有不可晓者。既谓之"效",乃是玉川子诗,何也?亦常闻叶大经云:玉川子既作此诗,退之深爱之,但恨其太狂,因削其不合法度处,而取其合者附于篇,其实改之也。退之尊敬玉川子,不敢谓之"改",故但言"效"之耳。

明皇无心治天下

　　周正夫言：人君所论，只一宰相。唐明皇欲相张嘉贞，却忘其名字，不知用心向何处？又河北皆陷，颜真卿独全平原，乃始云："朕不谓有此人！"夫小大一个颜真卿，自不知姓名。又颜杲卿忠义贯日月，后其子不免饥寒，不知平日勾当甚事？乃知明皇本无心治天下也。

古 书 托 名

　　先君为武学博士日，被旨校正武举孙吴等七书。先君言《六韬》非太公所作，内有考证处，先以禀司业朱服。服言此书行之已久，未易遽废也。又疑《李卫公对问》亦非是。后为徐州教授，与陈无己为交代。陈云："尝见东坡先生言，世传《王氏元经》、《薛氏传》、《关子明易传》、《李卫公对问》，皆阮逸著撰。逸尝以草示奉常公也。非独此，世传《龙城记》载六丁取《易说》事，《树萱录》载杜陵老、李太白诸人赋诗事，诗体一律。而《龙城记》乃王铚性之所为；《树萱录》，刘焘无言自撰也。至于书刻亦然。小字《乐毅论》，实王著所书。《李太白醉草》，则葛叔忱戏欺其妇翁者。山谷道人尝言之矣。"

画 字 行 棋

　　古人作字谓之"字画"，所谓"画"者，盖有用笔深意。作字之法，要笔直而字圆，若作画则无有不圆劲，如锥画沙者是也。不知何时改作"写字"。"写"训"传"，则是传模之谓，全失秉笔之意也。又弈棋，古亦谓之"行棋"。宋文帝使人赍药赐王景文死，时景文与客棋，以函置局下，神色不变，且思行争劫。盖棋战所以为人困者，以其行道穷迫耳。"行"字于棋家亦有深意，不知何时改作"着棋"。"着"如着帽、着屦，皆训"容"也，不知于棋□有何干涉也。且写字、着棋，天下至俗无理之语，而并贤愚皆承其说，何也？

瓶酒借书

杜征南《与儿书》言，昔人云："借人书一痴，还人书一痴。"山谷《借书》诗云："时送一鸱开锁鱼。"又云："明日还公书一痴。"常疑二字不同，因于孙恓《唐韵》"五之"字韵中"瓻"字下注云："酒器。大者一石，小者五斗。古借书，盛酒瓶也。"又得以证二字之差。然山谷"鸱夷"字必别见他说。当是古人借书，必先以酒醴通殷勤。借书还书，皆用之耳。

定武兰亭叙刻

定武《兰亭叙》石刻，世称善本。自石晋之乱，契丹自中原辇载宝货图书而北。至真定，德光死，汉兵起太原，遂弃此石于中山。庆历中，土人李学究者得之，不以示人。韩忠献之守定武也，李生始以墨本献。公坚索之，生乃瘗之地中，别刻本呈公。李死，其子乃出石散模售人，每本须钱一千，好事者争取之。其后李氏子负官缗，无从取偿，宋景文公时为定帅，乃以公帑金代输，而取石匣藏库中，非贵游交旧不可得也。熙宁中，薛师正出牧，其子绍彭又刻副本易之，以归长安。大观间，诏取其石，龛置宣和殿，世人不得见也。丙午，金寇犯顺，与岐阳石鼓复载而北，今不知所在也。此语见于续仲永所藏定武《兰亭》后，康伯所跋也。

邹张邓谢后身

边镐为谢灵运后身，故小字康乐；范纯夫为邓仲华后身，故名祖禹；张平子后身为蔡伯喈，邹阳后身为东坡居士，即其习气，似皆不诬也。

李朱画得坡仙赏识

李颀字粹老，不知何许人。少举进士，当得官，弃去，乌巾布裘为道人，遍历湖湘间。晚乐吴中山水之胜，遂隐于临安大涤洞天，往来苕溪之上，遇名人胜士，必与周旋。素善丹青，而间作小诗。东坡倅钱塘日，粹老以幅绢作春山横轴，且书一诗其后，不通姓名，付樵者，令俟坡之出投之。坡展视诗画，盖已奇之矣。及问樵者："谁遣汝也？"曰："我负薪出市，始经公门，有一道人与我百钱，令我呈此，实不知何人也。"坡益惊异之，即散问西湖名僧辈，云是粹老。久之，偶会于湖上僧居，相得甚喜。坡因和其诗云"诗句对君难出手，云泉劝我早抽身"是也。粹老画山，笔力工妙，尽物之变，而秀润简远，非若近世士人略得其形似便复轻訾前人，自谓超神入妙，出于法度之外者。然不能为人特作，世所有者绝少。得其小屏幅纸，以为宝玩也。莲家所藏二横轴，一雪山，一春晴。自兵火已来，余物散尽，此二画幸常在老眼耳。又松陵朱象先，东坡先生盖尝与之叙文云"能文而不求举，善画而不求售"者，其画始规摹董北苑与巨然，而自出新意，笔力高简，润泽而有生理，出许道宁、李远辈之上。但其为人既经东坡先生题目之后，不肯为人轻作，又不为王公大人所屈，世所传者，亦不甚多。其在嘉兴日，毛泽民为郡守，于郡城绝景处增广楼居名月波者，日与宾客燕

息其上。常延致朱象先，为作一大屏，真近世绝笔！但日来赏
鉴之家，未免征逐时好，未有深知其二人者。后遇真赏，有捐
千金而求其一笔者不获，始以余言为不谬也。粹老二横轴，续
仲永后得之。其子承休，归郑公辅也。

精 艺 同 一 理

朱象先少时画笔，常恨无前人深远润泽之趣。一日于鹅
溪绢上戏作小山，觉不如意，急湔去之，故墨再三挥染，即有悟
见。自后作画，多再涤去，或以细石磨绢，要令墨色着入绢缕
者。沈珪道人作墨，亦尝因捣和墨，蒸去故胶，再入新胶，及出
灰池，而墨坚如石，遂悟李氏对胶法云。

陈涂共为冥吏

晋江陈彦柔言：文林郎知县事孙复，为政廉明，郡以其才
力有余，俾参幕事。一日与幕僚会茶，独见一黄衣人授以天
符，且云：当与州之举子涂楷者同领职。追还家，越夕而卒。
时绍兴十一年五月十二日。已而楷闻孙死之异，复梦衣黄紫
人罗立庭参云："天命召汝，职领甚要。"既觉，忻然命笔书壁间
云："拜伏庭前又一番，天书虽捧未容看。南阳久作蟠龙卧，应
为苍生起谢安。"明年孙死之日，楷无疾而终。

天 尊 赐 银

临安府天庆观马道士言：有老道士刘虚静，年七十余，来
寓云安堂。每旦执炉于大尊像前，注香冥祷，意甚虔至。观有
小道士伏于暗中，默聆其祷。乃云："虚静年老，羁单一身。常
恐一旦数尽，身膏草野。若蒙上天赐以白金十星，足为身后之

备,志愿足矣。"小道士乃取白蜡铸成小铤,俟其夕祷,即遥掷其旁。虚静得之惊异,伏谢再三,不复细视,姑谨藏之,语其徒曰:"人之诚悃,常患不至尔。虽天道高远,而听甚卑,无不从人者。"小道士复欲戏之,因又密求视其所获。请之既数,不免示之。小道士即怀之疾走众中,示群道士,相与笑其狂昧。久之不至,虚静从而执之,且熟视其物,曰:"此白腊耳,非我所获者!"喧哓不置,必欲讼之官府。小道士家素饶于财,众道士劝谕之曰:"汝若致讼,则所费不止此,不若如数偿之。"遂真有所获。虽虚静一时非意之祷,而造物者宛曲取付,盖亦巧矣。

撞钟画像作追荐

余仲兄马氏嫂之母,符离高氏女。年二十,以产乳殁。其父朝议君念之深切,夜梦女告之曰:"无他作冥助,第呼画人状我,并令像与我身等,召邻僧,使糊钟间,祝撞钟人,及多许之金,令晨昏声钟时呼我名氏而忏祝之,俟此像忽自脱落,了无损动,即我超生之兆也。"朝议君晓起语家人,为呼画人及召寺僧,如其言委之。不数月,忽梦女铢衣宝冠,称乘功德,今当生乐处矣。泣谢而去。梦觉未及语,而寺僧扣门,以脱像为示,果无少损处云。

张 山 人 谑

绍圣间,朝廷贬责元祐大臣及禁毁元祐学术文字。有言司马温公神道碑乃苏轼撰述,合行除毁。于是州牒巡尉,毁拆碑楼及碎碑。张山人闻之,曰:"不须如此行遣,只消令山人带一个玉册官,去碑额上添镌两个'不合'字,便了也。"碑额本云"忠清粹德之碑"云。

酒　谑

宗室赵子正监永静军,耽酒嗜书札,而喜人奉己。有过客执瓤而前,正遇赵于案间挥翰自得。客自旁视再三,而叹美其妙。赵举首视之,曰:"汝亦知书耶?"客曰:"小人亦尝留心字画,切观太保之书,虽王右军复有不及者。"赵诟之曰:"汝玩我耶?"曰:"某尝观《法书》云:王书一字,入木八分。今太保之书,一落笔则入木十分,岂不为过于右军耶?"坐人皆赏其机中,为之绝倒,赵亦笑而遣之。

木中有字

三衢毛氏,庭中一木忽中裂而纹成衍字,如以浓墨书染者,体作颜平原书。会其子始生,因以名之。后衍登进士第,官至龙图阁而终。又晋江尤氏,其邻朱氏圃中有柿木高出屋上,一夕雷震,中裂木身,亦若以浓墨书"尤家"二字,连属而上,不知其数,至于木枝细者,破视亦随枝之大小成字。尤氏乞得其木,作数百段,分遗好事。字体带草,劲健如王会稽书。朱氏后以其圃归尤氏云。

陇州鹦歌

王景源云:有韩奉议者,为陇州通守,家人得鹦歌,忽语家人曰:"鹦歌数日来甚思量乡地,若得放鹦歌一往,即生死无忘也。"家人闻其语,甚怜之,即谓之曰:"我放你甚易。此去陇州数千里外,你怎生归得?"曰:"鹦歌小自记得来时驿程道路。日中且去深林中藏身,以避鹰鹞之击;夜则飞行求食,以止饥渴尔。"家人即启笼及与解所系绦线,且祝其好去。鹦歌亦低首答曰：“娘子懑更各自好将息，莫忆鹦歌也。”遂振翼望西而去。家人辈亦怅然者久之，谓必无远达之理。至数月，旧任有经使何忠者，自陇州差至京师投下文字。始出州城，因憩一木下。忽闻木杪有呼“急足”者。忠愕然，谓是鬼物。呼之再三，不免仰首视之。即有鹦歌，且顾忠曰：“你记得我否？我便是韩通判家所养鹦歌也。你到京师，切记为我传语通判宅眷，鹦歌已归到乡地，甚快活，深谢见放也。”忠咨嗟而行。至都，遂至韩第，问鹦歌所在，具言其所见。举家惊异，且念其慧黠，及能侦候何忠，传达其言，为可念者。或未以为信。余曰：昔唐太宗时，林邑献五色鹦歌，新罗献美女二人，魏郑公以为不宜受。太宗喜曰：“林邑鹦歌犹能自言苦寒思归，况二女之远别亲戚乎？”并鹦歌各付使者归之。又明皇时，太真妃得白鹦鹉，聪慧可爱。妃每有燕游，必置之辇竿自随。一日，鹦鹉忽低首愁惨。太真呼问之，云：“鹦鹉夜梦甚恶，恐不免一死。”已而太真妃出后苑，有飞鹰就辇攫之而去。宫人多于金花纸上写《心经》追荐之者。此又能通晓梦事，则其灵慧非止一鹦歌也。

野驼饮水形

先君尝见蔡元度言：其父死，委术者王寿昌于余杭寻视葬地，数日不至。蔡因梦至一官府，有紫衣人据案而坐，望蔡之人，遥语谓曰：“汝寻葬地，已得之否？野驼饮水形是也。”觉而异之。适寿昌至，问其所得，云有一地在临平山，势耸远，于某术中佳城也，但恐观者未诚吾言耳。元度云：“姑言山形可也。”王云：“一大山巍然下临浙江，即野驼饮水形也。”元度曰：“无复他求，神先告我矣。”即用之。

春渚纪闻卷六　东坡事实

文 章 快 意

先生尝谓刘景文与先子曰:"某平生无快意事,惟作文章,意之所到,则笔力曲折,无不尽意。自谓世间乐事无逾此者。"

后 山 往 杏 园

建中靖国元年,陈无己以正字入馆,未几得疾。楼异世可时为登封令,夜梦无己见别,行李匆甚。楼问是行何之,曰:暂往杏园。东坡、少游诸人,在彼已久。楼起视事,而得参寥子报云:无己逝矣。

坡 仙 之 终

冰华居士钱济明丈尝跋施纯叟藏先生帖后云:建中靖国元年,先生以玉局还自岭海,四月自当涂寄十一诗,且约同程德孺至金山相候。既往迟之,遂决议为毗陵之居。六月自仪真避疾渡江,再见于奔牛埭。先生独卧榻上,徐起谓某曰:"万里生还,乃以后事相托也。惟吾子由,自再贬及归,不复一见而决,此痛难堪。"余无言者。久之复曰:"某前在海外,了得《易》、《书》、《论语》三书,今尽以付子,愿勿以示人。三十年后,会有知者。"因取藏箧欲开,而钥失匙。某曰:"某获侍言,方自此始,何遽及是也。"即迁寓孙氏馆,日往造见,见必移时,慨然追论往事,且及人间出岭海诗文相示,时发一笑,觉眉宇间秀爽之气照映坐人。七月十二日,疾少间,曰:"今日有意,喜近笔研,试为济明戏书数纸。"遂书《惠州江月》五诗。明日又得《跋桂酒颂》。自尔疾稍增,至十五日而终。

邹阳十三世

　　遴一日谒冰华丈于其所居烟雨堂,语次偶诵人祭先生文,至"降邹阳于十三世,天岂偶然;继孟轲于五百年,吾无间也"之句,冰华笑曰:"此老夫所为者。"因请"降邹阳"事。冰华云:"元祐初,刘贡甫梦至一官府,案间文轴甚多,偶取一轴展视,云'在宋为苏某'。逆数而上十三世,云'在西汉为邹阳'。盖如黄帝时为火师,周朝为柱下史,只一老聃也。"

紫府押衙

　　雪川莫蒙养正,崇宁间过余,言:夜梦行西湖上,见一人野服鬘髻,颀然而长,参从数人,轩轩然常在人前。路人或指之而言曰:"此苏翰林也。"养正少识之,亟趋前拜,且致恭曰:"蒙自为儿时诵先生之文,愿执巾侍,不可得也。不知先生厌世仙去,今何所领而参从如是也?"先生顾视久之,曰:"是太学生莫蒙否?"养正对之曰"然"。先生额之,曰:"某今为紫府押衙。"语讫而觉。后偶得先生岭外手书一纸云:"夜登合江楼,梦韩魏公骑鹤相过,云:'受命与公同北归中原,当不久也。'已而果然。"小说载魏公为紫府真人,则养正之梦不诬矣。

裕陵眷贤士

　　先生临钱塘郡日,先君以武学博士出为徐州学官,待次姑

苏。公遣舟邀取至郡,留款数日,约同刘景文泛舟西湖。酒
酣,顾视湖山,意颇欢适,且语及先君被遇裕陵之初,而叹今日
之除似是左迁。久之,复谓景文曰:"如某今日余生,亦皆裕陵
之赐也。"景文请其说。云:"某初逮系御史狱,狱具奏上,是夕
昏鼓既毕,某方就寝,忽见一人排闼而入,投箧于地,即枕卧
之。至四鼓,某睡中觉有撼体而连语云'学士贺喜'者,某徐转
仄问之,即曰'安心熟寝',乃挈箧而出。盖初奏上,舒亶之徒
力诋上前,必欲置之死地,而裕陵初无深罪之意,密遣小黄门
至狱中视某起居状。适某昼寝,鼻息如雷,即驰以闻。裕陵顾
谓左右曰:'朕知苏轼胸中无事者。'于是即有黄州之命。则裕
陵之恩,念臣子之心,何以补报万一!"后先君尝以前事语张嘉
父,嘉父云:"公自黄移汝州,谢表既上,裕陵览之,顾谓侍臣
曰:'苏轼真奇才!'时有憾公者,复前奏曰:'观轼表中,犹有怨
望之语。'裕陵愕然,曰:'何谓也?'对曰:'其言"兄弟并列于贤
科"与"惊魂未定,梦游缧绁之中"之语,盖言轼、辙皆前应直言
极谏之诏,今乃以诗词被遣,诚非其罪也。'裕陵徐谓之曰:'朕
已灼知苏轼衷心,实无他肠也。'于是语塞云。"

墨木竹石

　　先生戏笔所作枯株竹石,虽出一时取适,而绝去古今画
格,自我作古。邃家所藏"枯木"并"拳石丛筱"二纸,连手帖一
幅,乃是在黄州与章质夫庄敏公者。帖云:"某近者百事废懒,
唯作墨木颇精,奉寄一纸,思我当一展观也。"后又书云:"本只
作墨木,余兴未已,更作竹石一纸同往。前者未有此体也。"是
公亦欲使后人知之耳。

裕陵惜人才

公在黄州，都下忽盛传公病殁。裕陵以问蒲宗孟，宗孟奏曰："日来外间似有此语，然亦未知的实。"裕陵将进食，因叹息再三曰："才难！"遂辍饭而起，意甚不怿。后公于哲庙朝表荐先子博士，备论云："先皇帝道配周孔，言成典谟。盖尝当食不御，有'才难'之叹。"其说盖出于此。

著述详考故实

秦少章言：公尝言观书之乐，夜常以三鼓为率。虽大醉归，亦必披展至倦而寝。然自出诏狱之后，不复观一字矣。某于钱塘从公学二年，未尝见公特观一书也。然每有赋咏及著撰，所用故实，虽目前烂熟事，必令秦与叔党诸人检视而后出。

书明光词

蒋子有家藏先生于吴笺上手书一词，是为余杭通守时字，云："红杏了，夭桃尽，独自占春芳。不比人间兰麝，自然透骨生香。　对酒莫相忘。似佳人、兼合明光。只忧长笛吹花落，除是宁王。"既不知曲名，常以问先生门下士及伯达与仲虎、叔平诸孙，皆云未之见也。又不知"兼合明光"是何等事。或云是酴醾也。

论古文俚语二说

"文章至东汉始陵夷。至晋宋间，句为一段，字作一处，其源出于崔、蔡。史载文姬两诗，特为俊伟，非独为妇人之奇，乃伯喈所不逮也。"又"俚俗语有可取者：'处贫贱易，耐富贵难。

安劳苦易,安闲散难。忍痛易,忍痒难。'人能安闲散,耐富贵,忍痒,真有道之士也。"二段所书,皆东坡醉墨。邃家宝之甚久,后入御府。世无传此语者,故录于此。

题领巾裙带二绝

嘉兴李巨山,钱安道尚书甥也。先生尝过安道小酌,其女数岁,以领巾乞诗。公即书绝句云:"临池妙墨出元常,弄玉娇痴笑柳娘。吟雪屡曾惊太傅,断弦何必试中郎。"又于陶安世家见为刘唐年君佐小女裙带上作散隶书绝句云:"任从酒满翻香缕,不愿书来系彩笺。半接西湖横绿草,双垂南浦拂红莲。"每句皆用一事,尤可珍宝也。

营妓比海棠绝句

先生在黄日,每有燕集,醉墨淋漓,不惜与人。至于营妓供侍,扇书带画,亦时有之。有李琪者小慧,而颇知书札,坡亦每顾之喜,终未尝获公之赐。至公移汝郡,将祖行,酒酣奉觞再拜,取领巾乞书。公顾视久之,令琪磨砚。墨浓,取笔大书云:"东坡七岁黄州住,何事无言及李琪?"即掷笔袖手,与客笑谈。坐客相谓:语似凡易,又不终篇,何也?至将彻具,琪复拜请。坡大笑曰:"几忘出场。"继书云:"恰似西川杜工部,海棠虽好不留诗。"一座击节,尽醉而散。

太 白 胸 次

士之所尚,忠义气节,不以摘词摘句为胜。唐室宦官用事,呼吸之间,生杀随之。李太白以天挺之才自结明主,意有所疾,杀身不顾。王舒公言:"太白人品污下,诗中十句,九句说妇人与酒。"至先生作太白赞,则云:"开元有道为可留,縻之不可知肯求?"又云:"平生不识高将军,手污吾足乃敢嗔!"二公立论,正似见二公胸次也。

赋诗联咏四姬

徐黄州之子叔广十四秀才,先生与其舅张仲谟书所谓"十三十四,皆有俊性"者是也。尝出先生醉墨一轴,字画敧倾,龙蛇飞动,乃是张无尽过黄州,而黄州有四侍人,适张夫人携其一往婿家为浴儿之会,无尽因戏语云:"厥有美妾,良由令妻。"公即续之为小赋云:"道得徽章郑赵,姓称孙姜阎齐。浴儿于玉润之家,一夔足矣;侍坐于冰清之仄,三英粲兮。"既暮而张夫人复还其一,还乃阎姬也,最为徐所宠。公复书绝句云:"玉笋纤纤揭绣帘,一心偷看绿罗尖。使君三尺球头帽,须信从来只有檐。"

乐语画隶三绝

遹于扬州得先生手画一乐工,复作乐语云:"桃园未必无杏,银矿终须有铅。荇带岂能栏浪?藕花却解留莲。"其后又作汉隶书"子瞻、禹功同观"。真三绝也!

秦苏相遇自述挽志

先生自惠移儋耳,秦七丈少游亦自郴阳移海康,渡海相遇。二公共语,恐下石者更启后命。少游因出自作挽词呈公,公抚其背曰:"某常忧少游未尽此理,今复何言!某亦尝自为志墓文,封付从者,不使过子知也。"遂相与啸咏而别。初,少游谒公彭门,和诗有"更约后期游汗漫",盖谶于此云。

牛 酒 帖

先生在东坡，每有胜集，酒后戏书以娱坐客，见于传录者多矣。独毕少董所藏一帖，醉墨澜翻，而语特有味，云："今日与数客饮酒，而纯臣适至。秋热未已，而酒白色，此何等酒也？入腹无赃，任见大王。既与纯臣饮，无以侑酒。西邻耕牛适病足，乃以为肴。饮既醉，遂从东坡之东直之出，至春草亭而归，时已三鼓矣。所谓春草亭，乃在郡城之外。是与客饮私酒，杀耕牛，醉酒逾城，犯夜而归。又不知纯臣者是何人，岂亦应不当与往还人也？"

馈 药 染 翰

先生自海外还至赣上，寓居水南，日过郡城，携一药囊，遇有疾者必为发药，并疏方示之。每至寺观，好事者及僧道之流有欲得公墨妙者，必预探公行游之所，多设佳纸，于纸尾书记名氏，堆积案间，拱立以俟。公见即笑视，略无所问，纵笔挥染，随纸付人。至日暮笔倦，或案纸尚多，即笑语之曰："日暮矣，恐小书不能竟纸，或欲斋名及佛偈，幸见语也。"及归，人人厌满，忻跃而散。

写 画 白 团 扇

先生临钱塘日，有陈诉负绫绢钱二万不偿者。公呼至询之，云："某家以制扇为业，适父死，而又自今春已来连雨天寒，所制不售，非故负之也。"公熟视久之，曰："姑取汝所制扇来，吾当为汝发市也。"须臾扇至，公取白团夹绢二十扇，就判笔作行书草圣及枯木竹石，顷刻而尽，即以付之，曰："出外速偿所负也。"其人抱扇泣谢而出,始逾府门而好事者争以千钱取一扇,所持立尽。后至而不得者,至懊恨不胜而去。遂尽偿所逋。一郡称嗟,至有泣下者。

寺认法属黑子如星

钱塘西湖寿星寺老僧则廉言:先生作郡倅日,始与参寥子同登方丈,即顾谓参寥曰:"某生平未尝至此,而眼界所视,皆若素所经历者。自此上至忏堂,当有九十二级。"遣人数之,果如其言。即谓参寥子曰:"某前身,山中僧也。今日寺僧,皆吾法属耳。"后每至寺,即解衣盘礴,久而始去。则廉时为僧雏待仄,每暑月祖露竹阴间,细视公背,有黑子若星斗状,世人不得见也。即北山君谓颜鲁公曰"志金骨,记名仙籍"是也。

观 书 用 意

唐子西云:先生赴定武时,过京师,馆于城外一园子中。余时年十八,谒之。问近观甚书,予对以方读《晋书》。猝问其中有甚亭子名,予茫然失对。始悟前辈观书,用意如此!

笔 下 变 化

晁丈无咎言:苏公少时,手抄经史皆一通。每一书成,辄变一体,卒之学成而已。乃知笔下变化,皆自端楷中来尔。不端其本而欺以求售,吾知书中孟嘉,自可默识也。

马 蹶 答 问

元祐三年,北国贺正使刘霄等入贺,公与狄咏馆伴。锡燕回,始行马,而公马小蹶。刘即前讯曰:"马惊无苦否?"公应之曰:"衔勒在御,虽小失,无伤也。"

苏刘互谑

刘贡父舍人,滑稽辨捷为近世之冠。晚年虽得大风恶疾,而乘机决发,亦不能忍也。一日,与先生拥炉于慧林僧寮,谓坡曰:"吾之邻人有一子,稍长,因使之代掌小解。不逾岁,偶误质盗物,资本耗折殆尽。其子愧之,乃引罪而请其父曰:'某拙于运财,以败成业。今请从师读书,勉赴科举,庶几可成,以雪前耻也。'其父大喜,即择日,具酒肴以遣之。既别,且嘱之曰:'吾老矣,所恃以为穷年之养者,子也。今子去我而游学,傥或侥幸,改门换户,吾之大幸也。然切有一事不可不记,或有交友与汝唱和,须子细看,莫更和却贼诗,狼狈而归也。'"盖讥先生前逮诏狱,如王晋卿、周开祖之徒,皆以和诗为累也。贡父语始绝口,先生即谓之曰:"某闻昔夫子自卫反鲁,会有召夫子食者。既出,而群弟子相与语曰:'鲁,吾父母之邦也。我曹久从夫子,辙环四方,今幸俱还乡里,能乘夫子之出,相从寻访亲旧,因之阅市否?'众忻然许之。始过阛阓,未及纵观,而稠人中望见夫子巍然而来。于是惶惧相告。由、夏之徒,奔踔越逸,无一留者。独颜子拘谨,不能遽为阔步,顾市中石塔似可隐蔽,即屏伏其旁,以俟夫子之过。已而群弟子因目之为'避孔子塔'。"盖讥贡父风疾之剧,以报之也。

回江之利

先生元祐四年以内相出典余杭,时水官侯临亦继出守上饶,过郡。以尝渡江,败舟于浮山,遂阴画回江之利以献,从公相视其宜。一自富阳新桥港至小岭,开凿以通闲林港。或费用不给,则置山不凿,而令往来之舟般运度岭,由余杭女儿桥港至郡北关江涨桥,以通运河。一自龙山闸而出,循江道过六和寺,由南荡朱桥港开石门平田至庙山,然后复出江道,二十里至富阳。而公诗有"坐陈三策本人谋,唯留一诺待我画",谓此。又云"石门之役万金耳,首鼠不为吾已隘",又云"上饶使君更超逸,坐睨浮山如累块"者,知所议出于侯也。时越尼身死,官籍其资,得钱二十万缗。公乞于朝,又请度牒三百道佐用。得请,而公入为翰林承旨,除林希子中为代。有谀者言:今凿龙山姥岭,正犯太守身。因寝其议,而迁用亡尼之资。遗患至今,往来者惜之。

翰 墨 之 富

先生翰墨之妙,既经崇宁、大观焚毁之余,人间所藏盖一二数也。至宣和间,内府复加搜访,一纸定直万钱。而梁师成以三百千取吾族人《英州石桥铭》,谭稹以五万钱辍沈元弼《月林堂》榜名三字。至于幽人释子所藏寸纸,皆为利诱,尽归诸贵近。及大卷轴,输积天上。丙午年金人犯阙,轮运而往,疑南州无一字之余也。而绍兴之初,余于中贵任源家见其所藏几三百轴,最佳者有径寸字书《宸奎阁记》,行书《南迁乞乘舟表》与《酒子赋》。又于先生诸孙处见海外五赋,字皆如《醉翁亭记》而加老放。毕少董处见《自房中还得责吕惠卿词于王信仲家人针箧中》,续仲永处见《海外祭妹德化县君文》,与余世宝"东坡先生无一钱"诗、醉草十纸,龙蛇飞动,皆非前后石刻所见者。则德麟赵丈尝跋公书后,有"翰墨稽天,发乎妙定"之语,为不虚也。

龙团称屈赋

先生一日与鲁直、文潜诸人会饭，既食骨堆儿血羹，客有须薄茶者，因就取所碾龙团遍啜坐人。或曰："使龙茶能言，当须称屈。"先生抚掌久之，曰："是亦可为一题。"因援笔戏作律赋一首，以"俾荐血羹，龙团称屈"为韵。山谷击节称咏，不能已已。无藏本，闻关子开能诵，今亡矣。惜哉！

赝换真书

先生元祐间出帅钱塘，视事之初，都商税务押到匿税人南剑州乡贡进士吴味道，以二巨卷作公名衔封至京师苏侍郎宅，显见伪妄。公即呼味道前，讯问其卷中果何物也。味道蹙而前曰："味道今秋忝冒乡荐，乡人集钱为赴省之赆，以百千就置建阳小纱，得二百端，因计道路所经，场务尽行抽税，则至都下不存其半。心窃计之，当今负天下重名而爱奖士类，唯内翰与侍郎耳。纵有败露，必能情贷。味道遂伪假先生台衔，缄封而来，不探知先生已临镇此邦，罪实难逃。幸先生恕之！"公熟视，笑呼掌笺奏书史，令去旧封，换题细衔，附至东京竹竿巷苏侍郎宅。并手书子由书一纸付示，谓味道曰："先辈这回将上天去也无妨。来年高过，当却惠顾也。"味道悚谢再三。次年果登高第。还，具笺启谢殷勤，其语亦多警策。公甚喜，为延款数日而去。

春渚纪闻卷七　诗词事略

牧 之 诗 误

《十洲记》载，凤麟洲上多麟凤，人取凤味及麟角合煎为胶，号"集弦胶"，又名"连金泥"。汉武帝时，西国王使至，献胶四两，尝于上林续弦者是也。而杜牧之诗有"天上凤凰难得髓，何人解合续弦胶"，恐"髓"字误。然髓亦安可为胶也？

冬 瓜 堰 诗 误

《云溪友议》载，酒徒朱冲嘲张祜云："白在东都元已薨，鸾台凤阁少人登。冬瓜堰下逢张祜，牛矢滩边说我能。"以祜时为堰官也。按承吉以处士自高，诸侯府争相辟召，性狷介不容物，辄自劾去，岂肯屈就堰官之辱耶？《金华子杂说》云：祜死，子虔望亦有诗名，尝求济于嘉兴裴宏庆，署之冬瓜堰官。虔望不服，宏庆曰："祜子守冬瓜，已过分矣。"此说似有理也。

作 文 不 惮 屡 改

自昔词人琢磨之苦，至有一字穷岁月，十年成一赋者。白乐天诗词疑皆冲口而成，及见今人所藏遗稿，涂窜甚多。欧阳文忠公作文既毕，贴之墙壁，坐卧观之，改正尽善，方出以示人。莲尝于文忠公诸孙望之处得东坡先生数诗稿，其《和欧叔弼》诗云："渊明为小邑。"继圈去"为"字，改作"求"字；又连涂

"小邑"二字,作"县令"字,凡三改乃成今句。至"胡椒铢两多,安用八百斛",初云"胡椒亦安用,乃贮八百斛",若如初语,未免后人疵议。又知虽大手笔,不以一时笔快为定而惮于屡改也。

司马才仲遇苏小

司马才仲初在洛下,昼寝,梦一美姝牵帷而歌曰:"妾本钱塘江上住。花落花开,不管流年度。燕子衔将春色去。纱窗几阵黄梅雨。"才仲爱其词,因询曲名,云是《黄金缕》,且曰"后日相见于钱塘江上"。及才仲以东坡先生荐,应制举中等,遂为钱塘幕官。其廨舍后,唐苏小墓在焉。时秦少章为钱塘尉,为续其词后云:"斜插犀梳云半吐。檀板轻笼,唱彻《黄金缕》。梦断彩云无觅处。夜凉明月生春渚。"不逾年而才仲得疾,所乘画水舆舣泊河塘,舵工遽见才仲携一丽人登舟,即前声喏。继而火起舟尾,狼忙走报,家已恸哭矣。

刘景文梦代晋文公

东坡先生称刘景文博学能诗,凛凛有英气,如三国陈元龙之流。元祐五年,坡守钱塘,景文为东南将领,佐公开治西湖,日由万松岭以至新堤。坡在颍州和景文诗,有"万松岭上黄千叶,载酒年年踏松雪。刘郎去后谁复来?花下有人愁断绝"谓此。后坡荐景文得隰州以殁。景文晚岁常梦与晋文公神交,梦中酬唱甚多,家有编录。既至隰州三日,谒神祠,出东城,所历之地及拜瞻神像,晓然梦中往还文公及每至所在也。一日,梦文公,云已受帝旨,得景文为代。月余,景文得疾。郡人有宿郊外者,见郡守严卫而入文公祠中。凌晨趋府,公已属纩矣。

赵德麟跋太白帖

"虽自九天分派,不与万李同林。步处雷惊电绕,空余翰墨窥寻。"此赵德麟跋邈所藏李太白醉草后,其实自谓也。

暨氏女野花诗

建安暨氏女子,十岁能诗。人令赋《野花》诗,云:"多情樵牧频簪髻,无主蜂莺任宿房。"观者虽加惊赏,而知其后不保贞素。竟更数夫,流落而终。

王子直误疵坡诗

《王子直诗话》云:东坡先生作程筠归真亭诗,有"会看千字诔,木杪见龟趺"。"龟趺"是碑座,不应见于"木杪",指以为病。初不知亭在山半,自下望碑,则"龟趺"正在"木杪",岂真在木上耶?杜子美《北征》诗云:"我行已水滨,我仆犹木末。"岂亦子美之仆留挂"木末"如猿猱耶?

泖茆字异

《松陵唱和诗》陆鲁望赋吴中事云:"三茆凉波鱼蒁动,五茸春草雉媒娇。"注称远祖士衡载泖,从水,而此乃从草。"五茸",吴王猎所;又有陆机茸,皆丰草所在。今观所谓"三泖",皆漫水巨浸,春夏则荷蒲演迤,水风生凉,秋冬则葭苇蒹葭,鱼屿相望,初无江湖凄凛之色,所谓冬暖夏凉者,正尽其美。或谓泖是水死绝处,故江左人目水之停潴不湍者为"泖",不知笠泽何独从"草"?必有所据也。

穿云裂石声

东坡先生《和岗字》诗云："一声吹裂翠崖岗。"邁家藏公墨本,诗后注云:"昔有善笛者,能为穿云裂石之声。"别不用事也。

月食诗指董秦乃二人

玉川子《月食》诗"官爵奉董秦",恐指董偃、秦宫也。

徐氏父子俊伟

东坡帅杭日,与徐琦全父坐双桧堂,公指二桧曰"二疏辞汉去",琦应声云"大老人周来"。公为击节久之。琦之子端崇,字崇之,少时俊伟,落笔千字。有人得山谷道人《清江词》示之者,崇之曰:"山谷,当今作者,所知渔父止此耶!"或请为赋,援笔立就,其末"鲁邦司寇陈义高,三闾大夫心徒劳。相逢一笑无言说,去宿芦花又明月",识者奇之。政和间,余过御儿,访其隐居。坐定,为余曰:"数夕颇为飞蚊所扰,夜不能寐,因得一绝句云:'空堂夜合势如云,沟壑宁思过去身?满腹经营尽膏血,那知通夕不眠人!'"时蔡京当国,方引用小人,布列要近,赋外横敛,以供花石之费。天下之民,殆不聊生,而无敢形言者。崇之托以规讽云。

关氏伯仲诗深妙

"钟声互起东西寺,灯火遥分远近村",此余友关子东西湖夜归所作,非身到西湖不知此语形容之妙也。关氏诗律精深妍妙,世守家法。子东二兄子容、子开,皆称作者。"野艇归时蒲叶雨，缲车鸣处楝花风。江南旧日经行地，尽在于今醉梦中"。又："寺官官小未朝参，红日半竿春睡酣。为报邻鸡莫惊起，且容归梦到江南。"此子容诗也。世传以为东坡先生所作，非也。

鸡人唱晓梦联诗

建安郭周孚未第时，梦人以诗一联示之，云"鸡人唱晓沉潜际，汉殿传声仿佛间"。郭于梦中口占续之云："自庆寒儒千载遇，梦魂先得觐天颜。"继于余中榜登甲科。初与同袍伏阙以待唱第，忽闻岢嵘间有连声长歌，了不成词调，不觉问其旁坐。有应之者曰："此所谓'鸡人唱晓'也。"郭欣然悟前诗之先定。后恬于仕进，官至员郎，所至以清慎称之。

梦读异诗

莫养正崇宁初在都下，梦人持数诗相视。内一篇语皆刲刷，不可解。既醒，独忆两联云："火轮方击毂，风剑已飞铓。诸天互魔扰，救护世尊忙。"不知何谓也。

熙陵奖拔郭贽

先友郭照为京东宪日，尝为先生言：其曾大父中令公贽初为布衣时，肄业京师皇建院。一日方与僧对弈，外传南衙大王至。以太宗龙潜日尝判开封府，故有"南衙"之称。忘收棋局，太宗从容问所与棋者，僧以郭对。太宗命召至。郭不敢隐，即前拜谒。太宗见郭进趋详雅，襟度朴远，属意再三。因询其行卷，适有诗轴在案间，即取以跪呈。首篇有《观草书》诗云："高低草木芽争发，多少龙蛇眼未开。"太宗大加称赏，盖有合圣意者。即载以后乘,归府第,命章圣出拜之。不阅月而太宗登极,遂以随龙恩命官。尔后眷遇益隆,不十数年,位登公辅。盖与孟襄阳、贾长江不侔矣。

颜几圣索酒友诗

钱塘颜几字几圣,俊伟不羁,性复嗜酒,无日不饮。东坡先生临郡日,适当秋试,几于场中潜代一豪子刘生者,遂魁送。举子致讼,下几吏。久不得饮,密以一诗付狱吏送外间酒友云:"龟不灵身褊有胎,刀从林甫笑中来。忧惶囚系二十日,辜负醹酣三百杯。病鹤虽甘低羽翼,罪龙尤欲望风雷。诸豪俱是知心友,谁遣尊罍向北开?"吏以呈坡,坡因缓其狱,至会赦得免。后数年,一日醉卧西湖寺中,起题壁间云:"白日尊中短,青山枕上高。"不数日而终。

米元章遭遇

米元章为书学博士,一日,上幸后苑,春物韶美,仪卫严整,遽召芾至,出乌丝栏一轴,宣语曰:"知卿能大书,为朕竟此轴。"芾拜舞讫,即绾袖,舐笔伸卷,神韵可观,大书二十言以进,曰:"目眩九光开,云蒸步起雷。不知天近远,亲见玉皇来。"上大喜,锡赉甚渥。又一日,上与蔡京论书艮岳,复召芾至,令书一大屏。顾左右宣取笔砚,而上指御案间端砚,使就用之。芾书成,即捧砚跪请曰:"此砚经赐臣芾濡染,不堪复以进御。取进止。"上大笑,因以赐之。芾蹈舞以谢,即抱负趋出,余墨沾渍袍袖而喜见颜色。上顾蔡京曰:"颠名不虚得也。"京奏曰:"芾人品诚高,所谓'不可无一,不可有二'者也。"

何张遗句南金录

　　邃仲兄邃字子荐，儿时尝过僧居，赋《藏筠轩》诗云："不使翠分旁牖去，却缘清甚畏人知。"逾冠而卒。与友人张图南伯鹏者俱寓居余杭，又姻家也。伯鹏亦不幸早世。伯鹏尝与余分韵赋诗，继有一诗督余所作云："坐中病竞分明久，驴上敲推兀未裁。"用事精稳如老作者。惜乎造物者不少假之年，以观其所止也！余尝集二人遗句，名之曰《南金录》，且为之跋云："方二人为童子时，已有星心月胁中语，惊动老成。逮其知学，复观其所以因材自励、期于至远者，亦若王良、造父秣骥骤而问途，是心岂在夫较絷策之妙于蚁封之间而已哉！不幸短命，百不一施。所可表见于后，独此编耳。"览者不以为过言。

李媛步伍亭诗

　　邃兄子硕送客余杭步伍亭，就观壁后，得淡墨书字数行，仿佛可辨，笔迹遒媚，如出女手。云："夜台夜复夜，东山东复东。当时九龙月，今日白杨风。"后题云"李媛书"。详味诗句，似非世人所作。亭后荒阒，有数十冢，疑冢间鬼凭附而书。不然，好事者为鬼语耳。

渔父诗答范希文

　　关子东云：范希文尝于江山见一渔父，意其隐者也。问姓名不对，留诗一绝而去。独记其两句云："十年江上无人问，两手今朝一度叉。"

王林梅诗相类

王舒公尝赋梅花诗云："须袅黄金危欲坠，蒂团红蜡巧能妆。"与林和靖所赋一联极相似。林云："蕊讶粉绡裁太碎，蒂凝红蜡缀初干。"或谓移林上句合王下句，似为全胜。

苏黄秦书各有僻

东坡先生、山谷道人、秦太虚七丈，每为人乞书。酒酣笔倦，坡则多作枯木拳石以塞人意，山谷则书禅句，秦七丈则书鬼诗。余家收山谷所书禅句三十余首，有云"牵驴饮江水，鼻吹波浪起。岸上蹄踏蹄，水中嘴对嘴"，与"自是钓鱼船上客，偶除须鬓着袈裟。佛祖位中留不住，夜来依旧宿芦花"。此二诗，人间计有数十百纸矣。"百花桥下木兰舟，波月冲烟任意流。金玉满堂何所恋？争如年少去来休"，又"溘尔一气散，去托万鬼邻。四大不自保，况复满堂亲？膏血汗厚土，化作丘中尘。空床横白骨，奄忽千岁人。"秦七丈屡书此二诗。余所藏大字小字各有二本。

骂胥诗对

福唐张道人多与人言偈，语人祸福如徐神公言《法华》，既过无不神验者。然亦时有戏剧警动小人者。郡有胥魁，其性刚悍，素为郡人所恶。偶以年劳出职，既府谢而出，跃马还家，道逢道人，冲突而过。既内不自安，下马挽张，且求偈言。张于茶肆取纸大书，与之曰："畜生骑畜生，两个不相争。坐者只管坐，行者只管行。"胥览之，大惭而退。余儿时尝闻，魏处士隐居陕府，有孔目官姓王者好为恶诗，尝至东郊，举示魏,及言其精于属对。魏甚苦之,而不能却也。一日,忽有数客访魏,而王至,云:"某夜得一联,似极难对。能对者当输一饭会。"众请其句,云:"笼床不是笼床,蚊厨乃是笼床。"方窃自称奇,而魏即应声曰:"我有对矣。可以'孔目不是孔目,驴纣乃是孔目'。"一座称快。王即拂袖而出,终身不至草堂也。盖小人僭妄,不可堪忍,虽大修行人与大雅君子,箭在机上不得不发也。

陆规七岁题诗

陆农师左丞之父少师公规,生七岁不能言。一日,忽书壁间云:"昔年曾住海三山,日月宫中数往还。无事引他天女笑,谪来为吏向人间。"自此能言语。后登进士第,官至卿监,寿八十而终。

辨 月 中 影

王荆公言:月中仿佛有物,乃山河影也。至东坡先生亦有"正如大圆镜,写此山河影。妄言桂兔蟆,俗说皆可屏"之句。以二先生穷理尽性,固当无可议者。然尚有未尽解处,今以半镜悬照物像,则全而见之;月未满,则中之物像亦只半见,何也?

兔 有 雄 雌

东坡先生云:"中秋月明,则是秋必多兔。"野人或言:"兔无雄者,望月而孕。"信斯言,则《木兰诗》云"雌兔眼迷离,雄兔脚扑握",何也? 先生《径山》诗有"暖足惟扑握"。若雄兔在月,则径山正公又非得而暖足也。

诗句七十二取义

《玉台》诗："入门时左顾,但见双鸳鸯。鸳鸯七十二,罗列自成行。"孟东野《和蔷薇歌》："仙机札札飞凤凰,花开七十有二行。"不知皆用"七十二",取义何也?

花色与香异

"酒成碧后方堪饮,花到白来元自香",此赵丈德麟赋《玉簪花》诗也。历数花品,白而香者,十花八九也。香至于菊,则花白者辄无香。花之黄者十亦八九无香,至于菊则黄者乃始有香。是亦所禀之异,未易以理推者也。

后山评诗人

后山诗评云："诗欲其好,则不能好。王介甫以工,苏子瞻以新,黄鲁直以奇,独子美之诗奇常、工易、新陈无不好者。"至荆公之论,则云："杜诗固奇,就其中择之,好句亦自有数。"岂后山以体制论,荆公以言句求之耶?

春渚纪闻卷八 杂书琴事墨说附

辨广陵散

《广陵散》，传称嵇中散受之神人。至唐韩皋又从而为之说云：康制此曲，缓其商弦，与宫同音，臣夺君之义，知司马氏有篡魏之心。王陵、毌丘俭诸人继为扬州都督，咸谋兴复，俱为晋宣父子所杀。扬州，故广陵地。康避世祸，托之鬼神，以俟知音者云。皋诚赏音者，然初不详考。汉魏时扬州刺史治寿春，广陵自属徐州，至隋唐乃为扬州耳。又刘潜《琴议》称杜夔妙于《广陵散》，嵇中散就其子猛求得此声。按夔在汉为雅乐郎，魏武平荆州，得夔喜甚，因令论制乐事。在夔已妙此曲，则慢商之声似不因广陵兴复之举不成而制曲明矣。政和五年二月十五日，乌戍小隐听照旷道人弹此曲，音节殊妙，有以感动坐人者。或疑前后所传之异，因以所闻并记坐人所举琴事，参而书之。

六琴说

《尔雅》大琴谓之离，二十七弦。舜弹五弦之琴而天下治。尧加二弦，以合君臣之恩。蔡邕益之为九。汉高祖入咸阳宫，得铜琴十三弦，铭之曰"璠玙之乐"。马明生仙游，见神女于玉几上弹一弦琴，而五音具奏。此六琴虽损益各有意义，而世所共传者七弦也。余于是知法出乎尧者，虽亘千古而无弊，非智巧之所能变易也。

古琴品饰

秦汉之间所制琴品，多饰以犀玉金彩，故有"瑶琴"、"绿绮"之号。《西京杂记》：赵后有琴名"凤凰"，皆用金隐起为龙凤、古贤、列女之像。嵇叔夜《琴赋》所谓"错以犀象，藉以翠绿，爰有龙凤之像，古人之形"是也。

古声遗制

余谓古声之存于器者，唯琴音中时有一二。不患其器之朴拙，使人援弦促轸，想见太古自然之妙，然后为胜。近世百器惟新，惟琴器略无华饰，以最古蛇腹纹为奇。至有缝张池圻而声不散者，亦不加完。独此有三代遗制云。

叔夜有道之士

孔子既祥五日，弹琴而不成声。言其哀心未忘也。夫哀戚之小存于中，则弦手犁然而不谐，此理之必然者。余观嵇中散被谮就刑，冤痛甚矣，而叔夜乃更神色夷旷，援琴终曲，重叹《广陵》之不传。此真所谓有道之士，不以死生婴怀者。若彼中无所养，则赴市之时，神魄荒扰，呼天请命之不暇，岂能愉心和气，雍容奏技，如在暇豫时耶？惜哉！史氏不能逆彼心奇，表示后人，谓其拳拳于一曲，失士多矣！

明皇好恶

唐明皇雅好羯鼓，尝令待诏鼓琴，未终曲而遣之，急令"呼宁王，取羯鼓来，为我解秽"。噫！羯鼓，夷乐也；琴，治世之音也。以治世之音为"秽",而欲以荒夷注淫之奏除之,何明皇耽惑错乱如此之甚! 正如弃张曲江忠鲠先见之言,而狎宠禄山侧媚悦己之奉。天宝之祸,国祚再造者,实出幸矣。

蔡嵇琴赋

蔡中郎《琴赋》云:"左手抑扬,右手徘徊。指掌反覆,抑按藏摧。"嵇叔夜亦云:"徘徊顾慕,拥郁抑按。盘桓毓养,从容秘玩。"人知"藏摧""毓养"四字之妙,虽试手调弦,已胜常人十年上用。

击　　琴

宋柳恽尝赋诗未就,以笔捶琴,客有以箸和之,恽惊其哀韵,乃制为雅音。后传击琴,盖自恽始。近世不复传此,正恐失古人搏拊之意,流入筝筑耳。

有 道 之 器

褚彦回常聚袁粲舍,初秋凉夕,风月甚美,彦回援琴奏《别鹄》之曲,宫商既调,风神谐畅。王彧、谢庄并在粲坐,抚节而叹曰:"以无累之神,合有道之器,宫商暂离,不可得已。"彦回风流和韵,施之燕闲,故是佳士;若当艰危之际,以一家物与一家,亦痛其须鬈如棘,无丈夫意气耳。

闻 弦 赏 音

萧思话领右卫军,尝从宋武登钟山北岭,中道有磐石清泉,宋武使于石上弹琴,因赐以银钟酒,谓之曰:"赏卿有松石间高意。"余谓促轸动操,超然有高山远水之思者,故不乏人;

而闻弦赏音,最为难遇。此伯牙所以绝弦于钟期之死也。

琴　　趣

鸣弦转轸,要先有钩深致远之怀,不规规于弦手之间期较工拙,便为造微入妙。如孙登弹琴,颓然自得,风神超迈,若游六合之外者。桓大司马、谢祖仁于北牖下弹琵琶,自有天际意。此为得之。

焦　　尾

《搜神记》载吴人有以枯桐为爨者。蔡伯喈闻其爆声,知其为良桐。请于主人,削之为琴,果有殊声。而烧痕不尽,因名之"焦尾"。后人遂效之。如林宗折巾、飞燕唾花,皆以丑为妍也。

雷琴四田八日

东坡先生《书琴事》云:"家有雷琴,破之,中有'八日合'之语,不晓其何谓也。"先生非不解者,表出之,以令后人思之耳。盖古"雷"字从四田。四田析之,是为"八日"也。

记墨　　烟香自有龙麝气

西洛王迪,隐君子也。其墨法止用远烟、鹿胶二物,铢泽出陈赡之右。文潞公尝从迪求墨,久之,持烟一奁见公,且请以指按烟,指起烟亦随起,曰:"此烟之最轻远者。"及抄烟以汤瀹起,揖公对啜云:当自有龙麝气,真烟香也。凡墨入龙麝,皆夺烟香。而引蒸湿,反为墨病。俗子不知也。

陈赡传异人胶法

陈赡，真定人。初造墨，遇异人传和胶法，因就山中古松取煤，其用胶虽不及常和、沈珪，而置之湿润初不蒸，则此其妙处也。又受异人之教，每斤止售半千，价虽廉而利常赢余。余尝以万钱就赡取墨，适非造墨时，因返金，而以断裂不完者二十笏为寄，曰："此因胶紧所致，非深于墨，不敢为献也。"试之，果出常制之右。余宝而用之。并就真定公库转置得百笏，自谓终身享之不尽。胡马南渡，一扫无余。继访好事所藏，盖一二见也。缘赡在宣和间已自贵重，斤直五万，比其身在，盖百倍矣。赡死，婿董仲渊因其法而加胶，墨尤坚致。恨其即死，流传不多也。董后有张顺，亦赡婿，而所制不及渊，亦失赡法云。

潘谷墨仙揣囊知墨

潘谷卖墨都下。元祐初，余为童子，侍先君居武学直舍中。谷尝至，负墨箧而酣咏自若，每笏止取百钱。或就而乞，探箧取断碎者与之，不吝也。其用胶不过五两之制，亦遇湿不败。后传谷醉饮郊外，经日不归，家人求之，坐于枯井而死，体皆柔软，疑其解化也。东坡先生尝赠之诗，有"一朝入海寻李白，空看人间画墨仙"之句，盖言其为墨隐也。山谷道人云："潘生一日过余，取所藏墨示之。谷隔锦囊揣之曰：'此李承宴软剂，今不易得。'又揣一曰：'此谷二十年造者，今精力不及，无此墨也。'取视果然。"其小握子墨，医者云可入药用，亦藉其真气之力也。

漆 烟 对 胶

沈珪,嘉禾人。初因贩缯往来黄山,有教之为墨者。以意用胶,一出便有声称。后又出意取古松煤,杂用脂漆滓烧之,得烟极精黑,名为"漆烟"。每云:韦仲将法止用五两之胶,至李氏渡江,始用对胶,而秘不传为可恨。一日,与张处厚于居彦实家造墨,而出灰池失早,墨皆断裂。彦实以所用墨料精佳,惜不忍弃,遂蒸浸以出故胶,再以新胶和之。墨成,其坚如玉石。因悟对胶法。每视烟料而煎胶,胶成和煤,无一滴多寡也。故其墨铭云"沈珪对胶,十年如石,一点如漆"者,此最佳者也。余识之盖二十年矣。其为人有信义,前后为余制墨计数百笏。庚子寇乱,余避地嘉禾,复与珪连墙而居。日为余言胶法,并观其手制。虽得其大概,至微妙处,虽其子宴亦不能传也。珪年七十余终,宴先珪卒,其法遂绝。有持张孜墨较珪漆烟而胜者,珪曰此非敌也。乃取中光减胶一丸,与孜墨并,而孜墨反出其下远甚。余叩之,曰:廷珪对胶,于百年外方见胜妙。盖虽精烟,胶多则色为胶所蔽。逮年远,胶力渐退,而墨色始见耳。若孜墨,急于目前之售,故用胶不多而烟墨不昧;若岁久胶尽,则脱然无光,如土炭耳。孜墨用宜西北,若入二浙,一遇梅润则败矣。滕令碬监嘉禾酒时,延致珪甚厚,令尽其艺。既成,即小丸磨试,而忽失所在。后二年浚池得之,其坚致如故。令碬,庄敏公之子,所蓄古墨至多,而有鉴裁。因谓珪曰:"幸多自爱,虽二李复生,亦不能远过也。"

洙 泗 之 珍

东鲁陈相作方圭样,铭之曰"洙泗之珍"。佳墨也。

二 李 胶 法

柴珣，国初时人，得二李胶法，出潘、张之上。其作玉梭样，铭曰“柴珣东窑”者，士大夫得之，盖金玉比也。

都 下 墨 工

崇宁已来都下墨工，如张孜、陈昱、关珪、弟瑱、郭遇明，皆有声称，而精于样制。

买 烟 印 号

黄山张处厚、高景修皆起灶作煤，制墨为世业。其用远烟鱼胶所制，佳者不减沈珪、常和。沈珪、江通辈或不自入山，亦多即就二人买烟，令渠用胶，止各用印号耳。

软 剂 出 光 墨

九华朱觊亦善用胶，作软剂出光墨。庄敏滕公作郡日，令其子制，铭曰“爱山堂造”者最佳。子聪不逮其父。

紫 霄 峰 墨

大室常和，其墨精致，与其人已见东坡先生所书。极善用胶。余尝就和得数饼，铭曰“紫霄峰造”者，岁久，磨处真可截纸。子遇不为五百年后名，而减胶售俗，如江南徐熙作落墨花，而子崇嗣取悦俗眼，而作没骨花，败其家法也。

南 海 松 煤

近世士人游戏翰墨，因其资地高韵，创意出奇，如晋韦仲将、宋张永所制者,故自不少。然不皆手制,加减指授善工而为之耳。如东坡先生在儋耳,令潘衡所造,铭曰"海南松煤,东坡法墨"者是也。其法或云每笏用金花烟脂数饼,故墨色艳发,胜用丹砂也。

苏浩然断金碎玉

支离居士苏澥浩然所制,皆作松纹皴皮,而坚致如玉石。余与其孙之南字仲容游,其家所藏不过数笏。而余于李汉臣丈得半笏,持视仲容,云"真家宝也"。神庙朝,高丽人入贡,奏乞浩然墨。诏取其家,浩然止以十笏进呈。其自珍秘盖如此。世人有获其寸许者,如断金碎玉,乃争相夸玩云。大观间,刘无言取其制铭,令沈珪作数百丸,以遗好事及当朝贵人。故今人所藏,未必皆出浩然手制。珪作此墨,亦非近世之墨工可及,实可乱真也。

寄寂堂墨如犀璧

晁季一生无它嗜,独见墨丸,喜动眉宇。其所制铭曰"晁季一寄寂轩造"者,不减潘、陈。贺方回、张秉道、康为章皆能精究和胶之法,其制皆如犀璧也。

精烟义墨

余尝于章序臣家见一墨,背列李承宴、李惟益、张谷、潘谷四人名氏。序臣云:"是王量提学所制,患无佳墨,取四家断碎者再和胶成之,自谓胜绝。此其见遗者。"因谓序臣曰:"此亦好奇之过也。余闻之,制墨之妙,正在和胶。今之造佳墨者,非不择精烟,而不能佳绝者,胶法谬也。如不善为

文而取五经之语，以己意合而成章，望其高古，终不能佳
也。"序臣又曰："东坡先生亦尝欲为雪堂义墨，何也？"余曰：
"东坡盖欲与众共之，而患其高下不一耳，非所谓集众美以
为善也。"

唐高宗镇库墨

近于内省任道源家见数种古墨，皆生平未见，多出御府所
赐。其家高者，有唐高宗时镇库墨一笏，重二斤许，质坚如玉
石，铭曰"永徽二年镇库墨"，而不著墨工名氏。

十 三 家 墨

余为儿时，于彭门寇钧国家见其先世所藏李廷珪下至潘
谷十三家墨，断珪残璧，璨然满目。其廷珪小挺，岁久不见胶
彩，而书于纸间视之，其黑皆非余墨所及。东坡先生临郡日，
取试之，为书杜诗十三篇，各于篇下书墨工姓名，因第其品次
云。

墨工制名多蹈袭

墨工制名，多相蹈袭，其偶然耶？亦好事者冀其精艺追配
前人，故以重名之也。南唐李廷珪，子承宴；今有沈珪，珪子
宴；又有关珪。国初张遇，后有常遇，和之子；又有潘遇，谷之
子。黟川布衣张谷所制得李氏法，而世不多有；同时有潘谷；
又永嘉叶谷作油烟与潭州胡景纯相上下，而胶法不及。陈赡
之后，又有梅赡云。耿德真，江南人，所制精者不减沈珪。惜
其早死，藏墨之家不多见也。

杂 取 桦 烟

三衢蔡瑫,虽家世造墨,而取烟和胶皆出众工之下。其煤或杂取桦烟为之,止取利目前也。

油松烟相半则经久

近世所用蒲大韶墨,盖油烟墨也。后见续仲永言:绍兴初,同中贵郑几仁抚谕少师吴玠于仙人关,回舟自涪陵来,大韶儒服手刺,就船来谒。因问油烟墨何得如是之坚久也。大韶云:亦半以松烟和之,不尔则不得经久也。

墨 磨 人

一日谒章季子于富春之法门寺,出廷珪墨半笏为示,初不见胶彩,云是其大父申公所藏者。其墨匣亦作半笏样,规制古朴,是百余年物。东坡先生所谓"非人磨墨墨磨人"者,不虚语也。

桐华烟如点漆

潭州胡景纯专取桐油烧烟,名"桐花烟"。其制甚坚薄,不为外饰以眩俗眼。大者不过数寸,小者圆如钱大。每磨研间,其光可鉴。画工宝之,以点目瞳子,如点漆云。

廷 珪 四 和 墨

余偶与曾纯父论李氏对胶法,因语及嘉禾沈珪与居彦实造墨再和之妙。纯父曰:顷于相州韩家见廷珪一墨,曰"臣廷珪四和墨",则知对胶之法寓于此也。

唐水部李憕制墨

　　王景源使君所宝古墨一笏,盖其先待制公所藏者。背铭曰"唐水部员外郎李憕制",云诸李之祖也。黎介然一见,求以所用端石研易之,景源久之方与。后携研至行朝,有贵人欲以五万钱易研,景源竟惜不与也。

春渚纪闻卷九　记研

端 溪 龙 香 砚

临汝史君黄莘任道所宝龙香砚,端溪石也。史君与其父孝绰字逸老皆有能书名,故文房所蓄,多臻妙美。砚深紫色,古斗样,每贮水磨濡久之,则香气袭人,如龙脑者。云先代御府中物。任道既终,其子材纳之圹中。

歙 山 斗 星 研

歙之大姓汪氏,一夕山居,涨水暴至,迁寓庄户之庐。庄户,砚工也。夜有光起于支床之石,异而取之,使琢为砚石。色正天碧,细罗文,中涵金星七,布列如斗宿状,辅星在焉。因目之为"斗星研"。汪自是家道饶,益惧为要人所夺,秘不语人。每为周旋人一出,必焚香再拜而视之。方腊之乱,亡之矣。僧谦云。

龙 尾 溪 月 砚

三衢徐氏所宝龙尾溪石,近贮水处有圆晕,几寸许,正如一月状。其色明暗,随月亏盈。是亦异矣! 余母舅祝君子与之姻家,数见之。今不知所在。

玉 蟾 蜍 研

吴兴余拂君厚家所宝玉蟾蜍研,其广四寸而长几倍,中受墨处独不出光。云是南唐御府中物。余与许师圣崇宁间过余氏借观,时君厚母丧在殡,正怀研枢侧,已而闻袖中喷然有声,视之,蜍脑中裂如丝。盖触尸气所致也。

端溪紫蟾蜍研

紫蟾蜍,端溪石也。无眼,正紫色,腹有古篆"玉溪生山房"五字。藏于吴兴陶定安世家,云是李义山遗研。其腹疵垢,真数百年物也。其盖有东坡小楷书铭云:"蟾蜍爬沙到月窟,隐避光明入岩骨。琢磨黝赪出尤物,雕龙渊懿倾瀣渤。"安世屡欲易余东坡醉草,未许,而以拱璧易向叔坚矣,即以进御,世人不复见也。

丁晋公石子砚

黄叔几为余言:丁晋公好蓄瑰异,宰衡之日,除其周旋为端守,属求佳研。其人至郡,前后所献几数百枚,皆未满公意。一日,砚工见有飞鹭翘驻潭心,意非立鹭之所,因令没人视之,见下有圆石,大如米斛,块处潭中,似可挽取。疑其有异,即以白守,集渔户维舟出之。石既登岸,转仄之,若有涵水声。研工视之,贺曰:"此必有宝石藏中,所谓'石子'者是也。相传天产至玺,滋荫此潭,以孕崖石,散为文字之祥。今日见之矣!"即丛手攻剖,果得一石于泓水中,大如鹅卵色,紫玉也。中剖之为二研,亟送其一。公得之喜甚,报书云:"研应有二,何为留一自奉?得无效雷丰城之留莫邪否?此非终合之物也。"守曰:"天下至宝,不可萃于一家,以启人贪心。"托以解职后面献。而公以擅移陵寝事籍其家矣,而研不知所在。

金 龙 砚

余友何持之,滕庄敏之甥。所蓄瑰异,多外舅故物,而有赏鉴。为余言:其亲党氏有先为端州者,得二岩石砚璞,藏之再世矣。后其孙于京师得铁镜,背铭高古,有道人请为磨治,云须得美石,有锋刃而不剐,如端溪石者,发其光彩,则尽善矣。因以一璞付之。镜湖以归,曰:"是非尤物,研璞殆希世之珍,非与我百千不能赏余精识,且出斯宝也。"其孙惊异许之,而持璞去,三日来示曰:"使公见其梗概也。"细视之,则石面脉理深青色,盘络如柏枝状,漫不晓其为何等物也。道人索酒,引满大笑,复持璞去,曰:"后十日可贺。请宿备所偿之直,吾将远游湖海,不能待也。"及期出砚,砚正圆,中径七八寸,浑厚无眼,如马肝色,中盘一金色龙,头角爪尾粲然毕具。会有知者,即以进御。或言禁中先已有一研矣。

吕 老 锻 研

高平吕老造墨常山,遇异人传烧金诀,锻出视之,瓦砾也。有教之为研者,研成,坚润宜墨,光溢如漆,每研首必有一白书"吕"字为志。吕老既死,法不授子,而汤阴人盗其名而为之甚众。持至京师,每研不满百钱之直。至吕老所遗,好奇之士有以十万钱购一研不可得者。研出于陶,而以金铁物划之不入为真。余兄子硕所获而作玉壶样者,尤为奇物。余尝为之铭曰:"真仙戏幻,锻瓦成金;老吕受之,铸金作瓦。置之篦壁,以睨其璞。顾彼瓴甓,为有惭德。范而为研,以极其妙,则金瓦几于同价。”

澄 泥 研

悟靖处士王衷天诱所藏澄泥研，正紫色而坚泽，如端溪石。扣之，铿然有声；以金铁划之，了无痕衅。或疑是泽州吕老所作，而研首无“吕”字。其制巧妙，非俗士所能为。天诱云：米元章见之，名孙真人研。是非故无所稽考，自是一种佳物也。

铜雀台瓦

相州，魏武故都，所筑铜雀台，其瓦初用铅丹杂胡桃油捣治火之，取其不渗，雨过即干耳。后人于其故基掘地得之，镵以为研。虽易得墨，而终乏温润，好事者但取其高古也。下有金锡文为真。每砚成，受水处常恐为沙粒所隔，去之则便成沙眼，至难得平莹者。盖初无意为研，而不加澄滤，如后来吕砚所制也。章序臣得之，属余为诗，将刻其后。云：“阿瞒恃奸雄，挟汉令天下。惜时无英豪，磔裂异肩踝。终令盗抔土，延作三台瓦。虽云当涂高，会有食槽马。人愚瓦何罪？沦蛰翳梧檟。锡花封雨苔，鸯彩晦云罅。当时丹油法，实非谋诸野。因之好奇士，探琢助挥写。归参端歙材，坚泽未渠亚。章侯捐百金，访获从吾诧。兴亡何复论，徒足增忿骂。但嗟瓦砾微，亦以材用舍。从令瓴甓余，当擅琼瑰价。士患德不修，不忧老田舍。”

南皮二台遗瓦研

“魏武都邺，筑三台以居，铜雀其一也，最为壮丽。后世耕

者得其瓦于地中,好事者斫以为研,号为奇古。欧阳文忠公尝
得于谢景山,作歌以酬之者是也。魏武既破袁绍于冀州,绍
死,逐其子谭于南皮,筑台以候望某军,而名曰'袁候台'。魏
文帝与吴质从容游集于南皮,亦筑台以居,名'宴友'。至今南
皮有二台故址在焉。人有得其遗瓦,形制哆大,击之铿然有
声。吾之子蓬取其断缺者规以为研,其坚与铁石竞,屡败工斫
之具,仅能窆之,而特润致发墨可用。知昔人创物制器,虽甚
微者,皆所不苟,非若后世之简陋也。"此先君所序。而蓬铭之
曰:"方峥嵘焕奕于一时之盛兮,讵知夫隆栋必倾而华榱终折?
洎毁掷埋委于千载之下兮,孰期乎澡泽荐藉而参夫文房四宝
之列? 盖物之显晦也有时,而事之兴废也常迭。遗材良而质
美者,虽亘千古兮不随众物而湮灭。"

端石莲叶研

　　余过嘉禾王悟静处士,坐间有客怀出莲叶研,端石也。青
紫色,有二碧眼,活润可爱。形制复甚精妙,正如芳莲脱叶状。
其薄如五六重纸,大如掌。磨之索索有声,而墨光可鉴也。其
人甚惜,不可得,特记其精制。喻研工,终不能为也。

风字晋研

　　风字研,石色正青紫相参,无眼,甚薄,研心磨已洼下,背
绿皴剥。殆非近代物。与墨为人,光滟如漆。王天诱见之,以
为晋研。后易铜炉于章序臣,序臣携至行朝,为一嗜研贵人力
取去。其人所蓄数百枚,而此研为之冠也。

乌 铜 提 研

乌铜提砚，余于钱唐得之。制作非近世所为，柄容墨浆可半升许。亦为章序臣易去。关子东见之而铭之曰："铸金为瓴，提携颠倒。持指之宜，发于隐奥。寒暑燥湿，不改其操。君子宝之，庶几允蹈。"

古斗样铁护研

余兄宗胜所用铁护研，端溪石，正紫色，无眼，古斗样，温润如玉。为涤者堕地，缺其受水处。慨惜之余，乃取以漆固，而铁护其外，中固无伤也。邃铭之曰："左罄马宫，形则亏矣。胸中之书，震耀百世。"

吴兴许采五砚

吴兴许采字师正，字画规模钟司徒，殆窥其妙。自为儿时已有研癖，所藏具四方名品，几至百枚，犹求取不已。常言："吾死则以砚甃圹，无遗恨矣。"最佳者，得蔡君谟所宝端溪研一，圆厚寸余，中可径尺，色正青紫，缘有一眼才如箸大，名之"景星助月"。又得二石，一以分余，玉堂样，色绀青，类洮河石。面有十数晕，金翠周间，与孔雀毛间金花正相类。甚宜墨。而不知石所从出。又一端石，古斗样，长尺余，马肝色。下有王禹玉丞相书"玉堂旧物"四字。又圆研，下岩石，有二碧眼，中极洼下，温润发墨。师正常所用者。莫养正为之铭曰："圆如月，洼如尊。勿谓其琢削不巧，见谓椎鲁无文。即而视之，其中甚温。"又一端石玉堂样者授余，深紫色，无眼。余命之曰"端友"，且为之铭云："君子取友必端，子有韫玉之美，复具眼而知默;祈渐摩以穷年,为何子之三益也。"

赵水曹书画八砚

水曹赵竦子立,文章翰墨皆见重于前辈。遹先博士为徐州学官日,赵献状开凿吕梁百步之崄,置局城下,最为周旋。其重定《华夷图》,方一尺有半,字如蝇头而体制精楷。苏州张珙妙于刊镌,三年而后成。甚自秘惜,不易以与人,与其所获丁晋公家王右军小楷《乐毅论》椟藏自随,得之者以为珍玩。先子所得,才三四数也。其所用砚,端石,长尺余,阔七八寸,温润宜墨。云端石若此大者至艰得,求之十年而后获。上下界为八砚,云性懒涤砚,又不奈宿墨滞笔,日用一砚,八日而周,始一濯之,则常用新砚矣。故名"八面受敌"云。

赵安定提研制

《砚谱》称唐人最重端溪石,每得一佳石,必梳而为数板,用精铁为周郭。青州人作此,至有名家者,历代宝□。余于崇宁间见安定郡王赵德麟丈所用一枚,作提研制。绍兴四年,复拜公于钱塘涌金门赐第,出研案间,云:生平玩好,尽丧盗手。而此研常所受用,复外样拙,贪者不取,得周旋至今。余亦抚之怅然也。近章伯深偶于钱塘铁肆中得一枚,绝与赵类而非是也,求易余东坡所画鹊竹而得之。工制坚密,今人不能为也。

龙尾溪研不畏尘垢

涵星研,龙尾溪石,"风"字样。下有二足,琢之甚薄。先博士君得之于外舅黄材成伯。黄以嗜研,求为婺源簿。既至,顾视一老砚工甚至。秩满，而研工馈之百里，探怀出此研为赆，且言："明府三年之久，所收无此研也。"黄始责其不诚。工云："凡临县者，孰不欲得佳研？每研必得珍石，则龙尾溪当泓为鲸海不给也。此石岁采不过十数，幸善护之！"然研如常研，无甚佳者。但用之至灰埃垢积，经月不涤，而磨墨如新，此为胜绝耳。先子性率，不耐勤涤，得此用之终身云。莫养正为之铭曰："肤寸之珍，云蒸雾出。小而有容，如摩诘室。老何肺肠，与之为一。季子受之，周旋勿失。"

郑 魁 铭 研 诗

永嘉林叔睿所藏端石，马蹄样，深紫色，厚寸许，面径七八寸。下有郑魁铭诗，隶字甚奇，云："仙翁种玉芝，耕得紫玻璃。磨出海鲸血，鉴成天马蹄。润应通月窟，洗合就云溪。常恐魍魉夺，山行亦自携。"砚之妙美，尽于铭诗，而末句所寄旨哉！

李 端 叔 铭 僧 研

比邱了能蓄端研，古斗样，青紫色，有二眼，碧晕活润。背有李端叔铭云："踏碓是向上机，不识字是第一义。遂乃传子传孙，至今为祥为瑞。有美了能比邱，人上长出一头。名字半露消息，伎俩非闻思修。发明前身不识字，后身涌出江河流。墨可泐，一能两身，具眼者识。"李丈家集遗此铭，故录之。

跃 鱼 见 木 石 中

徐州护戎陈皋供奉行田间，遇开墓者，得玛瑙盂，圆净无雕镂纹。盂中容二合许，疑古酒卮也。陈用以贮水注砚，因间砚之中。有一卿，长寸许，游泳可爱。意为偶汲池水得之，不以为异也。后或疑之,取置缶中,尽出余水验之,鱼不复见。复酌水满中,须臾,一鱼泛然而起,以手取之,终无形体可拘。复不可知为何宝也。余视之数矣。时水曹赵子立被旨开鉴吕梁之崄,辟陈督役,目睹斯异,因言其顷在都下,偶以百钱于相国寺市得一异石,将为纸镇,遇一玉工求以钱二万易之,赵不与。玉工叹息数四,曰:“此宝非余不能精辨,余人一钱不直也。”持归几年,了无他异。其季子康不直工言,以斧破视之,中有泓水,一鲫跃出,拨剌于地。急取之,亡矣。是亦斯盂之类也。余又记《虏庭杂记》所载,晋出帝既迁黄龙府,虏主新立,召与相见。帝因以金碗、鱼盆为献。金碗半犹是磁,云是唐明皇令道士叶法静治化金药成,点磁盆试之者。鱼盆则一木素盆也,方圆二尺,中有木纹成二鱼状,鳞鬣毕具,长五寸许。若贮水用,则双鱼隐然涌起。顷之,遂成真鱼。覆水,则宛然木纹之鱼也。至今句容人铸铜为洗名双鱼者,用其遗制也。

铜蟾自滴

古铜蟾蜍,章申公研滴也。每注水满中,置蜍研仄,不假人力而蜍口出泡,泡殒则滴水入研。已而复吐,腹空而止。米元章见而甚异之,求以古书博易,申公不许。后失之,或见之宝晋斋。申公之孙伯深云。

雷斧研铭

余经雪川,偶得数雷斧于耕夫,虽小大不等,而休皆如玉。因择其厚者洼而为研,肤理锐泽,取墨磨研而墨光可鉴。但恨其大而薄者不容洼治,则以铁为周郭,如青州提研所制,亦几案间一尤物也。因铭之曰："石化殒星,龙雨刀槊。是从震霆,散坠风雹。形实斧也,其质玉璧。洼而为砚,以资锐泽。与翰墨而周旋,诛奸谀之死魄。"

春渚纪闻卷十　记丹药

序　丹　灶

丹灶之事,士大夫与山林学道之人喜于谈访者,十盖七八也,然不知皆是仙药丹头也。自三茅君以丹阳岁歉,死者盈道,因取丹头点银为金,化铁为银,以救饥人。故后人以锻粉点铜,名其法曰"丹阳";以死砒点铜者,名其法曰"点茆"。亦有取丹头初转伏朱以养黄茆,死礶以干汞,如汉之王阳、娄敬,唐之成弼,近世王捷,成鸦嘴金以助国用者,不可谓世无此法也。但得之者真龟毛兔角,而为之致祸者十八九也。如东坡先生、杨元素内相,皆密受真诀,知而不为者。章申公、黄八座道夫皆访求毕世,费资巨万,而了无一遇者。

凤翔僧锻朱熔金

东坡先生初官凤翔日,遇一老僧,谓之曰:"我有锻法,欲以相授,幸少憩我庐也。"坡语僧曰:"闻之太守陈公尝求而不与,我固无欲,乃以见授,何也?"僧曰:"我自度老死无日,而法当传人。然为之者多因致祸,非公无可授者。但勿妄传贪人耳。"后陈公知坡得之,恳求甚力,度不可不与。陈得而为之,不久果败官而归。其法:以一药锻朱,取金之不足色者,随其数,每一分入锻朱一钱,与金俱熔。既出坯,则朱不耗折,而金色十分耳。颍滨遗老亦详记之《龙川录》云。

居四郎伏朱锻丹砂

　　密院编修居世英之父居四郎者,少遇异人,得锻朱法。其法取辰锦颗块砂,不计多少,以一药铺盖锻之。朱已伏火,即日用炭火二两空养。不论岁月,要用即取水银与足色金对母结成母砂子,取锻朱细研,以津调匀,涂砂球上,炽炭十斤,笼砂锻之。俟火半紫焰起,去火出宝,淬梅水中,则俱成紫磨金。不再坯溶,便可制器用也。而老居未尝对人言,亦未辄用一钱也。临终呼世英,语之曰:"我之锻法,世唯语韩魏公矣。非魏公德业之厚,余人不可授也。我亦不当授汝,汝分中合得,后自当有授汝者。然亦素知我有此法,必费妄求访,以尽资用。"因语数法,皆不能成宝,世谓"蒸法"者授之。并语目睹数人缘此而致祸者以戒之。

瓢内出汞成宝

　　承议郎贺致中为余言:任德翁之犹子尝随德翁入都,舣舟相国寺桥,遇一道人,邀坐茶肆,手出小药瓢云:"吾视官人盖留心丹灶有年,而未有所得者。今能施我百钱,当以此瓢为赠。夜以水银一两投中,翌早收取二两干银也。"任意谓必无此理,然亦不能违其请,倾箧得百钱与之,袖瓢而归。夜取汞试纳瓢中,置之枕间。次夕醉中探手撼瓢,则其声董董然,汞如故也。置之不复视。一日,德翁须汞为用,任欣然取器分取,既倾器中则坚凝成宝矣。入火烹炼,了无耗折。自此夕注晨取,无不成宝者。盖真仙丹药所制,汞感丹气,自然凝结。但不知出瓢始凝之理。向使在瓢即坚,则破瓢而取,止于一作而已。此亦真仙神化无方,非尘凡之可理度者。任无妻孥之累,资用素穷,既日获一星之利,于是厚为己奉。不逾年,一病而卒,瓢亦随失之也。

丹阳化铜

薛驼,兰陵人,尝受异人锻砒粉法,是名"丹阳"者。余尝从惟湛师访之,因请其药。取帖药,抄二钱匕,相语曰:"此我一月养道食料也。此可化铜二两为烂银,若就市货之,锻工皆知我银可再入铜二钱,比常直每两必加二百付我也。"其药正白,而加光璨,取枣肉为圆,俟溶铜汁成,即投药甘锅中。须臾铜汁恶类如铁屎者胶着锅面,以消石搅之,倾槽中,真是烂银。虽经百火,柔软不变也。此余所躬亲试而不诬者。后亦许传法,而贼乱,不知所在矣。

锻消愈疾制汞

姑苏查先生得锻消石法,章申公与之为莫逆,而法不传也。尝遇一病僧而悯之,取消作盂,令日煎水饮之。服之月余,病良已。僧有周旋,过而询其由,以饮煎水为言。是僧素知查术,曰:"此伏消所成也,当取汞置盂中,就火试之。"果致汞死。僧更以为希世之遇,即往礼谢再三,且语其盂之异,复恳求其法。查曰:"法固未易传,而前盂用力将竭,可携来,为公加药为之也。"僧取盂授查,即碎盂别熔。门临大河,俟消成汁,即钳投水中,曰:"我初但欲起师之疾,不意无厌至此也!"僧懊恨而归。

点铜成庚

法空首座无相师,雪川人,与余为姻家,待制公沈纯诚之

季也。一举不第,遂祝发以求出世法。间亦留心锻事。尝于
焦山与僧法全语及点化,而全云:"我术正是点茆耳。"空曰:
"出家儿岂当更学此? 若一有彰败,则所丧多矣。"全曰:"我法
异此,止以一药点铜为金,而所患制铜无法于骨董袋携行,或
为人所窥尔。"因出一纸里视空,质溪沙也,而加重。且抄数钱
匕,令空烹之。通夕不能成汁。呼全讯之,全笑曰:"人得此视
之,溪砂也,岂知实铜耶?"复取白药少许投之,砂始融化。出
火视之,真金也。空拜礼称赞云:"目所未见也。"复曰加延款,
且请其术。全曰:"我不惜术,但我有前誓,且恐起贪人妄费之
心,反致奇祸,实无益于人也。请为师言其自也。我年二十无
家,为道人。同侣三人,共学丹灶,历年无成。因绍圣元年七
月十五日,相语曰:'我辈所学,游访未远。今当各散行,以十
年为期,却以此月此日会于此地。道人无累,是日不至,即道
死矣。'遂举酒为约。三人者散往川陕、京洛间,我即留二浙。
转首之间,忽复至期,出丰乐桥,三人者次第俱集,相待欢甚,
剧饮数日,各出所得方诀参较之。内一茆法差似简易,即试为
之,而铜色不尽。一人曰:'我于成都药市遇一至人,得去晕
药,彼云奇甚,而我未试也。'因取同烹,而色益黄。意谓药少
未至,增药再烹,及出坯中,则真金矣。更相惊喜,袖市肆中,
云良金也。众复相与谋曰:'常闻京师栾家金肆为天下第一,
若往彼市之无疑,则真仙秘术也。'复被而行,至都,以十两就
市。栾氏取其家金较之,则体柔而加紫焰,即得高直以归。时
共寓相国寺东客邸中,复相庆曰:'我辈穷访半生,今幸遇此,
可以安心养道矣。万一未能免俗,则饮酒食肉,可毕此生。今
当共作百两,分以为别。'即市半边官酤,大嚼酣饮而烹铜。不
虞铜汁溅发,火延于屋,风势暴烈,不可救扑,火马四至。三人

者醉甚,而我独微醒,径破烟焰,从稠人中脱命而出。惧有捕
者,素善泅,即投汴水,顺流而下。度过国门下锁,始敢登岸。
方在水中,即悔过祈天,且誓为僧及不复再作。或遇干大缘
事,不能成就,当启天为之,不敢毫发为己用也。况敢传人乎?
若首座有未了缘事,可与众集福者,我当分药点治,虽百两不
靳也。"空既聆其说,亦不敢深逼之。一旦不告而去,后不知所
在。其徒三人,二人醉甚不支,焚死;一人就捕受杖,亦数日而
卒。

草制汞铁皆成庚

　　朝奉郎刘均国言:侍其父吏部公罢官成都,行李中水银一
箧,偶过溪渡,箧塞遽脱,急求不获,即揽取渡傍丛草塞之而
渡。至都久之,偶欲乘用,倾之不复出,而斤重如故也。破箧
视之,尽成黄金矣。本朝太宗征泽潞时,军士于泽中镰取马
草,晚归,镰刀透成金色。或以草燃斧底,亦成黄金焉。又临
安僧法坚言:有歙客经於潜山中,见一蛇,其腹涨甚,蜿蜒草
中。徐遇一草,便啮破,以腹就磨,顷之涨消如故。蛇去,客念
此草必消涨毒之药,取至箧中。夜宿旅邸,邻房有过人方呻吟
床笫间,客就讯之,云正为腹胀所苦。即取药就釜,煎一杯汤
饮之。顷之不复闻声,意谓良已。至晓但闻邻房滴水声,呼其
人不复应,即起烛灯视之,则其人血肉俱化为水,独遗骸卧床。
急挈装而逃。至明,客邸主人视之,了不测其何为至此。及洁
釜炊饮,则釜通体成金。乃密瘗其骸。既久经赦,客至邸共语
其事,方传外人也。

糁　制

　　嘉禾墨工沈珪,言其卖墨庐山,过僧了希,语及丹灶,夜宿其庐。希探箧取一药示沈,正琥珀色,秤取二钱重,用水银一两,同入铁铫中,以盏覆之,置火上。顷之作婴儿声,即开视,以秤秤之,并药成一两二钱黄金矣。希言此是死硫也。又言临安一山寺前,有翁媪市饼饵为给。而寺有僧,日出坐其肆,凡二十年。察其翁媪日用无过费,而纯质如一,一日密语之曰:"我有干汞法,未尝语人。念尔翁媪甘贫于饼肆,且老之,可坐受安逸。"翁媪即谢而受其方,并面干汞示之。数日,翁媪复携饼饵造僧房见僧云:"诚谢老师见惠秘方,以休养二老。然老夫妇亦自有一薄术,自谓不作不食,不敢妄享。甘心饼肆,以毕余生也。"乃出药于僧前,取汞糁制,即成黄金矣。老僧惭恧,礼谢翁媪云:"吾二十年与神仙俱而不知,真凡骨也!"翁媪既归,明日僧出访之,则空室矣。

市药即干汞

　　朝奉郎军器监丞徐建常,余姊丈也,建安人。其父宣义公,故农家子。后以市药为生,性好施惠,遇人有急难,如在己也。贫乏求济,倾资与之,不吝焉。暇日乘舟至郡,与一道士同载,如旧相识。道士从容谓公曰:"子有阴德。我所秘干汞法,当以授子,可广所施也。"即疏方示公,并令公市药与汞,取汞置铁铫中,以药少许糁上,复以器覆之,置火上。须臾,闻铫中婴儿声,即揭起视之,汞已枯矣。公徐取汞,并以所示方裹之,以谢道士曰:"我之薄施,未足及物,要当竭力所致为之,此不愿为也。天或下悯我未有子,倘遣吾得一起家之子,是吾愿

也。"即投汞与方潭水中。道士笑谢曰:"我非所及也。"是岁建
常生,至年十四,始令从其姊丈陈庸器读书,且嘱之曰:"吾待
汝十年游学,若至期不第,即还,代我掌药肆也。"建常十八岁
考中上舍高等。二十四,果于李常宁榜中登科,如公约也。

药 瓦 成 金

李枢公慎,副车李玮之曾孙,云其季公雄帅,秘藏王先生
手化金瓦,遇好事常出而示之。且言初长主召捷至,为设酒,
谓之曰:"闻先生能化金,可得一见否?"捷曰:"此亦戏剧耳。"
时坐炉侧,捷令取新瓦一片手段之。取所酌酒杯置汤鼎上,投
瓦其中,抄少药糁上,复注汤满杯。酒散,汤已耗半。取瓦视
之,则两角浸汤处皆成紫磨金,而一角元是新瓦也。又余杭陈
祖德云:尝见吕吉甫家藏娄敬所化药金,重三十两。元是片
瓦,而布纹仍在也。

变 铁 器 为 金

阁门宣事陈安止云:其姻家刘朝请者,在镇江常延顾一道
人,临行借取案间铁铫,云欲道中暖酒用。既与之,数日,其子
相遇泗上,道人以纸数重封铫还刘,嘱曰:"慎勿遗坠!"至家呈
其尊,因大笑曰:"铫不直百钱,何用见还,又封护如此其勤
也?"即置之闲处。一日取铫作糊,既涤濯之,视铫柄有五指
痕,及转握处皆成紫金色。惊叹累日,传玩亲友,无不叹赏者。
盖是其真气所化也。

石 林 燕 语

[宋]叶梦得　　　撰
[宋]宇文绍奕　考异
穆　公　　　　校点

校 点 说 明

《石林燕语》十卷,宋叶梦得撰。梦得(1077—1148)字少蕴,号石林居士,原籍吴县(今属江苏),居乌程(今浙江吴兴)。哲宗绍圣四年(1097)进士,徽宗朝累迁翰林学士,高宗朝官至户部尚书,绍兴初为江东安抚大使,拜崇信军节度使。学问博洽,精熟掌故,著述甚富,有《春秋传》二十卷、《春秋考》十六卷、《春秋谳》二十三卷、《石林奏议》十五卷、《石林燕语》十卷、《避暑录话》二卷等。

据书前自序,本书始撰于徽宗宣和五年(1123),作者隐退湖州时,高宗建炎二年(1128)令其子栋衷集为十卷,名为《石林燕语》。因作者历官神宗、哲宗、徽宗、钦宗、高宗五朝,谙熟朝廷典章制度,琐闻轶事,故书中所记北宋以来有关典章制度,颇足援据;所录人物逸事如"米芾拜石"之类,也十分广博,向为史家所重。因本书为作者晚年回忆之作,所记不免失实,故成书后有南宋人汪应辰《石林燕语辨》和宇文绍奕《石林燕语考异》二书为之纠谬补益。

本书陈振孙《直斋书录解题》著录为十卷,今有明刻本、商濬《稗海》本、《四库全书》本、《说郛》本、《儒学警悟》本等。此次校点,以《四库全书》本为底本,校以他书,凡底本有误,据校本改正,不出校记。《四库》本将宇文绍奕的《考异》分列于各条之下,考辨甚精,现亦一并收入。

目　录

原　序

宣和五年，余既卜别馆于卞山之石林谷，稍远城市，不复更交世事，故人亲戚时时相过周旋。嵚岩之下，无与为娱，纵谈所及，多故实旧闻，或古今嘉言善行，皆少日所传于长老名流，及出入中朝身所践更者；下至田夫野老之言，与夫滑稽谐谑之辞，时以抵掌一笑。穷谷无事，偶遇笔札，随辄书之。建炎二年，避乱缙云归。兵火荡析之余，井闾湮废，前日之客死亡转徙略相半，而余亦老矣。洊罹变故，志意销镵，平日所见闻，日以废忘，因令栋更衷集为十卷，以《石林燕语》名之。其言先后本无伦次，不复更整齐。孔子语虞仲、夷逸曰："隐居放言。"而公明贾论公叔文子曰："夫子时然后言，人不厌其言。"子曰："然。"夫言不言，吾何敢议？抑谓初无意于言而言，则虽未免有言，以余为未尝言可也。八月望日，石林山人序。

石林燕语卷一

太祖皇帝微时,尝被酒入南京高辛庙,香案有竹杯筊,因取以占己之名位。以一俯一仰为圣筊。自小校而上至节度使,一一掷之,皆不应。忽曰:"过是则为天子乎?"一掷而得圣筊。天命岂不素定矣哉!晏元献为留守,题庙中诗,所谓"庚庚大横兆,謦咳如有闻",盖记是也。

太祖英武大度,初取僭伪诸国,皆无甚难之意。将伐蜀,命建第五百间于右掖门之前,下临汴水,曰:"吾闻孟昶族属多,无使有不足。"昶既俘,即以赐之。召李煜入朝,复命作礼贤宅于州南,略与昶等。尝亲幸视役,以煜江南嘉山水,令大作园池,导惠民河水注之。会煜称疾,钱俶先请觐,即以赐俶。二居壮丽,制度略侔宫室。是时,诸国皆如在掌握间矣。昶居后为尚书都省,俶居至钱思公惟演,亦归有司,以为冀公宫锡庆院,今太学其故地也。

《考异》:礼贤宅在京城南,钱俶入觐太祖,以此馆之。至太宗初,俶纳土始赐焉,非俶先请觐即赐也。钱思公与诸弟乞归之有司,非思公独请也。

汉凡王宫,皆曰"禁中";后以元后父名禁,遂改"禁"为"省"。唐以前,天子之命通称"诏",武后名"照",遂改"诏"为"制"。肃、代后,集贤院有待制之名,即汉东方朔之徒所谓"待诏金马门"者也。京师大内,梁氏建国,止以为建昌宫,本唐宣武节度治所,未暇增大也。后唐庄宗迁洛,复废以为宣武军。

晋天福中,因高祖临幸,更号大宁宫,今新城是也。其增展外罗城,盖周世宗始为之。

《考异》:汉制度云:帝之下书有四:一曰策书,二曰制书,三曰诏,四曰戒敕。此云天子之命通称"诏书",非也。唐永徽中,命弘文馆学士一人日待制于武德殿西门,则待制名非始于肃、代以后也。明皇置翰林院,延文章之士至术数之士皆处之,谓之"待诏"。即待诏之名,初不改也。

太祖建隆初,以大内制度草创,乃诏图洛阳宫殿,展皇城东北隅,以铁骑都尉李怀义与中贵人董役,按图营建。初命怀义等,凡诸门与殿须相望,无得辄差,故垂拱、福宁、柔仪、清居四殿正重,而左右掖与升龙、银台等诸门皆然,惟大庆殿与端门少差尔。宫成,太祖坐福宁寝殿,令辟门前后,召近臣入观。谕曰:"我心端直正如此,有少偏曲处,汝曹必见之矣!"群臣皆再拜。后虽尝经火屡修,率不敢易其故处矣。

太宗即位,尊孝章皇后为开宝皇后,移居东宫,而不建名。真宗尊明德太后,始名所居殿曰"嘉庆"。后中书门下请为皇太后建宫立名,于是诏筑宫曰"万安"。明肃太后既临朝,不筑宫,止名所居殿曰"会庆"。明肃上仙,遗诏进太妃杨氏为皇太后,乃名所居为"保庆",号保庆太后。迄治平,慈圣宫曰"慈寿",元祐宣仁宫曰"崇庆",建中钦圣宫曰"慈德",皆遵用万安故事也。崇宁初,元符太后宫称"崇恩",盖进太后故礼加于开宝云。

崇政殿即旧讲武殿,惟国忌前一日,及军头司引见,呈试武艺人。吏部引改官人,即常朝退,少顷,以衫帽再坐。忌前则服澹黄衫皂带,自延和殿出,降阶由庭中步至,不乘辇;遇雨,然后行西廊。皆祖宗之旧也。从官独二史得入侍。旧制不甚大。崇宁初，始徙向后数十步，因增旧制，发旧基，正中得玉斧，大七八寸，玉色如截肪，两旁碾波涛戏龙，文如屈发，制作极工妙。余为左史时每见之。盖古殿其下必有宝器为之镇。今乘舆行幸，最近驾前所持玉斧是也。

东华门直北有东向门，西与内东门相直，俗谓之谹门，而无榜。张平子《东京赋》所谓"谹门曲榭"者也。薛综注："谹，曲屈斜行，依城池为道。"《集韵》："谹字或作峆。"以为宫室相连之称。今循东华门墙而北转，东面为北门，亦可谓斜行依墙矣。凡宫禁之言，相承必皆有自也。

启圣禅院，太宗降诞之地，太平兴国中既建为寺，以奉太宗神御。太祖降诞于西京山子营，久失其处。真宗朝尝遣人访之。或以骁胜营旁马厩隙地有二冈隐起为是。复即其地建应天禅院，以奉太祖。天圣中，明肃欲置真宗神御其间，而难于遗太宗，因以殿后斋宫并置二殿，曰"三圣殿"。庆历中，始名太祖殿曰"兴先"，太宗曰"帝华"，真宗曰"昭考"。

《考异》：昭考，当作"昭孝"。

琼林苑、金明池、宜春苑、玉津园，谓之四园。琼林苑，乾德中置。太平兴国中，复凿金明池于苑北，导金水河水注之，以教神卫虎翼水军习舟楫，因为水嬉。宜春苑本秦悼王园，因以皇城宜春旧苑为富国仓，遂迁于此。玉津园则五代之旧也。今惟琼林、金明最盛。岁以二月开，命士庶纵观，谓之"开池"。至上巳，车驾临幸毕，即闭。岁赐二府从官燕，及进士闻喜燕，皆在其间。金明，水战不复习，而诸军犹为鬼神戏，谓之"旱教"。玉津半以种麦，每仲夏，驾幸观刈麦。自仁宗后，亦不复讲矣，惟契丹赐射为故事。宜春俗但称庶人园，以秦王故也，荒废殆不复治。祖宗不崇园池之观，前代未有也。

太祖尝问赵中令:"礼何以男子跪拜,而妇人不跪?"赵不能对。询遍礼官,皆无知者。王贻孙,祁公溥之子也,为言古诗"长跪问故夫",即妇人亦跪也。则天时,妇人始拜而不跪,因以大和中张建章《渤海国记》所载为证。赵大赏。天圣初,明肃太后垂帘,欲被衮冕,亲祠南郊,大臣争莫能得。薛简肃公问:"即服衮冕,陛下当为男子拜乎?妇人拜乎?"议遂格。礼九拜,虽男子亦不跪,贻孙之言盖陋矣。简肃亦适幸其言偶中,使当时有以贻孙所陈密启者,则亦无及矣。然天下至今服简肃之抗论也。

母后加谥自东汉始。本朝后谥,初止二字。明道中,以章献明肃尝临朝,特加四字。至元丰中,庆寿太皇太后上仙,章子厚为谥议请于朝,诏以太后功德盛大,四字犹惧未尽,始仍故事,遂谥"慈圣光献"。自是"宣仁圣烈"与"钦圣宪肃"皆四字云。

《考异》:始仍故事,当作姑仍故事。诏云:今以四字为谥,大惧未足形容万一,姑循故事而已,宜以四字定谥。

熙宁末年旱,诏议改元。执政初拟"大成",神宗曰:"不可!'成'字于文,一人负戈。"继又拟"丰亨",复曰:"不可!'亨'字为子不成,惟'丰'字可用。"改元丰。

范鲁公质、王祁公溥皆周朝旧相。太祖受禅时,质年四十四,溥四十二,在位俱二年。质罢八年薨,溥二十年薨。雍容禅代之际,疑间不生,虽二人各有贤德,然太祖保全大臣,亦前代所未有也。质性本下急,好面折人过,然以廉介自居,未尝营生事,四方馈献皆不纳。人宗尝论前宰相,以质循规矩、慎名器、持廉节为称。溥宽厚,喜荐导后进。罢相时,其父尚无恙,犹常执子弟之礼不废。贻永尚太宗女,乃其子也。

　　张伯玉皇祐间为侍御史,时陈恭公当国。伯玉首言天下
未治,未得真相故也,由是忤恭公。仁宗时眷恭公厚,不得已
出伯玉知太平州,然亦惜其去,密使小黄门谕旨劳之,曰:"闻
卿贫,无虑,朕当为卿治装。"翌日,中旨三司赐钱五万,恭公犹
执以为无例。上曰:"吾业已许之矣。"卒赐之。祖宗爱惜财用
如此,又见所以奖励言官之意也。

　　明肃太后上徽号初,欲御天安殿,即今大庆殿也。王沂公
争之,乃改御文德殿。元祐初,宣仁太后受册,有司援文德故
事为请,宣仁不许,令学士院降诏。苏子瞻当制,颇斥天圣之
制,犹以御文德为非是。既进本,宣仁批出曰:"如此是彰先姑
之失,可别作一意,但言吾德薄,不敢比方前人。"闻者无不畏
服。是岁,册礼止御崇政殿。

　　《考异》:按子瞻草诏云:"矧予凉薄,常慕谦虚,岂敢
躬御治朝自同先后。处之无过之地,乃是爱君之深。"内
批"常慕"字以下二十六字,旨意稍涉今是,不免有昔非之
议,可叙述太皇太后硕德,实不及章献,不敢必依章献御
文德殿故事,宜三省改此意进入。

　　韩魏公为英宗山陵使。是时,两宫尝为近侍奸人所间。
一日侵夜,忽有中使持帘帏御封至,魏公持之久不发,忽自起
赴烛焚之。使者惊恳曰:"有事当别论奏,安可辄焚御笔?"公
曰:"此某事,非使人之罪也,归但以此奏知。"卒焚之。有顷,
外传有中使再至,公亟出迎问故。曰:"得旨追前使人,取御
封。"公曰:"不发,焚之矣。"二使归报,慈圣太后叹息曰:"韩琦
终见事远,有断。"

　　《考异》:英宗,当作仁宗。

　　大辽国信书式,前称月日,大宋皇帝谨致书于大辽国徽号

皇帝阙下,入辞,次具使副全衔,称今差某官充某事国信使副,有少礼物,具诸别幅,奉书陈贺不宣,谨白,其辞率不过八句。回书其前式同,后具所来使衔,称今某官等回,专奉书陈谢不宣,谨白。不具副使衔,辞亦不过八句。元祐间,宣仁太后临朝,别遣太后使副以皇帝书达意,式皆如前,但云"今差某官充太皇太后某使"尔。贺书亦如之。

元祐垂帘,吕司空晦叔当国。元日,欲率群臣以天圣故事,请太后同御殿,行庆会称贺之礼。宣仁谦避不从,止令候皇帝御殿礼毕,百官内东门拜表而已。苏子容当制,作手诏云:"顾惟菲凉,岂敢比隆于先后? 其在典法,亦当几合于前规。"是岁,进《春帖子》,其一篇云:"上寿春朝近外廷,诏恩不许会公卿。即时二史书谦德,只使群官进姓名。"

国朝典礼,初循用唐《开元礼》,旧书一百五十卷。太祖开宝中,始命刘温叟、卢多逊、扈蒙三人,补缉遗逸,通以今事,为《开宝通礼》二百卷,又《义纂》一百卷,以发明其旨;且依《开元礼》,设科取士。嘉祐初,欧阳文忠公知太常礼院,复请续编,以姚辟、苏洵掌其事,为《太常因革礼》一百卷,议者病其太简。元丰中,苏子容复议,以《开宝通礼》及近岁详定礼文,分有司、仪注、沿革为三门,为《元丰新礼》,不及行。至大观中始修之,郑达夫主其事。然时无知礼旧人,书成颇多抵牾,后亦废。

士大夫家庙,自唐以后不复讲。庆历元年郊祀赦,听文武官皆立庙,然朝廷未尝讨论立为制度,无所遵守,故久之不克行。皇祐二年,初祀明堂,宋莒公为相,乃始请下礼官定议。于是请平章事以上立四庙,东宫少保以上立三庙,而其详皆不尽见。文潞公为平章事,首请立庙于洛,终无所考据,不敢轻作。至和初知长安,因得唐杜佑旧庙于曲江,犹是当时旧制,一堂四室,旁为两翼。嘉祐初,遂仿为之。两庑之前,又加以门,以其东庑藏祭器,西庑藏家牒。祊在中门之右,省牲展馔涤濯等在中门之左。别为外门,置庖厨于中门外之东南。堂中分四室,用晋荀安昌公故事,作神板而不为主。唐周元阳《祀录》以元日、寒食、秋分、冬夏至为四时祭之节。前祭皆一日致斋,在洛则以是祭,或在他处则奉神板自随,仿古诸侯载迁主之义。公元丰间始致仕归洛,前此在洛无几,则庙不免犹虚设,乃知古今异制,终不可尽行也。

父没称"皇考",于《礼》本无见。《王制》言:天子五庙,曰考庙、王考庙、皇考庙、显考庙、祖考庙。则皇考者,曾祖之称也。自屈原《离骚》称"朕皇考曰伯庸",则以皇考为父。故晋司马机为《燕王告祔庙文》,称"敢昭告于皇考清惠亭侯",后世遂因不改。汉议宣帝父称,蔡义初请谥为悼,曰悼太子,魏相以为宜称尊号曰皇考。则皇考乃尊号之称,非后世所得通用。然沿习已久,虽儒者亦不能自异也。

《考异》:《曲礼》祭父曰皇考,此云父没称皇考,于《礼》本无见非也。

治平中,议濮安懿王称号,学士王禹玉、中丞吕献可、谏官范景仁、司马君实等皆谓宜称皇伯,此固显然不可。欧阳永叔为参政,尤诋之。五代史书追尊皇伯宗儒为宋州刺史,所以深著其说。然遂欲称考,则不免有两统贰父之嫌,故议者纷然久不决。慈圣光献太后内出手诏,令称"亲"。当时言官亦力争而止,以诸侯入继,古未有也。自汉宣帝以来始见之。魏相以为宜称皇考,此固亡乎《礼》之礼,而哀帝称定陶王为恭皇,安帝称清河王为孝德皇,则甚矣。礼以王以皇以显冠考,犹是尊称,若举谥而加皇,乃帝号,既不足辨父子,子而爵父,此正礼之所禁也。曾子固尝著议,以为父没之通称,施于为人后之义为无嫌,此盖附永叔之意。当时群议既不决,故仍旧,但称濮安懿王,盖难之也。

《考异》:时吕献可为御史知杂,范景仁为翰林学士,此云吕中丞、范谏官,非也。曾子固谓皇考一名,而为说有三:如《礼》之皇考,则曾祖也;汉宣帝父称尊号曰皇考,则加考以皇号也;屈原称"皇考曰伯庸"之类,则父没之通称也。且言有可有不可者,其剖析甚详,而以悼园称皇立庙为非。今三说中专举其"父没之通称"之一句,以为附永叔之意,亦未尽也。若谓皇乃帝号,则或曰皇考,或举谥而加皇,苟以为不可,则一也,岂得执一以为亡礼乎!既以濮议称皇伯为显然不可,又以称考为有两统贰父之嫌,然则当何称乎?欧阳公尝辨贰父则有之,而非两统也。然则两统或可以言嫌,而贰父亦谓之嫌,非也。

皇祐、治平,天下财赋岁入皆一亿万以上,岁费亦一亿万以上,出入略相当。景德官一万余员,皇祐、治平加二万余员,景德郊费六百万,皇祐、治平加一千万以上,二者皆倍于景德。元丰中,曾子固尝请欲推考所从来,悉为裁损,使岁入如皇祐、治平,而禄吏奉郊之费同景德,止二者所省已半。以类推之,岁入以亿万为率,岁但省三之一,则三十年当有九亿万,遂可以为十五年之蓄。议格不行。此虽论其大约,未必尽然,要之言节用,似当略仿此,可以得实效,愈于毛举目前琐碎,徒为裁减之名,而讫不能行也。

仁宗庆历初,尝诏儒臣检讨唐故事,日进五条,数谕近臣,以为有补,其后久废。元祐间,苏子容为承旨,在经筵复请如故事。史官学士采新旧《唐书》诸帝所行,及群臣献纳,日进数事,因诏讲读。官遇不讲日,各进汉、唐故实二事,子容仍于逐事后略论得失大旨,当时遂以为例。濮议,廷臣既皆欲止称皇伯,欧阳文忠力诋以为不然,因引《仪礼》及《五服敕》云:"为人后者,为其父母服。"则是虽出继,而其本生犹称父母也,是以汉宣帝、光武皆尊其父称皇考。时未有难之者。惟司马君实在谏院独疏之云:"为人后而言父母,此因服立文;舍父母则无以为称,非谓其得称父母也。此殆政府欲欺罔天下之人,以为皆不识文理。若宣帝承昭帝之后,以孙继祖则无嫌,故可尊其父为皇考,而不敢尊其祖为皇祖。光武起布衣,虽名中兴,与创业同,使自立七庙犹不为过,况但止称皇考。今上为仁宗子,而称濮王为皇考,则置仁宗何地乎?"文忠得此,亦无以夺之。谓称皇伯不然,君实虽辩之力,然无据依,亦终不能夺文忠也。

　　《考异》:按两制等议,谓礼律为父母报云者,势当然不可,云为叔伯报也。赵大观又引"去妇出母"为证,则当时论难非独温公,而此云未有能难之者,惟司马君实云云,非也。既云文忠得此,亦无以夺之,又云君实终不能夺文忠也,则二者孰是?况二公各持其论,终未尝少屈乎?

　　故事:宰相食邑满万户,始开国。贾文元罢相,知北京,未满万户。以出师佐平贝州功,特封安国公,其后以武胜军节度使入为祥源观使,留京师,请还节。仁宗特置观文殿大学士宠之。观文有大学士,自文元始。苏子容挽辞所谓"大邦开国赏元勋,秘殿升班宠旧臣"是也。

　　故事:台官皆御史中丞知杂与翰林学士互举,其资任须中行员外郎以下,太常博士以上,曾任通判。人未历通判,非特旨不荐,仍为里行,此唐马周故事也。议者颇病太拘,难于应格。熙宁初,司马君实为中司,已请稍变旧制;及吕晦叔继为中司,遂荐张戬、王子韶,二人皆京官也。既而王荆公骤用李资深,以秀州军事判官特除太子中允,权监察御史里行。命下,宋次道当制,封还词头;已而次命李才元、苏子容,皆不奉诏,盖谓旋除中允而命,犹自选人而除也。三人皆谪,卒用资深。近岁有差遣,合用京官,特改官而除者,自资深始也。

国朝经筵讲读官旧皆坐,乾兴后始立。盖仁宗时年尚幼,坐读不相闻,故起立欲其近尔,后遂为故事。熙宁初,吕申公、王荆公为翰林学士,吴冲卿知谏院,皆兼侍讲,始建议:以为《六经》言先王之道,讲者当赐坐,因请复行故事,下太常礼院详定。当时韩持国、刁景纯、胡宇夫为判院,是申公等言。苏子容、龚鼎臣、周孟阳及礼官王汾、刘攽、韩忠彦,以为讲读官曰侍,盖侍天子,非师道也。且讲读官一等,侍读仍班侍讲上,今侍讲坐而侍读立,不应为二,申公等议遂格。今讲读官初入,皆坐赐茶,唯当讲,官起就案立,讲毕复就坐,赐汤而退。侍读亦如之,盖乾兴之制也。

邢昺自翰林侍讲学士以工部尚书知曹州,仍旧职。翰林侍讲学士外除,自昺始。张文节公知白求罢参知政事,以刑部侍郎充翰林侍读学士,知天雄军。翰林侍读学士外除,自知白始。昺班翰林学士上,从其官也。

石林燕语卷二

《周官》"坐而论道谓之王公"者,非人臣也。王乃天子,公五等诸侯,自三公而下皆卿大夫尔。古者以六卿兼三公,通谓之"卿"。唐制,宰相对正衙,皆立而不奏事,开延英奏事始得坐,非尊之也,盖以其论事难于久立。本朝范鲁公为相,当禅代之际,务从谦畏,始请皆立;则今经筵官初皆得坐者,非以其师尊之,亦以讲读难久立故也。太祖开宝中,召王昭素讲便殿,太宗端拱中幸国子监,召学官李觉讲,皆赐坐。此出一时特恩,非讲官例也。

《考异》:《周官》以太师、太傅、太保为三公,论道经邦,则坐而论道,非谓五等诸侯也。五等诸侯岂得云非人臣乎?《周官》孤卿大夫与三公皆不同,岂得云三公而下皆卿大夫乎?三公不必备,何必以卿兼公而通谓之"卿"乎?周公位冢宰,乃公兼卿也。开宝中,乃开宝元年;端拱中,亦端拱元年。

应天府艺祖肇基之地,祥符七年,始建为南京,诏即衙城为大内,正殿以"归德"为名。当时虽降图营建,而实未尝行。天禧中,王沂公为守,始请减省旧制,别为图以进,亦但报闻。其后夏文庄、韩忠献、张文定相继为守,有请仅能修祥辉、崇礼二门而已。元丰间,苏子容自南京被召还朝,复以为言,但请以沂公奏先修归德一殿,约为屋百间,神宗亦未暇也。至今惟正门以真宗东封回,尝驻跸、赐赦、观酺,赐名重熙颁庆楼。犹是双门，未尝改作，内中唯有御制诗碑亭二，余为守时已将倾颓，其中榛莽，殆不可入也。

元丰官制行，王禹玉为左仆射，蔡持正为右仆射，新省成，即都堂礼上，郎中、员外郎迎于门外。仆射拜厅讫，升厅，各判祥瑞案三道，学士、两省官贺于厅上，中丞、尚书以下百官班于庭下，东西向。仆射降阶就褥位，直省官赞揖；台吏引中丞出班，北向致辞贺，复位；直省吏赞拜，仆射答拜；退即尚书省燕，侍郎、给舍以上，及中丞、学士皆与。时有司定仪制以闻，禹玉等拜辞，神宗以官名始正，特行之。自后为相者，初正谢即辞，例从之，故惟此一举而已。

元丰官制行，吴雍以左司郎中出为河北都转运使。是时，神宗方经营北虏，有巡幸之意，密以委雍，乃除直龙图阁。都司除职自此始。其后，文及甫自吏部员外郎出知陕府，潞公在洛便养为请，欲以示优礼，亦除直龙图阁。郎官除职，自此始，皆非常例也。故自是郎官出入，皆未有得职者。至元祐间，范子奇自左司郎中除河北转运使，范纯粹自右司郎中除京东转运，皆除直龙图阁，用吴雍例也。

元丰五年，官制初行，新省犹未就，仆丞并六曹寓治于旧三司。司农寺、尚书省及三司使廨舍，七月成，始迁入。新省揭榜曰"文昌府"，前为都省令厅，在中，仆射厅分左右，凡为屋一千五百八十间有奇。六曹列于后，东西向，为屋四百二十间有奇。凡二千五百二十间有奇，合四千一百间有奇。时首拜王禹玉、蔡持正为相，至元祐、绍圣间，二人皆贬。其后追治元祐党人，吕申公、司马温公、吕汲公、范忠宣、刘莘老皆贬，免者惟苏公一人而已。故言阴阳者，皆谓凡居室以后为重，今仆射厅不当在六曹前。使言于是，都官员外郎家安国自言得唐都省图，六曹在前，持献请迁。遂迁旧七寺监，移建如唐制。既那其地步，欲速成，将作少监李诫总其事，杀其间数，工亦灭裂，余为祠曹郎，尚及居之。议者惜其壮丽不逮前也。

契丹既修兄弟之好，仁宗初，隆绪在位，于仁宗为伯。故明肃太后临朝，生辰正旦，契丹皆遣使致书太后，本朝亦遣使报之，犹娣妇通书于伯母，无嫌也。至和二年，宗真卒，洪基嗣位，宗真妻临朝，则仁宗之弟妇也，与隆绪时异。众议：每遣使但致书洪基，使专达礼意，其报亦如之，最为得体。元祐初，宣仁临朝，洪基亦英宗之弟，因用至和故事。

礼逮事父母，则讳王父母；不逮事父母，则不讳王父母。郑氏以逮为及识，当是有知之称。旧法：祖父母私忌不为假，元丰编敕修《假宁令》，于父母私忌假下，添入逮事祖父母者准此，意谓生时祖父母尚存云尔。然不当言逮事，盖误用礼之文也。原为此法者，谓生而祖父母死，则为不假，存则为假，所以别于父母也。若谓逮事为及见之辞，则礼云不逮父母者，今遗腹子固有不及见父者矣，而母则安有不及见者乎？法初行，安厚卿为枢密，适祖母忌。祖母没时，厚卿才二岁，疑而以问礼部郎官何洵直。洵直虽知法官之误，因欲迁就其说，引"子生三月而父名之"，以为天时一变为有识，欲以三月为限断。过矣！今士大夫凡生，而祖父母存者，皆告假，从立法者之意也。

唐以宣政殿为前殿，谓之正衙，即古之内朝也。以紫宸殿为便殿，谓之上阁，即古之燕朝也，而外别有含元殿。古者，天子三朝：外朝、内朝、燕朝。外朝在王宫库门外，有非常之事，以询万民于宫中。内朝在路门外，燕朝在路门内。盖内朝以见群臣，或谓之路朝；燕朝以听政，犹今之奏事，或谓之燕寝。郑氏《小宗伯》注，以汉司徒府有天子以下大会殿。为周之外朝,而萧何造未央宫言前殿,则宜有后殿。大会殿设于司徒府,则为外朝;而宫中有前后殿,为内朝、燕朝,盖去周犹未远也。唐含元殿,宜如汉之大会殿,宣政、紫宸乃前后殿,其沿习有自来矣。方其盛时,宣政盖常朝,日见群臣,遇朔望陵寝荐食,然后御紫宸;旋传宣唤仗入阁,宰相押之,由阁门进,百官随之入,谓之"唤仗入阁"。紫宸殿言"阁",犹古之言"寝",此御朝之常制也。中世乱离,宣政不复御正衙,立仗之礼遂废,惟以只日常朝,御紫宸而不设仗。敬宗始复修之,因以朔望陈仗紫宸以为盛礼,亦谓之"入阁",误矣。

　　唐正衙日见群臣,百官皆在,谓之"常参";唤仗入阁,百官亦随以入,则唐制天子未尝不日见百官也。其后不御正衙,紫宸所见惟大臣及内诸司。百官俟朝于正衙者,传闻不坐即退,则百官无复见天子矣。敬宗再举入阁礼之后,百官复存朔望两朝,至五代又废。故后唐明宗始诏群臣,每五日一随宰相入见,谓之"起居"。时李琪为中丞,以为非礼,请复朔望入阁之礼。明宗曰:"五日起居,吾思见群臣,不可罢,朔望入阁可复。"遂以五日群臣一入见中兴便殿为起居;朔望天子一出御文明前殿为入阁,迄本朝不改。元丰官制行,始诏侍从官而上,日朝垂拱,谓之"常参官";百司朝官以上,每五日一朝紫宸,为"六参官";在京朝官以上,朔望一朝紫宸,为"朔参官"。遂为定制。

　　古者天子之居,总言宫而不名,其别名皆曰堂,明堂是也。故《诗》言"自堂徂基",而《礼》言"天子之堂"。初未有称殿者,《秦始皇纪》言作阿房、甘泉前殿,《萧何传》言作未央前殿,其名始见。而阿房、甘泉、未央亦以名宫,疑皆起于秦时。然秦制独天子称陛下。汉有鲁灵光殿,而司马仲达称曹操、范缜称竟陵王子良皆曰"殿下",则诸侯王汉以来皆通称殿下矣。至唐初制令,惟皇太后、皇后,百官上疏称殿下,至今循用之,盖自唐始也。其制设吻者为殿,无吻不为殿矣。

本朝未定六参之制,百官日俟朝于前殿者。便殿初引班,常以四色官一人,立垂拱门外,亢声唱。前殿不坐,及宰相便殿奏事毕,即复出,押百官虚拜于前殿庭下而散。其宰相遇奏事日高,皆不复押,亦百官以序自拜于陛下而出。韩魏公为相,在位久,遂更不押班。王乐道为中丞,力击之以为不臣,其言虽过,然当时议者犹以无故不押班为非礼。故司马君实代乐道,以辰时二刻前朝,退则押班,过则免,遂以为例。

前世常患加役流法太重,官有监驱之劳,而配隶者有道路奔亡困踣之患。苏子容元丰中建议,请依古置圜土,取当流者治罪讫,髡首钳足,昼夜居作,夜则置之圜土,满三岁而后释。未满岁而遇赦者不原。既释,仍送本乡,讥察出入;又三岁不犯,乃听自如。崇宁中,蔡鲁公始行之,人不以为善也。

集贤院学士,故事,初不分高下,但以为名而品秩自从其官。故吴正肃公以前执政,资政殿大学士刘原甫以从官翰林侍读学士,皆以疾换授,盖不为要职也。然在学士之列,视待制则为优,故元厚之以天章阁待制知南京。仁宗即位,亦特换授,是岁迁龙图阁直学士,知广州。苏子容罢知制诰,知亳州;再遇赦,遂复此职。尝请别其品秩,不报,故其谢表云:"惟丽正图书之府,盛开元礼乐之司。在外馆之地则为闲,正学士之名则已重。先朝著令,或自二府公台而践更;近例迁官,皆由两省丞郎而兼领。"又云:"惟其恩数之优,当有官仪之别,亦尝自言于公府,岂敢取必于金谐?"

《考异》:集贤院学士钱若水、陈恕、郭贽,皆自前执政除,非独吴正肃也。吕祐之、吕文仲、李维、盛度皆自翰林学士,晁迥自翰林学士承旨除,非独刘原甫也。李行简自龙图阁待制除,非独元厚之也。又有自集贤院学士除待制者陈升之、李大临、陈绎、曾布、邓绾、沈括、丰稷,皆是。其除龙图阁直学士者,陈尧咨、任布、任中师、魏瓘、吕居简、李东之、李参、孙长卿、吕溱、宋敏求皆是,亦非独元厚之也。邓绾自御史中丞得罪,元丰元年正月,复除龙图阁待制,言者以为超越,乃改集贤院学士。七月复除待制,则是时集贤院学士次于待制矣。苏子容罢知制诰,岁余会恩知婺州、亳州,入勾当三班院,加集贤院学士。此云罢知制诰而知亳州,再遇赦遂复此职,非也。

国朝讲读官初未有定制,太宗始命吕文仲为侍读,继而加翰林侍读,寓直于御书院。文仲官著作佐郎,但如其本官班而已。真宗初即位,杨文庄公徽之为枢密直学士,以老求罢。徽之尝为东宫官,乃特置翰林侍读学士以命之,并授文仲、夏侯峤三人。又以邢昺为翰林侍讲学士,始升其班次,翰林学士禄赐并与之同。设直庐于秘阁,侍读更直,侍讲长上。

讲读官自杨文庄等,后冯元、鲁宗道皆以龙图阁直学士兼侍读,高若讷以天章阁待制兼侍读,皆不加翰林及学士之名。读官初无定职,但从讲官入侍而已。宋宣献、夏文庄为侍读学士,始请日读《唐书》一传,仍参释义理,后遂为定制。

《考异》:冯元、鲁宗道皆兼侍讲。此云侍读,非也。

唐有翰林侍书学士,柳公权尝为之。太祖平蜀,王著,蜀人,善书,为赵州隆平县主簿。或荐其能书,召为卫尉寺丞、史馆祗候,使详定《急就章》等,后遂以为翰林侍书,而不加学士之名,盖惜之也。自著后,不复除人。著后官亦不显。有翰林学士王著者，自别一人，非此人也。

王君玉琪为馆阁校勘，晏元献以前执政留守南京，辟为签书留守判官公事，诏特令带旧职，从之。馆职外除，自君玉始。

神宗初，欲为《韩魏公神道碑》。王禹玉为学士，密诏禹玉具故事有无。禹玉以唐太宗作《魏徵碑》，高宗作《李勣碑》，明皇作《张说碑》，德宗作《段秀实碑》，及本朝太宗作《赵普碑》，仁宗作《李用和碑》六事以闻，于是御制碑赐魏公家。或云：即禹玉之辞也。

唐制：门下省有弘文馆，中书省有集贤殿书院，皆以藏图书。弘文馆即修文馆也。武德初置，设生徒，使习书，选京官五品以上为学士，六品以上为直学士，及使他官领直馆。武后垂拱后，以宰相兼领馆务。中宗景龙中置大学士，至开元初，乾元殿写四部书置乾元院，后改丽正修书院，又改集贤，直学士等官，略如弘文。自是宰相皆带弘文、集贤大学士，遂为故事。

梁迁都汴，贞明中始于右长庆门东北，设屋十余间，谓之三馆，盖昭文、集贤、史馆也。初极卑隘。太宗太平兴国中，更命于左升龙门里，旧车辂院地改作，置集贤书于东庑，昭文书于西庑，史馆书于南庑，赐名崇文院，犹未有秘书省也。端拱中，始分三馆，书万余卷，别为秘阁，命李至兼秘书监，宋泌兼直阁，杜镐兼校理。三馆与秘阁始合为一，故谓之馆阁，然皆但有书库而已。元丰官制行，遂改为秘书省。

唐贞观初，始置史馆于门下省，以他官兼领，秩卑者以为直馆，宰相莅修撰。开元中，李林甫为监修国史，始迁于中书省。复置史馆修撰，迄五代，遂为故事。本朝乾德初，首以赵韩王监修国史，修撰之外复有编修、校勘、勘书。校勘、编修随时创制不一,旧但以书库吏抄录报状论次,其后遂命进奏院及诸司,凡诏令等皆关送。开宝后,命中书枢密皆书《时政记》,以授史官。淳化中,张秘请别置起居院,为左右史之职,以梁周翰、李宗谔为之。凡长春崇德殿宣谕陈列事,中书以《时政记》记之,枢密院则本院记之,其余百司封拜除授,沿革制置等事,皆悉记录,月终送史馆;而起居郎、舍人分直崇政殿,别记言动为《起居注》。元丰官制行,左右史所书如旧,各为厅于两后省,史馆归之。著作局、国史院有故,则置假左散骑常侍厅为之,而后始以宰相监修。

梁改枢密院为崇政院,因置直崇政院。唐庄宗复旧名,遂改为枢密院直学士。至明宗时,安重诲为枢密使。明宗既不知书,而重诲又武人,故孔循始议置端明殿学士二人,专备顾问,以冯道、赵凤为之,班翰林学士上,盖枢密院职事官也。本朝枢密院官既备,学士之职浸废,然犹会食枢密使厅。每文德殿视朝,则升殿侍立,亦不多除人。官制行,乃与学士皆为职名,为直学士之冠,不隶枢密院。升殿侍立,为枢密都承旨之任。每吏部尚书补外,除龙图阁学士,户部以下五曹,则除枢密直学士,相呼谓之密学。

元昊请和,欧公具当时议论有三:一曰天下困矣,不和则不能支,少屈就之,可以纾患;一曰羌夷险诈,虽和而不敢罢兵,则与不和无异,是空包屈就之羞,全无纾患之实;一曰自屈志讲和之后,退而休息,练兵训卒,以为后图。三说皆力破之,以为不和害少,和则害多。因言方今不羞屈志急欲就和之人,其类有五:不忠于陛下者欲急和,谓数年以来,庙堂劳于斡运,边鄙劳于戎事,苟欲避此勤劳,自偷目下安逸;他时后患,任陛下独当也。无识之人欲急和,谓和而偷安,利在目下;和后大患,伏而未发也。奸邪之人欲急和,谓宽陛下以太平无事,而望圣心怠于庶事;因欲进其邪佞,惑乱聪明也。疲兵懦将欲急和,谓屡败之军,不知得人则胜,但惧贼来常败也。陕西之民欲急和,谓其困于调发诛求也。五者,惟陕西之民可因宣抚使告以朝廷非不欲和,而贼未逊顺之意,其余可一切不听,使大议不沮,而善算有成。

本朝宰相,自建隆元年至元祐四年,一百三十年,凡五十人;自元祐五年至今绍兴六年,四十六年,凡二十八人,几倍于前也。

故事:制科分五等,上二等皆虚,惟以下三等取人。然中选者亦皆第四等,独吴正肃公尝入第三等,后未有继者。至嘉祐中,苏子瞻、子由乃始皆入第三等。已而子由以言太直,为考官胡武平所驳,欲黜落,复降为第四等。设科以来,止吴正肃与子瞻入第三等而已。故子瞻《谢启》云:"误占久虚之等。"

官制行,内两省诸厅照壁,自仆射而下,皆郭熙画树石;外尚书省诸厅照壁,自令仆而下,皆待诏书《周官》。苏子容时为吏部侍郎,《谢幸省进官表》云:"三朝汉省,已叨过辇之恩;六典《周官》,愿谨书屏之戒。"

元丰间,三佛齐、注辇国人贡,请以所贡金莲花、真珠、龙脑,依其国中法,亲撒于御座,谓之撒殿。诏特许之。御延和殿引见,使跪撒于殿柱外,前未有也。注辇在广州南,水行约四千里至广州。三佛齐,南蛮别种,与占城国为邻。

国朝三公官,未始兼备,惟元丰末年,文潞公守太尉,雍王、曹王守司空,富郑公、曹济阳守司徒,皆同一时。其后宣和间,蔡鲁公为太师,王将明为太傅,郑达夫为太保,方相继两见。

元丰三年，高丽入贡，有日本国车一乘，正使柳洪，副使朴寅亮，先致意馆伴官云："诸侯不贡车服，诚知非礼，但本国欲中朝，略见日本工拙尔。"诏特许进。

内香药库在谀门外，凡二十八库。真宗赐御制七言二韵诗一首为库额曰："每岁沉檀来远裔，累朝珠玉实皇居。今辰内府初开处，充牣尤宜史笔书。"

唐正衙宣政殿庭皆植松。开成中，诏入阁赐对，官班退立东阶树下是也。殿门外复有药树，元微之诗云："松间待制应全远，药树监搜可得知。"自晋魏以来，凡入殿奏事官，以御史一人立殿门外搜索，而后许入，谓之监搜。御史立药树下。至唐犹然，大和中始罢之。

《考异》：宣政殿庭东西有四松，非皆植松也。诏书乃开成元年正月，赐对当作次对。唐制：百官入宫殿门必搜，非止为奏事官也。药树，有监搜御史监搜，位非泛用，御史一人亦非立也。大和元年诏，今后坐朝，众僚既退，宰臣复进奏事，其监搜宜停止，谓宰臣勿搜，非皆罢也。

高丽自端拱后不复入贡。王徽立，尝诵《华严经》，愿生中国。旧俗：以二月望张灯祀天神，如中国上元。徽一夕梦至京师观灯，若宣召然。遍呼国中尝至京师者问之，略皆梦中所见，乃自为诗识之曰："宿业因缘近契丹，一年朝贡几多般。忽蒙舜日龙轮召，便侍尧天佛会观。灯焰似莲丹阙迥，月华如水碧云寒。移身幸入华胥境，可惜终宵漏滴残。"会神宗遣海商喻旨使来朝，遂复请修故事。余馆伴时，见初朝张诚一《馆伴语录》所载云尔。

石林燕语卷三

唐旧事：门状，清要官见宰相，及交友同列往来，皆不书前衔，止曰"某谨祗候"，"某官谨状"。其人亲在，即曰"谨祗候"，"某官兼起居，谨状"，祗候、起居不并称，各有所施也。至于府县官见长吏，诸司僚属见官长，藩镇入朝见宰相及台参，则用公状，前具衔，称"右某谨祗候"，"某官伏听处分"，"牒件状如前，谨牒。"此乃申状，非门状也。元丰以前，门状尚带"牒件状如前"等语，盖沿习之久，后虽去，而祗候、起居并称，犹不改。今从官而上，于某官下称"谨状"，去"伏候裁旨"四字，略如唐制，而具前衔，谓之"小状"。他官则前衔与前四字兼具，而不言"谨状"，不知有"牒件状如前，谨牒"七字，则"谨状"字自不应重出。若既去此七字，则当称"谨状"。以为恭而反简，自元丰以来失之也。

太平兴国中，司天言太一式有五福、大游、小游、四神、天一、地一、真符、君綦、臣綦、民綦凡十神，皆天之贵神。而五福所临无兵疫，凡行五宫，四十五年一易。今自甲申岁，入黄室巽宫，当吴分，请即苏州建宫祠之。已而复有言今京城东南有苏村，可应姑苏之名，乃改筑于苏村，京师建太一宫自此始。

枢密使拜罢，旧皆用麻。皇祐中，狄武襄岭南成功回，高文庄若讷为使，罢为群牧制置使，武襄自副使补其阙，止令舍人院草辞，自是遂为故事。

唐起居郎、舍人皆随宰相入殿。预闻奏事，仗在紫宸，则立殿下，直第二螭头，即其坳处，和墨以记事，故号"螭头"，或曰"螭坳"。自高宗后，前殿不奏事，则二史固无所书矣。本朝记注，初不侍立，但于前后殿为次，使候上殿臣寮退，面问所尝言书之，然未尝有敢告之也。后始诏后殿轮日入侍。崇宁初，郑丞相达夫为史官，复建言：并前殿皆入，并立于垛殿，虽存故事，而奏对语略不相闻，亦不敢自书。惟经筵与讲读官并列，嘉祐间，贾直孺所请也。

太祖初平诸伪国，得其帑藏金帛，以别库储之，曰"封桩库"，本以待经营契丹也。其后三司岁终所用，常赋有余，亦并归之。尝谕近臣，欲候满三五百万，即以与契丹，以赎幽、燕故土；不从则为用兵之费，盖不欲常赋横敛于民。故不隶于三司，今内藏库是也。

狨坐不知始何时，唐以前犹未施用。太平兴国中，诏工商庶人许乘乌漆素鞍，不得用狨毛暖坐，则当时盖通上下用之矣。天禧元年，始定两省五品、宗室将军以上，许乘狨毛暖坐，余悉禁，遂为定制。今文臣自中书舍人以上，武臣节度使以上，方许用，而宗室将军之制，亦不行矣。

《考异》：太平兴国七年，翰林学士承旨李昉等奏：商贾庶人有僭乘银装鞍勒、狨毛暖坐等，请禁断。从之。当时以为僭，则非通上下用之矣。今著令谏议大夫以上，及节度使、曾任执政官者，许乘狨坐。此云文臣中书舍人以上、武臣节度使以上方许用，非也。

参知政事班，旧不与宰相同行。至道中，吕正惠公与寇莱公同为参知政事，正惠先相，恐莱公意不平，乃请进与宰相同行。莱公罢，复如旧。

服色，凡言赐者，谓于官品未合服而特赐也。故职事官服

紫，虽侍从以上官，未当其品，亦皆言赐；若官当其品，虽非侍
从，如磨勘告便不带赐矣。告不带赐，则亦不当入衔。近见士
大夫有误以赐为正服之名，虽官及品，而衔犹沿习言赐，此不
惟不知所应服，亦自读其告不审也。

　　郭进守雄州，太祖令有司造第于御街之东，欲以赐之。使
尽用瓯瓦，有司言：非亲王、公主，例不应用。太祖大怒曰："进
为我捍契丹十余年，使我不忧西北，岂不可比我儿女！"卒用
之。宅成以赐，进屡辞，乃敢受。太平兴国中，始别赐进宅。
或以为因展修相国寺，并入为寺基也。

　　祖宗驸马都尉宅，主薨，例皆复纳入官，或别赐第。曹沂
王宅，许怀德旧第也。李和文宅，亦王贻永旧第。自和文始，
世有之，宏丽甲诸主第，园池尤胜，号东庄。和文好贤乐士，以
杨文公为师友，其子孙多守家法，一时名公卿率从之游。宣和
间，复取为撷芳园，后改崇德宫，以居宁德皇后云。

　　哲宗元祐初，春秋尚少，渊嘿未尝语。一日经筵，司马康
讲《洪范》，至"乂用三德"，忽问："只此三德，为更有德？"群臣
耸然。康言："三德虽少，然推而广之，天下事无不皆在。"上
曰："然。"

　　太宗留意字书。淳化中，尝出内府及士大夫家所藏汉、晋
以下古帖，集为十卷，刻石于秘阁，世传为"阁帖"是也。中间
晋、宋帖多出王贻永家。贻永，祁公之子，国初藏名书画最多，
真迹今犹有为李驸马公炤家所得者，实为奇迹。而当时摹勒
出待诏手，笔多凝滞。间亦有伪本，如李斯书，乃李阳冰、王密
《德政碑》石本也。石后禁中，被火焚，绛人潘师旦取阁本再
摹，藏于家，为绛本。庆历间，刘丞相沆知潭州，亦令僧希白摹
刻于州廨，为潭本。绛本杂以五代近世人书，微出锋。希白自

善书,潭本差能得其行笔意。元祐间,徐王府又取阁本刻于木板,无甚精彩。建中、靖国初,曾丞相布当国,命刘焘为馆职,取淳化所遗与近出者,别为《续法帖》十卷,字多作焘体,又每下矣。

　　《考异》:淳化官帖,黄鲁直、秦少游所记,皆云"板刻",此乃云"刻石",非也。鲁直云:元祐中,亲贤宅从禁中借板墨百本,分遗宫僚。此云:"徐王府取阁本刻于木板。"岂各自一事耶?《续法帖跋》云:"元祐五年四月十三日,秘书省请以秘阁所藏墨迹,未经太宗朝摹刻者,刊于石,有旨从之。至建中靖国元年四月二十三日,出内藏缗钱十五万趣其工,以八月旦日毕,厘为十卷,上之。"此乃云:曾丞相当国,命刘焘别为《续法帖》十卷,非也。

　　杨文公以工部侍郎卒。旧制:四品不应得谥。王文康公为枢密使,明其尝与寇莱公共议请皇太子决事,以其家奏草上闻,遂特赐谥。李献臣当制,略曰:"天禧之末,政渐宫闱,能叶元臣,议尊储极。"文康,莱公婿也。

　　张仆射齐贤为相,时其母晋国夫人,年八十余,尚康强。太宗方眷张,时召其母入内,亲款如家人。余尝于张氏家见赐其母诗云:"往日贫儒母,年高寿太平。齐贤行孝侍,神理甚分明。"又一手诏云:"张齐贤拜相,不是今生,宿世遭逢;本性于家孝,事君忠;婆婆老福,见儿荣贵。"祖宗诚意待大臣,简质不为饰盖如此也。

　　宣徽南北院使,唐末旧官也。置院在枢密院之北,总内诸司及三班内侍等事。国初,与枢密先后入叙班,盖视二府一等也。每除枢密先为使者,必辞请居其下,而后从之。熙宁间,始诏定班枢密副使下。元丰官制行,犹存不废。自王拱辰改除节度使,遂罢不除。元祐间复置,以命张安道,后亦废。

燕乐教坊外,复有云韶班、钧容直二乐。太祖平岭表,得刘氏阉官聪慧者八十人,使学于教坊,赐名"箫韶部",后改今名。钧容直,军乐也。太平兴国中,择军中善乐者,初曰"引龙直",以备行幸骑导。淳化中改今名,皆与教坊参用。元丰后,又有化成殿亲事官。

唐中书制诏有四:封拜册书用简,以竹为之;画旨而施行者曰"发日敕",用黄麻纸;承旨而行者曰"敕牒",用黄藤纸;敕书皆用绢黄纸,始贞观间。或云:取其不蠹也。纸以麻为上,藤次之,用此为重轻之辨。学士制不自中书出,故独用白麻纸而已,因谓之"白麻"。今制不复以纸为辨,号为白麻者,亦池州楮纸耳。曰"发日敕",盖今手诏之类。而敕牒乃尚书省牒,其纸皆一等也。

职事官差除,皆除目先下。惟中书舍人,宰相得旨,朝退,遣直省官召诣都堂,面传旨召试。被命者致辞,宰相谢之,直省官径引入中书省。前期,侍郎厅设幕次几案于中。就坐少顷,本省吏房主首,持宰相封题目来,即就试中书。具食罢,侍郎致茶果。是日,宰相住省,俟纳试卷始上马;翌日进呈,除命方下。盖召试之制也。有思迟不即就者,往往过期;或为留内门,然已不称职矣。嘉祐间,有试而不除,改天章阁待制者。

《考异》:咸平中,黄夷简、曾致尧皆试而不除。嘉祐七年,司马温公既试,除知制诰,力辞,改天章阁待制。黄、曾虽试而不除,非改待制也。温公虽改待制,非试而不除也。

韩门下维以赐出身,熙宁末,特除翰林学士。崇宁中,林彦振赐出身,用韩例亦除翰林学士。国朝以来,学士不由科第除者,唯此二人。

唐制:翰林学士本职在官下。五代赵凤为之,始讽宰相任圜移在官上,后遂为定制。本朝凡兼学士,结衔皆以职名为冠,盖沿习此例。

《考异》:赵凤乃端明殿学士,此云翰林学士,非。此书第四卷亦云赵凤为端明殿学士,云兼学士,非兼也。此云"本朝凡兼学士,结衔皆以职名为冠",第四卷又云"唐以宰相兼昭文馆、集贤殿学士,结衔皆在官下,盖兼职宜然,本朝循用其旧"云云,前后未免抵牾。

自两汉以来,谓中书为政本,盖中书省出令,而门下省覆之。王命之重,莫大于此,故唐以后,以同中书门下平章事为宰相者,此也。尚书省但受成事而行之耳。本朝沿习唐制,官制行始用《六典》,别尚书、门下、中书为三省,各以其省长官为宰相,则侍中、中书、尚书令是也。既又以秩高不除,故以尚书令之贰左右仆射为宰相。而左仆射兼门下侍郎以行侍中之职,右仆射兼中书侍郎以行中书令之职,而别置侍郎以佐之,则三省互相兼矣。然左右仆射既为宰相,则凡命令进拟,未有不由之出者;而左仆射又为之长,则出命令之职,自已身行,尚何省而覆之乎?方其进对,执政无不同,则所谓门下侍郎者,亦预闻之矣。故批旨皆曰:"三省同奉圣旨。"既已奉之,而又审之,亦无是理。门下省事惟给事中封驳而已,未有左仆射与门下侍郎自驳已奉之命者,则侍中、侍郎所谓省审者,殆成虚文也。元祐间,议者以诏令稽留,吏员冗多,徒为重复,因有并废门下省之意。后虽不行,然事有当奏禀,左相必批送中书,左相将上而右相有不同,往往或持之不上,或退送不受,左相无如之何。侍郎无所用力,事权多在中书。自中书侍郎迁门下侍郎，虽名进，其实皆未必乐也。

《考异》：此云唐以后，以同中书门下平章事为宰相，后又云唐参知乃宰相，而平章乃参佐之名。秦、汉至唐有官名虽相沿，而实不同者。尚书，秦官；汉武帝使宦者典事尚书，谓之中书。故萧望之谓“中书，政本”，又云“尚书，百官之本，宜罢”。中书，宦官也。至成帝乃罢中书宦者，置尚书。魏武帝为魏王，置秘书令，典尚书奏事，文帝改为中书令。此云“自两汉以来，谓中书为政本，中书省出令，而门下省覆之”，又云“尚书省但受成事行之”。盖汉魏所谓尚书、中书者，本出于一，且初未有门下省，今乃以历代官名职制混而言之，非也。

故事：职事官以告老得请，受命即行；不入谢辞，为其致为臣而去也。神宗初，李少保东之自侍读致仕，上特召对延和殿，命坐赐茶，退偕讲读官燕饯于资善堂。后数日，李侍郎受继去，亦用东之故事，召对赐燕。二人皆英宗经筵旧臣，故礼之特厚，非常例也。当时谓之“二李”。东之，文定公子，素忠谨，乐易。受亦谨慎长者云。

景祐中，宋莒公为知制诰，仁宗眷之厚，即除同知枢密院事。时王沂公为相，以故事未有自知制诰除二府者，乃改翰林学士。明年，遂除参知政事。

唐参议朝政、参议政事、参知机务。参知政事，皆宰相之任也。参知政事，盖刘洎为相时名。唐初，宰相未有定名，因人而命，皆出于临时。其后，高宗欲用郭待举为参知政事，以其资浅，故命于中书门下同受进止平章事。参知，非参佐也。盖宰相非一人，犹言共知尔，而平章乃参佐之名。本朝太祖始以赵中令独相，久欲拜薛文惠公等为之副而难其名，召学士陶穀问:"下丞相一等有何官?"穀以"唐有参知政事"对,遂以命之。不知此名本自高于平章事,轻重失伦,后遂沿习莫能改云。

本朝以科举取士,得人为最盛。宰相同在第一甲者,王文正榜,王文忠;宋莒公榜,曾鲁公;王伯庸榜,韩魏公、文潞公;刘辉榜,刘莘老、章子厚;叶祖洽榜,蔡鲁公、赵正夫;惟杨置榜,王禹玉、韩子华、王荆公三人,皆又连名,前世未有也。自熙宁三年,余中榜至今,惟焦蹈榜,徐择之一人而已,他榜亦未有登执政者。

元丰末,文潞公致仕归洛,入对时,年几八十矣。神宗见其康强,问:"卿摄生亦有道乎?"潞公对:"无他,臣但能任意自适,不以外物伤和气,不敢做过当事,酌中恰好即止。"上以为名言。

馆职初除,故事,皆行启遍谢内外从官以上。从官惟中书舍人初除,亦行启遍谢内外。盖惟此两职,试而后除,与直拜命者异,故其礼亦殊。近年,中书舍人行启,但及见任执政而不及外,馆职虽在内,从官亦有不及者矣。

三衙内见宰执,皆横杖子,文德殿后主廊阶下唱喏。宰执出笏,阶上揖之。外遇从官于通衢,皆敛马避。敛马之制久废,前辈记之矣。惟内中横杖子之礼,迄今不敢废也。

旧制:幞头巾皆折而敛前。神宗尝谓近臣,此制有承上之意。绍圣后,始有改而偃后者,一时宗之,谓前为敛巾,遂不复用。此虽非古服,随时之好,然古者为冕,皆前俯而后仰,敛巾尚有遗意也。

元丰既新官制,四十年间,职事官未有不经除者。惟御史大夫、左右散骑常侍至今未尝除人。盖两官为台谏之长,非宰执所利,故无有启之者。或云元丰末,黄安中为中丞久次,神宗欲擢为常侍,会寝疾不果。崇宁中,朱圣予为中丞,尝请除二官,竟不行。

唐制:降敕有所更改,以纸贴之,谓之"贴黄"。盖敕书用黄纸,则贴者亦黄纸也。今奏状札子皆白纸,有意所未尽,揭其要处,以黄纸别书于后,乃谓之"贴黄",盖失之矣。其表章略举事目与日月道里,见于前及封皮者,又谓之"引黄"。

旧大朝会等庆贺,及春秋谢赐衣,请上听政之类,宰相率百官奉表,皆礼部郎官之职,唐人谓之"南宫舍人"。元丰官制行,谓之"知名表郎官"。礼部别有印曰"知名表印",以其从上官一人掌之。大观后,朝廷庆贺事多非常例,郎官不能得其意,蔡鲁公乃命中书舍人杂为之。既又不欲有所去取,于是参取苫尾。或摘其一两联次比成之,故辞多不伦,当时谓之"集句表"。礼部所撰,惟春秋两谢赐衣表而已。

后唐明宗尝入仓观受纳,主吏惧责其多取,乃故为轻量。明宗曰:"仓廪宿藏,动经数岁,若取之如此,后岂免销折乎?"吏因诉曰:"自来主藏者,所以至破家竭产以偿欠,正为是。"明宗恻然,乃诏"自今石取二升为雀鼠耗",至今行之,所谓"加耗"者是也。明宗知恤吏矣,不知反堕其计中,遂为民害。近世立"盘量出剩法",本防吏奸,而州县贪暴者因以敛民,至于倍蓰。以其正数上供及应监司之求,而留出剩以自给,监司知之亦不问,"加耗"又不足言也。

唐至五代,国初京师皆不禁打伞。五代始命御史服裁帽。本朝淳化初,又命公卿皆服之。既有伞,又服帽,故谓之"重戴"。自祥符后始禁,惟亲王、宗室得打伞。其后通及宰相、枢密、参政,则重戴之名有别矣。今席帽、裁帽分为两等,中丞至

御史,与六曹郎中,则于席帽前加全幅皂纱,仅围其半为裁帽;
非台官及自郎中而上,与员外而下,则无有为席帽,不知何义,
而"裁"与"席"之名亦不可晓。

宋次道记,金带曾经赐者皆许系,宰相罢免,虽散官,并依
旧服笏带。因宣献公为学士,以玉清、昭应宫灾,落职为中书
舍人,仍系遇仙花带。李文定天圣中,自秘书监来朝,除刑部
侍郎,仍系笏头带,以为经赐许服。景祐中,著于诏令。近岁,
前执政官到阙,止系遇仙花带。从官非见带学士,亦不敢系。
待制自如本品,无职则随本官,在庶官班中皆系皂带,盖阁门
之制,不知冲改始何时。余建炎中召至扬州行在,以杭州变罢
职,官朝请大夫,亲如上制。

元丰以后,待高丽之礼特厚,所过州皆旋为筑馆,别为库,
以储供帐什物。始至,太守皆郊迓,其饯亦如之。张安道知南
京,独曰:"吾尝班二府,不可为陪臣屈。"乃使通判代将迎,已
受谒而后报,时以为得体。大观中,蔡元度知镇江,高丽来朝,
遂亦用安道例。

契丹历法与本朝素差一日。熙宁中,苏子容奉使贺生辰,
适遇冬至,本朝先契丹一日。使副欲为庆,而契丹馆伴官不
受。子容徐曰:"历家迟速不同,不能无小异。既不能一,各以
其日为节,致庆可也。"契丹不能夺,遂从之。归奏,神宗喜曰:
"此事难处,无逾于此。"其后奉使者或不知此,遇朔日有不同,
至更相推谒而不受,非国体也。

《考异》:此云"熙宁中",第九卷云"元丰中";此云"冬
　　至,本朝先契丹一日",第九卷云"契丹历先一日";此云
　　"使副欲为庆,契丹馆伴官不受",第九卷云"契丹趣使者
　　入贺";皆前后抵牾。按苏墓志云:熙宁十年冬至,本朝历

先契丹一日,或疑彼此致庆,当孰从,公言各从本朝历可也。

给事中、中书舍人虽皆四品,给事中自服绯,除受告日,便自易服,盖品应得也。惟中书舍人必俟后殿正谢面赐,乃易服。后殿不常坐,或待数日,则或绯或绿,犹仍其旧服。祖宗时,知制诰皆然,而亦有不赐者。李宪成公谘自知制诰出守荆南,尚服绯,以学士召还并赐紫,而后服金带是也。

国朝选人寄禄官,凡四等七资。留守节察判官、掌书记支使防团判官,留守节察推官、军事判官,为两使职官;防团军事推官、军监判官,为初等职官;司录、县令、知县为令录;军巡判官、司理、司户、司法、簿尉,为判司簿尉。其升迁之序,则自判司簿尉举令录迁令录;举职官,迁初等职官。自职令荐书及格,皆改京官,不及格而有二荐书,则迁两使职官,谓之“短般”,以劳叙赏,谓之“循资”。崇宁中,邓枢密洵武建言,以为名实混淆不正,乃改今七等名。

石林燕语卷四

官制:寄禄官银青光禄大夫,与光禄、正议、中散、朝议,皆分左右。朝议、中散,有出身人皆超右,其余并以序迁。大观中,余为中书舍人,奉诏以为非元丰本意,下拟定厘正,乃参取旧名,以奉直易右朝议,中奉易左中散,通奉易右正议,正奉易右光禄,宣奉易左光禄,而右银青光禄大夫正为光禄大夫,遂为定制。

故事:百官磨勘,中书止用定辞。熙宁中,孙巨源为知制诰,建言:君恩无高下,何独于磨勘简之? 非所以重王命也。乃诏各为辞。元丰官制行,惟侍从官而上,吏部检举,奏抄命辞;他官自陈于吏部,奏抄拟迁,而不命辞。

国朝两制,皆避宰相执政官亲。曾鲁公修《起居注》,贾文元为相,其友婿也。当召试,乃除天章阁待制,文元去位,始为知制诰。刘原甫,王文安之甥,文安之为参知政事,乃以侍读学士出知扬州。宋子京、王原叔为翰林学士,子京避莒公改龙图阁学士,原叔避文安改侍读学士。元祐间,苏子由秉政,子瞻自扬州召为承旨,引原叔例请补外,不从。近岁惟避本省官,如宰相二丞亲则不除尚书侍郎,门下侍郎亲则不除给事中,中书侍郎亲则不除舍人之类。六曹尚书避亲,多除翰林学士,盖于三省无所隶。异于旧制,自子瞻以来然也。

大驾仪仗,通号“卤簿”,蔡邕《独断》已有此名。唐人谓:卤,橹也,甲楯之别名。凡兵卫以甲楯居外为前导,捍蔽其先后,皆著之簿籍,故曰卤簿。因举南朝御史中丞、建康令皆有卤簿,为君臣通称,二字别无义,此说为差近。或又以"卤"为"鼓","簿"为"部",谓鼓驾成于部伍,不知"卤"何以谓之"鼓"?又谓石季龙以女骑千人为一卤部,"簿"乃作"部",皆不可晓。今有《卤簿记》,宋宣献公所修,审以"部"为簿籍之"簿",则既云"簿",不应更言"记"。

唐制:节度使加中书门下平章事为使相,自郭元振始,李光弼等继之。盖平章事,宰相之名,以节度使兼,故云尔也。国朝因之。元丰官制,罢平章事名,而以开府仪同三司易之,亦带节度使,谓之使相。盖以仪同为相也。

《唐书》言大臣初拜官,献食天子,名曰"烧尾"。苏瓌为相,以食贵,百姓不足,独不进。然唐人小说所载与此不同,乃云:士子初登科,及在官者迁除,朋僚慰贺,皆盛置酒馔、音乐燕之,为"烧尾"。举韦嗣立入三品,赵彦昭假金紫,崔湜复旧官,中宗皆令于兴庆池烧尾。则非献食天子也。其解烧尾之义,以为虎豹化为人,惟尾不化,必以火烧之,乃成人;犹人之新除,必乐饮燕客,乃能成其荣。其言迂诞无据,然谓太宗已尝问朱子奢,则其来盖已久矣。近世献食天子固无是,而朋僚以音乐燕集,亦未之讲也。

庆历五年,贾文元为相,始建议重修《唐书》。诏以判馆阁王文安、宋景文、杨宣懿察、赵康靖概,及张文定、余襄公为史馆修撰。刊修未几,诸人皆以故去,独景文下笔。已而景文亦补外,乃许以史稿自随。编修官置局于京师者仍旧,遇有疑议取证,则移文于局中,往来迂远,书久不及成。是时,欧阳文忠公非文元所喜,且方贬出,独不得预。嘉祐初,文忠还,范蜀公为谏官,乃请以《纪》、《志》属文忠。至五年,书始成。初,文元以宰相自领提举官。及罢去，陈恭公相，辞不领，乃命参知政事王文安。讫奏书，亦曾鲁公以参知政事领也。

从驾谓之"扈从"，始司马相如，《上林赋》云："扈从横行，出乎四校之中。"晋灼以扈为大，张揖谓"跋扈纵横，不案卤簿"。故颜师古因之，亦以为"跋扈恣纵而行"。果尔，从盖作平声。侍天子而言"跋扈"，可乎？唐封演以为"扈养以从"，犹之"仆御"。此或近之。然不知通用此语自何时也。

唐自明皇以诞日为千秋节，其后肃宗为地平天成节，至代宗，群臣请建天兴节，不报。自是历德、顺、宪、穆、敬五帝，皆不为节。文宗大和中，复置庆成节，故武宗为庆阳节。终唐世，宣宗为寿昌节，僖宗为嘉会节，昭宗为乾和节，中间惟懿宗不置。则唐世此礼亦不常，各系其时君耳。千秋节诏天下咸燕乐，有司休务三日。其余凡建节，皆以为例。穆宗虽不建节，而紫宸殿受百官称贺，命妇光顺门贺皇太后；及有麟德殿沙门、道士、儒官讨论三教之制。文宗时，又尝禁屠宰，燕会惟蔬食脯醢，后旋仍旧。

熙宁初，改经义取士，兴建太学，讫崇宁罢科，赋每榜魁，南省皆迭为得失。始余中榜，邵刚魁得；次徐铎榜，余干落；时彦榜，黄中魁得；次黄裳榜，侯绶落；惟焦蹈榜，陶直夫落。差一榜，次七榜。李常宁、毕渐、李釜、蔡薿榜，章綡、李朴、蔡靖、陈国林皆得；马涓、何昌言、霍端友榜，费元量、王瞻、陈宾皆落，不差一人，亦可怪也。时谓之"雌雄解元"。

两京留台皆有公宇，亦榜曰御史台。旧为前执政重臣休老养疾之地，故例不视事。皇祐间，吴正肃公为西京留台，独举其职。时张尧佐以宣徽使知河南府，郡政不当，有诉于台者，正肃即为移文诘之。尧佐惶恐，奉行不敢异。其后司马温公熙宁、元丰间相继为者十七年,虽不甚预府事,然亦守其法令甚严,如国忌行香等,班列有不肃,亦必绳治。自创置宫观后,重臣不复为,率用常调庶官,比宫殿给使,请俸差优尔。朝廷既但以此为恩,故来者奔走府廷,殆与属吏无异矣。

国朝侍从官间有换武职者,盖唐袁滋故事,例皆换观察使。如李尚书维自承旨,李左丞衡自三司使,皆然。天圣间,陈康肃以翰林学士知开封府,亦换宿州观察使,加检校司徒,知天雄军。陈不乐行,力辞。明肃后以只日御朝,而喻之曰:"天雄,朔方会府,敌人视守臣为轻重,非文武兼材不可。"陈不得已受命,自是加留后,遂建节。庆历中,陕西用兵,韩魏公、范文正公、庞庄敏公为帅,皆以龙图阁直学士换观察使,文正恳辞不拜。盖当权者实欲排之,而以俸优为言,故文正不肯受。已而韩、庞亦辞,遂罢。

臣僚上殿札子,末概言"取进止",犹言进退也。盖唐日轮清望官两员于禁中,以待召对,故有"进止"之辞。崔祐甫奏"待制官候奏事官尽,然后趋出,于内廊赐食,待进止,至酉时放"是也。今乃以为可否取决之辞,自三省大臣论事皆同一体,著为定式。若尔自当为取圣旨,盖沿习唐制不悟也。

唐武德初,以太宗为西讨元帅,自是非亲王不为。安禄山叛,以哥舒翰守潼关,除诸道兵马元帅,始以臣庶为之。至德初,代宗以广平王为天下兵马元帅,以郭子仪为副。其后又以舒王谟为荆南等道节度,诸军行营都元帅,加"都"字自是始,此皆实领兵柄。唐末以授钱镠,则姑以名宠之尔。

唐乾元中,以户部尚书李峘为都统淮南、江东、江西节度使,始立"都统"之号。其后以节度使充者,建中二年,李勉以汴州节度使充汴、宋、滑、亳、河阳等道都统是也。宰相充者,中和二年,王铎以司徒、中书令为京城四面诸道行营兵马都统是也。

高丽自三国以来见于史者,"句骊",其国号,"高"其姓也。隋去"句"字,故自唐以来止称"高丽"。《五代史》记后唐同光元年韩申来,其王尚姓高,则自三国至五代,止传一姓。长兴中,始称"权知国事王建"。王氏代高,当在同光、长兴之间,而史失其传。元丰初,王徽遣使金梯入贡,建之七世孙也。其表章称"知国王事",盖习用其旧;而年称甲子,以其受契丹正朔故也。

唐以宰相兼昭文馆、集贤殿学士,结衔皆在官下,盖兼职宜然。本朝循用其旧,而他学士则皆冠于官上,此自五代赵凤为之也。始后唐置端明殿学士,以命凤及冯道;后凤迁礼部侍郎,因恳宰相任圜升学士于官上,盖自示其贵重。故本朝观文殿大学士而下,皆以为例,亦世以职为重故尔。若宰相则所贵不待职也。

枢密使,《唐书》、《五代史》皆不载其创始之因,盖在唐本宦者之职。唐中世后,宦人使名如是者多,殆不胜记,本不系职官重轻,而五代特因唐名而增大之,故史官皆不暇详考。据《续事始》云:"代宗永泰中,以中人董秀管枢密,因置内枢密使。"《续事始》为蜀冯鉴所作也。

唐翰林学士结衔或在官上,或在官下,无定制。余家藏唐碑多,如大和中《李藏用碑》,撰者言"中散大夫、守尚书户部侍郎、知制诰、翰林学士王源中"之类,则在官下;大中中《王巨镛碑》,撰者言"翰林学士、中散大大、守中书舍人刘瑑"之类,则在官上。瑑仍不称知制诰,殊不可晓。不应当时官名而升降,庞杂乃尔也。

尚书省文字下六司诸路，例皆言"勘会"。曾鲁公为相，始改作"勘当"，以其父名会避之也。京师旧有"平准务"，自汉以来有是名。蔡鲁公相，以其父名准，亦改为"平货务"。

唐旧制：集贤书藏于门下省。永泰后，以勋臣罢节制归京师者无职事，欲以慰其意，乃诏与儒臣日并于集贤院待制，仍赐钱三千缗为食本，以给其费。于是郭英乂、孙志直、臧希让、高昇、王延昌与裴遵庆、畅璀、崔涣、贾至、李季卿、吴令珪等十一人皆在选。待制之名，于此盖无别于文武。余有裴士淹所作《孙志直碑》。待制给食人衔，此出一时权宜，后不以为常，故《唐书》载之不详。

向传范，钦圣太后之叔也。在神宗时已为观察使，历知陕州、沧州矣。神宗即位，徙知郓州。杨绘知谏院，言"郓州领京东西路安抚使，不宜以后族为之"。文潞公在枢府，因称传范在先朝已累典大郡，今用非以外戚。上徐曰："得谏官如此言亦甚好，可以止他日妄求者。"乃移知潞州。祖宗用人无私，虽以材选，而每不忘后世之戒如此。

婕妤，《史记·索隐》训婕为承，妤为佐。字本皆从人。大抵古人取训，各以其意适然者，而字多从省。盖倢，捷也，乃相承敏捷之意，字从省去扌。伃为相予，则训佐理亦宜，然后以为妇职，因易人为女耳。

元丰既新官制，建尚书省于外，而中书、门下省、枢密、学士院，设于禁中，规模极雄丽。其照壁屏下，悉用重布，不纸糊。尚书省及六曹皆书《周官》，两省及后省枢密、学士院，皆郭熙一手画，中间甚有杰然可观者。而学士院画《春江晓景》为尤工。后两省除官未尝足，多有空闲处，看守老卒以其下有布，往往窃毁盗取。徐择之为给事中时，有窃其半屏者，欲付有司,会窃处有刃痕,议者以禁廷经由,株连所及多,遂止。然因是毁者浸多,亦可惜也。

古者妇人无名,以姓为名,或系之字,则如仲子、季姜之类;或系之谥,则如戴妫、成风之类,各不同。周人称王姬、伯姬,盖周姬姓,故云。而后世相承,遂以姬为妇人通称,以戚夫人为戚姬,虞美人为虞姬。自汉以来失之。政和间,改公主而下名曰帝姬、族姬,此亦沿习熟惯而不悟。国姓自当为嬴,余尝以白蔡鲁公,惮于改作而止。

曾宣靖公提举修《英宗实录》成,将上,故事当迁一官。曾官已左仆射,乃预辞于上曰:“臣官进一等则为司空,此三公之职也。坐而论道,不可以赏劳。”神宗以为诚,遂从其请。书上,曾独不迁官,人以为得体。

《考异》:时韩忠献进《仁宗实录》,曾宣靖进《英宗实录》。韩奏“窃见宰臣李沆、吕夷简提举编修《太宗实录》及《三朝国史》,并乞书成更不推恩,皆蒙上俞允”云云。曾言“若迁官,臣须改司空,韩琦须改太保,三公亦非赏劳之官”,遂皆许之。然则其同时有韩其,异时有李吕,今止记曾豫辞于上,而云“独曾不迁官,人以为得体”,非也。

治平初,议濮庙者六人:吕献可为中丞,吕微仲、范尧夫、赵大观、傅钦之与龚鼎臣为御史。既同时相继被贬,天下号“六御史”。

唐人初未有押字,但草书其名以为私记,故号“花书”,韦陟“五云体”是也。余见唐诰书名,未见一楷字。今人押字,或多押名,犹是此意。王荆公押石字,初横一画,左引脚,中为一圈。公性急,作圈多不圆,往往窝匾,而收横画又多带过。常有密议公押歹字者,公知之,加意作圈。一日,书《杨蟠差遣敕》,作圈复不圆,乃以浓墨涂去,旁别作一圈,盖欲矫言者。
杨氏至今藏此敕。

　　祖宗时,监司、郡守荐部吏,初无定员,有其人则荐之,故
人皆慎重,不肯轻举。改官每岁殆无几。自庆历后,始以属邑
多寡制数,于是各务充元额,不复更考材实,改官人岁遂增至
数倍。事有欲革弊而反以为弊者,固不得不慎。其初,治平
中,贾直孺为中司,尝以为言,朝廷终莫能处。盖人情沿习既
久,虽使复旧,亦不可为也。

　　祖宗时,见任官应进士举,谓之“锁厅”,虽中选,止令迁
官,而不赐科第;不中者则停见任,其爱惜科名如此。淳化三
年,滁州军事推官鲍当等应举合格,始各赐进士及第。自是遂
皆赐第。

　　　《考异》:太平兴国五年,见任官赴殿试者六人,惟单
　　悚、周缮赐及第,余皆诸州节度掌书。此云迁官而不赐科
　　第,非皆如此也。

　　天圣末,诏即河南永安县訾王山建宫,以奉太祖、太宗、真
宗神宗御容,欲其近陵寝也。宫成,赐名会圣,改訾王山为凤
台山。自是祖宗山陵成,皆奉安于宫中。苏子瞻《神宗山陵曲
赦文》云:“敞凤台之仙宇,粲龟洛之仁祠。”凤台以山名也。宣
祖初葬今京城南,既迁陵寝,遂以其地建奉先寺,仍为别殿,岁
时奉祠宣祖昭宪太后。其后祖宗山陵,遂皆即京师寺宇为殿,
如奉先故事。兴国开先殿以奉太祖,启圣院永隆殿以奉太宗,
慈孝崇真殿以奉真宗,普安殿以奉元德皇后。元丰间,建景灵
宫,于是皆奉迎以置原庙。自奉先而下皆废,普安亦元德皇后
殡宫旧地也。

　　咸平中,以侍读、侍讲班秩未崇,乃命杨徽之为翰林侍读

学士,邢昺为侍讲学士,班翰林学士下。讲读置学士自此始。其后昺以老请补外,真宗以其久在讲席,使以本职知曹州;而张文节公罢参知政事知天雄军,改翰林侍读学士。于是讲读学士始为兼职,得外任。庆历后,凡自翰林学士出者,例皆换侍读学士,遂为故事。

《考异》:咸平二年,命杨徽之、夏侯峤、吕文仲为翰林侍读学士,此止载杨徽之,未尽也。云讲读学士始为兼职,非兼也。

赵中令为相,李处耘为枢密使,处耘之女为中令子妇,并居二府,不避姻家。皇祐中,文潞公为相,程康肃为枢密副使;熙宁中,王荆公为相,吴正宪为枢密副使,皆不避。

江南李煜既降,太祖尝因曲燕问"闻卿在国中好作诗",因使举其得意者一联。煜沉吟久之,诵其咏扇云:"揖让月在手,动摇风满怀。"上曰:"满怀之风,却有多少?"他日复燕煜,顾近臣曰:"好一个翰林学士。"

咸平三年,王魏公知举,数日即院中拜同知枢密院事,当时以为科举盛事。余绍圣试礼部时,邓安惠公温伯以翰林学士承旨知举,亦就拜尚书右丞。时试已第二场,邓公自厅事上马扬鞭,左右揖诸生而去。自魏公后,继之者惟邓公也。

吴越钱俶初来朝,将归,朝臣上疏请留勿遣者数十人。太祖皆不纳,曰:"无虑。俶若不欲归我,必不肯来,放去适可结其心。"及俶辞,力陈愿奉藩之意,太祖曰:"尽我一世,尽你一世。"乃出御封一匣付之,曰:"到国开视,道中勿发也。"俶载之而归,日焚香拜之。既至钱塘,发视,乃群臣请留章疏。俶览之泣下,曰:"官家独许我归,我何可负恩!"及太宗即位,以尽一世之言,遂谋纳土。

　　寇莱公性豪侈，所临镇燕会，常至三十盏。必盛张乐，尤喜《柘枝舞》，用二十四人，每舞连数盏方毕。或谓之"柘枝颠"。始罢枢密副使，知青州，太宗眷之未衰，数问左右："寇准在青州乐否？"如是一再。有揣帝意欲复用者，即曰："陛下思准不少忘，闻准日置酒纵饮，未知亦思陛下否？"上虽少解，然明年卒召为参知政事。祖宗用人之果，不使细故谗人得乘间如此。

　　林文节连为开封府南省第一，廷试皆属以魁选。仁宗亦遣近珰伺其程文毕，先进呈。时试《民监赋》，破题云："天监不远，民心可知。"比至上前，一近侍傍观，忽吐舌，盖恶其语忌也。仁宗由是不乐，亟付考官，依格考校。考官之意，不敢置之上等，入第三甲。而得章子平卷子，破题云："运启元圣，天临兆民。"上幸详定幕次，即以进呈，上曰："此祖宗之事，朕何足以当之？"遂擢为第一。

石林燕语卷五

祥符中,杨文公为翰林学士,以久疾初愈入直,乞权免十日起居。诏免半月,仍令出宿私第。文公具表谢,真宗以诗批其末,赐之云:"承明近侍究儒玄,苦学劳心疾已痊。善保兴居调饮食,副予前席待多贤。"祖宗眷礼儒臣之盛,古未有也。

《考异》:文公疾,在假。诏遣使挟医视之。文公上表谢,真宗以诗批其末赐之;其权免起居,又别是一节也。见《会要》。而《金坡遗事》云:"文公被疾既赴朝参,具状称谢,御笔于状尾批七言二韵诗赐之。"两说不同,然要非因权免起居赐诗也。

太祖初命曹武惠彬讨江南,潘美副之。将行,赐燕于讲武殿。酒三行,彬等起跪于榻前,乞面受处分。上怀中出一实封文字,付彬曰:"处分在其间。自潘美以下有罪,但开此,径斩之,不须奏禀。"二臣股栗而退。迄江南平,无一犯律者。比还,复赐燕讲武殿。酒三行,二臣起跪于榻前:"臣等幸无败事,昨面授文字,不敢藏于家。"即纳于上前。上徐自发封示之,乃白纸一张也。上神武机权如此。初,特以是申命令,使果犯而发封,见为白纸,则必人禀;及归而示之,又将以见初无轻斩之意。恩威两得,故虽彬等无不折服。

仁宗初复制科,立等甚严,首得富公,次得吴春卿、张安道、苏仪甫,惟吴春卿入三等,富公而下皆第四等。自是讫苏子瞻,方再入第三等。设科以来,两人而已。故子瞻《谢启》

云:"误占久虚之等。"

国初贡举法未备,公卿子弟多艰于进取,盖恐其请托也。范杲,鲁公之兄子,见知陶穀、窦仪,皆待以甲科。会有言"世禄之家,不当与寒畯争科名"者,遂不敢就试。李内翰宗谔已过省,以文正为相,唱名辞疾不敢入,亦被黜。文正罢相,方再登科。天僖后立法,有官人试不中者,皆科私罪,仍限以两举。或云:王冀公所请也。庆历以来,条令日备,有官人仍别立额,于是进取者始自如矣。

《考异》:天禧二年,王钦若请锁厅人不及格坐私罪。天圣四年,诏免责罚,听再举。以旧制试礼部不及格赎铜,永不得应举也。七年诏:文臣许应两次,武臣一次。盖科罪者,王冀公所请;而免责罚许两次者,乃后来从宽,今并云"冀公所请",非也。天僖当作天禧。

欧阳文忠公初荐苏明允,便欲朝廷不次用之。时富公、韩公当国,虽韩公亦以为当然,独富公持之不可,曰:"姑少待之。"故止得试衔初等官。明允不甚满意,再除,方得编修《因革礼》。前辈慎重名器如此。元祐间,富绍庭欲从子瞻求为《富公神道碑》,久之不敢发。其后不得已而言,一请而诺,人亦以此多子瞻也。

元祐初,文潞公为太师,吕申公为左仆射,皆以高年特赐免拜。二公力辞。苏子瞻为翰林学士,因论"八十拜君命,一坐再至,此但传命非朝见,犹且不免。周天子赐齐小白无下拜,非不拜,谓无降阶,然终下拜。今二臣既辞,宜当从其请。遇见间或传宣免,则可为非常之恩。"仍降允诏,当时以为得体。

故事:臣寮告老,一章即从。仁宗时,始命一章不允,两章而后从,所以示优礼也。熙宁末,范景仁以荐苏子瞻、孔经甫不从,曰"臣无颜可见班列",乃乞致仕。章四上不报。最后第五章并论《青苗法》,于是始以本官致仕。神宗初未尝怒也。景仁既得谢,犹居京师者三年。时王禹玉为执政,与景仁久同翰林,景仁每从容过之道旧,乐饮终日,自不以为嫌,当权者亦不之责。

元祐初,熙宁、元丰所废旧臣,自司马温公以下,皆毕集于朝,独景仁屡召不至,世尤以为高云。

唐人记张延赏妻,苗晋卿女。父为宰相;舅嘉贞,子宏靖,皆宰相;婿韦皋虽不为真相,而食王爵。以为有唐衣冠之盛,一门而已。本朝韩忠献亿夫人,王魏公女。忠献参知政事,虽不为相,而康公、玉汝皆洊登相位,持国又为门下侍郎;长子综虽早死,亦为知制诰,皆王氏出。婿李内翰淑与苗氏殆不相远,他士族未有比者。

宰执每岁有内侍省例赐新火冰之类,将命者曰"快行家",皆以私钱一千赠之。元丰元年除日,神宗禁中忽得吴道子画锺馗像,因使镂板赐二府。吴冲卿时为相,欲赠以常例。王禹玉曰:"上前未有特赐,此出异恩,当稍增之。"乃赠五千。其后御药院遂为故事。明年除日,复赐冲卿,例复授五千,冲卿因戏同列曰:"一馗足矣。"众皆大笑。宣和间,一二大臣恩幸既殊,将命之人有饮食果实而得五十千者,日或至一再赐也。

司空图,朱全忠篡立,召为礼部尚书。不起,遂卒。宋次道为河南通判时,尝于御史台案牍中,得开平中为图蒭辍朝敕,乃知虽乱亡之极,礼文尚不尽废,至如表圣,盖义不仕全忠者,然亦不以是简之也。

大臣及近戚有疾,恩礼厚者多宣医。及薨,例遣内侍监护葬事,谓之"敕葬"。国医未必皆高手,既被旨,须求面投药为功,病者不敢辞,偶病药不相当,往往又为害。敕葬,丧家无所预,一听于监护官,不复更计费,惟其所欲,至罄家资有不能办者。故谚云:"宣医纳命,敕葬破家。"近年敕葬多上章乞免,朝廷知其意,无不从者。

试院官旧不为小录。崇宁初,霍端友榜,安枢密惇知举,始创为之。余时为点检试卷官,自后遂为故事。进士小录,具生月日时者,叙齿也。安喜考命,时考官有善谈命者数人,安日使论之,故亦具生月日时,则过矣。

公燕合乐,每酒行一终,伶人必唱"嗺酒",然后乐作,此唐人送酒之辞。本作"碎"音,今多为平声,文士亦或用之。王仁裕诗:"淑景易从风雨去,芳樽须用管弦嗺。"

京师百司胥吏,每至秋,必醵钱为赛神会,往往因剧饮终日。苏子美进奏院,会正坐此。余尝问其何神,曰"苍王",盖以苍颉造字,故胥吏祖之,固可笑矣。官局正门里,皆于中间用小木龛供佛,曰"不动尊佛",虽禁中诸司皆然。其意亦本吏畏罢斥,以为祸福甚验,事之极恭。此不惟流俗之谬可笑,虽神佛亦可笑也。

旧制:学士以上赐御仙花带而不佩鱼,虽翰林学士亦然,惟二府服笏头带佩鱼,谓之"重金"。元丰官制行,始诏六曹尚书、翰林学士、杂学士皆得佩鱼。故苏子瞻《谢翰林学士表》云:"玉堂赐篆,仰淳化之弥文;宝带重金,佩元丰之新渥。"

"玉堂之署"四字,太宗飞白书,淳化中以赐苏易简。

枢密院既专总兵柄,宰相非兼领殆不复预闻。庆历初,元昊用兵,富公为谏官,乃请宰相如故事兼院事。时吕文靖为相,不欲兼,富公争之力,遂兼枢密使。自是相继为相者,初授除皆带兼使。八年,文潞公自参知政事相,始不带兼使。于是皇祐初,宋莒公、庞颍公相,皆不兼,盖元昊已纳款故也。神宗初更官制,王荆公诸人皆欲罢枢密院,神宗难之。其后遂定官制,论者终以宰相不预兵政为嫌,使如故事复兼,则非正名之意,乃诏厘其事大小:大事,三省与枢密同议进呈,画旨称三省枢密院同奉圣旨,三省官皆签书,付枢密院行之;小事,枢密院独取旨,行讫关三省,每朝三省、枢密院先同对,枢密院退待于殿庐,三省始留进呈,三省事退,枢密院再上进呈,独取旨,遂为定制。

殿庐幕次,三省官为一幕,枢密院为一幕,两省官为一幕,尚书省官为一幕,御史台为一幕。中司则独设椅子,坐于隔门之内,惟翰林学士与知开封府同幕。盖旧制,知府常以翰林学士兼故也。始枢密院与中书门下同一幕,赵中令末年,太祖恶其专,而枢密使李崇矩乃其子妇之父,故特命拆之,迄今不改。

唐制:惟弘文馆、集贤院置学士,宰相得兼外,他官未有兼者,亦别无学士之名,如翰林学士、侍讲学士、侍读学士、侍书学士,乃是职事之名尔。自后唐安重诲为枢密使,明宗以其不通文义,始置端明殿学士,以冯道、赵凤为之,班枢密使下,食于其院;端明即正衙殿也。本朝改端明为文明,以命程羽。自后文明避真宗讳号,改紫宸。既又以紫宸非人臣所称,改观文。则端明、文明、紫宸本一殿。观文虽异,而创职之意则同,四名均一等职也。明道中,既别改承明殿为端明,仍置学士,中间又设资政殿大学士、学士,则职名增多,不得尽循旧制。始真宗为王冀公置资政殿学士,班枢密下,此即文明之职也。盖是时真宗眷冀公方厚,故不除文明,而别创此名。及丁文简之罢参政,不除资政殿大学士,复置观文,观文班在资政殿大学士上。而皇祐中,乃以命孙威敏,盖用丁文简故事尔,轻重疑亦不伦。近岁,自资政殿以上,皆为二府职名,乃是本朝新制;而端明殿为从官兼职之冠,则后唐故事也。

《考异》:唐弘文馆、集贤殿学士有非宰相而为之者,宰相亦非兼也。明皇以集仙殿为集贤殿,丽正书院为集贤院,殿与院不同,此云集贤院,非也。有大学士,有直学士,此云"他官未有兼者,亦别无学士之名",非也。端明即西京正衙殿,当有"西京"二字。资政殿大学士,班文明学士下,翰林学士承旨上,此云"班枢密下",又云即"文明之职",不知何据。第六卷云"班翰林承旨上",第十卷云"班枢密副使下",前后不同。近岁有非二府而除资政者,亦有二府罢止除端明者,端明往往特拜。此云近岁自资政殿以上皆为二府职名,是本朝新制,而端明为从官兼职之冠,则后唐故事,皆非也。

古者丧服有负版,缀于领下,垂放之,方尺有八寸,《服传》所谓"负广出于适寸"者也。郑氏言:负在背上,适,辟领也。盖丧服之制,前有衰,后有负版,左右有辟领,此礼不见于世久矣。自秦汉以来,未之闻。翟内翰公异尝言:《论语》式负版,非板籍之版,乃丧服之版,以"子见齐衰者必式"为证。

尧称陶唐氏,舜称有虞氏,禹称有夏氏,唐、虞、夏或其封国,或其所生土名,故其先皆命以为氏,后因以为国,则尧、舜、禹者,疑其为谥号也。然《易》称"尧、舜氏作",则尧、舜亦氏,岂复追称之或以谥耶?其通称则皆谓之帝。秦本欲称泰皇,既去泰号称皇帝,固已过矣,汉以后因之,不能易。至唐武后天授中,加尊号曰"圣神皇帝",中宗神龙加尊号曰"应天皇帝",明皇又以年冠之,称"开元皇帝"。其后更相衍,多至十余字,此乃生而为谥,果何礼哉? 本朝初废不讲。仁宗景祐初,群臣用开元故事,请以景祐为号。自是每遇南郊大礼毕,则百官拜表,加上尊号,以示归美之意。神宗即位,诸臣累上尊号,皆辞不受,元丰三年遂下诏罢之。帝王之盛举也。

俗称翰林学士为"坡",盖唐德宗时尝移学士院于金銮坡上,故亦称"銮坡"。唐制:学士院无常处,驾在大内,则置于明福门;在兴庆宫,则置于金明门,不专在翰林院也。然明福、金明不以为称,不常居之尔。谏议大夫亦称"坡",此乃出唐人之语。谏议大夫班本在给舍上,其迁转则谏议岁满方迁给事中,自给事中迁舍人。故当时语云:"饶道斗上坡去,亦须却下坡来。"以谏议为上坡,故因以为称,见李文正所记。

国初取进士,循唐故事,每岁多不过三十人。太宗初即位,天下已定,有意于修文,尝语宰相薛文惠公治道长久之术,因曰:"莫若参用文武之士。吾欲于科场中广求俊彦,但十得一二,亦可以致治。"居正曰:"善。"是岁御试题,以"训练将士"为赋,"主圣臣贤"为诗,盖以示参用之意。特取一百九人,自唐以来未有也。遂得吕文穆公为状头,李参政至第二人,张仆射齐贤、王参政化基等数人,皆在其间。自是连放五榜,通取八百一人,一时名臣,悉自此出矣。

《考异》:国初取进士,每岁有不止三十人者,此云多不过三十人,非也。

唐末、五代武选,有东西头供奉、左右班侍禁殿直;本朝又增内殿承制崇班,皆禁廷奉至尊之名。然宰执及戚里,当时得奏乞给使恩泽,皆例受此官,沿习既久,不以为过。政和中,改武官名,有拱卫、亲卫、大夫等职,宰相给使有至此官者,会其将罢,或欲阴中之,因言人臣而用拱卫、亲卫,意不可测,不知亦前日承制、侍禁之类也。

　　唐致仕官，非有特敕，例不给俸。国初循用唐制，至真宗乃始诏致仕官特给一半料钱，盖以示优贤养老之意。当时诏云：始呈材而尽力，终告老以乞骸。贤哉，虽叹于东门；邈矣，遂辞于北阙。用尊耆德，特示殊恩。故士之得请者颇艰。庆历中，马季良在谪籍得致仕，言者论而夺之，盖以此。其后有司既为定制，有请无不获，人寖不以为贵。乃有过期而不请者，于是御史台每岁一检举；有年将及格者，则移牒讽之，今亦不复举矣。

　　《考异》：唐贞元五年，萧昕等致仕，给半俸，遂为例。太和元年，杨於陵致仕，特全给俸料，辞云："半给之俸，近古所行。伏自思惟，已为过幸。"此云"唐致仕官，非有特敕"，例不给俸，非也。太宗淳化元年，诏致仕官给半俸，此云真宗，非也。咸平五年，谢泌言：致仕官近皆迁秩，今录授朝官给半俸，须有清名及劳效乃可听。乃诏七十以上求退者许致仕，因疾及历任有赃犯者听从便；若谪籍不得致仕，后来亦然。范忠宣公是也。苏子由诗云"余年迫悬车，奏草屡濡笔。籍中顾未敢，尔后当容乞"是也。明道二年，大赦，丁谓特许致仕，真宗朝御史卢琰言："朝士有衰老不退者，请举休致之典"。时二三名卿犹有不退之讥，则过期不请，非独后来也。

　　唐三院御史，谓侍御史与殿中侍御史、监察御史也。侍御史所居曰"台院"，殿中曰"殿院"，监察曰"察院"，此其公宇之号，非官称也。侍御史自称"端公"，知杂事则称"杂端"，而殿中、监察称曰"侍御"，近世"殿院"、"察院"，乃以名其官，盖失之矣。而侍御史复不称台院，止曰"侍御"，端公、杂端但私以相号,而不见于通称,各从其所沿袭而已。

《考异》:《因话录》侍御史众呼为"端公",非自称也。

唐御史台北向,盖沿隋之旧。公堂会食,侍御史设榻于南,而主簿在北,两院分为东西,故俗号侍御史为"南榻"。

监察御史里行,监察御史之资浅者也。始唐太宗自布衣擢马周令于监察御史里行,遂以名官。《马周传》不载,《六典》言之。或曰:始龙朔中王本立,亦见唐人杂记,然不若《六典》为可据也。

《考异》:马周、王本立为监察御史里行,皆见《唐书·
职官志》。此云见《六典》及唐人杂记,不若以《唐书》为据
也。唐侍御史、殿中侍御史皆有里行,非独监察御史也。

唐诏令虽一出于翰林学士,然遇有边防机要大事,学士所不能尽知者,则多宰相以其处分之要者自为之辞,而付学士院,使增其首尾常式之言而已,谓之"诏意"。故无所更易增损,今犹见于李德裕、郑畋集中。近岁或尽出于宰相。进呈讫,但召待诏,即私第书写;或诏学士,宰相面授意,使退而具草,然不能无改定也。

元祐初,用治平故事,命大臣荐士试官职,多一时名士,在馆率论资考次迁,未有越次进用者,皆有滞留之叹。张文潜、晁无咎俱在其间。一日,二人阅朝报,见苏子由自中书舍人除户部侍郎。无咎意以为平,缓曰:"子由此除不离核。"谓如果之粘核者。文潜遽曰:"岂不胜汝枝头干乎?"闻者皆大笑。东北有果如李,每熟不得摘,辄便槁,土人因取藏之,谓之"枝头干",故云。

陈恭公自为参政时,仁宗即眷之厚,不但以其尝请建储德之也。皇祐初,赵清献诸人攻恭公二十余章,意终不解。一

日，喟然顾一老中官曰："汝知我不乐乎?"中官曰："岂非以陈相公去住未定耶?"上曰："然"。中官曰："此亦易尔。既台谏官有言，何不从之使去?"上曰："我岂不知此? 但难得如此老子不谩我尔。"后不得已欲罢之，犹令自举代。恭公荐吴正肃公。即召至阙下，会赐宴，正肃疾作不果相，然世亦以此多恭公也。

陈恭公初相，张安道为学士，仁宗召至幄殿，面谕曰："善为草麻辞，无使外人得有言。"盖恐其物望未孚也。安道载其请建储之事云："纳忠先帝，有德朕躬。"上览称善。及恭公薨，墓碑未立，时论者犹未一，上赐额曰"褒忠之碑"，特命安道为之。故安道首言："褒忠碑者，皇帝神笔，表扬故相岐国公执中之遗烈也。"于是遂无议之者。

《考异》："纳忠先帝，有德朕躬"，乃陈恭公除参政制词，此云麻词非也。

陈希夷将终，密封一缄付其弟子，使候其死上之。既死，弟子如其言入献，真宗发视无他言，但有"慎火停水"四字而已。或者以为道家养生之言，而当时皆以为意在国事，无以是解者。已而祥符间，禁中诸处数有大火，遂以为先告之验。上以军营人所聚居，尤所当戒，乃命诸校悉书之门，故今军营皆揭此四字。

元祐初，哲宗将纳后，得狄谘女，宣仁意向之，而庶出过房，以问宰执。或曰："勋臣门阀可成。"王彦霖为签书枢密院，曰："在礼问名，女家答曰'臣女夫妇所生'，及列外氏官讳，今以狄氏为可，将使何辞以对?"宣仁默然，遂罢议。

《考异》：元祐初当作元祐六年。

帝女谓之"公主"，盖婚礼必称"主人"，天子不可与群臣敌，故以同姓诸侯主之。主者，言主婚尔。而汉又有称"翁主"
者，诸侯之女也。翁者，老人之称，古人大抵谓父为翁。诸侯
自相主婚无嫌，故称翁者谓其父自主之也。自六朝后，诸王之
女皆封"县主"，隋以后又有称"郡主"者，自是遂循以为故事。
则主非主婚之名，盖尊之，犹言县君、郡君云尔。国初，赵韩王
以开国元臣，诏诸女特比宗室，皆封"郡主"。臣庶而封主者，
惟赵氏一家而已。而名实之差，流俗相习而不悟，主、君皆尊
称，则县主、县君、郡主、郡君，初何所辨？但以非宗室不封，故
从以为异也。

　　大驾玉辂，世传为唐高宗时物，坚壮稳利，至今不少损。
元丰间，礼文既一新，有司请别造新辂，诏宋用臣董之，备极工
巧珠宝之饰。既成，以正旦大朝会，宿陈于大庆殿廷，车人先
以幕屋覆之。将且彻屋，忽其上一木坠，尽压而碎。一木之
势，盖不能至此，人以为异。自后竟乘旧辂。

　　金明池龙舟，太宗时造，每岁春驾上池必登之。绍圣初，
亦尝命别造形制，有加于前，亦号工丽。余时正登第在京师。
初成，琼林赐燕，蔡鲁公为承旨，中休往登以观，至半辄坠水，
几不免相继。哲宗临幸，是日，大风昼冥，池水尽波，仪卫不能
立，竟不能移跬步。自后遂废不用。二事适相似，亦可怪也。

石林燕语卷六

　　节度使旌节：门旗二，龙虎旌一，节一，麾枪二，豹尾二，凡八物。旗以红缯为之九幅，上为涂金铜龙头以揭旌，加木盘。节以金铜叶为之。盘三层，加红丝为旄。麾枪亦施木盘。豹尾以赤黄布画豹文。皆以髹漆为杠，文臣以朱，武臣以黑。旗则绸以红缯，节及麾枪则绸以碧油，故谓之"碧油红旆"。受赐者藏于公宇私室，皆别为堂，号"节堂"。每朔望之次日祭之，号"衙日"。唐制有六纛，今无有也。

　　殿前司与侍卫司、马军步军为三衙，其实两司。而侍卫司都指挥使外，又分置马步军都指挥使尔。殿前司亦参马步军，而总于都指挥使，故殿前司都指挥使、副都虞候，侍卫亲军都指挥使、副都虞候，与马军步军都指挥使、副都虞候，两司三衙合十二员，分天下兵而领之，此祖宗制兵之大要也。始唐制，有十二卫兵，后又有六军。十二卫兵为南衙，汉之南军也；六军为北衙，汉之北军也。末年，常以大臣一人总之，如崔允判六军、十二卫是也。都指挥使本方镇军校之名，自梁起宣武军，乃以其镇兵，因仍旧号，置在京马步军都指挥使而自将之。盖于唐六军诸卫之外，别为私兵。至后唐明宗，遂改为侍卫亲军，以康义诚为马步军都指挥使。秦王从荣以河南尹为大元帅，典六军，此侍卫司所从始也。及从荣以六军反入宫，义诚顾望不出兵，而侍卫马军都指挥使朱宏宝击败之，其后遂不废。殿前军起于周世宗，是时，太祖为殿前司都虞候。初，诏天下选募壮士送京师,命太祖择其武艺精高者为殿前诸班,而置都点检,位都指挥使上。太祖实由此受禅,见于《国史》。欧阳文忠公为《五代史》,号精详,乃云"不知其所始",盖考之未详也。自有两司,六军诸卫渐废,今但有其名。则两司不独为亲军而已,天下之兵柄皆在马。其权虽重,而军政号令则在枢密院,与汉周之间史宏肇之徒为之者,异矣。此祖宗之微意,非前世所可及也。

马数岁者以齿。唐人多谓陇右人为张万岁讳。万岁为太仆卿,掌马政三十余年,恩信行于陇右故也。亦未必。然他畜不计年,惟马之壮老,人所欲知,而无以验其实,必自其齿观之。则以岁为齿,理固宜尔也。

《考异》:《曲礼》齿路马,《周礼》马质书其齿毛,《春秋传》马之齿长矣。则马数岁者以齿,非自唐始也。

唐制:户部、度支各以本司郎中、侍郎判其事。盖户部掌纳,度支掌出,谓常赋常用也。又别置盐铁转运使,以掌山泽之人,与督漕挽之事。中世用兵,因以宰相领其职;乾符后,改置租庸使以总之。至后唐,孔谦暴敛,明宗诛谦,遂罢使额,以盐铁、户部、度支分为三司,而以大臣一人总判,号曰"判三司"。未几,张延朗复请置三司使,乃就命延朗,班宣徽使之下。本朝因其名,故三司使权常亚宰相。

《考异》:肃宗始以第五琦为盐铁使,后刘晏始兼盐铁转运使,晏为相,充使如故。非其初户部、度支之外,便别有此等使名也。租庸使自开元十一年有之,永泰元年并停,然盐铁转运使则如故,非乾符后始改置租庸使,而租庸使亦非总户部度支之职也。盖自《五代史·张延朗传》失之,此既承误又甚尔。梁始复置租庸使,则三司之职皆总之矣。

国朝既以绯紫为章服，故官品未应得服者，虽燕服亦不得用紫，盖自唐以来旧矣。太平兴国中，李文正公昉尝举故事，请禁品官绿袍，举子白纻，下不得服紫色衣；举人听服皂，公吏、工商、伎术，通服皂白二色。至道中，弛其禁，今胥吏宽衫，与军伍窄衣，皆服紫，沿习之久，不知其非也。

《考异》：太平兴国七年，诏详定车服之制。李昉等奏，中外官及举人不得绯绿白袍内服紫，仍许通服皂衣白袍，非李公自为此请也。

祥符中，始建龙图阁，以藏太宗御集。天禧初，因建天章、寿昌两阁于后，而以天章藏御集，虚寿昌阁未用。庆历初，改寿昌为宝文，仁宗亦以藏御集，二阁皆二帝时所自命也。神宗显谟阁，哲宗徽猷阁，皆后追建之，惟太祖英宗无集，不为阁。

太庆殿初名乾元，太平兴国、祥符中，皆因火改为朝元、天安，景祐中方改今名。有龙墀、沙墀。凡正旦至大朝会，策尊号，则御焉。郊祀大礼，则驾宿于殿之后阁，百官为次，宿于前之两廊。皇祐初，始行明堂之礼。又以为明堂，仁宗御篆"明堂"二字，每行礼，则旋揭之，事已复去。文德殿在大庆殿之西少次，旧曰端明，后改文明，祥符中因火再建，易今名。紫宸殿在大庆殿之后少西，其次又为垂拱殿，自大庆殿后，紫宸、垂拱之两间有柱廊相通。每月视朝，则御文德，所谓"过殿"也。东西阁门皆在殿后之两旁，月朔不过殿，则御紫宸，所谓"入阁"也。月朔与诞节郊庙礼成受贺，契丹辞见，亦皆御紫宸。文德遇受册发册，明堂宣赦，亦御而不常用。宣麻不御殿，而百官即庭下听之，紫宸不受贺，而拜表称贺，则于东上阁门；国忌未赴景灵宫，先进名奉慰，则于西上阁门；亦就庭下拜而授阁门使,盖以阁不以殿也。惟垂拱为日御朝之所。

集英殿,旧大明殿也,明道中改今名,每春秋大燕皆在此。太祖尝御策制科举人,故后为进士殿试之所。其东廊后有楼曰"升平",旧紫云楼也。每大燕,则宫中登而观焉。皇仪殿旧名滋福,咸平初,太宗明德皇后居之,以为万安宫。后崩复旧。明道中改今名,故常废而不用,以为治后丧之所。

熙宁中,苏子容判审刑院,知金州张仲宣坐枉法赃,论当死。故事:命官以赃论死,皆贷命杖脊,黥配海岛。苏请曰:"古者刑不上大夫,可杀则杀。仲宣五品,虽有罪得乘车。今杖而黥之,使与徒隶为伍,得无事污多士乎?"乃诏免杖黥,止流岭外,自是遂为例。

《考异》:当云官五品,时法官援李希辅例,请贷命杖脊,黥配海岛。苏言希辅、仲宣均为枉法,仲宣止系违命,视希辅有间。上令免决黥之。苏又奏不可,曰:"古者刑不上大夫。仲宣官五品,今贷死而黥之,使与徒隶为伍;虽其人无可矜,所重者污辱衣冠耳。"遂免杖黥,流岭外。非故事皆贷命杖黥,配海岛也。又,先已免杖,次乃免黥。

皇祐初,丁文简公罢参知政事,初除观文殿学士,以易紫宸之名而已。其后加大学士以命贾文元。始诏非尝任宰相,不除观文殿大学士,遂为宰相职名。熙宁间,韩康公自陕西宣抚使失律,以本官罢相。是岁,明堂恩复观文殿学士,而不加大学士,自是宰相不以美罢,率止除观文殿学士。而王子纯以熙河功,王乐道以宫僚,虽非宰相亦除,盖异恩也。然皆兼端明殿、龙图阁学士。

国朝状元为相者四人:吕文穆公、王文正公、李文定公、宋元宪公。文穆登第十二年拜,文正二十一年,文定二十九年,元宪二十七年；文正、文定皆再入，而文穆三人为尤盛。文正初携行卷见薛简肃公，其首篇《早梅》云："如今未说和羹事，且向百花头上开。"简肃读之，喜曰："足下殆将作状元了，做宰相耶？"

王伯庸名尧臣榜，韩魏公第二，赵康靖公第三。嘉祐末，魏公为相，康靖为参知政事，伯庸虽先罢去，而魏公与康靖同在政府，当时号为盛事。熙宁末，王荆公相，韩康公、王禹玉为参知政事，三人亦皆同年，仍在第甲连名，禹玉第一，康公第二，荆公第三。荆公再入，仍与康公并相，尤为难得。时陆子履作诗云："须信君王重儒术，一时同榜用三人。"

中丞、侍御史上事，台属皆东西立于厅下，上事官拜厅已，即与其属揖而不声喏，谓之"哑揖"。以次升阶，上事官据中坐，其属后列，坐于两旁。上事官判案三道后，皆书曰"记谘"，而后引百司人吏立于庭台。吏自厅上厉呼曰："咄！"则百司人吏声喏，急趋而出，谓之"咄散"。然后，属官始再展状如寻常参谒之仪，始相与交谈，前此盖未尝语也。案后判"记谘"，恐犹是方镇宪衔时沿袭故事。记谓"记室"，谘谓"谘议"，不知哑揖、咄散为何义，然至今行之不改。

国初天下始定，更崇文士。自殿试亲放榜，状元往往遂见峻用。吕文穆公太平兴国七年登科，八年已为参知政事。李文正昉乃座主，于时为相，与文穆同在二府。后五年，文正罢，文穆遂代为相。李文定公景德二年登科，天禧元年为参知政事，后三年为相，距登第亦才十六年。登第时寇莱公已为相，冯魏公已为参知政事。后亦代莱公为相，而魏公尚枢密使。其后王文正公以咸平五年登科，大中祥符九年为参知政事，乾兴元年为相，距登第二十一年。登第时，冯魏公为同知枢密院事,王冀公为参知政事,亦代魏公为相,而冀公方自江宁再入为首相,自是无复继者。

故事:外官除馆职,如秘阁校理、直秘阁者,必先移书在省职事官,叙同僚之好,已乃专遣人持钱及酒殽珍馔,即馆设盛会,燕同僚,请官长为之主,以代礼上之会。各随其力之厚薄,甚有费数百千者。就京师除者,则即馆上事,会亦如之。自崇宁以来,外官除馆职者既多,此礼寝废。宣和后,虽书局官亦预馆职,至百余员,故遂废不讲。崇宁初,许天启自陕西漕对除直秘阁,用故事入馆上事,以漕司驺从传导至道山堂,坐吏无一出见者。馆职亦各居直舍,不相谁何。天启久之索马而去,人传以为笑。

国朝知制诰,必召试而后除,唐故事也。欧阳文忠记不试而除者惟三人:陈文惠、杨文公与文忠,此乃异礼。自是继之者,惟元祐间苏子瞻一人而已。近例:凡自起居舍人除中书舍人者,皆不试。盖起居舍人遇中书舍人阙,或在告,则多权行辞,为已试之矣,故不再试,遂为故事。

尚书省、枢密院札子,体制各不同。尚书年月日,宰相自上先书,有次相则重书,共一行,而左右丞于下分书,别为两行,盖以上为重。枢密知院自下先书,同知以次,重书于上。签书亦然,盖以下为重,而不别行。

唐诰敕,宰相复名者皆不出姓,惟单名则出姓,盖以为宰相人所共知,不待书姓而见。余多见人告身类如此。国朝宰相虽单名亦不出姓,他执政则书,异宰相之礼也。

宰相监修国史,止用敕,不降麻,世皆言自赵韩王以来失之。然韩王初相时,范鲁公三相俱罢,中书无人,乃以太宗押敕,则虽相亦是敕除,未尝降麻,盖国初典礼犹未备也。

《考异》：旧有诰文，又有敕。仁宗封寿春郡王，礼仪院言：皇子诰敕，请令阁门进纳官中给赐。王元之《代王侍郎辞官表》云：伏蒙圣慈，赐臣官诰一道，敕牒一道，特授参知政事。陈尧叟自枢密使罢为右仆射，命其子赍诰牒赐之。司马温公辞副密云：乞收还敕诰。其他证据甚多，此特举其显然者。近世诰敕不并行，岂得谓国初宰相亦敕除未尝降麻乎？赵韩王拜相麻制，见《实录》。

故事：杂学士得服金带。熙宁初，薛师正以天章阁待制权三司使，上以为能，诏赐金带。非学士而赐带自此始。

自官制行，以给事中、中书舍人为两省属官，皆得预闻两省之事。初，舍人既沿旧制，差除有未审当，皆得直封还词头；而给事中有所驳正，则先使诣执政，禀议有异同，然后缴奏以闻。韩仪公为给事中，建言两省事体均一，不应一得直行，一须禀议，遂诏如舍人。然舍人于中书事，皆得于检后通书押，而给事中则但书录黄而已。舒信道为给事中，复以为言。王文恭为相，时以白上。神宗曰：“造令与行令不同，职分宜别，给事中不当书草。”遂著为令，迄今以为定制也。

祖宗时，选人初任荐举，本不限以成考。景祐中，柳三变为睦州推官，以歌辞为人所称，到官才月余，吕蔚知州事即荐之。郭劝为侍御史，因言三变释褐到官始逾月，善状安在，而遽荐论？因诏州县官，初任未成考不得举，后遂为法。

故事：生日赐礼物，惟亲王、见任执政官、使相，然亦无外赐者。元丰中，王荆公罢相，居金陵，除使相，辞未拜，官止特进。神宗特遣内侍赐之，盖异恩也。

《考异》：使相虽在外，亦赐。范蜀公内制，有赐使相判河阳富弼生日礼物，口宣云：“爰兹震夙之旦，故有匪颁之常。"王荆公熙宁七年,以观文殿大学士、吏部尚书知江宁,诏生日依在外使相例取赐。此云使相无外赐者,又云元丰中,又云居金陵,又云除使相辞未拜,官止特进,皆非。荆公熙宁九年再罢相,除使相判江宁,寻改集禧观使。元丰元年正月,除大观文。三年九月官制行,改特进。

天圣前,诸路使者举荐未有定限,选人止用四考改官。然是时吏部选人磨勘,岁才数十人而已。庆历以后,增为六考。知州等荐,吏部皆视属邑多寡,裁为定数。于是当荐举者,常以应格充数为意,遂数倍于前。治平中,吏部待次引见人至二百五十余人。贾直儒为中司,尝言其冗。时但下诏,申戒中外,务在得人,不必满所限之数,然竟不能革也。

太祖初,罢范鲁公三相,而独拜赵韩王,乃置参知政事二员为之副,以薛文惠公居正、吕文穆公余庆为之。执政官自此始,不宣制,不知印,不押班,不预奏事,但奉行制书而已。韩王独相十年,后以权太盛,恩遇稍替,始诏参知政事与宰相更知印押班奏事,以分其权,遂为故事。初唐至德中,宰相分直政事堂,人知十日。贞元后,改为轮日,故参用之。

祖宗时,执政私第接宾客有数,庶官几不复可进。自王荆公欲广收人材,于是不以品秩高卑皆得进谒,然自是不无夤缘干求之私。进见者既不敢广坐明言其情,往往皆于送客时罗列于庑下,以次留身,叙陈而退,遂以成风。执政既日接客,至休日则皆杜门不复通。阍吏亦以榜揭于门曰:"假日不见客。"故事:见执政皆着靴不出笏,然客次相与揖,则皆用笏。京师士人因言厅上不说话,而庑下说话;假日不见客,而非假日见客;堂上不出笏,而客次出笏,谓之"三拗"。

祖宗故事：宰相去位，例除本官，稍优则进官一等，或易东宫三少。惟赵韩王以开国旧臣，且相十年，故以使相罢，盖异恩也。自是迄太宗、真宗世，皆不易旧制。天圣初，冯魏公以疾辞位，始除武胜军节度使。宰相建节，自魏公始。明道末，吕申公罢，仁宗眷之厚，始复加使相。盖自韩公以来，申公方继之。其后王文惠、陈文惠罢日，相继除，遂以为例。宰相除使相，自申公始。景祐末，王沂公罢相，除资政殿大学士，判郓州。宰相除职，自沂公始。至皇祐，贾文元罢，除观文殿大学士，自是遂以为例。盖自非降黜皆建节，或使相为优恩加职名为常例，迄今不改也。

真宗景德中，既置资政殿大学士，授王冀公，班翰林承旨上，一时以为殊宠。祥符初，向文简公以前宰相再人为东京留守，复加此职。自是迄天圣末二十余年，不以除人。明道元年，李文定公知河阳召还，始再命之。景祐四年，王沂公罢相复除，三十年间除三人，而皆前宰相也。宋宣献公罢参知政事，仁宗眷之厚，因加此职。自冀公后，非宰相而除者，惟宣献一人而已。时谢希深当制，云："有国极资望之选，今才五人。儒者兼翰墨之华，尔更九职。"当时颇称之。宣献尝历龙图阁学士、端明殿学士，再为翰林学士，三为侍读学士，而后除资政殿大学士，至是并为九也。

学士院旧制：自侍郎以上，辞免、除授、赐诏皆留其章中书，而尚书省略具事因，降札子下院，使为诏而已。自执政而上至于节度、使相，用批答。批答之制，更不由中书，直禁中封所亡章付院。今降批表，院中即更用纸连其章后书辞，并其章赐之。此其异也。辞既与章相连，后书省表具之字必长。作表字，旁一瞥，通其章阶位上过，谓之"抹阶"。若使不复用旧衔之意，相习已久，莫知始何时。

龙武羽林、神武，各分左右，所谓六军也。每军有统军，而无上将军。盖唐贞元之制，以比六尚书用待藩镇罢还无职事而奉朝请者，国朝因之。咸平初，楚王元佐加官，有司误以为左羽林上将军，后遂为例。治平三年，始诏今后六军加官不除上将军，所以厘正其失也。

天策上将，唐官也。初，太宗破王世充、窦建德，高祖以其功大，其官号不足称，乃加是名，位三公上，开府，终唐世未尝更命人。梁更为天策上将军，以命马殷，亦开府。祥符八年，楚王元佐久疾，以皇兄之宠，故采唐旧典授之，结衔在功臣上，而不开府。其后荆王元俨薨，因以为赠官。

《考异》：唐太宗为皇太子，即罢天策府，自不应更有府官也。

唐宗正卿，皆以皇族为之。本朝踵唐故事，而止命同姓。庆历初，始置大宗正司，以北海郡王允弼为知大宗正事。其后相承，皆以宗室领。治平元年，英宗以宗子数倍多于前，乃命增置同知大宗正事一员，亦以怀州团练使宗惠为之，迄今以为故事。熙宁三年，复置丞二员，而命以外官。

继照堂，真宗尹京日射堂也。祥符二年，因临幸，赐名资善堂，仁宗肄学之所也。祥符八年置，旧在元符观南，天禧初，徙今御厨北。

国朝宰相执政，未有兼东宫职事者。天禧末，仁宗初立为皇太子，因命宰相丁谓、冯拯兼少师、少傅，枢密使曹利用兼少保，而任中正、王曾为参知政事，钱惟演为枢密副使，皆兼宾客，前此所无也。谓等因请师傅十日一赴资善堂，宾客以下，只日互陪侍讲，从之。

　　国朝以史馆、昭文馆、集贤院为三馆，皆寓崇文院，其实别无舍，但各以库藏书，列于廊庑间尔。直馆、直院谓之"馆职"，以他官兼者谓之"贴职"。元丰以前，凡状元制科一任还，即试诗赋各一，而入否则用大臣荐而试，谓之"入馆"。官制行，废崇文院为秘书监，建秘阁于中，自少监至正字，列为职事官，罢直馆、直院之名，而书库仍在，独以直秘阁为"贴职"之首，皆不试而除，盖特以为恩数而已。

石林燕语卷七

大中祥符五年,玉清、昭应宫成,王魏公为首相,始命充使,宫观置使自此始,然每为见任宰相兼职。天圣七年,吕申公为相,时朝廷崇奉之意稍缓,因上表请罢使名,自是宰相不复兼使。康定元年,李若谷罢参知政事留京师,以资政殿大学士为提举会灵观事。宫观置提举自此始。自是学士、待制、知制诰,皆得为提举,因以为优闲不任事之职。熙宁初,先帝患四方士大夫年高者,多疲老不可寄委,罢之则伤恩,留之则玩政。遂仍旧宫观名,而增杭州洞霄及五岳庙等,并依西京崇福宫置管勾或提举官,以知州资序人充,不复限以员数,故人皆得以自便。

国朝馆伴契丹,例用尚书学士。元丰初,高丽入贡,以毕仲衍馆伴。仲衍时为中书舍人,后遂为故事。盖以陪臣处之,下契丹一等也。契丹馆于都亭驿,使命往来,称"国信使"。高丽馆于同文馆,不称"国信",其恩数、仪制皆杀于契丹。大观中,余以中书舍人初差馆伴,未至而迁学士,执政拟改差人,上使仍以余为之。自是王将明等皆以学士馆伴,仍升使为"国信",一切视契丹。是时,方经营朔方,赖以为援也。建炎三年,余在扬州,复入为学士,高丽自海州来朝,遂差余馆伴。余因建言:高丽用学士馆伴,出于一时之命,而升为"国信使",亦宣和有为为之。今风示四夷,示以轨物,当正前日适然之失,尽循旧制。因辞疾请命他官。于是张达明以中书舍人改差,罢国信，皆用元丰旧仪，自余请之也。

唐翰林院在银台之北。乾封以后，刘祎之、元万顷之徒时宣召草制其间，因名"北门学士"。今学士院在枢密之后，腹背相倚，不可南向，故以其西廊西向，为院之正门；而后门北向，与集英相直，因榜曰"北门"。两省枢密院皆无后门，惟学士院有之。学士朝退入院，与禁中宣命往来，皆行此门，而正门行者无几。不特取其便事，亦以存故事也。

唐翰林院本内供奉艺能技术杂居之所，以词臣侍书诏其间，乃艺能之一尔。开元以前，犹未有学士之称，或曰"翰林待诏"，或曰"翰林供奉"，如李太白犹称供奉。自张垍为学士，始别建学士院于翰林院之南，则与翰林院分而为二，然犹冒翰林之名。盖唐有弘文馆学士，丽正殿学士，故此特以翰林别之。其后遂以名官，讫不可改。然院名至今但云学士而不冠以翰林，则亦自唐以来沿袭之旧也。

紫宸、垂拱常朝，从官于第一重隔门下马，宰相即于第二重隔门下马，自主廊步入殿门，人从皆不许随，虽宰相亦自抱笏而入，幕次列于外殿门内两庑，惟中丞以交椅子一只从于殿门后，稍西北向，盖独坐之意。驾坐，阁门吏自下，以次于幕次帘前报班到；二史舍人而上，相继进东西分立于内殿门之外，南向阁门内。诸司起居毕，阁门吏复从上自尚书侍郎以次揖入，东西相向对立于殿庭之下。然后宰执自幕次径入就位，立定，阁门吏复引而北向。起居毕，宰执升殿，尚书以次各随其班，次第相踵，从上卷转而出，谓之"卷班"。遇雨，则旋传旨拜于殿下，谓之"笼门"。崇政殿则拜于东廊下。

太宗时，张宏自枢密副使；真宗时，李惟清自同知枢密院，为御史中丞，盖重言责也。仁宗时，亦多命前执政，如晏元献公、王安简公皆是。自嘉祐后迄今，无为之者。

故事：在京职事官绝少用选人者。熙宁初，稍欲革去资格之弊，于是始诏选举到可试用人，并令崇文院校书以备询访差使。候二年取旨，或除馆职，或升资任，或只与合入差遣，盖欲以观人材也。时邢尚书恕，以河南府永安县主簿，首为崇文院校书，胡右丞愈知谏院，犹以为太遽，因请虽选人而未历外官，虽历任而不满者，皆不得选举，乃特诏恕与堂除近地试衔知县。近岁不复用此例。自始登第，直为禁从，无害也。

宰相除授，虽兼职，故事亦须用麻。乾德二年，赵韩王以门下相兼修国史，有司失于讨论，遂止降敕，至今不能改。

《考异》：《仁宗实录》云：唐制：宰相监修国史，馆殿大学士皆降制。本朝自赵普后，或止以敕除，非故事也。此云虽兼职亦用麻，泛言兼职，非也。又若拜相带监修国史，则自降制矣，故云或止以敕除，言其不皆如此也。

京城士人旧通用青凉伞。祥符五年，始诏惟亲王得用之，余悉禁。六年，中书、枢密院亦许用，然每车驾行幸，扈从皆撤去。既张伞而席帽仍旧，故谓之“重戴”。余从官遇出京城门，如上池赐宴之类，门外皆张伞，然须却帽。

寇莱公、王武恭公皆宋偓婿，其夫人明德皇后亲妹也。当国主兵，皆不以为嫌。

故事：太皇太后伞皆用黄，太妃用红。国朝久虚太妃宫。元祐间，仁宗临御，上元出幸寺观，钦圣太后、钦成太妃始皆从行，都人谓之“三殿”。苏子容《太妃阁春帖》云：“新春游豫祈民福，红伞雕舆从两宫。”

慈圣太后在女家时，尝因寒食与家人戏掷钱，一钱盘旋久之，遂侧立不仆，未几被选。

故事：南郊，车驾服通天冠、绛纱袍；赴青城祀日，服靴袍；至大次临祭，始更服衮冕。元丰中，诏定奉祀仪，有司建言：《周官》祀昊天上帝，则服大裘而冕；《礼记》郊祭之日，王被衮以象天。王肃援《家语》，临燔祭，脱衮冕，盖先衮而后裘。因请更制大裘，以衮用于祀日，大裘用于临祭。议者颇疑《家语》不可据，黜之。则《周官》、《礼记》所载相牴牾。时陆右丞佃知礼院，乃言古者衣必有裘；故缁衣羔裘、素衣麑裘、黄衣狐裘。所谓大裘不裼者，止言不裼，宜应有裘。裘者，里也。盖中裘而表衮，乃请服大裘、被以衮，遂为定制。大裘黑羔皮为之，而缘以黑缯，乃唐制也。

邵兴宗初自布衣，试茂材异等中选，除建康军节度推官。会言者论与宰相张邓公妻党连姻，报罢。后因元昊叛，诏求方略之士，复献《康定兵说》十篇，召试秘阁，始得权邠州观察推官。祖宗取人之慎，盖如是也。

《考异》：时有密言邵与张邓公连姻者，实非也。其后邵进《兵说》，召试授颍州团练推官。此云权邠州观察推官，非也。

卢相多逊素与赵韩王不协。韩王为枢密使，卢为翰林学士。一日，偶同奏事，上初改元乾德，因言此号从古未有，韩王从旁称赞。卢曰："此伪蜀时号也。"帝大惊，遽令检史视之，果然。遂怒，以笔抹韩王面，言曰："女争得如他多识！"韩王经宿不敢洗面。翌日奏对，帝方命洗去。自此隙益深。以及于祸，多逊《朱崖谢表》末云："班超生入玉门，非敢望也；子牟心存魏阙，何日忘之？"天下闻而哀焉。

京师省、寺皆南向，惟御史台北向，盖自唐以来如此。说者以为隋建御史台，取其与尚书省便道相近，故唐因之。或云：御史弹治不法，北向取肃杀之义。莫知孰是。然今台门上独设鸱吻，亦非他官局所有也。

国初，西蜀初定，成都帅例不许将家行，蜀土轻剽易为乱，中朝士大夫尤以险远不测为惮。张乖崖出守还，王元之以诗赠云："先皇忧蜀辍枢臣，独冒干戈出剑门。万里辞家堪下泪，四年归阙似还魂。弟兄齿序元投分，儿女亲情又结婚。且喜相逢开口笑，甘陈功业不须论。"自庆历以来，天下乂安，成都雄富，既甲诸帅府，复得与家俱行，无复曩时之患矣。而故事例未有待制为帅者，故近岁自侍郎出守，或他帅自待制移帅，皆加直学士，尤为优除也。

《考异》：至和元年，张安道知益州，仁宗特令奉亲行，
竟不敢。嘉祐五年，吴长文除知成都，以亲辞，改知郓州。
云庆历以来复得与家偕行，非也。绍圣四年，郑雍以大中
大夫知成都，盖前执政也。政和六年，周焘以宝文阁待制
知成都。此云未有以待制为帅者，亦非也。

神宗初即位，犹未见群臣，王乐道、韩持国维等以宫僚先入，慰于殿西廊。既退独，留维，问王安石今在甚处，维对在金陵。上曰："朕召之肯来乎？"维言："安石盖有志经世，非甘老于山林者。若陛下以礼致之，安得不来？"上曰："卿可先作书与安石，道朕此意，行即召矣。"维曰："若是，则安石必不来。"上问何故，曰："安石平日每欲以道进退，若陛下始欲用之，而先使人以私书道意，安肯遽就？然安石子雱见在京师，数来臣家，臣当自以陛下意语之，彼必能达。"上曰："善。"于是荆公始知上待遇眷属之意。

寇莱公初入相，王沂公时登第，后为济州通判。满岁当召试馆职，莱公犹未识之，以问杨文公曰："王君何如人？"文公

曰："与之亦无素，但见其两赋，志业实宏远。"因为莱公诵之，不遗一字。莱公大惊曰："有此人乎？"即召之。故事：馆职皆试于学士院或舍人院。是岁，沂公特试于中书。

《考异》：钱易制科中书试六论，谢泌、李仲容皆召试中书，除直史馆；李宗谔试相府，除校理；王禹偁、罗处约召试相府，除直史馆；王钦若试学士院，除知制诰。此云故事皆试于学士院或舍人院，非也。

太祖与符彦卿有旧，常推其善用兵，知大名十余年。有告谋叛者，亟徙之凤翔，而以王晋公祐为代，且委以密访其事。戒曰："得实，吾当以赵普所居命汝。"面授旨，径使上道。祐到，察知其妄，数月无所闻。驿召面问，因力为辩曰："臣请以百口保之。"太祖不乐，徙祐知襄州，彦卿竟亦无他。祐后创居第于曹门外，手植三槐于庭，曰："吾虽不为赵普，后世子孙必有登三公者。"已而魏公果为太保。欧阳文忠作《王魏公神道碑》略载此语，而《国史》本传不书。余尝亲见其家子弟言之。

范侍郎纯粹，元丰末为陕西转运判官。当五路大举后，财用匮乏，屡请于朝。吴枢密居厚时为京东都转运使，方以冶铁鼓铸有宠，即上羡余三百万缗，以佐关辅。神宗遂以赐范。范得报，慨然谓其属曰："吾部虽窘，岂忍取此膏血之余耶！"力辞讫弗纳。

太平兴国五年，契丹戎主亲领兵数万犯雄州，乘虚遂至高阳关，太宗下诏亲征。行次大名，戎主闻上至，亟遁归，未尝交锋，车驾即凯旋。上作诗示行在群臣，有"一箭未施戎马遁，六军空恨阵云高"之句。

赵清献为御史，力攻陈恭公，范蜀公知谏院，独救之。清献遂并劾蜀公党宰相，怀其私恩；蜀公复论御史以阴事诬人，是妄加人以死罪，请下诏斩之，以示天下。熙宁初，蜀公以时论不合求致仕，或欲遂谪之，清献不从。或曰：彼不尝欲斩公者耶？清献曰："吾方论国事，何暇恤私怨。"方蜀公辩恭公时，世固不以为过，至清献之言，闻者尤叹服云。

王武恭公德用貌奇伟，色如深墨，当时谓之"黑王相公"。宅在都城西北隅，善抚士卒，得军情，以其貌异，所过闾里皆聚观。苏仪甫为翰林学士，尝密疏之，有"宅枕乾岗，貌类艺祖"之语，仁宗为留中不出。孔道辅为中丞，继以为言，遂罢枢密使，知随州。谢宾客，虽郡官不与之接；在家亦不与家人语。如是逾年，起知曹州，始复语人，以为善处谤也。

狄武襄起行伍，位近臣，不肯出其黥文，时特以酒濯面，使其文显，士卒亦多誉之。或云：其家数有光怪，且姓合谶书，欧阳文忠、刘原甫皆屡为之言。独范景仁为谏官，人有讽之者，景仁谢曰："此唐太宗所以杀李君羡，上安忍为也。"然武襄亦竟出知陈州。

天圣、宝元间，范讽与石曼卿皆喜旷达，酣饮自肆，不复守礼法，谓之"山东逸党"，一时多慕效之。庞颖公为开封府判官，独奏讽，以为苟不惩治，则败乱风俗，将如西晋之季。时讽尝历御史中丞，为龙图阁学士。颖公言之不已，遂诏置狱劾之，讽坐贬鄂州行军司马。曼卿时为馆阁校勘，亦落职，通判海州。仍下诏戒励士大夫，于是其风遂革。

丁文简公度为学士累年，以元昊叛，仁宗因问："用人守资格与擢材能孰先？"丁言："承平无事则守资格，缓急有大事大疑，则先材能。"盖自视久次，且时方用兵，故不以为嫌。孙甫知谏院，遽论以为自媒。杜祁公时为相，孙其客也。丁意杜公为辩直而不甚力。及杜公罢，丁适当制，辞云"颇彰朋比之风"，有为而言之也。丁自是亦相继擢枢密副使。

吕侍读溱，性豪侈简倨，所临镇虽监司亦不少降屈。知真定，李参为都转运使，不相能。摭其回易库事，会有不乐吕者，因论以赃。欧阳文忠公为翰林学士，因率同列上疏论救。韩康公时为中丞，因言从官有罪，从官救之，则法无复行矣。文忠之言虽不行，然士论终以为近厚也。

国朝亲王皆服金带。元丰中，官制行，上欲宠嘉、岐二王，乃诏赐方团玉带，著为朝仪。先是，乘舆玉带皆排方，故以方团别之。二王力辞，乞宝藏于家而不服用。不许，乃请加佩金鱼，遂诏以玉鱼赐之。亲王玉带佩玉鱼，自此始。故事：玉带皆不许施于公服。然熙宁中，收复熙河，百官班贺，神宗特解所系带赐王荆公，且使服以入贺。荆公力辞久之，不从，上待服而后进班。不得已受诏，次日即释去。大观中，收复青唐，以熙河故事，复赐蔡鲁公，而用排方。时公已进太师，上以为三师礼当异，特许施于公服。辞，乃乞琢为方团；既又以为未安。或诵韩退之诗，有"玉带悬金鱼"之语，告公，请因加佩金鱼。自是何伯通、郑达夫、王将明、蔡居安、童贯，非三师而以恩特赐者，又五人云。

学士院正厅曰"玉堂"，盖道家之名。初，李肇《翰林志》末言居翰苑者，皆谓"凌玉清，溯紫霄"，岂止于"登瀛洲"哉！亦曰"登玉堂"焉。自是遂以玉堂为学士院之称，而不为榜。太宗时，苏易简为学士，上尝语曰："玉堂之设，但虚传其说，终未有正名。"乃以红罗飞白"玉堂之署"四字赐之。易简即扃镉置堂上。每学士上事，始得一开视，最为翰林盛事。绍圣间，蔡鲁公为承旨，始奏乞摹，就杭州刻榜揭之，以避英庙讳，去下二字，止曰"玉堂"云。

梁庄肃公，景祐中监在京仓。南郊赦，录朱全忠之后，庄肃上疏罢之，曰："全忠，叛臣也，何以为劝？"仁宗善之，擢审刑院详议官，记其姓名禁中，自是遂见进用。

《考异》：梁庄肃公以太子中舍监在京广衍仓，景祐中进士及第，换中允知淮阳军，论朱全忠事。此云监在京仓时疏罢之，非也。

天圣三年，钱思公除中书门下平章事，钱希白为学士当制。希白于思公，从父兄也。兄草弟麻，当时以为盛事。建中靖国元年，曾子宣自枢府入相，子开适草制，本朝惟此二人而已。

《考异》：子宣元符三年十月拜相。韩绛相，弟维草制。此云"本朝惟此二人"，非也。

祖宗用人，多以两省为要，而翰林学士尤号清切，由是登二府者十尝六七。杜正献公以清节名天下，然一生多历外职，五为使者，遍典诸名藩；在内惟为三司、户部副使、御史中丞、知开封府，遂至为枢密副使。范文正公自谏官被谪，召还，以天章阁待制判国子监，迁知开封府，复谪，晚乃自庆州亦入为枢密副使。二公皆未尝历两省，而文正之文学不更文字之职，世尤以为歉也。

吴龙图中复性潼约，详于吏治，自潭州通判代还。孙文懿公为中丞，闻其名，初不之识，即荐为监察御史里行。或问文懿："何以不相识而荐之？"文懿笑曰："昔人耻为呈身御史，吾岂荐识面台官耶？"当时服其公。

苏相子容为南京察推，时杜祁公尚无恙，极器重之，每曰："子他日名位，当与老夫略同。"不知以何知之也。杜公以六十八岁入相，八十薨；苏公以七十二岁入相，八十二岁薨。不惟爵齿略相似,杜公在位百余日后,以太子少师致仕,末乃为太子太师;而苏公在位甫一年后,亦以太子少师致仕,太上皇即位,方进太子太保。初,杜公告老,执政有不悦者,故特以东宫三少抑之,当时以为非故事。而苏公告老在绍圣初,亦坐章申公不悦,令具杜公例进呈,苏公闻之,喜曰:"乃吾志也。"

王审琦微时,与太祖相善,后以佐命功,尤为亲近。性不能饮,太祖每燕,近臣常尽欢,而审琦但持空杯,太祖意不满。一日酒酣,举杯祝曰:"审琦布衣之旧,方共享富贵;酒者,天之美禄,可惜不令饮之。"祝毕,顾审琦曰:"天必赐汝酒量,可试饮。"审琦受诏,不得已饮,辄连数大杯,无苦。自是每侍燕,辄能与众同饮,退还私第则如初。

杨文公既佯狂逃归阳翟时,祥符六年也。中朝士大夫自王魏公而下,书问常不辍,皆自为文,而用其弟倚士曹名,奏牍则托之母氏。其答王魏公一书末云:"介推母子绝希绵上之田,伯夷弟兄甘守西山之饿。"当时服其微而婉云。

《考异》:倚往见魏公既归,以书叙感,非答其书也。

王元之初自掖垣谪商州团练副使,未几,入为学士。至道中,复自学士谪守滁州。真宗即位,以刑部郎中召为知制诰。凡再贬还朝,不能无怏怏,时张丞相齐贤、李文靖沆当国,乃以诗投之曰:"早有虚名达九重,宦途流落渐龙钟。散为郎吏同元稹,羞见都人看李邕。旧日谬吟红药树,新朝曾献皂囊封;犹祈少报君恩了,归卧山林作老农。"然亦竟坐张齐贤不悦,继有黄州之迁,盖虽困而不屈也。

石林燕语卷八

仁宗留意科举,由是礼闱知举,任人极艰。天圣五年春榜,王沂公当国,欲差知举官,从臣中无可意者,因以刘中山筠为言。时刘知颍州,仁宗即命驿召之。是岁廷试,王文安公尧臣第一,韩魏公第二,赵康靖公概第三。

庆历中,刘原父廷试考第一。会王伯庸以翰林学士为编排官,原父内兄也,以嫌自列。或言:高下定于考试官,编排第受成而甲乙之,无预与夺,伯庸犹力辞。仁宗不得已,以为第二,而以贾直儒为魁。旧制:执政子弟多以嫌不敢举进士。有过省而不敢就殿试者,盖时未有糊名之法也。其后法制既备,有司无得容心,故人亦不复自疑。然至和中,沈文通以太庙斋郎廷试考第一,大臣犹疑有官不应为,遂亦降为第二,以冯当世为魁。

富公以茂材异等登科,后召试馆职,以不习诗赋求免。仁宗特命试以策论,后遂为故事。制科不试诗赋,自富公始。至苏子瞻又去策,止试论三篇。熙宁初,罢制举,其事皆废。

李文定公在场屋有盛名。景德二年预省试,主司皆欲得之,以置高第。已而竟不在选,主司意其失考,取所试卷覆视之,则以赋落韵而黜也,遂奏乞特取之。王魏公时为相,从其请。既廷试,遂为第一。

《考异》:此说据范蜀公《东斋记事》。然景德二年,乃毕文简、寇莱公为相,王魏公参政。此云"王魏公时为相"，非也。

端拱初，宋白知举，取二十八人。物论喧然，以为多遗材。诏复取落下人试于崇政殿，于是再取九十九人。而叶齐犹击登闻鼓自列。朝廷不得已，又为复试，颇恶齐嚚讼，考官赋题，特出"一叶落而天下秋"，凡放三十一人，而齐仍在第一。

国朝取士，犹用唐故事，礼部放榜。柳开少学古文，有盛名，而不工为词赋，累举不第。开宝六年，李文正昉知举，被黜下第。徐士廉击鼓自列，诏卢多逊即讲武殿复试，于是再取宋准而下二十六人，自是遂为故事。再试自此始。然时开复不预，多逊为言开英雄之士，不工篆刻，故考较不及。太祖即召对，大悦，遂特赐及第。

唐礼部试诗赋，题不皆有所出，或自以意为之，故举子皆得进问题意，谓之"上请"。本朝既增殿试，天子亲御殿，进士犹循用礼部故事。景祐中，稍厌其烦渎，诏御药院具试题，书经史所出，模印给之，遂罢上请之制。

元丰五年，黄冕仲榜唱名，有暨陶者，主司初以"洎"音呼之，三呼不应。苏子容时为试官，神宗顾苏，苏曰："当以入声呼之。"果出应。上曰："卿何以知为入音？"苏言："《三国志》吴有暨艳，陶恐其后。"遂问陶乡贯，曰："崇安人。"上喜曰："果吴人也。"时暨自阙下一画，苏复言字下当从旦。此唐避睿宗讳，流俗遂误，弗改耳。

故事：殿试唱名，编排官以试卷列御座之西，对号以次拆封，转送中书侍郎，即与宰相对展进呈，以姓名呼之。军头司立殿陛下，以次传唱。大观三年，贾安宅榜，林彦振为中书侍郎，有甄好古者，彦振初以"真"呼。郑达夫时为同知枢密，在旁曰："此乃坚音。"欲以沮林。即以"坚"呼，三呼不出；始以

"真"呼,即出。彦振意不平,有忿语。达夫摘以为不恭,林坐贬。

唐末,礼部知贡举,有得程文优者,即以已登第时名次处之,不以甲乙为高下也,谓之"传衣钵"。和凝登第,名在十三,后得范鲁公质,遂处以十三。其后范登相位,官至太子太傅,封国于鲁,与凝皆同,世以为异也。

宋莒公兄弟居安州,初未知名。会夏英公谪知安州,二人以文贽见,大称赏之,遂闻于时。初试礼部,刘子仪知举,擢景文第一,余曾叔祖司空第二,莒公第三。时谅闇不廷试,暨奏名,明肃太后曰:"弟何可先兄?"乃易莒公第一,而景文降为第十。是榜上五名,莒公与曾鲁公既为相,高文庄、郑文肃与曾叔祖皆联名,景文、王内翰洙、张侍读瓌、郭龙图稹,皆同在第一甲,故世称刘子仪知人。

苏子瞻自在场屋,笔力豪骋,不能屈折于作赋。省试时,欧阳文忠公锐意欲革文弊,初未之识。梅圣俞作考官,得其《刑赏忠厚之至论》,以为似《孟子》。然中引皋陶曰"杀之三",尧曰"宥之三",事不见所据,亟以示文忠,大喜。往取其赋,则已为他考官所落矣,即擢第二。及放榜,圣俞终以前所引为疑,遂以问之,瞻徐曰:"想当然耳,何必须要有出处?"圣俞大骇,然人已无不服其雄俊。

熙宁以前,以诗赋取士,学者无不先遍读五经。余见前辈,无科名人,亦多能杂举五经,盖自幼习之,故终老不忘。自改经术,人之教子者,往往便以一经授之,他经纵读,亦不能精。教者亦未必皆读五经,故虽经书正文,亦率多遗误。尝有教官出《易》题云:"乾为金,坤亦为金,何也?"举子不免上请。则是出题时偶检福建本,坤为釜字,本谬,忘其上两点也。又尝有秋试,问"井卦何以无象",亦是福建本所遗。

　　唐以前,凡书籍皆写本,未有摹印之法,人以藏书为贵。人不多有,而藏者精于雠对,故往往皆有善本。学者以传录之艰,故其诵读亦精详。五代时,冯道始奏请官镂六经板印行。国朝淳化中,复以《史记》、《前》、《后汉》付有司摹印,自是书籍刊镂者益多,士大夫不复以藏书为意。学者易于得书,其诵读亦因灭裂,然板本初不是正,不无讹误。世既一以板本为正,而藏本日亡,其讹谬者遂不可正,甚可惜也。

　　余襄公靖为秘书丞,尝言《前汉书》本谬甚,诏与王原叔同取秘阁古本参校,遂为《刊误》三十卷。其后刘原父兄弟,《两汉》皆有刊误。余在许昌得宋景文用监本手校《西汉》一部,末题用十三本校,中间有脱两行者。惜乎,今亡之矣。

　　世言雕板印书始冯道,此不然,但监本五经板,道为之尔。《柳玭家训序》言其在蜀时,尝阅书肆,云"字书、小学,率雕板印纸",则唐固有之矣,但恐不如今之工。今天下印书,以杭州为上,蜀本次之,福建最下。京师比岁印板,殆不减杭州,但纸不佳;蜀与福建多以柔木刻之,取其易成而速售,故不能工。福建本几遍天下,正以其易成故也。

　　监本《礼记·月令》,唐明皇删定,李林甫所注也。端拱中,李至判国子监,尝请复古本,下两制馆职议。胡旦等皆以为然,独王元之不同,遂寝。后复数有言者,终以朝廷祭祀、仪制等,多本唐注,故至今不能改,而私本即用郑注。

　　太宗当天下无事,留意艺文,而琴棋亦皆造极品。时从臣应制赋诗,皆用险韵,往往不能成篇;而赐两制棋势,亦多莫究所以,故不得已,则相率上表乞免和,诉不晓而已。王元之尝有诗云:"分题宣险韵,翻势得仙棋。"又云:"恨无才应副,空有表虔祈。"盖当时事也。

苏子瞻尝称陈师道诗云:"凡诗,须做到众人不爱可恶处方为工。今君诗不惟可恶却可慕,不惟可慕却可妒。"

白乐天诗:"三杯蓝尾酒,一棵胶牙饧。"唐人言蓝尾多不同,蓝字多作啉;云出于侯白《酒律》。谓酒巡匝,末坐者连饮三杯,为蓝尾。盖末坐远酒,行到常迟,故连饮以慰之。以啉为贪婪之意,或谓啉为爁,如铁入火,贵出其色,此尤无稽。则唐人自不能晓此义也。

苏参政易简登科时,宋尚书白为南省主文。后七年,宋为翰林学士承旨,而苏相继入院,同为学士。宋尝赠诗云:"昔日曾为尺木阶,今朝真是青云友。"欧阳文忠亦王禹玉南省主文,相距十六年,亦同为学士,故欧公诗有"喜君新赐黄金带,顾我今为白发翁"之句。二事诚一时文物之盛也。

东汉以来,九卿官府皆名曰"寺",与台省并称,鸿胪其一也。本以待四夷宾客,故摩腾、竺法兰自西域以佛经至,舍于鸿胪。今洛中白马寺,摩腾真身尚在。或云:寺即汉鸿胪旧地。摩腾初来,以白马负经;既死,尸不坏,因留寺中,后遂以为浮屠之居,因名"白马";今僧居概称寺,盖本此也。摩腾真身至今不枯朽,漆棺石室扃锁甚固,藏其钥于府廨。有欲观者,旋请钥秉烛,乃可详视。然杨衒之《洛阳伽蓝记》载当时经函放光事,而不及摩腾,不可解。衒之,元魏时人也。

汉太皇太后称长信宫,皇太后称长乐宫,皇后称长秋宫。本朝不为定制,皇后定居坤仪殿,太皇太后、皇太后遇当推尊,则改筑宫,易以嘉名,始迁入。百官皆上表称贺,及贺两宫。

国初,以供奉官、左右班、殿直为"三班",后有殿前承旨班。端拱后,分供奉官为东西,又置左右侍禁借职,皆领于三班院,而仍称"三班",不改其初。三班例员止三百,或不及。天禧后,至四千二百有余,盖十四倍。元丰后,至一万一千六百九十,合宗室八百七十,总一万二千五百六十,视天禧又两倍有余。以出入籍较之,熙宁八年入籍者,岁四百八十有余,其死亡退免者不过二百,此所以岁增而不已也。右选如此,则左选可知矣。

元昊叛,王师数出不利。仁宗颇厌兵,吕文靖公遂有赦罪招怀之意,而范文正公、韩魏公持不可,欲经营服之。庞颖公知延州,乃密谕颖公,令致意于昊。时昊用事大臣野利旺荣,适遣牙校李文贵来,颖公留之未遣。因言敌方骤胜,若中国先遣人,必偃蹇不受命,不若因其人自以己意,令以逆顺祸福归告,乃遣文贵还。已而旺荣及其类曹偶四人,果皆以书来,然犹用庬国礼。公以为不逊,未敢答以闻。朝廷幸其至,趣使为答书,称旺荣等为太尉,且曰:"元昊果肯称臣,虽仍其僭名,可也。"颖公复论僭名岂可许? 太尉,天子上公,若陪臣而得称,则元昊安得不僭? 旺荣等书自称"宁令谟",此其国中官号,姑以此复之,则无嫌。乃径为答书。如是往返逾年,元昊遂遣其臣伊州刺史贺从勖入贡,称男邦面令国兀卒郎霄,上书父大宋皇帝。颖公览之,谓其使曰:"天子至尊,荆王叔父犹奉表称臣,若主可独言父子乎?"从勖请复归议。朝廷从其策,元昊遂卒称臣。

宝元、康定间,元昊初叛,契丹亦以重兵压境。时承平久,三路正兵寡弱,乃诏各籍其民不问贫富,三丁取一,为乡弓手。已而元昊寇陕西,刘平、石元孙等败没,死者以万计。正兵益少,乃尽以乡弓手刺面,为保捷指挥正军。河东、河北事宜稍缓,但刺其手背,号"义勇"。治平间,谅祚复谋入寇,议者数请为边备。韩魏公当国,遂委陕西提刑陈述古,准宝元、康定故事,复籍三丁之一为义勇,盖以陕西视两河,初无义勇故也。司马君实知谏院,力陈其不可,言甚切至,且谓陕西保捷即两河义勇,不应已籍而再籍。章六上,讫不从,盖魏公主之也。

黄河庆历后,初自横陇,稍徙趋德博,后又自商胡趋恩冀,皆西流北入海。朝廷以工夫大,不复塞。至和中,李仲昌始建议,开六塔河,引注横陇,复东流。周沆以天章阁待制为河北都转运使,诏遣中官与沆同按视。沆言今河面二百步,而六塔渠广四十步,必不能容;苟行之,则齐与博、德、滨、棣五州之民,皆为鱼矣。时贾文元知北京,韩康公为中丞,皆不主仲昌议,而富韩公为相,独力欲行之。康公至以是击韩公。然北流既塞,果决,齐、博等州民大被害。遂窜仲昌岭南,议者以为韩公深恨。

太宗北伐,高琼为楼船战棹都指挥使,部船千艘趋雄州。

元昊初臣、庞颖公自延州入为枢密副使,首言关中苦馈饷,请徙沿边兵就食内地。议者争言不可,以为虏初伏,情伪难测,未可遽弛备。独公知元昊已困,必不能遽败盟,卒徙二十万人。后为枢密使,复言天下兵太冗,多不可用,请汰其罢老者。时论纷然,尤以为必生变,公曰:“有一人不受令,臣请以身坐之。”仁宗用其言,遂汰八万人。

夏文庄、韩魏公皆自枢密副使出,再召为三司使。

贾文元为崇政殿说书。久之,仁宗欲以为侍讲,而难于骤用,乃特置天章阁侍讲。天章有侍讲,自此始然,后亦未尝复除人。

《考异》:时以崇政殿说书贾昌朝、王宗道、赵希言并兼天章阁侍讲,非专为贾设也。后高若讷、杨安国、王洙、林瑀、赵师民、曾公亮、钱象先、卢士宗、胡瑗、吕公著、傅求、常秩、陈襄、吕惠卿等，皆为天章阁侍讲，云"后亦未尝复除人"，非也。

元丰初，诏修仁宗、英宗史，王禹玉以左仆射为监修官。始成二帝纪，具草进呈。神宗内出手诏，赐禹玉等曰："两朝大典，虽为重事，以卿等才学述作之，固已比迹班、马矣。朕之浅陋，何所加损乎！其如拟进草绪成之。"盖上尊祖宗之意，非故事也。其后史成，特诏给舍侍郎以上，学士中丞及观察使以上，曲燕于垂拱殿。亦非故事也。

国朝宰相，自崇宁以前，乾德二年，范质、王溥、魏仁浦罢，赵普相，开宝六年罢，独相者十年；雍熙二年，宋琪罢，李昉在位，端拱元年罢，独相者四年；淳化元年赵普罢，吕蒙正在位，独相者逾年；景德三年，寇准罢，王旦相，祥符五年向敏中相，旦独相者七年；天圣七年，王曾罢，吕夷简在位，明道元年张士逊复相，夷简独相者三年；皇祐三年，宋庠、文彦博罢，庞籍相，独相者三年；元祐九年，吕大防罢，章惇相，七年罢，独相者七年。七朝独相者七人，惟赵韩王十年，其次王魏公、章申公七年，为最久云。

元丰中，蹇周辅自户部侍郎知开封府，止除宝文阁待制；而李定自户部侍郎知青州，除龙图阁直学士，二例不同，定或以久次也。

绍圣初，彭器资自权尚书，韩持正自侍郎出知成都府，皆除宝文阁直学士，两人皆辞行，即复以待制为州。盖成都故事，须用杂学士，而权尚书、真侍郎，皆止当得待制也。

范忠宣元祐初自直龙图阁知庆州，进天章阁待制，即召为给事中；未几，迁吏部尚书。辞免未报，拜同知枢密院，告自中出，特令不过门下省。公力辞，台谏亦有以为言，不听，遂自同知拜相。前辈进用之速未有如此。

《考异》：范知庆州，除待制，召为给事中，皆元丰八年，云"元祐初"，非也。时以安焘知枢范同知，而给事中封驳焘敕不下，诏不送给事中书读，焘辞免，从之，除命复送给事中书读。云"告自中出，特令不过门下省"，非也。范元祐元年六月同知，三年四月相，宋琪自外郎一岁四迁，至作相；向敏中自外郎同知枢，才百余日。云前辈进用之速，未有如范者，亦非也。

庆历二年，富郑公知谏院，吕申公、章郇公当国。时西事方兴，郑公力论宰相当通知枢密院事，二公遂皆加判枢密院。已而以判为太重，改兼枢密使。五年，二公罢，贾文元、陈恭公继相，遂罢兼使。

窦怀贞以尚书右仆射兼御史大夫，诏军国重事，宜共平章。元祐初，以文潞公为平章军国重事，吕申公为平章军国事，遂入衔。或以为用怀贞故事。

国史院初开，史官皆赐银、绢、笔、墨、纸，已开而续除者不赐。

唐都雍，洛阳在关东，故以为东都；本朝都汴，洛阳在西，故以为西都，皆谓之"两京"。祥符七年，真宗谒太清宫于亳州，还，始建应天府为南京。仁宗庆历二年，契丹会兵幽州，遣使萧英、刘六符来求关南北地，始建大名府，为北京。

从官狨座，唐制初不见，本朝太平兴国中始禁。工商庶人许乘乌漆素鞍，不得用狨毛暖座。天禧中，始诏两省五品、宗室、将军以上许乘狨毛暖座，余悉禁。则太平兴国以前，虽工商庶人皆得乘；天禧以前，庶官亦皆得乘也。

故事：建州岁贡大龙凤团茶各二斤，以八饼为斤。仁宗时，蔡君谟知建州，始别择茶之精者为"小龙团"，十斤以献，斤为十饼。仁宗以非故事，命劾之。大臣为请，因留而免劾，然自是遂为岁额。熙宁中，贾青为福建转运使，又取小团之精者为"密云龙"以二十饼为斤而双袋，谓之"双角团茶"，大小团袋皆用绯，通以为赐也。密云独用黄，盖专以奉玉食。其后又有为"瑞云翔龙"者。宣和后，团茶不复贵，皆以为赐，亦不复如向日之精。后取其精者为"銙茶"，岁赐者不同，不可胜纪矣。

《考异》：君谟为福建转运使，非知建州也。始进小龙团，凡二十饼重一斤。此云"斤为十饼"，非也。

庆历初，吕许公在相位，以疾甚求罢。仁宗疑其辞疾，欲亲视之，乃使乘马至殿门，坐椅子舆至殿陛，命其子公弼掖以登。既见，信然，乃许之。前无是礼也。

《考异》：《吕传》云：命内侍取兀子舆以前。

石林燕语卷九

北京旧不兼河北路安抚使,仁宗特以命贾文元。故文元召程文简为代,乞只领大名一路。后文元再镇,固求兼领,乃复命之。且诏昌朝罢,则不置。及熙宁初,陈旸叔守北京,遂以文元故事兼领。

熙宁初,中书议定改宗室条制,召学士王禹玉草制。禹玉辞曰:"学士,天子私人也。若降诏付中书施行,则当草之。今中书已议定宗室事,则当使舍人院草敕尔。学士非所预,不敢失职也。"乃命知制诰苏子容草敕。近世凡朝廷诏命,皆学士为之,重王命也。

熙宁三年九月,诏中书五房各置检正官二员,在堂后官之上,都检正一员,在五房提点之上,皆以士人为之。于是以吕微仲为都检正,孙巨源吏房,李邦直礼房,曾子宣户房,李奉世刑房。

澶渊之盟,初以曹利用奉使,许岁币三十万;其后刘六符来,始增二十万为五十万。元昊初,遣如定来求和,朝廷许以岁币十万,未称臣;乃使张子奭奉使而肯称臣,子奭遂许以二十万。

枢密都承旨与副承旨,祖宗皆用士人,比僚属事,参谋议。真宗后,天下无事,稍稍遂皆用吏人。欧公建言请复旧制,而不克行。熙宁初,始用李评为都承旨,至今行之。初,评受命,文潞公为枢密使,以旧制不为之礼,评诉于神宗,命史官检详故事。以久无士人为之，检不获，乃诏如阁门使见枢密之礼。

仁宗时，台官有弹击教坊倭子郑州来者，朝中传以为笑。欧公以为今台官举人，须得三丞以上，成资通判者，所以难于充选。因请略去资格，添置御史里行。但选材堪此选，资深者入三院，资浅者为里行。熙宁初，实用此议也。

元祐二年，诏职事官并许带职。尚书二年，加直学士；中丞、侍郎、给事、谏议通及一年，加待制。论者纷然，以为不当。王彦林为十不可之说以献。谓尚书二年加直学士，若一年而罢，与之直学士则过，与之待制则与尚书、侍郎何异？其以罪被谪者，常例当落职，若落职名，则不问过之轻重，与职事官为落两重职；若止落职事官，则与平迁、善罢何异！官制以来，由谏议大夫、中书舍人方为给事中，由给事中方为侍郎，而中丞又在侍郎之上。今概以一年为待制，则等差莫辩。待制，祖宗之时其选最精，出入朝廷才一二人。今立法无定员，将一年之后，待制满朝，必有车载斗量之谣。大要如是。刘莘老为中丞，刘器之为司谏，皆以为言，朝廷不以为然。其后莘老作相，亦竟不能自改也。

治平初，王景彝自御史中丞除枢密副使，钱公辅为知制诰，缴词头。时英宗初即位，韩魏公当国，以为始除大臣而不奉诏，恐主威不立，乃特责滁州团练副使。议者以为太过，司马君实知谏院，意亦以为是而不救。及后论陕西义勇事，章六上不行，乃于求罢章中始云：钱公辅一上章，止枢密副使恩命于诏令未行之前，而谪授散官；臣六上章，沮宰相大议于诏令已行之后，而不以为罪，是典刑不均一矣。请比公辅更谪远小处。疏入，不报，盖意指魏公也。

狄武襄状貌奇伟。初隶拱圣籍中，为延州指使。范文正一见,知其后必为名将,授以《左氏春秋》。遂折节读书,自春秋战国至秦汉,用兵成败,贯通如出掌中。与尹师鲁尤善。师鲁与论兵法,终不能屈。连立战功,骤至泾原经略招讨副使。仁宗闻其名,欲召见,会寇入平凉,诏图形以进,于是天下始耸然畏慕之。神宗初即位,有意二边。一日,忽内出御制祭文,遣使祭其墓,欲以感励将士。或云:滕元发之辞也。

狄武襄以枢密副使出讨侬智高,换宣徽南院使,宣抚荆、湖南北路,经制广南盗贼事。师还,复旧任,盖不欲以本官外使也。如嘉祐末,韩魏公待郭逵厚,始使带签书枢密院知延州。故熙宁初,王乐道论魏公,为用周太祖故事命逵,盖郭威实由是变也。魏公亦无以解。

《考异》:治平三年,郭逵以签书枢密院事为陕西四路宣抚使兼判渭州,后以宣徽使判延州。此云"嘉祐末",又云逵"带签书枢密院事知延州",皆非。王乐道论韩魏公用逵事,在治平四年,此云"熙宁初",亦非也。

贾文元初以晋陵县主簿为国子监说书,孙宣公为判监。始见,因会学官,各讲一经。既退,谒宣公久之不出。徐令人持《唐书·路隋韦处厚传》使读,文元了不喻。已乃见之,曰:"知所以示二《传》乎?"曰:"不知。"宣公言:"君讲书有师法,他日当以经术进,如二公,勉自爱。"其后,宣公辞讲筵请老,即荐文元自代,时官犹未甚显。未几,仁宗卒为创崇政殿说书命之。崇政殿说书,自文元始云。

庆历中,契丹遣萧英、刘六符来,求取关南北地,朝廷患之。王武恭帅定州,虏密遣人来觇候。吏得之,偏裨皆请斩之,以徇众武,恭特不问。明日,出猎近郊,号三十万,亲执枹鼓示众,下令曰:"具粮糗,视大将军旗所向即驰,敢后者斩。"

觇者归,密以告,虏疑汉兵将深入,无不惧。仁宗亟遣使问计,对曰:"咸平、景德,边兵二十余万皆屯定武,不能分扼要害,故虏得轶境,径犯澶渊。且当时以阵图赐诸将,人皆谨守,不敢自为方略,缓急不相援,多至于败。今愿无赐阵图,第择诸将,使应变出奇,自立异功,则无不济。"仁宗以为然。

晏元献公喜推引士类,前世诸公为第一。为枢府时,范文正公始自常调荐为秘阁校勘。后为相,范公入拜参知政事,遂与同列。孔道辅微时,亦尝被荐。后元献再为御史中丞,复入为枢府,道辅实代其任。富韩公,其婿也。吕申公荐报聘虏,时在枢府,亦从而荐之,不以为嫌。苏子容为谥议,以比胡广与陈蕃并为三司,谢安引从子元北伐云。

王武恭公自枢密使谪知随州,孔道辅所论也。道辅死,或有告武恭:"害公者死矣。"武恭愀然叹曰:"可惜!朝廷又丧一直臣。"文潞公为唐质肃所击,罢宰相,质肃亦坐贬岭外。至和间,稍牵复为江东转运使。会潞公复入相,因言唐某疏臣事固多中,初贬已重,而久未得显擢,愿得复召还。仁宗不欲,止命迁官,除河东。

夏文庄、韩魏公皆自枢密副使为三司使。

汉举贤良,自董仲舒以来,皆对策三道。文帝二年,对策者百人,晁错为高第。武帝元光五年,对策者亦百人,公孙弘为第一。当时未有黜落法,对策者皆被选,但有高下尔。至唐始对策一道而有中否,然取人比今多。建中间,姜公辅等二十五人;太和间,裴休等二十三人;其下如贞元中,韦执谊、崔元翰、裴泊等皆十八人;元和中,牛僧孺等、长庆中庞严等,至少犹皆十四人。盖自后周加试策论三道于礼部,每道以三千字为率;本朝加试六论,或试于秘阁,合格而后御试,故得人颇艰。然所选既精，士之滥进者无几矣。

《考异》：文帝十五年策晁错等，非"二年"也。贤良策见于《汉书》者，惟董仲舒三道，余皆一道。此云"自仲舒以来皆对策三道"，不知何所据耶？"百人"皆当云百余人。又《仲舒》及《严助传》亦皆云百余人。

苏子容过省，赋"历者，天地之大纪"，为本场魁。既登第，遂留意历学。元丰中，使虏适会冬至，虏历先一日，趣使者入贺。虏人不禁天文术数之学；往往皆精。其实契丹历为正也，然势不可从。子容乃为泛论历学，援据详博，虏人莫能测，无不耸听。即徐曰："此亦无足深较，但积刻差一刻尔。以半夜子论之，多一刻即为今日，少一刻即为明日，此盖失之多尔。"虏不能遽折。遂从归奏，神宗大喜，即问："二历竟孰是？"因以实言，太史皆坐罚。至元祐初，遂命子容重修浑仪，制作之精，皆出前古。其学略授冬官正袁惟几，而创为规模者，吏部史张士廉。士廉有巧思，子容时为侍郎，以意语之，士廉辄能为，故特为精密。虏陷京师、毁合台，取浑仪去。今其法，苏氏子孙亦不传云。

元昊叛，议者争言用兵伐叛，虽韩魏公亦力主其说。然官军连大败者三：初围延州，执刘平、石元孙于三川口，康定元年也。明年，败任福于好水川，福死之。庆历元年也。又明年，寇镇戎军，败葛怀敏于定州寨，执怀敏，丧师皆无虑十余万。中间唯任福袭白豹城，能破其四十一族尔。范文正欲力持守策，以岁月经营困之，无速成功。故无大胜，亦无大败。

神宗天性至孝，事慈圣光献太后尤谨。升遐之夕，王禹玉为相入慰，执手号恸，因引至敛所，发视御容，左右皆感绝。将敛，复召侍臣观入梓宫物，亲举一玉碗及玉弦曰："此太后常所御也。"又怵几欲仆。禹玉为挽辞云:"谁知老臣泪,曾及见珠襦。"又云:"朱弦湘水急,玉碗汉陵深。"皆纪实也。

庆历二年,富郑公知谏院,吕申公、章郇公当国。时西事方兴,郑公力论宰相当通知枢密院事,二公遂皆加判枢密院。已而以判为太重,改兼枢密使。五年,二公罢,贾文元、陈恭公继相遂罢兼使。

韩康公得解,过省、殿试皆第三人。其后为执政,自枢密副使、参知政事、拜相,及再宰,四迁皆在熙宁中,此前辈所未有也。苏子容挽辞云:"三登庆历三人第,四入熙宁四辅中。"

范文正公以晏元献荐入馆,终身以门生事之,后虽名位相亚亦不敢少变。庆历末,晏公守宛丘,文正赴南阳,道过,特留欢饮数日。其书题门状,犹皆称门生。将别,以诗叙殷勤,投元献而去。有"曾入黄扉陪国论,却来绛帐就师资"之句,闻者无不叹伏。

王禹玉历仁宗、英宗、神宗三朝,为翰林学士,其家自太平兴国至元丰十榜,皆有人登科。熙宁初,叶尚书祖洽榜,闻喜燕席上和范景仁诗云:"三朝遇主惟文翰,十榜传家有姓名。"此事他人所无有也。

范文正公始以献百官图讥切吕申公,坐贬饶州。梅圣俞时官旁郡,作《灵乌赋》以寄,所谓"事将兆而献忠,人返谓尔多凶",盖为范公设也。故公亦作赋报之,有言"知我者谓吉之先,不知我者谓凶之类"。及公秉政,圣俞久困,意公必援己,而漠然无意,所荐乃孙明复、李泰伯。圣俞有违言,遂作《灵乌后赋》以责之。略云:"我昔闵汝之忠,作赋吊汝;今主人误丰尔食,安尔巢,而尔不复啄叛臣之目,伺贼垒之去,反憎鸿鹄之不亲,爱燕雀之来附。"意以其西师无成功。世颇以圣俞为隘。

太宗时,陈文忠公廷试第一,曾会第二,皆除光禄寺丞,直史馆;会继迁殿中丞,知宣州,赐绯衣银鱼,前无此比也。治平初,彭器资谅闱榜,亦为进士第一,乃连三任职官,十年而后始改太子中允。盖器资未尝求于当路,代还多自赴吏部铨,然卒以是知名。仕宦淹速,信不足较也。

元厚之少以文字自许,屡以贽欧阳文忠,卒不见录。故在嘉祐初、治平间,虽为从官,但多历监司帅守。熙宁初,荆公当国,独知之,始荐以为知制诰,神宗犹未以为然。会广西侬智高后,复传溪峒有警,选可以经略者,乃自南京迁知广州。既至,边事乃误传,其《谢上表》云:"横水明光之甲,得自虚传;云中赤白之囊,唱为危事。"盖用泽潞《李文饶》及《丙吉传》中事。神宗览之,大称善,后遂自荆南召为翰林学士。

元祐初,魏王丧在殡。秋燕,太常议天子绝期,不妨燕。苏子瞻为翰林学士,当撰致语。上疏援荀盈未葬,平公饮酒乐,膳宰屠蒯以为非;周穆后既葬除丧,景王以宾燕,叔向议之,以为若绝期,可以燕乐,则平公、景王何以见非?余谓天子绝期,谓不为服也。不为服,则不废乐,太常之议是矣。以为情有所不忍,则特辍乐,如屠蒯、叔向之言可也,不当更论绝期为言。如富郑公母在殡,而仁宗特罢春燕,叔父岂不重于宰相之母!惜乎,子瞻不知出此也。

《考异》:按《春秋左氏传》昭公九年,晋荀盈如齐,卒于戏阳,殡于绛。未葬,晋平公饮酒乐,膳宰屠蒯趋入,酌以饮工曰:"汝为君耳,将司聪也。辰在子卯,谓之疾日,君彻燕乐,学人舍业,为疾故也。君之卿佐是谓股肱,股肱或亏,何痛如之。汝弗闻而乐是,不聪也。"公说,彻乐。又按昭公十五年,晋荀跞如周葬穆后。既葬,除丧,周景王以宾燕,叔向讥之,谓之"乐忧"。夫晋平公之于荀盈,仁宗以宰臣张知白之丧特罢社燕,比例尤的。子瞻所奏,正引仁宗以宰相富弼母在殡为罢春燕事,且云魏王之亲比富弼之母,轻重亦有间矣。此乃云"子瞻不知出此",何耶?

治平间,欧阳永叔罢参知政事,知亳州,除观文殿学士;相继赵叔平罢知徐州,亦除。其后非执政而除者,王韶以边功,王乐道以宫僚,皆特恩也。

《考异》:欧阳永叔罢政在治平四年,前此如丁度、韩琦、高若讷、富弼、孙沔、田况、张观、程戡、孙抃、胡宿,皆以前执政,或初罢政除观文殿学士,此止举欧、赵二人,何耶?

故事:馆职皆试诗赋各一篇。熙宁元年,召试王介、安焘、陈侗、蒲宗孟、朱初平,始命改试策论各一道。于是始试"敕天之命,惟时惟几"论,问"古用民,岁不过三日"策。

吕宝臣为枢密使,神宗欲用晦叔为中丞,不以为嫌,乃召苏子容就曾鲁公第草制。中云:"惟是一门公卿,三朝侍从,久欲登于近用,尚有避于当途。况朕方以至公待人,不疑群下,岂以弟兄之任事而废朝廷之擢才!矧在仁祖之时,已革亲嫌之制。台端之拜,无以易卿。"著上意也。晦叔既辞,上命中使押赴台。礼上,公弼亦辞位,不从。

神宗既不相潞公,而相陈旸叔,乃诏旸叔班潞公下。潞公辞曰:"国朝未有枢密使居宰相上者,惟曹利用尝先王曾、张知白,臣忝文臣,不敢乱官制。"力辞久之,不听,乃班旸叔上。已而阁门言:旧制:宰相压亲王,亲王压使相。今彦博先升之,则遇大朝会,亲王并人,亦当带压亲王。潞公复辞,始许班旸叔下。

故事：三院御史论事，皆先申中书，得札子而后始登对。谏官则不然。熙宁初，始诏依谏官例，听直牒阁门请对。

熙宁三年，制科过阁，孔文仲第一，吕陶亦在选中。既殿试，文仲陈时病，语最切直，吕陶稍直。宋敏求、蒲宗孟初考文仲，书第三等；王禹玉、陈睦复考，书第四等。王荆公见之，怒不乐中，批出："黜文仲，令速发赴本任；吕陶升一任，与堂除差遣。"自是遂罢科。

故事：南省奏名第一，殿试唱过三名不及，则必越众抗声自陈，虽考校在下列，必得升等。吴春卿、欧阳文忠皆由是得升第一甲。独范景仁避不肯言，等辈屡趣之，皆不应，至第十九人方及，徐出拜命而退，时已服其静退。自是廷试当自陈者，多慕效之。近岁科举当升等人，其目不一，有司皆预编次，唱名即举行，其风遂绝。

王沂公初就殿试时，固已有盛名。李文靖公沆为相，适求婿，语其夫人曰："吾得婿矣。"乃举公姓名曰："此人今次不第，后亦当为公辅。"是时，吕文穆公家亦求姻于沂公。公闻文靖言，曰："李公知我。"遂从李氏，唱名果为第一。晏元献公尝属范文正公择婿。久之，文正言有二人，其一富高，一张为善。公曰："二人孰优？"曰："富君器业尤远大。"遂纳富，即富公也，时犹未改名。以宰相得宰相，衣冠以为盛事。为善亦安道旧名。

张文节公初为龙图阁待制，求判国子监。真宗问王魏公："国子清闲无职事，知白岂不长于治剧，欲自便耶？"魏公对："知白博学，通晓民政，但其所守素清，而廉于进取故尔。"上曰："若此，正好为中执法。"乃命以右谏议大夫除御史中丞，上用人如此。景德、天禧间,所以名臣多也。

神宗尝问经筵官:"《周官》'前朝后市'何义?"黄右丞履时为侍讲,以王氏新说对。言:朝,阳事,故在前;市,阴事,故在后。上曰:"亦不独此。朝,君子所集;市,小人所居。向君子背小人之意。"诸臣闻之竦然。

哲宗初即位,契丹吊哀使入见。蔡持正以契丹大使衣服与在廷异,上春秋少,恐升殿骤见或惧。前一日奏事罢,从容言其仪状,请上勿以为异,重复数十语皆不答。徐俟语毕,上曰:"彼亦人耳,怕他做甚!"持正竦然而退。

司马温公与吕申公素相友善,在朝有所为,率多以取则。温公自修起居注,召试知制诰,申公亦自外同召。温公既就试,而申公力辞不至,改除天章阁待制。温公大悔,自以为不及。命下凡九章,辞不拜,引申公自比,云:"臣与公著同被召,公著固辞得请,而臣独就职,是公著廉逊,而臣无愧耻也。"朝廷察其诚,因亦除天章阁待制。

《考异》:温公与申公相友善,云"在朝有所为,率多以取则";非也。温公辞修注云:"王安石差修《起居注》,力自陈诉,章七八上,然后朝廷许之,臣乃追悔恨,向者非朝廷不许,由臣请之不坚故也。使臣之才得及安石一二,则闻命之日受而不辞。今臣自循省一无可取,乃与之同被选擢,比肩并进,岂不玷朝廷之举,为士大夫所羞哉!"辞知制诰云:"窃闻天章阁侍讲吕公著与臣同时被召,公著辞让不至,朝廷已除公著天章阁待制,臣始自悔恨"云云。辞修注则引荆公,辞知制诰则引申公,各一时之事,非有所取则也。

政和末,李彦章为御史,言士大夫多作诗,有害经术,自陶

渊明至李、杜，皆遭诋斥，诏送敕局立法。何丞相执中为提举
官，遂定命官传习诗赋，杖一百。是岁，莫俦榜，上不赐诗而赐
箴。未几，知枢密院吴居厚喜雪，御筵进诗，称"口号"。自是
上圣作屡出，士大夫亦不复守禁。或问何立法之意，何无以
对，乃曰："非为今诗，乃旧科场诗耳。"

石林燕语卷十

苏魏公为宰相，因争贾易复官事，持之未决。御史杨畏论苏故稽诏令，苏即上马乞退，请致仕。吕微仲语苏："可见上辩之，何遽去？"苏曰："宰相一有人言，便为不当物望，岂可更辩曲直？"宣仁力留之，不从，乃罢以为集禧观使。自熙宁以来，宰相未有去位而留京师者，盖异恩也。绍圣初，治元祐党人，凡尝为宰执者无不坐贬，惟子容一人独免。

熙宁以前，台官例少贬，间有责补外者，多是平出，未几复召还。故台吏事去官，每加谨为，其治行及区处家事无不尽力。近岁台官进退既速，贬谪复还者无几，然吏习成风，犹不敢懈。开封官治事略如外州，督察按举必绳以法，往往加以笞责，故府官罢，吏率掉臂不顾，至或靳侮之。时称"孝顺御史台，忤逆开封府"。

范鲁公与王溥、魏仁浦同日罢相，为一制。其辞曰："或病告未宁，或勤劳可眷。"时南郊毕，质、溥皆再表求退；仁浦以疾在告，乞骸骨，故云。

王冀公罢参知政事，真宗眷意犹未衰，特置资政殿学士命之。时寇莱公欲抑之，乃定班翰林学士之下。冀公诉以为无罪而反降，故复命为大学士，班枢密副使之下。自是非尝任宰执者不除。元丰间，韩持国、陈荐非执政而除，盖宫僚之异恩也。

王荆公在金陵，神宗尝遣内侍凌文炳传宣抚问，因赐金二百。荆公望阙拜受跪已,语文炳曰:"安石闲居无所用。"即庭下发封,顾使臣曰:"送蒋山常住置田,祝延圣寿。"

王元之素不喜释氏,始为知制诰,名振一时。丁晋公、孙何皆游门下,元之亦极力延誉,由是众多侧目。有伪为元之《请汰释氏疏》,及《何无佛论》者,未几有商、洛之贬。欧阳文忠公丁母忧,服除召还。公尝疾士大夫交通权近,至是亦有伪公《乞罢斥宦官章》传播者,遂出知同州。会有辩其诬,遂复留。

绍圣间,常朝起居,章子厚押班。一日,忽少一拜,遽升殿,在廷侍从初不记省,见丞相进即止。蔡鲁公时为翰林学士承旨,独徐足一拜而退,当时以为得体。大观间,蔡鲁公在告,张宾老押班,忽多一拜。予时为学士,刘德初、薛肇明皆为尚书,班相近,予觉其误,即语二人。二人曰:"非误,当拜。"余不免亦从之。阁门弹失仪,皆放罪。子厚语人:是日边奏,有蕃官威明阿密者当进呈,偶忘,思之,遂忘拜数。而予虽觉其误,然初亦不甚着意记拜数,既闻二人之言,从而亦疑。乃知朝谒当一意尽恭,不可杂以他念也。

李孝寿知开封府,有举子为仆所陵,忿甚,亟缚之,作状欲送府。会为同舍劝解,久之,气亦平,因释去;自取其状,戏学孝寿押字,判曰:"不勘案,决臀杖二十。"其仆怨之。翌日,即窃状走府,曰:"秀才日学知府判状,私决人。"孝寿怒,即令追之。既至,具陈所以,孝寿翻然谓仆曰:"如此,秀才所判,正与我同,真不用勘案。"命吏就读其状,如数决之。是岁,举子会省试于都下数千人,凡仆闻之,皆畏戢无敢肆者,当时亦称其敏。

真宗幸澶渊,丁晋公以郓、齐、濮安抚使知郓州。虏既入

塞,河北居民惊奔渡河,欲避于京东者,日数千人,舟人邀阻不
时济。丁闻之,亟取狱中死囚数人以为舟人,悉斩于河上,于
是晓夕并渡,不三日皆尽。既渡,复择民之少壮者,分画地分,
各使执旗帜、鸣金鼓于河上,夜则传更点、申号令,连数百里。
虏人莫测,讫师退,境内晏然。

张乖崖再治蜀。一日,问其客李畋:"外间百姓颇相信服
否?"畋言:"相公初镇,民已服矣,何待今日?"乖崖曰:"不然。
人情难服,前未,今次或恐,然只这'信'字,五年方做得成。"

刘秘监几,字伯寿,磊落有气节,善饮酒,洞晓音律,知保
州。方春,大集宾客,饮至夜分,忽告外有卒谋为变者。几不
问,益令折花,劝坐客尽戴,益酒行,密令人分捕。有顷,皆擒
至。几遂极饮达旦,人皆服之,号"戴花刘使"。几本进士,元
丰间换文资,以中大夫致仕,居洛中。平时,挟女奴五七辈,载
酒持被囊,往来嵩、少间。初不为定所,遇得意处,即解囊藉
地,倾壶引满,旋度新声自为辞,使女奴共歌之;醉则就卧不
去,虽暴露不顾也。尝召至京师议大乐,且以朝服趋局,暮则
易布裘,徒步市廛间,或娼优所集处,率以为常,神宗亦不之
责。其自度曲有《戴花正音集》行于世,人少有得其声者。

宋守约为殿帅,自入夏日,轮军校十数辈捕蝉,不使得闻
声。有鸣于前者,皆重笞之,人颇不堪,故言守约恶闻蝉声。
神宗一日以问守约,曰:"然。"上以为过,守约曰:"臣岂不知此
非理?但军中以号令为先。臣承平总兵殿陛,无所信其号令,
故寓以捕蝉耳。蝉鸣固难禁,而臣能使必去;若陛下误令守一
障,臣庶几或可使人。"上以为然。

包孝肃为中丞,张安道为三司使,攻罢之。既又自成都召
宋子京,孝肃复言其在蜀燕饮过度事,改知郑州。已而乃除孝

肃,遂就命。欧阳文忠时为翰林学士,因疏孝肃攻二人,以为
不可,而已取之,不无蹊田夺牛之意。孝肃虽尝引避,而终不
辞。元祐间,苏子由为中丞,攻罢许冲元,继除右丞,御史安鼎
亦以为言,二人固非有意者。然欧阳公之言,亦足以厚士风
也。

王继忠,真宗藩邸旧臣,后为高阳关部辖。咸平中,与契
丹战没,契丹得之不杀,喜其辩慧,稍见亲用,朝廷不知其尚存
也。及景德入寇,继忠从行,乃使通奏,先导欲和之意,朝廷始
知其不死,卒因其说以成澶渊之盟。继忠是时于两间用力甚
多,故契丹不疑。真宗亦录其妻子,岁时待之甚厚。后改姓耶
律,封王,卒于契丹;而子孙在中朝官者亦甚众,至今京师号
"陷蕃王太尉"家。

《考异》:王继忠为定州路副都署,咸平六年战殁。此
云"为高阳关部辖",非也。

陈密学襄、郑祭酒穆,与陈烈、周希孟皆福州人,以乡行
称,闽人谓之"四先生"。烈尤为蔡君谟所知,尝与欧阳文忠公
共荐于朝,由是益知名。然烈行怪多伪,蔡君谟母死,烈往吊,
自其家匍匐而进,人问之,曰:"此诗所谓'凡民有丧,匍匐救
之'者也。"其所为类如此。后为妻讼其不睦事,为监司所按,
诏置狱劾治。司马温公为谏官,上疏救之,曰:"烈既尝为近臣
所推,必无甚过,若遽摧辱,恐沮伤山林处士之气。"然亦竟坐
罪。

杜祁公居官清介,每请俸,必过初五。家人有前期误请
者,公怒,即以付有司劾治,尹师鲁公所知也。余在颍川士人
家,尝见师鲁得罪后谢公书,亲引此事云:以某自视,虽若无
愧,以公观之,则安得为无罪?师鲁盖坐擅贷官钱,为部吏偿

债。当时有恶之者，遂论以赃云。

吕丞相微仲，性沉厚刚果，遇事无所回屈，身干长大，而方望之伟然。初相，苏子瞻草麻云："果毅而达，兼孔门三子之风；直大以方，得《坤》爻六二之动。"盖以戏之。微仲终身以为恨，言固不可不慎。

> 《考异》：直方，大美之至矣，何必终身为恨乎？果毅当作"果艺"。

仁宗山陵，韩魏公为使。时国用窘匮，而一用乾兴故事。或以为过。苏明允为编礼官，以书责公，至引宋华元厚葬事，以为不臣。魏公得之矍然，已乃敛容起谢曰："某无状，敢不奉教！然华元事，莫未至是否？"闻者无不服公大度，能受意外之言也。

余见大父时家居及燕见宾客，率多顶帽而系勒帛，犹未甚服背子。帽下戴小冠簪，以帛作横幅约发，号"额子"。处室中，则去帽见冠簪，或用头巾也。古者士皆冠，帽乃冠之遗制。头巾，贱者不冠之服耳。勒帛，亦有垂绅之意，虽施之外不为简。背子，本半臂，武士服，何取于礼乎？或云：勒帛不便于搢笏，故稍易背子，然须用上襟，掖下与背皆垂带。余大观间见宰执接堂吏，押文书，犹冠帽用背子，今亦废矣。而背子又引为长袖，与半臂制亦不同。头裹，贱者巾；衣，武士服。而习俗之久，不以为异。古礼之废，大抵类此也。

刘丞相挚家法俭素，闺门雍睦。凡冠巾衣服制度，自其先世以来，常守一法，不随时增损。故承平时，其子弟杂处士大夫间，望而知其为刘氏也。数十年来，衣冠诡异，虽故老达官，亦不免从俗，与市井喧浮略同，而不以为非。

旧凤翔郿县出绦，以紧细如箸者为贵。近岁衣道服者，绦以大为美,围率三四寸,长二丈余,重复腰间至五七返,以真茸为之。一绦有直十余千者,此何理也?

赵清献公每夜常烧天香,必擎炉默告,若有所秘祝者数。客有疑而问公,公曰:"无他,吾自少昼日所为,夜必哀敛,奏知上帝。"已而复曰:"苍苍眇冥,吾一矢区区之诚,安知必能尽达? 姑亦自防检,使不可奏者知有所畏,不敢为耳。"有周竦者,尝为公门客,为余言之。

杜祁公罢相,居南京,无宅,假驿舍居之数年。讫公薨,卒不迁,亦不营生事,止食其俸而已。然闾里吉凶庆吊,与亲识之道南京者,相与燕劳,问遗之礼未尝废。公薨,夫人相里氏以绝俸不能自给,始尽出其箧中所有,易房服钱二千。公本遗腹子,其母后改适河阳人。公为前母子不容,因逃河阳,依其母佣书于济源。富人相里氏一见奇之,遂妻以女云。

范文正公四子,长曰纯佑,有奇才。方公始为西帅时,已能佐公治军,早死。其次即忠宣、夷叟、德孺也。尝为人言:"纯仁得吾之忠,纯礼得吾之正,纯粹得吾之材。"忠宣以身任国,世固知之;夷叟简默寡言笑,虽家居独坐一室,或终日不出;德孺继公帅西方为名将,卒如其言云。

前辈多知人,或云亦各有术,但不言尔。夏文庄公知蕲州,庞庄敏公为司法,尝得时疾在告。方数日,忽吏报庄敏死矣。文庄大骇,曰:"此人当为宰相,安得便死?"吏言其家已发哀,文庄曰:"不然。"即自往见,取烛视其面,曰:"未合死。"召医语之曰:"此阳证伤寒,汝等不善治,误尔!"亟取承气汤灌之。有顷,庄敏果苏,自此遂无恙,世多传以为异。张康节公升、田枢密况,出处虽不同,其微时皆文庄所荐也。

范文正公用人多取气节,阔略细故,如孙威敏、滕达道之徒,皆深所厚者。为帅府辟置,多谪籍未牵叙人。或以问公,公曰:"人之有才能无瑕颣者,自应用于宰相。惟实有可用,不幸陷于过失者,不因事起之,则遂为废人矣。"世咸多公此意。凡军伍以杂犯降黜者,例皆改刺龙骑指挥。故时当权者,每惮公废法建请,难于尽从,因戏之为"龙骑指挥使"云。

王右丞正仲口吃,遇奏对则如流。欧阳文忠近视,常时读书甚艰,惟使人读而听之。在政府数年,每进文字,亦如常人,不少异。贵人真自有相也。余为郎官时,尝遇视朔过殿,有御史为巡使者,法当独立于殿廷之南,北向以察百官失仪。其人久在学校,素矜慎,始引就位,辄无故仆地;既掖而起,又仆,如是者三。上遥望,以为疾作,亟命卫士数人扶出。逮至殿门,步行如常,问之,曰:"自不能晓,但觉足弱耳。"其人官后亦不显,亦其相然也。

崇宁中,蔡鲁公当国。士人有陈献利害者,末云:"伏望闲燕,特赐省览。"有得之欲谗公者,密摘以白上,曰:"清闲之燕,非人臣所得称,而鲁公受之不以闻。"鲁公引《礼》"孔子闲居"、"仲尼燕居"自辩,乃得释。

司马温公自少称"迂叟",著《迂书》四十一篇。韩魏公晚号"安阳懿叟",文潞公号"伊叟",欧阳文忠公号"六一居士",以琴、棋、书、酒、集古碑为五,而自当其一,尝著《六一居士传》。苏子瞻谪黄州,号"东坡居士",东坡其所居地也。晚又号"老泉山人",以眉山先茔有老翁泉,故云。子由自岭外归许下,号"颍滨遗老",亦自为传,家有遗老斋,盖元祐人至子由,存者无几矣。

王禹玉作《庞颍公神道碑》,其家送润笔金帛外,参以古书名画三十种,杜荀鹤及第时试卷亦是一种。

　　章郇公高祖母练氏,其夫均,为王审知偏将,领军守西岩。一日,盗至,不能敌,遣二亲校请兵于审知,后期不至,将斩之。练氏为请不得,即密取橐中金遗二校,急使逃去,二校奔南唐。会王氏国乱,李景即遣兵攻福州,时均已卒矣。二校闻练氏在,亟遣人赍金帛招之使出,曰:"吾翌日且屠此城,若不出,即并及矣。"练氏返金帛不纳,曰:"为我谢将军,诚不忘前日之意,幸退兵,使吾城降,吾与此城人可俱全;不然,愿与皆屠,不忍独生也。"再三请不已。二将感其言,遂许城降。均十五子,五为练氏出,郇公与申公皆其后也。

　　丁晋公初治第于车营务街,杨景宗时为役兵,为之运土。景宗,章惠太后弟也,后以太后得官。晋公谪,即以其第赐之。性凶悍,使酒挟太后。晚尤骄肆,好以滑槌殴人,时号"杨滑槌",故今犹以名其宅云。

　　晁文元迥尝云:"陆象先言:'天下本无事,只是庸人扰之,始为烦耳。'吾亦曰:'心间本无事,率由妄念扰之,始为烦耳。'"

　　晁文元公天资纯至,年过四十登第,始娶,前此未尝知世事也。初学道于刘海蟾,得炼气服形之法;后学释氏,常以二教相参,终身力行之。既老,居昭德坊里第。又于前为道院,名其所居堂曰"凝寂",燕坐萧然,虽子弟见有时。晚年耳中闻声,自言如乐中簧,始隐隐如雷,渐浩浩如潮,或如行轩百子铃,或如风蝉曳绪。每五鼓后起坐,闻之尤清澈,以为学道灵感之验。今人静极,类亦有闻此声者,岂晁固自不同耶? 或云:晚尝自见其形在前,既久渐小,八十后每在眉睫之间,此尤异也。

　　王荆公性不善缘饰,经岁不洗沐,衣服虽敝,亦不浣濯。

与吴冲卿同为群牧判官,韩持国在馆中,三数人尤厚善,无日不过从。因相约:每一两月即相率洗沐。定力院家,各更出新衣,为荆公番,号"拆洗"。王介甫云:出浴见新衣辄服之,亦不问所从来也。曾子先持母丧过金陵,公往吊之。登舟,顾所服红带。适一虞候挟笏在旁,公顾之,即解易其皂带入吊。既出,复易之而去。

文潞公父为白波辇运,潞公时尚少。一日,尝以事忤其父,欲挞之,潞公密逃去。张靖父为辇运司军曹,司知其所在,迎归使与靖同处。其父求潞公月余不得,极悲思之,乃徐出见,因使与靖同学,后因登第。潞公相时,擢靖为直龙图阁。靖有吏干。翰林学士张阁,其子也。

蔡鲁公喜接宾客,终日酬酢不倦。家居遇宾客少间,则必至子弟学舍,与其门客从容燕笑。蔡元度禀气弱,畏见宾客。每不得已一再见,则以啜茶多,退必呕吐。尝云:"家兄一日无客则病,某一日接客则病。"

米芾诙谲好奇。在真州,尝谒蔡太保攸于舟中。攸出所藏右军《王略帖》示之,芾惊叹,求以他画换易,攸意以为难,芾曰:"公若不见从,某不复生,即投此江死矣。"因大呼,据船舷欲坠,攸遽与之。知无为军,初入州廨,见立石颇奇,喜曰:"此足以当吾拜。"遂命左右取袍笏拜之,每呼曰"石丈"。言事者闻而论之,朝廷亦传以为笑。

　　《考异》:据米芾所记,《王略帖》八十二字,乃是以钱十五万得之;而《谢安帖》六十五字,则得于蔡太保也。

薛文惠公居正,父仁谦,世居今京昭德坊。后唐庄宗入汴,仁谦出避,其第为唐六宅使李宾所据。宾家多赀,尝藏金珠价数十万第中,会以罪谪,不及取。仁谦后复归,欲入居,或告以所藏者,仁谦曰:"吾敢盗人之所有乎!"尽召宾近属,使发取,然后入。文惠为相时,正居此宅,宜有是也。仁谦仕周,亦为太子宾客致仕云。

宋元宪公尝问苏魏公:"徐锴与铉,学问该洽略相同,而世独称铉,何也?"魏公言:"锴仕江南,早死;铉得归本朝,士大夫从其学者众,故得大其名尔。"元宪兄弟好论小学,得锴所作《说文系传》而爱之。每欲为发明,得苏论,喜曰:"二徐未易分优劣,要以是别之,异时修史者不可易也。"余顷从苏借《系传》,苏语及此,亦自志于《系传》之末。

曹玮帅秦州,当赵德明叛,边庭骇动,玮尝与客对棋。军吏报有叛卒投德明者,玮弈如常,至于再三,徐顾吏曰:"此吾遣使行,后勿复言。"德明闻,杀投者,卒遂不复叛。

元丰间,刘舜卿知雄州,虏寇夜窃其关锁去,吏密以闻。舜卿亦不问,但使易其门键大之。后数日,虏牒送盗者并以锁至。舜卿曰:"吾未尝亡锁。"命加于门,则大数寸,并盗还之。虏大惭,沮盗者亦得罪。舜卿,近世名臣也。

避暑录话

[宋]叶梦得　撰

徐时仪　　校点

校 点 说 明

《避暑录话》四卷，宋叶梦得撰。叶梦得(1077—1148)，字少蕴，号石林居士。苏州吴县(今苏州)人。绍圣进士。初任丹徒尉。徽宗时官翰林学士，出帅颍昌府，因摧抑贪吏而遭罢黜。高宗即位，任翰林学士兼侍读，迁尚书左丞，曾致力于抗金防务。官终知福州，兼福建安抚使。《宋史·文苑传》称其"嗜学蚤成，多识前言往行，谈论亹亹不穷"。他见多识广，著有《建康集》、《石林词》、《石林诗话》、《石林燕语》和《避暑录话》等。

据此书作者书前自序称，绍兴五年(1135)因酷暑难熬，不能安其室，于是每日早起，即择泉石深旷、竹松幽茂处避暑，与其二子及门生"泛话古今杂事，耳目所接，论说平生出处及道老交亲戚之言，以为欢笑，皆后生所未知"。后由其子栋据以择记之，因名《避暑录话》。《四库全书总目》称"其所叙录亦多足资考证而裨见闻"。综观书中所记，如记宜兴善权洞中咸通八年昭义军节度使李蟾赎寺碑、记滕达道微时任气使酒等，均可补史乘之阙。

由序知此书成于绍兴五年六月。晁公武《读书志》载为十五卷，《四库全书总目》已指出为传写之谬。《宋史·艺文志》和《文献通考》作二卷，《稗海》、《津逮秘书》、《四库全书》、《学津讨原》和《丛书集成初编》亦皆为二卷。涵芬楼据项氏宛委山堂本所刊《宋人小说》则分为四卷，且书前有叶梦得自序。此本遇宋帝讳庙号悉缺避空格，犹是沿宋椠之旧。另有《说郛》和《五朝小说》选摘部分而录为一卷。各本所录内容的排列次第亦偶有先后不同。现以夏敬观校涵芬楼藏版《宋人小说》所收四卷本为底本，校以《稗海》、《津逮秘书》、《四库全书》及叶德辉观古堂重刻枞花盦本，并参检《宋史》加以标点。诸本所载字词不同之处则择善而从，按标校原则径改，不出校注。

目　　录

序

　　绍兴五年五月，梅雨始过，暑气顿盛，父老言数十年所无有。余居既远城市，岩居又在山半，异时盖未尝病暑，今亦不能安其室。每旦起，从一仆夫负榻，择泉石深旷、竹松幽茂处，偃仰终日。宾客无与往来，惟栋、模二子、门生徐惇立挟书相从，间质疑请益。时为酬酢，亦或泛话古今杂事，耳目所接，论说平生出处，及道老交亲戚之言，以为欢笑，皆后生所未知。三子云："幸有闻，不敢不识，以备遗忘。"屡请不已。乃使栋执笔，取所欲记则书之，名曰《避暑录话》云。六月十一日，石林老人序。

避暑录话卷一

杜子美《饮中八仙歌》，贺知章、汝阳王琎、崔宗之、苏晋、李白、张长史旭、焦遂、李适之也。适之坐李林甫谮，求为散职，乃以太子少保罢政事。命下，与亲戚故人欢饮赋诗曰："避贤初罢相，乐圣且衔杯。为问门前客，今朝几个来？"可以见其超然无所芥蒂之意，则子美诗所谓"衔杯乐圣称避贤"者是也。适之以天宝五载罢相，即贬死袁州，而子美十载方以献赋得官，疑非相与周旋者，盖但记能饮者耳。惟焦遂名迹不见他书。适之之去，自为得计，而终不免于死，不能遂其诗意，林甫之怨岂至是哉！冰炭不可同器，不论怨有浅深也。乃知弃宰相之重而求一杯之乐，有不能自谋者。欲碌碌求为焦遂，其可得乎？今岘山有适之洼樽，颜鲁公诸人尝为联句而传不载，其尝至湖州，疑为刺史，而史失之也。

李文定公坐与丁晋公不相能，中常郁郁不乐。旧中书省壁间有其手题诗一联，云："灰心缘忍事，霜鬓为论兵。"凡数十处，此裴晋公诗也。初不见全篇，在许昌偶得其集，云："有意效承平，无功答圣明。灰心缘忍事，霜鬓为论兵。道直身还在，恩深命转轻。盐梅非拟议，葵藿是平生。白日长悬照，苍蝇谩发声。嵩阳旧田里，终使谢归耕。"裴公之言犹及此，岂坐李逢吉、元稹故耶？集中又有在太原题厅壁一绝句，云："危事经非一，浮荣得是空。白头官舍里，今日又春风。"则此公胸中亦未得全为无事人，绿野之游岂易得哉！裴公固不特以文字名世，然诗辞皆整齐闲雅，忠义端亮之气凛然时见，览之每可喜也。

裴晋公诗云："饱食缓行初睡觉，一瓯新茗侍儿煎。脱巾斜倚绳床坐，风送水声来耳边。"公为此诗必自以为得志，然吾山居七年，享此多矣。今岁新茶适佳。夏初作小池，导安乐泉注之，得常熟破山重台白莲，植其间，叶已覆水。虽无淙潺之声，然亦澄澈可喜。此晋公之所诵咏，而吾得之，可不为幸乎？

欧阳文忠公在扬州作平山堂，壮丽为淮南第一。堂据蜀冈，下临江南，数百里真、润、金陵三州，隐隐若可见。公每暑时辄凌晨携客往游，遣人走邵伯取荷花千余朵，以画盆分插百许盆，与客相间。遇酒行，即遣妓取一花传客，以次摘其叶，尽处则饮酒，往往侵夜载月而归。余绍圣初始登第，尝以六七月之间馆于此堂者几月。是岁大暑，环堂左右老木参天，后有竹千余竿，大如椽，不复见日色。苏子瞻诗所谓"稚节可专车"是也。寺有一僧，年八十余，及见公，犹能道公时事甚详。迩来几四十年，念之犹在目。今余小池植莲虽不多，来岁花开，当与山中一二客修此故事。

余家旧藏书三万余卷，丧乱以来，所亡几半。山居狭隘，余地置书簏无几。雨漏鼠啮，日复蠹败。今岁出曝之，阅两旬才毕。其间往往多余手自抄，览之如隔世事。因日取所喜观者数十卷，命门生等从旁读之，不觉至日昃。旧得酿法，极简易，盛夏三日辄成。色如湩醴，不减玉友。仆夫为作之。每晚凉即相与饮三杯而散，亦复盎然。读书避暑固是一佳事，况有此酿。忽看欧文忠诗，有"一生勤苦书千卷，万事消磨酒十分"之句，慨然有当其心。公名德著天下，何感于此乎？邹湛有言，如湛辈乃当如公言耳。此公始退休之时，寄北门韩魏公诗也。

苏子瞻在黄州作蜜酒，不甚佳，饮者辄暴下。蜜水腐败者尔。尝一试之，后不复作。在惠州作桂酒，尝问其二子迈、过，云亦一试之而止。大抵气味似屠苏酒。二子语及，亦自抚掌大笑。二方未必不佳，但公性不耐事，不能尽如其节度，姑为好事借以为诗，故世喜其名。要之，酒非曲蘖，何可以他物为之？若不类酒，孰若以蜜渍木瓜榅橙等为之，自可口，不必似酒也。刘禹锡传南方有桂浆法善造者，暑月极快美。凡酒用药，未有不夺其味。况桂之烈，楚人所谓桂酒椒浆者，安知其为美酒？但土俗所尚，今欲因其名以求美亦过矣。

王荆公不耐静坐，非卧即行。晚卜居钟山谢公墩，自山距州城适相半，谓之半山。畜一驴，每食罢必日一至钟山。纵步山间，倦则即定林而睡，往往至日昃乃归，率以为常。有不及终往，亦必跨驴中道而还，未尝已也。余见蔡天启、薛肇明备能言之。子瞻在黄州及岭表，每旦起不招客相与语，则必出而访客。所与游者亦不尽择，各随其人高下，谈谐放荡，不复为畛畦。有不能谈者，则强之说鬼。或辞无有，则曰"姑妄言之"。于是闻者无不绝倒，皆尽欢而后去。设一日无客，则歉然若有疾。其家子弟尝为予言之如此也。吾独异此，固无二公经营四海之志，但畏客欲杜门。每坐辄终日，至足痹乃起。两岩相去无三百步，阅数日才能一往。一榻所据，如荆公之睡，则有之矣。陶渊明云"园日涉而成趣"，岂仁人志士所存各异，非余颓惰者所及乎？万法皆从心生，心苟不动，外境何自而入？虽寒暑可敌也。婴儿未尝求附火摇扇，此岂无寒暑乎？盖不知尔。近见世有畏暑者，席地袒裼，终日迁徙，百计求避，卒不得所欲，而道途之役，正昼烈日，衣以厚衲，挽车负担，驰骋不停，竟亦无他，但心所安尔。近有道人常悟，住惠林，得风痹疾，归寓许昌天宁寺。足不能行，虽三伏必具三衣而坐，自旦至暮未尝欹倚。每食时，弟子扶掖，稍伸缩，即复跏趺如故。室中不置扇，拱手若对大宾客，而神观澄穆，肤理融畅。疾虽不差，亦不复作，如是七年。一日告其徒，语绝即化。余尝盛暑屡过之，问："重衣而不扇，亦觉热乎？"但笑而不答。夫心无避就，虽婴儿、役夫，犹不能累，况如若人者乎？

　　卢鸿《草堂图》旧藏中贵人刘有方家。余往有庆历中摹本，亦名手精妙。犹记后载唐人题跋云："相国邹平段公家藏图书，并用所历方镇印记。咸通初，余为荆州从事，与柯古同在兰陵公幕下，阅此轴。今所历岁祀倏逾二纪，洊罹多难，编轴尚存。物在时迁，所宜兴叹。丁未年驾在岐山，涿郡子蓉记。"又书："己酉岁重九日专谒大仪，遂载览阅，累经多难，顿释愁襟。子蓉再题。"邹平公，段文公也。柯古，其子成式字也。子蓉，不知何人。涿郡，盖亦卢氏望。兰陵公或云萧邺。其罢相，出为荆州节度使，正咸通初。成式终太常少卿，则所谓大仪也。丁未，僖宗光启二年。己酉，昭宗龙纪元年。此画宣和庚子余在楚州为贺方回取去不归。当时余方自许昌得请洞霄，思卜筑于此山之下。视图中草堂、樾馆、桃烟磴、幂翠亭等，渺然若不可及。今余东西两岩略有亭堂十余所，比年松竹稍环合。每杖策登山，奇石森耸左右，诘曲行云霞中，不知视鸿居为如何，但恨水泉不壮，无云锦池、金碧潭耳。

　　谢康乐云良辰、美景、赏心、乐事四者难并，天下咏之，以为口实。韩魏公在北门作四并堂。公功名富贵，无一不满所欲，故无时不可乐，亦以是为贵乎？余游行四方，当其少时，盖未知光景为可惜，亦不以是四者为难得也。在许昌见故老言韩持国为守,每入春,常日设十客之具于西湖,且以郡事委僚吏,即造湖上。使史之湖门,有士大夫过,即邀之入,满九客而止。辄与乐饮终日,不问其何人也。曾存之常以问公曰:"无乃有不得已者乎?"公曰:"汝少年安知此?吾老矣,未知复有几春。若待可与饮者而后从,吾之为乐无几,而春亦不吾待也。"余时年四十三,犹未尽以为然。自今思之,乃知其言为有味也。

近世学者多言中庸,中庸之不可废久矣,何待今日?非特子思言之,尧之告舜曰:"人心惟危,道心惟微。惟精惟一,允执厥中。"所谓人心者,喜怒哀乐之已发者也;道心者,喜怒哀乐之未发者也。人能治其心常于未发之前,不为已发之所乱,则不流于人心而道心常存,非所谓中乎?通此说者,不惟了然于性命之正,亦自可以养生尽年。《素问》以喜怒悲忧恐配肝心脾肺肾,而更言其所胜所伤。每使节其过而养其正,以全生保形。夫性已得矣,生与形固优为之。特论养生者分于五脏,而吾儒一于心。五脏非心,孰为之制?是亦一道也。往岁有方士刘淳珉,年百岁余,乃以给使事夏英公。余尝见其为蔡鲁公言惩忿窒欲为损之义,甚有理。盖深于《素问》者。嘉祐末,有黥卒,亦百余岁,不知其姓名,时人以郝老呼之,善医。自言受法于至人,往来许、洛间。程文简公尤厚礼之。为文简诊脉,预告其死期于期岁之前,不差旬日。常语人年六十始知医,七十而见《素问》,每抚髀太息曰:"使吾早得此书,与医俱,吾不死矣。"惜其见之晚,而已伤者不可复也。孔子曰:"仁者寿。"此固尽性之言,何疑于医乎?

林下衲子谈禅,类以吾儒为未尽。彼固未知吾言之深,然吾儒拒之亦太过。《易》曰:精气为物,游魂为变,是故知鬼神

之情状。原始要终，故知死生之说。此何等语乎？若作善，降
之百祥；作不善，降之百殃。积善之家，必有余庆；积不善之
家，必有余殃，则因果报应之说亦未尝废也。晋宋间佛学始入
中国而未知禅，一时名流乃有为神不灭之论。又有非之者，何
其陋乎？自唐言禅者寖广，而其术亦少异。大抵儒以言传而
佛以意解，非不可以言传，谓以言得者未必真解，其守之必不
坚，信之必不笃，且堕于言，以为对执而不能变通旁达尔。此
不几吾儒所谓默而识之，不言而信者乎？两者未尝不通。自
言而达其意者，吾儒世间法也；以意而该其言者，佛氏出世间
法也。若朝闻道，夕可以死，则意与言两莫为之碍，亦何彼是
之辨哉？吾尝为其徒高胜者言之，彼亦心以为然，而有不得同
者，其教然也。

　　欧阳文忠公平生诋佛老，少作《本论》三篇，于二氏盖未尝
有别。晚罢政事，守亳，将老矣，更罹忧患，遂有超然物外之
志。在郡不复事事，每以闲适饮酒为乐。时陆子履知颍州。
公，客也，颍且其所卜居。尝以诗寄之，颇道其意。末云："寄
语瀛洲未归客，醉翁今已作仙翁。"此虽戏言，然神仙非老氏说
乎？世多言公为西京留守推官时，尝与尹师鲁诸人游嵩山，见
薜书成文，有若"神清之洞"四字者，他人莫见。然苟无神仙则
已，果有，非公等为之而谁？其言未足病也。公既登政路，法
当得坟寺，极难之，久不敢请。已乃乞为道宫。凡执政以道宫
守坟墓，惟公一人。韩魏公初见奏牍，戏公曰："道家以超升不
死为贵，公乃使在丘垅之侧，老君无乃却辞行乎？"公不觉失声
大笑。

　　欧阳氏子孙奉释氏甚众，往往尤严于它士大夫家。余在
汝阴，尝访公之子棐于其家。入门，闻歌呗钟磬声自堂而发。

棐移时出，手犹持数珠，讽佛名，具谢今日适斋日，与家人共为佛事方毕。问之云："公无恙?"时薛夫人已自尔，公不禁也。及公薨，遂率其家无良贱悉行之。汝阴有老书生犹及从公游，为予言公晚闻富韩公得道于净慈本老，执礼甚恭。以为富公非苟下人者，因心动。时法颙师住荐福寺，所谓颙华严者，本之高弟。公稍从问其说。颙使观《华严》，读未终而薨，则知韩退之与大颠事真不诬。公虽为世教立言，要之，其不可夺处不唯少贬于老氏，虽佛亦不得不心与也。

《白乐天集》自载李浙东言海上有仙馆待其来之说，作诗云："吾学空门非学仙，恐君此说是虚传。海山不是吾归处，归则须归兜率天。"顷读卢肇《逸史》，记此事差详。李浙东，李君稷也。会昌初为浙东观察使，言有海贾遭风飘海中，至一大山，视其殿榜曰"蓬莱"。旁有一院，扃镳甚严。花木盈庭，中设几案。或人告之曰："此白乐天院，在中国未来耳。"唐小说事多诞，此既自见于乐天诗，当不谬。近世多传王平甫馆宿，梦至灵芝宫，亦自为诗纪之曰："万顷波涛木叶飞，笙歌宫殿号灵芝。挥毫不似人间世，长乐钟声梦觉时。"与白乐天事绝相类，乃知天地间英灵之气亦无几，为人为仙，不在此则在彼，更去迭来无足怪者。

苏子瞻亦喜言神仙。元祐初有东人乔仝，自言与晋贺水部游，且言贺尝见公密州道上，意若欲相闻。子瞻大喜。仝时客京师，贫甚。子瞻索囊中得四十缣，即以赠之，作五诗，使仝寄贺，子由亦同作。仝去讫不复见，或传妄人也。晚因王巩又得姚丹元者，尤奇之，直以为李太白所化，赠诗数十篇，待之甚恭。姚本京师富人王氏子，不肖，为父所逐。事建隆观一道士。天资慧，因取道藏遍读，或能成诵。又多得其方术丹药。

大抵有口才,好大言。作诗间有放荡奇谲语,故能成其说。浮
沉淮南,屡易姓名,子瞻初不能辨也。后复其姓名王绎。崇宁
间余在京师,则已用技术进为医官矣。出入蔡鲁公门下,医多
奇中,余犹及见。其与鲁公言从子瞻事,且云:“海上神仙宫
阙,吾皆能以术致之,可使空中立见。”蔡公亦微信之,坐事编
置楚州。梁师成从求子瞻书帖,且荐其有术。宣和末,复为道
士,名元诚。力诋林灵素,为所毒,呕血死。

　　张平子作《归田赋》,兴致虽萧散,然序所怀,乃在“仰飞纤
缴,俯钓清流,落云间之逸禽,悬清渊之鲛鳎”。吾谓钓弋亦何
足为乐? 人生天地之间,要当与万物各得其欲,不但适一己
也,必残暴禽鱼以自快,此与驰骋弋猎者何异? 如陶渊明言
“携幼入室,有酒盈樽。悦亲戚之情话,乐琴书以消忧”,此真
得事外之趣。读之,能使人盎然,觉其左右草木无情物,亦皆
舒畅和豫。平子本见汉室多事,欲去以远祸,未必志在田园,
姑有激而言耳。宜其发于胸中者,与渊明不类也。

　　扬子云言谷口郑子真耕乎岩石之下,名震于京师,世以为
贤。吾谓子真非真隐遁者也,使真隐遁者,方且遁名未暇,尚
何京师之闻乎? 若司马季主、李仲元,乃当近之,然犹使世间
知有是人也。彼世所不得知,如哭龚胜老人,言龚生竟夭天
年,非吾徒者,或其人乎? 乃知此一流,世固未尝乏,亦不必在
山林岩穴也。自晨门、荷蓧、长沮、桀溺之徒,孔子固志之矣。
虽其道不可以训天下,非孔子所乐与,然每相与闻而载其言,
亦微以示后世也。但士之涉世者,欲为此不可得,能为黄叔
度,其犹庶几乎? 盖虽未尝绝世,而世终不能为之累,所谓汪
汪若万顷之陂者,非郭林宗无以知之也,似优于子真,管幼安
亦其次也。此二三人者,幸生孔孟时,必皆有以处之。自唐而

后,不复有此类,往往皆流入为浮屠氏,故其间杰然有不可拔者,惜其非吾党,难与并论。吾谓云门、临济、赵州数十人,虽以为晨门、荷蒉之徒可也。白乐天与杨虞卿为姻家而不累于虞卿,与元稹、牛僧孺相厚善而不党于元稹、僧孺,为裴晋公所爱重而不因晋公以进,李文饶素不乐而不为文饶所深害者,处世如是人亦足矣。推其所由得,惟不汲汲于进而志在于退,是以能安于去就,爱憎之际,每裕然有余也。自刑部侍郎以病求分司时,年才五十八。自是盖不复出,中间一为河南尹,期年辄去。再除同州刺史,不拜。雍容无事,顺适其意,而满足其欲者十有六年。方太和、开成、会昌之间,天下变故,所更不一。元稹以废黜死,李文饶以谗嫉死。虽裴晋公犹怀疑畏,而牛僧孺、李宗闵皆不免万里之行。所谓李逢吉、令狐楚、李珏之徒,泛泛非素与游者,其冰炭低昂,未尝有虚日,顾乐天所得,岂不多哉? 然吾犹有微恨,似未能全忘声色杯酒之累,赏物太深,若犹有待而后遣者,故小蛮、樊素,每见于歌咏。至甘露十家之祸,乃有“当君白首同归日,是我青山独往时”之句,得非为王涯发乎? 览之使人太息,空花妄想初何所有,而况冤亲相寻,缴绕何已? 乐天不唯能外世,故固自以为深得于佛氏,犹不能旷然一洗,电扫冰释于无所有之地,习气难除,有至是乎? 要之,若飘瓦之击,虚舟之触,庄周以为至人之用心也,宜乎?

　世言歙州具文房四宝,谓笔、墨、纸、砚也。其实三耳。歙本不出笔,盖出于宣州。自唐惟诸葛一姓世传其业,治平、嘉祐前有得诸葛笔者,率以为珍玩,云“一枝叮敌他笔数枝”。熙宁后世始用无心散卓笔,其风一变。诸葛氏以三副力守家法不易,于是寝不见贵,而家亦衰矣。歙州之三物,砚久无良材,所谓罗纹眉子者不复见，惟龙尾石捍坚拒墨，与凡石无异。欧文忠作《砚谱》，推歙石在端石上，世多不然之，盖各因所见尔。方文忠时，二地旧石尚多，岂公所有适歙之良而端之不良者乎？纸则近岁取之者多，无复佳品，余素自不喜用。盖不受墨，正与麻纸相反。虽用极浓墨，终不能作黑字。墨惟黄山松丰腴坚缜，与他州松不类，又多漆。古未有用漆烟者，三十年来人始为之，以松渍漆并烧。余大观间令墨工高庆和取煤于山，不复计其直。又尝被命馆三韩使人，得其贡墨，碎之，参以三之一。既成，潘张二谷、陈瞻之徒皆不及。丧乱以来，虽素好事者，类不尽留意于诸物。余顷有端砚三四枚，奇甚，杭州兵乱亡之。庆和所作墨亦无遗。每用退墨砚磨不黑滞笔，如以病目剩员御老钝马。

今世不留意墨者多言未有不黑，何足多较？此正不然。黑者正难得，但未尝细别之耳。不论古墨，惟近岁潘谷亲造者黑。他如张谷、陈瞻与潘使其徒造以应人，所求者皆不黑也。写字不黑，视之芒芒然，使人不快意。平生嗜好屏除略尽，惟此物未能忘。数年来乞墨于人，无复如意。近有授余油烟墨法者，用麻油燃密室中，以一瓦覆其上，即得煤，极简易。胶用常法，不多以外料参之，试其所作良佳。大抵麻油则黑，桐油则不黑。世多以桐油贱，不复用麻油，故油烟无佳者。黄山松煤虽密迩，度余力恐未易致。秋冬间中外或无事，当求净人中一了了者，试使为之。余自与之为胶剂，必有可喜者。

庆历后，欧阳文忠以文章擅天下，世莫敢有抗衡者。刘原甫虽出其后，以博学通经自许，文忠亦以是推之。作《五代史》、《新唐书》凡例，多问《春秋》于原甫，及书梁人阁事之类。原甫即为剖析，辞辩风生。文忠论《春秋》多取平易，而原甫每深言经旨。文忠有不同，原甫间以谑语酬之，文忠久或不能平。原甫复忤韩魏公，终不得为翰林学士，将死，戒其子弟无得遽出其集，曰："后百余年，世好定，当有知我者。"故贡父次其集，藏之不肯出。私谥曰"公是先生"。贡父平生亦好谐谑，慢侮公卿，与王荆公素厚，坐是亦相失。及死，子弟次其文，亦私谥曰"公非先生"。原甫百七十五卷，贡父五十卷。

宜兴善权、张公两洞，天下绝境也。壬子夏，余罢建康归，大雨中枉道过之。张公洞有观，访其旧事，惟南唐李氏时碑，言张道陵尝居尔。善权洞有咸通八年昭义军节度使李蟾赎寺碑。盖尝废于会昌中，蟾以己俸赎之。蟾自言太和中尝于此亲见白龙自洞中出。洞之胜处，不可尽名。但恨通明处少，略行三十步，即须秉火而后可见，大抵与张公洞相似。蟾，当时藩镇，名迹合见于史而略无有。惟碑先载蟾奏状，后具敕书云："中书门下牒，牒奉敕云云。宜依所奏，仍令浙西观察使速准此处分，牒至准敕，故牒。"与今尚书省行事不同。今四方奏请，事出有司者，画旨付逐部符下；因人以请者，以札子直付其人，而逐部兼行尚书省，皆不自行也。敕后列平章事十人，称司徒者三，一曰崔，二曰杜，三曰令狐。称司徒兼太保，不著姓，旁书使者一，称左仆射杜者一，称司徒夏侯者一，皆带检校不名。司徒杜者，悰也。令狐者，绹也。左仆射杜者，审权也。司徒夏侯者，孜也。此皆以平章事，故系衔。有称中书侍郎兼刑部尚书路者，岩也。门下侍郎兼户部尚书曹者，确也。中书侍郎兼工部尚书卢者，商也。此皆见宰相也。七人与史皆合，惟司徒崔与司徒兼太保尢姓。及曹确后，又有工部尚书书，旁书使，亦当为又见宰相，三人纪，其表皆不载，不应有遗脱。此不可解。余家藏碑千余帙，多得前世故事，与史违误，尝为《金石类考》五十卷，此后所得不及录也。

士大夫于天下事苟聪明自信，无不可为，惟医不可强。本
朝公卿能医者，高文庄一人而已。尤长于伤寒。其所从得者
不可知矣，而孙兆、杜壬之流，始闻其绪余，犹足名一世。文
庄，郓州人。至今郓人多医，尤工伤寒，皆本高氏。余崇宁、大
观间在京师见董汲、刘寅辈，皆精晓张仲景方术，试之数验，非
江淮以来俗工可比也。子瞻在黄州，蕲州医庞安常亦善医伤
寒，得仲景意。蜀人巢谷出圣散子方，初不见于前世医书，自
言得之于异人。凡伤寒不问证候如何，一以是治之，无不愈。
子瞻奇之，为作序，比之孙思邈三建散，虽安常不敢非也。乃
附其所著《伤寒论》中，天下信以为然。疾之毫厘不可差，无甚
于伤寒。用药一失其度，则立死者皆是。安有不问证候而可
用者乎？宣和后此药盛行于京师，太学诸生信之尤笃，杀人无
数。今医者悟，始废不用。巢谷本任侠好奇，从陕西将韩存宝
出入兵间，不得志，客黄州，子瞻以故与之游。子瞻以谷奇侠
而取其方，天下以子瞻文章而信其方。事本不相因，而趋名
者，又至于忘性命而试其药。人之惑，盖有至是也。

天下之祸，莫甚于杀人；为阴德者，亦莫大于活人。世多
传元丰间有监黄河埽武臣射杀埽下一鼋，未几死而还魂，云为
鼋诉于阴府，力自辩鼋数败埽，以其职杀之，故得免，而阴官韩
魏公也，冥间呼为真人。余始不信，后得韩氏家传，载其事云
裕陵所宣谕，乃不疑。且杀一鼋犹能诉，而况人乎？兵兴以
来，士大夫多喜言兵，人人自谓有将略，且相谓必敢于杀人。
余盖闻而惧也。余在江东，兼领淮西事。淮西收复，郡前率用
招降盗贼就付之，安于凶残，至缚人更相馈，以为犒设。此前
世乱亡之极未有也。余力察而禁之，且言于秦丞相，幸朝廷大

为约束。会余罢帅不能终，此曹如犬豕菹醢，相继未有能久，杀人殆自杀，固不足论。吾士大夫何至渐渍此习乎？兵事虽以严终，而孙武著书列智、仁、信、勇、严五物，而不以"严"先四者。盖孙武犹知之，《书》所谓"威克厥爱允济，爱克厥威允罔功"者，临敌誓师之言，非平居御众之辞，世每托此以为说，亦未之思也。

余在许昌，岁适大水灾伤，西京尤甚。流殍自唐、邓入吾境不可胜计。余尽发常平所储，奏乞越常例赈之，几十余万人稍能全活，惟遗弃小儿无由皆得之。一日询左右曰："人之无子者，何不收以自畜乎？"曰："人固愿得之，但患既长成，或来岁稔，父母来识认尔。"余为阅法则，"凡因灾伤遗弃小儿，父母不得复认"，乃知为此法者，亦仁人也。夫彼既弃而不育，父母之恩则已绝。若人不收之，其谁与活乎？遂作空券数千，具载本法印给内外厢界保伍，凡得儿者使自言所从来，明书于券付之，略为籍记，使以时上其数，给多者赏。且分常平余粟，贫者量授以为资。事定，按籍给券凡三千八百人，皆夺之沟壑，置之褓襁。此虽细事不足道，然每以告临民者，恐缓急不知有此法，或不能出此术也。

老子、庄、列之言，皆与释氏暗合。第学者读之不精，不能以意通为一。古书名篇多出后人，故无甚理。老氏别《道德》为上下两篇，其本意也。若逐章之名，则为非矣。惟庄、列似出其自名，何以知之？《庄子》以内外自别，内篇始于《逍遥游》，次《齐物》，又其次《养生主》，然后曰《人间世》，继之以《德充符》、《应帝王》而内篇尽矣。《列子》不别内外而名其篇曰《天瑞》，瑞与符比，言非相谋而相同。自《养生主》而上，释氏言出世间法也；自《人间世》而下，人与天有辨矣。夫安知有昭然而一契者，庄子谓之符，列子谓之瑞，释氏有言信心，而相与然许谓之印可者，其道一也。自熙宁以来，学者争言老庄，又参之释氏之近似者，与吾儒更相附会，是以虚诞矫妄之弊，语实学者群起而攻之。此固学者之罪，然知此道者，亦不可人人皆责之也。《逍遥游》何以先《齐物》？曰：见物之不齐而后齐之者，是犹有物也。若本未尝有物，则不待齐而与道适，无往而不逍遥矣。《养生主》何以次《齐物》，生者我也，物者彼也，此《中庸》所谓尽己之性而后尽物之性者，充之则可赞天地之化育。然则是亦世间法耳，何足为出世间法乎？曰：非也。气之为云也，云之为雨也，由地而升者也。方云雨之在上，谓之地可乎？及其降于地，则亦雨而已。列子言其全，庄子言其别。此列子所以混内外而直言天瑞，庄子列其序而后见其符，合是三者而更为用，则天与人莫之有间矣。吾为举子时不免随众读此二书，心独有见于此。为丹徒尉，甘露仲宣师授法于圆照本，久从佛印、了元游，得其聪明妙解。吾常为言之，每抚掌大笑，默以吾说为然。俯仰四十年，吾老矣，欲求如宣者时与论方外之事，未之得也。

　　庄子言："举天下誉之不加劝，举天下非之不加沮。"又曰："与其誉尧而非桀，不若两忘而化其道。自我言，虽天下不能易；自人言，虽尧舜无与辨。处毁誉者，如是亦足矣乎。"曰："此非忘毁誉之言，不胜毁誉之言也。"夫庄周安知有毁誉哉！彼盖不胜天下之颠倒反覆于名实者，故激而为是言耳。孔子曰："吾之于人也，谁毁谁誉？如有所誉者，其有所试矣。斯民也，三代之所以直道而行也。"毁誉之来，不考其实而逆以其名折之，以求其当，虽三代无是法也。进九官者视其所誉以为贤，斥四凶者审其所不与以为罪，如是而已矣。此中道而人之所常行也,至于所不能胜,则孔子亦无可奈何,置之而不言焉。置而不言,与夫无所劝沮而忘之,皆所以深著其不然也。孔子正言之,庄周激言之,其志则一尔。叔孙武叔毁孔子于朝,何伤于孔子乎?

士大夫固不可轻言医,然人疾,苟无大故,贫不可得药,能各随其证而施之,亦不为小补。盖疾虽未必死,无药不能速愈,呻吟无聊者固可悯,其不幸迟久,变而生他证,因以致死者多矣。方其急时,有以济之,虽谓之起死可也。今列郡每夏岁支系省钱二百千,合药散军民,韩魏公为谏官时所请也。为郡者类不经意,多为庸医盗其直,或有药而不及贫下人。余在许昌,岁适多疾,使有司修故事,而前五岁皆忘不及举,可以知其怠也。遂并出千缗市药材京师。余亲督众医分治,率幕官轮日给散。盖不以为职而责之,人人皆喜从事,此何惮而不为乎?自余居此山,常欲岁以私钱百千行之于一乡,患无人主其事。余力不能自为,每求僧或净人中一二成余志,未能也。然今年余家奴婢多疾,视药囊常试有验者,审其证用之,十人而十愈,终幸推此以及邻里乎?

陆宣公在忠州集古方书五十篇。史云避谤不著书,故事尔。避谤不著书可也,何用集方书哉?或曰:忠州边夷多瘴疠,宣公多疾,盖将以自治,尤非也。宣公岂以一己为休戚者乎?是殆援人于疾苦死亡而不得者,犹欲以是见之。在他人不可知,若宣公,此志必矣。古之名医扁鹊、和缓之术,世不得知。自张仲景、华佗、胡治、深师、徐彦伯有名一世者,其才术皆医之六经。其传有至于今,皆后之好事者纂集之力也。孙真人为《千金方》两部,说者谓凡修道养生者,必以阴功协济,而后可得成仙。思邈为《千金前方》,时已百余岁,固以妙尽古今方书之要，独伤寒未之尽，似未能尽通仲景之言，故不敢深论。后三十年作《千金翼》，论伤寒者居半，盖始得之。其用志精审，不苟如此。今通天下言医者，皆以二书为司命也。思邈之为神仙固无可疑，然唐人犹记中间有用虻虫、水蛭之类，诸生物命不得升举，天之恶杀物者如是，则欲活人者岂不知之，况宣公之志乎！

　　古方施之富贵人多验，贫下人多不验。俗方施之贫下人多验，富贵人多不验。吾始疑之，乃卒然而悟曰："富贵人平日自护持甚谨，其疾致之必有渐发于中而见于外，非以古方术求之，不能尽得。贫下人骤得于寒暑、燥湿、饥饱、劳逸之间者，未必皆真疾，不待深求其故，苟一物相对皆可为也，而古方节度或与之不相契。今小人无知，疾苟无大故，但意所习熟，知某疾服某药，得百钱鬻之市人，无不愈者。设与之以非其所知，盖有疑而不肯服者矣。况古方分剂、汤液，与今多不同，四方药物所产及人之禀赋亦异，《素问》有为异法方法立论者，言一病治各不同而皆愈，即此理。推之以俗方治庸俗人，亦不可尽废也。

　　今岁热甚，闻道路城市间多昏仆而死者，此皆虚人、劳人，或饥饱失节，或素有疾，一为暑气所中，不得泄，则关窍皆窒，非暑气使然，气闭塞而死也。产妇、婴儿尤甚。古方治暑无他法，但用辛甘发散疏导，心气与水流行，则无复能为害矣。因记崇宁乙酉岁余为书局时，一养马仆驰马至局中，忽仆地，气即绝。急以五苓大顺散等灌之，皆不验。已逾时，同舍王相使取大蒜一握，道上热土杂研烂，以新水和之，摅去滓，刭其齿灌之，有顷即苏。至暮，此仆复为余御而归，乃知药病相对，有如此者。此方本徐州沛县城门忽有板书钉其上，或传神仙欲以救人者。沈存中、王圣美皆著其说,而余亲验之。乃使书百许本,散给远近,庶几有救其急者也。

滕达道为范文正公门客,文正奇其才,谓他日必能为帅,乃以将略授之。达道亦不辞,然任气使酒,颉颃公前,无所顾避。久之,犹邀游无度。侵夜归,必被酒。文正虽意不甚乐,终不禁也。一日伺其出,先坐书室中,荧然一灯,取《汉书》默读,意将以愧之。有顷,达道自外至,已大醉,见公长揖曰:"读何书?"公曰:"《汉书》。"即举首攘袂曰:"高皇帝何如人也?"公微笑,徐引去,然爱之如故。章子厚尝延一太学生在门下,元丰末学者正崇虚诞,子厚极恶之。适至书室,见其讲《易》,略问其说,其人纵以性命荒忽之言为对。子厚大怒曰:"何敢对吾乱道?"亟取杖,命左右擒,欲击之。其人哀鸣,乃得释。达道后卒为名臣,多得文正规模,故子瞻挽词云:"高平风烈在。"而子厚所欲杖者,绍圣间为相,亦使为馆职,然终无闻焉。文正之待士与子厚之暴虽有间,然要之亦各因其人尔。

宣和间道术既行,四方矫伪之徒乘间因人以进者相继,皆假古神仙为言,公卿从而和之,信而不疑。有王资息者,淮甸间人,最狂妄,言师许旌阳。王老志者,濮州人,本出胥吏,言师钟离先生。刘栋者,棣州人,尝为举子,言师韩君文。三人皆小有术动人。资息后有罪诛死,栋为直龙图阁,宣和末林灵素败,乞归。唯老志狡狯有智数,不肯为己甚,馆于蔡鲁公家,自言钟离先生日相与往来。自始至,即日求去。每戒鲁公速避位,若将祸及者。鲁公颇信之。或言此反而求奇中者也。一日,苦口为鲁公言其故。翌日,鲁公见之,辄喑不能言,索纸书云其师怒泄天机,故喑之。鲁公为是力请,乃能于盛时遽自引退。鲁公有妾为尼,尝语余亲见老志事。鲁公每闻其言亦惧,尝密语所亲妾,喟然云:"吾未知他日竟如何!"惜其听之不果也。

刘贡父言:杜子美诗所谓"功曹非复汉萧何",以为误用邓禹事。虽近似,然邓氏子何不掾功曹是光武语,非邓禹实为功曹,则子美亦未必诚用此事。今日见王洋舍人云:"《汉书·高祖纪》言萧何为主史。孟康注:主史,功曹也。"吾初不省,取阅之,信然,则知子美用事精审,未易轻议,读史者亦不可不详也。

苏明允本好言兵,见元昊叛,西方用兵久无功,天下事有当改作,因挟其所著书,嘉祐初来京师,一时推其文章。王荆公为知制诰,方谈经术,独不喜之,屡诋于众,以故明允恶荆公甚于仇雠。会张安道亦为荆公所排,二人素相善。明允作《辨奸》一篇密献安道,以荆公比王衍、卢杞,而不以示欧文忠。荆公后微闻之,因不乐子瞻兄弟,两家之隙,遂不可解。《辨奸》久不出,元丰间子由从安道辟南京,请为明允墓表,特全载之,苏氏亦不入石。比年,少传于世。荆公性固简率不缘饰,然而谓之食狗彘之食、囚首丧面者,亦不至是也。韩魏公至和中还朝为枢密使,时军政久弛,士卒骄惰,欲稍裁制,恐其忿怨而生变,方阴图以计为之,会明允自蜀来,乃探公意,遽为书,显载其说,且声言。教公先诛斩,公览之大骇,谢不敢再见,微以咎欧文忠,而富郑公当国,亦不乐之,故明允久之无成而归。累年始得召,辞不至,而为书上之,乃除试秘书省校书郎。时魏公已为相,复移书魏公,诉贫且老,不能从州县待改官。譬豫章橘柚,非老人所种,且言天下官岂以某故冗耶?欧文忠亦为言,遂以霸州文安县主簿,同姚辟编修太常因革礼云。

杨文公《谈苑》载周世宗尝为小诗示窦俨,俨言:"今四方僭伪主各能为之,若求工则废务,不工则为所窥。"世宗遂不复作。度当时所作诗必不甚佳,故俨云尔。非世宗英伟,识帝王大略,岂得不以俨言为忤? 又安能即弃去? 信为天下者在此不在彼也。安禄山亦好作诗,作《樱桃》诗云:"樱桃一篮子,半青一半黄。一半寄怀王,一半寄周贽。"或请以"一半寄周贽"句在上则协韵,禄山怒曰:"岂肯使周贽压我儿耶?"使世宗不能用俨言,其诗未必如是之陋,亦不过如禄山尔。因读《禄山事迹》及之,聊发千载一笑。

《唐书》载陆余庆与赵正固、卢藏用、陈子昂、杜审言、宋之问、毕构、郭袭微、司马子微、释怀一为方外十友,正固、袭微名迹不甚显,审言、之问辈皆一时文士杰出,子微超然物外,怀一又佛氏。人固患交游多则多事,然亦何可尽绝。诚使有审言、之问之徒赋诗论文,子微谈方外之事,怀一论释氏之说,朝夕相与从容于无事之境,其乐岂可既乎? 史言方武后、中宗时,士多暴贵骤显,其祸败诛死亦不旋踵,独余庆官太子詹事,虽不甚显,讫无咎悔。观其所处若此,世间忧患其孰能累之? 吾去市朝久,窜迹深山穷谷之间,不复与当世士相接,士亦莫肯从吾游,独念有如此十人者,或可庶几余庆之志,而唯故人子二三辈与门生时时相过,文采议论,灿然可观,求子微、怀一,盖沉江九肋也。余庆有子璪,为中书令萧嵩所知。嵩罢宰相,后来者使阴求其短,璪乃曰:"与人交,过且不可言,而况无有乎!"盖璪犹有余庆风烈,吾诸儿虽若碌碌,亦若修谨重厚者,尚能推吾志为陆璪否耶?

道士杨大均,蔡州人,善医,能默诵《素问》、《本草》及两部《千金方》四书,不遗一字,与人治病,诊脉不出药,但云此病若何,当服何药,是在《千金》某部第几卷。即取纸书授之,分两不少差。余在蔡州亲见，其事类若此。余尝问："《素问》有记性者或能诵，《本草》则固难矣。若《千金》，但药名与分两剂料，此有何义而可记乎？"大均言："古之处方，皆因病用药，精深微妙。苟通其意，其文理有甚于章句偶俪，一见何可忘也？"大均本染家子，事父孝，医不受赇谢，积其斋施之余，葬内外亲三十八丧。方宣和间道教盛行，自匿名迹，惟恐人知。蔡鲁公闻之，亲以手书延致，使者数十返，不得已，一往，留数日即归，不受一钱。余在南京，尝许余避难来山中，未及行而虏陷蔡州。后闻虏知其名，厚礼之，与之俱去，今不知存亡。使其果来，虽未可遽为司马子微，此亦一胜士也。因论余庆事，怅然怀之。

晋人贵竹林七贤，竹林在今怀州修武县。初若欲避世远祸者，然反由此得名，嵇叔夜所以终不免也。自东汉末，世人以名节为重，而三君八顾之论起及党锢兴，天下豪杰无一人免者。孔北海虽不在其间，而不容于曹操，亦坐名高故也。当时雍容隐显皆不失其操者，惟管幼安尔。七人如向秀、阮咸，亦碌碌常材，无足道，但依附此数人以窃声誉。山巨源自有志于世，王戎尚爱钱，岂不爱官，故天下少定，皆复出。巨源岂戎比哉，而颜延之概黜此二人，乃其躁忿私情，非为人而设也。唯叔夜似真不屈于晋者，故力辞吏部，可见其意。又魏宗室婿，安得保其身，惜其不能深默，绝去圭角。如管幼安，则庶几矣。阮籍不肯为东平相，而为晋文帝从事中郎，后卒为公卿，作劝进表，若论于嵇康前，自宜杖死。颜延之不论此而论涛、戎，可见其陋也。

《高僧传略》载孙绰《道贤论》，以当时七僧比七贤，竺法护比山巨源，帛法祖比嵇叔夜，竺法乘比王濬冲，竺法深比刘伯

伦,支道林比向子期,竺法兰比阮嗣宗,于道邃比仲容,各以名
迹相类者为配,惜不见全文。七人支道林最著,其余亦班班见
《世说》。晋人本超逸,更能以佛理佐之,宜其高胜不凡,但恨
当时未有禅经文,传者亦未广,犹以老庄为宗。竺法深,王敦
之弟,贤于王氏诸人远矣。即支遁求买沃州报之,未闻巢由买
山而隐者,盖遁犹输此一著,想见其人物也。

　　陆机以齐王冏矜功自伐,作《豪士赋》刺之,乃托身于成都
王颖,谓可康隆晋室,此在恩怨爱憎之间尔。处危乱之世,而
用心若此,又济之以贪权喜功,虽欲苟全,可乎?机初入朝,卢
志问:"陆逊、陆抗于君远近?"机曰:"如君于卢毓、卢珽。"既
起,陆云曰:"殊邦逖远,客主未相悉,何至于此?"机曰:"我祖
父名播四海,岂不知耶?"《晋史》以为议者以此定二陆优劣,毕
竟机优乎?云优乎?度《晋史》意,不书于云传而书于机传,盖
谓机优也。以吾观之,机不逮云远矣。人斥其祖父名,固非
是,吾能少忍,未必为不孝,而亦从而斥之,是一言之间志在报
复,而自忘其过,尚能置大恩怨乎?若河桥之败,使机所怨者
当之,亦必杀矣。云爱士不竞,真有过机者,不但此一事。方
颖欲杀云,迟之三日不决。以赵王伦杀赵浚、敕其子骧而复击
伦事劝颖杀云者,乃卢志也。兄弟之祸,志应有力,哀哉!人
惟不争于胜负强弱,而后不役于恩怨爱憎,云累于机为可痛
也!

　　阮籍既为司马昭大将军从事,闻步兵厨酒美,复求为校
尉。史言虽去职,常游府内,朝宴必预,以能遗落世事为美谈。
以吾观之,此正其诡谲,佯欲远昭而阴实附之,故示恋恋之意,
以重相谐,结小人情伪,有千载不可掩者。不然,籍与嵇康当
时一流人物也,何礼法之士,疾籍如仇,昭则每为保护,康乃遂

至于杀身，籍何以独得于昭如是耶？至劝进之文，真情乃见。籍著《大人论》，比礼法士为群虱之处裈中，吾谓籍附昭，乃裈中之虱，但偶不遭火焚耳。使王凌、毌邱俭等一得志，籍尚有噍类哉！

《洛阳伽蓝记》载，河东人刘白堕善酿酒，虽盛暑，暴之日中，经旬不坏。今玉友之佳者，亦如是也。吾在蔡州，每岁夏以其法造寄京师亲旧，陆走七程，不少变。又尝以饷范德孺于许昌，德孺爱之，藏其一壶忘饮，明年夏复见，发视如新者。白堕酒当时谓之鹤觞，谓其可千里遗人，如鹤一飞千里。或曰骑驴酒，当是以驴载之而行也。白堕乃人名，子瞻诗云"独看红蕖倾白堕"，恐难便作酒用。吴下有馈鹅设客，用王逸少故事，言请过共食右军，相传以为戏。"倾白堕"得无与"食右军"为偶耶？

《续汉·礼仪志》记岁八月，民年八十赐玉杖，端以鸠为饰。鸠者，不噎之鸟，欲老人不噎。而《风俗记》又言汉高帝与项籍战京索间，兵败，伏丛薄中，有鸠鸣其上，追者不疑，得免，即位作鸠杖赐老人，此绝无稽考。高祖虽败，其肯伏丛薄耶？余亲戚有为光州守，得古铜鸠一，大半掌许，俯首敛翼，具尾足，若蹲伏，腹虚，其中有圈穿腹，正可受杖，制作甚工，以遗余，疑即汉鸠杖之饰。因以为杖，良是。首轻而尾重，举之则探前偃后，盖如此乃可取力，此所以佐老人也。

陆希声所隐君阳山，或曰颐山，在宜兴湖㳇。今金沙寺，其故宅也。建炎己酉春，敌犯维扬。余从大驾渡江，夜相失，从吏皆亡去，与刘希范徒步间道至常州南，遇溃兵欲为劫，遮余二人，不得去。适有小校驰马自旁过，则余钱塘旧麾下也。亟下拜，余卒乃其所隶，亟叱去，挽小舟授予，教使入荆溪，走

长兴。是日微小校几不免。夜抵湖洑,因求宿金沙寺中,夕不
能寐,起行寺外,月色翳翳然。因记希声旧庐。时予慕此山久
矣,望之若不可得,安知今乃与汝曹从容燕息,且六七年乎?
余家有希声自著《君阳山记》一卷,叙其景物亭馆略有二十余
处,如辋川,即为兵火所焚毁矣。后为相,既罢,迫凤翔李茂贞
兵,避难死道上,盖不能终有其居也。希声材本无他长,隐操
亦无可录,故不量力,幸于苟得以丧其身。与朱朴、陆鲁望同
召,其志趣略与朱朴相类,尚不如鲁望,能辞行,卒老甫里也。
方闲居时,内供奉僧辩光以善书得幸,尝从希声授笔法,祈使
援己,乃以诗寄之云:"笔下龙蛇似有神,天池雷雨变逡巡。寄
言昔日不龟手,应念江头洴澼人。"辩光即以名达贵幸,乃得
召。昭宗末年求士甚急,其志良可哀。观其倾倒于朱朴,则待
希声宜亦然矣。不得已取之左右,正坐卢携、崔缁郎辈,不能
致天下贤者故尔。然所获乃如希声,能无愧其君乎?辩事亦
见杨文公《谈苑》。国初去唐未远,犹有所传闻,文公之言,宜
可取信,而修《新唐书》无取以献者,故传辞甚略,后世犹得借
其山以为重也。

　　杜子美诗云:"张公一生江海客,身长九尺须眉苍。征起
适值风云会,扶颠始知筹策良。"此谓张镐也。旧史载镐风仪
伟岸,廓落有大志,好谈王霸大略。读子美诗,尚可想见其人。
杜周士《人物志》云:至德初,诏朝臣各举所知。萧昕为起居舍
人,荐镐。以褐衣召见,拜左拾遗。来瑱为赞善大夫,镐荐材
堪将帅。《唐书》镐、瑱传皆不载,而镐传云,天宝末杨国忠执
政,求天下士为己重,闻镐材,荐之。释褐,拜左拾遗。二书言
镐得官略同。若天宝末果已用于国忠,则至德初安得更为昕
荐耶?国忠为相在天宝十二载,去乱先一年,正淫洇极恶之

际，岂知以天下士为重？亦非子美所谓"征起适值风云会"者也。至瑱传乃云：始用张镐，荐为颍川太守，以母忧去。禄山反，再用张垍荐，夺丧，复为颍川。今纪书瑱自赞善大夫为颍川太守在天宝十四载，即至德元年禄山反后，与《人物志》合，是时镐方起家，何能及瑱？而张垍兄弟自京师陷即从禄山，未尝见明皇，遽亦何为复荐瑱？史于瑱事缪误如此，则镐之失无足怪，昕亦可谓知人矣。昕本笃厚长者，造次不失臣节，此二事尤奇特，恨史不能表出之。天下多士，左右近臣皆能为国得将相如昕，乱何足平也？

　　元次山父延祖为春陵丞，辄弃官去。曰："人生衣食可适饥饱，不宜复有所须。每灌园掇薪，以为有生之役。过此吾不思也。"余少观此，未尝不三复其言。今叨冒已过多，乃得复行延祖之志，自安一壑，其愧之深矣。然安禄山反，延祖召次山等戒之曰："而曹逢世多故，不得自安山林。"勉励名节，无近羞辱，则知古之君臣父子相期，亦不必皆出一道，但问义所安否如何。故次山出，举进士制科，慨然以当世为念，随其所为，皆有以表见，岂延祖亦固知次山可语是耶？余老矣，自度无补于世，但恨汝等材不逮次山，不敢为延祖之言。今从吾于此固善，苟自激昂，虽州县簿书米盐之役，粗有一事可施于民，亦不废汝曹仕也。若非其义，虽一日九迁，不特为士者耻之，正恐不免羞辱，亦延祖之所畏也。

　　苏州白乐天手植桧在州宅后池□光亭前。余政和初尝见之，已槁瘁，高不满二丈，意非四百年物，真伪未知也。后为朱冲取献，闻槁死于道中，乃以他桧易之。禁中初不知。又有言华亭悟空禅师塔前桧亦唐物，诏冲取之。桧大，不可越桥梁，乃以大舟即华亭泛海，出楚州以入汴。既行，一日，张帆，风

猛,桧枝与帆低昂,不可制,舟与人皆没。长兴大雄寺陈霸先
宅庭亦有大桧,中空裂为四,枝荫半庭,质如金石,相传以为霸
先所植。又欲取以献,会闻悟空桧沉海,乃已。贤者因物幸托
以不朽,然此三桧,一槁死于道,一沉于海,一仅以免,盖欲为
道旁樗栎,不可得也。

　　前辈尝记太宗命待诏蔡裔增琴、阮弦各二,皆以为然,独
朱文济执不可。帝怒,屡折辱之。乐成以示文济,终不肯弹。
二乐后竟以废不行。崇宁初,大乐阙,征调有献议请补者,并
以命教坊燕乐同之。大使丁仙现云:"音已久亡,非乐工所
能为,不可以意妄增,徒为后人笑。"蔡鲁公亦不喜。蹇授之尝
语予,云见元长屡使度曲,皆辞不能,遂使以次乐工为之。逾
旬,献数曲,即今黄河清之类,而终声不谐,末音寄杀他调。鲁
公本不通声律,但果于必为,大喜,亟召众工按试尚书少庭,使
仙现在旁听之。乐阕,有得色,问仙现:"何如?"仙现徐前,环
顾坐中曰:"曲甚好,只是落韵。"坐客不觉失笑。

避暑录话卷二

宣和初,有潘衡者卖墨江西,自言尝为子瞻造墨海上,得其秘法,故人争趋之。余在许昌见子瞻诸子,因问其季子过,求其法。过大笑曰:"先人安有法? 在儋耳无聊,衡适来见,因使之别室为煤。中夜遗火,几焚庐。翌日,煨烬中得煤数两,而无胶法。取牛皮胶以意自和之,不能挺,磊块仅如指者数十。"公亦绝倒,衡因谢去。盖后别自得法,借子瞻以行也。天下事名实相蒙类如此,子瞻乃以善墨闻耶。衡今在钱塘竟以子瞻故,售墨价数倍于前。然衡墨自佳,亦由墨以得名,其用功可与九华朱觊上下也。

郑处诲《明皇杂录》记张曲江与李林甫争牛仙客实封,时方秋,上命高力士以白羽扇赐之。九龄惶恐,作赋以献,意若言明皇以忤旨将废黜,故方秋赐扇以见意。《新书》取载之本传。据《曲江集》赋序云,开元二十四年盛夏,奉敕大将军高力士赐宰相白羽扇,九龄与焉,则非秋赐,且通言宰相,则林甫亦在,非独为曲江而设也。所谓"纵秋气之移夺,终感恩于箧中"者,彼自知仙客之忤,而惧林甫之谗,故因致意尔。不然,帝果将废黜而迫之以扇,不亟引退,犹献赋云云,乃是顾恋不忍去,托祈哀以幸苟容,尚何足为曲江哉? 此正君子大节进退,而一言之误,遂使善恶相反,不可不辨。乃知小说记事,苟非耳目所接,安可轻书也。

祖宗故事,进士廷试第一人及制科一任回必入馆,然须用人荐，且试而后除进士，声律固其习，而制科亦多由进士，故皆试诗赋一篇。唯富郑公以茂材异等起布衣，未尝历进士。既召试，乃以不能为诗赋恳辞，诏试策论各一。自是遂为故事，制科不试诗赋，自富公始，至子瞻复不试策，而试论三篇。

人欲常和豫快适，莫若使胸中秋毫无所歉。孟子言"仰不愧于天，俯不怍于人"为一乐，此非身履之，无以知圣贤之言为不妄也。吾少从峡州一老先生乐君嘉问学。乐君好举东海延笃书语人曰"笃"云："吾昧爽栉栉，坐于客堂，朝则诵羲文之《易》，虞夏之《书》，历姬旦之典礼，览仲尼之《春秋》。夕则逍遥内阶，咏诗南轩，百家众氏，投间而作，不知天之为盖，地之为舆，不知世之有人，己之有躯。"其所以然者，乃在于自束修以来，为人臣不陷于不忠，为人子不陷于不孝。上交不谄，下交不渎。因自谓有得于笃者。今士大夫出入忧患之域，艰险百罹，未尝获伸眉一笑，其间虽或出于非意，然推其故，非得罪于君亲，则必不能无愧于上下之交。苟免此四事，未有不休休然者。童子之所闻，久而后知也。

《归去来辞》云"云无心而出岫，鸟倦飞而知还"，此陶渊明出处大节，非胸中实有此境，不能为此言也。前辈论贾岛《送炭》诗云"暖得曲身成直身"，盖虽微事，苟出其情，终与摹写仿效牵率而成者异也。今或内实躁忿而故为闲肆之言，内实柔懦而强作雄健之语，虽用尽力，使人读之终无味。杜子美云"水流心不竞，云在意俱迟"，吾尝三复爱之。或曰子美安能至此？是非知子美者。方至德、大历之间，天下鼎沸，士固有不幸罹其祸者，然乘间蹈利窃名取宠亦不少矣。子美闻难间关，尽室远去。及一召用，不得志。卒饥寒，转徙巴峡之间而不悔，终不肯一引颈而眄顾，非有不竞迟留之心安能？然耳目所接,宜其了然,自与心会。此固与渊明,同一出处之趣也。

　　杜佑为司徒,年过七十未请老。裴晋公为舍人,因高郢致仕,命辞曰:"以年致仕,抑有前闻。近代寡廉,罕由斯道。"盖讥之也。元祐初,诏起范蜀公为提举万寿观,力辞不至。其表曰:"六十三而致仕,抑有前闻。七十四而复来,岂云得体。"蜀公性真纯,暮年文字尤简直,不甚经意。时文潞公方以太师入为平章军国重事,览之笑曰:"景仁也,不看脚下,知其意不在已也。"

　　司马温公作独乐园,朝夕燕息其间。已而游嵩山叠石溪而乐之,复买地于旁,以为别馆。然每至不过数日复归,不能常有,故其诗有"暂来还似客,归去不成家"之句。今余既家于此,客至留连,未尝不爱赏,顾恋不能去,而余浩然自以为主,有公之适而无公之恨,岂不快耶!

　　旧学士院在枢密院之后,其南庑与枢密后廊中分,门乃西向。玉堂本以待乘舆行幸,非学士所得常居,惟礼上之日,得略坐其东,受院吏参谒而已。其后为主廊,北出直集英殿,则所谓北门也。学士仅有直舍,分于门之两旁。每锁院受诏,乃与中使坐主廊。余为学士时,始请辟两直舍,各分其一间,与北门通为三,以照壁限其中,屏间命待诏鲍询画花竹于上,与玉堂郭熙春江晚景屏相配,当时以为美谈。后闻王丞相将明为承旨,太上皇眷爱之厚,乃旁取西省右正言厅以广之,中为殿,曰右文,则非复余前日所见矣。同时流辈殆尽,为之慨然也。

　　欧文忠《内制集序》历记其为学士时事,幸藏其稿以为退居谈笑之资。略云"凉竹簟之暑风,曝茅檐之冬日。睡余支枕顾瞻,玉堂如在天上。时览所载,以夸田夫野老。"士大夫争诵之,盖愿欲为公而不可得也。然公屡请得谢归,不及年而薨,未必能偿此志,而余向者辱出公后,亦获挂名于石刻之末,暑风冬日享之此地,乃十有一年,如公所云实饱之矣。但比岁戎马之余,触事兴念,不能尽终前日之志为可恨。每念为学士者不为不多,未必皆知此适。如公知之而不及享,余享之而不得久,则天下如意事,岂易得耶?

晁任道自天台来,以石桥藤杖二为赠。自言亲取于悬崖间,柔韧而轻,坚如束筋。余往自许昌归,得天坛藤杖数十。外圆,实与此不类,而中相若。时余年四十三,足力尚强,聊以为好而非所须。置之室中,不及用,悉为好事者取去。今老矣,行十许步辄一歇,每念之不可复致,而得任道之惠,盖喜不自胜也。门生邵大受复遗淳安木竹杖六,节密而内实,略如天坛藤,间有突起如鹤膝者,非峭劲敌风霜不能尔也。此即赞宁《笋谱》本出钱塘灵隐山,今不知有否,当求其种,植之以为后计。晋人谓许远游健于登陟,不特有胜情,亦有济胜之具。今吾所以济胜者,不求之足而求之杖,亦安知杖之非吾足乎?若遇远游,当不免一笑,使孔光见之,可免为灵寿之辱也。

欧文忠作范文正神道碑,累年未成。范丞相兄弟数趣之,文忠以书报曰:"此文极难作,敌兵尚强,须字字与之对垒。"盖是时吕申公客尚众也。余尝于范氏家见此帖,其后碑载初为西帅时与申公释憾事曰:"二公欢然,相约平贼。"丞相得之曰:"无是。吾翁未尝与吕公平也。"请文忠易之。文忠怫然曰:"此吾所目击,公等少年,何从知之?"丞相即自刊去二十余字,乃入石,既以碑献文忠。文忠却之曰:"非吾文也。"然碑载章献太后朝正事,谓仁宗欲率百官拜殿下,因公争而止。苏明允修因革礼,见此礼实尝行。公亦自知其误,则铭志书事固不容无误，前辈所以不轻许人也。范公忠义，欲以身任社稷，当西方谋帅时，不受命则已，苟任其责，将相岂可不同心？欢然释憾乃是美事，亦何伤乎？然余观文正奏议，每诉有言，多为中沮不得行。未几，例改授观察使。韩魏公等皆受，而公独辞甚力，至欲自械系以听命，盖疑以俸厚啖之。其后卒以擅答元昊书罢帅夺官，则申公不为无意也。文忠盖录其本意而丞相兄弟不得不正其末。两者自不妨。惜文忠不能少损益之，解后世之疑，岂碑作于仁宗之末，犹有讳而不可尽言者，是以难之耶？

子瞻《山光寺》诗"野花啼鸟亦欣然"之句，其辨说甚明。盖为哲宗初即位，闻父老颂美之言而云。神宗奉讳在南京，而诗作于扬州。余尝至其寺，亲见当时诗刻，后书作诗日月。今犹有其本，盖自南京回阳羡时也。始过扬州则未闻讳，既归自扬州，则奉讳在南京，事不相及，尚何疑乎？近见子由作子瞻墓志载此事，乃云公至扬州，常州人为公买田。书至，公喜而作诗，有"闻好语"之句，乃与辨辞异，且闻买田而喜可矣，野花啼鸟何与而亦欣然，尤与本意不类，岂为志时未尝深考而误耶？然此言出于子由，不可有二，以启后世之疑。余在许昌，时志犹未出，不及见。不然，当以告迨与过也。

子瞻在黄州，病赤眼，逾月不出。或疑有他疾，过客遂传以为死矣。有语范景仁于许昌者，景仁绝不置疑，即举袂大恸，召子弟具金帛，遣人赙其家。子弟徐言此传闻未审，当先书以问其安否，得实吊恤之未晚。乃走仆以往，子瞻发书大笑，故后量移汝州，谢表有云："疾病连年，人皆相传为已死。"未几，复与数客饮江上。夜归，江面际天，风露浩然，有当其意，乃作歌辞，所谓"夜阑风静縠纹平，小舟从此逝，江海寄余生"者，与客大歌数过而散。翌日，喧传子瞻夜作此辞，挂冠服江边，拿舟长啸去矣。郡守徐君猷闻之，惊且惧，以为州失罪人，急命驾往谒，则子瞻鼻鼾如雷，犹未兴也。然此语卒传至京师，虽裕陵亦闻而疑之。

文潞公知成都，偶大雪，意喜之。连夕会客达旦，帐下卒倦于应待，有违言，忿起拆其井亭，共烧以御寒。守衙军将以闻。公曰："今夜诚寒，更有一亭可拆，以付余卒。"复饮至常时而罢。翌日，徐问先拆亭者何人，皆杖脊配之。

沈翰林文通喜吏事，每觉有疾，药饵未验，亟取难决词状，连判数百纸，落笔如风雨，意便欣然。韩持国喜声乐，遇极暑辄求避，屡徙不如意，则卧一榻，使婢执板缓歌不绝声，展转徐听，或颔首抚掌，与之相应，往往不复挥扇。范德孺喜琵琶，暮年苦夜不得睡，家有琵琶、筝二婢，每就枕，即使杂奏于前。至熟寐，乃方得去。人性固不能无喜好，亦是不能处闲，故必待一物而后遣。余少时苦上气，每作辄不能卧，药饵起居须人乃能办。侍先君官上饶，一日秋晚，游鹅湖。中夕疾作，使令既非素所知，箧中适不以药行，喘懑，顷刻不可度。起吹灯据案，偶见一《易》册，取读数十板，不觉遂平。自是每疾作辄用此术，多愈于服药，然均不免三公之累也。

前辈作四六，不肯多用全经语，恶其近赋也。然意有适会，亦有不得避者，但不得强用之尔。子瞻作吕申公制云："既得天下之大老，彼将安归？乃至国人皆曰贤，夫然后用。"气象雄杰，格律超然，固不可及。刘丞相莘老旧以诗赋知名，晚为表章尤温润闲雅。《青州谢上表》云："虽进退必由其道，每愿学于古人。然功烈如此其卑，终难收于士论。"何伤其用经语也。自大观后，时流争以用经句为工，于是相与裒次排比，预蓄以待问,不问其如何。粗可牵合则必用之,虽有甚工者而文气扫地矣。

孙龙图莘老喜读书,晚年病目,乃择卒伍中识字稍解事者二人,使其子端取《西汉》、《左氏》等数书授以句读。每瞑目危坐室中,命二人更读于旁。终一策则易一人,饮之酒一杯,使退,卒亦自喜不难。今吾虽力屏俗事,然至书帙则习气未除,亦不能遽忘此累,幸左右无此黠者以益其疾,每顾一二村童,殆是良药也。

仙都观在缙云县东四十里,旧传黄帝炼丹其上,今为道观。唐李阳冰为令时,书“黄帝祠宇”四大字尚存。山水奇秀,见之图画,殆不可名状。己酉冬,避地将之处州,道缙云,暂舍于县南之灵峰院。束装欲往游,闻溃兵入境,遽止。其东十里有崇道院,谓之小仙都,一日可往返。兵既退,乃乘间冒微雪过之,时腊已穷矣。迂折行山峡中,两旁壁立,溪水贯其下,多滩濑。遵溪而行,峻厉悍激,与雪相乱,山木挽天。每闻谷中号声,风辄自上下,雪横至击面。仆夫却立,几不得前。既至,山愈险,雪愈猛,溪流益急。旁溪有数石,拔起数百丈,不相倚附。其最大者二,略如人行,俯而相先后,俗名新妇阿家石。望之如玉笋,拥鼻仰视,神观耸然,欲与之俱升。寒甚,不可久留,乃还。至家已入夜,四山晃荡尽白,不能辨道。索酒饮,无有。燃松明半车,仅得温。今日热甚,聊为一谈。望梅尚可止渴,闻此当洒然也。

唐制取士用进士、明经二科,本朝初唯用进士,其罢明经不知自何时。仁宗庆历后稍修取士法,患进士诗赋浮浅,不本经术。嘉祐三年始复明经科,而限以间岁取士。旧进士工于诗赋,有声场屋者往往一时皆莫与之敌。如王沂公、郑毅夫数人取解,省试殿试皆为第一,谓之"三元"。王签书岩叟记问绝人,首应明经,乡贡及南省殿试,亦皆第一,复科以来一人而已,谓之"明经三元"。

士大夫作小说,杂记所闻见,本以为游戏,而或者暴人之短,私为喜怒,此何理哉!世传《碧云騢》一卷,为梅圣俞作,皆历诋庆历以来公卿隐过,虽范文正亦不免。议者遂谓圣俞游诸公间,官竟不达,忿而为此以报之。君子成人之美,正使万有一不至,犹当为贤者讳,况未必有实。圣俞贤者,岂至是哉!后闻之乃襄阳魏泰所为,嫁之圣俞也。此岂特累诸公,又将以诬圣俞。欧文忠《归田录》自言以唐李肇为法而少异者,不记人之过恶,君子之用心当如此也。

国初犹右武,廷试进士多不过二十人,少或六七人。自建隆至太平兴国二年,更十五榜,所得宰相毕文简公一人而已。自后太宗始欲广致天下之士,以兴文治。是岁一百九人,遂得吕文穆公为举首,与张仆射齐贤宰相二人。自是取人益广,得士益多。百余年间,得六人者,一榜。杨寘榜王岐公、韩康公、王荆公、苏子容、吕晦叔、韩师朴。得四人者,一榜。苏参政易简榜李文正、向文简、寇莱公、王魏公,而岐公、康公、荆公皆连名。得三人者,四榜。王沂公榜沂公、王文惠、章郇公;刘辉榜刘莘老、章子厚、蔡持正;改科后焦蹈榜徐择之、白蒙亨、郑达夫;毕渐榜杜钦美、唐钦叟、吕元直。中间或一人两人,而刘辉榜刘莘老、章子厚二人,榜亦连名。盖莫多于苏、杨二榜,而王岐公等三人皆第一甲而连名,尤为盛也。

国朝状元为宰相,自吕文穆公蒙正后五十年间,相继得者三人:王沂公、李文定、宋元宪。元宪后,百余年间未有继者。至靖康元年,何丞相文缜始为之。梓州临潼当西蜀之冲,有庙极灵。凡蜀之举子入贡京师者，必祷于祠下，以问得失，无一不验。文缜尝语余，顷欲谒而忘之。翌旦，行十余里，始悟。亟下马，还望默祷而拜。是夕，梦入庙庭，神在帘中以诰投帘外授文缜。发视之，略如今之诰，亦有词。文缜犹能成诵，略记有云"朕临轩策士云云，得十人者。今汝褎然为举首云云"，后结衔具所授官。文缜觉而思曰："今廷试无虑五百人，而言十人，殆以是戏我耶？"既唱名，果为魁，而第一甲傅崧卿以南省魁升附前甲末，始悟"十人"谓第一甲也，其所授官与诰略同。文缜又言尝询他日，历历具告而不肯言。然为相不久，遂委身沙漠，亦尝预知之否耶？

　　本朝官称初无所依据，但一时造端者自为，后遂因之不改。观文资政殿皆有大学士，观文称大观文，而资政称大资，此何理耶？宣和间蔡居安除宣和殿大学士，从资政故事称大宣。是时方重道术，驵唱声于路，听者讹为大仙，人以为笑，遂改为大学士。学士有三，而此独以大名，又何以别耶？龙图阁学士旧谓之老龙，但称龙阁，宣和以前直学士直阁，同为称一，未之有别也。末年陈亨伯为发运使，以捕方贼功进直学士。佞之者恶其同直阁，遂称龙学，于是例以为称，而显谟阁直学士、徽猷阁直学士欲效之，而难于称谟学、猷学，乃易为阁学。阁学士有三，亦何以别耶？然阶官皆二字，而中大夫独一字，举世称中大不以为非，则大学、阁学，亦何足怪也。

　　古者举大事皆避月晦，说者以阴之穷为讳。《春秋》晋楚鄢陵之战，特书"甲午晦"以见讥，鲁震夷伯之庙，书"乙卯晦"以见异，是也。南郊必用冬至之日，周礼也。皇祐四年，当郊而日至适在晦，宋元宪公为相，预以为言，遂改为明堂。议者以为得体。有国信不可无儒臣。艺祖四年郊，日至亦在晦，先无知之者,至期窦俨始上闻,不得已,乃用十六日甲子。非日至而郊,惟此一举,讲之不素也。

晏元宪公虽早富贵,而奉养极约,惟喜宾客,未尝一日不燕饮。而盘馔皆不预办,客至,旋营之。顷有苏丞相子容尝在公幕府,见每有嘉客必留,但人设一空案、一杯。既命酒,果实蔬茹渐至,亦必以歌乐相佐,谈笑杂出。数行之后,案上已灿然矣。稍阑,即罢遣歌乐曰:"汝曹呈艺已遍,吾当呈艺。"乃具笔札相与赋诗,率以为常。前辈风流,未之有比也。

晏元宪平居书简及公家文牒,未尝弃一纸,皆积以传书。虽封皮亦十百为沓,暇时手自持熨斗,贮火于旁,炙香匙亲熨之,以铁界尺镇案上。每读得一故事,则书以一封皮,后批门类,授书吏传录,盖今类要也。王莘乐道尚有数十纸,余及见之。

赵清献公自钱塘告老归,钱塘州宅之东消暑堂之后,旧据城闉横为屋五间,下瞰虚白,堂不甚高大,而最超出州宅及园圃之中,故为州者多居之,谓之高斋。既治第衢州,临大溪,其旁不远数步,亦有山麓屹然而起,即作别馆其上,亦名高斋。既归,唯居此馆,不复与家人相接。但子弟晨昏时至,以二净人、一老兵为役。早不茹荤,以一净人治膳于外功德院,号余庆,时以佛慧师法泉主之。泉聪明高胜,禅林言"泉万卷"者是也。日轮一僧伴食,泉三五日一过之。晚乃略取肉及鲊脯于家,盖不能终日食素。老兵供扫除之役,事已即去。唯一净人执事其旁,暮以一风炉置大铁汤瓶,可贮斗水,及列盥漱之具,亦去。公燕坐至初夜就寝。鸡鸣,净人治佛室香火,三击磬,公乃起。自以瓶水颒面,趋佛室。暮年尚能日礼百拜,诵经至辰时。余年二十一,尝登高斋,尚仿佛其处。后见公客周辣道

其详,欣然慕之。今吾居此,日用亦略能追公一二,但不能朝食素,精进佛事,愧之尔。

赵清献公好焚香,尤喜熏衣。所居既去,辄数月香不灭。衣未尝置于笼,为一大焙,方五六尺,设熏炉其下,常不绝烟,每解衣投其间。夫人神气四体诚不可不使洁清。孟子言西子蒙不洁,人皆掩鼻而过之,故虽有恶人,斋戒沐浴,可以事上帝。此非独为喻者设也。佛氏言众香国,而养生炼形,亦必以香为主,故焚柴以事天,燔萧以供祭祀,达神明而通幽隐,亦一道耳。章子厚自岭表还,为余言神仙升举事。云形滞难脱,临行亦须假名香百余斤,焚之佐以此行,幸能办。意自言必升举也,坐客或疑而未和。公举近岁庐山有崔道人者,积香数斛,一日尽发,命弟子置五老峰下徐焚之,默坐其旁,烟盛不相辨,忽跃起,已在峰顶上。语虽近奇,然理或有是。

传禅者以云门、临济、沩仰、洞山、法眼为五家宗派。自沩仰而下,其取人甚严,得之者亦甚少,故沩仰、法眼先绝,洞山至大阳警延所存一人而已。延仅得法远一人。其徒号远录公者,将终以其教付之,而远言吾自有师,盖叶县省也。延闻拊膺大恸。远止之,曰:“公无忧。凡公之道,吾尽得之。顾吾初所从人者不在是,不敢自昧尔,将求一可与传公道者受之,使追以嗣公可乎?”许之。果得清华严清传道楷,楷行解超绝。近岁四方谈禅唯云门、临济二氏,及楷出,为云门、临济而不至者,皆翻然舍而从之,故今为洞山者几十之三。斯道固无彼此,但末流不能无弊。要之,与之严者,其得之必精;得之精者,其传之必远。此洞山所以虽微而终不可泯也。

人之学问皆可勉强,惟记性各有分量,必禀之天。譬之著棋,极力不过能进其所能,至于不可进,虽一著,终老不能加也。制科六论以记问为主，然前辈独张安道、吴参政长文题目终身不忘，其余中选后往往即忘之，盖初但热记耳。吴正肃公登科为苏州签判，至失心几年，医饵以一醉膏乃差。暮年复作，遂不可治。晏元献、杨文公皆神童。元献十四岁，文公十一岁，真宗皆亲试以九经，不遗一字。此岂人力可至哉！神童不试文字，二公既警绝，乃复命试以诗赋。元献题目适其素尝习者，自陈请易之。文公初试，一赋立成，继又请，至五赋乃已，皆古所未闻也。

饶州自元丰末，朱天锡以神童得官，俚俗争慕之。小儿不问如何，粗能念书，自五六岁即以次教之五经。以竹篮坐之木杪，绝其视听。教者预为价，终一经偿钱若干。昼夜苦之。中间此科久废。政和后稍复，于是亦有偶中者。流俗因言饶州出神童，然儿非其质，苦之以至于死者，盖多于中也。

镇江招隐寺，戴颙宅。平江虎丘灵岩寺，王珣宅。今何山宣化寺，何楷宅。既皆为寺，犹可仿佛其故处。何山无甚可爱，浅狭近在路旁。无岩洞，有泉出寺西北隅，然亦不甚壮。招隐虽狭而山稍曲复幽邃，有虎跑、鹿跑二泉，略如何山，皆不能为流，唯虎丘最奇。盖何山不如招隐，招隐不如虎丘。平江比数经乱兵残破，独虎丘幸在。严陵七里濑在洞下二十余里，两山耸起壁立，连亘七里，土人谓之泷，讹为笼，言若笼中。因为初至为入泷，既尽为出泷。泷本音闾江反，犇湍貌，以为若笼，谬也。七里之间皆滩濑，今因沈约诗误为一名，非是。严陵滩最大，居其中。范文正公为守时始作祠堂山上，命僧守之。山峻无平地，不能为重屋。东西二钓台乃各在山巅，与滩不相及，突然石出峰外，略如台。上平，可坐数十人，因以名尔。郭文居天柱峰，在余杭县界，今为洞霄宫。有大涤洞天，见《晋书·隐逸传》。此五者，天下所共闻，仅在浙江数州之间。其四吾皆熟游，而洞霄宫距吾山无三百里，吾领宫事二十年，独未暇一至，孰谓吾为爱山者也。

张景修，字敏叔，常州人，笃厚君子。少以赋知名，而喜为诗，好用俗语。尝有《谢人惠油衣》云："何妨包裹如风筝，且免淋漓似水鸡。"久在选调，家素贫，晚始改官。既叙年，得五品服，作诗寄所厚云："白快近来逢素发，赤穷今日得朱衣。"人或以为笑，然此其性所好。他诗多佳语，不皆如是也。

司马文正公在洛下，与诸故老时游集。相约酒行，果实食品皆不得过五，谓之真率会，尝见于诗。子瞻在黄州，与邻里往还。子瞻既绝俸而往还者亦多贫，复杀而为三，自言有三养，曰安分以养福，宽胃以养气，省费以养财。今予所居，常过我者许幹誉。此外，即邻之三朱。城中亲旧与过客之道境上特有远至者，累月无一二。然山居馔具不时得，吾又不能多饮，乃兼取二者而参行之，戏以语客曰："古者待宾客之礼，有燕有享，而享其杀也，施之各有宜。今邂逅而集者，用子瞻以当享；非时而特会者，用温公以当燕。"遇所当用，必先举以告客。虽无不笑，然亦莫吾夺也。

石长卿，眉州人。尝从黄鲁直黔中数年，数为予诵鲁直晚年诗句得意未及成者数联，犹记其一云："人得遨游是风月，天开图画即江山。"以为尤所珍爱者，不肯轻足成之。

士大夫家祭多不同，盖五方风俗沿习与其家法所从来各异，不能尽出于礼。古者修其教，不易其俗，故周官教民，礼与俗二者不偏废，要不远人情而已。韩魏公晚年裒取古今祭祀书，参合损益，为《祭仪》一卷，最为得中，识者多用之。近见翟公巽云作《祭仪》十卷而未之见也，问其大约，谓如或祭于昏，或祭于旦,皆非是。当以鬼宿渡河为候,而鬼宿渡河常在中夜,必使人仰占以俟之。其他大抵类此,援证皆有据。公巽博学多闻,不肯碌碌同众,所见必每过人也。

俞澹字清老,扬州人,少与鲁直同从孙莘老学于涟水军。鲁直时年十七八,自称清风客。清老云:"奇逸通脱,真骥子堕地也。"尝见其赠清老长歌一篇,与今诗格绝不类,似学李太白,而书乃学周钺。元祐间清老携以见鲁直,欲毁去,清老不肯,乃跋而归之。黄元明云鲁直旧有诗千余篇,中岁焚三之二,存者无几,故自名《焦尾集》。其后稍自喜,以为可传,故复名《敝帚集》。晚岁复刊定,止三百八篇,而不克成。今传于世者,尚几千篇也。

诸葛孔明材似张子房,而学不同。子房出于黄老,孔明出于申、韩。方秦之末,可与图天下者非汉高祖而谁?项羽决不足以有为也,故其初即归高祖,不复更问项羽,与范增之徒异矣。然而黄老之术不以身易天下,是以主谋而不主事,图终而不图始,阴行其志而不尽用其材,虽使高帝得天下而已不与也。孔明有志于汉者,而度曹操、孙权不在于是,故退耕以观其人,唯施之刘备为可。其过荀文若远矣。以备不足与驱驰中原而吞操,宁远介于蜀,伺二氏之弊。乃矫汉末颓弱之失,一济之以刑名,错综万务,参核名实,用法甚公,而有罪不贷,则以申韩为之也。惟所见各得于心,非因人从俗以苟作,此所以为黄老而不流于荡,为申、韩而不流于刻,故卒能辅其才而成其志者也。

张子房不尽用其才,知高祖非三代之主也。彼假韩、彭以为用而终覆灭之,子房盖与谋矣。其可复以身为之乎?至惠帝父子之间则不肯深与,乃托之商山四老人。吾意卒能羽翼太子者,非四老人所办。其间曲折,子房实教之也。然而与人谋而得天下,又有以定其后以开万世之业,皆谢而不有,非近道者孰能为之? 若孔明则不然。刘备初未必有意复汉,盖自孔明发之,方委己以听,而内则费祎、蒋琬,外则张飞,关侯之徒,材皆出己下,可役使不争,则何惮而不为? 适操与权在前,是以姑屈于一隅,顾二人皆已老,苟逡巡经营,以及丕登之世,犹反掌尔。不幸备先死,继之者禅则无可言矣。使初视二人如高帝之于项籍,则据中原而令四方,何刘璋之足窥乎? 暮年数出关陕,岂其本意? 知无可奈何,不得不为此以保朝夕。盖为黄老则近道,为申、韩则近术。黄老有不必为,而申、韩必求胜,此子房、孔明所以异欤?

王荆公初未识欧文忠公,曾子固力荐之,公愿得游其门,而荆公终不肯自通。至和初为郡牧判官,文忠还朝始见知,遂有"翰林风月三千首,吏部文章二百年"之句。然荆公犹以为非知己也,故酬之曰:"他日傥能窥孟子,此身安敢望韩公",自期以孟子,处公以为韩愈,公亦不以为歉。及在政府,荐可为宰相者三人同一札子:吕司空晦叔、司马温公与荆公也。吕申公本嫉公为范文正党,滁州之谪实有力。温公议濮庙不同,力排公而佐吕献可。荆公又以经术自任而不从公。然公于晦叔则忘其嫌隙,于温公则忘其议论,于荆公则忘其学术,不如是,安能真见三公之为宰相耶? 世不高公能荐人,而服其能知人,苟一毫有蔽于中,虽欲荐之,亦不能知也。

东方朔始作《答客难》,虽扬子云亦因之作《解嘲》,此由是《太玄》、《法言》之意,正子云所见也,故班固从而作《答宾戏》。东京以后,诸以释讥、应问纷然迭起。枚乘始作《七发》,其后遂有《七启》、《七摅》等,后世始集之为《七林》。文章至此,安得不衰乎？唯韩退之、柳子厚始复杰然知古作者之意。古今文辞变态已极，虽源流不免有所从来，终不肯屋下架屋。《进学解》即《答客难》也，《送穷文》即《逐贫赋》也。小有出人，便成一家。子厚《天问》、《晋问》、《乞巧文》之类，高出魏晋，无后世因缘卑陋之气。至于诸赋，更不蹈袭屈、宋一句，则二人皆在严忌、王褒上数等也。

李德裕是唐中世第一等人物，其才远过裴晋公。错综万务，应变开阖，可与姚崇并立，而不至为崇之权谲任数。使武宗之材如明皇之初，则开元不难致。其卒不能免祸，而唐亦不竞者，特怨恩太深，善恶太明，及堕朋党之累也。推其源流，亦自其家法使然。彼吉甫于裴垍尚以恩为怨，况牛僧孺、李宗闵辈，实相与为胜负者哉？故知房、杜诚不易得。天下唯不争长、不争功，则无事不可为，而房、杜实履之。世但言房乔能以己谋资杜如晦之断为难，不知彼既无所争，何但如晦视天下无不可容者。英卫王魏固优为之，使一毫彼此有萌于中，岂特不能容天下，虽如晦且将日操戈之不暇也。

五代梁、唐、晋、汉四世，人才无一可道者。自古乱亡之极，未有乏绝如是。盖唐之得士不过明经、进士两途，自郑畋死，大臣无复有人。而四世之君，皆起盗贼攘夺，故相与佐命者亦皆其徒，天下贤士何从而进哉？至周世宗承太祖之业，初非自取以兵，而得王朴佐之，李毂之徒遂以类至，便郁然有治平之象。北取三关，南定淮畿，无不如意而中国之兵亦少弭。其不克成业者，君臣皆早死尔。天故以是开真主之运欤。自是及本朝硕大俊杰之人继起相望，岂相距五六十年间前四世独无有，而今有之，其所以为天下者异也。禅代之际，尤人臣所难处，非其有圣智未必能善后，而范鲁公质从容复相艺祖者三年，晏然无纤毫之隙，前辈名公皆心服其人，则虽姚崇、李德裕未必能及也。惜其谦慎隐晦，行事不尽见于后世。只如群臣除拟一事，自唐以来皆宰相自除而进书旨，常朝进见非军国大事不议，至鲁公始正之，皆请面受旨而后行，至今以为故事。此非特自谨嫌疑，严君臣之分，将以革千载之失也。

天地英灵之气钟为山川，山川之气降而为人，皆有常限，不敢加损。君子小人兼得之，不在此，则在彼。譬人之元气皆有所禀，养之善则为寿考康宁，不善则为疾病，未有无元气而能为人者也。是以治世多贤材，乱世多奸雄，均一气尔。秦乱而后有陈胜、吴广、项籍，汉乱而后有曹操、袁绍兄弟、孙权父子，晋乱而后有苻坚、石勒、刘渊之徒，唐乱而后有黄巢、朱全忠、李克用之徒，此岂偶然而生哉！亦各有所授之，非若寻常龌龊庸流泯然以为死生者也。晋以前不可详考，唐自懿、僖后，人才日削。至于五代，谓之空国无人可也。虽其变乱在黄巢等，然吾观浮屠中乃有云门、临济、德山、赵州数十辈人卓然超世，是可与扶持天下，配古名臣。苟得一人必能成大事，然后知其散而横溃，又有在此者也。贤能之无有，尚何足怪哉。

欧文忠在滁州，通判杜彬善弹琵琶。公每饮酒，必使彬为之，往往酒行遂无算，故其诗云：“坐中醉客谁最贤？杜彬琵琶皮作弦。”此诗既出，彬颇病之，祈公改去姓名，而人已传，卒不得讳。政和间，郎官有朱维者亦善音律，而尤工吹笛，虽教坊亦推之，流传入禁中。蔡鲁公尝同执政奏事及燕乐，将退，上皇曰：“亦闻朱维吹笛乎？”皆曰：“不闻。”乃喻旨召维试之，使教坊善工在旁按其声。鲁公与执政会尚书省大厅，遣人呼维甚急，维不知所以。既至，命坐于执政之末，尤皇恐不敢就位，乃喻上语，维再三辞不能。郑枢密达夫在坐，正色曰：“公不吹,当违制。"维不得已,以朝服勉为一曲。教坊乐工皆称善,遂除维为典乐。维为京西提刑,为予言之。琵琶以下,拨重为难,犹琴之用指深,故本色有轹弦护索之称。文忠尝问琵琶之妙于彬,亦以此对。乃取使教他乐工试为之,下拨弦皆断。因笑曰:"如公之弦,无乃皮为之耶?"故有"皮作弦"之句,而好事者遂传彬真以皮为弦,其实非也。唐人记贺怀智以鹍鸡筋作弦,人因疑之。筋比皮似有可作弦之理,然亦不应得许长,且所贵者声尔,安在以弦为奇耶?

　　熙宁以前洛中士大夫未有谈禅者,偶富韩公问法于颙华严,知其得于圆照大本。时本方住苏州瑞光寺,声振东南。公乃遣使作颂寄之,执礼甚恭如弟子。于是翻然慕之者人人皆喜言名理,惟司马温公、范蜀公以为不然。既久,二公亦自偶入其说,而温公尤多,蜀公遂以为讥。温公曰:"吾岂为天下无禅乎? 但吾儒所闻有不必舍我而从其书尔。"此亦几所谓实与而文不与者,观其与韩持国往来论中庸数书可见矣。末因蜀公论空相,遂以诗戏之曰:"不须天女散,已解动禅心。"蜀公不纳。后复以诗戏之曰:"贱子悟已久,景仁今日迷。"又云:"到岸何须筏,挥锄不用金。浮云任来往,明月在天心。"此道极致,岂大聪明而有差别,观此谓温公不知禅,可乎?

　　唐人言冬烘是不了了之语,故有"主司头脑太冬烘,错认颜标是鲁公"之言,人以为戏谈,今蜀人多称之。崇宁末,安国同为郎成都人詹某,为谏官,故以安国尝建言移寺省,上章击之。其辞略云:"谨按:某官人材阘冗,临事冬烘。"盖以其蜀人,闻者无不笑之。安国性隐而口吃,每戟手跃于众曰:"吾不辞遣逐,但冬烘为何等语。"于是传之益广,遂目为"冬烘公"。

　　李文靖公沆为相,专以方严厚重镇服浮躁,尤不乐人论说

短长附己。胡秘监且谪商州,久未召。尝与文靖同为知制诰,
闻其拜参政,以启贺之,历诋前居职罢去者,云:"吕参政以无
功为左丞;郭参政以失酒为少监;辛参政非材谢病,优拜尚书;
陈参政新任失旨,退归两省。"而誉文靖甚力,意将以附之。文
靖愀然不乐,命小史封置别箧,曰:"吾岂真有优于是者,亦适
遭遇耳。乘人之后而讥其非,吾所不为,况欲扬一己而短四人
乎?"终为相,且不复用。

　　妇人疾莫大于产蓐,仓卒为庸医所杀者多矣,亦不素讲故
也。旧尝见杜壬作《医准》一卷,记其平生治人用药之验。其
一记郝质子妇产四日,瘛疭戴眼,弓背反张,壬以为痉病,与大
豆紫汤、独活汤而愈。政和间余妻才分娩,犹在蓐中,忽作此
证,头足反接,相去几二尺,家人惊骇,以数婢强拗之,不直。
适记所云而药囊有独活,乃急为之。召医未至,连进三剂,遂
能直。医至,则愈矣,更不复用大豆紫汤。古人处方神验类
尔,但世用之不当其疾,每易之。自是家人有临乳者,应所须
药物必备,不可不广告人。二方皆在《千金方》第三卷。

　　赵康靖公概厚德长者,口未尝言人短。与欧文忠公同为
知制诰,后亦同秉政。及文忠被谤,康靖密申辨理,至欲纳平
生诰敕以保之,而文忠不知也。中岁常置黄、黑二豆于几案
间。自旦数之,每兴一善念、为一善事,则投一黄豆于别器。
暮发视之。初黑豆多于黄豆,渐久反之。既谢事归南京,二念
不兴,遂彻豆无可数。人强于为善,亦要在造次之间每日防
检。此与赵清献公焚香日告其所行之事于上帝同也。

　　今夏不雨四十日,自江左连湖外皆告旱。常岁五六月之
间梅雨时,必有大风连昼夕,逾旬乃止。吴人谓之"舶趠风",
以为风自海外来,祷于海神而得之,率以为常。今岁特无有,

故暑气尤烈。六月二十日晚忽雨,至夜半。明日又雨。其晚
卧池上,河汉当空,梧竹飒然,遂有秋意。盖前一日立秋,气候
不应如是速也。余比岁不作诗,旧喜诵前辈佳句亦忘之,忽记
刘原甫诗云:"凉风响高树,清露坠明河。虽复夏夜短,已觉秋
气多。"若为余言者。起傍池徐步,环绕数十匝,吟咏不能自
已。僮仆皆已睡。前此适有以酴醾新酒相饷者,乃蹩起,连取
三杯饮之,意甚适。不知原甫当时能如此否? 然诗末云:"艳
肤丽华烛,皓齿扬清歌。临觞不作意,奈此粲者何?"则与吾
异。此诗当是在长安时作,恨此一病未除也。

石介守道与欧文忠同年进士,名相连,皆第一甲。国初诸
儒以经术行义闻者但守传注,以笃厚谨修表乡里。自孙明复
为《春秋发微》,稍自出己意。守道师之,始唱为辟佛老之说,
行之天下。文忠初未有是意,而守道力论其然,遂相与协力,
盖同出韩退之。及为庆历圣德诗,遂偃然肆言,臧否卿相不少
贷。议者谓元和圣德诗但奖用兵之善,以救贞元姑息之弊,且
时已异,用推宪宗之意而成之,固不害为献纳,岂有天子在上,
方欲有为,而匹夫崛起,擅参予夺于其间乎? 孙明复闻之曰:
"为天下不当如是,祸必自此始。"文忠犹未以为然,及朋党论
起,始悟其过。故嘉祐、治平之政施行与庆历不同,事欲求成
亦必更历而后尽其变也。

卢怀慎好俭,家无金玉锦绣之饰。此固美事,然史言妻子
至寒饿。宋璟等过之,门不施箔。风雨至,引席自障。则恐无
是理。人孰无妻子之爱,固将与之共饱暖。其穷无以赡,义不
苟取于人,则不得已宁使至于不足,此所以为贤。今身为宰
相,俸廪非不足,不以富贵宠禄为淫侈足矣,何至于妻子寒饿
乎? 门不施箔,尤非是。宰相所居,至陋终与编户比屋异。纵

无箔，客至亦当少引于内，必不至风雨侵坐。怀慎虽无甚过人，然亦不全为奸伪。此事盖出郑处晦《明皇杂录》，史臣妄信之。天下自有中道，初不远人情。君子行之，非专区区以取名。前世士大夫乃有过为矫饰，自谓怀慎所常行者。子瞻兄弟深不以为然，因制科论题出《魏志·和洽传》大教在通人情，盖有所讽。

四明温台间山谷多产菌，然种类不一。食之，间有中毒，往往至杀人者。盖蛇虺，毒气所熏蒸也。有僧教掘地，以冷水搅之，令浊。少顷，取饮，皆得全活。此方自见《本草》，陶隐居注谓之"地浆"。亦治枫树菌食之笑不止，俗言"笑菌"者。居山间，不可不知此法。

士大夫服丹砂死者，前此固不一。余所目击：林彦振平日充实，饮啖兼人。居吴下，每以强壮自夸。有医周公辅，言得宋道方炼丹砂秘术，可延年而无后害。道方，拱州良医也，彦振信之。服三年，疽发于脑。始见发际如粟，越两日，项领与胸、背略平。十日死。方疾亟时，医使人以帛渍所溃浓血，濯之水中，澄其下，咯有丹砂。盖积于中与毒俱出也。谢任伯平日闻人畜伏火丹砂，不问其方，必求之服，唯恐尽。去岁亦发腋疽。有人与之语，见其疾将作。俄顷，觉形神顿异，而任伯犹未之觉。既觉，如风雨径以死。十年间亲见此两人，可以为戒矣。

杜子美诗"久为野客寻幽惯，细学何颙免兴孤。"何颙，后汉人，见《党锢传》。盖义侠者，与诗不类，意当作周颙。周、何字相近而讹。周颙奉佛，有隐操。其诗云："昔遭衰世皆晦迹，今幸乐国养微躯。依止老宿亦未晚，富贵功名焉足图。"则此意当在颙也。

　　张丞相天觉喜谈禅，自言得其至。初为江西运判，至抚州，见兜率从悦，与其意合，遂授法。悦，黄龙老南之子，初非其高弟，而江西老宿为南所深许道行一时者数十人。天觉皆历试之。其后天觉浸显，诸老宿略已尽。后来庸流传南学者，乃复奔走推天觉，称相公禅。天觉亦当之不辞。近岁遂有为长老开堂承嗣天觉者，前此盖未有。势利之移人，虽此曹，亦然也。初与老南同得道于慈明者，有文悦，住云峰。其行解坚高，略与南等。从悦既因天觉而重，故其徒谓云峰悦为文悦以别之。

　　世传王迥芙蓉城鬼仙事，或云无有，盖托为之者。迥字子高。苏子瞻与迥姻家，为作歌，人遂以为信。俞澹清老云，王荆公尝和子瞻歌，为其兄紫芝诵之。紫芝请书于纸荆公曰："此戏耳，不可以训。"故不传。犹记其首语云："神仙出没藏杳冥，帝遣万鬼驱六丁。"余在许昌与韩宗武会，坐客有言宗武年二十余时有所遇如子高。是时年八十余。余质之，宗武笑而不肯言。客诵其人往来诗数十篇，皆五字古凤，清婉可爱，如《玉台新咏》。宗武见余爱，乃笑曰："荆公亦尝甚称，云非近人。当是齐梁间鬼。"遂略道本末，云见之几二年，无甚苦意，但恍惚或食，或不食。后国医陈易简教服苏合香丸半年余。一日，忽不见，未知为药之验否也。

避暑录话卷三

程光禄师孟，吴下人，乐《易》纯质，喜为诗，效白乐天而尤简直，至老不改吴语。与王荆公有场屋之旧，荆公颇喜之。晚相遇，犹如布衣时。自洪州致仕归吴，过荆公蒋山，留数日。时已年七十余。荆公戏之曰："公尚欲仕乎？"曰："犹可更作一郡。"荆公大笑，知其无隐情也。

元丰间道士陈景元博识多闻，藏书数万卷。士大夫乐从之游。身短小而伛。师孟尝从求《相鹤经》，得之，甚喜，作诗亲携往谢。末云："收得一般潇洒物，龟形人送鹤书来。"徐举首操吴音吟讽之，诸弟子在旁，皆忍笑不能禁。时王侍郎仲至在坐，顾景元不觉失声，几仆地。

柳永，字耆卿，为举子时多游狭邪，善为歌辞。教坊乐工每得新腔，必求永为辞，始行于世。于是声传一时。初举进士登科，为睦州掾。旧初任官荐举法不限成考。永到官，郡将知其名与监司连荐之，物议喧然。及代还，至铨，有摘以言者，遂不得调。自是诏初任官须满考乃得荐举，自永始。永初为《上元辞》有"乐府两籍神仙，梨园四部管弦"之句，传禁中，多称之。后因秋晚张乐，有使作《醉蓬莱辞》以献，语不称旨，仁宗亦疑有欲为之地者，因置不问。永亦善为他文辞，而偶先以是得名，始悔为己累，后改名三变，而终不能救。择术不可不慎。余仕丹徒，尝见一西夏归明官云："凡有井水饮处，即能歌柳词。"言其传之广也。永终屯田员外郎，死旅，殡润州僧寺。王和甫为守时求其后不得，乃为出钱葬之。

秦观少游亦善为乐府，语工而入律，知乐者谓之作家歌。元丰间盛行于淮楚。"寒鸦万点，流水绕孤村。"本隋炀帝诗也，少游取以为《满庭芳》辞，而首言"山抹微云，天粘衰草。"尤为当时所传。苏子瞻于四学士中最善少游，故他文未尝不极口称善，岂特乐府？然犹以气格为病，故常戏云："山抹微云秦学士，露花倒影柳屯田。""露花倒影"，柳永《破阵子》语也。

富郑公为枢密副使，坐石守道诗，自河北宣谕使还，道除知郓州，徙青州，谗者不已，人皆为公危惧。会河北大饥，流民转徙东下者六七十万人，公皆招纳之。劝民出粟，自为区画，散处境内。屋庐、饮食、医药，纤悉无不备，从者如归市。有劝公非所以处疑弭谤，祸且不测。公傲然弗顾，曰："吾岂以一身，易此六七十万人之命哉！"卒行之愈力。明年，河北二麦大熟，始皆襁负而归，则公所全活也。于是虽谗公者亦莫不畏服，知不可挠，而疑亦因是浸释。公在政府不久，而青州适当此变。尝见其与一所厚书云："在青州二年，偶能全活得数万人，胜二十四考中书令远矣。"张侍郎舜民尝刻之石，余旧有模本，今亡之，不复见。

裴休得道于黄檗，《圆觉经》等诸序文，皆深入佛理。虽为佛者，亦假其言以行，而吾儒不道，以其为言者佛也。李翱《复性书》即佛氏所常言，而一以吾儒之说文之。晚见药山，疑有与契而为佛者不道，以其为言者儒也。此道岂有二？以儒言之则为儒，以佛言之则为佛，而士大夫每患不能自求其所闻，必取之佛，故不可行于天下，所以纷然交相诋，卒莫了其实也。韩退之《答孟简书》论大颠，以为实能外形骸，以理自胜，不为事物侵乱，胸中无隔碍。果尔，安得更别有佛法？是自在其说中而不悟。退之《原性》不逮李翱《复性书》远甚，盖别而为二，必有知者，然后信之。李翱作《复性书》，时年二十九，犹未见药山也。然求于吾儒者，皆与当时佛者之言无二，故自言志于道者四年，则其学之久矣。然无一言近佛而犹微外之，与老庄并列，盖以世方力诋其说，不可与之争，亦不必争故尔。吾谓唐人善学佛而能不失其为儒者，无如李翱。若王缙、杜鸿渐以宰相倾心为佛事，盖本于因果报应之说，犹有意徼幸以求福，乃其流之下概，而王摩诘、白乐天为佛则可矣，而非儒也。是召干戈而求不斗，虽欲使退之不作可乎？孟简反欲乘其间而屈之，亦陋矣。《复性书》上篇，儒与佛者之常言也。其中篇以斋戒其心为未离乎静，知本无有思，则动静皆离，视听昭昭，不起于闻见而其心寂然，光照天地。此吾儒所未尝言，非自佛发之乎？末篇论鸟兽虫鱼之类，谓受形一气，一为物，一为人，得之甚难。生乎世，又非深长之年，使人知年非深长而身为难得，则今释氏所谓“人身难得无常迅速”之二言也，翱言之何伤？而必欲操释语以诲人，宜其从之者既不自觉，而诋之者亦不悟其学之所同也。

　　宋武帝与殷仲文论音乐云，正恐解则好之。此言极有味也。世之好饮者必能饮，好弈者必能弈，未有不知酒味而强饮，未尝学弈而自喜为弈。凡事皆然。欲求简静安闲，莫若初无所解，解而好，非有大勇不能绝也。吾少不幸溺于多闻，而喜穷理。每一事未晓，夜不能安枕，反覆推研，必欲极其至而后止。于是世间事多得曲折。中岁恐流于多事，始翻然大悔，一切扫除，愿为土木偶人。苟一念暂起，似有分别起灭，即力止之。若触芒刃，若陷机阱。数十年来，此境稍熟，觉心内心外真若无物。所未能遽去者，唯此数百卷书尔。更期以年岁，当尽弃之。以无知求有知易，以有知反无知难。使吾不早悟，蔽其所知而不返，虽欲求此须臾之适，其可得哉！

张安道与欧文忠素不相能。庆历初，杜祁公、韩、富、范四人在朝，欲有所为。文忠为谏官，协佐之，而前日吕申公所用人多不然。于是诸人皆以朋党罢去，而安道继为中丞，颇弹击以前事，二人遂交怨，盖趣操各有主也。嘉祐初安道守成都，文忠为翰林。苏明允父子自眉州走成都，将求知安道。安道曰："吾何足以为重？其欧阳永叔乎？"不以其隙为嫌也。乃为作书办装，使人送之京师谒文忠。文忠得明允所著书，亦不以安道荐之非其类，大喜曰："后来文章当在此。"即极力推誉，天下于是高此两人。子瞻兄弟后出入四十余年，虽物议于二人各不同，而亦未尝敢有纤毫轻重于其间也。

张友正，邓公之季子。少喜学书，不出仕。有别业，价三百万，尽鬻以买纸。笔迹高简，有晋宋人风味。尤工于草书。故庐在甜水巷，一日弃去，从水柜街僦小屋，与染工为邻。或问其故。答曰："吾欲假其缣素学书耳。"于是与约，凡有欲染皂者先假之，一端酬二百金。如是日书数端。米元章书自得于天资，然自少至老，笔未尝停。有以纸饷之者，不问多寡，入手即书，至尽乃已。元祐末，知雍丘县。苏子瞻自扬州召还，乃具饭邀之。既至，则对设长案，各以精笔、佳墨、纸三百列其上，而置馔其旁。子瞻见之，大笑就坐，每酒一行，即申纸共作字。以二小史磨墨，几不能供。薄暮，酒行既终，纸亦尽，乃更相易携去，俱自以为平日书莫及也。友正既未尝仕，其性介，不多与人通，故其书知之者少，但不逮元章耳。

建中靖国初，有前与绍圣共政者欲反其类，首建议尽召元祐诸流人还朝，以为身谋。未几，元祐诸人并集，不肯为之用，

则复逐之，而更召所反者。既至，亦恶其翻覆，排之尤力。其
人卒不得安位而去。张芸叟时以元祐人先罢，居长安里中，闻
之。壁间适有扇架，戏题其下曰："扇子解招风，本要热时用。
秋来挂壁间，却被风吹动。"时余季父仕关中，偶至长安，见芸
叟道其事，指壁间诗以为笑乐。

李翱习之论山居，以怪石、奇峰、走泉、深潭、老木、嘉草、
新花、视远七者为胜。今吾山所乏者，独深潭、老木耳。深潭
不可得，松亦不多得。范文正公尝谓吾木会有时而老，但吾不
及见也。然习之记虎丘池水不流，天竺石桥下无水，麓山力不
副天奇，灵鹫拥前山不可远视，峡山少平地，泉出山无深潭，此
五所者极天下之奇观，犹不能备，况吾居独得其七之五哉。人
心终不能无累，余虽忘此，而每见潭水澄澈、高木郁然，未尝不
有慕。圆证寺大松合抱三十余株，夹道蔽日，犹国初时故物。
石桥合诸涧水道朱氏怡云阁之前。其深处水面阔四五丈，张
文规所谓金碧潭者也。其下流注朱氏子嵩之圃，喷薄激射，交
流左右，去吾庐不满三里，自可为吾之别馆。但寺僧不好事，
比岁松有伐而为薪者，当祝使善护持之。朱氏子约今年田熟，
作草堂三间泉上，暇日时往来，则习之所不足者，吾可以兼得
矣。

五方地土风气各不同，古之立社各以其所宜。木非所宜，
虽日培之不植。许洛地相接，嵩山至多松，而许更无有。王幼
安治第，遣人取松百余本种栽之，仅能活一株，才三尺余，视之
如婴儿也。乃独宜柏，有伐以为椽者。睢阳近亳，有桧无松，
亦不多得。亳州宅堂前有两株樛枝者，约高二丈余，百年物
也。至杉，则三州皆无之。木之佳者，无如是四种；而余仕四
方，未尝兼得。余此山乃无不宜，种之得法，十年间便可合半

抱。惟柏长差比迟尔。今环余左右者略有数千株。居常目松磊落昂藏,似孔北海;桧深密纤盘,似管幼安;杉丰腴秀泽,似谢安石;柏奇峻坚瘦,似李元礼。吾闲居久,宾客益少,何幸日得与四君子游耶?

大抵人才有四种:德量为上,气节次之,学术又次之,材能又次之。欲求成材,四者不可不备。论所不足,则材能不如学术,学术不如气节,气节不如德量。然人亦安能皆全,顾各有偏胜,亦视其所成之者如何。故德量不可不养,气节不可不激,学术不可不勤,材能不可不勉。苟以是存心,随所成就,亦便不作中品人物。唐人房玄龄、裴度优于德量,宋璟、张九龄优于气节,魏郑公、陆贽优于学术,姚崇、李德裕优于材能。姚崇蔽于权数,德裕溺于爱憎,则所胜者为之累也。汝曹方读《唐书》,当以是类求则有益。其他琐细与无用之空文不足多讲,徒乱人意尔。

曾从叔祖司空道卿庆历中受知仁祖,为翰林学士,遂欲大用。会宋元宪为相,同年素厚善。或以为言,乃与元宪俱罢。然仁宗欲用之意未衰也,再入为三司使,而陈恭公尤不喜。适以忧去。免丧,不召,就除知澶州。风节凛然,范文正公见推重。吾大观中亦忝入翰林,因面谢略叙陈。太上皇闻之,喜曰:"前此,兄弟同时迭为学士者有矣,未有宗族相继于数世之后。不唯朝廷得人,亦可为卿一门盛事。"吾顿首谢。今之叨冒,仁宗不得尽施于司空者,吾又兼得之,而略无前人报国之一二,每怀眷遇,未尝不流涕也。

叔祖度支讳温叟者,与苏子瞻同年,议论每不相下。元祐末,子瞻守杭州,公为转运使浙西。适大水灾伤。子瞻锐于赈济,而告之者或施予不能无滥,且以杭人乐其政,阴欲厚之。

公每持之不下。即亲行部，一皆阅实，更为条画，上闻朝廷主公议。会出度牒数百付转运司，易米给民。杭州遂欲取其半。公曰："使者与郡守职不同，公有志天下，何用私其州，而使吾不得行其职？"卒视它州灾伤重轻，分与之。子瞻怒甚，上章诋公甚力，廷议不以为直，乃召公还，为主客郎中。子瞻之志固美，虽伤于滥，不害为仁，而公之守不苟其官，亦人所难，可见前辈居官，无不欲自行其志也。

仁庙初即位，秋宴。百戏有缘撞竿者，忽坠地，碎其首死。上恻然怜之，命以金帛厚赐其家，且诏自是撞竿减去三之一。晏元献作诗纪之曰："君王特轸推沟念，诏截危竿横赐钱。"余往在从班侍燕，时见百戏撞竿才二丈余，与外间绝不同。一老中贵人为余言，后阅元献诗，果见之。庙号称仁，信哉！

祖宗澶渊未修好以前，志在取燕，未尝不经营。故流俗言其喜而不可致者，皆曰如获燕王头。宣和末，北方用师，其大帅夔离不尝王燕，为边患，朝论必欲取之。未几，大将乃捕斩夔离不，函其首以献。诏藏之太社头库。天下皆上表贺，而其实非也。士大夫为庆者每相视笑曰："遂获燕王头耶。"

和尚置梳篦，亦俚语言必无所用也。崇宁中间改僧为德士，皆加冠巾。蔡鲁公不以为然，尝争之，不胜。翌日，有冠者数十人诣公谢，发既未有，皆为赝髻，以簪其冠。公戏之曰："今当遂置梳篦乎？"不觉烘堂大笑，冠有坠地者。

崇宁二年，霍侍郎端友榜，吾为省试点检官，安枢密处厚为主文，与先君善，一见以子弟待吾。处厚前坐绍圣间从官放归田里，至是以兵部尚书召还朝。尝中夜召吾语，因曰："吾更祸重矣，将何以善后？"吾曰："公不闻蔺相如、廉颇、郭汾阳、李临淮、张保皋、郑年事乎？缙绅之祸连结不解，非特各敝其身，国亦敝矣。公但能一切忘旧怨,以李文饶为戒,祸何从及?"处厚意动,矍然起,执吾手步庭下。时正月望夜,月正中,仰视星斗灿然,以手指天曰:"此实吾心。"因问此六人大略。曰:"四人者,吾知之。独不记保皋与年为何事?"吾言杜牧之所书新史略载之矣。还坐室中,取《唐书》检视。久之,曰:"吾未有策题,便当著此,以信吾志。"遂论六人以策进士。

　　佛氏论持律以隔墙闻钗钏声为破戒,人疑之久矣。苏子由为之说曰:"闻而心不动,非破戒。心动为破戒。"子由盖自谓深于佛者,而言之陋如此,何也? 夫淫坊酒肆皆是道场,内外墙壁初谁限隔? 此耳本何所在? 今见有墙为隔是一重公案,知声为钗钏是一重公案,尚问心动不动乎? 吴僧净端者行解通脱,人以为散圣。章丞相子厚尝召之饭,而子厚自食荤,执事者误以馒头为馂馅置端前。端得之,食自如。子厚得馂馅,知其误,斥执事者而顾端曰:"公何为食馒头?"端徐取视曰:"乃馒头耶? 怪馂馅乃许甜。"吾谓此僧真持戒者也。

　　吾素不能琴,然心好之。少时尝从信州道士吴自然授指法,亦能为一两弄。忽而弃去,然自是每闻善琴者弹,虽不尽解,未尝不喜也。大观末,道泗州,遇庐山崔闲,相与游南山十余日。闲盖善琴者,每坐玻璃泉上使弹,终日不倦。泉声不甚悍激,涓涓淙潺,与琴声相乱。吾意此即天籁也。闲所弹更三十余曲,曰:"公能各为我为辞,使我它日持归庐山时倚琴而歌,亦足为千载盛事。"意欣然许之。闲乃略用平侧四声,分均为句以授余。琴有指法而无其谱,闲盖强为之。吾时了了略解,既懒不复作,今盖忘之矣。去年徐度忽得江外《招隐》一曲,以王琚旧辞增损而足成之,虽无弹者,可歌成声,适吾意时当稍依此自为一篇,以终闲志。

宋元笔记小说大观

《真诰》载萼绿华事,细考之,近今之紫姑神。晋人好奇,稍缘饰之尔。紫姑神始为诗文,自托于仙,不与人相接,而萼绿华事乃近亵,岂有真仙若此哉?或曰:释氏至四禅天乃无欲,自三禅而下,皆未免于欲。萼绿华盖未离乎欲界者也,亦不然。所谓仙者,岂真与世人同,仅有偶而已。后世缘是,遂肆为渎慢高真之言,无所不至,流俗争信之。唐人至有为后土夫人传者。今所在多有为后土夫人祠,而扬州尤盛。皆塑为妇人像,流俗之谬妄如此,亦起于西汉所谓神媪者。谓小孤为姑,何足怪哉!后土夫人盖以讥武后,然托论亦不当如此也。

毒热连二十日,泉旁林下平日目为胜处,亦觉相熏灼。忽自诃曰:"冰蚕火鼠,此本何物?习其所安,犹不知异。今此热相初从何来,乃复浪为苦乐耶。"一念才萌,顾堂室内外,或阴或日,皆成清凉国土,戏以语群儿,皆莫知答。翌日,忽大雨,震电暴风,骤至坐间。草木掀舞,池水震荡,群儿欣然,皆以为快。因问:"遂若是凉耶?抑来日复有热耶?来日复热,则汝之快者,将又戚然矣!"自吾之视群儿,固可笑,然吾行于世且半生,几何不为群儿?得无有如吾者,又笑其所笑乎?

释氏论佛,菩萨号皆以南谟冠之,自不能言其义。夷狄谓拜为膜,音谟。《穆天子传》膜拜而后受,盖三代已有此称,若云居南方而拜。膜既讹为谟,又因之为南无、南摩。《后汉·楚王英传》"伊蒲塞"之馔,伊蒲塞,即梵语优婆塞。时佛语犹未至中国,盖西域之译云。然如身毒与天竺,其国名尚讹,况于语乎。

《唐书·李绛传》载论罢吐突承璀,请撰安南寺圣德碑事,云:"宪宗命百牛倒石。"此事出《唐旧史》。欧文忠遂谓石碑先立而后书。余家有李绛论事,载此甚详。云承璀先立碑堂,并碑石大小准华岳碑,不言已立碑也。绛既论,帝报可已。不令建立碑楼,便遣拽倒,乃记承璀奏楼功迹大,请缓拆。帝遣百牛倒之,则所倒乃碑楼,非碑石也。新史乃承旧史之误尔。凡书要以便事,何为必先立乎?史言帝初怒,绛伏奏愈切,乃悟。而集本是奏疏,从中报可,无怒事,尤见其妄。

《列子》书称子列子,此是弟子记其师之言,非列子自云也。刘禹锡自作传,称子刘子,不可解,意是误读《列子》。

天下真理日见于前,未尝不昭然与人相接。但人役于外,与之俱驰,自不见尔,惟静者乃能得之。余少常与方士论养生,因及子午气升降,累数百言,犹有秘而不肯与众共者。有道人守荣在旁笑曰:"此何难?吾常坐禅,至静定之极,每子午觉气之升降往来于腹中,如饥饱有常节。吾岂知许事乎?惟心内外无一物耳。非止气也。凡寒暑燥湿有犯于外而欲为疾者,亦未尝悠然不逆知其萌。"余因而验之,知其不诬也。在山居久,见老农候雨旸,十中七八,问之,无他,曰:"所更多尔。"问市人,则不知也。余无事常早起,每旦必步户外,往往僮仆皆未兴。其中既洞然无事,仰观云物景象与山川草木之秀,而志其一日为阴、为晴、为风、为霜、为寒、为温,亦未尝不十中七八。老农以所更,吾以所见,其理一也。乃知惟静一法,大可以察天地,近可以候一身,而况理之至者乎?

宣和间,内府尚古器。士大夫家所藏三代秦汉遗物无敢隐者,悉献于上。而好事者复争寻求,不较重价,一器有直千缗者。利之所趋,人竞搜剔山泽,发掘冢墓,无所不至。往往数千载藏,一旦皆见,不可胜数矣。吴珏为光州固始令,光,申伯之国,而楚之故封也,间有异物,而以僻远,人未之知。乃令民有罪,皆入古器自赎。既而,罢官,几得五六十器,与余遇汴上,出以相示。其间数十器尚三代物。后余中表继为守,闻之微用其法,亦得十余器,乃知此类在世间未见者尚多也。范之才为湖北访察,有给言泽中有鼎,不知其大小,而耳见于外,其间可过六七岁小儿。亟以上闻,诏本部使者发民掘之。凡境内陂泽悉干之,掘数十丈,讫无有。之才寻见谪。

庆历中,西方用师一委韩公、范文正公,皆为招讨副使。未几,韩公以任福败好水,左迁秦州;文正擅报元昊书,迁耀州,皆夺使事。盖居中有不乐之者。仁宗忧边事无所付,且未决二公去留。王文安公尧臣时为翰林学士,乃以充陕西体量安抚使。当权者意欲使其附己,排二公。公具言二公方为夷狄所畏,忠勇无比。将御外敌,非二人不可。且辨任福败不缘帅,皆请还之。并荐其麾下狄青、种世衡等二十余人可为大将。议与当权者忤,尽格不行。会公言泾原贼所由入,他日必自是窥关中,请益兵预备,亦不行,而明年葛怀敏之败,正自泾原起。仁宗始悟,复行公策而还二公,讫降元昊。议者谓保全关辅虽韩、范之功,然非文安,亦不能成也。

唐中世以前,未尽以石为研,端溪石虽后出,亦未甚贵于世者。盖晋宋间善书者,初未留意于研,往往但于器贮墨汁,故有以铜铁为之者,意不在磨墨也。长安李士衡观察家藏一端研,当时以为宝,下有刻字云"天宝八年冬,端州东溪石,刺史李元书"。刘原甫知长安,取视之,大笑曰:"天宝安得有年?自改元即称'载'矣。且是时州皆称郡,刺史皆称太守,至德后始易。今安得独尔耶?"亟取《唐书》示之,无不惊叹。李氏研遂不敢复出。非原甫精博,固无与辨。然李氏亦非善为研计者,研但论美恶,诚可为宝,何必问久近耶?近世有言许敬宗研者,亦或以其人弃之。若论李氏研,则许敬宗研真赝亦未可知。然好恶之或如此，彼为研者美恶自若，初何预知，而或以有年而贵，或以人而废，重可笑也。

刘原甫博物多闻，前世实无及者。在长安有得古铁刀以献，制作极巧。下为大环，以缠龙为之，而其首类鸟，人莫有识者。原甫曰："此赫连勃勃所铸龙雀刀，所谓'大夏龙雀'者也。鸟首盖雀云。"问之，乃种世衡筑青涧城掘地所得，正夏故疆也。又有获玉印遗之者，其文曰"周恶夫印"。公曰："此汉条侯印尚存于今耶。"或疑而问之，曰："古亚、恶二字通用。《史记》卢绾之孙他人封亚谷侯，而《汉书》作'恶谷'是矣。"闻者始大服。因疑史条侯名正是恶夫亦未可知。春秋魏有丑夫，卫有良夫，盖古人命名，皆不择其美称，亦多有以恶名者，安知"亚夫"不为"恶夫"也？

韩丞相玉汝家藏王莽时铜枓一，状如勺。以今尺度之，长一尺三寸。其柄有铭，云"大官乘舆十涑铜枓，重三斤九两。新始建国天凤上戊六年十二月。工遵造。史臣阆、掾臣岑掌旁丞相弘令丞相第二十六枓食器"。正今之杓也。《史记·赵世家》赵襄子请代王，使厨人操铜枓食代王及从者，行斟，阴令以枓击杀之是已。涑，《周官》音炼。据《汉书》莽改始建国六年为天凤六年，而不言其因，今天凤上犹冒始建国，盖通为一称，未尝去旧号。上戊，莽所作历名。莽自以为土德王，故云。宣和间公卿家所藏汉器杂出，余多见之，唯此器独见于韩氏。

国朝监察御史皆用三丞以上，尝再任通判。人有阙，则中丞与翰林学士知杂迭举二人，从中点一人除，宰相不与也。韩公为中丞，以难于中选，乃请举京官以为里行，遂荐王观文陶。治平初，御史缺，台臣如故事，以名上，英宗皆不用，内批自除二人。范尧夫以江东转运判官为殿中侍御史，吕微仲以三司盐铁判官为监察御史。里行得人之效，乃见于再世二十年之后，古未有也。

唐制，诏敕号令皆中书舍人之职，定员六人，以其一人为知制诰，以掌进画。翰林学士初但为文辞，不专诏命。自校书郎以上，皆得为之。班次各视其官，亦无定员，故学士入，皆试五题，麻诏敕诗赋，而舍人不试。盖舍人乃其本职，且多自学士迁也。学士未满一年，犹未得为知制诰，不与为文。岁满，迁知制诰，然后始并直。本朝既重学士之选，率自知制诰迁，故不试，而知制诰始亦循唐制不试。雍熙初年，太宗以李文靖公沆及宋湜王化基为之。化基上章辞不能，乃使中书并召试制诰二首，遂为故事。其后梁周翰、薛映、梁鼎亦或不试而用，欧阳文忠公记唯公与杨文公、陈文惠公三人者，误也。

唐御膳以红绫饼馅为重。昭宗光化中放进士榜，得裴格等二十八人，以为得人。会燕曲江，乃令大官特作二十八饼馅赐之。卢延让在其间，后入蜀，为学士。既老，颇为蜀人所易。延让诗素平易近俳，乃作诗云："莫欺零落残牙齿，曾吃红绫饼馅来。"王衍闻之，遂命供膳，亦以饼馅为上品，以红罗裹之。至今蜀人工为饼馅，而红罗裹其外，公厨大燕，设为第一。

吴正肃公育罢政事，守蔡州。尝即州宅为容斋，自序其意，以为上为天子所容，中为士大夫所容，下为吏民所容。又谓知足而心虚旷，然后能容。达生以为寓，则无往而不容，且作诗著之。余为蔡守时已不复存，物色其处，西北隅仅有屋四楹，深不满三丈，手可及檐，意以为是。乃稍修茸之，不敢加其旧，以见公之志。遣人洛中求公集，得所作诗，因刻之壁间。高贤遗迹，世不多有，况公之名德风节，相去未百年，而来者曾不经意，况求其所用心也哉。

嘉祐中，邕州佛寺塑像其手忽振动，昼夜不止。未几，交趾入寇，城几陷。其后又动，而侬智高反，围城，卒陷之，屠其城去。熙宁元年又动，郡守钱师孟知其不祥，亟取投之江中，遂无他。物理不可解，佛岂为是也哉！以五行传推之，近土失其性也。余在江东宣州，大火几焚其半。前此亦有铁佛坐高丈余，而身忽迸前，迸却若俯，就人者数日。土人方骇，既而火作，盖几邕州之异也。

本朝大乐循用王朴旧律，大抵失于太高，其声噍杀而哀。太祖时，和岘既下一律。景祐中，李照校古制，以为高五格，又请下其三。乐成，反低，人不以为然，废不用。皇祐初，阮逸、胡瑗再定，比和岘止下一律，议者亦不以为善也。燕乐律亦高，歌者每苦其难继，而未有知者。熙宁末，教坊副使苑日新始献言，谓方响尤甚，与丝竹不协，乃使更造方响，以准诸音，于是第降一律。讫，后用之至崇宁云。

大乐旧无匏土二音，笙竽但如今世俗所用。笙以木刻其本，而不用匏。埙亦木为之。是八音而为木者三也。元丰末，范蜀公献《乐书》以为言而未及行，至崇宁更定大乐，始具之。旧又无籈，至是亦备。虽燕乐，皆行用。

国朝馆职、制科及进士第一人试用既有常法，余皆以大臣荐其所知而无定制。制科既改用策论，而进士第一人与大臣所荐犹循用诗赋。治平之末，英宗患人材少，始诏宰相参知政事各举五人。时韩魏公、曾鲁公为宰相，欧文忠公、赵康靖公为参政，共荐二十人。未及召试，而当神宗即位，乃先择其半，与府界提点陈子东奏事称旨，特命附试者十一人皆入馆。吴申为御史，言诗赋不足得士，请自是杂以经史、时务，试论策。乃命罢诗赋，试以策论二道。然而终神宗之世未尝行。盖自

更官制,在内者与职事官杂除,在外赏劳以为贴职者,但以为
宠也。元祐初,举行治平故事,而通命知枢密院与同知亦荐,
遂用熙宁之令,试策一道。绍圣后不复行。四十年间,唯治
平、元祐两见而已。盖必欲得材而慎其选,自不能数也。

　　世言不服药胜中医,此语虽不可通行,然疾无甚苦,与其
为庸医妄投药反败之,不但为无益也。吾阅是多矣。其次有
好服食,不量己所宜,但见他人得效,从而试之,亦或无益而反
有害。魏晋间尚服寒食散,通谓之服散。此有数方,孙真人并
载之《千金方》中,而皇甫谧服之,遂为废人。自言性与之忤,
违错节度。隆冬裸袒,食冰当暑,甚至悲患欲自杀,此岂可不
慎哉!王子敬有帖云“服散发者,亦是数见”。言服者而不闻
有甚利,其为害之甚,乃有如谧。此好服食之弊也。吾少不多
服药,中岁以后,或有劝之少留意者。往既不耐烦,过江后亦
复难得药材。每记《素问》“劳佚有常,饮食有节”八言,似胜服
药也。

　　韩退之《孔戣墓志》言,古之老于乡者将自佚,非自苦。闾
井田宅具在,亲戚之不仕,与倦而归者不在东阡,则在北陌,可
杖屦来往也。谓戣为无是欲留之,此姑为说以留戣可也。若
必待此而后可去,岂善为戣计者耶!戣时年七十三,归不及岁
而卒。如退之所云“闾井田宅”、“亲戚”,谁且无之?顾不必尽
求备。能如戣毅然刚决,固已晚矣,若又不能,是终不可去乎!
王述乞骸骨自叙其曾祖昶与魏文帝笺曰:“南阳宗世林,少得
好名,州里瞻敬。年老汲汲自励,恐见废弃,时人咸共笑之。”
若天假其寿,致仕之年不为此公婆娑之事。述时年六十三,辞
情慷慨,自出其志,是以卒能践之,不但为美谈也。

　　阮裕为临海太守,召为秘书监,不就。复为东阳太守,再

拜为侍中,又不就,遂还剡中以老。或问裕屡辞聘召而宰二郡,何耶?曰:"非敢为高。吾少无宦情,兼拙于人间。既不能躬耕,必有所资,故曲躬二郡,岂以骋能私计故尔?"人情千载不远,吾自大观后,叨冒已多,未尝不怀归,而家旧无百亩田。不得已,犹为汝南、许昌二郡,正以不能无资,如裕所云。既罢许昌,俸廪之余,粗可经营了伏腊,即不敢更怀轩冕之意。今衣食不至乏绝,则二郡之赐也。但吾归而复出,所得又愈于前,则不能无愧于裕。

楚州紫极宫有小轩,人未尝至。一日,忽壁间题诗一绝,云:"宫门闲一人,独凭阑干立。终日不逢人,朱顶鹤声急。"相传以为吕洞宾也。余尝见之,字无异处,亦已半剥去。土人有危疾,刮其黑服,如黍粟,服之皆愈。近世有孙卖鱼者,初以捕鱼为业,忽弃之而发狂,人始未之重。稍言灾福,无不验者,遂争信之。昼往来人家,终日不停足,夜则宿于紫极宫。灾福无不可问,或谬发于语言,或书于屋壁。或笑,或哭,皆不可测。久而推其故,皆有为也。宣和末,尝召至京师,狂言自若。或传其语有讥切者,罢归,固与当时流辈异矣。兵兴,不知所终。

常闻范尧夫每仕京师,早晚二膳,自己至婢妾,皆治于家,往往镌削,过为简俭,有不饱者。虽晚登政府,亦然。补外则付之外厨,加料几倍,无不厌饫。或问其故。曰:"人进退虽在己,然亦未有不累于妻孥者。吾欲使居中则劳,且不足,在外则逸而有余,故处吾左右者,朝夕所言必以外为乐,而无顾恋京师之意,于吾亦一佐也。"前辈严于出处,每致其意如此。

张湛授范甯目痛方云:"损读书一,减思虑二,专内视三,简外视四,且晚起五,夜早眠六。凡此六物,熬以神火,下以气箴,蕴于胸中七日,然后纳诸方寸。修之一时,近能数其目睫,远视尺棰之余。长服不已，洞见墙壁之外，非但明目，亦可延年。"此虽戏言，然治目实无逾此六者。吾目昏已四年，自去年尤甚，而今夏复加之赤眚。此六物讫不能兼用，故虽杂服他药，几月犹未平。因省平生所用目力，当数十倍他人，安得不敝？岂草木之味自外至者，所能复补湛？历数自阳里子、东门伯、左丘明、杜子夏、郑康成、高堂隆、左太冲七人嘲之。阳里子、东门伯不可知，而丘明以下五人，未有非读书者，安可不惧？要须尽用其方，不复加减，乃有验也。

杜牧作《李戡墓志》，载戡诋元白诗语，所谓非庄人雅士所为、淫言媟语入人肌肤者，元稹所不论，如乐天讽谏、闲适之辞，可概谓"淫言媟语"耶？戡不知何人，而牧称之过甚。古今妄人不自量，好抑扬予夺而人辄信之类尔。观牧诗纤艳淫媟，乃正其所言而自不知也。《新唐书》取为牧语，论《乐天传》，以为救失不得不然，益过矣。牧记戡母梦有伟男子持婴儿授之，云："予孔丘以是与尔。"及生戡，因字之夫授。晁无咎每举以为戏，曰："孔夫子乃为人作九子母耶？"此必戡平日自言者，其诡妄不言可知也。

李伯时初喜画马，曹、韩以来未有比也。曹辅为太仆少卿。太仆视他卿寺有廨舍，国马皆在其中。伯时每过之，必终日纵观，有不暇与客语者。法云圜通秀禅师为言："众生流浪转徙，皆自积劫习气中来。今君胸中无非马者，得无与之俱化乎？"伯时惧，乃教之，使为佛像，以变其意。于是深得吴道子用笔意。晚作《华严经》八十卷变相，李冲元书其文，备极工妙。不及终而以末疾废，重自太息。既不复能画，乃反厚以金帛求其所画在人者藏之，以示珍贵。宣和间，其画几与吴生等，有持其一二纸取美官者踵相继，而伯时无恙时，但诸名士鉴赏,得好诗数十篇尔。

杜牧记刘昌守宁陵,斩孤甥张俊事,史臣固疑之,然但以理推,未尝以《李希烈传》考之也。希烈围宁陵时,守将高彦昭,昌乃其副,贼坎城登之。昌盖欲引去,从刘元佐请兵,出不意以捣贼。彦昭誓于众曰:“中丞欲示弱,覆而取之,诚善。然我为守将,得失在生人。今士创重者须供养,有如弃城去,则伤者死内,逃者死外,吾众尽矣。”于是士皆感泣,请留。昌大惭。则全宁陵,昌安得全攘其功耶?计刘元佐间能拒守当在彦昭,不在昌也。牧好奇意,欲造作语言为文字,故不复审虚实。希烈围宁陵四十日,而谓之三月;城不陷,以元佐救兵至,败希烈,而云韩晋公以强弩三千,希烈解围,皆非是。士固有幸不幸,高彦昭不得立传,计是官不至甚显而死,故昌得以为名。赵充国云:“兵者,国之大事,当为后法。”昌为将固多杀,正使有之犹不足为法,况未必有。聊为辨正,以信史氏之说。

张文孝公观一生未尝作草字,杜祁公一生未尝作真字。文孝尝自作诗云:“观心如止水,为行见真书。”可见其志也。祁公多为监司,及帅在外,公家文移书判皆作草字。人初不能辨,不敢白,必求能草书者问焉。久之,乃稍尽解。世言书札多如其为人,二公皆号重德,而不同如此,或者疑之。余谓文孝谨于治身,秋毫不敢越绳墨,自应不解作草字。祁公虽刚方清简,而洞晓世故,所至政事号神明,迎刃而解,则疏通变化,意之所乡,发于书者,宜亦似之也。

唐僧能书者三人:智永、怀素、高闲也。智永书全守逸少家法,一画不敢小出入。千义之外,见于世者亦无他书。相传有八百本。余所闻存于士大夫家者尚七八本,亲见其一于章申公之子择处。逸少书至献之而小变,父子自不相袭。唐太宗贬之太过，所以惟藏逸少书，不及献之。智永真迹深稳精远，不如世间石本用笔太碍也。怀素但传草书，虽自谓恨不识张长史，而未尝秋毫规模长史，乃知万事必得之于心，因人则不能并立矣。章申公家亦有怀素千文，在其子授处。今二家各藏其半，惜不得为全物也。高闲书绝不多见，惟钱彦远家有其"为史书当慎其遗脱"八字，如掌大，神彩超逸，自为一家。盖得韩退之序，故名益重尔。

叶源，余同年生。自言熙宁初，徐振甫榜已赴省试，时前取上舍优等久矣。省中策问交趾事，茫然莫知本末。或告以见马援传者，亟录其语用之，而不及详，乃误以援为愿，遂被黜。方新学初，何尝禁人读史，而学者自尔。源言之，亦自以为不然，故更二十年始得第。崇宁立三舍法，虽崇经术，亦未尝废史，而学校为之师长者本自其间出，自知非所学，亦幸时好以倡其徒，故凡言史，皆力诋之。尹天民为南京教授，至之日悉取《史记》而下，至《欧阳文忠集》焚讲堂下，物论喧然。未几，天民以言事罢。

政和间，大臣有不能为诗者，因建言诗为元祐学术，不可行。李彦章为御史，承望风旨，遂上章论陶渊明、李杜而下，皆贬之。因诋黄鲁直、张文潜、晁无咎、秦少游等，请为科禁。故事，进士闻喜燕例赐诗以为宠。自何丞相文缜榜后，遂不复赐，易诏书以示训戒。何丞相伯通适领修敕令，因为科云："诸士庶传习诗赋者杖一百。"是岁冬，初雪。太上皇意喜，吴门下居厚首作诗三篇以献，谓之"口号"。上和赐之。自是圣作时出，讫不能禁，诗遂盛行。至于宣和之末，伯通无恙时，或问"初设刑名，将何所施？"伯通无以对，曰："非谓此诗，恐作律赋省题诗害经术尔。"而当时实未有习之者也。

　　吴门下喜论杜子美诗,每对客,未尝不言。绍圣间为户部尚书,叶涛致远为中书舍人待漏院,每从官晨集,多未厌于睡,往往即坐倚壁假寐,不复交谈。惟吴至则强之与论杜诗不已,人以为苦,致远辄迁坐于门外檐次。一日,忽大雨瓢洒,同列呼之不至,问其故,曰:"怕老杜诗。"梁中书子美亦喜言杜诗,余为中书舍人时,梁正在本省,每同列相与白事,坐未定,即首诵杜诗,评议锋出,语不得间。往往迫上马,不及白而退。每令书史取其诗稿示客,有不解意以录本至者,必瞋目怒叱曰:"何不将我真本来!"故近岁谓杜诗人所共爱,而二公知之尤深。

　　欧阳文忠公为举子时,客随州,秋试作《左氏失之诬论》,云:"石言于晋,神降于莘,内蛇斗而外蛇伤,新鬼大而故鬼小。"主文以为一场警策,遂擢为冠。盖当时文体云然,胥翰林偃亦由是知之。文章之弊,非公一变,孰能遽革?词赋以对的而用事切当为难。张正素云:庆历末有试《天子之堂九尺赋》者,或云:"成汤当陛而立,不欠一分;孔子历阶而升,止余六寸。"意用《孟子》曹交言成汤九尺,《史记》孔子九尺六寸事。有二主司,一以为善,一以为不善。争,久之不决,至上章交讼。传者以为笑。若论文体,固可笑;若必言用赋取人,则与欧公之论何异,亦不可谓对偶不的而用事不切当也。唐初以明经、进士二科取士,初不甚相远,皆帖经文而试时务策,但明经帖文通而后口问大义,进士所主在策,道数加于明经,以帖经副之尔。永隆后,进士始先试杂文二篇。初无定名,《唐书》已不记诗赋所起,意其自永隆始也。

　　吴下全盛时,衣冠所聚,士风笃厚,尊事耆老。来为守者,多前辈名人,亦能因其习俗以成美意。旧通衢皆立表揭为坊名,凡士大夫名德在人者,所居往往因之以著。元参政厚之居名衮绣坊;富秘监严居名德寿坊;蒋密学堂居尝产芝草,名灵芝坊;范侍御师道居名豸冠坊;卢龙图秉居奉其亲八十余,名德庆坊;朱光禄□居有园池,号乐圃坊。临流亭馆以待宾客舟航者,亦或因其人相近为名。褒德亭以德寿富氏也,旌隐亭以灵芝蒋氏也,蒋公盖自名其宅前河为招隐溪,来者亦不复敢辄据。此风惟吾邦见之,他处未必皆然也。

李公武尚太宗献穆公主,初名犯神宗嫌名,加赐上字遵。好学,从杨大年作诗,以师礼事之,死为制服。士大夫以此推重。私第为闲燕、会贤二堂,一时名公卿皆从之游。卒谥和文。外戚未有得文谥者,人不以为过。其后李用和之子玮复尚真宗福康公主,故世目公武为老李驸马,所居为诸主第一。其东得隙地百余亩,悉疏为池,力求异石名木,参列左右,号静渊庄,俗言李家东庄者也。宣和间,木皆合抱,都城所无有。其家以归有司,改为撷芳园。后宁德皇后徙居,号宁德坊。

李公武既以文词见称诸公间,杨大年尝为序其诗,为《闲燕集》二十卷。柴宗庆亦尚太宗鲁国公主,贪鄙粗暴,闻公武有集,亦自为诗,招致举子无成者相与酬唱。举子利其余食,争言可与公武并驰。真宗东封亦尝献诗,强大年使为之序。大年不得已为之,遂亦自名其诗为《平阳登庸》一集,镂板以遗人,传者皆以为笑。

庄子言蹈水有道,曰:“与济俱入,与汩偕出。”郭象以为磨翁而旋入者,济也;回伏而涌出者,汩也。今人言汩没,当是浮沉之意。

太宗敦奖儒术,初除张参政洎、钱枢密若水为翰林学士,喜以为得人,谕辅臣云:“学士清切之职,朕恨不得为之。”唐故事,学士礼上,例弄猕猴戏,不知何意? 国初久废不讲,至是乃使敕设日举行而易以教坊杂手伎,后遂以为例,而余为学士时但移开封府呼市人,教坊不复用矣。既在禁中,亦不敢多致,但以一二伎充数尔。大观末,余奉诏重修《翰林志》,尝备录本末。会余罢,书不克成。

吕文穆公父龟图与其母不相能,并文穆逐出之,羁旅于外,衣食殆不给。龙门山利涉院僧识其为贵人,延致寺中,为凿山岩为龛居之。文穆处其间九年乃出,从秋试,一举为廷试第一。是时会太宗初与赵韩王议,欲广致天下士以兴文治而志在幽燕,试《训练将士赋》。文穆辞既雄丽,唱名复见容貌伟然。帝曰:"吾得人矣。"自是七年为参知政事,十二年而相。其后诸子即石龛为祠堂,名曰肄业,富韩公为作记云。

吕文穆公既登第,携其母以见龟图,虽许纳之,终不与相见,乃同堂异室而居。贾直孺母少亦为其父所出,更娶他氏。直孺登第,乃请奉其出母而归,与其后母并处。既贵,二母犹无恙,并封。二人皆廷试第一,虽为出母之荣,而父子之间礼经所无有者,处之各尽人情,为难能也。

《唐书·李藩传》记笔灭密诏王锷兼宰相事,《会要》崔氏论史官之失,其说甚明。而《新史》犹载之,岂未尝见崔所论耶? 然即本传考之,藩为相,既被密旨,有不可,封还可也,何用更灭其字? 自可见其误矣。给事中批敕事亦非是。唐制,给事中诏敕,有不便,得涂窜奏还,谓之涂归。此乃其职事,何为吏惊请联他纸? 藩,名臣,二事尤伟而皆不然。成人之美者固所不惜,但事当核实尔。吾谓此本出批敕一事,盖虽有故事,前未有能举其职者,至藩行之,吏所以惊。后之美藩者,因加以联纸之言,又益而为王锷事,不知适为藩累也。据《王锷传》，锷自河东节度使加平章事，《会要》以为元和五年，正藩为相时。大抵《新史》自相抵牾，类如此。

唐以金紫银青光禄大夫皆为阶官，此沿袭汉制金印紫绶、银印青绶之称也。汉丞相、太尉皆金印紫绶，御史大夫银印青绶。此三府官之极崇者。夏侯胜云："经术苟明，取青紫如拾地芥。"盖谓此也。颜师古误以青紫为卿大夫之服，汉卿大夫盖未服青紫，此但据师古当时所见尔。古者官必佩印，有印则有绶。魏晋后既无佩印之法，唐为此名固已非矣，而品又在光禄大夫之下。汉光禄大夫秩比二千石，本以掌宫门为职，初非所贵重，何以是为升降乎？古今名号沿革颠倒错忤，盖不胜言，独怪元丰官制诸儒考核古今甚详，亦循而弗悟，故遂为阶官之冠。

《汉书·李陵传》言全躯保妻子之臣，随而媒糵其短，孟康注以酒酵为媒，曲为糵。师古引齐人名曲饼为媒，谓若酿成其罪者。宋景文公好造语。唐《新史》记程元振恶李光弼，言媒蝎以疑之，不知别有据耶？抑以意自为也。《春秋外传》有云蝎潜焉避之者。蝎音曷，木蠹也。言潜由中出如蠹然。或谓取诸此，然亦奇矣。

旧说崔慎为瓦棺寺僧后身，崔慎父为浙西观察使时生慎，至七岁，犹未食肉。忽有僧见之，捆其口曰："既要他官爵，何不食肉？"自是乃食荤。凡世间富贵人多自修行失念中来，或世缘未绝，有必偿之不可逃者。房次律为永禅师后身，前固有言之者矣。第崔所为略无修行之证，何但官爵一念失差也。往在丹徒常记与叶致远会甘露寺，坐间有举此事者。致远时有所怀，忽忿然作色曰："吾谓僧亦未是明眼人，不食肉安足道？何以不待其末年，执之十字路口，痛与百捆，方为快意？"

闻者绝倒。

国初州郡贡士犹未限数目，自太宗始有意广收文士。于是为守者率以得士多为贵。淳化三年，试礼部遂几二万人。自后未有如是盛者。时钱枢密若水知举，廷试取三百五十三人。孙何为第一，而丁晋公、王冀公、张邓公三宰相在其间。

晋宋间佛学初行，其徒犹未有僧称，通曰道人，其姓则皆从所授学。如支遁本姓关，学于支谦为支，帛道猷本姓冯，学于帛尸梨密为帛是也。至道安始言佛氏释迦，今为佛子，宜从佛氏，乃请皆姓释。世以释举佛者，犹言杨、墨、申、韩。今以为称者，自不知其为姓也。贫道亦是当时仪制定以自名之辞不得不称者，疑示尊礼，许其不名云耳。今乃反以名相呼而不讳，盖自唐已然，而贫道之言废矣。

吕许公初荐富韩公出使，晏元献为枢密使，富公不以嫌辞，晏公不以亲避，爱憎议论之际，卒无秋毫窥其间者。其直道自信不疑，诚难能也。及使还，连除资政殿学士。富公始以死辞，不拜。虽义固当，然其志亦有在矣。未几，晏公为相，富公同除枢密副使。晏公方力陈求去，不肯并立。仁宗不可，遂同处二府，前盖未有此比也。

张司空齐贤初被遇太宗，骤至签书枢密院。会北伐契丹，代州正当虏冲而杨继业战殁，帝忧甚，求守之者。齐贤自请，行。既至，果大败虏众。时母晋国大夫人孙氏年八十余，尚无恙。帝数召至宫中，眷礼甚厚，如家人。朝散郎仲咨，其曾孙也。尝出帝亲札回赐孙氏一诗示余，云："往日贫儒母，年高寿太平。齐贤行孝侍，神理甚分明。"又有一幅云："张齐贤拜相，不是今生宿世遭逢，本性于家孝，事君忠，婆婆老福，见儿荣贵。"齐贤还自代州，遂入相。圣言简质，不为文饰，群臣安得不尽心乎？诗、诏其家有石刻，士大夫罕见之者。

国朝宰相致仕，从容进退，享有高寿。其最著者六人。张邓公八十六，陈文惠八十二，富韩公八十一，杜祁公八十，李文定七十七，庞颖公七十六，文潞公虽九十二，而晚节不终，士论惜之。张邓公仍自相位得谢，尤为可贵。

韩建粗暴好杀而重佛法。治华州，患僧众庞杂，犯者众。欲贷之，则不可尽；治之，则恐伤善类。乃择其徒有道行者使为僧正，以训治之，而择非其人，反私好恶予夺，修谨者不得伸，犯法者愈无所惮。建久之乃悟。一日忽判牒云："本置僧正，欲使僧正。僧既不正，何用僧正，使僧自正。"传者虽笑，然以为适中理。

明皇幸蜀图，李思训画，藏宗室汝南郡王仲忽家。余尝见其摹本，方广不满二尺，而山川云物、车辇人畜、草木禽鸟无一不具。峰岭重复，径路隐显，渺然有数百里之势，想见为天下名笔。宣和间，内府求画甚急，以其名不佳，独不敢进。明皇作骑马像，前后宦官宫女导从略备。道旁瓜圃，宫女有即圃采瓜者，或讳之为摘瓜图，而议者疑。元稹《望云骓歌》有"骑骡幸蜀"之语，谓仓卒不应仪物犹若是盛，遂欲以为非幸蜀时事者，终不能改也。山谷间民皆冠白巾，以为蜀人为诸葛孔明服，所居深远者，后遂不除，然不见他书。

欧文忠公初以张氏事，当权者幸，以诬公，亟命三司户部判官苏安世为诏狱，与中贵人杂治，冀以承望风旨。中外谓公必不能免，而安世秋毫无所挠，卒白公无他。当权者大怒，坐责泰州监税，五年不得调。后治狱者，亦不过文致公贷用张氏奁具物坐贬尔。安世寻卒于至和间，终广西转运使。官既不甚显，世无知之者。其为人亦自廉直而敏于事，不磨勘者十五年。王文公为墓志,仅载其事。

　　吕许公在相位,以郊礼特加司空,力辞,不拜。既病,归政事,仁宗眷之犹厚,乃复除司空平章军国重事,三五日一造朝。有大事及边机,许宰执就第咨访,前无是比也。元祐初,晦叔辞位,遂用故事,以文潞公平章重事,而晦叔亦拜司空平章事,遂践世官,尤为盛事。

避暑录话卷四

《禹贡》导漾东流为汉，又东为沧浪之水。沧浪，地名作水名也。孔氏谓汉水别流在荆州者。《孟子》记《孺子之歌》所谓"沧浪之水可以濯缨"者，屈原《楚辞》亦载之。此正楚人之辞。苏子美卜居吴下，前有积水即吴王僚开以为池者，作亭其上，名之曰沧浪。虽意取濯缨，然似以沧浪为水渺弥之状，不以为地名，则失之矣。沧浪犹言嶓冢桐柏也。今不言水而直曰嶓冢桐柏，可乎？大抵《禹贡》水之正名而不可单举者，则以水足之。黑水、弱水、沣水之类是也。非水之正名而因以为名，则以水别之，沧浪之水是也。沇水伏流至济而始见，沇亦地名，可名以济，不可名以沇，故亦谓之沇水，乃知圣贤一字，未尝无法也。

桑钦为《水经》，载天下水甚详，而两浙独略。浙江谓之渐江，出三天子都。钦，北人，未尝至东南，但取《山海经》为证尔。《山海经》三天子都在彭泽，安得至此？今钱塘江乃北江之下流，虽自彭泽来，盖众江所会，不应独取此一水为名。余意"渐"字即"浙"字，钦误分为二名。郦元注引《地理志》，浙江出丹阳黟县，南蛮中者是矣。即今自分水县出桐庐号歙港者，与衢婺之溪合而过富阳以入大江。大江自西来，此江自东来，皆会于钱塘，然后南趋于海。然浙江不见于《禹贡》，以钱塘江为浙江始见于《秦纪》，而衢婺诸水与苕、霅两溪等不见于《水经》者甚多，岂以小遗之，抑不及知耶？余守钱塘，尝取两路山水证其名实，质诸耆老，颇得其详，欲使好事者类为一书，以补桑、郦之阙。会兵乱，不及成也。

　　颜鲁公《吴兴地》记乌程县境有颛顼冢。《图经》云，晋初衡山见颛顼冢，有营丘图。衡山在州之东南。《春秋传》所谓楚子伐吴，克鸠兹至于衡山者也，今谓之横山。或疑颛顼都帝丘，今濮州，是无缘冢在此。古今流传虽不可尽信，然舜葬苍梧，禹葬会稽，何必其都耶？今州之西南有杼山，亦隶乌程。其旁有夏驾山夏王村，相传以为夏杼巡狩所至。杼，夏之七王也。禹葬会稽则杼之至此，固无足怪。庸俗之言，未可为全无据也。越王勾践本禹之后，盖吴越在夏，皆中国地。其后习于用夷，故商周之间变而为夷，岂真夷狄也哉！六合之大，自开辟以来，迭为华夷，不知其几变。如幽燕故壤沦陷不满二百年，已不复名为中国矣，而闽、广、陇、蜀列为郡县者，亦安知秦汉之前，非皆夷狄耶？

　　三江既入，震泽底定。孔氏以太湖为震泽而不名三江，意若以北江、中江与南江为三江，在荆州之分，汉沱参流则别为三；在扬州之分，因入于海则合于一。所谓北江者，今丹阳而下，钱塘皆是也。孔氏本未尝至吴，故其解北江以为自彭蠡江分为三，入震泽为北江入海，不知北江本不与震泽相通，以太湖为震泽，亦非。《周官》九州有泽薮，有川有浸。扬州泽薮为具区，其浸为五湖。既以具区为泽薮，则震泽即具区也。太湖乃五湖之总名耳。凡言薮者，皆人资以为利，故曰薮，以富得名，而浸则但水之所钟也。今平望八尺震泽之间水弥漫而极浅，与太湖相接。自是入于太湖，自太湖入于海，虽浅而弥漫，故积潦暴至，无以泄之，则溢而害田，所以谓之震，犹言三川皆震者。然蒲鱼莲芡之利，人所资者甚广，亦或可堤而为田，与太湖异,所以谓之泽薮。他州之泽无水暴至之患,则为一名而已,而具区与三江通塞为利害,故二名以别之。《禹贡》方以既定为义,是以言震泽而不言具区,此非吴越之人不知,而先儒皆北人,但据文为说,宜其显然失之地里而不悟也。

三江与震泽相通者,或泄震泽而入海,或合震泽而入海。其一为吴淞江固无疑矣,其二不可名。今青龙、华亭、昆山、常熟,皆有江通海,与震泽连,意必在其间。韦昭言浙江、浦阳松江者,其妄固不待较,而王氏言入者亦不可为入海。凡言入于渭,入于河,皆由之以往,言其终也。三江既自为别,水非有所从来。前既未尝言入于海,不得直言入,乌知入之为入海? 但文适同耳。当如既陂、既泽、既导、既潴之类,各就其本水言之。既入若言由地中行也。凡傍海之江皆狭,非大江比。海水两潮相往来,始至而悍激,则与沙俱至。既退而缓,则留其沙而水独返,故不过三五岁,即淤浸障塞。水不入于江,则不能通于海,震泽受之而为害。若江水自由地中行,各分而入海,震泽安得有决溢耶?

侯公说项羽事,《汉书》载本末不甚详。高祖以口舌远之,诚难能也,然世或恨其太寡恩。余家有汉金乡侯长君碑云:"讳成,字伯盛。山阳防人。汉之兴也,侯公纳策济太上皇于鸿沟之厄,谥安国君。曾孙辅封明统侯。光武中兴,玄孙霸为大司徒,封於陵侯,枝叶繁盛。或家河随,或邑山泽。"然后知高祖所以待侯公者亦不薄,唯不用之而已。汉初群臣未有封侯者,一时有功,皆旋赐之美名,号曰君,有食邑。娄敬封奉春君,富贵衣食之。盖所以待君子小人者不以私恩,皆高祖所以能取天下也。其传至曾孙而得侯,尚高祖之遗意耶。《后汉·侯霸传》,河南密人,不言为侯公后,但云族父渊。元帝时宦者

佐石显等领中书,号太常侍,霸以其仕为太子舍人,盖史之阙
也。汉之遗事,古书无复可见,而偶得于此,知藏碑不为无补
也。

　　高祖终身不见侯公固善,然史不当遂没其事。刘原甫尝
代侯公说项羽辞,其文甚美。原甫盖精于西汉者也,然吾尝谓
太公、吕后在羽军中二年,以兵相攻,遂一胜一负,略相当,高
祖泰然示之,若不急于太公者。广武之役方数之十罪,虽欲烹
太公而不顾,此岂真忘其父哉!知羽未有胜我之策,而我有灭
羽之计,羽必不敢害太公也。及杀龙且,枭塞王欣,分韩信、彭
越、黥布以王关东,厚抚军士以收四方之心,形势已成,羽援寡
食尽,故以中分天下啖之,盖察其为人仁柔而贪。仁柔则难于
轻绝我,贪则利于分天下。其谋一定,然后遣使,一不中而再,
其于太公殆直取之耳。侯公亦会是成功也。然苟非其人,亦
不能成其意,此陆贾所以不能,而侯公能之也。汉初从高祖者
又有肃公、薛公、枞公,史皆失其名,知高祖之养士以待缓急之
用者非一途也。

　　东汉郑均致仕,章帝赐尚书,禄终其身,时号白衣尚书,则
汉致仕无禄也。唐制亦然,而时有特给者。

　　本朝宰相以三师致仕者,元丰以前惟三人:赵韩王太师、
张邓公太傅、王魏公太保。元丰末,文潞公始以太师继之。

　　范蜀公素不饮酒,又诋佛教。在许下与韩持国兄弟往还,
而诸韩皆崇此二事。每燕集,蜀公未尝不与极饮尽欢,少间则
必以谈禅相勉。蜀公颇病之。苏子瞻时在黄州,乃以书问救
之当以何术,曰:“曲糵有毒,平地生出醉乡。土偶作祟,眼前
妄见佛国。”子瞻报之曰:“请公试观能惑之性何自而生,欲救
之心,作何形相。此犹不立,彼复何依? 正恐黄面瞿昙亦须敛

衽,况学之者耶?"意亦将有以晓公,而公终不领,亦可见其笃信自守,不肯夺于外物也。子瞻此书不载于集。

苏子瞻元丰间赴诏狱,与其长子迈俱行。与之期,送食惟菜与肉,有不测,则彻二物而送以鱼。使伺外间以为候,迈谨守。逾月,忽粮尽,出谋于陈留,委其一亲戚代送而忘语其约。亲戚偶得鱼鲊送之,不兼他物。子瞻大骇,知不免,将以祈哀于上,而无以自达,乃作二诗寄子由,祝狱吏致之,盖意狱吏不敢隐,则必以闻。已而果然,神宗初固无杀意,见诗益动心。自是遂益欲从宽释,凡为深文者,皆拒之。二诗不载集中,今附于此:"柏台霜气夜凄凄,风动琅珰月向低。梦绕云山心似鹿,魂飞汤火命如鸡。额中犀角真吾子,身后牛衣愧老妻。他日神游定何所,桐乡应在浙江西。""圣主如天万物春,小臣愚暗自亡身。百年未了须还债,十口无家更累人。是处青山可藏骨,他时夜雨独伤神。与君今世为兄弟,更结来生未了因。"

北苑茶土所产为曾坑,谓之正焙。非曾坑为沙溪,谓之外焙。二地相去不远,而茶种悬绝。沙溪色白过于曾坑,但味短而微涩,识茶者一啜即知,如别泾渭也。余始疑地气土宜不应顿异如此,及来山中,每开辟径路,刓治岩窦,有寻丈之间土色各殊,肥瘠、紧缓、燥润,亦从而不同。并植两木于数步之间,封培灌溉略等,而生死丰瘁如二物者。然后知事不经见,不可必信也。草茶极品惟双井、顾渚,亦不过各有数亩。双井在分宁县,其地属黄氏鲁直家也。元祐间,鲁直力推赏于京师,旅人交致之,然岁仅得一二斤尔。顾渚在长兴县,所谓吉祥寺也。其半为今刘侍郎希范家所有。两地所产,岁亦止五六斤。近岁寺僧之采者多不暇精择,不及刘氏远甚。余岁求于刘氏,过半斤则不复佳。盖茶味虽均,其精者在嫩芽。取其初萌如雀舌者,谓之枪。稍敷而为叶者,谓之旗。旗非所贵,不得已取一枪一旗犹可,过是则老矣。此所以为难得也。

柳公权记青州石末研墨易冷。冷字或为泠。凡顽石捍坚,磨墨者用力太过而疾,则两刚相拒,必热而沫起。俗言磨墨如病儿,把笔如壮夫。又云磨墨如病风手,皆贵其轻也。冷与泠二义不相远。石末本瓦研,极不佳,止青州有之。唐中世未甚知有端歙石,当是以瓦质不坚,磨墨无沫耳。物性相制,固有不可知者。今或急于磨墨而沫起,殆缠笔不可作字,但取耳中塞一粟许投之,不过一蕞,磨即不复见。顷墨工王湍言此,试之,果然。书几间,亦不可不知此。

赐告予告,孟康解《汉书》以为休假之名,非也。告者以假告于上,上从之而或赐或予,故因谓之告。左氏言韩献子告老,岂亦假耶?颜师古以为请谒之言,是也。然谓谢病谢事亦为告,则非是。谢者,置其事与言病而去尔。古文皆相因为义,自可以为意通,而说者每凿而附会,是以愈传而愈失也。

妇人以姓为称,故周之诸女皆言姬,犹宋言子,齐言姜也。自汉以来不复辨,类以为妇人之名,故《史记》言高祖居山东好美姬,《汉书·外戚传》云所幸姬戚夫人之类,固已失矣。注《汉书》者见其言薄姬、虞姬、戚姬、唐姬等,皆妾而非后,则又以为众妾之称。近世言妾者遂皆言姬,事之流传失实,每如是。今谓宗女为姬,亦因《诗》言王姬之误也。

俗言"忍事敌灾星",此司空表圣诗也。表圣《休休亭记》自言尝为匪人所辱,宜以耐辱自警,因号耐辱居士,盖指柳璨,岂白马之祸。璨将为不利,有不得已而忍辱以免者,故为是言耶。《表圣传》见《五代旧史·梁书》,盖其卒在唐亡后也。然绝不能明其大节,至谓躁进矜伐,为端士所鄙。昭宗反正,召

为兵部侍郎,谓己当为宰辅,为时要所抑,愤而谢病去。世之
毁誉,相反如此。如表圣出处用心,而不见知于当世,犹至是
乎。王元之为五代阙文,始力为之辨。方元之时,去五代尚未
远,盖犹有所传闻。今《新唐书》所载,大抵多取于元之,故知
君子但强于为善,是非之公要有不能终乱者,其久而必定也。

　　乐君,达州人,生巴峡间,不甚与中州士人相接,状极质野
而博学纯至,先君少师特爱重之,故遣吾听读。今吾尚略能记
六经,皆乐君口授也。家贫甚,不自经理。有一妻、二儿、一跛
婢,聚徒城西,草庐三间,以其二处诸生,而妻子居其一。乐易
坦率多嬉笑,未尝见其怒。一日过午未饭,妻使跛婢告米竭。
乐君曰:“少忍,会当有饷者。”妻不胜忿,忽自屏间跃出,取按
上简击其首。乐君袒而走,仆于舍下。群儿环笑,掖起之。已
而,先君适送米三斗。乐君徐告其妻曰:“果不欺汝。饥甚,幸
速炊。”俯仰如昨日,几五十年矣。每旦起,分授群儿经,口诵
数百过不倦。少间,必曳履慢声抑扬,吟讽不绝。蹑其后听
之,则延笃之书也。群儿或窃效靳侮之,亦不怒。喜作诗,有
数百篇。先君时为司理,犹记其相赠一联云:“末路清谈得陶
令,他时阴德颂于公。”又《寄故人》云:“夜半梦回孤月满,雨余
目断太虚宽。”先君数称赏之,今老书生未有其比也。

　　往时南馔未通,京师无有能斫鲙者,以为珍味。梅圣俞家
有老婢,独能为之。欧阳文忠公、刘原甫诸人每思食鲙,必提
鱼往过圣俞。圣俞得鲙材,必储以速诸人,故集中有《买鲫鱼
八九尾,尚鲜活。永叔许相过,留以给膳》、又《蔡仲谋遗鲫鱼
十六尾,余忆在襄城时获此鱼,留以迟永叔》等数篇。一日,蔡
州会客,食鸡头,因论古今嗜好不同,及屈到嗜芰、曾皙嗜羊枣
等事。忽有言欧阳文忠嗜鲫鱼者,问其故,举前数题曰:“见

《梅圣俞集》。"坐客皆绝倒。

元丰间，淮浙士人以疾不仕，因以行义闻乡里者二人，楚州徐积仲车，苏州朱长文伯原。仲车以聋，伯原以跛。其初皆举进士，既病，乃不复出。近臣多荐之，因得为州教授，食其禄，不限以任。伯原，吾乡里。其居在吾黄牛坊第之前，有园宅，幽胜，号乐圃。与林枢密子中尤厚善。绍圣间，力起为太学博士，迁秘书省正字，卒。仲车贫甚，事母至孝。父早弃家，不知所终。乃尽力于母。既死，图其像，日祭之，饮食皆持匕箸举进于像上若食之者，像率淋漓沾污。父名石，每行山间或庭宇，遇有石，辄跃以过，偶误践必呜咽流涕。好作诗，颇豪怪。日未尝辍，有六千余篇。每客至，不暇见，必辞以作诗忙，终于家。苏子瞻往来淮甸，亦致礼，以为独行君子也。

钱塘西湖旧多好事僧，往往喜作诗。其最知名者熙宁间有清顺、可久二人。顺字怡然，久字逸老，其徒称顺怡然、久逸老。所居皆湖山胜处，而清约介静，不妄与人交。无大故不至城市，士大夫多往就见。时有馈之米者，所取不过数斗，以瓶贮置几上，日取其三二合食之。虽蔬茹亦不常有，故人尤重之。其后有道潜。初无能，但从文士往来，窃其绪余，并缘以见当世名士，遂以口舌论说时事，讥评人物，因见推称。同时有思聪者，亦似之而诗差优。近岁江西有祖可、惠洪二人。祖可诗学韦苏州，优此数人。惠洪传黄鲁直法，亦有可喜而不能无道潜之过。祖可病癞死。思聪，宣和中弃其学为黄冠，又从而得官。道潜、惠洪皆坐累编置。风俗之变，虽此曹亦然。如顺、久，未易得也。

孙枢密固人物方重，气貌淳古，亦以至诚厚德名天下。熙宁间，神宗以东宫旧僚托腹心，每事必密询之。虽数有鲠论，

而终不自暴于外。言一定，不复易。虽一日数返，守一辞不为
多言。其子朴尝为人道其家庭之言曰："为人当以圣贤为师，
则从容出于道德。若急于名誉，兀兀老死，不足学也。"故其秉
政于元丰、元祐两朝间，皆未尝不为士大夫所推尊，而讫不为
惊世骇俗之事。其名四子，长即朴，次名曰雍，曰野，曰戆，可
见其志也。

　　居高山者常患无水。京口甘露、吴下灵岩，皆聚徒数百人
而汲水于下，有不胜其劳者。今道场山亦无水，以污池积雨水
供灌溉，不得已则饮之。人无食犹可，水不可一日阙，但有水
者，不知其为重尔。吾居东西两泉。西泉发于山足，蓊然澹而
不流。其来若不甚壮，汇而为沼，才盈丈，溢其余流于外。吾
家内外几百口，汲者继踵，终日不能耗一寸。东泉亦在山足，
而伏流决为涧，经碧淋池，然后会大涧而出。傍涧之人取以灌
园者，皆此水也。其发于上以供吾饮，亦才五尺。两泉皆极
甘，不减惠山。而东泉尤冽，盛夏可冰齿，非烹茶、酿酒，不常
取。今岁夏不雨几四十日，热甚。草木枯槁，山石皆可熏灼
人。凡山前诸涧悉断流，有井者不能供十夫一日之用，独吾两
泉略不加损。平居无水者，既患不能得水，有水而易涸者，方
其有时，又以为常而不贵。今吾泉乃特见重艰于得水之时，故
居者始知其利，盖近于有常德者，天固使吾有是居也哉！

　　李亘，字可久，兖州人。举进士，少好学，通晓世事。吾识
之最早，知其卓然必有立者。吾守许昌，一旦冒大雪，自兖来
见，留十日而去，未尝及世事，惟取古人出处所难明者，质疑于
余。后为南京宁陵丞，徐丞相择之作尹，特爱之。及择之当
国，寖用为郎官。建炎末，虏犯淮南，亘不及避地，久之不相
闻。有言亘已屈节于刘豫者，余深以为不然。既而闻为豫守

南京,且迁大名留守,余虽怅然,然念亘终必不忍至此。今春徐度自临安来,云见其乡人云,亘谋归本朝,已为豫族诛矣,不觉为流涕,乃知余信之为不谬。亘有知虑,见事速。此其间委折,必有可言者,恨知之未详也。

赵俊,字德进,南京人,与余为同年生。余自榜下不相闻,守南京始再见之。官朝奉郎。新作小庐,在城北。杜门,虽乡里不妄交。刘器之无恙时居河南,暇时独一过之。徐择之于乡人最厚,亦善俊。乃为丞相,乡人多随其材见用,俊未尝往求,择之亦忘之,独不得官。建炎末,金将南牧,或劝之避地。俊曰:"但固吾所守尔,死生命也,避将何之?"衣冠奔踏于道者相继,俊晏然安其居,卒不动。刘豫僭号,起为虞部员外郎,辞疾不受。以告畀其家,卒却之。如是再三,豫亦不复强。凡家书文字,一不用豫僭号,但书甲子。后三年,死。此亦徐度云。自兵兴以来,常恨未见以大节名世者,在建康得一人,曰通判府事杨邦乂,尝表诸朝,得谥而立庙祀。今又闻亘与俊皆故人,益可尚,世犹未有能少发明之者,他日当求其事,各为之作传。

蒋侍郎堂家藏杨文公与王魏公一帖,用半幅纸,有折痕。记其略云:"昨夜有进士蒋堂,携所作文来,极可喜,不敢不布闻。谨封拜呈。"后有苏子瞻跋云:"夜得一士,旦而告人,察其情,若喜而不寐者。"蒋氏不知何从得之,在其孙彝处也。世言文公为魏公客,公经国大谋,人所不知者,独文公得与观。此帖不特见文公好贤乐士之急,且得一士必亟告之。其补于公者固亦多矣。片纸折封尤见前人至诚,相与简易平实,不为虚文,安得复有隐情不尽,不得已而苟从者,皆可为后法也。

房次律为宰相当中原始乱时,虽无大功亦无甚显过。罢黜，盖非其罪，一跌不振，遂至于死，世多哀之。此固不幸，然吾谓陈陶之败亦足以取此。杜子美《悲陈陶》云："孟冬十郡良家子，血作陈陶泽中水。野旷天清无战尘，四万义军同日死。"哀哉！此岂细事乎？用兵成败，固不可全责主将，要之，非所长而强为之，胜乃其幸，败者必至之理，与故杀之无异也。次律之志岂不欲胜而强非其长，则此四万人之死，其谁当之乎？顾一跌犹未足偿。陆机河桥之役不战而溃者二十余万人，固未必皆死，然死者亦多矣。讼其冤者，孰不切齿孟玖，然不知是时机何所自信而敢遽当此任。师败七里涧，死者如积，涧水为不流。微孟玖，机将何以处乎？吾老出入兵间，未尝秋毫敢言尝试之意，盖尝谓陆机河桥之役、房琯陈陶之战，皆可为书生轻言兵者之戒，不论当时是非当否也。

兵兴以来，盗贼边骑所及无噍类。有先期奔避伏匿山谷林莽间者，或幸以免。忽襁负婴儿啼声闻于外，亦因得其处。于是避贼之人，凡婴儿未解事、不可戒语者，卒弃之道旁以去，累累相望。哀哉！此虎狼所不忍，盖事不得已也。有教之为绵球，随儿大小为之，缚置口中，略使满口而不闭气。或有力更预畜甘草末，临急时量以水渍，使咀味。儿口中有物实之，自不能作声，而棉软不伤儿口。或镂板以揭饶州道上。己酉冬，敌自江西犯饶信，所在居民皆空城去，颠仆流离道上，而婴儿得此全活者甚多。乃知虽小术亦有足活人者，君子可不务其大乎！此亦不可不知。许幹誉为余道，愿广此言，使人无不闻也。

三十年间，士大夫多以讳不言兵为贤，盖矫前日好兴边事之弊。此虽仁人用心，然坐是四方兵备纵弛不复振，器械刓朽，教场鞠为蔬圃。吾在许昌亲见之，意颇不以为然。兵但不

可轻用,岂当并其备废之哉！乃为新作甲仗库,督掌兵官复教
场,以日阅习。一日,王幼安见过,曰:"公不闻邢和叔乎？非
时入甲仗库检察,有密启之者,遂坐谪。"吾时中朝不相喜者甚
众,因惧而止。后闻有欲以危言中吾者,偶不得,此亦天也。
然自夷狄暴起,东南州郡类以兵不足用,且无器械,望风而溃
者皆是。恨吾前日之志不终,然是时吾虽欲忘身为之,不过得
罪,终亦必无补也。

　　孔孟皆力诋愿人,余少不能了,以为居之似忠信,行之似
廉洁,终愈于不为忠信廉洁之人,何伤乎而疾之深也。既纵观
古今君子小人情伪之际,然后知圣贤之言不徒发也。彼不为
忠信廉洁者,其恶不过其身。人既晓然知之,则是非亦不足为
之惑。乃非其情而矫为之,则名实颠倒、内外相反,苟用以济
其奸何所不可为。方孔孟时,先王遗风余泽未远,犹有能察而
知之者,所忧特贼德而已。后世先王之道知者无几,不幸染其
习而勿悟,则将举世从之,《庄子》所谓"小惑易方,大惑易性"
者,其为患岂胜言乎！

　　子贡问曰:"乡人皆好之,何如？"子曰:"未可也。""乡人皆
恶之何如？"子曰:"未可也。不如乡人之善者好之,其不善者
恶之。一乡之人未必皆善,亦未必皆不善。今无别于善恶而
一皆好之,非乡原乎？"若反此,不幸非其罪而不善者恶之,则
孟子所谓"自反而仁与礼者,虽以为禽兽可也"。若善者亦恶
之则不可矣,故君子不畏不善人之所恶,而贵善人之所好,两
者各当其分,则何择于好恶哉？然惟仁者能好人能恶人,则好
恶非仁者未易得其正,亦必自知者明,自反者审,然后不为外
之好恶所夺也。

　　阅所曝碑册,见李邕所作《张柬之碑》,读之终篇。五王与

刘幽求等皆有社稷大功,然五王沉勇忠烈,非幽求辈险谲贪
权、偶能济事者比。其间桓彦范与柬之尤奇材,可与姚崇相后
先,盖皆本于学术,然其不幸智不及薛季昶敬晖,不能自免于
祸,亦坐书生习气,仁而不能断也。幽求能劝彦范诛三思,非
有以过二人,正以其一于前,无所顾避尔。柬之、彦范既欲成
此,又欲全彼,其志岂不哀哉!然天下事要有不得已者,势必
不能两立。若以柬之、彦范之材,而辅之幽求之决,岂特卒保
其身,安得更有景龙事乎?世言废幽求等,坐姚崇不喜。非崇
不能容,乃所以全之也。村校中教小儿诵诗,多有"心为明时
尽,君门尚不容。田园迷径路,归去欲何从"一篇,初不知谁
作。大观间三馆曝书,昭文库壁间有敝箧,置书数十册,蠹烂
几不可读。发其一,曰《玉堂新集》,载此篇,乃幽求《咏怀》作
也。岂非迁杭、郴州刺史时耶?然幽求岂是安田园者,姑怼而
云尔。

　　故事,制科必先用从官二人举上其所为文五十篇,考于学
士院,中选而后召试。得召者不过三之一,惟欧阳文忠公为学
士时,所荐皆天下名士,无有不在高选者,苏子瞻兄弟、李中书
邦直、孙翰林巨源是也。世遂称欧阳善举贤良。程试既不过
策论,故所上文亦以策论中半,然多未免犹为场屋文辞,惟孙
巨源直指当世弊事,列其条目,援据祖宗源流本末,质以故事,
反覆论说,皆可施行,无一辞虚设。韩魏公一见,曰:"恸哭涕
泣论天下事,其今之贾谊乎?"时方为於潜县令,会以期丧,不
及试。免丧,魏公犹当国,即用为崇文馆编校书籍,遂见进用,
不复更外任,盖犹愈于正登科也。

　　李育,字仲蒙,吴人。冯当世榜第四人登科,能为诗,性高
简,故官不甚显,亦少知之者。与外大父晁公善,尤爱其诗。

先君尝得其亲书《飞骑桥》一篇于晁公,字画亦清丽,以为珍玩。《吴志》孙权征合肥,为魏将张辽所袭,乘骏马上津桥。桥板撤丈余,超度得免,故以名桥。今在庐州境中。诗本后亡去,略追记之,附于此:"魏人野战如鹰扬,吴人水战如龙骧。气吞魏王惟吴王,建旗敢到新城旁。霸主心当万夫敌,麾下仓皇无羽翼。途穷事变接短兵,生死之间不容息。马奔津桥桥半撤,汹汹有声如地裂。蛟怒横飞秋水空,鹗惊径度秋云缺。奋迅金鞿汗沾臆,济主艰难天借力。艰难始是报主时,平日主君须爱惜。"此诗五七岁时先君口授,小儿识之。

　　钱塘西湖、建康锺山,皆士大夫愿游而不获者。仕宦适之,未有不厌足所欲。两郡余皆辱居之。在钱塘十月,适敌犯京师,信息未通。日望涕泣,引首北向,何暇顾其他,仅以祈晴一至天竺而已。建康亦留半岁,正当冬春之间,出师待敌,寝食且废。钟山虽兵火残破之余,形势故在。六朝遗迹故事,班班犹可数。城中但见屹然在侧尔。而少从先君入峡,瞿塘、滟滪、高唐、白帝城,皆天下绝险异奇,乃一一纵观,至今犹历历在目。晚往来浙东七里濑、金华三洞诸胜处,每至,辄留数日,非兴尽不归。乃知山林丘壑亦各有分,非轩冕者所可常得,天固付之山人野老也。

　　上所好恶固不可不慎,况于取士?神童本不专在诵书,初亦不以为常科,适有则举之尔,故可因之以得异材。观元献不以素所习题自隐,文公不以一赋适成自幸,童子如此,他日岂有不成大器者乎?大观行三舍法,至政和初,小人规时好者谬言学校作成人材已能如三代,乃以童子能诵书者为小子有造,此殆近俳,而执事者乐闻之。凡有以闻,悉命之官,以成其说。故下俚庸俗之父兄幸于苟得,每苦其子弟以为市。此岂复更有人材哉！宣和末，余在蔡与许，见江外以童子入贡者数辈，率一老书生挟二三人持状立庭下求试，与倡优经过而献艺者略等。初亦怪抱之，使升堂坐定，问之，乃志在得公厨数十千为路费尔，为之怅然。后或因之有得官者，今莫知皆安在？理固然也。

景修与吾同为郎，夜宿尚书新省之祠曹厅，步月庭下，为吾言：往尝以九月望夜道钱塘，与诗僧可久泛西湖，至孤山已夜分。是岁早寒，月色正中，湖面渺然如熔银，傍山松桧参天，露下叶间蔌蔌皆有光。微风动，湖水晃漾，与林叶相射。可久清癯，苦吟坐中，凄然不胜寒，索衣无所有，空米囊覆其背，谓平生得此无几。吾为作诗记之，云："霜风猎猎将寒威，林下山僧见亦稀。怪得吟诗无俗语，十年肝鬲湛寒辉。"此景暑中想象，亦可以洒然也。

读书而不应举，则已矣。读书而应举，应举而望登科，登科而仕，仕而以叙进，苟不违道与义，皆无不可也。而世有一种人，既仕而得禄，反嘐嘐然以不仕为高，若欲弃之者，此岂其情也哉！故其经营有甚于欲仕，或不得间而入，或故为小异以去，因以迟留，往往遂窃名以得美官而不辞，世终不寤也。有言穷书生不识馒头，计无从得。一日，见市肆有列而鬻者，辄大呼仆地。主人惊问，曰："吾畏馒头。"主人曰："安有是理？"乃设馒头百许枚，空室闭之，徐伺于外，寂不闻声，穴壁窥之，则以手搏撮，食者过半矣。亟开门诘其然，曰："吾见此，忽自不畏。"主人知其给，怒而叱曰："若尚有畏乎？"曰："有。犹畏腊茶两碗尔。"此岂求不仕者耶？

东林去吾山东南五十余里，沈氏世为著姓。元丰间有名思者，字东老，家颇藏书，喜宾客。东林当钱塘往来之冲，故士大夫与游客胜士闻其好事,必过之,东老亦应接不倦。尝有布袍青巾称回山人,风神亦高迈,与之饮,终日不醉。薄暮,取食余石榴皮,书诗一绝壁间曰:"西邻已富忧不足,东老虽贫乐有余。白酒酿来缘好客,黄金散尽为收书。"即长揖出门,越石桥而去,追蹑之,已不见,意其为吕洞宾也。当时名士多和其诗传于世。苏子瞻为杭州通判,亦和,用韩退之《毛颖传》事,云:"至用榴皮缘底事,中书君岂不中书。"虽以纪实,意亦有在也。

橘极难种,吾居山十年,凡三种而三槁死。其初移栽,皆三四尺,余一岁,便结实,累然可爱。未几,偶岁大寒,多雪,即立槁。虽厚以苫覆草拥,不能救也。盖性极畏寒,而吾居在山之半,又面北,多北风,与平地气候绝不同。山前梅花及桃李等率常先开半月,盖五七里之间如此。今吴中橘亦惟洞庭东、西两山最盛,他处好事者园圃仅有之,不若洞庭人以为业也。凡橘一亩比田一亩利数倍,而培治之功亦数倍于田。橘下之土几于用筛,未尝少以瓦砾杂之。田自种至刈,不过一二耘,而橘终岁耘无时,不使见纤草。地必面南,为属级次第使受日,每岁大寒,则于上风焚粪壤以温之。"吾不如老圃",信有之矣。

吾居虽略备,然材植不甚坚壮,度不过可支三十年即一易。人生不能无役,闲中种木亦是一适。今山之松已多矣,地既皆辟,当岁益种松一千,桐、杉各三百,竹凡见隙地皆植之。尽五年而止,可更有松五千,桐、杉各千五百。三十年后,使居者视吾室敝,则伐而新之。竹但取其风霜毁折与侵道妨行者,可不外求而足。今岁积益,与此山竹无虑增数千竿,松杉生不满三尺者处处有之。桐子已实,伺其坠,多畜之。冬春之间当与汝曹日策杖山行自课,择仆之健而愿者两人供役,吾不为无事矣。然此居竟何有,吾年六十犹思预植良材为后计。柳子厚诗云:"晚学寿张樊敬侯,种漆南园待成器。"使子厚在,宁免一笑耶?

人之操行,莫先于无伪,能不为伪,虽小善亦有可观。其积累之,必可成其大。苟出于伪,虽有甚善,不特久之终不能欺人,亦必自有怠而自不能掩者。吾涉世久,阅此类多矣。彼方作为大言以掠美,牵率矫厉之行以夸众,孰不能窃取须臾之誉?或因以得利,然外虽未知,未有不先为奴婢,窥其后而窃笑者。虽欲久,可乎?今吾父子相处,固自闺门之内,而宾客之从吾游者,未尝不朝夕左右入吾室而并吾席也,吾固无善可称,然终日之言苟有一毫相戾,何独有愧乡党邻里,尚能压服汝曹之心哉!尝记欧阳文忠与其弟侄书有云:"凡人勉强于外,何所不至,惟考之其私,乃见真伪。"此非其家人无与知者,可书诸绅也。

《晋史》言王逸少性爱鹅,世皆然之。人之好尚,固各有所僻,未易以一概论。如崔铉喜看水牛斗之类,此有何好,然而亦必与性相近类者。逸少风度超然,何取于鹅?张正素尝云:"善书者贵指实掌虚,腕运而手不知。鹅颈有腕法,傥在是耶?今鹅千百为群,其间必自有特异者。畜牧人皆能辨,即贵售之以为种。盖物各有出其类者,逸少既意有所寓,因又赏其善者也。"正素能书,识古人行笔意,其言似有理。

司空,国史有传,其大节略已备矣,而平生出处与章奏论事,见于谋国者遗落甚多。先大父太师兄弟三人皆以司空荫入官,至老不敢忘也。吾少时犹记太师有亲书其遗事一卷三十四条,今莫知本安在。本院子孙既微,大观末吾尝从求家集及手书稿草,犹得五六十卷,意欲为论次及作家传。久之,不能成。丧乱以来，图籍零落。今岁曝书追寻，尚有前日之半，喜不自禁。稍凉，笔研可亲，终当成此志，亦欲使汝曹知吾门内先此立朝者卓卓如是，非如乃翁猥退无能也。

韩退之作《毛颖传》，此本南朝俳谐文《驴九锡》、《鸡九锡》之类而小变之耳。俳谐文虽出于戏，实以讥切当世封爵之滥，而退之所致意，亦正在"中书君老不任事，今不中书"等数语，不徒作也。文章最忌祖袭，此体但可一试之耳。下《邓侯传》世已疑非退之作，而后世乃因缘规仿不已。司空图作《容成侯传》，其后又有《松滋侯传》。近岁温陶君黄甘绿吉江瑶柱万石君传纷然不胜其多，至有托之苏子瞻者，妄庸之徒遂争信之。子瞻岂若是陋耶？中间惟《杜仲一传》杂药名为之，其制差异，或以为子瞻在黄州时出奇以戏客，而不以自名。余尝问苏氏诸子，亦以为非是。然此非玩侮游衍有余于文者，不能为也。

神仙出没人间，不得为无有；但区区求遇其人而学之者，皆妄人也。神仙本出于人，孰不可为？不先求己之仙而待人以为仙，理岂有是乎！今乡里之善人见不善人且耻与之接矣，安有神仙而轻求于妄人者？古今言尝遇仙必天下第一等人，顾未必皆授之以道。然或前告人以祸福，使有所避就；或付之药饵，使寿考康强。非见之也，彼自以类求耳。唐人多言颜鲁公为神仙，近世传以欧阳文忠公、韩魏公皆为仙，此复何疑哉！

自古夷狄乱华无甚于刘元海，其得志无几而子和卒见弑，至聪遂亡，曾不及二十年。其次安禄山，不二年亦弑于庆绪。阿保机虽仅免于弑，不及反国，以帝把归元昊，称兵西方十五六年，其末弑于佞令哥。天之于善恶顺逆不可欺如此。桀纣为虐，所杀中国之人犹可数计，而皆以亡天下，纣不免诛死。岂有裔夷长驱涂炭毒流四海，因之以死者何可为量数而得令终耶？今金贼犯顺亦已十年，以天道言之，数之一周也。其将有禄山、元昊之变乎？

孟子言"乌是何言"也，乌盖齐鲁发语不然之辞，至今用之，作鼻音，亦通于汝颍。《汉书》记故人见陈涉言"夥，涉之为王耽耽者"！夥，吴楚发语惊大之辞，亦见于今。应劭作祸音，非是。此唇音与"坏"相近。《公羊》记州公如曹，以齐人语过我为化我。今齐人皆以过为夬音。欧阳文忠记打音本谪耿切，而举世讹为丁雅切。不知今吴越俚人，正以相殴击为谪耿音也。

吴越之俗，以五月二十日为分龙日，不知其何据。前此夏雨时行，雨之所及必广，自分龙后，则有及有不及，若有命而分之者也。故五六月之间，每雷起云簇，忽然而作，类不过移时，谓之过云雨。虽三二里间亦不同。或浓云中见，若尾坠地，蜿蜒屈伸者，亦止雨其一方，谓之龙挂。深山大泽，龙蛇所居，其久而有神，宜有受职者，固无足怪。屋庐林木之间，时有震击而出，往往有隙穴，见其出入之迹。或曰此龙之懒而匿藏者也。佛老书多言龙行雨甚苦，是以有畏而逃。以是推之，龙之类盖不一。一雨分役，亦若今人之有官守长贰佐属，其勤惰材不材，为之长者，各察而治之耶。

崔唐臣，闽人也，与苏子容、吕晋叔同学相好。二公先登第，唐臣遂罢举，久不相闻。嘉祐中，二公在馆下。一日，忽见舣舟汴岸，坐于船窗者，唐臣也。亟就见之，邀与归，不可。问其别后事，曰："初倒箧中，有钱百千，以其半买此舟。往来江湖间，意所欲往则从之。初不为定止。以其半居货，间取其赢以自给，粗足即已，不求有余，差愈于应举觅官时也。"二公相顾，太息而去。翌日，自局中还，唐臣有留刺，乃携酒具再往谒之,则舟已不知所在矣。归视其刺之末,有细字小诗一绝,云:"集仙仙客问生涯,买得渔舟度岁华。案有黄庭尊有酒,少风波处便为家。"讫不复再见,顷见王仲弓说此。

山林园圃但多种竹,不问其他景物,望之自使人意潇然。竹之类多,尤可喜者筀竹,盖色深而叶密。吾始得此山,即散植竹,略有三四千竿,杂众色有之,意数年后所向,皆竹矣。戊申、己酉间,二浙竹皆结花而死,俗谓之米竹。于是吾所植亦槁尽,今所存,惟介竹数百竿尔。方其初花时,老圃辄能识之,告吾亟尽伐去,存其根,则来岁尚可复生,而余终不忍。至已槁而后伐,则与其根俱朽矣。比虽复补种,而竹种已难得,不能及前五之一,然犹更须三五年,始可望其干云蔽日。今日有告余种竹法者,但取大竹,善掘其鞭,无使残折,从根断取其三节,就竹林烧其断处,使无泄气。种之一年即发细笋,掘出勿存。次年出笋便可及母,此良有理。插柳者烧其上一头,则抽条倍长。䰀牡丹者烧其柄,或蜡封,即不蔫。盖一术也。当即试之。然种竹须当五六月。虽烈日,无害。小瘁,久之复苏。世言五月十三日为竹醉可移,不必此日,凡夏皆可种也。杜子美诗云:"西窗竹影薄,腊月更须栽。"余旧用其言,每以腊月移种,无一竿活者,此余亦信书之弊而见事迟耶。

刘惔盛暑见王导,导以腹熨弹棋局,云:"何乃渹。"惔出,人问:"王公何如?"惔曰:"未见他异,唯闻吴语耳。"当谓渹为冷,吴人语也。今二浙乃无此语。

世以登科为折桂,此谓郄诜对策东堂,自云"桂林一枝"也。自唐以来用之。温庭筠诗云:"犹喜故人新折桂,白怜羁客尚飘蓬。"其后以月中有桂,故又谓之月桂。而月中又言有蟾,故又改桂为蟾,以登科为登蟾宫。用郄诜事固已可笑,而展转相讹复尔,然文士亦或沿袭,因之弗悟也。

丁仙现自言及见前朝老乐工,间有优诨及人所不敢言者,不徒为谐谑,往往因以达下情,故仙现亦时时效之,非为优戏,则容貌俨然如士大夫。绍圣初,修天津桥,以右司员外郎贾种民董役。种民时以朝服坐道旁,持杖亲指麾工役,见者多非笑。一日,桥成,尚未通行,仙现适至,素识种民,即诃止之,曰:"吾桥成,未有敢过者,能打一善诨,当使先众人。"仙现应声云:"好桥,好桥。"即上马急趋过。种民以为非诨,使人亟追之,已不及。久,方悟其讥己也。

韩忠献公罢政事,尝语康公兄弟以马伏波论少游事云:"吾已无及,汝曹他日能如少游言,为乡里善人守坟墓亦足矣。"康公既葬忠献许昌,仕寖显。一日,归省墓下,用王逸少故事,期六十即挂冠归,以终公志,为文自誓。元丰末,谪守邓州。明年六十,乃具述前语,求致仕。章十上。时裕陵眷康公未衰,苦留之,遣中使喻旨,曰:"先臣有知,见卿宣力国事,当亦必以为然。"康公犹请不已,乃就易许昌,曰:"可以守坟墓矣。"公不得已,拜命。未几,再入为相。韩宗武云。

杜子美诗:"自平宫中吕太一,收珠南海千余日。近供生犀翡翠稀,复恐征戍干戈密。蛮溪豪族小动摇,世封刺史非时朝。蓬莱殿前诸主将,才如伏波不得骄。"《代宗纪》广州市舶使吕太一反,逐其节度张休。或疑"宫中"二字恐误,读《韦伦传》,言"宦者吕太一"是,盖中人为宫市于岭南者尔,故称市舶使。此诗似为哥舒晃作。太一以广德二年反,晃大历八年以循州刺史反,杀岭南节度使吕崇贲,相去盖十年。自此诗而上至《青丝》五篇,疑皆失其题,故但以句首语名之,所以读者多不能遽了。《魏知古传》复有荐沮水令吕太一,在开元间,与大历亦相远。此别一人,姓名适同尔。

浙东溪水峻急,多滩石,鱼随水触石皆死,故有溪无鱼。土人率以陂塘养鱼,乘春鱼初生时,取种于江外,长不过半寸,以木桶置水中,细切草为食,如食蚕,谓之鱼苗。一夫可致数千枚,投于陂塘,不三年,长可盈尺,但水不广,鱼劳而瘠,不能如江湖间美也。《大业杂记》载,吴郡送太湖白鱼种子,置苑内海中水边,十余日即生。其法取鱼产子著菰藻上者,刈之,曝干,亦此之类,但不知既曝干,安得复生?必别有术。今吴中此法不传,而太湖白鱼实冠天下也。

虎丘山,晋王珣故居。珣尝为吴国内史,故与其弟珉皆卜居吴下。旧传宅在城内曰华里,今景德寺即是。虎丘乃其外第尔。珣与珉分东西二宅,本在山前,后舍为寺,乃号东西寺。今寺乃在山巅,下瞰剑池。父老以为会昌末,废其地归于民今为田者,犹能指其故处。大中初,寺复,乃迁于上,则非复珣、珉之旧矣。寺之西亦有小院,谓之西庵,盖但存其名。余大父故庐与景德寺为邻,自虏入寇,景德寺皆焚,而虎丘偶独存。其胜概犹为吴下第一也。

徐复,所谓冲晦处士者,建州人。初举进士,京房易,世久无通其术者,复尝遇隐士得之,而杂以六壬遁甲。自筮终身无禄,遂罢举。范文正公知苏州,尝疑夷狄当有变,使复占之。复为言西方用师,起某年月,盛某年月。天下当骚然,故文正益论边事及元昊叛,无一不验也。仁宗闻而召见,问以兵事,曰:"今岁值小过刚失位而不中,惟强君德乃可济事。"命为大理评事,不就,赐号而归。杭州万松岭,其故庐也。时林和靖尚无恙,杭州称二处士。和靖卒,乃得谥。与复同时者又有郭京,亦通术数,好言兵而任侠不伦,故不显。

　　道家有言三尸，或谓之三彭，以为人身中皆有是三虫，能记人过失。至庚申日，乘人睡去而谗之上帝，故学道者至庚申日辄不睡，谓之守庚申，或服药以杀三虫。小人之妄诞，有至此者。学道以其教言，则将以积累功行以求升举也，不求无过而反恶物之记其过，又且不睡以守，为药物以杀之，岂有意于为过而幸蔽覆藏匿，欺妄上帝可以为神仙者乎？上帝照临四方，纳三尸阴告而谓之谗，其悖谬尤可见。然凡学道者，未有不信其说。柳子厚最号强项，亦作《骂尸虫文》。唐末有道士程紫霄者，一日朝士会终南太极观守庚申。紫霄笑曰："三尸何有？此吾师托是以惧为恶者尔。"据床求枕，作诗以示众，曰："不守庚申亦不疑，此心长与道相依。玉皇已自知行止，任尔三彭说是非。"投笔，鼻息如雷。诗语虽俚，然自昔其徒未有肯为是言者，孰谓子厚而不若此士也？

　　余在建康，有李氏子自言唐宗室后，持其五代而上告五通，援赦书求官。缣素虽弊，字画犹如新。其最上广川郡公汾州刺史李暹一告尤精好。其初书旧衔赵州刺史，次云右可汾州刺史云云。然后书告词。先言门下，末言主者施行，犹今之麻词也。"开元二十年七月六日"下后，低项列银青光禄大夫守兵部尚书兼中书令集贤殿学士云云，萧嵩宣。中书侍郎阙，知制诰王丘奉行。此中书省官也。再起项列侍中兼吏部尚书、弘文馆学士臣光庭与黄门侍郎、给事中等言，制出如右，请奉制付外施行，谨言。年月日。画制可者，门下省官也。再列尚书左丞相阙，开府仪同三司行尚书右丞相云云，璟侍中云云，盖光庭前衔而不名。次列吏部侍郎林甫、彤，告某官奉被制书如右，符到奉行。年月日下者，尚书省官也。璟与林甫、彤三名皆亲书，大如半掌，极奇伟，盖裴光庭、宋璟、李林甫。

彤,当为韦彤。中书省官书姓,而门下尚书省则不书。光庭以兼吏部尚书,故再见于尚书省官而不名。萧嵩、裴光庭学士结衔皆在官下。余见唐敕多,大抵皆吏部告,惟此中书所命如今堂除者,故有辞,但前不言敕而言门下为异尔。兵兴以来,先代遗迹存者无几,可以示后生之乐多闻者也。

晏元献为参知政事,后仁宗亲政,与同列皆罢,知亳州。亳有摘其为章懿太后墓志不言帝所生以自结者,然亦不免俱去。一日,游涡水,见蛙有跃而登木捕蝉者,既得之,口不能容,乃相与坠地,遂作《蜩蛙赋》。略云“匿襄质以潜进,跳轻躯而猛噬。虽多口以连获,终扼吭而弗制”。欧阳文忠滁州之贬作《憎蝇赋》,晚以濮庙事亦厌言者屡困不已,又作《憎蚊赋》。苏子瞻扬州题诗之谤,作《黠鼠赋》。皆不能无芥蒂于中,而发于言,欲茹之不可,故惟知道者为能忘心。

赵康靖公初名禋,直史馆黄宗旦名知人,一见公,曰:“君他日当以笃厚君子称于世。”因使改名约。已而,忽梦有持文书示之若公牒者,大书“赵槩”二字。初弗悟,既又梦有遗之书者,题云“秘书丞通判汝州赵槩”,始疑其或谕己,乃改后名。后六年登科,果以秘书丞通判海州,但“汝”字不同尔。议者谓“汝”字篆文与“海”字相近,公梦中或不能详也。既稍显,又梦与王文安公同入一佛寺,文安题壁云“刑部郎中知制诰赵槩”。后十年,亦以此官入掖垣,遂为学士。礼部王文安公为三司使,同会,偶为书题名记,云“自刑部郎中知制诰召入”,两人相顾大笑。此尤可怪,故康靖平生尤信梦。晚作“见闻记”,其一篇书当时诸公问梦事甚详。

刘原甫廷试本为第一。王文安公,其舅也。为编排试卷官,既拆号,见其姓名,遂自陈请降下名。仁宗初以高下在初覆考官,编排官无与,但以号次第之耳。文安犹力辞不已,遂升贾直孺为魁,以原甫为第二。

陆龟蒙作《怪松图赞》,谓草木之性本无怪,生不得地,有物遏之,而阳气作于内,则愤而为怪。范文正公初数以言事动朝廷,当权者不喜,每目为怪人。文正知之。及后复用为西帅,上疏请城京师以备敌,曰:“吾又将怪矣。”乃书龟蒙赞以遗当权者,曰:“朝廷方太平,不喜生事。某于搢绅中独为妖言,既龃龉不得伸辞,因乖戾得无如龟蒙之松乎?”时虽知其讽已,讫不能尽用其言。

世言迟久有待者曰“宿留”,自汉即有此语。二十八星谓之舍,亦谓之宿。宿者,止其所居也。留作去音。古一字而分二义者多以音别之。如自食为食,食人则音饲。自饮为饮,饮人则音荫之类是矣。盖应留而留则为平音,应去而留则为去音。逗留亦同此义。

颜鲁公真迹宣和间存者犹可数十本。其最著者《与郭英乂议论坐位书》,在永兴安师文家,《祭侄李明文病妻乞鹿脯帖》在李观察士衡家,《乞米帖》在天章阁待制王质家,《寒食帖》在钱穆甫家。其余《蔡明远帖》、《卢八仓曹帖》、《送刘太真序》等不知在谁氏,皆有石本。《坐位帖》,安氏初析居分为二,人多见其前段,师文后乃并得之。相继皆入内府,世间无复遗矣。

钱穆甫为如皋令,会岁旱蝗发,而泰兴令独给郡将云:“县界无蝗。”已而,蝗大起,郡将诘之,令辞穷,乃言县本无蝗,盖自如皋飞来,仍檄如皋,请严捕蝗,无使侵邻境。穆甫得檄,辄书其纸尾,报之曰:“蝗虫本是天灾,即非县令不才,既自敝邑飞去,却请贵县押来。”未几,传至郡下,无不绝倒。

《左氏》记晋平公梦黄熊事,亦见《国语》,二本皆作"熊"字,韦氏《国语》注遂以为熊罴之熊。杜预于《左氏》不言何物。世多疑熊当如《尔雅》鳖三足为能之能,谓传写有衍文。据陆德明《左氏释文》直以为能字,音奴来反,则固已云尔,不知以意删其文耶,或别有据也。余考古文熊、能二字本通用,故贤能之能,字书以为兽名,坚而强力则熊也。是熊字或为能,能字或为熊,初未尝有别。熊罴之熊,能鳖之能,二物共一名,各随其所称,则何必更论衍文,正当读为能尔。宋莒公兄弟留意小学,虽补注《国语》,略能辨之,以正韦氏之误,然意不尽彻,终不免改熊为能也。

吾明年六十岁,今春治西坞隙地,作堂其间,取蘧伯玉之意,名之曰"知非"。赵清献年五十九,闻雷而得道,自号知非子,此真为伯玉者也。今吾无清献之闻,而遽以名其堂,姑志其年耶?抑将求为伯玉耶?夫伯玉亦何可求为?南郭子綦有言今之隐几者,非昔之隐几者也。古之人于一隐几之间犹有所辨,尚何论六十年,岂不知其有与物俱迁而独存者乎?苟知存者之为是,则迁者无物而不非也。自是观之,则吾亦可以少税驾于此堂矣。始吾守蔡州,方三十九,明年作堂于州治之西庑,名之曰"不惑"。吾以为僭,然吾有志学焉者也。今二十年,幸其所愿学者未尝废,亦粗以为不至于颠迷流荡而丧其本心者,虽求为伯玉,可也。

汉末五斗米道出于张陵,今世所谓张天师者也。凡受道者出五斗米,故云五斗米道,亦谓之米贼,与张角略相同。张鲁,盖陵之孙,然其法本以诚信不欺诈为木,而鲁为刘焉督义司马,因与别部司马张修共击汉中太守苏固,遂袭杀修而夺其军,恶在其不欺诈耶?王逸少父子素奉此道,逸少人物高胜,必非惑于妖妄者,其用意故不可知。然孙恩入会稽,其子凝之为内史,以入静室求鬼兵不设备,遂为恩屠其家,亦可见矣。近世浙江有事魔吃菜者,云其原出于五斗米而诵《金刚经》,其说皆与今佛者之言异,故或谓之金刚禅,然犹以角字为讳,而不敢道也。

扬子云谓严君平本蜀庄姓,避明帝之讳也。其称李仲元,盖与君平为一等人。班固作《王吉传》,序载君平与郑子真事甚详,而不及仲元。颜师古以《三辅决录》君平名遵,子真名朴。余读《蜀志》,秦宓与王商书论严君平、李弘立祠事,曰:"李仲元不遭法言,令名必沦。"又以知仲元盖名弘,但惜其行事不著尔。

东 轩 笔 录

[宋]魏泰 撰

穆 公 校点

校 点 说 明

《东轩笔录》十五卷,宋魏泰撰。泰字道辅,号溪上丈人,晚号临汉隐居,襄阳(今属湖北)人。曾布妻弟。生活于神宗、哲宗、徽宗时期。为人无行,因依仗布势而为乡里患苦。数举进士不第,曾因忿争而殴主考官,坐是不许取应。章惇为相,欲荐以官,不就。博极群书,恃才傲物,有口辩,工文章。著作除本书外,另有《续录》一卷、《订误集》二卷、《书可记》一卷、《襄阳题咏》二卷、《临汉隐居集》二十卷、《襄阳形胜赋》等,今仅存《东轩笔录》、《诗话》及诗四首。

魏泰喜谈论朝野间事,又常与王安石、王安国、王雱、黄庭坚、黄大临、徐禧、章惇等交游,故书中所记多为北宋太祖至神宗六朝间的朝野遗闻,尤以王安石变法最有史料价值。书中对当时朝臣趋炎附势、贪污受贿等诸多丑恶现象亦有揭发;卷十所记宋英宗庇护皇亲之事,尤为他书所未敢道。然书中亦有失实之处,《旧闻证误》、《容斋随笔》等均有驳正。另书中亦多小说故事,并多为后世戏曲、小说所取材演义。

本书《郡斋读书志》著录为十五卷。今有明嘉靖本、《稗海》本、《四库全书》本、《笔记小说大观本》、《说郛》本等(各本皆有佚文,可参见中华书局 1983 年版校点本的"佚文"部分)。此次校点,以《稗海》本为底本,校以他书,凡底本有误者,皆据校本改正,不出校记。

目　录

东轩笔录卷之一

太祖皇帝得天下,破上党,取李筠,征维扬,诛李重进,皆一举荡灭,知兵力可用,僭伪可平矣。尝语太宗曰:"中国自五代以来,兵连祸结,帑廪虚竭,必先取西川,次及荆、广、江南,则国用富饶矣。今之勍敌,正在契丹,自开运已后,益轻中国。河东正扼两蕃,若遽取河东,便与两蕃接境。莫若且存继元,为我屏翰,俟我完实,取之未晚。"故太祖末年始征河东,太宗即位,即一举平晋也。

钱俶初入朝,既而赐归国,群臣多请留俶,而使之献地。太祖曰:"吾方征江南,俾俶归治兵,以攻其后,则吾之兵力可减半。江南若下,俶敢不归乎?"既而皆如所处。

武陵、辰阳、澧阳、清湘、邵阳五州,各有蛮瑶保聚,依山阻江,迨十余万。在马希范、周行逢时,数出寇边,以至围逼辰、永二州,杀掠民畜,岁岁不宁。太祖既下荆、湖,思得通蛮情、习险扼而勇智可任者,以镇抚之。有辰州瑶人秦再雄者,长七尺,武健多谋,在周行逢时,屡以战斗立功,蛮党伏之。太祖召至阙下,察知可用,因以一路之事付之。起蛮酋,除辰州刺史,官其一子为殿直,赐予甚厚,仍使自辟吏属,尽予一州租赋。再雄感慨异恩,誓死报效,至州日,训练土兵,得三千人,皆能被甲渡水、历山飞堑、捷如猿猱。又选亲校二十人,分使诸蛮,以传朝廷怀俟之意,莫不从风而靡,各得降表以闻。太祖大喜,再召至阙,面加奖激¹。再雄伏地流涕,呜咽不胜。改辰州团练使。又以其门客王允成为本州推官。再雄尽瘁边圉，故终太祖世，无蛮貊之患，五州连衺数千里，不增一兵，不费帑庾，而边境妥安，由神机驾驭用一再雄而已。

陈抟字图南，有经世之才，生唐末，厌五代之乱，入武当山，学神仙导养之术，能辟谷，或一睡三年。后隐于华山。自晋、汉已后，每闻一朝革命，则嚬蹙数日；人有问者，瞪目不答。一日，方乘驴游华阴，市人相语曰："赵点检作官家。"抟惊喜大笑，人问其故，又笑曰："天下这回定叠也！"太祖事周为殿前都点检，抟尝见天日之表，知太平自此始耳。

雷德骧判大理寺，因便殿奏事，太祖方燕服，见之，因问曰："古者以官奴婢赐臣下，遂与本家姓，其意安在？"德骧曰："古人制贵贱之分，使不可渎，恐后世谱牒不明，有以奴主为婚者。"太祖大喜曰："卿深得古人立法意。"由是叹重久之。自后，每德骧奏事，虽在燕处，必御袍带以见。

周世宗寿春之役，太祖为将，太宗亦在军中，是时寿春久不下，世宗决淮水灌其城。一日，艺祖、太宗及节度武行德共乘小艇，游于城下，艇中唯有一卒司镣炉，世谓之茶酒司，一矢而毙，太祖、太宗安坐以至回舟，矢石终不能及。

太祖、太宗下诸国，其伪命臣僚忠于所事者，无不面加奖激，以至弃瑕录用，故徐铉、潘眘修辈皆承眷礼。至如卫融、张洎应答不逊，犹优假之，故虽疏远寇仇，无不尽其忠力。太平兴国中，吴王李煜薨，太宗诏侍臣撰吴王神道碑。时有与徐铉争名而欲中伤之者，面奏曰："知吴王事迹，莫若徐铉为详。"太宗未悟，遂诏铉撰碑。铉遽请对而泣曰："臣旧事李煜，陛下容臣存故主之义，乃敢奉诏。"太宗始悟让者之意，许之。故铉之为碑，但推言历数有尽，天命有归而已。其警句云："东邻遘祸,南箕扇疑。投杼致慈亲之惑,乞火无里妇之谈。始劳因垒之师,终复涂山之会。"又有偃王仁义之比,太宗览读称叹。异日复得铉所撰《吴王挽词》三首,尤加叹赏,每对宰臣称铉之忠义。《吴王挽词》今记者二首,曰:"倏忽千龄尽,冥茫万事空。青松洛阳陌,芳草建康宫。道德遗文在,兴衰自古同。受恩无补报,反袂泣途穷。""土德承余烈,江南广旧恩。一朝人事变,千古信书存。哀挽周原道,铭旌郑国门。此生虽未死,寂寞已消魂。"李主葬北邙,《江南录》乃铉与汤悦奉诏撰,故有邻国信书之句。东邻谓钱俶也。

　　太祖幸西都,肆赦。张文定公齐贤时以布衣献策,太祖召至便坐,令面陈其事。文定以手画地,条陈十策。内四说称旨,文定坚执其六说皆善。太祖怒,令武士拽出。及车驾还京,语太宗曰:"我幸西都,唯得一张齐贤耳。我不欲爵之以官,异时汝可收之,使辅汝为相也。"至太宗初即位,放进士榜,决欲置于高等,而有司偶失抡选,置第三甲之末,太宗不悦。及注官,有旨一榜尽与京官通判。文定释褐将作监丞、通判衡州,十年果为相。

　　陶穀,自五代至国初,文翰为一时之冠。然其为人,倾险狠媚,自汉初始得用,即致李崧赤族之祸,由是缙绅莫不畏而忌之。太祖虽不喜,然藉其词华足用,故尚置于翰苑。穀自以久次旧人,意希大用。建隆以后,为宰相者往往不由文翰,而闻望皆出穀下。穀不能平,乃俾其党与,因事荐引,以为久在词禁,宣力实多,亦以微伺上旨。太祖笑曰:"颇闻翰林草制,皆检前人旧本,改换词语,此乃俗所谓'依样画葫芦'耳,何宣力之有?"穀闻之,乃作诗书于玉堂之壁,曰:"官职须由生处有,才能不管用时无。堪笑翰林陶学士,年年依样画葫芦。"太祖益薄其怨望,遂决意不用矣。

太宗以元良未立,虽意在真宗,尚欲遍知诸子,遂命陈抟历抵王宫,以相诸王。抟回奏曰:"寿王真他日天下主也。臣始至寿邸,见二人坐于门,问其姓氏,则曰张旻、杨崇勋,皆王左右之使令。然臣观二人,他日皆至将相,即其主可知。"太宗大喜。是时,真宗为寿王。异日,张旻侍中,杨崇勋使相,皆如抟之相也。

真宗天纵睿明,博综文学,尤重儒术,凡侍从之臣每因赐对,未始不从容顾问。真宗善设论,虽造次应答,皆典雅有伦。当时儒学之士,擢为侍从,则有终身不为外官者。杜镐以博学尤承眷礼,晚年苦肺疾,累乞闲地,真宗不允。至数年加剧,又于便坐恳述,真宗曰:"卿自择一人,学术可以代卿者。"镐于是荐戚纶以代。又逾年,未及得请而卒。

真宗圣性好学,尤爱文士。即位之初,王禹偁为知制诰,坐事责守黄州,谢上表有"宣室鬼神之问,岂望生还;茂陵封禅之书,唯期身后"之语。真宗览表,惊其词之悲,方欲内徙,会黄州境有二虎斗而食其一,占者以为咎在守土之臣,遽有旨移守蕲州,以避其变,敕下而禹偁死矣。

澶渊之役,王超、傅潜兵力弗支,遂致中外之议不一,至有以北戎狃开运之胜闻于上者。唯寇莱公准首乞亲征,李沆、宋湜赞之,然而群下终以未必胜为言。时陈尧叟请幸蜀,王钦若乞幸江南。真宗一夕召寇莱公语曰:"有人劝朕幸江南与西川者,卿以为如何?"莱公答曰:"不知何人发此二谋?"真宗曰:"卿姑断其可否,勿问其人也。"莱公曰:"臣欲得献策之人,斩以衅鼓,然后北伐耳。"真宗默然而悟,遂决澶渊之行。

真宗次澶渊,一日,语莱公曰:"今虏骑未退,而天雄军截在贼后，万一陷没，则河朔皆虏境也。何人可为朕守？"魏莱公曰："当此之际，无方略可展。古人有言：知将不如福将。臣观参知政事王钦若福禄未艾，宜可为守。"于是即时进熟敕。退召王公于行府，谕以上意，授敕俾行。王公茫然自失，未及有言，莱公遽曰："主上亲征，非臣子辞难之日。参政为国柄臣，当体此意。驿骑已集，仍放朝辞，便宜即途，身乃安也。"遽酌大白饮之，命曰"上马杯"。王公惊惧，不敢辞，饮讫拜别。莱公答拜，且曰："参政勉之，回日即为同列也。"王公驰骑入天雄，方戎虏满野，无以为计，但屯塞四门，终日危坐。越七日，虏骑退，召为中书门下平章事、集贤殿大学士，如莱公之言也。或云：王公数进疑辞于上前，故莱公因事出之，以成胜敌之绩耳。

虏犯澶渊，傅潜坚壁不战，河北诸郡城守者，多为蕃兵所陷。或守城，或弃城出奔。当是时，魏能守安肃军，杨延朗守广信军，乃世所谓"梁门、遂城"者也。二军最切虏境，而攻围百战不能下，以至贼退出界，而延朗追蹑转战，未尝衄败。故时人目二军为"铜梁门、铁遂城"，盖由二将善守也。

仁宗圣性仁恕，尤恶深文，狱官有失入人罪者，终身不复进用。至于仁民爱物，孜孜唯恐不及。一日晨兴，语近臣曰："昨夕因不寐而甚饥，思食烧羊。"侍臣曰："何不降旨取索？"仁宗曰："比闻禁中每有取索，外面遂以为例。诚恐自此逐夜宰杀，以备非时供应，则岁月之久，害物多矣。岂可不忍一夕之馁，而启无穷之杀也？"时左右皆呼万岁，至有感泣者。

景德末年，天书降左承天门鸱尾上，既而又降于朱能家，于是改元祥符，作玉清昭应宫，建宝符阁，尽袤天书，置阁中。虽上意笃信，而臣下或以为非，若孙奭、张咏，尤极诋讪。未几,朱能谋叛天下,愈知其诈。至真宗上仙,王文正公曾当国,建议以为天书本为先帝而降,不当留在人间。于是尽以葬于永定陵,无一字留者。文正之识虑微密,皆如此也。

东轩笔录卷之二

唃厮啰,唐吐蕃赞普之后,据邈川之宗哥城,尽有河隍之地。祥符中,用蕃僧立遵之策,将众十万,穿古渭州入寇。时曹玮以引进使知秦州,领骑卒六千,守伏羌城。闻贼已过毕利城,玮率诸将渡渭逆之,遂合战于三都谷。贼军虽众,然器甲殊少,在后者所持皆白桲毛连,以备劫虏而已。玮知其势弱不足畏,欲以气陵之,自引百骑穿贼阵,出其后,升高指挥,军中鼓噪夹击,贼大溃,斩首三千级。明日,视林薄间,中伤及投崖死者万计。玮之威名由是大震,唃氏自此衰弱矣。

冯拯之父为中令赵普家内知,内知盖勾当本宅事者也。一日,中令下帘独坐,拯方十余岁,弹雀于帘前,中令熟视之,召坐与语。其父遽至,惶恐谢过,中令曰:"吾视汝之子,乃至贵人也。"因指其所坐榻,曰:"此子他日当至吾位。"冯后相真宗、仁宗,位至侍中。

丁谓有才智,然多希合上旨,天下以为奸邪。及稍进用,即启迪真宗以神仙之事,又作玉清昭应宫,耗费国帑,不可胜纪。谓既为宫使,夏竦以知制诰为判官。一日,宴官僚于斋厅,有杂手伎俗谓弄碗注者,献艺于廷。丁顾语夏曰:"古无咏碗注诗,令人可作一篇。"夏即席赋诗曰:"舞拂挑珠复吐丸,遮藏巧便百千般。主公端坐无由见,却被旁人冷眼看。"丁览读变色。

种放隐终南山,往华山访陈抟。抟闻其来,倒屣迎之。既即坐，熟视曰："君他日甚显，官至丞郎。"种曰："我之来也，求道义之益，而乃言及爵禄，非我意也。"陈笑曰："人之贵贱，莫不有命，贵者不可为贱，亦犹贱者不可为贵也。君骨法合为此官，虽晦迹山林，终恐不能安耳。今虽不信，异日当自知之。"放不怿而去。至真宗时，以司谏召至阙下，及辞还山，迁谏议大夫，东封，改给事中，西祀，改工部侍郎而卒，竟如抟之相也。

寇莱公始与丁晋公善，尝以丁之才荐于李文靖公沆屡矣，而终未用。一日，莱公语文靖曰："準屡言丁谓之才，而相公终不用，岂其才不足用耶？抑鄙言不足听耶？"文靖曰："如斯人者，才则才矣，顾其为人，可使之在人上乎？"莱公曰："如谓者，相公终能抑之使在人下乎？"文靖笑曰："他日后悔，当思吾言也。"晚年与寇权宠相轧，交至倾夺，竟有海康之祸，始伏文靖之识。

王克正仕江南，历贵官，归本朝，直舍人院。及死，无子，其家修佛事为道场，唯一女十余岁，缞绖跪捧手炉于像前。会陈抟入吊，出语人曰："王氏女，吾虽不见其面，但观其捧炉手相甚贵。若是男子，当白衣入翰林；女子嫁即为国夫人矣。"后数年，陈晋公恕为参知政事，一日，便坐奏事，太宗从容问曰："卿娶谁氏，有几子？"晋公对曰："臣无妻，今有二子。"太宗曰："王克正江南旧族，身后唯一女，颇闻令淑，朕甚念之，卿可作配。"晋公辞以年高，不愿娶。太宗敦谕再三，晋公不敢辞，遂纳为室。不数日，封郡夫人，如陈之相也。

鞠咏为进士，以文受知于王公化基。及王公知杭州，咏擢第，释褐为大理评事，知杭州仁和县。将之官，先以书及所作诗寄王公，以谢平昔奖进，今复为吏，得以文字相乐之意。王公不答。及至任，略不加礼，课其职事甚急。鞠大失望，于是不复冀其相知,而专修吏干矣。其后王公入为参知政事,首以咏荐。人或问其故,答曰:"鞠咏之才,不忧不达。所忧者气峻而骄,我故抑之,以成其德耳。"鞠闻之,始以王公为真相知也。

太宗欲周知天下之事,虽疏远小臣,苟欲询访,皆得登对。王禹偁大以为不可,上疏,略曰"至如三班奉职,其卑贱可知,比因使还,亦得上殿"云云。当时盛传此语。未几,王坐论妖尼道安、救徐铉事,责为商州团练副使。一日,从太守赴国忌行香,天未明,仿佛见一人紫袍秉笏,立于佛殿之侧。王意恐官高,欲与之叙位,其人敛板曰:"某即可知也。"王不晓其言而问之,其人曰:"公尝疏云:'三班奉职,卑贱可知。'某今官为借职,是即可知也。"王怃然自失,闻者莫不笑。

陈晋公恕自升朝入三司为判官,既置盐铁使,又为总计使,洎罢参政,复为三司使,首尾十八年,精于吏事,朝廷籍其才。晚年多病,乞解利权,真宗谕曰:"卿求一可代者,听卿去。"是时,寇莱公罢枢密副使归班,晋公即荐以自代。真宗用莱公为三司使,而晋公为集贤殿学士判院事。莱公入省,检寻晋公前后改革创立事件,类为方册,及以所出榜示,别用新板题扁,躬至其第,请晋公判押。晋公亦不让,一一与押字既,而莱公拜于庭下而去,自是计使无不循其旧贯。至李谘为三司使,始改茶法,而晋公之规模渐革,向之榜示亦稍稍除削,今则无复有存者矣。

丁晋公为玉清昭应宫使,每遇醮祭,即奏有仙鹤盘舞于殿庑之上。及记真宗东封事,亦言宿奉高宫之夕,有仙鹤飞于宫上。及升中展事,而仙鹤迎舞前导者,塞望不知其数。又天书每降,必奏有仙鹤前导。是时莱公判陕府,一日,坐山亭中,有乌鸦数十,飞鸣而过。莱公笑顾属僚曰:"使丁谓见之,当目为玄鹤矣。"又以其令威之裔，而好言仙鹤，故但呼为"鹤相"，犹李逢吉呼牛僧孺为"丑座"也。

张文定公齐贤以右拾遗为江南转运使，一日家宴，一奴窃银器数事于怀中，文定自帘下熟视不问。尔后文定三为宰相，门下厮役往往皆得班行，而此奴竟不沾禄。奴乘间再拜而告曰："某事相公最久，凡后于某者皆得官矣，相公独遗某何也？"因泣下不止。文定悯然语曰："我欲不言，尔乃怨我。尔忆江南日盗吾银器数事乎？我怀之三十年，不以告人，虽尔亦不知也。吾备位宰相，进退百官，志在激浊扬清，安敢以盗贼荐耶？念汝事我久，今予汝钱三百千，汝其去吾门下，自择所安。盖吾既发汝平昔之事，汝宜有愧于吾，而不可复留也。"奴震骇，泣拜而去。

鼎州北百里有甘泉寺，在道左。其泉清美，最宜瀹茗，林麓回抱，境亦幽胜。寇莱公谪守雷州，经此酌泉，志壁而去。未几，丁晋公窜朱崖，复经此礼佛，留题而行。天圣中，范讽以殿中丞安抚湖外，至此寺，睹二相留题，徘徊慨叹，作诗以志其旁曰："平仲酌泉方顿辔，谓之礼佛继南行。层峦下瞰岚烟路，转使高僧薄宠荣。"

苏易简特受太宗顾遇，在翰林恩礼尤渥，其子作《续翰林志》，叙之详矣。然性特躁进，罢参政，为礼部侍郎、知邓州，才逾壮岁，而其心郁悒，有不胜闲冷之叹。邓州有老僧，独处郊寺，苏赠诗曰："憔悴二卿三十六，与师气味不争多。"又移书于旧友曰："退位菩萨难做。"竟不登强仕而卒。世言躁进者有夏侯嘉正，以右拾遗为馆职，平生好烧银而乐文字之职，常语人曰："吾得见水银银壹钱、知制诰一日，无恨矣。"然二事俱不谐而卒。钱僖公惟演自枢密使为使相，而恨不得为真宰，居常叹曰:"使我得于黄纸尽处押一个字,足矣。"亦竟不登此位。旧制:学士以上,并有一人朱衣吏引马,所服带用贲金,而无鱼;至入两府,则朱衣二人引马,谓之双引,金带悬鱼,谓之重金矣。世传馆阁望为学士者赋诗云:"眼里何时赤,腰间甚日黄。"及为学士,又作诗曰:"眼赤何时两,腰黄几日重。"谓双引重金也。"眼前何日赤,腰下几时黄。"白乐天诗也。

夏郑公竦以父殁王事,得三班差使,然自少好读书,攻为诗。一日,携所业,伺宰相李文靖公沆退朝,拜于马首而献之。文靖读其句,有"山势蜂腰断,溪流燕尾分"之句,深爱之,终卷皆佳句。翌日,袖诗呈真宗,及叙其死事之后,家贫,乞与换一文资,遂改润州金坛主簿。后数年,举制科,对策廷下,有老宦者前揖曰:"吾阅人多矣,视贤良,他日必贵,乞一诗,以志今日之事。"因以吴绫手巾展于前。郑公乘兴题曰:"帝内衮衣明黼黻,殿前旌旆杂龙蛇。纵横落笔三千字,独对丹墀日未斜。"是年制策高等。平生好为诗,皆有所属。初罢枢府,为南京留守,时有忌疾之者,到部作诗曰:"造化平分何大钧,腰间新佩玉麒麟。南湖日夜栽桃李,准拟睢阳过十春。"又曰:"海雁桥边春水深,略无尘土到花阴。忘机不管人知否,自有沙鸥信此心。"晚年流落,仇敌益众,而抨弹之疏不辍上闻,因作诗送一台官曰:"弱羽轻弦势未安,孤飞殊不碍鹓鸾。黄金自有双南贵,莫与游人作弹丸。"始王沂公曾当国,郑公为翰林学士,欲撼之,因作《青州诗》曰:"日上西山舞鸾鹤,波翻碧海斗蛟龙。直钩钓到了成何事,消得君王四履封。"以沂公青人故也。

真宗晚年欲策后,时王旦为宰相,赵安仁参知政事,将问执政,会王旦告病去,遂独问安仁曰:"朕欲以贤妃刘氏为后,卿意何如?"赵对曰:"刘氏出于侧微,恐不可母仪天下。"真宗不怪。翌日，以赵之语告王冀公钦若，冀公曰：“陛下姑问安仁，意欲以何人为后。”异时，上果以冀公之言问，赵对曰：“德妃沈氏乃先朝宰相沈伦之家，宜可以作配圣主。”真宗翌日以语冀公，冀公曰：“臣固知如此。盖赵安仁尝为沈伦门客。”真宗深以为然。未几，罢安仁参知政事，转钦若一官，为天书扶持使；刘氏竟立，即明肃太后也。冀公权宠自此愈固。

李太后始入掖廷，才十余岁，唯有一弟七岁，太后临别，手结刻丝鞶囊与之，拍其背泣曰：“汝虽沦落颠沛，不可弃此囊。异时我若遭遇，必访汝，以此为物色也。”言讫，不胜呜咽而去。后其弟佣于凿纸钱家，然常以囊悬于胸臆间，未尝斯须去身也。一日，苦下痢，势将不救，为纸家弃于道左。有人内院子者，见而怜之，收养于家。怪其衣服百结，而胸悬鞶囊，因问之，具以告。院子者怃然惊异，盖尝受旨于太后，令物色访其弟也。复问其姓氏、小字、世系甚悉，遂解其囊。明日，持入示太后，及具道本末。是时，太后封宸妃，时真宗已生仁宗皇帝矣，闻之悲喜，遽以其事白真宗，遂官之，为右班殿直，即所谓李用和也。及仁宗立，太后上仙，谥曰“章懿”，召用和擢以显官，后至殿前都指挥使，领节钺、赠陇西郡王，世所谓李国舅者是也。

杨景宗即章睿太后弟也。太后既入掖廷，景宗无赖，以罪隶军营务，黥墨其面，至无见肤。真宗幸玉清昭应宫，将还内，而六宫皆乘金车迎驾于道上。景宗以役卒立御沟之外，太后车中指景宗，令问其姓氏骨肉，景宗具以实对，太后泣于车中。景宗唯知其女兄在掖廷，疑其是也，遽呼太后小字及行第，太后大哭曰：“乃吾弟也。”即日上言，官之以右班殿直，后至观察留守。后景宗既在仕，遂用药去其黥痕，无芥粟存者，既贵而肥皙如玉。性恣横,好以木挝击人,世谓之"杨骨揰"云。始丁晋公作相,造宅于保康门外,景宗时以役夫荷土筑地。及晋公事败,籍没入官,晚年以宅赐景宗,其正寝乃向日荷土所筑之地也,世叹异之。又见十五卷。

东轩笔录卷之三

天禧末,真宗寝疾,章献明肃太后渐预朝政,真宗意不能平。寇莱公探此意,遂欲废章献,立仁宗,策真庙为太上皇,而诛丁谓、曹利用等。于是李迪、杨亿、曹玮、盛度、李遵勉等叶力,处画已定,凡诏命,尽使杨亿为之,且将举事。会莱公因醉漏言,有人驰报晋公,晋公夜乘犊车往利用家谋之。明日,利用入,尽以莱公所谋白太后,遂矫诏罢公政事。及真宗上仙,乃指莱公为反,而投海上,其事有类上官仪者,天下冤之。杨亿临死,取当时所为诏诰及始末事迹,付遵勉收之。至章献上仙,遵勉乃抱亿所留书进呈仁宗,及叙本末。仁宗尽见当日曲直,感叹再三,遂下诏湔涤其冤,赠中书令,谥曰“忠愍”。又赠杨亿礼部尚书,谥曰“文”,凡预莱公党而被逐者,皆诏雪之。故亿赠官制曰“天禧之末,政渐中闱,能叶元臣,力屏储极”,盖谓是也。

真宗初上仙,丁晋公、王沂公同在中书。沂公独入札子,乞于山陵已前一切内降文字,中外并不得施行;又乞今后凡两府行下文字,中书须宰臣参政,密院枢密使、副、签书员同在方许中外承受。两宫可其奏。晋公闻之,愕然自失,由是深惮沂公矣。

真宗崩,丁晋公为山陵大礼使,宦者雷允恭为山陵都监。及开皇堂,泉脉壅涌,丁私欲庇覆,遂更不闻奏,擅移数十丈。当时以为移在绝地,于是朝论大喧。是时,吕公夷简权知开封府，推鞫此狱，丁既久失天下之心，而众咸目为不轨，以至取彼头颅，置之郊社云云。狱既起，丁犹秉政，许公雅知丁多智数，凡行移、推勘文字，及追证左右之人，一切止罪允恭，略无及丁之语。狱具，欲上闻，丁信以为无疑，令许公对。公至上前，方暴其绝地之事，谓竟以此投海外，许公遂参知政事矣。

丁晋公既投朱崖，几十年。天圣末，明肃太后上仙，仁宗独览万机。当时仇敌多不在要地，晋公乃草一表，极言策立之功，辨皇堂诬构之事，言甚哀切。自以无缘上达，乃外封题云"启上昭文相公"。是时，王冀公钦若执政，丁自海外遣家奴持此启入京，戒云："须俟王公见客日，方得当面投纳。"其奴如戒，冀公得之，惊不敢启封，遽以上闻。仁宗拆表，读而怜之，乃命移道州司马。晋公有诗数首，略曰："君心应念前朝老，十载漂流若断蓬。"又曰："九万里鹏容出海，一千年鹤许归辽。且作潇湘江上客，敢言瞻望紫宸朝。"天下之人疑其复用矣。穆修闻道州之徙，作诗曰："却讶有虞刑政失，四凶何事亦量移？"谓失人心如此。

丁晋公至朱崖，作诗曰："且作白衣菩萨观，海边孤绝宝陀山。"作《青衿集》百余篇，皆为一字题，寄归西洛。又作《天香传》，叙海南诸香。又作州郡名，配古人姓名题咏百余篇，盖未尝废笔砚也。后移道州，旋以秘书监致仕，许于光州居住。流落贬窜十五年，髭鬓无班白者，人亦伏其量也。在光州，四方亲知皆会，至食不足，转运使表闻。有旨给东京房钱一万贯，为其子珙数月呼传而尽。临终前半月，已不食，但焚香危坐，默诵佛书，以沉香煎汤，时时呷少许。启手足之际，付嘱后事，神识不乱，正衣冠，奄然化去。其能荣辱两忘，而大变不怛，真异人也。

　　马尚书亮以尚书员外郎直史馆,使淮南时,吕许公夷简尚为布衣,方侍其父罢江外县令,亦至淮甸,上书求见。马公一阅,知其必贵,遂以女妻之。后许公果为宰相。马公知江宁府,时陈恭公执中以光禄寺丞经过,马接之极厚,且谓曰:"寺丞他日必至真宰。"令其数子出拜曰:"愿以老夫之故,他日稍在陶铸之末。"曾谏议致尧性刚介,少许可。一日,在李侍郎虚己坐上,见晏元献公。晏,李之婿也,时方为奉礼郎。谏议熟视之曰:"晏奉礼他日贵甚,但老夫耄矣,不及见子为相也。"吕许公夷简为相日,文潞公彦博为太常博士,进谒,许公改容礼接,因语之曰:"太博此去十年,当践某位。"夏英公竦谪守黄州,时庞颖公司理参军,英公曰:"庞司理他日富贵远过于我。"既而四公皆至元宰。古云贵人多识贵人,信有之也。

　　钱文僖公惟演生贵家,而文雅乐善出天性。晚年以使相留守西京,时通判谢绛、掌书记尹洙、留府推官欧阳修,皆一时文士,游宴吟咏,未尝不同。洛下多水竹奇花,凡园囿之胜,无不到者。有郭延卿者,居水南,少与张文定公、吕文穆公游,累举不第,以文行称于乡间。张、吕相继作相,更荐之,得职官,然延卿亦未尝出仕,茸幽亭,艺花卉,足迹不及城市,至是年八十余矣。一日,文僖率僚属往游,去其居一里外,即屏骑从,腰舆张盖而访之,不以告名氏。洛下士族多,过客众,延卿未始出,盖莫知其何人也。但欣然相接,道服对谈而已。数公疏爽闿朗,天下之选。延卿笑曰:"陋居罕有过从,而平日所接之人,亦无若数君者。老夫甚惬,愿少留,对花小酌也。"于是以陶樽果蔬而进,文僖爱其野逸,为引满不辞。既而吏报申牌,府史牙兵列庭中,延卿徐曰:"公等何官而从吏之多也?"尹洙指而告曰:"留守相公也。"延卿笑曰:"不图相国肯顾野人。"遂相与大笑。又曰:"尚能饮否?"文僖欣然从之,又数杯。延客之礼数杯盘,无少加于前,而谈笑自若。日入辞去,延卿送之门,顾曰:"老病不能造谢,希勿讶也。"文僖登车,茫然自失。翌日,语僚属曰:"此真隐者也,彼视富贵为何等物耶?"叹息累日不止。

陈恭公执中以卫尉寺丞知梧州,驿递上疏,以乞立储贰。真宗嘉其敢言。翌日临朝,袖其疏以示执政,叹奖久之,召为右正言,然为王冀公所忌。一日,真宗赋《御沟柳》诗,宣示宰相两省皆和进。恭公因进诗曰:"一度春来一度新,翠花长得照龙津。君王自爱天然态,恨杀昭阳学舞人。"

文章随时风美恶,咸通已后,文力衰弱,无复气格。本朝穆修首倡古道,学者稍稍向之。修性褊窄少合,初任海州参军,以气陵通判,遂为捃摭削籍,系池州,其集中有《秋浦会过诗》,自叙甚详。后遇赦释放,流落江外,赋命穷薄,稍得钱帛,即遇盗,或卧病,费竭然后已。是故衣食不能给,晚年得《柳宗元集》,募工镂板,印数百帙,携入京相国寺,设肆鬻之。有儒生数辈至其肆,未评价直,先展揭披阅,修就手夺取,瞑目谓曰:"汝辈能读一篇,不失句读,吾当以一部赠汝。"其忤物如此,自是经年不售一部。

仁宗圣性好学,博通古今,自即位,常开迩英讲筵,使侍讲、侍读日进经史,孜孜听览,中昃忘倦。有林瑀者,自言于《周易》得圣人秘义,每当人君即位之始,则以日辰支干配成一卦,以其象繇为人君所行之事,其说支离诡驳,不近人情。及为侍读,遂奏仁宗曰:"陛下即位,于卦得需,象曰'云上于天',是陛下体天而变化也。其下曰'君子以饮食宴乐',故臣愿陛下频宴游,务娱乐,穷水陆之奉,极玩好之美,则合卦体,当天心,而天下治矣。"仁宗骇其言。翌日,问贾魏公昌朝,魏公对曰："此乃诬经籍，以文奸言，真小人也。"仁宗大以为然，于是逐瑀，终身不齿矣。

李淑在翰林，奉诏撰《陈文惠公神道碑》。李为人高亢，少许可与，文章尤尚奇涩。碑成，殊不称文惠之功烈文章，但云平生能为二韵小诗而已。文惠之子述古等恳乞改去二韵等字，答以"已经进呈，不可刊削"，述古极衔之。会其年李出知郑州，奉时祀于恭陵，而作恭帝诗曰："弄楯牵车挽鼓催，不知门外倒戈回。荒坟断陇才三尺，犹认房陵半仗来。"述古得其诗，遽讽寺僧刻石，打墨百本，传于都下。俄有以诗上闻者，仁宗以其诗送中书，翰林学士叶清臣等言本朝以揖逊得天下，而淑诬以干戈，且臣子非所宜言。仁宗亦深恶之，遂落李所居职，自是连蹇于侍从垂二十年，竟不能用而卒。

吕许公夷简为郡守，上言乞不税农器。真宗知其可为宰相，记名殿壁，后果正台席。燕肃为郡守，上言："应天下疑狱，并具事节，奏取敕裁。"仁宗知其有仁心，后至龙图阁直学士。王安石为翰林学士，莱州阿芸谋杀夫，以为案问，欲举免所因之罪，主上决意用为辅相。自燕肃之说进，历仁宗、英宗、神宗，三朝之中，凡有奏疑，未始不免死。案问之律行，凡临刻而首陈者，皆得原减。所谓仁人之言，其利溥也。

五代任官，不权轻重，凡曹、掾、簿、尉，有龌龊无能，以至昏老不任驱策者，始注为县令。故天下之邑，率皆不治，甚者诛求刻剥，猥迹万状，至今优诨之言，多以长官为笑。及范文正公仲淹乞令天下选人，用三员保任，方得为县令，当时推行其言，自是县令得人，民政稍稍举矣。

唐末西北蕃在者有回鹘、吐蕃，而吐蕃又分为唃厮啰，始甚强盛，自祥符间，衄于三都谷，势遂衰弱，视中国为神明，惕息不敢动。异时,与回鹘皆遣使,自兰州入镇戎军,以修朝贡。及元昊将叛,虑唃氏制其后,举兵攻破莱州诸羌,南侵至于马衔山,筑瓦川会,断兰州旧路,留兵镇守。自此唃氏不能入贡,而回鹘亦退保西州,元昊遂叛命,久为边害,朝廷患之。议者以为唃氏尚在河、湟间,又与元昊世仇,傥遣使通谕朝廷之意,使西戎有后顾之忧,则边备解矣。仁宗然之。宝元二年,遣屯田员外郎刘涣奉使。涣自古渭州抵青堂城,始与唃氏遇,涣为述朝廷之意,因以邈川都统爵命授之,俾掎角以攻元昊。厮啰谢恩大喜,请举兵助中国讨贼,自此元昊始病于牵制,而唃氏复与中国通矣。

宝元中,御史府久阙中丞。一日,李淑对,仁宗偶问以宪长久虚之故。李奏曰:"此乃吕夷简欲用苏绅,臣闻夷简已许绅矣。"仁宗疑之。异时,因问许公曰:"何故久不除中丞?"许公奏曰:"中丞者,风宪之长,自宰相而下皆得弹击,其选用当出圣意,臣等岂敢铨量之?"仁宗颔之,自是知其直矣。

范文正公仲淹少贫悴,依睢阳朱氏家,常与一术者游。会术者病笃,使人呼文正而告曰:"吾善炼水银为白金,吾儿幼不足以付,今以付子。"即以其方与所成白金一斤封志,内文正怀中。文正方辞避,而术者已绝。后十余年,文正为谏官,术者之子长,呼而告之曰:"而父有神术,昔之死也,以汝尚幼,故俾我收之。今汝成立,当以还汝。"出其方并白金授之,封识宛然。

王文康公苦淋,百疗不瘥,洎为枢密副使,疾顿除;及罢,而疾复作。或戏之曰:"欲治淋疾,唯用一味枢密副使,仍须常服,始得不发。"梅金华询久为侍从,急于进用,晚年多病,石参政中立戏之曰:"公欲安乎?唯服一清凉散即瘥也。"盖两府在京,许张青盖耳。

东轩笔录卷之四

狄青之征侬智高也,自过桂林,即以辨色时先锋行,先锋既行,青乃出帐,受衙罢,命诸将坐,饮酒一卮,小餐,然后中军行,率以为常。及顿军昆仑关下,翌日,将度关,辰起,诸将张立甚久,而青尚未坐。殆至日高,亲吏疑之,遽入帐周视,则不知青所在,诸将方相顾惊怛,俄有军候至曰:"宣徽传语诸官,请过关吃食。"方知青已微服,同先锋度关矣。

欧阳文忠公修自言:初移滑州,到任,会宋子京曰:"有某大官颇爱子文,倩我求之。"文忠遂授以近著十篇。又月余,子京告曰:"某大官得子文,读而不甚爱,曰:'何为文格之退也?'"文忠笑而不答。既而文忠为知制诰,人或传有某大官极称一丘良孙之文章,文忠使人访之,乃前日所投十篇,良孙盗为己文以贽;而称美之者,即昔日子京所示之某大官也。文忠不欲斥其名,但大笑而已。未几,文忠出为河北都转运使,见邸报,丘良孙以献文字,召试拜官,心颇疑之;及得所献,乃令狐挺平日所著之《兵论》也,文忠益叹骇。异时为侍从,因为仁宗道其事,仁宗骇怒,欲夺良孙之官。文忠曰:"此乃朝廷已行之命,但当日失于审详,若追夺之,则所失又多也。"仁宗以为然,但发笑者久之。

京师百司库务,每年春秋赛神,各以本司余物贸易,以具酒馔;至时,吏史列坐,合乐终日。庆历中,苏舜钦提举进奏院,至秋赛,承例卖拆封纸以充。舜钦欲因其举乐,而召馆阁同舍,遂自以十千助席,预会之客,亦醵金有差。酒酣,命去优伶,却吏史,而更召两军女伎。先是,洪州人太子中舍李定愿预醵厕会,而舜钦不纳。定衔之,遂腾谤于都下。既而御史刘元瑜有所希合,弹奏其事。事下右军穷治,舜钦以监主自盗论,削籍为民。坐客皆斥逐,梅尧臣亦被逐者也。尧臣作《客至》诗曰:"客有十人至,共食一鼎珍。一客不得食,覆鼎伤众宾。"盖为定发也。

刘侍制元瑜既弹苏舜钦,而连坐者甚众,同时俊彦,为之一空。刘见宰相曰:"聊为相公一网打尽。"是时,南郊大礼,而舜钦之狱断于赦前数日。舜钦有诗曰"不及鸡豚下坐人",盖谓不得预赦免之因也。舜钦死,欧阳文忠公序其文集,叙及赛神之事,略曰:"一时俊彦,举网而尽矣。"盖述御史之言也。舜钦以大理评事、集贤校理废为民,后二年,得湖州长史,年四十余卒。

范文正公仲淹为参知政事,建言乞立学校、劝农桑、责吏课、以年任子等事,颇与执政不合。会有言边鄙未宁者,文正乞自往经抚,于是以参知政事为河东陕西安抚使。时吕许公夷简谢事居圃田,文正往候之,许公问曰:"何事遽出也?"范答以"暂往经抚两路,事毕即还矣"。许公曰:"参政此行,正蹈危机,岂复再入?"文正谕其旨,果使事未还,而以资政殿学士知邠州。

王禹偁在太宗末年,以事谪守滁州,到任谢表略曰:"诸县丰登,苦无公事;一家饱暖,全荷君恩。"禹偁有遗爱,滁州怀之,画其像于堂以祠焉。庆历中,欧阳修责守滁州,观禹偁遗像而作诗曰:"偶然来继前贤迹,信矣皆如昔日言。诸县丰登少公事,一家饱暖荷君恩。想公风采犹如在,顾我文章不足论。名姓已光青史上,壁间容貌任昏尘。"皆用其表中语也。

苏舜钦奏邸之会,预坐者多馆阁同舍,一时被责十余人。仁宗临朝,叹以轻薄少年,不足为台阁之重。宰相探其旨,自是务引用老成,往往不惬人望。甚者,语言文章,为世所笑,彭乘之在翰林,杨安国之在经筵是也。

御史有阁吏,隶台中四十余年,事二十余中丞矣,颇能道其事,尤善评其优劣。每声诺之时,以所执之梃,待中丞之贤否,中丞贤则横其梃,中丞不贤则直其梃。此语喧于缙绅,凡为中丞者,唯恐其梃之直也。范讽为中丞,闻望甚峻,阁吏每声诺,必横其梃。一日,范视事;次日,阁吏报事,范视之,其梃直矣。范大惊,立召问曰:"尔梃忽直,岂睹我之失邪?"吏初讳之,苦问,乃言曰:"昨日见中丞召客,亲谕庖人以造食,中丞指挥者数四。庖人去,又呼之,复丁宁教诫者,又数四。大凡役人者,受以法而观其成,苟不如法,有常刑矣,何事喋喋之繁?若使中丞宰天下之事,不止一庖人之任,皆欲如此喋喋,不亦劳而可厌乎?某心鄙之,不知其梃之直也。"范大笑,惭谢。明日视之,梃复横矣。

楚执中性滑稽,谑玩无礼。庆历中,韩魏公琦帅陕西,将四路进兵,入平夏,以取元昊,师行有日矣。尹洙与执中有旧,荐于韩公,执中曰:"虏之族帐无定,万一迁徙深远,以致我师,无乃旷日持久乎?"韩公曰:"今大兵入界,则倍道兼程矣。"执中曰:"粮道岂能兼程邪?"韩公曰:"吾已尽括关中之驴运粮,驴行速,可与兵相继也。万一深入,而粮食尽,自可杀驴而食矣。"执中曰:"驴子大好酬奖。"韩公怒其无礼,遂不使之入幕。然四路进兵,亦竟无功也。

章懿太后之葬也,明肃方听政,有旨令凿内城垣以出枢。

是时,吕文靖公夷简当国,遽求对,而明肃已揣知其意,止令入内都知罗崇勋问有何事。文靖具奏凿垣非礼,宜开西华门以出神柩。明肃使崇勋报曰:"向夷简道,岂意卿亦如此也。"文靖答曰:"臣备位宰相,朝廷大事当廷争,太后不允,臣终不退。"崇勋三返,而太后之意不回。文靖正色谓崇勋曰:"宸妃诞育圣主,而送终之礼如此,异时治今日之事,莫道夷简不争。太尉日侍太后左右,不能开述讽导,当为罪魁矣。"崇勋大惧,驰告明肃,于是始允所请。

王文正公曾在中书,得光州奏秘书监丁谓卒。文正顾谓同列曰:"斯人平生多智数,不可测,其在海外,犹能用智而还;若不死,数年未必不复用。斯人复用,则天下之不幸可胜言哉?吾非幸其死也。"

英宗即位之初,有著作佐郎甄复献《继圣图》,其序大略曰:"昔景德戊申岁,天书降;后二十四年,陛下降生之日,复是天庆节。是天书于二纪已前,为陛下降圣之兆也。又迩来市民染帛,以油溃紫色,谓之'油紫'。油紫者,犹子也。陛下濮安懿王之子,视仁宗为诸父,此犹子之义也。"又云:"京师自二年来,里巷间多云'着个羊'。陛下生于辛未,羊为未神,此又语瑞也。"又以御名拆其点画,使两目相并,为离明继照之义,其言诡诞不经。英宗圣性高明,尤恶谄谀,书奏,怒其妖妄,御批送中书令,削官停任,天下伏其神鉴。

治平间,河北凶荒,继以地震,民无粒食,往往贱卖耕牛,以苟岁月。是时,刘涣知澶州,尽发公帑之钱以买牛。明年,震摇息,遗民归,无牛可以耕凿,而其价腾踊十倍。涣复以所买牛,依元直卖与。是故河北一路,唯澶州民不失所,由涣权宜之术也。

　　神宗皇帝在春宫时，极冲幼，孙思恭为侍读。一日，讲《孟子》，至"多助之至，天下顺之；寡助之至，亲戚畔之"，思恭泛引古今助顺之事，而不及亲戚畔之者。主上顾曰："微子，纣之诸父也，抱祭器而入周，非亲戚畔之耶？"思恭释然骇伏。上之睿明，可谓闻一知十矣。

　　熙宁十年夏，京辅大旱，主上以祈祷未应，圣虑焦劳。一夕，梦异僧吐云雾致雨，翌日，甘澍滂足，遂以其像求之旁阁中，乃第十尊罗汉也。上之精虔感应如此。时集贤王丞相珪有《贺雨诗》，略曰："良弼为霖孤宿望，神僧作雾应精求。"即其事也。

　　欧阳修致仕，居颍，蔡承禧经由颍上，谒于私第，从容曰："公德望隆重，朝廷所倚，未及引年而遽此高退，岂天下所望也！"欧阳公曰："吾与世多忤，晚年不幸为小人诬蔑，止有进退之节，不可复令有言而俟逐也，今日乞身已为晚矣。"小人盖指蒋之奇也。欧阳公在颍，唯衣道服，称"六一居士"，又为传以自序。

　　王荆公安石当国，以徭役害民，而游手无所事，故率农人出钱，募游手给役，则农役异业，两不相妨。行之数年，荆公出判金陵，荐吕惠卿参知政事。惠卿用其弟温卿之言，使免役钱依旧，而拨诸路闲田募役。既而闲田少，役人多，不能均济，天下方患其法不可行，而中丞邓绾又言惠卿意在是甲毁乙，故坏新法。于是不行温卿之言，依旧给钱募役。

　　王荆公当国，始建常平钱之议，以谓百姓当五谷青黄未接之时，势多窘迫，贷钱于兼并之家，必有倍蓰之息。官于是结甲请钱，每千有二分之息，是亦济贫民而抑兼并之道，而民间呼为"青苗钱"。范镇时以翰林学士知通进银台司，误会此意，将谓如建中间税青苗于田中也,遽上疏,略曰:"常平仓始于汉之盛时,贵而散之,贱而敛之,虽尧舜无易也。青苗者,荒乱之世,所请青苗在田,贱估其直,敛收未毕,而责其偿,此盗跖之法也。今以盗跖之法,变唐虞不易之政,此人情所以不安,而中外所以惊疑也。"疏奏请停之,众谓不然,落翰林学士守本官致仕。制有"举直措枉,古之善政;服谗搜慝,义所当诛"。盖谓是也。

常平法既行,而同知谏院孙觉上言:"府界诸县百姓率不愿请,往往追呼抑配,深为民害。"主上俾觉同府界提点往诸县体量,有无追呼抑配之事。孙面奏曰:"敢不虔奉诏旨,即日治行。"既而又上疏曰:"臣闻古者设官,有言之者,有行之者,故言者不责其必行,行者不责其能言。臣备员谏省,以言语为官矣,又能一一而行之乎? 所有同体量指挥,望赐寝罢。"主上怒其反覆,落同修起居注,知广德军。

曾布为三司使,极论京师市易不便,其大概以为:天下之财匮乏,良由货不流通;货不流通,由商贾不行;商贾不行,由兼并之巧为挫抑。故朝廷市易于京师,以售四方之货,常低昂其价,使高于兼并之家,而低于倍蓰之直;而官不失二分之息,则商贾自然无滞矣。虽然官中非觊利也,特欲抑兼并耳,必也官无可买;官无可卖,即是兼并不敢侵牟,而市易之法行也。今吕嘉问提举市易,乃差官于四方买物货,禁客旅,须俟官中买足,方得交易,以息钱多寡为官吏殿最,故官吏牙人唯恐蕞之不尽,而取息不夥,则是官中自为兼并,殊非置市易之本意也。事下两制详议,而吕惠卿以为沮坏新法,王荆公大怒,遂置狱劾其事。又三司会计差失,即以为上书诈不实,曾落翰林学士、知制诰,以起居舍人知饶州,惠卿遂参知政事矣。而市易差官置物畴劳如故。

　　常秩以处士起为左正言,直集贤院,判国子监。不逾年,待制宝文阁,兼判太常寺。中间谒告归汝阴,主上特降诏自秩始也。会放进士徐铎榜,秩密以太学生之薄于行者,籍名于方册,伫怀袖间,每唱名有之,则揭册指名进呈,乞赐黜落,如是者三四。上方披阅试卷,或与执政语,往往不省秩言,秩大以为沮,遂谒告不朝。一日,翰林学士杨绘方坐禁中,俄有报太常寺吏人到院者。绘昔掌判事,立命至前,乃故吏也。询其来之故,即云:“常待制以谒告月余,未有诏起,令探刺消息。”杨曰:“此禁中,汝得妄入乎? 我若致汝于法,则连及待制,汝速出,无取祸也。”先是,秩未谒告时,差护向经葬事,至是经葬有日,上亲奠祭,护葬官例合迎驾,秩不候朝参而出,迎驾于经门。上祭奠毕,登辇而去,亦不顾秩,秩愈不得意。或告以不朝参而出就职,又尝私觇禁中,台官欲有言者,秩大恐,遂以病还汝阴,既而卒。或云:方卒时,狂乱若心疾,将自杀者。然未得其详。

东轩笔录卷之五

　　王安国性亮直，嫉恶太甚。王荆公初为参知政事，闲日因阅读晏元献公小词而笑曰："为宰相而作小词，可乎？"平甫曰："彼亦偶然自喜而为尔，顾其事业岂止如是耶！"时吕惠卿为馆职，亦在坐，遽曰："为政必先放郑声，况自为之乎！"平甫正色曰："放郑声不若远佞人也。"吕大以为议己，自是尤与平甫相失也。

　　熙宁六、七年，河东、河北、陕西大饥，百姓流移于京西就食者，无虑数万，朝廷遣使赈恤。或云：使者隐落其数，十不奏一，然而流连襁负，取道于京师者，日有千数。选人郑侠监安上门，遂画《流民图》，及疏言时政之失，其词激讦讥讪，往往不实。书奏，侠坐流窜，而中丞邓绾、知谏院邓润甫言"王安国尝借侠奏稿观之，而有奖成之言，意在非毁其兄"。是时，平甫以著作佐郎、秘阁校理判官告院，坐此放归田里。逾年，起为大理寺丞，监真州粮料院，不赴而卒。平甫天下之奇才，黜非其罪，而又不寿，世共惜。台官希执政之旨，且将因此以悦荆公也。余尝为挽词二首，颇道其事，云："海内文章杰，朝廷亮直闻。黄琼起处士，子夏遽修文。贝锦生迁怒，江湖久离群。伤心王佐略，不得致华勋。"又曰："今日临风泪，萧萧似绠縻。空怀徐稚絮，谁立郑玄碑？无力酬推毂，平时愤抵巇。何人令枉状，路粹岂能为？"盖谓是也。

　　冯京与吕惠卿同为参知政事，吕每有所为，冯虽不抑，而心不以为善，至于议事，亦多矛盾。会郑侠狱起，言事者以侠常游京之门，推劾百端，冯竟以本官知亳州。岁余，加资政殿学士，知会州。舍人钱藻当制，有"大臣进退，系时安危"及"持正莫为，一节不挠"之语。中丞邓绾惧冯再入，又将希合吕公，遂言："冯京预政日久，殊无补益，而曰'系时安危'；京朋邪徇俗，怀利而己，而曰'持正不挠'。乞罢钱藻，以谕中外。"而藻竟罢直院。

熙宁七年，元绛为三司使，宋迪为判官。迪一日遣使煮药，而遗火延烧计府，自午至申，焚伤殆尽。方火炽，神宗御西角以观，是时章惇以知制诰判军器监，遂部本监役兵往救火，经由角楼以过。上顾问左右，以惇为对。翌日，迪夺官勒停，绛罢使，以章惇代之。

国朝旧制：父子兄弟及亲近之在两府者，与侍从执政之官，必相回避。熙宁初，吕公弼为枢密，其弟公著除御史中丞，制曰："久欲登于逸用，尚有避于当涂。"公弼闻之，义不能安，遂乞罢枢府。久之，以观文殿学士知并州。

神宗即位，岐王、嘉王犹在禁中，秘书丞章辟光献言乞迁于外，而朝论以为疏远小臣，妄论离间，于义当议。有旨送中书，王荆公以为其言非过，依违不行。会中丞吕诲极言其不可，而兼及荆公，遂夺辟光官，降衡州监税。

延州当西戎三路之冲，西北金明寨，正北黑水寨，东北怀宁寨，而怀宁直横山，最为控要。顷薛尚、种谔取绥州，建为绥德城，据无定河，连野鸡谷，将谋复横山，而朝廷责其擅兵，二人者皆黜罢。熙宁五年，韩丞相绛以宰相宣抚陕西，复取前议，遂自绥州以北，筑宾草坪，正东筑吴堡，将城银州；会抽沙，不可筑而罢，遂建罗兀城，欲通河东之路。既而日月淹久，粮运不继,言事者屡沮止之。旋属庆州卒叛,遽班师,韩以本官知邓州,副使吕大防夺职,知临江军,弃罗兀等城,而河东路不能通矣。

李士宁者,蜀人。得导气养生之术,又能言人休咎。王荆公与之有旧,每延于东府,迹甚熟。荆公镇金陵,吕惠卿参大政,会山东告李逢、刘育之变,事连宗子世居,御史府、沂州各起狱推治之。劾者言士宁尝预此谋,敕天下捕治,狱具,世居赐死,李逢、刘育磔于市,士宁决杖,流永州,连坐者甚众。始兴此狱,引士宁者,意欲有所诬蔑,会荆公再入秉政,谋遂不行。

太一宫旧在京城西苏村,谓之西太一。熙宁初,百官奏太一临中国,主天下康阜,诏作宫于京城之东南隅,谓之中太一。方蒇事,命三司副使李寿朋往苏村祭告。是日,寿朋饮酒食肉而入,俄得疾于殿上,扶归斋厅,七窍流血,肩舆上道,未及国门而卒。

翰林故事:学士每白事于中书,皆公服靸鞋坐玉堂,使院吏人白,学士至,丞相出迎。然此礼不行久矣。章惇为制诰直学士院,力欲行之。会一日,两制俱白事于中书,其中学士皆鞠足秉笏,而惇独散手系鞋。翰林故事,十废七八,忽行此礼,大喧物议,而中丞邓绾尤肆抵毁。既而罢惇直院,而系鞋之礼后亦无肯行之者。

熙宁四年,王荆公当国,欲以朱倞之监左藏库,倞之辞曰:"左帑有火禁,而年高,宿直非便。闻欲除某人勾当进奏院,忘其人名。实愿易之。"荆公许诺。翌日,才上前进某人监左藏库,上曰:"不用朱倞之监左藏库,何也?"荆公震骇,莫测其由。上之机神临下,多知外事,虽纤微,莫可隐也。

　　熙宁七年,王荆公初罢相,以吏部尚书、观文殿学士知金陵,荐吕惠卿为参政而去。既而吕得君怙权,虑荆公复进,因郊礼,荐荆公为节度使平章事。方进熟敕,上察其情,遽问曰:"王安石去不以罪,何故用敕复官?"惠卿知无以对。明年,复召荆公秉政,而王、吕益相失矣。

　　王安国著《序言》五十篇,上初即位,韩绛、邵亢为枢密副使,同以《序言》进,上御批称美,令召试学士院,将不次进用,而大臣有不喜者,止得两使职官,从辟为西京国子监教授,后中丞吕诲弹奏王荆公,犹引以为推恩太重。平甫博学,工文章,通古今,达治道,劲直寡合,不阿时之好恶;虽与荆公论议亦不苟合,故异时执政得以中伤,而言事者谓非毁其兄,遂因事逐之,天下之人皆以为冤。其死也,余以文祭之,略曰:"人望二纪而仅获寸进,逆夫一言而应声槁翼。"盖谓是也。

　　王观文韶始为建昌军司理参军,时蔡枢密挺提点江西刑狱,一见知其必贵,顾待甚厚。数年,蔡知庆州,王调官关中,遂谒蔡于庆阳,且言将应制科,欲知西事本末。蔡遂以前后士大夫之言,及边事者皆示之,其间有向宝议洮河一说,王悦之,以为可行。后掌秦州机宜,遂乞复洮河故地。朝廷命韶兼管勾蕃部,自是其谋寖广,欲进取兰州、鄯、廓,知秦州李师中以为不可,而言事者亦多非沮,朝廷令王克臣乘驿参验其事,克臣亦依违两可。既而郭逵等又劾韶侵盗官物,兴起大狱,俾蔡确推劾,蔡明其无罪,自是君相之意,断然不疑。不数年,克青唐、武胜,城熙河,取洮、河、叠、宕、西团,为熙河一路,由上意不疑所致也。

　　职方郎中胡枚,判吏部南曹岁满,除知兴元府。先是,由判曹得监司者甚众,枚素有所望,洎得郡,殊自失,历干执政,

皆不允。时陈升之知枢密院,枚往谒求荐,陈公辞以备位执
政,不当私荐一士。枚愀然叹息曰:"兴元道远,枚本浙人,家
贫无力之任,惟有两女当卖人为婢,庶得资以行耳。"陈公鄙其
言,遂索汤使起。枚得汤,三奠于地而辞去。陈大骇。是时,
枚将还浙右待阙,已登舟,其日作诗书于船窗曰:"西梁万里何
时到? 争似怀沙入九泉。"是夕,溺死汴水。初执政以枚无正
室,疑奸吏而谋杀者,方将穷治,会陈公言卖女奠汤事,及得牖
间自题之句,方信其失心而赴水也。

吕升卿为京东察访,游太山,题名于真宗御制《封禅碑》之
阴,刊刻拓本,传于四方。后二年,升卿判国子监,会蔡承禧为
御史,言其题名事,以为大不恭,遂罢升卿判监。既而邓绾又
言升卿兄弟顷居丧润州,尝令华亭知县张若济置买土田,若济
遂因此贷部民朱庠、卫公佐、吴延亮、卢及远、押司录事王利用
等钱四千余贯,强买民田。既而若济坐赃事发,惠卿已在中
书,百计营救,及言惠卿纵亲情郑膺干挠政事,如此等事凡十
余端,猥不可具载。朝廷起狱于秀州,既而惠卿罢参知政事,
以本官知亳州,升卿和州监酒,温卿勒停,张若济除名编管,缘
此党人降黜者纷纷矣。

王荆公秉政,更新天下之务,而宿望旧人议论不叶。荆公
遂选用新进,待以不次,故一时政事不日皆举,而两禁台阁内
外要权莫匪新进之士。洎三司论市易,而吕参政指为沮法,
荆公以为然,坚乞罢相。神宗重违其意,自礼部侍郎、昭文馆
大学士改吏部尚书、观文殿大学士知江宁府。麻既出,吕嘉
问、张谔持荆公而泣,公慰之曰:"已荐吕惠卿矣。"二子收泪。
及惠卿入参政,有射羿之意,而一时之士见其得君,谓可以倾
夺荆公矣,遂更朋附之。既而邓绾、邓润甫枉状发王安国,而

李逢之狱又挟李士宁以撼荆公，又言《熙宁编敕》不便，乞重编
修。及令百姓手实供家赋，以造簿，又欲给田募役以破役法，
其他事夤缘事故非议前宰相者甚众，而朝廷纲纪几于烦紊，天
下之人复思荆公。天子断意再召秉政。邓绾惧不安，欲弭前
迹，遂发张若济事，反攻惠卿。朝廷俾张谔为两浙路察访，以
验其事。谔犹欲掩覆，而邓绾复观望意旨，荐引匪人，于是惠
卿自知不安，乃条列荆公兄弟之失数事面奏，意欲上意有贰。
上封惠卿所言以示荆公，故荆公表有“忠不足以取信，故事事
欲其自明；义不足以胜奸，故人人与之立敌”，盖谓是也。既而
惠卿出亳州，绾落御史中丞，以本官知虢州，张谔落直舍人院，
降官停任，其他去者不一，门下之人皆无固志。荆公无与共图
事者，又复请去，而再镇金陵。故诗有“纷纷易变浮云白，落落
难终老柏青”，盖谓是也。

　　王荆公再为相，承党人之后，平日肘腋尽去，而在者已不
可信，可信者又才不足以任事。平日唯与其子雱机谋，而雱又
死，知道之难行也，于是慨然复求罢去，遂以使相再镇金陵。
未期，纳节，求闲地，久之，得会灵观使，居于金陵。一日，豫国
夫人之弟吴生者来省荆公，寓止于佛寺行香厅。会同天节建
道场，府僚当会于所谓行香厅，太守叶均使人白遣吴生，吴生
不肯迁。泊行香毕，大会于其厅，而吴生于屏后慢骂不止。叶
均俯首不听，而转运毛抗、判官李琮大不平之，牒州令取问。
州遣二皂持牒追吴生，吴生奔荆公家以自匿。荆公初不知其
事也，顷二皂至门下，云捕人，而喧忿于庭。荆公偶出见之，犹
纷纭不已，公叱二皂去。叶均闻之，遂杖二皂，而与毛抗、李琮
皆诣荆公，谢以公皂生疏，失于戒束。荆公唯唯不答，而豫国
夫人于屏后叱均、抗等曰：“相公罢政，门下之人解体者十七

八,然亦无敢捕吾亲属于庭者,汝等乃敢尔耶!"均等趋出,会中使抚问适至,而闻争厅事。中使回日,首以此奏闻,于是叶均、毛抗、李琮皆罢,而以吕嘉问为守。又除王安上提点江东刑狱,俾迁治于所居金陵。

熙宁三年,京辅猛风大雪,草木皆稼,厚者冰及数寸,既而华山震,阜头谷圮折数十百丈,荡摇十余里,覆压甚众。唐天宝中冰稼而宁王死,故当时谚曰:"冬凌树稼达官怕。"又诗有"泰山其颓,哲人其萎"之说,众谓大臣当之。未数年,而司徒侍中魏国韩公琦薨,王荆公作挽词,略曰:"冰稼尝闻达官怕,山颓今见哲人萎。"盖谓是也。

东轩笔录卷之六

韩魏公以病乞乡郡，遂以使相侍中判相州，既而疾革。一夕，星陨于园中，枥马皆鸣。翌日，公薨。上为神道碑，具述其事。

熙宁初，朝廷初置条例司，诸路各置提举常平司，及俵常平钱，收二分之息。时韩魏公镇北都，上章论其事，乞罢诸路提举官，常平法依旧，不收二分之息。魏公精于章表，其说从容详悉，无所伤忤。有皇城使沈惟恭者辄令其门客孙棐诈作魏公之表云："欲兴晋阳之甲，以除君侧之恶。"表成，惟恭以示阁门使李评，评夺其稿以闻。上大骇，下惟恭、孙棐于大理，而御史中丞吕公著因便坐奏事，犹以棐言为实。上出魏公章送条例司，惟恭流海上，孙棐杖杀于市，罢公著中丞，出知颍州，制曰："比大臣之抗章，因便坐而与对，乃厚诬方镇，有除恶之谋，深骇予闻，乖事理之实。"盖因此耳。

韩魏公庆历中以资政殿学士知扬州，时王荆公初及第，为校书郎、签书判官厅公事，议论多与韩公不合。洎嘉祐末，魏公为相，荆公知制诰，因论起注降官词头，遂上疏争舍人院职分，其言颇侵执政。又为纠察刑狱，驳开封府断争鹌鹑公事，而魏公以开封为直，自是往还文字甚多。及荆公秉政，又与常平议不合。然而荆公每评近代宰相，即曰韩公。韩公薨，为挽词曰："心期自与众人殊，骨相知非浅丈夫。"又曰："幕府少年今白发，伤心无路送灵輀。"

　　王荆公再罢政事，吴丞相充代其任。时沈括为三司使，密条常平役法之不便者数事，献于吴公。吴公得之，袖以呈上，上始恶括之为人。而蔡确为御史知杂，上疏言："新法始行，朝廷恐有未便，故诸路各出察访，以视民之愿否。是时，沈括实为两浙路察访使，还，盛言新法可行，百姓悦从。朝廷以其言为信，故推行无疑。今王安石出，吴充为相，括乃徇时好恶，诋毁良法。考其前后之言，自相背戾如此。况括身为近侍，日对清光，事有可言，自当面奏，岂可以朝廷公议私于宰相，乃挟邪害政之人，不可置在侍从。"疏入，落括翰林学士、知制诰，以本官知宣州。

　　京师有僧化成，能推人命贵贱。予尝以王安国之命问之，化成曰："平甫之命，绝似苏子美。"子美，舜钦字。及平甫放逐，逾年，复大理寺丞。既卒，年四十七，与舜钦官职废斥，年寿无小异者。

　　熙宁十年，京师旱，上焦劳甚，枢密副使王韶言："昔桑弘羊为汉武帝笼天下之利，是时，卜式乞烹弘羊以致雨。今市易务哀剥民利，十倍弘羊，而比来官吏失于奉行者多至黜免。今之大旱皆由吕嘉问作法害人，以致和气不召，臣乞烹嘉问以谢天下，宜甘泽之可致也。"

　　王安国，熙宁六年冬直宿崇文院，梦有邀之至海上，见海中宫殿甚盛，其中乐作，笙箫鼓吹之伎甚众，题其宫曰"灵芝宫"，邀平甫者，欲与之俱往。有人在宫侧，隔水止之曰："时未至，且令去，它日迎之至此。"平甫恍然梦觉，禁中已鸣钟矣。平甫颇自负其不凡，为诗纪之曰："万顷波涛木叶飞，笙箫宫殿号灵芝。挥毫不是人间世，长乐钟来梦觉时。"后四年，平甫卒，其家哭，讯之曰："君常梦往灵芝宫，其果然乎？当以兆告我。"是夕暮奠，若有音声接于人者，其家复哭，以钱卜之曰："往灵芝宫，其果然乎？"卜曰：然。又三年，太常寺曾阜梦与平甫会，因吊之曰："平甫不幸早世，今所处良苦如何？"但见平甫笑不止，旁一人曰："平甫已列仙官矣，其乐非尘世比也。"阜方喜甚而寤。

熙宁五年，辰州人张翘与流人李资诣阙上书，言："辰州之南江，乃古锦州，地接施、黔、牂牁，世为蛮人向氏、舒氏、田氏所据。地产朱砂、水银、金布、黄腊，良田数千万顷，入路无山川之扼。若朝廷出偏师压境上，臣二人说之，可使纳地为郡县。"书奏，即以章惇察访荆湖南北路，经制南江事。章次辰州，遂令李资、张竑、明夷中、僧愿成等十余人入境，以宣朝廷之意。资等褊宕无谋，亵慢夷境，遂为蛮酋田元猛所杀。章知不可以说下也，即进兵诛斩，而建沅、懿等州。又以潭之梅山、邵之飞山为苏方、杨光潜所据，遂乘兵势进克梅山，建安化县。又令李浩将兵取光潜，师至飞山，扼险不能度而还。当是时张颉居忧于鼎州，目睹其事，遂以书诋朝贵，言："南江杀戮过甚，无罪者十有八九，以至浮尸塞江，下流之人不敢食鱼者数月。"惇病其说，且欲其分功以啖之，乃上言："昔张颉知潭州益杨县，尝建取梅山之议，今臣成功，乃用颉之议也。"朝廷赐颉绢三百匹，而执政犹患其异议。会颉服阕，乃就除为江淮发运使，便道之官，而不敢食鱼之说息矣。

王荆公当国，郭祥正知邵州武冈县，实封附递奏书，乞以天下之计专听王安石处画，凡议论有异于安石者，虽大吏，亦当屏黜。表辞亦甚辨畅，上览而异之。一日，问荆公曰："卿识郭祥正否？其才似可用。"荆公曰："臣顷在江东，尝识之，其为人才近纵横，言近捭阖而薄于行，不知何人引荐，而圣聪闻知也。"上出其章,以示荆公。公耻为小人所荐,因极口陈其不可用而止。是时,祥正方从章惇辟,以军功迁殿中丞,及闻荆公上前之语,遂以本官致仕。

李师中平日议论多与荆公违戾,及荆公权盛,李欲合之,乃于舒州作传岩亭,盖以公尝倅舒,而始封又在舒也。吴孝宗对策,方诋熙宁新法。既而复为《巷议》十篇,言闾巷之间,皆议新法之善,写以投荆公。公薄其翻覆,尤不礼之。

本朝状元及第,不五六年即为两制,亦有十年至宰相者。章衡滞于馆职甚久,熙宁初冬月,圣驾出,馆职例当迎驾。方序立次,衡顾同列而叹曰:"顷年迎驾于此,眼看冻倒掌禹锡,倏忽已十年矣。"执政闻而怜之,遂得同修起注。

京师春秋社祭,多差两制摄事。王仆射珪为内外制十五年,祭社者屡矣。熙宁四年,复以翰林承旨摄太尉,因作诗曰:"鸡声初动晓骖催,又向灵坛饮福杯。自笑怡声不辞醉,明年强健更须来。"是冬,遂参知政事。

蔡挺自宝元以后历边任,至于熙宁初犹帅平凉,会边境无事,因作乐歌以教边人,有"谁念玉关人老"之句。此曲盛传都下,未几,召为枢密副使。

曾肇为集贤校理兼国子监直讲,修将作监敕。会其兄论市易事被责,执政怒未已,遂罢肇主判,滞于馆下,最为闲冷,又多希旨窥伺之者,众皆危之,曾处之恬然无闷。余尝赠之诗,有"直躬忘坎窞,祥履任巉岏",盖谓是也。既而曾鲁公公亮薨,肇撰次其《行状》,上览而善之,即日有旨除史院编修官,复得主判局务。

进士及第后,例期集一月,其醵罚钱,奏宴局什物皆请同年分掌,又选最年少者二人为探花,使赋诗,世谓之"探花郎",

自唐已来榜榜有之。熙宁中，吴人余中为状元，首乞罢期集，废宴席探花，以厚风俗，执政从之；既而擢中为国子监直讲，以为斯人真可以厚风俗矣。未几，坐受举人贿赂而升名第事下御史府，至荷校参对，狱具，停废。熙宁执政者力欲致风俗之厚，士人多为不情之事以希合，故中以探花为败风俗，而身抵赇墨之罪，此不情之甚者也。

陈绎晚为敦朴之状，时为之“热熟颜回”。熙宁中，台州推官孔文仲举制科，庭试对策，言时事有可痛哭太息者，执政恶而黜之。绎时为翰林学士，语于众曰：“文仲狂躁，真杜园贾谊也。”王平甫笑曰：“‘杜园贾谊’可对‘热熟颜回’。”合坐大噱，绎有惭色。杜园、热熟，皆当时鄙语。

熙宁八年，王荆公再秉政，既逐吕惠卿，而门下之人复为谀媚以自安。而荆公求告去尤切，有练亨甫者谓中丞邓绾曰：“公何不言于上，以殊礼待宰相，则庶几可留也。所谓殊礼，以丞相之礼雱为枢密使，诸弟皆为两制，婿侄皆馆职，京师赐地宅田邸，则为礼备矣。”绾一一如所戒而言，上察知其阿党，亦颔之而已。一日，荆公复于上前求去，上曰：“卿勉为朕留，朕当一一如卿所欲，但未有一稳便第宅耳。”荆公骇曰：“臣有何欲，而何为赐第？”上笑而不答。翌日，荆公恳请其由，上出绾所上章，荆公即乞推劾。先是，绾欲用其党方扬为台官，惧不厌人望，乃并彭汝砺而荐之，其实意在扬也。无何，上黜彭汝砺，绾遽表言：“臣素不知汝砺之为人，昨所举卤莽，乞不行前状。”即此二事，上察见其奸，遂落绾中丞，以本官知虢州。亨甫夺校书，为漳州推官。绾《制》曰：“操心颇僻，赋性奸回。论士荐人，不循分守。”又曰：“朕之待汝者，义形于色；汝之事朕者，志在于邪。”盖谓是也。

　　张谔检正中书五房公事,判司农事,上言"天下祠庙,岁时有烧香施利,乞依河渡坊场,召人买拆"。王荆公秉政,多主谔言,故凡司农启请,往往中书即自施行,不由中覆。卖庙敕既下,而天下祠庙各以紧慢,价直有差。南京有高辛庙,平日绝无祈祭,县吏抑勒,祝史仅能酬十千。是时,张方平留守南京,因抗疏言:"朝廷生财,当自有理,岂可以古先帝王祠庙卖与百姓,以规十千之利乎?"上览疏大骇,遂穷问其由,乃知张谔建言,而中书未尝覆奏。自是有旨,臣僚起请,必须奏禀,方得施行。卖庙事寻罢。

　　张谔判司农寺,吏人盗用公使库钱,事发,下开封府鞫劾,久之未决。谔阴以柬祷知府陈绎,俾勿支蔓,绎遂灭裂其事。上颇闻之,遂令移狱穷治,尽得谔请求之迹,狱具,落谔直舍人院,追两官,勒停,落绎翰林学士,降授秘书监知滁州。

　　曾鲁公识度精审,达练治体。当其在中书,方天下奏报纷纭,虽日月旷久,未尝有废忘之者。其为文章,尤长于四六,虽造次柬牍,亦属对精切。曾布为三司使,论市易事被黜,曾公有柬别之,略曰:"塞翁失马,今未足悲;楚相断蛇,后必为福。"曾赴饶州,道过金陵,为荆公诵之,亦叹爱不已。

　　王荆公初罢相,知金陵,作诗曰:"投老妇来一幅巾,君恩犹许备藩臣。芙蓉堂下观秋水,聊与龟鱼作主人。"及再罢,乞宫观,以会灵观使居钟山,又作诗曰:"乞得胶胶扰扰身,钟山松竹替埃尘。只将凫雁同为客,不与龟鱼作主人。"

　　王荆公在中书,作新经义以授学者,故太学诸生几及三千人,以至包展锡庆院、朝集院,尚不能容。又令判监直讲程第诸生之业,处以上、中、下三舍,而人间传以为凡试而中上舍者,朝廷将以不次升擢。于是轻薄书生,矫饰言行,坐作虚誉奔走公卿之门者若市矣。会秋试有期，而御史黄廉上言："乞不令直讲判监为开封国学试官。"又有饶州进士虞蕃伐登闻鼓，言："凡试而中上舍者，非以势得，即以利进，孤寒才实者，例被黜落。"上即此二说，疑程考有私，遂下蕃于开封府。而蕃言参知政事元绛之子耆宁尝私荐其亲知，而京师富室郑居中、饶州进士章公弼等，用赂结直讲余中、王沇之、判监沈季长，而皆补中上舍。是时，许将权知开封府，恶蕃之告讦，抵之罪。上疑其不直，移劾于御史府，追逮甚众。而蕃言许将亦尝荐亲知于直讲，于是摄许将、元耆宁及监判沈季长、黄履、直讲余中、唐懿、叶涛、龚原、王沇之、沈铢等皆下狱。其间亦有受请求及纳赂者。狱具，许将落翰林学士，知蕲州。沈季长落直舍人院，迫官勒停。元耆宁落馆职，元绛罢参政，以本官知亳州。王沇之、余中皆除名，其余停任，诸生坐决杖编管者数十，而士子奔竞之风少挫矣。

东轩笔录卷之七

熙宁八年，吕惠卿为参知政事，权倾天下。时元参政绛为翰林学士、判群牧，常问三命僧化成曰："吕参政早晚为相？"化成曰："吕给事为参政，譬如草屋上置鸱吻耳。"元曰："然则其不安乎？"成曰："其黜免可立而待也。"是时春方半，元曰："事应在何时有消息？"成曰："在今年五月十七日。"元怃然不测，亦潜纪之。既而吕权日盛，台谏噤口，无敢指议之者。会五月十七日，元退朝，因语府界提举蔡碻曰："化成言吕参政祸在今日，真漫浪之语也。"二公相视而笑，遂同还群牧，促召成而诮之。成曰："言必无失，姑且俟之。"二公愈笑其术之非，既而化成告去，蔡亦上马。是时，曾待制孝宽同判群牧，薄晚来过厅，方即坐，元因访今日有何事，曾曰："但闻御史蔡承禧入札子，不知言何等事者也。"语未已，内探报，今日蔡察院言吕参政兄弟。元闻之大骇，乃以化成之言告曾公，既而吕罢政事，实始此日也。

熙河之役，高遵裕为总管，有高学究者，以宗人谒遵裕，因隶名军中。会王观文韶以兵攻香子城，学究从行。是日，合战大胜，至晚旋师，寨中官吏及召募人等皆贺，独不见高学究。遵裕叹曰："高生且死于敌矣。"已而士卒献俘馘于庭，以烛视之，则学究之首在焉。遵裕大骇，即推究所斩之人，有军士遽伏罪曰："是军回日暮，见高生独骑，遂斩以冒赏。"韶大怒，磔军士于辕门。

　　王荆公之次子名雱，为太常寺太祝，素有心疾，娶同郡庞氏女为妻。逾年生一子，雱以貌不类己，百计欲杀之，竟以悸死，又与其妻日相斗哄。荆公知其子失心，念其妇无罪，欲离异之，则恐其误被恶声，遂与择婿而嫁之。是时，有工部员外郎侯叔献者，荆公之门人也，取魏氏女为妻，少悍，叔献死而帏薄不肃，荆公奏逐魏氏妇归本家。京师有谚语曰："王太祝生前嫁妇，侯工部死后休妻。"

　　汴渠旧例：十月闭口，则舟楫不行。王荆公当国，欲通冬运，遂不令闭口。水既浅涩，舟不可行，而流冰颇损舟楫。于是以脚船数十，前设巨碓，以捣流冰；而役夫苦寒，死者甚众。京师有谚语曰："昔有磨去磨平浆水，今见碓捣冬凌。"

　　有王永年者，娶宗室女，得右班殿直，监汝州税。时窦卞通判汝州，与之接熟。尔后卞知深州，永年复为州监押，益相亲昵，遂至通家。既而卞在京师，永年求监金曜门书库，卞为干提举监司杨绘，绘遂荐之。永年常置酒延卞、绘于私室，出其妻间坐。妻以左右手掬酒以饮卞、绘，谓之曰"白玉莲花杯"，其亵狎至是。后永年盗卖库书，事发下狱，永年引卞、绘尝受其馈送，乃尝纳玑贝于两家，方穷治未竟，而永年死狱中。朝议有两制交通匪人，至为奸利，落绘翰林学士制知诰，降为荆南副使；落卞待制，降监舒州灵仙观。明年，卞卒于贬所。绘性少真，无检操，居荆南，日事游宴，往往与小人接。一日，出家妓延客夜饮，有选人胡师文预会。师文本鄂州豪民子，及第为荆南府学教授，尤少士检。半醉，狎侮绘之家妓，无所不至。绘妻自屏后窥之，大以为耻，叱妓人，挞于屏后。师文离席排绘，使呼妓出，绘愧于其妻，遽欲彻席。师文狂怒，奋拳殴绘，赖众客救之，几至委顿。近臣不自重，至为小人凌暴，士论尤鄙之。

寿州张侍中、抚州晏丞相俱葬阳翟地，相去数里。有发冢盗，先筑室于二冢之间，自其家窾穴以通其隧道。始发张墓，得金宝珠玉甚多，遂完其棺椁，以掩覆其穴。次发晏公墓，若有猛兽嘷吼，盗甚惧，遽出；呼其徒一人同入，又闻兵甲鼓噪之声，盗益惧；又呼一人同之，则寂然无响。三盗笑曰："丞相之神，尽于是矣。"及穿椁椁，殊无所有，供设之器皆陶甓为之；又破其棺，棺中唯木胎金裹带壹条，金无数两，余皆衣服，腐朽如尘矣。盗失望而恚，遂以刀斧摩碎其骨而出。既而货张墓金盂于市，为人擒之，遂伏罪，及言其事。世谓均破冢而张以厚葬完躯，晏以薄葬碎骨，事有不可知如此者。

王介性轻率，语言无伦，时人以为心风。与王荆公旧交。公作诗曰："吴兴太守美如何？柳恽诗才未足多。遥想郡人临下担，白蘋洲上起沧波。"其意以水值风即起波也。介谕其意，遂和十篇，盛气而诵于荆公，其一曰："吴兴太守美如何？太守从来恶祝鮀。正直聪明神鬼畏，死时应合作阎罗。"荆公笑曰："阎罗见阙，可速赴任也。"

张尧佐以进士擢第，累官至屯田员外郎、知开州。会其侄女有宠于仁宗，册为修媛，尧佐遂骤迁擢，一日中除宣徽、节度、景灵、群牧四使。是时，御史唐介上疏，引天宝杨国忠为戒，不报。又与谏官包拯、吴奎等七人论列殿上，既而御史中丞留百官班，欲以廷争，卒夺尧佐宣徽、景灵两使，特加介一品服，以旌敢言。未几，尧佐复除宣徽使，知河阳。唐谓同列曰："是欲与宣徽，而假河阳为名耳。我曹岂可中巳耶？"同列依违不前，唐遂独争之，不能夺。仁宗谕曰："差除自是中书。"介遂极言宰相文彦博以灯笼锦媚贵妃，而致位宰相，今又以宣徽使

结尧佐,请逐彦博而相富弼。又言谏官观望挟奸,而言涉宫
掖,语甚切直。仁宗怒,趣召两府,以疏示之。介犹诤不已,枢
密副使梁适叱介,使下殿,介诤愈切。仁宗大怒,玉音甚厉,众
恐祸出不测。是时,蔡襄修《起居注》,立殿陛,即进曰:"介诚
狂直,然纳谏容言,人主之美德,必望全贷。"遂贬春州别驾。
翌日,御史中丞王举正救解之,改为英州别驾。始,上怒未已,
两府窃议曰:"必重贬介,则彦博不安。彦博去,则吾属递迁
矣。"既而果如其料。当是时,梅尧臣作《书窜》诗曰:"皇祐辛
卯冬,十月十九日。御史唐子方,危言初造膝。日朝有臣奸,
臣介所愤疾。愿条一二事,臣职敢妄率。臣奸宰相博,邪行世
莫匹。曩时守成都,委曲媚贵昵。银珰插左貂,穷腊使驰驲。
邦媛将夸侈,中赍金十镒。为我寄使君,奇纹织纤密。遂倾西
蜀巧,日夜急鞭抶。红经纬金缕,排科斗八七。比比双莲花,
篝灯戴心出。几日成一端,持行如鬼疾。明年观上元,被服稳
称质。璨然惊上目,遽尔有薄诘。既闻所从来,伎对似未失。
且云奉至尊,于妾岂能必。遂回天子颜,百事容丐乞。臣今得
初陈,狡猾彼非一。偷威与卖利,次第推甲乙。是唯阴猾雄,
仁断宜勇黜。必欲致太平,在列无如弼。弼亦昧平生,况臣不
阿屈。臣言天下公,奚以身自恤?君旁有侧目,喑哑横诋叱。
指言为罔上,废汝还蓬荜。是时白此心,尚不避斧锧。虽令禁
魑魅,甘且同饴蜜。既如勿可惧,复以强词窒。帝声亦大厉,
论奏不容必。介也容甚闲,猛士胆为栗。立贬岭外春,速欲为
异物。内外臣恟恟,陛下何未悉?即敢救者谁?襄执左史笔。
谓此傥不容,盛美有所咈。平明中执法,怀疏又坚述。介言或
以狂,百岂无一实。恐伤四海和,幸勿若仓卒。亟许迁英州,
衢路有嗟咄。翌日宣白麻,称快口盈溢。阿附连谏官,去若怀

絮虱。其间因获利,窃笑等蚌鹬。英州五千里,瘦马行趺趺。毒蛇喷晓雾,昼与岚气没。妻孥不同途,风浪过蛟窟。存亡未可知,旅馆愁伤骨。饥仆时后先,随猿拾橡栗。越林多蔽天,黄甘杂丹橘。万室通酿酤,抚远无禁律。醉去不须钱,醒来弄鸣瑟。山水仍奇怪,已可消愁郁。莫作楚大夫,怀沙自沉汨。西汉梅子真,出为吴市卒。市卒且不惭,况兹别秉秩。"始尧臣作此诗,不敢示人。及欧阳文忠公为编其集,时有嫌避,又削去此诗,是以人少知者,故今尽录。

唐子方始弹张尧佐,与谏官皆上疏。及弹文公,则吴奎畏缩不前,当时为曳动阵脚。及唐争论于上前,遂并及奎之背约,执政又黜奎,而文公益不安,遂罢政事。时李师中作诗送唐,略曰:"并游英俊颜何厚,未死奸谀骨已寒。"厚颜之句,为奎发也。

苗振以第四人及第,既而召试馆职。一日,谒晏丞相,晏语之曰:"君久从吏事,必疏笔砚,今将就试,宜稍温习也。"振率然答曰:"岂有三十年为老娘,而倒绷孩儿者乎?"晏公俯而哂之。既而试《泽宫选士赋》,韵押有"王"字,振押之曰:"率土之滨莫非王。"由是不中选。晏公闻而笑曰:"苗君竟倒绷孩儿矣。"

越州僧愿成客京师,能为符箓咒。时王雱幼子夜啼,用神咒而止,雱虽德之,然性靳啬。会章惇察访荆湖南北二路,朝廷有意经略溪洞,或云蛮人多行南法,畏符箓,雱即荐成于章。章至辰州,先遣张裕、李资、明夷中及成等,入南江受降。裕等至洞而秒乱蛮如,酋曰元猛者不胜其愤,尽缚来使,斩刿丁柱。次至成,成抟颡求哀,元猛素佛事,乃不杀,押而遣之。愿成不以为耻,乃更乘大马拥钺斧以自从,称察访大师,犹以入洞之劳,得紫衣师号。时又有随州僧知缘,尝以医术供奉仁宗、英宗。熙宁中,朝廷取青唐武胜,缘遂因执政上言:"乞往鄯、廓,见董毡,说令纳地。"上召见后苑,赐白金以遣行。遂自称经略大师,深为王韶所恶,罢归。朝廷怜其意,犹得左街首座,卒。

仁宗时,西戎方炽,韩魏公琦为经略招讨副使,欲五路进兵,以袭平夏。时范文公仲淹守庆州,坚持不可。是时,尹洙为秦州通判兼经略判官,一日,将魏公命至庆州,约范公以进兵。范公曰:"我师新败,士卒气沮,当自谨守,以观其变,岂可轻兵深入耶?以今观之,但见败形,未见胜势也。"洙叹曰:"公于此乃不及韩公也。韩公尝云:'大凡用兵,当先置胜败于度外。'今公乃区区过慎,此所以不及韩公也。"范公曰:"大军一动,万命所悬,而乃置于度外,仲淹未见其可。"洙议不合,遂还。魏公遂举兵入界,既而师次好水川,元昊设覆,全师陷没,大将任福死之。魏公遽还,至半途,而亡卒父兄妻子号于马首者几千人,皆持故衣纸钱招魂而哭曰:"汝昔从招讨出征,今招讨归而汝死矣。汝之魂识亦能从招讨以归乎?"既而哀恸声震天地,魏公不胜悲愤,掩泣驻马,不能前者数刻。范公闻而叹曰:"当是时,难置胜败于度外也?"

王韶罢枢密副使,以礼部侍郎知鄂州。一日宴客,出家妓奏乐。入夜席,客张绩沉醉,挽家妓不前,遽将拥之。家妓泣诉于韶,坐客皆失色。韶徐曰:"比出尔曹以娱宾,而乃令宾客失欢。"命取大杯罚家妓,既而容色不动,谈笑如故,人亦伏其量也。

王沂公曾当国,屡荐吕许公夷简。是时,明肃太后听政,沂公奏曰:"臣屡言吕夷简才望可当政柄,而两宫终未用,以臣度太后之意,不欲其班在枢密使张旻之上耳。且旻亦赤脚健儿,岂容妨贤如此?"太后曰:"固无此意,行且用夷简矣。"沂公曰:"两宫既以许臣,臣请即今宣召学士草麻。"太后从之。及许公大拜,渐与沂公不协。晚年睽异,势同水火,当时士大夫各有附丽,故庆历中朝廷有党人之论矣。

东轩笔录卷之八

　　陈恭公初罢政，判亳州，年六十九。遇生日，亲族往往献《老人星图》以为寿，独其侄世修献《范蠡游五湖图》，且赞曰："贤哉陶朱，霸越平吴。名遂身退，扁舟五湖。"恭公甚喜，即日上表纳节。明年，累表求退，遂以司徒致仕。

　　熙宁初，有朝士忘其氏，知河中府龙门县。有薛少卿占籍是邑，一旦为盗斫坟茔之松槚，薛君投牒，诉其事。朝士，迂儒也，喜为异论，乃判其状曰："周文王之苑囿，独得刍荛；薛少卿之坟茔，乃禁樵采。"时又有周师厚者，为荆湖北路提举常平永利。是时，初定募役之法，师厚书成，上于司农，其间曰："散从官逐月佣钱三贯文，如遇差作市买，即每月添钱一贯文。"

　　明肃太后临朝，一日，问宰相曰："福州陈绛赃污狼籍，卿等闻否？"王沂公对曰："亦颇闻之。"太后曰："既闻而不劾，何也？"沂公曰："方外之事，须本路监司发摘；不然台谏有言，中书方可施行。今事自中出，万一传闻不实，即所损又大也。"太后曰："速选有风力更事任一人为福建路转运使。"二相禀旨而退，至中书，沂公曰："陈绛，猾吏也，非王耽不足以擒之。"立命进熟。吕许公俯首曰："王耽亦可惜也。"沂公不谕。时耽为侍御史，遂以转运使。耽拜命之次日，有福建路衙校拜于马首，云："押进奉荔支到京。"耽偶问其道路山川风候，而其校应对详明，动合意旨。耽遂密访绛所为，校辄泣曰："福州之人，以为终世不见天日也，岂料端公赐问。"然某尤为绛所苦者也，遂条陈数十事,皆不法之极。耿大喜,遂留校于行台,俾之干事。耿子不肖,私纳校玳瑁器皿。洎至闽中,耿尽发校所言之事,既置诏狱,事皆不实,而校遽首常纳禁器于耿子。事闻,太后大怒,下耿吏,狱具,谪耿淮南副使,皆如许公之料也。

刘攽博学有俊才,然滑稽,喜谑玩,屡以犯人。熙宁中,为开封府试官,出临以《教思无穷论》,举人上请曰:"此卦大象如何?"刘曰:"要见大象,当诣南御苑也。"又有请曰:"至于八月有凶,何也?"答曰:"九月固有凶矣。"盖南苑豢驯象,而榜帖之出,常在八月九月之间也。马默为台官,弹奏攽轻薄,不当置在文馆。攽闻而叹曰:"既为马默,岂合驴鸣?"吕嘉问提举市易务,三司使曾布劾其违法,王荆公惑党人之说,反以罪三司。曾既隔,下朝请,而嘉问治事如故。攽闻而叹曰:"岂意曾子避席,望之俨然乎?"望之,嘉问字也。

熙宁中,曾孝宽以端明殿学士签书枢密院公事,未几,以父鲁公忧解去。服除,判司农寺。旧例:百官以事至中书,即宰相据案,百官北向而坐。前两府白事,即宰去案,叙宾主东西行坐,时谓之掇案。及孝宽之至司农也,吴正宪公当国,不以前两府礼之待之,每至中书,不为掇案。自后每有建白,止令同判寺太常博士周直儒诣中书,孝宽不至矣,正宪颇疑之。未几,除直儒为两浙提刑,以张璪判寺,璪为翰林学士,班在端明之上,乃本寺官长也。异时白事,皆璪诣中书,而孝宽亦竟不至,于是正宪知其果以掇案为嫌,而世亦讥其隘矣。

尚书郎李观自言:为进士时,往游南岳,道过潭州圣旗亭买酒,忽有一人荷竹笈,持钉校之具径至,问观曰:"闻君将之南岳,颇识养素先生蓝方否?"观曰:"固将往见之。"其人曰:"奉烦寄声云:刘处士奉问先生,十月怀胎,如何出得?"言讫,径出不顾。观至南岳访方，具道其语，方怃然惊异，因问曰："其人眉间得无有白志乎？"观曰："然。"方大惊，叹曰："吾不遇是人，命也！此所谓刘海蟾者也。吾养圣胎已成，患无术以出之，念非斯人不足以成吾道。今声闻相通而不得接，吾之道不成矣。"观急回，访于潭州，已亡所在。是年方卒。

萧注在仁宗时以阁门使知邕州几十年，屡献取交趾之谋，朝廷不从。末年，交趾寇左、右江，杀巡检左明、宋士尧等，注坐备御无状，降为荆南钤辖。是时，李师中为广西提点刑狱，又言"注在邕州擅发洞丁采金矿，无文历钩考"，遂下注桂州狱，狱具，贬秦州团练副使，移洪州节度副使。英宗即位，起为监门卫将军、邠州都监，移渭州钤辖，又知宁州。神宗即位，王荆公执政，注度朝廷方以开边为意，又以黜官未复，思有以动君相之意，乃言向日久在邕州，知交趾可取。朝廷遽召，复阁门使，俾知桂州兼广西经略安抚。注至桂二年，而缪愆无状，有旨召还，死于潭州。然朝廷尚以交趾为可取，又以沈起知桂州。起至桂，先取宜州王口寨，而兵屡折衄；又作战舰聚军储，虽兴作百端，而不中机。会朝廷疑其逗留，移知潭州，而以刘彝守桂。既而计谋喧露，一旦交趾浮海载兵击陷廉、白、钦三郡，围邕州，仅四十日，城陷，杀知州苏缄，屠其城，掠四郡生口而去。朝廷尽鉴前后守臣之罪，以次贬出，赠苏缄节度使，料秦晋锐兵十万人，发车骑讨南，诏以赵卨为经略使。卨引郭逵共事，遂以逵为宣徽使，而卨副之。逵顿兵邕州，久之，进克广源州杭郎县，而贼据富良江以扼我师。逵闭壁四十日，竟不能度；既而粮道不继，瘴毒日甚，十万之众死亡十九，仅得交趾降表，遂班师。朝廷夺逵宣徽使而斥之，卨亦削官，而建广源为顺州。明年，交人始入贡，广源岚瘴特甚，自置州，凡知州及官吏戍兵至者辄死,数年间,死者不可纪。每更戍之卒决知不还,皆与骨肉死别,至举营号哭不绝者月余,以是人情极不安。会曾布帅桂,擒得交趾将侬智春,交人稍惧,曾因建议乞因此机会,许交趾还向所房生口而弃顺州,朝廷从之。明年,交人归生口数百,遂以广源与之。复曾龙图阁直学士,将佐迁官有差。自萧注等为经略,或挟诈以罔上下,或不绥御远人,致陷四郡。而郭逵逗挠自毙,仅得广源,又不可守,竟弃之,生口十不得一,而朝廷财费亿万,二广之民自此大困。

　　侯叔献为汜县尉,有逃佃及户绝没官田最多,虽累经检估,或云定价不均。内有一李诚庄,方圆十里,河贯其中,尤为膏腴,府佃户百家,岁纳租课,亦皆奥族矣。前已估及一万五千贯,未有人承买者。贾魏公当国,欲添为二万贯卖之,遂命陈道古衔命计会本县令佐,视田美恶而增损其价。道古至汜,阅视诸田,而议增李田之直。叔献曰:"李田本以价高,故无人承买;今又增五千贯,何也?"坚持不可。道古雅知叔献不可欺,因以其事语之,叔献叹曰:"郎中知此田本末乎? 李诚者,太祖时为邑酒务专知官,以汴水溢,不能救护官物,遂估所损物直计五千贯,勒诚偿之。是时,朝廷出度支使钱,俵民间预买箭秆雕翎弓弩之材。未几,李重进叛,王师征淮南,而预买翎秆未集,太祖大怒,一应欠负官钱者田产并令籍没。诚非预买之人,而当时官吏畏惧不敢开析,故此田亦在籍没。今诚有子孙,见居邑中,相国纵未能恤其无辜而以田给之,莫若损五千贯,俾诚孙买之为便。"道古大惊曰:"始实不知,但受命而来,审如是,君言为当,而吾亦有以报相国矣。"即损五千贯而去。叔献乃召诚孙,俾买其田,孙曰:"实荷公惠,奈甚贫何?"叔献曰:"吾有策矣。"即召见佃百户,谕之曰:"汝辈本皆下户,因佃李庄之利,今皆建大第高廪,更为豪民。今李孙欲买田,而患无力,若使他买之,必遣汝辈矣。汝辈必毁宅撤廪,离业而去,不免流离失职。何若醵钱借与诚孙,俾得此田,而汝辈常为佃户,不失居业,而两获所利耶?"皆拜曰:"愿如公言。"由是诚孙卒得此田矣。叔献之为尉,与管界巡检者相善,县多盗贼,巡检每与叔献约,闻盗起,当急相报。一旦有强盗十六人经其邑,叔献尽擒之。既而叹曰:"巡检岂以我为负约耶!机会之速不及报,然不可夺其功也。"于是尽推捕盗之劳于其下,而竟不受赏。当其获盗时,叔献躬押至开封府,府尹李绚谓曰:"子之才能,吾深知之,子可一见本官推官判官,吾当率以同状荐子也。"叔献辞曰:"本以公事至府,事毕归邑。若投谒以求荐,非我志也。"竟不面推官判官而去。

　　京师置杂物务,买内所须之物,而内东门复有字号,径下诸行市物,以供禁中。凡行铺供物之后,往往经岁不给其直,至于积钱至千万者,或云其直寻给,而勾当内门内臣故为稽滞,京师甚苦之。蔡襄尹京兆,询知其弊,建言乞取内东门买物字号付杂买务,今后乞不令内东门买物,遇逐月宫中请俸钱时,许杂买具供过物价,径牒内藏库截支,以给行人。仁宗大以为然,其事至今行矣。

　　熙宁中,高丽人使至京,语知开封府元绛曰:"闻内翰与王安国相善,本国欲得其歌诗,愿内翰访求之。"元自往见平甫,求其题咏,方大雪,平甫以诗戏元,略曰:"岂意诗仙来凤沼,为传贾客过鸡林。"即其事也。

　　麟州踞河外,扼西夏之冲,但城中无井,唯有一沙泉,在城外,其地善崩,俗谓之抽沙,每欲包展入壁,而土陷不可城。庆历中,有戎人谓元昊云:"麟州无井,若围之,半月即兵民渴死

矣。"元昊即以兵围之,数日不解,城中大窘。有军士献策曰:
"彼围不解,必以无水穷我。今愿取沟泥,使人乘高以泥草积,
使贼见之,亦伐谋之一端也。"州将从之。元昊望见,遽语献策
戎人曰:"尔言无井,今乃有泥以护草积,何也?"即斩戎而解
去。此时虽幸脱,然终以无水为忧。熙宁中,吕公弼帅河东,
令勾当公事邓子乔往视其地,子乔曰:"古有拔轴法,谓掘去抽
沙,而实以炭末,墐土即其上,可以筑城,城亦不复崩矣。愿用
是法,包展沙泉,使在城内,则此州守也。"吕从之,于是大兴版
筑,而包泉入城,至今城坚不陷,而新秦可守矣。

　　吴奎为参知政事,会御史中丞王陶以韩魏公不肯押班事,
其言兼及两府,奎乃上章言:"迩来天文谪见,皆为王陶召之。"
又尝于上前荐滕甫可为边帅,上问其故,奎曰:"滕甫不唯将略
可取,至于躯干膂力,自可被两重铁甲。"异时,上语其事于侍
臣,且曰:"吴奎论事,大概皆此类也。"

　　元昊分山界战士为二箱,命两将统之,刚浪陵统明堂左
箱,野利遇乞统天都右箱,二将能用兵,山界人户善战,中间刘
平、石元孙、任福、葛怀敏之败,皆二将之谋也。庆历中,种世
衡守青涧城,谋用间以离之。有悟空寺僧光信者,落魄耽酒,
边人谓之"土和尚",多往来蕃部中。世衡尝厚给酒肉,善遇
之,一日语信曰:"我有书答野利相公,若我为赍之。"即以书授
信。临发,复召饮之酒而谓曰:"寨外苦寒,吾为若纳一袄,可
衣之以行,回日当复以归我。"信始及山界,即为逻兵所擒,及
得赍书以见元昊。元昊发其书,即寻常寒暄之问。元昊疑之,
遂缚信拷掠千余,至胁以兵刃,信终言无它。元昊益疑,顾见
信所衣之袄甚新洁,立命梦折,即中得与遇乞之书,其言:"前
承书有归投之约,寻闻朝廷及云,只候信回得报,当如期举兵

入界,惟尽以一箱人马为内应,傥获元昊,朝廷当以靖难军节
度使、西平王奉赏。"元昊大怒,自此夺遇乞之兵,既又杀之。
遇乞死,山界无良将统领,不复有侵掠之患,而边陲亦少安矣。
洎西戎入贡,信得归,改名嵩,仕终左藏库副使。

东轩笔录卷之九

王荆公与唐质肃公介同为参知政事，议论未尝少合。荆公雅爱冯道，尝谓其能屈身以安人，如诸佛菩萨之行。一日，于上前语及此事，介曰："道为宰相，使天下易四姓，身事十主，此得为纯臣乎？"荆公曰："伊尹五就汤、五就桀者，正在安人而已，岂可亦谓之非纯臣也！"质肃曰："有伊尹之志则可。"荆公为之变色。其议论不合，多至相侵，率此类也。

刘攽、王介同为开封府试官，举人有用"畜"字者，介谓音犯主上嫌名，攽谓礼部先未尝定此名为讳，不可用以黜落，因纷争不已，而介以恶语侵攽，攽不校。既而御史张戬、程灏并弹之，遂皆赎金。御史中丞吕公著又以为议罪太轻，遂夺其主判，其实中丞不乐攽也。谢表略曰："矿弩射市，薄命难逃。飘瓦在前，忮心不校。"又曰："在矢人之术，唯恐不伤；而田主之牛，夺之已甚。"盖谓是也。

陈恭公执中为相，事方严少和裕，尤恶士大夫之急进。庆历末，有郎官范祥上言解盐利害，朝廷遂除祥陕西提刑兼制置盐事，祥诣中书巡白曰："提点刑狱而兼利权，殆非无故，乞纳敕别俟差遣。"恭公曰："提点刑狱乃足下资序合入，制置盐事乃国家试才，比已降敕陕西都运司，以解盐事尽交与提刑司管勾，而足下之意将如何也？苟有补于朝廷，固不惜一转运司也，若静言庸违，自有诛责，岂可预欲侥求！"祥以言中其隐，震灼而去。至和初，王荆公力辞召试，而有旨与在京差遣，遂除群牧判官。时沈康为馆职，诣恭公曰："某久在馆下，屡求为群牧判官而不得，王安石是不带职朝官，又历任比某为浅，必望改易。"恭公曰："王安石辞让召试，故朝廷优与差遣，岂复屑屑计资任也。朝廷设馆阁以待天下之才，亦当爵位相先，而乃争夺如此，学士之颜视王君宜厚矣。"康惭沮而去。

　　明肃太后临朝，袭真宗政事，留心庶狱，日遣中使至军巡院、御史台，体问鞫囚情节。又好问外事，每中使出入，必委曲询究，故百司细微，无不知者。有孙良孺为军巡判官，喜诈伪，能为朴野之状。一日，市布数十端，杂染五色，陈于庭下。中使怪而问之，良孺曰："家有一女，出适在近，与之作少衣物也。"中使大骇，回为太后言之。太后叹其清苦，即命厚赐金帛。京师人多赁马出入，驭者先许其直，必问曰："一去耶？却来耶？"苟乘以往来，则其价倍于一去也。良孺以贫，不养马，每出，必赁之。一日，将押辟囚弃市，而赁马以往，其驭者问曰："官人将何之？"良孺曰："至法场头。"驭者曰："一去耶？却来耶？"闻者骇笑。

　　杨安国，胶东经生也，累官至天章阁侍讲。其为人讦激矫伪，言行鄙朴，动有可笑；每进讲则杂以俚下廛市之语，自宸坐至侍臣、中官见其举止，已先发笑。一日，侍仁宗，讲至"一箪食，一瓢饮"，安国操东音曰："颜回甚穷，但有一罗粟米饭，一葫芦浆水。"又讲"自行束脩以上，吾未尝无诲焉"，安国遽启曰："官家，昔孔子教人也，须要钱。"仁宗哂之。翌日，遍赐讲官，皆恳辞不拜，唯安国受之而已。时又有彭乘为翰林学士，文章诰命尤为可笑。有边帅乞朝觐，仁宗许其候秋凉即途，乘为批答之诏曰："当俟萧萧之候，爰堪靡靡之行。"田况之成都府，会西蜀荒歉，饥民流离，况始入剑门，即发仓赈济，既而上

表待罪,乘又当批答曰:"才度岩岩之险,便兴恻恻之情。"王琪
情滑稽,多所侮诮,及乘死也,琪为挽词,有"最是萧萧句,无人
继后风",盖谓是耳。

　刘彝所至多善政,其知处州也,会江西饥歉,民多弃子于
道上,彝揭榜通衢,召人收养,日给广会仓米二升,每月一次,
抱至官中看视。又推行于县镇。细民利二升之给,皆为子养,
故一境弃子无夭阏者。一日,谒曾鲁公公亮,鲁公曰:"久知都
官治状,屡欲进擢,然议论有所不合,姑少迟之,吾终不忘也。"
彝曰:"人之淹速诎伸,亦皆有命。今姓名已蒙记,而尚屈于不
合之论,亦某之命也。"鲁公叹曰:"比来士大夫见执政,未始不
有求。求而不得,即多归怨,而君乃引命自安。吾待罪政府将
十年,未见如君之言。"

　熙宁初,富郑公弼、曾鲁公公亮为相,唐质肃公介、赵少师
忭、王荆公安石为参知政事。是时,荆公方得君,锐意新美天
下之政,自宰执同列无一人议论稍合,而台谏章疏攻击者无虚
日,吕诲、范纯仁、钱颛、钱颢之伦尤极诋訾,天下之人皆莫为
生事。是时,郑公以病足,鲁公以年老,皆去。唐质肃屡争上
前,不能;未几,疽发于背而死。赵少师力不胜,但终日叹息,
遇一事更改,即声苦者数十。故当时谓中书有生、老、病、死、
苦,言介甫生、明仲老、彦国病、子方死、悦道苦也。

　欧阳文忠公自历官至为两府,凡有建明于上前,其词意坚
确,持守不变,且勇于敢为,王荆公尝叹其可任大事。及荆公
辅政,多所更张,而同列少与合者。是时,欧阳公以观文殿学
士知蔡州。荆公乃进之为宣徽使,判太原府,许朝觐,意在引
之执政,以同新天下之政。而欧阳公惩濮邸之事,深畏多言,
遂力辞恩命,继以请老而去。荆公深叹惜之。

富郑公弼，庆历中以知制诰使北虏还。仁宗嘉其有劳，命为枢密副使，郑公力辞不拜，乃改资政殿学士。一日，王拱辰言于上曰："富弼亦何功之有？但能捐金帛之数，厚夷狄而弊中国耳！"仁宗曰："不然。朕所爱者，土宇生民尔，财物非所惜也。"拱辰曰："财物岂不出于生民耶？"仁宗曰："国家经费，取之非一日之积，岁出以赐夷狄，亦未至困民。若兵兴调发，岁出不赀，非若今之缓取也。"拱辰曰："犬戎无厌，好窥中国之隙。且陛下只有一女，万一欲请和亲，则如之何？"仁宗悯然动色曰："苟利社稷，朕亦岂爱一女耶？"拱辰言塞，且知谮之不行也，遽曰："臣不知陛下能屈己爱民如此，真尧舜之主也。"洒泣再拜而出。

许将坐太学狱，下御史台禁勘，仅一月日，洎伏罪，台吏告曰："内翰今晚当出矣。"许曰："审如是，当为白中丞，俾告本家取马也。"至晚欲放，中丞蔡確曰："案中尚有一节未完，须再供答。"及对毕，开门，已及二更已后，而从人谓许未出，人马却还矣。许坐于台门，不能进退，适有逻卒过前，遂呼告之曰："我台中放出官员也，病不能行，可烦为于市桥赁一马。"逻卒怜之，与呼一马至，遂跨而行。是时，许初罢判开封府，税居于甜水巷，驭者惧逼夜禁，急鞭马跃，许失绥坠地，腰膝尽伤。驭者扶之于鞍，又疾驱而去，至则宅门已闭。许下马坐于砌上，俾驭者扣门，久之无应者。驭者曰："愿得主名以呼之。"许曰："但云内翰已归可也。"驭者方知其为判官许内翰，且惧获坠马之罪，遽策而走。许以坠伤，气息不属，不能起以扣门，又无力呼叫，是时十月，京师已寒，地坐至晓，迨宅门开始得入。

仁宗初逐林瑀，一日，执政事奏罢，谈时政，而共美上以聪明睿知洞察小人情状。仁宗曰："卿等谓林瑀去，而朝廷遂无

小人耶?"执政曰:"未谕圣旨,不识小人为谁?"仁宗从容曰:
"苏绅可侍读学士,知河阳。"

庆历中,吕许公罢政事,以司徒归第,拜晏元献公殊、章郇
公得象为相,又以谏官欧阳修、余靖上疏,罢夏竦枢密使,其它
升拜不一。时石介为国子监直讲,献《庆历圣德颂》,褒贬甚
峻,而于夏竦尤极诋斥,至目之为不肖,及有"手锄奸枿"之句。
颂出,泰山孙复谓介曰:"子之祸自此始矣。"未几,党议起,介
在指名,遂罢监事,通判濮州,归徂徕山而病卒。会山东举子
孔直温谋反,或言直温尝从介学,于是英公言于仁宗曰:"介实
不死,北走胡矣。"寻有旨编管介之子于江、淮,又出中使与京
东部刺史发介棺以验虚实。是时,吕居简为京东转运使,谓中
使曰:"若发棺空而介果北走,则虽孥戮,不足以为酷。万一介
尸在,未尝叛去,即是朝廷无故剖人冢墓,何以示后世耶?"中
使曰:"诚如金部言,然则若之何以应中旨?"居简曰:"介之死,
必有棺敛之人,又内外亲族及会葬门生无虑数百,至于举枢窆
棺,必用凶肆之人,今皆檄召至此,劾问之,苟无异说,即皆令
具军令状,以保任之,亦足以应诏也。"中使大以为然,遂自介
亲属及门人姜潜已下并凶肆棺敛舁枢之人合数百状,皆结罪
保证。中使持以入奏,仁宗亦悟竦之谮,寻有旨放介妻子还
乡,而世以居简为长者。

夏郑公之死也,仁宗将往浇奠,吴奎言于上曰:"夏竦多
诈,今亦死矣。"仁宗怃然,至其家浇奠毕,踌躇久之,命大阉去
竦面幕而视之。世谓剖棺之与去面幕,其为人主疑一也,亦所
谓报应者耶!

西戎初叛,范雍以节度使知延州。环庆大将刘平、石元孙
之兵二万自合水走延州,次郭堡,平去延州三十里,令军士晚

餐毕，列队而行，至地名大柳树，去延州二十里。日向夕，忽有来使，俗谓急脚子者宣状，且云："延州范太尉传语已在东门奉候，然暮夜入门，恐透漏奸细，请驾放人马，庶辨真伪也。"二将唯诺，遂下马，据胡床，躬拨队伍，每一队行及五里以来，又放一队，将及一更以后，约放及五十队矣，二将忽顾问急脚子，已失所在。二将大惊，遽使人侦视，即云延州城上并无灯火，而前队不知所之矣。二将知有变，遂整阵而前，至五龙川，去延州才五里，人心稍安，忽四山鼓角鸣，埃烟斗合，蕃兵墙进，倏忽之际，已陷重围。盖西贼前一夕偷号入金明寨，杀李士彬，故东北路断而贼兵压境，以致二将于覆中，延州俱不知也。是时，监军内臣黄德和以兵三千屯娘娘谷，去五龙川不及十里矣。方兵势窘甚，神将郭遵策马奋刃，突围而出，请救于德和，德和畏惧不敢前，而更拒以他语。遵又赴延州求救于雍，已城守不出，逮晓，全师俱没，二将面缚，遵亦战死。德和是夕引兵由娘娘谷东南指鄜州路遁去，蕃兵遂围延州，州几陷，会大雪，戎马多冻死，乃解去。德和诬奏二将降贼，朝廷疑之，有旨禁其家属出，御史文彦博鞠劾，彦博具得德和按兵不救及枉路遁还之状，又明二将不降。朝廷命斩德和于河中府，解二将家属禁锢而录其子孙焉。

　　李重进之叛也，有二子方为宿卫。太祖夜召面语之曰："而父何苦反耶？江、淮兵弱，又无良将，谁与共图事者？汝速乘传往晓之，吾不杀汝也。"二子伏泣战汗，太祖趣遣之。重进方坐辕门，与诸军议事，忽二子至，又闻圣语，皆相顾大骇；士卒闻之，惊疑不测，而有向背之意。俄而王师压境，重进不知所为，与家属赴火死，扬州平。

　　太祖圣性至仁，虽用兵，亦戒杀戮。亲征太原，道经潞州麻衣和尚院,躬祷于佛前曰:"此行上以吊伐为意,誓不杀一人。"开宝中,遣将平金陵,亲召曹彬、潘美戒之曰:"城陷之日,慎无杀戮。设若困斗,则李煜一门,不可加害。"故彬于江南得王师吊伐之体,由圣训丁宁也。真宗常语宰臣,以河东之役,兵力十倍,当一举克捷,良由上党发愿之时,左右有闻之者,贼闻此语,知神兵自戢,故坚守不下,至烦再举也。

东轩笔录卷之十

曹翰以罪谪为汝州副使,凡数年。一日,有内侍使京西,朝辞日,太宗密谕之曰:"卿至汝州,当一访曹翰,观其良苦,然慎勿泄我意也。"内侍如旨,往见,因序其迁谪之久。翰泣曰:"罪犯深重,感圣恩不杀,死无以报,敢诉苦耶?但以口众食贫,不能度日,幸内侍哀怜,欲以故衣质十千以继饭粥,可乎?"内侍曰:"太尉有所须,敢不应命,何烦质也。"翰固不可,于是封裹一复以授,内侍收复,以十千答之。洎回奏翰语及言质衣事,太宗命取其复,开视之,乃一大幅画幛,题曰"下江南图"。太宗恻然,念其功,即日有旨诏赴阙,稍复金吾将军。盖江南之役,翰为先锋也。

仁宗以西戎方炽,叹人才之乏,凡有一介之善,必收录之。杜丞相衍经抚关中,荐长安布衣雷简夫才器可任,遽命赐对于便殿。简夫辩给,善敷奏,条列西事甚详,仁宗嘉之,即降旨中书,令照真宗召种放事。是时,吕许公当国,为上言曰:"臣观士大夫有口才者未必有实效,今遽爵之以美官,异时用有不周,即难于进退。莫若且除一官,徐观其能,果可用,迁擢未晚。"仁宗以为然,遂除耀州幕官。简夫后累官至员外郎、三司判官,而才实无大过人者。

自王均、李顺之乱后,凡官于蜀者,多不挈家以行,至今成都犹有此禁。张咏知益州,单骑赴任,是时一府官属,惮张之严峻,莫敢蓄婢使者。张不欲绝人情,遂自买一婢,以侍巾栉,自此官属稍稍置姬属矣。张在蜀四年,被召还阙,呼婢父母,出资以嫁之,仍处女也。张在蜀,一日,有术士上谒,自言能锻汞为白金。张曰:"若能一火锻百两乎?"术士曰:"能之。"张即市汞百两俾锻,一火而成,不耗铢两。张叹曰:"若之术至矣!然此物不可用于私家。"立命工锻为一大火炉,凿其腹曰:"充大慈寺殿上公用。"寻送寺中。以酒榼遗术者而谢绝之,人伏其不欺也。

曾布以翰林学士权三司使,坐言市易事落职,知饶州。舍人许将当制,颇多斥词,制下,将往见曾而告曰:"始得词头,深欲缴纳,又思之,衅隙如此,不过同贬耳,于公无所益也,遂黾勉为此。然其中语言颇经改易,公它日当自知也。"曾曰:"君不闻宋子京之事乎?昔晏元献当国,子京为翰林学士,晏爱宋之才,雅欲旦夕相见,遂税一第于旁近,延居之,其亲密如此。遇中秋,晏公启宴,召宋,出妓,饮酒赋诗,达旦方罢。翌日罢相,宋当草词,颇极诋斥,至有'广营产以殖私,多役兵而归利'之语。方子京挥毫之际,昨夕余醒尚在,左右观者亦骇叹。盖此事由来久矣,何足校耶!"许亦怃然而去。

天圣五年,王文安公尧臣状元及第,释褐将作监丞、通判湖州。是年,狄武襄公青始投拱圣营为卒,晚年同入枢密院,武襄为使,文安副焉。

宋郑公庠初为翰林学士,仁宗尝对执政称其文学才望可大用者,候两府有缺,进名。是时,曾鲁公公亮为馆职,在京师,传闻上有此言,遂过郑公而贺之。郑公蹙额曰:"审有是言,免祸幸矣。"鲁公惘然不测而退。明午,枢副阙,执政进名,仁宗熟视久之,徐曰:"召张观。"执政曰:"去岁得旨欲用宋庠。"仁宗曰:"观是先朝状元,合先用也。"又尝对执政称三司使杨察、判开封府王拱辰才望履历，将来两府有阙，进此二人。既而梁庄肃公适罢相，两府次迁，执政以二人名闻，仁宗曰："可召程戡。"执政复以异时上语奏陈，仁宗曰："若遂用察等，是二人之策得行也。"执政遂不敢言。盖梁公之出，或云察等所挤，上之英鉴，皆类此也。

先朝翰林学士不领它局，故俸给最薄。杨亿久为学士，有乞郡表，其略曰："虚忝甘泉之从官，终作莫敖之饿鬼。"又有"方朔之饥欲死"之句，自后乃得判他局。至元丰改官制，而学士无主判如先朝矣。

丁宝臣守端州，侬智高入境，宝臣弃州遁，坐废累年。嘉祐末，大臣荐，得编校馆阁书籍，久之，除集贤校理。是时，苏寀新得御史知杂，首采其端州弃城事，遂出宝臣通判永州。士大夫皆惜其去，王存有诗云："病鸾方振翼，饥隼乍离鞲。"盖谓是也。

曾鲁公公亮自嘉祐秉政，至熙宁中尚在中书，虽年甚高而精力不衰，故台谏无非之者，唯李复圭以为不可，作诗云："老凤池边蹲不去，饿乌台上噤无声。"末几，鲁公亦致仕而去。

熙宁以来，凡近臣有风望者，同列忌其进用，多求瑕颣以沮之，百方挑抉，以撼上听。曾子先罢司农也，吕吉甫代之，遂乞令天下言司农未尽未便之事件。张粹明罢司农也，舒亶代之，尽纳丞簿，言不了事件甚众。又河北、陕西、河东为帅者，各矜功徼进，往往暴漏边事，污蔑邻帅得罪，则边功在己。此风久矣，而熙宁、元丰为甚也。

光禄卿巩申，佞而好进，老为省判，趋附不已。王荆公为相，每生日，朝士献诗颂，僧道献功德疏以为寿，舆皂走卒皆笼雀鸽，就宅放之，谓之放生。申既不闲诗什，又不能诵经，于是以大笼贮雀；诣客次，擂笏开笼，且祝曰："愿相公一百二十岁。"时有边寨之主妻病，而虞候割股以献者，天下骇笑。或对曰："虞候为县君割股，大卿与丞相放生。"

嘉祐中，文潞公、富郑公为相，刘丞相沆、王文安公尧臣为参知政事，始议立皇嗣，而事秘不传，虽英宗亦莫知也。元丰中，文安子同老上书，言"先帝之立，乃先臣在政府始议也，其始终事并藏于家"。及宣取，上惊叹久之。是时，郑公、刘公、王公皆已薨，独潞公留守西京，遽召至阙，慰藉恩礼，穷极隆厚，册拜太尉。及还西都，上作诗送行，有"报主不言功"之句。两府并出饯，皆有诗，王丞相禹玉诗有"功业特高嘉祐末，精神如破贝州时"，盖谓是也。

余充为环庆经略使，风涎暴卒，素善王中正，中正多意外称之。一日，上前言及充之死，中正曰："充素道理性，至其卒时，并无疾痛，倏忽而逝。"上一日以中正之言称于刘惟简，惟简曰："以臣观之，恐只是猝死也。"

吴冲卿初作相，亦以收拾人物为先，首荐齐谌并亮采。洎二人登对，咸不称旨，又荐李师德为台官，而师德不才。自是秉政数年，以至薨日，更不复荐士，而三人者，亦竟无闻于时也。

嘉祐中，近臣执政多表乞立皇嗣，或云蔡襄独有异议。洎英宗立，襄方为三司使，仁宗山陵，用度百出，而财用初甚窘，洎蔡夙夜经画，仅能给足，用是数被诘责。永昭复立，蔡遂乞杭州，英宗即允所请。韩魏公时为相，因奏曰："自来两制请郡，须三两章，今一请而允，礼数似太简也。"英宗曰："使襄不再乞，则如之何？"卒与杭州。其为上不喜如此。

英宗素愤戚里之奢僭，初即位，殿前马步军都指挥使李璋

家犯销金,即日下有司,必欲穷治。知开封府沈遘从容奏曰:
"陛下出继仁宗,李璋乃仁宗舅家也。"英宗惕然曰:"初不思
也,学士为我平之。"遘退坐府,召众匠出衣示曰:"此销金乎?
销铜乎?"匠曰:"铜也。"沈即命火焚衣而罢。

　　司农少卿朱寿昌,方在襁褓,而所生母被出。及长,仕于
四方,孜孜寻访不逮。治平中,官至正郎矣。或传其母嫁于关
中民妻,寿昌即弃官入关中,得母于陕州。士大夫嘉其孝节,
多以歌诗美之。苏子瞻为作诗序,且讥激世人之不养母者。
李定见其序,大愧恨,会定为中丞,劾轼尝作诗谤讪朝廷。事
下御史府鞫劾,将致不测,赖上保持之,止黜轼黄州团练副使。
轼素喜作诗,自是咋舌,不敢为一字。

　　王拱辰自翰林承旨除宣徽使,张方平自承旨为参知政事,
不数日,而以忧去,服除,亦以宣徽使学士院,以承旨阁子为不
利市,凡入翰林无肯居之者。熙宁初,王珪为承旨,韩绛戏之
曰:"禹玉行将入宣徽营矣。"未几,禹玉除参知政事,不久遂大
拜,元丰官制改换左仆射,凡秉政十五年而卒于位,近世承旨
之达无比也。

　　进退宰相,其帖例草仪皆出翰林学士。旧制:学士有阙,
则第一厅舍人为之。嘉祐末,王荆公为阁老,会学士有阙,韩
魏公素忌介甫,不欲使之入禁林,遂以端明殿学士张方平为承
旨,盖用旧学士也。既而魏公罢政,凡议论皆出安道之手。

　　有范延贵者为殿直,押兵过金陵,张忠定公见为守,因问
曰:"天使沿路来,还曾见好官员否?"延贵曰:"昨过袁州萍乡,
县邑宰张希颜著作者,虽不识之,知其好官员也。"忠定曰:"何
以言之?"延贵曰:"自入萍乡县境,驿传桥道皆完葺,田莱垦
辟,野无惰农,及至邑则廛肆无赌博,市易不敢喧争,夜宿邸

中,闻更鼓分明,以是知其必善政也。"忠定大笑曰:"希颜固善矣,天使亦好官员也。"即日同荐于朝。希颜后为发运使,延贵亦阁门祗候,皆号能吏也。

孙何榜,太宗皇帝自定试题《厄言日出赋》,顾谓侍臣曰:"比来举子浮薄,不求义理,务以敏速相尚。今此题渊奥,故使研穷意义,庶浇薄之风可渐革也。"语未已,钱易进卷子,太宗大怒,叱出之。自是科场不开者十年。

蔡挺为江东提点刑狱,有处州职官谮本州幕掾奸利事,蔡留职官于坐,呼掾面证之,而初无是事,职官惭惧辞伏,蔡责之曰:"汝小人也!吾虽可欺,奈何谮无过之人乎!"叱去之。自是无复谮毁,而人伏其不可欺也。

潭州人士夏钧罢官,过永州,谒何仙姑而问曰:"世人多言吕先生,今安在?"何笑曰:"今日在潭州兴化寺设斋。"钧专记之。到潭日,首于兴化寺取斋历视之,其日果有华州回客设供。顷年,滕宗亮谪守巴陵郡,有华州回道士上谒,风骨耸秀,神脸清迈。滕知其异人,口占一诗赠之曰:"华州回道士,来到岳山城。别我游何处?秋空一剑横。"回闻之,怃然大笑而别,莫知所之。

谢泌谏议居官不妄荐士,或荐一人,则焚香捧表,望阙再拜而遣置。所荐虽少,而无不显者。泌知襄州日,张密学逸为邓城县令,有善政。邓城去襄城,渡汉水才十余里,泌暇日多乘小车,从数吏,渡汉水入邓城界,以观风谣。或载酒邀张野酌,吟啸终日而去,其高逸乐善如此。张亦其所荐也。

欧阳文忠公自馆下谪夷陵令,移光化军乾德县。知军者虞部员外郎张询,询河北经生也,不能知文忠,而待以常礼。后二年,询移知清德军,而文忠自龙图阁学士为河北都转运使,询乃部属,初迎见文忠于郊外,询虽负恐惕,犹敛板操北音曰:"龙图久别安乐,诸事且望掩恶扬善。"文忠知其村野,亦笑之而已。

至和中,陈恭公秉政,会嬖妾张氏笞女奴迎儿杀之。时蔡襄权知开封府,事下开封穷治,而仁宗于恭公宠眷未衰,别差正郎齐廓看详公案。时王素为待制,以诗戏廓曰:"李膺破柱擒张朔,董令回车击主奴。前世清芬宛如在,未知吾可及肩无?"廓知事不可直,以简报王曰:"不用临坑推人。"

京师火禁甚严,将夜分,即灭烛,故士庶家凡有醮祭者,必先关厢使,以其焚楮币在中夕之后也。至和、嘉祐之间,狄武襄为枢密使。一夕夜醮,而勾当人偶失告报,中夕聚有火光,探子驰白厢主,又报开封知府,比厢主判府到宅,则火灭久之。翌日,都下盛传狄枢相家夜有光怪烛天者。时刘敞为知制诰,闻之,语权开封府王素曰:"昔朱全忠居午沟,夜多光怪出屋,邻里谓失火而往救之,今日之异得无类乎?"此语喧于缙绅间,狄不自安,遽乞陈州,遂薨于镇,而夜醮之事竟无人辨之者。

有朝士陆东,通判苏州而权州事,因断流罪,命黥其面,曰:"特刺配某州牢城。"黥毕,幕中相与白曰:"凡言特者,罪不至是,而出于朝廷一时之旨。今此人应配矣,又特者,非有司所得行。"东大恐,即改"特刺"字为"准条"字,再黥之,颇为人所笑。后有荐东之才于两府者,石参政闻之,曰:"吾知其人矣,得非权苏州日,于人面上起草者乎?"

王雱自崇政殿说书除待制,已在病中,不及告谢,而从其父荆公出金陵。越明年,荆公再秉政,舟至镇江,雱勉乘马,先入东府,翌日,疾再作,岁余遂卒,竟不及告谢,而跨狨坐者,止得一日。

陆经,庆历中为馆职。一日,饮于相国寺僧秘演房,语笑方洽,有一人箕踞于旁,睥睨经曰:"祸作矣,仅在顷刻,能复饮乎?"陆大怒,欲捕之,为秘演劝免而止。薄暮,饮罢上马,而追牒已俟于门,陆惶惧不知所为。复见箕踞者行且笑曰:"无苦,终复故物。"既而陆得罪,斥废累年。嘉祐初,乃复馆职。

嘉祐初,李仲昌议开六漯河。王荆公时为馆职,颇祐之。既而功不成,仲昌赃败。刘敞侍读以书戏荆公,曰:"要当如宗人夷甫,不与世事可也。"荆公答曰:"天下之事,所以易坏而难合者,正以诸贤无意如鄙宗夷甫也。但仁圣在上,故公家元海未敢跋扈耳。"

熙宁中,诏王荆公及子雱同修经义,成,加荆公左仆射兼门下侍郎,雱龙图阁直学士,同日授命。故参政绛贺诗曰:"陈前舆马同桓傅,拜后金珠有鲁公。"

东轩笔录卷之十一

熙宁中,周师厚为湖北提举常平,张商英监荆南盐院,师厚移官,有供给酒数十瓶,阴俾张卖之。张言于察访蒲宗孟,宗孟劾其事,师厚坐是降官。后数年,商英为馆职,嘱举子判监于舒亶,亶缴奏其简,商英坐是夺官。始舒亶为县尉,斩弓手节级,废斥累年矣。熙宁中,张商英为御史,力荐引之,遂复进用甚峻,至是反攻商英,然亦世所谓报应者也。

陈恭公在真宗时,自疏远小臣始建储嗣之议,仁宗德之,庆历中,由参知政事拜相,仁宗召翰林学士张方平谕曰:"卿草陈执中麻,当令中外无言,乃善。"故有"纳忠先帝,有德朕躬"之语,仁宗称善,世亦无敢议者。

英宗即位,赦天下,凡内外将校廂军皆加恩。是时,荆南所给缣帛,皆故恶不堪,既陈于庭下,军士睨之失色,扬言曰:"朝廷大恩,而乃以此给我!"自旦至午,不肯受赐,而偶语纷纷不已。转运使刘述大惧,不知所为,居民往往奔出城外,且言变起矣。是时,张师正为州钤辖,驰入军资库,呼将卒前曰:"朝廷非次之恩,州郡固无预备,今帑中所有止如此,汝辈不肯拜赐,将何为也?必欲反,则非杀我不可。"遂掷剑于庭下,披胸示之,群校茫然自失,遽声喏,受赐而去。

熙宁新法行,督责监司尤切,两浙路张靓、王庭老、潘良器等因阅兵赴妓乐筵席侵夜,皆黜责。又因借司寮船家人而坐计佣者,有作丝鞋而坐剩利者,降斥纷纷。是时,孔嗣宗为河北提点刑狱,求分司而去。嗣宗性滑稽,作启事,叙其意,略曰:"弊室数椽,聊避风雨;先畴二顷,粗足衣粮。这回自在赴筵,到处不妨听乐。倩得王郎伴舅,且免计佣;卖了黑秦新丝,不忧剩利。"盖谓是也。

刘攽、刘恕同在馆下。攽一日问恕曰:"前日闻君猛雨中往州西,何耶?"恕曰:"我访丁君,闲冷无人过从,我故冒雨往见也。"攽曰:"丁方判刑部,子得非有所请求耶?"恕勃然大怒,至于诟骂。攽曰:"我偶与子戏耳,何忿之深也。"然终不解,同列亦惘然莫测。异时,方知是日恕实有请求于丁,攽初不知,误中其讳耳。

王汾口吃,刘攽尝嘲之曰:"恐是昌家,又疑非类。不见雄名,唯闻艾气。"盖以周昌、韩非、扬雄、邓艾皆吃也。又尝同趋朝,闻叫班声,汾谓曰:"紫宸殿下频呼汝。"攽应声答曰:"寒食原头屡见君。"各以其名为戏也。

仁宗朝,两制近臣得罪,虽有赃污,亦止降为散官,无下狱者,旋亦收叙。熙宁初,龙图阁学士祖无择始以台官下秀州狱,是时,郑獬知杭州,上章救解,言甚切直。尔后,许将、沈季长、刘奉世、舒亶相继下台狱,而天下习熟见闻,莫有为救解之者。

钱俶入朝,太祖眷礼甚厚,然自宰相以下,皆有章疏,乞留俶而取其地。太祖不从。及赐还本国,复宴饯于便殿,屡劝以巨觥,陛辞之日,俶感泣再三。太祖命于殿内取一黄袱,封识甚密,以赐俶,且戒以途中密观。洎即途启之,凡数十轴,皆群臣所上章疏,俶自是益感惧,江南平,遂乞纳土。

太祖常与赵中令普议事有所不合,太祖曰:"安得宰相如桑维翰者与之谋乎?"普对曰:"使维翰在,陛下亦不用,盖维翰爱钱。"太祖曰："苟用其长，亦当护其短，措大眼孔小，赐与十万贯，则塞破屋子矣。"

仁宗尝春日步苑中，屡回顾，皆莫测圣意。及还宫中，顾嫔御曰："渴甚，可速进熟水。"嫔御进水，且曰："大家何不外面取水而致久渴耶？"仁宗曰："吾屡顾不见镣子，苟问之，即有抵罪者，故忍渴而归。"左右皆稽颡动容，呼万岁者久之。圣性仁恕如此。

孙觉、孙洙同在三馆，觉肥而长，洙短而小，然二人皆髯，刘攽呼为"大胡孙"、"小胡孙"。顾临字子敦，亦同为馆职，为人伟仪干而好谈兵，攽目为"顾将军"，而又好以反语呼之为"顿子姑"。攽尝与王介同为开封府试官，试《节以制度不伤财赋》，举子多用畜积字，畜本音五六反，《广韵》又呼玉反，声近御名，介坚欲黜落；攽争之，遂至喧忿。监试陈襄闻其事，二人皆赎金，而中丞吕公著又言责之太轻，遂皆夺主判。是时，雍子方为开封府推官，戏攽曰："据罪名，当决臀杖十三。"攽答曰："然吾已入文字矣，其词曰：'切见开封府推官雍子方，身材长大，臀腿丰肥，臣实不如，举以自代。'"合坐大笑。

王荆公为馆职，与滕甫同为开封府试官，甫屡称一试卷，荆公重违其言，置在高等。及拆封，乃王观也。观平日与甫亲善，其为人薄于行，荆公素恶之，至是疑为滕所卖，忿见于色辞。滕遽操俚言以自辩，且曰："苟有意卖公者，令甫老母不吉。"荆公怏然答曰："公何不恺悌？凡事须权轻重，岂可以太夫人为咒也。"荆公又不喜郑獬，至是目为"滕屠郑沽"。

范文正公守边日，作《渔家傲》乐歌数阕，皆以"塞下秋来"为首句，颇述边镇之劳苦，欧阳公尝呼为穷塞主之词。及王尚书素出守平凉，文忠亦作《渔家傲》一词以送之，其断章曰："战胜归来飞捷奏,倾贺酒,玉阶遥献南山寿。"顾谓王曰:"此真元帅之事也。"

嘉祐中,禁林诸公皆入两府,是时包孝肃公拯为三司使,宋景文公守益州,二公风力久次,最著人望,而不见用。京师谚语曰:"拨队为参政,成都作副枢。亏他包省主,闷杀宋尚书。"明年,包亦为枢密副使,而宋以翰林学士承旨召。景文道长安,以诗寄梁丞相,略曰:"梁园赋罢相如至,宣室厘残贾谊归。"盖谓差除两府足,方被召也。为承旨,又作诗曰:"粉署重来忆旧游,蟠桃开尽海山秋。宁知不是神仙骨,上到鳌峰更上头。"

慈圣光献皇后薨,上悲慕甚。有姜识者,自言神术可使死者复生。上命试其术,置坛于外苑,凡数旬,无效。乃曰:"臣见太皇后方与仁宗宴,临白玉栏干,赏牡丹,无意复来人间也。"上知诞妄,亦不深罪,止斥于郴州。蔡承禧进挽词曰:"天上玉栏花已折,人间方士术何施?"盖谓是也。

庆历中,西师未解,晏元献公殊为枢密使,会大雪,欧阳文忠公与陆学士经同往候之,遂置酒于西园。欧阳公即席赋《晏太尉西园贺雪歌》,其断章曰:"主人与国共休戚,不唯喜悦将丰登。须怜铁甲冷彻骨,四十余万屯边兵。"晏深不平之,尝语人曰:"昔日韩愈亦能作言语,每赴裴度会,但云'园林穷胜事,钟鼓乐清时',却不曾如此作闹。"

张密学奎、张客省亢,兄弟也。奎清素畏慎,亢奢纵跌弛。世言张奎作事,笑杀张亢;张亢作事,唬杀张奎。杨景宗本以军营卒,由椒房故为观察使,暴横无赖,世谓之"杨骨槌"。一日语奎曰:"公弟客省俊特可爱,只是性粗疏。"奎怏然不悦,归语亢曰:"汝本世家,服膺名教,不知作何等事,致令杨骨槌恶汝粗疏也。"

　　林洙少服菖胜，晚年发热多烦躁，知寿州日，夏夜露卧于堂下，为鼓角匠以铁连镎击杀之。洎擒鼓角匠，问所以杀守之情，曰："我何情，但中夕睡中及大醉，若有人引导，见故榜上铁连镎，遂携之以行。自谯楼至使宅堂前，盖甚远，而诸门扃钥如故，莫知何以至也。"朝廷以守臣被杀，起狱穷治，自通判以下咸被黜。时富郑公为相，以洙无正室，颇疑奸吏共谋杀者。曾鲁公为参政，独曰："若是谋杀，必持锋刃。"郑公之疑遂解。

　　欧阳文忠公与李端明淑素不相乐。嘉祐中，文忠为翰林学士，会除李为承旨，欧阳公遂乞洪州甚切，又移疾不入者久之，未得请而李卒，既而文忠为枢密副使。

　　王章惠公随知扬州，许元以举子上谒，自陈世家，乃唐许远之后。章惠率同僚上表，荐其忠烈之家，乞朝廷推恩，而通判以下皆不从，章惠遂独状荐之，朝廷以为郊社斋郎。元有材谋，晓钱毂，为江淮制置发运判官，以至为使，凡十余年，号为能臣，终天章阁待制。

　　韩忠宪公亿知扬州日，有大校李甲以财豪于乡里，诬执其兄之子为他姓，赂里妪之貌类者，使认之为己子，又醉其嫂而嫁之，尽夺其囊橐之畜。嫂侄皆诉于州提刑转运使，每勘劾，多为甲行赂于胥吏，其嫂侄被笞掠，反自诬服，受杖而去，积十余年矣。洎韩至，又出诉，韩察其冤，因取前后案牍视之，皆未尝引乳医为证。一日，尽召其党立庭下，出乳医示之，众皆伏罪，子母复归如初。

　　常秩居颍州，仁宗时，近臣荐其文行，召不赴。欧阳文忠公为翰林学士，尤礼重之，尝因早朝作诗寄秩曰："笑杀汝阴常处士，十年骑马听朝鸡。"熙宁中，文忠致仕居颍州，秩被召而起，或改文忠诗曰："笑杀汝阴欧少保，新来处士听朝鸡。"

尚书郎周越以书名盛行于天圣、景祐间，然字法软俗，殊无古气。梅尧臣作诗，务为清切闲谈，近代诗人鲜及也。皇祐已后，时人作诗尚豪放，甚者粗俗强恶，遂以成风。苏舜钦喜为健句，草书尤俊快，尝曰："吾不幸，写字为人比周越，作诗为人比梅尧臣，良可叹也。"盖欧阳公常目为苏、梅耳。

有近臣知潭州，会侬智高犯邕筦，以致乘船至广东，广州被围，凡官军战者皆败。近臣因会客次，客有叹曰："此皆士卒素不练习行阵，一旦用以应敌，宜有折北。"近臣曰："此何异'欧'市人以战也。"盖《汉书》作"敺"字，音驱，而近臣不识，误读为欧打字，坐客皆忍笑不禁，因知伏猎侍郎状杜宰相，信有之也。

唐坰知谏院，成都人费孝先为作卦影，画一人衣金紫，持弓箭，射落一鸡。坰语人曰："持弓者我也，王丞相生于辛酉，即鸡也，必因我射而去位，则我亦从而贵矣。"翌日，抗疏以弹荆公，又乞留班，颇喧于殿陛。主上怒降坰为太常寺太祝、监广州军资库，以是年八月被责，坰叹曰："射落之鸡，乃我也。"

李璋尝令费孝先作卦影，画凤立于双剑上，又画一凤据厅所，又画一凤于城门，又画一凤立重屋上；其末画一人，紫绶，偃卧，四孝服卧于旁。及璋死，其事皆验：剑上双凤者，璋为凤宁军节度使也；厅所者，尝知凤翔府；末年谪官郓州，召还，卒于襄州凤台驿，襄州有凤林阙也；两子侍行，璋既病久，复有二子解官省疾，至襄之次日，璋薨，四子缞服之应也。

自至和、嘉祐已来，费孝先以术名天下，士大夫无不作卦影，而应者甚多。独王平甫不喜之，尝语人曰："占卜本欲前知，而卦影验于事后，何足问耶！"

　　滕甫之父名高，官止州县。甫之弟申狼暴无礼，其母尤笃爱，因是每陵侮其兄，而阃政多紊，人讥笑不一。门下章惇与甫游旧，多戏玩。一日，语之曰："公多类虞舜，然亦有不似者。"滕究其说，章曰："类者父顽、母嚣、象傲，不似者克谐以孝耳。"

　　陈恭公拜集贤殿太学士，时贾文元公昌朝当国，张方平草麻，有"万事不理，緊胡广之能言；四夷未平，赖陈平之达识"，贾公深恶之。韩魏公知定州日，作阅古堂，自为记，书于石后，又画魏公像于堂上。宋子京知定州，作乐歌十阕，其曰："听说中山好，韩家阅古堂。画图真将相，刻石好文章。"魏公闻之不喜。

　　宋元献公庠初罢参知政事知扬州，尝以双鹅赠梅尧臣。尧臣作诗曰："昔居凤池上，曾食凤池萍。乞与江湖走，从教养素翎。不同王逸少，辛苦写《黄庭》。"宋公得诗殊不悦。

东轩笔录卷之十二

吕惠卿尝语王荆公曰:"公面有黡,用园荽洗之当去。"荆公曰:"吾面黑耳,非黡也。"吕曰:"园荽亦能去黑。"荆公笑曰:"天生黑于予,园荽其如予何!"

张铸,河北转运使,缘贝州事,降通判太平州。是时,葛原初得江东西提点银铜坑冶,欲荐铸,而移文取其脚色。铸不与,但以诗答之曰:"银铜坑冶是新差,职比催纲胜一阶。更使下官供脚色,下官纵迹转沉埋。"

吴孝宗字子经,抚州人。少落拓,不护细行,然文辞俊拔,有大过人者。嘉祐初,始作书谒欧阳文忠公,且赞其所著《法语》十余篇,文忠读而骇叹,问之曰:"子之文如此,而我不素知之,且王介甫、曾子固皆子之乡人,亦未尝称子,何也?"孝宗具言少无乡曲之誉,故不见礼于二公。文忠尤怜之,于其行赠之诗曰:"自我得曾子,于兹二十年。今又得吴生,既得喜且欢。古士不并出,百年犹比肩。区区彼江南,其产多材贤。吴生初自疑,所拟岂其伦! 我始见曾子,文章初亦然。昆仑倾黄河,渺渺盈百川。疏夬以道之,渐敛收横澜。东溟知所归,识路到不难。吴生始见我,袖藏新文编。忽从布褐中,百宝薄在前。明珠杂玑贝,磊砢或不圆。问生久怀此,奈何初无闻? 吴生不自隐,欲语羞俯颜。少也不自重,不为乡人怜。中虽知自悔,学问苦贫贱。自谓久乃信,力行困弥坚。今来决疑惑,幸冀蒙洗湔。我笑谓吴生,尔其听我言。世所谓君子,何异于众人?

众人为不信,积微成灭身。君子能自知,改过不逡巡。于斯二
者间,愚智遂以分。颜子不贰过,后世称其仁。孔子过而改,
日月披浮云。子路初来时,冠鸡佩猳豚。斩蛟射白额,后卒为
名臣。子既悔其往,人谁御其新。丑夫事上帝,孟子岂不云。
临行赠此言。庶可以书绅。"孝宗至熙宁间,始以进士得第一,
命为主簿,而卒。既尝忤王荆公,无复荐引之者,家贫无子,其
书亦将散落而无传矣,故尽录文忠之诗,亦庶以见其迹也。

　　陈晋公为三司使,将立茶法,召茶商数十人,俾各条利害,
晋公阅之,为第三等,语副使宋太初曰:"吾观上等之说,取利
太深,此可行于商贾而不可行于朝廷。下等固灭裂无取。唯
中等之说,公私皆济,吾裁损之,可以经久。"于是为三等税法,
行之数年,货财流通,公用足而民富实。世言三司使之才,以
陈公为称首。后李侍郎谘为使,改其法而茶利浸失,后虽屡
变,然非复晋公之旧法也。

　　皇祐中,梁庄肃公为相,以益州路转运张掞为三司副使,
时议不厌。是时,王逵罢淮南转运使,至京,久无差遣,人或问
曰:"何为后于张掞也?"逵曰:"我空手冷面至京,岂得省副
耶?"此论尤喧,故御史吕景初、吴中复、马遵迭上疏论之,已而
三御史皆斥逐,知制诰蔡襄缴词头,不肯草制,又论其事,故庄
肃亦罢去。景初谢表略曰:"丞相以奸而犯法,政当奈何;御史
之职在触邪,死亦不避。"盖谓是也。

　　孙参政抃为御史中丞,荐唐介、吴中复为御史。人或问
曰:"闻君未尝与二人相识,而遽荐之,何也?"孙答曰:"昔人耻
呈身御史,今岂求识面台官也!"后二人皆以风力称于天下。
孙晚年执政,尝叹曰:"吾何功以辅政,唯荐二台官为无愧耳。"

　　庆历中,卫士有变,震惊宫掖,寻捕杀之。时台官宋禧上

言:"此盖平日防闲不致,所以致患。臣闻蜀有罗江狗,赤而尾小者,其儆如神。愿养此狗于掖庭,以警仓卒。"时谓之"宋罗江"。又有御史席平因鞫诏狱毕上殿,仁宗问其事,平曰:"已从车边斤矣。"时谓之"斤车御史"。治平中,英宗再起吕溱知杭州,时张纪为御史,因弹吕溱昔知杭州时,以宴游废政,乞不令再往,其诨词有"朝朝只在湖上,家家尽发淫风",尤为人所笑。

苗振以列卿知明州。熙宁中致仕,归郓州,多置田产,又自明州市材为堂,舟载归郓。时王逵亦致仕,作诗嘲振曰:"田从汶上天生出,堂自明州地架来。"此句传至京师,王荆公大怒,即出御史王子韶使两浙廉其事,子韶又言知杭州祖无择亦有奸科之迹,于是明州、秀州各起狱鞫治,振与无择败斥。熙宁已后,数以谣言起狱,然自逵诗为始也。

欧阳文忠公年十七,随州取解,以落官韵而不收。天圣已后,文章多尚四六,是时随州试《左氏失之诬论》,文忠论之,条列左氏之诬甚悉,句有"石言于宋,神降于莘。外蛇斗而内蛇伤,新鬼大而故鬼小"。虽被黜落,而奇警之句大传于时。今集中无此论,顷见连庠诵之耳。

王平甫学士躯干魁硕而眉宇秀朗,尝盛夏入馆中,方下马,流汗浃衣,刘攽见而笑曰:"君真所谓'汗淋学士'也。"治平初,濮安懿王册号,其原寝皆用红泥杂饰,攽谓同舍王汾曰:"比闻王贲赐绯,得非子自银章之命耶?"其喜谑浪如此。

余为儿童时,尝闻祖母集庆郡太守陈夫人言:江南有国日,有县令钟离君与县令许君结姻。钟离女将出适,买一婢以从嫁。一日,其婢执箕帚治地,至堂前,熟视地之洼处,恻然泣下。钟离君适见,怪问之,婢泣曰:"幼时我父于此穴地为球

窝,道我戏剧,岁久矣,而洼处未改也。"钟离君惊曰:"父何
人?"婢曰:"我父乃两考前县令也,身死家破,我遂落民间,而
更卖为婢。"钟离君遽呼牙侩问之,复质于老吏,是得其实。是
时,许令子纳采有日,钟离君遽以书抵于令而止其子,且曰:
"吾买婢得前令之女,吾特怜而悲之。义不可久辱,当辍吾女
之奁笥,先求婿以嫁前令之女也。更俟一年,别为吾女营办嫁
资,以归君子,可乎?"许君答书曰:"蘧伯玉耻独为君子,何自
专仁义?愿以前令之女配吾子,然后君别求良奥,以嫁君女。"
于是前令之女卒归许氏。祖母语毕,叹曰:"此等事,前辈之所
常行,今则不复见矣。"余时尚幼,恨不记二令之名,姑书其事,
亦足以激天下之义也。<small>钟离名瑾,合肥人也。</small>

张待问为淄州长山县主簿,县有卢伯达者,与曹侍中利用
通姻,复凭世荫,大为一邑之患。县令惮其势,莫与之校。张
一日承令乏,适会伯达以讼至庭,即数其累犯,杖之。未几,伯
达之侄士伦来为本路转运使,众皆为张危之,或劝以自免而
去,张曰:"卢公固贤者,安肯衔隙以害公正之吏乎?"了不婴
意。一日,士伦巡案至邑,召张语之曰:"君健吏也,吾叔父赖
君惩之,今变节为善士矣。"为发荐章而去。

王荆公再罢政,以使相判金陵。到任,即纳节让同平章
事,恳请赐允,改左仆射。未几,又求宫观,累表得会灵观使。
筑第于南门外七里,去蒋山亦七里。平日乘一驴,从数僮游诸
山寺;欲入城,则乘小舫泛潮沟以行,盖未尝乘马与肩舆也。
所居之地,四无人家,其宅仅蔽风雨,又不设垣墙,望之若逆旅
之舍,有劝筑垣,辄不答。元丰末,荆公被疾,奏舍此宅为寺,
有旨赐名报宁。既而荆公疾愈,税城中屋以居,竟不复造宅。

元丰中,屡失皇子,有承议郎吴处厚诣阁门上书云:"昔程

婴、公孙杵臼二人尝因下宫之难而全赵氏之孤,最有功于社稷,而皆死忠义,逮今千有余岁,庙食弗显,魂无所依,疑有祟厉者。愿遣使寻访冢墓,饰祠加封,使血食有归,庶或变厉为福。”是时,郓王疾亟,主上即命寻访。未数月,得二冢于绛州太平县之赵村。诏封婴为成信侯,杵臼为忠智侯,大建庙,以时致祭,而以处厚为将作监丞云。

冯枢密京,熙宁初,以端明殿学士帅太原。时王左丞安礼以池州司户参军掌机宜文字,冯雅相好,因以书诧于王平甫曰:“并门歌舞妙丽,吾闭目不窥,但日与和甫谈禅耳。”平甫答曰:“所谓禅者,直恐明公未达也,盖闭目不窥已是一重公案。”冯深伏其言。

苏舜元为京西转运使,廨宇在许州。舜元好进,不喜为外官,常怏怏不自足,每语亲识:“人生稀及七十,而吾乃于许州过了二年矣。”

熙宁庚戌冬,荆公自参知政事拜同中书门下平章事、史馆大学士。是日,百官造门奔贺者,无虑数百人,荆公以未谢恩,不见之,独与余坐西庑之小阁。荆公语次,忽颦蹙久之,取笔书窗曰:“霜筠雪竹钟山寺,投老归软寄此生。”放笔揖余而入。后三年,公罢相知金陵。明年,复拜昭文馆大学士。又明年,再出判金陵,遂纳节辞平章事,又乞宫观,久之,得会灵观使,遂筑第于南门外。元丰癸丑春,余谒公于第,公遽邀余同游钟山,憩法云寺,偶坐于僧房,余因为公道平昔之事及诵书窗之诗,公怃然曰:“有是乎?”微笑而已。

沈括存中、吕惠卿吉甫、王存正仲、季常公择,治平中同在馆下谈诗。存中曰:“韩退之诗,乃押韵之文耳,虽健美富赡,而终不近古。”吉甫曰:“诗正当如是,我谓诗人以来,未有如退之也。"正仲是存中,公择是吉甫,四人者交相诘难,久而不决。公择忽正色而谓正仲曰:"君子群而不党,君何党存中也?"正仲勃然曰:"我所见如是尔,顾岂党耶?以我偶同存中,遂谓之党,然则君非吉甫之党乎?"一坐皆大笑。余每评诗,亦多与存中合。顷年尝与王荆公评,余谓凡为诗,当使挹之而原不穷,咀之而味愈长。至如欧阳永叔之诗,才力敏迈,句亦健美,但恨其少余味耳。荆公曰:"不然。如'行人仰头飞鸟惊'之句,亦谓有味矣。"然余至思之,不见此句之佳,亦竟莫原荆公之意,信乎所言之殊,不可强同也。

　　陈恭公事仁宗两为相,悉心尽瘁,百度振举。然性严重,语言简直,与人少周旋,接宾客,以至亲戚骨肉,未尝从容谈笑,尤靳恩泽,士大夫多怨之。唯仁宗尝曰:"不昧我者,唯陈执中耳。"及终也,韩维、张洞谥之曰"荣灵",仁宗特赐曰"恭"。薨复月余,夫人谢氏继卒,一子才七岁,诸侄俱之官。葬日,门下之人唯解宾王至墓所,世人嗟悼之。梅尧臣作挽词两首,具载其事,曰:"位至三公有,恩加锡谥无。再调金铉鼎,屡刻玉麟符。已叹鸾同穴,还悲凤少雏。拥涂看卤簿,谁为毕三虞?""公在中书日,朝廷百事丛。王官多不喜,天子以为忠。富贵人间少,恩荣殁后隆。若非箫鼓咽,寂寞奈秋风。"

　　刘丞相沆镇陈州日,郑獬经由陈,丞相为启宴于外庭,使妓乐迎引至通衢,有朱衣乐人误旨,公性卞急,遽杖于马前。既即席,酒数行而公得疾,舁还府衙而终。先是,张侍读环梦公马前有一朱衣人被血而立,至是果有此变。梅尧臣为公挽词诗二首,具载其事,云:"处外诸侯重,居朝圣主知。祅逢庚子日,梦异戊丁时,归榇江山远,凝笳道路悲。欲传千古迹,佐世本无为。""古今皆可见,富贵不常存。歌者未离席,吊宾俄在门。朱轮空返辙,渌酒尚盈樽。人事固如此,令名贻后昆。"

皇祐末,诸司使陈拱知邕州,有旨任内无边事与除阁门使。是时,广源蛮酋侬智高檄邕州,乞于界首置榷场,以通两界之货,拱不报。久之,智高以兵犯横山寨,掠居民畜产而去。拱虑起事而失阁门使也,皆寝不奏,亦不为备。司户参军孔宗旦知其必为患,移书于拱,乞为备卫,拱不省。宗旦以粮料院印作移文,遍檄邻州及沿江郡县,俾为应援。未几,智高乘水涨以兵犯邕,杀拱而屠其城;执宗旦欲降之,宗旦瞋目大骂,智高命斩于市,陈尸于路。时盛暑,蝇不集而尸亦不坏,智高惧,命埋之而去。

东轩笔录卷之十三

仲简知处州，治为浙东第一，朝廷累擢为天章阁待制，知广州。会侬智高破邕管，沿江而下，屠数郡，遂围广州，而简应敌之备可笑者甚多。沈起知海门县，有治绩，朝廷擢为御史，后拜待制、知桂州。会宜州蛮瑶侵王口寨，起备卫甚乖，又欲征交趾，愈益疏缪，是致交趾入寇，三州被害。孙永俊明文雅，称于时，中间以龙图学士知秦州，会边有警，永以怯懦为边人所轻。三人者皆才臣，一当边患而败事被斥，岂将帅自有体，固非可以常才强也。

旧制：转运使官衔带"按察"二字。庆历中，沈邈、薛坤为京东转运使，欲尽究吏民之情，乃取部吏之恺猾者四人尚同、李孝先、徐九思、孔宗旦，俾侦伺一路。而四人怙权，颇致搔扰，时谓之"山东四伥"。王达、杨纮、王鼎皆为转运按察，尤苛暴虐，时谓之"江东三虎"。仁宗知其事，下诏戒敕，削去"按察"二字。后浇风渐革，而士大夫务崇宽厚，无复暴察之名矣。至熙宁中，执政建言，天下官吏，皆持禄养交，政事颓靡，务相容贷，盖由在上无督责之实。于是出台阁新进，分按诸路，谓之察访。既而又分三院御史为六察官，领六察按，以督举中外事。自是按察之政复行矣。

章枢密惇少喜养生，性尤真率，尝云："若遇饥则虽不相识处，亦须索饭；若食饱时，见父亦不拜。"在门下省及枢密，益喜丹灶、饵茯苓以却粒，骨气清粹，真神仙中人。苏子瞻赠之诗云："鼎中龙虎黄金贱,松下龟蛇绿骨轻。"盖谓是也。

秦州徐二公者,异人也。无家无子孙亲属,亦不知其何许人,日持一帚,以扫神祠佛殿,未尝与人言;有问则不对而走,忽发一言,则应祸福。吕参政惠卿既除丧,将赴阙,便道访二公,拜而问之。二公惊走,吕追之,忽回顾曰:"善守。"吕再拜而去,意谓俾其善守富贵也。及还朝,除知建州,徐禧、沈括新败,恳辞不行,又乞与两府同上殿。神宗怒,落资政殿学士知单州,即善守之应也。

石参政中立事太宗为馆职,至真宗末年犹为学士。一夕,梦朝太宗,面谕以将有进用之意,石谢讫,将下殿,不觉锵然有声,顾视乃鱼袋坠于墀上。及觉,大异之。不数日,有参预之命,谢日,方拜起,亦觉有声,顾视则鱼袋坠地矣。

欧阳文忠公尝言:昔日夷陵从乾德泊舟于汉江野岸,中夕后闻语言歌笑,男女老幼甚众,亦有交易评议及叫卖果饵之声若市井然,迨晓方止。翌日,舟人问之,云闻声但不见人,而四瞻皆旷野,无复踪路。文忠乃步于岸,远望有一城基,近村而询之,即曰古隋地也。

旧传:东京相国寺乃魏公子无忌之宅,至今地属信陵坊,寺前旧有公子亭。丁谓开保康门,对寺架桥,始移亭子近东寺,基旧极大,包数坊之地,今南北讲堂巷即寺之讲院,戒身巷即寺之戒坛也。

王朴为学士,居近浚仪桥,常便服,顶席帽,步行沿河,以访亲故。王嗣宗为中丞,退朝,适见市人夺物而走,嗣宗跃马追及,斥左右縶之。宋白为翰林承旨,游委巷,为赵庆所持。鲁宗道为宫僚饮于仁和酒店。前辈通脱简率如此,亦法制宽简也。

旧制：宪府不预游宴。太宗幸金明池，召中丞赵昌言；上元观灯，召知杂谢泌。宪官预宴，自二人始。

国初知、判州府，不以履历先后分州郡小大，但急于用人，或遇阙即差。陈晋公恕先知大名府，后知代州；翟守素先知西京，后知商州；张鉴先知广州，后知朗州，皆非谪降也。

太宗时，灵州之役转运使陈纬死之；神宗朝永乐之役，转军使李稷死之。

陈晋公恕知贡举，精选文行之士，黜落极众，省榜才放七十二人，而韩忠宪公亿预在高等。晋公之子楚国公执中，至和中再为相，荐忠宪之孙宗彦为馆职，故翊世交契为重。及楚公薨，忠宪之子维为礼官，谥楚公为荣灵，而谥议之中尤多诋毁。吕内翰溱常叹斯事，以为风义之可惜。

范文正公仲淹自知开封落待制，以吏部员外郎知饶州，出都时，唯王待制质饯宿于城外，泊水道之官，历十余州，无一人出迎迓者。时陈恭公执中以龙图阁直学士知扬州，迎送问劳甚至，虽时宰好恶能移众人，而方正之士，亦不可变也。

旧制：凡责授散官，即服章亦从本官职，虽近侍宰相不免也。杨凭自京兆尹谪临贺尉，张籍咏之曰："身著青衫骑恶马，东门之东无送者。"沈佺期云："姓名已蒙齿录，袍笏未复牙绯。"韩退之《祭湘君文》云"今日获位于朝，复其章绶"是也。国初尚有此制，卢多逊自宰相责崖州司户参军，出狱日，青衫跨驴。

祖宗朝，赤县管库犹差馆职人，故钱易知开封县，孙仅知浚仪县，韩魏公琦监左藏库，皆馆职也。

国初，官舟数少，非达官贵人不可得乘。李丞相迪谪衡州副使，郑载在淮南为假张驰子客舟以行。朱严第三人及第，赁舟赴任,王禹偁送诗曰:"赁船东下历阳湖,榜眼科名释褐初。"

丁谓为宰相,将治第于水柜街,患其卑下,既而于集禧观凿池,取弃土以实其基,遂高爽;又奏开保康门为通衢,而宅据要会矣。

庆历中,余靖、欧阳修、蔡襄、王素为谏官,时谓"四谏"。四人者力引石介,而执政亦欲从之。时范仲淹为参知政事,独谓同列曰:"石介刚正,天下所闻,然性亦好为奇异,若使为谏官,必以难行之事,责人君以必行。少拂其意,则引裾折槛,叩头流血,无所不为矣。主上虽富有春秋,然无失德,朝廷政事亦自修举,安用如此谏官也。"诸公服其言而罢。

自古为国兴财利者,鲜克令终,不然亦祸及其后。汉之桑弘羊、唐之韦坚、王铁、杨慎矜、刘晏之徒,不可胜纪,皆不自免。本朝如李谘、元绛、陈恕、林特子孙不免非命,岂剥下益上,阴责最大乎?

汉丞相子犹不免戍边,唐王方庆为宰相,子为西川参军。国初,侯仁宝,赵中令普之甥,知邕州十年,陈恭公父为参知政事,公自泉州惠安知县移知梧州。今两府子弟未尝有历川、广差遣者,而终身不出京城者多矣。

皇甫泌,向敏中之婿也。少年纵逸,多外宠,往往涉旬不归。敏中方秉政,每优容之,而其女抱病甚笃,敏中妻深以为忧,且有恚怒之词。敏中不得已,具札子乞与泌离婚。一日奏事毕,方欲开陈,真宗圣体似不和,遽离展坐。敏中迎前奏曰:"臣有女婿皇甫泌。"语方至此,真宗连应曰:"甚好,甚好,会得。"已还内矣。敏中词不及毕,下殿不觉抆泪,盖莫知圣意如何。已而传诏中书,皇甫泌特转两官,敏中茫然自失,欲翌日奏论,是夕,女死,竟不能辨直其事。

　　刘沆为集贤相,欲以刁约为三司判官,与首台陈恭公议不合;刘再三言之,恭公始见允。一日,刘作奏札子,怀之,与恭公上殿,未及有言,而仁宗曰:"益州重地,谁可守者?"二相未对,仁宗曰:"知定州宋祁,其人也。"陈恭公曰:"益俗奢侈,宋喜游宴,恐非所宜。"仁宗曰:"至如刁约荒饮无度,犹在馆,宋祁有何不可知益州也?"刘公惘然惊惧。于是宋知成都,而不敢以约荐焉。

东轩笔录卷之十四

　　吕惠卿与王荆公相失，惠卿服除，荆公为宫使，居钟山，以启讲和，荆公谢之，今具载于此。吕书曰：“惠卿启：合乃相从，疑有殊于天属；析虽或使，殆不自于人为。然以情论形，则已析者，宜难于复合；以道致命，则自天者，讵知其不人。如某叨蒙一臂之交，谬意同心之列。忘怀履坦，失戒同嚘。关弓之泣非疏，碾足之辞未已。而溢言皆达，沛气并生。既莫知其所终，兹不疑于有敌。而门墙责善，数移两解之书；殿陛对休，亲奉再和之诏。固其愿也，方且图之。重罹苫块之忧，遂稽竿牍之献。然以言乎昔，则一朝之过，不足害平生之欢；以言乎今，则八年之间，亦将随数化之改。内省凉薄，尚无细故之嫌；仰揆高明，夫何旧恶之念。恭惟观文特进相公知德之奥，达命之情。亲疏冥于所同，憎爱融于不有。冰炭之息豁然，傥示于至恩；桑榆之收继此，请图于改事。侧躬以待，唯命之从。”荆公答曰：“安石启：与公同心，以至异意，皆缘国事，岂有它哉？同朝纷纷，公独助我，则我何憾于公？人或言公，吾无预焉，则公亦何尤于我？趋时便事，吾不知其说焉；考实论情，公亦宜照于此。开谕重悉，览之怅然。昔之在我，诚无细故之疑；今之在公，尚何旧恶足念？然公以壮烈，方进为于圣世；而某茶然衰疾，将待尽于山林。趋舍异事，则相煦以湿，不若相忘之愈也。趋召想在朝夕，唯良食自爱。”荆公巽言自解如此。

　　上即位，太皇太后同听政，相司马光，又擢用苏轼、苏辙兄弟。于是吕惠卿自太原移扬州，表乞宫观，旋以台官有言，遂除分司，朝论未决而谏官苏辙上疏："臣闻汉武世，御史大夫张汤挟持诈，以迎合上意，变乱货币，崇长奸狱，使天下重足而立，几至于乱。武帝觉悟，诛汤而后天下安。唐德宗宰相卢杞妒贤嫉能，戕害善类，力劝征伐，助成暴敛，使天下重足而立，几至于乱。德宗觉悟，逐杞而社稷存。盖小人天赋倾邪，安于不义；性本险贼，尤喜害人；若不死亡，终必为患。臣伏见前参知政事吕惠卿，怀张汤之巧诈，挟卢杞之奸凶，诡变多端，敢行非度，见利忘义，黩货无厌。王安石初任执政，用为腹心。安石山野之人，强愎傲诞，其于吏政实无所知。惠卿指摘教导，以济其恶，青苗、助役，议出其手。韩琦始言青苗之害，先帝知琦朴忠，翻然感悟，欲退安石而行琦言。当时执政皆闻德音，安石遑遽自失，亦累表乞退，天下欣然，有息肩之望矣。惠卿亦为小官，自知失势，上章乞对，力陈邪说，荧惑圣心，巧回天意。身为馆殿，摄行内侍之职，亲往传宣，以起安石，肆其伪辨，破难琦说。仍为安石画劫持上下之策，大率多用刑狱，以震动天下。自是诤臣吞声，有识丧气，而天下靡然矣。安石之党，言惠卿使华亭知县张若济借豪民朱华等钱，置田产，使舅郑英请夺民田，使僧文捷请夺天竺僧舍。朝廷遣蹇周辅推鞫其事，狱将具，而安石罢去政事，事不敢究，案在御史，可复视也。惠卿言安石相与为奸，发其私书，其一曰：'无使齐年知。'齐年者谓冯京也，安石与京同生于辛酉，故谓之齐年，安石由是得黑。夫惠卿与安石出肺肝，托妻子，平居相结，唯恐不深，故虽欺君之言，见于尺牍，不复疑问。惠卿方其事，已一一收录，以备缓急之用。一旦争利，抉摘不遗余力，必致之死。此犬彘之所不为，而惠卿为之，曾不愧耻。天下之士，见其在位，侧目畏之。夫人君用人欲其忠信于己,必取信于父兄,信于师友,然后付之以事。故放麑违命也,推其仁可以托国;食子徇君也,推其忍则至于杀君。栾布唯不废彭越之命,故高祖知其贤;李勣唯不利李密之地,故太宗评其义。二人终事二主,俱为名臣,何者?人心所存,无施不可,虽公私有异,而忠厚不殊。至于吕布事丁原,则杀丁原,事董卓,则杀董卓;刘牢之事王恭,则杀王恭,事司马元显,则杀元显。皆逆人理,世所共弃。故吕布见诛于曹公,而牢之见诛于桓氏,皆以其平生反覆,世不可存。夫曹、桓,古之奸雄,驾驭英豪,何所不有,然推究利害,终畏此人。今朝廷选用忠信,唯恐不及,而置惠卿于其间,薰莸杂处,枭鸾并栖,不唯势不两立,兼亦恶者必胜。况自比岁已来,朝廷废吴居厚、吕嘉问、蹇周辅、宋用臣、李宪、王中正等,或以利争,或以渎兵,以事害民,皆在叱谴。今惠卿身兼众恶,自知罪大,而欲以闲地自免,天下公议,未肯赦之。然近日言事之官,论奏奸邪,至邓绾、李定之徒,微细必举,而不及惠卿者,盖其凶悍猜忍,性如蝮蝎,万一复用,眦睚必报,是以言者未肯轻发。臣愚蠢寡虑,以为备位言责,与元恶同时,而退避隐忍,辜负朝廷,是以不避死亡,献此愚直。伏乞判自圣意,略正典刑,纵未以污斧锧,犹当追削官职,投畀四裔,以御魑魅。"疏奏,贬惠卿为团练副使、建州安置。是时,苏轼为舍人,行其制曰:"元凶在位,民不奠居;司寇失刑,士有异论。稽正滔天之罪,永为垂世之规。具官吕惠卿,以斗筲之才,挟穿窬之智。谄事宰辅,同升庙堂。乐祸而贪功,好兵而喜杀。以聚敛为仁义,以法律为《诗》、《书》。首建青苗,次行助役。输均之政,自同商贾;手实之祸,下及鸡豚。苟可蠹国而害民,率皆攘臂而称首。先皇帝求贤若不及,从善如转丸。始以帝

尧之心,姑试伯鲧;终焉孔子之圣,不信宰予。发其宿奸,责之
辅郡;止宜改过,稍畀重权。复陈罔上之言,继有砀山之贬。
反覆教戒,恶心不悛;躁轻矫诬,德音犹在。始与知己,共为欺
君。喜则摩足以相欢,怒则反目以相噬。连起大狱,发其私
书。党与交攻,几半天下。奸赃狼藉,横被江东。至其复用之
年,始倡西戎之隙。妄出新意,变乱旧章。力引狂生之谋,驯
致永乐之祸。兴言及此,流涕何追。逮予践祚之初,首发安边
之诏。假我号令,成汝诈谋。不图汗涣之文,止为疑贼之具。
迷国不道,从古罕闻。尚宽两观之诛,薄示三苗之窜。国有常
宪,朕不敢恕,可责授"云云。始徐禧为布衣,惠卿方修撰经
义,引为检讨,暨而禧拜官,历台阁。元丰中,以给事中计议边
事,遂与沈括同城永乐,西戎攻陷永乐,禧死之,"力引狂生",
盖指禧也。

　　永州有何氏女,幼遇异人,与桃食之,遂不饥,无漏,自是
能逆知人祸福,乡人神之,为构楼以居,世谓之"何仙姑";士大
夫之好奇者多谒之,以问休咎。王达为湖北运使,巡至永州,
召于舟中,留数日。是时,魏绡知潭州,与达不叶,因奏达在永
州,取无夫妇人阿何于舟中止宿。又有周师厚者为湖北路提
举常平,人或呼为"梦见公",盖以其姓周也。蒲宗孟为湖北察
访,因奏师厚昏不晓事,致吏民呼为"梦公"。二人者皆以此罢
去,盖疑似易乘,使朝廷致惑也。

　　祖宗朝,宰相怙权,尤不爱士大夫之论事。赵中令普当
国,每臣僚上殿,先于中书供状,不敢诋斥时政,方许登对。田
锡为谏官,尝论此事,后方少息,士大夫有口者多外补。王禹
偁在扬州,以诗送人云:"若见鳌头为借问,为言枳也减刚肠。"
又丁谓留滞外甚久,及为知制诰,以启谢时宰,有"效慎密于孔

光,不言温树;体风流于谢客,但咏苍苔",是也。

范文正公在睢阳掌学,有孙秀才者索游上谒,文正赠钱一千。明年,孙生复道睢阳谒文正,又赠十千,因问:"何为汲汲于道路?"孙秀才戚然动色曰:"老母无以养,若日得百钱,则甘旨足矣。"文正曰:"吾观子辞气,非乞客也,二年仆仆,所得几何,而废学多矣。吾今补子为学职,月可得三千以供养,子能安于为学乎?"孙生再拜大喜。于是授以《春秋》,而孙生笃学不舍昼夜,行复修谨,文正甚爱之。明年,文正去睢阳,孙亦辞归。后十年,闻泰山下有孙明复先生以《春秋》教授学者,道德高迈,朝廷召至太学,乃昔日索游孙秀才也。文正叹曰:"贫之为累亦大矣,傥因循索米至老,则虽人才如孙明复者,犹将汩没而不见也。"

王沂公曾青州发解,及南省程试,皆为首冠。中山刘子仪为翰林学士,戏语之曰:"状元试三场,一生吃著不尽。"沂公正色答曰:"曾平生之志,不在温饱。"

本朝状元多同岁,比于星历,必有可推者,但数问术士,无能晓之尔。前徐奭、梁固皆生于乙酉,王曾、张师德皆生于戊寅,吕溱、杨寘皆生于甲寅,贾黯、郑獬皆生于壬戌,彭汝砺、许安世皆生于辛巳,陈尧咨、王整皆生于庚午。

章郇公庆历中罢相知陈州,舣舟蔡河上。张方平、宋子京俱为学士,同谒公,公曰:"人生贵贱,莫不有命,但生年月日时胎有三处合者,不为宰相,亦为枢密副使。"张、宋退召术者,泛以朝士命推之,唯得梁适、吕公弼二命,各有三处合,张、宋叹息而已。是时,梁、吕皆为小朝官,既而皇祐中,梁为相,熙宁中,吕为枢密使,皆如郇公之言。

晏元献判西京,范希文以大理寺丞丁忧,权掌西监。一日,晏谓范曰:"吾一女及笄,仗君为我择婿。"范曰:"监中有举子富皋、张为善,皆有文行,它日皆至卿辅,并可婿也。"晏曰:"然则孰优?"范曰:"富修谨,张疏俊。"晏曰:"唯。"即取富皋为婿。皋后改名,即丞相郑国富公弼。

祖宗朝,两府名臣虽在外镇,亦以位势自高,虽省府判官出按事,至其所部,亦绝燕饮之礼,盖时风如是。武穆曹公玮以宣徽南院判定州,王鬷自司判官计置河北军粮,至定,武穆一见,接之加礼,往往亲自伴食,然酒止五行,盖已为殊待矣。一日,语鬷曰:"猃狁自保欢好,可百年无事。吾闻李德明有子元昊者,桀黠多谋,能得士心,吾密令画史图其状观之,信英物也。异日,德明死,此子嗣事,必为西边之患,料此事不出十年,君必当此变,勉之,勉之!"鬷莫测其言。后十余年,元昊叛,西陲大扰,王鬷果当此时为枢密使,处置失宜,罢知西京。鬷尝为亲僚言之,深叹武穆之明识也。

东轩笔录卷之十五

秦皇帝讳政,至今呼正月为征月。伪赵避石勒讳,至今改罗勒为兰香。宋高祖父名诚,至今京师呼城外有州东、州西、州南、州北,而韦城、相城、酢城等县但呼韦县、相县、酢县是也。

唐小说载韩退之尝登华山,攀缘极峻,而不能下,发狂大哭,投书与家人别,华阴令百计取,始得下。沈颜作《聱书》辨之,以为无此事,岂有贤者而轻命如此。予见退之《答张彻诗》,叙及游华山事,句有"磴苏远拳踞,梯飙冷傅。悔狂已咋齿,垂戒仍刻铭",则知小说为信,而沈颜为妄辨也。国朝王履道《游华山记》云:"铁索铜桩或扶之而过,或攀之而升,皆绝壁也。"

《易》曰"家人,有严君",父母之谓也。范滂与母别曰:"唯愿太人割爱。"是母亦可称严君、大人也。近世书问自尊与卑,即曰:"不具。"自卑上尊,即曰:"不备。"朋友交驰,即曰:"不宣。"三字义皆同,而例无轻重之说,不知何人,世莫敢乱,亦可怪也。

唐初,字书得晋、宋之风,故以劲健相尚,至褚、薛则尤极瘦硬矣。开元、天宝已后,变为肥厚,至苏灵芝辈,几于重浊。故老杜云:"书贵瘦硬方有神。"虽其言为篆字而发,亦似有激于当时也。正元、元和已后,柳、沈之徒,复上清劲。唐末五代,字学大坏,无可观者。其间杨凝式至国初李建中妙绝一时,而行笔结字亦主于肥厚,至李昌武以书著名,而不免于重浊。故欧阳永叔评书曰："书之肥者,譬如厚皮馒头,食之味必不佳,而命之为俗物矣。"亦有激而云耳。江南李后主善书,尝与近臣语书,有言颜鲁公端劲有法者,后主鄙之曰:"真卿之书,有法而无佳处,正如叉手并脚田舍汉耳。"

余为儿童时,见端溪砚有三种,曰岩石,曰西坑,曰后历。石色深紫,衬手而润,几于有水,叩之声清远。石上有点,青绿间,晕圆小而紧者,谓之"鸲鹆眼",此乃岩石也,采于水底,最为土人贵重。又其次,则石色亦赤,呵之乃润,叩之有声,但不甚清远,亦有鸲鹆眼,色紫绿,晕慢而大,此乃西坑石,土人不甚重。又其下者,青紫色,向朗侧视,有碎星,光照如沙中云母,石理极慢,干而少润,扣之声重浊,亦有鸲鹆眼,极大而偏斜不紧,谓之"后历石",土人贱之。西坑砚三当岩石之一,后历砚三当西坑之一,则其品价相悬可知矣。自三十年前,见士大夫言亦得端岩石砚者,予观之皆西坑石也。迩来士大夫所收者,又皆后历石也。岂唯世无岩石,虽西坑者亦不可得而见矣。

丁晋公治第,杨景宗为役卒,荷土筑基。丁后籍没,而景宗贵,以其第赐景宗。

钱思公嫁女,令银匠袭美打造装奁器皿。既而美拜官,思公即取美为妹婿,向所打造器皿归美家。

边人传诵一诗云:"昨夜阴山吼贼风,帐中惊起紫髯翁。平明不待全师出,连把金鞭打铁骢。"有张师雄者,西京人,好以甘言悦人,晚年尤甚,洛中号曰"蜜翁翁"。出官在边郡,一夕,贼马至界上,忽城中失雄所在。至晓,方见师雄重衣披裘,伏于土窟中,已痴矣。西人呼土窟为空,寻为人改旧诗以嘲曰:"昨夜阴山吼贼风,帐中惊起蜜翁翁。平明不待全师出,连着皮裘入土空。"张亢尝谓"蜜翁翁"无可为对者,一日,亢有侄不率教令,将杖之。其侄方醉,大呼曰:"安能挞我?但堂伯伯耳。"亢笑曰:"可对蜜翁翁。"释而不问。

唐张祜《宫词》云:"故国三千里,深宫二十年。一声《河满子》,双泪落君前。"天圣中,章仲昌坐讼科场,其叔郇公奏乞押归本乡建州,时王宗道为王邸教授最久,而殿中侍御萧定基发解为举人,作《河满子》以嘲。龙图阁直学士王博文为三司使,自以久次,泣诉于上前,遂除为枢密副使。时人增改祜诗,以志其事曰:"仲昌故国三千里,宗道深宫二十年。殿院一声《河满子》,龙图双泪落君前。"

杨察侍郎谪信州,及召还,有士子十二人送于境上,临别,察即席赋诗,皆用十二事,而引谕精至,士子无能属和者,其诗曰:"十二天之数,今宵席客盈。位如星占野,人若月分卿。极醉巫山侧,联吟嶰管清。他年为舜牧,叶力济苍生。"

程师孟知洪州,于府中作静堂,自爱之,无日不到,作诗题于石曰:"每日更忙须一到,夜深长是点灯来。"李元规见而笑曰:"此无乃是登溷之诗乎?"

段少连性夷旷,亦甚滑稽,陈州人。晚年,因官还里中,与乡老会饮。段通音律,酒酣,自吹笛,座中有知音者,亦皆以乐器和之。有一老儒独叹曰:"某命中无金星之助,是以不能乐艺。"段笑曰:"岂惟金星,水星亦不甚得力也。"

礼部引试举人,常在正月末,及试经学,已在二月中旬,京师适淘渠矣。旧省前乃大渠,有"三礼"生就试,误坠渠中,举体沾湿。中春尚寒,晨兴尤甚,"三礼"者体不胜其苦,遂于帘前白知举石内翰中立,乞给少火,炙干衣服。石公素喜谑浪,遽告曰:"不用炙,当自安乐。"同列讶而诘之,石曰:"何不闻世传'欲得安,"三礼"莫教干'乎?"

张亢滑稽敏捷,有门客因会话,亢问曰:"近日作赋乎?"门客曰:"近作《坤厚载物赋》。"因自举其破题曰:"粤有大德,其名曰坤。"亢应声答曰:"奉为续两句,可移赠和尚。续曰'非讲经之座主,是传法之沙门'"。

章子平言其祖郇公初宰信州玉山县,以忧去,服除再知玉山县,带京债八百千赴任。既而玉山县数豪僧为偿其债,郇公作诗谢其僧,僧以石刻之,流布四方,而时无贬议者。玉山有举子徐生,郇公与之游,尝过生,生置酒,醅,郇公作诗书于壁曰:"村醪山果簇杯盘,措大家风总一般。今日相逢非俗客,凭君莫作长官看。"

宋子京博学能文章,天资蕴藉,好游宴,以矜持自喜。晚年知成都府,带《唐书》于本任刊修,每宴罢,盥漱毕,开寝门,垂帘,燃二椽烛,媵婢夹侍,和墨伸纸,远近观皆知尚书修《唐书》矣,望之如神仙焉。多内宠,后庭曳罗绮者甚众。尝宴于锦江,偶微寒,命取半臂,诸婢各送一枚,凡十余枚皆至。子京视之茫然,恐有厚薄之嫌,竟不敢服,忍冷而归。

胡旦作《长鲸吞舟赋》,其状鲸之大曰:"鱼不知舟在腹中,其乐也融融;人不知舟在腹内,其乐也泄泄。"又曰:"双须竿直,两目星溢。"杨孜览而笑曰:"许大鱼眼何小也。"

王秀尝言:"君子多喜食酸,小人多喜食咸。盖酸得木性而上,咸得水性而下也。"

北番每宴使人,劝酒器不一。其间最大者,剖大瓠之半,范以金,受三升,前后使人无能饮者,惟方偕一举而尽。戎王大喜,至今目其器为方家瓠,每宴南使即出之。

唐卢氏《逸史》载:裴晋公度与郎中庾威同生于甲辰,裴尝戏威曰："郎中乃雌甲辰也。"程文惠公与庞颖公同生于戊子，程已贵而庞尚为小官，尝戏庞曰："君乃小戊子耳。"后颖公大拜，文惠致书贺曰："今日大戊子却为小戊子矣。"颖公笑之。

钱公辅与王荆公坐，忽言荆公曰："周武王真圣人也。"荆公曰："何以言之?"公辅曰："武王年八十，犹为太子，非圣人，讵能如是?"荆公曰："是时文王尚在，安得不为太子也。"

王韶在熙河，多杀伐；晚年知洪州，学佛，事长老祖心。一日，拜而问曰："昔未闻道，罪障固多；今闻道矣，罪障灭乎?"心曰："今有人贫，日负债，及贵而遇债主，其债还乎，否也?"韶曰："必还。"曰："然则虽闻道矣，奈债主不相放邪!"怏然不悦。韶未几疽发于脑而卒。

苏子美谪居吴中，欲游丹阳，潘师旦深不欲其来，宣言于人，欲拒之。子美作《水调歌头》，有"拟借寒潭垂钓，又恐鸥鸟相猜，不肯傍青纶"之句，盖谓是也。

咸平中，张文定公齐贤建议，蕃部中族盛兵众，可以牵制继迁者，唯西凉而已。真宗皇帝用其议，拜潘罗丐为西凉节度使，旁泥埋为鄯州防御使，俾掎角攻讨，卒致继迁之死。觕氏遂保宗歌城，用僧立遵，奉为谋主，部落归劲兵数万。祥符末，遣使贡名马，请为朝廷讨夏州。真宗以戎人多诈，命曹玮知秦州，以备之，果得其诈伪之情。及玮破鱼角阵，戮贵样丹，又于三都谷大破西凉入寇之兵，复以奇计斩立遵，于是西凉破胆矣。

元昊未叛时，先以兵破回鹘，击吐蕃，修筑边障。谅祚亦连年攻觕氏，又破连珠城，然后以兵犯边。世人每见夷狄自相攻讨，以为中国之利，不知其先绝后顾之患，然后悉力犯我，此知兵者所宜察也。诸葛亮岂乐为渡泸之役，而矜能于孟获辈哉？亦欲先绝后患，而专意于中原也。

　　康定中，元昊入延州东路，犯安南、承平两寨；又以兵犯西路，声言将袭保安军，故延州发兵八万，支东西二隅，而元昊乃乘虚由北路击破金明寨，擒李士彬，直犯五龙川，破刘平、石元孙，遂围延州。嘉祐中，麟州之役，谅祚二年间连以兵屯窟野河，进逼边界，聚而复散。故武戡、郭思习以为常，轻兵而出，至忽理堆，覆发而兵败。然则敌人出没聚散，盖将有谋，知兵机者宜深察也。

　　西边城寨皆在平地，绥、银、灵、夏、宽、宥等州皆然也。太宗时，钱若水言绥州不可城，以其下有无定河，岁被水害。今绥州建于山上，不惟水不能害，而控制便利，甚得胜势。元丰中，收葭芦、米脂等寨，亦据山而城。及城永乐，徐给事禧坚欲于平地建筑，未就，为西戎所陷。

　　真宗与北蕃谋和，约以逐年除正旦生辰外，彼此不遣泛使。而东封太山，遣秘书监孙奭特报，亦只到雄州而止，奭牒北界，请差人到白沟交授书函。是时，北朝遣阁门使丁振至白沟，以授孙奭。厥后，北蕃欲讨高丽，遣耶律宁持书来告。是时，知雄州李允则不能如约止绝，乃遣人引道耶律宁至京。泛使至京，自此始矣。至康定中，西戎扰边，仁宗泛使郭积金奉使入北朝，北朝亦遣萧英、刘六符等至京，自此泛使纷纷矣。

松 漠 纪 闻

[宋]洪皓 撰
阳羡生 校点

校 点 说 明

《松漠纪闻》作者洪皓(1088—1155),字光弼,宋饶州鄱阳(今属江西)人。徽宗政和五年(1115)进士。高宗建炎三年(1129),擢徽猷阁待制,以礼部尚书身份使金,金人逼其仕伪齐刘豫,不从,流放冷山(今吉林农安县北)。力拒接受金国官职,经十五年始还。后又因论事与秦桧不合,贬官,卒谥忠宣。皓博学强记,著述除本书外,有《鄱阳集》等。

据书后洪适、洪遵跋语介绍,《松漠纪闻》始作于留金期间,随笔纂录。及归宋时,惧为金人搜获,悉付诸丙丁。贬谪后,乃追记而成。时有私人著史之禁,秘不传。绍兴二十六年(1156),其长子洪适始校刊为正、续二卷行世。至乾道九年(1173),皓次子洪遵又补十一事附于书后,刊行于建业。书多记金国杂事,白山黑水间风俗民情、金国初期之建制以及怪奇异闻,赖本书始传于中土。《四库全书总目》谓:"皓所居冷山,去金上京会宁府才百里,又尝为陈王(悟室)延教其子,故于金事言之颇详。虽其被囚日久,仅据传述者笔之于书,不若目击之亲切。中间所言金太祖、太宗诸子封号及辽林牙达失北走之事,皆与史不合;又不晓音译,往往讹异失真……所记虽真赝相参,究非凿空妄说者比也。"于书之得失评判,颇为剀切。

《松漠纪闻》版本甚多,有《顾氏文房》本、《古今逸史》本、《四库全书》本、《学津讨原》本等。今以《学津讨原》本为底本,校以《顾氏文房》本、《四库全书》本。底本有误脱,径据他本改补,不出校记。

目　　录

松漠纪闻

　　女真,即古肃慎国也。东汉谓之挹娄,元魏谓之勿吉,隋唐谓之靺鞨。开皇中,遣使贡献,文帝因宴劳之。使者及其徒起舞于前,曲折皆为战斗之状。上谓侍臣曰:"天地间乃有此物常作用兵意。"其属分六部,有黑水部,即今之女真。其水掬之,则色微黑,契丹目为混同江。其江甚深,狭处可六七十步,阔处至百步。唐太宗征高丽,靺鞨佐之战甚力。驻跸之败,高延寿、高惠真以众及靺鞨兵十余万来降,太宗悉纵之,独坑靺鞨三千人。开元中,其酋来朝,拜为勃利州刺史,遂置黑水府,以部长为都督刺史,朝廷为置长史监之,赐府都督姓李氏。迄唐世,朝献不绝,五代时始称女真。后唐明宗时,尝寇登州渤海,击走之。其后避契丹讳,更为女直,契丹之讳曰宗真。俗讹为女质。居混同江之南者谓之熟女真,以其服属契丹也;江之北为生女真,亦臣于契丹。后有酋豪,受其宣命为首领者,号太师。契丹自宾州混同江北八十余里建寨以守。予尝自宾涉江过其寨,守御已废,所存者数十家耳。生女真即金国也。

　　女真酋长,乃新罗人,号完颜氏。完颜犹汉言王也。女真以其练事,后随以首领让之。兄弟三人,一为熟女真酋长,号万户;其一适他国。完颜年六十余,女真妻之以女,亦六十余,生二子,其长即胡来也。自此传三人,至杨哥太师无子,以其侄阿骨打之弟谥曰文烈者为子,其后杨哥生子闷辣,乃令文烈归宗。

金主九代祖名龛福，追谥景元皇帝，号始祖，配曰明懿皇后。八代祖名讹鲁，追谥德皇帝，配曰思皇后。七代祖名佯海，追谥安皇帝，配曰节皇后。六代祖名随阔，追谥定昭皇帝，号献祖，配曰恭靖皇后。五代祖孛堇，名实鲁，追谥成襄皇帝，号昭祖，配曰威顺皇后。高祖太师，名胡来，追谥惠桓皇帝，号景祖，配曰昭肃皇后。曾祖太师，名核里颇，追谥圣肃皇帝，号世祖，配曰翼简皇后。曾叔祖太师，名蒲剌束，追谥穆宪皇帝，号肃宗，配曰静宣皇后。曾季祖太师，名杨哥，追谥孝平皇帝，号穆宗，配曰贞惠皇后。伯祖太师，名吴剌束，追谥恭简皇帝，号康宗，配曰敬僖皇后。祖名旻，世祖第二子，咸雍四年岁在戊申生，即阿骨打也，灭契丹，谥大圣武元皇帝，号太祖。同母弟二人，长曰吴乞买，次曰撒也。阿骨打卒，吴乞买立，名晟，谥文烈皇帝，号太宗，配曰明德皇后。今主名亶，阿骨打之孙，绳果之子。绳果追谥景宣皇帝。亶之配曰屠始坦氏。

阿骨打八子：正室生绳果，于次为第五；又生第七子，乃燕京留守易王之父。正室卒，其继室立亦生二子：长曰二太子，为东元帅，封许王，南归至燕而卒；次生第六子，曰蒲路虎，为兖王、太傅、领尚书省事。长子固砼，力本切。侧室所生，为太师、凉国王、领尚书省事。第三曰三太子，为左元帅，与四太子同母。四太子即兀术，为越王、行台尚书令。第八子曰邢王，为燕京留守，打球坠马死。自固砼以下，皆为奴婢。绳果死，其妻为固砼所收，故今主养于固砼家。及吴乞买卒，其子宋国王与固砼粘罕争立，以今主为嫡，遂立之。

吴乞买乙卯年卒，长子曰宗磐，为宋王、太傅、领尚书省事，与滕王、虞王皆为悟室所诛。次曰贤，为沂王、燕京留守。次曰滕王、虞王。袁王撒也称揞邬感切。板揞板，彼云大也。孛极烈,吴乞买时为储君,尝谋尽诛南人。

闷辣封鲁王为都元帅,后被诛。其子太拽马亦被囚,因赦得出。庶子乌拽马,名勖,字勉道,今为平章。

粘罕者,吴乞买三从兄弟,名宗幹,小名乌家奴,本曰粘汉,言其貌类汉儿也。其父即阿卢里移赉粘罕,为西元帅,后虽贵,亦袭父官,称曰阿卢里移赉孛极烈都元帅。孛极烈,彼云大官人也。其庶弟名宗宪,字吉甫,好读书,甚贤。

悟室者,女真人,悟作邬音,或云悟失,名希尹,封陈王,为左相,诛宋、兖、滕、虞凡七十二王,后为兀术族诛。

回鹘自唐末浸微,本朝盛时,有入居秦川为熟户者;女真破陕,悉徙之燕山、甘、凉、瓜、沙,旧皆有族帐,后悉羁縻于西夏。唯居四郡外地者,颇自为国,有君长。其人卷发深目,眉修而浓,自眼睫而下多虬髯。土多瑟瑟珠玉,帛有兜罗绵、毛毷、狨锦、注丝、熟绫、斜褐,药有腽肭脐、硇砂,香有乳香、安息、笃耨;善造宾铁刀剑、乌金银器。多为商贾于燕,载以橐驼,过夏地,夏人率十而指一,必得其最上品者;贾人苦之,后以物美恶杂贮毛连中。毛连,以羊毛缉之,单其中,两头为袋。以毛绳或线封之,有甚粗者;有间以杂色毛者,则轻细。然所征亦不赀,其来浸熟,始厚赂税吏,密识其中下品,俾指之。尤能别珍宝,蕃汉为市者,非其人为佮,则不能售价。奉释氏最甚,共为一堂,塑佛像其中。每斋必刲羊,或酒醋,以指染血涂佛口,或捧其足而鸣之,谓为亲敬。诵经则衣袈裟作西竺语,燕人或俾之祈祷,多验。妇人类男子,白皙,著青衣,如中国道服然,以薄青纱幂首而见其面。其居秦川时,女未嫁者,先与汉人通。有生数子,年近三十,始能配其种类。媒妁来议者,父母则曰:"吾女尝与某人某人昵。"以多为胜,风俗皆然。其在燕者,皆久居业成,能以金相瑟瑟为首饰，如钗头形，而曲一二寸，如古之笄状。又善结金线相瑟瑟为珥；及巾环，织熟锦、熟绫、注丝、线罗等物。又以五色线织成袍，名曰克丝，甚华丽。又善拈金线别作一等背织花树，用粉缴，经岁则不佳，唯以打换达靼。辛酉岁，金国肆眚，皆许西归，多留不反；今亦有目微深而髯不虬者，盖与汉儿通而生也。

嗢热者，国最小，不知其始所居，后为契丹徙置黄龙府南百余里，曰宾州，州近混同江，即古之粟末河、黑水也。部落杂处，以其族类之长为千户统之。契丹、女真贵游子弟及富家儿，月夕被酒，则相率携尊驰马戏饮。其地妇女闻其至，多聚观之，间令侍坐，与之酒则饮，亦有起舞歌讴以侑觞者。邂逅相契，调谑往反，即载以归。不为所顾者，至追逐马足，不远数里；其携去者，父母皆不问。留数岁有子，始具茶食酒数车归宁，谓之拜门，因执子婿之礼。其俗谓男女自媒，胜于纳币而昏者。饮食皆以木器，好置蛊，他人欲其不验者云：三弹指于器上，则其毒自解；亦间有遇毒而毙者。族多李姓，予顷与其千户李靖相知，靖二子亦习进士举，其侄女嫁为悟室子妇。靖之妹曰金哥，为金主之伯固砳侧室。其嫡无子，而金哥所生今年约二十余，颇好延接儒士，亦读儒书，以光禄大夫为吏部尚书。其父死，托宇文虚中、高士谈、赵伯璘为志。高、宇以赵贫，命赵为之，而二人书篆，其文额所濡甚厚，曾在燕识之。亦学弈象戏、点茶。靖以光禄知同州，昌墨有素，今亡矣。其论议亦可听，衣制皆如汉儿。

渤海国去燕京女真所都，皆千五百里，以石累城足，东并海。其王旧以大为姓，右姓曰高、张、杨、窦、乌、李，不过数种，部曲奴婢无姓者，皆从其主。妇人皆悍妒，大氏与他姓相结为十姊妹,迭几察其夫,不容侧室及他游,闻则必谋置毒,死其所爱。一夫有所犯而妻不之觉者,九人则群聚而诟之,争以忌嫉相夸,故契丹、女真诸国皆有女倡,而其良人皆有小妇侍婢,唯渤海无之。男子多智谋骁勇,出他国右,至有"三人渤海当一虎"之语。契丹阿保机灭其王大谭譔,徙其名帐千余户于燕,给以田畴,捐其赋入,往来贸易关市皆不征,有战则用为前驱。天祚之乱,其聚族立姓大者于旧国为王。金人讨之,军未至,其贵族高氏弃家来降,言其虚实。城后陷,契丹所迁民益蕃至五千余户,胜兵可三万。金人虑其难制,频年转戍山东,每徙不过数百家。至辛酉岁,尽驱以行,其人大怨。富室安居,逾二百年,往往为园池,植牡丹多至三二百本,有数十干丛生者,皆燕地所无,才以十数千或五千贱贸而去。其居故地者,今仍契丹,旧为东京,置留守,有苏、扶等州。苏与中国登州、青州相直,每大风顺,隐隐闻鸡犬声。阿保机长子东丹王赞华封于此,谓之人皇,王不得立,鞅鞅尝赋诗曰:"小山压大山,大山全无力。羞见当乡人,从此投外国。"遂自苏乘筏浮海归唐。明宗善画马,好经籍,犹以筏载行。其国初仿唐置官司。国少浮图氏,有赵崇德者,为燕都运,未六十余,休致为僧,自为大院,请燕竹林寺慧日师住持,约供众僧三年费。竹林乃四明人,赵与予相识颇久。

古肃慎城四面约五里余,遗堞尚在,在渤海国都三十里,亦以石累城脚。

黄头女真者,皆山居,号合苏馆女真。合苏馆,河西亦有之,有八馆在黄河东,今皆属金人,与金粟城、五花城隔河相近。二城八馆旧属契丹,今属夏人。金人约以兵取关中,以三城八馆报之,后背约,再取八馆,而三城在河西,屡争不得。其一城忘其名。其人戆朴勇鸷,不能别死生,金人每出战,皆被以重札令前驱,谓之硬军。后役之益苛,廪给既少,遇卤掠所得,复夺之,不胜忿。天会十一年,遂叛,兴师讨之,但守遇山下,不敢登其巢穴。经二年,出斗而败,复降,疑即黄头室韦也。金国谓之黄头生女真,髭发皆黄,目精多绿,亦黄而白多,因避契丹讳,遂称黄头女真。

盲骨子,《契丹事迹》谓之朦骨国,即《唐书》所谓蒙兀部。

大辽道宗朝,有汉人讲《论语》至"北辰居所而众星共之",道宗曰:"吾闻北极之下为中国,此岂其地邪?"至"夷狄之有君",疾读不敢讲,则又曰:"上世獯鬻猃狁,荡无礼法,故谓之夷,吾修文物彬彬,不异中华,何嫌之有?"卒令讲之。

道宗末年,阿骨打来朝,以悟室从,与辽贵人双陆。贵人投琼不胜,妄行马,骨打愤甚,拔小佩刀欲剚之。悟室急以手握鞘,骨打止得其柄,杄其胸不死。道宗怒,侍臣以其强悍,咸劝诛之。道宗曰:"吾方示信以待远人,不可杀。"或以王衍纵石勒、张守珪赦安禄山,终致后害为言,亦不听,卒归之。至叛辽,用悟室为谋主。骨打且死,嘱其子固砣善待之。

大辽盛时,银牌天使至女真,每夕必欲荐枕者。其国旧轮中下户作止宿处,以未出适女待之。后求海东青,使者络绎。恃大国使命,惟择美好妇人,不问其有夫及阀阅高者,女真浸忿,遂叛。初,女真有戎器而无甲,辽之近亲有以众叛,间人其境上,为女真一酋说而擒之,得甲首五百,女真赏其酋为阿卢里移赍。彼云第三个官人,亦呼为相公。既起师,才有千骑,用其五百甲,攻破宁江州。辽众五万,御之不胜,复倍遣之,亦折北,遂益至二十万。女真以众寡不敌谋降,大酋粘罕、悟室、娄宿等曰:"我杀辽人已多,降必见剿,不若以死拒之。"时胜兵至三千,既连败辽师,器甲益备,与战复克。天祚乃发蕃汉五十万亲征,大将余都姑谋废之,立其庶长子赵王。谋泄,以前军十万降,辽军大震。天祚怒国人叛己,命汉儿遇契丹则杀之。初,辽制:契丹人杀汉儿者,皆不加刑,至是摅其宿愤,见者必死,国中骇乱,皆莫为用。女真乘胜入黄龙府五十余州,浸逼中京。中京,古白霫城。天祚惧,遣使立阿骨打为国王。骨打留之,遣人邀请十事,欲册帝为兄弟国及尚主。使数往反,天祚不得已,欲帝之,而他请益坚。天祚怒曰:"小夷乃欲偶吾女邪?"囚其使不报。已而中京被围,跳至上京,过燕,遂投西夏。夏人虽舅甥国,畏女真之强,不果纳。初,大观中,本朝遣林摅使辽,辽人命习仪,摅恶其屑屑,以蕃狗诋伴使。天祚曰:"大宋兄弟之邦,臣吾臣也,今辱吾左右,与辱我同。"欲致之死,在廷恐兆衅,皆泣谏,止杖半百而释之。时天祚穷,将来归,以是故恐不加礼。乃走小勃律,复不纳,乃夜回,欲之云中。未明,遇谍者言娄宿军且至,天祚大惊,时从骑尚千余,有精金铸佛长丈有六尺者,他宝货称是,皆委之而遁。值天微雪,车马皆有辙迹,为敌所及。先遣近贵谕降,未复,娄宿下马跽于天祚前曰:"奴婢不佞,乃以介胄犯皇帝天威,死有余罪。"因捧觞而进,遂俘以还,封海滨王,处之东海上。其初走河西也,国人立其季父于燕,俄死;以其妻代,后与郭药师来降,所谓萧太后者。

　　宁江州去冷山百七十里,地苦寒,多草木,如桃李之类,皆成园;至八月,则倒置地中,封土数尺,覆其枝干,季春出之,厚培其根,否则冻死。每春冰始泮,辽主必至其地,凿冰钓鱼放弋为乐,女真率来献方物,若貂鼠之属,各以所产量轻重而打博,谓之打女真。后多强取,女真始怨。暨阿骨打起兵,首破此州,驯致亡国。

辽亡，大实林牙亦降，_{大实,小名;林牙,犹翰林学士,彼俗大概以小}_{名居官上。}后与粘罕双陆争道，罕心欲杀之，而口不言。大实惧，及既归帐，即弃其妻，携五子宵遁。诘旦，粘罕怪其日高不来，使召之，其妻曰："昨夕以酒忤大人，_{大音枪}。畏罪而窜。"询其所之，不以告，粘罕大怒，以配部落之最贱者。妻不肯屈，强之，极口嫚骂，遂射杀之。大实深入沙子，立天祚之子梁王为帝而相之。女真遣故辽将余都姑帅兵经略屯田于合董城，_{城去}_{上京三千里}。大实游骑数十，出入军前。都姑遣使打话，遂退。沙子者，盖不毛之地，皆平沙广漠，风起扬尘，至不能辨色，或平地顷刻高数丈。绝无水泉，人多渴死。大实之走，凡三昼夜始得度，故女真不敢穷追。辽御马数十万，牧于碛外，女真以绝远未之取，皆为大实所得。今梁王、大实皆亡，余党犹居其地。

合董之役，令山西河北运粮给军。予过河阴县，令以病解，独簿出迎，以线系槐枝垂绿袍上。命之坐，恳辞，叩其故，以实言曰："县馈饷失期，令被挞柳条百，惭不敢出；某亦罹此罚，痛楚特甚，故不可坐。创未愈，惧为腋气所侵，故带槐以辟之。"余都姑之降，金人以为西军大监军，久不迁，常鞅鞅。其军合董也，失其金牌，金人疑其与林牙暗合，遂质其妻子。余都姑有叛心，明年九月，约燕京统军反。统军之兵皆契丹人，余都谋诛西军之在云中者，尽约云中河东、河北、燕京郡守之契丹汉儿，令诛女真之在官在军者。天德知军伪许之，遣其妻来告。时悟室为西监军，自云中来燕，微闻其事而未信，与通事汉儿那也回行数百里。那也见二骑驰甚遽，问之曰："曾见监军否？"以不识对，问为谁，曰："余都下人。"那也追及悟室，曰："适两契丹云'余都下人'，既在西京，何故不识监军？_{北人}

称云中为西京。恐有奸谋。"遂回马追获之,搜其靴中,得余都书曰:"事已泄,宜便下手。"复驰告悟室,即回燕统军来谒,缚而诛之。又二日至云中,余都微觉,父子以游猎为名,遁入夏国。夏人问有兵几何,云亲兵三二百,遂不纳,投达靼。达靼先受悟室之命,其首领诈出迎,具食帐中,潜以兵围之。达靼善射,无衣甲。余都出敌不胜,父子皆死。凡预谋者悉诛,契丹之黠,汉儿之有声者,皆不免。

　　金国旧俗,多指腹为昏姻,既长,虽贵贱殊隔,亦不可渝。婿纳币,皆先期拜门,戚属偕行,以酒馔往,少者十余车,多至十倍。饮客佳酒,则以金银旒贮之,其次以瓦旒列于前,以百数。宾退,则分饷焉。男女异行而坐,先以乌金银杯酌饮,贫者以木。酒三行,进大软脂、小软脂、如中国寒具。蜜糕,以松实胡桃肉渍蜜和糯粉为之,形或方或圆,或为柿蒂花,大略类浙中宝阶糕。人一盘,曰茶食。宴罢,富者瀹建茗,留上客数人啜之,或以粗者煎乳酪。妇家无大小,皆坐炕上,婿党罗拜其下,谓之男下女。礼毕,婿牵马百匹,少者十匹,陈其前,妇翁选子姓之别马者视之,塞痕则留,好也。辣辣则退,不好也。留者不过什二三。或皆不中选,虽婿所乘,亦以充数,大氐以留马少为耻。女家亦视其数而厚薄之,一马则报衣一袭。婿皆亲迎。既成昏,留妇氏执仆隶役,虽行酒进食,皆躬亲之。三年,然后以妇归妇氏,用奴婢数十户、奴曰亚海,婢曰亚海矧。牛马十数群,每群九牸一牡,以资遣之。夫谓妻为萨那罕,妻谓夫为爱根。

　　契丹男女拜皆同,其一足跪,一足着地,以手动为节,数止于三。彼言捏骨地者,即跪也。

　　女真旧绝小,正朔所不及,其民皆不知纪年,问之,则曰我见草青几度矣。盖以草一青为一岁也。自兴兵以后,浸染华风，酋长生朝，皆自择佳辰。粘罕以正旦，悟室以元夕，乌拽马以上巳，其他如重午、七夕、重九、中秋、中、下元、四月八日皆然，亦有用十一月旦者，谓之周正。金主生于七月七日，以国忌用次日。今朝廷遣贺使以正月至彼，盖循契丹故事，不欲使人两至也。

金国治盗甚严，每捕获论罪外，皆七倍责偿；唯正月十六日则纵偷一日，以为戏，妻女宝货车马为人所窃，皆不加刑。是日人皆严备，遇偷至，则笑遣之，既无所获，虽畚镵微物亦携去。妇人至显入人家，伺主者出接客，则纵其婢妾盗饮器，他日知其主名，或偷者自言，大则具茶食以赎，谓羊酒肴馔之类。次则携壶，小亦打糕取之。亦有先与室女私约，至期而窃去者，女愿留则听之。自契丹以来皆然，今燕亦如此。

女真旧不知岁月，如灯夕皆不晓。己酉岁，有中华僧被掠至其阙，遇上元，以长竿引灯球表而出之，以为戏。女真主吴乞买见之，大骇，问左右曰："得非星邪？"左右以实对。时有南人谋变，事泄而诛，故乞买疑之曰："是人欲啸聚为乱，克日时立此以为信耳。"命杀之。后数年至燕，颇识之，至今遂盛。

胡俗奉佛尤谨，帝后见像设皆梵拜，公卿诣寺则僧坐上座。燕京兰若相望，大者三十有六，然皆律院。自南僧至，始立四禅，曰太平、招提、竹林、瑞像。贵游之家，多为僧衣盂衣钵也。甚厚。延寿院王有质坊二十八所，僧职有正副判录，或呼司空，辽代僧右兼官至检校司空者，故名称尚存。出则乘马佩印，街司五伯，各二人前导，凡僧事无所不统，有罪者得挞之，其徒以为荣。出家者无买牒之费，金主以生子肆赦，令燕、云、汴三台普度。凡有师者皆落发，奴婢欲脱隶役者，才以数千嘱请，即得之。得度者亡虑三十万。旧俗奸者不禁，近法益严，立赏三百千,它人得以告捕。尝有家室,则许之归俗,通平民者,杖背流递,僧尼自相通及犯品官家者,皆死。

蒲路虎性爱民,所居官必复租薄征,得蕃汉间心,但时有酒过。后除东京留守,治渤海城。敕令止饮,行未抵治所,有一僧以榛柃罌盂遮道而献,榛柃木名,有文缕可爱,多用为碗。曰:"可以酌酒。"路虎曰:"皇帝临遣时,宣戒我勿得饮。尔何人,乃欲以此器导我邪?"顾左右令洼勃辣骇,彼云敵杀也。即引去。行刑者哀其亡辜,击其脑不力,欲令宵通,而以死告。未毕,复呼使前,僧被血淋漓,路虎曰:"所以献我者,意安在?"对曰:"大王仁慈正直,百姓喜幸,故敢奉此为寿,无它志也。"路虎意解,欲释之,询其乡,以渤海对。路虎笑曰:"汝闻我来,用此相鹘突耳,岂可赦也?"卒杀之。又于道遇僧尼五辈,共辇而载,召而责之曰:"汝曹群游已冒法,而乃敢显行吾前邪?"皆射杀之。

金国之法,夷人官汉地者皆置通事,即译语官也,或以有官人为之。上下重轻,皆出其手,得以舞文招贿,三二年皆致富,民俗苦之。有银珠哥大王者,银珠者,行第六十也。以战多贵显,而不熟民事。尝留守燕京,有民数十家,负富僧金六七万缗,不肯偿。僧诵言欲申诉,逋者大恐,相率赂通事,祈缓之。通事曰:"汝辈所负不赀,今虽稍迁延,终不能免;苟能厚谢我,为汝致其死。"皆欣然许诺。僧既陈牒,跪听命,通事潜易它纸,译言曰:"久旱不雨,僧欲焚身动天以苏百姓。"银珠笑,即书牒尾称塞痕者再。庭下已有牵拢官二十辈驱之出,僧莫测所以,扣之,则曰:"塞痕,好也,状行矣。"须臾出郛,则逋者已先期积薪,拥僧于上,四面举火,号呼称冤,不能脱,竟以焚死。

胡俗旧无仪法,君民同川而浴,肩相摩于道,民虽杀鸡,亦召其君同食,炙股烹蒲,音蒲,脾肉也。以余肉和菹菜,捣臼中糜烂而进,率以为常。吴乞买称帝,亦循故态,今主方革之。

金国新制大氐依仿中朝法律,至皇统三年,颁行其法,有创立者,率皆自便。如欧妻至死,非用器刃者不加刑,以其侧室多,恐正室妒忌。汉儿妇莫不唾骂,以为古无此法,曾臧获不若也。

北人重赦,无郊霈,子衔命十五年,才两见赦:一为余都姑叛,一为皇子生。

盲骨子,其人长七八尺,捕生麋鹿食之。金人尝获数辈至燕,其目能视数十里,秋豪皆见,盖不食烟火,故眼明。与金人隔一江,常度江之南为寇,御之则返,无如之何。

金国天会十四年四月,中京小雨,大雷震,群犬数十,争赴土河而死,所可救者才二三尔。

松漠纪闻续

冷山去燕山三千里，去金国所都二百余里，皆不毛之地。乙卯岁，有二龙不辨名色，身高丈余，相去数步而死，冷气腥焰袭人，不可近。一已无角，如截去；一额有窍，大若当三钱，如斧凿痕。悟室欲遣人截其角，或以为不祥，乃止。

戊午夏，熙州野外涑水有龙见三日，初于水面见苍龙一条，良久即没。次日见金龙以爪托一婴儿，儿虽为龙所戏弄，略无惧色。三日金龙如故，见一帝者，乘白马，红衫玉带，如少年中官状。马前有六蟾蜍，凡三时方没。郡人竞往观之，相去甚近，而无风涛之害。熙州尝以图示刘豫，刘不悦。赵伯璘曾见之。

是年五月，汴都太康县一夕大雷雨，下冰龟亘数十里。龟大小不等，首足卦文皆具。

阿保机居西楼，宿毡帐中，晨起见黑龙长十余丈，蜿蜒其上。引弓射之，即腾空夭矫而逝，坠于黄龙府之西，相去已千五百里，才长数尺，其骸尚在金国内库。悟室长子源尝见之，尾鬣支体皆全，双角已为人所截，与予所藏董羽画出水龙绝相似，盖其背上鬣不作鱼鬣也。

悟室第三子挞挞，劲勇有智，力兼百人，悟室常与之谋国。蒲路虎之死，挞挞承诏召入，自后执其手而杀之，为明威将军。正月十六，挟奴仆十辈入寡婶家烝焉。悟室在阙下，彼都也。其长子以告，命械系于家。悟室至，问其故，曰："放偷敢尔！"

悟室命缚,杖其背百余,释之,体无伤。彼法缚者必死,挞挞始谓必杖,闻缚而惊,遂失心,归室不能坐,呼曰:"我将去。"人问之,曰:"适蒲路虎来。"后旬日死,悟室哭之恸,曰:"折我左手。"是年九月,悟室亦坐诛。

己未年五月,客星守鲁,悟室占之,太史曰:"不在我分野,外方小灾无伤。"至七月,鲁、兖、宋、滕、虞诸王同日诛。庚申年星守陈,太史以告宇文,宇文语悟室,悟室时为陈王。悟室不以为怪,至九月而诛。盖亦应天道如此。

金人科举,先于诸州分县赴试,诗、赋者兼论,作一日;经义者兼论策,作三日,号为乡试,悉以本县令为试官。预试之士,唯杂犯者黜。榜首曰乡元,亦曰解元。次年春,分三路类试,自河以北至女真皆就燕,关西及河东就云中,河以南就汴,谓之府试,试诗、赋、论、时务策,经义则试五道,三策、一论、一律义。凡二人取一,榜首曰府元。至秋,尽集诸路举人于燕,名曰会试,凡六人取一,榜首曰敕头,亦曰状元,分三甲,曰上甲、中甲、下甲。敕头补承德郎,视中朝之承议。上甲皆赐绯,七年即至奉直大夫,谓之正郎。第二第三人八年或九年,中甲十二年,下甲十三年。不以所居官高卑,皆迁大夫。中、下甲服绿,例赐银带。府试差官取旨,尚书省降札,知举一人,同知二人,又有封弥、誊录、监门之类。试闱用四柱揭彩其上,目曰至公楼,主文登之以观试。或有私者,停官不叙,仍决沙袋,亲戚不回避。尤重书法,凡作字有点画偏旁微误者,皆曰杂犯。先是,考校毕,知举即唱名;近岁上中下甲杂取十名,纳之国中,下翰林院重考,实欲私取权贵也。考校时不合格者,曰榜其名,试院欲开,余人方知中选。后又置御试,已会试中选者,皆当至其国都,不复试文,只以会试榜殿廷唱第而已。士人颇以为苦,多不愿往,则就燕径官之,御试之制遂绝。又有明经、明法、童子科,然不擢用,止于簿尉。明经至于为直省官,事宰执持笔研;童子科止有赵宪甫位至三品。

省部有令史,以进士及第者为之。又有译史,或以练事,或以关节。凡递敕或除州太守,告令史、译史送之,大州三数百千,帅府千缗。若兀术诸贵人除授,则令宰执子弟送之,获数万缗。

北方苦寒,故多衣皮,虽得一鼠,亦褫皮藏去。妇人以羔皮帽为饰,至直十数千,敌三大羊之价。不贵貂鼠,以其见日及火则剥落无色也。

初,汉儿至曲阜,方发宣圣陵,粘罕闻之,问高庆绪渤海人。曰:"孔子何人?"对曰:"古之大圣人。"曰:"大圣人墓岂可发?"皆杀之,故阙里得全。

燕京茶肆设双陆局,或五或六,多至十,博者蹴局,如南人茶肆中置棋具也。

女真多白芍药花,皆野生,绝无红者,好事之家采其芽为菜,以面煎之,凡待宾斋素则用,其味脆美,可以久留。无生姜,至燕方有之,每两价至千二百,金人珍甚,不肯妄设;遇大宾至,缕切数丝置碟中,以为异品,不以杂之饮食中也。

西瓜形如扁蒲而圆,色极青翠,经岁则变黄。其瓞类甜瓜,味甘脆,中有汁尤冷。《五代史·四夷附录》云:以牛粪覆棚种之。予携以归,今禁圃乡圃皆有,亦可留数月,但不能经岁,仍不变黄色。鄱阳有久苦目疾者,曝乾服之而愈,盖其性冷故也。

长白山在冷山东南千余里,盖白衣观音所居。其山禽兽皆白,人不敢入,恐秽其间,以致蛇虺之害。黑水发源于此,旧云粟末河,契丹德光破晋,改为混同江。其俗刳木为舟,长可八尺,形如梭,曰梭船。上施一桨,止以捕鱼,至渡车则方舟,或三舟。后悟室得南人,始造船如中国运粮者,多自国都往五国头城载鱼。

西楼有蒲,濒水丛生,一干,叶如柳,长不盈寻丈,用以作箭,不矫揉而坚,《左氏》所谓“董泽之蒲”是也。

关西羊出同州沙苑,大角虬上盘至耳,最佳者为卧沙细肋。北羊皆长面多髯,有角者百无二三,大仅如指,长不过四寸,皆目为白羊,其实亦多浑黑;亦有肋细如箸者。味极珍,性畏怯,不抵触,不越沟塈。善牧者每群必置羖𣬠羊数头,<small>羖𣬠,音古力,北人讹呼羖为骨。</small>仗其勇狠,行必居前,遇水则先涉,群羊皆随其后;以羖𣬠发风,故不食。生达靼者,大如驴,尾巨而厚,类扇,自脊至尾,或重五斤,皆背脂,以为假熊白,食饼饵,诸国人以它物易之。羊顺风而行,每大风起,至举群万计皆失亡,牧者驰马寻逐,有至数百里外方得者。三月八月两剪毛,当剪时,如欲落絮,不剪则为草绊落。可拈为线,春毛不直钱,为毡则蠹,唯秋毛最佳。皮皆用为裘。凡宰羊,但食其肉,贵人享重客,间兼皮以进,必指而夸曰:“此潜羊也。”

回鹘豆,高二尺许,直干有叶,无旁枝。角长二寸。每角止两豆,一根才六七角,色黄,味如栗。

渤海螃蟹,红色,大如碗,螯巨而厚。其跪如中国蟹螯,石举鮀鱼之属皆有之。

自上京至燕二千七百五十里,上京即西楼也。三十里至会宁头铺,四十五里至第二铺,三十五里至阿萨铺,四十里至来流河,四十里至报打孛堇铺,七十里至宾州渡混同江,七十里至北易州,五十里至济州东铺,二十里至济州,四十里至胜州铺,五十里至小寺铺,五十里至威州,四十里至信州北,五十里至木阿铺,五十里至没瓦铺,五十里至奚营西,四十五里至杨相店,四十五里至夹道店,五十里至安州南铺,四十里至宿州北铺,四十里至咸州南铺,四十里至铜州南铺,四十里至银州南铺,五十里至兴州,四十里至蒲河,四十里至沈州,六十里至广州,七十里至大口,六十里至梁渔务,三十五里至兔儿埚,五十里至沙河,五十里至显州,五十里至军官寨,四十里至惕隐寨,四十里至茂州,四十里至新城,四十里至麻吉步落,四十里至胡家务,四十里至童家庄,四十里至桃花岛,四十里至杨家馆,五十里至隰州,四十里至石家店,四十里至来州,四十里至南新寨,四十里至千州,四十里至润州,三十里至旧榆关,三十里至新安,四十里至双望店,四十里至平州,四十里至赤峰口,四十里至七个岭,四十里至榛子店,四十里至永济务,四十里至沙流河,四十里至玉田县,四十里至罗山铺,三十里至蓟州,三十里至邦军店,三十五里至下店,四十里至三河县,三十里至潞县,三十里至交亭,三十里至燕。自燕至东京一千三百十五里,自东京至泗州一千三十四里,自云中至燕山数百里皆下坡,其地形极高,去天甚近。

房之待中朝使者、使副,日给细酒二十量罐,羊肉八斤,果子钱五百,杂使钱五百,白面三斤,油半斤,醋二升,盐半斤,粉一斤,细白米三升,面酱半斤,大柴三束。上节,细酒六量罐,羊肉五斤,面三斤,杂使钱二百,白米二升。中节,常供酒五量罐,羊肉三斤,面二斤,杂使钱一百,白米一升半。下节,常供酒三量罐,羊肉二斤,面一斤,杂使钱一百,白米一升半。

天眷二年,奏请定官制札子:窃以设官分职、创制立法者,乃帝王之能事,而不可阙者也,在昔致治之主,靡不皆然。及世之衰也,侵冒放纷,官无常守,事与言戾,实由名丧,至于不可复振。逮圣人之作也,划弊救失,乘时变通致治之具,然后焕然一新,九变复贯,知言之选,其此之谓矣。太祖皇帝,圣武经启,文物度数,曾不遑暇。太宗皇帝嗣位之十二载也,威德畅洽,万里同风,聪明自民,不凝于物。始下明诏建官正名,欲垂范于将来,以为民极。圣谟宏远,可举而行,克成厥终,正在今日。伏惟皇帝陛下,上性孝德,钦奉先猷,爰命有司,用精详订。臣等谨按当唐之治朝,品位爵秩,考核选举,其法号为精密,尚虑拘牵;故远自开元所记,降及辽宋之传,参用讲求。有便于今者,不必泥古;取正于法者,亦无徇习。今先定到官号品次职守,上进御府,以尘乙览,恭俟圣断,曲加是正。言顺事成,名宾实举,兴化卓民,于是乎在。凡新书未载,并乞姑仍旧贯,徐用讨论,继此奏请。臣等顾惟虚薄,讲究不能及远,以塞明命是惧。傥涓埃有取,伏乞先次颁降施行。答诏曰:朕闻可则循,否则革,事不惮于改,为言之易,成之难。政或讥于欲速,审以后举,示将不刊。爰自先皇,已颁明命,顺考古道,作新斯人。欲端本于朝廷,首建官于台省。岂止百司之职守,必也正名;是将一代之典章,无乎不在。能事未毕,眇躬嗣承,惧坠先猷,惕增夕厉,勉图继述,申命讲求。虽曰法唐,宜后先之一揆;至于因夏,固损益之殊途。务折衷以适时,肆于今而累岁,庶同乃绎,仅至有成,掇所先行,用敷众听。作室肯构,第遵底法之良;若网在纲,庶弭有条之紊。自余款备,继此施陈。已革乃孚,行取四时之信;所由适治,揭为万世之常。尤在见闻,共思遵守。翰林学士韩防撰诏书曰:皇祖有训,非继体者所敢忘;圣人无心,每立事于不得已。朕丕承洪绪,一纪于兹,只遹先猷,百为不越。故在朝廷之上,其犹草昧之初。比以大臣力陈恳奏,谓纲纪以未举,在国家之何观。且名可言而言可行,所由集事;盖变则通而通则久,故用裕民。宜法古官,以开政府。正号以责实效,著仪而辨等威。天有雷风,辞命安得不作;人皆颜闵,印符然后可捐。凡此数条,皆今急务。礼乐之备,源流在兹,祈以必行,断宜有定,仰惟先帝,亦鉴微衷。神岂可诬,方在天而对越;时由异偶,若易地则皆然。是用载惟,殆非相反,何必改作?盖尝三复于斯言,皆曰可行;庶将一变而至道,乃从所议。用创新规,维兹故土之风,颇尚先民之质。性成于习,遽易为难,政有所因,姑宜仍旧。渐祈胥效,翕致大同。凡在迩遐,当体朕意,其所改创事件,宜令尚书省就便从宜施行。

宋、兖诸王之诛,韩昉作诏曰:周行管叔之诛,汉致燕王之辟,兹维无赦,古不为非。岂亲亲之道,有所未敦;以恶恶之心,是不可忍。朕自惟冲昧,猥嗣统临。盖由文烈之公,欲大武元之后。德虽为否,义亦当然。不图骨肉之间,有怀蜂虿之毒。皇伯太师宋国王宗磐,族联诸父,位冠三师。始朕承祧,乃綮协力,肆登极品,兼绾剧权,何为失图,以底不类?谓为先帝之元子,常蓄无君之祸心。昵信宵人,煽为奸党,坐图问鼎,行将弄兵。皇叔太傅、领三省事、兖国王宗隽,为国至亲,与朕同体。内怀悖德,外纵虚骄。肆己之怒,专杀以取威;擅公之财,市恩而惑众。力摈勋旧,欲孤朝廷,即其所疏,济以同恶。皇叔虞王宗英、滕王宗伟、殿前左副点检浑睹、会宁少尹胡实剌、郎君石家奴、千户述离古楚等,竞为祸始,举好乱从。逞躁欲以无厌,助逆谋之夫作。意所非冀,获其必成。先将贼其大臣,次欲危其宗庙。造端累岁,举事有期。早露端倪,每存含覆。第严禁卫,载肃礼文,庶见君亲之威,少安臣子之分。茂然不顾,狂甚自如。尚赖神明之灵,克开社稷之福。日者叛人吴十,稔心称乱,授首底亡。爰致克奔之徒,乃穷相与之党。得厥情状,孚于见闻。皆由左验以质成,莫敢诡辞而抵谰。欲申三宥,公议岂容;不顿一兵,群凶悉殄。于今月三日,已各伏辜,并令有司除属籍讫。自余诖误,更不蹑寻,庶示宽容,用安反侧。民画衣而有犯,古犹钦哉;予素服以如丧,情可知也。

陈王悟室加恩制词曰:贵贵尊贤,式重仪刑之望;亲亲尚齿,亦优宗族之恩。朕俯迫群情,只膺显号。爰第景风之赏,孰居台曜之先。凡尔在廷,听予作命。具官属为诸父,身相累朝。蹈五常九德之规,为四辅三公之冠。当艰难创业之际,藉左右宅师之勤。如献兆之信著龟,如济川之待舟楫。迪我高后,格于皇天。属正统之有归,赖嘉谋之先定。缉熙百度,董正六官。雍容以折肘腋之奸,指顾以定朔南之地。德业并茂,古今罕伦。迨兹庆赐之颁,询及金谐之论。谓上公之加命有九,而天下之达尊者三。既已兼全,无可增益。乃敷求于载籍,仍自断于朕心。杖以造朝,前已加于异数;坐而论道,今复举于旧章。萧相国赐语不名,安平王肩舆升殿。并兹优渥,以奖耆英。於戏! 建无穷之基,则必享无穷之福;锡非常之礼,所以报非常之功。钦承体貌之隆,共对邦家之祉。

皇后裴摩申氏谢表曰:龙衮珠旒,端临云陛;玉书金玺,荣畀椒房。恭受以还,浚兢罔措。恭惟道兼天覆,明并日升。诚意正心,基周王之风化;制礼作乐,焕尧帝之文章。俯矜奉事之劳,饬遣光华之使。温言奖饰,美号重仍。顾拜命之甚优,惭省躬而莫称。谨当恪遵睿训,益励肃心。庶几妇道之修,仰助人文之化。后父小名胡搭。

渤海贺正表曰:三阳应律,载肇于岁华;万寿称觞,欣逢于

元会。恭惟受天之祐,如日之升。布治惟新,顺夏时而谨始;
卜年方永,迈周历以垂休。臣幸际明昌,良深抃颂。远驰信
币,用申祝圣之诚;仰冀清躬,茂集履端之庆。

夏国贺正表曰:斗柄建寅,当帝历更新之旦;葭灰飞管,属
皇图正始之辰。四序推先,一人履庆。恭惟化流中外,德视迩
遐。方熙律之载阳,应令候而布惠。克凝神于窅奥,务行政于
要荒。四表无虞,群黎至治。爰凤阙届春之早,协龙廷展贺之
初。百辟称觞,用尽输诚之意;万邦荐祉,克坚献岁之心。臣
无任云云。大使武功郎没细好德、副使宣德郎季膺等,赍表诣
阙以闻。

高丽贺正表曰:帝出乎震,方当遂三阳之生;王次于春,所
以大一统之始。覆帱之内,欢庆皆均。恭惟中孚应天,大有得
位。所过者化,阅众甫以常新;不怒而威,观庶邦之率服。茂
对佳辰之复,备膺诸福之休。臣幸遭昌期,远居外服。上千万
岁寿,曾莫预于胪传;同亿兆人心,但窃深于善祝云云。使朝
散大夫卫尉少卿轻车都尉赐紫金鱼袋李仲衍,奉表称贺以闻。

先君衔使十五年,深陷穷漠,耳目所接,随笔纂录。
闻孟公废箧,汴都危变,归计创艾,而火其书,秃节来
归。因语言得罪柄臣,诸子佩三缄之戒,循陔侍膝,不敢
以北方事置齿牙间。及南徙炎荒,视膳余日,稍亦谈及远
事。凡不涉今日强弱利害者,因操牍记其一二。未几,复
有私史之禁,先君亦枕末疾,遂废不录。及柄臣盖棺,弛
语言之律,而先君已赍恨泉下。鸠拾残稿,仅得数十事,
反袂拭面,著为一编。绍兴丙子夏长男适谨书。

松漠补遗

金国庙讳尤严,不许人犯。尝有一武弁,经西元帅投牒,误斥其讳,杖背流递。武元初,只讳"旻",后有申请云:旻,闵也,遂并"闵"讳之。

房中中丞唯掌讼牒,若断狱会法,或春山秋水,谓去国数百里,逐水草而居处。从驾在外,卫兵物故,则掌其骸骼,至国则归其家。谏官并以他官兼之,与台官皆备员,不弹击外道,虽有漕使,亦不刺举。故官吏赃秽,略无所惮。

房法:文武官不以高下,凡丁家难未满百日,皆差监关税。州商税院、盐铁场,一年为任,谓之优饶,其税课倍增者,谓之得筹。每一筹转一官,有岁中八九迁者。近有止法,不得过三官。富者择课额少处受之,或以家财贴纳,只图迁转。其不欲迁者,于课利多处,除岁额外,公然分之。

房法:有负犯者,不责降,只差监盐场,课额虽登,出卖甚迟,虽任满去官,非卖尽不得仕,至有十年不调者。无磨勘之法,每一任转一官,以二十五月为任,将满即改除,并不待阙。

北地汉儿张献甫,作太原都军,都监也。其姊夫刘思与侍郎高庆裔,为十友之数。张有一犀带,国初钱王所献者,号镇国宝带,是正透中间龙形。

契丹重骨咄犀,犀不大,万株犀无一不曾作带。纹如象牙,带黄色,止是作刀把,已为无价。天祚以此作兔鹘中国谓之腰条皮。插垂头者。

鹿顶合,燕以北者方可车,须是未解角之前。才解角血脉通,冬至方解,顶之上为合,正须亦作合。好者有"人"字,不好者成"八"字,有髓眼不实。北人谓角为鹿角合,顶为鹿顶合,南中止有鹿角合。南鹿不实,定有髓眼,不可车。北地角未老,不至秋时不中。

麋角与鹿角不同。麋角如驼骨,通身可车,却无纹,生枝不比鹿,皆小。鹿顶骨有纹,上下无之,亦可熏成纹。

犀有三种:重透外黑,有一晕白中又黑,世艰得之;正透又曰通犀,倒透亦曰花犀,或班犀,有游鱼形;诸犀中水犀最贵。秀州周通直家有正透犀带,其中一点白,以纸灯近之,即时灭,有湿气,疑是水犀。

耀段褐色,泾段白色,生丝为经,羊毛为纬,好而不耐。丰段有白有褐最佳。驼毛段出河西,有褐有白。

秋毛最佳,不蛀,冬间毛落,去毛上之粗者,取其茸毛,皆关西羊为之,蕃语谓之羺劝。北羊止作粗毛。

先忠宣《松漠纪闻》,伯兄镂板歙越,遵来守建业,又刻之。暇日搜阅故牍,得北方十有一事,皆曩岁侍旁亲闻之者,目曰"补遗",附载于此。乾道九年六月二日,第二男资政殿大学士、左中大夫、知建康府、江南东路安抚使、兼行宫留守遵谨书。

中 吴 纪 闻

[宋]龚明之 撰

孙菊园 校点

校 点 说 明

《中吴纪闻》著者龚明之,字希仲,号五林居士,昆山(今属江苏)人。生于宋哲宗元祐五年(1090),绍兴间以乡贡廷试授高州文学,淳熙初,举经明行修,授宣教郎致仕,卒于宋孝宗淳熙九年(1182),一说卒于淳熙十三年(1186)。一生以授徒糊口,生活清贫,事祖母以孝闻。

本书作于晚年,是一部涉及内容非常广泛的资料笔记,诸如吴中地区(今苏州、昆山一带)宰执郡守文人名士的遗闻逸事、诗文酬对以及该地区的名胜古迹、风土民情、鬼神梦卜、僧道行踪等,均有记录。尤其是对于吴中地区的遗佚诗文,搜辑不遗余力,一些文人名士的作品赖以保存。其意义正如杨子器序文所说:"于国史之阙遗讹谬,于是乎征验;郡邑之废置沿革,于是乎考证;于古今古迹、士大夫出处、贤才经济、闺房贞秀,又皆于是乎总萃。"

《中吴纪闻》版本繁多,现存最早的是明弘治七年刻本,其中有八条有目无文;其次为正德九年龚弘(龚明之九世孙)刻本;以后则有明代的若墅堂刻本、毛氏汲古阁刻本、清代何焯校定菉竹堂刻本。同时又为一些丛书所收录,如鲍廷博《知不足斋丛书》、张海鹏《墨海金壶》、曹溶《学海类编》、钱熙祚《珠丛别录》、伍崇曜《粤雅堂丛书》、朱记荣《槐庐丛书》、缪荃孙《汇刻太仓旧志五种》、董康《诵芬室丛书》等。1986年,我曾以《知不足斋丛书》本为底本,用以上所列各本作校本是正补阙,并用《宋史》、《吴郡志》、《宋诗纪事》等有关方志、笔记、文集参校，一一写出校记，并附版本题跋、作者史料、各家藏书书目、书目题识等资料，交上海古籍出版社出版。这次重版，依照收入《历代笔记小说大观》的体例要求，文字择善而从，概不出校。除保留龚明之序文之外，其他序跋附录资料一律不载。不当之处，仍请读者批评指正。

目　录

目　　录　　　　　　　　　　2825

中吴纪闻序

　　吾家自先殿院占籍中吴，距今几二百祀，相传已及云、仍矣。明之幼尝逮事王父，每闻讲论乡之先进所以诲化当世者，未尝不注意高仰云。少长从父党游，皆名人魁士。及又获识典刑於亲炙之人，乃从事於进取，虞庠鲁泮，余三十年，同舍亦多文人行士，揭德振华，咸有可纪。厥后世异事变，利门名路，绝不复往。由是声迹益晦陋，瓜畴芋区，不过老农相尔汝，所与谈笑者，无复有鸿儒矣。窃尝端居而念焉，凡畴昔饫闻而厌见者，往往后辈所未喻。今年九十有二，西山之日已薄，恐其说之无传也，口授小子昱，俾抄其大端，藏之箧衍。不惟可以稽考往迹，资助谈柄；其间有裨王化、关士风者颇多，皆新旧《图经》及吴地志所不载者。至于鬼神梦卜，杂置其间，盖效范忠文《东斋纪事》体；谈谐嘲谑，亦录而弗弃，盖效苏文忠公《志林》体：皆取其有戒于人耳。昱新学小生，属意不伦，措辞无法，不可以为书。予意为是不满，必得老于文者檃括之，庶几不为抚掌之资，而使后之人诵其所闻，以代庄舃之吟尔。淳熙九年中和日，宣教郎赐绯鱼袋致仕龚明之期颐堂书。

中吴纪闻卷第一

范 文 正 公

天圣五年,范文正公居母丧,上书宰执,请择郡守,举县令,斥游惰,去冗僭,遴选举,崇教育,养将材,实边备,保直臣,斥佞人,使朝廷无过,生灵无怨,以杜奸雄,凡万余言。时王文正公曾为相,见而伟之。服满,荐充馆职。由此为人主所知,不次擢用。庆历三年九月,拜参知政事。上开天章阁,访以治道。公条陈当世急务十条:一曰明陟黜,二曰抑侥幸,三曰精贡举,四曰择官长,五曰均公田,六曰厚农桑,七曰修武备,八曰覃恩信,九曰重命令,十曰减徭役。上嘉纳之。一岁之间,次第举行,无或遗者。公初上宰相书,即受知于王文正;后陈十事,即见听于仁宗。虽曰抱负奇伟,不容不见于施设,自非圣君贤相委曲信任之,亦安能行其所学邪?

许 洞

许洞,太子洗马仲容之子,洗马坟在城西。登咸平三年进士第。平生以文章自负,所著诗篇甚多,当世皆知其名,欧阳文忠公尝称其为俊逸之士。所居惟植一竹,以表特立之操,吴人至今称之曰:"许洞门前一竿竹。"真庙祠汾阴,时洞为均州参军,在路献文章,令召试中书。予之族妹,适洞之曾孙,见其家藏洞之敕牒三四纸。

洞与潘阆、钱易为友，狂放不羁。阆坐卢多逊党，亡命，乃变姓名，僧服入中条山。洞密赠之诗曰："潘逍遥，平生才气如天高。倚天大笑无所惧，天公嗔汝口哎哎。罚教临老头，补衲归中条。我愿中条山，山神镇长在。驱雷叱电，依前赶出这老怪。"

丁 陈 范 谢

钱武肃王镠之子，广陵王元璙；广陵王之子，威显王文奉：皆为中吴军节度使，开府于苏。时有丁、陈、范、谢四人者同在宾幕：丁讳守节，陈讳赞明，范讳梦龄，谢讳崇礼，职中吴军节度推官，俱以长者称。守节者，丞相谓之祖；赞明者，屯田之奇字虞卿之曾祖；梦龄者，参政仲淹之曾祖；崇礼者，太子宾客涛之父。其子孙又皆登高科，跻朊仕，足见庆源深厚矣。

辟 疆 园

吴中旧传，池馆林木之胜，惟辟疆园为第一。辟疆姓顾氏，晋人。见于题咏者甚众。李太白云："柳深陶令宅，竹暗辟疆园。"陆羽曰："辟疆旧林园，怪石纷相向。"陆龟蒙云："吴之辟疆园，在昔胜概敌。"皮日休云："更葺园中景，应为顾辟疆。"近世如张伯玉亦云："于公门馆辟疆园，放荡襟怀水石间。"今莫知其遗迹所在。

斗 百 草

吴王与西施尝作斗百草之戏，故刘禹锡诗云："若共吴王斗百草，不如应是欠西施。"

陈 君 子

陈之奇字虞卿,乡人以其有贤德,故以君子称之。初登第,为鄱阳尉,后为丹徒泰兴令。李玮尚秦国大长公主,下国子监举通经术有行义者为教授,遂以公充选。未几,乞致仕,迁太子中允,时年未五十。俄除平江军节度掌书记,复以为教授,诏装钱促遣之,力辞不赴。公道德著于乡,虽闾巷小儿,亦知爱敬。有争讼久不决者,跨蹇驴至其家,以大义感动之,皆为之革心。自挂冠后,闲居十八年。熙宁初卒,葬花山。王岐公为作志,题之曰《陈君子墓铭》。始公之谢事也,蒋堂侍郎语人曰:"举天下皆知有富贵,而虞卿独以知止易众人之心,吾喜林下有人矣。"因为赋诗曰:"宠秩拜春坊,归休识虑长。扫门卑魏勃,设醴谢元王。一水莼鲈国,群山橘柚乡。喜君添老社,烟驾共徜徉。"张伯玉郎中亦赠之诗曰:"东吴王孙归挂冠,玉丝红鲙满雕盘。狂吟但觉日月久,醉舞不知天地宽。小圃移花山客瘦,夜窗捣药橘童寒。新书近日成多少,且告先生旋借看。"

梅圣俞与僧良玉诗

昆山慧聚寺僧良玉,字蕴之。僧行甚高,旁通文史之学,又善书,工琴棋。因游京师,梅圣俞见而喜之,以姓名闻于朝,赐以紫衣。其东归也,圣俞以诗送之曰:"来衣茶褐袍,归变棋色服。扁舟洞庭去,落日松江宿。水烟晦琴徽,山月上岩屋。野童遥相迎,风叶鸣橡槲。"后潜遁故山,专以讲经为务,号所居曰"雨花堂"。

半 夜 钟

　　唐张继《宿枫桥》诗云："月落乌啼霜满天,江村渔火对愁眠。姑苏城外寒山寺,半夜钟声到客船。"昔人谓钟声无半夜者,诗话尝辨之云:"姑苏寺钟,多鸣于半夜。"予以其说为未尽。姑苏钟唯承天寺至夜半则鸣。其它皆五更钟也。此张继诗,王氏《学林新编》误以为温庭筠。

白 乐 天

　　白乐天为郡时,尝携容、满、蝉、态等十妓,夜游西武丘寺,尝赋纪游诗,其末云:"领郡时将久,游山数几何? 一年十二度,非少亦非多。"可见当时郡政多暇,而吏议甚宽。使在今日,必以罪去矣。

六 经 阁 纪

　　姑苏自景祐中范文正公典藩,方请建学。其后富郎中严继之,又建六经阁。张伯玉公达尝为郡从事,遂命为之记。今但传其篇首数句,《闻见录》又误载其始末。予家偶藏公达所著《蓬莱集》,恐后人不复见全文也,因具载之:六经阁,子、史在焉,不书,尊经也。吴郡州学,始由高平范公经缉之。其后天章蒋公待制,中书柳舍人,史馆、昭文张陆二学士,行郡事、殿中丞李公仲涂先生之犹子,中台柳兵曹,今尚书富郎中,十年更八政,仁贤继志,学始大成。丙戌年,六经阁又建。先时书籍草创,未暇完缉,厨之后庑,泽地污晦,日滋散脱,观者恻然,非古人藏象魏拜六经之意。至是,富公始与吴邑、长洲二大夫,以学本之余钱,傲之市材,直公堂之南,临泮池建层屋。

起夏六月乙酉,止秋八月甲申,凡旬有七浃。计庸千有二百。作楹十有六,栋三,架雷八,桷三百八十有四,二户,六牖,梯冲、棼栿、圬墁、陶甓称是。祈于久,故爽而不庳;酌于道,故文而不华。经南向,史西向,子、集东向。标之以油素,揭之以油黄。泽然区处,如蛟龙之鳞丽,如日月之在纪,不可得而乱矣。判天地之极致,皇王之高道,生人之纪律,尽在是矣!古者圣贤之设教也,知函夏之至广,生齿之至众,不可以颐解耳授,故教之有方,导之有源。乃本庠序之风,师儒之说,始于邦,达于乡,至于室,莫不有学。烜之以文物,耸之以声明。先用警策其耳目,然后清发其灵腑。故其习之也易,其得之也深。其教不肃而成,不烦而治。驱元元入善域,优而柔之,使自得之。万世之后,尊三王四代法者无他焉,教化之本末驯善也。然则观是阁者,知六经之在,则知有圣人之道;知有圣人之道,则知有朝廷之化;知有朝廷之化,则向方之心日懋一日。礼义之泽流于外,弦歌之声格于内。其为恶也无所从,其为善也有所归,虽不欲徙善远罪、纳诸大和不可。召康公之诗曰:"岂弟君子,来游来歌。"子思之说云:"布在方策,人存则政举。"凡百君子,由斯道活斯民,畅皇极,序彝伦者,舍此而安适?得无尽心焉。诸儒谓伯玉尝从事此州,游学滋久,宜刊乐石,庶几永永无忽。

唐郎官题名

　　唐郎官题名碑,承平时在学舍中堂之后,已渐刓缺,兵火后不复存矣。序文乃张长史楷书,长史以草圣得名,未尝作楷书,世尤爱之。题名之人虽不一,亦尽得古笔法。唐世崇尚字学,用此以取人,凡书皆可观。今所传止序文尔。长史苏人,故立碑于此。

丁晋公　祖守节，吴越中吴军节度推官

公讳谓，字谓之。家世于冀，其祖仕钱氏，遂为吴人。公
少负才名，先叔祖端公在鼎州日，公尝贽文求见，因赠之诗曰：
"胆怯何由戴铁冠？只缘昭代奖孤寒。曲肱未遂违前志，直指
无闻是旷官。三署每传朝客说，五溪闲凭郡楼看。祝君早得
文场隽，况值天阶正舞干。"淳化三年，公登进士科，名在第四，
与孙何俱有声。当时王黄州有诗云："三百年来文不振，直从
韩柳到孙丁。如今便合教修史，二子文章似六经。"祥符中，为
参知政事。上问："唐酒价几何？"公曰："每斗三百。"按杜甫
诗："速宜相就饮一斗，恰有三百青铜钱。"又侍宴赏花钓鱼，公
诗云："莺惊凤辇穿花去，鱼畏龙颜上钓迟。"上赏咏再三，群臣
皆以为不及。天禧中拜相。仁宗即位，进司徒兼侍中。后为
章圣山陵使，擅移陵域，贬将仕郎、崖州司户参军。公自迁谪，
日赋一诗，号《知命集》。后因奏表叙策立之功，有云："虽迁陵
之罪大，念立主之功多。"因徙雷州，移道州，复秘书监，光州居
住。贬窜十五年，须发无斑白者，人皆服其量。临终，半月不
食，焚香危坐，诵佛书，以沉香煎汤，时呷而已。至光州，谢执
政启有云："三十年门馆从游，不无事契；一万里风波往复，尽
出生成。"在海上对客，问："天下州郡孰大？"客曰："唯京师。"
公曰："朝廷宰相只作崖州司户，则崖州为大。"众皆大笑。归
葬华山。所居在大郎桥，号晋公坊。堂宇甚古，有层阁数间临
其后。予尝至其第，与公之孙德隅游。德隅善篆，亦工于四
六。

解　　额

　　姑苏自祥符间定制,秋举以四人为额。庆历中,就举者止二百人。范贯之龙图,尝作《送钱正叔赴举序》,已言四人之额,视他藩为最寡。熙宁、元丰间,应举者尚多,增为六人。三舍既行,罢去科举法,岁贡四人。舍法罢,乃合三年之数为十二人。绍兴丙子,又增流寓一名。今终场者几二千人,其额又不胜其窄矣。

红 莲 稻

　　红莲稻从古有之,陆鲁望《别墅怀归》诗云:"遥为晚花吟白菊,近炊香稻识红莲。"至今以此为佳种。

陆 宣 公

　　《唐书》云:陆贽,苏州嘉兴人。按武德中,苏州所管七县,而嘉兴本号长水县。后改为由拳,又改为嘉禾。吴赤乌中,方易今名也。

太 一 宫

　　太平兴国六年,方士言:"五福太一在吴越分。太一,天之贵神也,行度所至之国,民受其福。"故令苏州建太一宫。后以地远,不便于祷祀,遂于京城苏村建之。今天庆观乃其旧址,乡人尚有以宫巷、宫前称者。

孙 百 篇

　　吴士孙发,尝举百篇科,故皮日休赠以诗云:"百篇宫体喧

金屋,一日官衔下玉除。"陆龟蒙亦有云:"直应天授与诗情,百
咏唯消一日成。"其见推于当时如此。此科不知创于何代,国
初亦无定制,惟求应者即命试。太平兴国五年,有赵昌国愿试
此科。帝御殿出四句诗为题,诗云:"松风雪月天,花竹鹤云
烟。诗酒春池雨,山僧道柳泉。"每题五篇,篇四韵。至晚,仅
成数十首。方欲激劝后学,特赐及第。仍诏今后有应此科者,
约此题为式。

苏 子 美

　　苏舜钦字子美,易简参政之孙。慷慨有大志,工为古文,
声名与欧阳公相上下。天圣七年,玉清昭应宫灾,子美以太庙
斋郎诣登闻上疏,谓:"天以此垂戒,愿陛下恭默内省。"语甚切
直。时年方二十。登景祐元年进士第。俄有诏戒越职言事
者,子美又上书,极论其不可。庆历四年,授大理评事、集贤校
理,监进奏院。当时用事者,以子美乃范文正所荐,而杜正献
之婿也;因鬻故纸会客事诬奏之,遂除名勒停。嘉祐初,韩魏
公为请于朝,追复元官。卒年四十一。山谷先生尝有《观秘阁
苏子美题壁》诗,曲尽其平生大节,真迹藏汪玉山家。今集中
不载,故见之于此:"仁祖康四海,本朝盛文章。苏郎如虎豹,
孤啸翰墨场。风流映海岱,俊锋不可当。学书窥法窟,当代见
崔张。银钩刻琬琰,虿尾回缣缃。擢登群玉府,台阁自生光。
春风吹细雨,禁直梦沧浪。人声市朝远,帘影花竹凉。秋河湔
笔砚,怨句挟风霜。不甘老天禄,诚欲叫未央。小臣胆如斗,
朱儒俸一囊。请提师十万,奉辞问犬羊。归鞍饮月支,伏背笞
中行。人事喜乖迕,南迁浮夜航。此时调玉烛,日行中道黄。
柄臣似牛李,倾夺谋未臧。薄酒围邯郸,老龟祸枯桑。兼官百

郡邸，报赛用岁常。招延青云士，共醉椒糈餴。俗客避白眼，征歌舞红裳。谤书动宸极，牢户系桁杨。一网收冠盖，九衢人走藏。庖丁提刀立，满志无四旁。论罪等饕餮，囚衣御方良。姑苏麋鹿瞳，风月有书堂。永无湔被期，山鬼共幽篁。万户封侯骨，今成狐兔冈。迩来四十年，我亦校书郎。雄文终脍炙，妙墨见垣墙。高山仰豪气，峥嵘乃不亡。张侯开诗卷，词章尚轩昂。草书十余纸，雨漏古屋廊。诚知千里马，不服万乘箱。遂令驾鼓车，此岂用其长？事往飞鸟过，九原色莽苍。敢告大钧手，才难幸扶将！"子泌，字进之，任湖北运使。先殿院之女，适参政公之子宿，宿乃耆之弟，于子美为叔父。

红 梅 阁

吴感字应之，以文章知名。天圣二年，省试为第一。又中天圣九年书判拔萃科，仕至殿中丞。居小市桥，有侍姬曰红梅，因以名其阁。尝作《折红梅》词曰："喜轻澌初泮，微和渐入、芳郊时节。春消息，夜来斗觉，红梅数枝争发。玉溪仙馆，不是个、寻常标格。化工别与一种风情，似匀点胭脂，染成香雪。　　重吟细阅。比繁杏夭桃，品流真别。只愁共、彩云易散，冷落谢池风月。凭谁向说。三弄处、龙吟休咽。大家留取，倚阑干，闻有花堪折，劝君须折。"其词传播人口，春日郡宴，必使倡人歌之。吴死，其阁为林少卿所得，兵火前尚存。子纯，字晦叔。文行亦高，乡人呼为吴先生。杨元素《本事集》误以为蒋堂侍郎有小鬟号红梅，吴殿丞作此词赠之。

先 高 祖

先高祖讳识，给事中讳慎仪之子。登端拱三年第。大中

祥符间,用翰林学士李宗谔荐,权监察御史。属真宗东封护跸
还都,迁殿中侍御史、兼左巡使,时年四十有二。本朝承袭唐
制,御史不专言职。至是,始择学术醇正,操履端方,可以纪纲
朝廷者,俾入台言事。得之至难,故被选者实为不世之荣。先
高祖任职逾年,遽抱目疾,累表乞退,遂除检校司封郎官、平江
军节度副使。

　　先高祖登第时,金花帖子尚存。其制用涂金黄纸,大
书姓名,下有两知举花押,仍用白纸作一大帖贮之,亦题
姓名于上。近吴南英于周参政处,模写王扶、盛京二帖
子,名士题跋甚众,皆以为今世所罕见者。予因归而视其
所藏,适与王扶同此一榜,规模无毫发不相似,但多白纸
为护尔。今所谓榜帖者,盖起于此。

赵 霖 水 利

　　政和六年,庄徽待制为郡守,中使以金字牌奉御笔云:"访
闻平江府三十六浦内,自古置闸,随潮启闭,泄放水势,岁久堙
塞,遂致积年为患。今差本府户曹赵霖,躬亲具逐浦相度经久
利害,绘图赴尚书省指说。"既被旨,因遍历诸县,遂得其利害。
霖意不过三说:一,开治港浦;二,置闸启闭;三,筑圩裹田。遂
条析其事,合成一书奏之,后略施行。霖所建明与郑正夫差
异。霖专主置闸之说;正夫则属意于开纵浦横塘,使水趋于江
而已。窃谓二公之论,与今日又不同。往时所在多积水,故所
治之法如此;今所以有水旱之患者,其弊在于围田,由此水不
得停蓄,旱不得流注,民间遂有无穷之害。舍此不治而欲兴水
利,难矣。

黄 氏 三 梦

建宁黄氏,乃名族也。因游宦,遂徙居于吴。黄氏有三子,皆勤于学问,其父梦捷夫持榜帖报黄颜者,遂以名其长子,已而果第。久之,其梦如初,乃折偏旁名仲子以"彦",彦复掇高科。后数年,其梦亦如初,黄甚怪之,又以"颉"名其季。颉既第,颜即死矣。

昆 山 编

唐人刘绮庄为昆山尉,研究今古缃帙,所积甚富。尝分类应用事,注释于下,如六帖之状,号《昆山编》。今其书尚传。

皋 桥 诗

皋桥者,汉皋伯通所居之地。梁鸿娶孟光,同至吴,居伯通庑下,为人舂役。后伯通察而异之,乃舍之于家。皮日休尝赋诗云:"皋桥依旧绿杨中,闾里犹生隐士风。唯我到来居上馆,不知何道胜梁鸿。"陆龟蒙诗云:"横绝春流架断虹,凭阑犹想《五噫》风。今来未必非梁孟,却是无人继伯通。"

谢 宾 客

公讳涛,字济之,其先三世仕吴越。公幼而奇敏,尝讲学于阳山澄照寺之西庑。时王翰林禹偁宰长洲,罗拾遗处约宰吴县,皆器重之,自此名显于时。登淳化三年第,知益州华阳县,通判寿州,知兴国军。真宗即位,锐意任人,一日中,出朝士姓名有治状者,凡二十四人,付中书门下,令驿召至阙。公在选中,命知曹州。有凶人赵谏者,交权势,结豪侠,务乘人之

弊以告讦。公奏之朝廷,斩于都市。乃下诏:凡民非干己事,
无得告言。遂著于令。为两川安抚,还除三司度支判官,出守
海陵、新安二郡。俄召试直史馆,出为两浙转运使。还判司农
寺、兼侍御史知杂事。知越州,任满,拜太常少卿、判登闻检
院。又得请权西京留司御史台,就拜秘书监,遂分司洛下。朝
廷嘉其恬退,迁太子宾客。其子既入台阁,迎侍于京师。景祐
元年卒,年七十五。赠礼部尚书。子绛,女适梅尧臣圣俞,孙
景初、景温。公始以文学中进士上第,而子孙世践其科。又父
子更直馆殿,出处仅二十余年,皆衣冠之盛事。公分务洛下,
悉屏去外累;于笔砚歌诗素所耽嗜,亦不复为,曰:“佚我以老
也。”数年间,惟日看旧史一编,以代宾话。一日,因假寐,梦中
作《读史》一绝云:“百年奇特几张纸,千古英雄一窖尘。惟有
炳然周孔教,至今仁义浃生民。”越一夕捐馆。范文正为记其
事。

张子野吴江诗

　　张子野宰吴江日,尝赋诗云:“春后银鱼霜下鲈,远人曾到
合思吴。欲图江色不上笔,静觅鸟声深在芦。落日未昏闻市
散,青天都净见山孤。桥南水涨虹垂影,清夜澄光合太湖。”为
当时之绝唱。

春　申　君

　　姑苏城隍庙神,乃春申君也。按《史记》,春申君初相楚,
后请封于江东,考烈王许之,因城故吴墟以为都邑。吴地志亦
云:春申君尝造蛇门以御越军。其庙食于此也,固宜。《越绝书》
云:“幽王立,封春申君于吴。”其说又似不同,要当以《史记》之言为正。

蒋密学

蒋堂字希鲁,尝两守此郡。后既谢事,因家焉,自号曰"遂翁",所居曰"灵芝坊",作园曰"隐圃"。圃之内,如岩扄、水月庵、烟萝亭、风篁亭、香岩峰,皆极登临之胜。公喜宾客,日为燕会。时以诗篇为乐,范贯之龙图尝赋诗云:"勇退人难事,明公识虑长。波涛济舟楫,霜雪见松篁。林下开前圃,花间撤亚枪。二疏良宴会,老杜好篇章。道向清来胜,机于静处忘。当除印如斗,试一较闲忙。"

丁晋公拜老郁先生

祥符中,丁晋公自参知政事拜平江军节度使、知昇州。时建节钺者,出入必陈其仪度。既还本镇,乡人为之改观。公在童龆时,尝从老郁先生学。先生居光荡巷,师孟之父,户部师淳之伯父,予尝从师孟学。至是,首入陋巷,诣先生之居,以两朱衣袯之,拜于其下。先生惶惧,大声呼之曰:"拜杀老夫矣。"既坐,话旧极款密,且云:"小年狭劣,荷先生教诲,痛加榎楚。使某得成立者,皆先生之赐也。"先生愈不自安,不数月果卒。公遣吏为办棺敛、葬埋之物甚厚。吴人至今以为美谭。

李璋

李璋忘其字。居盘门内,为人不羁。王荆公甚爱其才,尝有《送行》诗云:"湖海声名二十年,尚随乡赋已华颠。却归甫里无三径,拟傍肯山就一廛。朱毂风尘休怅望,青鞋云水且留连。故人亦见如相问,为道方寻木雁篇。"又有公《下第》诗云:"浩荡宫门白日开,君王高拱试群才。学如吾子何忧失,命属天公不可猜。意气未宜轻感概,文章尤忌数悲哀。男儿独患无名尔,将相谁云有种哉!"由此声誉益著,后以特恩补官。孙益,字彦中。擢高科,历监察御史,徙居常熟。

　　公素好讥谑。有一故相远派在吴中,尝于嬉游之地,书其壁曰:"大丞相再从侄某尝游。"公因题其傍曰:"混元皇帝三十七代孙李璋继至。"尝赴特奏恩,语同试者云:"廷唱日,必不以名见呼,止称某排第耳。"众皆不以为然,厚与之约。已而进状云:"因在京师,有远族相遇,谱系亦有以璋名者,欲以玖易之。"它日殿下,果唱李玖,盖公排第九也。

木 兰 堂 诗

木兰堂,多为太守燕游之地。范文正公作守时,尝赋诗云:"堂上列歌钟,多惭不如古。却羡木兰花,曾见《霓裳》舞。"白乐天在苏,尝教倡人为此舞也。堂之前后,皆植木兰,干极高大,兵火后不存。

林 大 卿 买 宅

州民有宅一区,多出变怪,无有售之者。林颜大卿独求买之。既徙入,中夜据厅事独坐,以示其不恐。忽见一白衣妇人,纵其所如,俄至一处所,潜伏不见。诘朝,使人穿其地,得银百余铤,其上皆镌一"林"字。此无异尉迟敬德事也。

富 秘 监

富秘监严,丞相文忠公之叔父也。登大中祥符四年第。庆历中,以刑部郎中守乡郡。嘉祐中,守秘书监致仕,退居于家。未尝一造府治,终年无毫发干请,士大夫皆贤之。《皇朝类苑》尝载其事。卒赠司徒,葬宝华山。有子临,娶先都官之女。秘监与都官聘书,今尚存。饱学能文,终池阳守。钧洵及元衡擢进士第,皆秘监公之曾孙也。

智积菩萨

灵岩寺,乃智积开山之地。智积当东晋末,自西土来此,创立伽蓝。泗州僧伽,持钵江南,至常之无锡,闻智积在苏,即回曰:"彼处已有人矣。"由此名遂显。有一贫姬慕其行,尝持角黍为献。智积受之,姬因得度。至今上巳日,号智积诞日,聚数十百姬为角黍会。

三江口

松江之侧,有小聚落,名三江口。郦善长云:"松江自湖东北径七十里,至江水分流,谓之三江口。"《吴越春秋》云:"范蠡去越,乘舟出三江之口,入五湖之中。"皆谓此也。三江,即《禹贡》所指者。

杨惠之塑天王像

慧聚寺有毗沙门天王像,形模如生,乃唐杨惠之所作。惠之初学画,见吴道子艺甚高,遂更为塑工,亦能名天下。徐稚山侍郎以此像得塑中三昧,尝记其事,谓其傍二侍女尤佳,且戒后人不可妄加涂饰。近为一俗工修治,遂失初意。

王赞运使减租

初,钱氏国除,而田税尚仍其旧,亩税三斗,浙人苦之。太宗乃遣王赟为转运使，_{转运衙，旧在姑苏州治之西偏。}均两浙杂税。赟悉令亩税一斗。使还，大臣有责其增减赋额者。赟谓亩税一斗，天下之通法。两浙既已为王民，岂可复循伪国之制？上从其说，浙人至今便之。

斗　　鸭

陆鲁望有斗鸭一栏，颇极驯养，一旦，驿使过焉，挟弹毙其尤者。鲁望曰："此鸭善人言，见欲附苏州上进，使者奈何毙之？"使者尽以囊中金以窒其口。使徐问其语之状，鲁望曰："能自呼其名尔。"使者愤且笑，拂袖上马。复召之，还其金，曰："吾戏耳！"

中吴纪闻卷第二

姚氏三瑞堂

阊门之西,有姚氏园亭,颇足雅致。姚名淳,家世业儒,东坡先生往来必憩焉。姚氏素以孝称,所居有三瑞堂,东坡尝为赋诗云:"君不见董召南,隐居行义孝且慈。天公亦恐无人知,故令鸡狗相哺儿,又令韩老为作诗。尔来三百年,名与淮水东南驰。此人世不乏,此事亦时有。枫桥三瑞皆目见,天意宛在虞鳏后。惟有此诗非昔人,君更往求无价手。"东坡未作此诗,姚以千文遗之。东坡答简云:"惠及千文,荷雅意之厚。法书固人所共好,而某方欲省缘,除长物旧有者,犹欲去之,又况复收邪?"固却而不受。此诗既作之后,姚复致香为惠。东坡于《虎丘通老简》尾云:"姚君笃善好事,其意极可嘉,然不须以物见遗。惠香八十罐,却托还之,已领其厚意,与收留无异。实为它相识所惠皆不留故也。切为多致,此恳。"予家藏三瑞堂石刻,每读至此,则叹美东坡之清德,诚不可及也。

丁氏贤惠录

《丁氏贤惠录》,安定先生文,苏子美书。丁氏乃晋公之女弟,陈君子之母也。封长安县君,贤行甚著。晋公钟爱其甥,欲官之,丁氏固辞,俾其以学术进,晋公竦然称叹。已而同其弟继登进士科。观此，足以知夫人之贤矣。

里人张绅，世与陈旧，其妇娩而没，夫人褓其婴归，付乳媪，亲加拊视，能言而还之。相兄既南谪，家日沦困，有侄孙女幼孤，夫人训育笃于己生。及归冯氏子，妇式闲淑，甚宜其家。时工部黄郎中宗旦守苏，闻而谓人曰："兹事可书于史。"

张文定公知昆山

张文定公方平，景祐中宰昆山。时蒋堂侍郎为郡守，得公著《刍荛论》五十篇上之，因举为贤良。公知昆山时，吴越归国未甚久，郡邑地旷，民占田无纪，岁远多侵越，讼数十年不能决。公召问所输租税几何，大约百一二。悉收其余，以赋贫民，自是无讼。

传　灯　录

永安禅院僧道元，纂佛祖讫近世名僧禅语，为《传灯录》三十卷以献。祥符中，诏翰林学士杨亿、知制诰李维、太常丞王曙刊定，刻板宣布。

曾　大　父

曾大父讳宗元，字会之。自幼颖悟绝人，读书于虎丘寺，昼夜不绝。举进士，为乡里首选。继登天圣五年第，主杭州仁和县簿。时范文正公为帅，改容礼之曰："公器业清修，他日必为令器，谨勿因人以进。"曾大父敬服其训。高祖既抱疾，因乞便亲，移吴县簿。后以居忧服阕，调建安尉。蔼有称声，保任者二十有二章。召见，改大理寺丞，知句容县。发摘奸伏，政如神明。叶道卿内翰时开府金陵,甚为之前席。杨纮持使节行部,号为深酷,吏望风投劾而去。纮过境上,独不入县,或问其故,纮曰:"龚君治民,所至有声,吾往徒为扰耳。"其见重如此。自登朝,未尝游公卿之门,皆文正公之教也。士论美之。尝通判衢、越二州,终都官员外郎,葬南峰山。有文集十卷,号《武丘居士遗稿》。子程、孙况,俱擢第。曾大父善作诗,尝有《六月吟》云:"曦轮猎野枯杉松,火焚泰华云如峰。天地炉中赤烟起,江湖煦沫烹鱼龙。生狞渴兽唇焦断,峻翮无声落晴汉。饥民逃生不逃热,血迸背皮流若汗。玉宇清宫彻罗绮,渴嚼冰壶森贝齿。炎风隔断真珠帘,池口金龙吐寒水。象床珍簟凝流波,琼楼待月微酣歌。王孙昼夜纵娱乐,不知苦热还如何?"《夜宴》诗云:"兔魄侵阶夜三刻,蜀锦堆香花院窄。风动帘旌玳瑁寒,露垂虫网真珠白。美人匝席罗弦管,绮幄云屏炉麝暖。只恐金壶漏水空,不怕鸾觞琥珀满。劝君莫负秉烛游,曾见古人伤昼短。"《赠处士林逋》诗云:"高蹈遗尘蜕,含华傲素园。璜溪频下钓,蕙帐不惊猿。养浩时清啸,忘机只寓言。几回生蝶翅,明月在西轩。"《送陈君子之四明》诗云:"短亭祖帐接平川,柳拂回波系画船。渐向落晖分绣袖,忍听离曲怨鹍弦。云连稽岭应怀古,路近花源好访仙。那更凭高望天际,江堤烟重草绵绵。"《捣砧词》云:"星河耿耿寒烟浮,白龙衔月临霜楼。谁家砧弄细腰杵,一声捣破江城秋。双桐老翠堕金井,高低冷逐西风紧。静如秋籁暗穿云,天半惊鸿断斜影。哀音散落愁人耳,何处离情先唤起。长信宫中叶满阶,洞庭湖上波平水。万里征夫眠未成,摇风捣月何丁丁。楚关秦岭有归客,一枕夜长无限情。"曾大父尝以所业投范文正,文正曰:"子之文温厚和平,而不乏正气,似其为人也。"世以为确论云。

娄　侯

昆山,乃古之娄县,今县之东北三里有一聚落,尚以娄县为名,或云在汉为疁,后避钱王讳改今名。予考《三国志》,张昭拜辅吴将军,封娄侯,则县之为娄旧矣。《汉书》云:"改于王莽时。"

滕章敏公

滕元发名甫,避高鲁王讳,以字为名,更字达道。九岁能赋诗,敏捷过人。范文正之父为诸舅,见而奇之,教以为文。文正为乡郡,而安定胡先生居于郡学,公往从之,门人以千数,第其文常为首。举进士,试于廷,宋景文公奇其文,擢为第三。以声韵不中程,黜之。其后八年,复中第三,通判湖州。时孙威敏公沔守钱塘,一见曰:"后当为贤将。"授以治剧守边之要。召试学士院,判吏部南曹、同修起居注、知制诰、知谏院。王陶论宰相不押班为跋扈,上以问公,公曰:"宰相固有罪,然以为跋扈,则臣以为欺天陷人矣。"知开封府,迁御史中丞,抗论得失为多,出知秦州。河朔地震,坏城池庐舍,命公为安抚使。还,复知开封府,除翰林学士,出知郓州,移定州。入觐,力言新法之害。至定,虏人畏服。上喜,令再任,诏曰:"宽严有体,边人安焉。"因作堂,以"安边"名之。又上疏论新法,徙青州,留守南都,知蒲、邓二州。坐累知安州。侍郎韩丕,旅殡于安,五十年矣。学士郑獬,安人也,既没十年,贫不克葬,公皆葬之。以言者复贬筠州,已而为湖州。哲宗即位,徙苏、扬二州,除龙图阁直学士,复知郓州。岁方饥,乞淮南米二十万石为备,全活五万人。徙真定、河东,除龙图阁学士,复知扬州。未至而卒,年七十一。赠左银青光禄大夫,谥曰"章敏",葬阳山。公屡领帅权,条画皆有方,议者谓近世名将无及公者。朝廷虽知公之深,而终不大用。每进,小人必谮之。公尝上章自讼,有曰:"乐羊无辜,谤书满箧;即墨何罪,毁言日闻。"天下闻而悲之。

沧 浪 亭

沧浪亭,在郡学之东,中吴军节度使孙承祐之池馆。其后苏子美得之,为钱不过四万。欧公诗所谓"清风明月本无价,可惜只卖四万钱"是也。予家旧与章庄敏俱有其半,今尽为韩王所得矣。

范文正公复姓

范文正公幼孤,随其母适朱氏,因从其姓,登第时,姓名乃朱说也。后请于朝,始复旧姓,表中改用郑準一联云:"志在投秦,入境遂称于张禄;名非伯越,乘舟偶效于陶朱。"范蠡、范睢事,在文正用之,尤为切当。今集中不载。

郑 宣 徽

郑戬字天休,居皋桥。天圣初,登进士第。尝知开封府,发擿奸伏,都下肃然。迁三司使、知枢密院,俄以资政殿学士知杭州,移镇长安。有表曰:"听严宸之钟鼓,未卜何晨;植劲柏于雪霜,更观晚节。"上称诵者数四,谓左右曰:"戬气质英豪,朕欲用为宰相。故屡试于外也。"庆历三年,代范文正为四路都招讨,元昊畏其威。再知长安,蕃酋部将遮道卧辙,不得行。六年移并州。寻拜宣徽使、奉国军节度使。未几薨,赠太尉,谥"文肃",葬横山。

五　柳　堂

　　五柳堂者,胡公通直所作也。其宅乃陆鲁望旧址,所谓临顿里者是也。公讳稷言,字正思,兵部侍郎则之侄。少学古文于宋景文,又尝献时议于范文正,晚从安定先生之学,皆蒙爱奖。后以特奏名拜官,调晋陵尉,又主鄞县簿,又为山阴丞。自度不能究其所施,乃乞致仕。升朝之后,仍赐绯衣银鱼。公既告老,即所居疏圃凿池,种五柳以名其堂,慕渊明之为人,赋诗者甚众。公自中年清修寡欲,延纳后进,谈论不少休。日入后不饮食,率以为常,或与客夜坐久,不过具汤一杯而已。年八十余而终,江谏议公望为志其墓。子峄。

中 隐 堂 三 老

　　曾大父自都官员外郎分司南京,谢事家居,所居在大酒巷。取白乐天"大隐住朝市,小隐入丘樊;不如作中隐,隐在留司间"之诗,建中隐堂。与尚书屯田员外郎程适、太子中允陈之奇相与游从,日为琴酒之乐,至于穷夜而忘其归。二公皆耆德硕儒,致政于家,吴人谓之"三老"。

林 氏 儒 学 之 盛

　　林氏本福清人,徙居吴门,有讳概者,尝为省试第一,登载《国史儒学传》。其子曰希、旦、邵、颜,相继俱登科级。希为枢密,谥"文节";旦为殿中侍御史;邵为显谟阁直学士,谥"文肃";颜为光禄卿。希之子虞,中词科;旦之子虑,亦登第;邵之子摅,赐出身,为中书侍郎。近世儒门之盛,必推林氏云。

国 一 禅 师

国一禅师,乃昆山圆明村朱氏子。舍俗为僧,受业于景德寺,法名道钦。因游历丛林,遇一有道者,语之云:"乘流而行,遇径而止。"既至双径,遂借龙潭,筑庵于其上,即开山之祖也。事载《塔铭》云。今慧聚寺之西,有以罗汉名桥者,盖指国一云。

叶 少 卿

叶参字少列,尝守此郡,既谢事,因居焉。其子清臣,登禁从,少列犹及见之。范文正公尝赠之诗,云:"退也天之道,东南事了人。风波抛旧路,花月伴闲身。湖外扁舟远,门中驷马新。心从今日泰,家似昔时贫。见子登西掖,携孙过北邻。白云高阁曙,绿水后池春。尊酒呼前辈,炉香叩上真。只应阴德在,八十富精神。"其居第在天庆之东,中有七桧堂。内翰道卿,尝持本路漕节侍养。道卿之子公秉又尝守乡郡,搢绅荣之。善卷寺丞,乃内翰之孙,长于诗,与祠部叔父唱和甚多。其侄主簿公,娶叔祖四朝议之女。

二 游 诗

吴之士,有恩王府参军徐修矩者,守世书万卷,酣饮于其间,至日晏忘饮食。又有前泾县尉任晦,其居有深林曲沼,危亭幽砌。皮日休尝游二君宅,每为浃旬之款,篇章留赠不一,号《二游诗》。

安 定 先 生

胡翼之本海陵人,学者尊其道,皆称为安定先生。景祐中,范文正公荐先生,白衣对崇政殿,授秘书省校书郎。文正上疏请建郡学,首以先生为吴兴学官,继移此邦。先生居学,严条约以身先之。虽大暑必公裳,终日延见诸生,以严师弟之礼。解经有至要义,恳恳为诸生论其所以治己而治乎人者。学徒千数,日月刮劇,为文章皆傅经义,必以理胜。信其师说,崇尚行实。自后登科为大儒者,累世不绝。如滕章敏、范忠宣、钱内翰醇老,皆从先生之学者也。至今学宫画像而祠之。

苏 子 美 饮 酒

子美豪放,饮酒无算,在妇翁杜正献家,每夕读书以一斗为率。正献深以为疑,使子弟密察之。闻读《汉书·张子房传》至"良与客狙击秦皇帝,误中副车",遽抚案曰:"惜乎!击之不中。"遂满引一大白。又读至"良曰:'始臣起下邳,与上会于留,此天以臣授陛下'",又抚案曰:"君臣相遇,其难如此!"复举一大白。正献公知之大笑,曰:"有如此下物,一斗诚不为多也。"

张 伯 玉 郎 中

张伯玉字公达,尝为郡从事,刚介有守,文艺甚高。范文正公深爱之,尝举以应制科,举词云:"张某,天赋才敏,学穷闳奥,善言皇王之治,博达古今之宜。素蕴甚充,清节自处,堪充应贤良方正能直言极谏科。"其应诏也,又作《上都行》送之,果中高选。伯玉在苏日,述作并见《蓬莱集》。

上方诗

唐孟郊因其父为昆山尉,尝至山中,题诗于上方云:"昨日到上方,片霞封石床。锡杖莓苔青,袈裟松柏香。晴磬无短韵,昼灯含永光。有时乞鹤归,还放逍遥场。"其后张祜尝游,亦有诗云:"宝殿依山险,凌虚势欲吞。画檐齐木末,香砌压云根。远景窗中岫,孤烟竹里村。凭高聊一望,归思隔吴门。"皇祐中,王荆公以舒倅被旨来相水事,到邑已深夜,舣舟寺之前,秉火炬登山,阅二公之诗,一夕和竟,诘旦即回棹。其诗云:"僧蹊蹰青苍,莓苔上秋床。霜翰饥更清,风花远亦香。塌石出古色,洗松纳空光。久游不忍还,迫迮冠盖场。""峰岭互出没,江湖相吐吞。园林浮海角,台殿拥山根。百里见渔艇,万家藏水村。地偏来客少,幽兴祇桑门。"此四诗,为山中之绝唱。

陈龙图使高丽

陈睦字子雍,嘉祐六年登进士科,名在第二。治平中,诏举馆阁才行之士,子雍与刘攽、李常宁、李清臣辈首被选擢。熙宁、元丰间,高丽屡航海修贡,朝廷以为恭,选使往谕之。初命林希子中,力辞。更命睦,睦即日就道。神宗大喜,语辅臣曰:"林希无亲,坚辞不行;陈睦亲在,乃不惮于往。"因出希知池州;假睦起居舍人,直昭文馆,特赐黄金带。受命七日而行,涉海逾月,出入惊涛中,遂抵其国。使还,乃真拜所假官职,且令服所赐黄金带。又赐黄金盏于令式外以为宠。俄直龙图阁、知潭州,卒。二子:彦文经仲,尝跻法从;彦武纬叔,为提举官。墓在南峰山。

初,林希枢密买卜于京师,孟诊为作卦影,画紫袍金
带人对大水而哭。林以为高丽之役涉瀚海,故力辞之。
后出知池州,继遭丧祸,其验不在彼而在此,始知祸福不
可避也。

朱乐圃先生

朱长文字伯原,未冠擢进士第,英声振于士林。元祐初,
充本州教授,入朝除秘书省正字、枢密院编修官。后以疾解
任,退居于家。所居在雍熙寺之西,号乐圃坊。地有高冈清
池,乔松寿桧,先生以志不得达,栖隐于中。潜心古道,笃意著
述,人莫敢称其姓氏,但曰“乐圃先生”。乐圃在钱氏时,号“金
谷”。方子通尝有诗云:“吴门此圃号金谷,主人潇洒能文章。”
子通又尝著《乐圃十咏》:一曰《乐圃》,二曰《邃经堂》,三曰《琴
台》,四曰《墨池》,五曰《鱼溪》,六曰《咏斋》,七曰《灌园亭》,八
曰《见山冈》,九曰《峨冠石》,十曰《洌泉井》。常公安民尝造先
生隐居,爱其趣识志尚洒然有异于人,而惜其遗逸沉晦,因观
所著《续图经》,遂作序以纪之。

海 涌 山

虎丘旧名海涌山,阖闾王既葬之后,金精之气化为虎,踞
其坟,故号“虎丘”。山椒有二伽蓝,列为东西,白乐天有东武
丘、西武丘诗,颜鲁公亦云:“不到东西寺,于今五十春。”今之
西庵,所谓西武丘也。“虎”字避唐讳,改曰“武”。

卢 通 议

卢革字仲辛,本德清人。少奇颖,举神童,年十六,擢进士

乙科。庆历间,知龚州。时蛮人入寇桂管,公经画军须,以应办闻。历婺、泉二州,除广南提点刑狱、福建湖南两转运使。力请郡以自效,神宗嘉之,顾执政曰:"卢革恬退如此,可与一佳郡。"遂除宣州。未几告老,迁光禄卿致仕。以子贵,进秘书监、太子宾客。官制行,改太中大夫。哲宗践阼,迁通议大夫。退居于吴十五年,年八十二卒。子秉。今卢提刑桥,即公所居之地也。先殿院既以散秩养疴,日与宾客酌酒赋诗自娱,公诚悫庄重,有前辈之风,先殿院雅好其为人,朝夕与之议论。公性不甚饮,每劝之,酒至三分,则起而拱手,曰:"已三分矣。"至五分,则曰:"已五分矣。"其他率以是应之。既去,先殿院审执事者,皆曰:"客之言毫发不妄。"由是益器重之。

阊门楼诗

阊门旧有楼三间,予犹及见之。陆机《吴趋行》云:"阊门何峨峨,飞阁跨通波。重栾承游极,回轩启曲阿。"苏子美诗云:"年华冉冉催人老,云物潇潇又变秋。家在凤凰城下住,江山何事苦相留?"更建炎兵火,不复存矣。

章守子用皂盖

元丰中,章岵岷之弟。朝议为郡守,刚介不可屈,人因目之曰"章硬颈"。其子出入,用皂绢盖,肩舆不过二人。

随缘居士

黄策字子虚,彦之子。中进士乙科,为雍丘县主簿。元符末,诏许中外言事。时昭慈既复位号,典册有未尽正者,因上书引古义力争之。崇宁初,党论起,名入党籍,羁置登州。会

赦,还乡里,遂休官,号"随缘居士"。钦庙尝书"随缘"二字赐
之,藏宸翰于家。著《随缘居士记》,书之于壁。建炎中,追录
党人,除直秘阁。公无疾,端坐而逝,葬光福山,自题其墓曰
"随缘居士之塔"。

石　点　头

今虎丘千人座旁,有石点头,《十道四蕃志》云:"生公,异
僧竺道生也。讲经于此,无信之者,乃聚石为徒,与谭至理,石
皆为点头。"

轨　革　卦　影

韩中孚字应天,将游上庠,闻市肆有精轨革术者,应天筮
之。画一金章紫绶人,有赪色瓶在其旁,后有一人处圆圈中。
术士谓之曰:"君此行未必到阙,中途必为贵人所留。"应天未
之信。行次南徐,适朱行中龙图为郡守,与之厚善,闻其来,倒
屣迎之,延于郡圃。朱平生爱一赪色酒壶,因宴出示之。圃中
有草庵,其状甚圆,应天寝于其间,与卦影所画,无一不验。以
此知不惟饮啄前定,虽受用之物,寝处之地,亦非偶然者。

梦　石　天　王　像

后唐时,慧聚寺有绍明律师,僧中杰出者。居半山弥勒
阁,一夕梦神人曰:"檐前古桐下有石天王像与铜钟,师宜知
之。"诘旦,掘其地,果获此二物。今尚龛置壁间,形制极古,故
前辈有诗云:"一旦石像欲发现,先垂景梦鸣高冈。"常熟破山
恩高僧,尝学于绍明,见本朝《僧史》。

改 正 洪 范

余炎字元辅,方舍法欲行,上书引成周事力赞之,因命以官,累迁至正郎。后复上书改《洪范》篇,自"王省惟岁","月之从星,则以风雨"乃属之"四,五纪:一曰岁,二曰月,三曰日,四曰星辰,五曰历数"之下,谓九畴皆有衍文,惟"四,五纪"无之。至于"八,庶徵"之后,既言"肃,时雨若"止"蒙,常风若",意已断矣,而又加"王省惟岁",已下之文,则近于赘。或者是其说。然为台谏所弹,不果施行。

范 文 正 四 子

文正四子:纯佑字天成,纯仁字尧夫,纯礼字彝叟,纯粹字德孺。长子少有大志,惜乎享寿不遐,终军器簿。尧夫位丞相。彝叟为右丞。德孺亦跻法从。平时文正喜收接名士,如孙明复、胡安定之徒,皆出其门。朝夕与其子弟讲论道德,故贤行成于所习云。

林 酒 仙

国初时,长洲县东禅寺有僧曰遇贤,姓林氏,以其饮酒无算,且多灵异,故乡人谓之林酒仙。口中可容两拳,尝醉于酒家,每出,群聚而观之者不绝。能自图其形,无毫厘不相似。好赋诗,虽多俗语,中含理致,然亦有清婉者,如云:"扬子江头浪最深,行人到此尽沉吟。它时若向无波处,还似有波时用心。""门前绿柳无啼鸟,庭下苍苔有落花。聊与东风论个事,十分春色属谁家?""心闲增道气,忍事敌灾屯。谨言终少祸,节俭胜求人。"若此之类,皆名言也。真身塑寺中。

章　岷

　　章岷字伯镇,尝为平江军推官,文声甚著。与曾大父同登天圣五年第,情好极密。高祖殿院墓铭,乃其所作也。范文正公有《和章岷从事斗茶歌》及《同登承天寺竹阁》诗。

　　鮠鱼《广韵》:鮠,吾灰切,鱼名,似鲇。

　　《集韵》:吾回切,鱼名,鳀之小者。

　　鮠鱼出吴中,其状似鲇。隋大业中,吴郡尝献海鮠鱼干脍四缶,遂以分赐达官。皮日休诗云:"因逢二老如相问,正滞江南为鮠鱼。"

徐都官九老会

　　徐祜字受天,擢进士第,为吏以清白著声。庆历中,屏居于吴,日涉园庐以自适。时叶公参亦退老于家,同为九老会。晏元献、杜正献皆寓诗以高其趣。晏之首题云:"买得梧宫数亩秋,便追黄绮作朋俦。"杜之卒章云:"如何九老人犹少,应许东归伴醉吟。"时与会者才五人,故杜诗及之。享年七十有五,终都官员外郎。子仲谋,屡持麾持节;女适枢密直学士施昌言。

中吴纪闻卷第三

叶　道　卿

　　叶清臣字道卿,少列之子。天圣二年,刘筠知贡举,得公所对策,奇之,擢为第二。国朝以来,以策擢高第,自清臣始。宝元中,为两浙转运使。康定初,知制诰。庆历初,出知江宁府,召入为翰林学士。俄丁父忧,有诏起复为边帅,力辞不行。免丧,知邠州,改知澶州,又改青州、永兴军。皇祐初,复召入为三司使。帝尝访以御边之策,公对曰:"陛下御天下二十八年,未尝一日自暇逸,而叛羌黠虏,频年为患。诏问:'辅翼之能,方面之才,与夫帅领偏裨,当今孰可以任此者?'臣以为不患无人,患有人而不能用尔。今辅翼之臣,抱忠义之深者,莫如富弼;为社稷之固者,莫如范仲淹;谙方今政事者,莫如夏竦;议论之敏者,莫如郑戬。方面人才:严重有纪律者,莫如韩琦;临大事能断者,莫如田况;刚果无顾避者,莫如刘涣;宏远有方略者,莫如孙沔。至于帅领偏裨,贵能坐运筹策,不必亲当矢石,王德用素有威名,范仲淹深练军政,庞籍久经边任,皆其选也。狄青、范全,颇能驭众,蒋偕沈毅有术略,张亢倜傥有胆勇,刘贻孙材武刚断,王德基纯悫劲勇,此可补偏裨者也。"上用其言,皆见信任。未几,出守河阳,卒。公识度奇拔,议论出人意表,其立朝也,数以忠言鲠论启沃上心,而媢忌者众,竟不果大用。范文正公尝为文祭之云:"浚学伟文,发于妙龄。

天然清流，不杂渭泾。"又云："高节莫屈，直言屡诤。朝廷风采，搢绅辉映。天子知人，期以辅政。弗谐而去，能不曰命。"数语尽之矣。

观 风 楼

子城之西，旧建楼其上，名"观风"。范文正公作守时，尝赋诗云："高压郡西城，观风不浪名。山川千里色，语笑万家声。碧寺烟中静，红桥柳际明。登临岂刘白，满目是诗情。"在唐但谓之"西楼"，白乐天有《西楼命宴》诗。后改为"观风"，今复名"西楼"矣。

三 高 亭

越上将军范蠡、江东步兵张翰、赠右补阙陆龟蒙，各有画像在吴江鲈乡亭旁。东坡先生尝有《吴江三贤画像》诗。后易其名曰"三高"，且更为塑像。臞庵主人王文孺献其地雪滩，因迁之。今在长桥之北，与垂虹亭相望，石湖居士为之记。

程 光 禄

程师孟字公辟，所居在南园之侧，号昼锦坊。自高祖思为钱氏营田使，因徙姑苏。擢景祐元年进士第，知吉水、钱塘二县，皆有政声。后通判桂州。庆历中，诏近侍二十人，各举所知，于是柳植、施昌言荐公可任。除知南康军，又知楚、遂二州，提点夔路刑狱。属岁大饥，公行部，以常平粟赈民，犹不足，即奏发仓以济之。吏劝须报，公曰："本道至都五千里，报至则民殍矣。"遂活饥民四十余万。擢提点河东路刑狱。岢岚等郡无常平粟，边民饥，或审蕃境。公得请，出祠部牒，募民纳粟置廪，以备荒岁。汾、晋之旁，山谷之水，可以溉田，公为酾渠续通泉源，所溉者无虑万顷。召拜三司度支判官。居一岁，知洪州，兴利除害，一方甚赖之。英宗即位，召判三司都磨勘司，委公商度河北四榷场利害。公请减物直，偿阁欠，以来北贾。使还，除利州路转运使、江南西路转运使。始，江西茶禁既通，赋民纳茶租，谓之白纽钱，民甚患之。公奏令鬻茶者，计斤输秤头钱代其数，以宽民力。至熙宁中，以公之请颁下诸路。俄传交阯为寇，遂以公直昭文馆、知福州。一新学宫，礼先生贤士，以厚教育之意。铁钱乱币，公为罢之。饥疾救荒，苏息以万计。闽中父老有云："自国朝守吾郡者，谢谏议泌，以惠爱著；蔡端明襄，以威名显；兼之者惟公而已。"移知广州。广控蛮粤，而无藩垣捍御之备。公至，则请作西城，广逾十二里，由是广人有自安之计。大修学校，日引诸生讲解，负笈而来者相踵。诸蕃子弟，皆愿入学。秩满，除右谏议大夫，再任。公治广六年，威爱并行。上遣中使抚问，召判三班院，迁给事中、充集贤殿修撰、判都水监，改判将作监，出知越州。公至越，宽猛适中而事自治，民皆爱之，又逾于洪、福、广也。官制行，换太中大夫。青社阙帅，以通议大夫充京东安抚使。期年政成，上疏告老，迁正议大夫致仕。哲宗即位，授光禄大夫。卒年七十八，葬横山。公强敏精察，出于天性，凡临治五大镇，断正滞讼，辨活疑罪，盖不可胜计。所至之地，囹圄空虚，道不拾遗。既去，民为立祠，刊石颂德。乐圃先生少许可，至言公政事，则曰："虽韦丹治豫章，孔戣帅岭南，常衮化七闽，无以加也！"故天下以为才臣吏师。有诗集二十卷，奏议十五卷。

丁晋公饭僧疏

丁晋公南迁日，梦南岳懒瓒禅师，遂舍白金一笏，饭僧于潭州。自制斋疏云："右。伏以佛垂遍智，道育群情，凡欲拯于倾危，必豫形于景贶。某，白衣干禄，叨冢宰之重权；丹陛宣恩，忝先皇之优渥。补仲山之衮，虽曲尽于寸心；和傅说之羹，实难调于众口。尝于安寝，忽梦清容。妙训泠泠，俾尘心而早悟；真仪隐隐，恨凡目以何知。盖以智未周身，事乖远虑。既祸临而不测，诚灾及以非常。出向西京，感圣恩而宽宥；窜于南裔，当国宪以甘心。咎实自贻，孽非他作。念一家而散地，思万里以何归？既为负国之臣，永废经邦之术。程游湘土，道假垔山。正当烦恼之身，忽接清闲之众。方知富贵，难保始终。直饶鼎食之荣，岂若盂羹之美。持形归命，恭发精诚。捐施白金，充羞净供。仰苾蒭之高德，报懒瓒之深慈。冀保此行，乞无他患。惟愿天回南眷，泽赐下临。免致边夷，白日便同于鬼趣；赐归中夏，黄泉亦感于君恩。虔馨丹诚，永繄法力。卑情不任，激切之至。"补仲山之衮，虽曲尽于寸心"，今多作"巧心"。后人见晋公以智巧败，故改云"惟其曲尽于巧心，是以难调于众口"。不知以"巧"对"众"，未如"寸"字为切。

蔡君谟题壁

张子野宰吴江，因如归旧亭撤而新之。蔡君谟题壁间云："苏州吴江之滨，有亭曰如归者，隘坏不可居。康定元年冬十月，知县事秘书丞张先，治而大之，以称其名。既成，记工作之始，以示于后。"

郏 正 夫

郏亶字正夫,太仓人。起于农家,自幼知读书,识度不类凡子。年甫冠,登嘉祐二年进士第。昆山自国朝以来,无登第者,正夫独破天荒。后住金陵,遣其子侨,就学于王荆公,尝有赞见诗云:"十里松阴蒋子山,暮烟收尽梵宫宽。夜深更向紫微宿,坐久始知凡骨寒。一派石泉流沉瀯,数庭霜竹颤琅玕。大鹏泛有抟风便,还许鹪鹩附羽翰。"荆公一见奇之。今集中有《谢郏亶秘校见访于钟山》诗云:"误有声名只自惭,烦君跋马过茅檐。已知原宪贫非病,更许庄周智养恬。世事何时逢坦荡,人情随分就猜嫌。谁能胸臆无尘滓,使我相从久未厌。"自此声价颇重。熙宁中,为司农寺丞,上书言水利,朝廷以其功大役重,颇难之。正夫条水之利害,著成一书,今刊行于世。未几,复司农寺丞,除江东运判。元祐初,入为太府寺丞,出知温州。以比部郎中召,未至而卒,年六十有六,葬于太仓。孙升卿,登第,守徽、常二州。

公初授睦州团练推官,知杭州於潜县。未赴,以水利、役法、盐、铜、酒五利献诸朝。丞相王文公安石奇之,除司农寺丞,旋出提举两浙水利。议者以其说非便,遂罢免。已而归,治所居之西积水田曰大泗瀼者,如所献之说,为圩岸、沟洫、井舍、场圃,俱用井田之遗制,于是岁入甚厚。即图其状以献,且以明前日之法非苟然者。复召为司农寺主簿,稍迁丞,预修司农寺敕式,颇号完密。除江东路转运判官。

陈君子父殿丞

殿中丞陈质,德行著于乡里。其死也,范文正公挽之云:"贤者逝如此,皇天岂易知!众人皆堕泪,君子独安碑。几世传清白,满乡称孝慈。贤哉生令嗣,遗秀在兰芝。"公有二子,曰郢、曰之奇,皆为吴中高士。

郁 林 石

陆龟蒙居临顿里,其门有巨石。远祖绩,尝仕吴,为郁林太守,罢归无装,舟轻不可越海,取石为重。人称其廉,号郁林石。

谢 希 深

谢绛字希深,太子宾客涛之子。大中祥符八年,登进士甲科。杨文公荐其才,召试馆职,充秘阁校理。景祐元年,丁父忧,服除,召试知制诰。欧阳文忠公尝云:"三代以来,文章盛者称西汉。公于制诰尤得其体,常、杨、元、白不足多也。"宝元初,知邓州,卒,年四十有五。公自少而仕,凡三十年间,自守不回,而外亦不甚异,一时贤士大夫无不敬之。子景初、景温,皆为时名儒。

范文正公还乡

文正公自政府出,归乡焚黄,未至近邑,先投远状。或以为太过,公曰:"'维桑与梓,必恭敬止',敢不尽礼乎?"既至,搜外库,惟有绢三千匹。令掌吏录亲戚及闾里知旧,自大及小,散之皆尽,曰:"宗族乡党,见我生长,幼学壮仕,为我助喜。我何以报之?"又买负郭常稔之田千亩,号曰义田,以济养群族,择族之长而贤者一人主之。其计日食人米一升,岁衣人二缣,嫁女者钱五十千,娶妇者二十千,再嫁者三十千,再娶者十五千,葬者如再嫁之数,葬幼者十千。族之聚者九十口,岁入粳稻八百斛,以其所入给其所聚,仕而家居俟代者预焉,仕而之官者罢其给。公虽没,后世子孙修其业,承其志,如公存也。

清远道士诗

清远道士《同沈恭子游虎丘寺》诗云:"我本长殷周,遭罹历秦汉。四渎与五岳,名山尽幽窜。及此寰区中,始有近峰玩。近峰何郁郁,平湖渺弥漫。吟挽川之阴,步上山之岸。山川共澄澈,光彩交零乱。白云翕欲归,青松忽消半。客去川岛静,人来山鸟散。谷深中见日,崖幽晓非旦。闻子盛游遨,风流足词翰。嘉兹好松石,一言常累叹。勿谓予鬼神,忻君共幽赞。"清远道士,竟不知其为何人? 以鬼神自谓,亦怪之甚者。颜鲁公、李德裕、皮日休、陆龟蒙皆有和篇。沈恭子亦莫详其因,诗中有"风流""词翰"之称,必神怪之俦也。

幽独君诗

唐时虎丘石壁,隐出幽独君诗二首,其一云:"幽明虽异路,平昔忝工文。欲知潜寐处,山北有孤坟。"其二云:"高松多悲风,萧萧清且哀。南山接幽垅,幽垅空崔嵬。白日徒昭昭,不照长夜台。虽知生者乐,魂魄安能回? 况复念所亲,恸哭心肝摧。恸哭更何言,哀哉复哀哉!"其辞甚奇怆。后人又有赋《答幽独君》一诗,不知谁氏所作。

本　禅　师

宗本圆照禅师,乃福昌一饭头。福昌,承天寺子院。懵无所知,每饭熟,必礼数十拜,然后持以供僧。一日忽大悟,恣口所言,皆经中语,自此见道甚明。后住灵岩,近山之人,遇夜则面其寝室拜之。侍僧以告,遂置大士像于前。人有饭僧者,必告之曰:"汝先养父母,次办官租,如欲供僧,以有余及之。徒众在此,岂无望檀那之施? 须先为其大者。"其它率以是劝人。仁宗尝召至京师,赐金襕衣,加圆照师号。后复归本山。

　　旧传宗本至京师,有一贵戚欲试之,因以猾倡荐寝。本登榻,鼻息如雷,其倡为般若光所烁,通夕不寐。翌旦,炷香拜之曰:"不意今日,得见古佛。"

吴　王　拜　郊　台

吴王拜郊台,在横山之上,今遗迹尚存。春秋时,王政不纲,以诸侯而为郊天之举,僭礼亦甚矣。

范　贯　之

范师道字贯之,文正公之侄。登天圣八年甲科,尝知广德县,有治状。孙甫之翰荐之,通判许州。至和元年,吴育春卿荐公,召拜侍御史。公之少也,有经纶天下之志;其长也,遇事未尝屈。及为上耳目,夤夜思所以称职者。始见上,即陈愿择贤相以久其任;既而论奏二府与近侍不法事,上多用其言。俄出知常州,御史府极言其不平,宰相亦以是罢去,而公之名迹愈闻天下。移广东路转运使,又移两浙。未几,拜起居舍人、同知谏院。嘉祐四年,百官上尊号,公独谏以谓无益于治体,而有损圣主谦尊之德;至言诸阁女御例迁,因灾异以明天意。上皆深然之。兼迁侍御史知杂事。会大臣居机宥者无远谋,继而进者,复不协时论。公论列其切,上虽纳其奏,然用是出知福州,召为三司盐铁副使。嘉祐八年,以疾请郡,除户部郎中、直龙图阁、知明州。下车未久,卒,年五十有九。公出入台谏凡九载,朝廷之事,闻无不言,言必欲行。如择宗室以备问安之职,请士大夫终葬始得从仕,限民田以均民产,抑贪墨以清守令,止内降以杜渐,立私庙以广孝,择知典故近臣以任太常礼乐之官,减色役以恤民力之困,皆天下之急务,而众所愿行者。有奏议二十卷,文集五十卷。尝为唐史,著君臣治忽之迹,命藏秘阁,有诏褒美。子世京、世亮,皆举进士第。所居在承天寺前,号豸冠坊。葬天平山,赵清献公志其墓。

南 翔 寺

昆山县临江乡,有南翔寺。初,寺基出片石,方径丈余,常有二白鹤飞集其上,人皆以为异。有僧号齐法师者,谓此地可立伽蓝,即鸠财募众,不日而成,因聚其徒居焉。二鹤之飞,或自东来,必有东人施其财;自西来,则施者亦自西至。其它皆随方而应,无一不验。久之,鹤去不返。僧号泣甚切,忽于石上得一诗,云:"白鹤南翔去不归,惟留真迹在名基。可怜后代空王子,不绝薰修享二时。"因名其寺曰"南翔"。寺之西又有村名"白鹤"。

张 敏 叔

张景修字敏叔,人物萧洒,文章雅正,登治平四年进士第。

虽两为宪漕,五领郡符,其家极贫窭,僦市屋以居。尝有绝句云:"茅檐月有千金税,稻饭年无一粒租。生事萧条人问我,水芭蕉与石菖蒲。"观其诗,大抵多清淡。尝题集清轩诗云:"洗竹放教风自在,傍溪看得月分明。"又多好用俗语,如《得五品服》诗云:"白快近来逢素髪,赤穷今日得朱袍。"又《谢人惠油衣》诗云:"何妨包裹如风药,且免淋漓似水鸡。"盖以文滑稽也。旧尝作古风《送朱天锡童子》云:"黄金满籯富有余,一经教子金不如,君家有儿不肯娱,口诵《七经》随卷舒。渥洼从来产龙驹,鸑鷟乃是真凤雏。一朝过我父子俱,自称穷苦世为儒。雪窗夜映孙康书,春陇昼荷儿宽锄。翻然西入天子都,出门慷慨曳长裾。神童之科今有无,谈经射策皆壮夫。古来取士凡数涂,但愿一一令吹竽。甘罗相秦理不诬,世人看取掌中珠。折腰未便赋归欤,待君释褐还乡闾。"初,景修为汝州梁令,作此诗。天锡既到阙下,忘取本州公据,为礼部所却,因击登闻鼓,缴景修诗为证。神宗一见,大称赏之。翌日,以语宰相王珪,而恨四方有遗材,即令召对。珪言:"不欲以一诗召人,恐长浮竞,不若俟其秩满,然后擢用之。"遂止,令中书籍记姓名。比罢官,而神宗已升遐矣。景修历仕三朝,每登对,上必问:"闻卿作《朱童子》诗,试为举似。"由此诗名益著。终祠部郎中,年七十余卒。平生所作诗几千篇,号《张祠部集》。子汉之。汉之尝宰昆山,颇缓于索租,邑人戏云:"渠家自来无此,故不与人索也。"敏叔有《花客诗》十二章。梁县属汝州。

昆 山 夫 子 庙

　　唐制,郡邑皆得置夫子庙。自黄巢之乱,存者无几。昆山之庙,更五代五六十年不建。自本朝太平兴国三年,钱氏纳土请吏，朝廷始除守以治之。至雍熙初，征事郎边仿首为昆山宰，因其遗址重立。夫子庙门阙甚丽，状十哲像于其旁，王元之为作记。景祐初，范文正请立郡庠，于是县亦有学矣。

孙 子 和

孙冲字子和，登熙宁六年进士第。少负才名，为荆公之客，尝著《乡党》、《傅说》二论，荆公甚奇之。后宰和之含山，号为循吏，律己甚正，一毫无妄取。秩满，率家人解其归装，老获有畜一砧者，子和视之曰："非吾来时物也。"命还之。其它大率类此。鹗章交上，改宣德郎。未几，卒于京师，年三十有五。无子，以族侄晙为嗣，晙尝倅江州，终朝请大夫。

子和妻，予之姑氏。又与叔祖朝议为同年。叔祖尝以诗挽之云："结发欣同籍，联姻喜素风。期君千里逸，耀我一枝穷。新命拖绅后，残编旅笥中。空余《循吏传》，纪次在元丰。"

张 翰

东晋张翰，吴人；仕齐王冏，不乐居其官。一日，在京师见秋风忽起，因作歌曰："秋风起兮佳景时，吴江水兮鲈正肥。三千里兮家未归，恨难得兮仰天悲。"遂弃官而还。国初，王赟运使过吴江，有诗云："吴江秋水灌平湖，水阔烟深恨有余。因想季鹰当日事，归来未必为莼鲈。"赟之意谓翰度时不可有为，故飘然引去，实非为鲈也。至东坡赋《三贤》诗则曰："浮世功名食与眠，季鹰真得水中仙。不须更说知几早，只为鲈鱼也自贤。"其说又高一著矣。

皮 日 休

皮日休字袭美,唐咸通十年为郡从事。居官才一月,陆鲁望以所业见之,自此交从甚密,更迭倡和,无虑数百篇,总目之曰《松陵集》。松陵,吴江别名也。日休自有著述,号《鹿门子书》。

桥 名

城中有桥梁三百六十所,每桥刻名于旁者,始于郡守韩子文度支,兵火后间有缺者。

福昌长老正桥,颇具眼,禅林多宗之。一日升座,有问话者云:"苏州三百六十座桥,那座是正桥?"答云:"度驴度马。"

贺 方 回

贺铸字方回,本山阴人,徙姑苏之醋坊桥。方回尝游定力寺,访僧不遇,因题一绝云:"破冰泉脉漱篱根,怀衲遥疑挂树猿。蠹屐旧痕浑不见,东风先为我开门。"王荆公极爱之,自此声价愈重。有小筑,在盘门之南十余里,地名横塘。方回往来其间,尝作《青玉案》词云:"凌波不过横塘路。但目送、芳尘去。锦瑟华年谁与度?月桥仙馆,绮窗朱户。唯有春知处。 碧云冉冉衡皋暮,彩笔新题断肠句。试问闲愁知几许? 一川烟草,满城风絮,梅子黄时雨。"后山谷有诗云:"解道江南断肠句,只今唯有贺方回。"其为前辈推重如此。初,方回为武弁,李邦直为执政,力荐之,其略谓:"切见西头供奉官贺某,老于文学,泛观古今,词章议论,迥出流辈。欲望改换一职,合入文资,以示圣时育材进善之意。"上可其奏,因易文阶,积官至正郎,终于常侔。

白 公 桧

白乐天为守时,恩信及民,皆敬而爱之。尝植桧数本于郡圃后,人目之为"白公桧",以况甘棠焉。

癸 甲 先 生

潘勺字叔治,登进士第,为吴兴郡掾。后绝意禄仕,遍游天下佳山水,尝为《雁荡百咏》,其末云:"都为画工图不得,一时收拾作诗归。"自号癸甲先生,或问其故,曰:"始终之义也。"后果以癸日亡,甲日殓。

方 子 通

方惟深字子通,本莆田人,其父屯田公葬长洲县,因家焉。最长于诗,尝过黯淡滩,题一绝云:"溪流怪石碍通津,一一操舟若有神。自是世间无妙手,古来何事不由人。"王荆公见之大喜,欲收致门下。盖荆公欲行新法,沮之者多,子通之诗,适有契于心,故为其所喜也。后子通以诗集呈荆公,侑以诗云:"年来身计欲何为? 跌宕无成一轴诗。懒把行藏问詹尹,愿将生死遇秦医。丹青效虎留心拙,斤匠良工入手迟。此日知音堪属意,枯桐正在半焦时。"凡有所作,荆公读之必称善,谓深得唐人句法。尝遗以书,曰:"君诗精淳警绝,虽元、白、皮、陆,有不可及。"子通游王氏之门,极蒙爱重,初无一毫迎合意,后以特奏名授兴化军助教。隐城东故庐,与乐圃先生皆为一时所高。每部使者及守帅下车,必即其庐而见之。前后上章论荐者甚众，子通竟无禄仕意，其于死生祸福之理，莫不超达。尝造一园亭，不遇主人，自盘礴终日，因题于壁间云："何年突兀庭前石，昔日何人种松柏。乘兴间来就榻眠，一枕春风君莫惜。城西今古阳山色，城中谁有千年宅？往来何必见主人，主人自是亭中客。"其洒落类如此。仲殊一日访子通，有绝句云："多年不见玉川翁，今日相逢小榭东。依旧清凉无长物，只余松桧养秋风。"可见其清高矣。年八十三而卒，有诗集行于世。无子，一女适乐圃先生之子发。

破　山　诗

常建诗云："竹径通幽处，禅房花木深。山光悦鸟性，潭影空人心。"此题常熟破山也。旧传有四高僧讲经山中，一老翁日来听法，久之，问翁所从来，答曰："吾非人也，龙也。"因问："本相可得见乎？"曰："可。"已而果以全体见。僧恐甚，亟诵揭谛咒语。揭谛神与龙角力，龙不能胜，破其山而去。《续图经》所载不同，谓白龙与一龙斗，未知孰是。

甫　里

甫里在长洲县东南五十里，乃江湖散人陆龟蒙字鲁望躬耕之地。散人庙食于此，一方之人至今想其高风，常夸示于四方，以为荣焉。《唐书》云散人乃唐相元方七世孙，又自号天随子。著《笠泽丛书》若干卷。

有　脚　书　厨

叔祖讳程，字信民。刚正自守，不惑于祸福。尝愤圣道不明，欲排异端之学，家不置释老像，祭祀未尝焚纸钱，儒家甚宗之。自幼读书于南峰山先都官墓庐,攻苦食淡,手未尝释卷。记问精确,经传子史,无不通贯,乡人号为"有脚书厨"。尝题一绝于壁间,云:"月度疏槛起更慵,坐听澄照五更钟。却思潮上西兴急,风绕山前万个松。"登熙宁六年进士第,历西安丞、桐庐令。子况,既登郎省,赠左朝议大夫。

泰　娘

泰娘,吴之美妇人也。刘禹锡诗云:"有时妆成好天气,走上皋桥折花戏。风流太守韦尚书,路傍忽见停隼旟。"

南　园　诗

南园乃广陵王旧圃,中有流杯旋螺亭,亚于沧浪之景。王黄州为长洲时,无日不携客醉饮。尝赋诗云:"他年我若功成后,乞取南园作醉乡。"今园中大堂,遂以"醉乡"名之。大观末,蔡京罢相,欲东还,诏以其园赐之。京即以诗赠亲党,云:"八年帷幄竟何为,更赐南园宠太师。堪笑当时王学士,功名未有便吟诗。"黄州之诗,不过寓意耳,京遽以无功名诮之。黄州虽终为黜臣,其名与天地同不朽。京居相位二十年,又处师垣之尊,至今虽三尺之童,唾骂不已,其贤不肖何如也?

朱　子　奢

朱子奢,苏州人,太宗时为宏文馆学士。帝尝诏:"起居记录臧否,朕欲见之。"子奢曰:"陛下举无过事,虽见无嫌;然以此开后世史官之祸,可惧也。"帝深纳之。见《唐书·儒学传》。

钱 氏 纳 土

太平兴国三年,陈洪进奉表献漳、泉两郡,诏授洪进武宁军节度使,留京师奉朝请。是岁,钱忠懿王俶上表献十三州之地。钱氏纳土,盖在陈氏之后,或说以为兴国二年,非也。

白 马 碉

南峰山北有聚落,号白马碉。昔支遁骑白马而来,饮于碉中,因以名焉。山之颠有石坎然,号马迹石。又有一石室,号支遁庵,乃其修习之地也。

禅 月 大 师

万寿寺有禅月阁,禅月者,唐僧贯休也。生于婺之兰溪,自祝发为僧,遍参名德,又善作诗文,有《西岳集》行于世。性好图画古佛,尝自梦得十五罗汉梵相,既而尚缺其一,未能就,梦中复有告之曰:“师之相乃是。”遂如所告,因照水以足之,今其画尚传。既至吴,寓迹万寿甚久,后入蜀死,葬于成都。平生行业,具载《白莲塔铭》。

中吴纪闻卷第四

太公避地处

常熟海隅山有石室十所,昔太公避纣居之。孟子谓"太公避纣居东海之滨"者,此也。常熟去东海止六七十里,故谓之海滨。杨备郎中尝作诗纪其事。

范忠宣公

范纯仁字尧夫,为人宽厚长者。文正尝使至乡,还至京口,见石曼卿数丧未举,尽以麦舟与之。苏黄门称其为佛地位中人,观此亦可以见矣。元祐初,自庆帅召为给事中,遂执政柄。未几,拜右仆射,凛然有父风烈。为宰相一年,出知颍昌府。既而复入相,坐元祐党,散官安置。元符三年,徽宗即位,复欲召为相,寻即下世。遗表有云:"盖尝先天下而忧,期不负圣人之学,此先臣所以教子,而微臣所以事君。"后御笔题其墓碑云"世济忠直之碑"。子正平,字子夷;正思,字子默;学行亦为士林所称。

滕章敏公结客

滕章敏公慷慨豪迈,不拘小节。少嗜酒,浮湛里市,与郑獬毅夫为忘形友,议论风采,照映一世。尝与毅夫及杨绘元素同试京师,自谓必魁天下,与二公约,若其言不验,当厚致其罚。已而郑居榜首，杨次之，公在第三，二公责所约之金，答曰："一人解，一人会，吾安得不居第三？"俱一笑而散。公平生不妄交游，尝作《结客诗》云："结客结英豪，休同儿女曹。黄金装箭镞，猛兽画旗旄。北阁芒星落，中原王气高。终令贺兰贼，不著赭黄袍。"其立志可见矣。

思 贤 堂

郡斋后旧有思贤堂，以祠韦、白、刘三太守，后更名"三贤"。绍兴末，洪内相景严为郡，益以唐王常侍仲舒、本朝范文正之像，复号为"思贤堂"，今参政范公作记。郡庠亦有三贤堂，绘文正范公，并安定胡先生，及光禄朱公像于其中。

顾 学 正

顾襄字公甫，为太学上舍生，名声籍甚，士流皆推之。登熙宁九年第，调润州丹徒尉。召还，为太学正。元丰五年，卒于京师。时二亲犹在。郑达夫太宰与公甫为同舍生，以诗挽之云："可惜病相如，谁寻《封禅书》？公病渴而卒。双亲千里外，一叶九秋余。风露翻归旐，尘埃锁故庐。虎丘山下路，会葬有乡车。""广文官舍冷如冰，几叹朝衫脱未能。忽买春田埋玉地，犹悬绛帐读书灯。佳名空缀仙都石，妙偈争传海寺僧。一幅粉旌春水漫，惜君谁不涕奔腾。"

郑 希 尹

郑景平字希尹，居带城桥。为人刚正不诡随，莅官有廉声。尝为大理，每有疑狱，中夜焚香露拜，蕲得其情，以故人无冤死者。既而请老家居，朝廷以其精力有余，落职致仕，守鄱阳。到官未半岁，拂袖而归。先君与公厚善，因问其故，答曰：
"天子命景平为郡守，当以抚字为职，乃不得行其志，今日须金
几百两，明日须银几千两，枯骨头上打不出也，景平后世要人
身在。"其志竟不可夺也。时朱勔用事，势可炙手，士大夫俯节
从之者甚多，惟公终始无阿附意。子缃，字天和。

执 爨 诗

程光禄自幼颖悟，年五六岁时，戏剧灶下，家奴嫚之曰：
"汝能狭劣尔，岂解为文章邪？"公怒曰："吾岂不能！"家奴曰：
"试为我吟一烧火诗。"即应声曰："吹火莺唇敛，投柴玉腕斜。
回看烟里面，恰似雾中花。"甫冠登第。

王 元 之 画 像

虎丘御书阁下，有王黄州画像。东坡过苏日见之，自谓想
其遗风余烈，愿为执鞭而不可得，因为之作赞。今犹书其上。

双 莲 堂

双莲堂在木兰堂东，旧芙蓉堂是也。至和初，光禄吕大卿
济叔，以双莲花开，故易此名。杨备郎中有诗云："双莲倒影面
波光，翠盖风摇红粉香。中有画船鸣鼓吹，瞥然惊起两鸳鸯。"
政和中，盛密学季文作守，亦产双莲，范无外赋《木兰花》词云：
"美兰堂昼永，晏清暑、晚迎凉。控水槛风帘，千花竞拥，一朵
偏双。银塘。尽倾醉眼，讶湘娥、倦倚两霓裳。依约凝情鉴
里，并头宫面尚妆。　　　连房。露脸盈盈，无语处，恨何长。
有翡翠怜红，鸳鸯妒影，俱断柔肠。凄凉。芰荷暮雨，褪娇红、
换紫结秋房。堪把丹青对写，凤池归去携将。"

孙若虚滑稽

孙实字若虚,早年英声籍甚,性好滑稽。郡庠有同舍生牛其姓者,因作《牛秀才赋》嘲之云:"腰带头垂,尚有田单之火;幞头脚上,犹闻甯戚之歌。"又作《书》《语》集句,讥一老生云:"孜孜为善鸡鸣起,先王之道斯为美。四十五十无闻焉,斯亦不足畏也已。"时乐圃先生为教授,知之,命其父训敕。孙由此发愤游太学,不数岁登第而归。尝入朝为寺丞,后守台州卒。

慧感夫人

慧感夫人,旧谓之圣姑,或以为大士化身,灵异甚著。祝安上通守是邦,事之尤谨,每有水旱,惟安上祷祈立验。后以剡荐就除台守,既至钱唐,诘旦欲绝江,梦一白衣妇人告之曰:"来日有风涛之险。"既觉,颇异之,卒不渡。至午,飓风俟起,果覆舟数十,独安上得免。一夕,盗入祠中,窃取其幡。平旦庙史入视之,见一人以幡缠其身,环走殿中,因执以问,答曰:"某实盗也,夜半幸脱,已逾城至家矣。今不知潜制于此,神之威灵使然,敢不伏辜。"建炎间,贼虏将至城下,有一居民平昔谨于奉事,梦中告之曰:"城将陷矣,速为之所。谨勿以此告人,佛氏所谓劫数之说,不可逃也。"不数日,兵果至。其它神验不一。后加封慧感显祐善利夫人,今参政范公作记。

元少保

元绛字厚之,居第在带城桥。登天圣五年进士甲科,初任金陵幕官,寻即进用,屡为藩郡帅。时有传侬智高余党寇二广者,遂以公知广州,而所传乃妄,因改知越州。公谢上表云:

"忽闻羽檄之音,谓有龙编之警。横水明光之甲,得自虚声;云中赤白之囊,倡为危事。"横水明光之甲,乃唐时误传寇至,事见李德裕《献替记》。人服其工。公在金陵时,王荆公之父益为通守,与公厚甚。荆公既相,神宗一日欲谨选翰林学士,公久在外,老于从官,荆公对曰:"有真翰林学士,但恐陛下不能用尔。况已作龙图阁学士,难下迁知制诰。"遂自外迁翰林学士,中外大惊。既就列,有称职之誉。公最长于四六,多取古今传记佳语为之。神宗友爱嘉、岐二王,不许出阁,二王固辞,后因改封,先召公谓之曰:"可于麻词中勿令更辞。"公遂草制,其略云:"列第环宫,弥耸开元之盛;侧门通禁,共承长乐之颜。"神宗甚爱之,自是二王不复辞。未几,参大政。元丰中,罢政知颍州。时以藩邸升为顺昌军节度。公作谢表云:"燊土立社,是开王者之风;乘龙御天,厥应圣人之作。案图虽旧,锡命惟新。"又曰:"兴言骏命之庆基,宜升中军之望府。谓文武之德顺而圣,唐虞之道明而昌。合为嘉名,以侈旧服。"士大夫皆传诵之。后以太子少保致仕,归吴中。公既还乡,与程光禄诸公为九老会,日以诗酒自娱,年七十余卒,有《玉堂集》三十卷。初,公知荆南,尝梦至仙府,与三人连书名,旁有告之曰:"君三人盖兄弟也。"觉而思之,不知所谓。既入翰林为学士,韩持国维、杨元素绘在院。一日因书奏列名,三人偏傍皆从"糸",始悟梦中"兄弟"之意。既而持国、元素皆补外,公亦尹京兆。后三年,复与元素还职,而邓文约绾相继为直院,则三人之名又皆从"糸",盖始终皆同。以此知升沉进退,决非偶然者。许人夫选尝作《四翰林》诗纪其事,公和云:"联名适似三株树,传玩惊看五朵云。"此亦一时之异也。

仲　殊

仲殊字师利,承天寺僧也。初为士人,尝与乡荐,其妻以药毒之,遂弃家为僧。工于长短句,东坡先生与之往来甚厚。时时食蜜解其药,人号曰"蜜殊"。有《宝月集》行于世。慧聚寺诗僧孚草堂,以其喜作艳词,尝以诗箴之云:"大道久凌迟,正风还陟隮。无人整颓纲,目乱空伤悲。卓有出世士,蔚为人天师。文章通造化,动与王公知。囊括十洲香,名翼四海驰。肆意放山水,洒脱无羁縻。云轻三事衲,瓶锡天下之。诗曲相间作,百纸顷刻为。藻思洪泉泻,翰墨清且奇。惜哉大手笔,胡为幽柔词?愿师持此才,奋起革浇漓。骛彼东山嵩,图祖进丰碑。再续辅教编,高步凌丹墀。它日僧史上,万世为著龟。迦叶闻琴舞,终被习气随。伊予浮薄人,赠言增忸怩。倘能循我言,佛日重光离。"老孚之言虽苦口,殊竟莫之改。一日造郡中,接坐之间,见庭下有一妇人投牒立于雨中。守命殊咏之,口就一词云:"浓润侵衣,暗香飘砌,雨中花色添憔悴。风鞋湿透立多时,不言不语厌厌地。　　眉上新愁,手中文字,因何不倩鳞鸿寄?想伊只诉薄情人,官中谁管闲公事?"后殊自经于枇杷树下,轻薄子更之曰:"枇杷树下立多时,不言不语厌厌地。"

如　村

胡峄字仲达,五柳之子。文与行皆能继其父,与方子通为忘年交。后以年格推恩调安远尉,非其志也,乃取老杜"诸孙贫无事,宅舍如荒村"之句,自号"如村老人"。治圃筑室,遗外声利,自放于闲适,而终不出仕。有文集二十卷,号《如村冗稿》,唯室先生及参政周公葵皆为作序。子伯能,登进士第。

郑毅夫吴江桥诗

郑獬字毅夫,尝作《吴江桥》诗寄刘孜叔懋,云:"三百阑干锁画桥,行人波上踏灵鳌。插天蝀蛛玉腰阔,跨海鲸鲵金背高。路直凿开元气白,影寒压破大江豪。此中自与银河接,不必仙槎八月涛。"刘时为吴江尉,亦有和篇,皆刻之石。郑诗题云《寄同年叔懋秘校》,刘于诗前具位,加"榜下"二字于其上,乃原父之弟也。

张几道挽诗

张仅字几道,居万寿寺桥。与顾棠叔思,皆为王荆公门下士,荆公修《三经义》,二公与焉。几道登第,未几捐馆。方子通作挽诗云:"吴郡声名顾与张,龙门当日共升堂。青衫始见登华省,丹旐俄闻入故乡。含泪孤儿生面垢,断肠慈母满头霜。嗟君十载人间事,不及南柯一梦长。"至今诵其诗者,为之出涕,吴人目子通为"方挽词"。几道官至著作郎。

范文正不取烧炼方

范文正少养于朱氏,朱,南京人。文正幼年肄业京学,同舍有病者,亲为调药以疗。病亟,属文正曰:"吾无以报子,平生有一术,游远方未尝穷乏者,用此术也。今以遗子。"因授药一囊,方书一小册。文正不得已留之,未尝取视。后二十余年,得其子还之,封记如故。

夜　航　船

夜航船，唯浙西有之，然其名旧矣。古乐府有《夜航船》之曲。皮日休答陆龟蒙诗云："明朝有物充君信，橘酒三瓶寄夜航。"

俗　　语

吴人呼"来"为"厘"，始于陆德明。"诒我来牟"、"弃甲复来"皆音"厘"，盖德明吴人也。又吴人言"罢"，则以"休"继之，始于吴王。昔吴王语孙武曰"将军罢休"，亦吴语也。

方子通诗误入荆公集

方子通一日谒荆公，未见，作诗云："春江渺渺抱墙流，烟草茸茸一片愁。吹尽柳花人不见，春旗催日下城头。"荆公亲书方册间，因误载《临川集》，后人不知此诗乃子通作也。

卢　发　运

公讳秉，擢皇祐元年进士第。元丰中，为发运使。其父太中公退老，公每岁上计，得请归乡。后帅泾原，恳辞归养，特赐手诏慰勉，时以为荣。

大　云　翁

林宓字德祖，旦之子。擢进士第，为常州教授。在职六年，学者益信服。大观二年大比试，决科者四十余人，于是赐诏曰："阅前日宾兴之数，较其试中多寡，惟常州为最。苟依常格推恩，非古人进贤受上赏之意。"特改宣德郎。郡守因以"进贤"揭坊名于学之南,郡人荣之。后除河北路提举学事。任满,除开封府左司录。居数月,浩然有归志,优诏如所请。公既勇退,屏置朝服,足不践州县,旧隐在大云坊,因自号"大云翁"。卒年六十六,葬博士坞。平生好古嗜学,有《大云集》一百卷、《神宗皇帝圣训录》一十卷。

花 客 诗

张敏叔尝以牡丹为贵客,梅为清客,菊为寿客,瑞香为佳客,丁香为素客,兰为幽客,莲为净客,酴醾为雅客,桂为仙客,蔷薇为野客,茉莉为远客,芍药为近客,各赋一诗,吴中至今传播。

中 吴

平江本吴国,在秦属会稽郡。东汉分会稽置吴郡。陈为吴州。隋为苏州,大业末,复为吴郡。唐武德中,复为苏州;乾宁中,钱氏据钱塘,苏、湖之南,悉其奄有。后唐为中吴军节度。皇朝兴国中,置平江军节度,又复为苏州;州尝为徽宗潜藩,遂升为府。

祖姑教子登科

予之祖姑,适知泉州德化县李处道。祖姑甚有文,读书通大义,赋诗书字皆过人。其子援登进士第,乃祖姑所亲教也。晚而事佛,诵莲经皆千过,尝问法于圆照禅师,师名之曰守安。年几七十而卒。既得疾,即屏药饵,书《佛顶咒》焚之,灰为丸,并以然灯法授援,曰:"我死置灰丸怀中,然灯如法也。"因起坐诵大士名号,久之而化。既小殓,视其手指屈结,皆成印相,佛徒叹服，以为不可及。张文潜学士为墓志，首记其事。

范　秘　丞

范世京字延祖，龙图公之子。登皇祐五年进士第，调应天府柘城簿、和州历阳令。时龙图公出守四明，公亟走膝下，曰："人子者事亲之日少，而事君之日多，岂忍旷年失定省邪？"既而龙图公捐馆，扶丧归乡，垢面跣足，昼夜哀号不绝，行道之人，莫不嗟恻。服除，知秀州海盐县，劝民孝友睦姻及耕桑之事，治声动浙右。熙宁初，朝廷锐意改作，召公管勾湖北广惠仓。至京师，论不合，乃辞归旧治。海旁之民，闻公复求，欢呼鼓抃。已而有疾，乞以本官归田里，乃卒，诏授秘书丞致仕。享年四十一。公居乡，与乐圃先生甚厚。有文集若干卷，藏于家。

徐　朝　议

徐师闵，字圣徒，仕至朝议大夫。退老于家，日治园亭，以文酒自娱乐。时太子少保元公绛、正议大夫程公师孟、朝议大夫闾丘公孝终，亦以安车归老，因相与继会昌洛中故事，作九老会。章岵为郡守，大置酒合乐，会诸老于广化寺。又有朝请大夫王琬、承议郎通判苏湜与焉。公赋诗为倡，诸公皆属而和之，以为吴门盛事。元公少保和篇云："五日佳辰郡政闲，延宾谈笑豁幽关。阊门歌舞尊罍上，林屋烟霞指顾间。德应华星临颍尾，年均皓发下商颜。名花美酒疏钟永，坐见斜晖隐半山。"方子通亦有和篇云："使君萧洒上宾闲，金地无人昼敞关。风静箫声来世外，日长仙境在人间。诗成郢客争挥翰，曲罢吴姬一破颜。此节东南无此会，高名千古映湖山。"章守以五日开宴,故二诗皆及之。

颜 夫 子

颜长民,登元丰二年进士第。三子:采、为、孚,亦相继擢高科。采字君用,终提举常平;为字仲谦,终严陵守;孚字端中,崇、观间有声于太学。士行甚美,每试必居前列,皆目之为颜夫子,人欲识其面而不可得。既登第,滕枢密康许嫁以女,寻即下世。

信 义 县

昆山在萧梁时,分娄置县号信义,属信义郡。大同初,分信义置昆山焉。华亭,旧亦为苏之属邑,或云尝割昆山之境以县华亭,今华亭亦有昆山,时人尝以片玉比机、云兄弟,而以此为北昆山。县旧有城,《古图经》云,在县东三百步,今谓之东城者是也。近岁耕者于荐严寺田中,得城砖甚多,及箭镞以铜为之,识者疑其为春秋时物。今县之西二十里许,有村曰信义,如娄县之存旧名也,俗遂讹为"镇义"。汴人龚猗,仕至殿中侍御史,居于是村之南,因插银杏枝活,时人异之,目为遇仙云。

李 无 悔

李无悔名行中,本雪川人,徙居淞江。高尚不仕,独以诗酒自娱。晚治园亭,号"醉眠"。东坡先生与之游从,尝以诗赠之。无悔有《读颜鲁公碑》诗云:"平生肝胆卫长城,至死图回色不惊。世俗不知忠义大,百年空有好书名。"又《赋佳人嗅梅图》云:"蚕眉鸦鬓缕金衣,折得梅花第几枝。嗅尽余香不回面,思量何事立多时。"其诗意尚深远,大率类此。

蟹

　　吴之出蟹旧矣。《吴越春秋》云:"蟹稻无遗种。"又陆鲁望集有《蟹志》云:"渔者纬萧,承其流而障之,曰蟹断。"又曰:"稻之登也,率执一穗,以朝其魁,然后纵其所之,今吴人谓之输芒。"

大本钱王后身

　　圆昭在灵岩时,有一蓝缕道人,自号"同水客",往造其室中,守门者莫能遏。既而圆照屏侍者与语,有窃听之者,闻圆照末后一语云:"汝今几甲子矣?"答云:"八万四千恒河沙数甲子。"圆照云:"八万四千恒河沙数甲子以前,又作么生?"道人拂袖而出,云:"钱大钱大,又待瞒人也。"当时疑圆照为吴越后身,道人为洞宾。

郑正夫失鹤诗

　　正夫童时作《失鹤诗》云:"久锁冲天鹤,金笼忽自开。无心恋池沼,有意出尘埃。鼓翼离幽砌,凌云上紫台。应陪鸾凤侣,仙岛任徘徊。"其志已不凡矣。

黄姑织女

　　昆山县东三十六里,地名黄姑。古老相传云:尝有织女牵牛星降于此地,织女以金篦划河,河水涌溢,牵牛因不得渡。今庙之西,有水名百沸河。乡人异之,为之立祠。按《荆楚岁时记》:黄姑者,河鼓也。牵牛谓之河鼓,后人讹其声为黄姑。

潘子直云："亦犹桑落之语，转呼为索郎耳。"乡人因以名其地。
见于题咏甚众，《古乐府》云："东飞伯劳西飞燕，黄姑织女时相
见。"李太白诗云："黄姑与织女，相去不盈尺。"李后主诗云：
"迢迢牵牛星，杳在河之阳。粲粲黄姑女，耿耿遥相望。"刘筠
内翰诗云："伯劳东骛燕西飞，又报黄姑织女期。"其它不能尽
载。虽非指此黄姑，然得名之由，亦可类推也。祠中旧列二
像，建炎兵火时，士大夫多避地东冈，有范姓者经从祠下，题于
壁间云："商飙初至月埋轮，乌鹊桥边绰约身。闻道佳期唯一
夕，因何朝暮对斯人？"乡人遂去牵牛像，今独织女存焉。祷祈
之间，灵迹甚著。每遇七夕，人皆合钱为青苗会，所收之多寡，
持杯珓问之，无毫厘不验，一方甚敬之。旧有庙记，今不复存
矣。

孙　积　中

　　孙载字积中，其曾祖汉英仕钱氏，尝为苏州昆山镇防遏
使，故为昆山人。公幼岐嶷如成人，既学，为师友所推誉。治
平二年，进士及第，为河中府户曹。更三守，皆立威严者，公独
与之争曲直，矫矫不少下，终以此见知，或称荐之。中书捡正
官察访关中，辟公为官属，公务佽助之，亦不苟与之合。乾祐
县去永兴最远，青苗法行，乾祐独不以予民。察访怒，移其令，
檄公往案之。公还，言邑小民贫，其徒岁以禾麦博易为生，且
立法之初，民未知称贷于公家为利。令无罪，宜复其任。公用
荐者迁官，知湖州德清县。公听断精明，不专任刑罚，以开说
其是非，出于至诚。讼有累年不决者，闻公一言，感悟相舍而
去。熙宁八年，吴越饥，独县中熟，公劝大家乘时倍籴，得米十
余万斛。明年春，米价翔踊，公平其直使粜，赖以全活者不可

数计。其他便民者，别有数十事，德清人至今德公。又用荐者迁官，知考城县。官制行，换奉议郎。其治考城，如德清于方田也，以最闻。县四邻皆重法，地素饶盗，公明赏格，严保伍，奸无所囊橐。一日，都监与尉来告盗集境上，将以上元掠近郭。至期，公张灯与其僚乐饮，许民嬉游，不禁夜如故事。盗叵测，遂遁去。迄公受代，亦无复鼠窃者。府界提点，荐公于朝，他使者亦相继上公治状。神宗出氏名付中书，盖欲用公矣。未几，除广东路常平，召见便殿以遣之。二广使者，春夏例简出。公至，则犯隆暑遍行所部，宣布德意。哲宗即位，转承议郎。诸路常平官废，公赴吏部，授通判陕州，移广东转运判官。于是公去岭南五年矣。吏有尝不快于公者，颇欲弃官，公闻而慰留之，乃举焉。绍圣初，复诸路常平官，除公河北西路，改知海州。已而除沂州，兴学养士，走书币招礼宿儒，为学者师表，治务大体。迁朝奉大夫、知婺州，移河东路转运判官，又移淮西路提点刑狱。徽宗即位，迁朝请大夫、知亳州。言者谓公尝附荐元祐党人，得提举杭州洞霄宫，即归昆山，日与亲戚闾里，置酒棋弈，道故旧为乐。任且满，本路使者等言："孙某先朝所选擢，名在循吏，年虽高，精力幸未甚衰，愿使再任，以示优老之意。"诏从之。大观中，迁朝议大夫。未几，公亦自上章，乞守本官致仕。公体素无疾，先一月，至其先人坟垅，遍谒尝所往来者，若将别然。既，亟呼妻子与诀，属以后事，问日早晏，盥手焚香，即寝而逝，享年七十有五，葬高景山。公天资乐易，于吏治尤所长，使四路，典三大郡，咸著循迹。每遇物，无忮害。所至汲引其属，士大夫受荐者至四百余人，多知名且贵显于世者。自少喜读《易》，慕唐人为诗。著《易释解》五卷、《文集》五十卷，藏于家。

王　主　簿

王仲甫字明之,岐公之犹子。风流翰墨,名著一时。后客于吴门,尝有所爱。往京师,为岐公强留之,逾时不返,因作诗云:"黄金零落大刀头,玉箸归期划到秋。红锦寄鱼风逆浪,碧箫吹凤月当楼。伯劳知我经春别,香蜡窥人一夜愁。好去渡江千里梦,满天梅雨是苏州。"此诗效古乐府"稿砧今何在"体,人皆爱其巧。其殁也,丁永州注葆光祭之,有云:"爽秀英拔,出于天资。谈经咏史,博识周知。文华自得,不务竞时。古格近体,率意一挥。金玉锵扬,组绣陆离。世俗所得,特其歌辞。"又云:"生习华贵,不见艰巇。徘徊鸥阁,出入凤池。乘兴南游,旷达不羁。朝赏夕晏,选胜搜奇。摆脱冠裳,却去轮蹄。不惊荣辱,不挂是非。扰扰万绪,付于一卮。颓然终日,去智忘机。"王之为人,于此可见矣。

著作王先生

著作王先生,程门高弟,讳蘋,字信伯,世居福之福清,父仲举,徙平江。政和元年卒,葬吴县横山桃花坞。志其墓者江公望,书其志者陈瓘也。先生为人,清纯简易,达于从政,有忧时爱君之心,有开物成务之学。高宗驻跸平江,守臣孙佑荐于朝,赐对,前后所上疏札,类切于时宜,圣谕以通儒目之。赐进士出身,除秘书省正字、兼史馆校勘、迁著作佐郎,受敕正朱墨史,官至左朝奉郎。与门人陈长方、杨邦弼讲道于震泽,如杨龟山、尹和静、胡文定皆深推让,吴中道学之传,莫盛于先生。绍兴二十三年,卒于家,葬湖州长兴县和平镇茅栗山。门人章宪撰志,吴中、闽中皆祠于学。其子大本,两浙安抚司参议。

先生平生所注《论语集解》、《古今语说》,著作文集,并高宗所赐敕,及遗像、《震泽记善录》,至今藏于家。子孙世守府城德庆坊故居云。

中吴纪闻卷第五

唯室先生

唯室先生姓陈氏,讳长方,字齐之,其先本长乐人。父侁,字复之,擢进士第,娶林氏大卿旦之女、大云翁宓之妹。与陈了翁交从甚密,了翁谪廉州,侁以书贺之,至千余言,由此得罪。又尝从游定夫学,深得治气养心、行己接物之道,故其子亦为道学之士。唯室因外家居于步里,终日闭户,研穷经史。著书名《步里客谈》,又有《汉唐论》,俱行于世。其弟少方,字同之,亦端慧不群,号"二陈"。

姑苏百题诗

杨备郎中,天圣中为长溪令,梦中忽作诗曰:"月俸蚨钱数甚微,不知从宦几时归。东吴一片烟波在,欲问何人买钓矶?"及寤,心潜异之。明道初,宰华亭。俄丁内艰,遂家于吴中,乐其风土之美,安而弗迁。因悟梦中所作,几于前定。尝效白体作《我爱姑苏好》十章。居吴中既久,土风人物皆深详之,又作《姑苏百题》诗,每题笺释其事,至今行于世。

范秘书

范雯字伯达,予之同舍也。尝试《禹稷颜回同道论》,先生见之,以为奇作,置之魁选,遂驰誉于太学,学者至今以为模范。入馆除秘书郎,今参政公即其子也。

张子韶与周焕卿简

昆山周焕卿,与张子韶侍郎为布衣交,相与之意极厚。焕卿有母丧,贫不能举,及有妹未嫁;子韶自贬所专价赍钱银供其费,书词恳恻,读之令人竦然生敬。前辈恤朋友之难,每每如此,范忠宣之于石曼卿,苏文忠之于李方叔,皆同此一念也。今录其书于后,以警薄俗云。

九成顿首:日俟车马之来,乃杳然无耗,不胜瞻仰,即辰孝履多福。九成此间学生,例不受其束脩。有信州刘益秀才,在此多时,告以公未葬母及未嫁妹,许以二百千足助公。今付去半,则银三挺、钱二十五千足,掩子内角子有九成亲批“字绍祖”三字,及两头有“如此”二字,及封印全。遣去亲随两人,便令归也。发去此物时,已焚香对诸圣,愿公无障难,幸见悉也。他节哀自重,不宣。九成再拜。

虾 子 和 尚

承平时,有虾子和尚,好食活虾,乞丐于市,得钱即买虾,贮之袖中,且行且食。或随其所往,密视之,遇水则出哇,群虾皆游跃而去。后不知所终。

郭 家 朱 砂 圆

郭氏,本郡中一小民。所谓林酒仙者,每至其家,必解衣以醉之。酒仙迁化前数日,语郭氏曰:“畴昔荷相接之勤,以药一杯为报。”郭氏以味恶颇难之。力强之,饮至三呷而止。酒仙自举而尽,遂授以朱砂圆方曰:"惜乎,富及三世尔!"郭氏竟售此药,四方争求买之,自此家大富。三世之后,绝无有欲之者。

陈了翁鲈乡亭诗

陈文惠公留题松陵诗,其末有"秋风斜日鲈鱼乡"之句。屯田郎林肇为吴江日,作亭江上,因以"鲈乡"名之。了翁初主吴江簿,尝为赋诗云:"中郎亭榭据江乡,雅称诗翁赋卒章。莼菜鲈鱼好时节,秋风斜日旧烟光。一杯有味功名小,万事无心岁月长。安得便抛尘网去,钓舟闲傍画栏旁。"了翁筮仕之初,已无恋官职之意矣。

起　隐　子

季父讳况,字澹之。登崇宁五年进士第,再迁入馆。在馆八年,学术文章俱不在人下,时同列知名者,惟季父与苏元老在庭尔,当时号为"龚苏"。叶石林俊声籍甚,尝为文字交。其他所与酬唱者,如洪玉父、朱新仲、王丰父、张敏叔,亦皆一时名士。用先都官中隐故事,自号"起隐子"。有文集三十卷,曰《起隐集》。终祠部员外郎、朝议大夫。季父诗格清古,如《咏刘伶》云:"逃名以酒转名高,醉里张髯骂二豪。日月已为吾户牖,何妨东海作醇醪。"《九日》云:"家家高会锦模糊,谁信贫家菊也无。多谢东邻送醅至,旋于篱畔觅茱萸。""自古谁无九日诗?诗成须道菊花枝。直饶无菊何妨醉,野蓼村葵总是题。"《游天峰寺》云:"杖藜高踏半山云,不见此山知几春。异时人物凋零尽,只有青山似故人。"《午歇惠安寺》云:"寒食都来数日闲,颜卿家帖到今传。此公刚鲠无情煞,到得春时也自怜。"

《送唐大监》云："东门相别又相逢，转觉衰颓一老翁。子约重来我方去，满庭黄叶正秋风。"《古乐府》云："妖娆破瓜女，争上秋千架。香飘石榴裙，影落蔷薇下。墙外见鸳鸯，双双春水塘。归来情脉脉，无绪理残妆。"其他如"贪山借船赏，嗜酒典琴沽"；"闲多卷满新题句，懒极床堆未答书"；"客疏闲吠犬，庖匮割啼鸡"；"得句怕难续，避人长转多"；"山色秋难老，池光夜不昏"；此类甚多。

闰 丘 大 夫

闰丘孝终，字公显。东坡谪黄州时，公为太守，与之往来甚密。未几，挂其冠而归，与诸名人为九老之会。东坡过苏必见之，今《苏集》有诗词各二篇，皆为公作也。公后房有懿卿者，颇具才色，诗词俱及之。东坡尝云："苏州有二丘，不到虎丘，即到闰丘。"

宝 严 院

常熟海虞山有古刹号宝严院。吴越钱王之子，祝发于此。太宗尝赐御书《急就章》、《逍遥咏》及《圣惠方》于寺中。有浮屠七级，极壮丽，吴人相传：自京师来，泗州僧伽塔为第一，此为第二。至今尚在。

洞 庭 山

太湖之中有包山，一名洞庭。韦苏州皮陆唱和所言洞庭，及苏子美诗云"笠泽鲈肥人脍玉，洞庭柑熟客分金"，皆在吴江也。今岳州之南，所谓洞庭者，即郦善长注《水经》云"洞庭之陂"，乃湘水，非江水也。周内相洪道尝折衷二说云："洞庭山在吴，而洞庭湖乃在荆襄之间，地形虽分，而地脉未尝断也。"
周公之说，又本于东坡。

方子通红梅诗

方子通《红梅诗》脍炙人口，其云："清香皓质世称奇，漫作
轻红也自宜。紫府与丹来换骨，春风吹酒上凝脂。直教腊雪
无藏处，只恐朝云有散时。溪上野桃何足种？秦人应独未相
知。"

范　无　外

范周字无外，文正公之侄孙，赞善大夫纯古之子。少负不
羁之才，工于诗词，不求闻达，士林甚推之。所居号范家园，安
贫乐道，未尝屈折于人。石监簿存中有园亭在盘门内，尝往谒
之，不遇，题于壁间云："范周来谒石存中，未必存中似石崇。
可惜南山焦尾虎，低头拜狗作乌龙。"方贼起，郡中令总甲巡
护，虽士流亦不免。无外率府庠诸生，冠带夜行，首用大灯笼，
书一绝于其上云："自古轻儒孰若秦，山河社稷付他人。而今
重士如周室，忍使书生作夜巡。"郡将闻之，亟为罢去。盛季文
作守时，颇嫚士。尝于元宵作《宝鼎现》词投之，极蒙嘉奖，因
遗酒五百壶，其词播于天下，每遇灯夕，诸郡皆歌之。尝棹舟
访郏子高于昆山，一日酒酣，题于绝顶云："万叠青峦压巨昆，
四垂空阔水天分。夜光寒带三江月，春色阴连百里云。桂子
鹤惊空半落，天香僧出定中闻。不将此境凭张益，三百年来属
老文。"

绰堆　避御名改曰堆，即今绰墩。

昆山县西数里，有村曰绰堆。古老传云，此乃黄幡绰之
墓。至今村人皆善滑稽，及能作三反语。

陆　彦　猷

陆徽之字彦猷，常熟人。高才博学，众推为乡先生，出其
门者如陈起宗徽猷、张枏朝议、钱观复郎中，皆为时显人。徽
宗即位，下诏求直言。公因廷对，与雍孝闻辈皆力陈时政阙
失。唱名日，有旨驳放，孝闻立殿下叩头曰："陛下求直言，有
云言之者无罪。今诏墨犹未干，奈何以直言罪人？"卫士怒孝
闻唐突，以拄釜撞其颊，数齿俱落，凡直言者尽挥出之。大观
末，彗星见，旋见收复。时雍公已不能语，止赐六字道号，居神
霄宫。彦猷欲赴京师，已卒。其孙端成，字天锡，就特奏恩。

　　　时上书及廷试直言者俱得罪。京师有谑词云："当初
亲下求言诏，引得都来胡道。人人招是骆宾王，并洛阳年
少。　　　自讼监官并岳庙，都一时闲了。误人多是误人
多，误了人多少。"

翠　微　集

昆山翠微，有主僧冲邈，年八十有八，生平好为诗，所著号
《翠微集》。姚舜明侍郎尝赠之诗云："僧腊俗年俱老大，儒书
佛教旧精勤。姑苏一万披缁客，四事无如彼上人。"邑宰盖屿，
亦有读《翠微集》诗云："圣宋吟哦只九僧，诗成往往比阳春。
翠微阁上今朝见，格老辞清又一人。"

生 老 病 死

崇宁中,有旨:州县置居养院以存老者;安济坊以养病者;漏泽园以葬死者。吴江邑小而地狭,遂即县学之东隙地,以次而为之。时以诸生在学,而数者相为比邻,谓之生老病死。

郏 子 高

郏侨字子高,比部公之子。负才挺特,与范无外为忘形交。乡人至今称之,谓之"郏长官",晚岁自号"凝和子"。昆山上方有层屋曰翠微,子高多游历山中。尝赋诗云:"行客倦奔驰,寻师到翠微。相看无俗语,一笑任天机。曲沼淡寒玉,横山锁落晖。情根枯未得,爱此几忘归。"《访凌峰贤上人》云:"步入凌峰阁,寻师师未归。凭栏寂无语,唯见白云飞。"简公约有素琴堂,又为赋诗云:"素琴之堂虚且清,素琴之韵沦杳冥。神闲意定默自鸣,宫商不动谁与听。堂中道人骨不俗,貌庞形端颜莹玉。我尝见之醒心目,宁必丝桐弦断续。於乎!靖节已死不复闻,成亏相半疑昭文。阮手钟耳相吐吞,素琴之道讵可论。道人道人听我语,纷纷世俗谁师古。金徽玉轸方步武,虚堂榜名无自苦。"

郑 应 求 相

予年二十时,三舍法行,与郑君聘应求同在郡庠。应求精于人伦,同舍皆为其品题,心甚畏之。尝见唐辉子明,以手拊其腰曰:"异日金琅珰无疑矣。"子明性庄重,靣大发赤。一日颜仲谦过邻斋,应求指以示余曰:"此公蛇行,居官必尚猛。"乘间又语予曰:"吾友乃一寿星,颇类应逢原,但得其半耳,然亦可银琅珰。"众皆未以为信。后二十年，仲谦守严陵，颇有郅都之风。后三十年，子明跻法从。后七十年，予始拜牙绯之宠，其言无一不验。应求亦甚有文声。

狱　山

太湖中有东狱、西狱二山，吴王于此尝置男女二狱。杨备郎中诗云："雷霆号令雪霜威，二狱东西锁翠微。仿佛酆都丛棘地，岩扉应是古圜扉。"

王　学　正

王彦光，察院之伯祖，讳僖，字康国。居太学有声，乡人谓之王学正，识与不识皆尊敬之。有堂名逸野，以累试不利，日游适其中，读书自娱。其持身治家甚严，乡中率以为法。彦光自幼知读书，乃学正公之训也。生平无子。叶大年挽之云："书剑当年游上都，贤关虫篆校诸儒。文华灿灿九苞凤，俊气骎骎千里驹。妙质竟谁挥垩漫，白头空此死樵苏。遗编残稿应犹在，搔首令人益叹吁。"又云："遗文脍炙在吾乡，赋罢谁能少荐扬。声迹有妻先蝶梦，行藏无子付浮方。云萝烟蔓新泉宅，秋月春花旧野堂。交倡彩笺真翰墨，几人知为宝巾箱。"逸野堂至今尚存，王氏举族祀之不绝。

范文正为阎罗王

曾王父捐馆，至五七日，曾王妣前一夕梦其还家，急令开箧笥，取新公裳而去。因问之曰："何匆促如此？"答曰："来日当见范文正公，衣冠不可不早正也。"又问："范公何为尚在冥间？"曰："公本天人也，见司生死之权。"既觉，因思释氏书，谓人死五七,则见阎罗王。岂文正公聪明正直,故为此官邪!

吴县寇主簿诗

石林居吴下,一日至阊门外小寺中,壁间有题一绝云:"黄叶西陂水漫流,簋簌风急滞扁舟。夕阳暝色来千里,人语鸡声共一丘。"石林极爱之,但不书其名氏,因问寺僧,云:"吴县寇主簿所作,今官满去矣。"寇名宝臣,除州人,善作诗,少从后山先生学,其源流有所自来矣。

盘沟大圣

承天寺普贤院,有盘沟大圣,身长尺许。人有祷祈,置之掌上,吉则拜,凶则否,人皆异之。推所从来,乃盘沟村中有渔者,尝遇一僧云:"何不更业?"渔者云:"它莫能之。"僧云:"吾教汝塑泗州像,可以致富。"渔者云:"人不欲之,则奈何?"僧云:"吾授汝一法。"遂以千钱与之,令像中各置一钱,所售之直,亦以千钱为率。渔者如所教,竞求买之,果获千缗。今寺中所藏,乃其一也,岂非僧伽托此以度人邪?

魏令则侍郎

魏宪字令则,与其弟志,俱有声太学,号熙、丰人才。徽庙朝,为东台御史,入侍经幄,论思献纳为多。又代言西掖,得温厚雅正之体。迁吏部侍郎。久之,除显谟阁学士、知明州。建炎初,召赴行在,季父礼部送之以诗云:"炎祚无疆越万龄,如何夷卤尚凭陵!中兴事业须王导,拨乱韬钤要孔明。剧盗已分齐钺定,端星行指泰阶平。呼韩朝渭非难事,好继当时丙魏声。"

图 经 刊 误

旧《图经》云：“外冈、青冈、五家冈、蒲冈、涂松冈、徘徊冈、福山冈，并在吴县界。”今次第而数之，其上之四属昆山，下之三属常熟，言其地之远近，与吴县大相辽绝。《续图经》云：“太和宫在盘门之外，其地唐相毕諴之别业也。”切详毕諴未尝为相，为相者乃毕诚也，諴与诚兄弟尔。

草 腰 带 听 声

元丰中，姑苏有一瞽者，号“草腰带”，善揣骨听声。一日，王父呼至家，以祖姑吉凶福祸扣之，云：“此妇人他日必以夫而贵，但出适时，事于朝廷。”时祖姑已许嫁顾沂大夫，以其语不祥，举室皆唾之。论命未竟，适有捷夫过门报省榜者，王父亟出问榜首姓名，云：“无为人焦蹈。”既入告之，嗟惋不已。王父怪之，因问曰：“知此人声骨否？”曰：“熟知之。”王父曰：“官职如何？”曰：“不能食禄，安问官职也？”众皆以为焦已为大魁，术者之言必谬。经旬，有自京师来者云：“揭榜后六日，焦已死矣。”祖姑在曾王父服中，顾以欲之官，促其期，遂引女年二十不待父母服除法闻之朝，得旨方成礼，其言无一不验。

压 云 轩 诗

昆山翠微之上，有亭曰压云轩。邑士胡清尝赋诗云：“谁建危亭压翠微，画檐直与莫云齐。有时一片岩隈起，带与老僧山下归。”轩旁有小柏数根，又赋诗云：“栽傍岩隈未足看，谓言斤斧莫无端。它时直入抡材手，不独青青保岁寒。”后有一文人作浙漕，因到山中，见之大喜，寻访其人，厚礼以待之。既怜其贫,遂给官田,胡由此致富。

翟　忠　惠

　　翟汝文字公巽,其先本南徐人,后徙居常熟。绍兴初,为参知政事,卒,门人谥为"忠惠先生"。公文章甚古,所作制诰,皆用《尚书》体,天下至今称之。自宣政以来,文人有声者,唯公与叶石林、汪浮溪、孙兰陵四人耳。孙尝自评云:"某之视浮溪,浮溪之视石林,各少十年书。石林视忠惠亦然。"识者以为确论。公素俭,虽身历两府,奉养甚于贫士。一日招客,未饮时,与客论近世风俗侈靡,燕乐之间尤甚,因正色言曰:"德大于天子者,然后可以食牛;德大于诸侯者,然后可以食羊。"客自度今日之集,必无盛馔;已而果以恶草具进。公在翰苑时,禁中新创傩仪,有旨令撰文。是日辰巳间,中使送篇目至,午后亟督索进呈。数篇既立就,而文法且极高古,石林乃谓公文极难得。在西掖时,以草词迟罚铜。又在试院议策题,以冗官为问,一夜仅成四句,云:"太平日久,人乐仕进。可为朝廷庆者一,可为有司虑者二。"石林颇怪之。予切谓公之文,正不当以迟速论,当视其得意与否耳。策题虽止四句,实佳作也。

白　云　泉

　　天平山有白云泉,虽大旱不竭,或云此龙湫也。唐刺史白乐天有诗云:"天平山上白云泉,云自无心水自闲。何必奔冲下山去,更添波浪在人间。"苏子美尝至山中,为赋长篇。范贯之亦有和章。

谓 三 命

谓三命者，承天寺僧，精阴阳山水之术，吉凶无不立验。好食活鸡，已就死者，则却而不食。人欲其卜葬，必以数十活鸡自随，闻其声咿然，则食之愈喜，率以是为常。后享高寿而死。其荼毗也，有五色舍利，自舌本涌出。吾家虎丘坟，乃其所择也。葬之明年，有偃松生其上。

范 文 正 词

范文正与欧阳文忠公席上分题作《剔银灯》，皆寓劝世之意。文正云："昨夜因看《蜀志》。笑曹操孙权刘备。用尽机关，徒劳心力，只得三分天地。屈指细寻思，争如共、刘伶一醉。　　人世都无百岁。少痴呆、老成尪悴。只有中间，些子少年，忍把浮名牵系。一品与千金，问白发、如何回避？"

腥 庵

吴江王份文孺，自号腥庵，尝筑圃于松江之侧。方经始时，文孺下榻待余，延留数月，见买莳作址，计三百万钱。圃成，极东南之胜。后湖苏养直尝赋诗云："王郎腥庵摩诘诗，烟花绕舍江绕篱。石渠东观了无梦，笔床茶灶行相期。古人已往不可作，甫里顾有今天随。湾头蟹舍岂著我，请具蓑笠悬牛衣。"又为文孺赋草堂云："笛弄松江明月，蓑披笠泽归云。若话青霄快活，五侯何处如君？"

蠡 口

蠡口在齐门之北，又有蠡塘在娄门之东。故老相传云：范蠡破吴辞越,乘扁舟游五湖,潜过于此,遣人驰书招文种大夫,因以名之。杨备郎中诗云:"霸越勋名间世才,五湖烟浪一帆开。犹防乌喙伤同辈,此地复招文种来。"

蛇 化 为 剑

干将墓在今匠门城东数里。顷有人耕其旁,忽见青蛇上其足,其人遽以刀斫之,上之半跃入草中,不复可寻,徐观其余,乃折剑也。至莫欲持归,亦不复见。方子通有诗具载其事。卫月山《因笔录》云:"匠门外干将墓土,人取作灶,无蟑螂灶鸡。"

贾 表 之

贾公望字表之,丞相昌期之孙,青之子。顷倅平江,时朱勔父子方出入禁中,窃弄权柄,一时奔竞之流,争持苞苴,唯恐无门而入。贾独疾之甚,尝有诗云:"倏忽向六十,萍蓬无奈何。丹心犹奋迅,白首分蹉跎。正直士流少,倾邪朋类多。阳光一销铄,不复见妖魔。"其志尚亦足嘉矣。

勔之子为浙西路分司,有赐带之宠,贾亦同时衣金紫服。旦日适相会于天庆,朱之虞兵因见贾所佩鱼,熟视之。贾厉声叱之曰:"此是年及得来,非缘花石之故。"左右皆错愕。朱甚衔之,为其所挤,贾竟停任。

易承天为能仁寺

宣和中,户部干当公事李宽奏:凡以圣为名者,并行禁止。又给事中赵野奏:凡世俗以"君"、"王"、"圣"三字为名字,悉合革而正之,然尚有以"天"为称者,切虑亦当禁约。其后又有以"龙"、"皇"、"主"、"玉"字不当言者,亦请遏绝。前后共禁八字。遂易"承天"为"能仁",其他观寺及士庶名字,犯而不改,则重加之罪。虽桥梁有为龙形者,亦皆凿去之。太学同舍陈朝老语余曰:"此无君无天之兆,甚可畏也。"季父倅兴仁日,一太守曲意奉行,尽取诸寺观藏经,命剪去所禁八字,未几而太守卒。

章　户　部

章绛字伯成,庄敏公之子。庄敏教诸子甚严,恐其纵肆,闭置一书室中,故绛与综皆中第而亦甚有文。季父礼部,取绛之侄女,召为校书郎日,绛以诗饯之,有"船尾淮山青未了,马头随柳绿相迎"之句,孙仲益甚喜之。晚年诗律益高,清淳雅健,得唐人之风。有文集三十卷,藏于家。终户部郎中。

王教授祭学生文

庆历中,郡学既建,养士至百员,亦有自他郡至者。建阳二江忘其名,肄业未久,其季忽感疾而殂。时王逢会之为教官,率同舍祭之云:"维庆历七年,岁次丁亥,七月甲戌朔,初六日己卯,苏州州学教授王逢,率在学同人,谨以香酒果实致奠,化冥纸告祭于学生建阳江君之灵:人固动物尔,气完则在,气散则死。生与死吾不得而知也,惟是生者,有名教存焉,得以异诸物。善而夭为得不死,恶而寿为不幸。子年尚少,徒步数千里旅吴学,以道义为身谋,于善无所负,今夭去,吾得谓子不死矣!夫旅而死,无亲戚左右为之助者有之,今子兄在焉,启而手足,比无助者为多。同门生几百员为子哭,不为孤,其亦善德之召欤!子魂气何所之,吾以子有生死之别,旅衬举而望涕,不知其所从。哀哉尚飨!"

沈元叙沧浪亭诗

苏子美《独步游沧浪亭》诗云:"花枝低欹草色齐,不可骑人步是宜。有时载酒只独往,醉倒唯有春风知。"绍兴初,昆山沈东元叙尝游其亭,赋诗云:"草蔓花枝与世新,登临空复想清尘。只今唯有亭前水,曾识春风载酒人。"程致道《和张敏叔游沧浪亭》诗有云:"醉倒春风载酒人,苍髯犹想见长身。试寻遗址名空在,却笑张罗事已陈。"皆寓其感叹之意。

中吴纪闻卷第六

西 楼 诗

绍兴中,郡守王映显道建西楼,赋诗者甚众,独耿时举德基为擅场。其诗曰:"西楼一曲旧笙歌,千古当楼面翠峨。花发花残香径雨,月生月落洞庭波。地雄鼓角秋声壮,天迥栏干夕照多。四百年来无妙手,要看风物似元和。"德基他文称是,居太学久之,不得一第而死,惜哉!

郭 仲 达

郭章字仲达,世居昆山。自幼工于文。游京师太学有声,因归乡省亲作诗别同舍云:"菽水年来属未涯,羞骑款段出京华。涨尘回旋风头紧,绮照支离日脚斜。掠过短莎惊脱兔,踏翻红叶闹归鸦。不堪回首孤云外,望断淮山始是家。"俄又赋一篇云:"也知随俗调归策,却忆当年重出关。岂是长居户限上,可能无意马蹄间。中原百罹知谁运,今日分阴敢自闲。倘有寸功裨社稷,归来恰好试衣斑。"其诗传播一时。后以守城恩拜官,被知己荐居帅幕,久之,官至通直郎。卒于京师,年四十余。无子。

凌 佛 子

凌哲字明甫,与余同肄业郡庠,诚实君子也。绍兴中为正言,上疏论秦氏亲党因缘得科第,有妨寒素进取之路。公论甚与之。累迁至吏部侍郎。后以敷文阁待制、通议大夫致仕,年八十余而卒。公处己以廉,待人以恕,虽身至从班,不啻如寒士,非时未尝辄至郡中,终年无一毫干请。书室之前有一茶肆,日为群小聚会之地,公与宾客谈话,甚苦其喧,遣介使之少戢;已而复然,公不与较,因徙以避之。其长厚类如此,人目之为“淩佛子”。

昆 山 学 记

程咏之宰昆山,其政中和,有古循吏风。尝修治县庠,张无垢为作记,欲镌之石。或谓无垢托此以讽朝士,寻即已之。今《横浦集》亦不载,因附见于此:

右通直郎、知平江府昆山县事程公咏之,文简公之曾孙,伊川先生之侄也。绍兴二十八年七月十二日,作书抵余曰:“近闻为政莫先于教化,教化莫先于兴学。吾邑有学,卑陋不治,甚不称朝廷所以尊儒重道之意。学门有社坛、斋厅掩蔽于前,气象不舒。沂乃移于社坛之西,辟其门墙,广袤数十丈。又以东隅建学外门,周植槐柳,增崇殿门。营治斋宇,气象宏伟。殿堂斋庑,鼎鼎一新。遇月旦,则率县官诣学,请主学者分讲《六经》,与诸生环坐堂上以听焉。时知府事待制蒋公,名其堂曰‘致道’,并书学榜以宠贲之。於乎!可谓盛矣。”又曰:“先生昔学于大儒,其所见闻,非俗儒比。愿以其所闻者,明以告我,我将有以大之。”

余曰:“吾老矣,久抱末疾,旧学荒落,顾何以副子之请?虽然,不可以虚辱也。辄以闻于师者,以告左右,左右其择焉。窃尝以谓学者当以孔子为师。以孔子为师，当学孔子之学。非为博物洽闻，缀章缋句，高自标置，视四海为无人，攘臂而言曰：‘吾仕宦当至将相，吾富贵当归故乡，吾当记三箧于渡河，赋万言于倚马。’此正俗儒之学；孔子之学乃不如是。熟诵孔子‘若圣与仁，则吾岂敢’之说，子夏‘掬溜播洒’之说，孟子‘徐行后长者’之说，以求孔子之心可也，是谓孔子之学。若乃学如马融、如陆淳，博如许敬宗，文如班固、如柳子厚，亦可矣。而依梁冀，而助武氏，而事窦宪，而附王叔文，此吾侪之所羞道，而孔门之罪人也。咏之以为何如？如其不然，当明以教我。”

王　唐　公

王绚字唐公，秦正懿王审琦五世孙。建炎中，为御史中丞。虏犯维扬，车驾南渡，公扈从以行。东宫初建，以资政殿学士权太子少傅。未几，拜参知政事，力丐奉祠，御书“霖雨思贤佐”一联以赐之。绍兴七年，薨于昆山僧舍，年六十四，谥和。子陔。公为人刚正有守，立朝无所阿附。宣和乙巳，策士于廷，公为详定官，多取议论剀切者置甲科。建炎己酉，虏寇深入，公具陈攻守之策，宰相不以为然。已而虏犯维扬，终无策。公自建康扈从至临安，道由镇江，从容奏陈：陈东以忠谏被诛，此其乡里也。即命赙其家，官其子。车驾幸会稽时，韩世忠邀击虏寇归骑于扬子江，公议遣兵追袭，俾与世忠夹击之，同政者议不合，遂求去。公虽为执政，其家贫甚，每以禄不及亲，自奉极俭薄。仕宦二十年，无寸椽可居。自奉祠后，寓昆山惠严僧舍，萧然一室，服食器用无异于寒士。天性仁孝，䦷恤姻族，无所不至。俸入之余，买田赡给其孤贫者，又为之毕婚冠丧葬。平居无他嗜好，惟读书为乐。其文温润典雅，深于理致，于死生祸福之说，尤所洞达。其寝疾也，家人召医，且欲灼艾，公曰："时至即行，留连无益。"薨背前二日，书"戊戌"字示左右，属纩之日，果戊戌也，其前知如此。公所制述，有《内外制》四十卷，《奏议》三十卷，《进读事实》五卷，《论语解》三十卷，《孝经解》五卷，《群史编》八十卷，《内典略录》百卷。

顾景繁 与施宿武子同注苏诗即其人。

顾禧字景繁，居光福山中。其祖沂，字归圣，终龚州太守；其父彦成，字子美，尝将漕两浙。景繁虽受世赏，不乐为仕，闭户读书自娱，自号"漫庄"，又号"痴绝"。尝注杜工部诗，其他著述甚富。所与交者，皆一时名士。鄱阳张紫微彦实扩，以诗闻天下，景繁结为一社，与之唱酬。今《张集》有《送顾景繁暂归浙西》诗云："墙头飞花如雪委，墙根老柳丝垂地。春正浓时君不留，山路晓风鸣马棰。涛江入眼浪千尺，想见吴侬问行李。田园久荒慢检校，亲旧相逢半悲喜。行朝诸公访人材，故人新赐尚书履。袖中有策则可陈，君亦因行聊尔耳。"又他诗称誉景繁不一，如云："顾侯风味更严苦，家贫阙办三韭菹。龟肠撑突五千卷，底用会稡笺虫鱼。"又云："虎头文字逼前辈，衮衮颛蒙分尺素。天闲老骥日千里，何用盐车追蹇步？"景繁隐居五十年，享高寿而终。子美除漕到苏台，过南峰山，拜先都官墓。都官，子美之外祖也。巡尉护送至山中，亲题于享亭之壁。予视景繁为中表。

慈 受 禅 师

慈受禅师深老，靖康间住灵岩，学徒甚尊之。平生所作劝

戒偈颂甚多,皆有文法,镂板行于世。尝自为真赞云:"自顾个
形骸,举止凡而陋。只因放得下,触事皆成就。醍醐与毒药,
万味同一口。美恶尽销融,是故名慈受。"孙仲益作守,时因上
元,命之升座,慈受举似云:"灵岩上元节,且与诸方别。只点
一碗灯,大千俱照彻。也不用添油,光明长皎洁。雨又打不
湿,风又吹不灭。大众毕竟是甚么灯?教我如何说。"时高峰
瓒老虽相去不远,绝不会面,因中秋赏月,书一绝寄瓒老云:
"灵岫高峰咫尺间,青松长伴白云闲。今宵共赏中秋月,莫道
山家不往还。"师名怀深。

蒋侍郎不肯立坊名

胡文恭公守苏,蒋公希鲁将致政归。文恭公顷为诸生,尝
受学于蒋,因即其居第表为"难老坊"。蒋公见之,愀然谓文恭
曰:"此俚俗歆艳,内不足而假之人以夸者,非所望于故人也。
愿即彻去。"文恭公愧谢,欲如其请,则营缮已严,乃资其尝获
芝草之瑞,改为"灵芝"。文恭公退而语人曰:"识必因德而后
达。蒋公之德,盖人所畏;而其识如是,固无足疑,非吾所及
也。"

孙　郎　中

孙纬字彦文,擢进士第,仕至尚书郎。为人诚朴,好以俗
下语为诗文而多近理。秦师垣生于腊月二十五日,尝献寿诗
云:"面脸丹如朱顶鹤,髭髯长似绿毛龟。欲知相府生辰日,此
是人间祭灶时。"师垣甚喜之。公精于本朝典故,及巨室大家
名系世次,无不通晓。尝著本朝人物志,行于世。

潘　悦　之

潘兑字悦之,摄履甚正,乡人皆尊敬之。徽宗朝为中书舍人,迁礼部侍郎。与先君子甚厚,常往来于沧浪之上,饮酒赋诗,延款竟日。悦之无子,侄民赡,工于诗,与季父唱和成集。

南　北　章

章氏,本建安郇公之裔,后徙于平江者有二族:子厚丞相家州南,质夫枢密家州北。两第屹然,轮奂相望,为一州之甲。吴人号南北章以别之。

余良弼占卦影

余仔字良弼,三舍法行,与余皆肄业郡庠,又以同经聚于一斋。良弼试上舍,义题自"假乐君子,显显令德",至"千禄百福,子孙千亿",良弼反覆用天人之说,遂中高选。既贡京师,道由南徐。访一日者摤著。得卦影画文书一轴,书"天人"二字于其上,下书两"甲"两"癸"。又画二雁:一入云中,一为箭所中。日者云:"此文书二十年后可复用。"良弼以为不然。既试南宫,果不第,退舍而归。累试皆蹉跌。后罢舍法,以免举赴省,义题与预贡时不少异,即欲尽写旧作。同舍晓之云:"文格与今不同矣,用之必不验。"良弼深以卦影之言为信,竟书之不易一字。乡人用新格者俱见黜,独良弼得之。廷试后一第下世,时去摤著时,适满二十年之数。

王　彦　光

王葆字彦光,擢宣和甲辰第。昆山自郏正夫登第后,有孙积中,积中后六十载无有继之者。彦光擢第时,吴昉博士适为邑宰,有致语云:"振六十载之颓风,贾三千人之余勇。"纪其实也。绍兴改元,天子广开言路,讲求贤良等科。彦光时主丽水簿,慨然上疏陈十弊,皆切中时病,其末以储嗣为请,语尤切直。至谓:"仁宗时,中外无事,海宇晏然,而范镇等为国远虑,其所纳忠,急急在此。况当今日,国步多艰,人心易动,强虏未靖,群盗陆梁,天下之势,危若缀旒;而甲观之崇,未闻流庆,中外惴恐,此为甚急。臣愿陛下为宗社无疆之计,广求宗室之中仁明孝友、时论所归者,历试诸事,以系人心。"执政读而奇之。彦光素为秦益公器重。和议既定,梓宫及太后皆还。彦光时主宗正寺簿,上书于益公,仅三百字,大意谓自古宰相功业之盛,无如伊尹、周公,究其终始之言,伊尹过周公远矣。方其相成汤,辅太甲,其功无与比。当是时,遂思复政于君,而启其告归之意,今《咸有一德》之书是也。周公则不然,夹辅成王,坐致太平之功,此时可以告老矣,而卒不之鲁,故其后有四国流言之祸。今欲为伊尹乎,欲为周公乎? 惟阁下所择。益公得书颇喜。久之,除司封郎。彦光既丁内艰,服阕,再居旧职。一日,益公语彦光曰:"桧待告老如何?"彦光曰:"此事不当问之于某。"益公曰:"他人不敢言,以公有直气,故问之。尝记绍兴八年,某为右相时,公以书劝某去位,保全功名,今何故不言?"彦光曰:"果欲告老,不问亲与仇,择其可任国家之事者,使居相位,诚天下生民之福。"益公默然。俄除监察御史、兼崇政殿说书。益公薨,出知广德,移汉州,又移泸州,终浙东提刑。彦光居乡,教诲后进,终日论文不倦。其所成就甚众,所学最长于《春秋》,有《春秋集传》十五卷,《春秋备论》两卷。弟万,侄嘉彦,登第。参政范公尝作公挽诗云:"喻蜀三年戍,还

吴万里船。云归双节后,雪白短檠前。百世《春秋传》,一丘阳
羡田。浮生如此了,何必更凌烟?""日者悲离索,公乎又杳冥。
门人辨韩集,子舍得韦经。此去念筑室,空来闻过庭。路遥人
不见,千古泣松铭。"

　　彦光鉴裁甚精,李乐庵为布衣时,流落兵火之余,一
见以为佳士,妻以女弟。今参政周公初第时,爱其博洽,
即纳之为婿。二公寻即荣遇,而又学术气节,耸动当世
人,于是服其知人。至于从其学者,亦能第其甲科之先
后,无不一如所期。至今言其事者,莫不称叹,以为不可
及。

状 元 谶

　　穹窿山在城之西,里老相传云:"穹窿石移,状元来归。"一
夕,闻有风雨声,诘旦视之,果有石自东而移西者。淳熙辛丑,
黄子由遂魁多士。昆山虽去松江不远,旧无潮汐,绍兴中方有
之,犹不及二十里外。李乐庵尝见一道人云:"潮到夷亭出状
元。"后以此语叶令子强,因作问潮馆识其语。今已过夷亭矣,
但未知验于何时?然潮汐起于昆山,邑人必有当此谶者。

四 幡 之 助

　　大父自甲子既周之后,遇生朝,则舍一大幡于宝积寺刹
柱,岁率以为常。时曾王妣之越上,留其婿顾沂大夫家。大父
往省之,夜宿于萧山渡,系舟于一古柳之下,终夕为之安寝。
拂晓,舟师人惊,回顾皆巨浸,舟齐丁木之杪。须臾水退,独免
漂溺。是夕,王妣梦舣舟之地,有四黄幡覆其上,方有疑于心。
王父既归,言其事,因屈指计之,已历四生朝矣。

吴仁杰云:"龚浩,字子正。往萧山访顾沂,舟值水发。比到家,其妻云:'向梦有黄幡六首罩一舟。'龚问其日,正水发之夕也。盖尝以生朝施二幡于承天寺不染尘观音殿,凡三岁矣,适如梦中之数云。"案《吴氏感应录》所记,微有不同,当以此说为是。然不染尘观音殿,乃是在城报恩寺,今北寺也。

乐 庵

乐庵在昆山之东南六七里,李公彦平游息之所也。公本江都人,绍兴初避地居此。尝为溧水宰,以德化民,四年无犯死罪者。剡章交上,召对,陈便民十事。除知温州,未行,擢监察御史,出知婺州。召拜司封郎官,迁枢密院检详。高宗屡引见僧徒,谭性空之理。一日因对,论及禅宗,公奏曰:"昔周公亦坐禅。"上愕然。公徐曰:"周公思兼三王,以施四事,其有不合者,仰而思。夜以继日,幸而得之。坐以待旦,非坐禅而何?升下诚能端坐而思所以爱人利物之道,即坐禅也,何必他求乎?"俄以引年挂其冠而归,遂即庵庐而居之,自号"乐庵安叟"。居年余,上爱公精力不衰,诏落致仕,除侍御史。同知壬辰贡举,因革去险怪之习,文体为之一变,而所得多一时名士。因上疏论后戚不当居枢管之地,迁起居郎,不就,知台州,又不就,复上请老之章。时王仲行为右正言,亦力弹之;莫子齐为给事中,不书黄;周洪道直学士院,不草制,皆遭迁逐。布衣庄治尝作《四贤》诗。公道学精通,且乐于教学者,尝诵康节语以告人,曰:"学为人之仁,学为人之事,所以教人者,率不外此。"公中年以后,绝欲清修,唯一苍头给事。年几八十,视听言论,虽少年有所不及。庵之左右皆植修竹,经史图书满室。忽旬余不食,屏医却药,终日燕坐。一夕,亲作手简,遍别亲旧,仍命其子不得斋僧供佛,书讫倏然而逝。所著文章甚多,号《乐庵集》,又有《易说》、《语孟说》若干卷。

吴 江 词

建炎庚戌,两浙被虏祸,有题《水调歌头》于吴江者,不知其姓氏,意极悲壮,今录之于后:"平生太湖上,短棹几经过。如今重到,何事愁与水云多。拟把匣中长剑,换取扁舟一叶,归去老渔蓑。银艾非吾事,丘壑已蹉跎。 脍新鲈,斟美酒,起悲歌。太平生长,岂谓今日识兵戈!欲泻三江雪浪,净洗胡尘千里,不用挽天河。回首望霄汉,双泪堕清波。"

丁 令 威 宅

阳山法海寺,乃丁令威宅,炼丹井存焉,号"丁令威泉"。井水至今甘美,虽旱不竭。

正 讹

交让巷谓之泔浆巷。织里桥谓之吉利桥。葑门谓之府门。带成桥谓之戴城桥。字音之讹,罕有知者。

徐 望 圣

徐师回字望圣,师闵之弟。尝为南康太守,作直节堂。苏黄门为之记,以为物之生未有不直者,一为物所挠,虽松柏竹箭之坚,不能自保,惟杉能遂其直。求之人,盖不待文王而兴者!黄门未尝以言假人,其推重公如此。子闶中,孙林兢,曾孙藏。

羊充实

羊充实旧与予肄业郡学，其为人好崖异，且狠愎。一夕，同舍对床剧谈，充实偶以言侵众，遂相率联句戏之云："彼美羊充实，弯弯角向天。口内餐荷叶，尻中放瑞莲。细毛堪作笔，龌龊可为毡。子贡虽曾爱，齐宣不见怜。"其它不能尽记。充实见诸公更相应答，机锋甚锐，遂哀鸣不已。自是处众和易，待人亦有礼。谚所谓"菱角"、"鸡头"之说，信矣。

苏民三百年不识兵

姑苏自刘、白、韦为太守时，风物雄丽，为东南之冠。乾符间，虽大盗蜂起，而武肃钱王以破黄巢，诛董昌，尽有浙东西。五代分裂，诸藩据数州自王，独钱氏常顺事中国。本朝既受命，尽籍土地府库，帅其属朝京师，遂去其国。盖自长庆以来，更七代三百年，吴人老死不见兵革。承平时，太伯庙栋，犹有唐昭宗时宁海镇东军节度使钱镠姓名书其上，可谓盛矣。大观中，枢密章公之子绩，为蔡京诬以盗铸，诏开封尹李孝寿，即吴中置狱，连逮千余人。遣甲士五百围其家，钲鼓之声，昼夜不绝，俗谓之"聒囚鼓"。州民目所未睹，莫不为之震骇。狱既不就，又遣三御史萧服、沈畸、姚忘其名重案。其至也，人皆自门隙中窥之，不敢正视。识者已知非太平气象，故其后有建炎之祸。方章氏事未觉时，城中小儿所在群聚，皆唱云"沈逍遥"，莫知其由。已而，三御史果至。

之彝老

之彝老外冈杨氏子，名则之，字彝老。尝学诗于西湖顺老，学禅于大觉琏禅师。诗号《禅外集》，禅学有《十玄谈参同契》，俱行于世。尝作《早梅》诗云："数萼初含雪，孤清画本难。有香终是别，虽瘦亦胜寒。横笛和愁听，斜枝倚病看。朔风如解意，容易莫吹残。"又《雪霁观梅》诗云："荒园晚景敛寒烟，数朵清新破雪邅。幽艳有谁能画得，冷香无主赖诗传。看来最畏前村笛，折去难逢野渡船。向晚十分终更好，静兼江月淡娟娟。"

纪　　异

盛章季文作守时，谯楼一夕为火所焚，有得其煨烬之余者，欲析而为薪，见其中有"大吉"二字，遂闻之于朝。又郡学有一立石，中夜光起，教官言于州，因作《瑞石放光颂》，亦奏之。又大成殿一夕忽为雷击其柱，火光异常，东壁额上遗四带青布巾，大可贮五斗粟，教官命以香案置之中庭，诘朝视之，无有矣。

朱氏盛衰

朱冲微时，以常卖为业，后其家稍温，易为药肆。生理日益进，以行不检，两受徒刑。既拥多资，遂交结权要，然亦能以济人为心。每遇春夏之交，即出钱米药物，募医官数人，巡门问贫者之疾，从而赒之。又多买弊衣，择市姬之善缝纫者，成衲衣数百，当大寒雪，尽以给冻者。诸延寿堂病僧，日为供饮食药饵，病愈则已。其子勔，因赂中贵人以花石得幸，时时进奉不绝，谓之"花纲"。凡林园亭馆、以至坟墓间所有一花一木之奇怪者，悉用黄纸封识，不问其家，径取之。有在仕途者，稍拂其意，则以违上命文致其罪。浙人畏之如虎。花纲经从之地，巡尉护送，遇桥梁则彻以过舟，虽以数千缗为之者，亦毁之不恤。初，江淮发运司于真、扬、楚、泗有转般仓，纲运兵各据地分,不相交越。勔既进花石,遂拨新装运船,充御前纲以载之,而以余旧者载粮运,直达京师。而转般仓遂废,粮运由此不继,禁卫至于乏食,朝廷亦不之问也。勔之宠日盛,父子俱建节钺,即居第创双节堂。又得徽庙御容置之一殿中,监司、郡守必就此朝朔望。勔尝预曲晏,徽宗亲握其臂与语,勔遂以黄罗缠之,与人揖,此臂竟不举。弟侄数人,皆结姻于帝族,因缘得至显官者甚众。盘门内有园极广,植牡丹数千本,花时以缯彩为幕帘覆其上,每花标其名,以金为标榜,如是者里所。园夫畦子艺精种植及能叠石为山者,朝释负担,暮纡金紫,如是者不可以数计。圃之中又有水阁,作九曲路入之,春时纵妇女游赏,有迷其路者,老朱设酒食招邀,或遗以簪珥之属,人皆恶其丑行。一日勔败,捡估其家资,有黄发勾者素与勔不协,既被旨,黎明造其室,家人妇女尽驱之出,虽闾巷小民之家,无敢容纳。不数日,已墟其圃。所谓牡丹者,皆析以为薪。每一扁榜,以三钱计其直。勔死,又窜其家于海岛,前日之受诰身者尽褫之。当时有谑词云:“做园子,得数载,栽培得那花木就中堪爱。特将一个保义醉劳,反做了今日殃害。　　诏书下来索金带,这官诰看看毁坏。放牙笏便担屎担,却依旧种菜。”又云:“叠假山,得保义,幞头上带著百般村气。做模样偏得人憎,又识甚条制。　　今日伏惟安置,官诰又来索气。不如更叠个盆山,卖八文十二。”初,勔之进花石也,聚于京师艮岳之上。以移根自远,为风日所残,植之未久,即槁瘁,时时欲一易之,故花纲旁午于道。一日内晏,诨人因以讽之。有持梅花而出者,诨人指以问其徒,曰:“此何物也?”应之曰:“芭蕉。”有持松桧而出者,复设问,亦以“芭蕉”答之。如是者数四,遂批其颊曰:“此某花,此某木,何为俱谓之芭蕉?”应之曰:“我但见巴巴地讨来,都焦了。"天颜亦为之少破。太学生邓肃,有《进花石》诗,大寓规谏之意,至今传于世。

徐 稚 山

徐林,游定夫先生字之曰稚山。绍兴中,坐赵忠简公所引,忤秦丞相意,罢宗正少卿。又以前任江西运使日,尝案秦之妻弟王昌,秦妇大衔之。俄有将两浙漕节者,密受风旨,诬劾公讥议均田良法,安置兴化军。秦死放还,除户部侍郎。事载《绍兴正论》。

无 庵

昆山陈氏子,名法全,弃家从道川为僧,参请勤至。一日行静济殿前,偶撞其首于柱间,忽然大悟。旁观者见其光彩飞动,而全自不知也。自此遍走山林,道价日增,后住湖州道场山,号"无庵"。

结 带 巾

宣和初,予在上庠,俄有旨令士人结带巾,否则以违制论。士人甚苦之,当时有谑词云:"头巾带,谁理会?三千贯赏钱新行条制。不得向后长垂,与胡服相类。　法甚严,人尽畏,便缝阔大带向前面系。和我太学先辈,被人叫保义。"

周 妓 下 火 文

昆山有一名倡,周其姓,后系郡中籍。张紫微作守时,周忽暴死。道川适访紫微,公因命作下火文云:"可惜许,可惜许!大众且道可惜许个甚么?可惜巫山一段云,眼如新水点

绛唇。昔年绣阁迎仙客，今日桃源忆故人。休记丑奴儿怪脸，
便须抖擞好精神。南柯梦断如何也，一曲离愁别是春。大众
还知殁故某人，向甚么处去？向这里，分明会得。蓦山溪畔，
芳草渡头，处处《六么》《花十八》。其或未然，与君一把无明
火，烧尽千愁万恨心。”

谐　谑

　　鸡冠花未放，狗尾叶先生。嘲叶广文。三间草屋田中舍，两
面皮缰马辔丞。田、马自相谑。冬瓜少貌犹施粉，甘蔗无才也著
绯。猜谜。妇人富英，对丁中散。数行文字，那个《汉书》；一簇人烟，
谁家《庄子》。筵上枇杷，宛类无声之乐；草头蚱蜢，犹如不系
之舟。醉公子酉生年九十，柳青娘卯生年十八。镜上盚钱，铜
声相应。马前断事，鞍上治民。鉏麑触槐，死作木边之鬼；豫
让吞炭，终为山下之灰。滕达道与郑毅夫对。

思　韩　记

　　韩正彦字师德，魏公之犹子。嘉祐中，知昆山县。昆山号
为难理，而公能以静胜，囹圄为之数空。创石堤，疏斗门，作塘
长七十里，而人不病涉。得膏腴田百万顷，部使者以最上。又
请以输州之赋十三万，从近便输于县，鸠造塘余材为仓廪以贮
之，民大悦。比去，遮道以留，生为立祠，作《思韩记》，镵诸石。

徐氏安人诗

　　徐稚山侍郎有妹能诗，大不类妇人女子所为。其笔墨畦
径，多出于杜子美，而清平冲澹，萧然出俗，自成一家。平生所
为赋尤工。有一文士尝评之云：“近世陈去非、吕居仁皆以诗

自名,未能远过也。"有诗集传于世。

吴 中 水 利 书

宜兴士人单谔,尝著《吴中水利书》。其说谓苏、湖、常三州之水潴为太湖,湖之水溢于松江以入海,故少水患。今吴江岸界于松江、太湖之间,岸东则江,岸西则湖,江东则大海也。自庆历二年,欲便粮道,遂筑北堤,横截江流五六十里,遂致太湖之水常溢而不泄,浸灌三州之田。又睹岸东江尾与海相接之处污下,葑芦丛生,沙泥涨塞。而又江岸之东,自筑岸以来沙涨,今为民居、民田矣。虽增吴江一邑之赋,而三州之赋,不知反损几百倍邪!今欲泄太湖之水,莫若先开江尾葑芦之地,迁沙村之民,运其所涨之泥,然后以吴江岸凿其土为木桥千所,以通粮运。随桥洪开葑芦为港走水,仍于下流开白蚬、安亭二江,使太湖水由华亭青龙入海,则三州水患必减。元祐中,东坡在翰苑,奏其书,请行之。

翟　　超

昆山弓手翟超,数以勇力奋,而酷嗜《金刚经》,昼夜诵之不辍。邑有盗,尉责其巡警失职,挞之。退而愤然曰:"他人被盗,而我乃受杖!"不复还家,坐于一庙中,诵经达旦。至"应无所住,而生其心",忽若有悟,遂弃俗而投礼东斋谦老,名之曰道川。俄为僧,见处日明,因行脚江西。途中遇虎,无惧色,虎驯伏其旁,逡巡引去。晚注《金刚经》,超乎言句之外,名禅老衲,皆以为不可及。其后圆寂之际,大书四句云:"我有一条铁椰栗,纵横妙处无人识。临行拨转上头关,轰起一声春霹雳。"今葬于山中。

道 山 清 话

[宋] 佚名　撰

孔　一　校点

校 点 说 明

　　《道山清话》一卷,宋佚名撰。《说郛》据书后有王昉跋语,题"宋王昉"撰,其实不确:一、跋语称此书为"先大父"著,则作者为王昉之祖父,然亦佚名;二、跋语末署"建炎四年",时"昉老矣",而书中载崇宁五年事,距跋语不过二十五年;又载"余少时,常与文潜在馆中",考张耒(字文潜)在馆中当元祐年间,距跋语四十余年,岂有祖父四十余年前尚称"少",今(即跋语时)其孙竟称"老"之理? 三、书中"元祐五年"条载"先公"为"李某",则作者姓李而非姓王(一、三两条见《四库全书总目》)。可见跋语与此书并不吻合,恐系误植。另,《辞源》修订本以为《宋史·艺文志》小说家类著录之《道山新闻》即此书,未见出证,亦难为定论。

　　《道山清话》所载明确下限为崇宁五年,成书大致可定为其后不久的徽宗年间。本书所载多为北宋朝野故事,对王安石持批评态度,于程颐、刘挚亦颇有微词,而详记苏轼、黄庭坚、张耒等交际议论,《四库全书总目》由之推定其作者为蜀党中人,当属不无道理。《总目》据王士禛《居易录》指本书合两张先为一人,亦属确实;惟指其记陈彭年检秘阁《春秋少阳》之书为"颇诬",则未敢遽信,隋唐志不著录之书,后世转见,未必绝无可能。

　　这次校点,以《学津讨原》本为底本,校以《百川学海》本。讹误不当之处,敬请批评指正。

道山清话

　　李常为言官，言王安石理财不由仁义，且言安石遂非喜胜，日与其徒吕惠卿等阴筹窃计，思以口舌以文厥过，以公论为同乎流俗，以忧国为震惊朕师，以百姓恋叹为出自兼并之言，以卿士金议为生乎怨嫉之口，而又妄取经据，傅会其说。且言："理财用而不由仁与义，不上匮则下穷矣。臣自知朝夕蒙戮，不惮开垂闭之口，吐将腐之舌，为陛下反覆道之。"凡数千言。上览之，惊叹再三，抚谕曰："不意班行中乃有卿也，从前无臣僚说得如此分明。待便为施行。"明日，安石登对，神宗正色视安石："昨览李常奏，岂不误他百姓？"安石垂笏低手，作怠慢之状，笑而不对。神宗愈怒，遂再问之。安石略陈数语，人不闻安石所言何事，但见上连点头曰："极是，极是。"常之奏竟不见降出。常后对人言："不知安石有甚狐媚厌倒之术。"

　　司马君实洛中新第，初迁入，一日步行，见墙外暗埋竹签数十，问之，则曰："此非人行之地，将以防盗也。"公曰："吾箧中所有几何？且盗亦人也，岂可以此为防？"命亟去之。

　　人之叩齿，将以收召神观，辟除外邪，其说出于道家者流。故修养之人多叩齿，不闻以是为恭敬也。今人往往入神庙中叩齿，非礼也。

　　唐明皇名隆基，故当时改太一基为棊，至今因之不改，何也？予尝两入文字，不报。

　　秦观少游，一日，写李太白《古风》诗三十四首于所居壶隐壁间。予因问："'燕昭延郭隗'遂筑黄金台，之诗，史但言筑宫而师事，不闻黄金之名，太白不知何据？"少游曰："《上谷图经》言昭王筑台，置千金于其上，遂因以为名。"阅之信然。

正献杜公尝言，人家祀祖先，非简慢则媟渎，得其中者鲜矣。

天圣中，诏营浮图。姜遵在永兴，毁汉唐碑之坚好者以代砖甓。当时有一县尉投书启，具言不可，力恳不已，至于叩头流血。遵以其故沮格朝命，按罢之。自是人无敢言者。遵因此得进用。何斯举诗云："长安古碑用乐石，蚕尾银钩擅精密。缺讹横道已足哀，况复镌裁代砖甓。有如天吴及紫凤，颠倒在衣吁可惜。"斯举，黄州人。少年识苏子瞻。初名颜，字颜之，后名颉之。黄庭坚鲁直极推重之，尝与斯举简云："老病昏塞，不记贵字，欲奉字曰斯举，取色斯举矣，翔而后集，但恐或犯公家讳字尔。"遵自谏议大夫知永兴军，即除枢密副使。

斯举又作《黄绵袄子歌》，其序言："正月大雨雪，十日不已。既晴，邻里相呼负日，曰：黄绵袄子出矣！"

子瞻尝言，韩庄敏对客，称仁宗时，一夜三更以来，有中使于慈圣殿传宣。慈圣起，著背子，不开门，但于门缝中问云："传宣有甚事？"中使云："皇帝起，饮酒尽，问皇后殿有酒否？"慈圣云："此中便有酒，亦不敢将去。夜已深，奏知官家且歇息去。"更不肯开门纳中使。

王陶为中丞，劾韩琦、曾公亮不押班，有背负芒刺之语。参政吴奎言，不押班盖已久来相承，寖成废礼，非始于二人。陶以台制弹劾，举职便可，何至引用背负芒刺跋扈之语；且言陶天资险薄，市井小人，巧诈翻覆，情态万状。邵安简亢反攻奎，言阴阳不利，咎由执政。奎乃言由陶所致，所言颠错，奎遂罢。

魏公一日至诸子读书堂，见卧榻枕边有一剑，公问仪公：
"何用？"仪公言："夜间以备缓急。"公笑曰："使汝果能手刃贼，
贼死于此，汝何以处？万一夺入贼手，汝不得为完人矣！古人
青毡之说，汝不记乎？何至于是也？吾尝见前辈云，夜行切不
可以刃物自随。吾辈安能害人？徒起恶心，非所以自重也。"

神宗时，文州曲水县令宇文之邵上书，极言时政，且言"奸
声乱色盈溢耳目；衢巷之中，父子兄弟不敢肩随。孰谓王者之
都，而风俗一至于此"！神宗乃遣一二内侍，于通衢中物色民
言，竟以无是事而止。予谓纵物色得其言，如何敢举于上前？
刘贡父常对人言："内官如听得，只道是寻常文谈。"

魏公在永兴，一日，有一幕官来参，公一见，熟视，蹙然不
乐。凡数月，未尝交一语。仪公乘间问公："幕官者，公初不识
之，胡然一见而不乐？"公曰："见其额上有块隐起，必是礼拜，
当非佳士。恁地人，缓急怎生倚仗？"

哲宗御讲筵所，手折一柏枝玩。程颐为讲官，奏曰："方春
万物发生之时，不可非时毁折。"哲宗亟掷于地。终讲，有不乐
之色。太后闻之，叹曰："怪鬼坏事，吕晦叔亦不乐其言也。"云
不须得如此。

温公在永兴。一日，行国忌香，幕次中客将有事，欲白公，
误触烛台，倒在公身上。公不动，亦不问。

韩持国为人凝严方重。每兄弟聚话，玉汝、子华议论风
生，持国未尝有一言。

邵康节与富韩公在洛，每日晴必同行至僧舍。韩公每过
佛寺神祠，必躬身致敬。康节笑曰："无乃为佞乎？"韩公亦笑，
自是不为也。

　　章子厚与苏子瞻少为莫逆交。一日,子厚坦腹而卧,适子瞻自外来,摩其腹以问子瞻曰:"公道此中何所有?"子瞻曰:"都是谋反底家事。"子厚大笑。

　　庆历中,亲事官乘醉入禁中,上遣内侍谕皇后贵妃,使闭阁勿出。后听命不出,贵妃乃直趋上前。明日,上对辅臣泣下,枢相乘间启废立之议,独梁相适厉声曰:"一之为甚,其可再乎!"其事乃止。

　　契丹遣使论国书中所称"大宋"、"大契丹",以非兄弟之国,今辄易曰"南朝"、"北朝"。上诏中书密院共议。当时辅臣多言此不计利害,不从,徒生怨隙。梁庄肃曰:"此易屈尔。但答言宋盖本朝受命之土,契丹亦彼国号,令无故而自去,非佳兆。"其年贺正使来,复称大契丹如故。

　　京城界多火,在法放火者一不获,则主吏皆坐罪。民有欲中伤官吏者,至自燕其所居,罢免者纷然。时邵安简为提点府界县镇寨公事,廉得其事,乃请自今非延及旁家者,虽失捕勿坐。自是绝无遗火者。遂著为令。

　　仁宗时,王文正公为谏官,因论王德用所进女口。上曰:"正在朕左右。"文正曰:"臣之所言,正恐在陛下左右。"上色动,呼内侍官,使各赐钱三百贯,令即今便搬出内东门。文正谓:"不须如此之遽,但陛下知之,足矣。"上曰:"人情皆一般,若见涕泣不忍去,则朕决不能去之。"既而上即闲说汉唐间事,又言太宗黜李勣,使其子召用大是,入思虑来,喜见于色。忽内侍来奏云:"已出内东门去讫。"上复动容乃起。其废郭后也,台臣论列尚美人,上曰:"随即斥去矣,岂容其尚在宫中也!"上之英断如此,盛矣哉!

　　苏子瞻诗有"似闻指麾筑上郡,已觉谈笑无西戎"之句。

尝问子瞻当是用少陵"谈笑无西河"之语,子瞻笑曰:"故是。但少陵亦自用左太冲'长啸激清风,志若无东吴'也。"

余一日在陕府官次中,见一官员与人语话,因及守将怒一孔目官,始效守将奋髯抵掌厉声之状,次又作孔目官皇惧鞠躬请罪,至于学传呼杖直之声。一少年方十二三,冠带,在众中坐,忽叱曰:"是何轻薄举止!"一坐惊笑。后问,知是蔡子正家子弟。

元祐八年,吕大防因讲筵言及:"前代宫室多尚华侈,本朝宫殿止用赤白。前代人君虽在宫禁中,亦出舆入辇;祖宗皆步自内庭,出御后殿止欲涉历黄庭,稍冒寒暑。前代多深于用刑,大者诛戮,小者远窜;唯本朝用法最轻,臣下有罪,止于罢黜。至于虚己纳谏,不好畋猎,不尚玩好,不用玉器,不贵异味,御厨止用羊肉,皆祖宗家法。陛下不须远法前代,只消尽行家法。"既而上退至宫中,笑谓左右曰:"吕相公甚次第好。"

微仲为人,刚而有守,正而不他,辅相泰陵八年,朝野安静。宣仁圣烈上仙,因为山陵使。既回,乃以大观文知颖昌,时元祐甲戌三月也。公既行,而左正言上官均言其以张耒、秦观浮薄之徒撰次国史,以李之纯为中司,来之邵、杨畏、虞策为谏官,范祖禹、俞执中、吕希纯、吴安诗或主诰命,或主封驳,皆附会风旨,以济其欲。时监察御史周秩及右正言张商英连上疏交攻之,微仲遂落职,犹知随州。秩等攻之不已,至循州安置,未逾岭而卒。人颇冤之。

程伊川尝言,医家有四肢不仁之说,其言最近理,下得"仁"字极好。

馆中一日会茶,有一新进曰:"退之诗太孟浪。"时贡父偶在座,厉声问曰:"'风约半池萍',谁诗也?"其人无语。

苏子瞻一日在学士院闲坐,忽命左右取纸笔,写"平畴交远风,良苗亦怀新"两句,大书、小楷、行草书凡写七八纸,掷笔太息曰:"好!好!"散其纸于左右给事者。

张文潜尝言,近时印书盛行,而鬻书者往往皆士人,躬自负担。有一士人尽揩其家所有约百余千买书,将以入京。至中涂,遇一士人,取书目阅之,爱其书而贫,不能得。家有数古铜器,将以货之。而鬻书者雅有好古器之癖,一见喜甚,乃曰:"毋庸货也,我将与汝估其直而两易之。"于是尽以随行之书换数十铜器,亟返其家。其妻方讶夫之回疾,视其行李,但见二三布囊磊硊然铿铿有声,问得其实,乃骂其夫曰:"你换得他这个,几时近得饭吃?"其人曰:"他换得我那个,也则几时近得饭吃?"因言人之惑也如此。坐皆绝倒。

刘贡父一日问苏子瞻:"'老身倦马河堤永,踏尽黄榆绿槐影',非阁下之诗乎?"子瞻曰:"然。"贡父曰:"是日影耶,月影耶?"子瞻曰:"'竹影金锁碎',又何尝说日月也?"二公大笑。

常秩之学,尤长于《春秋》。或问秩:"孙复之学何如?"秩曰:"此商君法尔。步过六尺与弃灰于道者有诛。大不近人情矣。"

周重实为察官,以民间多坏钱为器物,乞行禁止,且欲毁弃民间日近所铸者铜器。时张天觉为正言,极论其不可,恐官司临迫,因而坏及前代古器。重实之言既不降出,愤懑不平,谓同列曰:"天觉只怕坏了钗儿磬儿!"

吕晦叔为中丞。一日,报在假,馆中诸公因问:"何事在假?"时刘贡父在坐,忽大言:"今日必是一个十斋日。"盖指晦叔好佛也。

洛中有一僧,欲开堂说法。司马君实夜过邵尧夫,云:"闻富彦国、吕晦叔欲往听,此甚不可。但晦叔贪佛,已不可劝,人亦不怪。如何劝得彦国?"尧夫曰:"今日已暮矣,姑任之。"明日,二人果偕往。后月余,彦国招数客共饭,尧夫在焉。因问彦国曰:"主上以裴晋公之礼起公,公何不应命?又闻三遣使,公皆卧内见之。"彦国曰:"衰病如此,其能起否?"尧夫曰:"上三命,公不起;一僧开堂,以片纸见呼即出,恐亦未是。"彦国曰:"弼亦不曾思量至此。"

神宗时,韩子华为中丞,劾奏宰臣富弼:"人言张茂先为先帝子,而弼引为管军。"郑公丐罢,子华亦待罪,仍牒阁门,更不称中丞,及不朝参。今中书密同谏议,以为管军,人无间言。绛欲以危言中伤大臣,事既无根,徒摇众听;兼绛举措颠倒,不足以表率百官。于是子华削职知蔡州。子方亦请外知荆南,敕过门下,何郯知封驳事,封还。子方乃留。

仁宗时,梓州妖人白彦欢,能依鬼神作法以诅人,至有死者。狱上,请谳,皆以不见伤为疑。梁庄肃曰:"杀人以刃,尚或可拒。以诅,则其可免乎?"竟杀之。

张尧佐以温成之故,复除宣徽使。唐质肃时为御史里行,争之不可得,求全台上殿不许,求自贬不报,于是劾宰相并言事官,皆附会缄默,乃又援致旧臣。帝急召二府,以其章示之。子方犹立殿上。梁庄肃为枢副,曰:"宰相岂御史荐耶?"叱使下殿,殿上莫不惊愕相视。于是贬春州别驾,又改英州。宰相谏官,明日亦皆罢逐。

真宗不豫,荆王因问疾,留宿禁中,宰执亦以祈禳内宿。时御药李从吉因对荆王叱小黄门,荆王怒曰:"皇帝服药,尔辈敢近木围子高声!"以手中熟水泼之。从吉者自言与李文定是族人。仁宗既即位,从吉使其徒乘间言于上曰:"顷时先帝大渐，八大王留禁中者累日。宰执恐有异谋，因八大王取金盂熟水，李迪以墨笔搅水中，八大王疑有毒药，即时出禁中去。"上曰："不然。安有是事？若八大王见盂中黑水，便不会根究，翰林司且渲笔在熟水中也，则甚计策？当时八大王才到禁中，便要出去，却是娘娘留住，教只在禁中，明日即去。直是无此事，必是李从吉唆使尔辈来说。"上即位未及一年，英悟已如此。

余少时，常与文潜在馆中。因看《隋唐嘉话》，见杨祭酒赠项斯诗云："度度见诗诗总好，今观标格胜于诗。平生不解藏人善，到处逢人说项斯。"因问诸公："唐时未闻项斯有诗名也。"文潜曰："必不足观。杨君诗律已如此，想其所好者，皆此类也。"

韩庄敏一日来予子弟读书堂，遍观子侄程课，喜甚，谓门客曰："举业只须做到这个地位，有命时，尽可及第。自此当令日日讲五经，依次第观子史，程文不必更工。枉了工夫，若无命时，虽工无益。"

东坡在雪堂，一日读杜牧之《阿房宫赋》凡数遍，每读彻一遍，即再三咨嗟叹息。至夜分，犹不寐。有二老兵，皆陕人，给事左右，坐久，甚苦之。一人长叹，操西音曰："知他有甚好处？夜久寒甚不肯睡，连作冤苦声。"其一曰："也有两句好。"_{西人皆}_{作吼音。}其人大怒曰："你又理会得甚底？"对曰："我爱他道天下人不敢言而敢怒。"叔党卧而闻之。明日，以告。东坡大笑曰："这汉子也有鉴识。"

秦观南迁，行次郴道，遇雨。有老仆滕贵者，久在少游家，随以南行，管押行李在后，泥泞不能进。少游留道旁人家以俟，久之，方箄珊策杖而至，视少游叹曰："学士，学士，他门取了富贵，做了好官，不枉了恁地。自家做甚来陪奉他门，波波地打闲官,方落得甚声名!"怒而不饭。少游再三勉之,曰:"没奈何。"其人怒犹未已,曰:"可知是没奈何!"少游后见邓博文言之,大笑,且谓邓曰:"到京见诸公,不可不举似以发大笑也。"

子瞻爱杜牧之《华清宫》诗,自言凡为人写了三四十本矣。

仁宗时,大名府有营兵,背生肉,蜿蜒如龙。时程天球判大名,囚其人于狱,具奏于朝。上览其奏,笑曰:"是人何罪哉!此赘耳。"即令释之。后其兵辄死,上颇疑焉。一日,对辅臣言:"大名府兵士,肉生于背,已是病也,又从而禁系,安得不死?"又其后天球在延州累立功,上欲大用,辄曰:"向来无故囚人,至今念之也。"

元符三年,立贤妃刘氏为后。邹至完上疏,言不当立:"五伯者,三王之罪人也,其葵邱之会,载书犹首曰无以妾为妻,况陛下之圣高出三王之上,其可忽此乎?万一自此以后,士大夫有以妾为妻者,臣僚纠劾以闻,陛下何以处之?不治则伤化败俗,无以为国;治之则上行下效,难以责人。先帝在位,动以二帝三王为法。今陛下为五伯之所不为者。"哲宗读至此,震怒,诏:"浩言多狂妄,事实不根。"除名勒停新州羁管。当时人见至完之贬太峻,而未见其疏,遂有士人伪为之者。不乐至完者,录其伪本以进,有"商王桀纣"之语,言至完外以此本矫示于人以邀名,其实非也。上愈怒,故行遣至完尝所往来之人甚众。

曾纡云:山谷用乐天语作《黔南》诗。白云:"霜降水返壑,风落木归山。冉冉岁将晏,物皆复本原。"山谷云:"霜降水返壑,风落木归山。冉冉岁华晚,昆虫皆闭关。"白云:"渴人多梦饮,饥人多梦飡。春来梦何处?合眼到东川。"山谷云:"病人多梦医,囚人多梦赦。如何春来梦,合眼在乡社。"白云:"相去六千里,地绝天邈然。十书九不到,何以开忧颜?"山谷云:"相望六千里,天地隔江山。十书九不到,何用一开颜?"纡爱之,每对人口诵,谓是点铁成金也。范寥云:"寥在宜州,尝问山谷。山谷云:'庭坚少时诵熟,久而忘其为何人诗也。尝阻雨衡山尉厅,偶然无事,信笔戏书尔。'"寥以纡"点铁"之语告之,山谷大笑曰:"乌有是理? 便如此点铁!"

人问邵尧夫:"人有洁病,何也?"尧夫曰:"胸中滞碍而多疑耳,未有人天生如此也。初因多疑,积渐而日深,此亦未为害。但疑心既重,则万境皆错,最是害道第一事,不可不知也。"

山谷在宜州,服紫霞丹,自云得力。曾纡尝以书劝其勿服,山谷答云:"公卷疽根在旁,乃不可服。如仆服之,殆是晴云之在川谷,安得霹雳火也。"

山谷之在宜也,其年乙酉,即崇宁四年也。重九日,登郡城之楼,听边人相语:"今岁当鏖战,取封侯。"因作小词云:"诸将说封侯。短笛长吹独倚楼。万事总成风雨去,休休。戏马台南金络头。　　　催酒莫迟留。酒似今秋胜去秋。花向老人头上笑,羞羞。人不羞花花自羞。"倚栏高歌,若不能堪者。是月三十日,果不起。范寥自言亲见之。

范寥言,山谷在宜州,尝作亥卯未脾肚,又作未酉亥脾肚,寥皆得享之。

王沂公每见子侄语话学人乡音及效人举止,必痛抑之,且曰:"不成登对。"后亦如此。

李公择每饮酒至百杯,即止。诘旦,见宾客或回书问,亦不病酒,亦无倦色。

老苏初出蜀,以兵书遍见诸公贵人,皆不甚领略。后有人言其姓名于富韩公,公曰:"此君专劝人行杀戮以立威,岂得直如此要官职做!"

忠宣公范尧夫居常正坐,未尝背靠著物。见客处有数胡床,每暑月蒸湿时,其余客所坐者,背所著处,皆有汗渍痕迹,惟公所坐处常干也。公所著衣服,每易以瀚濯,并无垢腻。履袜虽敝,亦皆洁白。子弟书室中,皆坐草缚墩子或杌子,初无有靠背之物。有一幕客,好修饰边幅,其衣巾常整整然,公未尝以目视之。每遇筵会,公不以上官自居,必再三勉客,待其饮尽而后已。惟劝至此幕客,一举而退。然此客不悟,每遇赴席,愈更洁其服而进。予每举此以戒吾家子侄。

王荆公《谢公墩》诗云:"千枝孙峄阳,万本母淇澳。满门陶令株,弥岸韩侯篴。"贡父云:"不成语。"

张天觉好佛,而不许诸子诵经,云:"彼读书未多,心源未明,才拈著经卷,便烧香礼拜,不能得了。"

范蜀公镇每对客,尊严静重,言有条理,客亦不敢慢易。惟苏子瞻则掀髯鼓掌,旁若无人,然蜀公甚敬之。一日,有客问:"公何为不重黄庭坚?"公曰:"鲁直一代伟人,镇之畏友也,安敢不加重?"又问:"庭坚学佛有得否?"公曰:"这个则如何知得?但佛亦如何恁地学得?"

彭汝砺久在侍从,刚明正直,朝野推重。晚娶宋氏妇,有姿色器资,承顺惟恐不及。后出守九江,病中忽索纸笔,大书云:"宿世冤家,五年夫妇。从今以往,不打这鼓。"投笔而逝。

晏文献公为京兆,辟张先为通判。新纳侍儿,公甚属意。先字子野,能为诗词,公雅重之。每张来,即令侍儿出侑觞,往往歌子野所为之词。其后,王夫人寝不容,公即出之。一日,子野至,公与之饮。子野作《碧牡丹》词,令营妓歌之,有云"望极蓝桥,但暮云千里。几重山,几重水"之句。公闻之,怃然曰:"人生行乐耳,何自苦如此?"亟命于宅库支钱若干,复取前所出侍儿。既来,夫人亦不复谁何也。

陈莹中云,岭南之人,见逐客,不问官高卑,皆呼为相公。想是见相公常来也。

一长老在欧阳公座上,见公家小儿有小名僧哥者,戏谓公曰:"公不重佛,安得此名?"公笑曰:"人家小儿要易长育,往往以贱名为小名,如狗、羊、犬、马之类是也。"闻者莫不服公之捷对。

裕陵尝因便殿与二三大臣论事,已而言曰:"尝思唐明皇晚年侈心一摇,其为祸有不胜言者。本朝无前代离宫别馆,游豫奢侈,非特不为,亦不暇为也。盖北有狂房,西有黠羌,朝廷汲汲然,左枝右梧,未尝一日不念之。二房之势所以难制者,有城国,有行国,古之夷狄,能行而已,今兼中国之所有矣。比之汉唐,最为强盛。"大臣皆言:"陛下圣虑及此,二房不足扑灭矣。"上曰:"安有扑灭之理?但用此以为外惧则可。"

温公无子,又无姬侍。裴夫人既亡,公常忽忽不乐,时至独乐园,于读书堂危坐终日。常作小诗,隶书梁间云:"暂来还似客,归去不成家。"其回人简有云:"草妨步则薙之,木碍冠则芟之,其他任其自然。相与同生天地间,亦各欲遂其生耳。"可见公存心也。

石曼卿一日在李驸马家,见杨大年写绝句诗一首云:"折戟沉沙铁未消,自将磨洗认前朝。东风不与周郎便,铜雀春深锁二乔。"后书"义山"二字。曼卿笑云:"昆里没这般文章。"涂去"义山"字,书其旁曰"牧之"。盖两家集中皆载此诗也。此诗佳甚,但颇费解说。

熙宁四年,吕诲表乞致仕,有曰:"臣本无宿疾,偶值医者用术乖方,不知脉候有虚实,阴阳有逆顺,诊察有标本,治疗有后先,妄投汤剂,率任情意,差之指下,祸延四肢,寖成风痹,遂难行步。非徒惮跔蹙之苦,又将虞心腹之变。势已及此,为之奈何! 虽然,一身之微,固未足惜,其如九族之托,良以为忧。是思逃禄以偷生,不俟引年而还政。"於戏! 献可之论,可谓至矣。

周穜言,垂帘时,一日早朝,执政因理会事,太皇太后命一黄门于内中案上文字来。黄门仓卒取至,误触上幞头坠地。时上未著巾也,但见新剃头撮数小角儿。黄门者震惧,几不能立。旁有黄门取幞头以进,上凝然端坐,亦不怒,亦不问。既退,押班具其事取旨,上曰:"只是错。"太后命押班只是就本班量行遣。又言,一日辅臣帘前论事甚久,上忽顾一小黄门附耳与语,小黄门者既去,顷之复来,亦附耳而奏。上忽矍然而兴,俄闻御屏后小锣钹之声交作,须臾即止。上复出,一黄门抱上御椅子,再端拱而坐,直待奏事毕,乃退。太皇亦顾上笑。

章子厚为侍从。时遇其生朝会客,其门人林特者,亦乡人也,以诗为寿。子厚晚于座上取诗以示客,且指其颂德处云:"只是海行言语,道人须道著乃为工。"门人者颇不平之。忽曰:"昔人有令画工传神,以其不似,命别为之。既而又以不似,凡三四易。画工怒曰:'若画得似后是甚模样?'"满坐哄然。

章子厚,人言初生时,父母欲不举,已纳水盆中,为人救止。其后,朝士颇闻其事。苏子瞻尝与子厚诗,有"方丈仙人出渺茫,高情犹爱水云乡"之语,子厚谓其讥己也,颇不乐。

熙宁中,有荐华山陈戬者,博学,知治乱大体,三十年不出户庭,邻人有不识者,云是希夷宗人。既对,便坐。上先览其所进时议,甚喜之。至是命坐赐茶,戬乃趑趄皇恐,谢不敢者再三,云:"上有鸱尾,乞陛下暂令除去。"上使之退,左右皆掩笑。上亦不怒,对辅臣亦未尝言及。一日,忽有旨,赐束帛令还山。

太祖尝有言,不用南人为相,实录、国史皆载,陶毂《开基万年录》、《开宝史谱》言之甚详。皆言太祖亲写南人不得坐吾此堂,刻石政事堂上。或云,自王文穆大拜后,吏辈故坏壁,因移石于他处,后寝不知所在。既而王安石、章惇相继用事,为人窃去。如前两书,今馆中有其名而亡其书也,顷时尚见,其他小说往往互见,今皆为人节略去,人少有知者,知亦不敢言矣。

予一日道过毗陵,舍于张郎中巷,见张之第宅雄伟,园亭台榭之胜,古木参天,因爱而访之。问其世家,则知国初时有张佖者,随李煜入朝。太宗时,佖在史馆,家常多食客。一日,上问:"卿何宾客之多? 每日聚说何事?"佖曰:"臣之亲旧,多客都下,贫乏绝粮,臣累轻而俸有余,故常过臣,饭止菜羹而已。臣愧菲薄,而彼更以为甘美,故其来也,不得而拒之。"七日,上遣快行家一人,伺其食时,直入其家。佖方对客饭,于是即其座上,取一客之食以进,果止粝饭菜羹,仍皆粗窳陶器。上喜其不隐,时号"菜羹张家"。佖三子益之、显之、沓之,皆尝为郎官,至今彼人呼其所居曰张郎中巷。

唐了方为人刚直,既参大政,与介甫议事每不协。尝与介甫议杀人伤者许首服,以律案问免死,争于裕陵之前。介甫强辩,上主其议。子方不胜愤懑,对上前谓介甫曰:"安石行乖学僻,其实不晓事,今与之造化之柄,其误天下苍生必矣!"上以其先朝遗直,骤加登用,亦不之罪。既而子方疽背而死。方其病革,车驾幸其第以临问之,子方已昏不知人,忽闻上至,开目而言曰:"愿陛下早觉悟。可惜祖宗社稷,教安石坏却!"上首肯之。问其家事,无一言。及薨,又幸其第,见其画像不类,命取禁中旧藏本以赐其家。上有昭陵御题"直哉若人,为国砥柱"八字,印以御宝,下有昭陵御押字,予尝亲得见焉。其家传有云:子方一日见介甫诵《华严经》,因劝介甫不若早休官去。介甫问之,子方曰:"公之为官,止是作业。更做执政数年和佛也费力。"介甫不答。一日,子方在朝假,介甫乃以子方之言白于上,将以危之。上大笑而止。

绍圣改元九月,禁中为宣仁作小祥道场。宣隆报长老升座,上设御幄于旁以听。其僧祝曰:"伏愿皇帝陛下爱国如身,视民如子。每念太皇之保佑,常如先帝之忧勤。庶尹百僚,谨守汉家之法度;四方万里,永为赵氏之封疆。"既而有僧问话云:"太皇今居何处?"答云:"身居佛法龙天上,心在儿孙社稷中。"当时传播,人莫不称叹。於戏!太皇之圣,华夷称为女尧舜,方其垂帘,每有号令,天下人谓之快活条贯。

元祐癸酉九月一日初夜,开宝寺塔表里通明彻旦。禁中夜遣中使赍降御香,寺门已闭。既开,寺僧皆不知也。寺中望之,无所见。去寺,渐明。后二日,宣仁上仙。

尝闻祖父言,每岁三月二十八日,四方之人集于泰山东岳祠下,谓之朝拜。嘉祐八年,祖父适以是日至祠下,言其日风寒已如深冬时。至明日,地皆结冰,寒甚,几欲裂面堕指。人皆闭户,道无行迹。日欲入,忽闻传呼之声,自南而北,仪卫雄甚。近道人家有自户牖潜窥者,见马高数尺,甲士皆不类常人，伞扇车乘皆如今乘舆行幸，望庙门而入，庙之重门皆洞开，异香载路。有丈夫绛袍幞头，坐黄屋之下，亦微闻警跸之声，亦有言去朝真君回来，又有云真君已归，皆相顾合掌。中夜方不闻人语。又明日，天气复温，皆挥扇而行。后数日，方闻昭陵其日升遐。

昭陵上宾前一月，每夜太庙中有哭声，不敢奏。一日，太宗神御前香案自坏。

杜少陵《宿龙门》诗有云"天阙象纬逼"，王介甫改"阙"为"阅"，黄鲁直对众极言其是。贡父闻之，曰："直是怕他。"

刘贡父尝言，人之戏剧，极有可人处。杨大年与梁周翰、朱昂同在禁掖，大年年未三十，而二公皆高年矣。大年但呼"朱翁"、"梁翁"，每以言侵侮之。一日，梁戏谓大年曰："这老亦待留以与君也。"朱于后亟摇手曰："不要与！"众皆笑其捷。虽一时戏言，而大年不五十而卒。

今上初登极，群臣班列在庭。忽一朝士大叫数声，仆地不知人。扶未出殿门，气已绝。

予顷时于陕府道间舍于逆旅，因步行田间。有村学究教授二三小儿，间与之语，言皆无伦次。忽见案间有小儿书卷，其背乃蔡襄写《洛神赋》，已截为两段，其一涂污，已不可识。问其何所自得，曰："吾家败笼中物也。"问更有别纸可见否，乃从壁间书夹中取二三十纸，大半是襄书简，亦有李西台川笺所写诗数纸，因以随行白纸百余幅易之，欣然见授。问其家世，曰："吾家祖亦尝为大官。吾父罢官，归死于此，吾时年幼，养于近村学究家，今从而李姓。然吾祖官称姓名，皆不可得而知。顷时如此纸甚多，皆与小儿作书卷及糊窗用了。"会日已暮，乃归旅舍。明日，天未明，即登涂，不及再往，至今为恨也。

先公尝言顷见李公择云，曾于高邮道上，时正午暑，见临清流有竹篱茅屋，望之极雅洁，前有修竹长松，二道士临流弈棋于松阴间。其一疏髯秀目，其一美少年，肌体如玉。见公择来，皆欣然，然与之语，则凡俗鄙俚。入其茅屋下，往往堆积薬秸罂缶之类。观其寝处，秽污如仆厮。然忽问予能饮否，予曰："粗能之。"其少年道士徐起取酒。既而酒如米泔，且将臭败，于树间摘小毛桃子数枚，置案上。予疑其仙也，乃危坐敛衽，满引不敢辞。其盛酒物乃一大盆，饮于破陶器中，徐顾予仆曰："此人亦得。"乃与之酒一陶器。二道士先醉，长啸而入。予愈疑焉。既别数里许，询道旁人家，曰："二人者，里胥之子也。在城中出家，今其父死，归谋还俗而分其家财耳。"

庆历中，胡瑗以白衣召对。侍迩英讲《易》，读"乾元亨利贞"，不避上御名，上与左右皆失色。瑗曰："临文不讳。"后瑗因言《孟子》"民无恒产"读为"常"，上微笑曰："又却避此一字。"盖自唐穆宗已改"常"字，积久而读熟。虽曰尊经，然坐斥君父之名，亦未为允。上尝诏其修国史，瑗乃避其祖讳，不拜。

旧制，讲读官坐而讲读，别置书策于御案上。仁宗忽一日讲读官已班立，俟上出，久之，忽有内侍官自御屏后出，大声曰："有圣旨：今后讲筵官起立御案前讲读。"自是遂为定制。至神宗朝，王安石为侍读，以言道之所存，请复赐坐。有旨下礼官议。韩维以谓当赐坐，刘攽以谓不可，纷争不已，议于上前。维曰："今有时禁中宣长老说法，犹升高踞坐。吾儒讲圣人大中至正之道，乃独不得坐耶？"攽曰："彼髡徒何知？自是朝廷不约束耳！维读圣人书，乃亦欲如彼髡无君臣上下乎？安石非为道，为己重耳。"于是安石之请不行。至元祐初，程颐复请坐讲。太皇以皇帝幼冲，岂可先教改动前人制度，有旨令不得行。

今皇帝即位之明年,范纯仁卒,其遗表有曰:"伏愿陛下,清心寡欲,约己便民。达孝道于精微,摅仁心于广远。深绝朋党之论,详察正邪之归。搜抉幽隐,以尽才人;屏斥奇巧,以厚风俗。爱惜生灵,而毋轻议边事;包容狂直,而毋易逐言官。若宣仁之诬谤未明,致保佑之忧勤不显。皆权臣务快其私忿,非泰陵实谓之当然。以至未究流人之往愆,悉以圣恩而特叙;尚使存没犹玷瑕疵,又复不解疆场之严,几空帑藏之积,有城不守,得地难耕。凡此数端,愿留圣听。"此李之仪端叔之文也,上令大书此表,留禁中。章惇由是再贬雷州司户。端叔后坐党籍,终身废弃。

黄庭坚宜州之贬也,坐为《承天寺藏记》。

张舜民郴州之贬也,坐进《兵论》,世言"白骨似山沙似雪"之诗,此特一事耳。《兵论》近于不逊矣。舜民尝因登对云:"臣顷赴潭州任,因子细奏陈神宗感疾之因。"哲宗至于失声而哭。

元符二年十二月一日,水开五丈河,数处波浪涌起,亦有声如潮。水高丈余,数日而止。

富丞相一日于坟寺剃度一僧。贡父闻之,笑曰:"彦国坏了几个,才度得一个?"人问之,曰:"彦国每与僧对语,往往奖予过当,其人恃此傲慢,反以致祸者。放目击数人矣,岂非坏了乎?"皆大笑。然亦莫不以其言为当。

赵悦道罢政闲居,每见僧至,接之甚有礼。一日,一士人以书赞见,公读之终卷,正色谓士人曰:"朝廷有学校,有科举,何不勉以卒业,却与闲退之人说他朝廷利害?"士人皇恐而退。后再往,门下人不为通。士人谓阍者曰:"参政便直得如此敬重和尚?"阍者曰:"寻常来相见者,僧亦只是平平人,但相公道只是重他袈裟。"士人者笑曰:"我这领白襕,直是不直钱财?"阍者曰:"也半看佛面。"士人曰:"便那辍不得些少来看孔夫子面。"人传以为笑。

元祐五年,先公为契丹贺正使。辽主问:"范纯仁今在朝否?"先公曰:"纯仁去年六月以观文殿学士知颍昌府。"又问:"何故教出外?"先公云:"纯仁病足,不能拜,暂令补外养病尔。"又问:"吕公著如何外补?"先公云:"公著去年卒于位,初不曾外补。"乃咨嗟曰:"朝廷想见阙人。"先公曰:"见不住召用旧人。"先是,辽主闻先公言纯仁以足疾外补,乃回顾近立之人微笑。先公既北归,不敢以是载于语录,尝因便殿奏陈。上微语曰:"因通书说与纯仁著。"未几,先公捐舍。八年,纯仁再入相,上首以此告之,且曰:"曾令李某通书说。"纯仁曰:"不曾得书。"

顷时都下有一卖药老翁,自言少时尝为尚书省中门子,门旁有土地庙,相传为大将军庙,灵应如响。庙有断碑,题额篆"汉大将军王公之碑。"龛在壁间。堂后官香烛牲酒无虚日,亦沾及阍者。每有大除拜,必先示朕兆。一夜,闻群鬼聚语,或哭或笑,或曰:"他运既当限,只得此来,怎奈何朝廷去里!"一曰:"社稷如此,又待如何?"其一曰:"改东作西,几时定叠?"至晓方不闻声。不数日,果有拜相者。

元祐五年,文太师自平章军国重事致政而去。初,潞公再入,刘挚于帘前言王同老所入札子,皆文彦博教之,乞行下史官改正。宣仁曰:"此大不然也。吾于此事熟知之矣。仁宗时,乞立英宗为嗣者,文太师也。后策立英宗者,韩相公也。功不相掩,不须改史。"宣仁既退,叹曰:"刘左丞幸是好人,何故如此?"挚既相,故潞公力求退,麻既入,御批纸背有云"音声不退,尚有就问之礼;几杖以俟,伫陪亲祀之朝。勿以进退之殊"云云。后学士院入此五句,下添"而废谋猷之告"。潞公年九十二,至绍圣五年卒。公逮事四朝,七换节钺,为侍中、司空、司徒、太保、太尉,知永兴、大名、秦州者再,两以太师致仕,五判河南,出将入相者五十余年,可谓功德兼美。既而党论兴,无所不有矣。

莘老入相,不及一年而罢,坐父死不葬。后莘老作《家庙记》自辩,刘器之为其集之序。

建中靖国辛巳,都下有一僧行诵《法华经》,昼夜不停声,虽大雨雪,亦然。行步极缓,问之不应,招之不来。有人随其后行,亦无止宿处。每诵数十句,即长叹一声曰:"怎奈何无人知者?"

元祐丁卯十一月雪中,予过范尧夫于西府。先有五客在坐,予既见,因众人论说民间利害。公甚喜。书室中无火,坐久寒甚,公命温酒来,公与坐客各举两大白。公曰:"说得通透后,令人心神融畅。"

或问范景仁:"何以不信佛?"景仁曰:"尔必待我合掌膜拜,然后为信耶?"

司马君实尝言,吕晦叔之信佛,近夫佞;欧阳永叔之不信,近夫躁:皆不须如此。信与不信,才有形迹,便不是。

裕陵尝问温公:"外议说陈升之如何?"温公曰:"二相皆闽人,二执政皆楚人,风俗如何得近厚?"又问:"王安石如何?"温公曰:"天资僻执好胜,不晓事。其拗强似德州,其心术似福州。"上首肯微笑。又尝称吕惠卿美才,温公曰:"惠卿过于安石。使江充、李训无才,何以动人主?"

司马君实与吕吉甫在讲筵，因论变法事，至于上前纷挐。上曰："相与讲是非，何至乃尔！"既罢讲，君实气貌愈温粹，而吉甫怒气拂膺，移时尚不能言。人言一个陕西人，一个福建子，怎生厮合得著？

赵先生，蔡州人。后往来无定，苏子由诸公极爱重之。尝言："人将发，不惟门户有旺相，视仆史辈亦可知。洛中士大夫家仆史，往往皆官样。吾尝观主人将兴，其仆史辈必气宇轩昂，仍忠勤不为过。主人将替，仆史辈纵不偷钱，便一身疢瘼。周世宗与本朝艺祖方潜龙时，识者识其门下人，皆是节度使。"

赵先生能使人梦寐中随其往以观地狱。宝灵长老不信，欲往观之。先生与之对跌坐，命长老合眼正念。人视之，二人皆已熟睡，鼻息如雷。俄顷而觉，长老者流汗被体，视先生合掌作战悸之状。人问之，皆不答，但亟遣人往州桥，问银铺李员外如何。既而人回，曰："今早殂矣。"明日，长老遂退院而去。

京师慈云有昙玉讲师者，有道行，每为人诵梵经及讲说因缘，都人甚信重之，病家往往延致。一日，与赵先生同在王圣美家，其僧方讲说，赵谓僧曰："立尔后者何人？"僧回顾，愕然者久之。自是僧弥更修谨，除斋粥外，粒米勺水不入口；人有招致，闻命即往，一钱亦不受。

熙宁壬子九月，华山阜头岭崩，声震数十里，西岳祠门户皆震动，钟鼓成声，陷千余家。有大石自立，高四丈，周百八十尺。

今宣德门即正阳门，自明道元年十二月改此名，今得七十年，民间但呼正阳门也。

明肃既上宾，时遗诰以太妃杨氏为皇太后，军国大事，内中商量，阁门促百官班贺皇后。时蔡齐为中丞，厉声叱曰："谁命汝来？不得追班！"阁门吏皇惧而退。既而执政入奏："今皇帝二十四岁，何必更烦母后垂帘？岂有女后相继之理？"议未定，御史庞籍奏言："适已将垂帘仪焚了矣。敢有异议，请取旨斩于庭。"左右震栗。后自屏后曰："此间无固必。"于是删去遗诰中内中与皇太后商量一节。当时仓卒中，实自蔡齐先发之。

刘贡父言："每见介甫道《字说》，便待打诨。"

张文潜言，尝问张安道云："司马君实直言王介甫不晓事，是如何？"安道云："贤只消去看《字说》。"文潜云："《字说》也只是二三分不合人意思处。"安道云："若然，则足下亦有七八分不解事矣。"文潜大笑。

大参陈彭年，以博学强记受知定陵，凡有问，无不知者。其在北门，因便殿赐坐对，甚从容。上因问："墨智、墨允是何人？"彭年曰："伯夷、叔齐也。"上问："见何书？"曰："《春秋少阳》。"即令秘阁取此书。既至，彭年令于第几板寻检，果得之。上极喜，自是注意。未几执政。

程颐一日在讲筵，曰："闻有旨召江西僧元某，不知何为？"泰陵曰："闻其有禅学，故召来，欲一见之。"颐曰："臣所讲者，君臣父子仁义道德性命之说，尽在此矣。不省陛下以何为禅也？"上不语。颐又曰："陛下深居九重之中，元某之名，如何得达？"上复不语。既罢讲，颐即移书两省谏垣，谓："岂可坐视而不救？不惟负两宫之委任，抑且负先帝之厚恩。"于是颐称病在假。太皇夜遣使至颐家，密传旨云："皇帝既服不是，说书且看先朝面。"明日早参，既朝参。又明日当讲，既讲毕，欲退，一中官附耳密奏数语。上曰："风露早寒，可共饮苏合酒一杯。"酒未至，上曰："前日召江西僧，何益于治道，已令更不施行。"

颐曰：“人主好佛，未有不为国家之害。陛下知之，社稷幸甚。”越数日，又因讲次，颐复奏陈曰：“梁武帝英伟之姿，化家为国，史称其生知淳孝，笃学勤政，诚有之。缘其身无他过，止缘好佛一事，家破国亡，身自馁死，子孙皆为侯景杀戮俱尽。可不深戒！”上曰：“前日江西召禅僧，已曾说与卿更不施行。”颐曰：“愿陛下取《梁武帝纪》一看。不然，臣当摭其要而上之。”上曰：“想是如此，卿必不妄言。”

近时一从官，其父本胥也，屡典大藩府，其治刻木辈极严，少有过举即黥配。亲旧有勉之者，则曰：“吾岂不知？但吾为民父母之官，岂可见病民者坐视而不治也？”其为郡，所至有声。其父年九十二方卒，官封至宣奉大夫。

张先，京师人。有文章，尤长于诗词。其诗有“浮萍断处见山影，小艇归时闻草声”之句，脍炙人口。又有“云破月来花弄影”、“隔墙风弄秋千影”之词，人目为“张三影”。先字子野，其祖母宋氏，孝章皇后亲妹也。祖逊因是而贵，太宗朝为枢密副使。子野生贵家，刻苦过于寒儒。取高科，甫改秩为鹿邑县以俎。欧阳永叔雅敬重之，尝言与其同饮，酒酣，众客或歌或呼起舞，子野独退然其间，不动声气。当时皆称为长者。今人乃以“张三影”呼之，哀哉！欧公为其墓铭。

黄庭坚尝言：“人心动则目动。”王介甫终日目不停转。庭坚一日过范景仁，终日相对，正身端坐，未尝回顾，亦无倦色。景仁言：“吾二十年来，胸中未尝起一思虑。二三年来，不甚观书。若无宾客，则终日独坐，夜分方睡。虽儿曹欢呼，只尺皆不闻。”庭坚曰：“公却是学佛作家。”公不悦。

神宗一日在讲筵，既讲罢，赐茶，甚从容，因谓讲筵官：“数日前因见司马光《王昭君》古风诗甚佳，如‘宫门铜镮双兽面，

回首何时复来见。自嗟不若住巫山,布袖蒿簪嫁乡县',读之
使人怆然。"时君实病足在假,已数日矣。吕惠卿曰:"陛下深
居九重之中,何从而得此诗?"上曰:"亦偶然见之。"惠卿曰:
"此诗不无深意。"上曰:"卿亦尝见此诗耶?"惠卿曰:"未尝见
此诗,适但闻陛下举此四句尔。"上曰:"此四句有甚深意!"

　　往见曾子固家有《五代政要》一百卷,今人家难得之,颇恨
无笔力传写。尝爱世宗自改赐江南书,有曰:"但存帝号,何爽
岁寒。倪坚事大之心,必不迫人于险。"语意雄伟,真得帝王大
体。盖是嗣王欲削尊称,求缓师也。

　　黄庭坚年五岁,已诵五经。一日,问其师曰:"人言六经,
何独读其五?"师曰:"《春秋》不足读。"庭坚曰:"於,是何言也!
既曰经矣,何得不读?"十日成诵,无一字或遗。其父庶喜其警
悟,欲令习神童科举。庭坚窃闻之,乃笑曰:"是甚做处!"庶尤
爱重之。八岁,时有乡人欲赴南宫试,庶率同舍饯饮,皆作诗
送行。或令庭坚亦赋诗,顷刻而成,有云:"君到玉皇香案前,
若问旧时黄庭坚,谪在人间今八年。"

　　钱穆父尝言,顷在馆中,有同僚曹姓者,本医家子,夤缘入
馆阁,不识字,且多犯人。钱一日因诵子瞻诗,曹矍然曰:"每
见诸公喜此人,不知何谓?"或言其文章之士也,曹曰:"吾近得
渠作诗,皆重叠用韵,全不成语言。"钱恐人作伪,命取以观之,
乃子瞻醉中写少陵《八仙歌》。钱曰:"此少陵诗,子瞻写耳。"
曹曰:"便老陵也好吃棒。"一日,诸公过其家,观其所藏书画。
其家多资,虽真赝相半,然尤物甚多,有虞世南写《法华经》,褚
河南写《闲居赋》、临《兰亭》,云其父得于天上,盖锡赉之物也。
诸公爱玩,不能去手。又有阎立本粉画罗汉,横轴上各有赞,
字画皆真楷可喜,乃唐时帝王御制,不知何帝所作,皆有小长

印御制之宝，两头皆尖，如橄榄核状，外标首题云"应真横轴"。曹问坐客："何故为应真？"或对曰："真即罗汉也。"曹曰："好好地团甚谜。"亟命易去，自题云"十八大阿罗汉"。或言"应真横轴"四字，亦是名人书。

　　晏临淄，临川人。其未生时，有仙人曹八百见其父，固谓之曰："上界有真人当降汝家。"自是其家日贫。临淄公既显，其季弟颖，自幼亦如临淄公警悟，章圣闻其名，召入禁中，因令作《宫沼瑞莲赋》，大见称赏。赐出身，授奉礼郎。颖闻之，走入书室中，反关不出。其家人辈连呼不应，乃破壁而入，则已蜕去。案上有纸，大书小诗二首，一云："兄也错到底，犹夸将相才。世缘何日了，了却早归来。"一云："江外三千里，人间十八年。此行谁复见，一鹤上辽天。"其年十八岁也。章圣御篆"神仙晏颖"四字，赐其家。

　　李觏，字泰伯，旴江人。贤而有文章。苏子瞻诸公极推重之。素不喜佛，不喜孟子。好饮酒作文，古文弥佳。一日，有达官送酒数斗，泰伯家酿亦熟，然性介僻，不与人往还。一士人知其富有酒，然无计得饮，乃作诗数首骂孟子，其一云："完廩捐阶未可知，孟轲深信亦还痴。丈人尚自为天子，女婿如何弟杀之？"李见诗，大喜，留连数日，所与谈莫非骂孟子也。无何，酒尽，乃辞去。既而又有寄酒者。士人闻之，再往作《仁义正论》三篇，大率皆诋释氏。李览之，笑云："公文采甚奇，但前次被公吃了酒后，极索寞，今次不敢相留，留此酒以自遣怀。"闻者莫不绝倒。

　　泰伯一日与处士陈烈同赴蔡君谟饭。时正春时，营妓皆在后圃卖酒，相与至筵前声喏，君谟留以佐酒，烈已不乐。酒行，众妓方歌，烈并酒掷于案上，作皇惧之状，逾墙攀木而遁。

时泰伯坐上赋诗云:"七闽山水掌中窥,乘兴登临对落晖。谁在画楼酤酒处,几多鸣橹趁潮归。晴来海色依稀见,醉后乡心即渐微。山鸟不知红粉乐,一声檀板便惊飞。"既而烈闻之,遂投牒云:"李觏本无士行,辄篷宾筵,诋释氏为妖胡,指孟轲为非圣。按吾圣经云,非圣人者无法,合依名教,肆诸市朝。"君谟览牒,笑谓来者云:"传语先生,今后不使弟子也。"吾谟后每会客,必以示坐上,以供一笑云。

张文潜尝云,子瞻每笑"天边赵盾益可畏,水底右军方熟眠",谓汤焯了王羲之也。文潜戏谓子瞻:"公诗有'独看红蕖倾白堕',不知'白堕'是何物?"子瞻云:"刘白堕善酿酒,出《洛阳伽蓝记》。"文潜曰云:"白堕既是一人,莫难为倾否?"子瞻笑曰:"魏武《短歌行》云:'何以解忧?惟有杜康。'杜康亦是酿酒人名也。"文潜曰:"毕竟用得不当。"子瞻又笑曰:"公且先去共曹家那汉理会,却来此间厮魔。"盖文潜时有仆曹某者在家作过,亦去失酒器之类,既送天府推治,其人未招承,方文移取会也。坐皆绝倒。

刘贡父平生不曾议人长短,人有不韪,必当面折之。虽介甫用事,诸公承顺不及,惟贡父屡当面攻之。然退与人言,未尝出一语。人皆服其长者。虽介甫亦敬服之。

黄鲁直尝云,《高祖纪》"恐能薄"止是才能之"能",合作奴登切,孟坚不必解说。彼音奴来切者,三足鳖也。徐浩诗"法士多瑰能",却在"来"字韵押,乃是僧似鳖尔。

予尝见苏子瞻一帖云:"岁行尽矣,风雨凄然。纸窗竹屋,灯火青荧。时于此间得少佳趣,尤由持献,独享为愧。"一日,对贡父举此。贡父云:"前数句是夜行迷路,误入田螺精家中来。"

　　黄育，字和叔，鲁直叔父也。为童儿时，其伯氏长善，将诸儿出行，天骤雨，长善问诸儿："日在雨落，翁婆相扑，是何语？"和叔曰："阴阳不和也。"时年七岁矣。

　　朱康叔送酒与子瞻，子瞻以简谢之云："酒甚佳，必是故人特遣下厅也。"盖俗谓主者自饮之酒为不出库。

　　范尧夫帅陕府。有属县知县，因入村，至一僧寺少憩。既饭，步行廊庑间，见一僧房颇雅洁，阒无人声，案上有酒一瓢。知县者戏书一绝于窗纸云："尔非慧远我非陶，何事窗间酒一瓢？僧野遂人聊自醉，卧看风竹影萧萧。"不知其僧俗家先有事在县，理屈坐罪，明日，其僧乃截取窗字黏于状前，诉于府，且曰："某有施主某人，昨日携酒至房中，值某不在房。知县既至，施主走避，酒为知县所饮不辞，但有数银杯。知县既醉，不知下落，银杯各有镂识，今施主迫某取之。乞追施主某人与厅吏某人鞫之。"尧夫曰："尔为僧，法当饮乎？"杖而逐之，且曰："果有失物，令主者自来理会。"持其状以示子侄辈，曰："尔观此，安得守官处不自重？"即命火焚之，对僚属中未尝言及。后知县者闻之，乃修书致谢。尧夫曰："不记有此事，自无可谢。"还其书。

　　张子颜少卿，晚年尝目前见白光闪闪然，中有白衣人如佛相者。子颜信之弥谨，乃不食肉，不饮酒，然体瘠而多病矣。时泰陵不豫，汪寿卿自蜀入京，诊御脉，圣体极康宁。寿卿医道盛行，其门如市。子颜一日从寿卿求脉，寿卿一见大惊，不复言，但授以大丸数十，小丸千余粒，祝曰："十日中服之当尽，却以示报。"既数日，视所见白衣人衣变黄而光无所见矣，乃欲得肉食，又思饮酒。又明日，俱无所见，觉气体异他日矣。乃诣寿卿以告。寿卿曰："吾固知矣。公脾初受病，为肺所克。

心,脾之母也。公既多疑,心气一不固,自然有所睹。吾之大丸实其脾,小丸补其心。肺为脾之子,既不能胜其母,其病自当愈也。"子颜大神之,因密问所诊御脉如何,寿卿曰:"再得春气,脉当绝,虽司命无如之何。"时元符改元八月也。至三年正月,泰陵晏驾。寿卿后入华山,年已八十余矣。

昭陵上仙之日,金陵城外有人闻数千百人吹箫声,自空中过,久之方寂然。

崇宁改元之明年,蔡丞相既迁左揆,首令议天下州县皆建佛刹,以崇宁为额。时石豫为中丞,其门人陈碻,贤士也,夜过豫,问豫曰:"中丞岂可坐视?"豫曰:"少待数日,看行与不行。"未几,豫招碻,谓之曰:"前夕之言,今早已纳札子矣。"上甚喜。乃是乞诏州郡,仍置崇宁观。

崇宁三年四月,大内火。宰辅请以司马光等三百九人姓名,大书刻石于文德殿门,谓之元祐党人。凡元符三年应诏直言人为邪等,附党籍于刑部,云以禳火灾。其年罢科举,颁三舍法于天下。

王安石配享文宣王庙庭,坐颜、孟之下,十哲之上。驾幸学,亲行奠谒。或谓:"安石巍然而坐,有所未允。"蔡知院元度曰:"便塑底也不得。"

四年正月,元度引兄嫌,以资政知河南府。送车塞道,凡三日,始见绝宾客,然后得行。禁中给赐之人,络绎于路。观者荣之。

明年,彗星见,其长亘天。禁中窗户洞明,与其他处不同。连夜诏毁文德殿门石籍,宫门方开。有旨取刑部籍人,或云亦焚之。

先大父国史在馆阁最久，多识前辈，尝以闻见著《馆秘录》、《曝书记》，并此书为三。仍岁兵火，散失不存。近方得此书于南丰曾仲存家，因手抄藏示子孙。玮老矣，未知前二书尚及见乎？建炎四年，岁在庚戌，孙朝奉大夫主管亳州明道宫赐紫金鱼袋玮书。

曲洧旧闻

［宋］朱弁　撰

王根林　校点

校 点 说 明

《曲洧旧闻》十卷,宋朱弁撰。朱弁(? —1144),徽州婺源(今属江西)人,字少章,号观如居士,著名学者朱熹的叔父。弱冠入太学。高宗建炎初,以通问副使出使金国,金胁迫其仕伪齐,不屈,至被扣十七年始归宋。官终奉议郎。著述除本书,尚有《风月堂诗话》、《聘游集》、《书解》等。

以书中内容考辨,本书当撰于作者留金之时。书中无一语说及金,故名书曰"旧闻"。主要由两部分内容组成,一是追述北宋轶事,于祖宗盛德、大臣言行多所记录,其中对王安石变法、蔡京绍述言之尤详,"深于史实有补"(《四库全书总目》);再是对前代及当朝文坛轶闻的记叙和评析,亦有一定见地。另外,也有少数语及神怪和谐谑的条目。

本书版本,有十卷本、二卷本、一卷本、四卷本等别。十卷本主要有《四库全书》本、《知不足斋丛书》本和《学津讨原》本等几种。现以《知不足斋丛书》本为底本,校以其他诸本。凡底本误者,皆据他本予以改正,遵本丛书体例,不出校记。

目　录

曲洧旧闻卷第一

太祖皇帝在周朝，受命北讨，至陈桥，为三军推戴。时杜太后眷属以下，尽在定力院，有司将搜捕，主僧悉令登阁，而固其扃锸。俄而，大搜索，王僧绐云："皆散走，不知所之矣。"甲士入寺，升梯，且发钥，见虫网丝布满其上，而尘埃凝积，若累年不曾开者，乃相告曰："是安得有人？"遂皆返去。有顷，太祖已践祚矣。

太祖皇帝抱帝王雄伟之姿，殆出于生知天纵，其所注措，初不与六经谋，而自然相合。晁以道云："曾子固元丰中奉诏作论，论成，以吾观之，殊未尽善。某尝谓太祖有二十事，皆前代所无，出于圣断，而为万世利者，今《实录》中略可数也。惜乎，子固不及此，吾所深惜也。"

太祖皇帝龙潜时，虽屡以善兵立奇功，而天性不好杀，故受命之后，其取江南也，戒曹秦王、潘郑王曰："江南本无罪，但以朕欲大一统，容他不得，卿等至彼，慎勿杀人。"曹、潘兵临城，久之不下，乃草奏曰："兵久无功，不杀无以立威。"太祖览之，赫然批还其奏曰："朕宁不得江南，不可辄杀人也。"逮批诏到，而城已破。契勘城破，乃批奏状之日也。天人相感之理，不亦异哉！其后革辂至太原，亦徇于师曰："朕今取河东，誓不杀一人！"大哉，仁乎！自古应天命、一四海之君，未尝有是言也。

太祖皇帝即位后，车驾初出，过大溪桥，飞矢中黄伞，禁卫惊骇。帝披其胸，笑曰："教射，教射。"既还内，左右密启捕贼，帝不听，久之，亦无事。

建隆间，竹木务监官患所积材植长短不齐，奏乞鬶截俾齐整，太祖批其状曰："汝手足指宁无长短乎？胡不截之使齐？长者任其自长，短者任其自短。"御批宣和中予亲戚犹有见者。

五代以前官制，及士大夫碑碣，并不见有场务监官。太祖亲见所在场务，多是藩镇差牙校，不立程课法式。公肆诛剥，全无谁何，百姓不胜其弊。故建隆以来，置官监临，制度一新，利归公上，官不扰而民无害，至今便之。

国初，宰执大臣有前朝与太祖俱北面事周，仍多出己上。一日即位，无所易置，左右驱使皆委靡听顺，无一人敢偃蹇者。始听政，有司承旧例，设宰相以下坐次，即叱去之。如太阳东升，焜耀万物，无敢仰视者。盖其天姿圣度，果为命代真主，岂容测度哉！

五代割据，干戈相侵，不胜其苦。有一僧，虽佯狂，而言多奇中。尝谓人曰："汝等望太平甚切，若要太平，须待定光佛出世始得。"至太祖一天下，皆以为定光佛后身者，盖用此僧之语也。

世传太祖将禅位于太宗，独赵韩王密有所启，太祖以重违太母之约，不听。太宗即位，入卢多逊之言，怒甚，召至阙而诘之。韩王曰："先帝若听臣言，则今日不睹圣明。然先帝已错，陛下不得再错。"太宗首肯者久之，韩王由是复用。

山阳郡城有金子巷，莫晓其得名之意。予见郡人，言父老相传，太祖皇帝从周世宗取楚州，州人方抗周师，逾时不下。既克，世宗命屠其城。太祖至此巷，适见一妇人断首在道卧，而身下儿犹持其乳吮之，太祖恻然为返命，收其儿，置乳媪鞠养巷中。居人因此获免,乃号因子巷。岁久语讹,遂以为金,而少有知者。

内中酒,盖用蒲中酒法也,太祖微时喜饮之。即位后,令蒲中进其方,至今用而不改。

真宗皇帝因元夕御楼观灯,见都人熙熙,举酒属宰执曰:"祖宗创业艰难,朕今获睹太平,与卿等同庆。"宰执称贺皆饮釂,独李文靖沈终觞不怿。明日,牛行、王相问其所以,且曰:"上昨日宣劝欢甚,公不肯少有将顺,何也?"文靖曰:"'太平'二字,尝恐谀佞之臣以之藉口干进,今人主自用此夸耀臣下,则忠鲠何由以进?既谓'太平',则求祥瑞,而封禅之说进。若必为之,则耗帑藏而轻民力,万而有一患生意表,则何以支吾?沈老矣,兹事必不亲见,参政他日当之矣。"其后,四方奏祥瑞无虚日,东封西祀,讲求典礼,纷然不可遏。王公追思其言,叹曰:"李文靖真圣人也!"求文靖画像置于书室中,而日拜之。予屡见前辈说此,询于两家子孙,其言皆同。

真宗问王文正曰:"祖宗时有秘谶云:'南人不可作宰相。'此岂立贤无方之义乎?"文正对曰:"立贤虽曰无方,要之,贤然后可。"是时方大用王文穆,或以此为言,而不知此谶乃验于近世,而不在文穆也。

祥符中,天书降,有旨云:"可示晁迥。"迥云:"臣读世间书,识字有数,岂能识天上书?"定陵屡欲用为宰执,用事者忌之而止,迥即文元公也。

王文正为参知政事,嫉丁晋公奸邪,屡欲开陈,以宰执同对,未果。每闲暇与晋公语,色欲言而辄止者数四。晋公诘之,文正曰:"弟某当远官,而老母钟爱,兹事颇乱方寸也。"晋公曰:"公可留身,面陈其事,得旨,吾曹亟奉行尔。"明日,宰执退，而文正独留。晋公悟悔之不及。文正具陈谓奸邪，帘帏嘉纳，丁自此黜。士论莫不快之。

仁宗皇帝至诚纳谏，自古帝王无可比者。一日朝退，至寝殿，不脱御袍，去幞头，曰："头痒甚矣。"疾唤梳头者来。及内夫人至，方理发，次见御怀中有文字，问曰："官家是何文字？"帝曰："乃台谏章疏也。"问所言何事？曰："霖淫久，恐阴盛之罚。嫔御太多，宜少裁减。"掌梳头者曰："两府、两制家中各有歌舞，官职稍如意，往往增置不已。官家根底剩有一两人，则言阴盛，须待减去，只教渠辈取快活。"帝不语久之。又问曰："所言必行乎？"曰："台谏之言，岂敢不行？"又曰："若果行，请以奴奴为首。"盖恃帝宠也。帝起，遂呼老中贵及夫人掌宫籍者携籍过后苑，有旨戒阍者云："虽皇后不得过此门来。"良久，降指挥，自某人以下三十人，尽放出宫，房卧所有，各随身不得隐落，仍取内东门出尽，文字回奏。时迫进膳，慈圣虑帝御匕箸后时，亟遣莫敢少稽滞。既而奏到，帝方就食，终食，慈圣不敢发问。食罢，进茶，慈圣云："掌梳头者是官家常所璧爱，奈何作第一名遣之？"帝曰："此人劝我拒谏，岂宜置左右？"慈圣由是密戒嫔侍："勿妄言，无预外事，汝见掌梳头者乎？官家不汝容也。"

唐质肃公在谏垣日，仁宗密令图其像，置温成阁中，御题曰：右正言唐介。时犹衣绿，外庭不知，逮质肃薨于位，裕陵浇奠，索画影看，曰："此不见后生日精神。"乃以此画像赐其家人，始知之，乃叹仁宗之用意深不可及也。

昭陵时，京东路有一镇，其户繁盛，在本路为最。大臣建言，请增置监临官，下漕司相度，及问本镇愿与不愿。父老既欣然所由，官司次第保明闻奏，比进呈取旨，昭陵思之良久，曰："恐动漕司岁计,遂别生事。"因为民患,止而不行。大矣哉,昭陵之爱民也深矣! 或云历下一镇。

或有荐宋莒公兄弟可大用,昭陵曰："大者可,小者每上殿来,则廷臣更无一人是者。"已而,莒公果作相,而景文竟以翰长卒于位。

仁宗皇帝尝言,尊号非古也,自宝元之郊,诏群臣毋得以请,殆二十年。嘉祐四年孟冬祫,丞相又欲因此上尊号,宋景文曰："却尊号,甚盛德也。臣下乃欲举陛下所不用之故事,是一日受虚名,而损实美也。"上曰："我意正如是。"于是遂止。

范讽知开封府日,有富民自陈,为子娶妇已三日矣,禁中有指挥,令人见,今半月无消息。讽曰："汝不妄乎? 如实有兹事,可只在此等候也。"讽即乞对,具以民言闻奏,且曰:"陛下不迩声色,中外共知,岂宜有此? 况民妇既成礼而强取之,何以示天下?"仁宗曰:"皇后曾言近有进一女,姿色颇得,朕犹未见。"讽曰:"果如此,愿即付臣,无为近习所欺,而怨谤归陛下也。臣乞于榻前交割此女,归府面授诉者;不然,陛下之谤难户晓也。且臣适以许之矣。"仁宗乃降旨,取其女与讽,讽遂下殿。或言讽在当时初不以直声闻,而能如此,盖遇好时节,人人争做好事,不以为难也。

张尧佐除宣徽使,以廷论未谐遂止。久之,上以温成故,欲申前命。一日,将御朝,温成送至殿门,抚背曰:"官家今日不要忘了宣徽使。"上曰:"得,得。"既降旨,包拯乞对,大陈其不可,反覆数百言,音吐愤激,唾溅帝面,帝卒为罢之。温成遣小黄门次第探伺,知拯犯颜切直,迎拜谢过,帝举袖拭面曰:"中丞向前说话,直唾我面,汝只管要宣徽使、宣徽使,汝岂不知包拯是御史中丞乎?"

　　张康节为御史中丞，论宰执不已。上曰："卿孤寒，殊不自为地。"康节曰："臣自布衣叨冒至此，有陛下为知己，安得谓之孤寒？陛下今日便是孤寒也。"上惊而问其故，康节曰："内自左右近习，外至公卿大臣，无一人忠于陛下者，陛下不自谓孤寒，而反谓臣为孤寒，臣所未喻也。"当时有"三真"之语，谓富、韩二公为真宰相，欧公为真内翰，而康节为真御史也。

　　宋子京《西征东归录》载云，知成都陛辞日，面请圣训，上曰："镇静。"子京自著其事曰：语简而意尽，于治蜀尤得其要，真圣人之言也。

　　仁宗于科举尤轸圣虑，孜孜然惟恐失一寒畯也。每至廷试之年，其所出三题，有大臣在三京与近畿州郡者，多密遣中使往取之，然犹疑其或泄也。如《民监》本是诗题，《王者通天地人》本是论题，皆临时易之。前代帝王间有留意于取士，然未有若是者也。

　　仁宗俭德，殆本于天性，尤好服浣濯之衣。当未明求衣之时，嫔御私易新衣以进，闻其声辄推去之，遇浣濯随破随补，将遍犹不肯易，左右指以相告，或以为笑，不恤也。当时不惟化行六宫，凡命妇入见，皆以盛饰为耻，风动四方，民日以富。比之崇俭之诏屡挂墙壁，而汰侈不少衰，盖有间也。

　　仁宗时，最先言立皇嗣者，明州鄞县尉，不记姓名。晁以道尝为予言，阅岁久，又经此丧乱，若史家又复不载，可惜也。

　　慈圣识虑过人远甚。仁宗一夕饮酒温成阁中，极欢而酒告竭，夜漏向晨矣，求酒不已。慈圣云："此间亦无有。"左右曰："酒尚有，而云无，何也？"答曰："上饮欢，必过度，万一以过度而致疾，归咎于我，我何以自明？"翼日，果服药，言者乃叹服。

予在太学时,见人言仁宗时,蜀中一举子献诗于成都府某人,忘其姓名,云:"把断剑门烧栈阁,成都别是一乾坤。"知府械其人,付狱,表上其事。仁宗曰:"此乃老秀才急于仕宦而为之,不足治也。可授以司户参军,不厘务,处于远小郡。"其人到任不一年,惭恶而死。

昭陵谨惜名器,而于改官之法尤轸圣虑。胡宗炎以应格引见,上惊其年少,举官逾三倍,最后阅其家状,云父宿见任翰林学士,乃叹曰:"寒畯安得不沉滞。"遂降指挥,令更候一任与改,合入官。

李肃之公明,文定公子也,在三司论事切直,仁宗嘉纳。欧公以简贺之,甚有称赏之语,公明喜曰:"欧公平日书疏往来,未尝呼我字也,此简遂以字呼我,人之作好事,安可不勉哉!"

盛文肃在翰苑日,昭陵尝召人面谕:"近日亢旱,祷而不应,朕当痛自咎责,诏求民间疾苦,卿只就此草诏,庶几可以商量,不欲进本往复也。"文肃奏曰:"臣体肥,不能伏地作字,乞赐一平面子。"上从之,遂传旨下有司,而平面子至,则诏已成矣。上览之,嘉其如所欲而敏速更不易一字。或曰文肃属文思迟,乞平面子,盖亦善用其短也。

盛文肃镇广陵,苏参政某客游过之,尝献书,文肃一览,大喜曰:"观君之才,宜应制科。"对曰:"下走窃亦有此志,顾朝夕之养是急,不得三年读书工夫耳。"文肃曰:"吾有圭田租八百斛,可以成君此志也。"苏亦不辞,文肃乃荐之归朝,又于公卿间为之延誉。后三年,遂中制科。前辈成就人有如此者。

昭陵时,言利者请税天下桥渡,以佐军。张锡字觊之建言:"津梁利人,而反税之以为害。"卒罢之。

蔡君谟得字法于宋宣献，宣献为西京留守时，君谟其幕官也。嵩山会善寺，有君谟从宣献留题尚存。东坡评本朝书，以君谟为第一，仁宗尤爱之。御制元舅陇西王碑文，诏君谟书之。其后命学士撰温成皇后碑文，又欲诏君谟书，君谟曰："此待诏之所职也，吾其可为哉。"遂力辞之。

晁以道尝为余言，本朝文物之盛，自国初至昭陵时，并从江南来。二徐兄弟以儒学显，二杨叔侄以词章进，刁衍、杜镐以明习典故用，而晏丞相、欧阳少师巍乎为一世龙门。纪纲法度、号令文章灿然具备，有三代风度。庆历间，人材彬彬，号称众多不减武宣者，盖诸公实有力焉。然皆出于大江之南，信知山川之气，蜿蜒磅礴，真能为国产英俊也。余尝因《赋澄心堂纸》诗记其事，以告后来之秀，其诗见余文集中。

祖宗平僭乱，凡诸国瑰宝珍奇之物，皆藏于奉宸库。自建隆以来，有司岁时点检之而已，未尝敢用也。至章献明肃皇后垂帘日，仁宗入近习之言，欲一往观，后以帝春秋鼎盛，此非所以示之也。乃诏择日开库，设香案而拜，具言祖宗混一四海，创业艰难，此皆诸国失德不能有，故归我帑藏。今日观之，正可为鉴戒。若取以为玩好，或以供服用，则是蹈覆车之故辙，非祖宗垂训之意也。词色严厉，中官皆恐惧流汗。后之用心，岂不深且远哉！

曲洧旧闻卷第二

张康节守泰州，召兼侍读，以老不能进读固辞。仁宗曰："不必读书，但留备顾问。"遂免进读，未几，擢任风宪。

厚陵初，张康节预政，屡请老，不许，诏三日一至枢密院，进见毋舞蹈。康节曰："本兵之地，岂容尸禄养疾？"遂力求去。

熙宁、元丰间，神宗皇帝奉事两宫太后，尽心色养，有臣庶之所难能者。庆寿宝慈宫在福庆之东西，天子朝夕亲视服膳，至通夕不下关键。母弟荆、扬二王已冠，犹不许就第，往还如家人礼。皇太后于二王，亦未尝假以言色。言事官上章讽请使出阁如故事，帝以为闲亲亏孝，黜之于外。

裕陵务尊崇濮安庙，且欲改卜寝园，大臣心知其非而不能谏。一日，潞公同对，见众人纷然而莫得其说，公徐曰："陛下必欲迁之，有何所求？若求福耶，则已出二天子矣，更求何事？"自此改卜之议遂罢，不复言。

岐王始封昌王时，飞语云："昌字两日并出也。"裕陵惑之，以问大臣，大臣无能对者。吕申公知开封府，因上殿奏事罢，上从容曰："卿闻昌王之说乎？"申公曰："不知陛下有何所疑？若圣意不能释然，以臣所见，改封大国，则妄议息矣。"裕陵意遂解。

朱行中知广州，东坡自海南归，留款甚洽，其唱和诗亦多。行中尝与坡言，裕陵晚年深患经术之弊，某时判国子监，因上殿，亲得宣谕，令教学者看史，是月遂以《张子房之智》为论题。

上索第一人程文,览之不乐。坡曰:予见章子厚言,裕陵元丰末欲复以诗赋取士,及后作相,为蔡卞所持,卒不能明裕陵之志,可恨也。

熙宁中《三经义》成,介甫拜尚书左仆射,吕吉甫迁给事中,王元泽自天章阁待制进龙图阁直学士,力辞不受,裕陵欲终命之,吉甫言:“雱以疾避宠,宜从其志。”由是王吕之怨益深。吉甫未几以邓绾等交攻,出知陈州,而发私书之事作矣。

元丰初,官制将行,裕陵以图子示宰执,于御史中丞执政位牌上,贴司马温公姓名;又于中书舍人、翰林学士位牌上,贴东坡姓名,其余与新政不合者,亦各有攸处。仍宣谕曰:“此诸人虽前此立朝议论不同,然各行其所学,皆是忠于朝廷也,安可尽废?”王禹玉曰:“领德音。”蔡持正既下殿,谓同列曰:“此事乌可? 须作死马医始得。”其后上每问及,但云臣等方商量进拟,未几宫车晏驾,而裕陵之美意卒不能行。新州之贬,无人名正其罪,绍圣间党论一兴,至崇、观而大炽,其贻祸不独缙绅而已,士大夫有知之者,莫不叹恨也。

裕陵弥留之际,宣仁呼小黄门,出红罗一段,密谕之曰:“汝见郡王身材长短大小乎? 持以归家,制袍一领见我,亲分付勿令人知也。”后数日,哲宗于梓宫前即位,左右进袍皆长大不可御,近侍以不素备,皆仓皇失色。宣仁遣宫嫔取以授之。或曰小黄门即邵成章也。岐邸之谤大喧,成章不平之,尝明此事于巨珰,巨珰呵之曰:“无妄言,灭尔族也!”

神宗皇帝喜谈经术,臣下进见或有承圣问者,多皇遽失对。范忠宣谓立法本人情,怨讟可虑,造膝之际,累数百言。且曰:“愿陛下不见是图。”帝曰:“如何是不见是图?”忠宣对曰:“唐杜牧所谓‘天下不敢言而敢怒’者是也。”帝为改容,味其言者久之。

赵元考彦若，周翰之子也，无书不记，世谓"著脚书楼"，然性不伐，而尤恭谨。馆中诸公方论药方，有一药不知所出，虽掌禹锡大卿曾经修《本草》，亦不能省。或云："元考安在？但问之，渠必能记也。"时元考在下坐，对曰："在几卷附某药下，在第几叶第几行。"其说云云，检之果验。然众怪之，曰："诸公纷纷而子独不言，何也？"元考曰："诸公不见问，某所以不敢言耳。"元丰间，三韩人使在四明唱和诗，奏到御前，其诗序有"惭非白雪之词，辄效青唇之唱"之句。神宗问"青唇"事，近臣皆不知，因荐元考。元考对："在某小说中，然君臣间难言也，容臣写本上进。"本人，上览之，止是夫妇相酬答言语，因问大臣赵彦若何以不肯面对？或对曰："彦若素纯谨，僚友不曾见其堕容，在君父前宜其恭谨如此也。"上嘉叹焉。

郭逵为西帅，王韶初以措置西事至边，逵知其必生边患，用备边财赋，连及商贾，移牒取问。韶读之，怒形颜色，掷牒于地者久之，乃徐取纳怀中，入而复出，对使者碎之。逵奏其事，上以问韶，韶以元牒缴进，无一字损坏也，上不悟韶计，不直逵言。自后逵论韶并不报，而韶遂得志矣。予旧见前辈语及此事，无不切齿，而新进小生往往以此谈韶不容口。近有一士人，自言久游太学，论及韶行事，亦以此为智数过人，而不以罔上陷老成罪韶。往时苟合干进者，持此自售，亦不足怪，不谓经此大变故，犹守旧闻。如此等辈，真是不识浊净，其可责哉！

宣仁同听政日，以内外臣僚所上章疏，令御药院缮写，各为一大册，用黄绫装背，标题姓名，置在哲宗御座左右，欲其时时省览。或曰此事出于帘帏独断，外廷初不知也。予见故族大家子弟，往往皆能言之。

　　哲宗御讲筵,诵读毕,赐坐,例赐扇。潞公见帝手中独用纸扇,率群臣降阶称贺。宣仁闻之,喜曰:“老成大臣用心,终是与人不同。”是日晚,问哲宗曰:“官家知大臣称贺之意乎?用纸扇是人君俭德也,君俭则国丰,国丰则民富而寿,大臣不独贺官家,又为百姓贺也。”

　　建中靖国间,虞策经臣除吏部尚书,正谢日犹辞不已,且曰:“臣声华望实不逮王古远甚,而陛下以臣代之,人其谓陛下何?”上曰:“王古虽罢去,朕方欲大用之,卿且勉焉。”

　　元祐奸党置籍,用蔡京之请也。始刻石禁中,而尚书省、国子监亦皆有之。禁中石刻,崇宁四年冬,因星变,上命碎之。时国子监无名子,以朱大题其碑上,曰“千佛名经”。其后岁月滋久,逮宣和中,所籍人往往多在鬼录,独刘器之、范德孺二公在耳。未几,器之之讣至东里,晁以道对宾客诵“南岳新摧天柱峰”之句,至哽咽不得语,而客皆拭睫。以道徐曰:“耆哲凋丧殆尽,缓急将奈何?”客曰:“世未尝乏材,前辈虽有殄瘁之感,安知无后来之秀?”以道曰:“人材之于世,譬如名方灵药之于病也。世之集名方储灵药者多矣,然不肯先疾而备,至于疾既弥留,乃始阅方书而治药材,不如见成汤剂为应所须,而取效速也。”时坐客无不深味其言而叹服之。

　　张才臣次元言,温成有宠,慈圣光献尝以事忤旨,仁宗一日语宰相梁适曰:“废后之事如何?”适进曰:“闾巷小人尚不忍为,陛下万乘之主,岂可再乎?”谓前已废郭后也。帝意解,因闲语光献曰:“我尝欲废汝,赖梁适谏我,汝乃得免,汝之不废,适之力也。”后适死,光献常感之。忽一日,出五百万作醮,帝适见其事,问之,光献以实告。帝叹息,自后岁率为之,至光献上仙乃止。才臣,退傅文懿公诸孙也。

国朝以来，凡州县官吏无问大小，其受代也，必展剌交相庆谢，盖在任日除私过外，皆得以去官原免其行庆谢之礼，为此故也。自新政初颁，大臣恐人情不附，乃有不以赦降去官原减指挥，自是成例，而命官有过犯，虽经赦宥及去官，必取旨特断，以此恩霈悉为空文，而公卿士大夫莫有厘正之者。

祖宗时，执政大臣多选声华望实厌于公论者，间有失于考慎而喧物议，则往往务含容之，听其善去，以全国体。如欧公乞保全孙沔，刘原父乞保全狄青是也。近世喜用新进少年，不严堂陛，专视宰相风旨以快私意，至无瑕可求，则以帷箔不根之事，眩惑众听，殊非厚风俗之道也。

祖宗时，凡罢官三月不赴部选集者有罚。晁文元任翰长日，以年高，欲留其仲子侍养，乃奏乞免注拟差遣，特恩许之。近世有到部一二年不注授，公卿侍从遂以陈乞子弟差遣为恩例，乃知员多阙少，大异于曩日也。

祖宗时，州郡虽有公库，而皆畏清议，守廉俭，非公会不敢过享，至有灭烛看家书之语。元丰以来，厨传渐丰，馈饷滋盛，而于监司特厚。故王子渊在河北州郡供送，非时数出，谓之儌巡。元祐元年，韩川以朝奉郎为监察御史，言其事。

祖宗时，置京城觇者，专为伺察闾阎有冤枉及权贵恃势倚法病民耳。其后法度有不合人心，恐士大夫窃议，当政者乃藉此以自助。士有正论，则谓之谤议；民有愁叹，则谓之腹诽，殊失祖宗之意。习见既久，而人亦不知也。

本朝谈经术，始于王轸大卿，著《五朝春秋》行于世。其经术传贾文元作，文元，其家婿也。荆公作神道碑略云此一事。介甫经术实文元发之，而世莫有知者。当时在馆阁谈经术，虽王公大人，莫敢与争锋。惟刘原父兄弟不肯少屈。东坡祭原父文,特载其事,有"大言滔天,诡论灭世"之语。祭文宣和以来,始得传于世。

乐全守陈,富公在亳社,以不奉行新法事为赵济所劾,谪知汝州,假道宛丘,与乐全相见。闲寒温外,富公叹曰:"人果难知,某凡三次荐安石,谓其才可以大用,不意今日乃如此。"乐全曰:"自是彦国未识此人,方平于某年知举,辟为点检试卷官,每向前来论事,则满试院无一人可其意者,自是绝之,至今无一字往还。"公不语久之。孙朴元忠时与乐全子弟在照壁后,亲闻其言如此。

邵先生名雍字尧夫,传《易》学,尤精于数,居洛中。昭陵末年,闻鸟声,惊曰:"此越鸟也,孰为而来哉?"因以《易》占之,谓人曰:"后二十年有一南方人作宰相,自此苍生无宁岁。君等志之。"朝廷屡诏不起,后即其家授以官,尧夫力辞之,乃申河南府,以病未任拜起,乞留告身在本府,俟痊安日祗受,朝廷益高之。元丰末卒,谥曰康节。

欧阳公在政府,闻康节之名,而未之识也。子棐叔弼之官,道经洛下,公曰:"汝至洛,可往谒邵先生,致吾钦慕而无由相见之意。彼若留汝为少盘旋,不妨,所得言语,悉报来。"叔弼既到门,尧夫倒履出迎之,甚喜,延入室,说话终日。尧夫又自道平生所见人,所从学,所行事,谆谆不休。已而,又问曰:君能记否?至于再,至于三。棐虽敬听之,然不晓其意也。以书报公,公亦莫测。逮元丰间,尧夫卒,有司上其行应谥,而叔弼为太常博士,当作谥议,乃始恍然悟尧夫当时谆谆,盖是分付兹事也。先生其神哉!世以比郭景纯之于青衣儿,虽其事不同,而前知,实相类也。

温公与尧夫水北闲步,见人家造屋,尧夫指曰:"此三间某年某月当自倒。"又指曰："此三间某年某月为水所坏。"温公归,因笔此事于所著文稿之后,久而忘之。因过水北,忽省尧夫所说,视其屋,则为瓦砾之场矣。问于人,皆如尧夫言,归考其事亦同。此事洛中士大夫多能道之。

富韩公居洛,其家圃中凌霄花无所因附而特起,岁久遂成大树,高数寻,亭亭然可爱。韩秉则云:"凌霄花必依他木,罕见如此者,盖亦似其主人耳。"予曰:"是花岂非草木中豪杰乎?所谓不待文王犹兴者也。"秉则笑曰:"君言大是。请以此为题而赋之。"予时为作近体七字诗一首,诗见予家集中。

晁检讨说之字季此,于崇宁初尝为予言,富公晚年见宾客,誉其奉使之功,则面颈俱赤,人皆不喻其意。子弟于暇日以问公,公曰:"当吾使北时,元勋宿将皆老死久矣,后来将不知兵,兵不习战,徒以聘问络绎,恃以无恐,虽曲不在我,若与之较,则彼包藏祸心,多历年所,事未可知。忍耻增币,非吾意也。吾家兄弟尝论之,惜乎东坡作神道碑日,不知此一段事也。"

范忠文公在蜀,始为薛简肃公所知,及来中州,人未有知者。初与二宋相见,二宋亦莫之异也。一日,相约结课,以《长啸却胡骑》为题,公赋成,二宋读之,不敢出所作。既而谓公曰:"君赋极佳,但破题两句无顿挫之功,每句之中各添一者字如何?"公欣然从之,二宋自此遂大加称赏,乃定交焉。

曲洧旧闻卷第三

范忠文公与司马文正公,平生智识谈论趣向,除议乐一事不同外,其余靡所不同。元祐初,温公起为相,忠文独高卧许下,凡累诏,皆力辞不已。其最后表云:"六十三而求去,盖不待年七十五而复来,谁云中理?"朝廷从之。当是时中外士大夫莫不高公此举,而人至今以为美谈也。

范祖封,忠文公之孙也。尝梦忠文言:"我墓前石人、石羊、石虎长短大小皆逾制,如我官,未应得也,汝可亟易之。"祖封既久,遂忘其梦,而坟寺僧忽报:"一夕大雷,石人一折其手,一断其身为二",乃始惊惧,遍与亲旧言其事。或曰忠文死犹守礼不逾,况生前乎!

蜀公与温公同游嵩山,各携茶以行。温公以纸为贴,蜀公用小黑木合子盛之,温公见之惊曰:"景仁乃有茶器也。"蜀公闻其言,留合与寺僧而去。后来士大夫茶器精丽,极世间之工巧,而心犹未厌。晁以道尝以此语客,客曰:"使温公见今日茶器,不知云如何也!"

蜀公居许下,于所居造大堂,以"长啸"名之,前有茶醾架,高广可容数十客,每春季花繁盛时,燕客于其下,约曰:有飞花堕酒中者,为余釂一大白。或语笑喧哗之际,微风过之,则满座无遗者,当时号为"飞英会",传之四远,无不以为美谈也。

按状元之目,始自辟召,而本朝科举取士之法,合以省试正奏第一名当之,今呼廷试第一名为状元,非也。元祐间,潞公在朝，因马涓来谢，尝言其事。自此人莫不知，而莫能改也。

郑毅夫廷试日，曾明仲为巡察官，方往来之际，见毅夫笔不停缀，而试卷展其前，不畏人窃窥，意甚自得。明仲从旁见其破题两句云："大礼必简，圜丘自然。"因低语曰："乙起著、乙起著。"毅夫惊顾，知是明仲，乃徐读其赋，便悟明仲之意。乙起"大礼圜丘"二字，自觉破题更有精神。至唱名，果以此擅场。予屡见前辈说此事，所说皆同。

科举自罢诗赋以后，士趋时好，专以三经义为捷径，非徒不观史，而于所习经外，他经及诸子无复有读之者。故于古今人物及时世治乱兴衰之迹，亦漫不省。元祐初，韩察院以论科举改更事，尝言臣于元丰初差对读举人试卷，其程文中或有云古有董仲舒，不知何代人，当时传者，莫不以为笑。此与定陵时省试，举子于帘前上请云"尧、舜是一事、是两事"绝相类，亦可怪也。

李方叔言范蜀公将薨数日，须眉皆变苍黑，眉目郁然如画也。东坡云："平生虚心养气，数尽神往，而血气不衰，故发于外，如是尔然。"范氏多四乳，故与人异，忠文立德如此，其化必不与万物斯尽也。

查道善鉴人物，知许昌日，张文懿罢射洪令归阙，过之，一见大悦，以书荐于杨大年，大年令诸子列拜之，文懿辞不敢当，大年曰："不十年，此辈皆在君陶铸之末，但恨老朽不见君富贵耳。"其后，果如其言。

张文懿生百日不啼，身长七尺二寸，人皆异之。初为射洪令，有道士崔知微者谒公曰："吾尝得相法于异人，公正鹤形，不十年相天下，寿考绝人甚远。"又县之东十里余罗汉院僧善慧，梦金甲神人叱令洒扫庭宇，相公且来矣，诘朝诵经以待之，即文懿公也。慧语此,文懿谢之云:"安有是事!"

张文懿虽为小官,而忧民出于至诚。在射洪,祷雨于白厓山陆史君之庙,与神约曰:"神有灵,即赐甘泽;不然,咎在令,当曝死。"乃立于烈日中,意貌端悫。俄顷,有云起西北,暖靆四合,雨大沾足。父老咨异,因为立生祠焉。

洪州顺济侯庙,俗号小龙。熙宁九年,发安南行营器甲,舟船江行,多有见之者。上遣林希言乘驿祭谢,希言至庙斋宿,是夜,龙降于祝史欧阳均肩,入香合蟠屈,行礼之际,微举其首,祭毕,自香合出于案上供器间,盘旋往来,徐入帐中。其长短大小,变易不一。执事官吏百余人皆见之,乃诏封顺济王。

陈文惠初见希夷先生,希夷奇其风骨,谓可以学仙,引之同访白阁道者。希夷问道者:"如何?"道者掉头曰:"南庵也,位极人臣耳。"文惠不晓南庵之语,后作转运使,过终南山,遇路人相告曰:"我适自南庵来。"乃遣左右往问南庵所在,因往游焉。行不数里,恍如平生所尝经历者。既至庵,即默识其宴坐寝息故处。考南庵修行示寂之日,即文惠垂弧之旦,始悟前身是南庵修行僧也。文惠自有诗八韵纪其事,予恨未见也。

欧公,下士近世无比,作河北转运使过滑州,访刘羲叟于陋巷中。羲叟时为布衣,未有知者。公任翰林学士,尝有空头门状数十纸随身,或见贤士大夫称道人物,必问其所居,书填门状,先往见之,果如所言,则便以延誉,未尝以位貌骄人也。

欧公父为绵州司户参军,公生于司户之官舍后,人于官舍盖六一堂,蜀中文士多赋诗。予政和初访蜀人张元常于兴国寺,见其唱和诗,颇有佳者。

《醉翁亭记》初成,天下莫不传诵,家至户到,当时为之纸贵。宋子京得其本，读之数过曰："只目为《醉翁亭赋》，有何不可？"

欧公在颍上，日取《新唐书》列传令子棐读，而公卧听之。至《藩镇传叙》，嗟赏曰："若皆如此传，其笔力亦不可及也。"

程琳字天球，张文节独知之。为三司使日，议者患民税多名目，恐吏为奸，欲除其名而合为一。琳曰："合为一而没其名，一时之便；后有兴利之臣，必复增之，是重困民也。"议者虽莫能夺，然当时未知其言之为利也。至蔡京行方田之法，则尽并之，乃始思其言而咨嗟焉。大麦、纩绢、绌鞋钱，食盐钱。

"曳铃其空上，念无君子者，解组不顾公，其谓苍生何？"此谢绛希深《上杨大年秘书监启事》。大年题于所携扇曰："此文中虎也，予尝得其全篇观之，他不称是；然学博而辞多，用事至千余言不困，亦今人少见者。"大率此体前辈多有之。欧公谢解时亦尚如此未变也，此风虽未变，近世文士亦不能为之。

范氏自文正公贵，以清苦俭约著于世，子孙皆守其家法也。忠宣正拜后，尝留晁美叔同匕箸，美叔退谓人曰："丞相变家风矣。"问之，对曰："盐豉棋子而上，有肉两簇，岂非变家风乎？"人莫不大笑。

范正平子夷，忠宣公子也。勤苦学问，操履甚于贫儒。与外氏子弟结课于觉林寺，去城二十里。忠宣当国时，以败扇障日，徒步往来，人往往不知为忠宣公之子。外氏乃城东王文正家。觉林寺，盖文正公松楸功德寺也。

曾肇子开修史书，吕文靖事不少假借。元祐间，申公当国，或以为言，公不答，待子开如初。客以密问公者，公曰："肇所职，万世之公也；人所言，吾家之私也。使肇所书非耶，天下自有公议；所书是耶，吾行其私，岂能使后世必信哉！"晁以道尝为予说其事,叹曰:"申公度量如此,真宰相也。"

吕微仲居相位日,晁美叔为都司。一日,台疏论稽违事,语侵宰执,微仲曰:"台省稽违,既有白简论列,则都司亦宜疚心。"美叔曰:"白简之意,专在宰执。"微仲曰:"论而当,当施行之;论而不当,自有公议,不宜以语言见侵,便怀私忿。况身在华要,宜务宽大,君等无惑乎未作贵人也,这些言语,犹容纳不得!"众皆惭而退。

予在太学,同舍有诵曾南丰集者。或曰:"子何独喜此?"答云:"吾爱其文似王临川也。"时一生家世能古文,闻其言,大笑曰:"王临川语脉与南丰绝不相类,君岂见其议论时有合处耶?"予殊未晓其意,久之而疑焉。后二十年,闲居洧上,所与吾游者,皆洛、许故族大家子弟,颇皆好古文,因说黄鲁直论晁无咎、秦少游、王介甫文章,座客曰:"鲁直不知前辈,亦未深许介甫也。"予尝见欧公一帖,乃答人论介甫文者,言此人而能文,角而翼者也。晁之道曰:"吾亦曾见此帖,今在孙元忠家,其子秘藏,非气类者不出以示之。"元忠名朴,少为乐全客,元祐间为秘书少监,以帖中语考之,乃是介甫方辞起居注时帖也。

周茂叔居濂溪,前辈名士多赋濂溪诗。茂叔能知人,二程从父兄南游时,方十余岁,茂叔爱其端爽,谓人曰:"二子他日当以经行为世所宗。"其后果如其言。崇宁以来,非王氏经术皆禁止,而士人罕言。其学者号伊川学,往往自相传道,举子之得第者,亦有弃所学而从之者,建安尤盛。伊川一日对群弟子,取《毛诗》读一二篇,掩卷曰:"诗人托兴立言,引物连类,其义理炳然如此,其文章浑然如此,诸君尚何疑耶? 若劳苦旁求,谓我所自得,以眩惑后生辈,吾不忍也。非独《诗》为然,凡圣人书，熟读之其义自见，藏之于心，终身可行，患在信之不笃耳。"

谢良佐字显道，韩师朴在相位，闻其贤，欲招之而不敢，乃遣其子治以大状先往见之，因具道所以愿见之意，士大夫莫不惊怪。或曰：嘉祐、治平以前，宰执稍礼下贤士者，类皆如此，自是近人不惯见也。

晁之道名詠之，黄鲁直字之叔予，资敏强记，览《汉书》五行俱下，对黄卷答客，笑语终日，若不经意。及掩卷论古人行事本末始终，如与之同时者。东坡作温公《神道碑》，来访其从兄补之无咎于昭德第。坐未定，自言"吾今日了此文，副本人未见也"。啜茶罢，东坡琅然举其文一遍，其间有蜀音不分明者，无咎略审其字，时之道从照壁后已听得矣。东坡去，无咎方欲举示族人，而之道已高声诵，无一字遗者。无咎初似不乐，久之，曰："十二郎真吾家千里驹也。"

晁之道读《旧唐书》，谓予曰："杜甫论房琯，肃宗大怒，当时人莫不为甫危之。而崔圆等皆营救，时颜鲁公为御史中丞，曾无一言。"予尝谓鲁公忠烈如此，而老杜赋《八哀》，独不及之，岂赋此诗时鲁公尚无恙耶？将诗人不无所憾，初未可知也？吾更考之耳。

顷年，近畿江梅甚盛，而许、洛尤多有。江梅、椒萼梅、绿萼梅、千叶黄香梅，凡四种。许下韩璈景文，知予酷好梅也，为致椒萼、绿萼两种，各四根，予植之后圃，作亭，遂以绿萼名之。书曰：他日访公于溱、洧之间，杖屦到门，更不通名，岸巾亭上梅，乃吾绍介也。景文，三韩家少师子华孙也，风采瑰润，字画遒媚，亦好作诗，尝为都厢，人颇才之。

中岳顶上松干如插笔，其间数株，上巨下细，枝柯似枯槎，皮或剥落，有半荣者。僧指云：此是岳神为珪，禅师夜移，天将晓，其鬼兵惧，遽倒植之而去。其言虽难信，而其树亦可怪也。

郑、许田野间，二三月有一种花，蔓生，其香清远，马上闻之，颇似木樨，花色白，土人呼为鹭鸶花，取其形似也，亦谓五里香、红薇花。或曰，便是不耐痒树也，其花夏开，秋犹不落，世呼百日红。

密县有一种冬桃，夏花秋实，八九月间，桃自开，其核堕地而复合，肉生满其中，至冬而熟，味如淇上银桃而加美，亦异也。

语儿梨初号斤梨，其大者重至一斤，不知语儿何义？郑州郭偵蒙陵旁产此甚多，其父老云：有田家儿数岁不能言，一日食此梨，辄谓人曰："大好！"众惊异，以是得名。洛中士大夫陈振著小说云："语儿当为御儿，盖地名梨所从出也。"按御儿非产梨之地，不知陈何所据也？

果中易生者莫如桃，而结实迟者莫如橘。谚云：头有二毛好种桃，立不逾膝好种橘。盖言桃可待橘不可待。洛下稻田亦多，土人以稻之无芒者为和尚稻，亦犹浙中人呼师婆粳，其实一也。

溱、洧之源出马岭，今在河南府永安界，号玉仙山。历城东南为溱、洧，其水清，有鱼数种，土人不善施网罟，冬积柴水中为罧音渗。以取之，以捣泽蓼杂煮大麦撒深潭中，鱼食之辄死，浮水上，可俯掇。久之复活，谓之醉鱼云。

麦秋种夏熟，备四时之气，荞麦叶青、花白、茎赤、子黑、根黄，亦具五方之色。然方结实时，最畏霜，此时得雨，则于结实尤宜。且不成霜，农家呼为解霜雨。穄，西北人呼为糜子，有两种，早熟者与麦相先后，五月间熟者，郑人号为麦争场。

草乌头,近畿如嵩、少、具茨诸山,亦多有之。花开九月,色青可玩,人多移植园圃,号鸳鸯菊,盖取其近似耳。

木香有二种,俗说檀心者,号酴醾,不知何所据也。京师初无此花,始禁中有数架,花时民间或得之,相赠遗,号禁花,今则盛矣。

银杏出宣、歙,京师始惟北李园地中有之,见于欧、梅唱和诗。今则畿甸处处皆种。予游阳翟北四十里龙福寺,寺在超化南乱山中,佛殿前有数树,树大出屋而不结实,同游朝散大夫许和卿同叔言:"木自南而北者多苦寒,有一法,于腊月去根傍土,取麦糠厚覆之,火然其糠,俱成灰,深培如故,则不过一二年,皆能结实。若岁用此法,则与南方不殊,亦犹人炷艾耳。吾屡试之矣。"同叔为人敦厚方实无城府者,其言当不欺云。

曲洧旧闻卷第四

龙福寺据大龟山腹，前负佛殿，山西有雁翅岭，岭下有龙潭，皆取其形似也。寺有伏虎禅师，相传云，山旧多虎，猎者数人，方射虎，有僧来乞食，猎者指虎穴给云："彼有吾茇舍，食饮略具，可往一饱。"僧如言而往，日将暮，寂不闻声，乃登东岩望之，见僧跏趺坐穴中，虎驯绕其侧，惊异，弃弓矢罗拜，大呼曰："愿为师弟子，不复射生矣。"僧筑庵大龟山腹，自此虎不为害，学徒日盛，遂为大寺。后以龙潭祷雨屡应，赐今名焉。今正殿西南有禅师祠堂，塑像是真身，猎者五人侍左右。

龙福寺门外东偏，有修竹二亩余，殆不减洛中所产。有鼠喜食其笋，寺僧于笋生时置鼓昼夜鸣之，谓之惊鼠鼓。予与韩秉则同游见之，秉则笑曰："使王子猷遭此鼠，必躬自挝鼓，传中又添此一事，以为后人笑谈也。"

芙蓉禅师道楷，始住洛中招提寺，倦于应接，乃入五度山，卓庵于虎穴之南。昼夜苦足冷，时虎方乳，楷取其两子以暖足，虎归不见其子，咆哮跳掷，声振林谷。有顷，至庵中，见其子在焉，瞪视楷良久，楷曰："吾不害尔子，以暖足耳。"虎乃衔其子曳尾而去。

代州五台山太平兴国寺者，直《金刚经》窟之上，乃古白虎庵之遗址也。相传云，昔有僧诵经庵中，患于乏水，适有虎跑，足涌泉鬵沸徐清，挹酌无竭，因号"虎跑泉"，而庵以此得名。

代州清凉山清凉寺，始见于《华严经》，盖文殊示现之地也。去寺一里余，有泉号一钵，泉一钵许，挹之不竭，或久之不挹，虽盈而不溢，其理不可解，亦一异也。清凉山数出光景，不可胜纪。甲寅年腊月八日，夜现白圆光，通夕不散，人往来观瞻，如身在月中，比他日所见，尤为殊异。

秘魔岩灵迹甚多，尝有飞石入厕，度其石之尺寸，则大于户，不知从何而入也。僧有不被袈裟而登岩者，则必有石落中路，或飞石过耳如箭声，人皆恐怖。

长松产五台山，治大风有殊效，世人所不知也。文殊指以示癞僧，僧如其所教，其患即愈。自此名著于清凉传，而《本草》未之载也。

嵩少比南方山极雄壮，然石多而土少，乏秀润之气，石皆坚顽，不可镌凿，峻极上院。尝于其院东凿井，经年才深丈许，每凿一寸，顾佣钱至一千，匠者不至也。法当积薪其中然之，乘热沃以酽醋，然后施工，庶乎其可也。予尝语其寺僧，但恐山中难得好醋耳。

夜叉石一里余有泉一眼，清甘可饮，旧号"救命水"。欧公与圣俞同游时，改为"醒心泉"。或云旧名虽鄙恶，然亦得其实也。

虎头岩在真君观西，岩北有一谷，幽深而险，人迹罕到。道人沈天休尝言，顷年采药其中，粮绝，掘山药煮食，见一藤引蔓甚远，而叶亦特大，疑其非也，乃共掘之。大如柱，长数尺，盖亦山药也。大茎可享半月，戏目为玉柱，其后玉柱之名稍著。山有玉柱峰，其下为玉柱川，鬻山药者利其易售，皆冒玉柱之名，然其实不知本末也。

巴榄子如杏，核色白，褊而尖长，来自西蕃。比年近畿人种之，亦生树，似樱桃，枝小而极低，惟前马元忠家开花结实，后移植禁籞。予尝游其圃,有诗云:"花到上林开。"即谓此也。

大隈山,即庄子所谓具茨山也。山有具茨寺,其中产一种木,身干枝叶皆如槐,三二月开花,色红而细,俗呼为槐三香,亦有种园圃中者。

具茨山亦产蕨,采药者云,其根即黑狗脊也。按《本草图经》,黑狗脊有一种,乃蕨也,而其下不云是蕨,盖苗已老,修书遗其说耳。具茨人虽采蕨为蔬茹,然不知其名,但呼为小儿拳。予游龙福寺见于道旁,自尔岁遣人采焉,山下人知其为蕨,稍有珍之者。

药有五加皮,其树身干皆有刺,叶如楸,俗呼之为刺楸。春采芽可食,味甜而微苦,或谓之苦中甜云,食之极益人。予在东里,山中人岁常以此饷,因移植后圃,盖无可玩者,特为其芽可食耳。

密县超化寺,乃畿西山水胜处。考碑碣,始建于隋。泉色如琉璃,涌为珠出波面,其池极浅,僧云:焦土襄陵,不涸不溢,往岁中贵人降香,乃于塔东命以锹试之,一锹泉涌出,至今谓之一锹井云。

红蓼即诗所谓游龙也,俗呼水红,江东人别泽蓼,呼之为火蓼。道家方书亦有用者,呼为鹤膝草,取其茎之形似也。然泽蓼有二种,味辛者酒家用以造曲,余不入用也。

藜有二种,红心者俗呼为红灰藋,徒吊切。古人食之,多以为羹,所谓藜羹不糁是也。而今人少有食者,岂园蔬多品而不顾乎?然山人处士未之弃也。其身干轻而坚,以为杖,则于老者尤宜。唐人犹有编为床者,往往见于篇什。仙方用之为秘药,或入烧炼药,多取红心者,易名为鹤顶草。

石炭不知始何时。熙宁间,初到京师,东坡作《石炭行》一首,言以冶铁作兵器甚精,亦不云始于何时也。予观《前汉·地理志》:豫章郡出石,可燃为薪。隋王劭论火事,其中有石炭二字,则知石炭用于世久矣。然今西北处处有之,其为利甚博,而豫章郡不复说也。

欧公作《花品》,目所经见者,才二十四种,后于钱思公屏上得牡丹,凡九十余种,然思公《花品》无闻于世,宋次道《河南志》于欧公《花品》后,又增二十余名。张峋撰《谱》三卷,凡一百一十九品,皆叙其颜色容状,及所以得名之因。又访于老圃,得种接养护之法,各载于图后,最为详备。韩玉汝为序之,而传于世。大观政和以来,花之变态,又有在峋所谱之外者,而时无人谱而图之,其中姚黄尤惊人眼目。花头面广一尺,其芬香比旧特异,禁中号一尺黄。予在南平城,作《谢范祖平朝散惠花》诗云:"平生所爱曾莫倦,天遣花王慰吾愿。姚黄三月开洛阳,曾观一尺春风面。"盖记此事也。祖平字準夫,忠文公之诸孙也。以雄倅致仕,居许下被俘,惠予花时,年六十一岁矣。

峤南山水极佳,而多奇产。说似中州人,辄謷蹙,莫有领其语者。以其有瘴雾,世传十往无一二返也。予大观间见供备库使李,忘其名。自言二十三以三班借职度五岭,历二广,差遣北归,已七十九矣。得监东太乙宫香火,其体力强健,行步如四五十许人。宣和间,其族人云尚无恙,乃信元微之至商山赋《思归乐》言赵卿事不诬。而东坡《答参寥报平安书》云:虽居炎瘴,幸无所苦,京师国医手里死汉甚多。此虽宽参寥之语,与元微之至商山所赋,盖为不独炎瘴能死人,其理之常然者,非过论也。

郑州东仆射陂,盖后魏孝文迁洛时,赐仆射李冲之陂也。

后人立祠,远近皆呼为仆射庙。章圣皇帝西祀过之,遣官致祭,有祭文刻石在焉。近世遂传为李卫公仆射庙。土人得卫公行册以藏庙中,而崇宁以来赐庙额,亦以为卫公不疑,而士大夫莫有是正之者。

《笔谈》载淡竹叶,谓淡竹对苦竹,凡苦竹之外,皆淡竹也。新安郡界中,自有一种竹叶,稍大于常竹,枝茎细,高者尺许,土人以作熟水,极香美可喜。方药所须,悉用之有效,岂存中未之见耶?

新安郡婺源县境中,产一种草茎,叶柔弱,引而不长,叶类甘菊叶,俗呼蔗,今讹为遮字,盖食之味苦,而有余甘也。性温行血,尤宜产妇。煮熟揉去苦汁,产后多食之无害,往往便以为逐血药也。又呼苦益菜,访之医家,莫有知者。

去钜鹿郡西北一舍,有泉,按《水经》,名达活,源深流长,广轮数百里享其利。咸平间,刺史柳开疏泉一支,植千柳,为亭于其上,为一郡胜游之地。熙宁壬子岁,泉忽沦伏不见,后五年元丰改元之初,太守王惄率郡僚祷于泉上,不越月而复出,再逾时而浩浩汤汤,倍加厥初,阖境神异之,因易名为再来泉,至今六七十年。焦土襄陵,不增不减,当时通判虢州王宏微为志其事,刻石尚存焉。

吕申公公著,当文靖秉政时,自书铺中投应举家状,敝衣蹇驴,谦退如寒素,见者虽爱其容止,亦不异也。既去问书铺家,知是吕廷评,乃始惊叹。

谢涛字济之,绛之父也。绛为太子宾客,女适梅尧臣,幼为王黄州所知,世称雅善,品藻文章。江夏黄才叔喜自负其文,谓涛曰:"公能损益一字,吾服公。"涛为削去二十字,才叔虽不乐,然无以胜之也。

欧公论谢希深曰：三代以来，文章盛者，称西汉。希深制诰尤得其体，世谓常、杨、元、白，便不足多也。

王文康再使北，有《戴斗奉使录》三卷。文康预修《传灯录》、《册府元龟》。景德中命近臣修书时，杨文公为太常丞制，以二公并命，论者以才名等夷，非复爵位差降也。

元符末，王敏中长户部，丰相之自独坐迁工部尚书。敏中表言：“丰稷厚德，时所领属，臣古实不逮也，乞立班在丰稷下。”诏不从，士大夫至今以为美谈。

宋次道龙图云：校书如扫尘，随扫随有。其家藏书，皆校三五遍者。世之畜书，以宋为善本，居春明坊。昭陵时，士大夫喜读书者，多居其侧，以便于借置故也。当时春明宅子比他处僦直常高一倍，陈叔易常为予言此事，叹曰：“此风岂可复见耶？”

穆修伯长在本朝，为初好学古文者。始得韩、柳善本，大喜，自序云：天既餍我以韩，而又饫我以柳，谓天不予飨，过矣。欲二家文集行于世，乃自镂板鬻于相国寺。性伉直，不容物，有士人来酬，价不相当，辄语之曰：“但读得成句，便以一部相赠。”或怪之，即正色曰：“诚如此，修岂欺人者？”士人知其伯长也，皆引去。

古语云：大匠不示人以璞。盖恐人见其斧凿痕迹也。黄鲁直于相国寺，得宋子京《唐史稿》一册，归而熟观之，自是文章日进。此无他也，见其窜易句字与初造意不同，而识其用意所起故也。

读欧公文，疑其自肺腑流出，而无斫削工夫。及见其草，逮其成篇，与始落笔十不存五六者，乃知为文不可容易。班固云：急趋无善步。良有以也。

凡人溺于所见,而于所不见,则必以为疑。孙皓问张尚曰:"'泛彼柏舟',柏中舟乎?"尚曰:"《诗》又云'桧楫松舟',则松亦中舟矣。"皓忌其胜己,因下狱。南方佳木而下舟,不及松柏,此皓所以疑也。今西北率以松柏为舟材之最良者。有溺于所见,遽谓柏不可以为舟,断以己意,以训导学者,而弃先儒之说,可怪也。《邶之风》言舟宜济渡,犹仁人宜见用,柏宜为舟,《鄘风》亦然。乃独于《邶风》释之,可以概见也。况非其地之所有,风俗所宜,诗人不形于歌咏,昔人盖尝明之矣。孙皓虽忌张尚之胜己,然不敢以训人也。

宇文大资尝为予言:《湘山野录》,乃僧文莹所编也,文莹尝游丁晋公门,公遇之厚,其中凡载晋公事,颇佐佑之。予退而记其事,因曰:人无董狐之公,未有不为爱憎所夺者。六一居士诗云:"后世苟不公,至今无圣贤。"然后世岂可尽欺哉?

介甫对裕陵,论欧公文章,晚年殊不如少壮时,且曰:惟识道理,乃能老而不衰。人多骇此语。予与韩秉则正言论此,秉则曰:"道理之妙,当求于圣人之言。圣人之言,具在六经,不可揜也。欧公识与不识,姑置之勿问,不知介甫所谓'道理',果安在?抑六经之外,别有道理乎?东坡祭原父文云:'大言滔天,诡论灭世。'盖指介甫也。介甫当时在流辈中,以经术自尊大,唯原父兄弟敢抑其锋,故东坡特于祭文表之,以示后人。然亦未知其于君臣间如此无顾忌也。"时坐客颇众,莫不以秉则之言为然。

唐制,常参官自建中以后,视事之三日,令举一人以自代,所以广得人之路也。本朝沿袭,惟两制以上,乃得举自代,而常参官不预也。祖宗以来,从官多举已仕官而名级尚微者,韩子华在翰苑日,乃以布衣常秩充选,而莫有继之者。建中靖国

间,刘器之以待制出守中山,乃举一布衣,忘其姓名。当时莫不
骇异,而不知援子华例也。熙宁末,曾敳以常润团练推官,为
福建常平属官,乞朝辞上殿,阁门以前,无选人入辞上殿例,诏
特引对,罢为潭州州学教授。

曲洧旧闻卷第五

本朝《九域志》，自大中祥符六年修定，至熙宁八年，都官员外郎刘师旦言：自大中祥符至今六十年，州县有废置，名号有改易，等第有升降，兼所载古迹有出于俚俗不经者，乞选有地里学者重修之。乃命赵彦若、曾肇就秘省置局删定，今世所刊者是也。崇宁末，诏置局编修，前后所差官不少，然竟不能成。

晁端禀大受，少以知人则百僚，任职为开封府解头。大受为文敏而工，于王禹玉为表侄。禹玉内集，酒数行，而欧公《谢致仕启事》至。禹玉发缄看，称美不已，谓大受曰："须以一启答之，此题目甚好，非九哥不能作也。"大受略不辞让，酒罢，方啜茶，启已成矣。禹玉惊其速，虽夸于坐人，而意终不乐。

章子厚与晁秘监美叔，同生乙亥年，同榜及第，又同为馆职，常以"三同"相呼。元祐间，子厚有诗云："寄语三同晁秘监。"寄语乃谓此也。然绍圣初，子厚作相，美叔见其施设大与在金山时所言背违，因进谒力谏之，子厚怒，黜为陕守，美叔谓所亲曰："三同今百不同矣。"

章惇被谪，钱勰草词云："砭砭无大臣之体，鞅鞅非少主之臣。"章甚衔之。绍圣初，召拜首台，翰林承旨曾布子宣草麻暨庭宣，有"赤舄几几，对南山岩岩"之语。在庭士大夫相语云："今则几几岩岩，奈何砭砭鞅鞅乎？"未几，钱自吏部尚书贬知池州。

秦少游自郴州再编管横州，道过桂州秦城铺，有一举子，绍圣某年省试下第，归至此，见少游南行后，遂题一诗于壁曰："我为无名抵死求，有名为累子还忧。南来处处佳山水，随分归休得自由。"至是少游读之，泪涕雨集。徽宗践祚，流人皆牵复，而少游竟死贬所，岂非命耶！

朝廷初令诸路州军创天庆观，别建圣祖殿。张文懿时为广东路都漕，请曰："臣所部皆穷困，乞以最上律院改充。"诏许之。仍诏诸路委监司守臣，亲择堪为天庆观寺院改额为之，不得因而生事。

刘道原自洛还庐阜时，过淮南见晁美叔，美叔呼诸子拜之。道原曰："诸郎皆秀异，必有成立，无为訞学，但自守家法，他日定有闻于世。訞学已为今日患，后三十年横流，其患有不可胜言者。恕与公老矣，诸郎皆自见之，勿忘吾言。"

隆德府屯留县王诰，字宣叔，少习文，应进士举，以家贫训幼学为业，屡取乡荐，而于省试辄不利。每赴省试，必梦胡僧，姿状雄伟，谓曰："君此行徒劳耳。君骨相虽主有才，而不应得禄。位寿可过耳顺，外是，非余所知也。"年五十余，又将赴省试，梦前僧相贺曰："君是举必登第无疑矣。"梦中诘之曰："师向语我不当得禄位，今乃云登第，何也？"僧曰："以君教导童子，用心笃志，不负其父母所托，为有阴德，故天益君算，而报君以禄位。"因引至一官府，指庭下所陈古乐器曰："君姑记之，异时当自悟也。"厥后亦数有梦，但其僧不复见，而所陈乐器如初。时蜀公方献新乐，诏于延和殿按试，诰意廷试必问乐，凡古今乐事无不经意者。逮试日，所得赋题乃《乐调四时和》也。是岁始预正奏名，遂于马涓榜下赐第。历官数任，以奉议郎致仕，年七十有七卒于家。潞人能言此事者甚多，因为记之。

曾明仲治郡善用耳目,于迹盗尤有法。潞公过郑失金唾壶,明仲见公于驿中,公言其事,明仲呼孔目官附耳嘱付之。既去不食,顷已擒偷唾壶人来矣。潞公归朝,大称赏之。

刘道原日记万言,终身不忘,壮舆亦能记五六千字,壮舆之子所记才三千字,晁以道戏壮舆曰:"更两世当与我相似。"

东坡尝谓刘壮舆曰:"《三国志》注中好事甚多,道原欲修之而不果,君不可辞也。"壮舆曰:"端明曷不为之?"东坡曰:"某虽工于语言,也不是当行家。"

东坡自黄徙汝,过金陵,荆公野服乘驴,谒于舟次,东坡不冠而迎揖,曰:"轼今日敢以野服见大丞相。"荆公笑曰:"礼为我辈设哉?"东坡曰:"轼亦自知相公门下用轼不著。"荆公无语,乃相招游蒋山。在方丈饮茶次,公指案上大砚曰:"可集古人诗联句赋此砚。"东坡应声曰:"轼请先道一句。"因大唱曰:"巧匠斫山骨。"荆公沉思良久,无以续之,乃起曰:"且趁此好天色,穷览蒋山之胜,此非所急也。"田昼承君是日与一二客从后观之,承君曰:"荆公寻常好以此困人,而门下士往往多辞以不能,不料东坡不可以此慑伏也。"承君建中靖国间为大宗正丞,曾布欲用为提举常平,以非其所素学,辞不受,士论美之。

东坡云,郗超虽为桓温腹心,以其父愔忠于王室,不令知之。将死,出一箱书付门生曰:"本欲焚之,恐父年尊必以相伤为毙,我死后,若大损眠食,可呈此箱;不尔,便烧之。"愔后果哀悼成疾,门生依指呈之,悉与温往返密计,乃大怒曰:"小子死恨晚矣!"更不复哭。若方回者,可谓忠臣矣,当与石碏比。然超不谓之孝,可乎?使超知君子之孝,则不从温矣。东坡先生曰:"超,小人之孝也。"

东坡在儋耳,因试笔,尝自书云:吾始至南海,环视天水无际,凄然伤之,曰:"何时得出此岛耶? 已而思之,天地在积水中,九州在大瀛海中,中国在少海中,有生孰不在岛者? 覆盆水于地,芥浮于水,蚁附于芥,茫然不知所济。少焉水涸,蚁即径去,见其类出涕曰:几不复与子相见! 岂知俯仰之间,有方轨八达之路乎? 念此可以一笑。"戊寅九月十二日与客饮薄酒小醉,信笔书此纸。

东坡云:"遇天色明暖,笔砚和畅,便宜作草书数纸,非独以适吾意,亦使百年之后与我同病者,有以发之也。"张长史怀素得草书三昧,圣宋文物之盛,未有以嗣之,惟蔡君谟颇有法度,然而未放,止与东坡相上下耳。

东坡与客论食次,取纸一幅书以示客云:烂蒸同州羊羔,灌以杏酪,食之以匕不以箸。南都麦心面作槐芽温淘糁,襄邑抹猪炊共城香粳,荐以蒸子鹅。吴兴庖人斫松江鲙,既饱,以庐山康王谷帘泉,烹曾坑斗品茶。少焉,解衣仰卧,使人诵东坡先生《赤壁》前后赋,亦足以一笑也。东坡在儋耳,独有二赋而已。

东坡至儋耳,见野花夹道,如芍药而小,红鲜可爱,朴樕丛生。土人云:倒黏子花也,结子如马乳,烂紫可食,殊甘美。中有细核,并嚼之,瑟瑟有声,亦颇涩。童儿食之,或大便难。叶背白,如石韦状,野人秋夏病痢,食其叶辄已。海南无柿,人取其皮剥浸烂杵之得胶,以代柿漆,盖愈于柿也。吾久苦小便白浊,近又大府滑,百药不瘥,取倒黏子嫩叶蒸之,焙燥为末,以酒糊丸,日吞百余,二府皆平复,然后知其奇药也。因名"海漆",而私记之,贻好事君子,明年子熟,当取子研滤酒为膏以剂,不复用糊矣。

东坡在海外,于元符二年春且尽,因试潘道人墨,取纸一幅，书曰："松之有利于世者甚博：松花脂茯苓，服之皆长生，其节煮之以酿酒，愈风痹强腰足；其根皮食之肤革香，久则香闻下风数十步外；其实食之滋血髓，研为膏入漓酒中，则醇酽可饮。其明为烛，其烟为墨，其皮上藓为艾，纳聚诸香烟。其材产西北者至良，名黄松，坚韧冠百木。略数其用于世，凡十有一，不是闲居，不能究物理之精如此也。"

东坡尝语子过曰："秦少游、张文潜才识学问，为当世第一，无能优劣二人者。少游下笔精悍，心所默识，而口不能传者，能以笔传之。然而气韵雄拔，疏通秀朗，当推文潜。二人皆辱与予游，同升而并黜。有自雷州来者，递至少游所惠书诗累幅，近居蛮夷得此，如在齐闻《韶》也，汝可记之，勿忘吾言。"

东坡因子过读《南史》，卧而听之，语过曰："王僧虔居建康禁中里马粪巷，子孙贤实谦和，时人称为'马粪诸王'，为长者。《东汉》赞论李固云：视胡广、赵戒如粪土。粪之秽也，一经僧虔，便为佳号，而以比胡、赵，则粪有时而不幸，汝可不知乎！"

东坡因与方士论内外丹，仍有所得，喜而曰："白乐天作庐山草堂，盖亦烧丹也。丹欲成而炉鼎败，明日，忠州除书到，乃知出世间事不两立也。仆有此志久矣，而终无成，亦以世间事未败故也。今日真败矣。《书》曰：'民之所欲，天必从之。'信而有征，君辈为我志之。"

东坡言唐僧段和尚善弹琵琶，制《道调》，梁州国工康昆仑求之不得，后于元载子伯和处得女乐八人，以其半遗段，乃得之。予家旧有婢，亦善作此曲，音节皆妙，但不知道调所谓。今日读《唐史·乐志》云：高宗以为李氏老子之后，故命乐工制《道调》，皆在海外语过者。

东坡云，今琵琶有独弹，不合胡部诸调，曰：某宫多不可晓。《乐志》又云,《凉州》者,本西凉所献也,其声本宫调,有大遍小遍。正元初,乐工康昆仑寓其声于琵琶,奏于玉宸殿,因号《玉宸宫调》。予尝闻琵琶中作轹弦薄媚者,乃云是《玉宸宫调》也。

东坡言,唐初即用隋乐,武德九年,始诏祖孝孙窦琎等定乐。初隋用黄钟一宫,惟击七钟,五悬而不击,谓之哑钟。张文收乃依古断竹数十二律,与孝孙等次调五钟,叩之而应,由是十二钟皆用。至肃宗时,山东人魏延陵得律一,因李辅国奏云,云《太常乐调》皆下不合黄钟,请悉别制诸钟,帝以为然,乃悉取诸乐器磨剋之,二十五日而成。然以汉律考之,黄钟乃太簇也,当时议者以为非是。唐自肃、代以后,政日急,民日困,俗日偷,以至于亡。以理推之,其所谓下者,乃钟声也,悲夫!

东坡在儋耳,谓子过曰:“吾尝告汝,我决不为海外人,近日颇觉有还中州气象,乃涤砚索纸笔焚香曰,果如吾言,写吾平生所作八赋,当不脱误一字。”既写毕,读之,大喜曰:“吾归无疑矣。”后数日,而廉州之命至。八赋墨迹始在梁师成家,或云入禁中矣。

章楶质夫作《水龙吟》咏杨花,其命意用事,清丽可喜,东坡和之,若豪放不入律吕。徐而视之,声韵谐婉,便觉质夫词有织绣工夫。晁叔用云:“东坡如毛嫱、西施,净洗却面,与天下妇人斗好,质夫岂可比耶!”

东坡性不忍事,尝云:“如食中有蝇,吐之乃已。”晁美叔每见以此为言。坡云:“某被昭陵擢在贤科,一时魁旧往往为知己。上赐对便殿,有所开陈,悉蒙嘉纳。已而章疏屡上,虽甚剀切,亦终不怒。使某不言,谁当言者?某之所虑,不过恐朝廷杀我耳。”美叔默然,坡浩叹久之,曰:“朝廷若果见杀我,微命亦何足惜！只是有一事，杀了我后好了你。"遂相与大笑而起。美叔名端彦。

　　东坡之殁，士大夫及门人作祭文甚多，惟李廌方叔文尤传。如"道大不容"，"才高为累"，"皇天后土，鉴平生忠义之心；名山大川，还千古英灵之气"，"识与不识，谁不尽伤，闻所未闻，吾将安放"，此数句，人无贤愚，皆能诵之。

　　温公既薨于位，而元丰余党以先政撼摇宰执，刘莘老持两端，独微仲子由奋不顾身，靡所依违。时韩川上言云："伏闻朝廷谓前日臣下罪恶，已赐施行，将降诏书，自今以前事状，更不复问，戒敕言者，不许弹劾。得于传闻，臣不敢信，反覆开陈累千百言，盖疑莘老也。"后三月，果有诏书，谓"罪显者已正，恶巨者已斥，则宜荡涤隐疵，阔略细故，一应今日以前事状，一切不问，有司不得施行"。川遂言张璪罪显恶大，独在朝廷，而刘器之等交攻不已，因并言莘老。莘老久之，亦求出。议者论微仲子由非不虑后患也，为天下计，当如此耳。

　　予尝闻陈叔易与人言，韩川章疏崔台符、杨偰、王孝先等，元丰以后，次第为大理卿，专视蔡確风旨。数年以来，锻炼刑狱，至二万二千余事，而诉理所才八百余事。则知贫弱不能自诉，及流移死亡而无人为雪理者，皆在八百事之外也。绍圣、崇宁干进之臣，持此藉口，指为谤讪，而不推原专视宰相风旨之人，上累裕陵，是以深刻固爵位者愈得志，而大臣误国者终以忌器，不可论列，小人一何幸哉！予在南平城得元祐所编类臣僚章疏，而韩川一集在其中。其言台符等所断过刑狱数目，与当时所传不差。

　　熙宁大臣以缙绅不附，多起大狱，以胁持上下，而蔡新州因是取台辅。元祐间，置诉理所专为新州之党，上误裕陵。建中靖国元年,范致虚知绍述之说复行,引诉理为言,欲击韩师朴而助曾子宣。师朴论其奸,自谏垣出为郓倅,既到任,谢表犹云云不已。其略云:岂十九年之睿断,有八百件之冤刑。当时读其表者,莫不知其必取好官,而恶其心术之险也。

曲洧旧闻卷第六

丰相之作独座日，曾子宣拜相，疑相之不附己，密遣其客倪直侯探其意。直侯见丰曰："曾公真拜如何？"相之曰："也且看其设施始得。"子宣闻其言怒甚，翼日罢为工部尚书，故相之谢表云："内侍已成于怨府，何不思危佞，人未刿于封章。"俄闻报罢，盖相之屡言郝随不听，而欲论子宣又不果也。

刘德初为仪真教授，日与官奴密游，监司欲发其事，晁美叔秘监时为大漕，其子之道从容言刘与某气类不相合，然其人必贵，美叔因营救之，德初甚感焉。建中靖国间，德初知时事将变，谓吴材圣曰："吾侪取富贵，正在此时。晁之道有文章，善词令，可引为台谏以相助。"之道闻二公言，答曰："此固所愿，但某自视骨相，不是功名会中人。若不见听，恐必败二公事。"二公知其意不可强，遂止。

邢恕字和叔，吕申公、司马温公皆荐其才可用。子居实字惇夫，年未二十，文学早就，议论如老成人。黄鲁直诸公皆与之为忘年友，所谓"元城小邢"是也。元祐更张新政之初不本于人情者，和叔见申公密启曰："今日更张，虽出于帘帏，然子改父法，上春秋鼎盛，相公不自为他日地乎？"申公不答。未几，复以此撼摇温公。温公曰："他日之事，吾岂不知？顾为赵氏虑，当如此耳。"和叔忿然曰："赵氏安矣，司马氏岂不危乎？"温公曰："光之心本为赵氏，如其言不行，赵氏自未可知，司马氏何足道哉？"和叔恚恨二公不听纳其说。绍圣中，言二公有废立之意,而己独逆之,阴沮其事。蔡元度乘虚助之,踪迹诡秘,士大夫莫不知之。章子厚入其言,酝酿已成,密令觇者于高氏南北二第,讥察其出入。哲宗将御后殿施行之钦成知之而不能遏,以闻钦圣。钦圣曰:"事急矣。"乃同邀车驾,问曰:"常时不曾御后殿,今必有大事也。"哲宗亦不隐。钦圣曰:"大臣既有异谋,必上累娘娘。且官家即位后,饮食起居尽在娘娘阁,未尝顷刻相离也。使娘娘果怀此心,当时何所不可,乃与外廷谋乎?"哲宗始大悟,怀中探一小册子,以授钦圣,遂降指挥,不御后殿,其事遂寝。然申、温二公犹追贬也。惇夫是时已蚤世矣。鲁直诗曰:"鲁中狂士邢尚书,自言扶日上天衢。惇夫若在镌此老,不令平地生丘墟。"正谓此也。建中靖国间,钦圣降出小册子,和叔放归田里,曾子开行词头,其略云:使光公著被凶悖之名,蒙窜斥之罪,欺天误国,职汝之由。刿汝于彼二人,实门下士,借重引誉,恩意非轻。一旦翻然,反为仇敌,挤之下石,孰谓虚言! 子厚于谪所闻之惶惧,于谢表中自叙云:极力以遏绝徐王觊觎之谤,一意以推尊宣仁保祐之功。岂惟密尽于空言,固亦显存于实状。反覆诡诈,掠虚美者他人;戆直拙疏,敛众怨于一己。所谓欲盖而弥彰也。

元祐初,蔡京首变神宗役法,苏子由任谏官,得其奏议,因论列其事。至崇宁末,京罢相,党人并放还,寻有旨:党人不得居四辅,京再相,子由独免外徙。政和间,子由讣闻,赠宣奉大夫,仍与三子恩泽。王辅道为予言,京以子由长厚,必不肯发其变役法事,而疑其诸郎,故恤典独厚也。

蔡京进退,倚中贵人为重,恨无以结其心,每对同列言:三省、枢密院胥史文资中,为中大夫者,宴则坐朵殿,出则倅大藩,而至尊左右有勋劳者甚众,乃以祖宗以来正法绳之,吾曹心得安乎？于是幸门一开，建节者二十余辈，至领枢府封王为三少时。时陶铸宰执者，不无人焉。

吴伯举守姑苏，蔡京自杭被召，一见大喜之。京入相，首荐其才，三迁为中书舍人。时新除四郎官，皆知县资序，伯举援旧例，言不应格。京怒，落其职知扬州。未几，京客有称伯举之才者，且言："此人相公素所喜，不当久弃外。"京曰："既作好官，又要作好人，两者岂可得兼耶？"

蔡京丰吏禄以示恩，虽闲局亦例增俸入。张天觉作相，悉行裁减，邹浩志完以宫祠里居，月所得亦去其半。尝谓晁检讨曰："天觉此事，吾侪无异词。但当贫窭之际，不能不怅然。"乃知天下人喻义者少也。

自崇宁以来，给舍多不论驳。靖康新政，人人争言事，唐恪在凤池，谓朝请大夫王仰曰："近来给舍封驳太多，而晁舍人特甚。朝廷几差除不行也，君可语之。"以道闻其言，笑而不答。仰字子高，王子发之子也，室唐氏，子晁出也，故中书君使之达此意。

熙河用兵，岁费四百余万缗，自熙宁七年以后，财用出入稍可会计者，岁常费三百六十万缗。元祐二年七月，内令穆衍相度，措置熙河兰会路经制财用司事，所取到元丰八年最近年分，五州军实费，计三百六十八万三千四百八十二贯。今随事相度裁减，除豁共约计一百八十九万七千三百余贯，鄜延开拓不在其数。北边自增岁赐以来，绵絮、金币不过七十万，是一岁开边五倍之，而戎羌跳梁出没不时，赤子蹈锋镝之祸者，可胜痛哉！东坡云：横费之才犹可以力补，而既死之民不可以复生。真保国者药石之论也。用兵与结好，其利害相悬绝如此。曹南院帅秦日，不肯向西行一步，其智识真雄杰人哉！

政和以后，黄冠寝盛，眷待隆渥，出入禁掖，无敢谁何。号金门羽客，恩数视两府者，凡数人，而张侍晨虚白在其流辈中，独不同。上每以"张胡"呼之，而不名焉。性喜多学，而于术数靡不通悟，尤善以太一言休咎，然多发于酒，曰：某事后当然，已而果然。尝醉枕上膝而卧，每酒后尽言，无所讳，上亦优容之，曰："张胡，汝醉也。"宣和间，大金始得天祚，遣使来告，上喜宴其使。既罢，召虚白入语其事。虚白曰："天祚在海上，筑宫室以待陛下久矣。"左右皆惊，上亦不怒，徐曰："张胡，汝又醉也。"至靖康中，都城失守，上出青城见虚白，抚其背曰："汝平日所言，皆应于今日，吾恨不听汝言也。"虚白流涕曰："事已至此，无可奈何，愿陛下爱护圣躬，既往不足咎也。"

蒋颖叔守汝日，用香山僧怀昼之请，取唐律师弟子义常所书天神言大悲之事，润色为传，载过去国庄王，不知是何国。王有三女，最幼者名妙善，施手眼救父疾，其论甚伟。然与《楞严》及《大悲观音》等经颇相函矢。《华严》云：善度城居士鞞瑟视罗颂大悲为勇猛丈夫，而天神言妙善化身千手眼，以示父母，旋即如故。而今香山乃是大悲成道之地，则是生王宫以女子身显化。考古德翻经所传者，绝不相合。浮屠氏喜夸大自神，盖不足怪；而颖叔为粉饰之欲以传信后世，岂未之思耶？

宋子京修《唐书》，尝一日逢大雪，添帘幕，燃椽烛一，秉烛二，左右炽炭两巨炉，诸姬环侍，方磨墨濡毫，以澄心堂纸草某人传，未成。顾诸姬曰："汝辈俱曾在人家，曾见主人如此否？可谓清矣。"皆曰："实无有也。"其间一人来自宗子家，子京曰："汝太尉调此天气，亦复何如？"对曰："只是拥炉，命歌舞，间以杂剧，引满大醉而已，如何比得内翰？"子京点头曰："也自不恶。"乃阁笔掩卷，起索酒饮之，几达晨。明日，对宾客自言其事。后每燕集，屡举以为笑。

王平甫该洽善议论，与其兄介甫论新政，多援据，介甫不能听。侄雱病亟，介甫命道士作醮，大陈楮泉，平甫启曰：“兄在相位，要须令天下后世人取法。雱虽疾，丘之祷久矣，为此奚益？且兄尝以仓法绳吏奸，今乃以楮泉徼福，安知三清门下独不行仓法耶？”介甫大怒。

王观恃才放诞，陆子履慎默于事，无所可否。观尝以方直少之，然二人极相善也。观寝疾，子履往候之，观恶寒，以方帽包裹，坐复帐中，子履笑曰：“体中少不佳，何至是！所谓‘王三惜命’也。”观应声复曰：“‘王三惜命’，何如六四括囊？”当时闻者，莫不大笑。

沈括字存中，为内翰，刘贡父与从官数人同访之，下马，典谒者报云：“内翰方就浴，可少待。”贡父语同行曰：“存中死矣，待之何益？”众惊而问其故，贡父曰：“孟子不云乎？死矣夫盆成括。”众始悟其为戏，乃大笑而去。

杨畏字子安，元丰、元祐、绍圣更张，独能以巧免，世号“杨三变”。薛昂肇明在政府，和《驾幸蔡京第》诗，有“拜赐应须更万回”，太学呼为薛万回。昂守洛师日，杨闲居洛下，一日，府宴别无客，惟子安一人而已。或问一幕官曰：“今日府会他客不与耶？”幕官曰：“客甚易得，但恐难得如此好属对耳。”

东坡尝与刘贡父言：“某与舍弟习制科时，日享三白，食之甚美，不复信世间有八珍也。”贡父问“三白”，答：“日一撮盐，一碟生萝卜，一碗饭，乃三白也。”贡父大笑，久之以简招坡过其家吃皛饭，坡不省忆尝对贡父三白之说也，谓人云：“贡父读书多，必有出处。”比至赴食，见案上所设惟盐、萝卜、饭而已，乃始悟贡父以三白相戏，笑投匕箸，食之几尽。将上马，云：

"明日可见过,当具毳饭奉待。"贡父虽恐其为戏,但不知毳饭所设何物,如期而往。谈论过食时,贡父饥甚索食,坡云:"少待。"如此者再三,坡答如初。贡父曰:"饥不可忍矣。"坡徐曰:"盐也毛,萝卜也毛,饭也毛,非毳而何?"贡父捧腹曰:"固知君必报东门之役,然虑不及此也。"坡乃命进食,抵暮而去。世俗呼无为模,又语讹模为毛,尝同音,故坡以此报之。宜乎,贡父思虑不到也。

蔡新州起相狱,为吴冲卿在揆路,见安石更张不合人情,凡安石所摈弃老成,欲渐召用,新州知不为己利,故因相州吏词连宰相。凡冲卿亲戚官属,皆鞫考钩致其语,裕陵独明其无他,而中丞邓润甫、御史上官均共论台狱不直,皆罢去。新州代润甫为中丞,冲卿久之求退,新州终以击搏辅政,自此观望成风,为裕陵之累,有不可胜言者矣。

政和间,常子然、谢任伯、江子我同访晁伯宇及其弟叔用于昭德之第,因观梁萧子显《古今同姓名录》,见有王敦四,王莽二,董卓三,子我曰:"本朝有两□□,一在太宗时,见于《登科记》,官不甚显。"叔用曰:"以此诸人聚于一时,则奈何?"伯宇曰:"无害,吾此有九张良,足以制之。"座上无不大笑。子房至有九人同其姓名,而世莫知,可见今人读书比古人少也。

韩持正侍郎字存中,虽为张宾老所知,在从班十八年,无所附丽,故蔡京不喜。大观以后,多偃藩于外,能知本朝典故,谈祖宗时事,历历如在目前。宣和间守郑,京西路旱蝗,蝗独不入郑境,客或誉之,存中云:"亦偶然耳。"善论时事,后必如何,至今无一言不中。自郑归老,至于曹,建炎初卒于家,平生好事极多。予愿志其墓,不知其子今在何许也。

蔡京所建明事,凡心所欲必为,而畏人不从者,多托元丰末命，或言裕陵有意而未行，以此胁持，上下人无敢议者。张天觉为相，欲稍蠲罢以便人，乃置政典局，以范镗等为参详官，讨论其事。闻陈莹中著《尊尧集》，专为先政也。天觉奏乞取其书，复召惠卿，惠卿既至而卒，郑居中辈恐天觉得志，不为己利也。知刘嗣明与辟雍司业魏宪相友善也，令嗣明与之俱来相见，许以立螭。宪，镗子婿也。宪归见镗，论天觉孤危文人，盍谋所以自安者。镗入其言，宪草札子，其大略言，成汤得伊尹，桓公得管仲，自古未见有君而无臣，独能成一代勋业者。今陈瓘作《尊尧集》，皆力诋王安石，果如瓘所论，岂不上累先朝知人之明乎？镗请对如宪言。有旨令催促瓘疾速缮写，赴局投纳，俟其书至，立焚之。天觉由是求去甚力，天觉既去，而蔡京父子皆召矣。

曲洧旧闻卷第七

张次贤,名能臣,官至奉议郎,文懿公诸孙,朝奉大夫德邻之子也。好学,喜缀文,有《郧乡》、《涪江》二集,尝记天下酒名,今著于此。后妃家:高太皇香泉,向太后天醇,张温成皇后醽醁,朱太妃琼酥,刘明达皇后瑶池,郑皇后坤仪,曹太皇瀛玉。宰相:蔡太师庆会,王太傅膏露,何太宰亲贤。亲王家:郓王琼腴,肃王兰芷,五王位椿龄,嘉王琬醁,濮安懿王重酝,建安郡王玉沥。戚里:李和文驸马献卿金波,王晋卿碧香,张驸马敦礼醽醁,曹驸马诗字公雅成春,郭驸马献卿香琼,大王驸马瑶琼,钱驸马清醇。内臣家:童贯宣抚褒功又光忠。梁开府嘉义,杨开府美诚。府寺:开封府瑶泉。市店:丰乐楼眉寿又和旨,即白矾楼也。忻乐楼仙醪,即任店也。和乐楼琼浆,即庄楼也。遇仙楼玉液,王楼玉酝,铁薛楼瑶醽,仁和楼琼浆,高阳店流霞,清风楼玉髓,会仙楼玉醑,八仙楼仙醪,时楼碧光,班楼琼波,潘楼琼液,千春楼仙醇,今废为铺。中山园子正店千日春,今废为邸。银正店延寿,蛮王园子正店玉浆,朱宅园子正店瑶光,邵宅园子正店法清,大桶张宅园子正店仙醁,方宅园子正店琼酥,姜宅园子正店羊羔,梁宅园子正店美禄,郭小齐园子正店琼波,杨皇后园子正店法清。三京:北京香桂又法酒,南京桂香又北库,西京玉液义醁醵香。四辅:澶州中和堂,许州渼泉,郑州金泉,河北真定府银光,河间府金波又玉酝,保定军知训堂又杏仁,定州中山堂又九酝,保州巡边银条又错著水,德州碧琳,滨州石门又宜城,博州宜城又莲花,卫州柏泉,棣州延相堂,恩州拣米又细酒,洺州玉瑞堂夷白堂又玉友,邢州沙醅金波,磁州风曲法酒,深州玉醅,赵州瑶波,相州银光,怀州宜城又香桂又定州。瓜曲,又错著水,河东太原府玉液又静制堂,汾州甘露堂,隰州琼浆,代州金波又琼酥,陕西凤翔府橐泉,河中府天禄又舜泉,陕府蒙泉,华州莲花,又冰堂上尊也。邠州静照堂又玉泉,庆州江汉堂又瑶泉,同州清洛又清心堂,淮南扬州百桃,庐州金城又金斗城又杏仁,江南东西,宣州琳腴又双溪,江宁府芙蓉又百桃又清心堂,虔州谷帘,洪州双泉又金波,杭州竹叶清又碧香又白酒,苏州木兰堂又白云泉,明州金波,越州蓬莱,润州蒜山堂,湖州碧澜堂又雪溪,秀州月波。三川:成都府忠臣堂又玉髓又锦江春又浣花堂,梓州琼波又竹叶清,剑州东溪,汉州帘泉,合州金波又长春,渠州蒲卜,果州香桂又银液,阆州仙醇,峡州重麋至喜泉,夔州法醜又法酝。荆湖南北:荆南金莲堂,鼎州白玉泉,辰州法酒,归州瑶光又香桂,福建泉州竹叶。广南:广州十八仙,韶州换骨玉泉。京东:青州拣米,齐州舜泉又清燕堂又真珠泉,第一也。兖州莲花清,曹州银光又三酘又白羊又荷花,郓州风曲白佛泉又香桂,潍州重酝,登州朝霞,莱州玉液,徐州寿泉,济州宜城,濮州宜城又细波,单州宜城又杏仁。京西:汝州拣米,滑州风曲又冰堂,金州清虚堂,郢州汉泉又香桂,随州白云楼,唐州淮源又泌泉,蔡州银光香桂,房州琼酥,襄州金沙又宜城又檀溪又竹叶清,邓州香泉又寒泉又香菊又甘露,颍州银条又风曲,均州仙醇,河外府州岁寒堂。

　　欧公与王禹玉、范忠文同在禁林。故事,进春帖子自皇后贵妃以下,诸阁皆有。是时温成薨未久,词臣阙而不进,仁宗语近侍,词臣观望,温成独无有,色甚不怿,诸公闻之惶骇。禹玉、忠文仓卒作不成,公徐云:"某有一首,但写进本时偶忘之耳。"乃取小红笺,自录其诗云:"忽闻海上有仙山,烟锁楼台日月间。花下玉容长不老,只应春色胜人间。"既进,上大喜。禹玉拊公背曰:"君文章真是含香丸子也。"

上元张灯,按唐名儒沿袭汉武帝祠太乙,自昏至明。故事,梁简文帝有《列灯赋》,陈后主有《光壁殿遥咏灯山》诗。唐明皇先天中,东都设灯;文宗开成中设灯,迎三宫太后。是则唐以前岁不常设。本朝太宗三元不禁夜,上元御端门,中元、下元御东华门,其后罢中元、下元二节,而上元观游之盛,冠于前代矣。又见《春明退朝录》大同小异。

唐成都府有散花楼,河中府有薰风楼绿莎厅,扬州有赏心亭,郑州有夕阳楼,润州有千岩楼,皆见于传记,今无复存者。盖或易其名,或废而不修也。又见《退朝录》。

元丰元年,盗发阳翟,而元献晏公墓最被其酷。始盗之穴冢也,烟雾不可近,及有黄气氤氲而出,乃下石秉松炬而入。见一冠带者踞坐呵叱,盗以锄锹击之,应手而灭,乃剖棺,其衣片片如胡蝶飞扬,取金带,携珍玩,焚之而去。盗又云,于张耆侍中家疑冢得金银珠玉不可胜计。李方叔尝言,阳翟一老媪善联串骸骨,耆子孙使之改葬,而莫有临视者。尝以一骨一须示人:此夫子牙、侍郎须也。予尝从晁之道过阳翟,拜于元献墓下,以耆事质于寺僧及其里人,所言皆同也。

太宗求治甚切,喜臣下言得失。尝谓执政曰:"大禹拜昌言,至今称之。若有臣能如昔贤用心,苟中时病,朕岂惜大禹之拜哉!"

淳化中有一县尉上言,乞减宫人,太宗谕宰执曰:"小官敢论宫禁之事，亦可嘉也。但内庭给事二百人，各有执事，而洒扫亦在其中。若行减省，事或不济，盖疏远之人所未谙耳。"宰执欲以妄言置法，太宗曰："以言事罪人，后世其谓我何？"宰相皆惭服。或言是雍丘尉武隆。

田锡以敢言为定陵所知，定陵尝对李沆称赏曰："朝廷政事少有阙失，方在议论，而锡章疏已至矣。朕每因其造膝，必有以激奖之。锡虑奏疏不得速达，朕令每季具所言事若干及月日以闻。"又言："如此谏官，能不顾其身为国家，真难得也。"

定陵东封回日，献歌颂者不可胜数，而布衣孙籍上书，独言"升中告成帝王盛美，臣愿陛下以持盈守成为念，不可便自骄满"。定陵大嘉纳之，召试中书，赐同进士出身。定陵将西祀，孙宣公累上疏切谏，以为必欲西幸，有十不可。至曰"陛下不过欲慕秦皇、汉武刻石垂名，以夸耀后代耳"。其言痛切者，有曰"秦多徭役，而刘、项起于徒中；唐不恤民，而黄巢起于饥岁。陛下好行幸，频赋敛，岂知今无刘、项、黄巢乎"？帝览之，亦不怒，乃作《辨疑论》以解谕之，且遣中使慰勉，其纳谏如此。

昭宣景福殿使，太祖时置也。始中贵王继恩平蜀有功，执政欲以枢密赏之，太祖曰："此辈岂可令居权要？"因命置焉。二使名自此始也。

五代时官吏所在贪污不法，王明为郓陵县令，独以廉律身，百姓沿故例行赇赂，明皆不受，曰："但为我置薪刍积于某处，他不须也。"久之，积如丘山，民间莫晓。明因筑堤以备水患，太祖闻之，擢明权知广州。

太宗知王禹偁文学正直，自大理评事擢为右正言，直史馆满岁，命为正字。

寇莱公有将相才，太宗倚任甚重，尝曰："朕之得准，不减唐文皇之魏徵也。"

　　真定康敦复尝语予曰：河东见所在酒垆，皆饰以红墙，询之父老，云相沿袭如此，不知其所始也。后读李留台集，有《怀湘南旧游寄起居刘学士》诗云："老情诗思关何处，浑是湘南水岸头。残白晚云归岳麓，浓香秋菊满汀洲。静寻绿径煎茶寺，遍上红墙卖酒楼。西洛分台索拘检，绣衣不得等闲游。"据此诗，则湖南亦有之，不独河东也。但留台不著所出为可恨也。予曰："典籍自五季以后经今，又不知几厄。秉笔之士所用故实，有淹贯所不究者，有蹈前人旧辙而不讨论所从来者，譬侏儒观戏，人笑亦笑，谓众人决不误我者，比比皆是也。"敦复抵掌曰："请为我于《曲洧旧闻》并录之。"敦复字德本，事亲孝，为吏廉，种学绩文孜孜不辍，见书必传。其家所藏，往往皆是手自抄者，近时服膺儒业，罕有其比焉。

　　王安中履道，中山无极人也。元符间，晁以道为无极令，时安中已登进士第，修邑子礼，用长笺见以道。自言："平生颇有意学古，以新学窃一第，固为亲荣，而非其志也。愿先生明以教我。"以道曰："子之志美矣，然为学之道，当慎其初，能慎其初，何患不远到？"安中乃筑室屏绝人事，榜之曰"初寮"，又自号"初寮居士"。其议论渊源与所闻见，多得于以道，而作诗句法颇似山谷。以道弟之道，后在北门与之同官，尤喜称誉之。然负才自标置，为梁才甫所阻，不得志，乃游京师，密结梁师成，遂年余两迁为正字，自是与晁氏兄弟绝矣。既长风宪位丞辖，讳从晁学，王将明迫于公议，仅能用知成州。安中言出自已，始作简招以道相见，只呼"成州使君四丈"，无复曩时先生之号矣。平日交游，以此莫有称初寮者，但目为有初居士而已。

　　吕惠卿之谪也，词头始下，刘贡父当草制，东坡呼曰："贡父平生作刽子，今日才斩人也。"贡父急引疾而出，东坡一挥而就，不日传都下，纸为之贵。暨绍圣初，牵复知江宁府，惠卿所作到任谢表，句句论辨，惟至发其私书，则云自省于己，莫知其端。当时读者，莫不失笑。又自叙云："顾惟妄论，何神当日之朝廷；徒使烦言，有黩在天之君父。"或曰观此一联，其用心恓险如此。使其得志，必杀二苏无疑矣。盖当时台谏论列，多子由章疏，而谪辞，东坡当笔故也。

　　孔平仲建中靖国间为陕西提刑，时晁无咎作郡，下车见无咎，举到任谢表，破题四句云："吕刑三千，人命所系，秦关百二，地望匪轻。"无咎嗟赏曰："前乎公既无此语，后乎公知莫能继矣，岂不谓光前绝后乎？"

　　崇宁初，范致虚上言："十二宫神，狗居戌位，为陛下本命。今京师有以屠狗为业者，宜行禁止。"因降指挥，禁天下杀狗，赏钱至二万。太学生初闻之，有宣言于众曰："朝廷事事绍述熙、丰，神宗生戊子年，当年未闻禁畜猫也。"其间有善议论者密相语曰："狗在五行，其取类自有所在。今以忌器谀言，使之贵重若此，审如《洪范传》所云，则其忧有不胜言者矣。"

　　政和初，凡人名或字中有天字、君字、主字、圣字、王字，皆令避而不用，盖从赵野王所请也。当时如寺观僧道所称主字，亦行改正。或曰此何祥也？已而果然。

　　俚语有"张王李赵"之语，犹言是何等人，无足挂齿牙之意也。宣和间，王将明、张子能、王履道、李士美、赵圣从俱在政府，是时"张王李赵"之语喧于朝野，闻者莫不笑之。

　　政和辛卯正月，上以郭家大长公主薨，不御楼观灯。何执中、刘正夫言："长公主于属虽尊，于服已疏，圣主与民同乐，不宜以此事而辍。"乃令所在出榜晓谕民间，再放灯五夜。予时在都城，亲见其事。

崇宁初，蔡京起祠馆，留钥北都有旨许过阙日朝见，邓洵武知其必大用，迎见于东水门船中，留语终日。有见其论事札子者，其大略引三桓七穆当国，乱至于亡，先帝良法美意，所以再至纷更者，以故家大族未尽灭也。京大以为然。后京拜相，洵武因对复伸前论，上颇疑之，京知不可行而止，党论自此兴矣。

蔡京持禄固位，能忍辱，古今大臣中少有比者。自丙戌罢相，则密求游从，不肯去都城。未逾年，果再入。至庚寅，又因星变去位，台谏论不已，仅能使在外任便居住，京又欲留连南京。闻张天觉除中书侍郎，乃皇遽东下于姑苏，因朱冲内连贵珰，人人与为地，抚问络绎至。壬辰春召还，第声艳光宠迈于平昔远矣。宣和间王黼当轴，京势少衰。黼之徒恐不为己利，百方欲去之，然京终不肯去。于是始遣童贯并令蔡攸同往取表，京以攸被旨俱来，乃置酒留贯饮，攸亦预焉。京以事出不意，莫知所为，酒方行，自陈曰："某衰老宜去，而不忍遽乞身，以上恩未报，此心二公所知也。"时左右闻京并呼攸为公，无不窃笑者。其后大臣有当去而不去者，往往遣使取表，自京始。

曲洧旧闻卷第八

刘逵公达奉使三韩,道过馀杭,时蒋颖叔为太守,以其新进,颇厚其礼,供张百色,比故例特异,又取金色鳅一条与龟献于逵,以致今秋归之意。或曰,颖叔老老大大不能以前辈自居,尚何求哉!

范百嘉字子丰,忠文蜀公之子也。识量颇类忠文,尝宴客,客散熟寝,偷儿入其室,酒器满前。子丰觉之,起坐呼偷儿曰:"汝迫于贫,至此勿怖也。"以白金盂子二与之。偷儿拜而去。其后事败,有司尽得其情,子丰犹不肯言,闻者美之。

晁之道尝言,蔡侍郎准少年时,出入常有二人,见于马前,或肩舆之前若先驱,或前或却,问之从者,皆无所睹。准甚惧,谓有冤魂,百方禳袚,皆不能遣。既久,亦不以为事。庆历四年生京,而一人不见;又二年生卞,乃遂俱灭。元符末,都城童谣有"家中两个萝卜精"之语,语多不能悉记。而其末章云:"撞著潭州海藏神。"至崇宁中,卖馉馅者又有"一包菜"之语,其事皆验。而京于靖康初贬死于长沙,岂"潭州海藏"亦应于此耶?然之道语此事时,京身为三公,子践三少领枢密院,又为保和殿大学士者。而其孙判殿中监,班视二府,每出传呼甚宠,飞盖相随者五人。若子若婿并诸孙,腰黄金者十有七人。当此际,气焰薰灼,可炙手也。厥后流离岭海,妻孥星散,不能相保,而门生故吏皆讳言出其门。然则准所见,果为蔡氏福耶?否耶?追思之道所论,深有意味。惜乎早世,不及亲见也。

中秋玩月，不知起何时。考古人赋诗，则始于杜子美。而戎昱登楼望月，冷朝阳与空上人宿华严寺对月，陈羽鉴湖望月，张南史和崔中丞望月，武元衡锦楼望月，皆在中秋，则自杜子美以后，班班形于篇什，前乎杜子，想已然也，第以赋咏不著见于世耳。江左如梁元帝江上望月，朱超舟中望月，庾肩吾望月，而其子信亦有舟中望月，唐太宗辽城望月，虽各有诗，而皆非中秋宴赏而作。然则玩月盛于中秋，其在开元以后乎？今则不问华夷，所在皆然矣。

歙溪据二浙上流，古为新安郡，清浅可爱。沈休文诗所谓“洞彻随清浅，皎镜无冬春。千仞写乔树，百丈见游鳞”，即此也。溪西太平寺，旧号兴唐，李太白尝游而留题焉。其诗曰：“天台国清寺，天下为四绝。今到兴唐游，奇踪更无别。枿木划断云，高僧顶残雪。槛外一条溪，几回碎明月。”溪即取太白诗名之也。郡人以为登览胜处，石刻尚存，而太白集中不见此诗，故予特著之。

陈莹中大观末，以其子讼蔡嵩语言事，就逮开封狱。时黄经臣监勘，有旨令莹中疏蔡京过失，莹中固辞曰：“瓘在谏垣尝论京，今为狱囚而论三公，不可也。”上自此每欲用之，而朝廷上下皆恐其复用。又曾于宫禁对左右说及瓘宜召之意，时蔡攸亦在侧，对曰：“瓘得罪宗庙，陛下虽欲用之，如其在天之灵何？”上蹙頞者久之。

建中靖国间，既相曾布，而召蔡京，韩师朴求去甚力，上知不可留，以大观文出守北门。未几，党论大兴，凡在籍者，例行贬窜，独师朴得近地，京讽台谏言之，上终不从。其后遇星变，大赦，党人皆内徙，师朴谢表云：“转徙风波，独安于近地；归还里闻，最早于他人。"上读至此，曰："我固怜忠彦，今观其表，忠彦亦自知我也。"

厚陵待近侍甚严，其徒谗愬煽炽，慈圣殊不怿，富韩公上书切谏，其略曰：千官百辟在廷,，岂能事不孝之主？伊尹之事，臣能行之。厚陵时虽病，犹能嘉纳，其后圣躬康复，车驾一出，都人欢忭鼓舞，所在相庆。慈圣语其事于宰执，宰执称贺。魏公进曰："臣观太皇太后陛下所以谕臣等，必是圣心深厌万幾，欲行复子明辟之事，此盛德也。前代母后岂能有哉？臣敢不仰承慈训，以诏天下？臣等谨自此辞。"乃列拜呼，中贵卷帘而退。既下殿，富韩公徐曰："稚圭兹事甚好，何不大家先商量？"魏公微笑而已。

王黼作宰日，蔡京入对便殿，上从容及裁减用度事，京言："天下奉一人，恐不宜如此。"梁师成密以告黼，翼日遂置应奉司，令黼专提举，其扰又甚于花石。

中山刘元密长卿，尝为予言：宣和末，亲于畿北马铺中，见无名子题诗云："花已栽成愁叹本，石仍砌出乱亡基。如今应奉归真宰，论道经邦付与谁？"

薛嗣昌善交中贵人，每有馈献，常备四副，如锦椅背坐子之类，必以四十副为率。尝对晁之道言："此辈还朝至御前及中宫，须有以藉手，则已用二十副矣。本阁分十副，余十副令渠自用于家。"之道云："人无廉耻，乃至于此！不自知可耻，又复夸于我前耳！"

崇宁初，苞苴犹未盛，至政和间，则稍炽矣。邓子常在北门，所进山蓏，数倍于前，缄封华丽，观者骇目。江子我有玉延行，为此作也。薛嗣昌以雍酥媚权幸，率用琴光桶子并盖，多者至百桶，人人皆足其欲，此犹未伤物命也。赵霆在馀杭，每鹅掌鲊入国门，不下千余罐子。而王黼库中黄雀鲊，自地积至栋，凡满三楹。蔡京对客令点检蜂儿，见在数目，得三十七秤，其他可以想见。乃知胡椒八百石，以因果论之，尚可恕也。

　　无尽居士少有俊誉，气陵辈行，然颇以躁进获讥。元丰中，尝上裕陵百韵诗，有"回看同列骤，不觉寸怀忙"之句。裕陵读之大笑。王岐公、蔡新州恶其敢言，因舒亶斥为赤岸监酒税。其后召还，有谢启，其间一联云："三年去国，门前之雀可罗；一日还朝，屋上之乌亦好。"当时传诵，而亦不免为有识者所窥也。

　　元祐间，东坡在禁林，无尽以书自言曰："觉老近来见解与往时不同，若得一把茅盖头，必能为公呵佛骂祖。"盖欲坡荐为台谏也。温公颇有意用之，尝以问坡，坡云："犊子虽俊可喜，终败人事，不如求负重有力而驯良服辕者，使安行于八达之衢为不误人也。"温公遂止。绍圣间，章子厚用为中书舍人，谢启力诋元祐以来代言者，其略有"二苏狂率、三孔阔疏"之语。韩仪公入相，无尽自知不相合，因论河患以持橐出相度河事。崇宁初，附蔡京，召为翰林，旋踵丞辖。见物论多不与，与京时有异同，台谏视京风旨，乃交击之。后因星变大赦牵复知鄂州，遂于到任谢表，尽叙京所更张政事，以称颂圣德。其大略云：所谓率科严重，钩考碎烦，方田扰安业之民，圜土聚徙乡之恶，学校驱迫者，违其孝养之心，保伍追呼者，失其耕桑之候。文移急于星火，逮捕遍于里闾，百论纷更，一切蠲罢。可谓崇宁之孝治，真为绍述之圣功。又言有君如此，碎首以之。表至都下，人争传写，虽为京所切齿，而自此有相望矣。

　　新安郡黄山有三十六峰，与池阳接境，在郡西，岩岫秀丽可爱，仙翁释子多隐其中，《图经》不著其名。山有温泉，其色

红，其源可瀹卵，刘宜翁尝游焉。题诗寺壁，其略曰："山有灵
砂泉色红，涤除身垢信成功。不除心上无明业，只与山间众水
同。"宜翁名谊，元丰间自广东移江西，皆为提举常平官。上疏
论新法勒停，或云宜翁晚得道不出，东坡绍圣所与书，可见矣。
论新法疏大略有云：自唐租庸调法坏，五代至皇朝，税赋凡五增其数矣。今又大
更张，不原其本，敛愈重，民愈困，为害凡十。又言：变祖宗者，陛下也；承意以立
法者，安石也；讨论润色之者，惠卿、曾布、章惇之徒也。其语激切深至。内批云：
谊张皇上书，公肆诞谩，上惑朝廷，外摇众听，可特勒停。

　　汉文帝时，户口繁多，而隋开皇过之，元祐间又过于开皇。
予亲见前辈言此事，古所不逮也。本朝地土狭于汉、隋，而户
口如此，岂不为太平之极也！

　　韩魏公沉厚有识量，进止详雅，能断大事，两朝定策，皆为
元勋。东坡祭文云："二帝山陵天下震恐，呼吸之间，有雷、有
风、有兵、有戎。公于是时，伊尹、周公。"盖言其事也。

　　欧公作《昼锦堂记》成，以示晁美叔秘监云：垂绅正笏，不
动声色，措天下于泰山之安，如此，予所亲见。故实记其事，无
一字溢美于斯时也。他人皆惴栗流汗，不能措一词，公独闲暇
如安平无事，真不可及也。

　　世传《珞琭三命赋》，不知何人所作。序而释之者，以为周
灵王太子晋，世以为然。考其赋所引秦河上公如悬壶化杖之
事，则皆后汉末壶公、费长房之徒，则非周灵王太子晋明矣。
赋为六义之一，盖《诗》之附庸也。屈、宋导其源，而司马相如
斥而大之，今其赋气质卑弱，辞语儇浅，去古人远甚，殆近世村
夫子所为也。俚俗乃以为子晋，论其世，玩其文理，不相侔，而
士大夫亦有信而不疑者。吁！可骇也。予每嫉其事，故因著
之。

予书定光佛事，友人姓某者见而惊喜曰："异哉！予之外兄赵，盖宗室也。丙午年春同居许下，手持数珠，日诵定光佛千声。"予曰："世人诵名号多矣，未有诵此佛者。岂有说乎？"外兄曰："吾尝梦梵僧告予曰：'世且乱，定光佛再出世，子有难，能日诵千声，可以免矣。'吾是以受持。"予时独窃笑之。予俘囚十年，外兄不知所在，今观公书此事，则再出世之语昭然矣。此予所以惊，而又悟外兄之梦为可信也。公其并书之，予曰："定光佛初出世，今再出世，流虹之瑞，皆在丁亥年。此又一异也，君其识之。"

熙宁初议新法，中外惶骇，韩魏公有文字到朝廷，裕陵之意稍疑，介甫怒，在告不出。曾鲁公以魏公文字问执政诸公·曰："此事如何？"清献赵公曰："莫须待介甫参告否。"鲁公默然，是夜密遣其子孝宽报介甫："且速出参政，若不出，则事未可知。是参政虽在朝，终做一事不得也。"介甫明日入对，辩论不已。魏公之奏不行。其后鲁公致政，孝宽遂骤用。前辈知熙、丰事本末者，尝为予言。当此时，人心倚魏公为重，而介甫亦以此去就。微鲁公之助，则必去无疑。既久，则羽翼已成，裕陵虽亦悔而新法恪不能改，以用新法进而为之游说者众也。东坡曾与子由论清献，子由曰："清献异同之迹，必不肯与介甫为地，孝宽之进，他人之子弟不与，可以明其不助。"东坡曰："当时阿谁教汝鬼擘口？"子由无语。蔡新州将贬，晁美叔谓人曰："计较平生事，杀却理亦宜，但不以言语罪人，况尝为大臣乎？今日长此风者，他日虽欲悔之无及也。"

元祐四年三月己卯，铜浑仪新成，盖苏子容所造也，古谓之浑天仪，历代相传，以为羲和之旧器。汉洛下闳，东京张平子、蔡邕，吴王蕃、刘耀，光初中孔定，后魏太史令晁崇，皆玑衡遗法,而所得有精粗,孔定、王蕃最号精密。所造既沦没于西戎,而蕃不著其器,独子容因其家所藏小样,而悟于心常恨未究算法,欲造其器而不果。晚年为大宗伯,于令史中得一人,_{忘其姓名。}深通算法,乃授其数,令布算参考古人,尤得其妙,凡数年而器成焉。大如人体,人居其中,有如籥象,因星凿窍,依窍加星,以备激轮旋转之势。中星昏晓应时,皆见于窍中。星官历翁聚观骇叹:盖古未尝有也。子容又图其形制,著为成书,上之,诏藏于秘阁。至绍圣初,蔡卞以其出于元祐,议欲毁之。时晁美叔为秘书少监,惜其精密,力争之,不听,乃求林子中为助。子中为言于章惇,得不废。及蔡京兄弟用事,无一人敢与此器为地矣。吁,可惜哉!

政和以后,花石纲寖盛,晁伯宇有诗云:"森森月里栽丹桂,历历天边种白榆。虽未乘槎上霄汉,会须沉网取珊瑚。"人多传诵。伯宇名载之,少作《闵吾庐赋》,鲁直以示东坡曰:"此晁家十郎作,年未二十也。"东坡答云:"此赋信奇丽,信是家多异材耶? 凡文至足之余,自溢为奇怪。今晁伤奇太早,可作鲁直意,微谕之,而勿伤其迈往之气。"伯宇自是文章大进。东坡之语委曲如此,可谓善成就人物者也。

东坡诗文落笔,辄为人所传诵,每一篇到,欧阳公为终日喜,前辈类如此。一日,与棐论文及坡公,叹曰:"汝记吾言,三十年后,世上人更不道着我也。"崇宁、大观间,海外诗盛行,后生不复有言欧公者。是时朝廷虽尝禁止,赏钱增至八十万,禁愈严而传愈多,往往以多相夸。士大夫不能诵坡诗,便自觉气索,而人或谓之不韵。

王元之在黄日,作竹楼与无愠斋,记其略云:后人公退之余,召高僧道士烹茶炼药,则可矣。若易吾斋为厮库厨传,则非吾徒也。信可始至，访其斋，则已为马厩矣。求其记，则庖人亦取其石压羊肉。信可叹曰："元之岂前知耶？抑其言遂为谶耶？"于是楼斋皆如旧，而命以其记龛之于壁。

曲洧旧闻卷第九

崇宁初,凡元祐子弟仕宦者,并不得至都城。晁之道自洛中罢官回,遣妻儿归省故庐,独留中牟驿累日,以诗寄京师姻旧,其结句云:"一时鸡犬皆霄汉,独有刘安不得仙。"语传于时,议者美之。

韩师朴元祐末自大名入相,其所引正人端士,遍满台馆,然不能去一曾布,而张天觉于政和初,欲以一身回蔡京党,绍述之论难矣。未几果罢,自西都留守徙南阳道,过汝州香山,谒大悲,留题于寺中。其略云:大士慈悲度有情,亦要时节因缘并。也应笑我空经营,虽多手眼难支撑。读者莫不怜之。

或曰:"东坡诗始学刘梦得,不识此论诚然乎哉?"予应之曰:"予建中靖国间在参寥座,见宗子士暕以此问参寥,参寥曰:'此陈无己之论也。东坡天才,无施不可以,少也实嗜梦得诗,故造词遣言,峻峙渊深,时有梦得波峭。然无己此论,施于黄州以前可也,坡自元丰末还朝后,出入李、杜,则梦得已有奔逸绝尘之叹矣。无己近来得渡岭越海篇章,行吟坐咏,不绝舌吻,常云此老深入少陵堂奥,他人何可及?其心悦诚服如此,则岂复守昔日之论乎?'予闻参寥此说三十余年矣,不因吾子,无由发也。"

熙宁元年冬,介甫初侍经筵,未尝讲说,上欲令介甫讲《礼记》至曾子易箦事,介甫于仓卒间进说曰:"圣人以义制礼,其详至于床第之际;君子以仁循理,其勤见于将死之际。"上称善。安石遂言《礼记》多驳杂，不如讲《尚书》。帝王之制，人主所宜急闻也。于是罢《礼记》。

神臂弓，盖熙宁初百姓李宏造，中贵张若水以献。其实弩也，以厌为身，檀为弰，铁为枪镫，铜为机，麻索系札丝为弦。上命于玉津园试之，射二百四十步有畸，入榆半簳。有司锯榆张呈，上曰："此利器也。"诏依样制造，至今用之。

真宗至道三年，诏天下罢珍禽奇兽及瑞物之献。仁宗时，亦诏不得进诸瑞物。

王琪字君玉，自幼已能为歌诗。为集贤校理日，仁宗宴太清楼，命馆阁赋明皇山水石，上称琪为善，诏中书第其优劣，琪独赐褒诏。琪，成都人，年七十二以礼部侍郎致仕，终于广陵。

熙宁五年九月丁未，御史张商英言："近日典掌诰命多不得其人，如陈绎、王益柔、许将，皆今所谓词臣也，然绎之文如款段逐骥，筋力虽劳，而不成步骤；益柔之文如野妪织机，虽能成幅，而终非锦绣；将之文如稚子吹埙，终日喑呜而不合律吕。此三人恐不足以发挥帝猷，号令四海，乞精择名臣，俾司诏命。"

熙宁六年，上以犯刑者众，欲别立法。韩子华乞复肉刑，吕宝臣公弼以为不可，具论其曲折，乃止。

孙瑜字叔礼，宣公奭之子也。尝知蔡州，蔡有吴元济祠，瑜曰："元济叛臣，何得庙食？"撤其像，以裴度易之，人莫不喜。以尚书工部侍郎致仕，年七十九终于家。

熙宁末，浙西荒歉，杭州境内产物如珠，可炊可饭，水产蔬如菌，可以为菹，民赖以充饥，盖前此不闻也。

雒中旧有万花之会，岁率为之，民以为扰。李师中到官罢之，众颇称焉。然善结中官，为富韩公所恶。新法初行，师中希司农意指，多取宽剩，令韩公与富民均出钱，亦为士论所鄙。

师中字君锡，开封人也。

天禧诏收瘗遗骸，并给左藏库钱，厥后无人举行。元丰二年三月，因陈向为提举常平官，诏命主其事，向又乞命僧守护葬，及三千人以上，度僧一人，三年与紫衣，有紫衣与师号。

元丰三年六月癸卯，录定州北平县主簿李竦子为郊社斋郎，尉王奎子为三班差使。竦因开濠，溺死故也。

元丰四年六月辛酉，诏自今紫衣师号，止令尚书祠部给牒。牒用绫纸，被受师名者，纳绫纸六百，至是罢。

艺祖平定天下，悉招聚四方无赖不逞之人，刺以为兵，连营以居之，什伍相制，束以军法，厚禄其长，使自爱重，付以生杀，寓威于阶级之间，使不得动。无赖不逞之人既聚而为兵，有以制之，无敢为非，因取其力，以卫养良民，使各安田里，所以太平之业定，而无叛民也。

艺祖养兵止二十万，京师十万余，诸道十万余，使京师之兵，足以制诸道，则无外乱；合诸道之兵，足以当京师，则无内变。内外相制，无偏重之患，天下承平百余年，盖本于此。

刘航元丰初上疏论漕汴利害，又言时政五事，并乞蠲除不以赦降去官原减之制，诚可以通天下改过自新之路，语尤切直，不报。航字仲通，大名人，举进士，颇为蔡君谟、韩魏公所知，终于太仆卿。

中大夫直徽猷阁安咏，字信可，宣和初守齐安，下车访东坡雪堂，遗址虽存，堂木瓦已为兵马都监拆而为教场亭子矣。信可即呼都监责之，且命复新之。堂成，多燕饮其上，兹事士大夫喜称道之。信可亦喜作诗，在黄有诗云："万古战争余赤壁，一时形胜属黄冈。"时争传诵，惜不见其全篇也。

咸平二年秋大阅，其日，殿前侍卫马步军二十万，自夜三鼓初分出诸门,迟明乃绝。诘旦,上按辔出东华门,从行臣寮并赐戎服,既回御东华门,阅诸军还营,奏乐于楼下。

蔡宽夫侍郎筑室金陵,凿地为池沼,既去土寻丈之下,便得一灶,甚大,相连如设数釜者。灶间有灰,又得朱漆匕箸数十,其旁皆甓甃,初不甚损,莫测其故何也。旧闻其子择言亲道之后,见诸郡兵火之后,瓦砾堆积,不能尽去,因葺以为基址者甚多。因悟蔡氏所见,盖金陵故都,自昔兵乱多矣。其瓦砾之积,不知几何。则寻丈之下,安知非昔日之平地耶?

王建集有《镜听词》,谓怀镜于通衢间,听往来之言,以占休咎。近世人怀杓怀杓,今谓之打瓢。以听,亦犹是也。又有无所怀而直以耳听之者,谓之响卜,盖以有心听无心耳。然往往而验。曾叔夏尚书应举时,方待省榜,元夕与友生借出听响卜,至御街,有士人缓步大言,诵东坡谢表曰:"弹冠结绶,共欣千载之逢。"曾闻之喜,遂疾行,其友生后至,则闻曰:"掩面向隅,不忍一夫之泣。"是岁曾登科,而友生果被黜。

旧说欧阳文忠公虽作一二字小简,亦必属稿,其不轻易如此。然今集中所见,乃明曰平易,反若未尝经意者,而自然尔雅,非常人所及。东坡大抵相类,初不过为文采也。至黄鲁直,始专集取古人才语以叙事,虽造次间,必期于工,遂以名家。二十年前,士大夫翕然效之,至有不治他事而专为之者,亦各一时所尚而已。方古文未行时,虽小简亦多用四六,而世所传宋景文公《刀笔集》,虽平文而务为奇险,至或作三字韵语,近世盖未之见。予在馆中时,盛暑中,傅崧卿给事以冰馈同舍,其简云:"蓬莱道山,群仙所游,清异人境,不风自凉。火云腾空,莫之能炎,饷以冰雪,是谓附益。"读者莫解,或曰此《灵棋经》耶?一坐大笑,而不知其渊源亦有自也。

　　陆宣公《翰苑集》载建中中宰相拜免,往往数人合为一制,盖唐故事也。国朝建隆初,除相犹循此体。近世虽侍从官亦不然,唯庶官并命,则或数人合为一制。又制词率用字数多寡为轻重,官愈尊则词愈多,且必过为称誉,反类启事。称美宰辅,必曰伊、周,儒学议论之臣,必曰董、贾,将帅必曰方、吕,牧守必曰龚、黄。至拜宰相麻词,姓名之下,率以五字为句,循习如此,竟不知起于何人。程致道为中书舍人尝论之。

　　凡史官记事,所因者有四:一曰时政记,则宰相朝夕议政、君臣之间奏对之语也;二曰起居注,则左、右史所记言动也;三曰日历,则因时政记、起居注润色而为之者也,旧属史馆,元丰官制属秘书省,国史案、著作郎佐主之;四曰臣僚行状,则其家之所上也。四者惟时政记执政之所自录,于一时政事最为详备。左、右史虽二员,然轮日侍立,榻前之语既远不可闻,所赖者臣僚所申,而又多务省事,凡经上殿,止称别无所得圣语,则可得而记录者,百司关报而已。日历非二者所有,不敢有所附益。臣僚行状于士大夫行事为详,而人多以其出於门生子弟也,类以为虚辞溢美,不足取信。虽然其所泛称德行功业,不以为信可也。所载事迹,以同时之人考之,自不可诬,亦何可废?予在馆中时,见重修《哲宗实录》,其旧书于一时名臣行事既多所略,而新书复因之,于时急欲成书,不复广加搜访,有一传而仅载历官先后者,读之不能使人无恨。《新唐书》载事倍于《旧》,皆取小说。本朝小说尤少,士大夫纵私有所记,多不肯轻出之。予谓史官欲广异闻者,当听人聚录所闻见,如《段太尉逸事状》之类,上之史官,则庶几无所遗矣。

　　欧阳公《归田录》初成,未出,而序先传。神宗见之,遽命中使宣取,时公已致仕在颍川。以其间纪述有未欲广者,因尽删去之，又恶其太少，则杂记戏笑不急之事，以充满其卷秩。既缮写进入，而旧本亦不敢存。今世之所有皆进本，而元书盖未尝出之于世，至今其子孙犹谨守之。

唐以身言《书》判设科，故一时之士无不习《书》，犹有晋宋余风。今间有唐人遗迹，虽非知名之人，亦往往有可观。本朝此科废，《书》遂无用于世，非性自好之者不习，故工者益少，亦势使之然也。

欧阳文忠公《外集》载《与石公操推官》二书，言尝见其二石刻之字险怪，讥其欲为异以自高，公操，即守道也。今《徂徕集》中，犹见其答书。大略皆谰辞自解，至谓书乃六艺之一，虽善于钟、王、虞、柳，不过一艺而已。吾之所学，乃尧、舜、周、孔之道，不必善书也。文忠复之曰：《周礼》六艺有六书之学，其点画曲直，皆有其说，今以其直者为斜，方者为圆，而曰我第行尧、舜、周、孔之道，此甚不可也。譬如设馔于案，加帽于首，正襟而坐，然后食者，此世人常尔。若其纳足于帽，反衣而衣，坐于案上，以饭实酒卮而食曰：我行尧、舜、周、孔之道，可乎？不可也。此言诚中其病。守道字画，世不复见，既尝被之金石，必非率尔而为者。即其答书之词而观之，其强项不服义，设为高论，以文过拒人之态，犹可想见。称推官者，盖在南京时也。计其齿，方甚少，不知后竟少悛否？然文忠公志其墓与《读徂徕集》二诗盛道其所长，亦足以见公与人不求备也。近岁有一二少年，虽开言有可喜者，而不肯循蹈规矩，好奇尚怪，遇事辄发其书，字尤任意，本欲以为高，而不知自陷于浮薄，文忠公之言，真此辈之药石也。

王文正《遗事》，称有言公幼时，尝见天门开，中有公姓名二字，弟旭乘间问之，公曰："要待死后墓志上写，吾不知。"此言虽云拒之,亦可见实尝有是事矣。庞庄敏公帅延安日,因冬至奉祀家庙,斋居中夜,恍惚间天象成文云:庞某后十年作相,当以仁佐天下。凡十有三字,驻视久之方灭。公因自作诗纪其事云:"冬至子时阳已生,道随阳长物将萌。星辰赐告铭心骨,愿以宽章辅至平。"手缄之。是日斋诚密记其诗,后藏其曾孙益孺处。余尝亲见之,用小粉笺,字札极草草。按《实录》:自庆历元年初分陕西四路,公与韩忠献、范文正、王圣源三公俱为帅,至皇祐三年登庸,适十年。夫天道远矣,而告人谆谆若此,理固有不可尽诘。若以王文正之事准之,可以无疑,矧庄敏公决非妄语者乎?

　　旧制二府侍从有薄罪,多以本官归班,朝请而已。初无职掌,然班著请给并只从见在官,初不以所尝经历为下也。熙宁中,苏子容丞相为知制诰,坐缴李定中丞御史词头罢职,以本官归班,凡岁余,虽大寒暑风雨,未尝一日移告。执政有怜之者,谕使请外官闲局。苏公曰:"方以罪谪,敢求自便乎?"一时士大夫以此益推重之。元丰以阶易官,此制遂革。凡侍从以上被谪夺职,非守郡则领祠,无复留京师者。政和中,刘器之既复旧官领祠,然才得承议郎,所至与人叙位,必谨班著,不肯妄居人上。一日,谒乡人赵畯朝奉,坐未久,有张基大夫者继来,刘与之叙官。张虽辞让,既不获,又不知避去,因据上坐。刘归之明日,偶微病,人有候之者曰:"比谒赵德进坐于堂中,适张基大夫继至,吾官小,宜居下,遂坐德进傍。正当房门之冲风吹吾项,遂得疾。"客至,必以此告,是亦不能不介意之辞也。近岁尝任侍从者,虽被夺职,亦偃然以达官自居,凡遇庶僚,必居其上,无所屈。则非复责降之本意矣,其亦未闻苏、刘二公之风哉!

曲洧旧闻卷第十

仇念徽猷自言，顷年尝为东州一邑宰，晨起视事，方受牒诉，有鹳雀翔舞庭下，驱逐久之，方去，明日复来，仇心异之，遣一吏迹所止，而观其为何。既出城数里，所见一大树，鹳雀径止其上，视其颠，则有巢焉，数子啁啾其中。其下方有数人持锯斧绳索，将伐之者，吏遽止之，且引其人与俱见仇。问："伐树何为？"曰："为薪耳。"又问："鬻之得几何？"曰："可得五千。"仇即以己钱五千与之。且告之曰："是鹳连日来，意若求救于我者。异类而有知如此，尔不可伐，不然，且及祸。"其人遂去，因不敢伐。

凡以节度使兼中书令侍中同平章事，并谓之使相，唐制皆签敕，五代以来，不预政事，敕尾存其衔而不签，但注使字。汉初有假左丞相，曹参之徒，悉尝为之，皆以将军有功，无以复赏，故假以宰相之名，而不得居其位，是亦唐以来使相之比也。汉殇帝延平元年，以邓骘为将军，开府仪同三司，"开府"之名，起于此，盖亦姑使其仪秩得视三公而已，是亦假丞相之类也。然晋以来，左右光禄大夫开府者为文官，骠骑、车骑、卫将军与四征四镇，及诸大将军，开府者为武官。宋、齐以后，循之不改。唐初以为文散阶，虽三公、三师，亦必冠以此号。李涪著《刊误》，尝非之矣。本朝因唐无所革，元丰官制既罢正合创名之意，而文臣寄禄官亦存之，然无生为之者，惟以为赠官。予谓开府仪同三司，本无文武之别，今若文臣贴职至观文殿大学士,寄禄至光禄大夫以上,欲优其礼秩者,亦可加以开府而许缀宰相班,则合古之遗制矣。

特进起于西汉,凡诸侯功德优盛,朝廷所敬异者,乃赐位特进,位在三公下,故曰特进。成都侯王商以特进领城门兵,置幕府,得举吏如将军是也。后汉光武时,邓禹列侯就第,特进奉朝请,是特引见之称,无官秩定礼。魏以后皆有之。唐以为文散阶,元丰官制以为寄禄官,亚开府,国朝常以侍从贴职与官品俱高及前二府之被寄任者为宣徽使,元丰废宣徽使不置,政和以后,二府与侍从官职已崇,无以复加,则特旨依见任执政。予谓凡此正合加以特进之号,使缀二府班,如武臣之太尉可也。

彭器资尚书汝砺,熊伯通舍人本,皆鄱阳人也,其父并为郡吏,而二公少相从为学。彭公既魁天下,闻报之日,太守即谕其父罢役,且以所乘马及导从并命郡吏送之还家,乡间以为荣。其徒相与言曰:“彭孔目之子既已为状元,熊孔目之子当何如?”次举伯通亦擢上第,时前守已替去,后守悉用前例,送熊之父还家。自是一郡欣艳,为学者益深,每科举尝至数十人。

曾子固性矜汰,多于傲忽。元丰中为中书舍人,因白事都堂。时章子厚为门下侍郎,谓之曰:“向见舍人《贺明堂礼成表》,真天下奇才也。”曾一无辞让,但复问曰:“比班固《典引》如何?”章不答,语同列曰:“我道休撩拨,盖自悔失言也。”徐德占虽与子固俱为江西人,然生晚不及相接,子固中间流落外郡十余年,迨复还朝,而德占骤进至御史中丞。中丞在法不许出谒,而子固亦不过之。德占以其先进,欲一识其人,因朝路相值,迎接甚恭。子固却立曰:“君是何人?”德占因自叙,子固曰："君便是徐禧耶?"颔之而去。

王将明当国时,公然受贿赂,卖官鬻爵,至有定价。故当时为之语曰:"三千索,直秘阁。五百贯,擢通判。"

磨勘之法,庶官则自具脚色家状,陈乞于有司,侍从以上,则有司检举施行。东坡守颍时,有剧贼尹遇者,久为一方之害,朝廷捕不获。公召汝阴县尉李直方,谓之曰:"君能禽此贼,当力言于朝,乞行优赏;不获,亦以不职奏免。"直方受命惶怖,有母年九十,母子泣别而行。既谍知遇所在,则躬率众往,手戟刺而获之。东坡即条上其功状,以小不应格,推赏不及。东坡复为言于朝,请以年劳合改朝散郎一官为直方赏,亦不听。后吏部以东坡当迁以符会考,东坡自谓已许直方,卒不报。近世士大夫徒见东坡不磨勘,妄意其以是为高,多效之者,而不知其自有谓也。且既已仕矣,不磨勘岂足为高?使东坡而出此,何其浅耶?司马温公辞枢密副使章,自言"臣自幼时习诗赋论策就试,每三年一次乞磨勘"。岂不慕荣贵者耶?盖天下自有中道,过犹不及也。夫以温公为是言,岂害其为廉让?而更求加之,未见其非饰诈邀名也。

今之中散大夫,即昔之大卿监也。旧说谓之"十样锦",受命之初,不俟赦恩,便许封赠父母妻一次,一也;妻封郡君,二也;_{今为令人。}不隔郊奏荐,三也;奏子为职官,四也;_{今为从仕郎。}乘马许行驰道,五也;马鞍上施紫丝座,六也;马前执破木杖,七也;宴殿内金器,且坐朵殿上,八也;身后许上遗表,九也;国史立传,十也。

为帅、守,而踵父祖尝所居,自昔衣冠以为荣事。李文饶《献替记》称,开成二年,自浙西观察授淮西节度,国朝二百余年,未尝有自润州迁扬州者,况两地皆是旧封,倍怀荣感。盖其父吉甫,亦皆领扬润故也。本朝如此比者,亦时有之,多见于谢上表启。绍圣中,欧阳叔弼棐知蔡州,其父文忠公之旧治也,其谢宰执启曰:惟近辅之名邦,实先人之旧治。高城不改,自疑华表之归;老吏几希,尚守朱门之旧。追怀今昔,倍剧悲欣。靖康中,翟公巽自翰苑出守会稽,其父思之旧治也,其谢表曰:惟昔先臣再临东越,岂期暮齿乃踵前修。朱邑世祠,犹有奉尝之旧;恬侯家法,自怜孝谨之衰。敢不慰问耆年,览观谣俗,无忘遗爱之厚,永念教忠之余。皆谓是也。

韩玉汝丞相喜事口腹,每食必殚极精侈,性嗜鸽,必白者而后食,或以他色者绐之,辄能辨其非,世以为异。然此事古人固已有之,《晋史》苻坚从兄子朗国破归晋,司马道子为设盛馔,极江左精肴,食讫,问曰:“关中之食孰若此?”答曰:“皆好,惟盐味小生耳。”既问宰夫,皆如其言。或人杀鸡以食之,朗曰:“此鸡栖常半露。”检之皆验。又食鹅肉,知白黑之处,人不信,记而试之,无毫厘之差。时咸以为知味,与玉汝白鸽事正同。此非有法可传,盖独得于心,故能默契如此。天下之至理,固有独得于心而默契。圣贤于千载之上,以此推之,殆无可疑。但不能章章如是,故信之者寡耳。

石林公尝问予兄惇济曰:“自东坡名思无邪斋、德有邻堂,而世争以三字名堂宇,公知前此固尝有此否?”惇济曰:“非狮子吼寺乎?”石林笑曰:“是也。”吴兴城南射村有寺号狮子吼,本钱氏赐名,国朝因之。石林既为《春秋》书,其别有四,其解释旨义曰传,其订证事实曰考,其掊击三传曰谳,其编排凡例曰例。又问曰:“吾之为此名,前古之所未有也。”惇济曰:“已尝有之。”石林曰:“何也?”惇济曰:“吴棫秉逮事郑元,著书三万余言,曰《周易》摘《尚书》驳《论语》弨,得无近是乎?”石林大笑。

丈人本父友之称，不必妇翁。《汉书·匈奴传》"汉天子，我丈人行"是也。唐人尤喜称之，杜子美《上韦左丞》诗曰"丈人试静听"，而不闻子美之妇为韦氏也，如此比甚多。柳子厚记先友韩退之其一也，至与之书，乃称退之"十八丈父"，友而字之者，以其齿相近乎？近岁之俗不问行辈年齿，泛相称必曰丈，不知起自何人？而举世从之。至侪类相狎，则又冠以其姓，曰某丈某丈，乃反近于轻侮也。

范元长侍读，吕申公之外孙也。余在馆中时，以史馆修撰寓直秘书省，尝言申公作相时，从官白事，偶坐对之，张九成子韶遽曰："若审如此，此时从官，吾之所不能为也。"范不能对。余为晓曰："前人谨行辈，凡值父叔之执友，便以子侄之礼事之。而为父行也，亦偃然以父叔自居。当其跪起不疑，而况坐立之间乎？世既以为常，则人亦莫以为非。此礼既久废，故骤闻之，若可骇耳。申公素贵于朝，当其为相，固已七十余矣。则时之侍从，孰非其子侄辈者？坐以对之，必是尔。申公岂以贵陵人者乎？"范以为然。予幼时随侍，犹及见，客有初相见者，必设拜褥，虽多不讲拜，而遗风尚存。近世不复见矣，长幼之序，人之大伦也，而废之，风俗安得而淳耶？

西汉之为丞相者，有就国，有免归，有自杀，有伏诛，而无复为他官者。惟哀帝时，孔光免丞相博山侯后，久之复为光禄大夫，秩中二千石，位次丞相，月余为御史大夫，未几，为丞相，复故国，御史大夫乃多复为他官。韩安国免后，复为中尉。萧望之左迁太子太傅，翟方进左迁京兆尹之类是也。东汉光武即位之初，以谶文用王梁自野王令超拜大司空，俄以违命将斩之，赦以为中郎将。自是终东汉之世，去三公而复为九卿郡守者,不可悉数矣。唐宰相既无定员,又多以他官兼领,以故用之亦易,多自下僚超拜,同时或至有十七人。及其贬责,亦无复礼貌。武后时,李昭德以凤阁侍郎平章事,后贬钦州高宾尉,俄复召为监察御史,吉顼自天官侍郎同平章事贬琰川尉,狄仁杰自地官侍郎同平章事贬彭泽令,此其尤甚者也。中叶以后虽罕此比,然李揆尝以中书侍郎平章事贬袁州长史,后以试秘书监江淮养疾,家百口,贫无禄,丐食取给,牧守稍厌恩,则去之。常衮自门下侍郎平章事贬河南少尹,崔祐甫两换秩,姜公辅自谏议大夫平章事下迁太子左庶子,久不迁,谒宰相求官,闻德宗怒未息,惧而请为道士,复为泉州别驾。凡此虽不及武后时贬黜之遽,然顿辱之亦已甚矣。岂复以大臣遇之耶?

王荆公性简率,不事修饰,奉养衣服垢污,饮食粗恶,一无有择,自少时则然。苏明允著《辨奸》,其言衣臣虏之衣,食犬彘之食,囚首丧面,而谈《诗》、《书》,以为不近人情者,盖谓是也。然少喜与吕惠穆、韩献肃兄弟游,为馆职时,玉汝尝率与同浴于僧寺,潜备新衣一袭易其敝衣,俟其浴出,俾其从者举以衣之,而不以告。荆公服之如固有,初不以为异也。及为执政,或言其喜食獐脯者,其夫人闻而疑之曰:“公平日未尝有择于饮食,何忽独嗜此?”因令问左右执事者,曰:“何以知公之嗜獐脯耶?”曰:“每食不顾他物,而獐脯独尽,是以知之。”复问:“食时置獐脯何所?”曰:“在近匕箸处。”夫人曰:“明日姑易他物近匕箸。”既而,果食他物尽,而獐脯固在。而后人知其特以其近故食之,而初非有所嗜也。人见其太甚,或者多疑其伪云。

铁围山丛谈

[宋]蔡絛　撰

李梦生　校点

校 点 说 明

《铁围山丛谈》六卷,蔡絛撰。蔡絛,字约之,自号百衲居士,别号无为子,兴化仙居(今属福建)人。著名权相蔡京季子,叔父蔡卞、兄蔡攸等均仕显宦。絛多年侍从其父左右,曾官徽猷阁待制,宣和六年(1124)官龙图阁直学士兼侍读。靖康元年(1126)蔡京贬死,絛流放白州(今广西博白),后死于贬所。白州有铁围山,本书为絛流放后追忆往事及记眼前所见而作,因以"铁围山"为名。此外,尚作有《北征记实》、《西清诗话》等。

蔡絛出入九重,于朝廷掌故知之甚详,原书宽山识语言是书"上自乾德,下及建炎,中间二百年轶事,无不详志备载,亹亹动听"。《四库全书总目提要》尤推重本书有助考证,如述九玺源流、元圭形制、三馆建置、大晟乐等,"记所目睹,皆较他书为详核"。余嘉锡《四库全书总目提要辨证》也多推许之言。因蔡絛助纣为虐,历来史传笔记多不值其为人,对本书美化蔡京之处,颇多指责。但平心而论,蔡絛所述虽多溢美蔡京,为其开脱罪责,但亦存不少仅见的事实,于全面了解蔡京与北宋末史事,亦多裨益。

前人多有攻诘蔡絛不通文,所著多他人捉刀,然本书为贬官后作,出自亲笔无疑。书虽嫌杂,但多诙奇可喜之处,如记王安石择后继为相者一事,秦观女婿范温自称"山抹微云女婿"事,均有《世说》韵致;于奇闻异事,传写亦往往曲折委婉,可怖可骇。

　　本书存世版本较多,清乾隆间鲍廷博据雁里草堂本(即钱曾《读书敏求记》所载明嘉靖庚戌雁里草堂旧写本)付梓,并据璜川吴氏、涉园张氏二抄本等参校,收入《知不足斋丛书》,为迄今最为完善的刻本。这次标点,即以鲍氏刻本为底本,校以《四库全书》本,并参考中华书局冯惠民、沈锡麟点校本,凡明显错讹,径行改正;原书校记,仅保存部分案语,其余依丛书体例一概删去,谨此说明。

目　录

铁围山丛谈卷第一

太祖皇帝应天顺人,肇有四海,受禅行八年矣。当乾德之五祀,而五星聚于奎,明大异常。奎下当曲阜之墟也,时太宗适为兖海节度使,则是太宗再受命,此所以国家传祚圣系,皆自太宗。应符既同乎汉祖,而卜年宜过于周历矣。

仁庙晚未得嗣,天意颇无聊,稍事燕游。一日,于后苑龙翔池南作两小亭,东一亭曰迎曙,未几,立皇侄为皇子,而赐名适与亭名合。不一年即位,是为英宗。

神宗当宁,已负疾。一日,后苑池水忽沸,且久不已,神宗为睥睨而不乐。有抱延安郡王从旁过者,池沸辄止,莫不骇异。未几,延安郡王即位,是为哲宗。

哲庙元符时,邓王薨,祈嗣于泰州徐守真,世号"徐神翁"者。天意切至,徐曰:"上天已降嗣矣。"再三遣使迫询其故,即大书"吉人"二字上之,一时莫晓。后端王继立,始悟吉人者,太上皇御名也。

政和间,东宫颇不安,其后日益甚。鲁公朝夕危惧,保持甚至。宣和庚子,有孙宗鉴者,时为紫微舍人,密语鲁公曰:"公毋虑。昔哲庙恶百官班联不肃,而后台吏号知班者必赞言端笏立定。又顷有八宝矣,今复增而九之,且名之曰定命宝。春宫盖始封定王,世次则九,则立定之语,九宝之兆,天其命之矣。"鲁公颔之。后宗鉴之言果应。

政和间,太上诸皇子日长大,宜就外第,于是择景龙门外地辟以建诸邸。时郓王有盛爱,故宦者童贯主之,视诸王所居,侈大为最。乃中为通衢,东西列诸位,则又共为一大门,锡名曰蕃衍宅,悉出贯意。时愚甚惧,盖取《诗》之叙"蕃衍盛大"而下句,则识者深疑之,亦知其旨意之属在郓邸而已。后及都城倾覆,然第三位乃今上,果中兴。

宣和岁乙巳冬十二月,报北方寒盟。二十有三日,上皇有旨内禅。时去岁尽不数日,故事,天子即位逾年即改元,于是中书拟进,取"日靖四方,永康兆民"二句,请号年曰靖康焉。靖康之初,今上在康邸,因出使讲解而威德暴天下,故识者多疑,以为靖康于字为"十二月立康"也,是后一年而中兴。

太上皇既北狩,久不得中原音问,以宗社为念。久之,一旦命皇族之从行者食,御手亲将调羹,呼左右俾出市茴香。左右偶持一黄纸以包茴香来,太上就视之,乃中兴赦书也,始知其事,于是天意大喜。又谓:"夫茴香者,回乡也。岂非天乎?"于是从行者咸拜舞称庆。其后虽八骏忘返,然鸾舆竟还矣。中兴岁戊辰冬十有一月得之于韦侯许者,慈宁皇太后之犹子也。顷得罪高凉,召还,道过于此。案:《宋史》韦太后弟渊。渊子三人,讯、谦、说,无名许者。考讯,绍兴中官至达州刺史,坐过,用太后旨降武德郎,与岭外监当,则"许"盖"讯"字之误。诸本俱同,姑仍之。副车弟案:《愧郯录》云:"副车,盖谓其弟僚,尚徽宗女茂德帝姬云。"尝得太祖赐后诏一以藏之。诏曰"朕亲提六师,问罪上党"云云,"未有回日,今七夕节在近,钱三贯与娘娘充作剧钱,案:《愧郯录》引此书作"则剧钱"。千五与皇后、七百与妗子案:"妗子"二字,据《愧郯录》增。充节料"。问罪上党者,国初征李筠时也。娘娘即昭宪杜太后也。皇后即孝明王皇后也。呜呼,有以知圣祖不忘本者如此,是安得不兴。

太上以政和六七年间,始讲汉武帝期门故事。初,出侍左右宦者必携从二物，以备不虞，其一玉拳，一则铁棒也。玉拳真于阗玉，大倍常人手拳，红锦为组以系之。铁棒者，乃艺祖仄微时以至受命后，所持铁杆棒也。棒纯铁尔，生平持握既久，而爪痕宛然。恭惟神武，得之艰难，一至斯乎！

太宗始嗣位，思有以帖服中外。一日，辇下诸肆有为丐者不得乞，因倚门大骂为无赖者。主人逊谢，久不得解。即有数十百众，方拥门聚观，中忽一人跃出，以刀刺丐者死，且遗其刀而去。会日已暮，追捕莫获。翌日奏闻，太宗大怒，谓是犹习五季乱，乃敢中都白昼杀人，即严索捕，期在必得。有司惧罪，久之，迹其事，是乃主人不胜其忿而杀之耳。狱将具，太宗喜曰："卿能用心若是，虽然，第为朕更一覆，毋枉焉，且携其刀来。"不数日，尹再登对，以狱词并刀上。太宗问："审乎？"曰："审矣。"于是太宗顾旁小内侍："取吾鞘来。"小内侍唯命，即奉刀内鞘中，因拂袖而起，入曰："如此，宁不妄杀人。"

仁宗圣度深远，临事不惧。当宝元、康定之时，西夏元昊始叛，而刘平败死，京师为雨血。及报败闻，上喜曰："天下平安久，故兵将不知战。今既衄，必自警。宜少须之，当有人出矣。"后果胜，而元昊请服。上又曰："国家竭力事西陲，累数年，海内不无劳弊。今幸甫定，然宜防盗发，可诏天下为预防也。"会山东有王伦者焱起，转斗千余里，至淮南，郡县既多预备，故即得以杀捕矣。

自秦汉以还，时主能享国多历年所者，独汉武帝在位五十四载，案：别本并作"五十五载"。考武帝建元元年辛丑，至后元二年甲午，正五十四载。吴本作"五十五载"，则是庚子即位始也。今并存之。然末年巫蛊事起，成卫太子之祸。梁武帝在位四十八载，唐明皇在位四十四载，案：别本并作"四十五载"。考玄宗以延和元年壬子八月即位，是年即改元先天，至天宝十五载丙申幸蜀，正四十五年。似当以别本为正。是二君者，亦终有侯景、禄山之乱。而我仁宗皇帝在位四十二年，始终若一。乌乎，休哉！

哲宗即位甫十岁，于是宣仁高后垂帘而听断焉。及寖长，未尝有一言。宣仁在宫中，每语上曰："彼大臣奏事，乃胸中且谓何，奈无一语耶？"上但曰："娘娘已处分，俾臣道何语？"如是益恭默不言者九年，时又久已纳后，至是上年十有九矣，犹未复辟。一旦宣仁病且甚，尚时时出御小殿，及将大渐，谓大臣曰："太皇以久病，惧不能自还，为之奈何？"大臣同辞而奏："愿供张大庆殿。"宣仁未及答，上于帘内忽出圣语曰："自有故事。"大臣语塞，既趋下，退相视曰："我辈其获罪乎？"翌日，自上命轴帘，出御前殿，召宰辅，谕太皇太后服药，宜赦天下。不数日，宣仁登仙，上始亲政焉。上所以衔诸大臣者，匪独坐变更，后数数与臣僚论昔垂帘事，曰："朕只见臀背。"鲁公顷为愚道之，亦深叹哲庙之英睿也。

顷有老内侍为愚道，昭陵游幸后苑，每独置一茶床，列肴核以自酌，有得一杯汤赐饮者，时以为宠幸非常，乃张贵妃而已后追谥温成皇后者也。又有老吏，常主睿思殿文字、外殿库事，能言偶得见泰陵时旧文簿注一行，曰："绍圣三年八月十五日奉圣旨，教坊使丁仙现祗应有劳，特赐银钱一文。"乌乎，累圣俭德，类乃如此。

国朝诸王弟多嗜富贵，独祐陵在藩时玩好不凡，所事者惟笔研、丹青、图史、射御而已。当绍圣、元符间，年始十六七，于是盛名圣誉，布在人间，识者已疑其当璧矣。初与王晋卿诜、宗室大年令穰往来。二人者，皆喜作文词，妙图画，而大年又善黄庭坚。故祐陵作庭坚书体，后自成一法也。时亦就端邸内知客吴元瑜弄丹青。元瑜者，画学崔白，书学薛稷，而青出于蓝者也。后人不知，往往谓祐陵画本崔白，书学薛稷，凡斯失其源派矣。

太上皇受命，灼为天人，盖多有祥兆，由是善道家者流事。晚建上清宝箓宫，延接方士。一日，帘前有刘栋者，上其所遇韩真人丹，以献天子，其状如蜡，以手指揭取而服之，翌日则又生无穷也。上曰：“汝师赐汝长年丹，而朕夺之，非朕志也。”当帘前还之。此与秦皇、汉武异矣，可谓盛德也哉。

慈圣光献曹后佐佑仁庙定策，立英宗、神宗，乃本朝后妃间盛德之至者也。其在父母家时，与群女共为拈钱之戏，而后一钱独旋转盘中，凡三日乃止。及晚岁疾，病急，顾左右问此为何日，左右对以十月二十，实太祖大忌日也。后颔之，乃自语曰：“只此日去，只此日去，免烦他百官。”盖谓不欲别日立忌，使百官有司有奉慰行香之劳，就是日则免，于是以二十日崩。今人学道，号超脱非常，一旦于死生之际，未必能达变，后之始终若此，岂非天人乎哉！

神庙当宁，慨然兴大有为之志，思欲问西北二境罪。一日，被金甲诣慈寿宫，见太皇太后曰：“娘娘，臣著此好否？”曹后迎笑曰：“汝被甲甚好，虽然，使汝至衣此等物，则国家何堪矣。”神庙默然心服，遂卸金甲。

慈圣光献曹后以盛德著，而宣仁圣烈高后以严肃称。在治平时，英宗疾既愈，犹不得近嫔御。慈圣一日使亲近密以情镜谕之：“官家即位已久，今圣躬又痊平，岂得左右无一侍御者耶？”宣仁不乐，曰：“奏知娘娘，新妇嫁十三团练尔，即不曾嫁他官家。”时多传于外朝。

鲁公在北门为承旨，既草哲庙元符末命，于是太上从端邸始即大位,遂有垂帘之举。时钦圣宪肃向后命御药院内侍黄经臣传旨曰:"嗣君已长,本不应垂帘,以皇帝圣孝,宫中累日拜请,泣涕不已,今姑循圣意,才俟国事稍定,即当还政,必不敢上同章宪明肃与宣仁圣烈二后,终身称制。卿可依此草诏,明示天下。"当是时,鲁公既唯命,即书所被旨,载诸学士院及家集。是后虽同听断,曾不半岁,永泰灵驾犹未发引,即还就东朝之养矣。外廷或诽张,且不知钦圣盛德之本旨如此。

国朝禁中称乘舆及后妃多因唐人故事,谓至尊为官家,谓后为圣人,嫔妃为娘子,至谓母后亦同臣庶家曰娘娘。又呼掌书命者曰"内侍省次直笔"。内官之贵者,则有曰御侍,曰小殿直,此率亲近供奉者也。御侍顶龙儿特髻衣褃,小殿直皂软巾裹头,紫义襕窄衫,金束带,而作男子拜,乃有都知 押班、上名、长行之号,唐陆宣公《榜子集》"谏令浑瑊访裹头内人"者是也,知其来旧矣。

天子之制六玺。元丰间得玉矣,行制而未就,至大观时始成之,然但缪篆也。又元符初得汉传国玺,其文曰:"受命于天,既寿永昌。""承天福,延万亿,永无极"。是二者,祐陵又自仿为之,悉鱼虫篆也。号传国玺曰"受命宝",九字玺曰"镇国宝",合天子之制六玺,是为八宝。乃于大观戊子正月元会日受之,因大赦天下。本朝礼乐,于此百五十年矣,至是始备。及后,政和末,又新作一玺,上曰:"八宝者,国家之神器。今再创玺,乃我受命者也。"因诏于阗国上美玉焉。久而得之,为玺九寸,而鱼虫篆,其文曰:"范围天地,幽赞神明,保合太和,万寿无疆。"诏号"定命宝"。是岁戊戌元会,于人庆殿受之。

太上始意作定命宝也,乃诏于阗国上美玉。一日篆赴朝请,在殿阁侍班,王内相安中因言,近于阗国上表,命译者释之,将为答诏,其表大有欢也。同班诸公喜,皆迫询曰:"甚愿闻之。"王内相因诵曰:"日出东方,赫赫大光,照见西方,五百国中傏贯主,阿舅黑汗王表上日出东方,赫赫大光,照见四天下,四天下傏贯主,阿舅大官家:你前时要那玉,自家煞是用心。只被难得似你那尺寸底。我已令人寻讨,如是得似你那尺寸底,我便送去也。"于是一坐为哈。吾因曰:"《裕陵实录》已载于阗国表文,大略同此。特文胜者,疑经史官手润色故尔。"众乃默然。其后,遂以玉来上,长径二尺,色逾截肪,诚昔未有也,遂制定命宝。岁余,玉人始告成,精巧视古无别矣。宝与检皆大九寸,盘螭为纽,鱼虫篆文,凡十有六字。于是定命宝合八宝,通号九宝,下诏以为乾元用九之义云。

元圭者,古镇圭也。温润异常,又其色内赤外黑,非世所有,固无足疑。圭上锐而下方,然其末平直,非若后世礼图为圭之太锐也。两旁刻出十二山,正若古山尊制度,亦非若先儒所绘镇圭,乃于圭上刻山者也。凡制作精妙,又非若秦汉器玉所能及。上则皆云雷之文,下平无文,而中一窍,大足容指。其长尺有二寸,正合周尺,仿同晋尺。盖晋得舜庙玉尺,是以知同古尺也,有《制古元圭议》行于世,诚不诬已。元圭传乃丁晋公家物,流落出常卖檐上,士人王提举敏文者,以千七百金售得之,与宦者潭积。积得而上之,时政和二年也。上以付鲁公曰:"或谓此物古元圭,试为朕验之。"鲁公机务繁,又付之外兄徐若谷,谓吾曰:"元圭之制何可考,得非雷楔耶?然玉诚异常矣。"因置诸楝中,略不省。一日,吾与若谷读《礼记》,见《王制》言"王执镇圭",释谓旁刻十二山。吾即谓若谷:"元圭者,旁有山,政若古器所谓山尊同,盍验之乎?"若谷笑去,就楝取圭出,如吾语,共数之,果十有二刻,始相与骇,因试以义推之,则罔不合。若谷又白伯氏，丐取太常历代尺度石刻来，则又合矣。吾与若谷大喜，以白鲁公，因以具奏，昔《元圭议》中鲁公第一札子是也。但有一窍，初忽之，且谓岂非后人不知而穿之作响板耶？及付外庭议，礼官又引天子圭中必绎，谓以组约其中央备失坠者。若谷与吾甚愧弗思，独是不满也。上得此喜，乃命宣示百官，则礼臣锦荐、色组、缫藉十袭，备极于崇奉，遂以是岁冬至御大庆殿受圭。因又降诏，归美神考哲宗，用告成功。上亲加上两朝徽号，令庙焉。时诏议元圭官并加秩，而若谷每笑谓吾曰："我二人其介之推乎？"

元圭既出，时晋阳上一石，有字曰"尧天正"。石绿色，方可三尺余，字当中，咸大如掌。其画端楷，政若人以手指画之者。"尧"字独居右，而"天正"两字缀行于左。朝廷验之于都堂，差官监视，命工磨砻焉。既去石三分，而字愈明，乃于"尧"字下又出一"瑞"字，盖曰"天正尧瑞"。若是，则四字相对，布置始匀正矣。"瑞"字其画独浅，未与三者配，则不敢更加砻。于是内外咸喜，谓晋阳，尧都，方元圭出，适有此瑞，信天意也。

政和初，内中降出大白玉璧一，赤玉器一，俾鲁公考验。白璧大盈尺，镂文甚美，而璧羡外复起飞云行龙焉。赤玉器则长几二尺，两首如棹刀头，中间为古文，殊极精巧，玉色则异甚，诚鸡冠之不足拟也。当时，诸儒谓璧羡云龙者，乃周公植璧之璧也；赤玉器则《顾命》所谓陈宝赤刀之宝也。吾窃笑诸儒之傅会，且龙云在上，若植之，宁不倒置矣，岂非秦汉璧珰之属乎？至于赤刀宝，制作非常，三代之器无疑，玉色又如此，为希世之珍，谓之赤刀，若得之焉。其后于延福宫又得见一赤刀，同禹所锡元圭、汉轵道所得传国玺、唐太宗之受命玺暨诸器列于殿中，为盛世之美瑞。唐太宗玺乃虞世南真书字，玉色不大佳,玺不方而长,其文曰:"受天景命,有德者昌。"

崇宁甲申议作九鼎,有司即南郊为冶,用中夜时上为致肃不寐,至是于寝望之,焚香而再拜焉,及既就寝,已傍四鼓矣。忽有神光达禁中,正烛福宁殿,红赤异常,宫殿于是尽明如昼,殆晓始熄。鼎一铸而成,乃取佑神观旁地立九成宫,随其方为室,成九室以奠鼎,命鲁公为奉安礼仪使。又方其讲事也,辄有群鹤几数千万飞其上,蔽空不散。翌日上幸之,而群鹤以千余又来,云为变色,五彩光艳。上亦随方入其室,焚香为再拜,从臣皆陪祀于下。先是,方士魏汉津议其制,各取九州之水土,常内鼎中。及上行礼至北方之宝鼎也,鼎忽漏水,流浸布地。且鼎金厚数寸,水又素贮鼎中,未始有罅隙,不当及上焚香时泄漏。漏乃旋止,故上深讶焉,鲁公为不乐。于是刘炳进曰:"鼎之水土,皆取于九州之地中,独宝鼎者取其水土于雄州白沟之界上,非幽燕之正方也,岂此乎?"故当时尤以为神。然厥后终以北方而致乱矣。又政和六年,用方士王仔昔建言,徙九鼎入于大内,作一阁而藏之。时鲁公为定鼎使,及帝鼐者行,亦有飞鹤之祥,云气如画卦之象。帝鼐后改曰"隆鼎"。既甚大,以万众曳之,然行觉不大用力,其去疾速,时人皆异之。

政和初中间,势隆治极之际,地不爱宝,所在奏芝草者动三二万本,蕲、黄间至有论一铺在二十五里,遍野而出。汝、海诸近县,山石皆变玛瑙,动千百块,而致诸辇下。伊阳太和山崩,奏至,上与鲁公皆有惭色。及复上奏,山崩者,出水晶也,以木匣贮之进,匣可五十斤,而多至数十百匣来上。又长沙益阳县山溪流出生金,重十余斤,后又出一块,至重四十九斤。他多称是。

太上即位之明年改元建中靖国者,盖垂帘之际,患熙、丰、元祐之臣为党,故曰建中靖国,实兄弟为继,故踵太平兴国之故事也。明年亲政,则改元崇宁。崇宁者,崇熙宁也。崇宁至五年正月彗出,乃改明年为大观。大观者,取《易》"大观在上",但美名也。大观至四年夏五月彗出,因又改明年为政和。政和者,取"庶政惟和"之义也。政和尽八年,时方士援汉武故事,谓黄帝得宝鼎神策,是岁己酉朔旦冬至,为得天之纪,而汉武但辛巳朔旦冬至,然今岁乃己酉朔旦冬至,真得天之纪矣。又太宗皇帝以在位二十年,因大赦天下。是时上在位已十有九年,明年当二十年。举是二者,乃下赦改十一月冬至朔旦为重和元年。重和者,谓"和之又和"也。改号未几,会左丞范致虚言犯北朝年号。盖北先有重熙年号,时后主名禧,其国中因避"重熙",凡称"重熙"则为"重和",朝廷不乐,是年三月遽改重和二年为宣和元年。宣和改,上自以常所处殿名其年,然实欲掩前误也。自号宣和,人又谓一家有二日为不祥,及方腊起,连陷二浙数郡,上意弥欲易之,独难得美名。会寇甫平而止,七年冬遂内禅云。大抵名年既不应袭用前代,又当是时多忌讳,以是为难合,而古人已多穿凿,征兆有自来矣。至仁庙初始垂帘,儒臣迎合时事,年号天圣为"二人圣",明道为"日月",故后人咸祖述之。至若"元"字,谓神宗、哲宗以元符、元丰登遐,且本朝火德,不宜用水。若"治"字,又谓英庙治平不克久。凡十数义,或出于宦官女子之常谈尔。

　　国朝故事,诸王仪物视宰相,张青绢伞,画绣鞍鞯,以亲事官呵哄而已。政和三年春二月,上出西郊,幸普安寺奠昭怀刘太后,百官陪位。上谥册罢,还谒于琼琳苑,御宝津楼。上垂帘,百官归,或不知,皆骑从大道繇楼下过,燕、越二王亦同途,然百官往往不甚引避。上讶之,因申严其分,乃赐二王三接青罗伞、七紫罗大掌扇、二金钑花鞍，若茶燎水罐，凡仪物皆用涂金，加异锦为鞍焉，以壮维城之固。是后遂为故事，盖自政和三年始。又故事，诸王不施狱坐，宣和末亦赐之。

国朝帝女封号，皆沿习汉、唐。初封则有美号称"公主"，出降则封"某国公主"，兄弟又封"某国长公主"，姑又封"某国大长公主"，祖姑则封"两国大长公主"；而皇族则称"某郡主"、"某县主"。熙、丰间，尝议以乖义理，然终不克改作。政和三年，上又恶其不典。或欲追述，号公主为"帝嬴"、郡县主宜为"宗嬴"，乃合于前代矣。上曰："此议虽近古，特不合时宜。"因谕大臣曰："姬虽周姓，后世亦以为妇人之美称，盖不独为姓也，在我而已。"鲁公于榻前忽力争，上愕然，询其所以。鲁公谓："臣乃姬姓也，惧有嫌，使小人得以议尔。"上笑而不从，乃降手诏，引熙宁欲厘革，而有司不克奉承，以至今日。周称王姬见于《诗·雅》。姬虽周姓，考古立制，宜莫如周。今帝天下而以主封臣，可改公主为"帝姬"、郡主为"宗姬"、县主为"族姬"，其称大长者，可并依旧为"大长帝姬"，仍以美名二字易其国号，内两国者以四字。于是鲁公退而具书于《时政记》。当是时，执政者皆叹息鲁公伤弓，故虑患之深也。是后因又改郡县君号为七等：郡君者，为淑人、硕人、令人、恭人；县君者，室人、安人、孺人。俄又避太室人之目，因又改曰宜人。其制今犹存。

唐有宏文、集贤、史馆，皆图册之府。本朝草昧，至熙宁始大备，乃直左升龙门建秘书省，聚书养贤。其间并三者皆在，故号三馆秘阁，以盛大一时，目之为木天也。中更天圣火，后再立，视旧亦甚伟。而秘书省之西，切近大庆殿，故于殿廊辟角门子以相通，遇乘舆出，必由正寝而前，则秘书省官自角门子入而班于大庆殿下,迓车驾起居,及还内亦如之,可谓清切矣。以是诸学士多得由角门子至大庆殿,纳凉于殿东偏。世传仁祖一日行从大庆殿,望见有醉人卧于殿陛间者,左右亟将呵遣,询之,曰:"石学士也。"乃石曼卿。仁庙遽止之,避从旁过。政和五年,因建明堂,有旨徙秘书省出于外,在宣德门之东,亦古东观类云。

秘书省自政和末既徙于东观之下,宣和中始告落成。上因踵故事为幸之,御手亲持太祖皇帝天翰一轴,以赐三馆,语群臣曰:"世但谓艺祖以神武定天下,且弗知天纵圣学笔札之如是也。今付秘阁,永以为宝。"于是大臣近侍,因得瞻拜。太祖书札有类颜字,多带晚唐气味,时时作数行经子语。又间有小诗三四章,皆雄伟豪杰,动人耳目,宛见万乘气度,往往跋云"铁衣士书",似仄微时游戏翰墨也。时因又赐阁下以小李将军《唐明皇幸蜀图》一横轴,吾立侍在班底睹之,胸中窃谓:御府名丹青,若顾、陆、曹、展而下不翅数十百,今忽出此,何不祥耶?古人之于朝觐会同,得观其容仪而知其休咎,则是举也厥有兆矣。邈在炎陬而北望黄云,书此疾首。

天下曹务罔不张设条,如秘书省号三馆秘阁,实育才也,独不以吏事责,故许置棋局。然大内前后殿诸班卫士、宿直、寓舍,乃亦得之。盖秘书省本优贤俊,宿卫士则虑其终日端闲,俾不生他意。此咸出祖宗之深旨。

祖宗时,朝班燕会多袭用唐制,枢密使乃宦官为之也,其位叙甚卑,故遇大燕则亲王一人伴食于客省。又燕设则亲王、宗室率不坐,以用倡故也。国朝枢密使乃儒士为之,实股肱大臣。至神庙时,谓用倡则君臣亦不合礼,始改为女童队、小儿队。于是枢密使、亲王、宗室皆得列坐而与燕会矣。

阁门官者有东上、西上阁门使,号横行班,后改左右武大夫。然任上阁之职者则自称知东上阁门、知西上阁门事。又旧有通事舍人主赞唱,后改宣赞舍人。而阁门宣赦书白麻,旧制则皆为吟哦之声,政和间诏除去,但直道,勿吟焉,至今遵用之。

汉、魏以来,警夜之制不过五鼓,盖冬夏自酉戌至寅卯,斗杓之建盈缩终不过五辰,故言甲夜至戊夜,或言五更而已。然日入之后,未至甲夜,则又谓之昏刻;至五更已满,将晓之时,则又有谓之旦至,夜漏不尽刻。国朝文德殿钟鼓院于夜漏不尽刻,既天未晓,则但挝鼓六通而无更点也,故不知者乃谓禁中有六更。吾顷政和戊戌未得罪时,曾侍伺于宣和殿,深严之禁,尝备闻之。

上元张灯,天下止三日,都邑旧亦然。后都邑独五夜,相传谓吴越钱王来朝,进钱若干买此两夜,因为故事,非也。盖乾德间,蜀孟氏初降,正当五年之春正月,太祖以年丰时平,使士民纵乐,诏开封增两夜,自是始。开宝末,吴越国王始来朝。

国朝上元节烧灯盛于前代,为彩山峻极而对峙于端门。彩山,故隶开封府仪曹及仪鸾司共主之,崇宁后有殿中省,因又移隶殿中,与天府同治焉。大观元年,宋乔年尹开封,乃于彩山中间高揭大榜,金字书曰:“大观与民,同乐万寿。”彩山自是为故事,随年号而揭之,盖自宋尹始。

国朝之制,立后、建储、命相,于是天子亲御内东门小殿,召见翰林学士面谕旨意,乃锁院草制,付外施行。其他除拜,但庙堂佥议进呈,事得允,然后中书入熟第,使御药院内侍一员,持中书熟状内降,封出宣押,当直学士院锁院竟,乃以内降付之,俾草制而已。故相位有阙,则中外侧耳耸听,一报供张小殿子，必知天子御内殿者，乃命相矣。太上自即位以来，尤深考慎，虽九重至密，亦不得预知，独自语学士以姓名而命之也。及晚岁，虽倦万几，然命相每犹自择日，在宣和殿亲札其姓名于小幅纸，缄封垂于玉柱斧子上，俾小珰持之导驾于前，自内中出至小殿子，见学士始启封焉。以姓名垂玉柱斧子，政与唐人金瓯覆之何异。

披庭宫嫱，岁给帛多色彩尔。遇支赐俸稍绢应生白者多，即一束十端，必间有一端为红生绢，盖忌其纯白故也。此亦国朝太平一故事。

国朝燕集，赐臣僚花有三品。生辰大燕，遇大辽人使在庭，则内用绢帛花，盖示之以礼俭，且祖宗旧程也。春秋二燕，则用罗帛花，为甚美丽。至凡大礼后恭谢，上元节游春，或幸金明池琼花，从臣皆扈跸而随车驾，有小燕，谓之对御。凡对御则用滴粉缕金花，极其珍藿矣。又赐臣僚燕花，率从班品高下，莫不多寡有数，至滴粉缕金花为最，则倍于常所颁。此盛朝之故事云。

政和初，上始躬揽权纲，不欲付诸大臣，因述艺祖故事，御马亲巡大内诸司务，在奉宸库古亲涎事中。句似有脱误。又大内后拱宸门之左，对后苑东门，有一库无名号，但谓之苑东门库，乃贮毒药之所也。外官一员共监之，皆二广、川、蜀每三岁一贡。药有七等，野葛、胡蔓皆与，鸩乃在第三，其上者鼻嗅之立死。于是亲笔为诏，谓"取会到本库称，自建隆以来不曾有支遣。此皆前代杀不庭之臣，藉使臣果有不赦之罪，当明正典刑，岂宜用此。可罢其贡，废其库，将见在毒药焚弃，瘗于远郊，仍表识之，毋令牛畜犯焉"。乌乎，上圣至仁，大哉尧舜之用心也。

国朝肆眚故事，三省枢管诸房吏，分陈其应行事，计诸官长,粗以为当,则宰辅于是共议于都堂而可否之,事目已定,始将上进御,乃入熟,降付翰林学士院命词,而宣付于外焉。其约束之辞,大致悉吏文也。独大观戊子元日受八宝,大赦,如罢重法、分宗室、升班行、省刑名、宽党锢,凡数十事,以事体既重,方赖朝廷彰明其制,不如吏文,时多出鲁公之手,故独为国朝之盛举。

唐制,北门学士在内朝枢密使班,遇天子寿节,学士、待制自从枢密院先启建道场,罢散花宴。及寿节日,则宰臣预命直省官具帖子,请学士、待制赴尚书省锡宴斋筵。故中外文武百僚罔有不隶尚书省班属御史台者,独学士、待制不隶外省班,自属阁门,号称内朝官,又曰西班官。则儒者清贵,其为世之荣如此。始熙陵时,亲御飞白,书“玉堂之署”四字,以赐承旨苏易简。及泰陵时,鲁公亦为承旨,以其下一字犯厚陵御讳,因奏请第摹“玉堂”二字,榜于翰苑之正厅,且为儒林之荣,制曰“可”。于是锡上牌,燕近臣,馆阁毕集,天子宠赉非常,有逾故事,为一时之光华云。

鲁公为北门承旨,时翰苑偶独员,当元符末,命召入内东门草哲庙遗制,既未发丧,事在秘密,独学士与宰执而已。于是知枢密使曾布捧研以度鲁公,左丞叔父文正公为磨墨,宰臣章惇手自供笔而授公焉。鲁公后每曰:“始觉儒臣之贵也。”

秘书省岁曝书,则有会号曰曝书会。侍从皆集,以爵为位叙。元丰中鲁公为中书舍人,叔父文正公为给事中。时青琐班在紫微上,文正公谓:“馆阁曝书会非朝廷燕设也,愿以兄弟为次。”遂坐鲁公下。是后成故事,世以为荣。

国朝仪制:天子御前殿,则群臣皆立奏事,虽丞相亦然。后殿曰延和,曰迩英,二小殿乃有赐坐仪。既坐,则宣茶,又赐汤,此客礼也。延和之赐坐而茶汤者,遇拜相,正衙会百官,宣制才罢,则其人亲抱白麻见天子于延和,告免礼毕,召丞相升殿是也。迩英之赐坐而茶汤者,讲筵官春秋入侍,见天子坐而赐茶乃读,读而后讲,讲罢又赞赐汤是也。他皆不可得矣。

枢密院故事,枢密使在院延见宾客,领武臣词讼,必以亲事官四人侍立,仍置天钺方尺二于领事案上。句似有误。别本并云"仍置大铁方尺一寸于领事案上"。盖国初武臣,皆百战猛士,至密院多有所是非干请,故为之防微。

宣和四年既开北边,度支异常,于是内外大匮,上心不乐。时王丞相既患失,遂用一老胥谋,始为免夫之制,均之天下。免夫者,谓燕山之役,天下应出夫调,今但令出免夫钱而已。御笔一行,鲁公为之垂涕。一日,为上言曰:"今大臣非所以事陛下也。陛下圣仁,惠养元元,泽及四海。况前日之政,但取地宝,走商贾,未尝及农亩。今大臣于穷百姓口中敛饭碗,以取州钱,地弗取。"上心亦悔,亟令改作,圣旨行下,然无益矣。自是作俑,故动敷田亩,因习以为常,不但祖宗朝,盖崇观、政和之所无者。是时,天下免夫所入,凡六千二百余万缗,朝廷桩以备缓急。至宣和七年春已用之止余六百万缗尔,外二千二百余万缗,有司奏不知下落,此黼密以奉宴私者。盖自启北征,则省中创立一房,号经抚房。及告功,黼遽奏请,凡经抚房文籍尽取焚之,故不得而稽考也。

国朝之制沿袭五季,始时武臣皆不丧其父母,至仁庙乃诏崇班以上持丧,供奉官以下不持丧。政和初方讲太平故事,且亦顺人情,乃诏供奉官以下,愿持丧者听。当是时,雅惬众心,小使臣往往丧其父母者多矣。不二十年,世变风移,今罔睹不愿持丧者。

铁围山丛谈卷第二

冠礼肇于古，国初草昧未能行，因循至政和讲之焉。是时，渊圣皇帝犹未入储宫也，初以皇长子而行冠，于是天子御文德殿，百僚在位，命官行三加礼毕，当命字，仪典甚盛。是日，方乐作行事，而日为之重轮也。先是，诸王冠止于宫中行世俗之礼，谓之"上头"而已，由是而后，天子诸子咸冠于外庭，盖自渊圣始。

乐曲凡有谓之均，谓之韵。均也者，宫、徵、商、羽、角、合、变徵为之，此七均也。变徵，或云殆始于周。如战国时，燕太子丹遣庆轲于易水之上，作变徵之音，是周已有之矣。韵也者，凡调各有韵，犹诗律有平仄之属，此韵也，律吕、阴阳，旋相为宫，则凡八十有四，是为八十四调。然自魏、晋后至隋、唐，已失徵、角二调之均韵矣。孟轲氏亦言"为我作君臣相说之乐"，盖徵招、角招是也。疑春秋时徵、角已亡，使不亡，何特言创作之哉？唐开元时，有《若望瀛法曲》者传于今，实黄钟之宫。夫黄钟之宫调，是为黄钟宫之均韵。可尔奏之，乃幺用中吕，视黄钟则为徵。既无徵调之正，乃独于黄钟宫调间用中吕管，方得见徵音之意而已。及政和间作燕乐，求徵、角调二均韵亦不可得，有独以黄钟宫调均韵中为曲，而但以林钟律卒之。是黄钟视林钟为徵，虽号徵调，然自是黄钟宫之均韵，非犹有黄钟以林钟为徵之均韵也。此犹多方以求之，稍近于理。自余凡谓之徵、角调，是又在二者外，甚谬悠矣。然二调之均

韵，几千载竟不能得，徵角其终云。<small>句似有脱误。</small>古之乐，备八
音。八音谓金、石、土、革、丝、木、匏、竹。土则陶也。后世率
不能全其克谐，至政和诏加讨论焉，乃作徵招、角招而补八音
所阙者，曰石、曰陶、曰匏三焉。匏则加匏而为笙，陶乃埙也。
遂埙箎皆入用，而石则以玉或石为响，配故铁方响。普奏之亦
甚韶美，谓之燕乐部八音，盖自政和始。<small>案此条"荆轲"作"庆轲"，与
他卷"荆公"作"舒公"一例，倏盖避京嫌名也。别本并改"荆轲"，非是。</small>

玉辂始作自唐高宗，由高宗、武后、明皇及圣朝真宗皇帝，
凡三至岱宗，一至嵩高，然行道摇顿，仁庙晚患之，诏创为一
辂。及告成，因幸开宝寺，垂帘于寺门，命有司按行于通衢，亲
视之焉。新辂既先，次引旧辂，而旧辂辄有声如牛鸣，不肯前，
众力挽之，坚不动而止。仁庙未几登遐，终不克御前新辂也。
其后，神祖苦风眩，每郊祀，益恶旧辂之不安，又诏别创之，乃
更考古制，加以严饬甚美。新辂既就，天子未及御。元丰八年
之元日，适大朝会，有司宿供张，设舆辂、仪物于大庆殿下，新
辂在焉。迟明撤去幕，屋坏，遂毁，玉辂为之碎，因杀伤仪鸾司
士数十人。未几，神祖复登遐。是后有司乃不敢易，但进旧
辂，以奉至尊。靖康中，议者将持玉辂以遗金人，然地远不得
闻厥详旧辂之能神否也，独书其所闻者。

玉辂者，乃商人之大辂，古所谓"黄屋左纛"是也。色本尚
黄，盖自隋暨唐讹而为青，疑以谓玉色为青苍，此因循谬尔。
政和间，礼制局议改尚黄，而上曰："朕乘此辂郊，而天真为之
见时青色也，不可易以黄。"乃仍旧贯，有司遂不敢更，而玉辂
尚青，至今讹也。

国朝故事，天子诞节，则宰臣率文武百僚班紫宸殿下，拜
舞称庆。宰相独登殿捧觞，上天子万寿，礼毕，赐百官茶汤罢，

于是天子还内。则宰臣夫人在内亦率执政夫人以班福宁殿下，拜而称贺。宰臣夫人独登殿捧觞，上天子万寿，仍以红罗绡金须帕系天子臂，退复再拜，遂燕坐于殿廊之左。此儒臣之至荣。

国朝垂拱殿常朝班有定制，故庭下皆著石位。日日引班，则各有行缀，首尾而趋就石位。既谒罢，必直身立，俟本班之班首先行，因以次迤逦而去，谓之卷班。常朝官者，皆将相近臣与执事者而已，故仪矩便习。脱在外侍从，尝为守帅，因事过阙还朝，若带学士、待制职名，则便当入缀本班。然帅守在外，以尊大自惯，乍入行缀，又况清禁严肃，率多周章失次。故在内从臣共指目之，每曰："此下土官人又来也。"

大观初鲁公进师臣，及后又第边功赏，无官可迁。时当宁意向有鱼水之欢，遂以玉带锡之，其锡乃排方玉带也。排方玉带，近乘舆所御，于是鲁公惶惧，力辞不能得，因诵韩退之诗："不知官高卑，玉带悬金鱼。"谓唐人有此，遂奏请改制，为方围带而佩金鱼焉，不惟不敢近乘舆，且诸亲王佩玉鱼亦有间。上始可之，由是悉为故事。诸王佩玉鱼乃裕陵朝所创。

政和间，鲁公以师臣为建明堂使，既考成，因进呈面奏曰："臣已位极人臣矣，矧罔功，讵宜赏也。第群下之劳，日觊觎，不可用臣故绝其望。愿降旨，除臣外并次第推恩。"上曰："明堂古盛典，由祖宗来暨神考，究论弗及成。今赖卿力，俾朕获继先志，况为之使而泽不浃，岂朝廷所以待元老者哉？卿其毋辞。"而鲁公恳请不已。上不得已于公始可之。乃自召公辅，共议所以赏鲁公者，即加陈、鲁两国。公苦辞，且谓："若祖宗以来有是故事，臣亦拜受。今既创作，苟受之，即他日赏臣，将何以为礼？第独有王爵尔，此决不可。是圣恩之隆异，适所以祸臣,且臣行年七十,愿留以为赠也。"上察公之诚,嘉叹不已,曰:"卿既如此,容朕做礼数尽。"于是三辞恩,数批答,乃亲笔褒谕,天语甚美而始俞焉。两国既许罢封,上因赐鲁公以三接青罗伞、涂金从物、涂金鞍、异锦鞯、马前围子二百人,大略皆亲王礼仪,独无行扇尔,鲁公乃拜。赐围子者,凡朝请使但止于皇城门外,盖惧小人之疑谤,时多公之得体也。至于两国之封,鲁公谓所以荣先,则不敢辞,于是,三代暨小君皆蒙两国之赠,今遂为故事。

崇政殿说书,祖宗时有之。崇宁中初除二人,皆以隐逸起。蔡宝者,以嫡子能让其官与庶兄而不出,用其学行修饬召。吕璀者,亦以高节文学有盛名,隐居弗仕,数召不起,始起,仍遂其性,乃诏以方士服随班朝谒,入侍经筵焉。亦熙朝之盛举也。

大观、政和之间,天下大治,四夷向风,广州泉南请建番学,高丽亦遣士就上庠,及其课养有成,于是天子召而廷试焉。上因策之以《洪范》之义,用武王访箕子故事。高丽,盖箕子国也。一时稽古之盛,蹈越汉、唐矣。昔我先人鲁公遭逢圣主,立政建事以致康泰,每区区其间。有毛滂泽民者有时名,上一词甚伟丽,而骤得进用。大观中有赵企企道者,以长短句显,如曰:"满怀离恨,付与落花啼鸟。"人多称道之,遂用为显官,俾以应制。会南丹纳土,企道之词曰:"闻道南丹风土美,流出溅溅五溪水。威仪尽识汉君臣,衣冠已变□番子。凯歌还,欢声载路,一曲春风里。不日万年觞,瑶人北面朝天子。"而鲁公深嘉之。然赵雅不乐以词曲进,公后不取焉。句不解。或是"公复不取焉"。别本"取"作"敢",尤误。政和初,有江汉朝宗者,亦有声,献鲁公词曰:"升平无际,庆八载相业,君臣鱼水。镇抚风棱,调

燮精神，合是圣朝房魏。凤山政好，还被画毂朱轮催起。按锦
辔，映玉带金鱼，都人争指。丹陛，常注意，追念裕陵，元佐今
无几。绣裷香浓，鼎槐风细，荣耀满门朱紫。四方具瞻师表，
尽道一夔足矣。运化笔，又管领年年，烘春桃李。"时两学盛
讴，播诸海内。鲁公喜，为将上进呈，命之以官，为大晟府制撰
使，遇祥瑞时时作为歌曲焉。又有晁次膺者，先在韩师朴丞相
中秋坐上作《听琵琶》词，为世所重。又有一曲曰："深院锁春
风，悄无人桃李自笑。"亦歌之，遂入大晟，亦为制撰。时燕乐
初成，八音告备，因作徵招、角招，有曲名《黄河清》、《寿香明》，
二者音调极韶美。次膺作一词曰："晴景初升风细细，云疏天
淡如洗。槛外凤凰双阙，匆匆佳气。朝罢香烟满袖，近臣报，
天颜有喜。夜来连得封章，奏大河彻底清泚。　　　君王寿与
天齐，馨香动上穹，频降嘉瑞。大晟奏功，六乐初调角徵。合
殿春风乍转，万花覆，千官尽醉。内家别敕，重开宴，未央宫
里。"时天下无问迩遐小大，虽伟男鬌女，皆争气唱之。是时海
宇晏清，四夷向风，屈膝请命，天气亦氤氲异常，朝野无事，日
惟讲礼乐庆祥瑞，可谓升平极盛之际。其后上心弗戒，群豺用
事，自建储后，君臣多间，伯氏因背驰而大生异，吾遂得罪几
死，于是鲁公束手有明哲之叹矣。盖自七十岁至八十，徒旦夜
流涕不已。相继开边，小人为政，以致颠覆，惜哉，可为痛心！
吾犹记歌次膺之词时政太平，追叹为好时节也。故书其始末
以示后世云。案：蔡攸尝白徽宗，请杀絛，不许，仅削其官。此云"得罪几死"，
即此时也。

　　大科始进文字，有合则召试秘书省，出六论题于九经诸子
百家十七史及其传释中为目。而六论者，以五通为过焉。以
是学士大夫自非性天明洽，笔阵豪异，则不能为之也。顷闻夏

英公就试过,适天大风吹试卷去,不得所在,因令重作,亦得过。是乃造物者故显其记识华迈之敏妙尔。盖六论犹足,世独以不记出处为苦。昔东坡公同其季子由入省草试,而坡不得一,方对案长叹,且目子由。子由解意,把笔管一卓,而以口吹之。坡遂寤乃《管子》注也。又二公将就御试,共白厥父明允,虑一有黜落奈何。明允曰:"我能使汝皆得之,一和题一骂题可也。"由是二人果皆中。噫,久不获见先达如此人物也。

国朝科制,恩榜号特奏名本,录潦倒于场屋,以一命之服而收天下士心尔,亦时得遗才,但患此曹日暮途远而罕砥砺者。又凡在中末之叙,得一文学助教之目而已,或应出仕,盖止许一任。异时有援例力诉诸鲁公,丐更一任,鲁公笑而谓之曰:"汝一任矣。"似有脱文。世至今遂以为口实也。

国家初沿革五季,故纲纽未大备,而人患因循,至熙宁制度始张,于是凡百以法令从事矣。元丰时,又置一司敕令所,盖欲凡一司局务咸称一司局务之条式也。吾尝白鲁公,切谓为治恐勿在是。然自熙、丰迄今,大抵八九十年,而一司敕令终未成。

政和甲午,有告人杀其父,天府狱具矣。祐陵与鲁公深耻之,不欲泄,第命于狱赐尽焉。当是时号治平,万国和洽,君相日忧勤,以政化为念如此。及后七八岁,忽有老父来府言:"我出外久,闻有人妄诉我子之杀其父者。今不见我子何往,惧有司之枉杀我子也。果若何?"于是天府大窘。时鲁公顿以退闲,而尹属皆屡易,而乾坤时寝入醉乡矣,遂厘得不治。信乎,狱讼之不可不慎者,故著之。

古号百子帐者,北之穹庐也,今俗谓之毡帐。神庙时慨然有志于四方,思欲平二国,乃诏新作百子帐,将颁诸辅臣。未

就，而泰陵继之，又弗及赐。至太上崇宁间，工人告落成。于
是鲁公洎执政官始皆拜。其制度之华盛焉，为本朝之一故事
矣。

　　汾晋之俗悍而悖，当五代、国初时，号难攻取。昔太祖皇
帝亲征，道过紫岩寺，乃焚香自誓，不杀一人。晋人闻之，于是
坚拒不降。太祖亦不敢戮一人。久之，以盛夏诸军多泄疾，遂
班师。后人或罪誓言之露机，且不寤太祖所以降下太原矣。
又汾晋所恃而为吾患者，北援也。当是时，骤得继筠之捷，因
逐北。班师之际，遂尽徙忻、代之民于内地，六百里一无人烟。
盖使北大军来则无饷，单师至必败。是太祖又已得太原，乌在
举梃与刃而后言击灭之哉？其后太宗继伐，因一举围破，而天
下始大一统矣。

　　开宝初，车驾亲征伪汉，引汾水灌太原城。时属盛夏，艺
祖露臂跣足，亦不裹头，手自持刀坐黄盖下，督兵吏运土筑堤，
以堰汾河。城上望见，矢石雨坌，不避也。水浸城者，余数版
而已。又命水军乘舟，且焚其谯门，几陷，会班师焉。其后北
人有使于伪汉者，见水退而城始大圮，笑曰：“南朝知壅水灌城
之利，且不知灌而决之则无太原矣。”人多服其言。

　　真庙时，澶渊之役与敌讲解，后命辅弼各具上其备御策。
上曰：“朕求大臣计议，因自为之画，付卿等可面授诸将也。大
致以真定为本，敌若犯河间，则中山策应，保塞、安肃捣虚而深
入；若犯中山，则河间策应，保塞、安肃亦捣虚而深入；若犯真
定，中山策应，河间、保塞、安肃悉捣其虚，分道而深入，真定大
军勿轻动。敌果送死南来，直犯大名，则河间、中山皆捣其虚，
而真定大军始徐蹑其后，大名挫其锐，然后真定大军悉力要击
之。”此真庙之亲为图者甚悉。又神庙朝益修武备，边防虽粮

糒毕具，岁必命中使就三帅，监出干糒，新旧以相易，且曝之焉，顾他器仗又可知矣。呜呼，累朝规模宏远，皆若是也。又后金人寒盟，所谓大臣者皆阿谀后进，而握兵柄主国论议者，又多宦人，略不知前朝区处用心，贻厥之谋，但茫然失措，束手待毙，遂终误国家大计，可伤也。

西羌唃氏久盗有古凉州地，号青唐，传子董氈死。其子弱，群下争强，遂大患边。一曰人多零丁，一曰青宜结鬼章。案：《东都事略·吕公著传》作"鬼章青宜结"。而人多零丁最黠，鬼章其亚也。元丰末，神庙诏诸将："人多零丁俶扰王土，既擅其国，则彼用兵之际，若旌旐之属，岂无独异其状者？宜募猛士，如能杀之，或生捕得，若有官生白衣，并拜观察使。"不半载，有裨将彭孙者，果临阵跃入，斩人多零丁，以其首献，诏拜彭孙观察使。于是鬼章之势孤，未几亦生得之。熙河将种谔生擒鬼章，见《吕公著传》。属元祐初也，遂以其事奏告裕陵焉。擒鬼章之功，盖多得一时名臣文士歌咏，因大流播，然世独不知斩人多零丁，此青唐所以亡也。

李丞相士美在北门，与吾同班缀。尝言将聘大辽，赴其花燕。时戎主坐御床上，后有乌熊皮蒙一物，颇高大。久而似疲，则以身倚之，意其如古设扆状尔。俄于乌皮间时露一二人手足，则罔测其故也。及日晏时熟视，乃见数番小儿在其中。李为吾言而每哂之，吾即答曰："此乃鲜卑之旧俗，如高欢立孝武皇，以黑毡覆七人以拜其上，而欢居其一，殆亦是类乎？"罔然未识也。

太上在政和初元时，遣童贯以节度使副尚书郑居中使辽人。鲁公时责居在钱塘，闻而密止，上则无及。当是时，上密报鲁公，则已有觎国之意矣。北伐盖自是而始。俄其国乱，有董龙儿者乘乱举兵，击斩牛栏寨之裨将，且函其首来。于是天意盛欲兴师，赖鲁公力请而格，时政和已六年矣。得浮沉逮宣和初，事益迫，鲁公语泄，为伯氏得而诉诸上，遂罢鲁公相，乃大鸠兵，又将命元帅，内外为大惧。师垂起，而狂寇方腊者作，连陷二浙数郡，适得倾兵旅，屡克殄平。上心亦深悔此举，因而罢海上结约。会童贯平方寇既归，与王丞相黼生隙，黼大惧，既患失，遂媚贯，奋当北伐事。宣和四年夏，不谋于众，兵乃遽起，鲁公时已退休，亟请对，具为上言，丏止，不可。未几，伯氏亦有宣抚命，于是鲁公垂涕顿首上前，曰："臣不任北伐，宁自甘闲退。今臣子行诚无以晓天下，愿陛下保全老臣。"上不听，则曰："臣请则以效括母及语伯氏，吾将哭师也。"及后燕山告功，鲁公以表贺上，其末云："臣虑终而不虑始，知守而不知通，有觍初心，徒欣盛烈。"上览表时，喜见颜色，曰："太师能自直守如此。"因以肴核酒醴颁赉甚宠，俾公庆伯氏之归也。及后北方寒盟，上为大惧。宦者梁师成自抱前后结约文牍于上前，上顾师成曰："北事之起，他人皆误我，独太师首尾道不是。今至此，莫须问他否？"师成迫上耳密奏久之，上遂默然而止。呜呼，使群小人不阿罔，则宗国岂至是，故世但知鲁公之不主北伐，人或传公之诗有"百年信誓"之句，且未得其始末，故书其略，他尽见吾顷著《北征纪实》二卷。案：《北征纪实》具载徐梦莘《三朝北盟汇编》。

　　宣和岁壬寅，北伐事兴，夏五月出师，是日白虹贯日，童贯行而牙旗折。五月，"五月"二字似衍。伯氏继之，兵引去才次夕，所谓宣抚使招旗二为执旗者怀而逃去，皆不获。又二帅既在雄州，地大震，已，天关地轴出见于厅事上，龟大如钱，蛇犹朱漆，相逐而行，二帅再拜，纳诸大银奁，而置城北楼真武祠中。

翌日视之，天关地轴俱亡矣。识者咸知其不祥。

靖康末，敌骑再犯阙下，粘罕一军始至河阳。河阳守臣遁去，而河阳溃，中原人多亡命者，皆直大河而南走。大河皆可涉也，敌逐北而追之，皆若导之而过河焉。吾得于避敌之亲尝者。大河自古未始可涉，独后魏尔朱兆自富平津亦涉渡而袭淮。大抵患在计臣之左谋，而俾小人因得归之于数，宁不痛哉！

南俗尚鬼。狄武襄青征侬智高时，大兵始出桂林之南，道旁偶一大庙，人谓其庙甚神灵，武襄遽为驻节而祷之焉，因祝曰："胜负无以为据。"乃取百钱自持之，且与神约果大捷，则投此，期尽钱面也。左右或谏止，一傥不如意，恐沮师。武襄不听。万众方耸视，已挥手倏一掷，则百钱尽面矣。于是举军欢呼，声震林野。武襄亦大喜，顾左右取百钉来，即随钱疏密布地而钉帖之，加诸青纱笼覆，手自封焉，曰："苟凯归，当偿谢神，始赎取钱。"其后，破昆仑关，败智高，平邕管。及师还，如言赎取钱，与群幕府士大夫共视之，乃两面钱也。诏封庙曰灵顺。吾道过时梦甚异，又得是事于其父老云。

熙宁十年，交趾无故犯鄙，案：《东都事略》事在熙宁八年，时沈起知桂州，不能怀辑，又禁交趾与州县贸易，乃谋入寇。遂并陷钦、廉、邕三郡，多杀人民，系虏其子女。朝廷为赫怒，出大师行讨之。时将遣内侍李宪行，王舒公介甫力争其不可乃止，而介甫亦罢矣。于是吴丞相充、王岐公珪，皆以次当国，命帅郭宣徽逵而副以文臣赵卨征焉，合西北锐旅暨江淮将士，多至十余万，辎重转输不在数也。及入蛮境，先锋将苗履燕逵案：《东都事略》作"燕达"。径度富良江，一击散走其贼众，擒伪太子佛牙将，进破其国矣。逵闻而怒，亟追还之，欲斩二骁将于纛下，赖卨救免。因屯师于蛮地，不战者六十余日，大为交人慢侮。遂第逊辞，仅取其要领，且纳赂得还，报中原人不习水土，加时热疫大起，于是十万大师瘅厉腹疾，死者八九。既上闻，神庙大不乐，命穷治厥由。久之，乃得吴丞相与遂书札曰："安南事宜以经久省便为佳。"盖遂承望丞相风指，因致坐毙。事未竟，会吴丞相以疾薨于位，得不治。其后几三十年，当大观之初，吴丞相之二孙曰储、曰伟者，以同妖人张怀素有异谋，皆赐死，一时识者咸谓安南之役，天之所报云。呜呼，执事之人、主国家谋议者，可不慎哉，可不戒哉！

章丞相惇性豪迈，颇傲物，在相位数以道服接宾客，自八座而下，多不平之，然独见鲁公则否。而鲁公时在翰院为承旨，亦自负章之不能以气凌公也。一日，诣丞相府。故事，宰执出政事堂归第，有宾吏白侍从官在客次，而大臣者既舍辔即不还家，径从断事所而下以延客。及是章丞相反，不揖客，行入舍，褫其公裳，特易以道服而后出。鲁公方趋上，适见之，则亟索去。于是章丞相作惭灼然而语公曰："是必以衣服故得罪矣，然愿少留。"公曰："某待罪禁林，实天子私人，非公僚佐，藉人微，顾不辱公乎？"遂起，欲行去。章以手掠公，目使留，致恳到。会荐汤而从者以骑至，故公得而拂褒，因卧家，具章白其事，且以辱朝廷而待罪焉。哲庙览公奏，深多公之得体，亟诏释之，因有旨："宰臣章惇赎铜七斤。"仍命立法，以戒后来。自是，鲁公终章丞相之在相位而不以私见也。噫，前朝侍从臣卓尔风立乃如此，后来罕见之。

元祐末，宣仁高后崩，是岁即改元绍圣。哲庙既亲政，首拜章丞相惇右仆射。故事，拜相遣御药院内侍一员，赍诏宣押赴阙。章丞相后见鲁公论宣召事，因曰："大有破除也。"盖前朝召大臣,如赍诏内侍遇所历郡县,凡土产名物,大臣必以书遗之,号"书送"者,次第至阙乃止。独章丞相能知此故事故也。其后,鲁公自钱塘复太师而召,上曰:"御药院皆老班,惧涊扰卿,特选命四方馆使童敏。此朕亲信,俾赍诏。"仍以御笔手书十幅,示意鲁公不得力辞。时公遂遵书送故事,亦稍厌劳费,笑谓吾曰:"赖吾得章丞相语尚有此,后人疑不复知前辈故事矣。"

上清储祥宫者,乃太宗出藩邸时艺祖所锡予而建也。中遭焚毁,神庙时召方士募人将成之,未就。及宣仁高后垂帘,乃损其服御而考落焉,因诏东坡公为之记,而哲庙自为书其额。后泰陵亲政,元祐用事臣得罪,遂毁其碑,又改命鲁公改更其辞,鲁公时为翰林学士承旨也。于是天子俾置局于宫中,上珰数人共主其事,号诸司者。凡三日一赴局,则供张甚盛,肴核备水陆,陈列诸香药珍物。公食罢,辄书丹于石者数十字则止,必有御香、龙涎、上尊、椽烛、珍瑰随锡以归。凡百余日,碑成。既出,而金填其字,人因争取之,一本售五千焉,得数百本分赐群臣,余诏藏之禁中。吾尝读《欧阳文忠公集》,见其为学士时钞国史,仁庙命赐黄封酒、凤团茶等,后入二府犹赐不绝。国家待遇儒臣类如此。

大观之前,吾竹马岁,与群儿戏。适道文太师、韩侍中,语才一吐,则翁姥长者辈必变色以戒曰:"小后生不得乱道。"当是时,去二公薨已数十年,犹凛凛然尊严,使人尚敬之若神。岂非朝廷崇养其望至是,盖不若是无以表天下,一其信从者,其祖宗之深虑也。及后,所谓大臣国事既不克自重,时吾已识事矣,则但睹朝野口骛,党仇更相反覆。于是士大夫进退之间犹驱马牛,不翅若使优儿街子动得以指讪之,曾不足以备缓急。私窃谓体貌重轻而然。

宰相堂食，必一吏味味呼其名，听索而后供，此礼旧矣。独"菜羹"以其音颇类鲁公姓讳，故回避而曰"羹菜"，至今为故事。

国朝礼大臣故事，亦与唐、五季相踵。宰相遇诞日，必差官具口宣押赐礼物。其中有涂金镂花银盆四，此盛礼也。独文潞公自庆历八年入拜，厥后至绍圣岁丁丑，凡五十年，所谓间镀鈒花银盆固在。遇其庆诞，必罗列百数于座右，以侈君赐，当时衣冠传以为盛事。

国朝之制，待制、中书舍人以上皆坐狨，杂学士以上，遇禁烟节至清明日，则赐新火，往往谓之快行家者，昧爽多就执政、侍从之门，茶肆民舍取火蓺烛，执之以烧，才未及寸，殊有欢也。吾家隆盛时，出则联骑，列十三狨座，遇清明得新火者九枝，门户被天遇殊绝。政和初，至尊始踵唐德宗呼陆贽为"陆九"故事，目伯氏曰"蔡六"。是后，兄弟尽蒙用家人礼，而以行次呼之。至于嫔嫱宫寺，亦从天子称之，以为常也。目仲兄则曰"十哥"，季兄则曰"十一"，吾亦荷上圣呼之为"十三"。而内人又皆见谓"蔡家读书底"。呜呼，无以报称，且奈何？

宣和岁己亥夏，都邑大水，莫知所由来。向非城西索水之北有新筑堤，初架水之通宫苑者，偶横阻得且止，微此，一夕灌城，悉为鱼鳖矣。时给事中许翰崧老语鲁公："顷荧惑入天江，有谢中美者，谓后三年都邑必大水，今验矣。"案：《文献通考》云："政和六年七月乙未，荧惑犯天江，主旱。"今谢云"主大水"，占验不同如此。鲁公因语吾，使访其人，且久，一日原庙属行香，吾适待罪从班，而待制缀行，政在百寮前略相近。有左司郎官李璆西美傁进吾后，谓吾曰："曩求谢中美不得，此其人也。"吾额之。班退，亟邀谢中美归舍焉。当是时，世事亦可虑，狂妄每私忧过计，得见中美喜，因共商榷天官事。中美自谓，由唐以来治天官六世矣,六世外不可得而推。其家学大抵本太史公《天官书》,而占以《洪范》。太史公《天官书》者,譬世六经,视他天文犹百家耳。款叩中美,中美曰:"他占类不足道,独大观四年彗星逆行,从阁道入紫宫,再归帝座,此可畏者。"吾问:"占验果若何?"则曰:"仿佛汉中平末也。"即呼书吏开柜,取《东汉志》来,因共视之,见杀宦者、易弘农及献帝流离事,吾大骇惧。中美则以手摩拂书册,而言不必尽然,要概似之。又问其期,曰:"壬寅。"时辛丑春也。吾更汗慑。及壬寅不验,则曰:"当在乙巳。"后乙巳遂验云。又当癸卯岁,中美监染院罢,诣部授资州。一旦之任,执手言别曰:"愿公自爱,天下将乱矣。独蜀中良,后甚足终我之残龄焉。"未几,金人果寒盟,有诏内禅。靖康初,兵民杀内侍,其后两宫北狩,僭伪出,天下乱。于是新天子中兴江左,四川独帖泰。当中兴睢阳时,许翰崧老者适拜副枢,而吾贬万里外,闻之,谓翰必能荐召中美,为中兴用矣,吾尝有所闻。"尝"似宜作"当"。中兴之八载,有刘公宝学子羽来,自川陕佐宣抚使得罪,吾与同处博白,始能道中美既罢资州,厥后死矣。亟问其子弟,刘公曰:"无儿,其书亦不传焉。今世略得其绪余者,独襄陵许翰崧老,次其粗则吾也。"惜哉!

　　崇宁间,九重一夕有偷儿入内中,由寝殿北,过后殿而西南,历诸嫔御阁又南,直崇恩太后宫而出。殆晓觉之,有司罔测。时鲁公当国,曰:"可捕治搭材士。仪鸾司有逃逸者乎?"有司曰:"是夕,仪鸾司独单和者逃。"鲁公:"亟捕单和来。"凡三日得于雍丘,自肩至踵皆金器也。鞫得其由,盖和善飞梯,为仪鸾司第一手,常经入禁闼供奉,颇知曲折。是夕,用绳系横木,号软梯。案此条疑未完。璜川吴氏本与此同。涉园张氏本有"而入"二字,亦后人所增也。

铁围山丛谈卷第三

孟翊有古学而精于《易》，鲁公重之，用为学官。尝谓公言："本朝火德，应中微，有再受命之象。宜更年号、官名，一变世事，以厌当之。不然，期将近，不可忽。"鲁公闻而不乐，屡止俾勿狂。大观三年夏五月，天子视朔于文德殿，百僚班欲退，翊于群班中出一轴，所画卦象赤白，解释如平时言，以笏张图内，唐突以献。上亦不乐，编管远方，而翊死。明年夏，彗星出，改元政和，时事稍稍更易。当是时，人疑为翊之言颇验。其后十七年金人始寒盟，十八年乃有中兴事。

太上皇帝端邸时多征兆，心独自负。一日呼直省官者谓之曰："汝于大相国寺迟其开寺时，持我命八字往，即诣卦肆，遍问以吉凶来。第言汝命，勿谓我也。"直省官如言，至历就诸肆问祸福，大抵常谈，尽不合。末见一人，穷悴蓝缕，坐诸肆后。试访，曰："浙人陈彦也。"直省官笑之黾勉，又出年命以示彦。彦曰："必非汝命，此天子命也。"直省官大骇，狼狈走归，不敢泄。翌日，还白端王。王默然，因又致饬："汝迟开寺，宜再一往见。第言我命，不必更隐。"于是直省官乃复见彦，具为彦言。彦复咨嗟久之，即藉语顾直省官曰："汝归可白王：王，天子命也，愿自爱。"逾年，太上皇帝即位，彦亦遭遇，后官至节度使。

阴阳家流穷五行术数，不得为亡，至一切听之，反弃夫人事，斯失矣。是以古之人行道而委命，不敢用亿中以为信也。

先鲁公生庆历之丁亥，月当壬寅，日当壬辰，时为辛亥，在昔幼时，言命者或不多取之，能道位极人臣则不过三数。及逢时遇主，君臣相鱼水，而后操术者人人争谈格局之高，推富贵之由，徒足发贤者之一笑耳。大观初改元，岁复丁亥，东都顺天门内有郑氏者，货粉于市，家颇赡给，俗号"郑粉家"。偶以正月五日亥时生一子焉，岁月日时，适与鲁公合，于是其家大喜，极意抚爱，谓且必贵。时人亦为之倾耸。长则恣听其所欲为，斗鸡走犬，一切不禁也。始年十七八，当春末，携妓多从浮浪人，跃大马游金明，自苑中归，上下悉大醉矣，马忽骇，入波水中，浸而死。

蜀人谢石，宣和岁壬寅到辇下，以术得名。善相字，使人书一字，即知人之用意，以卜吉凶，其应如响，遂得荣显。时宣和七年，亟求归，临别语吾曰："石受恩者至今，以武弁获美官，犹衣锦，念无以报公德，惟有相字之术，诚无人，独可以传公，公其受之。"时吾得罪偃蹇，自揣决不能慎口诲果，更资以吉凶他术，是益取祸，故谢之，不肯听石。石又语吾曰："自是天下其乱矣，独蜀犹尚在，二十年外则不知也。是时语公，期蜀中相见。"吾更默不敢答。未几流贬，俄中原倾覆。后二十有一年，吾在铁城，因故人有帅成都者得寓书，遂与石通寒温，则二十年外期相见者如是乎？然巧发奇中，殊有欢，故特疏其二三事于后。始石居市邸，人有失金带者，书一"庚"字以问石，石曰："汝有所失乎？必金带也。然我知其人三日内始出。"果如期出。鲁公知而召之焉，书一"公"字。石曰："公师位极人臣，福寿若此，不必问所问吉凶。但表某微术者，公师当少年时尝更名尔。"鲁公笑而颔之。吾最晚生，盖不知此，然虽伯氏枢府为长，且亦不知也。太上皇闻而密俾之，尝为书一"朝"字，命示之。石曰："此非人臣也。我见其人则言事。"询何自知，石曰："大家天宁节以十月十日生，此'朝'字十月十日也，岂非至尊乎？"上喜，乃召见。石有问辄中，且令中官索东宫书一字来，乃以"太"字进。又问石，石曰："此天子也。"左右为大惧。上询谓何，石曰："'太'字点微横，此必太子也。他日移置诸上，岂非'天'字耶？"上以金带赐之。后闻石贬官在成都，时国步艰难，诏天下科举分路类试，而四川士子萃于锦官。石曰："我能知蜀中魁也，且亦知试题。"于是儒生之好事者，众醵金钱若干，俾石书所试题，又书上七人科第名氏，共缄识之。及榜出，取所书开视，无一不验。大凡石能道人胸腹间意所求望，与人决祸福吉凶，加劝戒以道理，纵横罔测。今岁益久矣，不知其存亡。

元丰末，叔父文正知贡举。时以开宝寺为试场。方考，一夕寺火大发。鲁公以待制为天府尹，夜率有司趋拯焉。寺屋皆雄壮，而人力有不能施，穴寺庑大墙，而后文正公始得出，试官与执事者多焚而死。案：《文献通考》云"点检试卷官翟曼、陈方、马希孟焚死，吏卒死者十四人"。于是都人上下唱言："烧得状元焦。"及再命试，其殿魁果焦蹈也。

政和末，王安中骤迁中书舍人，往谢郑丞相居中。谓曰："君作紫微舍人，首草者何人词耶？"安中答："适一番官诰命尔。"郑丞相曰："若尔，君必入政府。居中闻前辈言，入紫微为舍人，首草番官诰词者号利市，必预政柄。居中当时亦是。盖数已验，君其入二府乎？"后果然。

昔江南李重光，染帛多为天水碧。天水，国姓也。当是时，艺祖方受命，言天水碧者，世谓逼迫之兆，未几，王师果下建邺。及政和之末复为天水碧，时争袭慕江南风流，然吾心独甚恶之，未几，金人寒盟，岂亦逼迫之兆乎？

政和以后，道家者流始盛，羽士因援江南故事，林灵素等多赐号"金门羽客"，道士、居士者，必锡以涂金银牌，上有天篆，咸使佩之，以为外饰，或被异宠，又得金牌焉。及后金人之变，群酋长皆佩金银牌为兵号，始悟前兆何不祥也。

洛阳古都，素号多怪。宣和间，忽有异物如人而黑，遇暮夜辄出犯人。相传谓掠食人家小儿，且喜啮人也。于是家家持杖待之，虽盛暑不敢启户出寝，号曰"黑汉"。由是亦多有偷盗奸诈而为非者，逾岁乃止。此《五行志》所谓"黑眚"者是也。不数年，金国寒盟，遂有中土，两都皆覆。

靖康改元，春正月敌骑始犯阙，王黼乃得罪，取道由咸平县。此句上下有脱文。案《东都事略》云"贬为崇信军节度使，永州安置"。时不欲杀大臣，而使若贼残之者。及中兴之后，伪楚张邦昌先黜居长沙，后以罪赐自尽焉。黼死于辅故村，《东都事略》作"辅固村"。邦昌死于平楚门下官舍。

伪楚张邦昌始为中书舍人，梦乘太上辇，拥仪从出两山间，居辇上回视，见二马逐其后，能记其毛色也。后自燕山来，受伪封册，乃籍乘舆服御，回顾二马则如梦。伪齐刘豫者为小官时，梦至阙里拜仲尼，仲尼辄答其拜。又尝梦拜释氏，为之起。因独自负，遂果于僭。然二者皆不克终也。知梦兆胕焱，世或有之，至吉凶则由乎人，是以君子独能守其正而获其休矣，此昔人所以不贵乎征梦。吾得之邦昌之二侄、豫之乡人王寺丞忠臣云。

赵安定王普，佐艺祖以揖让得天下，平僭乱，大　统。当其为相时，每朝廷遇一大事，定大议，才归第则亟闭户，自启一箧，取一书而读之，有终日者，虽其家人莫测也。及翌旦出，则是事必决矣。用是为常。故世议疑有若子房解后黄石公事，必得异书焉。及后王薨，家人始得开其箧而视之，则《论语》二十卷。

江南徐铉归朝，后坐事出陕右，柳开时为州刺史。开性豪横，稍不礼铉。一日，太宗闻开喜生脍人肝，且多不法，谓尚仍五季乱习，怒甚，命郑文宝将漕陕部，因以治开罪。开得此报大惧，知文宝素师事铉也，迟文宝垂至，始求于铉焉。铉曰："彼昔为铉门弟子，然时异事背，弗能必其心如何，敢力辞也。"于是开再拜，曰："先生但赐之一言足矣，毋恤其听不。"铉始诺之。顷文宝以其徒持狱具来，首不见开，即屏从者，步趋入巷，诣铉居以觇铉，立于庭下。铉徐出座上，文宝拜竟，升自西阶，通温清，复降拜。铉乃邀文宝上，立谈道旧者久之，且戒文宝以持节之重，而铉闲慢废，"慢"字疑衍。后勿复来也。文宝方力询其所欲，铉但曰："柳开甚相畏尔。"文宝默然出，则其事立散。始吾待罪辇下时，于士大夫间得此而为慁，后又见陕右二三贤者，犹能道其事。噫，将历二百年矣，前辈敦尚风义凛凛如许，是宜不泯矣。

张端公伯玉，仁庙朝人也。名重当时，号张百杯，又曰张百篇，言一饮酒百杯，一扫诗百篇故也。有士人颇强记自负，饮酒世鲜双。乃求朝士之有声价者，藉其书牍与先容。一旦持谒张，张得函启缄，喜曰："君果多闻耶，又能敌吾饮。吾老矣，久无对，不意君之肯辱吾也。"遂命酒，共酌三十余杯。士人者雄辨益风生，而张略不为动。俄辞以醉，张笑之曰："果可人，然量止此乎？老夫当为君独引矣。"遂自数十举，始以手指其室中四柜书曰："吾衰病，不如昔，今所能记忆者独在是。君试自探一卷帙，吾为子诵焉。"士人曰："诺。"即柜中取视之，偶

《仪礼》也,以白张。张又使士人"君宜自举其首"。士人如其言,张乃琅然诵之如流。士人于是始骇服,再拜:"端公真奇人也。"

庞丞相籍以使相判太原,时司马温公适倅并州,一日被檄巡边,温公因便宜命诸将筑堡于穷鄙,而不以闻,遂为西羌败我师,破其堡,杀一副将焉。朝廷深讶庞擅兴,而诘责不已。庞既素重温公之贤,终略勿自言,久之遂落使相,以观文殿学士罢归。然庞公益默不一语,温公用是免。呜呼,庞公其真宰相,上接古人千载之风矣。

郑尚明昂,别本"昂"并作"昂"。老先生也,鲁公甚听爱,坐漏吾狂妄语获戾,竟老死乡井。顷为吾言:"昔昭陵在位已三十余载,时未有继嗣,而司马温公为并州通判,乃上书力言之,朝廷不罪也。又温成张后当盛宠,其叔父尧佐一日除节度、宣徽、景灵三使,而包孝肃公为中司,击焉。其白简苦剧骇人,不忍闻,而昭陵容之也。是以《仁庙实录》史臣独载温公书暨孝肃三章甚备。故都邑谚谓人之不正者,曰:'汝司马家耶?'目人之有玷缺者,必曰:'有包弹矣。''包弹'之语,遂布天下。人臣立节,要使后世著闻若此,始近谏诤之风。"吾志吾老先生语,而后每书诸绅也。

仁庙至和初暴得疾,时皇嗣未建,中外大恐,及既康复,小大交章,而仁庙慨然癔。大臣于是共白天子,以韩魏公厚重,可属大事,请召之,除枢密使。未几,富丞相丁内艰,魏公乃进,独当国,因力请建立。于是制诏以英宗自团练使为皇子,封钜鹿郡公。几年,仁庙登遐,英宗即位,日以悲伤得疾,国步方艰,万机惧旷,而慈圣光献曹后因垂帘视事者久之。魏公度上疾瘳矣,时旱甚,乃援故事,请天子以素仗出祷雨。当是时,都人争瞩目欢呼，大慰中外望。魏公遂得藉是执奏，丐归政天子。后许矣，未坚也。一旦，魏公袖诏书帘前曰："皇太后圣德光大，顷许复辟。今书诏在是，请付外施行。"后未及答，即顾左右曰："撤帘。"后乃还宫。时郑公方为枢密，班继执政而上。将奏事，则见帘已卷，天子独当宁殿上矣，既下而怒。魏公曰："非敢外富公也。惧不合则归政未有期。"其后，熙宁中魏公薨于乡郡，而郑公不吊祭，识者以为盛德之歉。

王舒公介甫被遇神庙，方眷仗至深，忽一旦为人发其私书者，介甫惭，于是丐罢累表，不待报，径出东水门，中使宣押不复还矣。神庙大不乐，遂复听其去，然重其操节，且约再召期。当是时，既出，挈其家且登舟，而元泽为从者，误破其颒面瓦盆，因复命市之，则亦一瓦盆也。其父子无嗜欲，自奉质素如此，与段文昌金莲华濯足大异矣。吾得之于鲁公。

王舒公介甫，熙宁末复坐政事堂，每语叔父文正公曰："天不生才且奈何，是孰可继吾执国柄者乎？"乃举手作屈指状，数之曰："独儿子也。"盖谓元泽。因下一指，又曰："次贤也。"又下一指，即又曰："贤兄如何？"谓鲁公。则又下一指，沉吟者久之，始再曰："吉甫如何？且作一人。"遂更下一指，则曰："无矣。"当是时，元泽未病，吉甫则已隙云。及鲁公久位公台，厌机务劳，自政和后盖数悔叹，亦患才难，网罗者未尽善，常曰："相门出将，将门出相。案：似当云"相门出相，将门出将"。别本并同，姑仍其旧。我阅人多矣，罔敢不力，且略无可继我者，天下事将奈何！"既莫用为之计，至叩方士王老志，苦求人物。老志因举二人，皆宰相也，李森、李弥逊。公大喜，于是亟召用之，又不慰公意，是后日掣其肘，竟付仗失当。俄群小大用事，公志益弗伸，而沦胥矣。此吾备聆公语，目其事，亦伤哉。

　　鲁公号知人，每语其人修短，大略多验。大观初，有诣都省投牒诉改官者，鲁公召上听事所，曰："改官匪难，当别有骤进用，径入侍从行缀矣。然反覆不常，惟畏慎作摸棱态过当，卒致身辅相。"吾笑之，而鲁公不以为憾，乃伪楚也。

　　鲁公以崇宁五年罢相印归，时国柄独刘公路逑主之，逑为中书侍郎故也。未几，鲁公复相，而逑被黜。时堂中诸吏咸祖于门，逑曰："诸君何患。逑年未五十，太师六十岁人矣。"俄而逑物故，鲁公复相，每叹息，常训吾曰："逑白骨已久，而我犹享荣禄。人之用心，宜不当尔，可不戒哉！"案：徽宗即位，建言者以元符末复元祐党人太优，朝廷再籍之而颇有阙略者，御史中丞钱遹论党人疑有奸，下两省议。时刘逑为给事中，独以遹言为非。及蔡京罢相，逑主国柄，于是言者论逑，谓其乘间抵巇，尽取崇宁以来继述绍熙、美意良法而尽废之，遂罢知亳州。见于史册者如是，是逑固贤者也。太师六十岁之言，容或有之，盖恶欲其死，亦常人之情耳。且奸凶如京，幸而早世，即为国家之福。逑之言，又宁知不出于爱国之忱乎？

　　吕司空公著生重牙，亦异常人也。当元祐平章军国重事时，鲁公以待制从外镇罢，召过阙。吕司空邀鲁公诣东府，列诸子侍其右，而谓鲁公曰："蔡君，公著阅人多矣，无如蔡君者。"则以手自抚其座曰："君他日必据此座，愿以子孙托也。"鲁公后每谓吾言，惜以党锢事愧不能力副其意者。吾且谓人之不知也。及在博白，一日，吕公之孙切问来，因为道是，而切问曰："顷鲁公居从班时，《祭司空公文》盖备之矣。"于是相与得申其契好。噫，前辈识鉴，类多如此。案：吕氏两世相业，门阀昌大，何至预以子孙托人？且重以公著之贤，而其子希哲、希绩、希纯，异时历官，皆有贤声。知子莫若父，公著宁不知之而必京之托乎？且自章惇为相，公著既削谥贬官矣，迨京擅国，复指为奸党首恶，置元祐党籍刻石殿庭，若惟恐其罪之不著于天下者。受人之托，报之固当如是乎？欲盖其父之恶，而不恤诬蔑贤者，以欺后世，絛真小人之尤哉！

　　鲁公宇量迈古人，世所共悉也。元符初上巳，锡辅臣侍从宴。故事，公裳簪御花。早集竟，时有旨宣侍臣以新龙舟，而龙舟既就岸，于是侍臣以次登舟。至鲁公适前，而龙舟忽远开去，势大且不可回，鲁公遂堕于金明池，万众喧骇，仓卒。召善泅水者。未及用，而鲁公自出水，得浮木而凭之矣，宛若神助。既得济岸，入次舍，方一身淋漓，蒋公颖叔之奇唁公曰："元长幸免潇湘之役。"鲁公颜色不变，犹拍手大笑，答曰："几同洛浦之游。"一时服公之伟度也。公时为翰林学士承旨，蒋时为翰林学士云。

　　鲁公拜维垣，亲客来贺，公略无德色，且笑语犹常时。因语客曰："某仕宦已久，皆悉之矣。今位极人臣，则亦可人，所谓骰子选尔。人间荣辱，顾何足算。"骰子选者，盖自公始为太庙斋郎，登上第，调钱塘县尉，绵历内外，而后至太师也。足见公之度。

　　顷客为吾言，靖康末有避乱于顺昌山中者，深入得茅舍，主人风神甚远。即之语，士君子也。怪而问之，曰："诸君何事挈孥能至是耶？"因语之故。主人曰："乱何自而起乎？"众争为言，于是主人者嗟恻久之，曰："我父乃仁宗朝人也。自嘉祐末既卜是居，因不复出。以我所闻，但知有熙宁号，他则不审校今为几何年矣。"客又告以本朝传叙纪年次第，主人但颔。而留数日，伺知贼退，乃出山散去。吾闻客言，胸次为豁如者经夕，且此山中主人定不知世间有熙、丰、元祐是非矣。尝谓吾之罪咎，深有愧乎士大夫，然士大夫者，似亦愧我山中主人。因作顺昌山中主人说。

　　大观末，鲁公责宫祠，归浙右。吾侍公舟行，一日过新开湖,睹渔艇往还上下。鲁公命吾呼得一艇来,戏售鱼可二十鬣,小大又勿齐。问其直,曰:"三十钱也。"吾使左右如数以钱畀之焉。去来未几,忽遥见桨艇甚急,飞趁大舟矣。吾与公咸愕然,谓:"此必得大鱼乎? 将喜而复来耶?"顷已及,则曰:"始货其鱼,约三十钱也。今乃多其一,用是来归尔。"鲁公笑而却之,再三不可,竟还一钱而后去。吾时年十四矣,白鲁公:"此岂非隐者耶?"公曰:"江湖间人不近市廛者,类如此。"吾每以思之,今人被朱紫,多道先王法,言号士君子,又从骀哄坐堂上曰"贵人",及一触利害,校秋毫,则其所守未必能尽附新开湖渔人也,故书。

刘尚书赎,法家也,崇宁间为大司寇。一日,来诣东府见鲁公。公时在便坐,与魏先生汉津对,因延刘尚书弛公裳,即燕坐焉。刘公立,不肯就位,责鲁公曰:"司空仆射,实百僚之仪表也,奈何与黥卒坐对? 赎窃不取,愿退。"鲁公大笑,亟揖汉津曰:"先生可归矣。"自是,刘公不敢与汉津并见。汉津铸九鼎,作《大晟》,上甚礼听之,当是时,侍从之臣犹强正,而宰辅之臣能涵容,风俗如此乎,此吾亲见也。

林中书彦振摅,气宇轩昂,有王陵之少戆。罢政事去,不得意,寓扬州,丧其偶,久之,忽于几筵坐上,时时见形,饮食言语如平生状,仍决责奴婢甚苦。彦振徐察非是,乃微伺其踪,则掘地得大穴,破之,罗捕六七老狐。中一狐尤尨而白,且解人语言,向彦振求哀曰:"幸毋见杀,必厚报。"彦振勿顾,悉命杀之,迄无他。及宣和岁庚子,鲁公以弗合罢,而北征将兴,上积闻摅杀狐并使北二事,乃召之守北门,将付以北伐事,为黼沮罢,遂落节钺而归。使北者,始圣旨与辽人聘问往来,北使至我,则阁门吏必诣都亭驿,俾使习其仪,翌日乃引见,惧使鄙不能乎朝故也。及我使至彼，则亦有阁门吏来，但说仪而已，不必引而见。撝时奉使至北，而北主已骄纵，则必欲令我亦习其仪也，撝不从。因力强，不可，案：《东都事略》，北主欲为夏人求复进筑城砦，撝力折之。主不胜其忿，既还馆，给以宣旨，使降阶跪受，实以国书授之。撝引故事不从云云。与此小异。于是大怒，绝不与饮食。我虽汲，亦为北人以不洁污其井。一旦，又出兵刃拥撝出，从者泣，撝亦不为动。既出即郊野，乃视撝以虎圈，命观虎而已，且谓："何如？"撝瞋目视之，曰："此特吾南朝之狗尔，何足畏？"北素讳狗呼，闻之气阻。撝竟不屈还。

蒋八座猷，贤者也。尝为中司，有端直声。政和初，上赉鲁公以女乐二八。蒋公曰："唐李晟、马燧用武夫要宠私，晋魏绛实陪卿，以和戎得金石。公今出大儒，盖自周公，制礼作乐，方致太平，不应下同此辈，宜塞其渐，愿公力辞焉。"鲁公大喜之，然不克用。及政和末，伯氏既联姻戚里，后大辟第，开河路，作复道，以通宫禁。蒋时与吾俱在书局，数大蹙额而喑吾曰："约之，奈何公家而吾言不克用？徒以狂妄几死而已。"祸乱后痛始定，每怀蒋八座语，君子哉。

范元实温，吾所畏友，然不护细行。吾以时士议勉之，元实怒曰："我不解今时士大夫，不使人明目张胆直道而行，率要作匿情诡行，似王莽日事沽吊。是谁倡此，岂世美事耶？"吾每首肯焉。又尝与吾论时势及开元、天宝之末流。元实曰："不然。天宝之势，土崩瓦解，异乎今日鱼烂也。"时鲁公亦痛悔，一日喟然而叹，数谓吾曰："今复得陈瓘、刘器之来，意若可救药乎？"吾语元实，元实大喜，语吾曰："公之大人有此心，岂独海内，乃公之福。第恐难得好汤，使多咽不下尔。"元实亟持其书报二公，而二公是岁皆下世，元实亦为其宠妾红鸾所困，俄得伤寒,不数日殂,可伤哉。书此,俾世知时不乏人。

伯父君谟,号"美髯须"。仁宗一日属清闲之燕,偶顾问曰:"卿髯甚美,长夜覆之于衾下乎? 将置之于外乎?"君谟无以对。归舍,暮就寝,思圣语,以髯置之内外悉不安,遂一夕不能寝。盖无心与有意,相去适有间,凡事如此。

童贯彪形燕颔,亦略有髭,瞻视炯炯,不类宦人,项下一片皮,骨如铁。王黼美风姿,极便辟,面如傅粉,然须发与目中精色尽金黄,张口能自纳其拳。大抵皆人妖也。吾识黼于未得志时,鲁公独忽之,后常有愧色于吾。黼始因何丞相执中进,后改事郑丞相居中,然黼首恃奥援,父事宦者梁师成,盖已不能遏。

翟参政公巽汝文,有文名,对人辞语华畅,虽谈笑,历历皆可听,然不妄吐也。政和间为给事中,每见殿庭宣赞称"不要拜,上殿祗候",必咄咄曰:"不要拜,此何等语?"旁问之:"君俾为何言乎?"公巽曰:"宣赞有旨勿拜。"时蔡安世靖、陈应贤邦光同在门下外省,安世位公巽之上,而应贤坐其下,每相与谈论,二人必交辟之。一日辞屈,于是叹曰:"嗟乎,遂厄于陈、蔡之间。"

范温元实,议论卓尔过人。当宣和初,尝为吾言:"孙皓曰:'昔与汝为邻,今与汝为臣。劝汝一杯酒,令汝寿万春。'武帝悔之。及陈后主上隋文帝诗曰:'日月光天德,山河壮帝居。太平无以报,愿上登封书。'且一种降王,就中后主真驽才。"

外兄徐若谷,字应叟,贤德君子也。常以吾清浊太分、是非太明为戒。尝论古人,若阮嗣宗口不臧否人物,号为长者,至于对人作青白眼,则更甚于臧否。吾服其语。

鹿谿生黄沇,钦人也。从学陈莹中、黄鲁直,文字固不凡。

与吾谈经，每叹今时为《春秋》者，不探圣人之志，但计数其后，逐传则论鲁三桓、郑七穆，穷经则会计书甲子者若干，书侵、书战者为几，皆由汉二刘、唐武平一启其端。是犹世愚者皆学佛，而诵《金刚经纂》。吾未晓，迫问之，则曰："有一十三，恒河沙，三十八，何以故。"

国朝实录、诸史，凡书事皆备《春秋》之义，隐而显。若至贵者以不善终，则多曰"无疾而崩"，大臣亲王则曰"暴卒"，或云"暴疾卒"。无疾者，如李榖是也。暴疾卒，如魏王德昭是也。大凡前书不若后书，前书犹庶几，至后书生纷兢更易，则益阔疏，难取信矣。

江汉，字朝宗，有宋史学，惜乎猥以长短句辱其名也。尝与吾论史家流学，当取古人用意处，便见调度。太史公曰："投机之会，间不容鲜忽。"班孟坚曰："投机之会，间不容发。"至宋景文又曰："投机之会，间不容毲。"

王性之铚，博洽士也。尝语吾："宋景文公作《唐书》尚才语，遂多易前人之言，非不佳也。至若《张汉阳传》，前史载武后问狄仁杰：'朕欲得一好汉。'顾是语虽勿文，宁不见当时吐辞有英气耶？景文则易之曰：'安得一奇士用之。'此固雅驯矣，然失其所谓英气者。"吾不能答。

王元泽奉诏修《三经义》，时王丞相介甫为之提举，盖以相臣之重，所以假命于其子也。吾后见鲁公与文正公二父，相与谈往事，则每云："《诗》、《书》盖多出元泽暨诸门弟子手，至若《周礼新义》，实丞相亲为之笔削者。"及政和时，有司上言天府所籍吴氏资居检校库，而吴氏者王丞相之姻家也，且多有王丞相文书，于是朝廷悉命藏诸秘阁，用是吾得见之，《周礼新义》笔迹，犹斜风细雨，诚介甫亲书，而后知二父之谈信。

歌者袁绹,乃天宝之李龟年也。宣和间供奉九重,尝为吾言:东坡公昔与客游金山,适中秋夕,天宇四垂,一碧无际,加江流涌涌,俄月色如昼。遂共登金山山顶之妙高台,命绹歌其《水调歌头》曰:"明月几时有?把酒问青天。"歌罢,坡为起舞,而顾问曰:"此便是神仙矣。"吾谓文章人物,诚千载一时,后世安所得乎?

五季文章趣卑陋甚矣,然当时诸僭伪,其国颇亦有人。吾顷游博白之宴石山号普光禅寺者,为屋数椽而已,其山迥绝,洞穴奇怪,得一碑,乃伪汉时人为寺记,特喜其两语,曰:"蔬足果足,松寒水寒。"

熙宁初,王丞相介甫既当轴处中,而神庙方赫然,一切委听,号令骤出,但于人情适有所离合。于是故臣名士往往力陈其不可,且多被黜降,后来者乃寝结其舌矣。当是时,以君相之威权而不能有所帖服者,独一教坊使丁仙现尔。丁仙现,时俗但呼之曰"丁使"。丁使遇介甫法制适一行,必因燕设,于戏场中乃便作为嘲诨,肆其诮难,辄有为人笑传。介甫不堪,然无如之何也,因遂发怒,必欲斩之。神庙乃密诏二王,取丁仙现匿诸王邸。二王者,神庙之两爱弟也。故一时谚语,有"台官不如伶官"。

熙宁间,东平有名士王景亮者,喜名貌人,后反为人号作"猪觜关"。世谓郓有猪觜关,由此始。继有不肖者,乃更从而和之,日久为人号"猪觜关大使",亦各有僚吏之目。吕升卿者,形貌短劣,谈论好举臂指画,奉使过东平,遂被目为"说法马留"。厥后,相去将三十余年,王大粹靓以给事中出守东平,乃被目为"香柜圆"者,盖谓不能害人,且不治病也。凡轻薄类此。昔鲁公以元祐时亦帅郓,到郡大会宾客,把酒当广坐谓之曰:“闻公号猪觜关,凡人物皆有所雌黄,某下车来未几,然敢问其目。”其人曰:“已得之矣。”众皆为慑。公喜,且笑而逼之,则曰:“相公璞也。”

东坡公元祐时既登禁林,以高才狎侮诸公卿,率有标目殆遍也,独于司马温公不敢有所重轻。一日相与共论免役差役利害,偶不合同。及归舍,方卸巾弛带,乃连呼曰:“司马牛!司马牛!”

崇宁初建三卫府,多大臣与勋戚子弟。一日,众坐共谈西汉事有隽不疑者,其人曰:“彼何故不来见大臣?”于是一时大传为口实。然不至是,此特王辅道寀轻薄造以为笑。寀有逸才,时为三卫中郎,后遭极刑。案寀,韶之子,以左道诛。

崇宁中有一名士,过浙右姑苏,有州将夙戒尝河鲀者,士人甚惧,预语其家人:“我闻河鲀有大毒,中之必杀人。今州将鼎贵,且厚遇,逆之必不可,为之奈何? 傥一中毒,是独有人屎可救解。汝辈当志吾言也。”及就之,主人愧艴而谢客曰:“且力求河鲀,反不得,幸赉其责。愿张饮以尽欢。”坐客于是咸为之竟醉。士人者归,沉顿略不省人事,因大吐。其家人环之争号,谓果中毒矣。夜走取人秽,亟投以水,绞取而灌之焉。辄复吐,则又灌不已。举室伺守,天殆晓酒醒,能语言,始语不得河鲀,则已弗及。

铁围山丛谈卷第四

米芾元章好古博雅,世以其不羁,士大夫目之曰"米颠",鲁公深喜之。尝为书学博士,后迁礼部员外郎,数遭白简逐去。一日以书抵公,诉其流落。且言举室百指,行至陈留,独得一舟如许大,遂画一艇子行间。鲁公笑焉。吾得是帖而藏之。时弹文正谓其颠,而芾又历告鲁公泊诸执政,自谓久任中外,并被大臣知遇,举主累数十百,皆用吏能为称首,一无有以颠荐者。世遂传米老《辨颠帖》。

顷一天府尹,用吏能称,颇不大博。约五鼓与侍从同坐待漏院舍,忽语众曰:"夜来不能寐,偶读《孟子》一卷,好甜。"张台卿内相闻,随答曰:"必非《孟子》,此定《唐书》尔。"一座为哄。

祖宗故事,诞育皇子、公主,每侈其庆,则有浴儿包子并赍巨臣戚里。包子者,皆金银大小钱、金粟、涂金果、犀玉钱、犀玉方胜之属。如诞皇子,则赐包子罢,又逐后命中使人赍密赐来,约颁诸宰相,余臣不可得也。密赐者必金合,多至二三百两,中贮犀玉带或珍珠瑰宝。及太上朝,皇子既洗,时何执中为相,因力丐罢去密赐故事,上可之。后鲁公召自钱塘而再相也,与何傅适有皆召之美,而何傅每叹近时锡赍薄少者,鲁公顿报之曰:"公所谓自作自受故也。"当是时,方粉饰太平,务复古礼制。一日殿庭讲事罢,共归都堂,鲁公复向何傅叹行礼久,颇厌疲劳,何傅于是忽起而报曰:"此亦吾公师所谓自作自受矣。"公为之笑。

豫章郡王孝参,曹王之次子。案史,孝参实王第三子,故下文有"三大王"之号。此云次子,似误。曹王甚贤,神庙之季弟也,案此句下宜增"孝参"二字,文义始明。于太上皇为从兄弟,且俊爽一时,甚尊宠也,号"三大王"者。"者"字疑衍文,否则"号"字上有脱文。政和间始建春宫,既事大体重,乃命近戚奏告诸陵,而三大王遂行。朝廷亦为妙选行事官与之偕,尽馆阁上才,一时之盛举也。诸名士既与王同涂,而王亦自矜持,朝夕谭对,简札间独喜用"其"字。诸公为快快不乐,且以其崇贵,故不敢显讥焉。往返者多,将及国门,于是争前叙别,始金约得共报之,曰:"某等其有天幸,获侍大王其将半月,不胜其荣幸。今违履舄,愿大王保其玉体,益其令闻。某等不胜其依恋。"数十"其"而后归,莫不抚掌。吾后数见宇文叔通虚中延康,犹尚称快不已。

范内翰祖禹作《唐鉴》,名重天下,坐党锢事。久之,其幼子温,字元实,与吾善。政和初,得为其尽力,而朝廷因还其恩数,遂官温焉。温,实奇士也。一日,游大相国寺,而诸贵珰盖不辨有祖禹,独知有《唐鉴》而已。见温,辄指目,方自相谓曰:"此《唐鉴》儿也。"又,温尝预贵人家会,贵人有侍儿,善歌秦少游长短句,坐间略不顾,温亦谨,不敢吐一语。及酒酣欢洽,侍儿者始问:"此郎何人耶?"温遽起,又手而对曰:"某乃'山抹微云'女婿也。"闻者多绝倒。案"山抹微云",少游词也。为时传诵故云。

蔡内相文饶薿,以殿魁骤进,晚知杭州,稍失志。时宣和间,钱塘经方寇破残后,其用意将效张乖崖公领成都故事。花判府有寡妇诣讼庭投牒,而衣绯裤。即大书曰:"红裤白裆,礼法相妨。臀杖十七,且守孤孀。"又有田殿撰升之登者,名家,亦贤者也,绵历中外。一日,为留守南都,时群下每以其名

"登"，故避为"火"。忽遇上元，于是榜于通衢："奉台旨，民间依例放火三日。"遂皆被白简。至今遗士大夫谈柄，不可不知。

吴考功岩夫，劲正有风概，吾畏友也。吾取友必求诸岩夫，而岩夫亦自喜知人。宣和间出守洋州，尝以书付其甥周离亨者，使转致诸吾，而吾不知也。离亨即阴发其舅书，见有群贤名字，其一乃许景行，遂密畀诸王丞相黼。时王当国，正与鲁公争北伐事，不相合。既得岩夫书，为奇货，藏之且几年。时岩夫已代还，而景行又自除殿中侍御史矣。一日，上忽有意似向鲁公者，黼伺得之，惧，始发岩夫之书，谓妄荐台臣于大臣子弟也。上偶震怒，而岩夫与景行遂皆免所居官，离亨乃得拜符宝郎，于是朝班无小大，咸揶揄，目之曰"青鸟"。其后，周青鸟之名竟载白简。则士大夫枢机，吁，安得不慎。

长安西去蜀道有梓橦神祠者，素号异甚，士大夫过之，得风雨送，必至宰相，进士过之，得风雨则必殿魁，自古传无一失者。有王提刑者过焉，适大风雨，王心因自负，然独不验。时介甫丞相年八九岁矣，侍其父行，后乃知风雨送介甫也。鲁公帅成都，一日召还，遇大风雨，平地水几二十寸，遂位极人臣。何文缜丞相桌，政和初与计偕，亦得风雨送，仍见梦曰："汝实殿魁，圣策所问道也。"文缜抵阙下，适得太上注《道德经》，因日夜穷治，及试策目，果问道，而何为殿魁。

李郁林佩，政和初出官尉芮城。时因公事过河镇，偶监镇夜同会坐数人，相与共征鬼神事。镇官为言：乃者河中有姚氏，十三世不析居矣，遭逢累代旌表，号"义门姚家"也。一旦大小死欲尽，独兄弟在。方居忧，而弟妇又卒。弟且独与小儿者同室处焉。度百许日，其家人忽闻弟室中夜若与妇人语笑者，兄知是弗信也，因自往听之，审。一日励其弟曰："吾家虽骤衰,且世号义门。吾弟纵丧偶,宁不少待,方衰绖未除,而召外妇人入舍中耶?惧辱吾门,将奈何?"弟因泣涕而言:"不然也。夜所与言者,乃亡妇尔。"兄瞠愕询其故,则曰:"妇丧期月,即夜叩门曰:'我念吾儿之无乳,而复至此。'因开门纳之,果亡妇。随遂径登榻,接取儿乳之。弟甚惧。自是数来,相与语言,大抵不异平时人。且惧且怪,而不敢以骇兄也。"兄念家道死丧殆尽,今手足独有二人,此是又欲亡吾弟尔,且弟既不忍绝,然吾必杀之。因夜持大刀伏于门左,其弟弗知也。果有排门而入者,兄尽力以刀刺之,其人大呼而去。拂旦视之,则流血涂地。兄弟因共寻血污踪,迄至于墓所,则弟妇之尸横墓外,伤而死矣。会其妇家适至,睹此而讼于官。开墓则启空棺而已,官莫能治。俄兄弟咸死狱中,姚氏遂绝。李郁林者闻是,始大不然,镇官即于坐命左右索其狱牍来,视之乃信。呜呼,亦异矣。夫鬼神之事有不可致诘者。《汉·五行志》言,元始元年,朔方女子病死,敛棺积六日而出棺外。类如此乎?后三十一年,时当癸亥,案:是为高宗绍兴十三年。夏四月,会于郡斋,李郁林为吾道之。即书以补后世听讼者之末也。

　　鲁公在从班时,以赵安定王甲第傍近宫阙,便谒见,因僦止焉。其地甚古,号多凶怪。既入居之,是夕,有异人刘快活者,谓鲁公未宜寝也,公曰:"诺。"乃命酒,与痛饮。厘三鼓矣,中堂黑暗处辄格格有声甚厉,忽睹一猴,猴类人长大,缓缓而出于外,因忽不见。时夜中仓卒,故不大惊,然刘但顾曰:"汝又胜他不过。"公亦大笑,谓刘:"此岂非所谓'山魈'者耶?"遂偕就枕而睡。

　　任宗尧者,字子高。名家子,仕至典乐,后改服武弁,终赠观察使。宗尧多艺能,洞晓天官、律吕,盖其传授于魏汉津先

生。宗尧始仕宦时，即喜功名。大观末，从尚书王宁、中书舍
人张邦昌使高丽，为上节人至四明则放洋而去。不十日，四明
忽传副使舶坏，众为痛之。始时宗尧将登舟，则寄所赍玩好琴
书于相识故人家而迈，及是传也，其故人者嗟恻。一旦有女奴
忽暴病不省，遂为宗尧音诉其故人曰："某所以涉鲸波万里，本
希尺寸赏，不谓遽持千金之躯，而葬于鱼鳖之腹。故人念我
乎？某所寓三琴，实平生所爱赏。甲可归之我家，乙亦奇古，
当奉故人，下者可与某。"凡所寓书画箧笥中百物，历历分区，
不遗一毫毛。其故人大骇，为莫哭。久之，女奴始苏。翌日，
则四明一郡皆传，谓使者舟坏信矣。其后戒归使人自高丽，上
下一无恙。故人者得见宗尧，欢喜窃笑，独异于常。宗尧始疑
而询焉，方道其事，始知为黠鬼所侮。吾亲见宗尧言之。雒阳
大内兴立自隋唐五代，至圣朝艺祖尝欲都之，开宝末幸焉。而
宫中多见怪，且适霖雨，徒雩祀谢，见上帝而归矣。是后至宣
和，又为年百五十，久虚旷。盖自金銮殿后，虽白昼，人罕敢
入，人亦多有异，蚤或大于斗，蛇率为巨蟒，日夜丝竹歌笑之声
不绝也。宣和末，有监官吴本者武人，持气不畏事。夏月因纳
凉于殿庑间，至晡时后，天尚未昏黑，而从者坚请归舍，不听。
俄忽闻跸声自内而出，即有卫从缤纷，执红销金笼烛者数十
对，成行罗列。中一衣黄人，如帝王状，胸间尚带鲜血，拥从甚
盛，徐徐行由殿庑，从本寓舍前过。本与其从者，急趋入户避
之，得详瞰焉。最后有一卫士似怒，以纳凉故妨其行从也。乃
以手两指按其卧榻之四足，遂穿砖而陷于地，顷刻转他殿而
去，遂忽不见。本大骇，自是不敢宿止其中矣。囚图画所见，
遍以示人。雒阳士大夫多能传之，曰："此必唐昭宗也。"吾顷
尝闻是事，第流落不偶，久而忘七八矣。偶流寓者赵令子与

来，犹能道其略，因著于编。

刘器之安世，元祐臣也。晚在睢阳，以锾二十万鬻一旧宅。或谓此地素凶，不可止，器之不信。始入即有蛇虺三四出屋室间，呼仆厮屏去，则率拱立，谓有鬼神，不敢措其手。器之怒，改命家人辈，自纳诸筐簏，而弃诸沜流。翌日则蛇出益多，再弃辄复又倍。曾不浃旬日，乃至日得五七簏不已也。器之不乐，因自焚香于土神祠前，曰：“此舍某用己钱易之者，即是某所居矣。蛇安得据以为怪乎？始犹觊鬼神之有职，而后悛革。今不数日则怪益出，是土神之不职尔，且当受罚，虽愿仍其旧贯不可得矣。”回顾从者，尽掊土偶五六掷之河中，召匠手为之改塑其神，由是怪不复作。

斗秤诈欺，阴理至重。郁林有谢秀才者，衣冠后也，善以术笼人，上下颇爱之。于田井间为驵侩事，每以小量轻权贷与人，必用大器巨秤责偿，自喜其得计，刻深匪一日矣，人往往不觉。一旦从以仆，其手自捉升斗诸诳具，将入林野，才出城东门未数里，即雷雨骤兴，有黑云追逐，及霹雳一声，而谢秀才震死矣。屡葬则屡为雷所发，伺其肉溃散，乃焚焉，腹中得一雷楔也。世人昧锥刀间，一不顾义理，至为鬼神所仇，犹多不戒，且甘以此死，何哉？

建炎当三祀，北马将饮江。于是天子幸明而越隆祐太后龙舆驻豫章，行台从焉。时警报益亟，有郎官侯懋、李幾凡三人者，每至城东南隅，得园林僻寂，私相谓曰：“使敌一不可避，得相与匿于是，宜死生以之。”未几，行宫南迈，仓卒之际果不克奔，而敌骑已遽入矣。三人者得如约，共窜于林，因伏堂之巨梁上，夜则潜下取食而还伏焉，累十数日矣，幸略无人至者。一旦忽多人物且沓至，三人但伏梁之上计：“此岂皆避敌者耶？

胡为而至哉?"语未已,即有黑衣数十百人继来,共坐于堂,命左右逻捕男女,无少长悉以梃敲杀之,积尸傍午,向暮尽死始去。当是时,三人者伏据于梁,悢悢然,向脱一仰其首见,必死矣。黑衣既散,皆谓得免,况已昏夜,俄复望红纱烛笼数十对引导,有主者数人又至,亦坐于堂,即多群吏据呼阅人姓名者,三人益惧,于此殆不得脱矣。又细下视之,则但见人物可半,□头面俱勿辨,乃知非人也。凡点阅死籍至多,辄悉呼其姓名。中间偶呼至一名,群吏乃争报曰:"不是,不是。"类如是者凡有四,三人者咸能记忆也。夜过半矣,事竟皆去。殆晓则四顾,鸟雀不闻声,知敌已洗城而引遁矣。即于乱尸中偶有呻吟声,三人共询其名,乃夜来群吏所谓不是者四人,今悉复活矣,异哉!吾得于宋高州,高州得于侯懋。懋等皆显官,宜不妄云。

柳州柳侯祠,据罗池者不十许丈尔。庙设甚严,其神灵则退之固载诸文辞矣。自吾放岭外,举访诸柳人,云:"父老递传,柳侯祠中,夕辄闻鸣锣伐鼓之声,亦时举丝竹之音,庙门夜闭,殆晓则或已开,每以为常。近百许年稍即无此异矣。"又绍兴乙丑岁,有杨经幹者过柳州,因谒于祠,则据其庑间以接宾客,且笑语自若。及还馆舍,才入屏后,辄仆而卒。由是终畏之。

铁城之小南街,有庞摄官舍。庞已死久矣,一日,其家木偶土地者,忽自相殴击不止。家怪异之,焚香拜祷,又不止,乃投于井中。一夕于井中又出,遂令仆远送之。然仆人者亦惧,夜以楮钱缠木偶,但潜置于税务门小石桥下,不敢远,人皆不知也。石桥去行街止数十百步,翌日则街市人皆见木偶土地夫妇行于街,众大骇,争相传报,聚十百人,而木偶土地自行街前，以手相接抱而双俱行转街，复抵税务，入其中拦头，因以绳系于柱。叶戎宰因下务，见众喧噪，询之，争白曰："木土地自行也。"叶戎曰："岂有此理！"呼伍伯辈，令二人持此木偶，掷之江中，后乃寂然。此非所动而动，在五行有兆。当是时，赵守不易凶险生事，人不奠居，吾意谓其有兵火之厄乎？此绍兴乙亥夏六月二十有六日也，吾亲见之。至九月末，许签判遽死。十月，赵守殂，而杨司户又死，南流黄知县丁忧而去，欧阳巡铺、米推官皆卒。次年六月，叶戎又死。此其验矣。

　　天下苦蚊蚋，都城独马行街无蚊蚋。马行街者，都城之夜市酒楼极繁盛处也。蚊蚋恶油，而马行人物嘈杂，灯火照天，每至四鼓罢，故永绝蚊蚋。上元五夜，马行南北几十里，夹道药肆，盖多国医，咸巨富，声伎非常，烧灯尤壮观，故诗人亦多道马行街灯火。

　　近世儿女戏，有《消夜图》者，多为博路以竞胜负。而作"消"字，或谓可消长夜，非也，乃《元宵夜图》耳。吾待罪西清时，于原庙祖宗神御诸殿阁，遇时节，则皆陈设玩好之具，如平生时。尝得见《宵夜图》者，皆象牙局，为元宵夜起，自端门及诸寺观，作游行次第。疑《宵夜图》本此。

　　百戏诸伎甚精者，皆挟法术。元丰中有艺人，善藏舟，用数十人举而置之，当场万众不见也。尝经御楼前，上下莫不骇异，裕陵见之，曰："其人但行往来舟上耳。"故知假诳不能诳真人。

　　金明池，始太宗以存武备，且为国朝一盛观也。其龙舟甚大，上级一殿曰"时乘"。既岁久，绍圣末诏名匠杨谈者新作焉。久之落成，华大于旧矣。独铁费十八万斤，他物略称是。盖楼阁殿既高巨，舰得重物乃始可运。先是，池北创大屋深沟以贮龙舟,俗号"龙奥"者。既纳新舟,而旧舟第弃之西岸而已。都城忽累夕大风,异常不止,众惧为灾,虽哲庙颇亦憷。顷风息,方知新旧二舟即池中战,且三日矣。新龙毁一目,旧龙所伤尤甚。后得上达,哲庙怒,降敕悉杖之,始得宁帖。

鲁公崇宁末不入政事堂,以使相就第,时赐第于阛阓门外,俗号梁门者。修筑之际,往往得唐人旧冢,或有志文,皆云"葬城西二里"。大梁实唐宣武节度,梁门外知已为墓田矣。盖多得妇人胫骨,率长于今时长大男子几寸焉。或谓吾曰:"尝亲见陕晋间古长平为秦白起坑赵卒处,白骨尚存,其胫长大,异隋唐时也。"知今人寝鲜小,释氏之语或不妄。

李密之死,《唐书》谓徐世勣表请收藏其尸,乃具威仪,以君礼葬于黎阳山西南五里,坟高七仞。及政和导河,由大伾,将复禹迹,因即三山而系浮梁焉。大伾者,乃黎阳山也。密坟高,适当所导河之冲,有司以闻,诏以礼改葬之。时为部役者先发其圹,则多取去金玉。及奏下,将改卜,然不见其骸,独得头颅,且甚大。传又谓密额锐而角方,不知其故。

昔与小王先生者言:"王舒公介甫何至于无后?"小王先生曰:"介甫,上天之野狐也,又安得有后?"吾默然不平,归白诸鲁公。鲁公曰:"有是哉!"吾益骇。鲁公始乃为吾言,曰:"顷有李士宁者,异人也。一旦因上七日入醴泉观,独倚殿所之楯柱,视卿大夫络绎登阶拜北神者。适睹一衣冠,亟问之曰:'汝非獾儿乎?'衣冠者为之拜,乃介甫也。士宁谓介甫:'汝从此去,逾二纪为宰相矣,其勉旃。'盖士宁出入介甫家,识介甫之初诞生,故竟呼小字曰'獾儿'也。介甫见士宁后,果相神庙。而士宁又出入介甫家,适坐宗室世居事几死,赖介甫得免,即尸解去矣。"吾得此更疑惑久之,又白鲁公:"造化坱圠,天道濛鸿。彼实灵物也,兽其形,中则圣贤尔。今峨冠佩玉,彼□人也,中或畜产多有焉,要论其心斯可乎?"鲁公为颔之,而吾始得以自决。

政和末,或于洛水得石,大如拳也。青黳,有草字两行,作黄白文,上之。俄一士人又得洛石,正相同,亦上。皆曰鲁公天与之道,急急欲公之奉行,此必有兆。

绍兴岁丙辰,广右大歉,濒海尤告病。迄丁巳之春,斗米千钱,人多莩亡。而峤南风候素乖讹,至是殊正。则李花退谢悉成桃,桃实复成李,梨亦变桃,熟皆可食。凡物多类是。有茄累累然,枝间或结瓜,大如拳。此吾亲睹,亦中原所罕。

始时士大夫起复,则裹糙光幞、惨紫袍、黑角带而已。上意每恶之。政和末,议者谓入公门不应变服,遂建议赴治所,皆吉服,与常时无别矣。大凡有识之士,不肯起复丧次。起丧次者时多权要,或无志之人尔。郑丞相居中,政和七年遭母丧去,卒哭尚二日则已拜。士大夫深惜之,然居家犹服丧也。宣和后起复者,虽在家奉其几筵如故,至接宾客、燕亲旧,盖与常人无异,礼义于是扫地。李丞相士美邦彦由起复中拜相。鲁公时复入政府,吾得出入禁闼。一日遣邀吾,吾已诺之矣。适访其亲密李公弼孺者,乃是置酒,出家妓,作优戏以见待。吾得此大惧,力辞不去,由是致疑,因以得罪,此亦获戾之一端焉。然实贤者,但不谅吾之狂也。遂以著当时之习俗。

赵吉阳元镇鼎者,中兴名宰相也。一日于行在所,因过三馆,食竟,语坐上:"顷一夕忽梦以罪贬海上,何耶?将无是乎?"于是诸馆职学士争道其德而谈休美,曰:"公为国柱石,安得有此?"其间一二,辄又毅然更起,白吉阳:"某门下士也。藉第使如梦,则某等誓将乘桴而从公行决矣。"一时以为金石美谈,人故多之,而传达于四方焉。未几,吉阳去相位,俄废黜于潮阳,后果徙海上。四年而赵吉阳死。是时独有一王海康趱者,颇能为流人调护,海上所无薪粲百物,海康辄津致之。又致诸家问,勤恳不少置。厥后果为人告讦,坐是免所居官,而海康勿怨也。当赵吉阳已死,王海康始受代罢归。时过吾,吾亟访海康:"曩闻三馆之语甚美,今日有践言者乎?君居雷州,雷州独一路通海上,旁无他道,君又喜与流人道地,宜悉知之,愿有所闻也。"王海康即笑谓吾曰:"宁有践言者耶?虽吉阳亲旧,曾弗睹一字之往来矣。"吾得此中心怒焉,为之短气,且士大夫此风旧矣。然岂无人乎?惧世或未知,便强谓曰:"必果若何?"语意未完,疑有脱文。

峤南苦热,虽盛冬数数有挥扇时。吾仆入十月矣,偶感热病,呼医诊之,曰:"伏暑。"又有博白守尝题其便坐曰:"十有二月望,刘子友纳凉。"

古者祀天必养牲,必在涤三月,他牲惟具而已。又凡祭祀之礼,降神迎尸矣,而后始呈牲。牲人,于是国君帅执事亲射之焉。至汉魏而下有国有家者,此礼寖日阙,独五岭以南俚俗犹存也。今南人喜祀雷神者,谓之天神。案陈时人陈锴者,捕猎得巨卵于丛棘中,携归,雷雨暴至,卵开得一男子,其手有文,左"雷"右"州"。大业三年,为雷州刺史,名文玉。既没,屡著神异。民因祀为"雷神"。祀天神必养大豕,目曰神牲。人见神牲则莫敢犯伤,养之率百日外,成矣始见而祀之。独天牲如此,他牲则但取具而已。大凡祭祀之礼,既降神,而后始呈牲。于是主人者同巫觋而共杀之,乃界诸庖烹而荐之焉。又,遇逐恶气、禳疾病,必磔犬,与古同,殊有可喜者。则传谓"礼失求诸野",信然。

《汉·郊祀志》言,粤人信鬼,而以鸡卜。李奇《注》谓持鸡骨卜也,唐子厚亦言鸡骨占年。考之今粤俗且不然,实用鸡卵尔。其法先祭鬼,乃取鸡卵,墨画其表,以为外象。画皆有重轻,类分我别彼,犹《易》卦所谓世与应者。于是北面诏鬼神而道厥事,然后誓之,投卵铛中,烹之熟,则以刀横断鸡卵。既中破焉,其黄白厚薄处为内象,配用外象之彼我,以求其侵克与否。凡卜病卜行人,雅殊有验。

岭右僻且陋,而博白在岭右又甚焉。惟其僻陋而甚,故俗淳古则多长年,动八九十岁不为异也。大凡人本寿,顾嗜欲思虑损之尔。博白城下不百步,则已号新村,吾朝夕曳杖其间。一日至村舍,见大小拱而环立者有十余人,有两老人坐饮,乃兄弟也。大者年九十四,指其小者谓客曰:“此我幼弟。”亟问其年,则曰:“才七十八矣。”从旁环拱而侍之,皆两老人之曾孙,是殆可入画图也。又曾见有数村媪聚首,有不平色,相与叹息。颇云。二字似误。吾语诸媪:“胡为者?”诸媪对曰:“我巷南并舍翁昨暮死矣,第令我辈有所不满尔。”问其年,曰“九十九”。吾失笑报诸媪:“九十九人,安所谓不满耶?”诸媪共辨析,谓吾曰:“惜更一年,且百岁,使满百岁宁不可,而天遽夭之耶?”

长沙之湘西,有道林、岳麓二寺,名刹也。唐沈传师有《道林诗》,大字犹掌,书于牌,藏其寺中,常以一小阁贮之。米老元章为微官时,游宦过其下,舣舟湘江,就寺主僧借观,一夕张帆携之遁。寺僧亟讼于官,官为遣健步追取还,世以为口实也。政和中,上命取诗牌而内诸禁中,亦效道林而刻之石,遍赐群臣,然终不若道林旧牌,要不失真。

鲁公始同叔父文正公授笔法于伯父君谟,既登第,调钱塘尉。时东坡公适倅钱塘,因相与学徐季海。当是时,神庙喜浩

书,故熙、丰士大夫多尚徐会稽也。未几弃去,学沈传师。时
邵仲恭遵其父命,素从学于鲁公,故得教仲恭亦学传师,而仲
恭遂自名家。及元祐末,又厌传师,而从欧阳率更。由是字势
豪健,痛快沉著。迨绍圣间,天下号能书,无出鲁公之右者。
其后又舍率更,乃深法二王。晚每叹右军难及,而谓中令去父
远矣。遂自成一法,为海内所宗焉。又公在北门,有执役亲事
官二人,事公甚恪,因各置白围扇为公扇凉者。公心喜之,皆
为书少陵诗一联,而二卒大愒。见不数日,忽衣戴新楚,喜气
充宅,以亲王持二万钱取之矣,愿益书此。公笑而不答。亲
王,时乃太上皇也。后宣和初,曲燕在保和殿,上语及是,顾谓
公:"昔二扇者,朕今尚藏诸御府也。"

　　元符末,鲁公自翰苑谪香火祠,因东下无所归止,拟将卜
仪真以居焉,徘徊久之,因舣舟于亭下,米元章、贺方回来见,
俄一恶客亦至,且曰:"承旨书大字,世举无两。然某私意,若
不过赖灯烛光影以成其大,不然,安得运笔如椽者哉?"公哂
曰:"当对子作之也。"二君亦喜,俱曰:"愿与观。"公因命具饭
磨墨。时适有张两幅素者,食竟,左右传呼舟中取公大笔来,
即睹一笥道帘下出。笥有笔六七枝,多大如椽臂,三人已愕然
相视。公乃徐徐调笔而操之,顾谓客:"子欲何字耶?"恶客即
拱而答:"某愿作'龟山'字尔。"公乃大笑,因一挥而成,莫不太
息。墨甫干,方将共取视,方回独先以两手作势,如欲张图状,
忽长揖卷之而急趋出矣。于是元章大怒。坐此,二人相告绝
者数岁,而始讲解。乃刻石于龟山寺中,米老自书其侧曰:"山
阴贺铸刻石也。"故鲁公大字,自唐人以来,至今独为第一。

　　米芾元章有书名,其投笔能尽管城子。"投"疑"捉"字之讹,张
本同误,吴本作"握"。五指撮之,势翩然若飞,结字殊飘逸而少法

度。其得意处大似李北海，间能合者，时窃小王风味也。鲁公一日问芾："今能书者有几?"芾对曰："自晚唐柳，近时公家兄弟是也。"盖指鲁公与叔父文正公尔。公更询其次，则曰："芾也。"

　　王晋卿家旧宝徐处士碧槛《蜀葵图》，但二幅。晋卿每叹阙其半，惜不满也。徽庙默然，一旦访得之，乃从晋卿借半图，晋卿惟命，但谓端邸爱而欲得其秘尔。徽庙始命匠者标轴成全图，乃招晋卿示之，因卷以赠晋卿，一时盛传，人已慢异。厥后禁中谓之《就日图》者，是以太上天纵雅尚，已著龙潜之时也。及即大位，于是酷意访求天下法书图画。自崇宁始命宋乔年掌御前书画所。乔年后罢去，而继以米芾辈。殆至末年，上方所藏率举千计，实熙朝之盛事也。吾以宣和岁癸卯，尝得见其目，若唐人用硬黄临二王帖至三千八百余幅，颜鲁公墨迹至八百余幅，大凡欧、虞、褚、薛及唐名臣李太白、白乐天等书字，不可胜会，独两晋人则有数矣。至二王《破羌》、《洛神》诸帖，真奇殆绝，盖亦为多焉。又御府所秘古来丹青，其最高远者，以曹不兴《元女授黄帝兵符图》为第一，曹髦《卞庄子刺虎图》第二，谢稚《烈女贞节图》第三，自余始数顾、陆、僧繇而下。不兴者，吴孙权时人。曹髦，乃高贵乡公也。谢稚亦西晋人，烈女谓绿珠，实当时笔。又如顾长康则《古贤图》，戴逵《破琴图》、《黄龙负舟图》，皆神绝，不可一二纪。次则郑法士、展子虔，有《北齐后主幸晋阳宫图文》，书法从图之属，大率奇特甚至。唐人图牒已不足数，然唐则《度人经》者，乃褚河南书字，而阎博陵绘其相。类多有此。于今恨眼中亦无复兹睹矣，每令人短气。盖自政和间既好尚一行，世因为之货赂，亦为时病，此则良过矣。

　　虞夏而降,制器尚象,著焉后世。由汉武帝汾阴得宝鼎,因更其年元。而宣帝又于扶风亦得鼎,款识曰:"王命尸臣,官此栒邑。"及后和帝时,窦宪勒燕然还,有南单于者遗宪仲山甫古鼎,有铭,而宪遂上之。凡此数者,咸见诸《史记》所彰灼者。殆魏、晋、六朝、隋、唐,亦数数言获古鼎器。梁刘之遴好古爱奇,在荆州聚古器数十百种,又献古器四种于东宫,皆金错字,然在上者初不大以为事,独国朝来寖乃珍重,始则有刘原父侍读公为之倡,而成于欧阳文忠公,又从而和之,则若伯父君谟、东坡数公云尔。初,原父号博雅,有盛名,曩时出守长安。长安号多古簋、敦、镜、甀、尊、彝之属,因自著一书,号《先秦古器记》。而文忠公喜集往古石刻,遂又著书名《集古录》,咸载原父所得古器铭款。由是学士大夫雅多好之,此风遂一煽矣。元丰后,又有文士李公麟者出。公麟字伯时,实善画,性希古,则又取平生所得暨其闻睹者,作为图状,说其所以,而名之曰《考古图》,传流至元符间,太上皇帝即位,宪章古始,眇然追唐虞之思,因大宗尚。及大观初,乃效公麟之《考古》,作《宣和殿博古图》。凡所藏者,为大小礼器,则已五百有几。世既知其所以贵爱,故有得一器,其直为钱数十万,后动至百万不翅者。于是天下冢墓,破伐殆尽矣。独政和间为最盛,尚方所贮至六千余数,百器遂尽。见三代典礼文章,而读先儒所讲说,殆有可哂者。始端州上宋成公之钟,而后得以作《大晟》。及是,又获被诸制作。于是圣朝郊庙礼乐,一旦遂复古,跨越先代。尝有旨,以所藏列崇政殿暨两廊,召百官而宣示焉。当是时,天子尚留心政治,储神穆清,因从琐闼密窥,听臣僚访诸左右,知其为谁,乐其博识,味其议论,喜于人物,而百官弗觉也。时所重者三代之器而已,若秦、汉间物,非殊特盖亦不收。及宣和后,则咸蒙贮录,且累数至万余。若岐阳宣王之石鼓,西蜀文翁礼殿之绘像,凡所知名,闳间巨细远近,悉索入九禁。而宣和殿后,又创立保和殿者,左右有稽古、博古、尚古等诸阁,咸以贮古玉印玺,诸鼎彝礼器,法书图画尽在。然世事则益烂熳,上志衰矣,非复前日之敦尚考验者。俄遇僭乱,侧闻都邑方倾覆时,所谓先王之制作,古人之风烈,悉入金营。夫以孔父、子产之景行,召公、散季之文辞,牛鼎象樽之规模,龙瓶雁灯之典雅,皆以食戎马,供炽烹,腥鳞湮灭,散落不存。文武之道,中国之耻,莫甚乎此,言之可为于邑。至于图录规模,则班班尚在,期流传以不朽云尔。作古器说。

铁围山丛谈卷第五

艺祖始受命,久之阴计:"释氏何神灵,而患苦天下?今我抑尝之,不然废其教也。"日且暮则微行出,徐入大相国寺。将昏黑,俄至一小院户旁,则望见一髡大醉,吐秽于道左右,方恶骂不可闻。艺祖阴怒,适从旁过,忽不觉为醉髡拦胸腹抱定,曰:"莫发恶心。且夜矣,惧有人害汝,汝宜归内。可亟去也。"艺祖动心,默以手加额而礼焉,髡乃舍之去。艺祖得促步还,密召忠谨小珰:"尔行往某所,觇此髡为在否,且以其所吐物状来。"及至,则已不见。小珰独爬取地上遗吐狼籍,至御前视之,悉御香也。释氏教因不废。

释氏有栴檀、瑞像者,见于内典,谓释氏在世时说法于忉利天,而优填王思慕不已,请大目犍连运神力于他方取栴檀木,摄匠手登天,视其相好,归而刻焉。释氏者,身长丈六尺,紫金色,人间世金绝不可拟。独他方有栴檀木者,能比方故也。瑞像则八尺而已,盖减师之半。当释氏在忉利时,适休夏自西,遂由天而下,其瑞像乃从空而逆之,即得受记:"汝后于震旦原注:释氏谓东方为"震旦"。度人无量。"其后藏龙宫,或出在西域,诸国援其说甚怪,语多不载。至梁武帝时发兵越海求之,以天监之十有八年,扶南国遂以天竺栴檀瑞像来,因置之金陵瓦棺阁。传陈、隋、唐,至伪吴杨氏、南唐之李氏,迄本朝开宝,既降下江南,而瑞像在金陵不涉。疑"徙"字之讹,三本并同,仍之。及太宗皇帝以东都有诞育之地,乃新作启圣禅院。太平兴国之末，始命迎取旃檀洎宝公二像自金陵，而内于启圣，置两侧殿。其中如正寝者，则熙陵之神御也。其后取熙陵神御归九禁。大观间，鲁公因奏请："愿以侧殿之瑞像，复之于正寝。"诏曰："可。"特命将作监李、<原注:名犯中兴御讳>内臣石寿主之。故事，奉安必太史择时日，教坊集声乐，有司具礼仪，奉彩舆而安置之焉。及乐大作，彩舆者兴，转至朵殿，将上入正寝，则朵殿横梁低，下不可度瑞像舆。又奉安时且迫，众为愕惧。李监者恃其才，笑曰："此匪难也。"亟召搭材士云集，命支撑诸栋梁，尽断之以过像。适经营间，则主事者大呼曰："勿锯，势若可度矣。"万众亟回顾，则见瑞像如人胁肩俯，彩舆乃得行，遂达正寝。于是上下鼓舞，骇叹所未曾见，往往至泣下，因即具奏。当是时，祐陵意向寝已属道家流事，颇不肯向之，又素闻慈圣光献曹后曾礼像而于足下尝度线。且故事，奉安则翌日天子必幸之。昧爽，上自以一番纸付小珰曰："汝持此从乘舆后。"至是，上既焚香立，俟近辅拜竟，乃临视，取小珰所持纸，命左右从足下度之，则略无纤碍。于是左右侍从凡百十，咸失声曰："过矣。"上乃为之再拜。盖自神州陆沉，即不知旃檀瑞像今在否也。

元祐岁壬申，鲁公时帅长安，因旱，用故事，上请祷雨于紫阁。紫阁者，终南之胜地。及报可，乃以军府事付诸次官，而自携帅幕兵甲行。才一夕矣，翌旦饭竟，与僚属共愒大树下。树旁有神祠焉，兵将则多人其间，坐未定，忽群走奔出。长安素号多虎，在外者睹人自祠庙中出奔，疑有虎伏于庙，于是众争鸣锣伐鼓，露白刃围守鲁公。公曰："徐之。"召出奔者，即究其所以。乃曰："祠殿上有土偶人，旁积楮钱，中若有物动摇者，故疑其为虎。"公谓不然，乃命二指使："汝入往瞰。"则窃笑而出，报曰："乃一傈妇人坐楮钱中，以楮钱自障其身尔。"公心动，拉宾从往共视焉。才见公，则长揖曰："奉候于此三日矣。"公曰："某何人，辱仙姑惠也。"复曰："本欲蜀中相见，休止于此，相见可也。"公曰："某帅长安。"则又曰："本待于蜀中相见尔。"因自举手抚土偶人，而谓公曰："此亦有佛性。"公因嬲云："此乃泥土瓦砾合成，安得有佛性耶？"则亦嘻笑曰："不然。一则非一，二则非二，当如是解。"遂起揖引去，公亟展两手横障之，曰："愿以仙姑下山，使万人共瞻仰，岂不美哉！"因顾公曰："好事不如无。"傈其体略不畏耻，委蛇而去矣。望之，行甚缓，倏已在庙背山之上焉。公悔，亟遣人追其踪，则已不见，竟罔测为何人。公疑其为观世音大士，然世多谓之"毛女"。鲁公自紫阁祷雨还，才逾月，果迁龙图阁学士，帅成都。

　　老王先生老志，道人前事未来者，凡有几，罔不中。韩文公粹彦，吾妻父也，尝得其手字曰："凭取一真语，天官自相寻。"不月余，自工部除礼部侍郎。小天一日命吾绍介，往见之。老志喜，即语小天曰："紫府真人。"小天亦疾应曰："先公魏国薨后，有家吏孙勋日主洒扫，因射大鼋死被追，故有紫府真人事。或书于青琐小说不谬也。"老志又曰："紫府真人，实阴官之贵，匪天仙。魏公功德茂盛，近始升诸天矣。其初玉华真人下侍者也。"小天疾应曰："乃玉华真人下侍者也。"二人相语，即啐啄同时。吾大为之骇。小天徐语吾及老志曰："先公晚在乡郡，但寝与食外，朝夕惟处道室中静默，有独坐至夜分者。未薨之前，遂自悟其身乃玉华真人下侍者也。"时吾叹息不已，而老志喜色自布宅。"自布宅"三字似误。吴本作"自布也"，亦未解。张本云"而老志神色自若也"。此事独吾得久矣，恨世犹未知也。仰惟魏忠献王全德祐世，为本朝宗臣第一，然其始也，一真人下侍者而已。今人动自负道家真怕，释氏果位，恐悉过矣，得不勉旃！

开宝寺灾，殿舍既雄，人力罕克施。鲁公时尹天府，夜帅役夫拯之，烟焰属天矣。睹一僧在屋上救火状，亟令传呼："当靳性命，不宜前。"僧不顾，处屋上，经营自若。俄火透出，屋坏，僧坠于烈焰中。人愤其不韪，快之，则又见在他屋往来不已，益使传呼："万众在是，犹不可施力，汝一僧讵能撤也？"又不听，则复坠。如是者出没四三。竟晓火熄，人谓是僧必死。于是天府吏检校寺众，则俱在，无一损。独于福胜阁下一阿罗汉像形面焦赩，汗珠如雨，犹流未止，故俗号"救火罗汉"。后数游福胜阁下，鲁公指示，得识之。

刘快活，信之黥卒也，不知何地人。始以倡狂避罪入山中，适有所遇，遂能出神，多作变怪。与人言，率道人吉凶，雅有验。每自称"快活"，故时人呼之为"刘快活"。喜出入将相贵人门，又能为容成术。所与游从老媪，皆度为弟子，容色光异，或多至八九十岁。快活上至百岁，然世常见独作五十岁颜状尔。尝从丞相曾布在东府，一夕廑三鼓不得寐，呼侍婢执烛视，室中有声，侍婢曰："此鼠啮尔，那得在帽笼中耶！"试举手启帽笼，则有一刘快活尺许大，因忽不见。时刘快活在外，方与门客对寝，呼门客曰："适误入公内，几不得出也。"始知其为戏。鲁公每饮之酒，无不大醉。夜乃吐出鱼肉，秽恶狼籍，旦人为屏除去，悉御香也。后之雍丘，云雍丘其乡井，一日尸解去。时都邑又有一人，号风僧哥，亦佯狂，时时言事多中。然风僧哥遇见刘快活，辄战栗逡巡退拱作畏避状，世莫晓其故，岂所谓小巫见大巫者耶？

魏汉津，黥卒也，不知何许人。自云遇李良仙人，以其八百岁,世号"李八百"者。得尸解法已六世,尸解复投他尸而再生。汉津尝过三山龙门,闻水声,谓人曰:"下必有玉。"因解衣投水,抱石而出,果玉也。崇宁中召见,制《大晟乐》,铸九鼎,皆其所献议。初乐制,一日与宦者杨戬在内后苑,会上朝献景灵宫还,见汉津立道左观车驾,上望之喜,遣小阉传旨抚问,汉津因鞠躬以谢。及还内,戬至,上曰:"汉津能出观我耶?"戬曰:"不然。早自车驾出,汉津同臣视铸工。方共饮,适闻跸还,臣舍匕箸,遽至于此,然汉津不出也。"上曰:"我适见之,岂妄乎?"因呼小阉,具证其故,戬愕然。知汉津能分身,上雅重之。汉津明乐律,晓阴阳数术,多奇中,尝私语所亲曰:"不三十年,天下乱矣。"鼎乐成,亦封先生号。然汉津每叹息,谓犹不如初议。未久死。几年,忽有人自陕右附汉津书归其家者,仍遣封以示鲁公,始验为尸解云。

老王先生老志者,濮人也。事亲以孝闻,幼曾为伯母吮疽。初去为漕计吏,持心公平,能自守一,毫厘不受人贿,阅二十年。其后每往来市间,遇一丐人,见辄乞之钱。一旦丐人自言:"我钟离生也。"因授之丹。老志服其丹,始大发狂,遂能逆知未来事。翰林学士强渊明,绍圣初为教官,过濮见老志,授之书曰"四皓明达",且谓:"渊明必贵,而主是事。时吾亦与汝相见于帝阙矣。"及政和时,贵妃刘氏薨,追谥为明达皇后,其制书果渊明视草,始悟"四皓"者,赐号也。时大仆卿正寘荐之,召老志馆于鲁公赐第。上遣使询明达事,老志曰:"明达后乃上真紫虚元君。"且能传道元君语以白上,而上语亦遣白元君。事甚夥,然颇迂怪。一日,乔贵妃使祝老志曰:"元君昔日与吾善,今念之乎?"明旦,老志密封一书进,上开读,乃前岁中秋二妃侍上燕好之语。乔贵妃得之大恸。此亦异也。诏封洞微先生。当是时,郊天而天神为出,夏祭方泽而地祇为应,皆老志先时奏而启发之。又士大夫多从而求书字,其辞始若不可晓,后卒合者十八九,故其门如市。鲁公谓:"庆赏刑威,乃上之柄,缙绅不应从方士验祸福,且不经。"而老志亦谨畏,乃奏断之。老志日一食,独汤饼四两,冬夏衣一袭。后云:"见师责以受罗縠之服,且处富贵,不知厌足。"凡有衣六七袭,悉封还鲁公。及病,乃力丐归,久之病甚,上乃许其去。及步行出就车,不病也,归濮而死。葬日,又云"若有笙箫云鹤焉"。老志又献乾坤鉴法,上命铸之。鉴成,老志密奏谓:"他日上与郑后皆有难,深可儆惧,愿各以五色流苏垂鉴,置于所处之殿,且臣死之后,时时坐鉴下,记忆臣语,切谨慎,必思所以消变者。"

小王先生仔昔者,豫章人也。始自言遇许逊真君,授以《大洞隐书》,豁落七元之法,能知人祸福。老志死后,仔昔来都下。上知之,召令蹑老志事,寓于鲁公赐第。大抵巧发奇中,道人腹中委曲,其神怪过老志,逆知如此。又自言昼见星,事多不及载。诏封通妙先生。然鲁公寝不乐,从容奏曰:"臣位轴臣辅政,而家养方士,且甚迂怪,非宜。"上甚然之,乃徙之于上清宝箓宫。仔昔建议,九鼎神器,不可藏于外,于是诏内鼎于大内。其后,宫人有为道士亦居宝箓宫者,以奸事疑似发,因逐仔昔。仔昔性傲,又少戆,上常以客礼待仔昔,故其视巨阉若奴仆,又欲使群道士皆师己,及林灵素出,众乃使道士孙密觉发其语不逊,下开封狱杀之。陷仔昔者,中官冯浩为力。仔昔未得罪时,先以书示其徒曰:"上蔡遇冤人。"仔昔死甫四年,而冯浩以罪窜,适行至上蔡县,上命杀之焉。靖康初,言事者至谓鲁公尝欲使仔昔锦袍铁帻,以取燕山,盖诬云。

皇太子始册拜,将庙见,其礼仪甚盛。礼应乘金辂,建大旗，而议者从中大不然。于是中宫遽辞而止，独前一夕设卤簿于左掖门外，翌日质明，但常服御马入太庙，更礼衣，冠远游，执九寸圭而款祖宗焉。当是时，清道亲事官有呵哄言皇太子者，父老都人争纵欢呼，众中一父老忽叹息曰："我昔频睹是传呼，今久不闻此声矣。"考之仁庙虽尝在东宫，然罕出，又未几即大位，独真宗为皇太子历年，且数出入。自至道乙未至政和甲午，为年当百二十余，则父老者又不知几何岁人。时太上方留神道家流事，闻，亟使散索，已忽不见。

政和丙申，汴渠运舟火，因顺流直下犯通津门者，号东水门也。通津既焚，而火势猛甚，旁接□观。其日，真武见于云间，神吏左右俨然，万众皆睹。

僧道楷，淄川之村夫也。始事真华严者，不省，乃自取一木横置大井上，端坐作禅观且七年。一旦大悟，便操笔作文偈，无不通解，道价日盛。大观间，住持东都之净因禅院。有天府尹李寿者，虽法家，然喜禅学，特爱重楷，时因陛见，力誉之。上曰："朕久已钦其名矣。"李寿退，上即命中使锡以磨衲僧法衣，而加赐四字禅师号者，释氏之异数，然楷初弗知也。中使忽持礼来，楷不肯受。又故事，院中应以白金五十镒遗中使，号"书送"，而楷曰："岂可以我故为常住费？"又止不予。中使人亦怅不乐，遂苦辞不受。久之，上乃命李尹谕旨，礼重殷勤，然楷不回也。使者前后凡十七往返，而志益确。上始大怒，命坐以违制罪焉。始追逮楷天府，即有僧俗千许人随之至庭下。李尹惭，因不敢出，独使其两贰官主断。而少尹者顾问："是僧七十有几耶？"楷曰："六十有二矣。"二人默，相视失色，即呼医。医至，又曰："是僧瘦悴，疑若疾病状，行可验之。"楷又大言曰："道楷平生无病。"二人因低首私语："如此则当杖矣。"楷笑曰："不受杖待何时乎？"于是编管沂州。盖邻淄川，将俾近其乡井，实李尹意。至沂，则道侣从之学益炽。楷又厌之，一旦忽去，众走求诸郊野，乃于山中得。遂即山之上为立精舍，而止其间焉。后十许年乃死。方其死时，招聚大众曰："汝等偕来，尝吾大酸馅。"食竟，独入深山，久不出。众往视之，坐石上，已跏趺而化矣。尝谓浮屠氏时有立志若是者，颇恨吾士大夫近偶罕见之，何哉？

道士李德柔，字胜之。能诗善画，酷肖于传神写照，出入公卿门。东坡公有诗叙尹尊师可元甫生于李氏者，德柔也。鲁公亦喜得其戒徐王好色句，数为大笔书之。其后，天子方向道家流事，尊礼方士，都邑宫观，因寖增崇侈。于是人人争穷土木，饰台榭，为游观，露台曲槛，华僭宫掖，入者迷人。独德柔漠然，益示为朴鲁。群黄冠多揶揄之，遂闻于上。上曰："德柔贫耶？"命赉钱五百万，俾新作其斋房。德柔不得已拜受，乃为一轩，而名之曰"鼠壤"。上笑，亦为之御书金字榜之。宣和甲辰春，德柔一日报吾，荧惑入端门守内，有旨屏皇城，增贮水器。我始瘤荧惑星元解放火耶？吾不能答。其后，竟坐诮神霄事被逐。尝谓世不乏人，人弗之知尔，盖亦不得以一切论也。

宣和岁己亥夏，都邑大水，几冒入城隅，高至五七丈，久之方退。时泗州僧伽大士忽现于大内明堂顶云龙之上，凝立空中，风飘飘然吹衣为动，旁侍惠岸、木叉皆在焉。又有白衣巾裹，跪于僧伽前者，若受戒谕状，莫识何人也。万众咸睹，殆夕而没。白衣者疑若龙神之徒，为僧伽所降伏之意尔。上意甚不乐。

宣和六年春正月甲子，实上元节。故事，天子御楼观灯，则开封尹设次以弹压于西观下。天子时从六宫于其上，以观天府之断决者，帘幕重密，下无由知。是日，上偶独在西观上，而宦者左右皆不从，其下则万众。忽有一人跃出，缟布衣，若僧寺童行状，以手指帘谓上曰："汝是耶，有何神？乃敢破坏吾教。吾今语汝，报将至矣。吾犹不畏汝，汝岂能坏诸佛菩萨耶？"时上下闻此，皆失措震恐，捕执于观之下。上命中使传呼天府亟治之，且亲临其上，则又曰："吾岂逃汝乎？吾故示汝以此，使汝知无奈吾教何尔。听汝苦吾，吾今不语矣。"于是箠掠乱下，又加诸炮烙，逼询其谁何，略不一言，亦无痛楚状。上益愤，复召天法羽士曰宋冲妙，世号宋法师者，亦神奇，至视之，则奏曰："臣所治者邪鬼，此人者，臣所不能识也。"因又断其足筋，俄施刀劙，血肉狼籍。上大不怡，为罢一日之欢。至暮终不得为何人，付狱尽之。呜呼，浮屠氏实有人！

岭南僧婚嫁悉同常俗。铁城去容州之陆川县甚迩，一日，令尹某入寺，见数泥像，乃坐亡僧。令尹为改观，且叹息，顾谓群髠曰："是亦有坐亡者耶？甚不易得。胡为置诸庭，忍使暴露而略不恤耶？"其间，一髠号敏爽，亟前对曰："此数僧，今已无子孙矣。"闻者笑之。

铁城有寓士成君相如，酷喜道家流事。吾问之："子有所睹耶？何迷而不复乎？"成君曰："有也。我以少年时未识好恶，顷在桂林与一韩生者游。韩生嗜酒，自云有道术，初不大听重之也。一日相别，有自桂过昭平，同行者二人，俱止桂林郊外僧之伽蓝。而韩生亦来，夜不睡，自抱一篮，持瓟杓出就庭下。众共往视之，即见以杓酌取月光，作倾泻入篮状，争戏之曰：'子何为乎？'韩生曰：'今夕月色难得，我惧他夕风雨，傥夜黑，留此待缓急尔。'众笑焉。明日取视之，则空篮弊杓如故，众益哂其妄。及舟行至昭平，共坐江亭上，各命仆厮办治肴膳，多市酒期醉。适会天大风，俄日暮，风益急，灯烛不得张，坐上墨黑，不辨眉目矣。众大闷，一客忽念前夕事，戏翾韩生者：'子所贮月光今安在？宁可用乎？'韩生为抚掌而对曰：'我几忘之，微子不克发我意。'即狼狈走，从舟中取篮杓而一挥，则月光瞭焉，见于梁栋间。如是连数十挥，一坐遂尽如秋天夜晴，月色潋滟，则秋毫皆得睹。众乃大呼，痛饮达四鼓。韩生者又杓取而收之篮，夜乃黑如故。始知韩生果异人也。"成君又谓吾曰："我时舟中与韩生款曲，辄数夕，亦屡邀我索授其炉火及存养法，然我不听。及别去，不知所在。后闻从琼筦陈通判觉者，周流海上，数年，至陆川而殂。及举葬，但空棺，知其尸解矣。我始悔不从之学，用是笃意于神仙事也。"吾既闻成君说，后又五载，适得识陈通判觉，尽以讯陈，而成君之言信。

昭陵晚岁开内宴，盖数与大臣侍从从容谈笑，尝亲御飞白书以分赐，仍命内相王岐公禹玉各题其上，更且以香药名墨遍赍焉。一大臣得李超墨，而君谟伯父所得乃廷珪。君谟时觉大臣意叹有不足色，因密语："能易之乎？"大臣者但知廷珪为贵，而不知有超也。既易，转欣然。及宴罢，骑从出内门去，将分道，君谟于马上始长揖曰："还知廷珪是李超儿否？"

宣州诸葛氏，素工管城子，自右军以来世其业，其笔制散卓也。吾顷见尚方所藏右军《笔阵图》，自画捉笔手于图，亦散卓也。又幼岁当元符、崇宁时，与米元章辈士大夫之好事者争宝爱，每遣吾诸葛氏笔，又皆散卓也。及大观间偶得诸葛笔，则已有黄鲁直样作枣心者。鲁公不独喜毛颖，亦多用长须主簿，故诸葛氏遂有鲁公羊毫样，俄为叔父文正公又出观文样。

既数数更其调度，由是奔走时好，至与挈竹器，巡闾阎，货锥子，入奴台，手妙圭撮者，争先步武矣。政和后，诸葛氏之名于是顿息焉。吾闻诸唐季时有名士，就宣帅求诸葛氏笔，而诸葛氏知其有书名，乃持右军笔二枝乞与，其人不乐。宣帅再索，则以十枝去，复报不入用。诸葛氏惧，因请宣帅一观其书札，乃曰："似此特常笔与之尔。前两枝，非右军不能用也。"是诸葛氏非但艺之工，其鉴识固不弱，所以流传将七百年。向使能世其业如唐季时，则诸葛氏门户，岂遽灭息哉！此言虽小，可以喻大。

昔有张滋者，真定人。善和墨，色光黳，胶法精绝，举胜江南李廷珪。大观初，时内相彦博、许八座光凝共荐之于明廷，命造墨入官库。是后，岁加赐钱至三十二万，政和末，鲁公辞政而后止。滋亦能自重。方其得声价时，皇弟燕、越二王呼滋至邸，命出墨，谓"虽百金不吝也"。滋不肯，曰："滋非为利者。今墨乃朝廷之命，不敢私遗人。"二王乃丐于上，诏各赐三十斤。然滋所造，实超今古。其墨积大观库，无虑数万斤。世谓道君用度广，空帑藏，是悉谬说。不知元丰、大观二藏虽研墨，盖何事不具，仍丰盛异常尔。且以敌犯顺时，元丰与内帑，自出河北、山东精绢一千万匹，他绢则勿取，以是证焉，斯可知已。

江南李氏后主宝一研山，径长尺逾咫，前耸三十六峰，皆大如手指，左右则引两阜坡陀，而中凿为研。及江南国破，研山因流转数士人家，为米元章所得。后米老之归丹阳也，念将卜宅，久勿就。而苏仲恭学士之弟者，才翁孙也，号称好事，有甘露寺下并江一古墓，多群木，盖晋、唐人所居。时米老欲得宅，而苏觊得研山。于是王彦昭侍郎兄弟与登北固，共为之和会,苏、米竟相易。米后号海岳庵者是也。研山藏苏氏,未几,索入九禁。时东坡公亦曾作一研山,米老则有二,其一曰芙蓉者,颇崛奇。后上亦自为二研山,咸视江南所宝流亚尔。吾在政和未得罪时,尝预召入万岁洞,至研阁得尽见之。

太上留心文雅,在大观中,命广东漕臣督采端溪石研上焉。时未尝动经费,非宣和之事也。乃括二广头子钱千万,日役五十夫,久之得九千枚,皆珍材也。时以三千枚进御,二千分赐大臣侍从,而诸王内侍,咸愿得之,诏更上千枚,余三千枚藏诸大观库。于是俾有司封禁端溪之下岩穴,盖欲后世独贵是研,时人或不知厥由。今世有得此者,非常材矣。

国朝西北有二敌,南有交趾,故九夷八蛮,罕所通道。太宗时,灵武受围,因诏西域若大食诸使,是后可由海道来。及哲宗朝,始得火浣布七寸,大以为异。政和初,进火浣布者已将半仞矣。其后□筥而至,大抵若今之木棉布,色微青黯,盖投之火中则洁白,非鼠毛也。御府使人自纺绩,为巾帨布袍之属,多至不足贵。亦可证旧说之讹。

奉宸库者,祖宗之珍藏也。政和四年,太上始自揽权纲,不欲付诸臣下,因踵艺祖故事,检察内诸司。于是乘舆御马,而从以杖直手焉,大内中诸司局大骇惧,凡数日而止。因是,并奉宸俱入内藏库。时于奉宸中得龙涎香二,琉璃缶、玻璃母二大筐。玻璃母者,若今之铁滓,然块大小犹儿拳,人莫知其方,又岁久无籍,且不知其所从来。或云柴世宗显德间大食所贡,又谓真庙朝物也。玻璃母,诸珰以意用火煅而模写之,但能作珂子状,青红黄白随其色,而不克自必也。香则多分赐大臣近侍,其模制甚大而质古,外视不大佳,每以一豆火爇之,辄作异花气,芬郁满座,终日略不歇。于是太上大奇之,命籍被赐者,随数多寡,复收取以归中禁,因号曰古龙涎,为贵也,诸大珰争取一饼,可直百缗,金玉穴而以青丝贯之,佩于颈,时于衣领间摩挲以相示,坐此遂作佩香焉。今佩香因古龙涎始也。

旧说蔷薇水,乃外国采蔷薇花上露水,殆不然。实用白金为甄,采蔷薇花蒸气成水,则屡采屡蒸,积而为香,此所以不败。但异域蔷薇花气,馨烈非常。故大食国蔷薇水虽贮琉璃缶中,蜡密封其外,然香犹透彻,闻数十步,洒著人衣袂,经十数日不歇也。至五羊效外国造香,则不能得蔷薇,第取素馨茉莉花为之,亦足袭人鼻观,但视大食国真蔷薇水,犹奴尔。

香木,初一种也。膏脉贯溢,则其结沉水香。然沉水香其类有四:谓之熟结,自然其闲凝实者也;谓之脱落,因木朽而解者也;谓之生结,人以刀斧伤之,而后膏脉聚焉,故言生结也;谓之蛊漏,□□而后膏脉亦聚焉,故言蛊漏也。自然、脱落为上,而其气和;生结、蛊漏,则其气烈,斯为下矣。沉水香过四者外,则有半结、半不结,为灵水沉。弄水香者,番语多婆菜者是也。因其半结,则实而色重;半不结,则大不实而色褐,好事者故谓之鹧鸪斑也。婆菜中则复有名花盘斯、水盘斯,结实厚者,亦近乎沉水。但香木被伐,其根盘必有膏脉涌溢,故亦结。但数为水淫,其气颇腥烈,故婆菜中水盘斯为下矣。余虽有香气,既不大凝实,若是一品,号为笺香。大凡沉水、婆菜、笺香,此三名常出于一种,而每自高下其品类名号为多尔,不谓沉水、婆菜、笺香各别香种也。三者其产占城国则不若真腊国,真腊国则不若海南,诸黎洞又皆不若万安、吉阳两军之间黎母山。至是为冠绝天下之香,无能及之矣。又海北则有高、化二郡,亦出香,然无是三者之别,第为一种,类笺之上者。吾久处夷中,厌闻沉水香,况迩者贵游取之,多海南真水沉,一星直一万,居贫贱,安得之?因乃喜海北香。若凌水地号瓦灶者为上,地号浪滩者为中,时时择其高胜,蓺一炷,其香味浅短,乃更作,花气百和旖旎。古人说香暨《续本草》、《酉阳杂俎》诸家流语,殆匪其要。

合浦珠大抵四五所,皆居海洋中间。地名讫宝,名断望者最,而断望池近交趾,号产珠,尤美大。父老更传,昔珠还时,盖自海际,珠母生犹山然,高垒数百千丈,甚或出露波涛上,雅不知得几何代也。刺史者每启其贪欲心,或由是暴虐人,人不自聊,此珠所以去之,皆远徙,从交趾、真腊诸异国,而珠母益不生,就生亦不实矣。俗言珠母者,谓蚌也。凡采珠必蜑人,号曰蜑户,丁为蜑丁,亦王民尔。特其状怪丑,能辛苦,常业捕鱼生,皆居海艇中,男女活计,世世未尝舍也。采珠弗以时,众咸裹粮会,大艇以十数环池,左右以石悬大绹至海底,名曰定石,则别以小绳击诸蜑腰,蜑乃闭气,随大绹直下数十百丈,舍绹而摸取珠母。曾未移时,然气已迫,则亟撼小绳。绳动,舶人觉,乃绞取。人缘大绹上,出辄大叫,因倒死,久之始苏。下遇天大寒,既出而叫,必又急沃以苦酒可升许,饮之醋,于是七窍为出血,久复活。其苦如是,世且弗知也。父老云:"顷熙宁末,安南连陷钦、廉,被系虏,生灵惷惷,事甫定,而珠为盛还。当是时,商贾走四方,争辐凑,远民赖以安乐。竟坐主者婪浊,则珠寖徙去久矣。中兴后乃复还,海底积高才数寻。一刺史来,得此大喜,即妄为辞以罔其上,请复旧贯。因缚系诸蜑,惨其刑,一方始大骚。走视珠母,则莽见白沙布底尔。徒得珠母,虽合数千百,既破开,略无一珠。群蜑独环之大哭,勿恤也。自是以贡则求诸他。且又加配率,开告讦。凡桎梏而破产者,大率皆无辜,千里告病。然耳目使者又弗吾侧,是天以

珠池祸吾民也。"吾闻此,为怃然。后读《熙陵实录》,见书太平
兴国七年事,某月甲子,海门采珠场献真珠五千斤,皆径寸者,
为掩卷眙愕,何其异哉而致是欤!久而思之,此无他,知实命
史之效。

铁围山丛谈卷第六

　　太宗时得巧匠，因亲督视于紫云楼下造金带，得三十条，匠者为之神耗而死。于是独以一赐曹武穆彬，其一太宗自御，其后随入熙陵，而曹氏所赐带，则莫知何往也。余二十八条，命贮之库，号镇库带焉。后人第徒传其名，而宗戚群珰间一有服金带异花精致者，人往往辄指曰："此紫云楼带。"其实非也，故吾迄不得一识之。自贮镇库带后厪历百十年所，及敌骑犯阙，太上皇狩丹阳，因尽挈镇库带以往。而一时从行者，有若童贯、伯氏诸臣，皆得赐紫云楼金带矣。事后甫平，太上皇言归宫阙，于是靖康皇帝复命追还之库。吾在万里外，独尝闻诸，然又不得一识也。中兴之十三祀，有来自海外，忽出紫云楼带，止以四锊视吾，敌骑再入，适纷纭，所追还弗及者。其金紫磨也，光艳溢目，异常金。又其文作醉拂林状。拂林人皆笑起，长不及寸，眉目宛若生动，虽吴道子画所弗及。若其华纹，则有六七级，层层为之，镂篆之精，其微细之象，殆入于鬼神而不可名。且往时诸带方锊不大，此带乃独大至十二稻。是在往时为穷极巨宝。不觉为之再拜太息，我祖宗规模，虽一带犹贻厥后世，必无以加也。于是亟归之客，而意始适平。因书此以诏后之人。

　　都邑惠民多增五局，货药济四方，甚盛举也。岁校出入，得息钱四十万缗，入户部助经费，然往时议者甚大不然矣。时上每饬和剂局，凡药材告阙，俾时上请焉。大观间，和剂局官一日请内帑授药犀百数，归解之，偶忽得一株，大绝常犀，且甚异。因不敢用，复上之朝廷，乃命工为之带，虽工人亦叹骇。此上德有所感召之效矣。盖犀倒透中返成正透，其面犹黄蜡，中有黑云一朵，云中夭矫一金龙，飞盘拏空，爪角俱全，遂为御府第一号瑞云盘龙御带。

于阗国朝贡使每来朝，必携其宝铛以往返，自国初以来，迨今如是也。我主客备见之，实一铁铛尔。盖其来入中国，道涉流沙，逾三日程无水火，独挈其水而行。携铛者投之以水，顷辄已百沸矣，用是得不乏，故宝之。

伯父君谟尝得水精枕，中有桃花一枝，宛如新折，茶瓯十，兔毫四，散其中，凝然作双蛱蝶状，熟视若舞动，每宝惜之。

钱塘之龙华寺有傅大士真身，仍藏所谓敲门椎、颂《金刚经》拍板与藕丝灯三物，盖昔为吴越钱王从婺女双林取来。藕丝灯者，乃梁武帝时物也。谬言藕丝织成，实不然，但疑当时之最上锦尔。其所织纹，实《华严》会释氏说法相状凡七所，即所谓"七处"、"九会"者是也。有天人、鬼神、龙象、宫殿之属，穷极幻眇，奇特不可名。政和后索入九禁。宣和初既大黜释氏教，因复以藕丝灯赐宦者梁师成。吾昔在钱塘见之，复于梁师成家得详识焉。师成于靖康间籍没，而藕丝灯者莫知所在。案：《临安志》：钱氏忠献王往婺州发傅大士塔，取骨殖及藕丝织成弥勒像、九乳钟、鸣榔板、扣门槌等遗物十六种，欲置于弥勒院。既至龙山，举之不动，即其地建龙华寺，以骨殖塑大士像，置于塔，并藏其遗物焉。

唐雷氏繇德宗来，世善斫琴著名，遇其得意玉识之，故国初尚方所藏玉鹤琴，独为世甲。在仁宗时，钱塘有名人水丘者又得玉雁琴。而君谟伯父帖曰："闻贤郎在钱塘得玉雁琴，雁与玉鹤为辈流。玉鹤藏禁中，而雁落人间，此岂常物也哉。"其后，玉雁琴吾得一见，颇不称其誉。又唐李汧公者号善琴，乃自聚灵材为之，曰百衲琴。百衲琴流传当祐陵朝，亦入九禁。是天下号殊绝，独玉鹤、百衲乃第一。上时方稽古博雅，若书画奇工得以待诏日亲近，往往获褒赐，而琴工独闲冷，日月光赫，因日月以冀恩泽，即共奏取御府所宝琴，尽丐理治之。上亦可焉。于是首取百衲琴破之，乃止八段，然胶漆遽解散，群待诏反大惧，辄卤莽厘得合并，玉鹤辈八九咸被坏。遂得时时奏功第赏，但求金石之奏，思得山水之清音，无矣，此良足惜。

闽粤有福清县濒海人家，于海中阑得一物，乃藤奁。开奁，白木枕一，枕之则管弦四发。又有青毛坐褥，人坐其上，毛辄飒然竖起，拥匝人腰，温柔不可名。愚氓惧以为怪，遂并奁焚之。福清士人来为吾言，乃中兴之初也。

金蚕毒始蜀中，近及湖、广、闽、粤寖多。有人或舍此去，则谓之嫁金蚕。率以黄金、钗器、锦段置道左，俾他人得焉。郁林守□□□为吾言，尝见福清县有讼遭金蚕毒者，县官治求不得踪。或献谋取两刺猬入捕，必获矣。盖金蚕畏猬，猬入其家，金蚕则不敢动，虽匿榻下墙罅，果为两猬擒出之，亦可骇也。又峤岭多蜈蚣，动长二三尺，螫人求死不得。然独畏托胎虫，多延行井幹墙壁上，蜈蚣虽大，遇从下过，托胎虫必故自落于地，蜈蚣为局缩不得行，托胎虫乃徐徐围绕周匝，蜈蚣愈益缩，然后登其首，陷脑而食之死。故人遭蜈蚣害，必取托胎虫涎，辄生捣涂焉，痛立止。且金蚕甚毒，若有鬼神，蜈蚣若是之强且大也，然则猬捕金蚕，托胎制蜈蚣，物理有不可致诘，而人不可以不知。

往时川蜀俗喜行毒，而成都故事，岁以天中重阳时开大慈寺，多聚人物，出百货。其间号名药市者，于是有于窗隙间呼

"货药"一声，人识其意，亟投以千钱，乃从窗隙间度药一粒，号"解毒丸"，故一粒可救一人命。夫迹既叵测，故时多疑出神仙。政和间，祐陵以仁经惠天下，尝即上清宝箓宫之前，新作两亭，左曰仁济，给药治疾苦，右曰辅正，主符水除邪鬼。因遂诏海内，凡药之治病彰彰有声者，悉索其方，书而上之焉。于是成都守臣监司，奉命相与穷其状，乃始得售解毒丹家。盖世世惧行毒者为仇害，故匿其迹，非有所谓神仙也。既据方修治，得其全，既并药奏御，事下殿中省。上曰："朕自弛天子所服御以济元元，毋烦有司也。"由是殿中省群医付诸师验其方，则王氏《博济方》中之保灵丹方尔。当是时，犹子行适领殿中监事，故独得其详。吾落南来，用是药尝救人，食葫蔓草毒得不死者两人，盖不可不书。

太上受命，享万乘至尊之奉，而一时诸福之物毕至，加好奇喜异，故天下瑰殊举入尚方，皆萃于宣和殿小库。宣和殿小库者，天子之私藏也。顷闻之，以宠妃之侍从者颁首饰，上喜而赐之，命内侍取北珠箧来。上开箧，御手亲掬而酌之，凡五七酌以赉焉，初不计其数也，且又不知其几箧。北珠在宣和间，围寸者价至三二百万。又乙巳岁冬，鲁公得疾甚殆，上为临问，而医者奏当进附子物。上意恻怛，命主小库内侍举附子以进。御手亦为采择取四，遣中使赐鲁公，率大犹拳。其一重三两四钱，次重三两二钱，二皆二两八钱。吾狂妄，平居眼孔隘宇宙，睹此亦叹所未始见，则他可称是。

姜芥，一名假苏，《本草》谓性温，不然，实微凉。吾窜峤岭，数见食黄颡鱼偶犯姜芥者，必立死，甚于钩吻毒矣。物性相反，有可畏如是，世于是禁，殆不可不知。

零陵香草生九疑间，实产舜墓，然今二广所向多有之。在岭南，初不大香，一持出岭北则气顿馨烈。南方至易得，富者往往组以为床荐也。

建溪龙茶，始江南李氏，号北苑龙焙者，在一山之中间，其周遭则诸叶地也。居是山，号正焙，一出是山之外，则曰外焙。正焙、外焙，色香必迥殊，此亦山秀地灵所钟之，有异色已。龙焙又号官焙，始但有龙凤、大团二品而已。仁庙朝，伯父君谟名知茶，因进小龙团，为时珍贵，因有大团、小团之别。小龙团见于欧阳文忠公《归田录》，至神祖时即龙焙，又进密云龙。密云龙者，其云纹细密，更精绝于小龙团也。及哲宗朝，益复进瑞云翔龙者，御府岁止得十二饼焉。其后，祐陵雅好尚，故大观初龙焙于岁贡色目外，乃进御苑玉芽、万寿龙芽，政和间且增以长寿玉圭。玉圭凡厘盈寸，大抵北苑绝品曾不过是，岁但可十百饼。然名益新，品益出，而旧格递降于凡劣尔。又茶茁其芽，贵在于社前则已进御。自是迤逦宣和间，皆占冬至而尝新茗，是率人力为之，反不近自然矣。茶之尚，盖自唐人始，至本朝为盛，而本朝又至祐陵时益穷极新出，而无以加矣。

汉宣帝在仄微，有售饼之异，见于《汉书》纪，至今凡千百岁，而关中饼师，每图宣帝像于肆中，今殆成俗。汉氏之德于世如此也。

开宝末，吴越王钱俶始来朝。垂至，太祖谓大官："钱王，浙人也。来朝宿共帐内殿矣，宜创作南食一二以燕衎之。"于是大官仓卒被命，一夕取羊为醢，以献焉，因号旋鲊。至今大宴，首荐是味，为本朝故事。

种和师服，名将也，出陕右，元祐时，朝廷付之以边事。吕丞相大防始召之饭，举箸，沙鱼线甚俊，吕丞相喜问："君解识此物耶？"种操其西音曰："不托便不识。"至今传以为笑。

　　鲁公盛德,盖自小官时,缙绅间一辞谓之有手段。元祐时守维扬,多过客,日夕盈府寺。一日,本是早膳,召客为凉饼会者八人。俄报客继至者,公必留,偶纷纷来又不已。坐间私语:"蔡四素号有手段,今卒迫留客,且若是他食,辄咄嗟为尚可,如凉饼者,奈何便办耶?请共尝之。"及食时,计留客则已四十人,而冷淘皆至,仍精腴。时以为谈柄。

　　太上皇在位,时属升平,手艺人之有称者,棋则刘仲甫,号国手第一,相继有晋士明,又逸群。琴则僧梵如者,海大师之上足也,然有左手无右手。梵如之亚僧则全根,本领雅不及梵如,但下指能作金石声。教坊琵琶则有刘继安。舞有雷中庆,世皆呼之为雷大使。笛有孟水清。此数人者,视前代之伎,一皆过之。独丹青以上皇自擅其神逸,故凡名手多入内供奉,代御染写,是以无闻焉尔。刘仲甫棋,士大夫特以较唐开元国手王积薪,而仲甫尤出积薪上两道,但仲甫亦自挟数术,能弥缝,士君子故喜其为人,由是名誉益表襮,著《棋经》,效《孙子十三篇》,又作《造微》、《精理》诸集,咸见棋之布置用意,成一家说,世遂谓无以过之矣。及政和初,晋士明者自河东来辇下,方年二十八九,独直出仲甫右。一时又较之,乃高仲甫两道犹有余。其艺左右纵横,神出鬼没,于是名声一旦赫然,即日富贵,然终不弃其故妻,缙绅间尤多之。先哲庙时,有棋手号王憨子者,以其能追仲甫,未几而病心死,故世以谓仲甫阴害之也。及士明出,仲甫闻而呼之,与角逐,为士明再四连败之。于是仲甫乃欲以女妻之,则又辞曰:"我有室矣。"仲甫怅不悦,居月余偶以疾殂,盖往往为士明所挫死。故好事者益为浮言,计憨子死之岁,实士明生之年也,则士明果憨子之后身,造物者俾之复其仇云。

　　花蕊夫人，蜀王建妾也，后号小徐妃者。大徐妃生王衍，
而小徐妃其女弟。在王衍时，二徐坐游燕淫乱亡其国。庄宗
平蜀后，二徐随王衍归中国，半途遭害焉。及孟氏再有蜀，传
至其子昶，则又有一花蕊夫人，作宫词者是也。国朝降下西
蜀，而花蕊夫人又随昶归中国。昶至且十日，则召花蕊夫人入
宫中，而昶遂死。昌陵后亦惑之，尝进毒，屡为患，不能禁。太
宗在晋邸时，数数谏昌陵，而未果去。一日兄弟相与猎苑中，
花蕊夫人在侧，晋邸方调弓矢引满，政拟射走兽，忽回射花蕊
夫人，一箭而死。始所传多伪，不知蜀有两花蕊夫人，皆亡国，
且杀其身。

　　本朝宦者之盛，莫盛于宣和间。其源流嘉祐、元丰，著于
元祐。而元丰时有李宪者，则已节制陕右诸将，议臣如邓中司
润甫力止其渐，不可，宪遂用事矣。至元祐，又以垂帘者久，故
其徒得预闻政机，关通廊庙，且争事名誉。有陈衍者迹状既
露，后又撼太子。太上惧，多以邸中旧宝带赂之得稍止，及亲
政而竟杀之焉。然势已张，若禁网则具在也。及崇宁初，上与
鲁公勿能戒，于是开寄班法，因寝任事。大观后，遂有官至皇
城使，官达者至引进客省矣，至外廷旧规余风则犹尚存也。时
士大夫自由公辅而进，耻从此徒，亦罕敢交通。及政和三四
年，由上自揽权纲，政归九重，而后皆以御笔从事，于是宦者乃
出，无复自顾藉，祖宗垂裕之模荡矣。盖自崇宁既踵元丰任李
宪故事，命童贯监王厚军下青唐，后贯因尽攘取陕右兵权。鲁
公再从东南召复相而力遏之，朝廷降诏，差方勃察访五路，然
遏之不得，更反折角。政和末，遂寝领枢管，擅武柄，主庙算，
而梁师成者则坐筹帷幄，其事任类古辅政者。一时宰相执政，
悉出其门，如中书门下徒奉行文书。于是国家将相之任，文武

二道,咸归此二人,因公立党伍,甚于水火。又当是时,御笔既行,互相抵排,都邑内外,无所适从。群臣有司大惧得罪,必得宦人领之,则可入奏,缓急有所主,故诸司务局争奏,乞中官提领。是后大小百司,上下之权,悉由阉寺。外路则有廉访使者,或置承受官,于是天下一听而纪律大紊矣。宣和之初暨中间,宦人有至太保、少保,节度使、正使、承宣、观察者比比焉。朝廷贵臣,又皆由其门,遂不复有庙堂。士大夫始尽向之,朝班禁近咸更相指目,"此立里客也","此木脚客也",反以为荣而争趋羡之,能自饬励者无几矣。鲁公则居家悔叹,每至啜泣。而上亦觉其难制,始杀冯浩,又杀王尧臣,若杨十承宣、小李使皆死不明,连划数人,然势已成,未睹其益。而群阉既惧,思脱祸无术,则愈事燕游,用盅上心,冀免夫朝夕。识者深忧,且疑有萧墙之变,汉、唐之事,了在目前。俄祸自外来,大敌适破,都人愤泄,立杀至啖之,骨血无遗余矣。凡此始终,自非皇天拥祐圣祚,不然可胜殆哉,故书其略如此。

政和以还,侍从大臣多奴事诸珰而取富贵。其倡始者,首有王丞相黼事梁师成,俄则盛尹章事向忻、宋八座昇事王仍,后又有王右辖安中亦事师成。此最彰著者。宣和以降,则士大夫悉归之内寺之门矣。黼则呼师成为"恩府先生",每父事之。安中在翰苑,凡草师成麻制,必极力作为好辞美句,褒颂功德,时人谓之王内相,上梁师成启事章,则与忻捧药而进。昇对人呼王仍为王爷。又有刘谂者,自小官在童贯幕,始终与之尽力,后位至延康殿学士。及都邑倾覆,先索谂入金营,既两宫将播迁,谂闻之,又知金欲用谂,遂自经而死,独能以忠节盖前迹矣。

汉元狩二年,南越献驯象、能言鸟。应劭注"能言鸟,鹦鹉也"。然二广间鹦鹉视陇右实差小，若具五色，又自出外国。但今西瓯之地，适春夏间，山青涧碧，而木绵花发，红树满目如火，与相间错，即多有鹦鹉群飞，动千数百，高下争掠人头面去，其声咬咬可喜，疑若别造一道家羡门方域中尔。人或得其雏，养视而教诸语言。初皆丹喙，中变而黑，度岁余乃复丹，始不变。此雄者也，号名鹦鹉。有喙常黑而不变，此独雌者，号名木戾。是二种者，实藉人力而致之言语，罕有合其自然。至百数十中，忽一天机辨慧，始虽因教，然终乃同诸人而性灵，斯足尚矣。吾顷见贰车陈端诚家一鹦鹉，能自谈对，睹老兵持米筲出，则报曰："院子偷物出也，在筲内。"其小奴窃酒，又亟报曰："惠奴偷酒。"众争视之，穷诘略无迹，反罪其妄。乃又曰："藏卓下矣。"共验之信。于是奴婢大愤，后以计而杀之也。尝读《殷芸小说》载晋张华有鹦鹉，每出还，辄说童仆好恶，一日寂无言，华问其故，曰："被禁在瓮中，何由得知事？"殆类此。

都下飞鸢至多，而大内中为最。每集英殿下燕，则飞鸢动千百为群，翔舞庭中，百官燕食至则多为所掠。故事，遇燕设，乃于邻殿置肉以赐鸢，后稍稍得引去，然尚多有之也。《周官》射鸟氏宾客会同，以弓矢欧鸟鸢，则鸢之善钞盗有自来矣。今乘舆在御，又鸢飞既众，是弓矢有不可欧者，故赐鸢肉乃出本朝，第不知其始。窃谓傥非仁庙之至仁，必由祖宗之圣智矣。

鲁公以元祐末帅蜀，道行过一小馆，有物倒悬于梁间。初疑为怪，后见《古今注》，乃知为蝙蝠也。又《抱朴子》亦谓，蝙蝠五百岁即白而倒悬，食之寿如其年。吾每记公此言。靖康初贬邵陵，始发自长沙，憩一长亭。方坐，忽有类鸦鸽从房中飞掠吾身过者，时亦以为怪，迹其踪，乃在堂中后空舍而倒悬，则知其为伏翼矣，大为之憾怆。俄迁岭外博白，暇日适与客行天庆祠,才升殿,则观梁间累然倒悬者以十数,偷眼伺人,久忽飞去。博白天庆祠,实唐紫极宫也,则是物亦不暇三四百岁矣。客有力劝吾罗捕取而尽食之者,因为之一哂。

政和中于阗国朝贡以马四匹,其一高六尺五寸,其一六尺二寸,其二皆五尺九寸。殆不类常马,其状已怪。则穆王八骏,其图夭矫,宜若有之也。

相州,古邺郡,其西有隆虑,名山也。寺则齐禅师道场,亦名刹也。寺大门之前,左右二池,东为黄龙,西为白龙所窟宅。政和间适大旱,安阳人祷于池,既大澍,于是一时为之飞奏,诏加封爵焉。及褒命下,世俗不知厥由,但迎置诸东池而已。一旦,云雾四合如墨,天大雷电异常,有顷,众登寺楼望,则了然见白龙与黄龙拏战,而黄龙败焉。白龙乃奋迅下取山岭,将塞东池垂半矣。黄龙既护其居,故屡斗而屡败,且不已。其右山谷间,白龙之所据,则水屯于门之外,波浪高逾寺楼也。群髡大惧,为焚香讽咒于楼之上,始悟向之大雨,实白龙为之,而黄龙冒其赏,故一至此竞。于是寺髡力为之讲解,仍许再告请上,终日始得平,白龙因收水而退矣。诏复封白龙焉。吾妻家,相人也,有妻兄检得亲见,故特为吾道之。且龙号称神物,能变化,诚高远,乃亦争虚名,角胜负,未免作世俗态,所以贵乎君子。

江湖间小龙号灵异,见诸传说甚究。崇宁中淮水暴涨,而汴口樯舟不能进。一日昧爽,小龙者出连缄之舟尾,有舵工之妇不识也,谓是蜥蜴,拨置之则跂跂,又缘舵而上。舵工之妇怒,举火柴击其首。随击,霹雳大震一声,而汴口所积舟不问官私舟舵与士大夫家所座船七百只,举自相撞击俱碎,死数十百人。朝廷闻而不乐,第命官为赈恤焉。会发运使上计,而小龙者又复出。大漕甚窘惧，乃焚香祝之："愿与王偕上计，入觐天子，可乎？"龙即作喜悦状，因举身入香奁中不动。大漕遂携至都辇，先以示鲁公，得奏闻。上遣使索入内，为具酒核以祝之。龙辄跃出奁，两爪据金杯，饮几釂。于是天子异之，取大琉璃缶贮龙，为亲加封识焉，降付都城汴水之都门外小龙祠中。一夕，封识宛如故，视缶中龙，则已变化去矣。上喜，加封四字，仍大敞其祠宇。至大观末，鲁公责东南，舟行始抵汴口，而小龙又出迓鲁公。然小龙所隶南北当江湖间，素不至二浙也。政和壬辰，鲁公在钱塘，居凤山之下私第，以正月七日小龙忽出佛堂中，于是家人大小咸叹异，亦疑必有故。明日，而鲁公召命至，复加六字王。及靖康之初家破，鲁公贬岭外。吾从行至江陵，将遵陆出鼎沣间。公畏暑，因改卜舟，行下江陵，憩渚宫之沙头一仓官廨舍，才弛担，则小龙复出见。鲁公为之涕下，且感念神龙乃不忘恩旧一如此。吾戏公曰："固知小龙之必来尔。"公愕询其故，吾始曰："此亦出公之门也。苟每加意于是，无世情者则今日必来，使此龙一出，世间有世情当又不来，是乌足辱人怀抱耶？"公乃收泪而笑。且龙，神尔，而义风有古圣贤操烈，因为书其初末。是亦《春秋》褒贬之余旨，不敢废者也。

宣和元年夏五月，都邑大水。未作前，雨数日连夕如倾。及霁，开封县前茶肆有晨起拭格榻者，睹若有大犬蹲其旁，明视之，龙也，其人大叫而倒。茶肆适与军器作坊近，遂为作坊士群取而食之，屏不敢奏。都人皆图画传玩。其身仅六七尺，若世所绘。龙鳞作苍黑色，然驴首，而两颊宛如鱼，头色正绿，顶有角座极长，其际始分两歧焉，又其声如牛。考诸传记，实龙也。后十余日，大水至，故俗传谓之龙复仇。

世罕识龙、象、师。薛八丈黄门昂,钱塘人也。始位左辖,其小君因出游还,适过宣德端门。时郊禋祀近,有司日按象自外旗鼓迎至阙下而驯习之。夫人偶过焉,适见而大骇,归告其夫曰:"异哉左丞,我侬今日过大内前,安得有此大鼻驴耶!"人传以为笑。

唐人说江东不识橐驼,谓是庐山精,况今南粤,宜未尝过五岭也。顷因云扰后,有北客驱一橐驼来。吾时在博白,博白人小大为鼓舞,争欲一识。客辄阖户蔽障,丐取十数金,即许一人。如是,遍历濒海诸郡,藉橐驼致富矣。后橐驼因瘴疠死,其家如丧其怙恃。

岭右顷俗淳物贱。吾以靖康岁丙午迁博白。时虎未始伤人,村落间独窃人家羊豕,虽妇人小儿见则呼而逐之,必委置而走。有客常过墟井,系马民舍篱下。虎来觇篱,客为惧。民曰:"此何足畏。"从篱旁一叱,而虎已去。村人视虎,犹犬然尔。十年之后,北方流寓者日益众,风声日益变,加百物涌贵,而虎寖伤人。今则与内地勿殊,啖人略不遗毛发。风俗浇厚,乃亦及禽兽耶? 先王中孚之道,信乃豚鱼,知必不诬。

博白有远村号绿含,皆高山大水,人足迹所勿及,斗米一二钱,盖山险不可出。有小江号龙赞,鱼大者动长六七尺,皆痴不识人也。村民自夸:"我山多凤凰。"吾且谓妄,从而诘之,则曰:"其大如鹅,五色有冠,率居大木之颠,穴木而巢焉。遇天气清明则出,出必双双而飞。所过则群鸟举为之敛翼,俯首而伏,不敢鸣者久之。"吾叹曰:"此真凤凰也。"古人谓南方丹山产凤,为信。

博白张生公谞者,蜀人。喜学问,能苦辛,卜筑于城西北隅,山间盛概也。吾手助其缉茅,既成,名曰带经堂。下剧地得山蓣，自然成玄武者，龟大于掌，首尾克全，蛇乃夭矫缠龟，犹世图状。张生以献，吾为再拜，烹而食之。既物理有是不可致诘者。

苑囿最盛宣和末。所谓艮岳正门曰阳华，亦五载，制同宸禁也。自阳华门入，则夹道荔枝八十株，当前椰实一株。有太湖石曰神运昭功，高四十六尺，立其中，为亭以覆之。每召儒臣游览其间，则一珰执荔枝簿立石亭下，中使一人宣旨，人各赐若干，于是主者乃对簿按树以分赐，朱销而奏审焉。吾一日偶获侍从鲁公入，时许共赏椰实。一小珰登梯，就摘而剖之，诸珰人荔枝二枚，于是大珰梁师成者尽谔然。吾笑而顾之曰：“诸人久饫矣，且饶吾一路。”盖是时群珰多尚文字，妄相慕仰，咸以吾未始得尝故也。语此一梦，令人怆然。

蒲中产梨枣，已久得名。昔唐太宗时，有凤仪止梨树上，因变肌肉细腻，红颊玉液，至今号凤栖梨也。至本朝时，一家独出一种，青袍琼肌，香脆甘寒，备众梨之美，又绝胜于凤栖。其人尝进御，后得文林郎，且以青肤足珍，类选人之衫色，因但号之曰文林郎。岁罕得稔，遇稔则但归诸碧油幕下，帅贰共分饷焉，他莫得入口矣。吾得于张守周佐，尝官蒲，故能道之。张名仲爽。

洛阳牡丹，号冠海内，欧阳文忠公有谱言之备。然吾狂病未得时，尝侍鲁公入，应宣召延福宫赏花内宴，私窃谓海内之至极者也。及靖康初元，鲁公分司河南，吾独从鲁公行，时适春三月矣，略得见洛阳牡丹一二，始知九重之燕赏殆虚设，而文忠公之谱其殆雅有未究者。因问诸洛阳人，为吾言：“姚黄，檀心碧蝉，生异花叶，独号花王。虽有其名，亦不时得，率四三岁一开，开或得一两本而已，遇其一必倾城其人若狂而走观，彼余花纵盛,勿视也。于是姚黄苑圃主人,是岁为之一富。"吾又见二父言,元丰中神宗尝幸金明池,是日洛阳适进姚黄一朵,花面盈尺有二寸,遂却宫花不御,乃独簪姚黄以归,至今传以为盛事。

维扬芍药甲天下,其间一花若紫袍而中有黄缘者,名金腰带。金腰带不偶得之,维扬传一开则为世瑞,且簪是花者位必至宰相,盖数数验。昔韩魏公以枢密副使出维扬,一日,金腰带忽出四蕊,魏公异之,乃燕平生所期望者三人,与共赏焉。时王丞相禹玉为监郡,王丞相介甫同一人俱在幕下,及将燕,而一客以病方谢不敏,及旦日,吕司空晦叔为过客来,魏公尤喜,因留吕司空,合四人者,咸簪金腰带。其后,四人果皆辅相矣。或谓过客乃陈丞相秀公,然吾旧闻此,又得是说于吕司空,疑非陈丞相也。是后鲁公守维扬,金腰带一枝又出,则鲁公簪之,而鲁公亦位极。未几,叔父文正公亦尝守维扬,一旦金腰带又出,而维扬人大喜,贺文正公之重望,亟折以献。然花适开未全也,文正公为之怅然,亦簪而赏之焉。久之,文正公独为枢密使,后加使相、检校少保,视宰相恩数。噫,一花之异,有曲折与人合,乃若造物戏人乎?

嬾 真 子 录

[宋]马永卿　撰
穆　公　　校点

校 点 说 明

《嬾真子录》五卷，又名《嬾真子》，宋马永卿撰。永卿字大年，一作名大年，字永卿，扬州（今属江苏）人。徽宗大观三年（1109）进士，为永城主簿。后历官江都丞、浙川令、夏县令。在永城时，刘安世谪亳州，亦寓居是县，永卿因求教，遂从其学二十六年。后追录安世之语作《元城语录》及本书。其事迹见《宋史翼》卷二三。

据书末署绍兴六年（1136），知成书于南渡以后。书中记北宋以来之闻见及读书所得，内容较杂，既有轶闻遗事，亦有小说故事，卷三以后又多考证艺文，诠释诗赋，虽能发前人所未发，然未免有扬才露己之嫌。另外，于作家作品之本事亦有记述。

本书《宋史·艺文志》著录为五卷。后收入商濬《稗海》中，但刊刻之误甚多，胡珽（心耘）因而作《嬾真子录集证》，但未见刊行。后劳平甫据旧钞本校以他书，并采用了胡氏《集证》。涵芬楼《宋人小说》丛书收入劳平甫校本，傅增湘又校以《说郛》等书（详见涵芬楼《宋人小说》丛书《嬾真子录》夏敬观跋）。此次校点，即以涵芬楼《宋人小说》丛书本（即劳平甫校本）为底本，校以《四库全书》本等。凡底本有误者，据校本改正，不出校记。唯卷二末条中"二千石曹主"以下明显有缺文。按，《丛书集成》本此处有校点者缪荃孙的校记云："荃孙按，此下有脱简。再按，目录内'尚书八座'条下（《丛书集成》本并无目录，但每条前有小标题。——校点者）有'治性'、'咏魏帝庙'、'韩文少作宏放'三条。'治地者以下'云云,即'韩少作宏放'条文。商氏《稗海》刻并一条,误。"因情况特殊,故附及之。

目　录

嬾真子录卷第一

温公之任崇福，春夏多在洛，秋冬在夏县。每日与本县从学者十许人讲书，用一大竹筒，筒中贮竹签，上书学生姓名。讲后一日，即抽签，令讲；讲不通，则公微数责之。公每五日作一暖讲，一杯、一饭、一面、一肉、一菜而已。温公先陇在鸣条山，坟所有余庆寺。公一日省坟，止寺中，有父老五六辈上谒云："欲献薄礼。"乃用瓦盆盛粟米饭，瓦罐盛菜羹，真饭土簋、啜土铏也。公享之如太牢。既毕，复前启曰："某等闻端明在县，日为诸生讲书，村人不及往听，今幸略说。"公即取纸笔，书《庶人章》讲之。既已，复前白曰："自《天子章》以下，各有《毛诗》两句，此独无有，何也？"公默然，少许，谢曰："某平生虑不及此，当思其所以奉答。"村父笑而去，每见人曰："我讲书曾难倒司马端明。"公闻之，不介意。

庐山东林寺有画须菩提像，如人许大，梵相奇古，笔法简易，真奇画也。题曰："戊辰岁樵人王翰作。"此乃本朝开宝四年画也。南唐自显德五年用中原正朔，然南唐士大夫以为耻，故江南寺观中碑多不题年号，而但书甲子而已。后戊辰七年，岁次乙亥，遂收江南。

仆友人陈师黯子直尝谓仆曰："汉诸儒所传《六经》，与今所行《六经》不同，互有得失，不可以偏辞论也。王嘉奏封事曰：臣闻咎繇戒帝舜曰：'无敖逸，欲有国，兢兢业业，一日二日万幾。'师古曰：'《虞书·咎繇谟》之辞也。言有国之人不可敖慢佚欲，但当戒慎危惧，以理万事之幾也。'"今《尚书》乃作"无教逸，欲有邦"，恐"敖"字转写作"教"字耳。若谓天子教诸侯逸欲，恐非是也。仆曰：《书·序》："科斗书废已久，时人无能知者，为隶古定，更以竹简写之。"所写讹，或有此理。

自唐以来呼太常卿为"乐卿"，或云太常礼乐之司，故有此名。然不呼为"礼卿"，何也？然此二字古有之：《前汉·食货志》武帝"置赏官，名曰武功爵"，第八级曰"乐卿"，故后之文人因取二字用之，亦自无害耳。

元城先生有言：《魏徵传》称：帝仆所为碑，停叔玉昏，顾其家衰矣。此言非也。郑公之德，国史可传，何赖于碑而停叔玉昏？乃天以佑魏氏也。且房、杜何如人也，以子尚主，遂败其家。仆后考魏氏之谱，郑公四子：叔玉、叔瑜、叔琬、叔珪，而叔瑜生华，华生商，商生明，明生冯，冯生暮，至此五世矣。使其家尚主，而其祸或若房、杜，岂有再振之理？故先生曰"停叔玉昏，乃天以佑魏氏"，信哉！

《杜牧传》称牧仕宦不合意，而从兄悰位将相，怏怏不平，卒年五十。仆以《杜氏家谱》考之：襄阳杜氏出自当阳侯预，而佑盖其后也。佑生三子：师损、式方、从郁。师损三子：诠、愉、羔。式方五子：恽、憓、悰、恂、愃。从郁二子：牧、颢。群从中悰官最高，而牧名最著。岂以富贵声名不可兼乎？杜氏凡五房：一京兆杜氏，二杜陵杜氏，三襄阳杜氏，四洹水杜氏，五濮阳杜氏。而杜甫一派不在五派之中，岂以其仕宦不达而诸杜不通谱系乎？何家谱之见遗也。《唐史》称杜审言襄州襄阳人，晋征南将军预远裔。审言生闲，闲生甫。由此言之，则甫、杜佑同出于预，而家谱不载。未详。

陕府平陆主簿张贻孙子训尝问仆鱼袋制度，仆曰：今之鱼袋,乃古之鱼符也。必以鱼者,盖分左右可以合符,而唐人用袋盛此鱼,今人乃以鱼为袋之饰,非古制也。《唐·车服志》曰:随身鱼符,左二右一。左者进内,右者随身,皆盛以袋。三品以上饰以金,五品以上饰以银。景云中,诏衣紫者以金饰之,衣绯者以银饰之。谓之章服,盖有以据也。

天道远矣。汉再受天命,其兆见于孝景程姬之事。然长沙定王发,凡有十五子,并载于王子侯者:《年表》元光六年七月乙巳受封者四人,元朔四年三月乙丑受封者六人,元朔五年三月癸酉受封者一人,其年六月壬子受封者四人。内舂陵侯买乃其一也。舂陵侯者,乃光武之祖也。舂陵节侯买卒,戴侯熊渠嗣;卒,孝侯仁嗣;卒,侯敞嗣。建武二年,立敞子祉为城阳王,盖以祉者,舂陵之正统也,故光武立为王。然则国之兴废岂偶然哉?仆以光武出于舂陵买之后,而长沙定王发,本传中不载,其详因备载之。

张子训尝问仆曰:“蒙恬造笔,然则古无笔乎?”仆曰:“非也。古非无笔,但用兔毛,自恬始耳。《尔雅》曰:‘不律谓之笔。’史载笔诗云‘贻我彤管’,‘夫子绝笔获麟’。《庄子》云:‘舐笔和墨。’是知其来远矣。但古笔多以竹,如今木匠所用木斗竹笔,故其字从‘竹’。又或以毛但能染墨成字,即谓之‘笔’。至蒙恬乃以兔毛,故《毛颖传》备载之。”

田敬仲、田穉孟、田湣、田须无、田无宇、田开、田乞、田常,“五世之后,并为正卿”,谓田无宇也;“八世之后,莫之与京”,谓田常也。自齐桓公十四年陈公子完来奔,岁在己酉,至简公四年田常弑其君,凡一百九十二年,其事始。《史记》但云“田敬仲完世家”,不谓之齐,不与其篡也,与《庄子·胠箧篇》同义。

　　元城先生尝言：古之史出于一人之手，故寓意深远。且如
《前汉书》，每同列传者，亦各有意。杨王孙，武帝时人；胡建，
昭帝时人；朱云，元帝时人；梅福，成帝时人；云敞，平帝时人；
为一列传，盖五人者皆不得其中，然其用意，则皆可取。王孙
裸葬，虽非圣人之道，然其意在于矫厚葬也。胡建为军正丞，
不上请而擅斩御史，然其意在于明军法也。朱云以区区口舌
斩师傅，然其意在于去佞臣也。梅福以疏远小臣而言及于骨
肉权臣之间，然其意在于尊王室也。云敞犯死救师，虽非中
道，然忠义所激耳，稍近其中。故《叙传》云："王孙裸葬，建乃
斩将。云廷讦禹，福逾注云："远也。"刺凤。是谓狂狷，敞近其
衷。注云："中也。""言此五人皆狂狷不得中道，独敞近于中耳。
此其所以为一列传。

　　世言"五角六张"，此古语也。尝记开元中有人忘其姓名。
献俳文于明皇，其略云："说甚三皇五帝，不如求告三郎。既是
千年一遇，且莫五角六张。""三郎"谓明皇也。明皇兄弟六人，
一人早亡，故明皇为太子时号为"五王宅"。宁王、薛王，明皇
兄也；申王、岐王，明皇弟也，故谓之"三郎"。"五角六张"，谓
五日遇角宿，六日遇张宿。此两日作事多不成，然一年之中，
不过三四日。绍兴癸丑岁只三日：四月五日角，七月二十六日
张，十月二十五日角。多不过四日，他皆仿此。

　　王禹玉，年二十许，就扬州秋解试，《瑚琏赋》官韵"端木赐
为宗庙之器"。满场中多第二韵用"木"字，云"唯彼圣人，粤有
端木"。而禹玉独于第六韵用之："上晞颜氏，愿为可铸之金；
下笑宰予，耻作不雕之木。"则其奇巧亦异矣哉。

　　世所传《五柳集》数本不同，谨按：渊明乙丑生，至乙巳岁
赋《归去来》，是时四十一矣。今《游斜川诗》或云辛丑岁，则方

三十七岁；或云辛酉岁，则已五十七；而诗云："开岁倏五十。"
皆非也。若云"开岁倏五日"，则正序所谓正月五日，言开岁倏
忽五日耳。近得庐山东林旧本，作"五日"，宜以为正。又旧
"气和天象澄"作"此象"，讹耳。集中如此类极多，今特举此一
篇。

　　《诗》、《书》之序，旧同在一处，不与本篇相连，如《尧典》、
《舜典》以下，《关雎》、《葛覃》以下，并一简牍而书之，至孔安国
乃移之，故曰《书序》。序所以作者之意昭然易见，宜相附近，
故引之各冠其篇首。后毛公为《诗传》，亦复如是。故《逸书》、
《逸诗》之名可以见者，缘与今所存之序同此一处故也。若各
冠其篇者首，亡之矣，盖其余则简编众多，故或逸之，今之《逸
书》、《逸诗》是也。

　　"成汤既没，太甲元年。"注云："太甲，太丁之子，汤之孙
也。太丁未立而卒，及汤没，而太甲立，称元年。""惟元祀十有
二月乙丑，伊尹祠于先王。"注云："成汤崩逾月，太甲即位，奠
殡而告。"据此文意，则成汤之后，中间别无君也。然《孟子》
云："汤崩，太丁未立，外丙二年，仲壬四年，太甲颠覆汤之典
刑，伊尹放之于桐。"据此，则中间又有两君矣。《史记》："汤
崩，太丁未立而卒，于是乃立太丁之弟外丙，是为帝外丙。外
丙即位二年，崩，立外丙之弟仲壬，是为帝仲壬。帝仲壬即位
四年，崩，伊尹乃立太丁之子太甲。太甲，成汤适长孙也。"以
此考之，然则《书》所谓"成汤既没，太甲元年"者，盖谓伊尹欲
明言成汤之德以训于王，故须先言成汤既没，非谓中间无二君
也。而注误认此语，遂失之，当以《孟子》、《史记》为之正。

　　五柳《与商晋安别诗》旧本十韵，第九韵云："良才不隐世，
江湖多贱贫。"第十韵云："脱有经过便，念来存故人。"今世有

本无第十韵,故东坡诗《送张中》亦止于"贫"字,云:"不救归装贫。"又今本云:"游好非久长,一遇尽因勤。"而旧本云:"游好非少长,一遇定因勤。"盖其意云:吾与子非少时长时游从也,但今一相遇,故定交耳。此语最妙,识者宜自知之。

唐秘书省吏凡六十七人,典书四人,楷书十人,令史四人,书令史九人,亭长六人,掌固八人,熟纸匠十人,装潢匠十人,笔匠六人。且世但知乡村之吏谓之"亭长",殊不知唐诸司多有之。《尚书省志》云:"以亭长启闭传禁约。"则知三省亦有也。然装潢恐是今之表背匠,然谓之潢,其义未详。

元祐中,东坡知贡举日,并行诗赋、经义,《书》题中"出而难任人,蛮夷率服"。注云:"任,佞也。难者,拒之使不得进也。难任人,则忠信昭而四夷服。"东坡习大科日曾作《忠信昭而四夷服论》,而新经与注意同。当时举子以谓东坡故与金陵异说,以谓难于任人则得贤者,故四夷服。及东坡见是说,怒曰:"举子至不识字。"辄以"难"去声为"难"平声,尽黜之,惟作"难"去声字者皆得。盖东坡元不曾见新经,而举子未尝读注故也。闻之于柴慎微。

古今之事有可资一笑者,太公八十遇文王,世所知也。然宋玉《楚词》云:"太公九十乃显荣兮,诚未遇其匹。"合东方朔云:"太公体行仁义,七十有二,乃设用于文武。"噫!太公老矣,方得东方朔减了八岁,却被宋玉展了十岁。此事真可绝倒。

古人吟诗绝不草草,至于命题,各有深意。老杜《独酌》诗云:"步屧深林晚,开樽独酌迟。仰蜂粘落絮,行蚁上枯梨。"《徐步》诗云:"整履步青芜,荒庭日欲晡。芹泥随燕嘴,花蕊上蜂须。"且独酌则无献酬也,徐步则非奔走也,以故蜂蚁之类微细之物皆能见之。若夫与客对谈，急趋而过，则何暇视详至于如是哉？仆尝以此理问仆舅氏，舅氏曰："《东山》之诗盖尝言之：'伊威在室，蠨蛸在户。町疃鹿场，熠耀宵行。'此物寻常亦有之，但人独居闲时乃见之耳。杜诗之源，盖出于此也。"

"吴兴老释子，野雪盖精庐。诗名徒自振，道心长晏如。想兹栖禅夜，见月东峰初。鸣钟落岩壑，焚香满空虚。叨慕端成旧，未识岂为疏。愿以碧云思，方君怨别余。茂苑文华地，流水古僧居。何当一游咏，倚阁吟踟躇。"右韦苏州《招昼公》诗。昼公即皎然也，居于湖。旧说皎然欲见韦苏州，恐诗体不合，遂作古诗投之。苏州一见，大不满意。继而皎然复献旧诗，苏州大称赏曰："几误失大名，何不止以所长见示，而辄希老夫之意？"且苏州诗格如此高古，而皎然卒然效之，宜乎不逮也。士欲迎合者，以此少戒。

同州澄城县有"九龙庙"，然只一妃耳。土人云："冯瀛王之女也。"夏县司马才仲戏题诗云："身既事十主，女亦妃九龙。"过客读之，无不一笑。才仲名棫，兄才叔，名槱，皆温公之侄孙，豪杰之士，咸未四十而卒。文季每言及之，必惨然也。

圣人之言何其远哉，虽弟子皆可与闻，而又择其中尤可与言者言之。仲尼之弟子皆孝也，而曾子为上首，故孔子与之言《孝经》。佛之弟子皆解空也，而须菩提为上首，故佛与之言《金刚经》，余弟子不与也。

《楚辞·山鬼》曰："若有人兮山之阿，被薜荔兮带女萝。既含睇兮又宜笑，子慕予兮善窈窕。"仆读至此，始悟《庄子》之言曰："西施捧心而嚬，邻人效之，人[商本无女字]皆弃而走。"且美人之容，或笑或嚬，无不佳者，如屈子以笑为宜，而庄子以嚬为美也。若丑人则嚬固增丑状，而笑亦不宜矣。屈、庄皆方外人，而言世间事，曲尽其妙，然而不害为道人也。

襄、邓之间多隐君子。仆为淅川令，日与一老士人郑芷字楚老往还。楚老之言可取者极多，今但记其论天一说。楚老之言曰：古今言天者多矣，皆无所考据，独一说简易可信。《列子》之言曰："终日在天中行止。"张湛注曰："自地以上，皆天也。"此言可信。仆初未信其言，俄被差为金州考试官，行金房道中，过外朝、鸡鸣、马息、女娲诸岭，高至十里或二十里，然则自下望之，岂不在天中行乎？后又观《抱朴子》言："自地以上四十里，则乘气刚而行。盖自此以上，愈高愈清，则为神灵之所居，三光之所县，盖天积气耳，非若形质而有拘碍，但愈高则愈远耳。"若曰自地至天凡若干里，仆不信也。

杜工部《送重表侄王砅评事》诗云："秦王时在坐，真气惊户牖。"又云："次问最少年，虬须十八九。"然"十八九"三字，乃出于《丙吉传》云："武帝曾孙在掖庭外家者，至今十八九矣。"其语盖出于此。始信老杜用事若出天成，其大略如此，今特举此一篇。

县尉呼为"少府"者，古官名也。《汉·百官表》云：大司农供军国之用，少府则奉养天子，名曰"禁钱"，自是别为藏。少者小也，故称少府，以亚大司农也。盖国朝之初，县多惟令、尉。令既呼"明府"，故尉曰"少府"，以亚于县令。

东坡至黄州，邀一隐士相见，但视传舍，不言而去。东坡曰："岂非以身世为传舍相戒乎？"因赠以诗，末云："士廉岂识桃椎妙，妄意称量未必然。"此盖用朱桃椎故事也。高士廉备礼请见，与之语，不答，瞪目而去。士廉再拜，曰："祭酒其使我以无事治蜀耶？"乃简条目，州遂大治。东坡用事之切当如此，皆取隐士相见不言之义也。

今之夷狄谓中国为汉者,盖有说也。《西域传》载武帝《轮台诏》曰:"匈奴缚马前后足,言秦人我丐若马。"注:"谓中国人为秦人,习故言也。"故今夷狄谓中国为"汉",亦由是也。

《郑吉传》云:"威振西域,并护西北道,故号都护。""中西域而立幕府,治乌垒城,镇抚诸国,诛伐怀集之。汉之号令班西域矣,始自张骞,成于郑吉。"仆以《西域传》考之,乌垒距龟兹国三百五十里,而乌垒去阳关二千七百三十八里,于西域为中。然乌垒户百一十,口千二百,胜兵三百人,而西域五十余国,咸听指挥,盖汉积威之所致也。始信女真以三五胡人守中国一大郡,而人不敢图者,良有以夫。

沈传师《游岳麓寺》诗云:"承明年老辄自论,乞得湘守东南奔。"盖用严助故事也。严助为会稽太守,数年不闻问,赐书曰制诏会稽太守君厌承明之庐劳侍从之事。今以《传师传》考之:穆宗时,"召入翰林为学士,改中书舍人。翰林阙承旨,次当传师,穆宗欲面命,辞曰:'学士院长参天子密议,次为宰相,臣自知必不能,愿治人一方,为陛下长养之。'因称疾出。遂以本官兼史职。俄出为湖南观察使"。故传师于诗以见其志。

元城先生曰:某之北归,与东坡同途,两舟相衔,未尝一日不相见。尝记东坡自言少年时与其父并弟同读富郑公《使北语录》,至于说大辽国主,云:用兵则士马物故,国家受其害;爵赏日加,人臣受其利。故凡北朝之臣劝用兵者,乃自为计,非为北朝计也。虏主明知利害所在,故不用兵。三人皆叹其言,以为明白而切中事机。时老苏谓二子曰:"古人有此意否?"东坡对曰:"严安亦有此意,但不如此明白。"老苏笑以为然。

懒真子录卷第二

仁宗皇帝道德如古帝王，然禅学亦自高远。仆游阿育王山，见皇祐中所赐大觉禅师怀琏御书五十三卷，而偈、颂极多。内有一颂留怀琏住京师云："虚空本无碍，智解来作祟。山即如如体，不落偏中位。"又有一颂，后作一圆相，下注两行云："道着丧身失命，道不着瞒肝佛性。"仰窥见解，实历代祖师之上。宜乎身居九重，道超万物，外则不为奸邪所蔽，内则不为声色所惑，而享永年。推其绪余，燕及天下；昆虫草木，咸受上赐。故《宸奎阁记》云："古今通佛法者，一人而已。"至哉，言乎！

本朝宰相衔带译经润文使，盖本于唐也。显庆元年正月，玄奘法师在大慈恩寺翻译西天所得梵本经论。时有黄门侍郎薛元超、中书侍郎李义府问"古来译仪式如何"，师答云："苻坚时，昙摩鞞译，中书侍郎赵整执笔。姚兴时，鸠摩罗什译，安城侯姚嵩执笔。后魏时，菩提留支译，侍中崔光执笔。贞观中，波罗颇那译，左仆射房玄龄、赵郡王李孝恭、太子詹事杜正伦、太府卿萧璟等监阅。今独无此。"正月壬辰敕曰："大慈恩寺僧玄奘所翻经论，既新传译，文义须精，宜令太子太傅尚书左仆射燕国公于志宁、中书令来济、礼部尚书许敬宗、黄门侍郎薛元超、中书侍郎李义府、杜正伦时为看阅，有不稳当处，即随事润色之。"右出《藏经·三藏法师传》。

关中隐士骆耕文道常言："修养之士，当书《月令》置坐左右,夏至宜节嗜欲,冬至宜禁嗜欲。盖一阳初生,其气微矣,如草木萌生,易于伤伐,故当禁之,不特节也。且嗜欲四时皆损人,但冬夏二至,阴阳争之时,大损人耳。"仆曰:不独《月令》如此,唐柳公度年八十余,有强力人问其术,对曰:"吾平生未尝以脾胃熟生物、暖冷物,以元气佐喜怒。"此亦可为座右铭也。耕道曰然。

　　旧说载:王禹玉久在翰苑,曾有诗云:"晨光未动晓骖催,又向坛头饮社杯。自笑治聋终不是,明年强健更重来。"或曰:"古人之诗有此意乎?"仆曰:"白乐天《为忠州刺史九日题涂溪》云:'蕃草席铺枫岸叶,竹枝歌送菊花杯。明年尚作南宾守,或作重阳更一来。'亦此意也。但古人作诗必有所拟,谓之'神仙换骨法',然非深于此道者,亦不能也。"

　　六一先生作事,皆寓深意。公生于景德之四年,至庆历五年坐言者论张氏事,责知滁州,时方年三十九矣。未及强仕之年,已有"醉翁"之号,其意深矣。后韩魏公同在政府,六一长魏公一岁,魏公诸事颇从之。至议推尊濮安懿王,同朝俱攻六一,故六一遗令托魏公作墓志。墓志中盛言初议推尊时,乃政府熟议,共入文字,欲令魏公承当此事,以破后世之惑耳。或云:张氏事虽下六一千百辈人,犹且不为。至若推尊,则遽忘前朝盛德,而大违典礼,故诸公攻之,不少贷也。然六一深以此事为然,故于《五代史·义儿传》极致意焉。噫!人心不同,犹其面也。此言得之。

　　温公熙宁、元丰间,尝往来于陕、洛之间,从者才三两人,跨驴道上,人不知其温公也。每过州县,不使人知。一日,自洛趋陕。时陕守刘仲通讳航,元城先生之父也;知公之来,使人迓之,公已从城外过天阳津矣。刘遽使以酒四樽遗之,公不受。来使告云："若不受,必重得罪。"公不得已,受两壶。行三十里,至张店镇,乃古傅岩故地,于镇官处借人,复还之。后因于陕之使宅建"四公堂",谓召公、傅公、姚公、温公,此四公者,皆陕中故事也。唐姚中令,陕之硖石人,今陕县道中路旁有姚氏墓碑,徐峤之书并撰。

仆少时在高邮学,读《送穷文》至"五鬼相与张眼吐舌,跳踉偃仆,抵掌顿脚,失笑相顾",仆不觉大笑。时同舍王抃彦法问曰:"何矧?"笑至甚为矧。仆曰:"岂退之真见鬼乎?"彦法曰:"此乃髑髅之深嚬蹙额,盖想当然耳。且古人作文,必有所拟,此拟扬子云《逐贫赋》也。"仆后以此言问于舅氏张奉议从圣作,舅氏曰:"不然。规矩,方圆之至也,若与规矩合,则方圆自然同也。若学问至古人,自然与古人同,不必拟也。譬如善射,后矢续前矢;善马,后足及前足,同一理也。"昨日读韩文,忽忆此话,今三十年矣,抚卷惊叹者久之。

诗人之言,为用固寡,然大有益于世者,若《长恨歌》是也。明皇、太真之事,本有新台之恶,而歌云:"杨家有女初长成,养在深闺人未识。"故世人罕知其为寿王瑁之妃也。《春秋》为尊者讳,此歌真得之。

谥之曰"灵",盖有二义。《谥法》曰:"德之精明曰灵。"又曰:"乱而不损曰灵。"若周灵王、卫灵公,是美谥也;若楚灵王、汉灵帝,是恶谥也。《庄子》曰:"灵公之为灵也,久矣。"此褒之也。《汉·赞》曰:"灵帝之为灵也优哉!"此贬之也。故曰:此一字兼美恶两义。

唐世士大夫崇尚家法,柳氏为冠,公绰唱之,仲郢和之,其余名士亦各修整。旧传:柳氏出一婢。婢至宿卫韩金吾家,未成券,闻主翁于厅事上买绫,自以手取视之,且与驵侩议价。

婢于窗隙偶见，因作中风状，仆地。其家怪问之，婢云："我正以此疾，故出柳宅也。"因出，外舍问曰："汝有此疾，几何时也？"婢曰："不然。我曾伏事柳家郎君，岂忍伏事卖绢牙郎也？"其标韵如此，想是柳家家法清高，不为尘垢卑贱，故婢化之，乃至如此。虽今士大夫妻有此见识者，少矣，哀哉！闻之于田亘元邈。

仆友王彦法善谈名理，尝谓世人但知韩退之不好佛，反不知此老深明此意。观其《送高闲上人序》云："今闲师浮屠氏，一死生，解外胶，是其为心，必泊然无所起；其于世，必淡然无所嗜。泊与淡相遭，颓堕委靡，溃败不可收拾。"观此言语，乃深得历代祖师向上休歇一路，其所见处大胜裴休。且休尝为《圆觉经序》，考其造诣，不及退之远甚。唐士大夫中，裴休最号为奉佛，退之最号为毁佛，两人所得浅深乃相反如此，始知循名失实，世间如此者多矣。彦法名㧑，高邮人，慕清献之为人，卒于布衣。仆今日偶读《圆觉经序》，因追书之。

退之《感二鸟赋》云："贞元十五年五月戊辰，愈东归。"又云："读书著文自七岁至今，凡二十二年。"以文集详考之，是年乃贞元十一年也。今按：贞元十一年退之年二十八，是年三上书宰相，不遇而出关，故曰"自七岁至今，凡二十二年"。至十二年七月从董晋平汴州，至十五年二月晋薨，退之护丧归葬洛阳，半道闻汴州乱。退之既至洛阳，径走彭城省视其家，遂复在徐州节度使张建封幕下。是年五月作《董晋行状》，其后书云："贞元十五年五月十八日，故吏前汴、宋、亳、颍等州观察推官将仕郎试秘书省校书郎韩愈状。"是时，退之年三十一，则知作《感二鸟赋》时贞元十一年明矣，但后人误书十五年也。

杜牧之《华萼楼》诗云："千秋佳节名空在，承露丝囊世已无。唯有紫苔偏称意,年年因得上金铺。"金铺"出《甘泉赋》云:"排玉户而飏金铺。"注云:"金铺,门首也。言风之所至,排门飏铺,击鼓锾钮。"盖此楼久无人登,而苔藓生其门上矣。汉以金盘承露,而唐以丝囊。丝囊可以承露乎?此不可解。

襄、邓之间多隐君子。仆尝记陕州夏县士人乐举明远尝云:"二十四气其名皆可解,独小满、芒种说者不一。"仆因问之,明远曰:"皆谓麦也。'小满'四月中,谓麦之气至此,方小满而未熟也。'芒种'五月节,'种'读如'种类'之'种',谓种之有芒者,麦也,至是当熟矣。"仆因记《周礼》:稻人"泽草所生,种之芒种"。注云:"泽草之所生,其地可种芒种。芒种,稻麦也。"仆近为老农,始知过五月节,则稻不可种。所谓芒种五月节者,谓麦至是而始可收,稻过是而不可种矣。古人名节之意,所以告农候之早晚深矣。

《庄子》之言,有与人意合者,今辄记之。《庄子》之言曰:"地非不广且大也,人之所用容足耳。然侧足而垫之,致黄泉。"解之者曰:垫者,掘也。地亦大矣,人之所用,不过容足。若使侧足之外,掘至黄泉,则人战栗不能行矣。仆因从而解之曰:所以然者,以足外无余地也。今有人廉也,而人以为贪;正也,而人以为淫。何也?以廉正之外,无余地也。若云伯夷之廉也,柳下惠之正也,则人无不信者,以有余地也。故曰:君子能为可信,不能使人之必信。人若未信,当求之己,不可求之人。

政和中,仆为邓州淅川县令,与顺阳主簿张持执权同为金州考试官。毕,同途而归,至均州界中,宿于临汉江一寺。寺前水分为两股,行十余里复合。主僧年六十余,极善谈论。因言股河,主僧曰:"不独江汉如此,天汉亦复如是。"因取《天汉图》相示:天汉起于东方,经箕尾之间,谓之汉津,乃分为二道:其南道则经傅说星、天籥星、天弁星、河鼓星;其北道则经龟星、南斗魁星、左旗下至天津,而合为一道。故知股河,天地皆然也。仆曰:"凡水之行,前遇堆阜,则左右分流,遂如股之状。今天汉乃水象,亦有高卑坳平之状乎?"其僧笑曰:"吾不知也。"后有知星者亦不能答。

天下之事有一可笑者,今辄记之。子路在弟子中号为好勇,天下之至刚强人也;而卫弥子瑕者,至以色悦人,天下之至柔弱人也,然同为友婿。故《孟子》曰:"弥子之妻,与子路之妻兄弟也。弥子谓子路曰:'夫子主我,卫卿可得也。'"夷考其时正卫灵公之时,何二人赋性之殊也?《尔雅》曰:"两婿相谓为亚。"注云:"今江东人呼同门为僚婿,严助传呼友婿。江北人呼连袂,又呼连襟。"

"志士感恩起,变衣非变性。朋友改旧观,僮仆生新敬。"右孟东野《赠韩退之为行军司马》诗。以《传》考之,非也。东野卒于元和九年,时退之为史馆修撰,至元和十二年冬,乃以右庶子为彰义军行军司马,而东野不及见也。前诗乃退之从董晋入汴州为汴州观察推官时诗也。退之年二十五及第,四五年不得官,至贞元十二年乃为董相从事,故有"旧观新敬"之语。其后为中书舍人,左迁右庶子,乃为行军司马,位望隆盛久矣,何"新敬"之说哉。

《曹成王碑》句读差讹,说不可解;又为人转易其字,故愈不可解。仆旧得柴慎微善本,今易正之。一本云:"观察使残虐使将国良戍界,良以武冈叛。"柴本作:"初,观察使虐使将国良,往戍界。"本无"残"字。盖虐使其将国良,往戍界,故良不往,以武冈叛也。又一本云:"披安三县,诛其州,斩伪刺史。"

柴本"诛"字作"讨"。披音昔靡反,盖言披剥安州之三县,故以威名讨惧其州人,使斩其不当为刺史者。盖当时刺史,李希烈之党也。

今之僧尼戒牒云:"知月黑白大小。"及"结解夏之制",皆五印度之法也。中国以月晦为一月,而天竺以月满为一月。《唐西域记》云:"月生至满谓之白月,月亏至晦谓之黑月。"又其十二月所建,各以所直二十八宿名之,如中国建寅之类是也。故夏三月,自四月十六日至五月十五日,为额沙荼月,即鬼宿名也。自五月十六日至六月十五日,谓之室罗伐拿月,即柳星名也。自六月十六日至七月十五日,谓之婆达罗钵陁月,即翼星名也。黑月或十四日或十五日,月有大小故也。故中国节气与印度遁争半月,中国以二十九日为小尽,印度以十四日为小尽;中国之十六日,乃印度之初一日也。然结夏之制,宜如《西域记》用四月十六日,盖四月十五日乃属逝瑟吒月,乃印度四月尽日也。仆因读《藏经》,故谩录出之。

《泷吏》诗云:"瓵大瓶罂小,所任自有宜。"《考工记》"砖埴之工陶瓬",注云:"瓬,读为甫始之甫。"郑玄谓瓬读如放,《音义》"甫冈切",《韵略》:"甫两切,与昉同音,注云:砖埴工。"以此考之,则瓬者乃砖埴之工耳,非器也。而退之乃言"瓵大瓶瓮小"者,何也?《考工记》:"瓬人为簋,实一觳,崇尺,厚半寸,唇寸,豆实三而成觳,崇尺。"注:"觳受斗二升,豆实四升。"故云"豆实三而成觳"。然则瓬人所作器,大者不过能容斗二升,小者不过能容四升耳。《考工记》前作"陶瓬",后作"瓬人",当以后为正。

退之《石鼓歌》云:"镌功勒成告万世,凿石作鼓隳嵯峨。从臣才艺咸第一,拣选撰刻留山阿。"或云:此乃退之自况也。

淮西之碑,君相独委退之,故于此见意。此说非也。元和元年,退之自江陵法曹徵为博士,时有故人在右辅,上言祭酒,乞奏朝廷,以十橐驼载十石鼓安太学,其事不从。后六年,退之为东都分司郎官,及为河南令,始为此诗。歌中备载此事明甚。后元和十二年春,退之始被命为《淮西碑》,前歌乃其谶也。又云"日消月铄就埋没",而《淮西碑》亦竟磨灭,恐亦谶也。

《曹成王碑》云:"王姓李氏,讳皋,字子兰,谥曰成。其先王明,以太宗子国曹。"又云:"太支十三,曹于弟季;或亡或微,曹始就事。"今按:曹王明之母杨氏,乃齐王元吉之妃也,后太宗以明出继元吉后,此人伦之大恶也。故退之为国讳,既言"其先王明,以太宗子国曹",又云"太支十三,曹于弟季"。其言"弟季",或尤有深意,盖元吉之变在于蚤年,及其暮年,乃有曹王,故曰"弟季",盖非东昏奴之比也。前辈用意皆出忠厚,诚可法哉。

李方叔初名豸,从东坡游。东坡曰:"《五经》中无公名。独《左氏》曰:'庶有豸乎?'乃音直氏切,故后人以为'虫豸'之'豸'。又《周礼》:'置其绎。'亦音雉,乃牛鼻绳也。独《玉篇》有此'廌'字。非《五经》不可用,今宜易名曰'廌'。"方叔遂用之。秦少游见而嘲之曰:"昔为有脚之狐乎? 今作无头之箭乎?"豸以况狐,廌以况箭,方叔仓卒无以答之,终身以为恨。

长安慈恩寺塔有唐进士题名石刻,虽妍嫫不同,然皆高古有法度,后人不能及也。宣和初,本路漕柳瑊集而刻之石,亦为奇玩,然不载雁塔本末。仆读《藏经》,因谩记之。唐玄奘法师贞观三年八月往五印度取经,十九年正月复至京师,得如来舍利一百五十粒,梵夹六百五十七部,始居洪福寺翻译。至二十二年,皇太子治为文德皇后于宫城南晋昌里建太慈恩寺。寺成,令玄奘居之。永徽二年,师乃于寺造砖浮屠以藏梵本,恐火灾也。所以谓之雁塔者,用西域故事也。王舍城之中有僧娑窣堵波。僧娑者,唐言雁,窣堵波者,唐言塔也。师至王舍城,尝礼是塔,因问其因缘,云:"昔此地有伽蓝依小乘食三净食。三净者,谓雁也、犊也、鹿也。一日,众僧无食,仰见群雁翔飞,辄戏言曰:'今日众僧阙供摩诃萨埵,宜知之。'其引前者应声而坠。众僧饮泣,遂依大乘,更不食三净,仍建塔,以雁埋其下。"故师因此名塔。先是,师先翻《瑜珈师地论》,成,进御,太宗制《大唐三藏圣教序》,时皇太子治又制《述三藏圣记》。有洪福寺僧怀仁集王右军字,勒二文于碑。及雁塔成,褚遂良乃书二帝序、记,安二碑于塔上,其后遂为游人盛集之地。故章八元诗云:"七层突兀在虚空,四十门开面面风。却讶鸟飞平地上,自惊人语半天中。回梯暗踏如穿洞,绝顶初攀似出笼。落日凤城佳气合,满城春瑞雨濛濛。"此诗人所脍炙,然未若少陵之高致也。杜诗人所易见,此更不录。

　　唐人欲作《寒食》诗,欲押"饧"字,以无出处,遂不用。殊不知出于《六经》及《楚辞》也。《周礼》:"小师掌教箫。"注云:"箫,编小竹管,如今卖饧饧所吹者。"《有瞽》诗:"箫管备举。"《笺》云:"箫,小竹管,如今卖饧饧所吹也。管如篴,并而吹之。"《招魂》曰:"粔籹蜜饵,有怅惶些。"注云:"怅惶,饧也。"盖战国时以饧为怅惶,至后汉时亦谓之饧耳。

　　尚书谓之八座,其来久矣,然学者少究其源。或以六曹二丞为八座,或以六曹二仆为八座,皆非也。此事载于《晋书·职官志》甚详,今录于左。汉光武以三公曹主岁尽考课诸州郡事,改常侍曹为吏部曹,主选举祠祀事,民曹主缮修功作盐池园苑事，客曹主护驾羌胡朝驾事，二千石曹（下有缺文）主治地者。得此序石刻，题云"前乡贡进士韩愈撰"，乃知作此文时年未三十，故能豪放如此。今按退之年二十五及第，后三试博学宏辞科，皆被黜，故曰四举于礼部乃一得，三选于吏部卒无成，继而以乡贡进士三上书宰相，复不遇，即出关，时年二十八矣。且以退之文辞宏放如此而被黜，何哉？盖唐人之文皆尚华丽妥贴，而退之乃聱牙如此，宜乎点额也。

嫩真子录卷第三

艺祖既平江南，诏以兵器尽纳扬州，不得支动，号曰"禁库"。方腊作乱，童贯出征，许于逐州军选练兵仗。既开禁库，两方将士望见所贮弓挺直，大喜曰："此良弓也！"因出试之，宛然如新。是日，弓数千张立尽。噫！自开宝之乙亥至宣和之辛丑，一百四十七年而胶漆不脱，可谓异矣。女真犯阙，东南起勤王之师。仆时为江都丞，帅臣翁彦国令扬州作院造神臂弓，限一月成，皆不可用。当时识者以为国初之弓限一年成，而今成于旬日之间，宜乎美恶之相绝也。仆考《考工记》，然后知弓非一年不可用也。"弓人为弓，取六材必以其时"。"凡为弓，冬析榦，春液角，夏治筋，秋合三材。寒奠体，冰析灂，春被弦"，则一年之事。郑氏注云："期年乃可用。"且三代之时，百工传氏，孙袭祖业，子受父训，故其利害如此详尽。我艺祖奋起于五代之后，而制作之妙远合三代，不亦圣谟之宏远乎？

洛中邵康节先生，术数既高，而心术亦自过人。所居有圭窦、瓮牖。圭窦者，墙上凿门，上锐下方，如圭之状；瓮牖者，以败瓮口安于室之东西，用赤白纸糊之，象日月也。其所居谓之"安乐窝"。先生以春秋天色温凉之时，乘安车，驾黄牛，出游于诸公家。诸公家欲其来，各置安乐窝一所。先生将至其家，无老少、妇女、良贱，咸迓于门。迎入窝，争前问劳，且听先生之言。凡其家妇姑、妯娌、婢妾有争竞，经时不能决者，自陈于前，先生逐一为分别之，人人皆得其欢心。于是酒肴竞进，厌饮数日,徐游一家,月余乃归。非独见其心术之妙,亦可想见洛中士风之美。闻之于司马文仲楳。

《前汉·百官表》"少府"之属官凡五十余人,有导官掌米谷以奉至尊。然学者多疑"导"字之义。仆考《唐·百官志》导官令"掌导择米麦,凡九谷皆随精粗,考其耗损而供"。然《汉》"导"字下从"寸",《唐》"𥡝"字下从"禾"。今按:《韵略》:"瑞禾一茎六穗谓之𥡝。"恐唐以瑞禾名官也。仆尝以此问舅氏,笑云:"此盖读司马长卿《封禅书》误耳。《书》云:'𥡝一茎六穗于庖。'注云:'𥡝,择也。一茎六穗,谓嘉禾之米也。'后人误以瑞禾为𥡝,遂并官名失之,可一笑也。"舅氏张文林相茂实,端方不偶,而卒于铨曹。於戏!

前汉初去古未远,风俗质略,故太上皇无名,母媪无姓。然《唐·宰相世系表》叙刘氏所出云:"昔士会适秦,归晋,有子留于秦,自为刘氏。秦灭魏,徙大梁,生清。徙沛,生仁,号丰公。生煓,煓音湍。字执嘉,生四子:伯、仲、邦、交。邦,汉高帝也。"噫!高皇之父,汉史不载其名,而唐史乃载之。此事亦可一笑。

《唐史·韩退之传》:"擢监察御史,上疏极谏宫市,德宗怒,贬阳山令。"此说非也。集中自载《御史台上论天旱人所状》,故退之《寄三学士》诗云:"是年京师旱,田亩少所收。适会除御史,诚当得言秋。拜疏移阁门,为忠宁自谋?上陈人疾苦,无令绝其喉;下言畿甸内,根本理宜优。积雪验丰熟,幸宽待蚕麰。天子恻然感,司空叹绸缪。谓言即施设,乃反迁炎州。"以此验之,其不因宫市明矣。然退之所论,亦一时常事,而遽得罪者,盖疏中有云"此皆群臣之所未言,陛下之所未知",故执政者恶之,遽遭贬也。既贬,未几有"八司马"之事。

使退之不贬,与刘、柳辈俱陷党中,则终身废锢矣。或云:退之岂与柳、刘辈同乎?仆曰:退之前诗又云:"同官尽才俊,偏善柳与刘。"使其不去,未必不落党中,然则阳山之贬,其天相哉?司空谓杜佑也,《宰相年表》十九年三月"佑检校司空"。

俗谚云:"一绚丝能得几时络。"以谕小人之逐目前之乐也。然"绚"字当作"緰"。《太玄经》"务之次五"曰:"蜘蛛之务,不如蚕一緰之利。""緰"音七侯反,与"绚"同音。今以《太玄》证之,故"绚"当作"緰"。

唐时前辈多自重,而后辈亦尊仰前辈而师事之,此风最淳厚。杜工部于《苏端薛复筵简薛华醉歌》首云:"文章有神交有道,端复得之名誉早。"又云:"座中薛华善醉歌,醉歌自作风格老。"且一篇之中,连呼三人之名,想见当时士人一经老杜品题,即有声价。故世愿得其品题,不以呼名为耻也。近世士大夫,老幼不复敦笃,虽前辈诗中亦不敢斥后进之名,而后进亦不复尊仰前辈,可胜叹哉!

陈待制邦光字应贤,初任差作试官,发解进士程文中犯圣祖讳,冲替。问之,云:"因用《庄子》'饰小说以干县令。'而《疏》云:'县字,古悬字,多不著"心"。悬,高也,谓求高名令闻也。'"然仆以上下文考之:"揭竿累以守鲵鲋,其于得大鱼亦难矣。饰小说以干县令,其于大达亦远矣。"盖"揭竿累"以譬"饰小说"也,"守鲵鲋"以譬"干县令"也。彼成玄英肤浅,不知《庄子》之时已有县令,故为是说。《史记·庄子列传》:庄子"与梁惠王、齐宣王同时"。《史记·年表》"秦孝公十二年":并诸小乡聚为大县,县一令。是年乃梁惠王之二十一年也,且周尝往来于楚、魏之间,所谓监河侯,乃西河上一县令也,时但以"侯"称之耳。而《疏》乃以为魏文侯,不知与惠王之时相去远矣。

且监河侯云"我得邑金",是以知为县令也。若晋申公巫臣为邢大夫,而其子称邢侯之类是也。

唐人字画见于经幢碑刻文字者,其楷法往往多造精妙,非今人所能及。盖唐世以此取士,而吏部以此为选官之法,故世竞学之,遂至于妙。《唐·选举志》云:"凡择人之法有四:一曰身体貌丰伟,二曰言言辞辩正,三曰书楷法遒美,四曰判文理优长。"或曰:此敝政也,岂可以字画取人乎!难之者曰:"今之士人于此状貌奇伟,言辞辩博,判断公事既极优长,而更加以字画遒美,有欧、虞、褚、薛、颜、柳之法,士大夫能全此美者,亦自难得,况铨选之间乎?"闻之者皆服。

天圣中,邓州秋举,旧例主文到县,乡中长上率后进见主文。是年,主文乃唐州一职官,年老,须鬓皓然。既赞,见有轻薄后生前曰:"举人所系甚大,愿先生无渴睡。"既引试,赋《桐始华》,以"姑洗之月,桐始华矣"依次用韵。满场阁笔不下,乃复至帘前启曰:"前日无状后进辄以妄言仰渎先生,果蒙以难韵见困,愿易之。"主文曰:"老人渴睡,不能卒易,可来日再见访。"诸生诺而退。是夜,主文遂遁去,申运司云:"邓州满场曳白。"是年遂罢举。闻之于南阳老儒李亿。亿又云:"昔时监司极少,又士人多自重,不肯妄求,故多老于选调。"

今印文榜额有"之"字者,盖其来久矣。太初元年夏五月正,历以正月为岁首,色尚黄,数用五。注云:"汉用土数五,五谓印文也。若丞相,曰'丞相之印章';诸卿及守相,印文不足五字者,以'之'字足之。"仆仕于陕洛之间,多见古印。于蒲氏见"廷尉之印章",于司马氏见"军曲侯丞章",此皆太初以后五字印也。后世不然,印文榜额有三字者足成四字,有五字者足成六字,但取其端正耳,非"之"字本意也。

五柳《与子俨等疏》云"汝等虽不同生",又云"况共父之人",则知五子非一母。或云：以五柳之清高,恐无庶出,但前后嫡母耳。仆以《责子》诗考之,正自不然。诗云："白发被两鬓,肌肤不复实。虽有五男儿,总不好纸笔。阿舒已二八,懒惰故无匹。阿宣行志学,而不爱文术。雍端年十三,不识六与七。通子垂九龄,但觅梨与栗。天运苟如此,且进杯中物。"且雍、端二子皆年十三,则其庶出可知也已。噫！先生清德如此,而乃有如夫人,亦可一笑。醒轩云："安知雍、端非双生子？"

富郑公留守西京日,因府园牡丹盛开,召文潞公、司马端明、楚建中、刘几邵先生同会。是时,牡丹一栏凡数百本。坐客曰："此花有数乎？且请先生筮之。"既毕,曰："凡若干朵。"使人数之,如先生言。又问曰："此花几时开？尽请再筮之。"先生再三揲蓍,坐客固已疑之。先生沉吟良久,曰："此花命尽来日午时。"坐客皆不答,温公神色尤不佳,但仰视屋。郑公因曰："来日食后可会于此,以验先生之言。"坐客曰："诺。"次日食罢,花尚无恙。洎烹茶之际,忽然群马厩中逸出,与坐客马相蹄啮,奔出践花丛中。既定,花尽毁折矣。于是洛中逾伏先生之言。先生家有"传易堂",著《皇极经世集》行于世。然先生自得之妙,世不可传矣。闻之于司马文季朴。

元城先生尝言：异哉,卢杞之为人也！不独愧见父祖,又且愧见其子也。卢氏,唐甲族也,而怀慎一派为盛。怀慎以清德相玄宗,号为名相。而生东都留台弈,弈骂禄山被害,在《忠义传》。弈生杞,相德宗,败乱天下,在《奸臣传》。杞生元辅,《元辅传》云："端静介正,能绍其祖。故历显剧任,而人不以杞之恶为累。"亦附《忠义传》。故曰：杞不独愧见其父祖,又且愧见其子也。元城先生刘待制安世字器之云。

"秋灰初吹季月管，日出卯南晖景短。友生招我佛寺行，正直万株红叶满。光华闪壁见神鬼，赫赫炎官张火伞。然云烧树大实駢，金乌下啄頳虬卵。魂翻眼倒忘处所，赤气冲融无间断。有如流传上古时，九轮照灼乾坤旱。"右韩退之《游青龙寺》诗。仆旧读此诗，以为此言乃谕画壁之状。后见《长安志》云："青龙寺有柿万株。"此盖言柿熟之状，"火伞"、"頳虬卵"、"赤气冲融"、"九轮照烛"，皆其似也。青龙寺在长安城中，白乐天《新昌新居》诗云："丹凤楼当后，青龙寺在前。"以此可知。长安诸寺多柿。故郑虔知慈恩寺，有柿叶数屋，取之学书。仆仕于关陕，行村落间，常见柿连数里，欲作一诗，竟不能奇，每嗟"火伞"等语，诚为善谕。

东坡诗云："剩欲去为汤饼客，却愁错写弄麞书。""弄麞"，乃李林甫事。"汤饼"，人皆以为明皇王后故事，非也。刘禹锡《赠进士张盟》诗云："忆尔悬弧日，余为座上宾。举箸食汤饼，祝辞天麒麟。"东坡正用此诗，故谓之"汤饼客"也。必食汤饼者，则世所谓长命面者也。

古今之语大都相同，但其字各别耳。古所谓"阿堵"者，乃今所谓"兀底"也。王衍口不言钱，家人欲试之，以钱绕床，不能行。因曰："去阿堵物！"谓口不言去却钱，但云去却兀底尔。如"传神写照，正在阿堵中"，盖当时以手指眼，谓在兀底中尔。后人遂以钱为"阿堵物"，眼为"阿堵中"，皆非是。盖此两"堵"，同一意也。然"去"有两音：一丘据反，乃去来之"去"。世常从此音，非也，当作口举反，《韵略》云："撤也。"然此义亦非也。苏武掘鼠所去草实而食之，乃鼠所藏者也。盖衍之意，以谓此钱不当置于此，当屏藏之于他处也。

　　蔡忠怀確持正少年,尝梦为执政,仍有人告之曰:"俟汝父作状元时,汝为执政也。"持正觉而笑曰:"鬼物乃相戏乎! 吾父老矣,方致仕闲居,乃云作状元,何也?"后持正果作执政。一日,侍殿上听唱进士第,状元乃黄裳也。持正不觉失惊,且叹梦之可信也。持正父名黄裳,乃泉州人,清正恬退,以故老于铨曹。常为建阳令,及替,囊无建阳一物,至今父老能道之。最后以赞善大夫为镇安军节度推官。镇安,陈州也。官满,贫不能归,故忠怀遂为陈州人。此闻之于忠怀之孙撢子正。仆问子正:"为幕职而带赞善大夫,何也?"子正云:"此祖宗时官制,盖以久次而得之,自不可解。"

　　仆仕于关中,尝见一方寸古印,印文云:"关外侯印。"其字作古隶,气象颇类《受禅碑》。仆意必汉末时物也,然疑只闻有"关内侯",不闻有"关外侯"。后于《魏志》见之:建安二十三年始置名位侯十二级以赏军功,"关外侯"乃其一也。注云:"今之虚封,盖始于此。"

　　扬州检法寇中大庠,河朔人也。好为大言,以屈座人。一日,于客次中问坐客云:"《左传》'山木如市,弗加于山;鱼盐蜃蛤,弗加于海。'注云:'贾如在山海,不加贵',何也?"庠乃以此八字平分作两句,故座客卒然不能答,庠意气甚自得。时仆为江都丞,独后至,见诸人默然,庠复举前语问仆。笑曰:"此乃一句,何为分为两句也?"庠笑曰:"果然谩不得。"盖晏子之意,以谓陈氏施私恩以收人心,故低价以授与民,是以山木鱼盐之类,虽在齐国,如在山海之中,不加贵也。"贾"读如"价",非"商贾"之"贾"。

　　今之同席者皆谓之"客",非也。古席面谓之"客",列座谓之"旅";主谓之"献",客谓之"酬"。故"宋享晋楚之大夫,赵孟为客"注云:"客,一坐所尊也。""季氏饮大夫酒,臧纥为客。既献,臧孙命北面重席,新樽洁之。召悼子,降逆之。大夫皆起。及旅,而召公钽"注云:"献酬礼毕而通行为旅。"然则古者主先献客,客复酬之,然后同席皆饮;不如今之时,不待献酬而同席皆饮也。

韩退之《上宰相书》云:"四举于礼部乃一得,三选于吏部卒无成;九品之位其可望,一亩之宫其可怀。"仆尝怪:贞元七年兵部侍郎陆贽知礼部贡举,退之是时及第。八年四月,贽拜相,而退之以宰相门生连三年试于吏部而不得,何也?十年十二月,贽罢为太子宾客。十一年,退之于正月、二月、三月连三上书于贾耽辈,不亦疏乎?只取辱耳。后世之士可以为戒。

本朝取士之路多矣,得人之盛,无如进士,盖有一榜有宰相数人者,古无有也。太平五年,苏易简下李沆、向敏中、寇准、王旦咸;十五年,王曾下王随、章得象;淳化三年,孙何下丁谓、王钦若、张士逊;庆历三年,杨寘下王珪、韩绛、王安石、吕公著、韩缜、苏颂;元丰八年,焦蹈下白时中、郑居中、刘正夫;其余名臣,不可胜数。此进士得人之明效大验也。或曰:不然。以本朝崇尚进士,故天下英才皆入此科。若云非此科不得人,则失之矣。唐开元以前,未尝尚进士科,故天下名士杂出他途。开元以后始尊崇之,故当时名士中此科者十常七八。以此卜之,可以见矣。

佛果禅师川勤,极善谈禅,细细可听。尝云:"阎浮提雨清净水,具诸天相。方时大旱,雨时忽降,莫知其价,此兜率天上雨摩尼也。方欲收禾,霖雨不止,实害人命,此阿修罗中雨兵仗也。甘雨得时,人皆饱足,此护世城中雨美膳也。但名不同,其实一也。"坐客云:"经中所言,皆譬喻也,岂有雨宝珠等事乎?"仆曰:"不然。雨金、雨血、雨土,皆班班载于前史,何况六合外事,其有无不可悬料也。"坐客咸以为然。其上因缘出《华严经》第十五卷。

二十八宿,今《韵略》所呼与世俗所呼往往不同。《韵略》"宿"音绣,"亢"音刚,"氐"言低,"觜"音訾,皆非也。何以言之? 二十八宿,谓之二十八舍,又谓之二十八次。次也,舍也,皆有止宿之意。今乃音绣,此何理也?《尔雅》云:"寿星,角亢也。"注云:"数起角亢,列宿之长。"故有高亢之义,今乃音刚,非也,《尔雅》:"天根,氐也。"注云:"角亢下系于氐,若木之有根。"其义如《周礼》"四圭有邸"、《汉书》"诸侯上邸"之"邸",音低误矣。西方白虎,而参觜为虎首,故有觜之义,音訾误矣。彼《韵略》不知,但欲异于俗,不知害于义也。学者当如其字呼之。

国初号令,犹有汉唐之遗风。大中祥符元年正月三日,天书降,大赦改元,东都赐酺五日,天下赐酺三日。此盖汉遗事也。汉律:三人以上无故饮酒,罚金四两。故汉以赐酺为惠泽,令得群饮酒也。酺,音"蒲",注曰:"王德布于天下,而令聚饮食为酺。"或问:"赐酺起于汉乎?"仆对曰:"《赵世家》载:武灵王行赏大赦,置酒酺五日。则自战国时已如此矣。"祥符诏书圣祖殿有石刻。

吾祖仆射忠肃公亮知荆南府日,常苦嗣续寡少。因闻玉泉山顶有道人卓庵其上,号白骨观。道人年八十矣,宴坐庵中,常想自身表里洞达,惟见白骨,自观它人亦复如是,如此五十年矣。忠肃因使人问讯,亦不答;赠遗,亦不受。频频如此,亦略受。公继而入山访之,道人亦喜,因请出山,暂至府第,延之正寝安下,经月乃归。一日,忠肃梦道人策杖径入正寝,方惊愕间，梦觉。且叹讶之，急使人往问讯，曰："昨夕已迁化矣。"既毗荼，骨有舍利。后遂生给事子山，仲用。两岁已能跌坐，方学语时，但言见人皆是白骨。后至七岁，已往渐不见。噫！其性移矣。给事学佛有见处，古君子也。仆以此语长芦了老，了老云："吾门谓之空门，今作白骨观，已自堕落，况有人诱引之乎！"仆以此言为然。

俗说以人嚏喷为人说，此盖古语也。《终风》之诗曰："寤言不寐，愿言则嚏。"笺云："言我愿思也。嚏，读当为不敢嚏咳之嚏。我其忧悼而不能寐，女思我心如是，我则嚏也。今俗人嚏云人道我，此古之遗语也。"《汉·艺文志》杂占十八家三百一十卷内"《嚏耳鸣杂占》十六卷"，注云："嚏，丁计反。"然则嚏、耳鸣皆有吉凶，今则此术亡矣。

山涛见王衍曰："何物老妪，生宁馨儿？""宁"作去声，"馨"音亨，今南人尚言之，犹言"恁地"也。宋前废帝悖逆，太后怒语侍者曰："将刀来剖我腹，那得生宁馨儿！"此两"宁馨"同为一意。

仆仕于关中，于士人王忠君求家见一古物，似玉，长短广狭正如中指；上有四字，非篆非隶，上二字乃"正月"字也，下二字不可认。问之君求，云："前汉刚卯字也。"汉人以正月卯日作佩之，铭其一面曰"正月刚卯"，乃知今人立春或戴春胜、春幡，亦古制也。盖刚者，强也；卯者，刘也；正月佩之，尊国姓也，与陈汤所谓强汉者同义。

《兰亭序》在南朝文章中少其伦比。或曰：丝即是弦，竹即是管，今叠四字，故遗之。然此四字乃出《张禹传》云："身居大第，后堂理丝竹管弦。"始知右军之言有所本也。且《文选》中在《兰亭》下者多矣，此盖昭明之误耳。

蔡忠怀確持正，其父本泉州人，晚年为陈州幕官，遂不复归。持正年二十许岁时，家苦贫，衣服稍敝。一日，与郡士人张湜师是同行。张亦贫儒也。俄有道人至，注视持正久之，因谩问曰："先生能相乎？"曰："然。"又问曰："何如？"曰："先辈状貌极似李德裕。"持正以为戏己，因戏问曰："为相乎？"曰："然。""南迁乎？"曰："然。"复相师是，曰"当为卿监。家五十口时"，指持正云："公当死矣。"道人既去，二人大笑，曰："狂哉，道人！以吾二人贫儒，故相戏耳。"后持正谪新州，凡五年。一日，得师是书云"以为司农无补，然阖门五十口居京师，食贫。近蒙恩守汝州"，持正读至此，忽忆道人之言，遂不复读。数日，得疾而卒。闻之于忠怀之孙撢子正。

有客问仆曰："古今太守一也，而汉时太守赫赫如此，何也？"仆曰："汉郡极大，又属吏皆所自除，故其势炎炎，非后世比。只此会稽郡考之：县二十六，吴即苏州也；乌伤即婺州也；毗陵即常州也；山阴即越州也；由拳注云'古之檇李'，即秀州也；大末，衢州也；乌程，湖州也；余杭，杭州也；鄞，明州也。以此考之，即今浙东西之地，乃汉一郡尔，宜乎朱买臣等为之，气焰赫赫如此也。"

《前汉》凡三处载召平：《萧何传》，召平即东陵侯也；《项羽传》，召平即广陵人也；《齐悼惠王传》，齐相召平，不知何许人，为魏勃所给至自杀，乃曰："嗟乎！道家之言：当断不断，反受其乱。"仆顷在海州，常与任景初、陈子直论之。景初曰："此必非东陵侯。且淮阴侯在萧何术中，而东陵常为何画策，其术高矣，必不为勃所给。"子直曰："不然。夫为人画策则工，若自为计多拙，故曰：旁观者审，当局者迷。"二人争论不已。仆从旁解之曰："谓之非东陵侯，既无所据；必为东陵侯，恐受屈。"子直曰:"独广陵召平不在论中,何也?"仆因大笑,曰:"仆广陵人也,上不敢望东陵,下不肯为齐相。况仆平生处己常在于才与不才之间,宜乎不在论中也。"子直由此号余为"广陵召平"。

仆自南渡以来,始信前人言之可信也。盖胡人长于骑射,其所以取胜,独以马耳。故一胡人有两马,此古法也。《北征》诗云:"阴风西北来,惨澹随回鹘。其王愿助顺,其俗喜驰突。送兵五千人,驱马一万匹。"是知一胡人两马也。中国若不修马政,岂能胜之? 盖用兵之法,弓、马必有副。《诗》云"交帐二弓",备毁折也,与两马同意。

元城先生与仆论唐十一族事。先生曰:"甘露之事,盖亦疏矣。考其时乃大和九年十一月二十一日也,是时,李训谋以甘露降于禁中,诏百官入贺,因此欲杀宦官耳。十一月末岂甘露降之时耶? 其谋之疏,想见大抵色色如此。吾意宦官知此谋久矣,故不可得而杀。且天下之事,有大于死者乎? 凡可以救死者,无不为也。若当时只贬黜之,其祸未必至此;今乃以死逼人,而疏略如此,宜其败也。《易》曰:'君不密则失臣,臣不密则失身,几事不密则害成。'圣人之言,信矣。"

嬾真子录卷第四

　　章圣皇帝东封,礼成,幸曲阜县,谒先圣庙,时丁晋公崑从。前一日,与同辈两三人先驰至庙,省视馔具,因入后殿,乃孔子妃也。问其孔氏之族,孔氏之妃何姓,延祐、延渥同对曰:"孔子年十九娶于宋之并官氏女,而生伯鱼;伯鱼年五十而卒,时孔子七十矣。"次日,上至妃殿,亦问其姓。众人未及对,晋公以延祐之言对。上曰:"出何典据?"晋公错愕不及答。延祐徐前曰:"出《孔子家语》。"时崑从者皆以此事为耻。闻之于舒州下塞老儒俞汝平。

　　"清时有味是无能,闲爱孤云静爱僧。欲把一麾江海去,乐游原上望昭陵。"右杜牧之自尚书郎出为郡守之作,其意深矣。盖乐游原者,汉宣帝之寝庙在焉,昭陵即唐太宗之陵也。牧之之意,盖自伤不遇宣帝、太宗之时,而远为郡守也。藉使意不出此,以景趣为意,亦自不凡,况感寓之深乎!此其所以不可及也。

　　元城先生与仆论《礼记·内则》"鸡鸣而起,适父母之所",仆曰:"不亦太早乎?"先生正色曰:"不然。礼事父与君,一等一体。父召无诺,君命召无诺;父前子名,君前臣名。今朝谒者必以鸡鸣而起,适君之所,而人不以为劳,盖以刑驱其后也。今世俗薄恶,故事父母之礼得已而已尔。若士人畏犯义如犯刑,则今人可为古人矣。"仆闻其言,至今愧之。

　　余中行老、朱服行中、邵刚刚中、叶唐懿中美、何执中伯通、王汉之彦昭,彦昭常于期集处自叹曰:"某独不幸,名字无中字,故为第六。"行老应之曰:"只为圣不中。"时以为名答。

阳翟涧上丈人陈恬叔易,一日忽改名钦命。或者疑之,曰:"岂非钦若王之休命,而有仕宦之意乎?"叔易曰:"不然。吾正以时人不畏天,故欲钦崇天道,永保天命。"

建中间,京西都运宋乔年以遗逸举授文林郎。李方叔以诗嘲之曰:"文林换却山林兴,谁道山人索价高。"晁以道嘲之曰:"处士何人为作牙,尽携猿鹤到京华。今朝老子成长笑,六六峰前只一家。"闻之于王元道敦古。

淳化二年,均州武当山道士邓若拙善出神。尝至一处,见二仙官议曰:"来春进士榜有宰相三人,而一人极低,如何?"一人曰:"高下不可易也,不若以第二甲为第一甲。"道士既觉,与其徒言之。明年唱名,上意适有宫中之喜,因谓近臣曰:"第一甲多放几人,言止即止。"遂唱第一甲,上意亦忽忽忘之,至三百人方悟。是年孙何榜三百五十三人,而第一甲三百二人,第二甲五十一人,丁谓第四人,王钦若第十一人,张士逊第二百六十人。后士逊三人入相。致仕归乡,游武当山,若拙弟子常为公言之。仆为邓州淅川令日,闻之于郧乡士人刘可道。

仆尝问元城先生:"先儒注《太玄经》,每首之下必列二十八宿,何也?"先生曰:"周天二十八宿,三百六十五度四分度之一。而《太玄经》凡七百二十九赞,乃此数也。"仆曰:"七百二十九赞外而为二,合三百六十四度有半而不相应,何也?"先生曰:"扬氏之意,以谓其半不可合也,故有踦赞、嬴赞,以应周天之数。汉之正统,以象岁也;莽之僭窃,乃闰位也。故先儒于踦赞、嬴赞之下,注'以为水火之闰',而《王莽传·赞》所称'余分闰位'者,盖谓是也。"噫!子云之数深矣。

《同年小录》载小名小字，或问："有故事乎？"或曰："始于司马犬子。"仆曰："不然，《离骚经》曰：'皇览揆予于初度兮，肇锡予以嘉名。名予曰正则兮，字予曰灵均。'且屈原字平，而正则、灵均，则其小字、小名也。所谓'皇'者，三闾称其父也，而后人遂以皇览为进御之书，误矣。"

《唐·外戚传》云："外家之成败，视主德之何如耳。"至哉，此言也！明皇之宠太真，极矣！故有马嵬之事。故《老子》云："甚爱必大费。"《孟子》云："不仁者，以其所不爱及其所爱。"惟老杜于此事殊为得体，诗云："不闻商周衰，中自诛褒妲。"谓若此事自出于明皇之意，与夫"君王掩面救不得"相去远矣。

仆友司马文季朴极知星，尝云："《前汉·天文志》：牵牛为牺牲，其北河鼓，大星，上将；左右星，左右将。此说非也。且何鼓乃牵牛也，今分为二，则失之矣。《尔雅》云：'何鼓谓之牵牛。'注云：'今荆楚人呼牵牛星为檐鼓。檐者，荷也。'盖此星状如鼓，左右两星若担鼓之状，故谓之何鼓。何者，如'何天之休'之'何'，人但见何鼓在天汉之间，故易谓河，非也。"

仆为夏县令，寄居司马文季朴家。出藏先圣画像示仆，传云王摩诘笔也。仆因令善工摹本，眼中神彩殊不相类，使人意不满。画像上长下短，其背微偻，以传考之，想当然尔。《庄子》载：老莱弟子出薪，遇仲尼，反以告曰："有人于彼，修上而趋下，末偻而后耳，视若营四海。"注云："长上而促下，耳却近后而上偻。末偻，谓背微曲也。"然此皆可画。若夫"视若营四海"，乃圣人忧天下之容，非摩诘不能作。

关中名医骆耕耕道口：庄子之言，有与孙真人医方相合者。五苓散，五味而以木猪苓为主，故曰五苓。庄子之言曰："药也，其实堇也，桔梗也，鸡雍也，豕零也，是时为帝者也。"郭注云："当其所须则无贱，非其时则无贵。"故此数种，若当其时而用之则为主，故曰是时为帝者也。疏曰："药无贵贱，愈病则良。"斯得之矣。故药有一君、二臣、三佐、四使。且如治风，则以堇为君，堇，乌头也。去水则豕零为君，豕零，水猪零也。他皆类此。彼俗医乃以《本草》所录上品药为君，中品药为臣，下品药为佐使，可一笑也。

"祸福茫茫不可期，大都早退似先知。当君白首同归日，是我青山独往时。""顾索素琴应不暇，忆牵黄犬定难追。麒麟作脯龙为醢，何似泥中曳尾龟。"右白乐天《游玉泉寺》诗。李训、郑注初用事，公知其必败，辄自刑部侍郎乞分司而归。时宰相王涯好琴，舒元舆好猎，故及之，而"曳尾龟"所以自喻也。龙醢事见《左氏》，麟脯事见《列仙传》。

《晋史》乃唐时文士所为，但托之御撰耳。《天文志》云："天聪明自我民聪明。"以"民"为"人"，且太宗不应自避其名。又"洛书乾曜度"。以"乾"为"甄"，则太宗又不应为太子承乾避名也。以此足见乃当时臣下所为尔。臣下之文驾其名于人主，已为失矣；而人主傲然受之而不辞，两胥失矣。

仆之故友柴慎微尝云："开元元年，宰相七人，五人出太平公主门下，谓岑羲、窦怀真、萧至忠、崔湜、陆象先也；二人明皇自用，谓张说、郭元振也。且象先，贤者也，何以预五人之列？按《象先传》：太平公主欲相崔湜，湜力荐象先于主，故遂相之。噫！象先何为交结崔湜也。开元元年七月，太平公主既败，而宰相出门下者如岑羲等四人皆被诛，独象先免。使其不幸，与四人者皆死，岂不痛哉！然则士大夫之所处，宜以此为戒。

老杜《遣闷》诗云："家家养乌鬼，顿顿食黄鱼。"所说不同。《笔谈》以为鸬鹚，能捕黄鱼，非也。黄鱼极大，至数百斤，小者亦数十斤,故杜诗云:"日见巴东峡,黄鱼出浪新。脂膏兼饲犬,长大不容身。"又有《白小》诗云:"白小群分命,天然二寸鱼。细微占水族,风俗当园蔬。"盖言鱼大小之不同也。仆亲见一峡中士人夏侯节立夫言:"乌鬼,猪也。峡中人家多事鬼,家养一猪,非祭鬼不用,故于猪群中特呼'乌鬼'以别之。"此言良是。仆又见浙人呼海错为"鰕菜",每食不可阙,始悟"风俗当园蔬"之意。

始元五年春正月,夏阳男子张延年诣北阙,自称卫太子。然《隽不疑传》云"本夏阳人,姓成名方遂",且"廷尉逮召乡里识之者张宗禄等",则人识之者多矣,不应如此差舛。然若以纪传不相照,误立两姓名,则《不疑传》末又云"一姓张名延年",则是当时廷尉验问之时,一人已有两姓名矣,则是非未可定也,故史家于此微见其意。初,不疑缚送诏狱之时,已自云:"卫太子得罪先帝,亡不即死,今来自诣,此罪人也。"天子与大将军闻而嘉之。史著此语,亦欲后人推原其意耳。

汉时送葬之礼极厚。武帝之葬,昭帝幼弱,霍光不学,取金钱、财物、鸟、兽、鱼、鳖、牛、马、虎、豹、生禽凡百九十物,尽瘗藏之,又以后宫守园陵,于是园妾自此始矣。后世因之,遂不复变。白乐天有《园陵妾》诗,读者伤之。

今之阙角谓之"觚棱",盖取其有四棱也。仆友柴慎微云:"觚,酒器也,可容二升,腹与足皆有四棱。汉宫阙取其制以为角隅,安兽处也,故曰'上觚棱而栖金爵'。爵、觚,皆酒器名,其腹之四棱,削之可以为圆,故《汉书》曰'破觚为圜'。"

南方朱鸟。盖未为鹑首,午为鹑火,巳为鹑尾。天道左旋,二十八宿右转,而朱鸟之首在西,故先曰未,次曰午,卒曰巳也。然南方七宿之中,四宿为朱鸟之象。《汉·天文志》:柳为鸟咮，星为鸟颈，张为鸟嗉，翼为鸟翼。或问："朱鸟而独取于鹑，何也？"仆对曰："朱鸟之象，止于翼宿，而不言尾，有似于鹑，故以名之。"然谓之鹑尾者，尝问元城先生，先生曰："盖以翼为尾云故。《甘氏星经》云：'鸟之斗，竦其尾；鹑之斗，竦其翼。'以此知之。"

柴慎微言："《春秋》载二百四十二年之事，其为简册无几耳，故多从省文。后世妄行穿凿，故其说不胜繁芜。且如成十四年，'秋，叔孙侨如如齐逆女'。'九月，侨如以夫人妇姜氏至自齐'。《左氏》曰：'称族，尊君命也。''舍族，尊夫人也。'殊不知乃经之省文也，经中若此书者多矣。《左传》：宣十八年'公孙归父如晋'，'归父还自晋，至笙，遂奔齐'，昭十三年'晋人执季孙意如以归'，十四年'意如至自晋'，二十三年'晋人执我行人叔孙婼'，二十四年'婼至自晋'，皆省文也。譬之水性本清，尘泥汩之，则浊也；若复去之，则水性明矣。今读《春秋》者，但不为诸家所汩，则圣人之意见矣。"

古人重谱系，故虽世胄绵远，可以考究。渊明《命子》诗云："天集有汉，眷余愍侯。于赫愍侯，运当攀龙。抚剑凤迈，显兹武功。参誓山河，启土开封。"今按：《汉书·高帝功臣表》：开封愍侯陶舍以右司马从汉破代，封侯。昔高帝与功臣盟云："使黄河如带，泰山若砺，国以永存，爰及苗裔。"所谓参誓山河，谓此盟也。高帝功臣百有二十人，舍其一也。又云："亹亹丞相，允迪前踪。浑浑长源，蔚郁洪柯。群川载导，众条载罗。时有语默，运因隆窊。"此盖谓陶青也。今按：《汉·高帝功臣表》：开封愍侯陶舍，封十一年薨；十二年夷侯青嗣，四十八年薨。《汉·百官表》：孝景二年"六月，丞相嘉薨。八月丁未，御史大夫陶青为丞相"。七年"六月乙巳，丞相青免。太尉周亚夫为丞相"。所谓"群川众条",以喻枝派之分散也;"语默隆宨",以言自陶青后未有显者也。渊明乃长沙公之曾孙,然《侃传》不载世家,独以此见之。后世累经乱离,谱籍散亡。然又士大夫因循灭裂不如古人,所以家谱不传于世,惜哉!

亳州祁家极收本朝前辈书帖。仆尝见其家所收孙宣公奭书尺有云:"行李鼎来。"盖古之"行李",乃今之"行使"也。鲁僖公之三十年,烛之武见秦伯曰:"若舍郑以为东道主,行李之往来,共其困乏。"注云:"行李,使人也。"鲁襄公之八年,郑及楚平晋,责曰:"君有楚命,亦不使一个行李告于寡君。"注云:"一个,独使也。行李,行人也。"然古之"李"字从"山"下"人"、"人"下"子",作"㛐",后人乃转作"李"也。"一个行李"谓"一个行使",今人以"行李"为随行之物,失之远矣。

司马温公祖茔在陕府夏县之西二十四里,城名"鸣条",山有坟,寺曰"余庆",山下即温公之祖居也。仆为夏县令日,屡至其处。又十里许有涑水,故温公号"涑水先生"。鸣条山即汤与桀战之地;去解州安邑县五十里,乃桀之都也。吕相《绝秦书》曰:"伐我涑川,得我王官。"以此见秦、晋两国境上二邑也。涑川即涑水也。王官属今河中府虞乡县,唐末司空表圣隐于王官谷,有天柱峰、休休亭,乃一绝境也。

韩退之三上宰相书,但著月日而无年。今按:李汉云:"公生于大历戊申。"而退之书云:"今有人生二十有八年矣。"大历三年戊申至贞元十一年乙亥,退之时年二十八。以《宰相年表》考之,是年宰相乃贾耽、卢迈、赵憬也,但不知退之所上为何人耳?且以前乡贡进士上书而文格大与当时不同,非贤相不能举也,岂耽辈所能识哉?

今之士人简尺中,或以"薜苫"字易"邂逅"字,非也。《离

骚经》云"制芰荷以为衣兮",王逸注云:"芰,菱也。秦人曰:
'薢茩。'薢音皆,茩音苟。"仆仕于关、陕之间,不闻此呼,正恐
王逸别有义尔。后又读《尔雅》"薢茩芡光",注云:"芡,明也。
或曰菱也,关西谓之薢茩。"以仆所见,芡光者,即今之草决明
也。其叶初出,可以为茹;其子可以治目疾。盖谓可以解去垢
秽,或恐以此得名。又《尔雅》云:"菱,蕨攗。"注云:"菱也,今
水中芰。"然则菱自有正名,不谓之薢茩明矣。或曰:然则王
逸、郭璞皆误乎?仆曰:"古者信以传信,疑以传疑。郭璞多引
用《离骚》注,故承王逸之疑。而多出此注,所以广异闻也,学
者幸再考之。"

　　"夜梦神官与我言,罗缕道妙角与根。挈携陬维口澜翻,
百二十刻须臾间。"右退之《记梦》诗,殊为难解。仆尝考之,此
乃言二十八宿之分野也。《尔雅》曰:"寿星,角亢也。"注云:
"数起角亢,列宿之长。"又曰:"天根,氐也。"注云:"下系于氐,
若木之有根。""娵訾之口,营室东壁也。"注云:"营室东壁,星
四方似口,故以名之。"所谓"百二十刻"者,盖浑天仪之法,二
十八宿,从右逆行,经十二辰之舍次,每辰十二刻,故云百二十
刻。所谓"壮非少者哦七言,六字常语一字难"者,只上所谓哦
字也,退之欲神其事,故隐其语。

　　元城先生与仆论十五国风次序,仆曰:"《王·黍离》在
《邶》、《鄘》、《卫》之后,且天子何在诸侯后乎?"先生曰:"非诸
侯也,盖存二代之后也。周既灭商,分其畿内为三国,即邶、
鄘、卫是也。自纣城以北谓之邶,南谓之鄘,东谓之卫。故邶
以封纣子武庚也;鄘,管叔尸之;卫,蔡叔尸之,以监商民,谓之
三监。武王崩,三监畔,周公诛之,尽以其地封康叔,故《邶诗》
十九篇,《鄘诗》十篇,《卫诗》十篇,共三十九篇,皆卫诗也。序

诗者以其地本商之畿内，故在于《王·黍离》上，且列为三国，而独不谓之卫，其意深矣。"以毛、郑不出此意，故备载之。

鄱阳湖水连南康军江一带，至冬深水落，鱼尽入深潭中。土人集船二百艘，以竹竿搅潭中，以金鼓振动之，候鱼惊出，即入大网中，多不能脱。惟大赤鲤鱼最能跃，出至高丈余后，入他网中，则不能复跃矣，盖不能三跃也。故禹门化龙者大赤鲤鱼，他鱼不能也。杜子美《观打鱼歌》云："绵州江水之东津，鲂鱼鲅鲅色胜银。鱼人漾舟沉大网，截江一拥数百鳞。众鱼常才尽却去，赤鲤腾出如有神。"仆亲见捕鱼，故知此诗之工。

亳州士人祁家多收本朝前辈书帖，内有李西台所书小词，中"罗敷"作"罗绁"。初亦疑之，后读《汉书》，昌邑王贺妻十六人，生十一人男、十一人女。其妻中一人严罗绁，绁音敷，乃执金吾严延年长孙之女。罗绁生女曰持辔，乃十一中一人也。盖采桑女之名偶同尔。

自古中国与夷狄战多用弩。晁错上疏曰："劲弩长戟，射疏及远，则匈奴之弓弗能格也；游弩往来，什伍俱前，则匈奴之兵弗能当也。"平城之歌曰："不能控弩。"李陵以连弩射单于，马隆用弩阵取凉州，盖中国各用所长。夫骑射，夷狄所长也；弩车，中国所长也。盖车能作阵而骑不可突，弩能远而入深，可以胜弓，且得其矢，而夷狄不可用。近世独不用弩，当讲求之。

《孝经序》云："鲁史《春秋》，学开五传。"韩退之云："《春秋》五传束高阁。"然今独有三家。今按：《前汉·艺文志序》云：《春秋》分为五注，云左氏、公羊氏、穀梁氏、邹氏、夹氏，而邹氏、夹氏有录无书，乃知二氏特有名尔。然《王阳传》称能为驺氏《春秋》，何也？岂非至后汉之初，此书亦亡乎？故曰有录无书。前汉“邹”、“驺”同音通用。

《韩退之列传》云：“从愈游者，若孟郊、张籍，亦皆自名于时。”以仆观之，郊、籍非辈行也。东野乃退之朋友，张籍乃退之为汴宋观察推官日所解进士也，而李翱、皇甫湜则从退之学问者也。故诗云：“东野窥禹穴，李翱观涛江。”又云：“东野动惊俗，天葩吐奇芬。张籍学古淡，轩鹤避鸡群。”故于东野则称字，而于群弟子则称名，若孔子称蘧伯玉、子产、回也、由也之类。而《唐史》乃使东野与群弟子同附于退之传之后，而世人不知，遂皆称为韩门弟子，误矣。

老杜《赠李潮八分歌》云：“秦有李斯汉蔡邕，中间作者寂不闻。峄山之碑野火焚，枣木传刻肥失真。苦县光和尚骨立，书贵瘦硬方通神。”“峄山之碑”至于“苦县光和”人多未详，王内翰亦不解。谨按：老子，苦县人也，今为亳州卫真县。县有明道宫，宫中有汉光和年中所立碑，蔡邕所书。仆大观中为永城主簿日，缘檄到县，得见之。字画劲拔，真奇笔也。且杜工部时已非峄山真笔，况于今乎？然今所传摹本亦自奇绝，想见真刻奇伟哉。

涑水先生一私印曰“程伯休甫之后”，盖出于《司马迁传》，曰：“重黎世序天地。其在周，程伯休父其后也。当宣王时，官失其守，而为司马氏。”故涑水引用之耳。伯休甫者，其字也。古字一字多矣，如爱丝、房乔、颜籀之类，三字无之。独本朝有刘伯贡父、刘中原父。或云二人本字贡甫、原甫，以犯高鲁王讳，故去“甫”而加“伯”“中”，时人因并三字呼之。此说非也。六一先生作《原甫墓志》云：“公讳敞，字仲原父，姓刘氏。”“熙宁元年四月八日卒”。以此可知，彼但见钱穆甫以避讳，人或呼为钱穆，或呼为穆四，遂并二刘而失之误矣。

《曹成王碑》句法严古，不可猝解，今取其尤者笺之。"大选江州，群能著直略反。职。王亲教之，抟徒官反。力勾卒。嬴越之法，曹诛五畀必利反。"今释于此：著职者，各安守其职也。抟力者，结集其力也。勾卒者，伍相勾连也。嬴越之法，"嬴"当为"嬴"，谓秦商君、越勾践教兵之法。曹诛五畀者，曹，朋曹也；若有罪，则凡与之为朋曹者咸诛之。伍，什伍也，凡有所获，则分而畀其什伍之兵也。盖利害相及，则战不敢溃，而居不敢盗，此乃勾卒嬴越之法。或曰：嬴，谓衰嬴也；越，谓超越也；凡战，罚其衰嬴，赏其超越也。然无勾卒之义，当从前说。

"日临公馆静，画满地图雄。剑阁星桥北，松州雪岭东。华夷山不断，吴蜀水相通。兴与烟霞会，清樽幸不空。"右杜工部《严武厅咏蜀道画图》。是时，武跋扈，微有割据之意，故甫于诗讽之。云"山不断"、"水相通"，以言蜀道不可割据也。幕下有益于东道者，有如此也。

鲁臧武仲名纥。孔子之父，郰人。纥，乃叔梁纥也。皆音恨发反，而世人多呼为核。有一小说：唐萧颖士轻薄，有同人误呼武仲名，因曰："汝纥字也不识。"或以为瞎字也，不识误矣。

亳州永城县之七十里有芒砀山，山有岩曰紫气，此盖高帝避难所也；复有梁孝王墓。仆尝与宿州知录邵渡同游，入隧道中百余步，至皇堂。如五间七架屋许大，周回有石阁子十许，上镌作内臣宫女状。中又大石柱四，所以悬棺□□复不见矣。入时必用油圈以为烛。其中盛夏极凉，如暮秋。时山下有居民数百家，今谓之保安镇，盖当时守冢之遗种也。土人呼墓为梁王避暑宫，故老云："前数十年，时有人入其中，尝得黄金而出，今不复有矣。"《孝王传》云：未死"财以巨万计，不可胜数。

及死,府藏余黄金尚四十余万斤,他财物称是。"想见当时送葬之物厚矣。魏武帝置发冢中郎、摸金校尉,如此冢盖无不发者。然古人作事奇伟可惊,非后世比也。

嬾真子录卷第五

绍兴三年夏六月,明州阿育王山住持净昙,以宸奎阁所藏仁宗御书诣行在。所献书凡五十三轴,字体有三:一曰真书,二曰飞白,三曰梵书。且上二书世多见之,而梵书亦自奇古可骇愕也。又有团绢扇三柄,皆有御书。一长柄者三尺许,恐是打扇,用白藤缚柄。而三扇皆以青笺纸为上下承尊,制度极草草,今中产之民所耻也。大哉,仁宗之盛德也!

《唐史》载:郑虔集当世事著书八十余篇,目其书为《荟蕞》。老杜《哀故著作郎贬台州司户荥阳郑公虔》诗云:"荟蕞何技痒。"今按,《韵略》:荟,乌外切,草多貌,如"荟兮蔚兮"之"荟"。蕞,徂外切,小也,如"蕞尔国"之"蕞"。虔自谓其书虽多,而皆碎小之事也。后人乃误呼为"荟粹",意谓会取其纯粹也,失之远矣。盖名士目所著书多自贬,若《鸡肋》、《脞说》之类,皆是意也。"技痒"者,谓人有技艺不能自忍,如人之痒也,老杜以谓虔私撰国史,亦不能自忍尔。"蕞"一音在外切,小也,两音意。

楚子问齐师之言曰:"君处北海,寡人处南海,唯是风马牛不相及也。不虞君之涉吾地也,何故?"注云:"马牛之风佚,盖末界之微事,故以取谕。"然注意未甚明白。仆后以此事问元城先生,曰:"此极易解,乃丑诋之辞尔。齐、楚相去南北如此之远,虽马牛之病风者,犹不相及。今汝人也,而辄入吾地,何也?"仆始悟其说,即《书》所谓"马牛其风",注云"马牛其有风佚"，此两"风"字同为一意。

仆读《史记》，因叹曰："天道远矣。吁，可畏也！"秦昭王四十八年，始皇生于邯郸，年十三即位，是岁甲寅。然是年丰沛已生汉高皇帝矣。后十五年己巳，项羽生；三十七年，始皇南巡会稽，时年已二十三矣。其年七月，始皇崩。二世元年九月，沛公起沛，时年三十九；项羽起会稽，时年二十四。汉元年，高帝至灞上，时年四十二。十二月，羽继至，遂杀子婴而灭秦。高帝在位十二年，五十三而崩，时岁在丙午。噫！消长倚伏，其运密矣。

政和中，仆仕关中，于同官蒲氏家，乃宗孟之后，见汉印文云"辑濯丞印"。印文奇古，非隶非篆，在汉印中最佳。辑濯，乃水衡属官。"辑"读如"楫"，"濯"读如"櫂"，盖船官也，水衡掌上林。上林有船官，而辑濯有令丞，此盖丞印也。然皆太初元年已前所刻，太初已后皆五字故也。

元城先生尝与仆论魏丞相不能救盖宽饶之死，今追录之。神爵二年九月，司隶校尉盖宽饶有罪下有司，自杀。三年三月丙午，丞相相薨。识者以谓有天道焉，且相尝谓"次公醒而狂"，且以字呼之，是必平日朋友也。平日以狂待之，则宣帝之怒，相必无一言以救之。宣帝初下其书中二千石议也，执金吾议以为大逆不道。然则中二千石共议以为大逆不道，独执金吾一人耳。《百官表》神爵二年，南阳太守贤为执金吾，不知贤者何人也，必丑邪恶正，常为盖司隶所劾者也。贤不足道也，独相号为贤相，又与宽饶彼此皆儒者，平日交友，独不能为地，相何责哉！

《礼记》载：曾子数子夏之罪云："吾昔与汝从夫子于洙泗之间，退而老于西河之上，使西河之人疑汝于夫子，汝罪一也。"注云:"言其不称师也。"盖古之君子言必称师,示有所授,且不忘本也。故《子张》一篇载群弟子之语,子夏之言十,而未尝称师;曾子之言五,而三称曰"吾闻诸夫子",则子夏为曾子所罪,固其宜矣。《礼记》"乐正子春曰:吾闻诸曾子,曾子闻诸夫子曰",盖曾子称师,故子春亦称师也。又知古人注解各有所本,不若后人妄意穿凿也。

渊明之为县令,盖为酒尔。非为酒也,聊欲弦歌,以为三径之资。盖欲得公田之利,以为三径闲居之资用尔,非谓旋创田园也。旧本云:公田之利过足为润,后人以其好酒,遂有公田种秫之说。且仲秋至冬,在官八十余日,此非种秫时也。故凡本传所载与《归去来辞序》不同者,当以序为正。

高邮老儒黄移忠彦和,仆幼稚尝师之。尝谓:孟子去齐,三宿而出昼,"昼"读如昼夜之"昼",非也。《史记·田单传》后载"燕初入齐,闻昼邑人王蠋贤",刘熙注云:"齐西南近邑。音获。"故孟子三宿而出,时人以为濡滞。

今之书尺称人之德美,继之曰"不佞",某意谓不敢谄佞,非也。《左氏·昭公二十年》载奋扬之言曰"臣不佞",注云:"佞,才也。"汉文帝曰:"寡人不佞。"注云:"才也。"《论语》云:"不有祝鲍之佞。"注亦云"才也"。古人"佞"能通用,故佞训"才"。《左氏》载祝鲍之言行极备,盖卫之君子也。卫之宋朝姿貌甚美,卫灵公夫人南子通之。孔子之意,盖为无祝鲍之才,而有宋朝之容,则取死之道,故曰"难乎免于今之世矣。"

仆友孙亚之自呼曰"雅",朱耆卿自呼曰"刑"。或问:有故事乎?仆曰:"孟施舍之养,勇也。"又曰:"舍岂能为必胜哉?"注曰:"施舍自言其名。"但曰舍,盖其好勇而气急也,恐起于此。

仆任夏县令，一日，会客于莲塘上，时苦蛙声。坐中有州官，乃长安人，以微言相戏，妄谓仆："南人食此也。"仆答曰："此是长安故事。"客曰："未闻也。"仆取《东方朔传》示之，客始伏。武帝欲籍阿城以南，盩厔以东，宜春以西，为上林苑，朔谏以谓：此"地土宜姜芋，水多蛙鱼，贫者得以人给家足，无饥寒之忧。"师古曰："蛙即'蛙'字，似虾蟆而小，长脚，盖人亦取食之。"

仆尝与陈子直、查仲本论"将无同"。仲本曰："此极易解，谓言至无处皆同也。"子直曰："不然。晋人谓将为初，初无同处，言各异也。"仆曰："请以唐时一事证之：霍王元轨与处士刘玄平为布衣交。或问王所长于平，曰：'王无所长。'问者不解，平曰：'人有所短，则见所长。'盖阮瞻之意，以谓有同则有异；今初无同，何况于异乎？此言为最妙，故当时谓之'三语掾。'"二子皆肯之。

扬州天长道中地名甘泉，有大古冢如山，未到三十里已见之，土人呼为"琉璃王冢"。按：广陵王胥，武帝子也，都于广陵。后至宣帝时，坐谋不轨，赐死，谥曰厉。后人误以刘厉为琉璃尔。汉制：天子、诸侯即位，即立太子，起陵冢，故能如此高大。胥虽以罪死，尚葬其中，故胥且死，谓太子霸曰："上遇我厚，今负之甚，我死骸骨当暴，幸而得葬，薄之无厚也。"旁有居民数十家，地名"甘泉"，恐或胥僭拟云。

文房四物见于传记者，若纸、笔、墨皆有据；至于砚，即不见之。独前汉张彭祖少与上同砚席书。又薛宣思省吏职，下至笔砚，皆为设方略。盖古无"砚"字，古人诸事简易，凡研墨处必研，但可研处只为之尔，矛盾、蝌蚪载于前世，不若今世事事冗长，故只为之研，不谓之砚。然伍缉之《从征记》：孔子庙中有石砚一枚,乃夫子平生物。非经史,不足信。

荆公字解"妙"字云:"为少为女,为无妄小女,即不以外伤内者也。"人多以此言为质,殊不知此乃郭象语也。《庄子》云:"绰约若处子。"注云:"处子不以外伤内。"公之言盖出于此。

退之以毛颖为中山人者,盖出于右军《经》云:"唯赵国毫中用。"盖赵国平原广泽,无杂木,唯有细草,是以兔肥;肥则毫长而锐,此良笔也。

《孟子》云"有楚大夫于此,欲其子之齐语也",又云"引而置之庄岳之间数年"。盖"庄岳"乃齐国繁会之地也,孟子在齐久,故知其处。今以《左传》考之,可见庄岳之地。襄公二十八年,齐乱,十一月丁亥,庆封"伐西门,弗克。伐北门,克之。入伐内宫,弗克。反陈于岳"。注云:"岳,里名也。"哀公六年夏六月戊辰,陈乞、鲍牧以甲入于公宫。国夏、高张"乘如公,战于庄,败"。注云:"庄,六轨之道也。"以最繁会,故可令学齐语,若今马行界身之类。

古以"右"为上,且以"左"相言之,谓非正相,如辅佐之"佐"耳。《左氏传》:薛宰之言"仲虺居薛,以为汤左相"。又"齐崔杼立景公而相之,庆封为左相"。盖伊尹者,汤之相也,而仲虺特辅佐伊尹耳,故曰左相。崔杼、庆封亦复如此。故汉孝惠时,王陵为右丞相;王陵既免,徙平为右丞相。文帝初立,周勃功高,陈平谢病。上"怪平病,问之。平曰:'高帝时,勃功不如臣;及诛诸吕,臣功不如勃。愿以相逊勃。'于是以太尉勃为右丞相,位第一;平为左丞相,位第二"。非独如此,周昌自御史大夫左迁为赵相,黄霸以财入官而府不与右职,与此同类。今人亦以降为左迁。

古人姓名有不可解者。文公十八年季文子云"高阳氏有

才子八人”,注云:“高阳,颛顼帝号也。八人,其苗裔。”“苍舒、
隤敳、梼戭、大临、龙降、庭坚、仲容、叔达”注云:“此即垂、益、
禹、皋陶之伦。庭坚,皋陶字也。”然有可疑者:文公五年,楚灭
六、蓼,臧文仲闻六、蓼灭,曰:“皋陶庭坚,不祀忽诸。”注云:
“六、蓼,皆皋陶后也。”且既云庭坚即皋陶字,则文仲不应既曰
“皋陶”,又曰“庭坚”也。若据其意,则皋陶、庭坚又似两人。
山谷老人名“庭坚”字“鲁直”,其义不可解。或云慕季文子之
逐莒仆,故曰“鲁直”。

　　《唐史》载:崔湜执政时年三十八,常暮出端门,缓辔讽诗。
张说见之,叹曰:“文与位固可致,其年不可及也!”仆初读此,
谓说之年迟暮,与湜相去绝矣。及以二人本传考之,相去才四
岁尔。今按《宰相年表》:湜执政时乃景龙二年戊申,推而上
之,生于咸亨二年之辛未。《张说传》称说开元十八年卒,年六
十四。推而上之,乃生于乾封二年之丁卯;至景龙二年戊申,
说才年四十二岁,而叹慕之如此,藉使宋广平见之,必无此语。
广平常见萧至忠出太平公主第,谓至忠曰:“非所望于萧傅。”
非独不慕,且以为戒。

　　眉山苏氏《文集》有《权书》、《衡论》。《衡论》,世皆知出
处,独《权书》人少知之。汉哀帝时,欲辞匈奴使不来朝,黄门
郎扬雄上书谏曰:“高皇后尝怒匈奴,群臣庭议,樊哙请以十万
众横行匈奴中,季布曰:‘哙可斩也!’于是大臣权书遗之。”注
曰:“以权道为书,顺辞以答之。”“权书”之名盖出于此。衡取
其平,权取其变;衡为一定之论,权乃变通之书。

　　柴慎微云:淮阴侯可谓忠矣,汉待之何其薄也。《赞》曰:
天下既定,命韩信申军法。此乃信为淮阴侯在长安奉朝请时
也。汉五年二月,汉王即皇帝位;六年十二月,执信于陈;十二

年六月,伏诛。且信之在长安也。汉实囚之,而乃能为汉申军法,即其忠可知矣。盖汉实畏其能,故信卒不免。田肯有云"陛下已得韩信,又治关中",则知此两事乃当时安危存亡之机。且信之声名,使人畏之如此,其不亡何待?

李百药父与友陆乂等共读徐陵文,有"刈琅邪之稻"之语,叹不得其事。百药进曰:"《春秋》'鄅子藉稻',杜预谓在琅邪。"客大惊,号奇童。今按:昭公十八年《传》"鄅人藉稻"注云:"鄅,妘姓国也。其君自出藉稻,盖履行之。"昭公十八年经书"邾人入鄅"注云:"鄅国,今琅邪开阳县也。"盖"籍"当呼为"典籍"之"籍",谓履行之而记其数也。周之六月,夏之四月,稻方生也,而徐陵以为刈,非矣。

《庄子》之疏,有可以一大笑者。《徐无鬼》语武侯相马曰:"直者中绳,曲者中钩,圆者中规,方者中矩。"谓马步骤回旋,中规矩钩绳也。故东野稷以御见庄公,进退中绳,左右旋中规,同一意也。《疏》乃以直为马齿,曲为马项,方为马头,圆为马眼。且世间岂有四方马头乎? 故可以一大笑。

《唐中兴颂》云:"复复指期。"或云:以复两京,故曰复复。非也,此两字出《汉书》。今按:《匡衡传》云:"所更或不可行而复复之。"注云:"下复扶目反。"又"何武为九卿时,奏言宜置三公官,又与翟方进共奏罢刺史,更置州牧。后皆复复故。"注云:"依其旧也。下复扶目反。"盖上音服,下音福,谓复如故也。《唐中兴颂》宜亦如此读之。

"玉子纹楸一语饶,最宜檐雨竹萧萧。赢形暗去春泉长,拔势横来野火烧。守道还如周伏柱,鏖兵不羡霍嫖姚。得年七十更万日,与子期于局上销。"右杜牧之《赠国棋王逢》诗。或云此真赠国手诗也。棋贪必败,怯又无功。"赢形暗去",则不贪也；"猛势横来"，则不怯也；"周伏柱"以喻不贪，"霍嫖姚"以喻不怯，故曰高棋诗也。魏收魏字阙收作牧。尝云："棋于贪功之际，所得多矣。""七十更万日"者，牧之是时年四十二三，得至七十，犹有万日。

韩魏公父谏议大夫国华，尝仕于蜀。蜀中士人胡广李邦直撰《魏公行状》云："公之所生母胡氏，蜀士人觉之女，追封秦国太夫人。"此云名广，误。善相术，见谏议，大奇之，曰："是必生贵子，请纳女焉。"后谏议出守泉州，祥符元年戊申岁七月二日生魏公于泉州州宅。仆与韩氏交游，尝见谏议、胡夫人画像，皆奇伟，宜其生贵人也。世言魏公世居河朔，故其状貌奇伟，而有厚重之德。然生于泉州，故为人亦微任术数，深不可测，有闽之风，皆其土风然也。闻者以为然。

或问汉臣朝服，仆云：张敞议云："敞备皂衣二十余年。"注云："虽有五时服，至朝皆着皂衣。"又谷永书云："擢之皂衣之吏，厕之净臣之末。"则知汉朝之服皆皂衣也。《周礼》衮冕九章，鷩冕七章，毳冕五章，希冕三章，元冕衣无文、裳刺黻而已。故曰：卿大夫之服。自元冕而下如孤之服，则皂衣者，乃周之卿大夫元冕也。汉之皂衣，盖本于此。

《金陵》诗云："岁晚苍官才自保，日高青女尚横陈。""苍官"谓松也，"青女"谓霜也；言日高而松上霜犹不消也。"横陈"出《楞严经》，六欲界中云："我无欲应女行事，当横陈时，味如嚼蜡。"以言道人处世间，虽有欲而无味也。盖荆公自谓如苍官自保，但青女横陈不能已耳。此言近于雅谑，殊有深意。

元城先生尝论及汉高帝功臣曰"屠狗贩缯之徒"，呼"缯"字与"饧"相近，后检《汉·灌婴传》注，但云"帛之总名"而已。今按《韵略》：缯，慈陵切。注云："帛也。增，咨登切。"则世人以缯为增,诚非也。《尚书》"厥筐玄纤缟"注云:"玄,黑缯也;缟,白缯也。"释音云:"似陵反。"《礼运》云:"瘗缯。"注云:"币帛曰缯。"释音"似仍反"。《左氏》:卫文公大帛之冠。注云:"大帛,厚缯。""缯,疾陵切。"《晋书·地理志》:"缯,才陵反。"以诸音义考之,当以疾陵为正。

　　许、洛之间极多奇士。宣和中,崔朝奉鸥德符监洛阳稻田公务。一日,送客于会节园。宦官容佐拘入会节,以为景华御苑,德符不知也。晚春,复骑瘠马,与老兵游园内,坐梅下哦诗,其间有曰:"去年白玉花,结子深枝间。少憩藉清影,低鬟啄微酸。"次日,佐入园,见地有马粪,知是崔朝奉。是时,府官事佐恐不及,而德符未尝谒之,因此劾奏擅入御苑作践,遂勒停。德符传食于诸人家,久之,敛钱复归阳翟。闻之田元邈云。

　　洛中士人张起宗字起宗,以教小童为生,居于会节园侧,年四十余。一日,行于内,前见有西来行李甚盛。问之,曰:"文枢密知成都回也。"侍姬皆骑马,锦绣兰麝,溢人眼鼻。起宗自叹曰:"我丙午生相远如此。"旁有瞽卜辄曰:"秀才,我与汝算命。"因与藉地,卜者出算子约百余布地上,几长丈余,凡关两时,曰:"好笑诸事不同。但三十年后,有某星临某所,两人皆同,当并案而食者九个月。"起宗后七十余岁,时文公亦居于洛。起宗视其所交游饮宴者,皆一时贵人,辄自疑曰:"余安得并案而食乎?"一日,公独游会节园,问其下曰:"吾适来,闻园侧教学者甚人?"对曰:"老张先生。"公曰:"请来。"及见,大喜,问其甲子,又与之同,因呼为会节先生。公每召客,必预;若赴人会,无先生则不往。公为主人,则拐于左;公为客,则拐于右。并案而食者,将及九月。公之子及甫知河阳府,公往视

之。公所居私第地名东田,有小姬四人,谓之东田小藉,共升
大车随行。祖于城西,有伶人素不平之,因为口号曰:"东田小
藉,已登油壁之车;会节先生,暂别玳筵之宴。"坐客微笑。自
此潞公复归洛,不复召之矣。瞽卜之言异哉! 闻之于司马文
季。

　　苏秀道中有地名五木,出佳酒,故人以"五木"名之。然白
乐天为杭州太守日,有诗序曰:"钱湖州以箬下酒,李苏州以五
酘酒相次寄到。"诗云:"劳将箬下忘忧物,寄与江城爱酒翁。
铛脚三州何处会,瓮头一盏几时同? 倾如竹叶盈尊绿,饮作桃
花上脸红。莫怪殷勤最相忆,曾陪西省与南宫。"仆尝以此问
于仆之七舅氏,云:"'酘'字与'羖'同意,乃今之羊羔儿酒也。
详其诗意,当以五羖为之。以是酒名,故从'酉'云。乐天诗云
'竹叶盈樽绿',谓箬下酒,取竹有绿之意也。'桃花上面红',
谓五酘酒,取桃花五叶也。后人不知,转其名为五木,盖失之
矣。"仆检韵中"酘"字乃窦同音,注云:"重酿酒也。"恐"酘"难
转而为"木"。

　　温公夏县私第在县宇之西北数十里,质朴而严洁,去市不
远,如在山林中。厅事前有棣华斋,乃诸子弟肄业之所也。转
斋而东,有柳坞,水四环之,待月亭及竹阁西东水亭也。巫咸
榭乃附县城为之,正对巫咸山。后有赐阁,贮三朝所赐之书
籍。诸处榜额皆公染指书,其法以第二指尖抵第一指头,指头
上节微屈,染墨书之。字亦尺许大,如世所见"公生明"三字,
惟巫咸榭字差大尔。园圃在宅之东,温公尝宿于阁下,东畔小
阁侍吏惟一老仆。一更二点即令老仆先睡,看书至夜分,乃自
掩火灭烛而睡。至五更初,公即自起,发烛点灯著述,夜夜如
此。天明,即入宅起居其兄,且或坐于床前问劳,说毕即回

阁下。

驸马都尉之名起于三国，故何晏尚魏公主，谓之驸马都尉。然不独官名以驸马给之，盖御马之副谓之驸马，从而给之示亲爱也。故杜预尚晋文帝妹高陆公主，至武帝践祚，拜镇南大将军，给追锋车第二驸马。且晏如傅粉，宜为禁脔。若预乃瘿如瓠尔，何至妻帝之女也。始信前古帝婿惟择人材，不专以貌也。后世浸失此意，惜哉！

后汉以来方书中有五石散，又谓之寒食散。论者曰："服金石人不可食热物，服之则两热相激，故名谓之寒食。"则可知也。然《晋史》载裴秀服寒食散，当饮热酒而饮冷酒，薨，年四十八。据此，则又是不可饮冷物也。又问一名医，答云："食物则宜冷，而酒则宜热。"仆初不信，后读《千金方》第二十五卷："解五石毒，一切冷食，唯酒须令温。"然则《裴秀传》所谓"当饮热酒"亦非。

王元道尝言：《陕西于仙姑传》云："得道术，能不食，年约三十许，不知其实年也。"陕西提刑阳翟李熙民逸老，正直刚毅人也，闻人所传，甚异，乃往清平军自验之。既见道貌高古，不觉心服，因曰："欲献茶一盏，可乎？"姑曰："不食茶久矣，今勉强一啜。"既食少顷，垂两手出，玉雪如也；须臾，所食之茶从十指甲出，凝于地，色犹不变。逸老令就地刮取，且使尝之，香味如故，因大奇之。

绍兴六年夏，仆与年兄何元章会于钱塘江上。余因举东坡诗云："天外黑风吹海立，浙东飞雨过江来。"元章云："立字最为有力，乃水踊起之貌。老杜《二大礼赋》云：'九天之云下垂，四海之水欲立。'东坡之意，盖出于此。或者妄易'立'为'至'，只可一笑。"

独 醒 杂 志

[宋] 曾敏行　撰

朱杰人　　校点

校 点 说 明

　　《独醒杂志》十卷,南宋曾敏行撰。曾敏行字达臣,自号浮云居士,又号独醒道人、归愚老人。吉水(今属江西)人。自幼"志气不群",刻意于学问,慨然有志于当世。然因病而废举子业,遂绝意仕进,发愤治学,上自朝廷典章,下自稗官杂史、里谈巷议,无不记览,对于书画和医学也颇具造诣。

　　《独醒杂志》是他所写的一本随笔,记录了他在读书、交友、旅游及各种社会活动中的所见所闻,身后由其子三聘整理成书。全书所记,上自五代,下迄绍兴中,凡朝廷政事、典章沿革、名人轶事,多有记载。尤其是靖康初朝廷内部主战与主和两派的斗争,及当时发生的几次重大战役,记载十分详实。作者世居江西,故对江西的风土人情、历史遗迹、士大夫阶层中的各种人物动态,记述尤详。

　　《独醒杂志》通行有《知不足斋丛书》本、《笔记小说大观》本、《丛书集成》本。其中《丛书集成》本系据《知不足斋丛书》本排印。《笔记小说大观》本亦与《知不足斋丛书》本同出一源。这次整理,即以《知不足斋丛书》本为底本,以北京图书馆藏明《穴研斋》钞本及文渊阁《四库全书》丁丙补钞本对校。凡底本讹误处,皆据校本径改,不出校记。又原本无标题,为便读者,今在各条前补加了标题。

目　录

卷第五

独醒杂志序

古者有亡书，无亡言。南人之言，孔子取之；夏谚之言，晏子诵焉。而孔子非南人，晏子非夏人也。南北异地，夏周殊时，而其言犹传，未必垂之策书也，口传焉而已矣。故秦人之火能及漆简，而不能及伏生之口。然则，言与书孰坚乎哉？虽然，言则坚矣，而言者有存亡也。言者亡，则言亦有时而不坚也，书又可废乎？书存则人诵，人诵则言存，言存则书可亡而不亡矣。书与言其交相存者欤！庐陵浮云居士曾达臣少刻意于问学，慨然有志于当世，非素隐者也。尝与当世之士，商略古今，平章前代之豪杰，知光武不任功臣，而知其有大事得论谏；知武侯终身无成，而知司马仲达实非其对；知邓禹之师无敌，而知其短于驭众；知孙权之兵不勤远略，而知其度力之所能。若夫以兵车为活城，以纸鸢为本于兵器，谈者初笑之，中折之，卒服之。古之人固有生不用于时，而没则有传于后，夫岂必皆以功名之煌著哉！一行之淑，一言之臧，而传者多矣。其不传者，亦不少也，岂有司之者欤？抑有幸有不幸欤？抑其后世之传不传，亦如当时之用不用，皆出于适然欤？是未可知也。若达臣之志而不用世，是可叹也。既不用世，岂遂不传世欤？达臣既没，吾得其书所谓《独醒杂志》十卷于其子三聘。盖人物之淑慝，议论之予夺，事功之成败，其载之无谀笔也。下至谑浪之语，细琐之汇，可喜可笑，可骇可悲，咸在焉。是皆近世贤士大夫之言，或州里故老之所传也。盖有予之所见闻者矣，亦有予之所不知者矣。以予所见闻者无不信，知予之所不知者无不信也。后之览者,岂无取于此书乎! 淳熙乙巳十月十七日。诚斋野客杨万里序。

独醒杂志卷第一

蔡端明事母至孝

蔡端明事母至孝。尝步行,遇一妪,貌甚龙钟,问其年,曰:"百单二矣。"端明再拜曰:"愿吾母之寿如妪。"后果符其言。

包孝肃公尹京人莫敢犯

包孝肃公尹京,人莫敢犯者。一日,闾巷火作,救焚方急。有无赖子相约乘变调公,亟走声哜于前曰:"取水于甜水巷耶,于苦水巷耶?"公勿省,亟命斩之。由是人益畏服。

彭仲元能以星历知人祸福

向文简公为庐陵倅,时人未有知者。安城士人彭仲元能以星历知人祸福,文简召问之,仲元曰:"通判不必他问,不出十年,位至公相。"文简自庐陵罢官,阅数年,即大拜。仲元之术,不吝于告人吉凶寿夭,不差毫发,时人即之者如市。后官于京师而卒,惜其术无传焉。

何正臣毛君卿幼慧

皇祐元年,何正臣与毛君卿俱以七岁应童子科,君卿之慧差不及正臣。时皇嗣后未生,上见二人年甚幼而颖悟过人,特爱之,留居禁中数日。正臣能作大字,宫人有以裙带求书者,正臣书曰:"《关雎》,后妃之德也。"上尝以梨一颗令二人分食之,君卿逡巡不应。上怪,问其故,对曰"父母在上,不敢分离。"上大喜,以为皆能知其大义。翌日,御便殿,俱赐童子出身。正臣字君表,新淦洲上人,后仕至宝文阁待制。君卿字公弼,吉水龙城人,终于朝散大夫。

刘景宏伪从彭玕之胁

刘丞相名景宏,南唐时为吉州牙将。刺史彭玕以吉州叛,攻陷郡县,杀略吏民,胁景宏以从。景宏度势不敌,乃佯许之,随之往来,故吉之城邑独不被残毁。玕既败,景宏以兵归南唐,遂家吉之永新县。尝谓人曰:"我伪从彭玕之胁,可活万人,吾虽不偶于时,后必有兴者。"因号所居后山曰"后隆"。景宏既没,越三世而生丞相沆。沆之子孙皆荣显,至今世禄不绝。

杨文公讥讽丁晋公

杨文公大年美须髯。一日,早朝罢,至都堂,丁晋公时在政府,戏谓之曰:"内翰拜时须扫地。"公应声曰:"相公坐处幕漫天。"晋公知其讥己,而喜其敏捷,大称赏之。天禧末,寇公诸人皆贬远方,文公实预谋,而晋公爱其才,终不忍害也。

蔡元长荐毛友龙

蔡元长尝论荐毛友龙,召对,上问曰:"龙者君之象,卿何得而友之?"友龙不能对,遂不称旨。退语元长,元长曰"是不难对,何不曰'尧舜在上,臣愿与夔、龙为友'?"他日再荐之,复召对,上问大晟乐,友龙曰:"讹。"上不谕其何谓也。已而元长人见,上以问答语之,对曰:"江南人唤'和'为'讹',友龙谓大晟乐主和尔。"上颔之,友龙乃得美除。

刘沆梦登谯楼抱鼓而寝

刘丞相沆冲之守陈州时,尝梦登谯楼抱鼓而寝。既觉,家人告曰:"夜漏不闻四鼓,何也?"明日,丞相问故,更吏对曰:"夜将四鼓,有蜈蚣长三尺许旋辟鼓上,惴恐莫敢近,遂不报四更。"丞相因悟昨梦,乃不之责。此与欧阳公闻榆荚香而悟身为鸜鸽者何异?

刘弇遇东坡

刘伟明弇少以才学自负,擢高第,中词科,意气自得,下视同辈。绍圣初,因游一禅刹,时东坡谪岭南,道庐陵,亦来游,因相遇。互问爵里姓氏,伟明遽对曰:"庐陵刘弇。"盖伟明初不知其为东坡,自谓名不下人,欲以折服之也。乃复问东坡所从来,公徐应曰:"罪人苏轼。"伟明始大惊,逡巡,致敬曰:"不意乃见所畏!"东坡亦嘉其才气,相与剧谈而去。

杨行密税轻

江南呼蜜为蜂糖,盖避杨行密名也。行密在时,能以恩信结人,身死之日,国人皆为之流涕。予里中有僧寺曰南华,藏杨、李二氏税帖,今尚无恙。予观行密时所征产钱,较之李氏轻数倍。故老相传云:煜在位时,纵侈无度,故增赋至是。欧阳谓行密为盗亦有道,岂非以其宽厚爱人乎?

祖宗时堂吏官止朝请郎

祖宗时,堂吏官止朝请郎。蔡元长为相,多更改祖宗制度,恐其议己,遂许至中奉大夫。宣和间,朝奉大夫以上至中奉大夫者,凡五十余人,虽有诏汰之而不能复旧,至今遂为定制。

王冀公微时诗汪圣锡幼年属对

王冀公,新喻人,微时往观社求祭肉,众问:"尔为谁?"曰:"我秀才也"众曰:"何所能?"曰:"能诗。"时无纸笔,即取炭画猪皮上曰:"龙带晚烟归洞府,雁拖秋色入衡阳。"后之人谓此句有宰相气象。汪圣锡幼年与群儿聚学,有谒其师,因问能属对者,师指圣锡。客因举对云:"马蹄踏破青青草。"圣锡应对曰:"龙爪拏开淡淡云。"客大惊曰:"此子有魁天下之志。"圣锡年未冠,果廷试第一。

辨毛应佺非卒于窦州

李仁甫《通鉴长编·仁宗皇帝纪》:"景祐二年三月丁巳,赐故镇东军节推毛洵家帛五十四、米五十斛。洵,吉州人,进士及第,又中书判拔萃科。其父国子博士应佺与其母卒于窦州,洵徒跣护丧归里中,负土成坟,毁瘠而卒,特恤之。"即予同里毛子仁父子也。应佺与洵墓铭皆余襄公靖所撰。应佺字子真,罢窦州回,尚历虔、筠、太平三州通判,以明道二年三月丁丑终于当涂官署。其配高氏寿春县君,终于池阳之舟次。次子溥,以毁卒。故余公铭之有曰:"哀殒庭兰,悲摧舞鸾。"洵与兄渐奉丧归葬于华原,结庐墓所凡二十一月,毁瘠如初丧之仪，舆疾归家，数日而卒。郡以孝行闻，诏赐粟帛以旌显之。则子真非卒于窦州，意者仁甫未尝考余公墓铭耳。

仁宗殿试拔萃科问题十通

天圣八年，应书判拔萃科者凡八人，仁宗皇帝御崇政殿试之，中选者六人：余襄公、尹师鲁、毛子仁、李惇裕，其二则失其姓名。问题十通：一问，戊不学孙、吴，丁诘之曰："顾方略如何尔？"二问，丙为令长，无治声，丁言其非百里才。壬曰："君子不器，岂以小大为异哉！"三问，私有甲弩，乃首云："止稍一张，重轻不同。"若为科处？四问，丁出，见癸缧系于路，解左骖赎之，归，不谢而入，癸请绝。五问，甲与乙隔水将战，有司请逮其未半济而击之，甲曰："不可。"及阵，甲大败。或让之，甲不服。六问，应受复除而不给，不应受而给者，及其小徭役者，各当何罪？七问，乙用牛衅钟，牵过堂下，甲见其觳觫，以羊易之。或谓之曰："见牛不见羊。"八问，官物有印封，不请所由官司而主典擅开者，合当何罪？九问，庚请复乡饮酒之礼，辛曰："古礼不相沿袭。"庚曰："澄源则流清。"十问，死罪囚家无周亲，上请，敕许充侍。若逢恩赦，合免死否？时襄公除将作监丞、知海阳县；师鲁武胜军掌书记、知河阳县；子仁镇东军推官、知宣城县；惇裕大理寺丞、知华亭县，皆以民事试之也。

毛子仁博学能文

毛子仁博学能文，年十九登进士，二十六中书判拔萃，时誉翕然。陈恭公、余襄公、杜祁公、王伯中、胥安道、李献臣、王总之十二人各为诗以饯其归。杜公诗有曰："判就十题彰敏妙，学穷千古见兼该。"其推重如此。子仁孝于其亲，初为抚州司法,以亲养在远丐罢。后知宣城县,丁父忧,哀毁成疾。前死之夕,梦一绛袍童子持玉函,中有丹书,谓子仁曰:"帝命召汝,使掌文籍。"觉而异之。次日疾甚,自谓必不能起,援笔为赞曰:"生为幻人,死为天真。改幻从真,无根无尘。"书毕而逝。

王荆公欲抑甲科三名前恩例

故事,进士第一人,初命官以将作监丞,迁著作郎,次迁右正言。熙宁中,许冲元将以磨勘当迁。王荆公为相,欲抑甲科三名前恩例,拟令转太常博士。太常博士与右正言同为一等,然祖宗分别流品,以太常博士为有出身人迁转,非以待第一人也。荆公方下笔作"太"字时,堂吏以手约笔,具陈祖宗之制,荆公乃改"太"字右笔作"口"字,冲元遂迁右正言。

李氏国中无马

李氏建国,国中无马,岁与刘铢市易。太祖既下岭南,市易遂罢,马益艰得。惟每岁入贡,得赐马百余匹耳。朝廷未悉其有无也。王师南伐,煜遣兵出战,骑兵才三百。至瓜州,尽为曹彬之神将所获。验其马,尚有印文,然后知其为朝廷所赐也。

神宗不敢比德文王

王荆公《诗经义》成书,神宗令以进呈,阅其序篇未毕,谓荆公曰:"卿谓朕比德文王,朕不敢当也。"公曰:"陛下进德不倦,从谏弗咈,于文王何愧?"上曰:"《诗》称'陟降庭止'之类,岂朕所能?"公曰:"人皆可以为尧舜,陛下何自谦如此?"上摇首曰:"不若改之。"

李煜厚养僧

庐山圆通寺在马耳峰下,江左之名刹也。南唐时,赐田千顷,其徒数百众,养之极其丰厚。王师渡江,寺僧相率为前锋以抗。未几,金陵城陷,其众乃遁去。使李煜爱民如僧,则其民亦皆知报国矣。

戴嵩斗牛图

马正惠公尝珍其所藏戴嵩《斗牛图》,暇日展曝于厅前。有输租氓见而窃笑,公疑之,问其故,对曰:"农非知画,乃识真牛。方其斗时,夹尾于髀间,虽壮夫膂力不能出之。此图皆举其尾,似不类矣。"公为之叹服。

东坡称赏谢民师文

谢民师名举廉,新淦人。博学工词章,远近从之者尝数百人。民师于其家置讲席,每日登座讲书,一通既毕,诸生各以所疑来问,民师随问应答,未尝少倦。日办时果两盘,讲罢,诸生啜茶食果而退。东坡自岭南归,民师袖书及旧作遮谒,东坡览之,大见称赏,谓民师曰:"子之文,正如上等紫磨黄金,须还子十七贯五百。"遂留语终日。民师著述极多,今其族摘坡语名曰《上金集》者,盖其一也。尝有稿本数册,在其婿陈良器处,予少从良器学,屡获观焉。

王文康公称赏梅圣俞诗

王文康公晦叔,性严毅,见僚属未尝解颜。知河南日,梅圣俞时为县主簿，一日，袖所为诗文呈公。公览毕，次日，对坐客谓圣俞曰："子之诗，有晋、宋遗风，自杜子美没后，二百余年不见此作。"由是礼貌有加，不以寻常待圣俞矣。

陈后山之贤与徐仲车之介

元祐初，后山在京师闻徐仲车之孝行，遂致书以通殷勤，托其门人江季共端礼持以往。季共见仲车言曰："友人陈师道，好贤乐善，介然不群于流俗。闻先生之风，因愿纳交于下执，有书托端礼以致于左右。"公欣然发缄，读已，谓季共曰："陈君真贤者，某虽未之见，子谓不群于流俗，今读其书辞，敢以为信然。某年来未尝以诗文入京，故不能为谢，子其为我谢之。"季共以告，后山曰："仲车之介，当于古人中求，他日扫门未晚也。"闻者两贤之。

今之风筝即古之纸鸢

今之风争，古之纸鸢也，创始于韩淮阴。方是时，陈豨反于代，高祖自将征之。淮阴与豨约从中应，作纸鸢以为期，谋败身戮。而纸鸢之制今为儿戏。使木罂渡军、沙囊壅水，皆如纸鸢之无成，则何以助汉王成业也？"争"当作"筝"，盖以竹篾弦其上，风吹之鸣如筝也。

徽宗梦道士何得一来见

新淦县道士何得一者，常人也。徽宗尝梦有道士曰何得一者来见，遂以姓名及状貌图像求之。守令以其姓名之同，遂以闻。上大喜，即令送至阙下。既召见，山野龌龊，不能应对，甚不称上意。时方集道流于宝箓宫作醮，因命得一预焉。建醮毕,授丹林郎,遣归。初,得一之有是命也,守令意其形于帝梦,必有所得,因问其有何技能。得一以为昔浴于江中,得杖子状如龙,又尝喷水于壁间,成罨画山水。守亦信之,具以表闻。后人诘其故,杖乃木根,初无他异;而喷水成画者因醉后呕吐成沥耳。至今人传以为笑。

苏轼乃奎宿星

　　徽宗初,建宝箓宫,设醮,车驾尝临幸。讫事之夕,道士以章疏俯伏奏之,逾时不起,其徒与旁观者,皆怪而不敢近。又久之,方起。上宣问其故,对曰:"臣章疏未上时,偶值奎宿星官入奏,故少候其退。"上曰:"奎宿何神?"对曰:"主文章之星,今乃本朝从臣苏轼为之。"上默然。

独醒杂志卷第二

寒 食 来 历

绍兴甲戌省试别院以《中和节》为诗题。举人上请,主司答云:"元宵已过,寒食未来,盖谓此二月节也。"然按《后汉·周举传》:太原郡旧俗,以介子推焚骸,有龙忌之禁。在其亡月,咸言神灵不乐举火,由是士民每中冬辄皆寒食,莫敢烟爨,老少不堪,间或寒死,故因谓寒食为禁烟节。举既为刺史,作吊书以解民之惑。则所谓寒食者果何与于清明耶?今人以清明前三日为寒食,不知又何据也。

刘 沆 仆 人 梦

刘丞相沆为士人时,携一仆赴礼部,夜卧忽惊起哭。丞相怪问,仆曰:"不祥殊甚,不敢言。"再三诘之,曰:"梦主君为人斫去头。"丞相曰:"此乃吉证,斫去头留得项,我当为第二人。"果于王拱辰榜第二人赐第。

坡谷游凤池寺名对

坡、谷同游凤池寺,坡公举对云:"张丞相之佳篇,昔曾三到。"山谷即答云:"柳屯田之妙句,那更重来。"时称名对。张丞相诗云:"八十老翁无品秩,昔曾三到凤池来。"坡公盖取此也。

士人不乐为助教

汉博士选三科,高为尚书郎,次为刺史,其不通政事者以久次补诸侯太傅,此制最合人情。予尝欲依仿汉制以处今之特奏名进士。盖特奏第五等,人皆以为诸州助教。士人晚境至此,亦疲矣。然犹或至于纳敕不愿受者,辞其名而冀其禄也。夫市井巫、医、祝、卜技艺之流,孰不以助教自名。士人役役于科目而与之无别,宜其不乐闻也。予谓不若因补为本贯州县学职,以名次次第授之,自上而下,由州而邑,三岁而易,新故相代。盖以州县学职言之,则其名正;予之以三年之禄,则其礼优。况今居是职者,往往多后生新进,躐取而强处之,人多不服,倘举以授旧人,亦得尚齿之义。

范忠宣雅量

范忠宣公寓居永州东山寺,时诸孙尚幼。一日戏狎,言语少拂寺僧之意,僧大怒,叱骂不已。公坐于堂上,僧诵言过之,语颇侵公,公不之顾。家人闻之,或以告公,亦不应。翌日,僧悔悟,大惭,遂诣公致谢。公慰藉之,待之如初,若未尝闻也。

刘才邵因太白见而忧外患

宣和中,太白见,甚高。尚书刘公才邵时在中秘,见而叹曰:"是兵象也,国家其有外患乎!"因与僚友同观,忧形颜色。未几,敌犯畿甸。后,周芭秀实来倅庐陵,赠诗云:"刘郎校书天禄阁,太白下观光昭灼。心知汉祀厄中天,夜半瞻星涕零落。"尚书字美中。

王荆公自奉俭约

王荆公在相位,子妇之亲萧氏子至京师,因谒公,公约之饭。翌日,萧氏子盛服而往,意谓公必盛馔。日过午,觉饥甚而不敢去。又久之,方命坐,果蔬皆不具,其人已心怪之。酒三行,初供胡饼两枚,次供猪脔数四,顷即供饭,旁置菜羹而已。萧氏子颇骄纵,不复下箸,惟啖胡饼中间少许,留其四旁。公顾取自食之,其人愧甚而退。人言公在相位,自奉类不过如此。

欧阳公泷冈阡表碑石

两府例得坟院,欧阳公既参大政,以素恶释氏,久而不请。韩公为言之,乃请泷冈之道观。又以崇公之讳,因奏改为西阳宫,今隶吉之永丰。后公罢政出守青社,自为阡表,刻碑以归。江行过采石,舟裂碑沉,舟人曰:“神如有知,石将出。”有顷,石果见,遂得以归立于其宫。绍兴乙卯,宫焚,不余一瓦,碑亭独无恙,信有神物护持云。

王冀公荐毛文捷韬略

毛文捷,字长卿,吉水人,淳化三年进士及第。王冀公与之为同年生,雅相友善。文捷豪放不羁,冀公素奇之。景德中,知舒州望江县,冀公时知枢密院,荐知名士四十二人,文捷在其中,独以韬略许之。真宗召至阙下,亲御便殿,试以平西夏方略。文捷对极详明,上大喜,除秘书省校书郎。其制词云:“毛文捷通经典礼,廷对方谋,兹谓硕材,可宜旌劝。”

夏英公帅江西日禁巫

夏英公帅江西日，时豫章大疫，公命医制药分给居民。医请曰："药虽付之，恐亦虚设。"公曰："何故？"医曰："江西之俗尚鬼信巫，每有疾病，未尝亲药饵也。"公曰："如此则民死于非命者多矣，不可以不禁止。"遂下令捕为巫者杖之，其著闻者黥隶他州。一岁，部内共治一千九百余家，江西自此淫巫遂息。

范忠宣在永州敬拜宸翰赐物

范忠宣公谪永州，年七十余矣。每朔望日，必陈列其家所藏四朝宸翰及宣赐器皿于堂上，率其子孙罗拜其下。拜毕，缄藏如初。然后长幼相拜，啜茶而退。自始至及北归，未尝或辍。先君官零陵时，与公之去，相望才二十余年，士人多有识公者，具言如此。

国初江西亦用铁钱

国初，江西亦用铁钱。尝见玉笥山玉梁观所藏经，卷尾有题字云："太平兴国三年太岁戊寅，新淦县扬名乡胡某使铁钱一百二十贯足陌，写经六十卷。"玉梁观后改为承天宫。

徽宗内宴顾问梁师成蔡京

徽宗尝内宴，顾问梁师成曰："先王乐以天下，忧以天下。今西北既宾服，天下幸无事，朕因得游宴耳。"师成对曰："臣闻圣人先天下之忧而忧，后天下之乐而乐。"上问蔡京曰："师成之言如何？"京曰："乐不可极尔。"上喜曰："京之言是也。"

寇莱公谪居道州民为建楼

寇莱公谪居道州,初至不谙风土,欲得楼居以御岚瘴之气,而力不能举。一日,与客言之,客曰:"此易事。"乃以语郡人,于是争为出力营建,不日落成。及公薨,道之人绘公像祠于楼上,至今奉事唯谨。

吕大防罢相制

吕丞相大防微仲罢相,以大观文出知颍昌府。制有曰:"改元而后,与政历九年之间;有国以来,首相踰三人之久。"盖自国初至元祐,为首相者居位多止七八年耳。

何昌言乞宣示蔡京降官罪状

大观四年五月,彗星出于奎、娄之间,又自三月不雨至五月,上颇焦劳。台官吴执中等屡上章言蔡京罪恶,上亦寖薄京之所为,遂降授太子少保致仕。给事中何昌言奏言:"大臣被降责,须有章疏及所得圣语文字,俱合过门下省。今京降官罢相,乃止有麻制,又录黄各一道,并无事因。乞依自来体例,备今来行遣,过门下省作定本关报,庶使四方明知京之罪状。"上从之,遂以章疏付外。何给事字忠孺。

致 仕 给 半 俸

国朝自章圣始命致仕者给半俸,然非得旨者不与,遵唐制也。唐人致仕,非有敕不给俸。今致仕者例给其半,与旧制异矣。

仁宗闻二卫士争辩

仁宗皇帝尝闲步禁中,闻庑外有哗者,稍逼听之,乃二卫士。甲曰:"人生富贵,在命有无。"乙曰:"不然。今日为宰相,明日有贬削为匹夫者;今日为富家,明日有官籍而没之者,其权正在官家耳。"因相与诘难,未服,故争辩不已。帝因密识其人。一日出金奁,封缄甚密,特呼乙送往内东门。行将达,忽心腹痛作,不堪忍,惧愆其期,偶与甲遇,令代捧以先。门司启奁,乃得御批云:"去人给事有劳,可保明补官。"乙随至,则辨曰:"已得旨送奁,及门疾作,令甲代之尔。"门司覆奏,帝命与持至者,甲遂补官。

唐子西贺张天觉拜相诗

唐子西《内前行》为张天觉作也。天觉自中书侍郎除右仆射,蔡京以少保致仕,四海欢呼,善类增气。时彗星见而遽没,旱甚而雨,人皆以为天觉拜相,感召所致。上大喜,书"商霖"二字以赐之,且谓之曰:"高宗得傅说,以为用汝作霖雨。今朕相卿,非是之谓耶!"故子西之诗具言之,其诗云:"内前车马拨不开,文德殿下听麻回。紫微侍郎拜右相,中使押赴文昌台。旄头昨夜光照牖,是夕收芒如秃帚。明日化为甘雨来,官家唤作调元手。周公礼乐未要作,致身姚宋也不恶。乡来两公当国年,民间斗米三四钱。"

向子諲拘张楚伪使

张楚僭伪,遣快行亲事往庐州省视其家,经由淮南.向公子諲伯恭,时为发运使,因拘囚之。验其文券,见南京副总管尝资给其人甚厚，伯恭遂檄使勤王，有"不可污张巡、许远之地"等语。后达上听，深嘉伯恭之慷慨忠节也。

蔡絛作西清诗话

蔡絛约之，好学知趋向。为徽猷阁待制时，作《西清诗话》一编，多载元祐诸公诗词。未几，臣寮论列，以为絛所撰私文专以苏轼、黄庭坚为本，有误天下学术，遂落职勒停。

祖宗官制同是一官迁转凡数等

祖宗官制：同是一官，而迁转凡数等，自将作监主簿至秘书监，其迁秩各视其品。将作主簿，今承务郎；秘书监，今中大夫。若卿列馆职则为一等，出身人则为一等，荫补人则为一等，杂流则为一等，所以甄别流品，为至严密也。自谏议大夫至吏部尚书，其迁除则为一等，谏议大夫，今大中大夫；吏部尚书，今金紫光禄大夫。盖两制两省官皆极天下之选，论思献纳，号为侍从，故不复分等级。然其超等而迁，则惟宰相、执政而已。宰相超三官，执政超两官。

寇莱公贬雷州司户

湖湘官道，穷日之力，仅能尽两驿。父老相传，以为寇莱公为丁、曹所诬蔑，谪为道州司马，欲以忧困杀之，阴令于衡、湘间十里则去一堠，以为五里，故道里之长如是。公既居道，一日宴客，忽报中人传敕来，且有持剑前行者。坐客皆失色，公不为动。中人既至，公谓曰："愿先见敕。"中人出敕示，乃贬雷州司户。因就郡僚假绿绶拜命，终宴而罢。

何忠孺对策居第一

江西自国初以来，士人未有以状元及第者。绍圣四年，何忠孺昌言始以对策居第一，里人传以为盛事。故谢民师有诗寄忠孺云："万里一时开骥足，百年今始破天荒。"盖记时人之语也。

东坡大庾岭诗

东坡还至庾岭上，少憩村店，有一老翁出，问从者曰："官为谁？"曰："苏尚书。"翁曰："是苏子瞻欤？"曰："是也。"乃前揖坡曰："我闻人害公者百端，今日北归，是天祐善人也。"东坡笑而谢之，因题一诗于壁间云："鹤骨霜髯心已灰，青松夹道手亲栽。问翁大庾岭头住，曾见南迁几个回？"

徐师川论东坡乐天诗用字

徐公师川尝言东坡长短句有云："山下兰芽短浸溪，松间沙路净无泥。"白乐天诗云："柳桥晴有絮，沙路润无泥。""净"、"润"两字，当有能辨之者。

刘 韐 死 节

刘公仲偃自河东、河北宣抚使召归，除京城四壁守御使，与时相议不合，镌官落职奉祠。京城既失守，敌欲得公，用事者诒公以割地遣诣敌营。敌得公，喜甚，即馆于僧寺，遣人为言："国相知公名，将欲大用。"公曰："偷生以事二姓，有死不可。"国相，盖谓粘罕。公守真定时，敌人攻城不能下；再入寇，而公已去，真定遂陷，故以此知公也。车驾既北狩，敌复遣人

谓公曰："请以家属北去,取富贵,无徒死。"公仰天大呼曰:"有
是乎!"召其指使陈灌谓曰:"国破主迁,乃欲用我,我宁死耳!"
即手书片纸,付灌持归报其子,以衣绦自缢死。粘罕闻而叹
曰:"是忠臣也。"令葬之。公薨八十日,其子始克具棺敛,颜色
如生,人以为忠节之气所致云。朝廷褒其死节,谥忠显,又赐
碑额为旌忠褒节之碑。公名轮,建安人。

山谷得草法于涪陵

元祐初,山谷与东坡、钱穆父同游京师宝梵寺。饭罢,山
谷作草书数纸,东坡甚称赏之。穆父从旁观曰:"鲁直之字近
于俗。"山谷曰:"何故?"穆父曰:"无他,但未见怀素真迹尔。"
山谷心颇疑之,自后不肯为人作草书。绍圣中,谪居涪陵,始
见《怀素自叙》于石扬休家。因借之以归,摹临累日,几废寝
食。自此顿悟草法,下笔飞动,与元祐已前所书大异,始信穆
父之言为不诬,而穆父死已久矣。故山谷尝自谓得草法于涪
陵,恨穆父不及见也。

米元章有嗜古书画之癖

米元章有嗜古书画之癖,每见他人所藏,临写逼真。尝与
蔡攸在舟中共观王衍字,元章即卷轴入怀,起欲赴水。攸惊问
何为,元章曰:"生平所蓄,未尝有此,故宁死耳。"攸不得已,遂
以赠之。

曾民瞻造豫章晷漏

豫章晷漏乃曾南仲所造。南仲自少年通天文之学,宣和
初,登进士第,授南昌县尉。时龙图孙公为帅,深加爱重。南

仲因请更定晷漏，帅大喜，命南仲召匠制之。遂范金为壶，刻木为箭，壶后置四盆一斛。壶之水资于盆，盆之水资于斛。其注水则为铜虬张口而吐之。箭之旁为二木偶，左者昼司刻，夜司点。其前设铁板，每一刻一点则击板以告。右者昼司辰，夜司更。其前设铜钲，每一辰一更则鸣钲以告。又为二木图，其一用木荐之，以测日景；其一用水转之，以法天运。制器甚精，为法甚密，皆前所未有。南仲夜观乾象，每预言其迁移躔次。尝言有某星某夜当过某分，时穷冬盛寒，仰卧床上，彻其屋瓦以观之，偶睡著霜下，遂为寒气所侵而死。其学惜无传焉。独晷漏之制，其子尝闻其大概，今江乡诸县亦有令造之者。南仲名民瞻，庐陵睦陂人也。

曾民瞻晷景图

　　南仲尝谓古人揆景之法载之经传杂说者不一，然止皆较景之短长，实与刻漏未尝相应也。其在豫章为晷景图，以木为规，四分其广，而杀其一，状如缺月。书辰刻于其旁，为基以荐之，缺上而圆下，南高而北低。当规之中，植针以为表，表之两端一指北极，一指南极。春分已后，视北极之表，秋分已后，视南极之表，所得晷景与刻漏相应。自负此图，以为得古人所未至。予尝以其制为之，其最异者，二分之日，南北之表皆无景，独其侧有景，以其侧应赤道。春分已后，日入赤道内，秋分已后，日出赤道外，二分日行赤道，故南北皆无景也。其制作穷赜如此。

独醒杂志卷第三

东坡龙光寺诗谶

东坡北归至岭下,偶肩舆折杠,求竹于龙光寺。僧惠两大竿,且延东坡饭。时寺无主僧,州郡方令往南华招请,未至。公遂留诗以寄之,诗云:"斫得龙光竹两竿,持归岭北万人看。竹中一滴曹溪水,涨起江西十八滩。"谓赣石也。东坡至赣,留数日,将发舟,一夕江水大涨,赣石无一见,越日而至庐陵。舟中见谢民师,因谓曰:"舟行江涨,遂不知有赣石,此吾龙光诗谶也。"民师问其故,东坡因举以诗之本末。

秦少游贺方回诗谶

秦少游、贺方回相继以歌词知名。少游有词云:"醉卧古藤阴下,了不知南北。"其后迁谪,卒于藤州光华亭上。方回亦有词云:"当年曾到王陵铺,鼓角悲风,千岁辽东,回首人间万事空。"后卒于北门,门外有王陵铺。人皆以为词谶云。

黄山谷秦少游死生交友之义

秦少游之子湛自古藤护丧北归,其婿范温候于零陵,同至长沙,适与山谷相遇。温,淳夫之子也。淳夫既没,山谷亦未吊其子,至是与二子者执手大哭,遂以银二十两为赙。湛曰:"公方为远役,安能有力相及?且某归,计亦粗办,愿复归之。"

山谷曰："尔父，吾同门友也，相与之义，几犹骨肉，今死不得预敛，葬不得往送，负尔父多矣。是姑见吾不忘之意，非以贿也。"湛不敢辞。既别，以诗寄二子，有曰："昔在秦少游，许我同门友。"又曰："范公太史僚，山立乃先达。"又曰："秦郎水江汉，范郎器鼎鼐。逝者不可寻，犹喜二子在。"又曰："往时高交友，宰木已枞枞。今我二三子，事业在灯窗。"今集中载《晚泊长沙走笔寄秦处度范元实》五诗是也。前辈于死生交友之义如此。

绍兴庚辰殿试李德远对读精审

绍兴庚辰殿试，上取特奏名进士试卷阅之。一日，御小殿，召对读问云："'鹤鸣'却写作'鹤鸣'，'鸣呼'却写作'鸣呼'，何也！"临川人李德远浩时以删定官充对读，即启云："臣读至此，亦窃疑之，然以其正本如此，不敢改易。尝以针穿记其侧，乞宣正本审验。"上令取视之，果如其言，称叹德远之精审者久之。

唐 人 妙 句

客舍中有题诗一联云："水向石边流处冷，风从花里过来香。"或云唐人诗，亦妙句也。

杜 少 陵 墓

杜少陵卒于荆楚，归葬于陕，此元微之墓志所载。而衡之耒阳有少陵墓，史氏因以为聂令具牛酒迎之，一夕大醉而卒，故聂令因为之藁葬。微之之志云：旅殡岳阳，其孙元和中改葬于巩，请志其墓。当以是为正，史氏未详本末也。陶母不知终于何地，而今陶母墓在在有之，新淦阛阓中亦有陶母墓。李太白世传乘醉捉月溺死于水，今白墓在采石，又在州东青山。一所而有二墓，耒阳少陵墓殆此类耳！

梅圣俞赠欧阳晦夫及苏明允诗

梅圣俞送欧阳辟晦夫诗有曰："我家无梧桐，安可久栖凤？凤巢在桂林，乌哺不得共。"晦夫，桂林人，尝从圣俞学，及其南归，故以是诗赠之。苏明允初至京师，时东坡与子由年甚少，人鲜有知者。圣俞独奇之，故赠明允诗有云："岁月不知老，家有雏凤凰。百鸟戢羽翼，不敢呈文章。"后东坡谪海南，过合浦，始识晦夫，谈论累日。晦夫因出圣俞赠行之诗，东坡读毕，执晦夫手笑曰："君年六十六，余虽少一，而白发苍颜大略相似，困穷亦不甚相远，圣俞所谓凤例如此。天下皆言圣俞以诗穷，吾二人又穷于圣俞之诗，可不大笑乎！"

东坡与山谷论书

东坡尝与山谷论书，东坡曰："鲁直近字虽清劲，而笔势有时太瘦，几如树梢挂蛇。"山谷曰："公之字固不敢轻议，然间觉褊浅，亦甚似石压虾蟆。"二公大笑，以为深中其病。

玉笥飚御庙

玉笥飚御庙乃西岳之别祠，初为云腾庙，许觉之书三大字，后改赐今名。唐之神多唐衣冠，传闻其像皆唐所塑，帝像不冕而冠。盖章圣东封后始册帝号，土人屡欲更像，迄不得。卜水旱疾疫，有祷辄应。远近数百里，举子当秋赋，亦皆往谒。始因刘公美中尝致祷，神降之梦，有诗云："来年三月春盛时，骅骝稳步金街西。"刘公自是举进士，中词科，出入中外，终于兵部尚书、显谟阁学士。故皆以为梦之符如是。外舅谢公世林，方舍法盛时再贡不第，其居距祠下不数里，岁时奉祠惟谨。一日，以科目祷焉，梦中亦得诗句云："欲留年少待富贵，富贵不来年少去。"乃乐天诗也。外舅自是不复南宫大廷之试，寻以疾终。

玉笥山清真宫

玉笥山清真宫，乃太秀法乐洞天。两山回合，涧水横陈，门外三峰如削玉。古木寿藤，幽森清峭。环此山十里无居人，道书谓九天司命真君在焉。辄以血食入宫中，夜必有光怪，或自外茹之而来宿者，夜亦惊魇，不能寐。凡病于宫中，垂死必不可生者，气厌厌不绝，必舁出十里外乃绝。相传云：山中不容有死气。此最异也。

范寥慷慨好侠

范信中名寥，为士人时慷慨好侠，故山谷诗《寄校理范寥》有"黄犬苍鹰伐狐兔"之句。舒州张怀素以幻术游公卿间，号"落魄野人"，与朝士吴安诗子侄吴侔、吴储等结连。信中以其谋为不靖也，欲入京告变，而无其资，汤东野实资送之。朝廷逮捕怀素等穷竟其事，大观元年狱成，坐累者余百数，而侔、储十数人皆处极刑，虽其父母亦皆窜贬。信中获赏赉甚厚，乃推以与东野。故东野由监簿积累至从官，寥亦以供备库副使累迁诸路戎钤，晚年终于闽中。

丁晋公家书画填委

丁晋公家书画填委。南迁之日,籍其所藏,得李成山水寒林九十余轴,他物往往称是。初,晋公自两制出守金陵,陛辞之日,章圣以八幅《袁安卧雪图》赐之。旁题云:"臣黄居寀定到神品。"盖不知为谁笔也。其所画林石庐舍之所,人物苦寒之态,无不逼真。佟上之赐,于金陵城西北隅,筑堂曰"赏心",施此图于巨屏,观者惊异。乃知公之嗜画,上且时有以增益之也。

熊叔雅善对

往有从官典藩,数与贼战不利。既召还,一日于朝路中戏同列曰:"衣冠佩玉而旋,舍人给事。"盖其人欲溲溺,而时适兼二职耳。未及对,熊叔雅应声曰:"弃甲曳兵而走,安抚尚书。"闻者以为善对,而被诮者不堪。

祖宗时知开封府多以翰林学士为之

祖宗时,知开封府多以翰林学士为之。若除知制诰、给谏、待制卿列,则为权发遣。然须用天下之望,且有政术者。姜公遵谓之"姜擦子",薛公奎谓之"薛出油",皆以为政清严公正,使人爱而畏之。若包孝肃之政,至今人以为称说。然知府事者,亦未有不为执政也。

蔡京书崇宁钱文

崇宁钱文,徽宗尝令蔡京书之。笔画从省,"崇"字中以一笔上下相贯,"宁"字中不从心。当时识者谓京"有意破宗,无心宁国"。后乃更之。

徽宗初改元建中靖国

徽宗初,改元曰"建中靖国",本谓建大中之道,无熙宁、元祐之分也。将令学士撰诏,曾子宣言:"建中乃唐德宗幸奉天时年号,不若更之。"上曰:"太平亦梁末帝禅位年号,太宗用之,初何嫌焉?"遂下诏不疑。蔡京复用,尽变初元之政,改元曰"崇宁"。崇宁者,谓崇熙宁也。

范忠宣不喜登第士人试教官

永州士人有登第者,范忠宣公实识之。一日,问客曰:"某人何故未归?"对曰:"将试教官。"公不悦,曰:"初登第,当勤吏事,若为教官,是自惰也。"叹惜久之。

刘彝治水

胡安定居湖学,建治道斋,俾讲政事者居之。刘彝以论治水见称,后治郡,率能兴水利。彝守章贡,州城东西濒江,每春夏水潦入城,民尝病浸,水退则人多疾死,前后太守莫能治。彝至,乃令城门各造水窗凡十有三间,水至则闭,水退则启。启闭以时,水患遂息。

东坡燕子楼乐章

东坡守徐州,作《燕子楼》乐章,方具稿,人未知之。一日,忽哄传于城中,东坡讶焉。诘其所从来,乃谓发端于逻卒。东坡召而问之,对曰:"某稍知音律,尝夜宿张建封庙,闻有歌声,细听乃此词也。记而传之,初不知何谓。"东坡笑而遣之。

杜镐待试有鼠衔文

杜镐在江南时,待试于有司。一日,旅邸方昼寝,忽有鼠衔文一卷自门窦而入。镐窹而逐之,鼠不惊走,以书置之床前而去。取其书而观之,乃《孝经注疏》也。镐心异其事,遂取读数过。既入试,问题正出疏中,镐遂中选。

章伯益不仕

章伯益,名友直,郇公之族子也。郇公尝欲以郊恩奏补,辞不愿受。皇祐中,廷臣以文行论荐,召试玉堂,亦以疾辞。时有诏太学篆石经,廷臣复荐之,伯益不得已,遂至阙下。篆毕,除将作监簿,伯益固辞。朝廷知其不愿仕,亦不之强。伯益书画今皆名世,惟词章不多见焉。

欧阳公葬于新郑非公意

欧阳公之父崇公,与母韩国太夫人,皆葬于沙溪泷冈。胥、杨两夫人之丧,亦归祔葬。公辞政日,屡乞豫章,欲归省坟墓,竟不得请。里中父老至今相传云:公葬太夫人时,尝指其山之中曰:“此处他日,当葬老夫。”后葬于新郑,非公意也。

斫琴贵孙枝

斫琴贵孙枝。或谓桐本已伐,旁有蘖者为孙枝;或谓自本而歧者为子干,自子干而歧者为孙枝。凡桐遇伐去,随其萌蘖,不三年可材矣。而自子干歧生者,虽大不能拱把。唐人有百衲琴,虽未详其取材,然以百衲之意推之,似谓众材皆小,缀茸乃成。故意其取自子干而歧生者,为孙枝也。孙枝既难得,纵有,非久藏未可用。今人求之老屋间,得其材,当试于水中,没入数尺,徐观其浮,取其阳者用之。此亦古人遗意。若僧寺木鱼,岁年虽久,而扣击之余,声散质伤,不足用也。

世 宝 雷 琴

世宝雷琴。乡人董时亮蓄一琴,以为雷氏旧物,予尝见之,顾莫能辨也。绍兴中,偶一部使者闻之,因愿得以供上方。时亮未许,则借观而固留之,以白金五百两为谢。即日以献,内府辨之曰:"琴古且异,以为雷琴则欺矣。"却不纳。献者念费之博,返琴而索银,更谓时亮曰:"倘以为无虚辱,则请留百金。"时亮闻之喜曰:"以琴归我,正所欲也,银何用为!"尽举而复之,封识尚存。闻者莫不叹服。时亮名正工,官至朝议大夫,而家无生理。后其子仕岭表死,不知琴今归谁氏。

广南人多死于瘴疠

广南风土不佳,人多死于瘴疠。其俗又好巫尚鬼,疾病不进药饵,惟与巫祝从事,至死而后已,方书药材未始见也。景德中,邵晔出为西帅,兼领漕事,始请于朝,愿赐《圣惠方》与药材之费,以幸一路。真宗皆从其请,岁给钱五百缗。今每岁夏至前,漕臣制药以赐一路之官吏,盖自晔始。

润 德 泉

岐山西北十余里有周公祠,祠后山下泉涌出,甘冽特异于他所,土人谓之润德泉。相传云:有大变则涸而不流。崇宁中,泉脉忽竭,山下人浚而深之,始得涓滴,终不能复旧也。

兴国富池庙碑神

兴国富池庙碑神，乃三国吴将甘宁也。绍兴初，巨盗李成既渡江，破江州，欲入豫章，大掠江西诸郡，来祷于庙，以决所向。持杯珓掷之，几及地，忽跃起，高丈余，坠神所坐之后。贼惊曰："神不我与矣。"遂转战而之湖南。江西不被李成之虐者，皆神之赐也。后郡守以闻于朝，加封王爵，敞大祠宇，龛藏杯珓，而表之曰"灵珓"。

高云翔释东坡水龙吟笛词

东坡《水龙吟·笛词》，高云翔云："后之笺释者，独谓'楚山修竹如云'，是蕲州出笛竹；至'异材秀出千林表'之语，不知是东坡叙取材法也。凡竹，林生，后长者必过前竹，其不能过者，多死。一林内特一竹可材。远而望之，或伐取数十百竿，错乱终不可识。蔡邕仰视柯亭屋椽得奇材，不待如此求之。而邕后无至鉴，独有此法可求耳。"云翔尝赴礼部，与仲兄及诸乡人饮于酒肆。有数老乐工相近谈论音律，云翔微笑。其人乃前致敬曰："某辈大晟府旧人，适有所谈，而诸学士发笑，必某言不协理也。"云翔时已酒酣，乃取其笛弄之。诸工骇听失色，设拜而去。次日，诣云翔之馆求教，云翔辞之。云翔洞晓音律，能移宫转羽，子弟朋友间无能授其法。再举不第而死。云翔名骧，吉水人。

刘执中知虔州作正俗方

刘执中彝知虔州，以其地近岭下，偏在东南，阳气多而节候偏，其民多疫，民俗不知，因信巫祈鬼。乃集医作《正俗方》，专论伤寒之疾,尽籍管下巫师,得三千七百余人勒之,各授方一本,以医为业。楚俗大抵尚巫,若州郡皆仿执中此举,亦政术之一端也。

孔毅甫梦

孔毅甫为举子时,尝梦有以五色线系角黍来馈者,毅甫食之既。其年,试于南宫,遂中选。

李彪慷慨论时政

大观中,士人李彪久留太学,慷慨好直言,睹时政之弊,欲上书论其事。蔡氏之党知之,乃密以告。元长大怒,付狱推治,且谓开封尹曰:"李彪狂妄,死有余责。"人惧,莫敢救者。会张天觉代相,彪得从末减。后元长复位,欲竟其事,遂流彪于海外。

独醒杂志卷第四

何宗元弃官学道

岳将军既死,部下多奇才,时既寝兵,稍稍引去。有何宗元者,积功至修武郎。一日弃官,竟入玉笥山,结屋数椽于山之三会峰上,盖樵牧所不至。居五年,往来宫观间,与道流颇相善。一日,忽谓之曰:"来日我居庵作少事,子来访我,则先击石,若庵中有声相应,则不须来。"道流如其言,数日后乃始访之。击石数四,寂无应者,惧而退。又数日,率众再往,启其户视之,则何被发而逝。时方秋暑,不知其死已几日,而面貌如生,亦可谓之不凡矣。

陈与义墨花诗

花光仁老作墨花,陈去非与义题五绝句,其一云:"含章檐下春风面,造化功成秋兔毫。意足不求颜色似,前身相马九方皋。"徽庙见而喜之,召对擢用。画因诗重,人遂为此画。绍兴初,花光寺僧来居清江慧力寺,士人杨补之、谭逢原与之往来,遂得其传。补之所作,后益超出,格韵尤高。然觞次醉余,虽娼优墙壁肯为之,他有求者,往往作难。逢原每不乐补之所为,而墨花实不逮,唯长于平远。遇志同气合者,始为作之,若以游艺请,则牢辞固拒,如不愿闻。故其画亦不多见,人亦不知其名也。

古者四时变新火

　　古者,四时变新火。今人苟简,家所用火,不知何从来,亦不计其岁年也。儿时在湖湘,见一僧舍有长明灯,众云灯有神异,其焰不热。试以指炙之,信然。后加考究,凡道宫佛屋神祠中,多置此灯,有数百年者。焰青而昏,往往皆不甚热,盖久则力尽尔。今人但知择水,初亦非深知水味,独以清浑甘寒有易晓者。如火齐烹饪,气焰著人,与水功用一等。苟不必变,古人何苦多事?

徐师川论作诗法

　　汪彦章为豫章幕官,一日,会徐师川于南楼,问师川曰:"作诗法门当如何入?"师川答曰:"即此席间杯柈、果蔬、使令以至目力所及,皆诗也。君但以意斸财之,驰骤约束,触类而长,皆当如人意,切不可闭门合目,作镌空妄实之想也。"彦章颔之。逾月,复见师川曰:"自受教后,准此程度,一字亦道不成。"师川喜谓之曰:"君此后当能诗矣。"故彦章每谓人曰:"某作诗句法得之师川。"

丰稷任言责有正直之声

　　丰中丞相之名稷,绍圣间数任言责,有正直之声。与章质夫友善,而不乐章子厚;与曾子固友善,而不乐曾子宣。其论子厚、子宣章疏皆直指陈,不少恕,初不以质夫、子固之故而为之掩覆也。

蔡京固宠保禄

政和三年，蔡京自杭召还，三入相矣。时大柄多归北司，京求为固宠禄、保富贵之计，于是内兴大役，外招强敌，改定太宰、少宰之制，更立帝姬、命妇之号。欲绝天下之议己，尽假御笔以行之。

孔文仲不负科目

孔经甫文仲为台州司户日，范蜀公举应制科。经甫对策，极言青苗、免役之害，语大忤直。宋次道为初考，以入三等。王禹玉覆考，降一等。韩持国详定，从初考。王荆公见而恶之，密启于上，以御批点之，遂下诏发还本任。孙给事固封还制书，极言其不可。经甫将归，往见蜀公，公叹息其不遇。经甫曰："苟不负科目及公知人之鉴，足矣！不敢以穷达为念也。"公甚壮之，谓曰："君气节如此，无替古人。惟不替今日之志，则某之所愿也。"经甫元祐中为谏议大夫，果以抗直为时所推重云。

孔文仲六七岁能诗

孔经甫年六七岁能作诗。其父司封君尝对客召经甫侍立，客命经甫为莲实诗，经甫立成。记其一联云："一茎青竹初出水，数个黄蜂占作窠。"语虽未工，而比类亲切。客大奇之，经甫自此知名。

庞 安 常 神 医

毛公弼守泗州，病泄痢久不愈。及罢官归，遂谒庞安常求

医，安常诊之曰："此丹石毒作，非痢也。"乃煮葵菜一釜，命公
弼食之，且云："当有所下。"明日，安常视之曰："毒未去。"问：
"食几何？"才进两盂。安常曰："某煮此药，升合铢两自有制
度，不尽不可。"于是再煮，强令进之。已乃洞泄，斓斑五色。
安常视之曰："此丹毒也，疾去矣。但年高人久痢，又乍去丹
毒，脚当弱，不可复饵他药。"因赠牛膝酒两瓶，饮尽，遂强如
初。公弼有一女，尝苦呕吐，亦就求医。安常与之药曰："呕吐
疾易愈，但此女子能不嫁，则此病不作。若有娠而呕作，不可
为矣。"公弼既还家，以其女归沙溪张氏，年余而孕，果以呕疾
死。世传安常医甚神，余耳目所接如此，所传当不诬矣。

吊　柳　会

柳耆卿风流俊迈，闻于一时。既死，葬于枣阳县花山。远
近之人，每遇清明日，多载酒肴饮于耆卿墓侧，谓之"吊柳会"。

陶　渊　明　祠

江州德化县楚城乡，乃陶渊明所居之地，诗中所谓柴桑
者。宣和初，部刺史即其地立陶渊明祠，洪刍驹甫为之记。祠
前横小溪，溪中盘屹一石，人谓渊明醉石也。土人遇重九日，
即携酒撷菊，酹奠祠下，岁以为常。

彭　玕　王　岭

里中有峻岭，号曰"王岭"。相传彭玕反于吉州，僭号称
王。南唐遣兵征之，彭玕数败，遂退保于此以死守。余尝登岭
上，可置数万人，仓廪府库皆有遗址。至有一所曰"相公平"，
足见玕之僭也。旁有山，视王岭为卑小，曰"张钦寨"，以为南

唐遣钦来讨之,驻兵其上。玕有谋士曰刘守真,挟邪术,能呼风噀雨,故钦与战辄不利。距岭三十里,有山曰"云火峡",玕之先垅在焉。后守真死,钦复遣人发其先垅,棺上有小赤蛇,蛇两旁有蚁运土为弓剑形,已而玕败。今循驿道而上,有"刘仙堠",其旁有刘仙师坛,皆刘之遗迹。土人遇旱,祷于坛下,间亦雨应。

湖湘岩窦中多石燕

湖湘岩窦中多石燕,附石而生,状如海物中瓦垅。每天雨,则迸出堕地。采以入药,以左右顾分雌雄,性大热。时有虞都巡者,先君同僚也,自言服之。其法:每取雄者十枚,煅之以火,透红,则出而渍酒中。候冷,复煅;既煅,复渍,如是者无算。度干酒一升,乃取屑之。每早作,以二钱匕擦齿上,漱咽以酒。虞时年五十,服此药二年,肤发甚泽,才如三十许人,自谓服药之功。一日,忽觉热气贯两目,睛突出,痛不堪忍而死。因思人服金石药,鲜有不为其所毒者。

零陵淡山石岩

零陵淡山有石岩,中空可容千人,东南有石窗,眺望甚远。相传以为其地宜淡竹,而山因得名。或云旧有淡姓人居之,故曰"淡山"。秦时有隐者曰周贞实,尝隐于岩中。始皇好神仙方士,或荐贞实,始皇召之,使凡三往,贞实不起,遂化为石。岩去州二十余里,旁有寺观,往来者无虚日。土人谓岩之幽胜当与浯溪朝阳等。元次山居是邦,而独无品题,甚可怪也。山谷谪宜州时,尝至岩下,今其诗之卒章曰:"惜哉次山世未显,不得雄文镵翠珉。"盖纪永人之语。

神宗论刘航书吕诲墓志

神宗尝对执政言:"吕诲墓志是司马光撰,刘航书。航亦无所顾忌耶?"韩绛子华不知上意,因解曰:"航初许光为书石,后欲悔之而不敢食言,亦甚恐惧也。"上曰:"苟恐惧,则不为书矣。"子华不能对。

王荆公悔为吕惠卿所误

王荆公退居金陵,一日,与门人山行,少憩松下。公忽回顾周种曰:"司马十二,君子人也。"种默不对。公复前行,言之再四,人莫知其意。公此时岂深悔为惠卿辈所误耶?

张逢馆留苏轼兄弟

东坡自惠迁儋耳,子由自筠迁海康,二公相遇于藤,因同行。将至雷之境,郡守张逢以书通殷勤;逮至郡,延入馆舍,礼遇有加。东坡将渡海,逢出送于郊,复官出钱僦居,以馆子由。帅臣段讽闻之大怒,劾逢馆留党人苏轼,及为苏辙赁屋等事。逢坐除名勒停,子由移循州。

东坡擢孙勰于黜籍中

东坡知贡举时,得章贡孙勰之文于黜籍中,见而异之,擢置第五。榜帖既传,诽议藉藉,以勰尝游公之门也。会廷试,勰复中第五,舆论始服文章之定价。勰即坡公所赠《刚说》孙介夫之子也。

晁冲之作梅词以见蔡攸

政和间，置大晟乐府，建立长属。时晁冲之叔用作《梅》词以见蔡攸，攸持以白其父曰："今日于乐府中得一人。"元长览之，即除大晟丞。词中云："无情燕子，怕春寒常失佳期。惟有南来塞雁，年年长占开时。"以为燕雁与梅不相关而挽入，故见笔力。

毕斩赵谂

赵谂，元祐九年擢进士第二名。时第一名毕渐，当时榜帖偶然脱去"渐"字旁点水，天下遂传名云"毕斩赵谂"。谂后谋不轨伏诛，果符其谶。

何仙姑

何仙姑，永州民女子也。因放牧野中，遇人啖以枣，因遂绝粒，而能前知人事。独居一阁，往来士大夫率致敬焉。狄武襄征南侬，出永州，以兵事问之，对曰："公必不见贼，贼败且走。"初亦未之信。武襄至邕境之归仁铺，先锋与贼战，贼大败，智高遁走入大理国。其言有证，类如此。阁中有遗像，尝往观之。

黄钢剑

西融守陆济子楫遗黄钢剑，且云："惟融人能作之。"盖子楫未详黄钢之说矣。予居湘时，见徭人岁来谒象庙，各佩一刀，乃所谓黄钢者，惟诸蛮能作之。其俗举子，姻族来劳视者，各持铁投其家水中，逮子长授室，大具牛酒，会其所尝往来者。

出铁百炼,尽其铁,以取精钢,具一刀,不使有铢两之羡。故其初偶得铁多者,刀成铦利绝世,一挥能断牛腰。其次,亦非汉人所能作。终身宝佩之,汉人愿得者,非杀之不能取也。往往旁郡多作赝者。予尝访之老冶,谓之"到钢",言精炼之所到也。今人才以生熟二铁杂和为钢,何炼之有?融剑殆是耶?

神宗爱惜人才

东坡坐诏狱,御史上其寄黄门之诗,神宗见之,即薄其罪,谪居黄州。郑介夫既下吏,狱官得介夫所厚者往还诗文,悉以奏闻。上见晏叔原所赠绝句,亦从而释之。神宗爱惜人才,不忍终弃如此。晏诗有云:"小白长红又满枝,筑球场外独支颐。春风自是人间客,主掌繁华得几时。"

释曹子建七启中寒龟

曹子建《七启》云:"寒芳莲之巢龟,绘西海之飞鳞。"注云:"今之脡肉也。"古乐府《名都篇》亦有"寒鳖炙熊蹯"之句。因知今人食品有所谓蒸汗假鳖者,夫岂承其舛而讹其语耶?

琵琶词绿头鸭

琵琶词《绿头鸭》云:"路漫漫汉妃出塞,夜悄悄商妇移船。"徐师川云:"非是,当云'路漫漫汉妃马上,夜悄悄商妇江边'。"出塞,愁思;移船,感恨,乃当时语。

王荆公作字说

王荆公作《字说》,一日踌躇徘徊,若有所思而不得。子妇适侍见,因请其故。公曰:"解'飞'字未得。"妇曰:"鸟反爪而升也。"公以为然。

祖宗重郡守遍赐敕书

天圣中，毛应佺守窭州，朝廷赐《虑囚敕书》云："敕毛应佺：朕念三圣之爱育蒸黔，垂著典法，申戒官吏，简恤刑章，深切丁宁，斯为至矣。方郡守长，如能刻意遵奉，与我共此，何患不臻于讼息而治平哉！今歊燠戒时，动植咸茂，而圜墙幽圉，犹有系缧。愀然以思，当食兴叹。汝宜体是忧恻，加于抚循，无使狴犴之间，重有沦胥之困。躬勤省察，称朕意焉。敕书到日，汝可速指挥泥饰洒扫狱房，尝须净洁。每五日一度差人就狱内监逐人力刷汤枷杻，及逐日供给水浆。兼罪人内如有疾病者，立便差人看承医疗。其委无骨肉者，支与吃食。有人供送茶饭者，亦须画时转送，不得邀难减克，无使罪人或至饥渴。所有合归法者，候处断之时，给与酒饭。如小可罪犯，便须逐旋决遣。若是大段刑禁，事关人命，亦须尽理速行勘断，不待淹延，仍散下管内。汝宜尝切提举，无令旷慢，及候依此逐件施行讫闻奏。故兹示谕，想宜知悉。夏热，汝比好否？遣书指不多及。"又《赐衣敕书》云："敕毛应佺：汝外分忧寄，善布化条，眷言守土之良，适及颁裘之候。特申渥赐，用治朝仪。今赐汝紫罗色大绫绵旋襕衫一领，至可领也。故兹示谕，想宜知悉。冬寒，汝比好否？遣书指不多及。"时应佺官止太子中舍，祖宗重郡守之寄，虽远方小郡，敕书亦且遍赐。今帅守皆无之，不知自何时废也。

独醒杂志卷第五

刘丞相伟量

刘丞相在位时，族人偶有逋负官租数十万，丞相不知也。前后官吏，望风不敢问。程公珦为庐陵县尉，主赋事，追逮囚系，责令尽偿而后已。或以告丞相，丞相曰："赋入不时，吾家之罪，县官安可屈法也！"乃致书谢之。后珦罢官至京师，丞相延见，礼貌有加。珦出，谓人曰："刘公伟量，非他人能及，真宰相也。"

王荆公不拜神

江之神，今封安济顺泽王。凡江行，有水族登舟，舟人以为神见。王荆公尝泛江归金陵，或见于舟，状稍异。舟人请公致礼，公从容至前，炷香揖之曰："朝廷班爵，公无拜侯之礼。"俄顷，不见。盖其时未封王爵也。

潘延之廉退自守

南昌潘兴嗣延之，号清逸居士。五岁受官，既长，不仕进。赵清献、唐质肃荐之于朝，除校书郎，固辞不就。绍兴中，赵丞相元镇帅豫章，奏言："兴嗣廉退自守，足以风化有位。元符中，尝官其孙淳，蔡京当国，乃追夺其官。今兴嗣孙涛尚在，乞赐推恩，以旌善人。"涛遂补初品官。

东坡论章子厚临兰亭

客有谓东坡曰："章子厚日临《兰亭》一本。"坡笑云："工摹临者，非自得，章七终不高尔。"予尝见子厚在三司北轩所写《兰亭》两本，诚如坡公之言。

范忠宣举诸经大义皆有所宗

范忠宣在永时苦目疾，不复观书。有来谒者，亦时举诸经大义告之，然未尝以为己出。每举一说终，则曰："此先公之训也。"或曰："此翼之先生之语也，此明复先生之语也。"公尝言："学者当有所宗，某自受教于翼之先生，不敢有非僻之心。"

林灵素失宠放归

林灵素以方士得幸徽庙，跨一青牛出入禁卫，号曰"金门羽客"。一日，有客来谒，门者难之，客曰："予温人，第入报。"灵素与乡人厚，即延见焉。客入，灵素问曰："见我何为？"客曰："有小术，愿试之。"即拈土炷炉中，且求杯水喋案上，覆之以杯。忽报车驾来幸道院，灵素仓皇出迎，不及辞别，而其人去。上至院中，闻香郁然，异之。问灵素何香，对曰："素所焚香。"上命取香再焚，殊不类，屡易之而益非。上疑之，究诘颇力，灵素不能隐，遂以实对，且言喋水覆杯事。上命取杯来，牢不可举。灵素自往取，愈牢。上亲往取之，应手而举，仍得片纸，纸间有诗云："掬土为香事有因，如今宜假不宜真。三朝宰相张天觉，四海闲人吕洞宾。"灵素自是眷衰。未几，放归温州而死。

秦少游千秋岁词谶

秦少游谪古藤，意忽忽不乐。过衡阳，孔毅甫为守，与之厚，延留待遇有加。一日，饮于郡斋，少游作《千秋岁》词，毅甫览至"镜里朱颜改"之句，遽惊曰："少游盛年，何为言语悲怆如此！"遂赓其韵以解之。居数日别去，毅甫送之于郊，复相语终日。归谓所亲曰："秦少游气貌大不类平时，殆不久于世矣。"未几果卒。

秦少游书所赋浯溪中兴诗

秦少游所赋《浯溪中兴诗》，过崖下时盖未曾题石也。既行次永州，因纵步入市中，见一士人家门户稍修洁，遂直造焉。谓其主人曰："我秦少游也，子以纸笔借我，当写诗以赠。"主人仓卒未能具。时廊庑间有一木机莹然，少游即笔书于其上，题曰："张耒文潜作"，而以其名书之。宣和间，其木机尚存。今此诗亦勒崖下矣。

欧阳公葬母祷神而晴

欧阳公自南京留守奉母丧归葬于泷冈，将兴役，忽阴雨弥月。公念襄事愆期，日夕忧惧。里之父甲，往告公曰："乡有沙山之神，乃吾郡太守也，庙祀于此，里人遇水旱，祷之必应。盍以告焉。"公乃为文，斋洁而谒于神曰："修扶护母丧，归祔先域，大事有日，阴云屡兴。今即事矣，幸神宽之，假三日之不雨，则终始之赐，报德何穷！"翌日，天宇开霁，始克举事。公后在政府，一夕，忽梦如坐官府，门外列旗帜甚众，视其名号，皆曰"沙山"。公因感悟前事，遂以神之嘉惠其民者闻于朝。沙山今在祀典。

邹浩论立刘后疏

　　道乡邹公志完《论立刘后疏》有曰："若曰有子可以立为后,则永平中,贵人马氏未尝有子,所以立为后者,以冠德后宫故也。祥符中,德后刘氏亦未尝有子,所以立为后者,以钟英甲族故也。今若贤妃德冠后宫,亦如贵人,钟英甲族,亦如德后,则何不于孟氏罪废之初,用立慈圣光献故事便立之,必迁延四年以待今日,果何意耶? 必欲以示信天下,天下之人果信之耶?"上怒甚,内批:"贬志完新州。"疏留中不降出,时人亦不知有何说也。元符末,崇庆眷方盛,时相欲媒孽志完以固位,乃伪为志完之疏,传之中外。其间有云:"杀卓氏而夺之子,欺人可也,距可欺天耶! 卓氏何辜哉! 废孟后而立刘后,快陛下之意,可也,奈天下耳目何! 刘氏何德哉!"因指摘此语,谓不可不明白,下新州取索元本。志完不知索之之由,复申元稿不存。诸人遂诬志完,以为实有此说。诏令应天尹孙傅以槛车往新州收赴京师。至泗上,哲宗升遐,其事遂寝。崇宁初,将再贬志完,乃先下诏曰:"朕仰惟哲宗皇帝严恭寅畏,克勤祗德。元符之末,是生越王,奸人造言,谓非后出。比阅臣僚旧疏,适见椒房诉章,载加考详,咸有显证。其时两宫亲临抚视,嫔御执事在旁,何缘外人得入宫禁杀母取子? 实为不根。为人之弟,继体承祧,岂使沽名之贼臣,重害友恭之大义。诋诬欺罔,罪莫大焉! 其邹浩可重行黜责,以戒为臣之不忠者,庶称朕昭显前人之意。如更有言及者,亦依此施行。"志完遂以衡州别驾,永州安置。

庐陵石函

建炎二年，庐陵城颓圮，太守杨渊兴役修治之。掘土数尺，得一石函，中有朽骨，旁有一镜。役工方聚观，或以告渊。渊令取镜洗而视之，其背有文曰"唐兴元之初，仲春中巳日，吾季爱子役筑于庐陵，殒于西垒之垠，未卜窆于他所，就瘗于西垒之巅。吾卜斯土，后当火德九五之间，世衰道败，丧乱之时，浙梁相继。章贡邦昌之日，吾子亦复出于是邦，东平鸠工，决使吾季爱子听命于水府矣。京兆逸公深甫记。"渊览而异之，急遣问石函所在，则役夫以为不祥，弃之于江矣。

宣和六年免夫钱扰民

宣和六年，山后将入版图，大农告乏，蔡、李诸人遂建免夫钱之议。江西一道，凡赋钱一百五十七万，而漕运之费不预焉。令下之日，州县莫知所措，乃令税一千者输一万。约日而集，督责加峻。时赋敛遽起，民间嗟怨。守令有观望风旨者，建皂纛以令曰："稍愆期，即以乏军兴论。"人益皇惧，小民往往去而为盗。后夫钱之纲将至淮甸，而敌骑已及郊，钱皆为船人所私矣。

金明池龟问卜

太祖时，或诣司天官苗光裔问卜。光裔布算成卦，谓曰："当迁徙。"其人问："不损人口否？"光裔曰："无害。"既去，又一人至，其占如前。又顷之，又一人来占亦同，仍有前问。光裔疑之，熟视其人，容貌亦相肖，差有老少之间。光裔起曳其裾，诘曰："尔为谁？"其人不得已，对曰："我金明池龟也，前二人乃父祖。朝廷今欲广池,且及我穴,恐见杀,故来问卜。幸哀我垂救。"光裔释之,即以奏闻。已而凿池,果得龟十数万,下令不得伤一龟,尽辇送水中。

王伦使金不归

王枢密伦初使金归,一行官吏恩数甚厚。暨再使,争愿随往。伦至金,留不得还,欲发一官属归报,纷然请归,伦于是皆不遣。方再使时,请云:"到金,有表归,书伦名引笔出钩外,则可归;不出,则不归矣。"惟秦丞相知之,其家人皆不知也。伦时以金书出使,其家人仍在府第。伦死于金,朝廷秘其事,所以礼遇其家者如初。后其子弟因游观作乐,秦相适闻之,呼枢密使府目谓曰:"枢密死矣,本欲更迁延以厚恩数,今已不可,须即日发哀云。"

秦丞相董参政同执政

秦丞相、董参政同执政,二府之夫人俱入见。参政戒其夫人无妄奏对,惟丞相夫人是从。退归,丞相果问参政夫人有何言,夫人曰:"无所言。"丞相喜,于是待参政益亲。

洪皓贬死

洪忠宣公皓,绍兴初以礼部尚书使金,留之十五年。既归,母太硕人董氏,年八十余矣,请补外以便养。秦丞相桧素不乐公,乃以徽猷阁学士出守乡郡。明年,大水,时内侍白锷从慈宁太后北归,负恃旧恩,宣言:"燮理乖盭,洪尚书名闻远近,顾乃不以为相?"语闻,秦相大怒,付锷于理。谏官承风旨,遂谓公与锷为刎颈交,更相誉说,由是罢郡。锷遂髡流岭表。

言者复谓公睥睨钧衡，谋为不靖，遂贬英州。居九年，不及内
徙而薨。公饶州人，字光弼。

宣和间京师人多歌蕃曲

先君尝言，宣和间客京师，时街巷鄙人多歌蕃曲，名曰《异
国朝》、《四国朝》、《六国朝》、《蛮牌序》、《蓬蓬花》等，其言至
俚，一时士大夫亦皆歌之。又相国寺货杂物处，凡物稍异者皆
以"番"名之。有两刀相并而鞘，曰"番刀"，有笛皆寻常差长
大，曰"番笛"，及市井间多以绢画番国士马以博塞。先君以为
不至京师才三四年，而气习一旦顿觉改变。当时招致降人杂
处都城，初与女真使命往来所致耳。

蔡京父子争权相忌

燕山招纳之举，多出于蔡攸。攸父子晚年争权相忌，至以
茶汤相见，不交他语。王师败于白沟河，元长尝以诗寄攸曰：
"老懒身心不自由，封书寄与泪横流。百年信誓当深念，三伏
征涂盍少休。目送旌旗如昨梦，心存关塞起新愁。缁衣堂下
清风满，早早归来醉一瓯。"诗稍传入禁中，徽宗命京以进呈。
上阅毕曰："'三伏征涂'，不若改作'六月王师'。"诗复以还。
观此诗，则知是举非惟当时人知其非，虽其父亦知之矣。郑昂
《厄史》作："老惯人间不解愁，置身帷幄若为筹。"昂，京之客，宜得其真。

观 音 像 石

余乡民有烧畲于山岗，每晨往，必见人憩于树阴之石。望
之，仿佛如释教所谓观音像者。稍逼近，则不见矣。一日再
往，所见如前，即石求之，莹然如玉，其中隐隐有观音像，类今

之绘者。民以石归，龛而祠之，自是生理日饶，家用大昌。民既死，其二子析居，兄请尽以家赇与弟，而唯求其石。弟亦愿得石，而尽举家赇以逊其兄。争之不已，诉于郡。太守取石藏之公帑，而析其财，由是争息。郡经兵火，帑藏皆毁，石失所在。老吏执事其时者尝见之，为言如是。

崇德庙

有方外士，为言蜀道永康军城外崇德庙，乃祠李太守父子也。太守名冰，秦时人，尝守其地。有龙为孽，太守捕之，且凿崖中断，分江水一派入永康，锁孽龙于离堆之下。有功于蜀人，至今德之，祠祭甚盛，每岁用羊至四万余。凡买羊以祭，偶产羔者，亦不敢留。永康藉羊税以充郡计。江乡人今亦祠之，号曰"灌口二郎"，每祭，但烹一膻，不设他物，盖有自也。

章伯益精于游艺

予藏章伯益草虫九便面，笔势飞动，几夺造化。后有孔毅甫、周元翁、米元章诸公题识。客有谓："伯益以篆名世，何为善画复如此而不多见也？"予观《修水集》有《题伯益飞歧图》，亦嘉其游艺之精，则伯益之墨戏当亦有藏之者矣。

东坡多雅谑

东坡多雅谑。尝与许冲元、顾子敦、钱穆父同舍。一日，冲元自窗外往来，东坡问："何为？"冲元曰："绥来。"东坡曰："可谓奉大福以来绥。"盖冲元登科时赋句也。冲元曰："敲门瓦砾，公尚记忆耶？"子敦肥硕，当暑，袒裼据案而寐。东坡书四大字于其侧曰："顾屠肉案。"穆父眉目秀雅，而时有九子，东坡曰:"穆父可谓之九子母丈人。"同舍皆大笑。

米元章高自誉道

米元章尝写其诗一卷投许冲元,云:"芾自会道言语,不袭古人。年三十,为长沙掾,尽焚毁已前所作。平生不录一篇投王公贵人。遇知己索一二篇则以往。元丰中,至金陵,识王介甫;过黄州,识苏子瞻,皆不执弟子礼,特敬前辈而已。"其高自誉道如此。至评章伯益书乃云:"如宫女插花,嫔嫱对镜,自有一般态度。继其后者谁欤? 襄阳米芾。"则元章于字画间乃有所推重。世谓元章学罗让书,盖其少时,非得法于让也。

董敦逸录问元符厌诅事

董公敦逸,永丰人。元祐中立朝为侍御史,弹击不避贵近,人畏惮之,京师呼为"白须御史"。元符厌诅事起,皇城司具狱,哲宗御批令公录问,中书不预知也。公入狱引问,见宫官奴婢十数人,肢体皆毁折,至有无眼耳鼻者,气息仅属,言语亦不可晓。问之,只点头,不复能对。公大惊,阁笔不敢下。内侍郝随传旨促之,且以言语胁公。公不得已,以其案上。翌日,上疏言:"中宫之废,事有所因,情有可察。诏下之日,天为之阴翳,是天不欲废之也。人亦为之流涕,是人不欲废之也。臣尝录问,知其非辜,倘或不言,诚恐得罪于天下后世。"上大怒,将议贬斥,廷臣皆不敢言。曾子宣徐奏曰:"陛下以皇城之狱出于近侍,故特命敦逸录问,今又贬敦逸,臣恐天下疑惑矣。"上意始解,未几,竟出之。

独醒杂志卷第六

萧子荆深于春秋之学

胡邦衡《春秋》之学受教于萧子荆。子荆名楚,庐陵人。绍圣间贡于乡,不第,因留太学。时方尚词赋,子荆独崇经术,尤深于《春秋》。从其学者,尝百余人。会蔡京当国,黜《春秋》之学,子荆慨然引还,移书谓冯澥曰:"蔡氏废麟经,忘尊王之义矣。是将为宋王莽,吾不愿仕。"澥得书不敢答。澥亦尝受《春秋》大义。邦衡擢进士甲科而归,子荆尚无恙,谓邦衡曰:"学者非但拾一科而止,身可杀,学不可辱,无祸吾《春秋》。"子荆建炎四年卒,以未尝娶,故无子。门人私谥曰"清节先生"。有《春秋经辩》行于庐陵。

严颢廉介自持

曾外祖严府君颢举进士,皇祐方平治时,四为县宰,所居称职,廉介自持,不求闻达。祖母为余言,府君为惠州河源令三年余,禄不足以养,而丝毫无扰于吏民。罢归,人惜其去,争饯以海错。舟行十里余,家人发缶得黄金,以告。府君亟命掩缶,召馈者还之。其清谨视古廉吏,惜名不闻于太史氏云。

米元章自谓不颠

米元章以书名,而词章亦豪放不群。东坡尝言,自海南归,舟中闻诸子诵其所作古赋,始恨知之之晚。徽宗朝,以廷臣论荐除太常博士。时内史吴栻行词多所褒奖,元章喜,作诗以谢之。其末章有云:"中间有一萧闲伯,学道登仙初应格。朝元明日拜五光,玉皇应怪须眉白。"盖自谓也。未入谢,言者谓其倾邪险怪,诡诈不近人情,人谓之颠,不可以登朝籍。命遂寝。元章大不平,即上章政府诉其事,以为在官十五任,荐者四五十人,此岂颠者之所能? 竟不报。后四年,始得召,复归班。元章喜服唐衣冠,宽袖博带,人多怪之。又有洁疾,器用不肯令人执持。尝衣冠出谒,帽檐高,不可以乘肩舆,乃彻其盖,见者莫不惊笑。所为类多如此。

东坡书惠政桥额

东坡谪岭南,元符末始北还。舟次新淦时,人方础石为桥,闻东坡之至,父老儿童二三千人聚立舟侧,请名其桥。东坡将登舟谒县宰,众人填拥不容出,遂就舟中书"惠政桥"字与之,邑人始退。然字画差褊小,不似晚年所书,盖当时仓卒迫促而然尔。

范忠宣雅量

范忠宣公居于永,太守观望时政,与公相忘,岁时亦不加礼。建中靖国初,朝廷将起公,遣中使宣赐茶药,问劳甚至,官吏遂生新敬。及公将行,皆出送于四五十里外。公辞之不可,乃一一延见,慰藉有加。或进谓公曰:"时事一变,朝廷将复用公矣。"公谢曰:"某罪大责薄,蒙恩内徙,若得正丘首,幸矣! 他非所愿也。"言者惭谢而退。

董德元以老榜廷对第一

永丰董体仁德元,少年魁乡举,士林中亦知名。后累试礼部不第,流落困踬,竟就特奏名,补文学。初任道州宁远簿,尚待次。其生徒富家刘氏子邀与俱试漕司,复预荐试礼部合格,廷对遂为天下第一。遗书报其家人,有诗云:"御笔题封墨未干,君恩重许拜金銮。故乡若问登科事,便是当初老榜官。"庐陵之俗,谓特奏名为老榜。初,体仁既预漕举,谒一达官,干东上之费,达官语坐客,有"老榜"之语。体仁颇不能平,故其诗及之。时绍兴戊辰,体仁年五十三矣。秦丞相当国,雅器重之,援引登朝。不十年,参知政事。秦相死,体仁以言章罢归于庐陵。

文潞公为本朝名臣福禄之冠

文潞公,汾州人,年九十二薨。更事四朝,洊历二府,七换节钺。位将相五十余年,平章事四十二年。历任侍中、司空、司徒、太保、太尉,再知秦州、大名、永兴,五判河南府,两以太师致仕,为本朝名臣福禄之冠。

成都合江园梅

李布梦祥言:成都合江园,乃孟蜀故苑,在成都西南十五六里外,芳华楼前后植梅极多。故事,腊月赏燕其中,管界巡检营其侧,花时日以报府。至开及五分,府坐领监司来燕,游人亦竞集。有两大树,夭矫若龙,相传谓之"梅龙"。余尝闻山阴有古梅,极低矮,一枝才三四花,枝干皆苔藓。每一窠至都下,贵家争取之,又以小为贵者。梅花见重于世,盖多寡大小皆有风韵耳。

江昈俞处俊俱以诗名

江彦明，吉之永新人。喜作诗，事母极孝。母尝有疾，彦明携笔砚坐床下，进药之余，吟诗自遣，遂以诗名。尝记其《晚春》诗云："斗草事空犹昨日，惜花心在又明年。"词意婉美如此。新淦人俞师郝与彦明相友善，俱有诗声，酬倡甚多。师郝有诗云："叫月子规喉舌冷，宿花蝴蝶梦魂香。"尤为彦明所称赏。彦明名昈，崇、观间，吉守尝以八行荐于朝，不报。自号"辕阳居士"。师郝名处俊，登建炎龙飞乙科，不及禄而卒，人甚惜之。二人诗今多传于江西。

俞处俊重九日长短句

俞师郝尝因重九日赋长短句云："残蝉断雁，正西风萧索，夕阳流水。落木无边幽眺处，云拥登山屦齿。岁月如驰，古今同梦，惟有悲欢异。绿尊空对，故人相望千里。　　追念淮海当年，五云行殿，咫尺天颜喜。清晓胪传仙仗里，衣染玉龙香细。今日天涯，黄花零乱，满眼重阳泪。艰难多病，少陵无奈秋思。"词既出，邑人争歌之。或曰："词固佳，然其言太酸辛，何故？"师郝明年竟卒。其登科时在维扬，以重九日唱名，故词中及之。

山谷从弟叔豹为守严重有体

先君官零陵，山谷之从弟吏部叔豹为守，政事有体，识度甚高，遇僚属严重。先君从之逾年。一日，袖出荐章，其辞云："检身清慎，率职公勤。"时一同僚迫于代满，望公合尖，而公不与。先君愿推以授之。公曰："君之举削可推以及人，而吾之举辞不可妄以许人。"其相知如此。

丙　穴　鱼

鱼知丙穴，燕避戊方。丙穴，左太冲赋所谓"嘉鱼出于丙穴"，杜诗云"鱼知丙穴由来美"是也。赋注云："丙，地名。在汉中沔阳县北。有鱼穴二所，尝以三八日取之。"郦善长云："丙穴之鱼，不独汉中有之，柏枝山有丙穴方数丈，尝有嘉鱼。盖鱼以春末游渚，冬入穴。丙，阳方，穴口向丙，多生嘉鱼。或以为鱼以丙日出穴者，非也。鱼何能择日出入耶？"戊方，则所谓燕避戊己，鹊避太岁是也。

孔端中为政彻底清

清江孔端中，三孔之族也。绍兴间，为淳安令。邑近行都，凡邑之舟皆自托于贵要，其肯应公家之漕者，仅得一舟耳。端中集而喻之曰："凡为贵家之舟者，勿役。第贵家虑有不时之用，当谨伺之，辄以他运，则有罪。"召其一舟之肯应公家者，假以资费，俾多造舟。令于众曰："商贾往来，惟许用某人之舟。"令一下，舟人争愿听役，自是贵要护舟之挠自戢。其为政多此类。时誉翕然，都下酒家至为之语曰："酒似淳安知县彻底清。"语达上听，召见，与郡。未几而卒。尝记《南史》顾宪之为建康令，有清政，都人饮酒醇旨，辄号"顾建康"，与端中事相似。

尹商老博闻强记

尹商老博闻强记，与先君同仕湘中，以乡里故相友善。靖康之难,商老以江华令同部民兵勤王。至淮,偕谒提举曾吉甫。吉甫因出示关报,先君欲假以付吏缮录,商老耳语曰:"吾已识之,不用录也。"迨至馆,索笔为书数百言,不遗一字。其登科时年甚少,复中法科。继闻以法科进者不大拜,悔之,不受省札。尝宰一二壮县,皆有能称。在新喻时,每治事,听吏民坐两庑纵观,逆疑滞讼,剖析如流,庑下之人抚掌称赞。然性狷介,寡与少合,人罕知之者,仕止于倅。商老名躬,永新人。

番阳董氏藏怀素草书千文真迹

番阳董氏藏怀素草书《千文》一卷,盖江南李主之物也。建炎己酉,董公迨从驾在维扬,适敌人至。迨尽弃所有金帛,惟袖《千文》南渡。其子犿尤极珍藏。一日,朱丞相奏事毕,上顾谓曰:"闻怀素《千文》真迹在董犿处,卿可令进来。"丞相谕旨,犿遂以进。

赵君觌有古循吏风

赵君觌为吉水宰,清澹醇古,有古循吏风,百姓呼为"赵佛子"。方赣卒之扰,王师出征,往返皆道其境,供亿不周。而卒将闻其为人,无所需求而去。其母卒于官,贫无以殓,囊中之绵不能具一衣。郡守遗金十两以为归资,君觌谋之妇,妇曰:"君所受金才十两,他日郡帑之籍数宁止是,君奈何冒其名?"遂却不受。后得旧俸百余千,乃归。道茶陵,为盗所邀,君觌曰:"我无他物,仅有银数两以献,幸容我护丧归葬。"盗熟视之,惊曰:"乃赵军使耶!"罗拜谢罪,且曰:"我辈知军使名,前有他盗,恐终不免。"送之出其境。君觌往尝宰茶陵,其所至能感人如此。君觇名锡。

刘伟明南华院诗

吉水有南华院者,在山谷之穷绝处。山行可十里,院傍石溪,冬夏潺湲。溪中皆巨石,方流圆折,宛然曲水流觞之胜。石上有履痕,土人呼为"仙人迹"。院有白云堂,在最高处。刘伟明未达时,馆于山前之富家,亦尝寓书剑于此堂。有二诗曰:"紫翠浮浮夺晓昏,生涯谷汲与松焚。客尘一点自应少,终日到门惟白云。"又云:"野兴由来惬杖藜,层峦影里见翚飞。虚堂一炷起凝碧,化作九天云染衣。"老僧云:"元题字壁间,幼尝见之。兵火之后始失去矣。"今寺僧于堂之坎建阁,榜曰"浮翠",阁之下为堂,曰"云到"。盖摘其诗语也。

玉笥山旧多隐君子

玉笥山旧多隐君子,皆梁、宋以来避乱者也。最著者孔丘明、杜昙永、萧子云,皆当时禁从,其居今悉为宫观。山谷诗曰:"郁木坑头春鸟呼,云迷帝子在时居。风流扫地无人问,惟有寒藤学草书。"即题萧子云宅也。子云善草书,其《题郁木洞》诗云:"伐我万古石,纪我千载名。欲知古人处,白云中相寻。"又诗云:"千载云霞一径通,暖烟迟日锁溶溶。鸟啼春昼桃花拆,独步溪头采碧茸。"山谷之诗本此。此山幽深盘曲,延袤百余里,泉石水竹之胜概固无恙,道宫虽环据,而其流反役于衣食,不能标白之,多为蓬蘽瓦砾之场,亦可惜也。

王德升绝句诗

王德升名嚞,新淦人。困踬场屋,遂入玉笥山依道士潘与龄，独居白云斋十余年。予闻其名久矣。因与诸子入山设醮，德升来相访，时年六十余，论诗谈理，亹亹不倦。予问："居山久，何所述？"答以止作绝句，纪玉笥之胜。因得其一编，其《磬山道中》诗曰："溅石韵寒泉，依稀言语处。回头觉无人，又上前溪去。"又《山樵》诗曰："山樵竹里居，略彴才堪渡。落日澹平畴，牛羊点寒莫。"语意萧散皆此类，非远外声利者不能也。

康伯可题慧力寺松风亭诗

康伯可予之《题慧力寺松风亭》六言云："天涯芳草尽绿，路旁柳絮争飞。啼鸟一声春晚，落花满地人归。"予尝以语王德升，德升曰："造语固佳，尚有病。如芳草、柳絮，未经点化；啼鸟一声、落花满地，几乎犯重。不如各更一字，作烟草、风絮、幽鸟、残花，则一诗无可议者。"

吴江长桥上无名子水调歌头

绍兴中，有于吴江长桥上题《水调歌头》云："平生太湖上，来往几经过。如今重到何事，愁与水云多。拟把匣中长剑，换取扁舟一叶，归去老渔蓑。银艾非吾事，丘壑谩蹉跎。　脍新鲈，斟碧酒，起悲歌。太平生长，不谓今日识兵戈。欲卷三江雪浪，静洗胡尘千里，不用挽天河。回首望霄汉，双泪堕清波。"不题姓氏。后其词传入禁中，上命询访其人甚力。秦丞相乃请降黄榜招之，其人竟不至。或曰，隐者也，自谓"银艾非吾事"，可见其泥涂轩冕之意。秦丞相请招以黄榜，非求之，乃拒之也。

张子韶对策语

张子韶廷对时，欲写至"竖刁闻于齐而齐乱，伊戾闻于宋而宋危"等语，诸珰在殿下者来窃窥之。子韶卷卷正色谓曰："方欲言诸君，幸勿观也。"皆惭恚而退。

张子韶论刘豫

子韶又论刘豫事云："彼刘豫者何为者耶？素无勋德，殊乏声称，天下徒见其背叛君亲，委身夷狄耳！黠雏经营，有同儿戏，何足虑哉！"间牒得之，传以示豫，豫大不平。会其左右出其文，令榜于汴京通衢，召刺客欲刺子韶。或人以告，子韶未尝为之动。其事达上听，他日子韶陛对，上语之曰："刘豫榜卿廷策，谋以致害，非卿有守，岂能独立不惧乎！"褒嘉久之。

罗钦若与胡邦衡一官

罗钦若、李东尹与胡邦衡同在学舍，甚相得。他日同就试，钦若见邦衡试卷，问曰："此欲何为？"邦衡曰："觅官也。"钦若因抚邦衡背，指示卷中一讳字，谓曰："与汝一官。"邦衡改之，是榜遂中选。故邦衡有启谢钦若，具述与一官之语。胡公既为侍从，东尹亦仕至中大夫，钦若止正郎。尝谓余曰："顷在学舍，偶乏仆供庖，同舍不免自执烹饪。邦衡能操刀，东尹能和面，某无能，但然火而已。今之官职小大，已定于此。"钦若名栞恭；东尹名孝恭。

烧炼点化之术欺人

世传烧炼点化之术，有干汞、死朱砂、雌雄黄、硫黄之法，因鏖为金银，诬诞欺人者甚多，然不可谓无此术。余族祖少尝好之，挟是伎者日至，卒不能得其传。资用以此而匮，而好之未厌也。一日，遣一仆入城市水银，道遇一客，亦旧尝至其家者。呼仆来前，问其主翁之无恙，且问所携何物。对曰："市水银归也。"客开壶，拈少土投之，笑遣仆曰："为我谢主翁，水银若容易干得，无处著钱矣。"仆归以告，族祖惘然。视壶中水银，则皆凝而为银矣。自是始悟，不复留意。

独醒杂志卷第七

江 西 诸 曾

南丰之曾,曰巩、曰牟、曰宰、曰布、曰肇。章贡之曾,曰
弼、曰懋、曰班、曰开、曰几。皆以伯仲取科第,致位通显。南
丰之最著者:子固、子开,而子宣遂登相位。章贡之最著者:叔
夏、天猷,若吉甫虽晚遇,亦终次对。此二族盖甲于江西也。
泉南之曾,自丞相鲁公一传而有枢密孝宽,再传而为秘监诚,
三传而为今丞相怀,又曾氏之最著者也。按《千姓篇》,曾氏望
出庐陵,自孔门点、参、元、西之后,至汉才有尚书郎伟一人耳。
而江西之曾,居庐陵尤多,散在诸邑若太和、若安福、若何原、
若松江、若睦陂,派别枝分,不可尽纪。予家在吉,吉水自为一
族。六世之祖幼孤,莫知族系之所自,独相传以为自金陵而宜
春而吉水而已。江南龙君章《野史》列传,曾氏有讳崇范者,庐
陵人,献书李唐,遂家金陵。李氏归朝,而其子乃以丧归。则
知曾氏自金陵归庐陵,初非自金陵徙庐陵也。予家有坟墓在
赣之宁都,疑与章贡之族通而自南丰来。言者以为吉、赣、抚
三郡本江西之一族。亦未见谱牒,莫可推寻。然庐陵之族讳
乾度者,在本朝首举进士,终于卿监,其诸族相继登科无虑数
十人,视章贡、南丰终无显者。睦陂之族,如晦运乾讳彦明登
宣和甲辰乙科,与诸父相弟兄,尝言:"尚书之后历及唐五六百
年,曾氏无闻人,而本朝居相位、登禁从者如是,盖本朝以火德

兴,曾氏以火音合。"言虽附会,未为无验也。

谯定从伊川学

涪陵谯定字天授,幼学释氏。伊川之贬涪也,始尽弃其学而学焉。伊川教以《中庸》诸书,多有颖悟。后伊川得归,天授送至洛中而返。靖、炎间,兵戈扰攘,天授尚无恙。一日,忽弃家隐于青城山,莫知所终。方士为余言:"今或有见之山中者。"不知天授之年又几何矣!伊川尝谓道家"白日飞升"之类则无,若山林间保形炼气,以延年益寿则有之。审如是,则天授诚不死矣。

许叔微梦有客来谒

许知可尝梦有客来谒,知可延见。坐定,客问知可曰:"汝平生亦知恨乎?"知可曰:"我恨有三:父母之死,皆为医者所误,今不及致菽水之养,一也;自束发读书,而今年逾五十,不得一官以立门户,二也;后嗣未立,三也。"其人又曰:"亦有功于人乎?"知可曰:"某幼失怙恃,以乡无良医。某既长立,因刻意方书,期以活人。建炎初,真州城中疾疠大作,某不以贫贱,家至户到,察脉观色,给药付之。其间有无归者,某舆置于家,亲为疗治。似有微功,人颇相传。"其人曰:"天政以此将命汝官及与汝子,若父母则不可见矣。"因复取书一通示之。知可略记其间语曰:"药市收功,陈楼间阻。殿上呼卢,喝六作五。"既觉,异其事,而不知其何祥也。绍兴二年,策进士第六,升作五,乃在陈祖言、楼材之间,其年仍举子。始知梦中之言无不合。知可名叔微,真州人,有《普济本事方》,今行于世。

王捷烧金术

祥符中,汀人王捷有烧金之术,因曾绘以见刘承珪。承珪荐之王冀公,遂得召见。时人谓之"王烧金"。捷能使人随所思想,一一有见,人故惑之。大抵皆南法,以野狐涎与人食而如此。其法:以肉置小口罂中,埋之野外,狐见而欲食,喙不得入,馋涎流堕罂内,渍入肉中。乃取其肉,曝为脯末,而置人饮食间。又闻以狐涎和水颒面,即照见头目变为异形。今江乡吃菜事魔者多有此术。尝有一人往从之,以水令颒面,其人但颒其半,颒处变为异,未颒处乃如初,因知水中有异也。

刘锜大败金师

绍兴九年,金人归河南之地,欲讲和罢兵,朝廷许之。明年春,蓝公佐使金回,和议颇变。朝廷遂命骑帅刘锜信叔为东京副留守,节制军马。锜至顺昌,方与郡守陈规相见,忽报金师入寇,已抵泰和县,警书还至。锜会诸将议曰:"吾军方自远来,曾未苏息,而敌人压境,策将安出?"诸将或欲迎战,或欲固守,或欲顺流而下。锜伏兵于城下以待,有余骑渡颍河而来,伏兵起袭之,无一还者。翌日,敌将韩、翟两将军兵至,去城三十余里而寨。锜夜遣人袭击,明旦复与战,败之,杀伤千余人。敌复增兵来援,直逼城下,锜于城上以破敌弓射中敌将,敌稍退。乃以步兵邀击,复大败之。敌归寨固守。锜复出精骑五百夜劫敌寨,乘胜直至中军,杀其酋长,死者不可胜数。敌自此一夕尝四五惊。时方六月盛暑,皆被甲不敢下马。得间谍,谓求援于兀尤甚急。或劝锜曰:"今已屡胜,不如全师而归。"锜不听。兀尤果自将兵至,遣数骑直来索战,谓城上人曰:"你只活得一个日头。"战既合，兀尤自将牙兵三千往来策应。锜出军五千接战，自西而南，转战四门，往来驰逐，自辰至戌，金师大败退走，归寨不出，声言造炮架桥必欲破城。越三日，兀尤乃引军北归。获降人言，其军中自谓："南侵十五年未尝少衄，惟和尚原以失地利败于吴玠，今又数败于此。他朝莫是外国借得兵来？"自后遂决意求和矣。

岳飞破固石洞

岳公飞之破固石洞也，贼寨据山之巅，悬崖百仞，登者跻攀而上，不胜其劳。官军每登山，贼辄凭高据险，投刃转石，士卒皆重伤而却。公既至，直入洞中，与贼寨相对而营。贼畏公威名，坚守不复下山。公一日令曰："来日当破贼。"军中不知所谓。明日凌晨，令诸军阵于山下，与贼寨相距甚近。既成列，公临后登高以望之。贼在上，见官军逼近，亦整顿以待战。其酋长乃一女子，号廖小姑，持刃叫呼曰："今日官军要破我寨，除是飞来。"公闻其言，顾左右曰："飞即我也。"击鼓进师，鼓声方合，有众先登。公望其旗曰："此前军第三队也，当作奇功。"诸军竞进，遂破贼寨，生擒其酋以归。

岳飞治军严明

绍兴六帅，皆果毅忠勇，视古名将。岳公飞独后出，而一时名声几冠诸公。身死之日，武昌之屯至十万九百人，皆一可以当百。余尝访其士卒，以为勤惰必分，功过有别，故能得人心。异时尝见其提兵征赣之固石洞，军行之地，秋毫无扰，至今父老语其名辄感泣焉。盖其每驻军，必自从十数骑，周遭巡历，惟恐有一不如纪律者。时裨将杨贵怒一卒擅离队伍，遂脔而尸之。卒尚未死，飞见之，问其故，以为不应死。顾左右求其生，不可，则绝之，而解衣以殓焉。召贵诘曰："擅离队伍罪未至是，汝当以死偿之。"贵皇惧不敢对，诸将罗拜祈免，乃已。犹以豫章境上有逋逃者，责使招降焉，不然复其罪。贵后能致其人者，始获免。

先君与洪尚书光弼友善

方腊之变，经制使陈公亨伯馆先君于幕府。时洪尚书光弼以南京国子博士被檄主饷事，因与定交。先君与尚书同年同月生，故极友善。寇平论功，先君补初官，尚书迁京秩。后更兵戈，音问寖疏。先君既勤王而归，即扫轨朝市。尚书亦以使事见执于绝域者累年而后归，卒莫能申叙。先君每切恨叹。

方腊作乱始末

方腊家有漆林之饶，时苏、杭置造作局，岁下州县征漆千万斤，官吏科率无艺。腊又为里胥，县令不许其雇募，腊数被困辱，因不胜其愤，聚众作乱。先诱杀县令，兵吏无与抗者，遂陷睦州。江浙亡命相率从之，众至数十万。是时，天下晏安久，州县士卒皆不习于兵，望风奔溃。腊声势益张，复陷婺、歙等州，乃入钱唐，观灯饮犒连日，因遣人发掘蔡氏父祖坟墓，露其骸骨，加以唾骂。王师既至，相拒累月，不能少挫其锋。后腊以食少人众，势稍窘促，遂独从千余人入剡溪洞，死拒不出。童贯不能谁何，乃命部将伪为朝廷招降者，诱之以官。既出，则絷之。父子皆槛送京师，戮死于市，余党遂平。初，腊之入杭也，有太学生吕将者为之画策，以为不如直据金陵，因传檄尽下东南郡县，收其税赋，先立根本，徐议攻取之计，可以为百世之业；若止于屠略城邑，是乃盗尔。腊不以为然，曰："吾家本中产，无他意，第州县征敛无度，故起兵，愿得贼臣而甘心耳。"先君尝谓：天下无叛民，其或至于此者，必有所不得已也。

童贯讨方腊纵军士杀平民

童贯之讨方腊也，尽檄东南诸路兵，凡数十万，贯独总之。既累月无功，朝廷颇加督责，贯惧，无以为计，乃出令："与贼战而不能生获者，许斩首以献，亦议推赏。辄欺者，抵罪。"诸军自后每出战或夜劫贼寨，凡力所能加者，皆杀之，以其首来，贯即授赏，不问其是贼与否也。军士因大为欺罔，偶出遇往来人，亦皆杀之，因告其主将曰："道逢贼众，因与斗敌，遂斩其首。"主将纵知其非，亦不敢言。陈公亨伯尝见贯，谓曰："闻诸军每战多杀平民，要须禁止。且治盗与治夷狄不同，彼夷狄状貌与中国大异，故可以级论功。今平民与盗初无别，军士利于得赏，何惮而不杀平民乎？"贯不听。既而腊招降，余党溃散，军士追奔或入民居，全家杀之，以其首献。贯欲张大其功，亦不问也。

靖康初先君率兵勤王

靖康改元冬十一月，金人渡河。朝廷下诏：应天下方镇郡县各率师募众勤王捍边。湖南帅郭公三益独起民兵，命县宰各统所部，犒劳甚厚。时先君为永州东安簿，零陵令、丞不任事，郡守、贰以先君易之。会有是举，守以属先君。或劝曰："邑固有令，君独何为？"先君挥之曰："此岂臣子辞难之时！"即日治兵以行。部署整肃，一路莫能及。既至淮甸，闻京城失守，蔡、亳有叛卒肆剽于道路，兵至是多引归。先君独与二三公勒兵趋南京。时光尧未即尊位,留守乃朱丞相胜非。其时官吏多逃散,朝班无几,共表劝进,乃筑坛于州治仪门外东南隅。上登坛受宝,北向痛哭,班立者无不感泣。越日,乃命勤王师罢归,官吏各推赏有差。先君谓是行也,勤劳有之,功效则无,岂忍受赏。既以兵归零陵,尚余犒赏银千两,悉上送官。自举兵至讫事,文移数箧,崎岖兵火,毁失殆尽,仅存印历。至勤王事,止见之差出条耳。

刘宁止与先君游处

衣冠南渡,刘发运宁止来自真州治所。舟行至新淦,适遇金骑,一时行舟,皆为所焚,发运仅以身脱。顾无所归,问之乡之长者,得外大父刘公仪仲,徒步归之。外大父因授馆,且为收其散亡,得一婢子、衣橐三四、吏卒十数。舟焚余其底,尚得钱数百千。时方俶扰,虽山谷间一日亦四五惊,卒有长呼于外者。刘闻之,诘曰:“天步方艰,吾身不敢自爱,尔曹乃嗟怨耶!”立命斩之。先君时留外氏,因与游处。先君少为治乱之学,当崇、观间,以策干当路,辄不受。逮浙江盗作,诸公方思硕画,由是勉出为世用,而志已倦游矣。刘一见先君,以为伟人,语及零陵勤王始末,叹曰:“世不无义士,顾勇于义如君者,人所未知耳!”邀与俱趋章贡隆祐在所。先君辞以久出远归,不忍复去亲旁。临分,谓先君曰:“观君不乐仕进,殆将隐矣,后会无期!”因以驼裘识别而去。先君既不复出,而刘后为吏部侍郎,不久亦罢,卒不复相闻。

太 原 之 陷

张孝纯守太原,敌人攻城甚力,孝纯遣蜡丸求救者凡十有八。朝廷初遣种师中往援，师中兵败于榆次。复欲命李公伯纪为宣抚，帅师救之，伯纪辞以不知兵，朝廷不许。御史陈过庭率其属陈公辅等言曰："李纲儒者，不习军旅，若师出再衄，则太原失守，遗忧近甸，祸实不测，非计之善也。"疏亦不报。既而解潜等果失利，孝纯以粮尽城陷。敌人长驱而来，无复后顾矣。

胡文定得伊洛之传

胡文定公廷试，考官初欲以魁多士，继以其引经皆古义，不用王氏说，降为第三人。为荆南教官，与杨龟山中立交承，遂相与讲学。及为提学官，与谢上蔡显道从游亦厚。崇、观间尝为太学官，虽当时禁习元祐学术，而公独留意《正蒙》诸书，与杨、谢诸公通问不绝。故绍兴以来，论伊洛之学者，胡氏为得其传。而公尝自言谢、游、杨三公皆义兼师友，实尊信之。公名安国，字康侯。有《春秋解》、《武夷集》行于世。

刘美中死而复苏

刘尚书美中，兄弟终鲜，父大中极怜之。大观初，贡于乡，将赴南宫试，大中令一老仆从行。至中涂，尚书一夕忽暴病而死。仆惊救甚至，越半日，未苏。逆旅主人皆劝之具棺敛，仆曰："我主翁子五六人，死亡殆尽，今惟此尔。若又死，则是无天地也。且我何面归见主翁！"于是以席藉地，置尚书于上，坐于其旁曰："若是三日而不活，则诚死矣。"越再夕，尚书手足复动，医救数日疾平。遂入京师，次年中进士第。

独醒杂志卷第八

神宗赐欧阳手诏

欧阳在政府日，台官以闺阃诬讪之，公上章力乞辨明。神宗手诏赐公曰："春寒，安否？前事朕已累次亲批出，诘问因依从来，要卿知。"又诏曰："春暖久不相见，安否？数日来，以言者污卿以大恶，朕晓夕在怀，未尝舒释。故累次批出，再三诘问其从来事状，讫无以报。前日见卿文字，要辨明，遂自引过。今日已令降出，仍出榜朝堂，使中外知其虚妄。事理既明，人疑亦塞，卿直起视事如初，毋恤前言。"又涂去"塞"字，改作"释"字。宸翰今藏公家。

董敦逸训子

董侍郎敦逸仕于朝，招一乡人在太学者训其诸子。暇日课其习业，不加进，侍郎责之曰："吾年二十八入学，甘齑盐者凡几载，仅得一第。今汝若此，何以有成耶！"乡人曰："公言过矣。侍郎乃董十郎儿；贤郎乃董侍郎儿，其好学之心，自不侔矣！"侍郎之父行第十，其人故云。

杨邦义死义

建炎三年，伪四太子入金陵，府官相率迎降，独通判庐陵杨公邦义毅然不屈。先自书其衣裾曰"宁为赵氏鬼，不作他邦臣"以授其仆,曰:"吾即死矣。"敌居数日,其酋帅有张太师者,置酒召公立庭下,以纸书"死"、"活"二字使示公,曰:"无多言,欲不降,书'死'字下;若归于我,书'活'字下。"公视吏有傍簪笔者,即夺笔书"死"字下。敌知其不可屈,命引去。又数日,囚公以见四太子。公大骂不绝口,敌怒甚,杀之,剖其腹,取其心。明年,敌去,州白其事于朝,褒录死节,初赠直秘阁,继又赠次对,谥"忠襄"。赐官田,官其诸子,令立庙于金陵。赠告云:"懦夫每生,名不称于没世;烈士砥节,死有重于泰山。汝禀性刚方,值时艰厄,介胄之士望风而逐奔,城郭之臣蒙耻以求活。独汝能明事君之义,抗死节之忠。誓不屈于番酋,宁自甘于血刃。口不绝骂,言不忍闻。绰有张御史之风,无愧颜常山之节。肆颁恩典,庸慰忠魂,粲然阁直之华,昭哉庙食之远。并推宠秩,以及遗孤,非止往居之荣,实是臣工之劝。尚祈不昧,知享此哉!"

欧阳珣主战使金不还

　　欧阳全美名珣,庐陵人,登崇宁进士第。靖康初,全美调官京师,时金人欲求三镇,全美行次关山,以乐府寄其内曰:"雁字成行,角卢悲送,无端又作长安梦。青衫小帽这回来,安仁两鬓秋霜重。　　孤馆灯残,小楼钟动,马蹄踏破前村冻。平生牵系为浮名,名垂万古知何用。"全美至京,有诏许上封事论御戎之策。全美应诏陈利害,时有九人同召对,全美奏曰:"割地敌亦来,不割亦来,特迟速有间。今日之策,惟有战耳。"时宰执有主弃地之议者,不悦,即除将作监丞,使金,竟不复还。朝廷录其节,而官其婿,乃从兄叔谦也。

洪尚书遣人以蜡丸致皇太后书

叔谦为余言，绍兴十一年夏客临安，一日，有客垢衣破箧若远至者来同邸。即一室闭之，遽诣尚书省，自言明日召见。已而，命之官。后询其人姓李名微，邵武人。是时尚书洪公留绝域，得皇太后书，遂遣微以蜡丸致之。上得书大喜，谓侍臣曰："朕不得皇太后安问且十五年，虽遣使百辈，不如此一书。"遂命微以官。尚书公以使命见执于金，其间遭罹危辱者屡矣，而能仗汉节誓死不变，间关万里，遣致皇太后书，以宽天子孝思，可不为忠乎！

李若水天生忠义神已预知

李忠愍公若水为大名府元城县尉日，有村民持书一封。公得书读竟，即火之。诘其人何所从来，对曰："夜梦金甲将军告某曰：'汝来日往县西逢著铁冠道士，索取关大王书，下与李县尉。'既而如梦中所见，故不敢隐。"公以其事涉诡怪，遂纵其人弗治。因作绝句记之曰："金甲将军传好梦，铁冠道士寄新书。我与云长隔异代，翻疑此事太空虚。"公初以书付火之时，母妻子弟惊讶求观弗获，独见其末曰"靖康祸有端，公卒践之"之语。其后二圣北狩，公抗节金营，将死而口不绝骂。则知天生忠义，为神物者已预知其先矣。

马扩使金脱归被疑

国家初与金人结好，遣马政自登州泛海而往。归，朝廷复选其子扩为使。宣和末，金人败盟，举兵入寇，扩尚以使事留金。后得脱归，未至太原，而敌骑已长驱南下矣。扩乃舍使事,说童贯,愿招集忠勇以遏贼锋,贯许之。扩过真定,时刘公鞈为帅,公以扩屡使于金,知金之情伪,心颇疑之,遂留不遣。一日,扩潜遣一卒之保州,为逻者所获,刘公益疑而未有所处也。公之子子羽谓公曰:"马扩首尾计议边事,不以虚实告朝廷,遂使戎马深入,震惊京师。且复潜遣兵士,焉保心腹? 不若声其罪而诛之,庶绝后患。"公以为然。遂召扩立于庭下,责其误国,令拽出斩之。扩叫呼不服,乃以付狱推治。未几,刘公召还,金人陷真定,扩得免死。

童贯拒契丹求和失策

契丹为金人攻击,穷蹙无计。萧后遣其臣韩昉来见童贯、蔡攸于军中,愿除岁币,复结和亲。且言:"女真本远小部落,贪婪无厌,蚕食种类五六十国。今若大辽不存,则必为南朝忧。唇亡齿寒,不可不虑。"贯与攸叱出之,昉大言于庭曰:"辽宋结好百年,誓书具存,汝能欺国,独能欺天耶!"昉去,贯亦不以闻于朝。辽既亡,金人果背约。

种师道以计解京师围

靖康初,召种师道赴京师。才入国门,即日引见上殿,渊圣起迎之曰:"朕久望卿来,何其迟也,涂中跋涉不易。"师道谢毕,上赐坐,问曰:"国步多艰,敌人深入,卿何以御之?"师道曰:"兵事难预料,容臣登城观敌势如何,却得奏闻。但敌若在三十里外顿寨,则难退。如逼近,则易耳。"明日,敌移军三十里外。师道因得于城上修饬备御之具。敌屡进攻,皆却,遂结盟解围而去。师道其初所言,盖知有间谍,乃欲误之尔,敌人果中其计。但禁庭密议,不知何从知也?

朝廷不用种师道计

朝廷之召种师道也，使者促之，项背相望。师道老矣，或劝之弗行。师道谓其子曰："朝廷近来议论不一，吾纵有谋画，未必得用。然世受国恩，今而辞难，天地且不容我矣。"遂随诏使日夜疾驰至阙下，画策以退敌，人赖少安。金兵北还，师道请邀击之，李邦彦等不许。师道谓何㮚曰："敌深入吾地，止邀金帛而还，彼非惟惧春深死伤士马，盖虑三镇之议其后也。吾观敌衅未已，今既不用吾计，吾不复言。然切料敌必再来，要当先为之备也。"朝廷不听。其冬，金人果再犯京师。

结索网以拒炮

京师戒严，金人发炮攻城甚力，有献策欲结索网以障之。其人归自太原围城中，具见张孝纯、王禀等设此而炮无所施。朝廷反以为迂，不肯试一为之。盖不知吴越将孙琰守苏州城，尝用此拒炮，而淮南不能攻，时号为"孙百计"也。

蔡京请直以御笔付有司

崇宁四年，中书奉行御笔。时蔡京欲行其私，意恐三省台谏多有驳难，故请直以御笔付有司；其或阻格，则以违制罪之。自是中外事无大小，惟其意之所欲，不复敢有异议者。祖宗以来，凡军国大事，三省、枢密院议定，面奏画旨。差除官吏，宰相以熟状进入，画可，始下中书造命，门下审读。或有未当，中书则舍人封缴之，门下则给事封驳之，尚书方得奉行。犹恐未惬舆议，则又许侍从论思，台谏奏劾。自御笔既行，三省台谏官无所举职，但摘纸尾书姓名而已。大观中，吴执中子权为御史,上言乞遵祖宗成宪,不许直牒差官,及论轻赐予以蠹邦用,捐爵禄以市私恩等事。蔡京以少保致仕,何给事昌言封驳麻制,乞以罪状宣布四方。时人以为盛事。

何忠孺晚节有亏

何忠孺昌言,新淦人。绍圣四年进士第一,徽宗朝累迁为给事中。张商英罢,蔡京复用,遂以散官出,居闲十有余年,物论归之。渊圣即位,复召用,除兵部侍郎、太子詹事。未几,金人再犯京师,二圣北狩,太子诸王、宰职侍从皆从,而昌言逃匿太子宫沟中,偶得不行。张邦昌僭号,因更其名。及隆祐垂帘,始欲复旧,而人言已不可掩,恚愤成疾而死。

李大有调赣卒勤王

李仲谦大有,新喻人。靖康初,为赣守。京城戒严,即调赣卒勤王。诸郡以承平之久,士卒愦不知兵。及当调发,间有冠葛巾扶杖而行者,观者莫不窃笑。惟赣卒独勇锐,器械亦精明。仲谦号令整肃,师行秋毫无犯。人谓仲谦既知兵,而赣卒亦间习纪律,度必可用。及至京师,亦无及矣。仲谦绍兴初尝立朝,即上书言兵事,以为用兵当有机有权,明于此而后可以决胜。光尧皇帝览之大喜,即降付中书。时赵元镇丞相当国,一日,奏事毕,上谓丞相曰:“李大有书涉兵机,故不欲付外看详。昔张齐贤上取河东之策,太祖裂其奏,掷之于地。及左右既退,乃取其奏归,以授太宗曰:‘他日取河东,当用齐贤策。’太宗后平河东,用齐贤为相。二祖沉几先物,朕当以为法。”观圣语如此,则将大用之矣。未几而殁,终于检正。

胡铨上书请羁留金使被谪

绍兴戊午冬,奉使王伦与金使来和,欲天子受伪诏。国论未定,朝士无敢言者。胡邦衡铨时为枢密院编修官,上书请羁留金使,斩主议者之首,以谢天下。语大愤直,上怒其讦,将褫官窜昭州。时御史中丞郑刚中,谏议大夫李谊,吏部尚书晏敦复,户部侍郎李弥逊、向子谭,礼部侍郎曾开、张九成,入对便坐,引救甚力。时丞相秦桧、参政孙近亦迫于公论,请从台谏侍从议,谪广州监盐仓。御史再以为言,乃以为福州签判云。

胡铨贬新州王民瞻以诗送之

胡邦衡自福唐贬新州,王民瞻以诗送之,有曰:"百辟动容观奏牍,几人回首愧朝班。"又曰:"痴儿不了公家事,男子要为天下奇。"民瞻,安福人,名庭珪。登科尝为茶陵县丞,累年不调,居乡里以诗名家。二诗既传,或以为讪,由是亦坐谪辰州。邦衡在新州,偶有"万古嗟无尽,千生笑有穷"之句,新守亦讦其诗,云"无尽"指宰相,盖张天觉自号"无尽居士";"有穷"则古所谓"有穷后羿"也。于是再迁儋耳。其后,邦衡还朝,尝以诗人荐民瞻,凡再召见。初除国子监簿,后除直敷文阁,终于家。

明道叹赏禅家合众整肃有条理

禅家合众而不哗,无怒而有制。执事者不辞其劳,居安者不愧其逸。入其门,升其堂,整整截截,动有条理。明道先生尝见其会食,因叹以为得三代之礼乐。吾人族姻并居同室,未必如其众多,而不能若是之整肃者,往往女子童稚实始之。此禅家所以至于屏妻绝子也。

王延知贡举人以为公

卢文纪与崔协不平，协子举进士，文纪谓知贡举王延曰："吾尝誉子于朝，今子历士，当求实效，无取虚名。昔越人善泅，其子方晬，其母浮之水上。人怪之，对曰：'其父善泅，其子必能之。'若是可乎？"延退而笑曰："卢公之言，谓崔协也，恨其父遂及其子也。"明年，选协子颀甲科，人以为公举。异时公卿有以子孙魁天下者，其父祖盖自谓善泅者也。使延为主司，吾知其与选颀者反矣。

郑昂赋登瀛图长句

予尝传《登瀛图》本，规模布置气象旷雅，每思创始者必非俗笔。又有石本，皆书名氏，后有李丞相伯纪赞跋，乃钦庙在东宫，得阎立本此画，亲为题识，以赐詹事李诗。二本绝不同。尝见郑昂尚明所赋长句云："阎公《十八学士图》，当时妙笔分锱铢。惜哉名姓不题别，但可以意推形模。十二匹马一匹驴，五士无马应直庐。五鞍施狨乃禁从，长孙房杜王魏徒。一人醉起小史扶，一人欠伸若挽弧。一人观鹅凭栏立，一人运笔无乃虞。树下乐工鸣瑟竽，八士环列按四隅。笑谈散漫若饮彻，盘盂杯勺一物无。坐中题笔清而癯，似是率更闲论书。其中一著道士服，又一道士倚枯株。三人傍树各相语，一人系带行徐徐。后有一人丰而胡，独吟芭蕉立踟蹰。一时登瀛客若是，贞观治效真不诬。书林我曾昔曳裾，三局腕脱几百儒。雄文大笔亦何有，餐钱但日糜公厨。邦家治乱一无补，正论出口遭非辜。时危玉石一焚扫，览画思古为嗟吁。"考其所序列，意郑必为画本赋之。然长孙、王、魏元不在其中,不知郑诗何为及之耶?按《翰林盛事》,记开元中张燕公等十八人为集贤学士,于东都含象亭图写其貌。意二本必居其一,而后人皆以为贞观学士耳。

万道人制陶砚

今人制陶砚,惟武昌万道人所制以为极精,余初未信也。庐陵有刘生者,自言传万之法,然最佳者,不能十年辄败,至有三五年遂刓渤不可用者。余顷因歉岁,有野人持一"风"字样求售。易以斗米,涤濯视之,亦陶砚也。其底有"万"字篆文,意其为万所制。用之今余三十年,受墨如初,虽高要、歙溪之佳石,不是过也。闻武昌今尚有制者,乃万之后。

胡卓明幼即善弈

里中士人胡卓明父祖好棋,挟此艺者日至。其母夜卧忽惊起,问其故,云:"梦吞一枯棋也。"初意日所尝见,是以形于梦寐。已而生卓明,年至七八岁,厥祖与客对弈而败,卓明忽从旁指曰:"公公误此一着耳!"其祖败而不平,怒谓曰:"小子何知!"推局付之,卓明布数着,果胜。厥祖大惊,因与对棋。其布置初若无法度,既合,则皆是。数日间,遂能与厥祖为敌。迨十余岁,遂以棋名,四方之挟艺者才争先耳。往岁,有客以棋求见朋友,因共招卓明与较之,卓明连胜,客曰:"胡秀才野战自得,而某以教习不离规模,是以不胜。"

学书当先学偏旁

凡学书,当先学偏旁。上下左右与其近似者,皆不相远。

熟一偏旁，则数十字易作矣。凡作字，宜和墨调笔，使毫墨相受，燥润适宜。厚墨则藏锋，纸平、身正、腕定、指固，则结字有准矣。

王元甫隐居不与士大夫相接

庐山王元甫有诗名，隐居山中，不与士大夫相接。东坡自岭南归，过九江，因道士胡洞微欲求见之。元甫辞曰："吾不见士大夫五十年矣，不用复从宾赞，幸为我谢之。"东坡叹赏而退。

刘美中记梦诗

刘尚书美中尝夜梦与一方士谈禅，往复辩论宗乘中事甚详。美中因问之曰："仙家亦谈佛耶？"方士曰："仙佛虽二，理岂有二哉？"美中既寤，颇异其事，遂纪之以诗云："北风吹云肃天宇，蕙帐寒生月当户。颓然就枕睡思浓，梦魂悠悠迷处所。仙君胜士肯见临，促席从容款陪语。自言本事清灵君，学佛求仙两无阻。云轺白日降瑶空，天衣飘飘就轻举。方诸宫深云海阔，金碧禅房隔烟雨。与君粗有香火缘，聊复东来相劳苦。方游昆、阆还无期，君住世间须善为。尘劳足厌何足厌，等是实相夫何疑？前身似是尘外人，端为世缘縻此身。重闻妙语发深省，若更离尘佛亦尘。方平羽节何时来？道宫佛殿随尘埃。未须苦说扬尘事，东海波声正似雷。"美中以为诗中皆纪其问答之语，故尽录之。

董宸自卜地为寿藏

董体仁之祖名宸，生前尝自卜地以为寿藏，既死而其子易之。将葬，扶护适过其地，柩忽重不可举，子始惊异，因欲就葬。掘地丈余，忽遇大石，其上有"辰"字，乃其名也。人益信其不偶。

独醒杂志卷第九

吕丞相颐怒命堂吏去巾帻

建炎末,吕丞相颐浩以勤王复辟之功,进登相位。尝在中书怒一堂吏,命去其巾帻。吏对:"祖宗以来,宰相无去堂吏巾帻法。"公曰:"去堂吏巾帻当自我始。"吏不能对。

张魏公兴兵讨苗刘

苗刘之变,张魏公自平江兴兵讨贼,二人惧甚。朱丞相胜非因说之曰:"兵至则不必战,战而不胜则汝危矣。不若先次复辟以赎罪。"故魏公兵及境而复辟。初,魏公之起兵也,先遣士人冯辖入奏,因以好词谕二人,欲款其谋。辖与二人之幕客马柔吉相善,因令宿于柔吉之所以觇军情。辖至而事略定,胜非因奏补辖京官,除郎中。其后乃谓人曰:"辖,蜀人,德远遣之来,不过欲成就之耳!"似未知魏公之意也。

绍兴讲解既成政局一变

绍兴讲解既成,上自执政大臣,下至台谏侍从,以为非是者,稍稍引去。于是登显位、据要途者皆阿附时宰以为悦。外之监司郡守,或倾陷正人以希进,流人逐客之落南者,其迹益危。潮守则劾奏赵丞相;湖南帅则阴中张魏公;儋耳则睥睨李大参;春陵则诬治王枢密,其他纷纷者,不可胜数。

蔡元长之侈

蔡元长为相日,置讲议司,官吏数百人,俸给优异,费用不资。一日,集僚属会议,因留饮,命作蟹黄馒头。饮罢,吏略计其费,馒头一味为钱一千三百余缗。又尝有客集其家,酒酣,京顾库吏曰:"取江西官员所送咸豉来!"吏以十瓶进,客分食之,乃黄雀胏也。元长问:"尚有几何?"吏对以:"犹余八十有奇。"

童贯之败

龙德宫出幸,童贯自太原窜归。时廷议欲请渊圣亲征,命贯留守。贯闻之,心不自安,乃将胜捷军三千余人,追从龙德之驾。继而朝廷论贯不告而逃,及首祸罪恶,请诛之。而贯在外领兵,以扈从为名,恐复生事,遂诏聂山为江淮发运使,密图其事。山既陛辞,将出国门,左丞李纲言于上曰:"贯之罪恶虽已著明,然今在上皇左右,投鼠不可不忌器。若欲诛斥,明出一诏书足矣,何用诡秘如此!"上深然之,遂贬贯池阳,继有岭南之命。

范宗尹廷对讦直执政后物望渐衰

范公宗尹廷对,讦直人所难言,绍兴以来,鄙夫贱隶犹能诵之。渊圣在东宫时知其名,及即位,遂以兵部侍郎召。宗尹既立朝,首论崇宁以来上下欺罔;复论蔡京、童贯、朱勔等罪恶,物望太耸。及金人犯阙,耿南仲主和议,宗尹力附其说。时廷臣有进言金不可和者,宗尹在殿上厉声叱曰:"朝廷大论已定,小臣不敢有异论!"议者始非之。建炎中,宗尹以盛年执政,裂江北之地,或五七郡或三四郡,使数大将镇抚之。又于沿江易置帅藩,创立安抚大使,但约每帅相去七百里,不问形势如何。虽池州僻陋小邦,亦置江东大帅。其后李成以蕲、黄、舒、光四州叛,乃镇抚之人也。

汉长沙王墓考

余居之西背驿道,有地曰"金牛驿",意古之邮亭也。驿旁有长沙王墓,远望如丘阜,故老相传曰:"此汉长沙王墓也。"长沙王在汉固多,特未知其为谁。余游赣,闻有金精山者,始因吴芮将兵征南越尉陀,闻此山有美玉,凿石求之,遂通山路。或者吴芮尝至江西,而史不及也,此墓恐芮军所营尔。建炎叛卒尝发之,厥地寻丈,见石椁,皆锢以铁,卒不能启。其下有饮酒湖,地洼以深,可坐百人,俗传为莫酹成池。若非军旅中,恐不能如是也。

北　苑　茶

北苑产茶,有四十六所,广袤三十余里,分内外园。江南李氏初置使,本朝丁晋公行漕事,始制龙凤团以进,然岁不过四十饼。庆历中,蔡端明为漕,复有增益。元丰中,神宗有旨造密云龙,其品又高于小龙团。今岁贡三等,十有二纲,四万九千余铸。

灌　瓦

赣之雩都尉厅后,旧有灌婴庙临其池上。庙毁,往往瓴甓堕池中,岁年不可计矣。因刀镊工取半瓦为砺石,人见而异之,遂求其瓦为砚,于是有灌瓦之名。求者既多,今罕得全瓦。

好事者以铜雀瓦不复有，亦谩蓄之。

南粤俗尚蛊毒诅咒

南粤俗尚蛊毒诅咒，可以杀人，亦可以救人。以之杀人而不中者，或至自毙。往有客游南中，暑行憩林下，见一青蛇长二尺许，戏以杖击之，蛇即逝去。客旋觉体中不佳。夜宿于逆旅，主人怪问曰："君何从有毒气在面也？"客惘然不能对。主人曰："试语今日所见。"客告之故，主人曰："是所谓报冤蛇，人有触之，不远百里袭迹而至，必噬人之心乃已，此蛇今夕当至。"客惧求救，主人许诺，即出龛中所供一竹筒，祝之以授客曰："不必省，第置枕旁，通夕张灯，尸寝以俟，闻声即启之。"客如戒。夜分，有声在屋瓦间，俄有物堕几上，筒中亦窣窣响应。举之，乃蜈蚣，长尺许，盘跚而出，绕客之身三匝，径至几上。有顷，复归筒中。客即觉体力醒然。逮旦视之，则前所见蛇毙焉。客始信主人之不妄，重谢而去。又一客亦以暮夜投宿，舍翁与其子睥睨客所携。客疑之，乃物色翁所为，觇见其父子出猕猴绘像祷之甚谨，乃戒仆终夕不寐，仗剑以伺。已乃有推户而入者，即一猕猴，人身而长。挥剑逐之，逡巡失去。有顷，闻哭声，则舍翁之子死矣。

陈忠肃梦中得六言绝句

陈忠肃公居南康日，一夕忽梦中得六言绝句云："静坐一川烟雨，未辨雷音起处。夜深风作轻寒，清晓月明归去。"既觉，语其子弟，且令记之。次年徙居山阳，见历日于壁间，忽点头曰："此其时矣。"以笔点清明日曰："是日佳也。"人莫知何谓，乃以其年清明日卒。

刘宽夫终身不复职名

刘宽夫侗,丞相沆之孙也。崇、观中为次对,靖、炎间废罢。尝得旨叙复秘阁修撰,臣僚论列,以为其所历差遣,则为大晟府按协声律,及提举道箓院管干文字;其所转官,则缘按乐精熟,乃修道箓院与管干明节皇后园陵;其所赐带,则因撰《祥应记》;其所被遣,则以臣僚论其交结附会。宽夫由是终身不复职名。

宣和甲辰廷试进士

宣和甲辰,廷试进士,以气数为问。周表卿执羔素通此学,对策极该博,自谓当魁多士。或告之:沈元用从貂珰假筹布算而后答问。表卿惊曰:"果尔,吾当小逊之矣。然亦不在他人下也。"翌日胪唱,元用居第一,表卿次之。

泗州浮屠下僧伽像

泗州浮屠下有僧伽像。徽宗时,改僧为德士,僧皆顶冠。泗州太守亦令以冠加于像上,忽天地晦冥,风雨骤至,冠裂为两,飞坠于门外。举城惊怖,莫知所为。守遽诣拜曰:"僧伽有神,吾不敢强。"遂止。

徽宗时置隆兑等州

徽宗时边事大兴,程邻于西广置隆、兑二州,又置大观州,湖北又置靖州。建官分职与内地等,费不可胜计。靖州初无赋入,岁于湖广拨钱七八万,以养官兵,有损无益。绍兴中,朱子发内翰尝奏欲废为一县,以御边徼。上颇许之,且曰:"前朝开拓土疆,似此等处尤为无益,首议之臣深为可罪。"既而事亦寝而不行。乡人李秀实尝守是郡,为余言:州虽无益于朝廷,然屯驻重兵,非假之事权则不足以镇抚。倘并归辰、沅一州而置军使,则亦足矣。

维扬后土庙琼花

维扬后土庙有花洁白而香,号为"琼花"。宣和间,起花石纲,因取至御苑。逾年不花,乃杖之,遣还其地,花开如故。是殆风气土地使然,抑果有神司之耶?

东安一士人画鼠

东安一士人善画,作鼠一轴,献之邑令。令初不知爱,谩悬于壁。旦而过之,轴必坠地,屡悬屡坠,令怪之。黎明物色,轴在地而猫蹲其旁,逮举轴,则踉蹡逐之。以试群猫,莫不然者。于是始知其画为逼真。其作《八景图》亦殊有幽致,如《洞庭秋月》则不见月;《江天莫雪》则不见雪,第状其清朗苦寒之态耳。若《潇湘夜雨》尤难形容,常画者至作行人张盖以别之。渠但作渔舟吹火于津渡,以火明仿佛有见,则危亭在岸,连樯在步耳。潇湘旧有故人亭,往来舣舟其下,故藉此以见也。米元章谓《八景图》为宋迪得意之笔,意其如此。

吉水玄潭观前江中旋涡

吉水玄潭观临大江上,江中有旋涡。相传云:有舟没于此,久而不见踪迹,乃出于豫章吴城山下,以为江有别道,由旋涡而入。晋时有蛟为害,尝出没涡中,许旌阳捕逐至其处。旁有巨石,裂而为二,其痕如削,云是旌阳试剑石。且云:旌阳铸铁作盖覆涡上，今水泛时其涡乃见。

大观四年伪诏

大观四年，张天觉商英为相，蔡元长致仕。时忽有伪诏传布天下，其间谓元长公行狡诈，行迹诡谀。复云："今后州县有蔡京踪迹，尽皆削除；有蔡京朋党，悉皆贬削。"陈州守臣以闻，朝廷诏诸路以五百千为赏，捕撰造者，其罪不以赦原。竟不能获。

张怀素等谋反事觉蔡京幸免牵连

张怀素、吴储、吴侔等谋反事觉。中外缙绅多与交结，而蔡元度与储、侔之父安诗为僚婿，故元长父子与怀素书问往来尤密。惧其根株牵连，罪且相及，遂讽中丞余深、知开封府林摅曰："若能使不见累，他日当有以报。"深等会其意。翌日，索中外所与怀素、储、侔往来书札置案上，问狱吏曰："此何文也？"对曰："与怀素等交通之书也。"深诟曰："怀素等罪状明白，人与往来书问不过通寒暄耳，岂尽从之反耶？存之徒增案牍！"令悉焚之。事遂不及蔡氏，因之而幸免者甚众。未几，摅迁中书侍郎；深，左丞。

京 师 童 谣

何执中居相位，时京师童谣曰："杀了穜蒿割了菜，吃了羔儿荷叶在。"说者谓指童贯、蔡京、高俅三人及执中也。

崇宁二年铸折十钱

崇宁二年铸大钱，蔡元长建议俾为折十，民间不便之。优人因内宴为卖浆者,或投一大钱饮一杯,而索偿其余,卖浆者对以"方出市,未有钱,可更饮浆",乃连饮至于五六。其人鼓腹曰:"使相公改作折百钱,奈何!"上为之动,法由是改。又大农告乏,时有献廪俸减半之议。优人乃为衣冠之士,自冠带衣裾被身之物辄除其半,众怪而问之,则曰"减半"。已而两足共穿半裤,蹩而来前,复问之,则又曰"减半"。问者乃长叹曰:"但知减半,岂料难行。"语传禁中,亦遂罢议。蹩,牵盈切,一足行也。

童 贯 之 死

童贯窜岭南,言者谓:贯奸凶,不宜置之远地,且其误国之罪,当正典刑。渊圣以为然,乃命监察御史张澂乘驿斩之。既出国门,复得御札三字"速密全"。即昼夜兼行,追至南安驿舍斩之,函首京师,枭于东市。

人患无寿不患无子

邵武人黄南强字应南,与先君俱调官都下,倾盖定交。时仲兄侍侧。应南与先君齐年。一日,谓先君曰:"初意二君为兄弟,不敢以为父子也。君有子如此,而吾方娶,不已晚乎!"先君后数年弃诸孤,又十余年而应南来守庐陵,求访先君,则宰木已拱矣。应南晚得子而康强寿考,及见其成人。因知人患无寿,不患无子也。应南当官持廉,所至见称云。

活 城

车战之法,既不尽传于后世;兵车之制,亦不复见于南方。在春秋时,申公巫臣奔吴,教之乘车,教之射御,则江之南亦可用矣。江乡有一等车，只轮两臂，以一人推之，随所欲运。别以竹为箫载两旁，束之以绳，几能胜三人之力。登高度险，亦觉稳捷，虽羊肠之路可行。余谓兵家可仿其制而造之，行以运粮，止以卫阵，战以拒马。若凿池筑城，非仓卒可办，得此车周遭连比，则人马皆不能越，或进或退，惟我所用，欲名之曰"活城"。

养　　生

柳公度云："不以气海熟生物，暖冷物。"时号善养生者。余异时数蹈之，未知悔也。年逾五十，老形具见，因诵少陵诗云："衰年关膈冷，味暖并无忧。"特书坐间以自警。

三孔之先葬得佳域

三孔之先，本田家翁。尝步行入岩谷间，少憩，觉和气燠然，心甚爱之，已而忘归。迨暮，家人寻至其地，问故，翁曰："我觉此山中气暖，与他处异。若我死，当葬于此。"逾年而殁，其家从其言。后遂生司封君，再世而生经甫伯仲。其地今在新淦县之西冈。

江西元夕俗

江西人遇元夕，多以人静时微行，听人言语以占一岁之所为通塞。新喻李仲谦为举子时，是夕行于溪上，见渔者炬火捕鱼，其一连呼曰："里大有！里大有！"仲谦闻而异之。其年秋试，更名"大有"，遂中选。

刘次庄自幼喜书

刘殿院次庄,长沙人,自幼喜书。尝寓于新淦,所居民屋墙壁窗户题写殆遍。临江郡庠有法帖十卷,释以小楷,他法帖之所无也。所善毛公弼、何君表,皆里中先达,两家碑志多其所书者。

独醒杂志卷第十

近年大魁多齐年

近年大魁多齐年,木待问、赵汝愚皆生于庚申;郑侨、黄定皆生于癸丑;王佐、萧国梁皆生于丙午;沈晦、李易皆生于甲子。推而上之,吕蒙正、冯京皆生于甲寅;蔡嶷、何昌言皆生于丁未;徐奭、梁固皆生于乙酉;王曾、张师德皆生于戊寅;吕溱、杨寘皆生于甲寅;贾黯、郑獬皆生于壬戌;彭汝砺、许安世皆生于辛巳;陈尧咨、王整皆生于庚午。所传其生庚者如此,意其他尚有之。

汪圣锡本名洋

汪圣锡本名洋,集英胪唱赐第,御笔更名应辰。或谓取王拱辰十八岁作大魁之义。

安 宁 头

赣之龙南、安远,岚瘴甚于岭外。龙南之北境有地曰"安宁头",言自县而北达此地,则瘴雾解而人向安矣。欧公记至喜亭,以为道岷江之险者,至亭下而后喜。皆谓入其地者垂于死亡,出境乃免也。

种师道罢兵柄谢表

宣和四年，朝廷信童、蔡之言，欲招纳北人。因命泾原经略招讨使种公师道为河东、河北、陕西路宣抚司都统制，王禀、杨可世副之。有旨令便道径赴本司。师道既至高阳，见宣抚使童贯，问出师之由，因极论其不可，曰："前议某皆不敢与闻，今此招纳事，恐不可以轻举。苟失便利，谁执其咎？"贯曰："都统不用多言，贯来时面奉圣训，不得擅杀北人。王师过界，彼当箪食壶浆来迎，又安用战？今特藉公威名，以压众望耳！"遂作黄旗，大书圣语，立于军中以誓众。督师道行甚亟，师道不得已，遂调军过界河。师道未济，已有北人来迎敌，我师既不敢与之交兵，惟整阵避之而已。杨可世与麾下皆重伤，士卒死者甚众，复还界河之南。北人隔河来问违背誓书，师出何名。师道遣其属康随具以河北宣司所申北人陈乞事答之。众哗然曰："安得此事！"遂薄我军，箭发如雨。师道于是遣康随诣宣司，告以北人之语，且问进退之策。宣司不知所为，乃令移兵暂回。北人追袭直至城下，属大风雨，士卒惊走，自相蹂践，兵甲填满山谷。知真定府沈积中以其事闻于朝，上怒甚，遂罢师道兵柄，责授右卫将军致仕。师道上表称谢，云："总戎失律，误国宜诛。厚恩宽垂尽之年，薄责屈黜幽之典。孤根有托，危涕自零。伏念臣西海名家，南山旧族，读皂囊之遗策，知黄石之奇书，妄意功名，以传门户。荏苒星霜之五纪，始终文武之两涂。缓带轻裘，自愧以儒而为将；高牙大纛，人惊投老而得侯。属兴六月之师，仰奉万全之策，众谓燕然之可勒，共知颉利之就擒。而臣智昧乘时，才非应变，筋力疲于衰残之后，聪明耗于昏瞀之余，顿成不武之资，乃有阘茸之实。何止败乎国事,盖有玷乎祖风,深念平生,大负今日,岂意至仁之度,不加既髡之刑,俾上节旄,亟归田里。乾坤施大,蝼蚁命轻。皇帝陛下睿智有临,神武不杀,得驾驭英雄之要道,明制服夷狄之大方。察臣临敌失机,不出求全之过计;念臣守边积岁,尝收可录之微劳。许免衅投,获安闲散。臣敢不拊赤心而自誓,擢白发以数愆。烟阁图形,既已乖于素望;灞陵射猎,将遂毕于余生。"

岳飞之相

岳公飞微时,尝于长安道中遇一相者曰"舒翁"。飞时贫甚,翁熟视之曰:"子异日当贵显,总重兵,然死非其命。"飞曰:"何谓也?"翁曰:"第识之,子,猪精也,猪硕大而必受害。子贵显则睥睨者众矣。"飞,靖、炎间起偏裨为大将,位至三孤,竟为谗邪所害。

毛道人

建炎初,里中有狂者自称为"毛道人",往来诸大姓家,人不以为甚异。一日江涨,不解衣而涉。未登岸,人疑其溺,既济,衣裾皆不濡,人始异之。尝馆于马田胡氏,夜半忽举火焚其门。主人惊救,毛升屋大笑。众怒,以戈逐之,不见所在。有顷,乃闻其声在米斛中,欲启钥殴之,赖救获免。明早,遂顾之他,于其门上书字曰:"胡某九十。"其人未几而卒。毛莫知所终,《玉笥实录》以为隐于山中云。

路真官神术

路真官为儿童时,有一道人谓曰:"能办二十千来用,当授

子以一术。"路信之，然尚为儿童，累时营求，然后能具。道人
者持钱去数日，邀路往一空迥闲屋中，有油与蜜数瓮，令食之。
久而后尽，大泻血秽几死，乃刻符印及授以文书治鬼之法。其
父知之，则尽举其符印文书藏去。寻又得之。父意其窃取，诘
责，对曰："非窃也，不知又何从来耳！"其父怒，破其符印，焚其
文书。有顷，符印文书复具。父乃知其有异，不复禁其所为。
路能作太阳丹，置蒸饼面果粒于掌，望太阳嘘呵揉而成丹，其
色微红。以授病者，服之良愈。崇、观间，有宫婢病，狂邪如有
所凭，召路入禁中，令作丹而不能成。左右哗曰："不曾带得厢
王家药料来耳！"盖京师厢王家卖胭脂也。路曰："适被召，迫
促而来，神气不定，故丹不成。乞赐盥漱再造。"有旨赐之。已
而成丹，以授病者，下咽而愈。路之捕治鬼物，其术甚神，人多
能言之。其子孙尝为人言其得术之初如此。

蛇变鳖蟆变鳜

里中有富家翁喜啖鳖，其家厮役争求供之。一日，有庄氓
馈巨鳖，翁喜，亟付之庖。庖人解其甲，则见肉理盘旋，与常鳖
殊不类，亟以告。翁呼馈者诘之，对曰："前三日过溪上，见一
蛇于草间，吐吞涎沫，蟠缩不动。后再过之，不复见蛇，而鳖殆
蛇之变。尚新，甲虽鳖，而身尚蛇也。"翁自是不复食鳖。又道
士傅得一言："儿时捕鱼溪中，尝获一鳜，而尾有二足。细视
之，则老蟆也。由是知老蟆亦能变而为鱼。"今思老蟆与鳜鱼
之形亦相肖。世常言蛇化为龙，不知亦有化鳖者。经云雀化
为蛤，而不知蟆或变为鱼也。

禅僧问话语几于俳

禅僧问话,语几于俳。尝记一禅寺,每主僧开堂,辄为一伶官所窘。后遇易僧,必先致赂,乃始委折听服。盖旁观者以其人之应酬,卜主僧之能否也。他日又易僧,左右复以为请,僧曰:"是何能为? 至则语我。"明日果来,僧望见之,遽曰:"衣冠济济,仪貌锵锵,彼何人斯?"其人已耻为僧发其故习,乃袖出一白石问曰:"请献药石。"僧应曰:"吾年耄矣,齿牙动摇,不能进是,烦贤细抹将来。"观者大笑,其人愧服。又一僧本屠家子,既为僧,颇以禅学自负。客欲折之,伺其升堂,教其徒往问曰:"卖肉床头也有禅。"其僧就答云:"精底斫二斤来。"问者初未授教下句,仓猝无言,乃笑谓僧曰:"汝欲吃耶?"闻者绝倒。

刘廷隽擢第

舍法之后,诸州解额多未复其旧,庐陵解六十八名,至绍兴癸酉,其数亦未足。时郑少卿作肃为守,既拆号书榜毕,谓诸考官曰:"解额未尽复,诸公尚有试卷可取者否?"曰:"有。"遂令再取一名以足其数。诸试官因将所留卷择之,添取一名,及刘廷隽。廷隽遂擢第。

石 塔 院 僧

维扬有石塔院者,特以塔之制作精妙得名。龙德幸维扬时,尝欲往观,先遣人排办供奉。诸珰环视之,叹赏曰:"京师无此制作。"有一僧从旁厉声曰:"何不取充花石纲!"众愕然。龙德寻闻之,遂罢幸。

朱勔流毒东南

朱勔本一巨商,与其父杀人抵罪,以贿得免死。因遁迹入京师,交结童、蔡,援引得官,以至通显。欲假事归,以报复仇怨,先搜奇石异卉以献。探知上意,因说曰:"东南富有此物,可访求。"受旨而出,即以御前供奉为名,多破官舟,强占民船,往来商贩于淮浙间。凡官吏居民,旧有睚眦之怨者,无不生事害之,或以藏匿花石破家。越州有一大姓,家有数石,勔求之不得,即遣兵卒彻其屋庐而取之。惠山有柏数株,在人家坟墓畔,勔令掘之,欲尽其根,遂及棺椁。若是之类,不可胜数,故陈朝老以谓东南之人欲食其肉。

蔡京诸孙不知稼穑

蔡京诸孙生长膏粱,不知稼穑。一日,京戏问之曰:"汝曹日啖饭,试为我言米从何处出?"其一人遽对曰:"从臼子里出。"京大笑。其一从旁应曰:"不是,我见在席子里出。"盖京师运米以席囊盛之,故云。

陈忠肃书哀江头

陈忠肃公在宣、政间尝大书杜少陵《哀江头》一诗,人莫有知其意者。盖公明于数学,逆知国家靖康之变,而不欲言之尔。

王履道学东坡书

王履道安中初学东坡书,后仕于崇、观、宣、政间,颇更少习;南渡以来,复还其旧。尝见其晚年所书,真得东坡笔法者。

东湖先生读杜集有悟

东湖先生尝会棋于湖山堂，食罢偃息，倏起疾言曰："予作诗数十年矣，适于床头得《少陵集》，试阅之，忽有所见，元来诗当如此作。"遂有"不知何处雨，已觉此间凉"之句。自是落笔皆平易。自然之妙，人不能学。

少陵古诗异名

少陵古诗有歌、行、吟、叹之异名，每与能诗者求其别，讫未尝犁然当于心也。尝观《宋书·乐志》，以为诗之流有八：曰行、曰引、曰歌、曰谣、曰吟、曰咏、曰怨、曰叹。少陵其必有所祖述矣。世岂无能别之者，恨余之未遇也。

京师一知数者之神

旧闻京师一知数者将死，谓其妻与子曰："我死之后，汝母子必大穷困，无以自活。然无轻鬻此屋，某年某月某日雨作，可候于门，有避雨者至，可迎拜之求哀，当有所济。"其人既死，妻子果不能自立，欲货其居者屡矣。念其父死时之言，迁延及期，亦既雨作，母子候门，有客亦至，如所教，迎拜恳祈之，其人始不答其请，徐诘其所以，其道父言，乃笑谓曰："汝父之术亦异矣。"指示其东厢下，俾剧地求之，得银数百两。惜不传二人之姓氏也。

秦丞相翟参政交恶

秦丞相与翟参政汝文同在政府。一日，于都堂议事不合，秦据案叱翟曰："狂生！"翟亦应声骂曰："浊气！"二公大不相能。翟怒一堂吏,面奏乞究治其不法。秦欲以此逐之,遂前奏曰:"翟某擅以私意治吏事,伤国体,不可施行。"翟因力陈其故,且乞罢政。退复上疏,以为"秦桧私植党与,谗害善良,臣若不早乞回避,必为睚眦中伤"。疏犹留中,而台章遽言翟与宰相不协,因防秋托事求去。汝文遂罢政,依旧致仕。

张果老撑铁船

里谚有"张果老撑铁船"之语,以为难遇,不复可见也。乡人杨元皋为举子时,尝梦人告之曰:"子欲及第,除是撞著张果老撑铁船。"元皋心甚疑之。绍兴初,以乡举就吉州类试,一禅刹为试院。元皋试毕,忽回顾壁间有画一老人撑船,旁题云"此是张果老撑铁船处"。元皋喜,以为符梦中之言。榜揭,吉州之士中者六七人,元皋预其一。元皋名迈。

董体仁屡用易卦对策

董体仁参政少时乡举对策,其篇首曰:"圣人序卦,噬嗑之后继之以贲;习坎之后继之以离。噬嗑者,有物为间之象也;习坎者,乘时履险之象也。为我之间者,不可以不去。既已去矣,用文之时也。故贲之象曰:'观乎人文,以化成天下。'为我之险者不可以不除,既已除矣,用明之时也。故离之象曰:'重明以丽乎正,乃化成天下。'"其说云云。后遂为举首。晚年就乙丑特奏名,廷试复用其说。策入四等,补文学出官。继获漕举,复试礼部合格,廷试仍以此说为对。时圣策以汉光武为问,体仁中其说曰:"光武取诸新室,则去间除险之时也。又恢一代之规模,则观文重明之时也。"遂为天下第一。后数年登朝籍,兼崇政殿说书,讲《易·卦》,偶至"噬嗑",体仁仍用"去

间观文"之说，其称上意。秦丞相又器重之，自御史一再迁，遂
参知政事。

庐陵商人浮海得异珠

庐陵商人彭氏子市于五羊，折阅不能归。偶知旧以舶舟
浮海，邀彭与俱。彭适有数千钱，漫以市石蜜。以舟弥日，小
憩岛屿。舟人冒骤暑，多酌水以饮。彭特发瓮出蜜，遍授饮水
者。忽有蜑丁十数跃出海波间，引手若有求，彭漫以蜜覆其
掌，皆欣然舐之，探怀出珠贝为答。彭因出蜜纵嗜群蜑属餍，
报谢不一，得珠贝盈斗。又某氏忘其姓，亦随舶舟至蕃部，偶
携陶瓷犬鸡提孩之属，皆小儿戏具者登市。群儿争买，一儿出
珠相与贸易，色径与常珠不类，亦漫取之，初不知其珍也。舶
既归，忽然风雾昼晦，雷霆轰吼，波涛汹涌，覆溺之变在顷刻。
主船者曰："吾老于遵海，未尝遇此变，是必同舟有异物，宜速
弃以厌之。"相与诘其所有，往往皆常物。某氏曰："吾昨珠差
异，其或是也。"急启箧视之，光彩眩目，投之于波间，隐隐见虬
龙攫拿以去，须臾变息。暨舶至止，主者谕其众曰："某氏若秘
所藏，吾曹皆葬鱼腹矣。更生之惠不可忘！"客各称所携以谢
之，于是舶之凡货皆获焉。

北窗炙輠录

[宋]施德操　撰

王根林　　校点

校 点 说 明

《北窗炙輠录》一卷，宋施德操撰。施德操，字彦执，学者称持正先生，盐官（今浙江海宁）人。为学主孟子而拒杨、墨，力行好学，远近向慕。除本书外，另著有《孟子发题》等。

"炙輠"二字出《史记·荀卿列传》："谈天衍，雕龙奭，炙輠过髡。"輠是车辆上盛润滑油的器具，炙輠是说輠虽经烤炙，犹有余膏，比喻辩士淳于髡善于议论，智慧无穷。本书记作者与宾客的谈论之语，内容多为当时士人及前辈的言行和杂事杂说，具有一定史料价值，亦可考见当时社会风俗。

本书现存版本，有《四库全书》本、《奇晋斋丛书》本、《读画斋丛书》本等。今以《四库全书》本为底本，校以其他诸本标点。凡底本脱、衍、误、倒者，皆据他本径改，不出校记。

目　录

北窗炙輠录卷上

新法之变，议者纷然。伯淳见介甫，介甫闻伯淳至，盛怒以待之。伯淳既见，和气蔼然见眉宇间，即笑谓介甫曰："今日诸公所争，皆非私，实天下事。求相公少霁威色，且容大家商量。管子云：'下令如流水之源，令顺民心也。'管子犹知尔，况乃相公高明乎！何苦作逆人事。"介甫为伯淳所薰，不觉心醉，即谓伯淳曰："业已如此，奈何？"伯淳曰："尚可改也。"介甫遂有改法之意，许明日见上白之。及明日见上，有张天骥者，实横渠弟也，自处士征为谏官，遂于上前面折荆公之短，荆公不胜其忿，遂不肯改。故伊川尝谓诸公曰："新法之弊，吾辈当中分其罪。使当时尽如伯淳，何至此哉！以诸公不能相下，遂激怒而成尔。"

范尧夫罢相，与伊川相见，责尧夫曰："曩者，某事相公合言，何为不言？"尧夫谢罪。又曰："某事相公亦合言，何为又不言？"尧夫又谢罪。如此连责数事，尧夫皆谢罪。及他日，伊川偶见尧夫札子一箧，凡伊川责尧夫所言，皆已先言之矣，但不与伊川辨一词，惟谢罪耳，此前辈之度量不可及也。

韩魏公与范文正公议西事不合，文正径拂衣起去，魏公自后把住其手云："希文事便不容商量。"魏公和气满面，文正意亦解。只此一把手间消融几同异。魏公所以能当大事者，正以此也。

欧公语《易》，以为《文言》、《大系》皆非孔子所作，乃当时

《易》师为之耳。魏公心知其非，然未尝与辩，但对欧公终身不言《易》。

孙威敏不肯读温成皇后策文，仁宗再三令授之，威敏不受。仁宗曰："卿既不读，何不掷去？"威敏曰："掷则不敢掷，读亦不敢读。"立朝之节若此。

吕吉甫既叛介甫，介甫再用，遂令人廉其事，乃得吉甫托秀水通判张君济置田一事。君济置田时，吉甫有舅郑，不知其名，谓之郑三舅，往来君济间。介甫乃发其事，即拘君济、郑皆下狱，郑遂死狱中。已而，奉敕张君济决配某州。临刑日，士大夫莫不哀伤之。决讫，有内臣出白纸一大幅，辄印其脊血而去。人大惊，问之，答曰："欲呈相公也。"呜呼！介甫酷烈，乃至如此乎！

姚进道在学士日，每夜必市两蒸饼，未尝食，明日辄以饲斋仆，同舍皆怪之。子韶问曰："公所市蒸饼不食，徒以饲仆，何耶？"进道曰："固也。某来时，老母戒某云：学中夜间饥则无所食，宜以蒸饼为备。某虽未尝饥，然不敢违老母之戒也。"市之如初。进道名□，华亭人。

进道尝渡扬子江，遭大风浪，舟人皆号呼，进道乃徐顾一亲□。徐德立，遽以名呼之曰："周公保取吾□。来，德立强忍为取之曰：姚□。生不为不义事。江神倘有知乎，使吾言不虚，风浪即止；不尔者，请就溺死。"俄而风霁。

禹锡高祖，谓之陶四翁，开染肆。尝有紫草来，四翁乃出四百万钱市之。数日，有驵者至，视之曰："此伪草也。"四翁曰："何如？"驵者曰："此蒸坏草也，泽皆尽矣。今色外□。实伪物也，不可用。"四翁试之，信然。驵者曰："毋忧，某当为翁遍诸小染家分之。"四翁曰："诺。"明日，驵者至，翁尽取四百万钱草,对其人一爇而尽,曰:"宁我误,岂可误他人耶!"时陶氏资尚薄,其后富盛,累世子孙登第者亦数人,而禹锡其一也。禹锡名与谐,钱塘人。

子韶说"天生德于予,桓魋其如予何",以为外物岂可必,而圣人之言乃如此,盖圣人之气不与兵气合,故知必不死于桓魋,此天下高论,古人所未到也。予亦以谓古人文字皆圣贤之气所发,虽一诗一文,亦天地之秀气。今人懒于文字者,盖其气不与圣贤之气及天地之秀气合,故不得不懒也。

龟山为余杭宰,郑季常本路提学。季常特迁,路见龟山,执礼甚恭,龟山辞让,久之,察其意,果出于至诚。即问之曰:"提学治《诗》否?"曰:"然。"龟山曰:"提学治《诗》虽声满四海,然只恐未曾治。"季常曰:"何以教之?"龟山曰:"孔子云:诵《诗》三百,授之以政,不达,使于四方,不能专对,虽多,亦奚以为? 今诵《诗》三百篇,倘授之以政,果能达欤? 使于四方,果能专对欤? 倘能了此事则可,不然,是原不曾治《诗》也。"季常不能对。

子韶既魁天下,已身为禁从,使归教学。圣锡既魁天下,乃不远千里始来从子韶学,此皆天下奇特事。又,子才妻圣锡,乃以书充奁具,此亦异事也。

赵清献初入京赴试,每经场务,同行者皆欲隐税过,独清献不可。以谓为士人已欺官,况他日在仕路乎? 竟税之。

赵元镇丞相未第时,尝投牒索逋二百缗,其县令曰:"秀才不亲至,乃令仆来耶?"因判其牒曰:某人同赵秀才出头理对。元镇视其牒曰:"必欲赵秀才出头乎? 奉赠二百千。"遂置其牒。

天经曰:介甫既封荆公,后遂进封舒王,合之为荆舒。故东坡诗曰:"未暇辟杨墨,且复惩荆舒。"此皆门人不学之过。

胡安定自草泽召,有司令习仪,安定不可。有司问之,曰:"某事父则知事君之义,在乡里则知朝廷之仪,安用习为?"当时谓其倔强。及他日,人皆属目视之,而安定拜舞之容、登降之节,蔼然如素官于朝者,众乃大服。

陈伯脩作《五代史序》,东坡曰:"如锦宫人裹孝幞头,嗟乎,伯脩不思也。昔太冲《三都赋》就,人未知重也,乃往见玄晏。玄晏为作序,增价百倍。古之人所以为人序者,本以其人轻而我之道已信于天下,故假吾笔墨为之增重耳。今欧公在天下如泰山北斗,伯脩自揣何如,反更作其序? 何不识轻重也。"沈元用人或以前辈诗文字求其题跋者,元用未曾敢下笔,此最识体。元用名晦。

正夫曰:"明皇本无意治天下,何以言之? 颜真卿如何名德,及禄山反,真卿独全平原,乃始曰:朕不知有此人。又,异时欲相张嘉贞,乃不记其名姓,不知逐日用心在甚处?"

正夫曰:"人有话,当与通晓者言之。与不通晓者言,徒尔费力,于彼此无益,反复之余,只令人闷耳。陆宣公之于德宗,横说直说,口说笔说,不知说了多少话,德宗卒不晓,其后,宣公竟不免忠州之行。至于汉高祖,踏着腧便会。"

荆公论扬子云投阁事,此史臣之妄耳。岂有扬子云而投阁者? 又,《剧秦美新》,亦后人诬子云耳。子云岂肯作此文? 他日见东坡,遂论及此。东坡云:"某亦疑一事。"荆公曰:"疑何事?"东坡曰:"西汉果有扬子云否?"闻者皆大笑。

仁宗尝郊,时潞公作宰相,百官已就位。上忽暴中风,左右大惊扰。潞公急止之曰:"毋哗!"因诚左右曰:"事不得闻幄外。"乃扶上就汤药,遂称摄行事。至礼毕,百官无知者。当时但是乐减一奏,识者疑之,及出,人始知之,皆大惊,且服潞公之能当大事也。

范文正公云:"凡为官者,私罪不可有,公罪不可无。"天下名言也。

张道望,吾乡长者人也,尝作秀州司户。遇大旱,本府所以望山川、祷佛祠、祀土龙、坐蜥蜴、纵狱、徙市,所谓致雨之术,无不试,卒不雨。后欲乞水于海盐县神山之龙池,众白太守,以为张司户为人忠厚诚悫,使为之祷,宜有所感动,遂遣之。及望道乞水回,至中道,果大雨,村人皆罗拜雨中。自后州境有水旱,使望道祈之,往往辄应。当时号为感应司户。

蔡元长苦大肠秘固,医不能通,盖元长不肯服大黄等药故也。时史载之未知名,往谒之,阍者龃龉,久之,乃得见。已诊脉,史欲示奇曰:"请求二十钱。"元长曰:"何为?"曰:"欲市紫苑耳。"史遂市紫苑二十文,末和之以进。须臾遂通。元长大惊,问其说,曰:"大肠,肺之传送,今之秘,无他,以肺气浊耳。紫苑清肺气,此所以通也。"此古今所未闻,不知用何汤下耳。

钱塘有人小肠秘,百方通之不效。有一道士钱宗元视之,反下缩小便药,俄而遂通。人皆怪之,以问宗元,曰:"以其秘,故医者聚通之,聚通之,则小便大至,水道愈溢,而小便愈不得通矣。今吾缩之,使小便稍宽,此所以得流也。"此一事殊为特见。

黄师文云:"男子服建中汤,女子服四物汤,往往十七八得,但时为之损益耳。"有男子病小腹一大痛,其诸弟侮之曰:"今日用建中汤否?"师文曰:"服建中汤。"俄而痛溃。盖小便腹痛,为虚,其热毒乘虚而入,建中汤既补虚,而黄芪且溃脓也。子才有婢子,得面热病,每一面热,至赤,且痒绝闷绝,问师文，师文曰："经候来时，尝为火所逼也。"问之，曰："无之。"已而，思之曰："昨者经候来，适为孺人粘衣裳，伛偻曝日中，其昏如裂火炙，以孺人趣其物，不敢已，由是面遂热。"师文曰："是也。"四物汤加防风，获差。师文用药，大率皆如此。平江有妇人，卧病垂三年，状如痨，医者皆疗治，不差。师文往视之，曰："此食阴物时遭大惊也。"问之，其妇人方自省曰：曩日方食水团，忽人报其夫堕水，由此一惊，遂茌苒矣。师文以丸子药一帖与之，用鸡粪汤下，须臾，取一痰块下，抉其痰，正包一小团，盖其当时被惊，怏怏在中，而不自觉也。其后妇人遂安。问为何药？师文曰："吾只去朱二郎家用十文赎青木香丸一帖与之。"曰："何为用鸡粪汤下？"曰："以鸡喜食糯也。"此师文谲耳，未必然也。师文父病口疮，师文治之不愈，心讶之，乃察访诸婢，果父尝昼同婢子寝，明日疮作。师文即详其时节，明日，即伺其父所寝时会其父净濯足，以某药帖脚心，差。又妇人舌风丹，每酒贴唇，则风丹重叠而起，痒刺骨，殆不可活。师文令服五积散，约数服，以杯酒试之，如其言饮酒已，丹不作。德昭一婢尝苦风丹，亦似此，闻其说，遂服五积散，亦差。又师文用五积散治产泻，产泻最难治，师文用此，殊效。

周正夫曰："仁宗皇帝百事不会，只会做官家。"

正夫曰："人不可不识主人位，自汉以来，识主人位者惟四人：西汉之张子房，东汉之陈太丘，蜀之诸葛亮，晋之陶渊明是也。子房既识主人位，遂坐其位。子房既去，陈太丘识之，遂坐子房之位。太丘既去，诸葛亮识之，又坐太丘之位。孔明既去，陶渊明识之，遂坐孔明之位。自此以往，则宾主莫辨，而坐席纷然矣。"

印说颜子不贰过，以为无第二念，亦快。

钱塘有两处士,其一林和靖,其一徐冲晦。和靖居孤山,冲晦居万松岭,两处士之庐,正夹湖相望。予尝馆于冲晦之孙忉,忉之居,即冲晦之故庐也。有一庵,岿峣于岭之上,东望江,西瞰湖,瞰湖之曲,正与孤山相值,而和靖之室,隐见于烟云杳霭之间。遐想当时之事,使人慨然也。和靖虽庐孤山,后有一室,正在凌云涧之侧,和靖多居此室耳。然冲晦比和靖,则和靖名字尤高,而冲晦以数学显。冲晦数学,当时士大夫皆宗之。然忉尝亲与余言曰:"先祖有诫,子孙世世不得离钱塘。"以钱塘永无兵燹。

陶隐居、孙真人皆以药隐,亦隐之善,未能活国,且复活人,不亦可乎!近林灵素、沈洞玄真有活人心,平生施药,不可以数计。余与洞玄别二十年,闻其别后,医益工巧,视病罕诊脉,止令作咳嗽声,辄知病之所在,不知此何法也?在经有见而知之者,上也,闻而知之者,次也。洞玄之法,非闻而知之者乎?凡有病至,不惟与药,地稍远者,必设酒。其贫者,馆之,日与饮食,如此则亦难继矣。故人之所以馈洞玄者亦厚,临死日,犹有遗三十缗,盖尽费于此也。察洞玄之心,自孙真人以来,一人而已。

张永德守郑州,其军下有人诣阙告变者,太祖械送其人于永德,使自治之,永德止笞十。智哉,永德!

东坡性简率,平生衣服饮食皆草草。至杭州时,尝喜至祥符寺琴僧惟贤房闲憩,至则脱巾褪衣,露两股榻上,令一虞候搔,及起,观其岸巾,止用一麻绳约发耳。又,筑新堤时,坡日往视之,一日饥,令具食,食未至,遂于堤上取筑堤人饭器,满贮其陈仓米一器尽之。大抵平生简率,类如此。

德昭母年近八十,得疾,冬苦寒,夏苦热。八十非帛不暖,则老人之苦寒尚矣。至夏，则又酷畏热。德昭昆仲至冬则为重裀复幕，贮药炙炭，所以致暖之术，无不具。其昆仲遂不复入寝室，皆会卧宿于其母之帐，庶几人气有以温之也。至夏，则二人居帐外，居帐中者交手挥箑，以伺其母之动息，至倦则止。热甚，则帐外二人更之。谓婢妾不足委，皆不用。呜呼，事亲若此，亦可以无愧于古人矣！

友人史幼明任县尹，余告之曰："有官君子所最忌二事，在己则赃，在公家则聚敛。他罪恶犹可免，犯此二者，终身不可齿士君子之列。今时或有处身最廉，然掊克百姓，上以媚朝廷，下以谄权贵，辄得美官，虽不入己，其入己莫任焉。暗中伸手，此小偷也。公然聚敛，以期贵显，真劫盗也。"

章子厚谓温公为贼光，正可对盗跖谓孔子为盗丘也。

宇文虚中在北作三诗曰："满腹诗书漫古今，频年流落易伤心。南冠终日囚军府，北雁何时到上林。开口催颓空抱朴，胁肩奔走尚腰金。莫邪利剑今安在？不斩奸邪恨最深。""遥夜沉沉满幕霜，有时归梦到家乡。传闻已筑西河馆，自许能肥北海羊。回首两朝俱草莽，驰心万里绝农桑。人生一死浑闲事，裂眦穿胸不汝忘。""不堪垂老尚蹉跎，有口无辞可奈何？强食小儿犹解事，学妆娇女最怜他。故衾愧见沾秋雨，裋褐宁忘拆海波。倚杖循环如可待，未愁来日苦无多。"此诗始陷北中时作，所谓"人生一死浑闲事"云云，岂李陵所谓欲一效范蠡、曹沫之事？后虚中仕金为国师，遂得其柄，令南北讲和，大母获归，往往皆其力也。近传明年八月间果欲行范蠡、曹沫事，欲挟渊圣以归，前五日为人告变，虚中觉有警；急发兵直至北主帐下，北主几不能脱，遂为所擒。呜呼，痛哉！实绍兴乙丑也。审如是，始不负太学读书耳。

老子曰："不见可欲,使心不乱。"孙次卿曰："老子此语衍二字,何不言'见可欲,心不乱'?"次卿名邦,杭新城人,家兄门生也,尝为户郎,文有西汉风。

温公初官凤翔府,年尚少,家人每见其卧斋中,忽蹶起著公服,执手板,坐久之,人莫测其意。范纯甫尝从容问其说,公乃曰："吾念天下安危事,不敢不敬。"范蜀公言储嗣事,章十九上,待罪百余日,须发尽白。呜呼,君子于天下国家事,其精诚至于如此,古所无有也,直使人敬仰。温公与蜀公平生友善,温公自谓吾与景仁实兄弟,但姓异耳。观二君子此事,良哉,朋友!

子容尝言,淮南监司,童贯客也,坐累罢去,实子容叔氏微言之。其监司往见贯,不得通,乃私事其使臣,使臣曰："吾亦不能为公通姓名,但伺相公出,公立于道左,我唱拜,公即拜,此见相公之道也。"其人曰："诺。"他日,贯出,其人遂立于道左,使臣果唱拜,其人遂拜。贯问曰："何人?"对曰："某人。"贯曰："这厮在此。"乃呼使过马首问之,其人遂随贯至其第。参拜讫,贯曰："汝不饥否?"乃令取酒一杯劳之。遣去后,贯为雪其罪,遂复得淮南转运使。呜呼,方其为监司时,鼻息上云汉,威声动山岳,不知来处乃如此。当时出蔡氏诸阉门者,往往多此辈耳。子容名元广,姓张氏,华亭人。

沈元用有三大节。元用自奉使回,正二圣北狩伪楚僭窃时。元用即欲仰药,时焕卿、沈子旸尚在元用幕下,二公急前抱持之,为翻其药,曰："事未可知,姑少迟之。"元用自此尝纳药于夹袋中,曰："伪命至,则饮此。"无何,伪命至,元用时适病,遂以病免,此一大节也。及阙时,元用知某州,一闻其事,即日致仕,此二大节也。丁一箭之起,屠戮人至酷,既经江西,州县望风奔溃。时元用知宣州，曰："此贼死于此矣。"乃会士卒，自解髻剪顶心发烧灰，投诸酒，与士卒饮之，曰："吾与汝辈誓死此城！"士卒皆奋，自此元用遂宿城上，不复归家。贼射城上，箭如雨，元用不为动。数日，元用临城谓贼帅曰："吾城中无有，汝不如过，吾已与三军誓死此城矣！不信，请射我。"遂披胸使射，群贼大惊，皆罗拜城下而去，此三大节也。

张邦昌僭叛，论者谓非出邦昌本心，凡邦昌之立，止为救一城生灵。吾乡傅商霖曰："此何言也！当时邦昌之分，止有一死耳！除一死，更无可言。吾当知死分耳，何知一城生灵耶？邦昌不立，未必累一城生灵。设令累之，则二圣北狩，一城死之，适其义，复何恨哉！"商霖名岩叟。

余寓秀州学三年，止得子容、子才二人。时余年二十七，而子才才年十八。子才渐渐少年，中性复滑稽，俊发则翻倒一斋。及其庄语，俨然而坐，衣裾不动者终日，余固心喜之。一日，范文正公有言："宁可终身无爵禄，不可一日忘忠义。"遂抚案咨嗟久之。余由是遂与之亲厚。子容罕在斋，一日，自华亭来参见，余未之熟也。时同舍言其乡人近以捕盗改官，皆有歆羡意，独子容愀然叹息曰："使张某他日忝一第，决不肯捕贼改官！"余喜曰："何得此仁人之言！"由是益相亲厚。

余旧与先觉在乡中，多游大慈坞。时经行诸寺，闲观壁间前辈题名诗句，于祖塔得惠铨觉一诗曰："谷口两三家，平田一望赊。春深多遇雨，夜静独鸣蛙。云暗未通月，林香始辨花。谁惊孤枕晓，涛白卷江沙。"又于静明寺尘壁中得诗两句云："澜深鱼自跃，风暖客还来。"惠觉最为东坡、米元章所礼，甚为朴野，布衣草履，绳棕榈为带，时夜半起，槌其法嗣门，索火甚急，法嗣知其得句也。或称无油，辄呼疾燃竹，得火即疾书之。

诗人之得句盖如此。惠觉诗浑然天成,无一毫斧凿痕,雍容闲逸,最有唐人风气,但七言殊未称,盖学力未至耳。

陈齐之谒茂实,茂实方挞其子,齐之曰:"公挞令嗣何为?"茂实曰:"小儿辈须与挞之。"齐之曰:"以某观之,正不当挞,挞之所以败之也。要须喻以道理尔。小儿辈自孩提时,即当喻以道理,曰:'如是是天下好事,如是是天下不好事,如是者可行,如是者不可行,如是者可耻,如是者不足耻。'孩提虽无知,而吾日聒之,所以入耳者熟。会当渐入处如此,则著脚下便使识士君子道路矣。所谓棰挞,岂可无哉!不得已而出之,使辅吾之道理尔。平日未尝出,一旦忽出之,被吾棰楚,其恐惧愧耻之心为如何?若然,则岂不谓之善教乎?今之教子者,都不喻以道理,但棰挞之,彼胸中固无知,又日被吾棰挞者已熟,遂顽然无耻矣。若是,则教之非所以败之欤?"齐之此言,可谓教子之法。

黄致一初看科场,方十三岁。时出《腐草为萤赋》题,未审有何事迹。同场以其儿童易之,漫告之曰:萤则有若所谓聚萤读书,草则若所谓青青河畔草,又若所谓君子之德风小人之德草,皆可用也。其事皆牢落不羁,同场姑以此塞其问,元非事实也。致一乃用此为一偶句云"昔年河畔,常叨君子之风;今日囊中,复照圣人之典",遂发解。刘无言年十七岁,在太学,时称俊杰才。先季试偶读《司马穰苴传》,曰:"将在军,君命有所不受。"乃谓同舍曰:"某明日策中,必用此句。"明日,问《神宗实录》,问与昨日事殊,无言乃对曰:"秉笔权,犹将也,虽君命有所不受。"此一策甚奇,诸长皆拱手,遂作魁。此皆一时英妙可笑,故事无工拙,顾在下笔何如耳。

诸葛孔明每见庞德公,辄拜床下。庞公初不令止,子韶曰:"拜床下者,已为诸葛孔明,而受拜于床上者,其人何如哉?"诚哉,是言!然则诸葛孔明观庞德公,则其人物为何如。然其平生所有,乃付之灰埃草莽,自鹿门一隐之后,遂不见踪迹。呜呼,非其德盛,何以至此!又安得使孔明不为之屡拜乎?孔明视德公,固为晚进矣。然孔明在妙龄时,才气如何?当下视一世,乃肯拜德公于床下,此所以为诸葛孔明也。没量之人,只为此一点摩拂不下。

德先言一僧曰:"吾佛法,岂有他哉?见人倒从东边去,则为他东边扶起,见人倒从西边去,则为他西边扶起;见渠在中间立,则为他推一推。"中间之说煞好。德先名兴仁,德昭弟也。

张思叔,伊川高弟也。本一酒家保,喜为诗,虽拾俗语为之,往往有理致。谢显道见其诗而异之,遂召其人与相见。至则眉宇果不凡,显道即谓之曰:"何不读书去?"思叔曰:"某下贱人,何敢读书?"显道曰:"读书人人有分,观子眉宇,当是吾道中人。"思叔遂问曰:"读何书?"曰:"读《论语》。"遂归买《论语》读之。读毕,乃见显道,曰:"某已读《论语》毕,奈何?"曰:"见程先生。"思叔曰:"某何等人,敢造程先生门?"显道曰:"第往,先生之门,无贵贱高下,但有志于学者,即受之耳。"思叔遂往见伊川。显道亦先为伊川言之,伊川遂留门下。一日,侍坐,伊川问曰:"《记》曰:有所忿懥,则不得其正;有所恐惧,则不得其正;有所好乐,则不得其正;有所忧患,则不得其正。正却在何处?"思叔遂于言有省。其后,伊川之学,最得其传者,惟思叔。今伊川集中有伊川祭文诗十首,惟思叔之文理极精微,卓乎在诸公之上也。

天经久疟,忽梦一人眉宇甚异,对天经哦一诗云:"塞北勒铭山色远,洛中遗爱水声长。秋天莼菜扁舟滑,夏日荷花甲第香。"病遂瘥,殊可怪也。天经因续其诗曰:"识面已惊眉宇异,闻言更觉肺肝凉。洛中塞北非吾事,莼菜荷花兴不忘。"天经于文艺皆超迈人,后竟不第。人或以为"洛中塞北"之句,不合谢绝之如此。然亦岂有是理乎?天经姓叶,名楳,字伯林,婺州人,以旧字行。

天经曰:异时尝在旅邸中,见壁间诗一句云:"一生不识君王面",辄续其下云:"静对菱花拭泪痕。"他日见其诗,使人羞死,乃王建《宫词》也。其诗曰:"学画蛾眉便出群,当时人道便承恩。一生不识君王面,花落黄昏空掩门。"唐人格律自别,至宫体诗,尤后人不可及也。

人见渊明自放于田园诗酒中,谓是一疏懒人耳,不知其平生学道至苦,故其诗曰:"凄凄失群鸟,日暮犹独飞。徘徊无定止,夜夜声转悲。厉响思清越,去来何依依。因植孤生松,敛翼遥来归。劲风无荣木,此荫独不衰。系身已得所,千载真相违。"其苦心可知,既有会意处,便一时放下。

《阳关》词古今和者,不知几人。彦柔偶作一绝句,云:"客舍休悲柳色新,东西南北一般春。若知四海皆兄弟,何处相逢非故人。"自古悲愁怨懟之思,一扫而尽,《阳关》词至此当止矣。彦柔姓陈,名刚中,英伟人也。后以江阴金判与子韶诸公同贬知虔州安远县,卒。

余所谓歌、行、引,本一曲尔。一曲中有此三节,凡欲始发声,谓之引,引者,谓之导引也。既引矣,其声稍放焉,故谓之行,行者,其声行也。既行矣,于是声音遂纵,所谓歌也。今之播鼗者,始以一小鼓引之,《诗》所谓应田悬鼓是也。既以小鼓引之,于是人声与鼓声参焉,此所谓行可也。既参之矣,然后鼓声大合，此在人声之中，若所谓歌也。歌、行、引，播鼗之中可见之。惟一曲备三节，故引自引、行自行、歌自歌，其音节有缓急，而文义有终始，故不同也。正如今大曲有人、破、滚、煞之类。今诗家既分之，各自成曲，故谓之乐府，无复异制矣。今选中有乐府数十篇，或谓之行，或谓之引，或谓之谣，或谓之吟，或谓之曲，名虽不同，格律则一。今人强分其体制者，皆不知歌、行、引之说，又未尝广见古今乐府，故亦便生穿凿耳。

高抑崇始封进札子，以为非和气不足以治天下，上首肯之。抑崇乃问上曰："陛下以为如何是和气?"凡人始上殿，皆皇恐战汗，惟恐应对失词，未有反致诘于上者，上为仓卒一问，亦愕然，乃曰："今疾疠不作，螟蝗不生，年谷丰熟，百姓安康，即和气也。"抑崇曰："此万物和气。陛下和气安在?"上默然。嗟乎，非和气不足以治天下，古人未能发也。抑崇发之，至哉，斯言! 余观近世能尽斯道者，其程伯淳乎!

张子公为户侍，苦用度窘，欲出祠部，改盐钞。见秦丞相，秦曰："若干年不出，若干年不改盐钞矣。且止。"张乃具陈当时利害，俱不听。张怒，乃勃然曰："相公言大好，看势不可行。今日事势如此，安得沽虚誉、妨事实。一旦缓急，相公何处措力?"遂拂衣而起见。赵相公阙曰："如何?"张复陈其利害，丞相乃赞之曰："甚善，甚善! 子能留心执事如此，吾复何疑。然于阙天下财赋乎?"曰："未也。"丞相曰："若此，则子亦小失契勘矣。"如某州有米若干，某州有米若干，某州有钱若干，某州有钱若干，复数数州，张但呀然，赵相曰："今所以不即发来者，发来，国家便有无限财赋也。因尝行文字，令且只就本府使，万一有缓急，某亦粗有备矣。如子之请，姑乃迟也，勿吝见教。"张乃大服，曰："若此，岂不是宰相秦桧之都不知国家虚实利害,但以虚词盖人,人心安得而服!"

龟山作《梅花》一诗寄故人,云:"欲驱残腊变春工,先遣梅花作选锋。莫把疏英轻斗雪,好藏清艳月明中。"时故人正作监司,见此诗,遂休官。

诸司造船,吏夤缘为盗,每造七百料船,率破钉四百斤。曾处善为某路转运使,偶见破舰一,阁滩上,乃遣人拽上以焚之,人亦不测其意。既焚,得钉二百斤,于是始知用钉之实。朝廷于是立例,凡造七百料船,给钉二百斤,自处善始。

晏元献为宰相,兼枢密使,范文正参知政事,韩魏公、富郑公枢密副使,一时人物之盛如此。而范、韩二公与元献有旧,故荐之,而富公,其婿也。元献以嫌欲避位,而仁宗不许。夫宰相用人,正当如此,顾人才何如耳,安问亲旧乎?崔祐甫一日除吏八百,亲旧居其半,此乃天下之公道也。后之避嫌者,虽才如元凯,以亲故避不敢举,而弄权盗柄者又托此以市私恩、植党与,此人君之用人所以为难也。

应求谓余曰:"使成安君果用李左车,韩信果擒乎?或自有处也。观当时之策,信乎殆矣!"予曰:"不然。韩信入井陉,在李左车不用之后也。使不知敌人所取予,遽顿兵四险地,非甚庸将不至此,况韩信乎?大凡用兵,必先为敌人计,然后始能伐敌人。故邓公之军黥布,司马仲达之军公孙渊,皆出于此。李左车之计虽为赵之上策,然左车未陈此计时,乃先在韩信算中矣。故其策虽妙,安能施于信哉!但成安君用李左车,则赵亦未易下。"

禹锡问余曰:"周伯仁救王导,始阳言曰,今年杀诸贼奴,取金印如斗大,系肘后。逮事已解,固当同车入见,虽告之以相救之意,庸何伤?卒不告,后竟遇害。伯仁亦阙。"余曰:"不然。此所以见古人用心处也。元帝与王导，岂他君臣比？同甘共苦，相与奋起于艰难颠沛之中，今以王敦，遂相猜忌如此，君子所以深惜也。故伯仁之教导，欲其尽出于元帝不出于己，所以全君臣始终之义，伯仁之贤，正在于此。”

余尝爱茂实，谓有一武王，必有一伯夷；有一陈平，必有一王陵；有一霍光，必有一严延年；有一姚元之，必有一宋广平。不如是，无复人道矣。

子韶与正夫论仁宗朝人物，正夫曰：“未说设施，只竖起几个人物在庙堂上也，须教太平。”

正夫谓子韶曰：“昨强幼安来说话，引援甚富。某谓之曰：若此者，六一语，若此者，温公语，若此者，东坡语，若此者，山谷语。强幼安语却在甚处？幼安无语。”

陈明作为西浙漕来谒正夫，正夫因语次曰：“昨日热。”陈亦曰：“夜来大热。”正夫曰：“公安知热？”陈笑曰：“如正夫学问高明，议论英发，固某所不敢望。至于寒暑，天下人共知之，乃谓某不知热，何也？”正夫曰：“公安知热，如某乃知热耳。某在闲处，无一毫事到心，故四时之变化、寒暑之盛衰，此身皆知之。言今日寒，则信寒矣，于是增衣裘。言今日热，则信热矣，于是减绤绤。以予言今日温、今日凉，皆与阴阳之候不差毫厘。今左右簿书狱讼，纷然在前，而利害祸福之心交战于中，性命且不知所在，又安得知寒暑也？”陈乃叹息曰：“真高论。”

魏公夫人尝蓄婢，而魏公不知也。教以歌舞，至魏公生朝，乃出之。使上寿，公见其辨爽，悦之。其婢既上寿毕，忽泣下，公怪而问之。婢曰：“念妾父在时，每生朝，婢子辈上寿，亦必歌此曲。今忽感其事，不知泪之所从也。”公曰：“汝父为何人？”曰：“某人。尝为某州通判。”公大惊，责夫人曰：“此士大夫女，安得辄取为婢？"夫人谢不知，公即令与诸女列后，择一有官人厚嫁之。

魏公判北京，有术者上谒，言能视笏文知吉凶。魏公语其人明日至。明日，魏公作饭召通判，而术者遂预焉。公预与通判易笏，令视之，术者视魏公笏，言："某日当拜再召，在朝位若干年。"视通判笏曰："某日当进秩，当至某官。"既毕，魏公使人厚谢之。通判曰："狂生敢欺罔相公如此，罪应诛，乃反厚馈之，何也？"公曰："琦先欺也。"

正夫曰："茅庵草屋，风雨一兴，辄欲颠扑。至广厦大堂，虽震风疾雷，顿撼天地，而安若泰山。藩篱鸟雀，风劲草摇，则惊飞窜伏。而丰牛巨象，虽长鞭大棰，犹抶之不行。人之度量，其相悬亦如此。"

沈元用以四六自负，以谓当今四六，未有如晦者。其谢解起一联云："谷寒难暖，喜二气之或私；风引辄回，怅三山之不到。"真为绝唱也。惜其过贪，翻近芜秽耳。

先觉论文，以谓退之作古，子厚复古，此天下高论。

董应求以汉文有真才。文帝才一宽厚长者耳，初无一毫英武气，优游不事，若无能为者。当是时，外有强藩悍将，内有权臣孽君，乃中外恬然，故虽有七国之强，乃高祖过制，非文帝之罪。然亦终文帝之世，不敢有为，非有真才而何欤？彼以智术把持天下者，可同年而语哉！应求，名天民，泉州人。

北窗炙輠录卷下

　　温公为儿时，与群儿戏，有一儿堕水瓮中，群儿怖奔，公独不去，乃亟取石，就瓮下作一窍，以出水，水流出，其儿乃救。公为儿时，其仁术已如此矣。

　　平江有富人，谓之姜八郎。后家事大落，索逋者雁行立门外，势大窘，谓其妻曰："无他策，惟有逃耳。"顾难相挈以行，乃伪作一休书，遣之曰：吾今往投故人某于信州，汝无戚心，事幸谐，即返尔。将逃，乃心念曰：委债而逃，吾负人多矣。使吾事倘谐，他日还乡，即负钱千缗，当偿二千缗，多寡倍受。遂行。信州道中，有逆旅妪夜梦有群羊甚富，有人欲驱之，有一人呵之曰：此姜八郎羊也，毋得驱逐。恍然而觉。明日，姜适至其所问津，妪问其姓，曰："姜。"问其"第几？"曰："八。"妪大惊，延入其家，所以馆遇之甚厚。久之，乃谓姜曰："妪有儿，不幸早死，有妇，怜妪老，义不嫁，留以侍妪，妪甚怜之。欲择一赘婿，久之，未获。观子状貌，非终寒薄者，顾欲以妇奉箕帚，可乎？"姜辞以"自有妻，不可。"妪请之坚，姜亦以道途大困，不得已从之。其妻一日出撷菜，顾有白兔，逐不可得，欲返，兔即止，又逐之，又不可得，欲返，兔又止，如是者屡。遂追之一山上，兔乃入一石穴中，妻探其穴，失兔所在，乃得一石，烂然照人，持归以语夫。姜视之曰："此殆银矿也。"冶之，果得银。姜遂携其银往寻其故人，竟无得而归。因思曰："吾闻信州多银坑，向之穴，非银坑乎？"遂与其妻往攻之，果银坑也。其后，竟以坑冶致大富。姜于是携其妻与姬,复归平江,迎其故妻以归。召昔所负钱者,皆倍利偿之,此亦怪矣。余思其后妻怜其姑之老,义不嫁,此天下高节。而姜临逃,亦有倍偿所负之誓,亦足以见其人也。因缘会合,夫妇相际,天其以是报善人乎!

子范谓余曰:“刘信叔守合淝,厥功高矣,然此一事亦有天幸者。”余曰:“如何?”子范曰:“闻其始与金人战,金人布阵西北,是日东南风大急,尘沙击面,金人大败。他日战,金人据上风,刃未接,风急反,尘沙甚焉,金人又大败。若是非天幸者乎?”余曰:“自金人南下,内外将士无一人为国家捐躯干出死力,一见敌人之前驱者,望风奔溃,相袭为常。惟刘信叔守庐州,甲兵脆薄,粮食单寡,当时将卒哄然欲散,信叔乃折箭为誓,劝徇忠义,谕以祸福,然后三军之士皆为之奋,左右支吾,卒能以孤垒折咆哮百万之师而夺之气。然则返风之异,安知其非精忠有以感动天地乎?安得遽以为天幸也!”

明道知金华县,有人借宅居者,偶发地,得钱窖千余缗。其主人至,曰:“吾所藏也。”客曰:“吾所藏也。”遂致讼,二人争不已。明道问主人曰:“汝藏此钱几何时?”曰:“久矣。自建宅时即藏此钱在地矣。”“汝借宅几何时?”曰:“三年。”明道乃取其钱,尽以钱文类之。明道既视其钱文,乃谓客曰:“此主人钱也。”客争之曰:“某之钱。”明道曰:“汝尚敢言!汝借宅才三年,吾遍阅钱文,皆久远年号,无近岁一钱,何谓汝所藏也?”其人遂服。

有富人于氏卒,惟一子。忽一日,有一医蓦入其家,言:“吾乃父也。”其子惊问之,曰:“汝实吾子。异时乞汝于汝父,今吾老矣,汝从吾归。”其子不服,遂致讼。其医具致其乞子于于氏词,明道曰:“汝有何据?”曰:“有据。”曰:“何据?”曰:“某尚记一药方簿,志其岁月也。"明道令取药方,至,则纸墨甚古,其后书云:某年月日,以第几子与本县于二翁。明道留其方,明日问其子曰:"汝年几何?"曰:"几何。"曰:"汝父寿几何?"曰:"几何。"明道以其子之言,验医所书岁月合,乃谓医曰:"汝诈也。"医曰:"某安敢诈?"明道曰:"汝所记岁月,与其子之年信合矣,此特得其岁月耳,然汝有一缺漏处,乃不觉。"医曰:"其有何缺漏?"明道曰:"以汝云岁月,考于氏之年,时于氏之年三十四耳,何得谓之翁?"其医遂语塞。

又有一富人,亦有一子,方孩,无母,乃有一婿,将死,属其婿曰:"吾以子累君,幸君善抚之。他日吾子长,当使家资中分之。"乃出手泽付其婿。及其长,不肯如父约,其婿乃以手泽诉于县。明道乃密谓其子曰:"汝父,智人也。不如是,汝之死久矣。惟其婿有半资之望,故汝保全得至今。虽如是,某人亦贤也。不然,方汝幼时,岂不能杀汝取全资耶?今岂当较其半耶?"其子悟,遂半分之。

明道在邑中,视其民如家人,或有所诉,至有不持牒竟造庭口述者。邑中事,无晨夜,得以闻。尝夜半有杀人者,明道惊曰:"吾邑中安得有此事?"已而思之曰:"当是某村某人也。"问之,果然。皆大惊,以问明道,明道曰:"曩者,吾尝行诸乡,遍阅诸乡人,惟此人有悖戾气,是以知之。"其明察如此。

尝有监司问明道借两夫取桑白皮,曰:"本司非乏人,顾闻桑白皮出土者杀人,故非其人不可使。惟公至诚格物,所使皆忠厚可委,所以奉浼耳。"

富郑公知郓州,有士人出入一娼家久,其后与娼竞,乃挝其面碎之,涅以墨,遂败其面,其娼号泣诉于府,公大怒,立追士人至,即下之狱。数日,当决遣,其士素有才名,府幕皆更进言于郑公曰："此人实高才，有声河朔间。今破除之，深为可惜。"公曰："惟其高才，所以当破除也。吾亦知其人非久于布衣者，当未得志，其贼害乃如此，以如斯人而使大得志，是虎生翼者。今不除之，后必为民患。"竟决之。

沈文通来知杭州时，有士人任康敖，即作薄媚及狐狸者也。粗有才，然轻薄无行，尝与一娼哄，亦墨其面。后文通知杭州，闻其事，志之。一日，文通出行，春燕望湖楼，凡往来乘骑者，至楼前皆步过，惟康敖不下马，乃骤辔扬鞭而过。文通怒，立遣人擒至，即敖也。顾掾吏案罪，即判曰："今日相逢沈紫微，休吟薄媚与崔徽。蟾宫此去三千里，且作风尘一布衣。"遂于楼下决之。此可为轻薄者之戒。

家兄门生，有沈君章，无他奇，但性颇孝，喜为狭邪游。一日，宿妓馆，因感寒疾以归，苦两股疼。其母按其股曰："儿读书良苦，常深夜阅书，学中乏薪炭，故为冻损耳。"君章谓余言，某闻老母此语时，直觉天下无容身处，即心誓曰："自此不复游妓馆矣。"后余察之，信然。此亦可谓善改过矣。

家兄门生，有汤良器，人品甚高，诗文字画皆肃然，事继母至孝。家兄既捐馆于江西，殡洪州时，良器已登第为江西司运司属官。遭罹兵革，久不与家兄相闻问。及舍侄横往扶护，偶于一客次见之。良器闻家兄死，沛然流涕，乃极力佐舍侄营办扶护事。良器实贫甚，乃尽取妻子首饰授舍侄。家兄旅榇得以万里护归者，良器之力十居七八。予与良器款不久，然心知其贤者，其后果与子才善，又大为李伯纪所前席，其人固可知。今又观于家兄尽力如此，益信其为贤也。故家兄之贤弟子，惟孙力道、陆虞仲、汤良器、莘先觉、陈德昭，他余亦不能尽知。在诸公间，惟先觉不第而卒，而德昭犹在场屋，良器名幽。不幸早世，遂终于江西运司云。

家兄门生，有施大任，常知秀水嘉兴县。始视事，讼牒逾千纸，大任皆不问，独摘其无理者，得七八十，皆科罪。是日决挞至暮，其不尽者，明日又行之。自后，妄状者往往皆屏迹。

德昭有亲王子思，知海盐县。视事之初，其讼牒亦如大任时。子思不问，独摘其一无理者，对众痛杖之。杖讫，子思起入宅堂去，乃令一吏传教云：知县已饭，诸讼者饭罢，指挥其无理用钱抽取其牒去。及子思饭罢出，已失其半矣。由此言之，为政不可无术。

正夫曰：“人言汉高祖能用张子房，高祖安能用子房哉！实子房用高祖耳。然观高祖一村汉，颇识道理，能听人言语，遂将驱使之，见其时来，因为成就之耳。”

正夫曰：“人言陶渊明隐，渊明何尝隐，正是出耳。”

正夫阙谓子才：“阙入云间，妙矣。然犹未若怀禅师云‘雁过长空影说寒’，则天无留雁之心，雁无遗迹之意。”

正夫曰：“譬之射者，左亦见是的，右亦见是的，前亦是的，后亦是的。射者左射右射，面射背射，不论如何，只是要中的。如何是的，曰仁。”

正夫曰：“宰相须识体，若不识体，如何做得。他王荆公为宰相，每与百官争一事，皆亲书细字至数十札子犹不已，岂是宰相体。”

正夫曰：“天下有几等人，譬如以物自地累至天上，不知有几层也，自家须要在第一层上立坐地始得。”

正夫尝论杜子美、陶渊明诗云：“子美读尽天下书，识尽万物理，天地造化，古今事物，盘礴郁结于胸中，浩乎无不载，遇事一触，则发之于诗。渊明随其所见，指点成诗，见花即道花，遇竹即说竹,更无一毫作为。"故余常有诗云:"子美学古胸,万卷郁含蓄。遇事时一麾,百怪森动目。渊明淡无事,空洞抚便腹。物色入眼来,指点诗句足。彼直发其藏,义但随所瞩。二老诗中雄,同人不同曲。"盖发于正夫之论也。

渊明诗云:"山色日夕佳,飞鸟相与还。此中有真意,欲辨已忘言。"时达摩未西来,渊明早会禅,此正夫云。

或谓惠胜仲曰:"孔子在陈蔡之间,弦歌不绝,或几于遗。"胜仲曰:"胡为其然也?弦歌自是日用,乃不变常耳。安得谓之遗?"子韶甚喜胜仲之言,以告正夫。正夫曰:"固也。然圣人既当厄,亦当辍其日用事,以图所以出厄之道。至图之不可,乃安之如平日耳。不然,水火既逼,兵革交至,乃安坐不顾,是愚耳,何得为圣哉!故孔子所以虽弦歌不辍,终微服而过宋也。"

正夫说万物皆备于我,所谓狠如羊,贪如狼,猛如虎,毒如蛇虺,我皆备之。

正夫谓子才曰:"子路未可量,如子路拱而立,三嗅而作,当是子路自有省处。"

东坡待过客,非其人则盛列妓女,奏丝竹之声,聒两耳,至有终晏不交一谈者。其人往返,更谓待己之厚也。至有佳客至,则屏去妓乐,杯酒之间,惟终日笑谈耳。

旧传陈无己《端砚》诗云:"人言寒士莫作事,神夺鬼偷天破碎。"神言夺,鬼言偷,天言破碎,此下字最工。今本乃作鬼夺客偷,殊玉石矣。此当言鬼神,不可言客也。

窃闻工补之性至钝,每课百字至五百遍,始能成诵。然精苦不已,积久忽自通达。王补之之名,闻于四海,故知学者有不勉耳,勉之,其有不至者乎!性之利钝不计也。子思曰:"有弗学,学之弗能弗措也。有弗思,思之弗得弗措也。有弗辨,辨之弗明弗措也。有弗行,行之弗笃弗措也。"人一能之,己百之,人十能之,己千之。若是者,虽愚必明,虽柔必强。

毛泽民题西湖灵芝寺可观房紫竹一绝颇佳,云:"阶前紫玉似人长,可怪龙孙久未骧。第放烟梢出檐去,此君初不畏风霜。"泽名雱。

有一相识,妙于医,沈元用谓今世和扁,而论者弗之过。年来颇觉声稍减,以予思之,良以好贿重财故也。子容曰:"医者好货重财,已非其道,况一好贿,则有命于其间矣。病者之瘥不瘥,则系其命之厚薄也。"近人之多失,岂非坐是乎!

天经尝言:"一箪食,一瓢饮,在陋巷,人不堪其忧,回也不改其乐,此孔子所以贤颜子也。今人亦云,箪瓢陋巷,我能安之,岂不可笑也?夫颜子负王佐之才,使小出所长,取卿相如拾地芥,然不肯苟进,乃安于陋巷,此所以贤也。今之人无才无德,本是穷饿之人,乃亦曰我能安贫,汝不安贫,欲将何为?盖庙堂之上,本是颜子著身之地,今乃陋巷,非颜子之地矣。然乃能安之,此所以为颜子也。间阎沟壑,是汝著身之地,今在间阎沟壑中,适其所尔,又何言安焉?"天经之说极然。今无志气人,往往皆以此自安。孔子曰:贫与贱,是人之所恶也,不以其道得之,不去也。夫贫贱,岂君子之乐哉!然而不去者,以我无贫贱之道故也。既有贫贱之道,安得不求去之。如之何为去贫贱之道,岂不以学不讲欤?岂不以行不修欤?岂不以不才无能欤?此所以贫贱也。既以此得贫贱,在我者求去之,如何日夜讲学,日夜修身,日夜进其所不能,三者既尽,求其穷我者已不得矣。然后贵贱贫富举付之于无足道尔。今乃惰慢荒逸,一无所为,而曰我能安贫,是安于不材无状耳,安得谓之安贫贱哉！又曰：贫者士之常，且只问他何如是士。

　　子韶常夜梦陈子尚，梦中忆其已死，乃问曰："公尚留滞幽冥。"子尚曰："公既不厌于生，我亦何厌于死？"此语殊有理。

　　陈履常以监司非其人，置其酒食于厅角，余既书之，续以语茂实，实大以为过当，曰："譬如阳货馈孔子豚，孔子不应弃之，亦食之而已。"余深不喜此论，一时未有以答茂实，且方与他客语，遂罢。已而思之，阳货之豚，孔子未必食，何以知之？孔子曰："吾食于少施氏，未尝不饱，以施氏食我以礼。"故知孔子食于他或不饱也。推孔子不饱之意，则阳货之豚，安知其食也。孟子曰："请无以辞却之，以心却之。"余深疑此事。君子于辞受之际，受则受，却则却，岂有受之而曰心却。余因此知孟子之言所谓心却之者，受之而不用也。古人如此者，倘实受享其利而曰心却，是妄语耳。阳货之豚，正心却之物也。

　　魏公应为徽州司理，有二人约以五更乙会甲家，如期往。甲至鸡鸣，往乙家，呼乙妻曰："既相期五更，今鸡鸣尚未至，何也？"其妻惊曰："去已久矣。"复回甲家，乙不至。至晓遍寻踪迹，于一竹丛中获一尸，乃乙也。随身有轻赍物，皆不见。妻号恸，谓甲曰："汝杀吾夫也。"遂以甲诉于官，狱久不成。有一吏问曰："乙与汝期，乙不至，汝过乙家，只合呼乙，汝舍乙不呼乃呼其妻，是汝杀其夫也。"其人遂无语，一言之间，狱遂成。

　　游奕，师雄殿院子也，知真定县时，朝廷新得燕山，其仓廪北人皆席卷去，燕山大饥，朝廷命府州县输粮调牛车，所在鼎沸，惟奕寂然无所为。吏人惧，更进言之，曰："姑去，诉县粮已集将行矣。"吏人皆叩头，言罪不细，且此事非仓猝可办，今尚未蒙处分，奈何诸县且行矣？奕曰："候诸县行，乃白。"已而，诸县皆行，奕乃遍召其民曰："输粟事如何？"民咸曰："晚矣。"奴曰:"不然。吾所以不敷汝粮、调汝牛车者,正以吾自有粮在燕山故也。"民惊曰:"如何?"奴曰:"汝第往燕山,固自有粮也。汝每乡止择能办事者数人,赍轻资往籴之。"民皆惘然,遂敷出金银,一一为区处毕。临行,又谓其人曰:"有余金,当盛买牛车以归。"民至燕山,所在粮运垒集,米价顿落焉,河北等路米有余,遂籴纳之。先至者以粮兑,久不得纳,皆卖牛车以自给,其遣人遂以余金买之,皆乘而归。后其事达朝廷,遂擢奴为河北运使。

邓光祖知严州某县时,当绍兴中,国家方创都钱塘,所需林木甚大,期且急,所在鼎沸,而光祖殊不经意。乃徐集诸里正各置之,即以朝廷所降木色丈尺人一纸,令各具其界中凡寺凡庙凡驿凡官道有木与所降式样合者,供不得脱一根。既供,乃令匠往视之,皆合。遂令里正伐之,官特与粮,不须臾,木乃大集,所得倍其数。他郡县皆望青斩伐,所残人家墓及民家要害甚众,而吏复夤缘求乞于其间,所在骚然,惟光祖丝毫无侵于民,且不出一吏,所得乃过诸县。二者颇相类,故并及之。

有落解者,作启事痛诋试官。时丁葆光为试官,复其启曰:俯知有司之不明,仰见君子之所养。又云:当俾志气塞乎天地之间,无使精神见于肝膈之上。又曰:韫匮而藏,何妨于待价之玉;踊跃自试,真所谓不祥之金。

郑毅夫以国子监第五人发举,意不平,为《谢主试启事》云:"李广事业,自谓无双;杜牧文章,止得第五。"此犹可也,又云:"骐骥已老,甘驽马以先之;巨鳌不灵,置顽石而在上。"

子韶言,旧闾巷有人以卖饼为生,以吹笛为乐,仅得一饱资,即归卧其家,取笛而吹,其嘹然之声动邻保,如此有年矣。其邻有富人,察其人甚熟,可委以财也。一日,谓其人曰:"汝卖饼苦，何不易他业？"其人曰："我卖饼甚乐，易他业何为？"富人曰："卖饼善矣，然囊不余一钱，不幸有疾患难，汝将何赖？"其人曰："何以教之？"曰："吾欲以钱一千缗，使汝治之，可乎？平居则有温饱之乐，一旦有患难，又有余资，与汝卖饼所得多矣。"其人不可。富人坚谕之，乃许诺。及钱既入手，遂不闻笛声矣。无何，但闻筹筭之声尔。其人亦大悔，急取其钱，送富人退之，于是再卖饼。明日笛声如旧。

刘若虚言，京师有富人，欲得一行头，难其人，有人荐一人以往，富人却之。其人谓其所荐曰："某何以得却，幸试问之。"荐者问富人，富人曰："我观其人不能忍饥，此不足掌财。"荐者告其人，其人曰："某诚不能忍饥，只能忍饱。"富人闻之，遂召用之，果满意。

子韶言，某在史馆，方知作史之法，无他，在屡趣其文耳。

俞与材说，其所知史保人，家京师，有卖勃荷者京师呼薄荷为勃荷也。其家常买之。一日，天大暑，勃荷者至，渴甚，乞水于史。史乃以尊酒劳之，其人遂感激而去。后京城被围，史缒城出，时城外悉已煨烬，四顾，人马复寂然，史茫茫然行野中，忧恐甚。俄而，见茅店两间，史急趋之，则一人家。主人见史，大惊曰："官人为何至此？此去咫尺，即大兵，不可前，幸当留此。"所以慰藉史者甚厚。史乃问："汝为谁？"其人曰："官人忘之乎？即卖勃荷者也。异时尝蒙官人尊酒之赐，时不忘，今日官人幸至此，某报尊酒之赐也。"史曰："今京师外皆灰灭，汝独能存，何也？"曰："某与一千人长厚善，故获保全至今。然行即遁耳。"且谓史曰："斯人今当至，官人宜伏床下。"语犹未毕，所谓千人长者果至，与某人语，久之乃去。史方出，问曰："汝何为与斯人善？"曰："家本旅店，斯人曩时作河北商来京师，已十余年,常馆于吾家。吾家待之甚厚,此人常德某,故今始知此人非商也,乃金人间尔。"所谓千人长者遂卫其家出围,史因其人得免。案《金人败盟录》言金人本小国,一旦崛起,今据其间者,乃往来京师十余年耳,则金人谋我国家已久矣。所谓崛起者,非一旦也。史独以尊酒之惠,其人感恩,遂能免于死。恩之施人,其报效乃如此。

法言诎身,将以信道也。如诎道以信身,虽天下不为也。叔祖曰:身所以信道也,道之诎信,系吾身也,岂有身诎而道信者乎? 南子,礼所当见也,阳货,礼所当敬也,二者皆礼也,非诎也,孰谓见所不见敬所不敬乎?

杨永功之丧,余在焉。有吊客至,或先哭而后拈香,或先拈香而后哭,二者孰是? 余谓先哭而后拈香是。盖其人始死,往见其枢,则哀情已生,是时何暇为礼,便当哭尔。哭毕,乃拈香跪奠,始与之为礼。且今孝子出见,当先与之哭乎? 当先致其慰之辞乎? 是必先与之哭尔。生死之情一也。故商人先拜而后稽颡,周人先稽颡而后拜,孔子曰:"吾从周。"

六义之说,新义以风、雅、颂即诗之自始。伊川谓,一诗中自有六义,或有不能全具者。六义之说,则风、雅、颂安得与赋、比、兴同处于六义之列乎? 盖一诗之中,自具六义,然非深知诗者不能识之。夫赋、比、兴者,诗也;风、雅、颂者,所以为诗者也。有赋、比、兴而无风、雅、颂,则诗者非诗矣。取之于人,则四体者,赋、比、兴也,精神血脉者,风、雅、颂也。有人之四体,使无精神血脉以妙于其间,则块然弃物而已矣。夫惟善其事者,使精神血脉焕然于制作间,于是有风、雅、颂焉。风者何? 诗之含蓄者也;雅者何? 诗之合于俗者也;颂者何? 诗之善形容者也。此三者,非妙于文辞者莫能之。《三百篇》皆制作之极致,而圣人之所删定者也。故三物皆具于诗中,而风尤妙。盖风有含蓄意,此诗之微者也。诗之妙用,尽于此。故曰"言之者无罪,闻之者足以戒",非诗之尤妙者乎?此所以居六义之首也。欧阳公论今之诗曰:"写难状之景,如在目前;含不尽之意,寄之言外。"知"写难状之景,如在目前",此近于六义之颂也;"含不尽之意,寄之言外",此近于六义之风也。

子尚说,君子向晦入宴息,以谓向晦入宴,众人皆同之,而未尝息。惟君子然后能息,言心之休息也。

叔祖善歌诗,每在学,至休沐日,辄置酒三行,率诸生歌诗于堂上。闲居独处,杖策步履,未尝不歌诗。信乎,深于诗者也!传曰:兴于诗。兴者,感发人善意之谓也。六经皆义理,何谓诗独能感发人善意,而今之读诗者,能感发人善意乎?盖古之所谓诗,非今之所谓诗。古之所谓诗者,诗之神也,今之所谓诗者,诗之形也。何也?诗者,声音之道也。古者有诗必有声,诗譬若今之乐府,然未有有其诗而无其声者也。《三百篇》皆有歌声,所以振荡血脉、流通精神,其功用尽在歌诗中,今则亡矣,所存者,章句耳。则是诗之所谓神者已去,独其形在尔。顾欲感动人善心,不亦难乎!然声之学犹可仿佛,今观诗,非他经比,其文辞葩藻,情致宛转,所谓神者,固寓焉。玩味反复,千载之上,余音遗韵,犹若在尔。以此发之声音,宜自有抑扬之理。余叔祖善歌诗,其旨当不出此。龟山教人学诗,又谓先歌咏之,歌咏之余,自当有会意处。不然,分析章句,推考虫鱼,强以意求之,未有能得诗者也。

苏仲虎说,公用射隼于高墉之上,获之无不利。孔子系之辞,殊可怪也。曰:隼者,禽也,谁道兽来?射之者,人也,谁道鬼来?如此,安用释为?三复其言,乃知圣人有微旨。盖公用射隼于高墉之上，释之曰：隼者，禽也，而射之者，人也，而词中本先已参之。孔子乃增一句云，弓矢者，器也。此何理哉？惟射隼者弓矢，今词中乃不见弓矢，是所谓藏器于身也。圣人之旨，岂不微哉！

仁宗尝与宫人博，才出钱千，既输却，即提其半走，宫人皆笑曰：“官家太穷相，既又惜不肯尽输。”仁宗曰：“汝知此钱为谁钱也？此非我钱，乃百姓钱也。我今日已妄用百姓千钱。”又一夜，在宫中闻丝竹歌笑之声，问曰：“此何处作乐？”宫人曰：“此民间酒楼作乐处。”宫人因曰：“官家且听，外间如此快活，都不似我宫中如此冷冷落落也。”仁宗曰：“汝知否？因我如此冷落，故得渠如此快活。我若为渠，渠便冷落矣。”呜呼，此真千古盛德之君也！

仁宗一日视朝，色不豫，大臣进曰：“今日天颜若有不豫然，何也？”上曰：“偶不快。”大臣疑之。乃进言宫掖事，以为陛下当保养圣躬。上笑曰：“宁有此，夜来偶失饥耳。”大臣皆惊曰：“何谓也？”上曰：“夜来微馁，偶思食烧羊，既无之，乃不复食，由此失饥。”大臣曰：“何不令供之？”上曰：“朕思之，于祖宗法中无夜供烧羊例，朕一起其端，后世子孙或踵之为故事，不知夜当杀几羊矣！故不欲也。”呜呼，仁矣哉！思一烧羊，上念祖宗之法度，下虑子孙之多杀，故宁废食。呜呼，仁矣哉！宜其四十二年之间，深仁厚泽，横被四海也。

家兄门生有孙力道，在乡校与一同舍舒子进相友善。子进本富家子，后大贫，有孀妇挟二孤累然从。子进既不能为之资，年寖老，嫁无售者，力道深怜之。每自念，使我忝一第，必娶之。无何，力道果登第，时年虽近四十，然美丰姿，贵官达宦争欲婿之者十数，力道皆谢去。遂归语舒氏婚，及舒氏归，已白发满头矣。力道与之欢如平生。呜呼,世称刘廷式之义,谓千载一人,今力道之事,岂减廷式哉!力道蚤年以贫不娶,乃独以教学养遗孤。平生所行,皆忠厚事,然未尝与人言,亦罕有能知者。力道名朝宗,钱塘人,终于江山县丞。

家兄门生有陆虞仲,崇宁初,同家兄赴省试。明日,省榜出,是夜举子无睡者,惟虞仲酣寝如平日。黎明,报虞仲遇,同舍皆噪以入曰:"虞仲公遇矣。"虞仲方觉。乃徐问曰:"彦发遇否?"同舍曰:"偶遗。"虞仲曰:"彦发不遇,吾事不可知。"复酣寝如初。人皆服其度量。自登第后,愈笃学,其在仕路,以风节著,后以监察御史召,未及供职而卒。虞仲名韶之,即子正父也。

二家兄蚤年力学,冬夜苦睡思,乃以纸剪团屬如大钱,置水中,每睡思至,即取屬贴两太阳,则涣然而醒。其苦如此。治《诗》善讲说,其讲说多自设问答,以辞气抑扬其中,故能感发人意,故子韶谓家兄讲说有古法,如《公羊》、《穀梁》之文。然江浙间治《诗》者多出家兄门,前后登第者数十人,而家兄反不第,岂非命耶?曩久困太学,尝有启事一联云:"池塘绿遍,又是春风;河汉夜明,忽惊秋月。"当时太学同舍者皆诵此语。后推恩为某州会昌县主簿卒。家兄讳国光,字彦发。

祸福报应之理,浅言之则不验,深言之则近怪,故儒者之于祸福,可以默会,难以言谈也。古今论祸福者多矣,惟子韶立论,以为唐虞三代之时,圣人在上,其气正,其气正,故祸福之应亦正也。唐虞三代之下,圣人不作,故其气乱,其气乱则祸福之应亦乱也。然其间亦能无小差者。尧之圣而丹朱失天下,舜之圣而商均失天下,其善报为何如?瞽之不仁而舜兴,鲧之不仁而禹兴,其恶报为何如?以大概言之,则子韶之论似也。然如向之所论，则祸福之报，莫切于父子之亲。当尧舜之身，故不能无疑，然作善降之百祥，作不善降之百殃，本不差毫厘，奈何不达理者指夫颜夭跖寿之事，便疑其不验也。善哉，老氏之言曰："天网恢恢，疏而不漏。"倘因此言推而达之，则祸福之神理庶乎能默会矣。

子韶省榜中有《春秋》试官，一门生亦与试，其试官尽授以平生所作《春秋》。又云，场中当出某题某题，宜熟记之。有人微知其情，且以告陈阜卿，盖阜卿、宗卿皆《春秋》也。曰："《春秋》额最窄，此不可不记。"阜卿曰："有命。"他日考试毕，择明日奏名。是夜，有一试官，忽群鼠斗，不可睡，听之，鼠斗落卷笼中，其试官起驱之，则寂然无有，再睡，其斗如初，审听之，果落卷笼中也。又起驱之，复寂然，如是者三。其试官乃心动曰："岂是中有卷子乎？"燃烛尽取落卷阅之，果得一书卷大佳。试官曰："事已定，虽得此何为，姑留之。"明日，试官方会茶，俄而下座有一小试官起白知举曰："《春秋》止当取二人，取三人已侵他经分数矣。今只取若干卷，于书额大亏矣，乞行处分。"遂袖中出一状称说云云。知举曰："业已定，奈何？"其试官曰："固知无及矣，然今日论列之，万一有谪罪，庶几免罪尔。"众试官曰："去一《春秋》易耳，顾何所得书卷乎？"其夜试官陈鼠斗之事，皆大骇，因出书卷观之，众皆称善。遂出一《春秋》，正其门生也。其《春秋》试官犹争不已，众人不可，竟见黜。而阜卿兄弟皆遇，岂不谓有天理乎？阜卿名文茂，常州人。

子韶榜中有许叔微，尝梦有人告之曰："汝无及第分。"叔微梦中遂恳其人，以何道使某可第？其人曰："分止尔，奈何？"叔微曰："行阴德可否？"其人颔首而去。叔自此遂学医，颇有得。亡何，其乡中大疫，叔微遂极力拯疗之，往往获全活者颇多。一夕，复梦其人唱四句云：“呼卢殿上，请何事主，王陈间隔，呼六为五。”及是榜，子韶既魁，王郊第四人，陈祖吉第五人，叔微第六人。叔微又应该恩人升一名，遂得第五人恩例。所谓“王陈间隔，呼六得五”，其亲切如此。呼卢者，传胪之谓也。

关子开颇有前辈风，尝为乡校直学，令开图书匠开一图书。匠姓蒋，年七十余，子开时亦年五十余。蒋既开图书至，索价若干，子开售以若干，不可，又售以若干，复不可。子开素负气，乃掷图书于地曰：“老畜生乃尔爱钱！”乃叱曰：“去！安用汝印为！”蒋色不动，乃俯拾其图书，徐纳怀中，曰：“直学无怒，老夫虽贱，然尝与先长官往来。”子开闻之悚然，乃拱手至膝曰：“唯唯。”又曰：“长官尝有一帖，老夫尚藏之，明日取呈。”明日其人来，子开冠履如见大宾者。礼毕，蒋遂出其父帖，亦止令开图书，其后乃署名曰澥上蒋处士。子开既知父执，乃谢罪曰：“某不知，昨日遂失礼于长者。”蒋退，乃竟送出门而去。蒋布衫草履，傲睨王公，而子开实世家，又盛怒如此，一闻先人之语，即悚然改容，遂与其人为礼如此。□□□□第气可喜。子开名演，有诗名江浙间。

进道说，张安道年德俱高，士大夫多往拜之，公初不令止。有孙延嗣，为邻郡倅。一日，往拜公，公曰：“吾已受公家拜四世矣，且可六拜。”延嗣既拜而起，乃抚之如子侄。然前辈受拜，各自不同。吕原明言，欧公有故人子来拜者，但平受，初不辞让。至荆公、温公始答拜。至其人通寒温，叙父兄交契毕，再拜，始不答，如此测受半礼矣。吾乡关子开、了东兄弟见米元章，拜之，元章曰：“忝蒙先长官不弃，不敢答拜。”遂平受八拜。前辈受拜礼不同如此，然以余意观之，荆公、温公最得中制云。

进道尝酒醋，书乘流则行，遇坎则止。攻苦食淡，吾素怀也。或人厚我，使红裙传觞，盘列珍羞，吐之则忤人，茹之则忤己，当此之时，但付之一笑。陶渊明所谓觞来为之尽，既去无各情，其此之谓。庭先见此语，乃指"乘流则行，遇坎则止"谓余曰："要须古人下语，至进道之言吐之则忤人，茹之则忤己，此语便不然。"又曰："必如此乎？"进道此一段最为宛转，庭先意直，须随波逐浪，方明自在。姑留于此，使后人观之，果庭先语然乎？进道语然乎？

进道《祺书》云："上士虽不读书亦进，下士虽读天下之书亦不进，惟在我辈，正当读书耳。"进道此语殊有味，虽然，上士安可不读书？进道第一等人，乃自处以自必读书，盖可知矣。

余邻人岁畜一犬，每满一岁则卖之。屠者至，捕犬，其犬跳梁号叫，虽屠儿不能近。其主人者往焉，其犬正窘急间，见主人，乃摇尾贴耳，作呻音声。至以首揩摩其主人，以为护己有所恃也。俄而，擒之以授屠者，使人不欲视。余谓邻人曰："汝无卖犬，犬可怜如是，况平日有吠盗之功乎？犬直几何？吾当岁授汝直。"邻人感余言，亦不卖犬。

张九何镇蜀，凡官于蜀者，既不得以子属行。及到官，例置婢，惟九何公不置婢，官属遂无敢置婢者。公闻，遂买两婢，官属乃敢畜之。公将去任，呼婢母嘱之曰："当善嫁此女。"且厚赠遣之，犹处子也。

杜祁公请乞得请，旋于洛中置一宅居之。时欧公为留守，祁公入宅，即携具往庆。欧公见门巷陋隘，谓公曰："此岂相公所居者？当别寻一第稍宽者迁之。"公曰："某今日忝备国家宰相，居此屋，谓之小固宜，然异日齐郎承务居之，大是过当。"竟不许。

曹彬平江南回，诣阁门称"曹彬勾当江南公事回。"而杜祁公罢相归乡里，书谒称"前乡贡进士"。前辈所以取功名富贵，如斯而已。

温公每至夜，辄焚香告天曰："司马光今日不作欺心事。"夫君子行己，固求合于道，既合于道，何必天地知之？而天地亦岂不知，温公何必告此哉？公之为此，盖自警之术也。

刘器之问道于温公，温公曰："自不妄语人。"自谓平生不妄语，此事不学而能，及细看之，始知人岂得不妄语？如与人通书问、叙间阔，必曰"思仰"，推此以往，皆妄语也。

赵清献公既致政归，其清修益至，每浣中衣，不敢悬空处，曰："恐触污神灵。"乃挂于床，使阴干。推此，其有欺暗室事乎？

清献公平时类蔬食，不得已，止一肉。及对宾客，殽核皆尽。

吴十朋家买鳗一斤，得一枚，其婢治之。破其腹，尾急缠其臂，解去，乃段之，复急缠其臂，至段尽，其尾方定。又异日学中烹鳝，汤正腾沸，乃以鳝投之，鳝皆跳踯汤中，有一鳝飞至屋梁，乃复堕地而死。呜呼，可怪也已！故鳗鳝不可不戒，贪生怕死，同于人也。

杭州江涨桥有富人黄氏，惟嗜鳖，日羹数鳖。一日，其庖者焘鳖，以为熟也，揭釜盖，有一大鳖仰伏于盖顶，乃复入釜中。须臾揭之，其鳖又仰焉，庖人怜之，其厨适临河，乃纵诸河，羞余鳖以进。主翁为讶其少，以为盗之也，鞭之，两髀流血。庖人痛甚，卧灶下，既觉，顿觉痛止。视两髀则青泥封其疮，讶之。俄而，见鳖自河负泥而上，庖人大怪之，具以实告主翁。主翁感其事，遂不食鳖。后遂舍其庐为寺，即今之黄家寺是也。

有孚维心亨，说者曰，君子身虽处险，而其心常亨，予窃以为不然。凡《易》言亨，皆一字句，以为必如是乃亨耳。维心亨又坎岂曰置身之地，故君子在坎，不求所以出坎之道。但曰维心亨乎？彖曰："坎，险也，行险而不失其正，乃以刚中。"此也释有孚之辞。夫刚中之德，行险而不失其正，则君子处险之道尽矣。然则维心亨，乃言出险之道也。亨者出险之谓，谓君子欲出险乎？维有此心耳。𪩘吾心术能出险之道，圣人既陈所以出险之道，又指人以出险之路，其释坎之辞始两尽矣。他日，子正过，论《易》曰近思有孚维心亨，未得其说。偶一日闲昼卧，乃闻隔壁两脚夫当渡江，一夫曰："钱塘江甚险，汝托得此心否？"某乃抚席而起曰："此有孚维心亨也。"余曰："余此说旧矣。"子正名景端，熙仲侄。

子正谓余曰：孟子论浩然之气，曰："是气也，至大至刚，以直养而无害，则塞乎天地之间。"伊川则以至大至刚以直为句，其下止曰养而无害。介甫则以至大至刚为句，下曰以直养而无害。以伊川为句，止能形容浩然之气，于直字毫无功用。以介甫为句，直字方有力。余深喜其说，以为子正于学问，知求日用处矣，然有大不然者。浩然之气，安能无一直字？无一直字，则不成浩然之气矣。何者？直正是气，浩然正是养，无一直居其中，则必至粗暴，大则成荒唐，又安能配义与道乎？

陈齐之谓余曰：子贡以知见许，故孔子特告之以"汝与回也孰愈"？盖欲其自𪩘中人。子贡不领，反入知见中走。故曰"回也，闻一以知十；赐也，闻一以知二"。孔子复晓之曰"吾与回皆为知见作"，不为知见所困者，惟颜子耳。故曰汝不如也。

齐之名长方,本福宁人,今居平江。

高抑崇说,修其天爵而人爵从之,以谓修其天爵,而人爵来从。其不来奈何? 若不来,是天爵无验也;若欲其来,则与修天爵以要人爵何以异也。所谓从者,非此之从也,从者,任之而已。

兹四人迪哲,于商不言成汤,于周不言武王,说者纷然。子才曰:"《无逸》一篇,皆谓享国长久,所以不言汤武耳。"然后众说皆破。文字有如此分明而不见者,亦可怪也。

余尝爱族侄庭先说《诗》,以为言之不足,故嗟叹之,使言之可足,却只如此也。嗟叹之不足,故咏歌之,使嗟叹之可足,却只如此也。咏歌之不足,故不知手之舞之足之蹈之也,使咏歌之可足,却只如此也。惟都了他不得,故独为之舞蹈耳。

滕元发始至殿前,已取作第三人,以犯谏见黜,后复至殿前,仍居第三。时郑獬殿头,杨绘第二人,或问元发曰:"公平生以大魁自负,今止得第三,何其次也?"元发曰:"只为郑的獬、杨的绘也。"

王沂公作三元,人皆贺之,众交赞其三元之盛。公正色曰:"曾当时窗下读书,意本不为此二字。又在太学时,至贫,冬月止单衣,无绵背心,寒甚,则二兄弟乃以背相抵,昼夜读书,人或遗之以衣服,皆不受。"盖是时已气盖天下矣,安得不亨达!

刘得初、白蒙亨、刘观皆太学名士,太学魁往往三人皆专之。一日,尝在场中会卷子,得初先出之,犯讳,二人不言。次蒙亨出之,又犯讳,二人小不言。最后观出之,复犯讳,二人亦不言。三人者皆自喜,谓二人犯讳,魁将谁归? 及见黜,始知皆犯讳,此何容心!

有一青阳衍,治《周礼》,赴上京试,其邻坐有人,过午犹阁笔。衍素不识其人,遂起揖之曰:"日晚矣,未下笔何也?"其人曰:"今偶困此题,犹未有处,奈何?"衍即与卷子,令体之。其人得衍文,会其意,须臾立就。榜出衍魁,其人本经第二人。其文至今载《荣遇集》中。

一人云乡中有士人某在场中,虽骨肉至亲扣之,卒不告一辞。而其人实高才,平生诗文,混之东坡集中,人莫能辨也。今年且六十矣,犹困场屋。陈阜卿兄弟居常卷子令所知恣观,然兄弟皆早第。由是言,在彼不在此也。

章子平《监赋》云:"运启元圣,天临兆民,监行事以为戒,纳斯民于至纯。"上览卷子,读"运启元圣",上动容叹息曰:"此谓太祖。"读"天临兆民",叹息曰:"此谓太宗。"读"监行事以为戒",叹息曰:"此谓先帝。"至读"纳斯民于至纯",乃竦然拱手曰:"朕何敢当!"遂魁天下。此赋虽不切题,然规模甚伟,自应作状元。当时破此四句,亦岂有此意,偶作如此看。由是知世间得失,往往皆类此耳。

庭先见予书王信伯始见伊川事,以为侍立七十余日,止得"不为血气所迁"一句。庭先以为七十余日不语便是矣,正不在此一句止。此庭先具眼处,但只此一句,亦不是容易。

尝有数相识闲会话,有一相识言,伯有人于常买家,以钱三十得一子石,即石卵也,漫用压纸。有人见其石,欲得之,遽酬钱数千。其人见其着价高,心疑之,未与,遂复增至二十缗。其人见其着价愈高,其心益疑,以为宝也,遂不与。然持此石屡年,无他异,人亦无顾者,但见所知则摩挲其石曰:"此尝有人酬二万钱矣。"如是又屡年,其亲知谓其人曰:"公持厥石久矣,虽有畴昔之价?然卒无他异。为公计,不如一剖之,恐其中或有异。就如其价,不过失二十缗,而平生之疑以决,岂不快哉!"其人然其说,遂破之。乃有一鱼跃出,其中泓然清流也。人皆异之,但不知其人欲得此将何为? 时何子楚在座曰:"是必有用也。"

异时有人亦畜一石,初不以为异,胡人见之,惊叹不已,遂愿得此石,遽酬万缗。其人亦以酬价高,犹豫未与,胡人守其石不去,遂增至十万缗,乃与之。人问胡人:"此石何异也?"胡人遂取盆水,以石置水中,使人谛视之,乃有一马现石中,有飞动之状。人问曰:"此石固异矣,然何用也?"胡人曰:"此龙驹石,以水浸之,饮马驮生龙驹,此无价宝也。"由是言之,则其人之欲得子石,意者亦若有此类用耳。

余杭万氏有水盆,徒一寻常瓦盆耳。然冬月以水沃之,皆成花,所谓花者,非若今之茶花之类,才形似之也。盖趺萼檀蕊,皆成真花,或时为梅,或时为菊,或时为桃李,以至芍药、牡丹诸名花辈,皆交出之以水沃之后。随其所变,看成何花,初不可定其色目也。万氏岁必一宴客,观水盆花,人亦携酒就观焉。政和间,天下既奏祥瑞,而徽宗复喜玩物,天下异宝咸辐辏,颇皆得爵赏。万氏以为"吾之盆天下至异,使吾盆往,当出贡献上,蒙爵赏最厚",遂进之。及盆入,乃不复成花矣,几获罪。呜呼,人之爵赏,岂容滥取也。万氏水盆闻于江浙久矣,挹水浸之即成花,顷刻无差,一冒爵赏,遂失其花,岂偶然哉!世之无义无命贪冒爵赏者,观万氏之盆,亦可以少省矣。

花之白者类多香,其红者殊无香。今花以香名于世者,白花居十七,红居三,惟荷花、瑞香之种,而瑞香亦才琐碎小红耳。不惟名于世者,篱落田野间杂花之香者,不可胜数,大率皆白色,而红色者无一二也。固知戴其角者阙其齿,傅以翼者两其足,此理在天地间无物不然也。

《本草》云,椒合口者杀人,桑白皮出土者杀人,鱼无目者与鳞逆者杀人。如此十余种鱼无目者与鳞逆,固未之见也。今人烹鱼,岂皆能去椒之合口者?店家桑白皮,安能保其无出土者?然亦未尝见杀人,他物亦尔,是果古人不足信欤?余窃观《本草》之论药,如左氏之论祸福,凡人一威仪之失度,一言语之不中节,以为皆得祸。《本草》言椒实之合口,桑白皮之出土,皆以为杀人,一威仪之失度,一言语之不中节,未必遽得祸。而左氏断之以必得祸,盖有得祸之理也。一椒实之合口,一桑白皮之出土,未必遽杀人,而《本草》断之以杀人,盖有杀人之理也。既有得祸杀人之理,则安得不慎!今人食物,或不死者,盖其五脏和平,血气强盛,幸有以胜之耳。不幸而是中失调,血脉方乱,则又以一物投之,祸莫测也。

梁 溪 漫 志

[宋]费衮　撰

金　圆　校点

校 点 说 明

《梁溪漫志》十卷,南宋费衮撰。衮字补之,无锡人,国子免解进士,大观三年(1109)贾安宅榜进士、秘书正字费肃之孙。衮博学而能文,除撰本书外,尚撰有《续志》三卷、《文章正派》十卷、《文选李善五臣注异同》若干卷,今皆佚失。

综观全书内容,主要有四:一为辨述朝廷典章制度,如对元丰改官及入阁仪制等,叙述详备,可补正史之不足。二为记叙前人遗闻轶事,如苏子美与欧阳公书,对了解庆历党争颇有借助。有关苏东坡者尤多,可窥其政治抱负、文学造诣;东坡《乞校正陆贽奏议上进札子》、《获鬼章告裕陵文》具录其涂注增删之稿,亦足以广异闻。三为考订史实,如纠《归田录》、《避暑录话》、《甲申杂记》、《四六谈麈》、《闻见后录》诸书之讹失;否定《地理指掌图》书序云东坡所作之说;辨证世传薛能与秦宗权联诗事之讹等,皆考证翔实,确凿可信。四为品评诗画文章,如盛赞东坡论文以立意传神为本,谓可为作诗论画之法;主张作诗应"韵与意会",反对拘于用韵,这对今人鉴赏诗画文章仍有启迪。

本书史料价值颇堪瞩目。书成于绍熙三年(1192),首刊于嘉泰元年(1201)。刊行六年,当开禧二年(1206),即为国史实录院收录,以备编修高、孝、光三朝正史参用。其时以一不第举子之作而被录入史馆,这与该书"持论具有根柢,旧典遗文往往而在"不无关系。然亦有失考之处,正如《四库全书总目》所云:"小小疵累,亦时有之,然可采者最多,不以一二小节掩。"

　　是书主要版本为《稽古堂丛刻》本、《四库全书》本、《知不足斋丛书》本、《学海类编》本、《常州先哲遗书》本、夏敬观校《涵芬楼》本。这次整理乃以明刻本与影宋钞本比勘而成的《知不足斋丛书》本为底本,校以除《稽古堂丛刻》本外上述诸本,并参校《永乐大典》、《说郛》中所引和《宋史》、《宋大诏令集》等有关内容,对原书脱误作了补正。

目　录

坡用事对偶精切　退之东坡用先后语　东坡文效唐体
东坡录沿流馆诗　石屋洞题名　柳展如论东坡文　贬所
敬苏黄　昌化盛事　侍儿对东坡语

梁溪漫志序

　　前辈之学,不徒为空言也,施之于用,然后为言。故掌制作命则言,抗疏论谏则言,知人安民矢谟则言;舍是而有言焉,所谓垂世立教者,则亦不得已云尔。予生无益于时,其学迂阔无所可用,暇日时以所欲言者,记之于纸,岁月寖久,积而成编,因目以《漫志》。嗟夫,竟何谓哉?顾非有用之言,且非有所不得已,譬之候虫逢秋,自吟自止,识者当亦为之叹笑邪!绍熙三年十二月二十日,梁溪费衮补之序。

梁溪漫志卷一

本朝殿阁建官

本朝因殿建官，今见于除拜者，曰观文，曰资政，曰端明。观文本旧延恩殿也。庆历七年，以文明殿名犯真庙讳，改为紫宸；明年，丁文简罢政为紫宸殿学士，御史何郯言紫宸不可为官称，于是改延恩为观文殿，置学士。然明道初，重建八殿，皆易其名，已改崇德为紫宸，天和为观文矣。资政，则自景德中王冀公罢政，真宗特置资政殿学士以宠之。至于端明，则始于后唐明宗。国初改殿为文明，而学士仍领端明之职。太平兴国中，并改学士为文明殿学士；雍熙初，又改文明殿为文德。明道间，改承明殿曰端明，复置学士，与文明之职并建；后又改端明曰延和。然迄无拜文明学士者，盖禁中已无此殿矣，其实与端明本只一殿也。此外，又有集英殿，止置修撰。右文殿政和五年，改集贤为右文。始为集贤院，则有学士，洎建，则易官为修撰矣。政和四年，改端明殿学士为延康殿学士，枢密直学士为述古殿直学士。五年，置宣和殿学士；宣和元年，改宣和殿为保和，建官亦同。至建炎戊申，复以延康为端明殿学士，述古为枢密直学士。保和之除，则止于宣和之末。自龙图至焕章七阁，皆藏祖宗谟训，与秘阁并建，官均号贴职。然秘阁有修撰，而无待制、学士。惟天章阁，初止除待制，后亦遽止，至今不除学士等官，盖难于称呼，与紫宸之意同也。又有翰林侍读学士、侍讲学士，自元丰废而元祐复，元符又废；至绍兴六年，范元长冲始除翰林侍读学士，班在翰林学士之下，而恩数如之。乾道末《职制令》删去密学，则八年一除胡承公世将，至今亦阙不除。

宰　辅　沿　革

国初，宰相凡三员，皆带职，首相为昭文馆大学士，次监修国史，次集贤大学士，皆平章事。其后，除拜不常，至嘉祐时，始只两相。元丰改官制，宰相始不带职，而左仆射兼门下侍郎，右仆射兼中书侍郎。其后，或兼或否；又置左、右丞，以行参知政事之职。政和初，改左、右仆射为太、少宰。靖康，复改太、少宰为左、右仆射。建炎初，以左、右仆射并同中书门下平章事，改门下侍郎、中书侍郎为参知政事，而废左、右丞。至乾道末，始改仆射为左右丞相，盖用汉制云。

廷　魁　入　相

自建隆至绍兴末，廷魁凡八十四人，而入相者止六人：吕文穆蒙正、王文正曾、李文定迪、宋元宪庠、何丞相㮚、梁文靖克家，而王、李、梁三相皆再入，文穆凡三人云。

宰　相　出　处

本朝宰相出处之盛，前辈备记之矣。自中兴至于淳熙戊申，宰相二十八人，再入者九人。朱昌、秦、赵、张、汤、陈、史、梁。宋次道记赵中令以来，未五十而相者六人。而自建炎以来尤众：范丞相觉民登庸时才三十二，张忠献三十九，秦忠献四十二，李丞相伯纪四十五，其他未五十而相者，比比可数也。

监修提举国史

祖宗时,凡三相:首相昭文,次监修国史,次集贤。昭文虽首相始得之,然但虚名,独监修国史有职事为重也。若止除两相,则首相监修。赵中令独相,以集贤监修,久乃迁昭文。薛文惠、沈恭惠并相,薛领监修,而沈领集贤。其后,毕文简、寇忠愍亦然。乾兴元年,令冯魏公专切提举监修《真宗实录》,于是又增提举之名。至天圣中,诏王沂公监修先朝正史,又别敕命之提举,于是监修、提举始分而为二职矣。绍兴初,吕忠穆公再为首相,差提举修国史,乞改命辅臣。盖是时但修日历,例指为国史,而提举日历,前此亦或命他官,故忠穆引辞,诏不允。初,监修之职,自元丰王岐公以来,久不以入衔,至是始有提举之命。其后,朱忠靖独相监修;赵忠简、张忠献并相,时范元长修史,忠简以亲嫌,乞改命忠献监修,忠献引故事当命首相,忠简既罢,忠献始带监修;而秦忠献独相,以监修兼提举。自是而后,凡两相,则首相监修,次相提举;或首相阙,而次相已提举,则命参知政事权监修,迨次相转厅,则改充监修,而命右相提举;或不拜右相,则命参知政事权提举;相位皆虚,则监修、提举悉以参政摄事云。

宰相父子袭爵

吕文靖初封申公,其子正献亦封申。韩忠献初封仪公,其子文定亦封仪。本朝父子为相,独此两家,且袭其爵,亦盛事也。

封 国 当 避

嘉祐中，胡文恭公建言："太宗封晋王，至真宗封寿王，乃升寿为大国，在晋国之下。景德三年，诏寿、宋、梁、赵四国自今不得更封；而晋反不在禁封之科。魏仁浦追封晋王，寇准尝曰：'晋是藩邸旧封，今以为赠典，非所宜。'天禧四年，乃封丁谓为晋公，盖有司之过也。陛下建国于升，宜进为大国，而与晋皆毋得封。"从之。然予尝考之：真宗始封韩王，而曹襄悼、富文忠皆封韩公；仁宗始封庆国公，而王黼、白时中皆封庆公；绍兴辛酉，秦师垣转厅，亦封庆公：有司皆失于检照也。隆兴元年十二月，汤丞相转厅，自荣国亦进封庆，乃始辞避，诏改封岐云。

三 省 勘 当 避 讳

旧制，三省文字下部勘当，本谓之勘会。嘉祐末，曾鲁公当国，省吏避其父名，改为勘当，至今沿袭。省中出敕，旧用"準"字，辄去其下"十"字，或云蔡京拜相时，省吏亦避其父名。然王禹玉父亦名準，而寇莱公亦尝作相。不知书敕避讳，自何时始也。近年稍稍复旧。

枢 密 置 使

祖宗时，枢密置使，则有副使；置知院，则有同知院。枢使、知院二者未尝并除。熙宁元年七月，陈秀公自大名入西府，时文潞公、吕惠穆为使，韩康公、邵安简为副使。神宗以秀公三至枢府，欲稍重其礼，乃以为知院事。院枢并除，自此始。元丰四年，以枢密联职辅弼，非出使之官，止置知院、同知院，余悉罢。绍兴丁巳正月诏:"宥密本兵之地,用武之际,事权宜重。可依祖宗故事置枢密使、副使;其知枢密院事、同知院、签书,并仍旧。"于是秦忠献以宰相入为枢密使。自后除使者,多自知院而迁。至于副使,则八年除王敏节庶,十一年除岳武穆飞。自是,久不除授矣。

都督宣抚等使名

故事,二府总师为宣抚使;其次曰招讨宣抚,有副使,有判官;其次又有制置、经制等使。中兴以来,建使为多,大者以宰相为御营使,为都督,或为宣抚兼处置使;次相或执政为御营副使、大将:皆为方面。宣抚使亦或为御营副使,或招讨使;次为招抚使。执政或从官为大帅者,带制置大使、安抚大使,有营田处带营田大使;从官亦或为招抚使、都统制等官,则或为都巡检使,或充某处捉杀盗贼制置使,或止充捉杀使,或裂数州、或止一州为镇抚使,其名不一。惟都督,非宰相不除。独赵忠简公知枢密院为之,盖初除川陕宣抚,执政谓与蜀中诸帅使名无异,乃亟改为都督。绍兴辛巳、壬午,命执政出使,亦止为督视。隆兴癸未,张忠献亦以枢密使为都督,然前为相时尝督师矣。明年,汤丞相为都督,杨武恭副之,未几就除都督,前此未有,盖其官为太傅,锡爵为王,故特命之。

二　府　总　师

中兴外攘之际,以宰相、执政总师。建炎己酉二月,首以吕忠穆公为同签枢、充江浙制置使。昱年五月,张忠献公以枢密同知为川陕、京西、湖北路宣抚处置使。明年以京西、湖北相去辽远,又已分镇,始全付以川陕之任。绍兴壬子四月,忠穆以宰相都督江淮等路诸军，开府于镇江，未几还阙；以朱忠靖为同都督，辞不拜，乃以孟庾权同都督。四年八月，赵忠简公以知枢密院为川陕宣抚处置使；寻改都督川陕、荆襄诸军事，将行，而张忠献公再入西府，乃命忠献行边。五年二月，忠简、忠献并相，皆带都督，置司行在所。忠献复出，荡平湖寇。六年正月，又诏忠献视师，七月再视师，以都督行府为名。忠简特居中总政事，中外相应，竟不复行也。

同知签书虚位

元丰官制，枢密院之副有同知、有签书，除授虽不皆同时，然未尝频年虚位。绍圣元年五月，刘仲冯自签书出知真定，自是不除签书。政和元年九月，王襄自同知出知亳州，自是又不除同知。宣和六年，蔡懋始以同知副蔡攸。凡同知虚位者十三年，签书虚位者三十年。政和间，童贯乃以宦寺为签书，然才三月，遽躐为领院矣。

功臣号勋官

唐文武臣，有赐功臣号，有勋官，本朝因之。自神宗不受尊号，吴丞相冲卿因乞罢功臣号，冯当世在西府，亦言之，遂诏管军至诸军班衔内带功臣者并罢；而勋官，至政和中亦罢。绍兴六年，执政议复旧制，赐功臣号，以示劝奖，于是诸大将以次赐号。惟勋官，则自绍兴癸丑，始命礼部尚书洪拟、翰林学士綦崈礼讨论旧典；甲寅岁，大理寺丞韩仲通继以为言；丙辰岁，庙堂又请武臣有边功者，带勋以旌之，下吏部立法；至庚申岁，议者又以为言，复下之有司：八年间凡四议之，然卒无赐勋者。迄今惟外夷加恩，则赐勋如故。盖国初检校官、宪衔与赐勋之类,皆袭唐官职,故不之改也。

大礼五使

本朝郊祀五使,沿唐及五代之制。大礼使用宰相;仪仗使用御史中丞;顿递使又增桥道之名,用京尹;礼仪使唐本以太常卿为之。及卤簿使,则以学士及他尚书为之。大中祥符中东封,五使皆命辅臣,以重非常之礼。天圣二年亲郊,晏元献以翰林学士为仪仗使,薛简肃以御史中丞为卤簿使,议者以为非故实。治平二年当郊,以贾直孺中丞为卤簿使,贾遂引故事以请,乃以为仪仗使。元符郊祀,礼仪使以下改差执政官;然自后,五使自宰执外,继以从官之长或使相为之。

摄官典礼

故事,冬至祀圜丘,摄太尉掌誓百官;摄侍中进玉币,并奏请致斋,及辇辂前奏请。政和以左辅、右弼易侍中、中书令,大礼行事,以左辅摄事。靖康,诏三省长官并依元丰官制,自是复初。绍兴癸丑,上昭慈谥,孟信安以摄太尉奉册,于是权太常少卿江端友言:“汉、唐以来,太尉乃三公之官,故命宰相、执政摄之,以重其事。政和以后,降太尉不得为三公,今杂压,乃在特进、观文殿大学士之下。而奉册宝犹称摄太尉,自上摄下,名实不相副,兼不以三公奉册,不应典礼。”遂诏今后摄三公行礼。自是皆摄太傅。乾道壬辰,既改左右仆射为丞相,删去侍中,中书、尚书二令。淳熙初,复有诏:“侍中、中书令虽已删去,每遇大礼,并仍摄事,贵存旧名,以备礼文。”乙巳之冬,举行庆寿礼,王鲁公以首相摄太傅,梁郑公以次相摄侍中,周益公以枢密使摄中书令,重盛典也。自是率遵行之。

时 政 记

　　唐故事，宰臣每于阁内及延英奏论政事，退，归中书，惟知印宰臣得书其日德音及凡宰臣奏事，付史馆，名《时政记》。其后，议者谓："所奏事非一端，移数刻之久，或但记出己之辞，而忘同列之对，恐有遗漏，乞令宰臣人自为记。"国初，以扈蒙之言，诏卢多逊录时政，月送史馆，然迄不能成书。太平兴国末，直史馆胡旦言："五代自唐以来，中书、枢密皆置《时政记》。周显德中，密院置《内庭日历》。望令枢密院依旧置《内庭日历》。"诏："自今军国政要，并委参知政事李昉撰录枢密院令副使一人纂集，每季送史馆。"昉因请每月先奏御，后付所司。《时政记》奏御自昉始。端拱二年，中书门下建言："所录《时政记》，缘御前殿，枢密院以下先上，宰臣未上，所有宣谕无由闻知。乞差副枢二人钞录，送中书。"遂诏枢密副使张宏、张齐贤共钞录送中书，同修为一书，以授史官。然止送中书，未得自为记也。大中祥符五年，王钦若、陈尧叟在西府，乃请别撰，不附中书。其后，不止宰相与密院，凡执政，人人皆自为书，而所记益广，然循袭一季之例，或半年始送著作，往往愆期，妨于修撰。绍兴初，始命每月终录送著作院云。

台 谏 见 政 府

　　祖宗时，台谏得见政府，而不得自相往来。如王沂公亲谕韩魏公"近日章疏甚好"；范文正公争郭后，面与吕许公辨；吕献可争濮议，面与韩魏公辨；司马温公乞立皇子，亲见魏公纳札子；张横渠至中书见王荆公争新法之类。韩魏公问陈思道：洙。"司马近日论何事？"答以"彼此台谏不相往来，不知所言何事"是已。其后,台谏得相往来,而不得见政府。吕汲公对帘前,以备位执政,不敢与言事官相通,遂令范淳父谕旨于刘器之,是台谏已不可见政府矣。苏子由、王彦霖诸公击吕吉甫,会议于兴国浴室院,则台谏相见无所拘也。今沿袭此制云。

梁溪漫志卷二

文　武　官　制

　　文武官制,自元丰、政和更新,其后增改亦不一,因合而书之,以备稽考云。元丰三年,初行文臣官制,以阶易官,《寄禄新格》:中书令、侍中、同平章事为开府仪同三司;左、右仆射为特进;吏部尚书为金紫光禄大夫;五曹尚书为银青光禄大夫;左、右丞为光禄大夫、<small>元祐右银青光禄大夫</small>。宣奉大夫、<small>大观新置,元祐左光禄大夫</small>。正奉大夫;<small>大观新置,元祐右光禄大夫</small>。六曹侍郎为正议大夫、通奉大夫;<small>大观新置,元祐右正议大夫</small>。给事中为通议大夫;左、右谏议为太中大夫;秘书监为中大夫、中奉大夫;<small>大观新置,元祐左中散大夫</small>。光禄卿至少府监为中散大夫;太常至司农少卿为朝议大夫、奉直大夫;<small>大观新置,元祐右朝议大夫</small>。六曹郎中前行为朝请大夫,中行为朝散大夫,后行为朝奉大夫;员外郎前行为朝请郎,中行及起居舍人为朝散郎,后行及左、右司谏为朝奉郎;左、右正言,太常、国子博士,为承议郎;太常、秘书、殿中丞,著作郎,为奉议郎;太子中允、赞善大夫、中舍、洗马为通直郎;著作佐郎、大理寺丞为宣德郎;<small>政和改宣教</small>。光禄、卫尉寺、将作监丞为宣义郎;大理评事为承事郎;太常寺太祝、奉礼郎为承奉郎;秘书省校书郎、正字,将作监主簿,为承务郎。崇宁初,又因刑部尚书邓洵武有请,以留守、节察判官换承直郎;节度掌书记、支使,防、团判官,换儒林郎;留守、节察推官,军事判官,换文林郎;防、团推官,监判官,换从事郎;以录事参军、县令为通仕郎;以知录事参军、知县令为登仕郎;以军巡判官,司理、司法、司户,主簿、尉,为将仕郎。五年,改太庙、郊社斋郎为假将仕郎。政和六年,又诏:"旧将仕郎已入仕,不可称将仕,可为迪功郎。旧登仕郎为修职郎。旧通仕郎为从政郎。"寻又以假版官行于衰世,姑从版授,盖非真官,于是却以此三官易假授官,以处未入仕者。假将仕郎去"假"字为将仕郎,假承务郎为登仕郎,假承事、承奉郎为通仕郎云。政和二年,易武选官名:内客省使为通侍大夫;延福宫使为正侍大夫、宣正大夫、政和六年增置。履正大夫、政和六年增置。协忠大夫;政和六年增置。景福殿使为中侍大夫;客省使为中亮大夫;引进使为中卫大夫、翊卫大夫、政和六年增置。亲卫大夫;政和六年增置。四方馆使为拱卫大夫;东上阁门使为左武大夫;西上阁门使为右武大夫、正侍郎、政和六年增置。宣正郎、政和六年增置。履正郎、政和六年增置。协忠郎、政和六年增置。中侍郎;政和六年增置。客省副使为中亮郎;引进副使为中卫郎、翊卫郎、政和六年增置。亲卫郎、政和六年增置。拱卫郎;政和六年增置。东上阁门副使为左武郎;西上阁门副使为右武郎;皇城使为武功大夫;宫苑使、左右骐骥使、内藏库使为武德大夫;左藏库使、东作坊使、西作坊使为武定大夫;寻改武显。庄宅使、六宅使、文思使为武节大夫;内园使、洛苑使、如京使、崇仪使为武略大夫;西京左藏库使为武经大夫;西京作坊使、东西染院使、礼宾使为武义大夫;供备库使为武翼大夫;自皇城副使至供备库副使,为武功郎至武翼郎;今呼武功大夫以下为正使,武功郎以下为副使。内殿承制为敦武郎;淳熙改训武。内殿崇班为修武郎;东头供奉官为从义郎;西头供奉官为秉义郎;左侍禁为忠训郎;右侍禁为忠翊郎;左班殿直为成忠郎；右班殿直为成义郎；寻改保义。三班奉职为承节郎；三班借职为承信郎；三班差使为进武校尉；三班借差为进义校尉；下至军大将等，易为副尉；殿侍为下班祇应；及更医官名有差。

翰 苑 降 诏

故事，近臣有所请乞辞免，其从与违，皆当令学士院降诏。建炎掌故者省记，凡请乞辞免，唯不允者始降诏。绍兴初，吕忠穆公乞二子任在外宫观，赵忠简公、谢任伯乞朝见，并从所请而无诏书。綦叔厚崇礼时为学士，引故事论之，取荆公《内制》答富郑公乞判汝州、韩魏公乞判相州，东坡《内制》答文潞公、吕正献辞免拜、安厚卿辞迁官诸允诏以为据。从之。寻又言："近年急于除用人材，并无降诏之礼，乃或有'如敢迁延，重置典宪'指挥，非待贤之道。望举行故事，凡六尚书及翰林、端明殿学士以上职任与曾任宰相、执政官，若自外除授或被召应赴行在者，并令尚书省日下报学士院颁降诏书，以示待遇之礼；且使外任近臣有所取信，以离其官守。"制可。于是礼文稍稍复旧。

学 士 不 草 诏

唐制，惟给事中得封驳。本朝富郑公在西掖，封还遂国夫人词头，自是舍人遂皆得封缴。元祐间，东坡在翰林，当草文潞公、吕申公免拜不允批答，及安厚卿辞迁官、宗晟辞起复诏，皆以为未当，不即撰进，具所见以奏，朝廷多从之。盖学士实代王言，视外制为重，命令有所未腾，舍人犹得缴还；岂亲为内相者，顾乃不可？固应执奏，以示守官之义，理则然尔。

知制诰不试而命

　　欧阳公《归田录》载知制诰不试而命者,杨文公、冻文惠及公凡三人。盖误也。实始于至道三年四月,真宗念梁周翰夙负词名,令加奖擢,乃不试而入西阁。自国初以来,不试而命者,周翰实为之首,而杨公继之。叶少蕴左丞^{梦得}《避暑录话》乃谓周翰与薛映、梁鼎亦皆不试而用,此亦误。映、鼎盖与大年并命者,独大年不试而后命云。

学士带知制诰

　　翰林学士带知制诰,本于唐制。唐自开元末,改翰林供奉为学士院,专掌内命,号为内相。凡充其职者,无定员,自诸曹尚书下至校书郎,皆得与选。入院一岁,则迁知制诰;未知制诰者,不作文书,但备顾问、参侍行幸而已。唐自有知制诰,以中书舍人或前行正郎为之。本朝亦自有知制诰,如钱若水、苏易简皆自知制诰入为翰林学士。然唐之学士必带"知制诰"之三字者,所以别其为作文书之学士也。若本朝,翰林学士未始有不作文书者,则带知制诰徒成赘尔。元丰改官制,失于删去。况知制诰自掌外制,天禧末,欲罢寇忠愍政事,召知制诰晏元宪,示以除目,元宪辞以"臣掌外制,此非臣职"是也。建炎元年,谢任伯参政^{克家}除翰林学士,以知制诰犯祖名为言,有旨权不系"知制诰"三字,任伯力辞,言:"翰林学士,祖宗时若兼领他官,止与职名同。元丰官制既行,专典内制,则必带'知制诰'三字。此不易之制也,讵可辄缘微臣轻有改革?"卒辞不拜。然元丰以前,省、台、寺、监皆领空名,则固与职名同。官制既行,赐之以阶,而省、台、寺、监各还所职,则翰林学士自应专典内制矣，何必更带"知制诰"三字为哉？任伯第不详考尔。

北门西掖不以科第进

北门、西掖之除，儒者之荣事也；其有不由科第，但以文章进者，世尤指以为荣。熙宁则韩持国，崇宁则林彦振，皆尝直北门。绍兴初，徐师川俯赐出身，为翰林学士；任世初申先、苏仲虎符皆赐出身，为中书舍人；而吕居仁本中赐出身，兼掌内、外制。乾道、淳熙以来，韩无咎元吉、王嘉叟枢、刘正夫孝题皆以门荫特命摄西掖。而刘正夫有召试之命，因力辞，言："国朝之制，词命之臣皆先试而后命。自渡江以来，废而不举。今方修故事，恐弗克称塞。"虽可其奏，然摄词命几三年乃罢。

二史扈从

二史立螭，旧多服绿者，谓之"一点青"。其职曰记言、记动，则人主起居之际，皆所当侍。而遇乘舆行幸，未尝扈从，此亦阙文。近岁，始命起居郎、起居舍人从驾，乃合建官本意。

三馆馆职

唐三馆者，昭文馆、史馆、集贤院是也。五代卑陋，仅于右长庆门筑屋数十间为三馆。国初太平兴国二年，度地在升龙门东北一新之，以三馆新修书院为崇文院。大中祥符八年，又于左、右掖门外建院。天禧初，诏崇文外院以三馆为额。天圣九年，乃徙三馆于崇文院，前列三馆，后建秘阁，修史、藏书、校雠，皆其职也，中兴以来，复建秘书省，而三馆之职归之。开元故事，校书官许称学士。本朝三馆职事皆称学士，绍兴初犹仍此称，盖旧典也。

秘书省官撰文字

故事，朝廷有合撰乐章、赞、颂、敕葬、敂祭文，夏国人使到驿燕设教坊白语删润经词及回答高丽书，并送秘书省官撰。盖学士代王言，掌大典册；此等琐细文字，付之馆职，既足以重北门之体，且所以试三馆翰墨之才，异时内、外制阙人，多于此取之。所谓馆职储材，意盖本此。

检 校 官

检校官，盖唐制本以为武臣迁转之阶。至祖宗时，特崇重之，凡文臣为枢密使、副，必以检校官兼正官为之。大中祥符五年，王冀公钦若以吏部尚书、陈文忠尧咨以户部尚书为使，晁文元当制，误削去检校太傅，诏并存之。自后，王景庄嗣宗、曹襄悼利用为副枢，又用赵韩王例，不带正官，直以检校太保为之。独太平兴国中，石元懿熙载止以户部尚书充使；乾兴中，钱思公惟演亦以兵部尚书为使，当时以为有司之失。检校之阶，凡十有九，三少而上有六等。后虽枢廷不复带，然自节度使而迁者，必除检校官。盖节钺之上，止有太尉、开府仪同三司，遂至少保。所以必除检校官者，盖祖宗重惜名器之深意，为之等级，不肯轻畀以三孤之任也。自检校尚书而下，亦或以为散官。熙宁中，祖无择责授检校工部尚书，其后东坡黄州之贬，亦检校水部员外郎。此比颇多。

百官谥命词与否

故事，百官谥不命词。政和以来，有不经太常考功议而特赐谥者，始命词。绍兴三年，陈去非参政与义在西掖，引故事以请,乃诏今后特恩赐谥命词给告,馀给敕。其后,应太常考功定谥者,亦径陈乞赐谥,例多命词,朝论以为言,止坐议状给告,虽特恩得谥者亦然。然今之从臣磨勘转官,尚应命词;特恩赐谥,乃人主非常之泽,所宜命词,以示褒宠。若法应定谥者,则当坐议状给告可也。至淳熙丁未,陈魏公赐谥正献,梁郑公赐谥文靖,乃特诏命词给告云。

文　正　谥

谥之美者,极于文正,司马温公尝言之而身得之。国朝以来,得此谥者惟公与王沂公、范希文而已。若李司空昉、王太尉旦皆谥文贞,后以犯仁宗嫌名,世遂呼为文正,其实非本谥也。如张文节、夏文庄,始皆欲以文正易名,而朝论迄不可。此谥不易得如此,其为厉世之具深矣!

臣下姓谥多同

臣下谥多同,盖以节行适相当,固难于相避,然其间有姓、谥皆同者,往往称谓紊乱。尝考之:本朝有两王文康,溥、曙。两张文定,齐贤、方平。两张忠定,咏、焘。两陈忠肃,瓘、过庭。两刘忠肃,挚、珙。两李忠愍,中宫舜举、若水。两朱忠靖,谔、胜非。两王恭简;岩叟、刚中。而韩魏公谥忠献,韩宗魏谥忠宪,赵阅道谥清献,赵挺之谥清宪,字虽不同,声音亦相紊也。

外　夷　使　入　朝

外夷使入朝,所过郡,长吏例送迎。张安道镇南京,高丽使经过,公言:“臣班视二府,不可为陪臣屈。”诏独遣少尹。其后,韩玉汝镇颍昌,亦言:“交趾小国,其使人将过臣境。臣尝备近弼，难以抗礼。按元丰中，逊以兵官，饯以通判，使、副府谒，其犒设令兵官主之。请如故事。"从之，仍诏所过郡，凡前宰相知、判者亦如之。蒋颖叔帅熙河，西使卒于中国，枢过其境，官属议奠拜，颖叔独曰："生见尚不拜，奈何屈膝向死胡？"乃奠而不拜。识者是之。故事，外夷国王来朝，宰相出笏见之，使者则否。绍兴初高丽使入贡，宰相乃出笏见之，非故事。时翟公巽为参政，尝以为不可。明年，复入贡，始检会张安道例，下之经由州郡云。

知军州事

太守谓之知某州军州事者，言一州之军事、州事无所不统也。而或遇朝廷一时推行申严之事，往往皆以系衔，如堤岸、递角之类。彼既长是郡，则一郡之事皆所当为，似不须一一入衔也。

都厅签厅

州郡签厅，旧谓之都厅，欧阳公、尹师鲁在钱思公幕中，有《都厅闲话》是也。宣和辛丑，尚书省公相厅改为都厅，内外都厅并行禁止，怀安军奏："本军都厅，乞以签厅为名。"从之，诏诸路依此。签厅之名，所由始也。

谒刺

熙、丰间，士大夫谒刺与今略同，而于年月前加一行，云"牒件状如前，谨牒"。后见政、宣间者，则去此一行；其间有僧官参监司，亦只书实官，如提刑、宣德之类，其末称"裁旨"。此风尚淳古焉。

座主门生

　　唐世极重座主门生之礼，虽当五代衰乱，典章隳坏之余，然故事相仍，此礼犹不敢废。在唐，知举所放进士，以己及第时名次为重。和凝举进士，及第时第五，其后知举，选范质为第五。质后拜相，封鲁国公，官至宫傅，皆与凝同，当时以为荣。裴皞久在朝廷，宰相马裔孙、桑维翰皆皞礼部所放进士也。后裔孙知举，放榜，引新进士诣皞，皞喜作诗曰"门生门下见门生"，世亦荣之。维翰已作相，尝过皞，皞不迎不送，人问其故，皞曰："我见桑公于中书，庶寮也；桑公见我于私第，门生也。何送迎之有？"人亦以为当。

梁溪漫志卷三

入　阁

　　唐有入阁之制,本朝因之。按唐故事:天子日御殿见群臣,曰常参;朔望荐食诸陵寝,有思慕之心,不能御前殿,则御便殿见群臣,曰入阁。宣政,前殿也,谓之衙,衙有仗;紫宸,便殿也,谓之阁。其不御前殿而御紫宸也,乃自正衙唤仗,由阁门而入,百官俟朝于衙者因随以入见,故谓之入阁。然衙,朝也,其礼尊;阁,宴见也,其事杀。自乾符已后,因乱礼阙,天子不能日见群臣,而见朔望,故正衙常日废仗,而朔望入阁有仗。习见既久,遂以入阁为重,至出御前殿犹谓之入阁。其后亦废。至唐明宗初即位,御史中丞李琪请复朔望入阁。然有司不能讲正其事,凡群臣五日一入见中兴殿,便殿也,此入阁之遗制,而谓之起居;朔望一出御文明殿,前殿也,反谓之入阁。琪皆不能正,故欧阳公讥之。本朝建隆三年八月丙戌朔,御崇元殿,文武百官入阁。自后屡踵而行之。太平兴国二年,诏以八月一日入阁,会雨而止。又以《入阁旧图》承五代草创,礼容不备,于是命史馆修撰杨徽之等讨论故事,别为新图。淳化二年十二月丙寅朔,遂行其礼于文德殿。右谏议大夫张洎既与徽之等同撰定新仪,又独奏疏,其略曰:"窃以今之乾元殿,即唐之含元殿也,在周为外朝,在唐为大朝,冬至、元日,立全仗,朝万国,在此殿也。今之文德殿,即唐之宣政殿也,在周为中

朝,在汉为前殿,在唐为正衙,凡朔望、起居,及册拜妃后皇子
王公大臣,对四夷君长,试制策举人,在此殿也。今之崇德,即
唐之紫宸殿也,在周为内朝,在汉为宣室,在唐为上阁,即只日
常朝之殿也。东晋太极殿有东、西阁,唐置紫宸上阁,法此制
也。且人君恭己,南面向明,紫微黄屋,至尊至重,故巡幸则有
大驾法从之盛,御殿则有钩陈羽卫之严,故虽只日常朝,亦须
立仗。前代谓之入阁仪者,盖只日御紫宸上阁之时,先于宣政
殿前立黄麾金吾仗,俟勘契毕,唤仗,即自东、西阁门入,故谓
之入阁。今朝廷且以文德正衙权宜为上阁,甚非宪度。窃见
长春殿正与文德殿南北相对,伏请改创此殿,以为上阁,作只
日立仗视朝之所。其崇德殿、崇政殿,即唐之延英殿是也,为
双日常时听断之所。庶乎临御之式,允叶常经。今舆论乃以
入阁仪注为朝廷非常之礼,甚无谓也。臣又闻,唐初五日一
朝,景云初始修贞观故事。自天宝兵兴之后,四方多故,肃宗
而下,咸只日临朝,双日不坐。其只日或遇大寒、盛暑、阴霾、
泥泞,亦放百官起居。双日宰相当奏事,即时特开延英召对。
或蛮夷入贡,勋臣归朝,亦特开紫宸引见。臣欲望依前代旧
规,只日视朝,双日不坐。其只日遇大寒、盛暑、阴霾、泥泞,亦
放百官起居。其双日于崇德、崇政两殿召对宰官、常参官以
下,及非时蛮夷入贡、勋臣归朝,亦特开上阁引见,并请准前代
故事处分。"奏人不报。淳化三年五月甲午朔,御文德殿,百官
入阁。旧制,入阁惟殿中省细仗随两省供奉官先入,陈于庭。
太宗以为仪卫太简,命有司更设黄麾仗,其殿中省细仗仍旧,
从新制也。大中祥符七年四月,令有司依新定仪制,重画《入
阁图》,有唐朝职官悉改之,从东上阁门使魏昭亮之请。景祐
元年二月,知制诰李淑上《时政十议》,其第十议乞修起入阁之

仪。宝元二年,仁宗谓辅臣曰:"唐有入阁礼,今不常行。其久废不讲,抑不可以行于今乎?"于是参知政事宋庠奏疏曰:"比蒙圣问,有唐入阁之仪,今不常行,臣退而讨寻故事。夫入阁,乃有唐只日于紫宸殿受常朝之仪也。谨案唐有大内,又有大明宫在大内之东北,世谓之东内,而谓大内为西内。自高宗以后,天子多在大明宫,制度尤为华备。宫之正南曰丹凤门,门内第一殿曰含元殿,大朝会则御之;对北第二殿曰宣政殿,谓之正衙,朔望大册拜则御之;又对北第三殿曰紫宸殿,谓之上阁,亦曰内衙,只日常朝则御之。据唐制,凡天子坐朝,必须立仗于正衙殿,或乘舆止御紫宸殿,即唤仗自宣政殿两门入,是谓东、西上阁门也。若以国朝之制,则今之宣德门,唐丹凤门也;大庆殿,唐含元殿也;文德殿,唐宣政殿也;紫宸殿,唐紫宸殿也。今或欲求入阁本意,施于仪典,即须先立仗于文德殿之庭,如天子止御紫宸殿,即唤仗自东、西阁门入,如此则差与旧仪相合。但今之诸殿,比于唐制,南北不相对,值此为殊耳,故后来论议,因有未明。又按唐自中叶以还,双日及非时大臣奏事,别开延英,若今假日御崇政、延和是也。乃知唐制,每遇坐朝日,即为入阁。而叔世离乱,五代草创,大昕之制,更从简易,正衙立仗,因而遂废。其后或有行者,常人之所罕见,乃或谓之盛礼,甚不然也。今之相传《入阁图》者,是官司记常朝之制也,如阁门有《仪制敕杂坐图》耳,是何足为希阔之事哉!况唐《开元旧礼》本无此制,至开宝中,诸儒增附新礼,始载月朔入阁之仪,又以文德殿为上阁,差舛尤甚,盖当时编撰之士讨求未至。太宗朝,儒臣张泊亦有论奏,颇为精洽。窃恐朝廷他日修复正衙立仗,欲下两制,使预加商榷,以正旧仪。"而议者以今之殿阁与唐不同,遂不果行。至熙宁三年五月壬子,用宋

敏求、王岐公等议,始诏朔望御文德殿立仗,而罢入阁仪。入
阁之本末如此。

元 祐 党 人

　　吾州苍梧先生胡德辉珵,尝对刘元城叹息张天觉之亡,元
城无语,苍梧疑而问之,元城云:"元祐党人只是七十八人,后
来附益者不是。"又云:"今七十七人都不存,惟某在耳。"元城
为此言时,实宣和六年十月六日也。盖绍圣初,章子厚、蔡京、
卞得志,凡元祐人皆籍为党,无非一时愿贤。七十八人者,可
指数也。其后每得罪于诸人者,骎骎附益入籍,至崇宁间,京
悉举不附己者籍为元祐奸党,至三百九人之多。于是邪正混
淆,其非正人而入元祐党者,盖十六七也。建炎、绍兴间,例加
褒赠,推恩其后,而议者谓其间多奸邪,今日子孙又从而侥幸
恩典,遂有诏甄别之。

行 卷

　　前辈行卷之礼,皆与刺俱入,盖使主人先阅其文,而后见
之。宣和间,苍梧胡德辉见刘元城,尚仍此礼。近年以来,率
俟相见之时以书启面投,大抵皆求差遣,丐私书,干请乞怜之
言,主人例避谢而入袖,退阅一二,见其多此等语,往往不复终
卷。彼方厌其干请,安得为之延誉? 士之自处既轻,而先达待
士之风,至此亦扫地矣。

氏 族

　　氏族之讹久矣。凡蒋、邢、茅,胙祭周公之胤也。此三者,
实一姓也,自分为三派,寖远寖忘,则为三姓矣。退之所谓徐

与秦俱出、韩与何同姓之类是也。扬子云于蜀无他扬，今此扬姓不复见，亦皆杂于杨矣。钱镠有吴、越，吴、越之人避其讳，以刘去偏傍而为金。王审知据闽，闽人避其讳，以沈去水而为尤。二姓实一姓也。今之称复姓者，皆从省文，如司马则曰马，诸葛则曰葛，欧阳则曰欧，夏侯则曰侯，鲜于则曰于。如此之类甚多，相承不已，复姓又将混于单姓矣。唐永贞元年十二月，淳于姓改为于，以音与宪宗名同也。至今二于无复可辨。如豆卢，盖唐大族，钦望、瑑、革，皆尝为相，而此姓今不复见，其殆混于卢邪。

王文贞婿入蜀

王文贞公为相，长女婿韩忠宪例当守远郡，得洋州。公私语其女曰："韩郎入川，汝第归吾家，勿忧也。吾若有求于上，他日使人指韩郎缘妇翁奏免远适，则其为损不细矣！"忠宪闻之，喜曰："公待我厚也。"予窃谓：王公此举，于当国则甚公，于处家则似未尽。且妇从夫者也，死生祸福率当同之。今其夫特为远郡，遽俾其女归享安佚之乐，而使其夫独被遐征之劳，岂所以教为妇之道哉？唐李晟，正岁，崔氏女归宁，责曰："尔有家，而姑在堂，妇当治酒食，且以待宾客。"即却之不得进。晟武人，尚知此。为公计者，政使其女不肯远适，尤当以义责，使偕行，使人知公虽父子之爱，亦不肯容其私，益彰至公之道，则于为国、处家之际，两尽其至矣。

司马温公读书法

司马温公独乐园之读书堂，文史万余卷，而公晨夕所常阅者，虽累数十年，皆新若手未触者。尝谓其子公休曰："贾竖藏货贝，儒家惟此耳，然当知宝惜！吾每岁以上伏及重阳间，视天气晴明日，即设几案于当日所，侧群书其上，以曝其脑，所以年月虽深，终不损动。至于启卷，必先视几案洁净，藉以茵褥，然后端坐看之。或欲行看，即承以方版，未尝敢空手捧之，非惟手汗渍及，亦虑触动其脑。每至看竟一版，即侧右手大指面，衬其沿而覆，以次指面拈而挟过，故得不至揉熟其纸。每见汝辈多以指爪撮起，甚非吾意。今浮屠、老氏，犹知尊敬其书，岂以吾儒反不如乎？当宜志之！"

高密辞起复

《文选》载李令伯乞养亲表云："臣密今年四十有四，祖母刘今年九十有六，是臣尽节于陛下之日长，报刘之日短也。"读者恻然动心。元祐三年，高密郡王宗晟起复，判大宗正事，连章力辞，其言亦曰："念臣执丧报亲之日短，致命徇国之日长。"东坡时直禁林，当草答诏，见其疏而哀之，因人札子乞听所守。诏从之。

范淳父字

范淳父内翰之母，梦邓禹来而生淳父，故名祖禹，字梦得。温公与之帖云："按《邓仲华传》，仲华内文明，笃行淳备，辄欲更表德曰'淳备'，既协吉梦，又可止讹，且与令德相应，未审可否？"次日，复一帖云："昨夕再思，'淳备'字太显而尽，不若单字'淳'，临时配以'甫'、'子'而称之。五十则称伯、仲，亦犹子路或称季路是也。如何，如何？"予因是推之，刘仲原父、贡父，钱穆父，皆只一字。或谓仲原父用程伯休父三字之法，非也。伯休父亦只一字耳，盖伯、仲与甫之类本语助，特后世以便于称谓，非以表其德也。凡今以伯、仲、甫、子之类为助者，皆取单字，盖亦古之遗意焉尔。

射雁堂

闲乐先生陈公伯修<small>师锡</small>在太学，与了翁友善。一日，同集宗室淄王圃中，有雁阵过，相与戏曰："明年魁天下者，当中首雁。"伯修引弓射之，一矢中其三，了翁不中。须臾，又有雁阵过焉，了翁射之，亦中其三，伯修笑曰："公其后榜耶！"了翁曰："果然，当为公代。"其明年，徐铎榜伯修果以第三人登第。后三年，了翁登第，亦第三人，皆为昭庆军节度掌书记，果相与为代。因名便厅为射雁堂。先是，了翁将唱第，问投子山道者云："我作状元否？"应曰："无时一，有时三。"了翁惘然莫测。是岁，时彦魁天下，了翁居其三，始悟前语。

闲乐异事

闲乐陈公伯修，宣和三年，以祠官居南徐。一日昼寝，梦至一处，殿宇巍然，中有人冠服如天帝，正坐，侍卫环列。赞者引公拜殿下，命之升殿，慰藉久之，谓曰："卿平生论事章疏，可悉录以进呈。"公对曰："臣在杭州日，因陈正汇事，郡守贾伟节遣人搜取，多已焚灭，今恐不能尽记。"帝曰："能记者，录以进。"即有仙官导公至庑下，幕中设几案笔砚，有一青册。公方沉吟间，仙官曰："不必追记，尽在是矣。"开册示之，则平日所草章疏具在，虽经焚毁者，亦备载无遗。公即袖以进，帝喜曰："已安排卿第六等官矣。"遂觉。呼其子大理寺丞昱至前，引其手按其顶，则十字裂如小儿顖，其热如火，谓之曰："与吾书谒刺数十，将别亲旧，吾去矣！"其子请曰："大人何往？"公告以

梦,子曰:"此吉梦,其殆有归诏耶?"公曰:"不然。丰相之临
终,亦梦朝帝,盖永归之兆也。"已而再寝,顷之觉,复谓其子
曰:"适又梦入黑漆屋三间,此棺椁之象,吾去必矣。"俄,南徐
太守虞纯臣遣人招其子,告之曰:"适尊公有状,丐挂冠,正康
强,何乃尔? 莫测其意,是以扣公。"言未既,闻传呼陈殿院来,
若已知其故者,谓太守曰:"死生定数也,公何讶?"戒其子曰:
"凡吾治命事,不可妄易。"遂归。携亲戚数十人,酌酒告别。
既退,命诸子、子妇皆坐,置酒,谆谆告戒。家人见公无疾而遽
若是,愕眙不知所答。迨夜入寝,有婢杏香奔告诸子曰:"殿院
咳逆不止若疾状。"诸子亟走,至,则已跌坐,而一足犹未上,命
其子为收之,才毕而终。终之七日,忽有僧欲入吊,其家以素
不之识止之,僧云:"我诚不识公,但畴昔之夜在瓜洲,忽梦一
官人著朱骑马,导从甚盛,凌波而北,人马皆不濡,傍人指云:
'此陈殿院也。'泊入城,见群僧来作佛事,乃知之,故欲瞻敬遗
像,非有所求也。"时名流多作挽诗纪其事。黄冕仲裳云"不须
更草《玉楼记》,已作仙官第六人",张子韶九成云"凌波应作水
中仙",盖谓此。乃知世之伟人,皆非混混流转者。傅说骑箕
而为列星,其可信矣!

元城了翁表章

　　今时士大夫论四六,多喜其用事精当、下字工巧,以为脍
炙人口。此固四六所尚,前辈表章固不废此;然其刚正之气形
见于笔墨间,读之使人耸然,人主为之改容,奸邪为之破胆。
元符末,刘元城自贬所起帅郓,当过阙,公谢表云:"志惟许国,
如万折之而必东;忠以事君,虽三已之而无愠。"坐是,遂不得
入见。大观间,陈了翁在通州,编修政典局取《尊尧集》,了翁

以表缴进,其语有云:"愚公老矣,益坚平险之心;精卫眇然,未舍填波之愿。"后竟再坐贬。此二表,于用事、下字,亦皆精切,而气节凛凛如严霜烈日,与退之所谓"登泰山之封,镂白玉之牒"者似不侔矣。

王定国记东坡事

王定国《甲申杂记》云:"天下之公论,虽仇怨不能夺。李定鞫治东坡狱正急,一日将朝,忽于殿门谓同列曰:'苏轼诚奇才也!'众莫敢对,定曰:'虽二三十年前所作文字、诗句,引证经传,随问即答,无一字差舛,诚天下之奇才也!'"此恐未必然。按东坡自熙宁初荆公行新法,自是诗语多及新法之不便;元丰二年,言者论其作诗讥讽,遂得罪,相距止十年耳,不至二三十年也。藉使能记二三十年作诗文之因,人皆可能,似不足为东坡道也。定国记此,特爱东坡之过云尔。

梁溪漫志卷四

东坡教人读檀弓

东坡教人读《檀弓》，山谷谨守其言，传之后学。《檀弓》，诚文章之模范。凡为文记事，常患意晦而辞不达，语虽蔓衍而终不能发明。惟《檀弓》或数句书一事，或三句书一事，至有两句而书一事者，语极简而味长，事不相涉而意脉贯穿，经纬错综，成自然之文，此所以为可法也。

东坡识任德翁

蜀人任孜字遵圣，以学问气节雄乡里，兄弟皆从老苏游，东坡所谓"大任刚烈世无有，疾恶如风朱伯厚"者。其后在京师，有哭遵圣诗云："老任况豪俊，先子推辈行。"又云："平生惟一子，抱负珠在掌。见之龆乱中，已有食牛量。"其子后立朝，果著大节，即德翁也。东坡眼目高，观人于龆乱间已能如此，妙矣夫！

东坡西湖了官事

东坡镇余杭，遇游西湖，多令旌旗导从出钱塘门，坡则自涌金门从一二老兵，泛舟绝湖而来。饭于普安院，徜徉灵隐、天竺间。以吏牍自随，至冷泉亭则据案剖决，落笔如风雨，分争辩讼，谈笑而办。已，乃与僚吏剧饮，薄晚则乘马以归。夹道灯火,纵观太守。有老僧,绍兴末年九十余,幼在院为苍头,能言之。当是时,此老之豪气逸韵,可以想见也。

东坡改和陶集引

东坡既和渊明诗,以寄颍滨使为之引。颍滨属稿寄坡,自"欲以晚节师范其万一也"其下云:"嗟夫!渊明隐居以求志,咏歌以忘老,诚古之达者,而才实拙。若夫子瞻仕至从官,出长八州,事业见于当世,其刚信矣,而岂渊明之拙者哉?孔子曰:'述而不作,信而好古,窃比于我老彭。'古之君子,其取于人则然。"东坡命笔改云:"嗟夫!渊明不肯为五斗粟、一束带见乡里小人,而子瞻出仕三十余年,为狱吏所折困,终不能悛,以陷大难,乃欲以桑榆之末景,自托于渊明,其谁肯信之?虽然,子瞻之仕,其出入进退犹可考也,后之君子,其必有以处之矣。孔子曰:'述而不作,信而好古,窃比于我老彭。'孟子曰:'曾子、子思同道。'区区之迹,盖未足以论士也。"此文,今人皆以为颍滨所作,而不知东坡有所笔削也。宣和间,六槐堂蔡康祖得此藁于颍滨第三子逊,因录以示人,始有知者。

东坡教人作文写字

葛延之在儋耳,从东坡游,甚熟,坡尝教之作文字,云:"譬如市上店肆,诸物无种不有,却有一物可以摄得,曰钱而已。莫易得者是物,莫难得者是钱。今文章,词藻、事实,乃市肆诸物也;意者,钱也。为文若能立意,则古今所有翕然并起,皆赴吾用。汝若晓得此,便会做文字也。"又尝教之学书云:"世人写字,能大不能小,能小不能大。我则不然,胸中有个天来大字,世间纵有极大字,焉能过此?从吾胸中天大字流出,则或

大或小,唯吾所用。若能了此,便会作字也。"尝为作《龟冠》诗
送其行,葛以语胡苍梧,苍梧为记之。此大匠诲人之妙法,学
者不可不知也。

东坡谪居中勇于为义

陆宣公谪忠州,杜门谢客,惟集药方。盖出而与人交,动
作言语之际,皆足以招谤,故公谨之。后人得罪迁徙者,多以
此为法。至东坡,则不然。其在惠州也,程正辅为广中提刑,
东坡与之中外,凡惠州官事,悉以告之。诸军阙营房,散居市
井,窘急作过,坡欲令作营屋三百间。又荐都监王约、指使蓝
生同于惠州纳秋米六万三千余石,漕符乃令五万以上折纳见
钱,坡以为岭南钱荒,乞令人户纳钱与米并从其便。博罗大
火,坡以为林令在式假,不当坐罪,又有心力可委,欲专牒令修
复公宇仓库,仍约束本州科配。惠州造桥,坡以为吏屠而胥
横,必四六分了钱,造成一座河楼桥,乞选一健干吏来了此
事。又与广帅王敏仲书,荐道士邓守安,令引蒲涧水入城,免
一城人饮咸苦水、春夏疾疫之患。凡此等事,多涉官政,亦易
指以为恩怨,而坡奋然行之不疑,其勇于为义如此!谪居尚
尔,则立朝之际,其可以死生祸福动之哉?

东坡缘在东南

东坡平生宦游,多在淮、浙间。其始通守余杭,后又为守,
杭人乐其政,而公乐其湖山。尝过寿星院,恍然记若前身游历
者。其于是邦,每有朱仲卿桐乡之念。谪居于黄凡五年,移
汝。既去黄,夜行武昌山上回望东坡,闻黄州鼓角,凄然泣下,
赋诗云:"黄州鼓角亦多情,送我南来不辞远。"寻上章乞居常

州，其后谢表有"买田阳羡，誓毕此生"之语。在禁林，与胡完夫、蒋颖叔酬唱，皆以卜居阳羡为言。晚自儋北归，爱龙舒风土，欲居焉，乃令郡之隐士李惟熙买田以老。已而得子由书，言："桑榆末景，忍复离别！"遂欲北还颍昌。作书与惟熙云："然某缘在东南，终当会合，愿君志之，未易尽言也。"至仪真，乃闻忌之者犹欲攻击，遂不敢兄弟同居，竟居毗陵以薨。"缘在东南"之语，乃尔明验。古之伟人，自能前知，所谓有开必先者，不假数术也。

东坡卜居阳羡

建中靖国元年，东坡自儋北归，卜居阳羡，阳羡士大夫犹畏而不敢与之游，独士人邵民瞻从学于坡，坡亦喜其人，时时相与杖策过长桥，访山水为乐。邵为坡买一宅，为钱五百缗，坡倾囊仅能偿之。卜吉入新第既得日矣，夜与邵步月，偶至一村落，闻妇人哭声极哀，坡徙倚听之，曰："异哉，何其悲也！岂有大难割之爱，触于其心欤？吾将问之。"遂与邵推扉而入，则一老姬，见坡泣自若。坡问姬何为哀伤至是，姬曰："吾家有一居，相传百年，保守不敢动，以至于我。而吾子不肖，遂举以售诸人。吾今日迁徙来此，百年旧居，一旦诀别，宁不痛心？此吾之所以泣也。"坡亦为之怆然，问其故居所在，则坡以五百缗所得者也。坡因再三慰抚，徐谓之曰："姬之旧居，乃吾所售也。不必深悲，今当以是屋还姬。"即命取屋券，对姬焚之；呼其子，命翌日迎母还旧第，竟不索其直。坡自是遂还毗陵，不复买宅，而借顾塘桥孙氏居暂憩焉。是岁七月，坡竟殁于借居。前辈所为类如此，而世多不知，独吾州传其事云。

东坡懒版

东坡北归至仪真得暑疾,止于毗陵顾塘桥孙氏之馆,气寖上逆,不能卧。时晋陵邑大夫陆元光获侍疾卧内,辍所御懒版以献,纵横三尺,偃植以受背,公殊以为便,竟据是版而终。后陆君之子以属苍梧胡德辉为之铭曰:"参没易箦,由殰结缨。毙而得正,匪死实生。堂堂东坡,斯文栋梁。以正就木,犹不忍僵。昔我邑长,君先大夫。侍闻梦奠,启手举扶。木君戚施,匪屏匪几。诒万子孙,无曰不祥之器。"

毗陵东坡祠堂记

东坡自黄移汝,上书乞居常,其后谢表有"买田阳羡,誓毕此生"之语。在禁林,与胡完夫、蒋颖叔唱和,有云:"惠山山下土如濡,阳羡溪头米胜珠。卖剑买牛吾欲老,杀鸡为黍子来无?"又云:"雪芽我为求阳羡,乳水君应饷惠山。"晚自儋耳北还,崎岖万里,径归南兰陵以殁。盖出处穷达三十年间,未尝一日忘吾州者;而郡无祠宇奠谒之所,邦人以为阙文。乾道壬辰,太守晁彊伯子健来,始筑祠于郡学之西,塑东坡像其中。又于士夫家广摹画像,或朝服、或野服,列于壁间,而晁侍郎公武为之记,其略曰:"公武闻诸世父景迂生,崇宁间贼臣擅国,颠倒天下之是非,人皆畏祸,莫敢庄语。公之葬也,少公黄门铭其圹,亦非实录。其甚者,以赏罚不明罪元祐,以改法免役坏元丰;指温公才智不足,而谓公之斥逐出其遗意;称蔡确谤讪可赦,而谓公之进用自其迁擢;章子厚之贼害忠良,而谓公与之友善;林希之诋诬善类,而云公尝汲引之。呜呼! 若然,则公之《上清储祥》、《忠清粹德》二碑,及诸奏议、著述,皆涎漫欤？公武因子健之请，伏自思念，岁月滋久，耆旧日益沦丧，存者皆邈然，后进则绪言将零落不传，于是不敢以不能为解，而辄载其事。惟公当元祐时，起于谪籍，登金门玉堂，极礼乐文章之选。及章、蔡窜朋党于岭表，而公独先；朝廷追复党人官爵，而公独后。立朝本末，彰明较著如此，岂有他哉！昔陈仲弓送中常侍父之葬，非以为贤；从者晋楚公子曰隶也不力，非以为不肖，皆有为而发。岂少公之意，或出于此非耶？后世不知其然，惟斯言是信，则为盛德之累大矣！因述景迂生之语，俾刻之乐石，庶异日网罗旧闻者有考。"记成，彊伯刻石为二碑，一置之郡斋，一置之阳羡洞灵观，用杜元凯之法，盖欲俱传不朽，其措意甚美；然东坡公之名节，固自万世不磨矣。

武臣献东坡启

东坡帅定武，有武臣状极朴陋，以启事来献，坡读之甚喜曰："奇文也。"客退，以示幕客李端叔，问何者最为佳句，端叔曰："'独开一府，收徐、庾于幕中；并用五材，走孙、吴于堂下'，此佳句也。"坡曰："非君，谁识之者！"端叔笑谓坡曰："视此郎眉宇间，决无是语，得无假诸人乎？"坡曰："使其果然，固亦具眼矣。"即为具召之，与语甚欢，一府皆惊。竹坡老人周少隐闻之李端叔，尝记其事。

东　坡　戴　笠

东坡在儋耳，一日过黎子云，遇雨，乃从农家借箬笠戴之，著屐而归，妇人小儿相随争笑，邑犬群吠。竹坡周少隐有诗云："持节休夸海上苏，前身便是牧羊奴。应嫌朱绂当年梦，故作黄冠一笑娱。遗迹与公归物外，清风为我袭庭隅。凭谁唤起王摩诘,画作东坡戴笠图。"今时亦有画此者,然多俗笔也。

东坡荔支诗

　　东坡《食荔支》诗有云:"云山得伴松桧老,霜雪自困楂梨粗。"常疑上句似泛,此老不应尔。后见习闽广者云,自福州古田县海口镇至于海南,凡宰上木,松桧之外,悉杂植荔支,取其枝叶荫覆,弥望不绝。此所以有"伴松桧"之语也。

东坡用事对偶精切

　　东坡词源如长江大河,汹涌奔放,瞬息千里,可骇可愕,而于用事对偶,精妙切当,人不可及。如《张子野买妾》诗,全用张氏事;《祭徐君猷文》,全用徐氏事;《送李方叔下第》诗,用"古战场"、"日五色":皆当家事,殆如天成。徐君猷、孟亨之皆不饮,作诗戏之,用徐邈、孟嘉饮酒事,仍各举当时全语以为对,其通守余杭日,《答高丽使私觌状》云:"归时事于宰旅,方劳远勤;发私币于公卿,亦蒙见及。"发币一事,非外夷使者致馈之故实乎?

退之东坡用先后语

　　退之《南山诗》云:"或齐若友朋,或差若先后。"人多不知先后之义。练塘洪庆善吏部兴祖引《前汉志》云:"见神于先后宛若。"其注云:"兄弟妻,关中呼为先后。"予观东坡《徐州谢上表》云:"信道直前,曾无坎井之避;立朝寡助,谁为先后之容。"或疑"先后"不可对"坎井",盖不知亦出于此也。

东坡文效唐体

东坡之文,浩如河汉,涛澜奔放,岂区区束缚于堤防者?而作《徐君猷祭文》及《徐州鹿鸣燕诗序》,全用四六,效唐人体而益工,盖以文为戏邪?

东坡录沿流馆诗

东坡在翰林,被旨作《上清储祥宫碑》,哲宗亲书其额。绍圣党祸起,磨去坡文,命蔡元长别撰。玉局遗文中有诗云:"淮西功德冠吾唐,吏部文章日月光。千载断碑人脍炙,不知世有段文昌。"其题云:"绍圣中,得此诗于沿流馆中,不知何人作也,戏录之,以益箧笥之藏。"此诗乃东坡自作,盖寓意储祥之事,特避祸,故托以得之。味其句法,则可知矣。

石屋洞题名

临安石屋洞崖石上,有题名二十五字,云:"陈襄、苏颂、孙奕、黄灏、曾孝章、苏轼同游。熙宁六年二月二十一日。"内东坡姓名磨去,仅存仿佛,盖崇宁党祸时也。

柳展如论东坡文

东坡归自海南,遇其甥柳展如闿,出文一卷示之,曰:"此吾在岭南所作也,甥试次第之。"展如曰:"《天庆观乳泉赋》词意高妙,当在第一;《钟子翼哀词》别出新格,次之;他文称是。舅老笔,甥敢优劣邪?"坡叹息以为知言。展如后举似洪庆善。庆善跋东坡帖,具载其语。

贬所敬苏黄

元祐党祸烈于炽火，小人交扇其焰，傍观之君子深畏其酷，惟恐党人之尘点污之也。而东坡之在儋，儋守张中事之甚至，且日从叔党棋以娱东坡。洎张解官北归，坡凡三作诗送之。鲁直之在戎，戎守彭知微每遣吏李珍调护其逆旅之事，无不可人意。当是之时，而二守乃能如此，其义气可书。张竟以此坐谪云。

昌化盛事

东坡眉人，贬昌化；任德翁亦眉人，后亦贬昌化。张才叔赠德翁诗云："儋耳百年经僻陋，眉山二老继驱除。"德翁和云："身投魑魅家何在？泽逮昆虫罪未除。"苏、任两公同乡里，同贬所，大节相望。顾儋耳独何幸也。

侍儿对东坡语

东坡一日退朝，食罢，扪腹徐行，顾谓侍儿曰："汝辈且道，是中有何物？"一婢遽曰："都是文章。"坡不以为然；又一人曰："满腹都是识见。"坡亦未以为当。至朝云，乃曰："学士一肚皮不入时宜。"坡捧腹大笑。

梁溪漫志卷五

优孟孙叔敖歌

《史记》载优孟言孙叔敖事曰："楚相孙叔敖知其贤人也，善待之。病且死，属其子曰：'我死，汝必贫困。若往见优孟，言我孙叔敖之子也。'居数年，其子穷困负薪，逢优孟，与言曰：'我，孙叔敖子也。父且死时，属我贫困往见优孟。'优孟曰：'若无远有所之。'即为孙叔敖衣冠，抵掌谈语。岁余，像孙叔敖，楚王及左右不能别也。庄王置酒，优孟前为寿，庄王大惊，以为孙叔敖复生也，欲以为相。优孟曰：'请归与妇计之，三日而为相。'庄王许之。三日后，优孟复来，王曰：'妇言何谓？'孟曰：'妇言慎无为，楚相不足为也。如孙叔敖之为楚相，尽忠为廉以治楚，楚王得以霸。今死，其子无立锥之地，贫困负薪以自饮食。必如孙叔敖，不如自杀。'因歌曰：'山居耕田苦，难以得食。起而为吏，身贪鄙者馀财，不顾耻辱。身死家室富，又恐受赇枉法，为奸触大罪，身死而家灭。贪吏安可为也！念为廉吏，奉法守职，竟死不敢为非。廉吏安可为也！楚相孙叔敖持廉至死，方今妻子穷困负薪而食，不足为也！'于是庄王谢优孟，乃召孙叔敖子，封之寝丘。"《史记》所载如此。予尝游浮光，叔敖即是郡期思县人也。期思今废为镇。予得汉延熹中所立碑，书是事微有不同，云："病甚，临卒将无棺椁，令其子曰：'优孟曾许千金贷吾。孟，楚之乐长，与相君相善，虽言千金，实不负也。'卒后数年，庄王置酒以为乐，优孟乃言孙君相楚之功，即慷慨高歌，涕泣数行，阙一字。投首王，王心感动觉悟，问孟，孟具列对，即求其子而加封焉。子辞：'父有命，如楚不忘亡臣社稷阙一字。而欲有赏，必于潘国下湿境塉，人所不贪。'遂封潘乡。"潘即固始也。而所载歌绝奇，曰："贪吏而可为，而不可为；廉吏而可为，而不可为。贪吏而不可为者，当时有污名；而可为者，子孙以家成。廉吏而可为者，当时有清名；而不可为者，子孙困穷，被褐而卖薪。贪吏常苦富，廉吏常苦贫。独不见楚相孙叔敖，廉洁不受钱。"味其词语，愤世疾邪，含思哀怨，过于恸哭，比之《史记》所书远甚，听者安得不感动也？欧阳公《集古录》谓："微斯碑，后世遂不复知叔敖名饶。"又谓："碑亦罕传，余以集录，二十年间求之博且勤，乃得之云。"

史载祸福报应事

史书载祸福报应事，当示劝惩之意。班固书田蚡杀魏其、灌夫事，其末云："蚡疾，一身尽痛，若有击者，呼服谢罪。上使视鬼者瞻之，曰：'魏其与灌夫共守，笞欲杀之。'竟死。"其意盖谓蚡虽幸逃人戮，鬼得而诛之矣，故书之，所以示戒也。《唐书》载："崔器议达奚珣罪抵死，后器病，叩头云：'达奚尹诉于我。'三日卒。"夫珣之叛君附贼，死有余罪，器守正据法，尚何所诉？又安能为正人之厉哉！徒使逆徒用以藉口。此等事削而不书可也。

古者居室皆称宫

古者居室，贵贱皆通称宫，初未尝分别也。秦、汉以来，始以天子所居为宫矣。《礼记》云："父子异宫。"又云："儒有一亩之宫,环堵之室。"林子中在京口作诗寄东坡云:"欲唤无家一房客,五云楼殿镶鳌宫。"而东坡和云:"叩头莫唤无家客,归扫峨眉一亩宫。"盖本诸此。

诸 父 大 人

伯、叔父谓之诸父,兄、弟之子谓之犹子,故皆可称为父子。《二疏传》,受乃广之兄子,而班固书曰:"即日父子俱移病。"又今人称父为大人,而此书受叩头曰:"从大人议。"则诸父亦通称,犹孟子之所谓大人者,盖皆尊者之称尔。

子者男子通称

子者,男子之通称。若文字间称其师,则曰"子某子",复冠"子"字于其上者,示特异于常称,曰吾所师者,则某子云尔。《列子》乃其门人所集,故曰"子列子"。《公羊》之书,其弟子称其为"子公羊子"。至隐十一年,称"子沈子"。何休注曰:"子沈子,后师。沈子称'子'冠氏上者,著其为师也;不但言'子曰'者,辟孔子也;其不冠'子'者,他师也。"陈后山以南丰瓣香,称为"子曾子",盖用此法。刘梦得自为传,乃加"子"于上者,非是,而今人承其误,亦多以自称,或称其朋友,皆失之矣。

前言往行有所感发

士大夫多识前言往行,岂独资谈柄为观美,盖欲施之用也。国初,遣卢多逊使李国主,还,舣舟宣化口,使人白国主曰:"朝廷重修天下图经,史馆独阙江东诸州,愿各求一本以归。"国主亟令缮写送与之。于是多逊尽得其十九州之形势、

屯戍远近、户口多寡以归,朝廷始有用兵之意。熙宁中,高丽
入贡,所经州县,悉要地图,所至皆造送,山川道路,形势险易,
无不备载。至扬州,牒州取地图,是时陈秀公守扬,绐使者欲
尽见两浙所供图,仿其规模供造。及图至,都聚而焚之,具以
事闻。秀公之举,盖因前事有所感发也。

老 而 能 学

曹孟德尝言:"老而能学,惟吾与袁伯业。"东坡云:"此事
不独今人不能,古人亦自少也。"东坡以《论语解》寄文潞公书
云:"就使无取,亦足见其穷不忘道,老而能学也。"予窃谓:年
齿寖高而能留意于学,此固非易事,然于其中亦自有味。盖老
者更事既熟,见理既明,开卷之际,迎刃而解,如行旧路而见故
人,所谓"温故知新"者。人于少年读书,与中年、晚年所见各
不同。其作文亦然。故老而能学,盖自有以乐之也。

温 公 论 商 鞅

温公论魏惠王有一商鞅而不能用,使还为国害,丧地七百
里,窜身大梁。予窃谓:商鞅刻薄之术,始能帝秦,卒能亡秦;
使用之于魏,其术犹是也。孟子不远千里而来,惠王犹不能听
其言,其庸妄可知矣。温公不责惠王以不听孟子仁义之言,而
乃责其不用商鞅功利之说,何耶? 公于此必有深意,特予未之
晓尔。

辨高祖卧内夺韩信军

《史记》、《西汉》所书高祖即卧内夺韩信军,事殊可疑。且
信为汉名将,凡用兵之法,敌人动息,尚当知之,岂有其主夜宿

传舍而军中不知？其斥候不明可想见矣！周亚夫屯细柳，天子先驱至，不得入。今乃使人晨入其卧内，称汉使者至，麾召诸将，易置其军，而犹不知。信方起，乃知独汉王来，大惊。则其军门壁垒，荡然无禁，所谓纪律果安在邪？设或敌人仿此而为之，其败亡可立而待也。项羽死，高祖又袭夺其军。夫为将，而其军每为袭夺，则真成儿戏尔！信号能申军法，恐不应至是也。

平淮西碑误

唐宪宗以永贞元年八月即位。是月，剑南西川刘辟自称留后。十一月，夏绥银节度留后杨惠琳反。元和元年三月辛巳，杨惠琳伏诛；十月戊子，刘辟伏诛。事皆在元和元年，而退之《平淮西碑》云"明年平夏，又明年平蜀"，盖误也。《新唐书》载此碑，删去"明年平夏"一句。

晋史书事鄙陋

《晋史》书事鄙陋可笑者非一端。如论阮孚好屐、祖约好财，同是累而未判得失。夫蜡屐固非雅事，然特嗜好之僻尔，岂可与贪财下俚者同日语哉？而作史者必待客见其料财物，倾身障籖，意未能平，方以分胜负。此乃市井屠沽之所不若，何足以污史笔，尚安论胜负哉？许敬宗之徒污下无识，东坡以为"人奴"，不为过也。

论姚崇序进郎吏

姚崇序进郎吏，明皇仰视殿屋，崇再三言之，终不应。崇惧，趋出。高力士侍侧，曰："大臣奏事，陛下当面加可否，奈何一不省察？”帝曰：“朕任崇以天下事，当进贤、退不肖。郎吏卑秩，乃一一以烦朕耶？”会力士传旨省中，为道帝语，崇乃喜，闻者皆服帝识人君之体。后之论史者亦美之。予谓明皇怠心已兆于此。夫官吏虽有崇卑之异，然一吏不肖，则一事隳。君相共议，亦理之常，不应以其微而忽之。政使欲示信任之意，亦当因是面加开谕，使崇晓然于心，岂宜傲睨峻拒，忿然不答？则是厌万几之繁，畏恶之意已形于外，不复顾省矣。其后，竟委政于李林甫，专擅国柄；付边事于安禄山，卒致大乱，盖胎于拒姚崇之时也。

晁错名如字读

晁错之名，古今皆读如“措”字。潘岳《西征赋》云：“越安陵而无讥，谅惠声之寂寞。吊爰丝之正议，仗梁剑于东郭。讯景皇于阳邱，爰信谗而矜谴。殒吴嗣于局下，盖发怒于一博。成七国之称乱，翻助逆以诛错。恨过听之无讨，兹沮善而劝恶。”据此，则乃如字读，而前辈初不然，不知岳何所据耶。

西汉句读

《西汉》极有好语，患在读者乱其句读。去声。如《卫青传》云：“人奴之生得无笞骂足矣安得封侯事乎。”“人奴之”为一句，“生得无笞骂足矣”为一句，“生”读如“生乃与哙等为伍”之“生”。谓人方奴我，平生得无笞骂已足矣，安敢望封侯事。则语有意味而句法雄健。今人或以“人奴之生”为一句，只移一字在上句，便凡近矣。

西汉沟洫志

《西汉·沟洫志》载贾让《治河策》云:"河从河内北至黎阳为石堤,激使东抵东郡平冈;又为石堤,使西北抵黎阳、观下;又为石堤,使东北抵东郡津北;又为石堤,使西北抵魏郡昭阳;又为石堤,激使东北。百余里间,河再西三东。"读者多善其五用"石堤"字而不为冗复。予谓其源盖出于《禹贡》,自"导河积石"而下至"九州攸同"一段,才二百余字,而用"东至"、"北至"者凡三十余,皆连属重复,读之初不觉其烦,政如崇山峭壁,先后崛立,愈险愈奇。班固盖法此。

作史华实相副

"质胜文则野,文胜质则史"。作史者,当务华实相副,须能摹写当时情状如在目前,乃为尽善;若惟务语简,则下笔之际,必有没其本意者。如始皇见茅焦之时,记事者书云:"王仗剑而坐,口正沫出。"观"口正沫出"四字,则始皇鸷忍虎视之状,赫然可见矣。作史之法当然也。

论 季 布

季布面折廷争,欲斩樊哙,殿上皆恐,吕后罢朝,遂不复议击匈奴,其刚直可知矣。曹丘生数招权顾金钱,事贵人赵谈等,与窦长君善。布以书谏长君,使勿与通,其始固亦善矣。及曹丘来见,初无他说,止进谄辞以悦之,谓其得声梁、楚间,欲游扬其名于天下。其奸佞取媚,亦犹所以待赵谈、窦长君耳。为布者,当骂而弗与通,如袁盎之绝富人可也。顾乃大悦,引为上客,布至此何谬耶?

辨唐太宗臂鹞事

《通鉴》载唐太宗尝自臂鹞,望见魏徵来,纳之怀,徵奏事,故久不已,鹞竟死怀中。按白乐天元和十五年献《续虞人箴》云:"降及宋璟,亦谏玄宗。温颜听纳,献替从容。及璟趋出,鹞死握中,故开元事,播于无穷。"则是宋璟谏明皇,非魏徵谏太宗也。乐天在当时耳目相接,必有据依,殆史之误;抑岂二事皆然,适相似邪?

五 代 典 章

五季承唐以后,虽兵革相寻,然去唐未远,制度典章,人犹得以持循。如萧希甫论内宴枢密使不当坐;李琪为仆射,太常礼院言无送上之文;马缟、赵咸议嫂叔之服;崔棁以宰相改其所草制,而引经固争。使当时人人能守唐制如此,岂不能久立国乎?

老泉赞画五星

老泉赞吴道子画五星云:"妆非今人,唇傅黑膏。"予尝疑:霄汉星辰之尊,而妆饰乃如是之妖,何也? 及观《唐·五行志》:"元和末,妇人为圆鬟椎髻,不设鬓饰,不施朱粉,惟以乌膏注唇,状若悲啼。"乃悟唐之俗工作时世妆,嫁名道子,以绐流俗,星辰不如是也。

痛 饮 读 离 骚

昔人有云:痛饮读《离骚》,可称名士。世往往道其语,予常笑之。方痛饮时,天地一醉,万物同归,乃复攒眉于幽忧悲愤之作,而顾称名士邪? 张季鹰云:"使我有身后名,不如即时一杯酒。"真达者之言也。

通鉴不载离骚

邵公济^博著书言:"司马文正公修《通鉴》时,谓其属范纯公曰:'诸史中有诗赋等,若止为文章,便可删去。'盖公之意,士欲立于天下后世者,不在空言耳。如屈原以忠废,至沈汨罗以死,所著《离骚》,淮南王、太史公皆谓可与日月争光,岂空言哉?《通鉴》并屈原事尽削去之。《春秋》褒毫发之善,《通鉴》掩日月之光,何耶? 公当有深识,求于《考异》中,无之。"予谓三闾大夫以忠见放,然行吟恚怼,形于色词,扬已露才,班固讥其怨刺。所著《离骚》,皆幽忧愤叹之作,非一饭不忘君之谊,盖不可以训也。若所谓与日月争光者,特以褒其文词之美耳。温公之取人,必考其终始大节。屈原沈渊,盖非圣人之中道。区区缔章绘句之工,亦何足算也!

四六谈麈差误

古今人作诗话多矣,近世谢景思^倣作《四六谈麈》,王性之^铚作《四六话》,甚新而奇,前未尝有此。然《谈麈》载:"陈去非草《义阳朱丞相起复制》云:'眷予次辅,方宅大忧。'有以'宅忧'为言者,令贴麻,陈改云'方服私艰',说者又以为语忌。"又云:"叔祖逍遥公,^{谢显道也。}初不入党籍,朱子发震内相以初废锢,乞依党籍例,命一子官,倣为作谢启云:'刻石刊章,偶逃部党。'"按景思记此二事皆误。"宅忧"二字,乃有旨令綦处厚贴麻,去非曾待罪,非令其自贴改也。谢显道崇宁元年入党籍,至四年立奸党碑时,出籍久矣。一子得致仕恩,仅监竹木务而卒，故子发为请于朝，复得一子官，其奏牍云"名在党籍"是也。景思记当时所见，偶尔差舛，恐误作史者采取，故为是正之。

庄嶽齐地名

孟子论齐语，而曰："引而置之庄嶽之间数年。"注："庄嶽，齐地也。"《左传》襄公二十八年："齐乱，伐内宫，弗克，又陈于嶽。"注："嶽，里名也。"曹参为齐相，属后相曰："以齐狱市为寄，勿扰也。""狱"字合从"嶽"音。盖谓嶽市乃齐阛阓之地，奸人所容，故当勿扰之耳。

梁溪漫志卷六

成都大成殿

成都大成殿，建于东汉初平中，气象雄浑，汉人以大隶记其修筑岁月，刻于东楹，至今千余年，岿然独存，殆犹鲁灵光也。绍兴丙辰，高宗因府学教授范仲发有请，亲御翰墨，书"大成之殿"四字赐之。其后，胡承公世将宣抚川陕，治成都，诣殿周视，栋梁但为易其太腐者，增瓦数千，而不敢改其旧云。

蜀中石刻东坡文字稿

蜀中石刻东坡文字稿，其改窜处甚多，玩味之，可发学者文思。今具注二篇于此。《乞校正陆贽奏议上进札子》"学问日新"下云"而臣等才有限，而道无穷"，于"臣"字上涂去"而"字；"窃以人臣之献忠"，改作"纳忠"；"方多传于古人"，改作"古贤"，又涂去"贤"字，复注"人"字；"智如子房而学则过"，改"学"字作"文"；"但其不幸，所事暗君"，改"所事暗君"作"仕不遇时"；"德宗以苛察为明"，改作以"苛刻为能"；"以猜忌为术，而贽劝之以推诚"，"好用兵，而贽以消兵为先"，"好聚财，而贽以散财为急"，后于逐句首皆添注"德宗"二字；"治民驭将之方"，先写"驭兵"二字，涂去，注作"治民"；"改过以应天变"，改作"天道"；"远小人以除民害"，改作"去小人"；"以陛下圣明，若得贽在左右，则此八年之久，可致三代之隆"，自"若"字以下

十八字并涂去，改云“必喜赘议论，但使圣贤之相契，即如臣主
之同时”；“昔汉文闻颇、牧之贤”，改“汉文闻”三字作“冯唐
论”；“取其奏议，编写进呈”，涂去“编”字，却注“稍加校正缮”
五字；“臣等无任区区爱君忧国感恩思报之心”，改云“臣等不
胜区区之意”。《获鬼章告裕陵文》自“孰知耘籽之劳”而下云
“昔汉武命将出师，而呼韩来廷，效于甘露；宪宗厉精讲武，而
河湟恢复，见于大中”，后乃悉涂去不用；“犷彼西羌”改作“憬
彼西戎”；“号称右臂”改作“古称”；“非爱尺寸之疆”，改作“非
贪”；自“不以贼遗子孙”而下云“施于冲人，坐守成算，而董毡
之臣阿里骨外服王爵，中藏祸心，与将鬼章首犯南川”，后乃自
“与将”而上二十六字并涂去，改云“而西蕃首领鬼章，首犯南
川”；“爰敕诸将”，改作“申命诸将”；“盖酬未报之恩”，改作“争
酬”；“生擒鬼章”，改作“生获”；其下一联，初云“报谷吉之冤，
远同强汉；雪渭水之耻，尚陋有唐”亦皆涂去，乃用此二事，别
作一联云“颉利成擒，初无渭水之耻；郅支授首，聊报谷吉之
冤”；末句“务在服近而柔远”，改作“来远”。

温公论碑志

　　温公论碑志，谓：“古人有大勋德，勒铭钟鼎，藏之宗庙；其
葬，则有丰碑以下棺耳。秦、汉以来，始命文士褒赞功德，刻之
于石，亦谓之碑。降及南朝，复有铭志，埋之墓中。使其人果
大贤耶，则名闻昭显，众所称颂，岂待碑志始为人知？若其不
贤也，虽以巧言丽辞，强加采饰，徒取讥笑，其谁肯信？碑犹立
于墓道，人得见之；志乃藏于圹中，自非开发，莫之睹也。”盖公
刚方正直，深嫉谀墓而云然。予尝思之，藏志于圹，恐古人自
有深意。韩魏公四代祖葬于赵州，五代祖葬于博野，子孙避

地,历祀绵远,遂忘所在。魏公既贵,始物色得之,而疑信相半,乃命仪公祭而开圹,各得铭志,然后韩氏翕然取信,重加封植而严奉之。盖墓道之碑,易致移徙,使当时不纳志于圹,则终无自而知矣。故予恐古人作事,必有深意。藉志以谀墓,则固不可;若止书其姓名、官职、乡里,系以卒葬岁月,而纳诸圹,观韩公之事,恐亦未可废也。

唐严火禁

唐火禁严甚,罪抵死。元微之《连昌宫词》叙觅念奴事云:"须臾觅得又连催,特敕街中许然烛。"街中然烛亦常事,至特敕乃许,则火禁之严可知。然吴元济拒命,禁人偶语于涂,夜不然烛。裴晋公既平蔡,遂弛其禁,往来者不限昼夜,蔡人始知有生之乐。而中朝之法亦严,不知裴公弛禁之后,当时又何以处此邪?

二唐论宰相

唐质肃公尝论文潞公灯笼锦,而唐林夫峒尝以新法弹王荆公,后人文字间多误谓父子论宰相,为唐氏一门盛事。原其致误之由,盖质肃之子淑问、林夫之父彦猷询俱尝为监察御史。唐氏父子皆为台官则有之,至论宰相,则非出于一家也。

文字用语助

文字中用语助太多,或令文气卑弱。典谟训诰之文,其末句初尤"耶"、"欤"、"者"、"也"之辞,而浑浑灏灏噩噩,列于《六经》。然后之文人多因难以见巧。退之《祭十二郎老成文》一篇,大率皆用助语,其最妙处,自"其信然邪"以下,至"几何不

从汝而死也"一段，仅三十句，凡句尾连用"邪"字者三，连用
"乎"字者三，连用"也"字者四，连用"矣"字者七，几于句句用
助辞矣，而反覆出没，如怒涛惊湍，变化不测，非妙于文章者，
安能及此？其后欧阳公作《醉翁亭记》继之，又特尽纡徐不迫
之态。二公固以为游戏，然非大手笔不能也。

夏英公四六

欧阳公《归田录》载夏英公《辞免奉使启》云："义不戴天，
难下穹庐之拜；礼当枕块，忍闻鞁鞊之音？"欧阳公称之。其中
又有一联云："王姬作馆，接仇之礼既嫌；曾子回车，胜母之游
遂辍。"亦不减前语。然是时文章方扫除五代鄙陋之习，故此
等语见称于时。自是而后，四六之工，盖十倍于此矣。

翟忠惠四六

翟公巽参政汝文守越，以擅免民间和买缣帛四十余万，为
部使者所劾，贬秩。公谢表云："欲安刘氏，无嫌晁氏之危；岂
若秦人，坐视越人之瘠。"迨去郡，郡人安其政，将相率投牒借
留，公知之，命取其牍以来，即书其上云："固知京兆，姑为五日
之留；无使稽山，复用一钱之送。"其用事精当若此。

四 六 用 事

四六用事，固欲切当，然雕镌太过，则反伤正气，非出自然
也。国初，有年八十二而魁大廷者，其谢启云："白首穷经，少
伏生之八岁；青云得路，多太公之二年。"此语殆近乎俳。近有
士子年十有九，以诗赋擢第，予为之作启云："年逾贾谊，亦滥
置于秀材；齿少陆机，顾何能于文赋。"盖二者之年齿，适相上

下也。

吴丞相著书

吴元中丞相敏，宣和间著《中桥见闻录》，记当时事，不敢斥言，大抵多为廋语。其称"安"者，谓蔡攸，盖攸字居安；"实"者谓童贯；"木"者谓林灵素或朱勔也；他皆类是。

嫩真子辨太公名

马大年永卿著《嫩真子录》言："前汉初去古未远，风俗质略，故太公无名，母媪无姓。然《唐·宰相世系表》叙刘氏所出云：'丰公生煓，字执嘉，生四子。邦，汉高帝也。'噫！高皇之父，《汉史》不载其名，而《唐史》乃载之，此事亦可一笑。"予谓风俗虽质略，安有无姓之理？母媪无姓，特史逸之尔；至于太公之名，则《汉史》已具载。按：后汉章帝建初七年，"冬十月癸丑，西巡狩，幸长安。丙辰，祠高庙，遂有事十一陵。遣使者祠太上皇于万年。"注："太上皇，高祖父也，名煓，一名执嘉。"欧阳公盖本此，特误以执嘉为字。然太公之名，初非《唐史》创书之也。

晋人言酒犹兵

晋人云："酒犹兵也，兵可千日而不用，不可一日而无备；酒可千日而不饮，不可一饮而不醉。"饮流多喜此言。予谓此未为善饮者。饮酒之乐，常在欲醉未醉时，酣畅美适，如在春风和气中，乃为真趣；若一饮径醉，酩酊无所知，则其乐安在邪？东坡《和渊明饮酒诗序》云："吾饮酒至少，尝以把盏为乐，往往颓然坐睡，人见其醉，而吾中了然，盖莫能名其为醉其为

醒也。在扬州时，饮酒过午辄罢，客去，解衣盘礴终日，欢不足
而适有余，因和渊明饮酒诗，庶几仿佛其不可名者。"东坡虽不
能多饮，而深识酒中之妙如此。晋人正以不知其趣，濡首腐
胁，颠倒狂迷，反为所累。故东坡诗云："江左风流人，醉中亦
求名。"此言真可以砭诸贤之肓也。

地 里 指 掌 图

今世所传《地里指掌图》，不知何人所作。其考穷精详，诠
次有法，上下数千百年，一览而尽，非博学洽闻者不能为，自足
以传远。然必托之东坡，其序亦云东坡所为。观其文浅陋，乃
举子缀缉对策手段，东坡安有此语？最后有本朝升改废置州
郡一图，乃有崇宁以后迄于建炎、绍兴所废置者，此岂出于东
坡之手哉？

大 观 廷 策 士

大观三年，徽宗临轩策士，赐贾公安宅以下六百八十八人
及第。时方行三舍法。先一岁，辟雍会试郡国贡士凡数千人，
其升诸司马，命于天子者，仅百有四十人，而吾州至三十有二
人，为天下最；其用他州户籍而登名者，又不止是。徽宗大喜，
命推赏守臣、教官，下诏曰："学校兴崇，人材乐育，法备令具，
劝惩已行。深虑有司失实，尚有遗材。《传》不云乎，'进贤受
上赏，蔽贤蒙显戮。'阅前日宾兴之数，校其试中多寡，惟常州
为众。苟依常格推恩，非古人尚赏之意。其知州、教授，特与
转一官。"于是知州事若蒙进官朝请大夫，州学教授虑迁宣德
郎。诸生相与刻诏书于石，而信安程子山俱为之碑。是榜，晋
陵张氏、宰、寀（后改名宧）字。无锡李氏上行、端行。兄弟皆中选。

初，张氏崇宁中参政公守既擢第，至是三兄弟又同升，而弟泰州通判实复以上舍试礼部，中优等，偶戾式被驳。于是郡太守徐公伸取"灵椿一株老，丹桂五枝芳"之句，榜其闾曰椿桂坊。是举也，邦人仕于朝者，多知名，宦达者踵相蹑。先大父讳肃。亦是岁贡士也，高宗开大元帅府于郓，实在馈运幕中，后驻跸广陵，首召入馆，馆罢归隐锡山。建炎末。枢密富公直柔为中执法，以先大父及参政陈公与义、中书舍人张公犯御名。论荐，高宗记忆先大父姓名，亟加收召。二公既赴阙，并跻显用，而先大父独不起。参政张公守累书勉谕，卒不行，天下高之。建炎召札，今名儒巨公嘉尚清节，题跋盈轴云。

青唐燕山边赏

先大父有《手记》云：余靖康丁未正月六日，被随军漕檄差，专一主管受给兵马大元帅府犒军金帛钱物二十万贯匹两，因见梁正夫说："收复燕山时，童贯于瓦桥置司，朝廷支一百万贯匹两犒军，曰降赐库，而河朔诸郡助军之数不与焉。是时，吕元直为河北转运使，以本司钱四十万缗献之，贯顾吕公笑曰：'此甚微末，公以为功耶？贯昨收复青唐时，朝廷支降一千八百万贯，辟置官属六百余员，每一次犒赏得金盂重五十两者，比比皆是。至结局第功，上等转五官，升五职；其下增秩，亦如之。'"

道乡记毗陵后河

吾州道乡先生书郡中后河兴废曰："郡城中所谓后河者，乃旧守国子博士李公馀庆创开。李公精地理，诱率上户共成此河，且曰：'自此文风寖盛，士人相继登高科，三十年当有魁天下者。尔之子孙，咸有望焉。'河成未几，学者果盛，已而紫微钱公公辅登第为第三，右丞胡公宗愈继为第二，吏部余公中遂魁天下。其去河成之日，适三十年，盖熙宁癸丑也。自后，濒河之民多侵岸为屋，及弃物水中，由是埋塞，久不通舟。崇宁初年，给事中朱公彦出守于此，询究利病，得其实。于是浚而通之，向之形胜复出矣。今给事中霍公端友，遂于次年魁天下士。是岁，岁在癸未，去熙宁癸丑，适又三十年。霍氏居河上游，河势曲折，朝揖其门，钟聚秀气，世有名人。今知太平州霍公汉英与其侄给事，数十年间相望起东南，为时显用。然则形胜之助，孰谓不可信乎？"李公葬州之横山，民病痁者，取其坟上服之，辄愈。今朝散郎撰，乃其孙也。右道乡所记，详悉如此，盖有望于后之人。是河，自罗城南水门分荆溪之流，经月斜、金斗、顾塘、葛桥，至于土桥，以入于漕渠。近岁埋塞，将成通衢矣，至淳熙十四年，林太守祖洽始复浚之。

江 西 长 老

绍兴末，江西一僧，忘其名，住饶州荐福寺。寺傍旧多隙地，寝为人侵渔，僧自度力不能制，乃谓其徒曰："寺有主者，所以主张是寺也。坐视地为他人有而不能直，焉用主者为？吾甚愧之，今当去矣。"即升座鸣鼓集众，高吟曰："江南江北水云乡，千顷芦花未著霜。好景不将零碎卖，一时分付谢三郎。"遂闭目不语。众愕眙，视之已逝矣。

石 刻 多 失 真

石刻多失真者，非惟摹拓肥瘠差谬而已。至于刊造之际，人但知深刻可以传远，设若所书字本清劲，镌刻稍深，则打成

墨本,纸必陷入,泊装裱既平,以书丹笔画较之,往往过元本倍
蓰。此大弊也。欧阳公记李阳冰书《忘归台铭》等三碑,比阳
冰平生所篆最细瘦,世言此三石皆活,岁久渐生,刻处几合,故
细尔。后之建碑者,倘遇此等石,则其失真,尤可知矣。

唐藩镇传叙

或云欧阳公取《新唐书》列传,令子叔弼读,而卧听之,至
《藩镇传》叙,叹曰:"若皆如此传叙,笔力亦不可及。"此恐未必
然。《藩镇传》叙乃全用杜牧之《罪言》耳,政如《项羽传》赞掇
取贾生《过秦论》,故奇崛可观,而非迁、固之文也。

退之赠李愿诗

退之赠李愿诗云:"往取将相酬恩仇。"夫得时得位而至将
相,平生所学政欲施用,顾乃悻悻然为酬恩仇设邪?古人谓一
饭之德必偿,睚眦之怨必报,诚浅薄之论。退之亦为此言,何
也?

张横浦读书

张侍郎九成谪南安,病目,执书倚柱,向明而观者凡十四
年。岁月既久,砖上双趺隐然。泊北归,乃书此事于柱,后人
为刻之。

楚词落英

王荆公有"黄昏风雨满园林,篱菊飘零满地金"之句,欧阳
公曰:"百花尽落,独菊枝上枯耳?"因戏曰:"秋花不比春花落,
为报诗人子细看。"荆公闻之,引《楚词》"夕餐秋菊之落英"为

据。予按:《访落》诗"访予落止",毛氏曰"落,始也",《尔雅》"俶、落、权、舆,始也",郭景纯亦引"访予落止"为注。然则《楚词》之意,乃谓撷菊之始英者尔。东坡《戏章质夫寄酒不至》诗云"谩绕东篱嗅落英",其义亦然。

米元章拜石

米元章守濡须,闻有怪石在河壖,莫知其所自来,人以为异而不敢取。公命移至州治,为燕游之玩。石至而惊,遽命设席,拜于庭下曰:"吾欲见石兄二十年矣!"言者以为罪,坐是罢去。其后竹坡周少隐过是郡,见石而感之,为赋诗,其略曰:"唤钱作兄真可怜,唤石作兄无乃贤? 望尘雅拜良可笑,米公拜石不同调"云。

孟子之平陆

孟子之平陆,与其大夫言,反复再四,至言之齐王处,然后尽出其姓名,首尾相避,森然简严。此文章之法也。

叵　字

叵字,乃"不可"二合,其义亦然。史传多连用"叵可"字,盖重出,如《安禄山传》"叵可忍"之类是也。

论　书　画

书与画,皆一技耳,前辈多能之,特游戏其间;后之好事者争誉其工,而未知所以取书画之法也。夫论书,当论气节;论画,当论风味。凡其人持身之端方,立朝之刚正,下笔为书,得之者自应生敬,况其字画之工哉? 至于学问文章之余,写出无

声之诗,玩其萧然笔墨间,足以想见其人,此乃可宝。而流俗
不问何人,见用笔稍佳者,则珍藏之;苟非其人,特一画工所
能,何足贵也?如崇宁大臣以书名者,后人往往唾去,而东坡
所作枯木竹石,万金争售,顾非以其人而轻重哉?蓄书画者,
当以予言而求之。

梁溪漫志卷七

作 诗 押 韵

　　作诗押韵是一奇。荆公、东坡、鲁直押韵最工，而东坡尤精于次韵，往返数四，愈出愈奇。如作梅诗、雪诗押"皽"字、"叉"字，在徐州与乔太博唱和押"粲"字，数诗特工，荆公和"叉"字数首，鲁直和"粲"字数首，亦皆杰出。盖其胸中有数万卷书，左抽右取，皆出自然。初不著意要寻好韵，而韵与意会，语皆浑成，此所以为好。若拘于用韵，必有牵强处，则害一篇之意，亦何足称？坡在岭外《和渊明怀古田舍》诗云："休闲等一味，妄想生愧赧。"自注云："渊明本用'缅'字，今聊取其同音字。"《和程正辅同游白水岩》诗云："恣倾白蜜收五棱，细劚黄土栽三桠。"自注云："来诗本用'砑'字，惠州无书，不见此字所出，故且从'木'奉和。"且东坡欲和此二韵，似亦不难矣，然才觉牵合，则宁舍之，不以是而坏此篇之全意也。后人不晓此理，才到和韵处，以不胜人为耻，必剧力冥搜，纵不可使，亦须强押，正如醉人语言，全无伦类，可以一笑也。

诗 人 咏 史

　　诗人咏史最难，须要在作史者不到处别生眼目，正如断案不为胥吏所欺，一两语中须能说出本情，使后人看之，便是一篇史赞，此非具眼者不能。自唐以来，本朝诗人最工为之，如张安道《题歌风台》、荆公咏《范增》《张良》《扬雄》、东坡《题醉眠亭》《雪溪乘兴》《四明狂客》《荆轲》等诗，皆其见处高远，以大议论发之于诗。汪遵《读秦史》、章碣《题焚书坑》二诗，亦甚佳。至如世所传胡曾《咏史》诗一编，只是史语上转耳，初无见处也。青社许表民读《项羽传》作诗云："眼中谩说重瞳子，不见山河绕雍州。"其识见亦甚高远。

作诗当以学

作诗当以学，不当以才。诗非文比，若不曾学，则终不近诗。古人或以文名一世而诗不工者，皆以才为诗故也。退之一出"余事作诗人"之语，后人至谓其诗为押韵之文。后山谓曾子固不能诗、秦少游诗如词者，亦皆以其才为之也。故虽有华言巧语，要非本色。大凡作诗以才而不以学者，正如扬雄求合《六经》，费尽工夫，造尽言语，毕竟不似。

诗作豪语

诗作豪语，当视其所养，非执笔经营者可能。马子才作《浩斋歌》，似亦豪矣，反覆观之，雕刻工多，意随语尽。予谓《孟子》七篇乃真《浩斋歌》也。欧公作《庐山高》，气象壮伟，殆与此山争雄，非公胸中有庐山，孰能至此！郭功甫作《金山行》，前辈多称之，虽极力造语，而终窘边幅。信乎不可强也。

东坡论石曼卿红梅诗

东坡尝见石曼卿《红梅》诗云"认桃无绿叶，辨杏有青枝"，曰："此至陋语，盖村学中体也。"故东坡作诗力去此弊，其观画诗云："论画以形似，见与儿童邻。赋诗必此诗，定知非诗人。"

此言可为论画、作诗之法也。世之浅近者不知此理，做月诗便说明，做雪诗便说白，间有不用此等语，便笑其不著题。此风，晚唐人尤甚。坡尝作《谢赐御书诗》，叙天下无事，四夷毕服，可以从容翰墨之意，末篇云："露布朝驰玉关塞，捷书夜到甘泉宫。"又云："文思天子师文母，终闭玉关辞马武。小臣愿对紫薇花，试草尺书招赞普。"盖因事讽谏，三百篇之义也。而或者笑之曰："有甚道理后说到陕西献捷。"此岂可与论诗，若使渠为之，定只做一首写字诗矣。

东坡放鱼诗

东坡《和潜师放鱼》诗云："况逢孟简对卢仝，不怕校人欺子美。"或云校人乃欺子产，非子美也，岂少陵曾用校人事，遂直以为子美邪？予按《左氏》杜预注：子产一字子美。

东坡雪诗

东坡雪诗："五更晓色来书幌，半夜寒声落画檐。"或疑五更自应有晓色，亦何必雪？盖误认五更字。此所谓五更者，甲夜至戊夜尔，自昏达旦，皆若晓色，非雪而何？此语初若平易，而实新奇，前人未尝道也。

王逢原孔融诗

王逢原《孔融》诗云："戏拨虎须求不啮，何如缩手袖中归。虚云座上客常满，许下惟闻哭习脂。"按《汉书》，融被害，莫敢收者，惟京兆脂习哭之。而逢原乃作习脂，读书卤莽，不自点检，顾点检孔文举。又尝作《严子陵》诗，讥切其隐。文举一世豪杰，奸雄所惮而不敢动，而顾使之归；子陵傲睨万物，帝王所不能臣，而顾使之仕。逢原之颠倒类如此，可发后世君子之一笑。

潘邠老重阳句

谢无逸尝从潘邠老求近作，邠老答曰："秋来景物，件件是佳句，恨为俗氛所蔽。昨日清卧，闻搅林风雨声，欣然起题其壁曰：'满城风雨近重阳。'忽催租人至，遂败意。止此一句奉寄。"予谓邠老之兴，正易败也。阮籍为竹林之游，王戎后至，籍戏之曰："俗物已复来败人意。"戎笑曰："如卿辈意，复易败耳？"此足见戎之高致。若使予闻秋声得句，方题壁间，不知天地之大，秋毫之小，何催租人能败邪？贾岛炼"敲"、"推"字，至冲京尹节而不知，此正得诗兴之深者。

孟 东 野 诗

自六朝诗人以来，古淡之风衰，流为绮靡，至唐为尤甚。退之一世豪杰，而亦不能自脱于习俗。东野独一洗众陋，其诗高妙简古，力追汉、魏作者，政如倡优杂沓前陈，众所趋奔，而有大人君子垂绅正笏，屹然中立。此退之所以深嘉屡叹，而谓其不可及也。然亦恨其太过，盖矫世不得不尔。当时独李习之见与退之合。后世不解此意，但见退之称道东野过实，争先讥诮，东野反为退之所累。惜乎！无有原其本意者也。

唐 诗 工 靡 丽

唐人诗偏工靡丽，虽李太白亦十句九句言妇人，其后王建、元稹、韩偓之徒皆然。如裴说者，盖未尝以诗名，至作《寄边衣》诗，则美丽可喜，盖当时词章习尚如此，故人人能道此等语也。

张 文 潜 诗

　　张文潜诗云"春波一眼去凫寒"，晁无咎称之。至东坡，则云"春风在流水，凫雁先拍拍"，有无尽藏之春意。

诗 人 用 字

　　王平甫诗云"山月入松金破碎"，其流盖出于退之"竹影金琐碎"之句。然斜阳映竹，则交加乱射，若相琐然，故于"琐"字为宜；至于月华散漫，松影在地，则"破"字佳。诗人用字，皆不苟也。

杜 少 陵 闷 诗

　　杜少陵作《闷诗》云："卷帘惟白水，隐几亦青山。"或曰："人之好恶固自不同，若使吾居此，当卒以乐死矣。"予以为不然。人心忧郁，则所触而皆闷，其心和平，则何适而非快。青山白水，本是乐处；苟其中不快，则惨澹苍莽，适足以增闷耳！少陵又有诗云："感时花溅泪，恨别鸟惊心。"花、鸟本是平时可喜之物，而抑郁如此者，亦以触目有感，所遇之时异耳。

方 言 入 诗

　　方言可以入诗。吴中以八月露下而雨，谓之淋露；九月霜降而云，谓之护霜。竹坡周少隐有句云："雨细方淋露，云疏欲护霜。"方言又有勃姑、鸦舅，槐花黄、举子忙，促织鸣、懒妇惊之类，诗人皆用之。大抵多吴语也。

明 妃 曲

古今人作《明妃曲》多矣，皆道其思归之意。欧阳公作两篇，语固杰出，然大概亦归于幽怨。白乐天有绝句云："汉使若回烦寄语，黄金何日赎蛾眉？君王若问妾颜色，莫道不如宫里时。"其措意颇新，然问"黄金何日赎蛾眉"，则亦寓思归之意。要当言其志在为国和戎，而不以身之流落为念，则诗人之旨也。

陈子高观宁王进史图诗

陈子高观《宁王进史图》，作诗云："汗简不知天上事，至尊新纳寿王妃。"世称其工，然太露筋骨矣。李义山《骊山》诗云："平明每幸长生殿，不从金舆只寿王。"此则婉而有味，《春秋》之称也。

陈辅之论林和靖梅诗

陈辅之云："林和靖'疏影横斜水清浅，暗香浮动月黄昏'，殆似野蔷薇。"是未为知诗者。予尝踏月水边，见梅影在地，疏瘦清绝，熟味此诗，真能与梅传神也。野蔷薇丛生，初无疏影，花阴散漫，乌得横斜也哉？

张芸叟词

张芸叟词云："回首夕阳红尽处，应是长安。"人喜诵之。乐天《题岳阳楼》诗云："春岸绿时连梦泽，夕波红处近长安。"盖芸叟用此换骨也。

诗 人 相 呼

古者风俗淳厚，朋友相呼以名，至唐，诗人犹以名相呼，或直呼其行而不忌。如杜子美赠李太白诗，而云"白也诗无敌"之类是已。直呼其行者尤多。今人闻呼其名，其不怒骂者几希。至于文字间欲呼其行，或继之以"丈"，或继之以"兄"，或继之以官，亦未尝敢徒呼其行也。

禁 东 坡 文

宣和间，申禁东坡文字甚严，有士人窃携《坡集》出城，为阍者所获，执送有司，见集后有一诗云："文星落处天地泣，此老已亡吾道穷。才力谩超生仲达，功名犹忌死姚崇。人间便觉无清气，海内何曾识古风？平日万篇谁爱惜？六丁收拾上瑶宫。"京尹义其人，且畏累己，因阴纵之。

王左丞同名诗

王履道左丞安中在京师，见何人家亭上题字，笔势洒落，不著姓，而其名则安中也，王惊问何人所书，守者曰："此何安中，亦河朔人也。"王以与己名同，恐人莫之辨，戏书一诗于其后云："蜀客更名缘好尚，汉臣书姓为同官。孟公自合名惊座，子夏尤宜便小冠。益号文章缘两李，翊书制诰有诸韩。二元各自分南北，付与时人子细看。"终篇皆用同名事云。

雍 孝 闻

雍孝闻，蜀人，崇宁间廷试对策，力诋时政阙失，驳放后虽授以右列，然卒不仕，浪迹山林，遂遇异人得道。政和末，变姓名为道士，入内说法，徽宗谓其得林灵素之半，因赐姓木，更名广莫，竟不知其为孝闻也。孝闻尝自咏云："百万人中隐一身，深如勺水在沧溟。独醒自负贤人酒，天阔难寻处士星。照影自怜湖水碧，高吟赢得蜀山青。城南老树如相问，不枉翻空过洞庭。"

二州酒名

叙州，本戎州也。老杜戎州诗云："重碧倾春酒，轻红擘荔枝。"今叙州公酝，遂名以"重碧"。东坡在齐安，有"春江绿涨蒲萄醅"之句，靖康初元，韩子苍舍人驹作守，有旨添赐郡酿，因名其库曰"蒲萄醅"，仍有诗云："孤臣政术不堪论，尚得君王赐酒尊。父老异时传盛事，蒲萄醅熟记初元。"

三处西湖

三处皆有西湖，东坡连镇二州，故表谢云："入参两禁，每玷北扉之荣；出典二邦，辄为西湖之长。"晚谪惠州，州有丰湖，亦名西湖。淳熙中，秘书杨监万里使广东，过惠，游丰湖，赋诗云："三处西湖一色秋，钱塘颍水更罗浮。东坡元是西湖长，不到罗浮便得休。"

毗陵二画

吾州天庆观画龙、太平寺画水，胜绝之笔，闻于天下。凡四方来者，道出毗陵，必迂路而观焉。龙，盖姑苏道士李怀仁所画。怀仁者，酒豪不羁，尝呼龙松江之上，狎而观之，遂画龙入神品。过毗陵天庆观，大醉，索墨浆数斗，曳苫帚，裂巾袂濡墨，号呼奋踔，斯须龙成。观者失声辟易，惧将搏也。怀仁后

不知所终。而好事者，每呼画工就龙模写。工运笔之际，辄眩
晕欲仆，竟不能成，观者骇异。水则郡人徐友画。清济贯河，
一笔纤绕，长数十丈不断。却立而观，涛澜汹涌，目为之眩；仰
首近之，凛然若飞流之溅于面也。郡人吴德辉因与客论近世
名画，曰："予每至画龙处，辄谛玩弥时不能休。"乃赋古风曰：
"道人龙中来，醉与神物会。写兹蜿蜒质，日月为冥晦。崩翻
江海姿，素壁起涛濑。呼吸见雌雄，抉石疑可碎。萧森殿阴
古，众真俨飞旆。注观恐腾跃，夜半失像绘。飞光者明珠，灵
秘一何怪！烂烂照甍栋，那得久在外。偷儿伺酣睡，不怕婴鳞
害。愿言慎所托，未用期一快。"淳熙戊戌，杨诚斋为太守，过
太平寺，为赋《画水》长句曰："太平古寺劫灰余，夕阳惟照一塔
孤。得得来看还不乐，竹茎荒处破殿虚。偶逢老僧听僧话，道
是壁间留古画。徐生绝笔今百年，祖师相传妙天下。壁如雪
色一丈许，徐生画水才盈堵。横看侧看只么是，分明是画不是
水。中有清济一线波，横贯万里浊浪之黄河。雷奔电卷尽渠
猛，独清元自不随他。波痕尽处忽掀怒，搅动一河秋水暮。分
明是水不是画，老眼向来元自误。佛庐化作金椔楼，银山雪堆
风打头。是身飘然在中流，夺得太一莲叶舟。僧言此画难再
觅，官归江西却相忆。并州剪刀剪不得，鹅溪匹绢官莫惜。貌
取秋涛悬坐侧。"是二画为一郡之胜处，而二公又形之赋咏间，
真足以传不朽矣。

画　　水

　　东坡作《文与可画篑筜谷偃竹记》云："画竹必先得成竹于
胸中，执笔熟视，乃见其所欲画者，急起从之，振笔直遂，以追
其所见，如兔起鹘落，少纵则逝矣。与可之教予如此。"此固作

画之法,然不惟竹也,画水亦然。坡尝记:"蜀人孙知微欲于大慈寺寿宁院壁,作湖滩水石四堵,营度经岁,终不肯下笔。一日,仓皇入寺,索笔墨甚急,奋袂如风,须臾而成,作输泻跳蹙之势,汹汹欲崩屋也。"以此言之,则心手相应之际,间不容发,非若楼台人物可以款曲运笔,经日而成也。予尝疑少陵《王宰画山水图歌》云:"十日画一水,五日画一石。能事不受相促迫,王宰始肯留真迹。"此殆是言王宰之画不易得,当听其累日经营,不可促迫之意尔。其歌有云:"巴陵洞庭日本东,赤岸水与银河通。中有云气随飞龙。舟人渔子入浦溆,山木尽亚洪涛风。"观其气势如此,则"笔所未到气已吞"。食顷已为久,若必俟十日乃成,则其画不足观矣。

梁溪漫志卷八

苏子美与欧阳公书

苏子美奏邸之狱，当时小人借此以倾杜祁公、范文正，同时贬逐者皆名士，奸人至有"一网打尽"之语。独韩魏公、赵康靖论救之，而不能回也。其得罪在庆历四年之十一月，时欧阳公按察河北，子美贻书自辨于公，词极愤激，而集中不载，今录于此，以补史所遗者云。"舜钦再拜。冬凛，伏惟按部外起居安裕。前月尝拜书，甚疏略，必已通呈。舜钦不晓世病，蹈此祸机，虽为知己者羞，而内省实无所愧。恐流言奉惑，不避缕述。自杜丈入相已来，群公日相攻谤，非一端也。九月末，间尝与子渐、胜之邸中小饮，之翰、君谟见过，胜之言论之间，时有高处，二谏因与之辨折，本皆戏谑，又无过言。此亦吾曹常事。不一二日，朝中喧然以谓谤及时政。吁，可骇也！故台中奏疏，_{赵祐怒二谏}，尝论其不才故也。天子辨其诬，不下其削。台中郁然不快，无所泄愤，因本院神会，又意君谟预焉，_{时君谟与赴会诸君同出馆，过邸门。}于是再削，其削亦留中不出。诸台益忿，重以秽渎之语上闻，列章墙进，取必于君，知二相胆薄畏事，必不敢开口以辨。既而起狱，震动都邑，又使刻薄之吏当之，_{陶翼本宪长所举中人，追押席客，皆翼之请也。}希望沾激，深致其文，枷掠妓人，无所不至。设有自诬者，则席宾皆遭污辱矣！且进邸神会，比年皆然，亦尝上闻，盖是公宴。台中谓去端闱不远，以权

货务较之,孰近?榷务后邸中,两日作会甚盛。若谓费用过当,以商税院比之,孰多?舜钦或非时为会,聚集不肖,则是可责也。原叔、济叔辈,皆当世雅才,朝廷尊用之人,因事燕集,安足为过?卖故纸钱旧已奏闻,本院自来支使,判署文记前后甚明,况都下他局亦然。不系诸处帐管。比之外郡杂收钱,岂有异也?外郡于官地种物收利之类甚多,下至粪土、柴蒿之物,往往取之,以助筵会。当时本恶于胥吏辈率醵过多,遂与同官各出俸钱外,更于其钱中支与相兼,皆是祠祭燕会,上下饮食共费之。今以监主自盗定罪,减死一等科断,使除名为民,与贪吏掊官物入己者一同。始府中敕断,追两官,罚铜二十斤;后六日,府中复遣吏来取出身文字,殊不晓。阁下观其事,察其情,岂当然乎?舜钦虽不足惜,为国计者,岂不惜法乎?自有他条不用。私贷官物,有文记准盗论,不至除名,判署者五匹、杖九十,其法甚轻。审刑者自为重轻,不由二府,苟务快意,坏乱典刑。丁度怒京兆不逐之翰也。二相恐栗畏缩,自保其位,心知非是,不肯开言。上有怒意,皆不敢承当。复令坐客因饮食被刑,斥逐奔窜,衔愤沥血,无人哀矜,名辱身冤,为仇者所快。辇毂之下尚尔,远民冤滥,孰肯更为辨之!近者葛宗古、滕宗谅、张亢所用官钱巨万,复有入己,惟范公横身当之,皆得末减。非范公私此三人,于朝廷大体实有所补多矣!国朝本以仁爱抚天下,常用宽典。今一旦台中蓄私憾,结党绳小过以陷人,审刑持深文以逞志,伤本朝仁厚之风,当涂者得不疾首而叹息舜钦年将四十矣,齿摇发苍,才为大理评事,廪禄所入不□衣食,性复不能与凶邪之人相就近。今得脱去仕籍□也。自以所学教后生,作商贾于世,必未至饿死,故□遣,不复更云。但以遭此构陷,累及他人,故愤懑□平,时复嵘崚于胸中,一夕三起。茫然天地间,□

子仁圣，必不容奸吏之如此，但举朝无一言以辨之，此可悲也！披垣诸君列章论馆中人，此自古未有。唯赵叔平不署，且有削极言辨之，可重，可重！舜钦素为永叔奖爱，故粗写大概，幸观过而见察也。苦寒，伏望保重。不宣。舜钦再拜。"欧阳公书其后云："子美可哀，吾恨不能为之言。"又联书一行云："子美可哀，吾恨不能言！"盖公已自谏省出矣。予近见子美墨迹一卷，皆自书其所作诗，行草烂然，龙蛇飞动，其中有《独酌》一诗云："一酌浇肠俗虑奔，鷃微鹏大岂堪论。楚灵当日能知此，肯入沧江作旅魂。"卷尾题云"庆历乙酉十月，书于姑苏驿舍。"考其时，盖是被罪之明年，居沧浪时所书。其诗语闲放旷达如此，或谓流落幽忧以终，非也。

陈 少 阳 遗 文

陈少阳遗其家书，南徐刻本以传，人多知之，而其为文，世所罕见。胡苍梧尝得其《跋蔡君谟〈茶录〉》，予惜其流落不传，为载于此。少阳跋云："余闻之先生长者，君谟初为闽漕时，出意造密云小团为贡物，富郑公闻之，叹曰：'此仆妾爱其主之事耳，不意君谟亦复为此。'余时为儿，闻此语，亦知感慕。及见《茶录》石本，惜君谟不移此笔书《旅獒》一篇以进。"

韩 蕲 王 词

绍兴间，韩蕲王自枢密使就第，放浪湖山，匹马数童，飘然意行。一日至湖上，遥望苏仲虎尚书宴客，蕲王径造其席，喜甚，醉归。翼日，折简谢，饷以羊羔，且作二词，手书以赠。苏公缄藏之，亲题其上云："二阕三纸，勿乱动。"淳熙丁未，苏公之子寿父山丞太府，携以示蕲王长子庄敏公，庄敏以示予。字

画殊倾欹，然其词乃林下道人语。庄敏云："先人生长兵间，不解书，晚年乃稍稍能之耳。"其一词《临江仙》云："冬看山林萧疏净，春来地润花浓。少年衰老与山同。世间争名利，富贵与贫穷。　荣贵非干长生药，清闲是不死门风。劝君识取主人公。单方只一味，尽在不言中。"其一《南乡子》云："'人有几何般。富贵荣华总是闲。自古英雄都如梦，为官。宝玉妻男宿业缠。　年迈惜衰残。鬓发苍浪骨髓干。不道山林有好处，贪欢。只恐痴迷误了贤。'世忠上。"

烈女守节

中兴死节之士固不乏，而女子守节者亦多有之。洪鸿父羽之女适繁昌焦洧，一日遇巨盗于江中，欲逼之，女义不受污，投江而死。两侍儿，大曰宜恩，小曰均奴，姓吴氏，女兄弟也，俱有色艺，亦相随赴水死。焦之甥徐伯远传其事，竹坡周少隐为之赋二诗云："就死由来不自疑，玉颜那为贼锋低？了知今日投渊妇，犹胜当年断臂妻。""虏骑骎骎战舰骄，春江漫漫湿金翘。但将红袖供歌舞，却为周郎笑二乔。"丁文简公五世孙女世为郑州新郑县人，年十六嫁进士张晋卿。靖康中，与其夫避地大隗山。虏至，丁被擒，挟之上马，丁投地，以丑语诟之，且曰："我宁死耳，誓不辱于汝辈也！"虏始亦不怒，但屡扶上马，丁骂不已，乃忿然瞋目，遂绝于梃下。晏元宪公四世孙女，其父孝广为邓州南阳县尉。女小字师姑，年十五，从叔孝纯官于广陵。建炎三年，陷于虏，系以北去，每欲侵陵之，辄掷身于地，僵仆气绝，或自经，或投于井，皆救而获免。其主母爱之，扶育如己出，虏中争传传焉。又有陈氏女，其父寿隆，绍兴初为湖北提刑，卒于官。其子造之，挈妹至吴，欲适吕丞相之子。

舟至焦山遇贼，其家被害。贼欲逼女，力拒之，大声呼其娣曰："不如俱投江，俾此身明白，无为贼辱。"因跃入水死。其尸浮数里不没，贼怒，因撞以矛，乃没。女时年十四。洪氏事，周少隐既赋诗，关子东注亦写之乐府。丁、晏二事，则朱少章弁奉使归奏之。陈氏事，则故老为予言。古今烈女，史官不及知而湮灭无传者，何可胜数，是以表而出之。

改德士颂

宣和庚子，改僧为德士，一时浮屠有以违命被罪者。独一长老遽上表乞入道，其辞有"习蛮夷之风教，忘父母之发肤；傥得回心而向道，便更合掌以擎拳"等语。彼方外之人，乃随时迎合如此，亦可怪也。又一长老，道行甚高，或戏之曰："戴冠儿稳否？"答曰："幸有一片闲田地。"此意甚微婉，直以为游戏耳。时饶德操已为僧，因作《改德士颂》云："自知祝发非华我，故欲毁形从道人。圣主如天苦怜悯，复令加我旧冠巾。旧说螟蛉逢蜾蠃，异时蝴蝶梦庄周。世间化物浑如梦，梦里惺惺却自由。德士旧尝称进士，黄冠初不异儒冠。种种是名名是假，世人谁不被名谩。衲子纷纷恼不禁，倚松传与法安心。瓶盘钗钏形虽异，还我从来一色金。小年曾著书生帽，老大当簪德士冠。此身无我亦无物，三教从来处处安。"

英雄先见

古之英雄，智略相当，其所以为胜负者，无他，正如弈棋，特争先法尔。曹操赤壁败归，道经华容，地多芦苇，先使老弱践之以过，曰："刘备智过人，而见事迟。若使人纵火，吾属无遗类矣！"王稽载范睢入秦，值穰侯行郡邑，睢匿车中，穰侯果谓王稽曰:"谒君得无与诸侯客子俱来乎? 无益,徒乱人国耳!"王稽曰:"不敢。"即别去。范睢曰:"吾闻穰侯智士也,其见事迟。乡者疑车中有人,忘索之。"于是范睢下车走,曰:"此必悔之。"行十余里,果使骑还索,车中无客,乃已。且穰侯既疑有人,当即索之,投机之会,间不容发,顾去而复来,则已堕睢计中矣。后人论曹操、刘备之强弱,穰侯、范睢之成败,不必求诸他,止观此二事足矣。

树稼灵佺误

《唐会要》:开元二十九年冬十月,京城寒甚,凝霜封树,学者以为《春秋》"雨木冰"即是,亦名树介,言其象介胄也。宁王见而叹曰:"此所谓树架者也。谚云'树架,达官怕',必有大臣当之,吾其死矣!"《新唐书·五行志》记永徽年凝冻封树,引刘向语,亦谓之"树介"。而《旧唐书》作"树稼"。白乐天乐府《新丰折臂翁》云:"君不见开元宰相宋开府,不赏边功防黩武。"注云:"开元初,突厥数寇边,天武军牙将郝云岑斩默啜,献首阙下,自谓有不世之功。时宋璟为相,以天子好武,恐徼功者生心,痛抑其赏,逾年始授郎将。云岑遂恸哭,呕血而死。"按此,则名云岑,而《旧唐书》作"灵俭",《新唐书》作"灵佺"。《资治通鉴》作"灵荃",《考异》中亦无之。

陆宣公哀方书

陆宣公在忠州,哀方书以度日,非特假此以避祸,盖君子之存心,无所不用其至也。前辈名士往往能医,非惟卫生,亦可及物,而今人反耻言之。近时士大夫家藏方或集验方,流布甚广,皆仁人之用心。《本草》单方,近已刻于四明。然唐人及本朝诸公文集杂说中，名方尚多，未见有类而传之者。予屡欲为之，恨藏书不广，傥有能用予言，集以传诸人，亦济物之一端也。

药 方 传 人

有蓄药方之验者，可传诸人；得饮食之法者，不可传诸人。非谓自珍口腹之奉也：盖传人以药，则能卫生；教人饮食，则必伤生。君子以仁存心，故不当尔。而世人有疾病，得名方而愈者，往往秘藏不肯示人；至于烹物命以资匕箸，一有适口，则夸诧广坐，人人相效，所杀不胜计。其用心相反如此，得无谬误乎？

闻见后录论田横

邵公济博著《闻见后录》云："田横居万里海外，高祖必欲其来，不则发兵诛之。四皓近在商山，以高祖之暴而不能致。盖四皓振世之豪，与高祖同，高祖已帝，则可隐矣，故高祖全之，非不能屈也。大父康节云。"公济之说如此，予窃以为不然。方高帝时，群雄逐鹿，惟田横最得人心，至从海岛者五百人，蹈死不变，其得士可知矣。高帝汲汲欲其来，万里召之，岂真有意于招贤人哉？其意谓同心协力，数百人萃于一国，彼岂终帖帖者邪？外以礼诱之，终以兵胁之，必使之死而后已，此高帝本心也。若夫四皓，则高帝视之邈然，其于进退，初无益于汉之成败，当时逃秦人，皆此徒耳，汉初无轻重于其间也。其后为太子羽翼，适会高帝势有不可，又叔孙通之徒争之力，故子房倡为"上素高此四人"之语，以遮当世耳目。而邵氏独以道里远近为言，又谓康节之说如此，岂其然邪？

程文简碑志

《闻见后录》又云:"某公在章献明肃后垂箔日,密进《唐武氏七庙图》,后怒抵之地曰:'我不作负祖宗事!'仁皇帝解之曰:'某但欲为忠耳。'后既上宾,仁皇帝每曰:'某心行不佳。'后竟除平章事。盖仁皇帝盛德大度,不念旧恶故也。自某公死,某公为碑、志,极其称赞,天下无复知其事者矣,某公受润笔帛五千端云。"予按颍滨《龙川略志》载,进《七庙图》乃程文简也。夫善恶之实,公议不能掩,所谓史官不记,天下亦皆记之矣。然程公墓志、神道碑,皆欧阳公所为。凡碑、志等文,或被旨而作,或因其子孙之请,扬善掩恶,理亦宜然。至于是是非非,则天下自有公论。欧阳公一世正人,而谓受润笔帛五千端,人不信也。

称象出牛之智

智之端,人皆有之,惟智过人者能发其端,后人触类而长之,无所不可。魏曹冲五六岁,有成人之智。孙权曾致巨象,曹操欲知其重,冲曰:"置象大船之上,而刻其水痕所至,称物而载之,则校可知矣。"操大悦而行之。本朝河中府浮梁,用铁牛八维之,一牛且数万斤。治平中,水暴涨绝梁牵,牛没于河,募能出之者。真定府僧怀丙,以二大舟实土,夹牛维之,用大木为权衡状钩牛,徐去其土,舟浮牛出。转运使张焘以闻,赐以紫衣。此盖因曹冲之遗意也。

士人祈闲适

有士人贫甚,夜则露香祈天,益久不懈。一夕,方正襟焚香,忽闻空中神人语曰:"帝悯汝诚,使我问汝何所欲。"士答曰:"某之所欲甚微,非敢过望,但愿此生衣食粗足,逍遥山间水滨,以终其身,足矣!"神人大笑曰:"此上界神仙之乐,汝何从得之? 若求富贵,则可矣。"予因历数古人极贵念归而终不能遂志者,比比皆是,盖天之靳惜清乐,百倍于功名爵禄也。

蔡 絛 著 书

蔡絛奸人,助其父为恶者也,特以在兄弟间粗亲翰墨,且尝上书论谏,故在当时稍窃名。著书甚多,大抵以奸言文其父子之过,此固不足怪。至《谈丛》所载其家佞幸滥赏、可丑可羞之事,反皆大书特书以为荣。此乃窜南荒时所作,至是犹不悟,真小人而无忌惮者哉!

梁溪漫志卷九

刘 高 尚 事

刘高尚者,滨州安定人,家世为农。生九岁不茹荤,后稍稍不语,问以事,则书而对,其语初若不可晓,已而辄验。家人为筑别室以居,久之,言皆响应,远近以为神。声闻京师,徽宗三使往聘之,辞疾不奉诏。宣和间,赐号高尚处士,而建观以居,其徒因以其号名之。靖康之扰,棣人白其守,使迎高尚。守具安车邀之,不至。一日,弃滨而来,滨人大恐,后二日,滨州兵叛,屠其城。高尚至棣,棣人喜。守为扫邮传,供帐以舍之。高尚见之,笑去,乃即城隅治舍水傍。滨人或持金帛携家室以就其庐者,亦往往笑之。既而敌骑大至,城且陷,人之死于兵者以万数,而火不及其居,就之者果赖以免。敌人见高尚,皆下马罗拜,不敢入其里。高尚尝有言曰:"世之人以嗜欲杀身,以货财杀子孙,以政事杀人,以学问文章杀天下后世。"识者尊为名言,镂板以传。竹坡周少隐既为之传,又推广其言,而为之说曰:"此佛菩萨、老聃、庄周之徒所以救溺起死还真之论,岂区区为世俗言语文章者所能至哉!夫畏涂者,十杀一,则父子兄弟相戒,必盛卒徒而后敢出焉;至于衽席之上,饮食之间,其祸有甚于畏涂者而不知戒,则是终不知嗜欲之能杀身矣!黩货嗜利之士,食厚禄而取民财,虽丧亡之祸仅免其身,而千金之产不足以供不肖子一醉之费。人祸天殃,不在其身而在其后，则货财岂不足以杀其子孙哉？秦自商鞅之事孝公，始用刑名，而李斯之事始皇，赵高之事二世，皆以是道。百年之间，天下之人不死于刑而死于兵，盖不知其几千百万。桑弘羊开利说以中主欲，不过欲自售一身而已，祸流后世；至唐，宇文融、皇甫镈之徒，皆用其说，以取尊位，而天下自是数蒙诛求之祸。其杀人固无异于以梃与刃，行政之弊一至于是，岂不痛哉！昔人有欲注《周易》与《本草》者，或劝其注《本草》，曰：'注《本草》误，不过杀一人；注《周易》而误，则其祸道也大矣！不然，孟子之辟杨、墨，子云之诋申、韩，退之之斥佛、老，其忧天下后世之意，何其深且切哉！后世断章析句、背正失理之学兴，其徒从而和之，更相标榜，迭相师授，以盗名声而取富贵，寖不可救。岂非至人之前知，知其必有斯祸而为是说乎？'紫芝闻先生之言，尝私窃以为嗜欲之杀身、货财之杀子孙，与夫政事之杀人三者，人犹得而知之。若夫学问文章杀天下后世，则周公、孔子之言也。先生农家子，未尝读书事师，而有是言，岂神仙中之知道者乎？此与夫熊经鸟伸，吐故纳新，区区积岁月之功而欲著名于仙籍者，固有间矣。"

事有专验于一数

天下事，固莫不有数，然士大夫或有终身专验于一数者，殆不可晓。韩康公行第三，发解、过省、殿试皆第三，以元祐三年三月薨，皆三数。故苏子容作挽诗云："三登庆历三人第，四入熙宁四辅尊。"何清源第五，微时从人箓穷达，其人云："公不第五？"何曰："然。"其人拊掌大笑，连称奇绝，因曰："公凡遇五，即有喜庆。"何以熙宁五年乡荐；余中榜第五人及第；五十五岁随龙；崇宁五年拜相；每迁官或生子，非五年即五月或五日。其验如此。二事不知何故,深于数者,必能知之。

谭　命

　　近世士大夫多喜谭命,往往自能推步,有精绝者。予尝见人言:"日者阅人命,盖未始见年月日时同者,纵者一二,必唱言于人以为异。尝略计之:若生时无同者,则一时生一人,一日当生十二人;以岁计之,则有四千三百二十人;以一甲子计之,止有二十五万九千二百人而已。今只以一大郡计,其户口之数尚不减数十万,况举天下之大,自王公大人以至小民,何啻亿兆,虽明于数者,有不能历算,则生时同者,必不为少矣。其间王公大人始生之时,则必有庶民同时而生者,又何贵贱贫富之不同也?"此说似有理。予不晓命术,姑记之,以俟深于五行者折衷焉。

江阴士人强记

　　江阴士人葛君,忘其名,强记绝人。尝谒郡守,至客次,一官人已先在,意象轩鹜。葛敝衣子子来,揖之殊不顾。葛心不平,坐良久,谓之曰:"君谒太守,亦有衔袖之文乎?"其人曰:"然。"葛请观之,其人素自负,出以示,葛疾读一过,即以还之,曰:"大好。"斯须见守,俱白事毕,葛复前曰:"某骩骳之文,此官人窃为己有,适以为贽者是也。使君或不信,某请诵之。"即抗声诵其文,不差一字。四座皆愕视此人,且杂靳之。其人出不意,无以自解,仓皇却退,归而惭恚得疾几死。葛浮沉闾里间,家傍有民张染肆,置簿书识其目。葛尝被酒,偶坐其肆,信手翻阅。一夕民家火作,凡所有之物并文书皆烬焉。物主竞来索数倍责偿,民无以质验,忧挠不知所出,其子谋诸父曰:

"吾闻里中葛秀才,天性能记,渠昨过吾家,尝阅此籍,或能记忆,盍以情叩乎?"即日父子诣葛,言其状,葛笑曰:"汝家张染肆,且吾何从知其数邪?"民拜且泣,葛又笑曰:"汝以壶酒来,当能知之。"民喜,亟归携酒肴至。葛饮毕,命取纸笔,为疏某月某日某人染某物若干,某月某日某人染某物若干,凡数百条,所书月日、姓氏、名色、丈尺,无毫发差。民持归,呼物主读以示之,皆叩头骇状。胡苍梧记张文定诸公取相国寺前染簿,各记十版。此或出于用意,故能默识,非若葛之无心而然。信天禀,记问不可及也,邦人至今谈其事云。

本 草 误

　　张文潜好食蟹,晚苦风痹,然嗜蟹如故,至剔其肉,满贮巨杯而食之。尝作诗云:"世言蟹蠹甚,过食风乃乘。风淫为末疾,能败股与肱。我读《本草》书,美恶未有凭。筋绝不可理,蟹续牢如絙。骨萎用螯补,可使无蹇崩。凡风待火出,热甚风乃腾。中炎若遇蟹,其快如霜冰。俗传未必妄,但恐殊爱憎。《本草》起东汉,要之出贤能。虽失谅不远,尧、跖终殊称。书生自信书,俚说徒营营。"文潜为此诗,殆嗜蟹之癖而为之辨耶,抑真信《本草》也?如河豚之目并其子凡血皆有毒,食者每剔去之;其肉则洗涤数十过,俟色如雪,方敢烹。故梅圣俞诗云:"烹鳬苟失所,入喉为镆铘。"而《大观本草》乃云河豚性温无毒,所谓注《本草》误而能杀人者,殆此类邪?

张 文 潜 粥 记

　　张文潜《粥记赠潘邠老》云:"张安道每晨起,食粥一大碗。空腹胃虚,谷气便作,所补不细。又极柔腻,与脏腑相得,最为饮食之良。妙齐和尚说，山中僧每将旦一粥，甚系利害，如或不食，则终日觉脏腑燥渴。盖能畅胃气，生津液也。今劝人每日食粥，以为养生之要，必大笑。大抵养性命，求安乐，亦无深远难知之事，正在寝食之间耳。"或者读之，果笑文潜之说。然予观《史记》，阳虚侯相赵章病，太苍公诊其脉曰："法五日死。"后十日乃死。所以过期者，其人嗜粥，故中藏实，中藏实故过期。师言曰"安谷者过期，不安谷者不及期。"由是观之，则文潜之言，又似有证。后又见东坡一帖云："夜坐饥甚，吴子野劝食白粥，云能推陈致新，利膈养胃。僧家五更食粥，良有以也。粥既快美，粥后一觉，尤不可说，尤不可说！"

著 书 称 谓

古人文字间，于辈行称谓极严，凡视予犹父者，则名之。马大年尝论退之作诗，名籍、彻而字东野，则知东野乃其友，而籍、彻辈则弟子也。大观、政和间，有达官著书，于欧阳叔弼、苏叔党，皆直名之，如曰"予见棐言"，又曰"予见过当问之"之类。此达官于六一、东坡，既非辈行，以前辈著书之法观之，恐不当名其子也。

作 字 提 笔 法

陈寺丞昱，闲乐先生伯修之子也。少好学书，尝于闲乐枕屏，效米元章笔迹，书少陵诗。一日，元章过闲乐，见而惊焉。闲乐命出拜，元章即使之书，喜甚，因授以作字提笔之法，曰："以腕著纸，则笔端有指力无臂力也。"陈问曰："提笔小可作小楷乎？"元章笑，因顾小史索纸，书其所作《进黼扆赞表》，笔画端谨，字如蝇头，而位置规模皆若大字。父子相顾叹服，因请其法,元章曰:"此无他,惟自今已往,每作字时,不可一字不提笔,久久当自熟矣。"

何 秘 监 语

蜀人何道夫秘监耕常言:"一切世间虚幻,留之不住,将之不去。士大夫惟当做留得住、将得去底事耳。"又云:"官不必高,但愿衣冠不绝而常为士类;家不必富,但愿衣食粗足而可以及人。"道夫平生香火祷祈,每及于此。乐善者镂版,以传其言。道夫仕宦得任子恩,辄先及犹子;既殁,三子泽皆不及。已而德彦、德固联登淳熙丁未进士第;绍熙庚戌,德方亦决科,识者知其为善之报焉。

官 户 杂 户

律文有官户、杂户、良人之名。今固无此色人,谳议者已不用此律,然人罕知其故。按唐制,凡反逆相坐,没其家为官奴婢。反逆家男女及奴婢,没家皆谓之官奴婢,男年十四以下者配司农;十五以上者,以其年长,令远京邑,配岭南为城奴也。一免为番户,再免为杂户,三免为良人,皆因赦宥所及则免之。凡免,皆因恩言之,得降一等、二等,或直入良人。诸律、令、格、式有言官户者,是番户、杂户之总号,非谓别有一色。盖本于此。

惟 扬 澄 江

古今称扬州为惟扬,盖掇取《禹贡》"淮海惟扬州"之语。然此二字殊无义理,若谓可用,则他州亦可称惟徐、惟青之类矣。又多以江阴为澄江,意取谢玄晖"静如练"之句。然玄晖作诗,初不指此地而言也。滁州环城多山,故《醉翁亭记》首言"环滁皆山也",流俗至以"环滁"目是邦,此尤可笑。

戚 氏 词

　　程子山敦厚舍人《跋东坡满庭芳词》云:"予闻之苏仲虎云,一日有传此词,以为先生作,东坡笑曰:'吾文章肯以藻绘一香篆槃乎?'然观其间,如'画堂别是风光'及'十指露'之语,诚非先生肯云。"子山之说,固人所共晓,予尝怪李端叔谓东坡在中山,歌者欲试东坡仓卒之才,于其侧歌《戚氏》,坡笑而颔之。邂逅方论穆天子事,颇摘其虚诞,遂资以应之,随声随写,歌竟篇,才点定五六字。坐中随声击节,终席不间他辞,亦不容别进一语,临分,曰:"足以为中山一时盛事。"然予观其词,有曰"玉龟山,东皇灵媲统群仙。"又云"争解绣勒香鞯";又云"銮辂驻跸";又云"肆华筵。间作脆管鸣弦。宛若帝所钧天";又云"尽倒琼壶酒,献金鼎药,固大椿年";又云"浩歌畅饮","回首尘寰","烂漫游、玉辇东还"。东坡御风骑气,下笔真神仙语。此等鄙俚猥俗之词,殆是教坊倡优所为,虽东坡灶下老婢亦不作此语,而顾称誉若此,岂果端叔之言邪? 恐疑误后人,不可以不辨。

薛 能 诗

　　野史、杂说,多有得之传闻,初未尝考究其实,而相承以为然者。世传秦宗权始为薛能吏,坐法笞背,薛因唱云:"素脊鸣秋杖",良久不继,因幕吏白事,续云:"乌靴响暮厅。"乃命决行。其后,宗权起兵,首捕薛,令举前诗,因又续云:"刃飞三尺雪,白日落文星。"遂害之。按《唐史》,广明元年九月,忠武大将周岌逐其节度使薛能,能将奔襄阳,乱兵追杀之。先是,军未变,秦宗权以许牙将调发至蔡,闻能死,许州乱,托云赴难募蔡兵,遂逐刺史据其城,因以宗权为蔡州刺史。然则能死于许州时,宗权自在蔡州,安有联诗、被害之事邪?杂说中如此类甚多,殆不胜掊击也。

陈子车殉葬

《檀弓》:“陈子车死于卫,其妻与其家大夫谋以殉葬。定而后陈子亢至,以告曰:‘夫子疾,莫养于下,请以殉葬。’子亢曰:‘以殉葬,非礼也。虽然,则彼疾,当养者,孰若妻与宰?得已,则吾欲已;不得已,则吾欲以二子者之为之也。’于是弗果用。”耶律德光之母述律,左右有过者多送木叶山,杀于阿保机墓隧中,曰:“为我见先帝于地下。”后以事怒大将赵思温,使送木叶山,思温辞不肯行,述律曰:“汝先帝亲信,安得不往见之?”思温对曰:“亲莫如后,后何不行?”述律曰:“我本欲从先帝于地下,以子幼,国中多故,未能也。然可断吾一臂,以送之。”左右切谏,乃断其一腕,而释思温不杀。此二事略同。思温虽本中国人,然武夫安识前言往行?盖理之所在,有不约而同耳。

乌江项羽神

和州乌江县英惠庙,其神盖项羽也,灵响昭著。绍兴辛巳,敌犯淮南,过庙下驻军,入致祷,掷珓数十,皆不吉,怒甚,取火欲焚其庙。俄大虵见于神座,耸身张口,目光射人,敌骇怖而出。随闻大声发于庙后,若数百人同时暗呜叱咤者,举军震恐,即移屯东去,竟不敢宿其地云。郡上其事于朝,诏封神为灵祐王,邦人益严奉之。

二　儒　为　僧

　　近世儒者绝意声利、飘然游方之外者,有二人焉。饶节字德操,临川人,以文章著名,曾子宣丞相礼为上客,陈了翁诸公皆与之游,往来襄、邓间。始亦有婚宦意,遇白崖长老与之语,欣然有得。尝令其仆守舍,归,见其占对异常,怪而问之,仆曰:"守舍无所用心,闻邻寺长老有道价,往请一转语,忽尔觉悟,身心泰然无他也。"德操慨然曰:"汝能是,我乃不能,何哉?"径往白崖问道,八日而悟,尽发囊橐,与其仆祝发为浮屠,德操名如璧,仆名如琳,遍参诸方,陈了翁、关子开兄弟皆以诗称美之。至江浙,乐灵隐山川,因挂锡焉。琳抱疾,德操躬进药饵,既卒,尽送终之义。后主襄阳天宁,夏均父倪为请疏,其略云:"无复挟书,更逐康成之后;何忧成佛,不居灵运之先。"又云:"岂惟江左公卿,尽倾支遁;独有襄阳耆旧,未识道安。"时称其精当。德操自号倚松道人,所为诗文皆高迈,号《倚松集》云。吴元中丞相之弟名叙,字元常,亦能诗,有"水竹清瘦霜松孤"之句。除南京敦宗院教授,未赴,忽弃官为僧,法名正光,历住万年、国清诸刹,晚主衢之乌巨寺。一子亦早夭,其妇守志不嫁,光年益老,感疾,妇必躬造饮馔以进,积久不懈。后元中丞相薨,当家无人,其祖母韩夫人奏乞元常归故官,诏许之,元常迄不就。凡住名刹四十年而终。

天　生　对

　　前人记"崔度崔公度,王韶王子韶",以为的对。绍兴中,冯侍郎槭、罗侍御汝楫在朝,或戏为语云:"侍郎侍御槭汝楫。"

无能对者。时范检正同、陈检详正同俱为二府掾属,徐敦济康续云:"检正检详同正同。"时以为天生此对也。

唐 重 氏 族

　　唐自太宗命高士廉等撰《氏族志》,本恶山东人士崔、卢、李、郑自矜地望,乃更以皇族为首,是亦自矜陇西著姓也。然魏徵、房玄龄家皆盛,与山东诸族为昏,由是旧望不减。至显庆中,许敬宗等又升后族为第一等,于是益尚门阀,谄谀之徒不称人以官,而呼之为郎,犹奴之事主。盖当时门地高者,以此名为贵重。宋广平呼张易之为卿,天官侍郎郑杲谓宋曰:"中丞奈何卿五郎?"宋曰:"以官言之,正当为卿。足下非张卿家奴,何郎之有?"杨再思为宰相,而呼张昌宗为六郎。安禄山兼三镇节度使,而呼李林甫为十郎。裴坦之子勋,至呼其父为十一郎。明皇不以天子为贵,而自呼为三郎。当时献《五角六张赋》者,亦呼其君为三郎,流弊可骇如此!

梁溪漫志卷十

陆鸿渐为茶所累

人不可偏有所好，往往为所嗜好掩其他长。如陆鸿渐，本唐之文人达士，特以好茶，人止称其能品泉别茶尔。所著书甚多，曰《君臣契》三卷、《姓源解》三十卷、《江表四姓谱》十卷、《南北人物志》十卷、《吴兴历官记》三卷、《潮州刺史记》一卷、《茶经》三卷、《占梦》三卷，然世所传者特《茶经》，他书皆不传，盖为《茶经》所掩也。巩县有瓷偶人号陆鸿渐，买十茶器得一鸿渐，市人沽茗不利，辄灌注之。鸿渐嗜茶，而终遭困辱。嗜好之弊至此，独不可笑乎？

范　信　中

范寥字信中，蜀人，其名字见《山谷集》。负才豪纵不羁，家始饶给，从其叔分财，一月辄尽之。落莫无聊赖，欲应科举，人曰："若素不习此，奈何？"范曰："我第往。"即以成都第二名荐送。益纵酒，遂殴杀人，因亡命，改姓名曰"花但石"，盖增损其姓字为廋语。遂匿傍郡为园丁，久之，技痒不能忍，书一诗于亭壁，主人见之愕然，曰："若非园丁也。"赠以白金半笏遣去。乃往称进士，谒一巨公，忘其人。巨公与语，奇之，延致书室教其子。范暮出，归辄大醉，复殴其子，其家不得已，遣之。遂椎髻野服诣某州，持状投太守翟公恩，求为书吏。翟公视其所书绝精妙，即留之。时公巽参政立屏后，翟公视事退，公巽前问曰："适道人何为者？"翟公告以故，公巽曰："某观其眸子，非常人，宜诘之。"乃召问所以来，范悉对以实。问习何经，曰治《易》、《书》。翟公出五题试之，不移时而毕，文理高妙，翟公父子大惊，敬待之。已而归南徐，置之郡庠，以钱百千畀州教授，俾时赒其急阙，且嘱之曰："无尽予之，彼一日费之矣！"顷之，翟公得教授者书云："自范之留，一学之士为之不宁。已付百千与之去，不知所之矣。"未几，翟公捐馆于南徐，忽有人以袖掩面大哭，排闼径诣缞帷，闻者不能禁，翟之人皆惊。公巽默念此必范寥，哭而出，果范也，相劳苦，留之宿。天明，则翟公几筵所陈白金器皿，荡无孑遗，访范亦不见。时灵帏婢仆、门内外人亦甚多，皆莫测其何以能携去而人不之见也。遂径往广西见山谷，相从久之。山谷下世，范乃出所携翟氏器皿尽货之，为山谷办后事。已而往依一尊宿，_{忘其名。}师素知其人，问曰："汝来何为？"曰："欲出家耳！""能断功名之念乎？"曰："能。""能断色欲之念乎？"曰："能。"如是问答者十余反，遂名之曰恪能。居亡何，尊宿死。又往茅山，投落托道人，即张怀素也，有妖术，吕吉甫、蔡元长皆与之往来。怀素每约见吉甫，则于香合或茗具中见一圆药，跳掷久之，旋转于卓上，渐成小人；已而跳跃于地，骎骎长大与人等，视之则怀素也。相与笑语而去，率以为常。时怀素方与吴储伴谋不轨，储伴见范愕然，私谓怀素曰："此怪人，胡不杀之？"范已密知之矣。一夕，储伴又与怀素谋，怀素出观星象曰："未可。"范微闻之，明日乃告之曰："某有秘藏遁甲文字在金陵，此去无多地，愿往取之。"怀素许诺。范既脱，欲诣阙，而无裹粮。汤侍郎_{东野}时为诸生，范走谒之，值汤不在，其母与之万钱。范得钱，径走京师上变。

时蔡元长、赵正夫当国,其状止称右仆射,而不及司空、左仆射,盖范本欲并告蔡也。是日,赵相偶谒告,蔡当笔,据案问曰:"何故忘了司空耶?"范抗声对曰:"草茅书生,不识朝廷仪。"蔡怒目嘻笑曰:"汝不识朝廷仪!"即下吏捕储侔等。狱具,怀素将就刑,范往观之,怀素谓曰:"杀我者乃汝耶?"范笑曰:"此朝廷之福尔!"又谓刑者曰:"汝能碎我脑盖,乃可杀我。"刑者以刃斫其脑不入,以铁椎击之,又不碎,然竟不能神,卒与储侔等坐死。洎第赏,范曰:"吾不能知,此汤东野教我也。"遂急逮汤,汤惶骇不测其由,既至,白身为宣德郎、御史台主簿。范但得供备库副使、勾当在京延祥观,后为福州兵钤。其人纵横豪侠,盖苏秦、东方朔、郭解之流云。

投 水 屈 原

有士人尝以非辜至讼庭,守不直之,士人愤懑,大声称屈,守怒曰:"若为士,乃敢尔! 为我属对,不能,且得罪。"因唱曰:"投水屈原真是屈。"士人应声曰:"杀人曾子又何曾。"守曰:"吾句有二屈字,而汝句尾乃曾音层。字,汝之不学明矣! 顾何所逃罪邪?"士人笑曰:"此乃使君不学尔! 按屈姓,流俗皆如字呼,而屈到、屈原,皆九勿切,使君尝研究否?"守惭,释遣之。

祠 庙 之 讹

祠庙之讹甚多,"彭郎小姑",固世所共知。其最可笑者,邺中有西门豹祠,乃于神像后出一豹尾;春陵有象祠,乃塑一象,垂鼻轮囷。流俗之无知,亦已甚矣!

伏波崔府君庙

后汉马文渊、路博德,皆尝为伏波将军,又皆有功于岭南,海上有伏波祠,古今所传,莫能定于一。东坡作碑,谓两伏波均当庙食。政和中,因修《九域图志》,以睢阳双庙为例,令祀两神。盖义理当于人心,虽是时正讳东坡议论,而亦不能废也。绍兴乙卯,董令升舍人棻为吏部郎,以尝持节广西,乞两庙封爵一等,诏从之。然不知政和未并建庙以前,竟孰当此血食也。磁州有崔府君庙,邦人严奉,又京师北郊亦建庙,中兴驻跸临安,加封真君,筑祠西湖上,像设尤严。或以其神为崔子玉,非也,神乃唐贞观中相州滏阳令,迁蒲州刺史,有惠爱于滏阳,后为磁州,民为立祠,殁,因葬其地。本朝景祐二年七月诏曰:“眷是灵祠,本于外服,且以惠存滏邑,恩结蒲人,生著令猷,没司幽府。案求世系,虽史逸其传;尸祝王官,而民赖其福。崔府君宜特封护国显应公,有司遣官祭告。”然迄莫知其名字。

临 安 旌 忠 庙

绍兴初,张、杨、郭三大将,建永乐三侯庙于临安柴垛桥之东,赐额旌忠,各有封爵。三侯者,高将军名永能,程阁使名博古,景崇仪名思谊。高,西州人,世总蕃落,边人赖以安。程,河南人,文简其诸父也,世业儒,独程以材武奋。景,普州人,其大父讷有将材,西人畏之。永乐之役,徐德占拔一时名将以行,故三侯皆被选。程首与虏战殁。高以策不用,知必败,以弓弦绝脰死。景人说贼,被害。旧庙建于延安之肤施县,有古雍施巨济所作记云;然今临安新庙无复此碑,而故老犹能诵其略。三侯既庙食西边，每王师与虏战，屡施阴助。诸将来东南讨方腊，亦著灵异，故相与作庙于临安。庙初成，有匠者醉溺于庭，立死。时时有三蛇出没殿庑，或行庭下，大者长尺许，鳞鬣齿爪悉具，通身小方胜如金色；其次长八九寸，又其次稍小，自首至尾，其脊皆有金线，身纹尽同，惟次者尾稍秃。天宇晴明，变化数百，往来游戏于庭卉芭蕉间，或缘幡而上。近岁乃不复出。人或谓为陕西三龙王，盖三侯以节死，其英魂忠魄，变幻飞潜，无所不可。东坡铭张龙公云："相彼幻身，何适不通。地行为人，天飞为龙。惠于有生，我则从之。"信哉！今迁庙于丰乐桥之东北，故觉苑寺基也。

二相公庙乞梦

京师二相公庙，世传子游、子夏也。灵异甚多，不胜载，于举子问得失，尤应答如响，盖至今人人能言之。大观间，先大父在太学，有同舍生将赴廷试，乞梦于庙，夜梦一童子传言云："二相公致意先辈，将来成名在二相公上。"觉而思之：子游、子夏，夫子高弟也；吾成名在其上，必居魁科无疑。窃自喜。暨唱名，乃以杂犯得州文学，大愤闷失意，私念二相之灵，不宜有此。沉吟终夜，忽骇笑曰："《论语》云'文学子游、子夏'，今果居其上乎！"诘旦以语同舍，皆大笑曰："神亦善谑如此哉！"

蜀僧东明寺题诗

蔡元长南迁，道出长沙，卒于城南五里东明寺，遂草殡于寺之观音殿后。有蜀僧游方过之，慨然因题诗于壁曰："三十年前镇益州，紫泥丹诏凤池游。大钧播物心难一，六印悬腰老未休。佐主不能如傅说，知几那得似留侯？功名富贵今何在，寂寂招提一土丘。”

梵 志 诗

山谷以茅季伟事亲,引梵志翻袜之句,人喜道之。予尝见梵志数颂,词朴而理到,今记于此。其一曰:“欺诳得钱君莫羡,得了却是输他便。来生报答甚分明,只是换头不识面。”又曰:“多置庄田广修宅,四邻买尽犹嫌窄。雕墙峻宇无歇时,几日能为宅中客?”又曰:“造作庄田犹未已,堂上哭声身已死。哭人尽是分钱人,口哭元来心里喜。”又曰:“众生头兀兀,常住无明窟。心里为欺谩,口中佯念佛。”又曰:“世无百年人,强作千年调。打铁作门限,鬼见拍手笑。”又曰:“劝君休杀命,背面彼生嗔。吃他他吃汝,循环作主人。”又曰:“他人骑大马,我独跨驴子。回顾担柴汉,心下较些子。”又曰:“家有梵志诗,生死免人狱。不论有益事,且得耳根熟。白纸书屏风,客来即与读。空饭手捻盐,亦胜设酒肉。”

王 虚 中

王虚中名日休,龙舒人。早为太学诸生,传注经子数十万言,然不利于场屋。晚以特奏名廷试,不用条对式,但如科举答策,坐是竟不得官。独好佛,著净土文,直指西方净土,慧辩了然,观者起敬。或自力,或劝人衾金,走建安,刊净土文板逾二十副,愿力洪深。修行尤精苦,讽诵礼拜,夜以继昼。馆于庐陵某通守家,一日,谒通守谓之曰:“某去矣,以后事累公。”通守愕然。虚中乃著白衫诣佛堂,合掌念佛,顷之,立化于植木矣。倾城纵观,累日不能遏。通守亦明眼人,乃命具棺,指虚中谓人曰:“先生平时照了诸妄,坐卧自如,今请先生卧。”即举而入棺。予旧见建安陈应行季陆道此,后访南北山云游诸僧,欲问其岁月并通守姓名,漫无知者,记其大略如此。

惠历寺轮藏

　　临江军惠历寺,初造轮藏成,寺僧限得千钱则转一匝。有营妇丧夫,家极贫,念为转藏,以资冥福,累月辛苦收拾,随聚随费,终不满一千。迫于贫乏,无以自存,嫁有日矣,而此心眷眷不能已。遂携所聚之金,号泣藏前,掷金于地,轮藏自转,阖寺骇异,自是不复限数云。

江 东 丛 祠

　　江东村落间有丛祠,其始,巫祝附托以兴妖,里民信之,相与营葺,土木寖盛。有恶少年不信,一夕被酒入庙,肆言诟辱。巫骇愕不知所出,聚谋曰:“吾侪为此祠,劳费不赀,一旦为此子所败,远迩相传,则吾事去矣!”迨夜,共诣少年,以情告曰:“吾之情状,若固知之,傥因成吾事,当以钱十万谢若。”少年喜,问其故,因教之曰:“汝质明复入庙,詈辱如前,凡庙中所有酒肴,举饮啖之,斯须则伪为受械祈哀之状,庶卬吾事。今先赂汝以其半。”少年许诺,受金。翼日,果复来庙廷,袒裼踊呼,极口丑诋不可闻。庙傍民大惊,观者踵至。少年视神像前方祭赛罗列,即举所祀酒悉饮之,以至肴馔无孑遗。旋俯躬如受縶者,叩头谢过。忽黑血自口涌出,七窍皆流,即仆地死。里人益神之,即日喧传傍郡,祈禳者云集。庙貌绘缋极严,巫所得不胜计。越数月,其党以分财不平,诣郡反告,乃巫置毒酒中杀其人。捕治引伏,魁坐死,余分隶诸郡,灵响讫息。

作 赋 赎 罪

旧传滕达道未遇时，与诸生讲学于僧舍，主僧出，诸生夜盗其犬而烹之。事闻，有司欲治其罪，滕公为丐免。守素闻其能赋，因谕之曰："如能为《盗犬赋》，则将释之。"滕公即口占其辞曰："僧既无状，犬诚可偷。辍蓝宫之夜吠，充绛帐之晨羞。拎饭引来，犹掉续貂之尾；索绹牵去，难回顾兔之头。"守大笑，即置不问。今人相传为口实。绍兴初，予妻之祖强公叔章通守㵠为临安录事参军，时予祖母之弟陈公宗卿侍郎之渊为府学教授。适学帑被盗，逻者夜搜沟中，而所盗金在焉，府学生黄其姓者，立于傍，遂录送府系之狱。生自辨数，然踪迹颇疑似。强公与府司户毛季中谋曰："行之，则污辱士类，为学校羞矣。"因引滕公作赋故事，言于府，乞俾之试。府主张公如莹尚书澄许之，俾诣都厅试，以"取伤廉"为题，生仓皇不成文，强公潜代为之。其一联云："门人窃屦，何伤孟子之贤？同舍诬金，始见直生之量。"张公见之喜，即于赋后判云："黄某盗金，情状颇著；曹官试赋，文理稍佳。免送所司，押归本学，聊从五等，薄示诸生。"遂以付学，陈公亦阴纵之。以此见前辈之盛德，持心皆近厚也。

俚 语 盗 智

俚语谓盗虽小人，智过君子。此语固可鄙笑，然盗之奸诈，实有出人意表者，可诛也。高邮民尉九，疾足善走，日驰数百里，气势猛壮，非得树不能止；为盗，寖淫傍郡，淮人皆苦之。其居高邮阛阓间，日则张食肆，夜则为盗。一日晨起，方坐肆间，有道人来食汤饼，食已，邀尉至闲处，呼为师父，且拜之。

尉讶之曰："何为者？"道人曰："某亦有薄技，然出师下远甚。闻楚州城外有一富家，今愿偕师行，庶凭藉有所获。"尉许诺，使之先往，道人即驰去。逮夜，尉张灯闭肆，怒其仆执事不谨，殴之，仆纷拏不服，乃呼逻者，厢官俱系之，须翼日送郡。尉密谓逻曰："吾与若厚，且家于此，必不窜，若姑纵吾归，明当复至也。"逻许之。尉得释，即逾城驰二百里至楚城外，鼛鼛方二鼓矣。道人果先在，相见喜甚。尉自屋窗入，约道人伺于外。既入其室，视所藏金珠锦绮，烂然溢目，即以百缣掷出，道人分两囊负之。斯须，尉复由屋窗出。道人思天下惟尉为愈己，不如杀之，即拔刃断其首，随坠地，视之，则纸所为也。尉由他户复驰归高邮就逮，天方辨色。道人负重行迟，为追者所及，执送楚州狱，自列与尉同为盗状，州为檄高邮，高邮报云："是夕，尉自与仆有讼，方系有司，无从可为盗也？"道人终始堕其计，卒自伏辜。尉狡险万端，有术以自将，屡为穿窬，官卒不能捕。又有士夫调官都下，所居逆旅前张茗坊，与染肆相直，士无事日，凭茶几阅过者。一日，见数人往来其前数四，若睥睨染肆者，殊讶之，一夫忽前，耳语曰："某辈经纪人也，欲得此家所暴缣帛，告官人勿言。"士曰："此何预吾事，而肯饶舌耶？"其人拱谢而退。士私念："彼所染物皆高揭于通衢之前，白昼万目共睹，彼若有术可窃，则真黠盗也。"因谛观之，但见其人时时经过，或左或右，渐久渐疏，薄暮则皆不见。士笑曰："彼妄人，聊绐我。"即入房，将索饭，则其室虚矣。